HEYNE <

Das Buch

Hundert Jahre nach der Ankunft der ersten Kolonisten auf dem Mars ist es endlich gelungen, die Herrschaft der Erde über ihren Nachbarplaneten abzuschütteln. Die zweite Mars-Revolution war ein voller Erfolg. Während die Marsianer damit beschäftigt sind, sich eine Verfassung zu geben, herrscht auf der Erde das blanke Chaos. Die Südpolkappe ist geschmolzen und hat weltweit die Meere ansteigen lassen, und die Bevölkerungszahlen explodieren schon seit Jahren. Die Erde braucht das freie, unbewohnte Land auf dem Mars, wenn sie überleben will. Aber die Marsianer wollen ihren Planeten, der sich dank des Terraformings nach und nach zu einer zweiten blauen Welt wandelt, nicht einfach so den rückständigen Einwanderern von der Erde überlassen. Und auch untereinander sind sich die politischen Fraktionen auf dem roten Planeten alles andere als einig …

Der Autor

Kim Stanley Robinson wurde 1952 in Illinois geboren, studierte Literatur an der University of California in San Diego und promovierte über die Romane von Philip K. Dick. Mitte der Siebzigerjahre veröffentlichte er seine ersten Science-Fiction-Kurzgeschichten, 1984 seinen ersten Roman. 1992 erschien mit *Roter Mars* der Auftakt der Mars-Trilogie, die ihn weltberühmt machte und für die er mit dem Hugo, dem Nebula und dem Locus Award ausgezeichnet wurde. Kim Stanley Robinson lebt mit seiner Familie in Kalifornien. Im Wilhelm Heyne Verlag sind zuletzt seine Romane *2312*, *Aurora* und *New York 2140* erschienen.

KIM STANLEY ROBINSON

BLAUER MARS

ROMAN

WILHELM HEYNE VERLAG
MÜNCHEN

Titel der amerikanischen Originalausgabe:
BLUE MARS
Deutsche Übersetzung von Winfried Petri
Durchgesehen und überarbeitet von Elisabeth Bösl

Für Lisa und David und Timothy

MIX
Papier | Fördert gute Waldnutzung
FSC® C014496

Penguin Random House Verlagsgruppe FSC® N001967

3. Auflage
Vollständige Neuausgabe 3/2016

in der Penguin Random House Verlagsgruppe,
Neumarkter Straße 28, 81673 München
produktsicherheit@penguinrandomhouse.de
(Vorstehende Angaben sind zugleich Pflichtinformationen nach GPSR)

Umschlaggestaltung: DAS ILLUSTRAT, München
Satz: Schaber Datentechnik, Austria
Druck und Bindung: GGP Media GmbH, Pößneck
Printed in Germany

ISBN: 978-3-453-31698-0

diezukunft.de

INHALT

Der Marskalender
Jahr 1 (2027 n. Chr.)

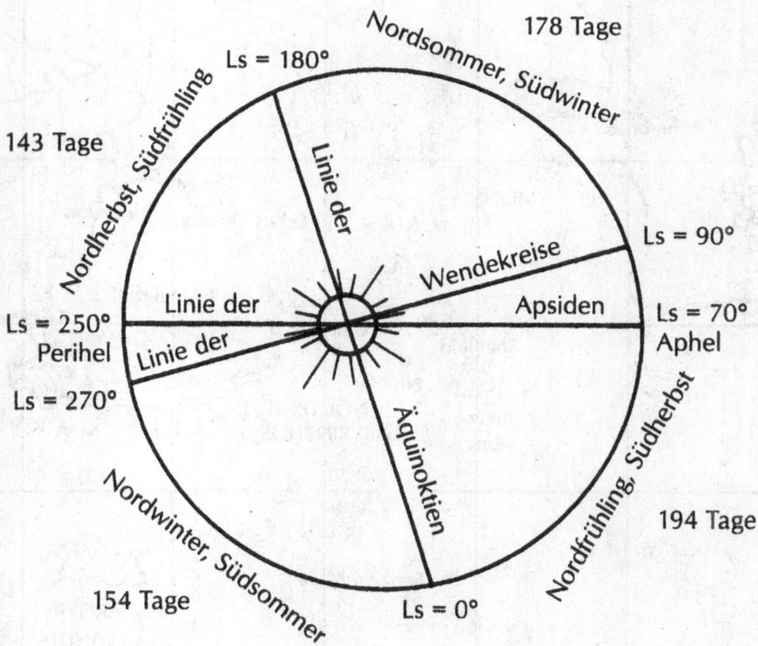

669 volle Marstage in 1 Marsjahr;
24 Monate =
21 Monate zu 28 Tagen
und 3 Monate (jeder achte) zu 27 Tagen.

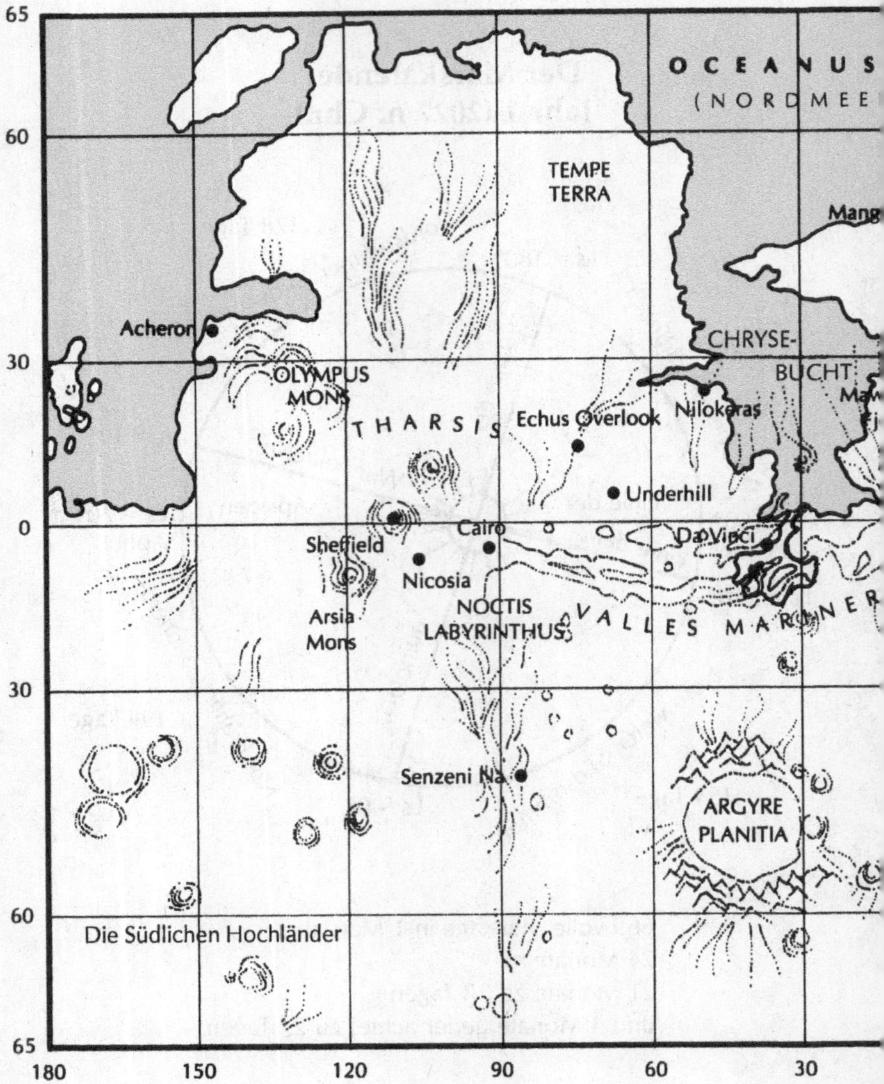

OCEANUS
(NORDMEE
TEMPE
TERRA
Acheron
OLYMPUS
MONS
THARSIS
Echus Overlook
Nilokeras
CHRYSE-
BUCHT
Underhill
Cairo
Sheffield
Nicosia
Da Vinci
Arsia
Mons
NOCTIS
LABYRINTHUS
VALLES MAR
Senzeni Na
ARGYRE
PLANITIA
Die Südlichen Hochländer
65
60
30
0
30
60
65
180
150
120
90
60
30

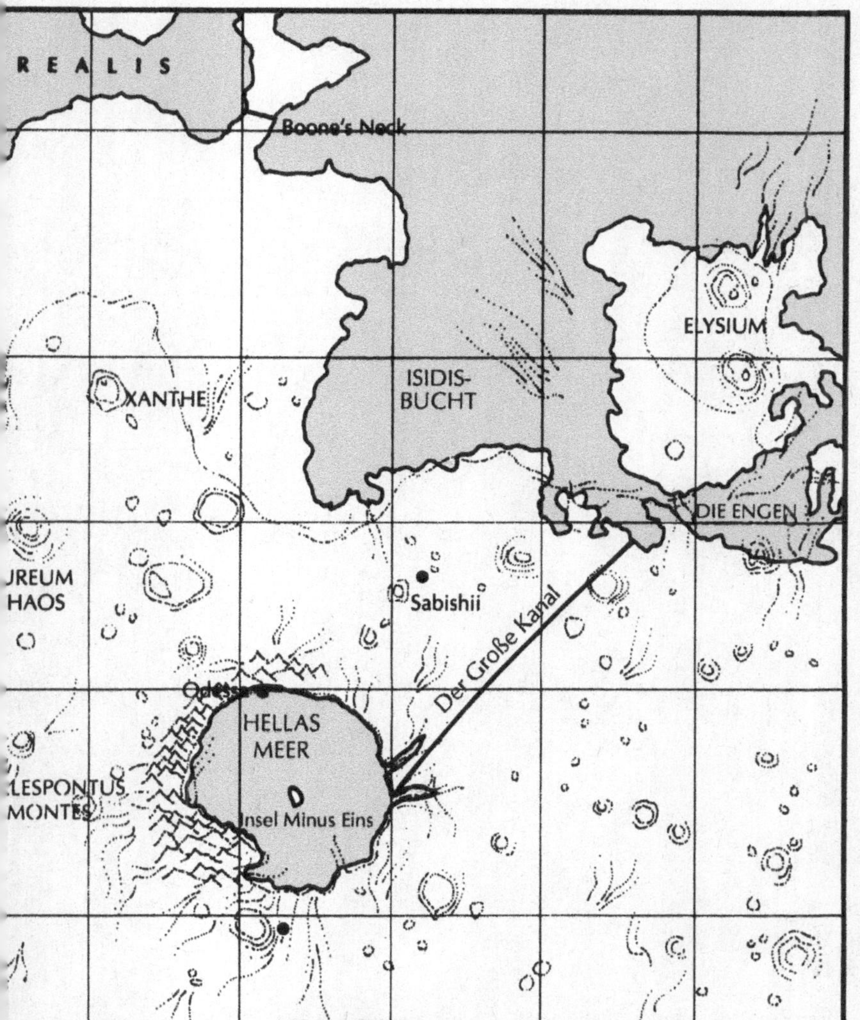

REALIS
Boone's Neck
ELYSIUM
ISIDIS-
BUCHT
XANTHE
DIE ENGEN
UREUM
HAOS
Sabishii
Der Große Kanal
Odessa
HELLAS
MEER
LESPONTUS
MONTES
Insel Minus Eins
Dorsa Brevia
330
300
270
240
210
180

ERSTER TEIL

PFAUENBERG

Der Mars ist jetzt frei. *Wir sind jetzt verantwortlich. Niemand schreibt uns mehr vor, was wir zu tun haben.*

Ann stand vorn im Zug, als sie das sagte.

Aber es ist so leicht, in alte Verhaltensweisen zurückzufallen. Eine Hierarchie wird abgeschafft, und eine andere tritt an ihre Stelle. Wir müssen auf der Hut sein, denn es wird immer Leute geben, die versuchen werden, hier eine zweite Erde zu erschaffen. Die Areophanie darf nicht enden, sie muss ein ewiger Kampf sein. Wir müssen schärfer denn je darüber nachdenken, was es heißt, Marsianer zu sein.

Ihre Zuhörer hatten sich in ihren Sesseln zurückgelehnt und schauten aus den Fenstern, hinter denen die Landschaft dahinglitt. Sie waren müde und hatten entzündete Augen. Rotäugige Rote. Im scharfen Licht der Morgendämmerung sah alles aus wie neu. Das windumtoste Land war kahl bis auf ein paar khakifarbene Flechten und Gestrüppe. Sie hatten alle irdischen Machthaber vom Mars verjagt. Es war ein langer Kampf gewesen, mit rücksichtslosen Schlachten, die der großen Flut auf Terra gefolgt waren. Sie waren müde.

Wir sind von der Erde zum Mars gekommen, und auf dieser Reise fand eine Art Reinigung statt. Viele Dinge sahen wir plötzlich klarer, und wir bekamen eine Handlungsfreiheit, wie wir sie früher nie besessen hatten. Eine Chance, das Beste in uns auszudrücken. Und so handelten wir. Wir erschaffen eine bessere Art zu leben.

Dies war der Mythos, mit dem sie alle aufgewachsen waren. Als Ann ihn jetzt wieder erzählte, starrten die jungen Marsianer durch sie hindurch. Sie hatten die Revolution geplant. Sie hatten auf dem ganzen Mars gekämpft und die terranische Polizei nach Burroughs getrieben. Dann hatten sie Burroughs überflutet und die Terraner nach Sheffield auf Pavonis Mons gejagt. Sie mussten den Feind nur noch aus Sheffield verscheuchen, das Weltraumaufzugskabel hinauf und zurück nach Terra. Es gab noch einiges zu tun. Mit der erfolgreichen Evakuierung von Burroughs hatten sie einen großen Sieg errungen; und einige der blassen Gesichter, die Ann anschauten oder aus dem Fenster blickten, schienen sich nach einer Pause zu sehnen, einem Moment des Triumphs. Alle waren erschöpft.

Hiroko wird uns helfen, sagte ein junger Mann und brach das Schweigen, während der Zug über das Land rauschte.

Ann schüttelte den Kopf. Hiroko ist eine Grüne, entgegnete sie, die allererste Grüne.

Hiroko hat die Areophanie erfunden, konterte der junge Eingeborene. Der Mars steht bei ihr an erster Stelle. Ich weiß, dass sie uns helfen wird. Ich habe sie kennengelernt. Sie hat es mir gesagt.

Es sei denn, sie ist tot, sagte jemand anderes.

Erneutes Schweigen. Die Welt zog unter ihnen dahin.

Schließlich stand eine große junge Frau auf, ging durch den Mittelgang und drückte Ann an sich. Der Bann war gebrochen. Worte waren nicht mehr nötig. Alle standen auf und drängten sich in dem freien Raum vorn im Zug um Ann, umarmten sie, schüttelten ihr die Hand oder berührten sie einfach – sie, Ann Clayborne, die sie gelehrt hatte, den Mars um seiner selbst willen zu lieben, und die sie in den Kampf um seine Unabhängigkeit von der Erde geführt hatte. Und obwohl ihre blutunterlaufenen Augen immer noch starr auf die steinige zerklüftete Weite des Tyrrhena-Massivs gerichtet waren, lächelte sie. Sie drückte die jungen Leute ihrerseits an sich, schüttelte ihnen die Hände und berührte ihre Gesichter. Alles wird gut, sagte sie. Wir werden den Mars befreien. Und die Leute bejahten und gratulierten einander. Sie sagten: Auf nach Sheffield! Die Arbeit beenden. Der Mars wird uns zeigen, wie.

Aber Hiroko ist nicht tot, wandte der junge Mann ein. Ich habe sie im vorigen Monat in Arcadia gesehen. Sie wird wieder auftauchen. Sie wird irgendwo wieder auftauchen.

In einem bestimmten Moment vor der Dämmerung leuchtete der Himmel in dem gleichen Rosa wie zu Anfang, blass und klar im Osten, dunkler und voller Sterne im Westen. Ann erwartete diesen Moment, während ihre Gefährten sie in Rovern nach Westen fuhren, auf eine schwarze Landmasse zu, die in den Himmel aufragte – der Tharsis-Buckel, gekrönt von dem breiten Kegel von Pavonis Mons. Als sie von Noctis Labyrinthus kommend bergauf fuhren, stiegen sie über den größten Teil der neuen Atmosphäre empor. Der Luftdruck am Fuß von Pavonis betrug 180 Millibar und fiel dann, als sie die Ostflanke des großen Schildvulkans hinauffuhren, unter 100 Millibar und sank immer weiter. Langsam ließen sie alles sichtbare Blattwerk hinter sich, die Reifen zerdrückten Flecken aus schmutzigem, vom Wind zusammengepresstem Schnee. Dann ließen sie auch den Schnee hinter sich, und es gab nur noch Felsen und die unablässigen dünnen kalten Winde des Jetstreams. Das kahle Land sah genauso aus wie einst in den vormenschlichen Jahren, als reisten sie in die Vergangenheit.

Das stimmte natürlich nicht. Aber in Ann Clayborne erwärmte sich etwas Fundamentales beim Anblick dieser rostroten Welt aus Felsen im ewigen Wind. Und als die Wagen der Roten den Berg hinauffuhren, waren alle Insassen ebenso hingerissen wie Ann, und in den Kabinen wurde es still, als die Sonne über den fernen Horizont hinter ihnen stieß.

Der Hang, den sie hinauffuhren, wurde weniger steil; die Steigung nahm in einer vollkommenen Sinuskurve ab, bis sie sich auf dem flachen runden Gipfelplateau befanden. Hier erblickten sie Kuppelstädte, die den Rand der gigantischen Caldera umgaben, vor allem um den Fuß des Raumaufzugs etwa dreißig Kilometer südlich von ihnen zusammengedrängt.

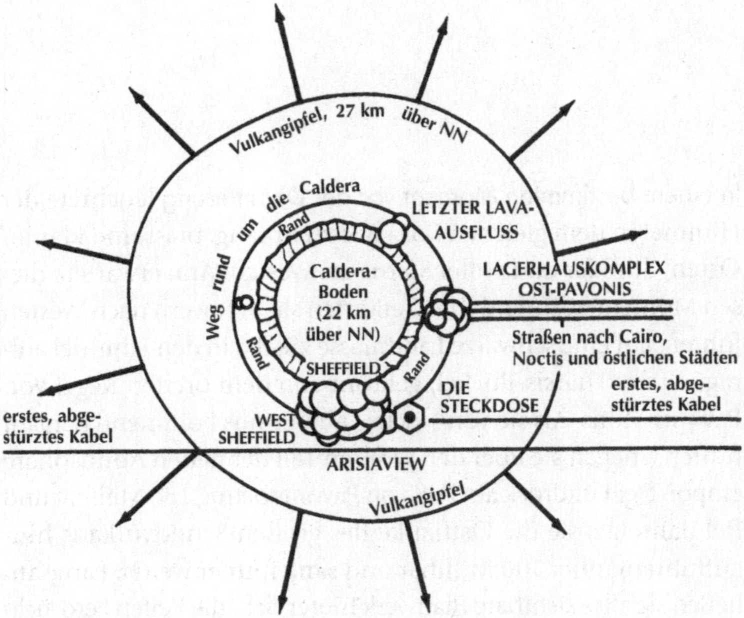

CALDERA VON PAVONIS MONS

Sie hielten ihre Rover an. Das Schweigen in den Kabinen war von Verehrung in Wut umgeschlagen. Ann stand an einem der oberen Fenster und blickte nach Süden in Richtung Sheffield, diesem Kind des Raumaufzugs: Es war wegen des Aufzugs erbaut worden; es war zermalmt worden, als der Aufzug abstürzte; und bei dessen Erneuerung neu aufgebaut worden. Das war die Stadt, die sie vernichten wollte, so gründlich, wie Rom es mit Karthago gemacht hatte, denn sie wollte auch das neue Kabel zu Fall bringen, wie es schon mit dem ersten im Jahre 2061 geschehen war. Damit würde ein großer Teil von Sheffield wieder dem Marsboden gleichgemacht werden. Was bliebe, würde nutzlos auf dem Gipfel eines hohen Vulkans liegen, über dem größten Teil der Atmosphäre. Im Laufe der Zeit würden die übrig gebliebenen Bauten aufgegeben und abgerissen werden, sodass nur die Kuppelfundamente bleiben würden. Vielleicht würde es einmal eine Wetterstation geben. Aber schließlich blieb nur die lange, sonnige Stille eines Berggipfels. Das Salz war schon im Boden.

Eine vergnügte Rote aus Tharsis kam ihnen in einem kleinen Rover entgegen und führte sie durch das Labyrinth von Lagerhäusern und kleinen Kuppeln, die die Kreuzung der äquatorialen mit der den Rand umrundenden Straße umgaben. Während sie ihr folgten, schilderte sie ihnen die Lage vor Ort. Der größte Teil von Sheffield und die umliegenden Siedlungen waren schon in der Hand der marsianischen Revolutionäre. Das galt aber nicht für den Raumaufzug und den ihn umgebenden Basiskomplex. Und darin lag das Problem. Die revolutionären Kräfte auf Pavonis waren zumeist schlecht ausgerüstete Milizen, die auch nicht unbedingt die gleichen Ziele verfolgten. Dass sie bisher Erfolg gehabt hatten, beruhte auf mehreren Faktoren: Überraschung, der Beherrschung des marsianischen Luftraums, etlichen strategischen Siegen, der Unterstützung durch die große Mehrheit der Marsbevölkerung und dem Unwillen der Übergangsbehörde der Vereinten Nationen, der UNTA, auf Zivilisten zu schießen, selbst wenn diese auf den Straßen Massendemonstrationen veranstalteten. Deswegen hatten sich die Sicherheitskräfte der UNTA vom ganzen Mars zurückgezogen, um sich in Sheffield zu sammeln. Und jetzt befanden sich die meisten in Aufzugskabinen unterwegs nach Clarke, dem zur Raumstation ausgebauten Ballastasteroiden am oberen Ende des Aufzugskabels. Der Rest der Truppe war in der Umgebung des massiven Basiskomplexes des Aufzugs, der sogenannten »Steckdose«, zusammengepfercht. Dieser Stadtteil enthielt Betriebsanlagen für den Aufzug, Lagerhäuser der Industrien und Herbergen und Restaurants für Unterkunft und Verpflegung der Arbeitskräfte. »Das ist uns bis jetzt zugutegekommen«, erklärte

Irishka, »denn sie sind wie in einer Presse zusammengedrängt, und wenn es nicht Nahrung und Unterkunft gegeben hätte, hätten sie versucht auszubrechen. Gegenwärtig ist die Lage zwar angespannt, aber zumindest können sie überleben.«

Das erinnerte Ann irgendwie an die gerade in Burroughs gelöste Situation. Die war gut ausgegangen. Es brauchte nur jemanden, der zum Handeln bereit war, und die Sache wäre erledigt – die UNTA würde zur Erde evakuiert, das Kabel heruntergeholt und die Verbindung zwischen Mars und Erde so endgültig getrennt. Und jeder Versuch zur Installation eines neuen Kabels könnte in den zehn Jahren, die für seine Konstruktion im Orbit notwendig waren, sicher vereitelt werden.

Irishka führte sie nun durch den Wirrwarr von Ost-Pavonis; und ihre kleine Karawane kam zum Rand der Caldera, wo sie ihre Rover parkten. Im Süden konnten sie am Westrand von Sheffield gerade noch das Aufzugskabel erkennen, eine kaum sichtbare Linie, von der nur ein paar ihrer 24 000 Kilometer zu sehen waren. Fast unsichtbar – und dennoch beherrschte seine Existenz jede Handlung und jede Diskussion; jeder Gedanke, den sie hatten, war aufgespießt und angehängt an diesem schwarzen Faden, der sie mit der Erde verband.

Als sie sich in ihrem Camp eingerichtet hatten, rief Ann ihren Sohn Peter über den Computer an ihrem Handgelenk an. Er war einer der Anführer der Revolution auf Tharsis gewesen und hatte die Kampagne gegen die UNTA geleitet, wodurch deren Kräfte auf die Steckdose und deren unmittelbare Umgebung zusammengedrängt worden waren. Bestenfalls ein eingeschränkter Sieg; aber er machte Peter zu einem der Helden des vorigen Monats.

Jetzt meldete er sich auf ihren Anruf, und sein Gesicht erschien auf dem kleinen Bildschirm. Er sah ihr sehr ähnlich, was sie beunruhigte. Er war abgelenkt, stellte sie fest, und auf etwas anderes als ihren Anruf konzentriert.

»Gibt es was Neues?«, fragte sie.

»Nein. Wir scheinen in einer Sackgasse zu stecken. Wir gestatten allen, die draußen erwischt werden, freien Zugang zum Aufzugsdistrikt, sodass sie die Kontrolle über den Bahnhof und den Flughafen am Rand haben, und auch über die U-Bahnlinien von dort zur Steckdose.«

»Sind die mit den Flugzeugen aus Burroughs Evakuierten hier angekommen?«

»Ja. Offenbar brechen die meisten von ihnen auf zur Erde. Da drin herrscht großes Gedränge.«

»Kehren sie zur Erde zurück, oder gehen sie in den Marsorbit?«

»Zurück zur Erde. Ich glaube nicht, dass sie sich im Orbit noch sicher fühlen.«

Dabei lächelte er. Er hatte im Weltraum vieles erreicht, unter anderem, indem er die Bemühungen von Sax unterstützt hatte. Ihr Sohn, der Raumfahrer, der Grüne. Viele Jahre lang hatten sie kaum miteinander gesprochen.

»Was wirst du nun machen?«, fragte Ann.

»Ich weiß nicht. Ich sehe keinen Weg, wie wir den Aufzug oder auch nur die Steckdose erobern könnten. Und wenn es gelänge, könnten sie immer noch den Aufzug abstürzen lassen.«

»Und?«

»Naja ...« Er machte plötzlich ein besorgtes Gesicht. »Ich denke nicht, dass das gut wäre. Was meinst du?«

»Ich meine, er sollte heruntergeholt werden.«

Jetzt sah er verärgert aus. »Dann solltest du besser außerhalb der Falllinie bleiben.«

»Das werde ich auch.«

»Ich will nicht, dass ihn jemand ohne eine gründliche Diskussion herunterholt«, sagte er in scharfem Ton. »Er ist wichtig. Es sollte eine Entscheidung sein, die von allen auf dem Mars getroffen wird. Ich für meinen Teil denke, dass wir den Aufzug brauchen.«

»Nur haben wir keine Möglichkeit, ihn in Besitz zu nehmen.«

»Das wird sich noch zeigen. Inzwischen solltest du besser die Hände von solchen Dingen lassen. Ich habe gehört, was in Burroughs passiert ist. Aber hier läuft es anders. Verstehst du? Über Strategie entscheiden wir gemeinsam. Es muss diskutiert werden.«

»Darin ist diese Gruppe sehr gut«, sagte Ann bitter. Ständig wurde alles gründlich erörtert, und immer verlor sie. Die Zeit dafür war abgelaufen. Es musste jemand handeln. Aber Peter tat wieder so, als würde er von seiner wirklichen Arbeit abgehalten. Er dachte, er würde die Entscheidungen bezüglich des Aufzugs treffen – das sah sie ihm an. Ohne Zweifel Teil eines allgemeineren Gefühls, den Planeten zu besitzen, das Geburtsrecht der *Nisei*, die Ablöse der Ersten Hundert und aller übrigen *Issei*. Würde John noch leben, wäre das nicht leicht gewesen. Aber der König war tot – lang lebe der König, ihr Sohn, König der *Nisei*, der ersten wahren Marsianer.

Aber König oder nicht – es gab eine »Rote Armee«, die jetzt auf Pavonis Mons zustrebte. Sie stellte die stärkste noch auf dem Planeten verbliebene Streitmacht dar und beabsichtigte, das Werk zu vollenden, das mit der großen Flut auf der Erde begonnen worden war. Diese Leute glaubten nicht an Konsens oder Kompromisse. Der Absturz des Kabels würde zwei Fliegen mit einer Klappe schlagen: Er würde das letzte Bollwerk der Polizei vernichten und den Kontakt zwischen Erde und Mars unterbrechen – ein Hauptziel der Roten. Nein, das Kabel musste vernichtet werden.

Aber Peter schien das nicht zu begreifen. Oder vielleicht kümmerte es ihn nicht. Ann versuchte, es ihm zu sagen, aber er nickte bloß und murmelte: »Ja ja, ja ja.« So arrogant wie alle Grünen, so ungeniert und dumm mit all ihren Ausflüchten und ihrem Umgang mit der Erde, als könnte man von einem solchen Leviathan jemals etwas zurückbekommen. Nein. Es musste direkt gehandelt werden, wie bei der Überflutung von Burroughs und allen Sabotageakten, die die Bühne für die Revolution vorbereitet hatten. Ohne die hätte die Revolution überhaupt nie begonnen – oder wäre sofort unterdrückt worden wie im Jahre 2061.

»Ja, ja, dann sollten wir wohl besser eine Versammlung einberufen«, sagte Peter und sah so genervt aus, wie sie sich bei seinem Anblick fühlte.

»Ja, ja«, antwortete Ann finster. Versammlungen – aber sie erfüllen doch ihren Zweck; die Leute konnten davon ausgehen, dass sie eine Bedeutung hätten, während die wirklichen Entscheidungen anderswo getroffen wurden.

Dann sagte er: »Ich werde versuchen, eine einzuberufen.« Ann erkannte, dass sie wenigstens seine Aufmerksamkeit erweckt hatte; aber er machte eine unwirsche Miene, als hätte sie ihm gedroht. »Ehe uns die Dinge aus der Hand gleiten.«

»Das sind sie schon«, erwiderte sie und brach die Verbindung ab.

Ann verfolgte die Nachrichten auf den verschiedenen Kanälen, auf Mangalavid, den privaten Netzen der Roten und in den Zusammenfassungen von der Erde. Obwohl alles auf dem Mars jetzt auf Pavonis und den Aufzug konzentriert war, war die physische Konvergenz auf dem Vulkan unzureichend. Sie hatte den Eindruck, dass sich auf Pavonis mehr rote Guerilleros befanden als grüne Einheiten des Freien Mars und deren Verbündete. Aber es war schwierig, das genau zu bestimmen. Kasei und der radikalste Flügel der Roten, der Kakaze (»Feuerwind«), hatten unlängst den Nordrand von Pavonis besetzt und den Bahnhof und die Kuppel in Lastflow übernommen. Die Roten, mit denen Ann gereist war, kamen größtenteils aus dem roten Mainstream und diskutierten, ob sie sich am Rand des Kraters entlangbewegen sollten, um sich den Kakaze anzuschließen, entschieden dann aber am Schluss, in Ost-Pavonis zu bleiben. Ann verfolgte diese Diskussion schweigend, freute sich aber über das Ergebnis, da sie zu Kasei, Dao und deren Anhänger Distanz wahren wollte. Sie blieb gern in Ost-Pavonis.

Viele Truppen des Freien Mars hielten sich auch dort auf und zogen aus ihren Rovern in die verlassenen Lagerhäuser um. In Ost-Pavonis konzentrierten sich revolutionäre Gruppen aller Art; und einige Tage nach ihrer Ankunft begab Ann sich hinein und ging über verdichteten Regolith zu einem der größten Lagerhäuser der Kuppel, um an einer allgemeinen Strategiekonferenz teilzunehmen.

Die Sitzung verlief ungefähr so, wie sie erwartet hatte. Nadia stand im Zentrum der Diskussion; und es war zwecklos, jetzt mit ihr zu sprechen. Ann nahm einfach auf einem Stuhl an der Rückwand Platz und beobachtete, wie die anderen sich zur Lage äußerten. Sie wollten nicht aussprechen, was Peter ihr gegenüber schon eingeräumt hatte: Es gab keinen Weg, die UNTA vom Raumaufzug zu vertreiben. Bevor sie das jedoch zugeben würden, würden sie versuchen, das Problem wegzudiskutieren.

Später kam Sax herüber und nahm neben ihr Platz.

»Einen Raumaufzug«, sagte er. »Den könnte man … benutzen.«

Ann war es keineswegs angenehm, mit Sax zu sprechen. Sie wusste, dass ihm die Sicherheitsleute der UNTA einen Gehirnschaden zugefügt hatten und er einer Behandlung unterzogen worden war, die seine Persönlichkeit verändert hatte. Aber irgendwie hatte das überhaupt nicht geholfen. Dadurch war der Umgang sehr seltsam, manchmal kam er ihr vor wie der gleiche alte Sax, so vertraut wie ein vielgehasster Bruder, während er ein andermal wirklich wie eine völlig andere Person wirkte, die in Sax' Körper hauste. Diese zwei entgegengesetzten Eindrücke wechselten manchmal rapide oder existierten sogar gleichzeitig. Gerade bevor er zu ihr gekommen war, hatte er mit Nadia und Art gesprochen und ausgesehen wie ein Fremder, ein gepflegter alter Mann mit durchdringendem Blick, der mit Sax' Stimme und in seinem Tonfall sprach. Als er jetzt neben ihr saß, sah sie, dass die Veränderungen an seinem Gesicht rein oberflächlich waren. Aber trotz des vertrauten Aussehens steckte jetzt der Fremde in ihm; denn hier war ein Mann, der stockte und Sprünge machte, als er mühsam nach dem suchte, was er sich zu sagen bemühte, und dann oft etwas kaum Zusammenhängendes hervorstieß.

»Der Aufzug ist ein ... eine Erfindung. Um ... sich zu erheben. Ein ... ein Werkzeug.«

»Nicht wenn wir ihn nicht kontrollieren«, entgegnete Ann so betont, als unterrichtete sie ein Kind.

»Kontrollieren ...«, sagte Sax und dachte über das Konzept nach, als wäre es ihm völlig neu. »Einfluss? Wenn der Aufzug von jedem, der das wirklich will, zum Absturz gebracht werden kann, dann ...« Er verstummte, verloren in seinen Gedanken.

»Was dann?«, fragte Ann ungeduldig.

»Dann wird er von allen kontrolliert. Einvernehmliche Existenz. Ist das nicht offenkundig?«

Es war, als würde er aus einer Fremdsprache übersetzen. Das war nicht Sax. Ann konnte nur den Kopf schütteln und es sanft zu erklären versuchen. Der Aufzug war für die Metanationalen der Weg zum Mars, sagte sie ihm. Er war jetzt in deren Besitz, und die Revolutionäre hatten keine Mittel, um deren Polizeikräfte von ihm zu verjagen. Offensichtlich musste er angesichts dieser Lage zum Absturz gebracht werden. Man müsste die Leute vorwarnen, ihnen einen Zeitplan geben und es dann durchziehen. »Verluste an Menschenleben wären minimal, und wenn es welche gibt, dürften sie hauptsächlich der Sturheit der Leute zuzuschreiben sein, die auf dem Kabel oder dem Äquator ausharrten.«

Unglücklicherweise hörte Nadia das von der Mitte des Raums her, und sie schüttelte den Kopf so heftig, dass ihre gestutzten grauen Locken herumflogen wie die Perücke eines Clowns. Sie war immer noch sehr wütend auf Ann wegen Burroughs, ohne jeden Grund. Darum blitzte Ann sie an, als sie zu ihnen herüberkam und knapp sagte: »Wir brauchen den Aufzug. Er ist unsere Verbindung mit Terra ebenso wie deren Verbindung zum Mars.«

»Aber wir brauchen keine Verbindung zu Terra«, widersprach Ann. »Es ist keine physische Beziehung für uns. Siehst du das nicht ein? Ich sage nicht, dass wir keinen Einfluss auf Terra haben sollten. Ich bin keine Isolationistin wie Kasei oder Cojote. Ich meine, dass wir versuchen müssen, an ihnen zu arbeiten. Aber es ist keine *physische* Angelegenheit, verstehst du? Es ist eine Frage von Ideen, von Gesprächen und allenfalls ein paar Botschaftern. Es ist ein *Informationsaustausch*. Zumindest dann, wenn es richtig läuft. Wenn aber ein physischer Kontakt besteht, es zu einem Austausch von Ressourcen kommt oder einer Masseneinwanderung oder gar Polizeikontrolle – dazu ist der Aufzug nützlich, ja sogar notwendig. Wenn wir ihn herunterholen, würden wir ihnen damit sagen: Wir werden mit euch verhandeln, aber zu *unseren* Bedingungen, nicht zu euren.«

Es war so einleuchtend. Aber Nadia schüttelte den Kopf, was Ann einfach nicht verstehen konnte.

Sax räusperte sich und sagte in seinem alten, trockenen, dozierenden Stil blinzelnd: »Wenn wir ihn herunterholen können, dann ist es effektiv so, als wäre er schon abgestürzt.« Wie ein plötzlich an ihrer Seite erschienener Geist, die Stimme des Terraformens, der Feind, gegen den sie immer wieder verloren hatte, war Saxifrage Russell wieder er selbst, mehr als je zuvor. Und alles, was sie tun konnte, war, die gleichen Argumente vorzubringen, wie sie es immer getan hatte, die schwachen Argumente, wobei sie schon im Mund fühlte, dass die Worte nicht ausreichten.

Dennoch versuchte sie es. »Sax, die Leute handeln nach dem, was es hier gibt. Die Metanat-Direktoren und die UN und die Regierungen werden aufschauen und sehen, was es hier gibt und dementsprechend handeln. Wenn das Kabel weg ist, haben sie jetzt einfach nicht die Mittel oder die Zeit, sich mit uns anzulegen. Aber solange das Kabel da ist, werden sie kommen. Sie werden denken, dass sie es schaffen können. Und es wird Leute geben, die danach schreien, es zu versuchen.«

»Sie können immer kommen. Das Kabel spart nur Treibstoff.«

»Was kostengünstige Massentransporte möglich macht.«

Aber jetzt war Sax abgelenkt und verwandelte sich wieder in einen Fremden. Niemand widmete ihren Argumenten Aufmerksamkeit. Nadia fuhr fort, über Kontrolle des Orbits und sichere Verbindungsrouten und dergleichen zu reden.

Der fremdartige Sax unterbrach Nadia, ohne ihr überhaupt zugehört zu haben, und sagte: »Wir haben versprochen, ihnen … zu helfen.«

»Indem wir ihnen mehr Metalle schicken?«, fragte Ann. »Brauchen sie diese wirklich?«

»Wir könnten … Leute aufnehmen. Das könnte helfen.«

Ann schüttelte den Kopf. »Wir könnten nie genug aufnehmen.«

Er runzelte die Stirn. Nadia merkte, dass man ihr nicht zuhörte, und kehrte an den Tisch zurück. Sax und Ann verstummten.

Man stritt endlos weiter. Keine Partei gab nach oder war zu Kompromissen bereit, und es kam nie etwas zustande. Man benutzte die gleichen Worte für unterschiedliche Dinge, und nur selten sprach überhaupt einer wirklich mit dem anderen. Früher war es anders gewesen, vor sehr langer Zeit, als sie in der gleichen Sprache diskutiert und einander verstanden hatten. Aber das war so lange her, dass Ann sich nicht einmal erinnern konnte, wann genau das gewesen war. In der Antarktis? Irgendwo. Aber nicht auf dem Mars.

»Weißt du«, sagte Sax in leichtem Ton, wiederum sehr un-Saxisch, fremd, »es war nicht die rote Miliz, die die Übergangsbehörde veranlasst hat, Burroughs und den Rest des Planeten zu evakuieren. Wenn Guerillas der einzige Faktor gewesen wären, dann wären die Terraner auf uns losgegangen und hätten vielleicht Erfolg gehabt. Aber die Massendemonstrationen in den

Kuppeln machten deutlich, dass fast jeder auf dem Planeten gegen sie war. Das fürchten Regierungen am meisten: Massenproteste in den Städten. Hunderttausende von Menschen, die auf die Straßen gehen, um das herrschende System abzusetzen. Das ist es, was Nirgal meint, wenn er sagt, dass politische Macht aus dem Blick in den Augen der Menschen erwächst. Und nicht aus Gewehrmündungen.«

»Also?«, fragte Ann.

Sax zeigte auf die Menge im Lagerhaus. »Das sind alles Grüne.«

Die anderen debattierten weiter. Sax beobachtete Ann wie einen exotischen Vogel.

Ann stand auf, verließ die Versammlung und ging in die seltsam ruhigen Straßen von Ost-Pavonis hinaus. Da und dort hatten Milizen Posten an Straßenkreuzungen bezogen und richteten ihren Blick nach Süden, auf Sheffield und das Kabelterminal. Glückliche, hoffnungsvolle, ernsthafte junge Eingeborene. An einer Ecke stand eine Gruppe in lebhafter Diskussion; und als Ann vorbeikam, schrie eine junge Frau mit entschlossenem Gesicht und leidenschaftlicher Überzeugung in der Stimme: »Ihr könnt doch nicht einfach tun, was ihr wollt!«

Ann ging weiter. Sie fühlte sich immer unbehaglicher, ohne zu wissen, weshalb. So verändern sich die Menschen – in kleinen Quantensprüngen, wenn sie von äußeren Ereignissen getroffen werden, ohne Plan, ohne Ziel. Jemand sagt »der Blick im Auge der Menschen«, und zu dieser Phrase gesellt sich plötzlich ein Bild: Ein Gesicht, das vor leidenschaftlicher Überzeugung glüht, und eine andere Phrase: »Ihr könnt doch nicht einfach tun, was ihr wollt!« Ihr wurde plötzlich klar (der Gesichtsausdruck dieser jungen Frau!), dass es nicht bloß das Geschick des Kabels war, über das sie entschieden, nicht bloß: »Sollte das Kabel zum Absturz gebracht werden?«, sondern: »Wie treffen wir Entscheidungen?« Das war die entscheidende postrevolutionäre Frage, wichtiger als jedes andere Thema, wichtiger selbst als die Frage des Kabels. Bis jetzt hatten die meisten Leute im

Untergrund nach der Maxime gehandelt: »Wenn wir mit dir nicht übereinstimmen, werden wir gegen dich kämpfen.« Diese Haltung hatte die Menschen überhaupt erst in den Untergrund getrieben, auch Ann. Und wenn man sich an diese Methode gewöhnt hatte, war es schwer, von ihr loszukommen. Schließlich hatten sie ja gerade bewiesen, dass sie funktionierte. Und so bestand die Neigung, sie weiter anzuwenden. Das empfand sie selbst auch so.

Aber politische Macht … einmal angenommen, sie erwächst tatsächlich aus dem Blick im Auge des Menschen. Man könnte ewig kämpfen, aber wenn das Volk nicht hinter einem stand …

Ann dachte weiter darüber nach, als sie nach Sheffield hinüberfuhr. Sie hatte beschlossen, diese Farce einer Strategiesitzung am Nachmittag in Ost-Pavonis zu schwänzen. Sie wollte einen Blick auf das Zentrum der Aktion werfen.

Es war seltsam, wie wenig sich im alltäglichen Leben von Sheffield geändert zu haben schien. Die Leute gingen immer noch zur Arbeit, aßen in Restaurants, plauderten auf dem Rasen in den Parks und versammelten sich auf den öffentlichen Plätzen dieser am dichtesten bevölkerten Kuppelstadt. Die Läden und Restaurants waren gedrängt voll. Die meisten Geschäfte in Sheffield hatten den Metanationalen gehört, und jetzt lasen die Leute auf ihren Bildschirmen lange Ausführungen darüber, was zu tun wäre, wie die neue Beziehung der Beschäftigten zu ihren alten Arbeitgebern sein sollte, wo sie ihre Rohstoffe kaufen sollten, wo sie verkaufen sollten, wessen Vorschriften sie folgen und wem sie Steuern bezahlen sollten. Alles sehr verwirrend, wie die Diskussionen auf den Schirmen, die allabendlichen Nachrichtensendungen und die Kommunikationsnetze zeigten.

Der Platz, auf dem der Lebensmittelmarkt stattfand, sah allerdings so aus wie immer. Die meisten Nahrungsmittel wurden von Kollektiven erzeugt und verteilt, es gab entsprechende Netze; die Treibhäuser auf Pavonis produzierten noch. Und so lief auf dem Markt alles wie immer. Bezahlt wurde mit UNTA-Dollars oder mit Krediten. Nur ein paar Mal sah Ann Verkäufer in ihren Schürzen, die mit roten Gesichtern Kunden anschrien, die genauso zurückschrien, weil sie sich über irgendeinen Punkt der Regierungspolitik stritten. Als Ann an einem solchen Streit vorbeiging, bei dem es nicht anders zuging als unter den Anführern in Ost-Pavonis, hielten die Diskutierenden plötzlich inne und starrten sie an. Man hatte sie erkannt. Der Gemüsehändler sagte laut: »Wenn ihr Roten endlich Ruhe geben würdet, würden sie einfach weggehen!«

»Ach komm!«, erwiderte ein anderer. »Es liegt ja nicht an ihr.«

Sehr wahr, dachte Ann, als sie weiterging.

Eine Menschenmenge stand da und wartete auf die Straßenbahn. Die Transportsysteme waren noch in Betrieb; bereit für die Autonomie. Die Kuppel als solche funktionierte, was keineswegs selbstverständlich war, obwohl offenbar die meisten Leute das annahmen. Aber die Betreiber jeder Kuppel hatten ihre Aufgabe klar vor Augen. Sie gewannen ihre Rohstoffe selbst, hauptsächlich aus der Luft. Ihre Sonnenkollektoren und Kernreaktoren lieferten alle Energie, die sie brauchten. Somit waren die Kuppeln physisch schwach, konnten aber, wenn man sie in Ruhe ließ, durchaus politisch autonom sein. Es gab keinen Grund, sie besitzen zu wollen, keinerlei Rechtfertigung. Das zum Leben Notwendige war vorhanden. Der Alltag nahm seinen Lauf, nicht sonderlich beeinträchtigt durch die Revolution.

So schien es jedenfalls auf den ersten Blick. Aber auch in den Straßen gab es bewaffnete Gruppen, junge Eingeborene, die zu dritt, viert oder fünft an Straßenecken standen. Revolutionäre Milizen bei ihren Granatwerfern und Fernaufklärungsgeräten. Ob es Grüne oder Rote waren, spielte keine Rolle – allerdings waren es wahrscheinlich Grüne. Die Leute warfen ihnen im Vorbeigehen schiefe Blicke zu oder blieben stehen, um mit ihnen zu reden und herauszufinden, was sie taten. Die Steckdose im Auge behalten, sagten die bewaffneten Eingeborenen. Aber Ann sah, dass sie auch als Polizei fungierten. Sie waren ein akzeptierter und unterstützter Teil der Gemeinschaft. Die Leute grinsten bei den Gesprächen. Das war *ihre* Polizei, sie waren auch Marsianer und hier, um sie zu beschützen und Sheffield für sie zu bewachen. Die Leute wollten sie hier haben. Das war klar. Wenn sie sie nicht gewollt hätten, wäre jeder nahende Fragesteller eine Bedrohung und jeder unfreundliche Blick ein Angriff gewesen, was die Milizen letztlich von den Straßenecken zum Rückzug an einen sichereren Ort gezwungen hätte. Die Gesichter der Leute bezeugten Eintracht. Das hielt diese Welt am Laufen.

Darüber grübelte Ann während der nächsten Tage nach. Vor allem, nachdem sie mit einem Zug am Rand des Kraters entlang, entgegen dem Uhrzeigersinn, in die entgegengesetzte Richtung von Sheffield zum nördlichen Bogen des Kraterrandes gefahren war. Dort hatten Kasei und Dao Apartments in dem kleinen Kuppelbau von Lastflow in Besitz genommen. Offenbar hatten sie gewaltsam einige der nicht zur Kampftruppe gehörende Bewohner vertrieben, die natürlich wütend mit dem Zug nach Sheffield geeilt waren und jetzt verlangten, wieder in ihre Häuser gelassen zu werden. Außerdem meldeten sie Peter und den anderen grünen Anführern, dass die Roten am Nordrand Raketenwerfer auf Lastwagen in Stellung gebracht hätten, die auf den Aufzug und Sheffield allgemein zielten.

So begab Ann sich in schlechter Stimmung zu dem kleinen Bahnhof von Lastflow. Sie ärgerte sich über die Arroganz der Kakaze, die auf ihre Art ebenso stur waren wie die Grünen. Sie hatten bei dem Gefecht von Burroughs richtig gehandelt, als sie den Deich unverhohlen eingenommen hatten. Alle waren dadurch gewarnt worden, wonach sie ihn dann selbst zerstört hatten, nachdem sich alle anderen revolutionären Parteien auf den Höhen im Süden versammelt hatten, bereit, die Zivilbevölkerung der Stadt zu retten, während die Sicherheitskräfte der

Metanationalen zum Rückzug gezwungen worden waren. Die Kakaze hatten gesehen, worauf es ankam, und gehandelt, ohne sich in einer Debatte zu verzetteln. Ohne deren Entschlossenheit wären alle immer noch um Burroughs versammelt, und die Metanats würden zweifellos gerade eine terranische Eingreiftruppe organisieren, die die Situation entschärfen sollte. Es war ein perfekt ausgeführter Coup gewesen.

Jetzt hatte es den Anschein, als wäre ihnen dieser Erfolg zu Kopf gestiegen.

Lastflow war nach der Senke benannt, in der es gelegen war, ein fächerförmiger Lavastrom, der sich mehr als hundert Kilometer weit von der Nordostflanke des Berges herunter erstreckte. Er war der einzige Makel an dem sonst kreisrunden Gipfelkegel und der Caldera und offenbar sehr spät in der Geschichte der Eruptionen des Vulkans entstanden. Wenn man unten in der Senke stand, wurde der Blick auf den Rest des Gipfels abgeschnitten, als befände man sich in einem flachen Tal mit wenig Aussicht rundum – bis man zum Abhang an der Kante hinausging und plötzlich den riesigen Zylinder der Caldera vor sich hatte und am fernen Horizont die Silhouette Sheffields, das wie ein mehr als vierzig Kilometer entferntes Mini-Manhattan aussah.

Die eingeschränkte Aussicht war wahrscheinlich der Grund dafür, warum diese Senke der letzte Teil des Randes war, der besiedelt worden war. Aber jetzt war sie gefüllt mit einer großen Kuppel von sechs Kilometern Durchmesser und ungefähr hundert Metern Höhe, die man kräftig verstärkt hatte, wie es bei allen Kuppeln hier oben erforderlich war. Die Siedlung war hauptsächlich von Pendlern bewohnt gewesen, die in den zahlreichen Industriebetrieben am Kraterrand arbeiteten. Jetzt war der Bezirk direkt am Rand von den Kakaze besetzt worden; und gleich neben der Kuppel stand eine Flotte von großen Rovern, auf die ohne Zweifel das Gerücht von den Raketenwerfern zurückzuführen war.

Während Ann zu dem Restaurant geführt wurde, das Kasei als Hauptquartier ausgesucht hatte, versicherten ihr ihre Führer, dass das Gerücht stimmte. Die Rover zogen Raketenabschussrampen, die bereit waren, die letzte Zuflucht der UNTA auf dem Mars einzuebnen. Anns Führer waren offensichtlich glücklich darüber, und auch, dass sie ihr davon erzählen und sie herumführen konnten. Ein gemischter Haufen, zumeist Eingeborene, einige neu Hinzugekommene von der Erde, aber auch Oldtimer, mit allen möglichen ethnischen Wurzeln. Einige Gesichter erkannte Ann: Etsu Okakura, al-Khan, Yussuf. Etliche ihr unbekannte Jugendliche hielten sie an der Tür des Restaurants auf, um ihr die Hand zu schütteln, und grinsten dabei enthusiastisch. Die Kakaze waren, das musste sie sich eingestehen, der Flügel der Roten, für den sie am wenigsten Sympathie empfand. Wütende Exterraner oder idealistische junge Eingeborene aus den Kuppeln – beim Lächeln zeigten sie ihre dunklen steinernen Eckzähne, und ihre Augen funkelten, weil sie diese Gelegenheit erhielten, sie kennenzulernen. Sie sprachen von *kami*, der Notwendigkeit zur Reinheit, dem inneren Wert von Stein, den Rechten des Planeten und so weiter. Kurzum: Fanatiker. Ann schüttelte ihnen die Hand und nickte, bemüht, ihr Unbehagen nicht zu zeigen.

Drinnen im Restaurant saßen Kasei und Dao an einem Fenster und tranken dunkles Bier. Alle im Raum hielten im Gespräch inne; und es dauerte einige Zeit, bis sie vorgestellt worden war, bis Kasei und Dao sie begrüßt und umarmt hatten und die Leute ihre Gespräche wieder aufnahmen. Man brachte ihr aus der Küche etwas zu essen. Auch die Angestellten des Restaurants kamen heraus, um sie zu begrüßen, denn auch sie waren Kakaze. Ann wartete ungeduldig, bis sie gegangen und die Leute zu ihren Tischen zurückgekehrt waren. Sie fühlte sich unbehaglich. Das waren ihre geistigen Kinder, behaupteten die Medien immer. Sie war die erste Rote; aber in Wahrheit fühlte sie sich unwohl bei ihnen.

Kasei, gutgelaunt, wie schon seit Beginn der Revolution, meinte: »Wir werden das Kabel in etwa einer Woche abschießen.«

»Ach, tatsächlich«, sagte Ann. »Warum so lange warten?«

Dao entging ihr Sarkasmus. »Weil wir die Leute warnen müssen, damit sie Zeit haben, sich weit genug vom Äquator zu entfernen.« Obwohl er gewöhnlich ein mürrischer Mann war, war er heute ebenso vergnügt wie Kasei.

»Und auch, um das Kabel zu verlassen?«

»Wenn ihnen danach ist. Aber selbst wenn sie es evakuieren und an uns übergeben, werden wir es zum Absturz bringen.«

»Wie denn? Sind das da draußen wirklich Raketenwerfer?«

»Ja. Aber die sind für den Fall gedacht, dass sie herunterkommen und versuchen Sheffield wieder einzunehmen. Was das Kabel angeht – es hier an der Basis zu zerstören bringt nichts.«

»Die Kontrollraketen könnten imstande sein, mit Angriffen am Boden fertigzuwerden«, erklärte Kasei. »Es ist wirklich schwer zu sagen, was geschehen würde. Aber das Abtrennen genau über dem asynchronen Punkt würde den Schaden am Äquator gering halten und verhindern, dass New Clarke so schnell davonfliegt wie der alte. Wir wollen das Ausmaß der Tragödie möglichst gering halten und Märtyrer vermeiden, wo wir können, verstehst du? Nur die Zerstörung eines Bauwerks! Eines Bauwerks, das keinen Nutzen mehr hat.«

»Ja«, sagte Ann, erleichtert über dieses Zeichen von Vernunft. Aber es war seltsam zu hören, wie ihre Idee als Plan eines anderen verkündet wurde. Sie stellte die Hauptquelle ihrer Besorgnis fest: »Was ist mit den anderen, den Grünen? Was ist, wenn sie widersprechen?«

»Das werden sie nicht«, erwiderte Dao.

»Oh doch!«, sagte Ann in scharfem Ton.

Dao schüttelte den Kopf. »Ich habe mit Jackie gesprochen. Es mag sein, dass manche Grüne wirklich dagegen sind, aber ihre Gruppe vertritt diese Meinung bloß in der Öffentlichkeit, damit sie in den Augen der Terraner gemäßigt erscheinen und alles, was gefährlich ist, den Radikalen in die Schuhe schieben können, über die sie keine Kontrolle haben.«

»Also uns«, sagte Ann.

Sie nickten beide. »Genau wie mit Burroughs«, sagte Kasei lächelnd.

Ann dachte darüber nach. Das war zweifelsohne richtig. »Aber einige von ihnen sind wirklich grundsätzlich dagegen. Ich habe mit ihnen darüber diskutiert. Das war keine Augenwischerei für die Öffentlichkeit.«

»So, so«, sagte Kasei bedächtig.

Sowohl er wie auch Dao sahen sie an.

Schließlich sagte sie: »Ihr werdet es also auf jeden Fall tun.«

Sie blickten sie weiterhin an. Ann erkannte plötzlich, dass sie ihren Worten ebenso wenig folgen würden wie Jungen, die von einer senilen Großmutter Anweisungen bekommen. Sie ließen sie reden und überlegten, wie sie sie am besten für ihre Zwecke benutzen könnten.

»Wir müssen es tun«, erklärte Kasei. »Es liegt im Interesse des Mars. Nicht bloß für uns Rote, sondern für uns alle. Wir brauchen eine gewisse Distanz zwischen uns und Terra, und die Schwerkraftsenke stellt diese Distanz wieder her. Ohne sie werden wir in den Mahlstrom hinuntergezogen werden.«

Das war Anns Argument, genau das, was sie bei den Versammlungen in Ost-Pavonis gesagt hatte. »Und wenn sie versuchen, euch aufzuhalten?«

»Ich glaube nicht, dass sie das können«, erwiderte Kasei.

»Wenn sie es aber versuchen?«

Die beiden Männer schauten einander an. Dao zuckte die Achseln.

So so, dachte Ann und sah sie an. Sie waren gewillt, einen Bürgerkrieg anzufangen.

Es kamen immer noch Leute die Hänge von Pavonis herauf zum Gipfel und füllten Sheffield, Ost-Pavonis, Lastflow und die anderen Kuppelstädte auf dem Rand. Unter ihnen waren Michel, Spencer, Vlad, Marina und Ursula. Ferner Mikhail und eine ganze Brigade Bogdanovisten sowie Cojote, wie immer allein, eine Praxis-Gruppe, ein großer Zug Schweizer, arabische Roverkarawanen – sowohl Sufis als auch Weltliche – und Eingeborene aus anderen Städten und Niederlassungen auf dem Mars. Alle kamen zum Endspiel herauf. Überall sonst auf dem Mars hatten die Eingeborenen ihre Kontrolle gefestigt. Alle Versorgungsstationen wurden von Einheimischen in Kooperation mit der Organisation Séparation de l'Atmosphère betrieben. Es gab natürlich noch kleine Widerstandsnester der Metanats, und draußen waren auch einige Kakaze, die systematisch Terraformingprojekte zerstörten, aber Pavonis war eindeutig der Wendepunkt – entweder der Endkampf der Revolution oder, wie Ann zu befürchten begann, der erste Schritt in einen Bürgerkrieg. Oder beides. Es wäre nicht das erste Mal.

Also besuchte sie die Versammlungen und schlief nachts schlecht. Sie erwachte aus unruhigem Schlaf oder aus Nickerchen zwischen einem Meeting und dem nächsten. Die Treffen verloren ihre Kontur: Auf allen wurde gestritten, alle waren ergebnislos. Ann war müde, und der sporadische Schlaf half nicht. Sie war fast 150 Jahre alt und hatte seit 25 Jahren keine gerontologische Behandlung mehr gehabt. Sie fühlte sich immer durch und durch erschöpft. So sah sie aus einem Schacht zunehmender Gleichgültigkeit zu, wie die anderen die Situation durchkauten. Die Erde war noch immer in Aufruhr. Die durch den Zusammenbruch des westantarktischen Eisschildes bewirkte Flut erwies sich tatsächlich als der ideale Auslösemechanismus, auf den General Sax gewartet hatte. Sax hatte keine Gewissensbisse, aus dem Missgeschick der Erde Nutzen zu ziehen. Das spürte Ann. Er verschwendete an die vielen Toten, die die Flut da unten gefordert hatte, nicht einen Gedanken. Sie konnte das auf seinem Gesicht ablesen, wenn das Gespräch darauf kam – welchen Sinn hatten Gewissensbisse? Die Überschwemmung war ein Unglücksfall, eine geologische Katastrophe wie eine Eiszeit oder ein Meteoriteneinschlag. Niemand sollte Zeit darauf verlieren sich schuldig zu fühlen, selbst wenn man für sich selbst Vorteile daraus zog. Am besten man nahm sich alles, was man aus Chaos und Unordnung an Nutzen ziehen konnte, ohne sich Sorgen zu machen. All dies war deutlich auf Sax' Gesicht zu erkennen, wenn er darüber diskutierte, was man der Erde gegenüber als Nächstes unternehmen sollte. Er schlug vor, eine Delegation zu entsenden. Eine diplomatische Mission, persönliches Erscheinen, irgendetwas darüber, dass man es gemeinsam tun solle; oberflächlich betrachtet unzusammenhängende Dinge, aber sie konnte ihn lesen wie einen Bruder, ihren alten Gegner! Nun gut, Sax – jedenfalls der alte Sax – war alles andere als irrational und deshalb leicht zu verstehen. Leichter als die jungen Fanatiker der Kakaze, wenn sie es recht bedachte. Und man konnte ihm nur in seiner eigenen Welt begegnen und sich mit ihm ausschließlich in seiner Sprache verständigen. So setzte sie sich ihm bei den Versammlungen gegenüber und versuchte, sich zu konzentrieren, auch wenn sich ihr Geist irgendwie zu verhärten schien und sich in ihrem Kopf versteinerte. Die Argumente drehten sich im Kreis: Was sollten sie auf Pavonis tun? Pavonis Mons, Pfauenberg. Wer würde den Pfauenthron besteigen? Überall gab es potenzielle Schahs: Peter, Nirgal, Jackie, Zeyk, Kasei, Maya, Nadia, Mikhail, Ariadne, die unsichtbare Hiroko …

Jetzt verwies jemand auf die Konferenz von Dorsa Brevia als nützlichen Rahmen für eine Diskussion. Alles gut und schön; aber ohne Hiroko fehlte das moralische Zentrum, die einzige Person in der ganzen marsianischen Geschichte außer John Boone, der jeder folgen würde. Aber Hiroko und John waren nicht mehr da, wie Arkady und Frank, der jetzt nützlich gewesen wäre, wenn er auf ihrer Seite gestanden hätte, was er nicht getan hätte. Alle waren sie fort. Und ihnen war Anarchie geblieben. Seltsam, wie an einem voll besetzten Tisch die Abwesenden stärker präsent waren als die Anwesenden. Hiroko zum Beispiel. Die Leute erwähnten sie ständig. Und ohne Zweifel war sie irgendwo draußen in der Wildnis und hatte sie, wie üblich, in der Stunde der Not verlassen. Sie aus dem Nest geworfen.

Seltsam auch, dass das einzige Kind ihrer verlorenen Helden, Kasei, der Sohn von John und Hiroko, hier der radikalste Anführer sein sollte; ein beunruhigender Mensch, auch wenn er auf ihrer Seite stand. Da saß er nun und schüttelte seinen ergrauten Kopf über Art, wobei ein leichtes Lächeln seinen Mund umspielte. Er war nicht so wie John oder Hiroko. Obwohl, er hatte etwas von Hirokos Arroganz und von Johns Schlichtheit. Das Schlimmste von beiden. Und dennoch war er ein Machtfaktor. Er tat, was er wollte, und eine Menge Leute folgten ihm. Aber er war nicht so, wie seine Eltern gewesen waren.

Und Peter, der nur zwei Plätze neben Kasei saß, hatte keine Ähnlichkeit mit ihr oder Simon. Es war schwer zu erkennen, was Blutsverwandtschaft bedeutete – offenbar gar nichts. Dennoch zog es ihr das Herz zusammen, wenn sie Peter zuhörte, wie er mit Kasei diskutierte und den Roten in jedem Punkt entgegentrat, indem er sich für eine Art von interplanetarer Zusammenarbeit aussprach. Niemals wandte er sich in diesen Diskussionen an sie oder sah sie auch nur an. Vielleicht war das als eine Art Höflichkeit gedacht: Ich will mich nicht in der Öffentlichkeit mit dir streiten. Aber es sah auch ein wenig aus wie: Ich will mich mit dir nicht streiten, denn du spielst keine Rolle.

Er setzte sich weiter dafür ein, das Kabel zu behalten, und stimmte mit Art hinsichtlich des Dorsa-Brevia-Dokuments natürlich überein, in Anbetracht der großen Mehrheit, die es damals für die Grünen gegeben hatte und die auch heute noch bestand. Sich auf das Dorsa-Brevia-Dokument zu beziehen würde heißen, die Existenz des Kabels zu sichern. Und damit die fortgesetzte Präsenz der UNTA – der Übergangsbehörde der Vereinten Nationen. Und tatsächlich sprachen einige von denen aus

Peters Umfeld über »Semi-Autonomie gegenüber Terra« anstelle von Unabhängigkeit. Und Peter machte mit, das machte sie krank. Und das alles, ohne sie eines Blickes zu würdigen. Das war so Simon-typisch, irgendwie, eine Art von Stille. Es machte sie wütend.

»Wir brauchen erst gar nicht über langfristige Pläne zu sprechen, bis wir das Aufzugsproblem nicht gelöst haben«, unterbrach sie ihn, und erntete dafür einen sehr finsteren Blick, als hätte sie eine Vereinbarung gebrochen. Aber es gab keine Vereinbarung, und warum sollten sie nicht gegeneinander argumentieren, wenn sie keine andere wirkliche Beziehung hatten außer der Biologie?

Art behauptete, die UN sagten jetzt, dass sie gewillt seien, der marsianischen Semi-Autonomie zuzustimmen, solange der Mars in »enger Konsultation« mit der Erde bliebe und bei der Krise aktiv Hilfe leisten würde. Nadia sagte, sie stünde in Verbindung mit Derek Hastings, der sich jetzt oben auf New Clarke aufhielt. Hastings hatte Burroughs ohne eine blutige Schlacht aufgegeben, ja; und jetzt behauptete sie, dass er zu Kompromissen bereit sei. Es gab keinen Zweifel daran, dass sein nächster Rückzug nicht so leicht werden würde, noch würde es ihn an einen sehr angenehmen Ort verschlagen, denn trotz aller Notstandsmaßnahmen war die Erde jetzt eine Welt der Hungersnöte, der Seuchen und Plünderungen – der Zusammenbruch des Gesellschaftsvertrages, der stets sehr zerbrechlich gewesen war. Und es könnte auch hier passieren. Sie durfte diese Zerbrechlichkeit nicht vergessen, wenn sie wütend genug wurde, wie jetzt, um Kasei und Dao zu sagen, sie sollten die Diskussionen beenden und das Feuer eröffnen. Wenn sie das tun würde, würde es sehr wahrscheinlich dazu kommen. Es überkam sie ein eigenartiges Gefühl für ihre eigene Macht, als sie sich am Tisch umschaute und die verängstigten, wütenden und unglücklichen Gesichter sah. Sie war das Zünglein an der Waage. Sie könnte das Gleichgewicht kippen.

Jeder Sprecher hatte fünf Minuten Redezeit, um seine Sache zu vertreten. Mehr Leute waren für das Abtrennen des Kabels, als Ann vermutet hatte. Nicht bloß Rote, sondern auch Vertreter jener Kulturen oder Bewegungen, die sich durch die metanationale Ordnung oder durch Massenimmigration von der Erde am meisten bedroht fühlten: Beduinen, Polynesier, die Bewohner Dorsa Brevias und einige gerissenere Eingeborene. Dennoch waren sie in der Minderheit. Keine winzige Minderheit – aber immerhin doch in der Anzahl unterlegen. Isolationisten gegen Interaktive. Eine weitere Spaltung zusätzlich zu all den anderen, die die Unabhängigkeitsbewegung auf dem Mars entzweite.

Jackie Boone stand auf und sprach fünfzehn Minuten lang für die Beibehaltung des Kabels und drohte jedem, der es abschießen wollte, mit dem Ausschluss aus der Mars-Gesellschaft. Es war ein widerlicher Auftritt, aber populär; und danach stand Peter auf und sprach im gleichen Sinne, nur etwas subtiler. Er machte Ann so wütend, dass sie sofort, nachdem er fertig war, aufstand, um dafür zu plädieren, das Kabel herunterzuholen. Das brachte ihr einen weiteren giftigen Blick von Peter ein, den sie kaum registrierte. Sie sprach in glühender Rage und vergaß dabei völlig die Redezeit von fünf Minuten. Niemand versuchte, ihr das Wort abzuschneiden, und so redete und redete sie, obwohl sie keine Ahnung hatte, was sie als Nächstes sagen würde, und keine Erinnerung daran, was sie schon gesagt hatte. Vielleicht hatte ihr Unterbewusstsein alles wie in einem Memorandum eines Advokaten organisiert – was zu hoffen war; auf der anderen Seite dachte ein Teil von ihr, während ihr Mund weiterredete, dass sie vielleicht nur immer wieder und wieder das Wort Mars wiederholte, oder sie brabbelte dummes Zeug, und ihre Zuhörer ertrugen es mit Geduld, oder aber sie verstanden sie tatsächlich auf wunderbare Weise in einem Moment kollektiver Glossolalie, wobei unsichtbare Flammen wie juwelenbesetzte Diademe auf ihren Köpfen leuchteten. Und tatsächlich, so schien es Ann, sah das Haar der Zuhörer aus wie gesponnenes Metall, und die Glatzen der alten Männer wie polierter Jaspis, und es schien, als ob jeder hier drinnen alle toten und lebenden Sprachen gleich gut verstehen würde. Und für einen Augenblick, meinte sie, waren sie alle in ihrem Bann gefangen, alle in einer Epiphanie des roten Mars vereint, frei von der Erde, auf diesem Urplaneten lebend, den es einmal gegeben hatte und den es wieder geben könnte.

Sie setzte sich. Diesmal war es nicht Sax, der aufstand, um ihr zu widersprechen, wie es früher so häufig vorgekommen war. Tatsächlich war er konzentriert nach innen gewandt und sah sie mit offenem Mund in einem Erstaunen an, das sie nicht deuten konnte. Sie beide starrten einander mit festen Blicken an. Aber sie hatte keine Ahnung, was er dachte. Sie wusste nur, dass sie endlich seine Aufmerksamkeit erregt hatte.

Diesmal war es Nadia, die ihr entgegentrat. Nadia, ihre Schwester, die sich ruhig und bedächtig für eine Zusammenarbeit mit der Erde aussprach, für einen Eingriff in die terranische Lage. Trotz der großen Flut waren die Nationen der Erde und die Metanationalen immer noch unglaublich mächtig, und in mancher Hinsicht hatte die Krise sie zusammengeschweißt und noch mächtiger gemacht. Darum sprach Nadia von der Notwendigkeit eines Kompromisses, der Notwendigkeit sich zu engagieren, zu beeinflussen, zu verändern. Das widerspricht sich doch, dachte Ann; weil sie schwach wären, erklärte Nadia, könnten sie es sich nicht leisten zu provozieren, und deshalb müssten sie die ganze soziale Realität der Erde verändern.

»Aber wie?«, schrie Ann. »Wenn man keinen Ansatzpunkt hat, kann man keine Welt bewegen! Ohne Ansatzpunkt kein Hebel und keine Kraft!«

»Es geht nicht bloß um die Erde«, entgegnete Nadia. »Es werden weitere Siedlungen im Sonnensystem entstehen. Merkur, Luna, die großen äußeren Monde, die Asteroiden. Wir müssen ein Teil davon sein. Als die erste außerirdische Siedlung sind wir der natürliche Anführer. Eine nicht überbrückte Schwerkraftsenke ist bloß ein Hindernis, eine Minderung unserer Handlungsfähigkeit, eine Schwächung unserer Macht.«

»Dem Fortschritt im Wege stehen?«, hielt Ann ihr erbittert entgegen. »Was hätte Arkady dazu gesagt? Nein, hör zu! Wir hatten eine Chance, hier etwas ganz anderes aufzubauen. Darauf kam es eigentlich an. Wir haben diese Chance immer noch. Alles, was den Raum vergrößert, in dem wir eine neue Gesellschaft schaffen können, ist gut. Alles, was unseren Raum verkleinert, ist schlecht. Denkt darüber nach!«

Vielleicht taten sie es. Aber es machte keinen Unterschied. Alle Elemente auf der Erde schickten ihre Argumente für das Kabel – Argumente, Drohungen, Bitten. Sie brauchten da unten Hilfe. Jede Hilfe. Art Randolph setzte sich weiter energisch für das Kabel ein – im Sinne Praxis'. Ann hatte den Eindruck, als wäre das die nächste Übergangsbehörde, Metanationalismus in seiner spätesten Ausprägung oder Tarnung.

Aber die Eingeborenen ließen sich langsam von ihnen überzeugen, verlockt durch die Möglichkeit der »Eroberung« der Erde, ohne sich darüber im Klaren zu sein, wie unmöglich das war, weil sie sich die Größe und Unbeweglichkeit der Erde nicht vorstellen konnten. Man konnte es ihnen immer und immer wieder sagen, aber sie würden es niemals begreifen.

Schließlich war es Zeit für eine informelle Abstimmung. Man hatte beschlossen, dass die Abstimmung repräsentativ sein sollte, je eine Stimme für die Gruppen, die das Dokument von Dorsa Brevia unterzeichnet hatten, und auch eine Stimme für alle interessierten Parteien, die seit damals entstanden waren – neue Siedlungen im Outback, neue politische Parteien, Vereine, Firmen, Guerillabanden und die verschiedenen roten Splittergruppen. Ehe es losging, schlug eine edle, einfältige Seele sogar eine Stimme für die Ersten Hundert vor; und alle lachten über die Idee, dass die Ersten Hundert imstande sein könnten, sich auf eine Meinung zu einigen. Diese edle Seele, eine junge Frau aus Dorsa Brevia, schlug dann vor, dass jedem der Ersten Hundert eine individuelle Stimme gegeben werden solle; aber das wurde abgelehnt, da es den schwachen Zugriff gefährden würde, den sie auf die repräsentative Herrschaft hatten. Es hätte ohnehin keinen Unterschied gemacht.

Also stimmten sie dafür, den Raumaufzug vorerst bestehen und im Besitz der UNTA zu lassen, bis herunter und einschließlich der Steckdose, ohne Disput. Es war, als hätte König Knut der Große die Gezeiten schließlich für legal erklärt – aber niemand lachte außer Ann. Die anderen Roten waren wütend. Der Besitz der Steckdose war immer noch aktiv umkämpft, wie Dao laut einwandte. Die umliegenden Stadtteile waren verwundbar und konnten eingenommen werden. Es gab keinen Grund, so zurückzuweichen. Sie versuchten nur, ein Problem unter den Teppich zu kehren, weil die Lösung schwierig war! Aber die Mehrheit war sich einig. Das Kabel sollte bleiben.

Ann fühlte wieder den alten Drang zu fliehen. Kuppeln und Züge, Menschen, die Silhouette von Sheffield vor dem Südrand, der Basalt des Gipfels eingeebnet, zerstört und gepflastert … Es gab eine Straße um den ganzen Kraterrand herum, aber die Westseite der Caldera war nahezu unbewohnt. Also stieg Ann in einen der kleinsten Rover der Roten und fuhr entgegen dem Uhrzeigersinn den Rand entlang, bis sie zu einer kleinen Wetterstation kam, wo sie den Rover parkte und durch die Schleuse ausstieg. Sie bewegte sich steif in einem Schutzanzug, der denen sehr ähnelte, in denen sie in den ersten Jahren ins Freie gegangen waren.

Sie war einen guten Kilometer von der Kante des Randes entfernt. Sie ging langsam Richtung Osten darauf zu und stolperte ein paar Mal, bis sie besser aufpasste. Die alte Lava auf der ebenen Fläche des breiten Randes war stellenweise glatt und dunkel und an anderen Stellen rau und etwas heller. Als sie sich der Kante näherte, war sie ganz im Areologen-Modus und führte ein Felsballett auf, das jedem Buckel und jeder Spalte unter ihren Füßen angepasst war. Und das war gut; denn in unmittelbarer Nähe der Kante senkte sich das Land in einer Reihe schmaler gekrümmter Vorsprünge ab, wobei der Höhenunterschied manchmal nur einen Schritt betrug, manchmal aber größer war als sie. Voraus spürte sie immer die leere Luft, bis die andere Seite der Caldera und der Rest des großen Runds in Sicht kamen. Sie kletterte auf den letzten Felsvorsprung hinab, eine nur etwa fünf Meter breite Bank mit schulterhoher gekrümmter Rückwand. Darunter war nichts mehr als der große runde Abgrund von Pavonis.

Diese Caldera war eines der geologischen Wunder des Sonnensystems, ein Loch von 45 Kilometern Durchmesser und etwa fünf Kilometern Tiefe. Fast vollkommen regelmäßig in jeder Hinsicht – kreisförmig, mit ebenem Boden und fast vertikalen Wänden, ein perfekter Zylinder, der wie ein Bohrloch in den Vulkan geschnitten war. Keine der anderen drei großen Calderas erreichte diese perfekte schlichte Form. Ascraeus und Olympus waren komplizierte Palimpseste sich überlappender Ringe, während die breite flache Caldera von Arsia grob zylindrisch, aber ungemein zerklüftet war. Allein Pavonis war ein regelmäßiger Zylinder, das platonische Ideal einer vulkanischen Caldera.

Natürlich fügte von diesem wundervollen Aussichtspunkt, den sie hatte, die horizontale Schichtung der inneren Wände eine Menge unregelmäßiger Details hinzu. Rostfarbene, schwarze, schokoladen- und umbrafarbene Bänder ließen Variationen in der Zusammensetzung der Lava-Ablagerungen erkennen. Manche Schichten waren härter als die darüber und darunter, sodass die Wand in verschiedenen Höhen von zahllosen isolierten, bogenförmigen Balkonen gesäumt schien, die an der Flanke des ungeheuren Felsenschlotes saßen und zumeist nie betreten worden waren. Und der Boden war so eben! Die Senkung der Magmakammer des Vulkans, die sich mehr als 160 Kilometer unter dem Berg befand, musste ungewöhnlich gleichmäßig gewesen sein. Sie war jedes Mal an der gleichen Stelle eingesunken. Ann fragte sich, ob man schon herausgefunden hatte, warum das so gewesen war. War die Magmakammer jünger gewesen als die anderen großen Vulkane, oder kleiner, oder war die Lava homogener gewesen … Wahrscheinlich hatte jemand dieses Phänomen untersucht. Ohne Zweifel könnte sie es in ihrem Handgelenkscomputer nachschlagen. Sie gab den Code für das *Journal of Areological Studies* ein, suchte nach *Pavonis* und fand Artikel über »Hinweise auf strombolische explosive Aktivität, die in Sekundärgesteinen von West-Tharsis gefunden wurden«, und »Radiale Grate in der Caldera und dem konzentrischen Graben außerhalb des Randes, die auf eine späte Absenkung des Gipfels hindeuten«. Sie hatte gerade einen solchen Graben überquert. Ein weiterer Artikel beschäftigte sich mit der »Jüngsten Freisetzung flüchtiger Stoffe in die Atmosphäre, berechnet aus radiometrischen Datierungen von Lastflow«.

Sie schaltete den Computer aus. Sie war nicht mehr auf dem Laufenden mit den neusten Entdeckungen der Areologie. Das war sie schon seit Jahren nicht mehr. Selbst die Lektüre der Zusammenfassungen würde mehr Zeit erfordern, als sie hatte. Und natürlich war eine Menge Forschung durch das Terraformingprojekt verfälscht worden. Forscher, die für die Metanats arbeiteten, hatten sich auf Exploration und Bewertung von Ressourcen konzentriert und Anzeichen für alte Ozeane, für die früher warme und feuchte Atmosphäre und möglicherweise sogar für uraltes Leben gefunden. Andererseits hatten radikale rote Wissenschaftler vor zunehmender seismischer Aktivität gewarnt, vor schnellen Absenkungen, massiven Verwüstungen und dem Verschwinden von Gesteinsformationen in ihrer ursprünglichen Verfassung. Politischer Druck hatte nahezu alles verzerrt, was in den letzten hundert Jahren über den Mars geschrieben worden war. Das *Journal* war die einzige Ann bekannte Publikation, die sich allein auf Areologie im strengsten Sinne beschränkte und sich auf das konzentrierte, was in den fünf Milliarden Jahren der Einsamkeit geschehen war. Es war die einzige Publikation, die Ann noch las oder zumindest durchsah, indem sie die Titel und einige Zusammenfassungen sowie die Leitartikel der Herausgeber am Anfang las. Ein paar Mal hatte sie sogar Briefe über das eine oder andere Detail an die Redaktion gesandt, die die Herausgeber ohne viel Aufhebens gedruckt hatten. Herausgegeben von der Universität in Sabishii, wurde das *Journal* von gleichgesinnten Areologen kritisch geprüft; und die Artikel waren exakt, gut fundiert und in ihren Folgerungen ohne erkennbare politische Absicht. Sie waren einfach Wissenschaft. Die Herausgeber befürworteten die rote Position, aber nur im allerengsten Sinne, indem sie für die Erhaltung der ursprünglichen Landschaft eintraten, sodass weiterhin Studien durchgeführt werden konnten, die nicht durch grobe Umweltverschmutzung behindert wurden. Das war von Anfang an Anns Position gewesen, und bei der war ihr am wohlsten. Sie war nur von dieser wissenschaftlichen Position zu politischem Aktivismus übergegangen, weil es ihr durch die Situation aufgezwungen worden war. Das traf auf viele Areologen zu, die jetzt die Roten unterstützten. Diese Menschen waren Gleichgesinnte, Leute, die sie verstand und mit denen sie sympathisierte.

Aber es waren nur wenige. Sie kannte sie fast alle persönlich. Es waren mehr oder weniger die regelmäßigen Mitarbeiter des *Journals*. Was die übrigen Roten anging, wie die Kakaze und die anderen Radikalen, so befürworteten sie eine Art metaphysische Position, trieben einen Kult. Sie waren religiöse Fanatiker, das Äquivalent zu Hirokos Grünen, Mitglieder einer felsenverehrenden Sekte. Ann hatte mit ihnen im Grunde wenig gemein. Sie leiteten ihr Rotsein aus einer völlig anderen Weltanschauung ab.

Und wenn man sich nur die Gruppenbildung innerhalb der Roten anschaute, was sollte man da von der gesamten Unabhängigkeitsbewegung halten? Nun, sie würde sich entzweien. Das war schon jetzt im Gange.

Ann setzte sich vorsichtig auf die Kante des letzten Balkons. Eine herrliche Aussicht. Es schien ihr, als befände sich unten auf dem Boden der Caldera irgendeine kleine Station, obwohl sie das aus einer Höhe von fünftausend Metern nicht genau erkennen konnte. Selbst die Ruinen des alten Sheffield waren kaum sichtbar – ah, jetzt, sie befanden sich auf dem Boden unter der neuen Stadt, ein kleiner Schutthaufen mit einigen geraden Linien und ebenen Flächen darin. Kaum erkennbare vertikale Kerben in der Wand darüber könnten durch den Fall der Stadt im Jahr '61 bewirkt worden sein. Das war schwer zu sagen.

Die überkuppelten Siedlungen, die sich noch auf dem Rand befanden, wirkten wie die Spielzeugdörfer in Briefbeschwerern. Nach Osten hin lagen Sheffield mit seiner Skyline und die niedrigen Lagerhäuser, Lastflow und die verschiedenen kleinen Kuppeln um den ganzen Rand herum. Die meisten von ihnen waren zu einem größeren Sheffield zusammengewachsen, das fast 180° des Randes einnahm. Von Lastflow aus in Richtung Südwesten, wo Straßen dem gefallenen Kabel entlang über den langen Abhang von West-Tharsis bis Amazonis Planitia folgten. Diese Städte und Stationen würden immer unter Kuppeln bleiben, weil die Luft in 27 Kilometern Höhe stets nur ein Zehntel der Dichte wie auf Normalnull haben würde, das man inzwischen als Meeresniveau bezeichnen konnte. Das heißt die Atmosphäre war hier oben nur dreißig oder vierzig Millibar dick.

Kuppelstädte für immer. Aber mit dem Kabel (sie konnte es nicht sehen), das Sheffield aufspießte, würde die Entwicklung sicher weitergehen, bis man eine große Kuppelstadt gebaut hätte, die ganze Caldera umringend und in sie hinabschauend. Ohne Zweifel würde man irgendwann die Caldera selbst überdachen und mit ihrem runden Boden der Stadt etwa 1500 Quadratkilometer hinzufügen, obwohl sie sich fragte, wer auf dem Boden eines solchen Lochs würde leben wollen, wo ringsum Felswände aufragten wie die Mauer einer runden Kathedrale ohne Dach … Vielleicht würde es manchen zusagen. Die Bogdanovisten hatten schließlich jahrelang in Moholes gelebt. Man würde Wälder wachsen lassen, Bergsteigerhütten oder eher Penthäuser für Millionäre auf den gebogenen Felsvorsprüngen erbauen, Treppen in die Flanken des Gesteins schneiden, gläserne Aufzüge installieren, die für die Fahrt hinauf oder hinunter einen ganzen Tag brauchten … Dachgärten, Reihenhäuser und Wolkenkratzer, die bis zum Rand aufragten, Helikopterlandeplätze auf deren flachen runden Dächern, Straßen, Autobahnen … Oh ja, der ganze Gipfel von Pavonis Mons mit Caldera und allem könnte von der großen Weltstadt bedeckt werden, die ständig wuchs wie ein Pilz auf jedem Fels im Sonnensystem. Milliarden, Billionen, Trillionen von Menschen, alle der Unsterblichkeit so nahe, wie sie nur konnten …

Sie schüttelte verwirrt den Kopf. Die Radikalen in Lastflow waren nicht ihr Fall, nicht wirklich, aber falls sie keinen Erfolg hatten, würden der Gipfel von Pavonis und alle anderen Orte auf dem Mars ein Teil dieser gigantischen Weltstadt werden. Ann versuchte, sich auf die Aussicht zu konzentrieren und Ehrfurcht vor der symmetrischen Gestalt und Liebe zum Gestein unter sich zu empfinden. Ihre Füße hingen über die Kante des Vorsprungs, sie schlug ihre Fersen gegen den Basalt; wenn sie einen Stein werfen würde, würde er fünftausend Meter tief fallen. Aber sie konnte sich nicht konzentrieren. Sie konnte es nicht fühlen. Versteinerung. So taub, schon so lange … Sie schnaubte, schüttelte den Kopf, winkelte ihre Beine wieder an. Ging zurück zum Rover.

Sie träumte von dem Bergsturz. Der Erdrutsch donnerte über den Boden von Melas Chasma und hatte sie schon fast erreicht. Alles war mit surrealer Deutlichkeit zu erkennen. Sie erinnerte sich wieder an Simon. Sie stöhnte und verließ den kleinen Felsen. Sie durchlebte die Gefühle noch einmal und beschwichtigte den toten Mann in ihrem Innern. Sie fühlte sich schrecklich. Der Boden erzitterte.

Sie erwachte, vermutlich von ihrer geträumten Flucht, sie versuchte wegzulaufen, doch eine Hand, die heftig an ihrem Arm zog, hielt sie fest.

»Ann, Ann, Ann!«

Es war Nadia. Noch eine Überraschung. Ann richtete sich mühsam und unsicher auf. »Wo sind wir?«

»Pavonis, Ann. Die Revolution. Ich bin hergekommen und habe dich geweckt, weil ein Kampf zwischen Kaseis Roten und den Grünen in Sheffield ausgebrochen ist.«

Die Gegenwart überrollte sie wie der Erdrutsch in ihrem Traum. Sie riss sich aus Nadias Griff los und langte nach ihrem Hemd.

»Mein Rover war doch abgeschlossen?«

»Ich bin eingebrochen.«

»Aha!« Ann stand auf, immer noch benommen, und wurde immer ärgerlicher, je besser sie die Lage verstand. »Was ist geschehen?«

»Sie haben das Kabel mit Raketen beschossen.«

»Wirklich?« Ein neuer Ruck, der den geistigen Nebel beseitigte. »Und?«

»Es hat nicht geklappt. Die Abwehreinrichtungen des Kabels haben sie abgefangen. Die haben da oben jetzt eine Menge Geräte und freuen sich, sie endlich benutzen zu können. Aber jetzt rücken die Roten von Westen her nach Sheffield ein, schießen mehr Raketen ab, und die UN-Streitmächte auf Clarke bombardieren die ersten Abschussplätze drüben auf Ascraeus und drohen, jede bewaffnete Macht hier unten auch unter Beschuss zu nehmen. Das ist genau das, was sie gewollt haben. Und die Roten denken offenbar, dass es wie bei Burroughs laufen wird, und versuchen es zu forcieren. Darum bin ich zu dir gekommen. Schau, Ann, ich weiß, dass wir viel gestritten haben. Ich bin nicht gerade geduldig gewesen, aber das ist wirklich zu viel. In letzter Minute könnte noch alles schiefgehen. Die UN könnten die Lage hier als Anarchie verstehen und von der Erde herkommen und versuchen, die Macht wieder zu übernehmen.«

»Wo sind sie?«, krächzte Ann. Sie zog ihre Hose an und ging ins Bad. Nadia folgte ihr. Auch das war eine Überraschung. In Underhill wäre es normal gewesen; aber es war schon lange her, dass Nadia ihr bis ins Bad gefolgt war und hartnäckig auf sie eingeredet hatte, während Ann sich das Gesicht wusch und sich zum Pinkeln hinsetzte. »Sie haben ihre Basis noch in Lastflow, haben jetzt aber die Randstraße und die Verbindung nach Cairo abgeschnitten und kämpfen in West-Sheffield und bei der Steckdose. Rote gegen Grüne.«

»Ja, ja.«

»Also wirst du mit den Roten sprechen? Wirst du sie aufhalten?«

Ann wurde von einer jähen Wut erfasst. *»Du hast sie dazu getrieben!«*, schrie sie Nadia ins Gesicht, sodass diese rückwärts gegen die Tür prallte. Ann stand auf, ging einen Schritt auf Nadia zu, zog sich die Hose hoch und brüllte weiter: »Du und dein selbstgefälliges Terraforming, alles ist nur noch grün, grün, grün, ohne eine Spur von Kompromiss! Es ist ebenso deine Schuld wie die ihre! Sie haben schließlich keine Hoffnung!«

»Vielleicht«, sagte Nadia störrisch. Offenbar kümmerte es sie nicht. Das war Vergangenheit und spielte keine Rolle mehr. Sie wischte es beiseite und wollte sich nicht von ihrer Absicht abbringen lassen. »Wirst du es versuchen?«

Ann starrte ihre hartnäckige alte Freundin an, in diesem Augenblick fast jugendlich vor Furcht, konzentriert und lebendig.

»Ich werde tun, was ich kann«, sagte sie. »Aber nach allem, was du gerade erzählt hast, ist es dafür bereits zu spät.«

Es war wirklich zu spät. Das Rovercamp, in dem Ann gewesen war, war verlassen; und als sie einen Rundruf machte, erhielt sie keine Antwort. Also ließ sie Nadia und die anderen im Komplex von Ost-Pavonis schmoren und fuhr mit ihrem Rover hinüber nach Lastflow, in der Hoffnung, einige der Roten dort zu finden. Aber Lastflow war von den Roten aufgegeben worden, und keiner der Ansässigen wusste, wohin sie gegangen waren. Die Leute saßen in den Bahnstationen und Cafés vor den Fernsehern; aber als Ann auch hinschaute, sah sie keine Meldungen über den Kampf, nicht einmal auf Mangalavid. Ein Gefühl der Verzweiflung begann sich in ihre bittere Stimmung einzuschleichen. Sie wollte etwas tun, wusste aber nicht, wie. Sie probierte es wieder mit ihrem Handgelenkscomputer, und zu ihrer Überraschung antwortete Kasei auf ihrer Privatfrequenz. Sein Gesicht sah in dem kleinen Bildausschnitt dem von John Boone erschreckend ähnlich, sodass Ann in ihrer Verwirrung zuerst gar nicht hörte, was er sagte. Er sah so glücklich aus; das war John, wie er leibte und lebte!

»... mussten es tun«, sagte er. Ann überlegte, ob sie ihn danach gefragt hatte. »Wenn wir nichts unternehmen, werden sie diese Welt vernichten. Sie werden sie bis zu den Großen Vier begrünen.«

Das spiegelte Anns Gedanken auf der Felsleiste genau genug wider, um sie erneut zu schockieren. Aber sie nahm sich zusammen und sagte: »Wir müssen innerhalb des Rahmens der Diskussionen arbeiten, Kasei, sonst lösen wir einen Bürgerkrieg aus.«

»Ann, wir sind in der Minderheit. Der Rahmen kümmert sich nicht um Minoritäten.«

»Ich bin da nicht so sicher. Daran werden wir arbeiten müssen. Und selbst wenn wir uns für den aktiven Widerstand entscheiden, muss das nicht hier und jetzt sein. Es darf nicht sein, dass die Marsianer sich gegenseitig töten.«

»Sie sind keine Marsianer.« In seinen Augen glomm ein Feuer; seine von der gewöhnlichen Welt distanzierte Miene erinnerte an Hiroko. In diesem Sinne war er keineswegs wie John. Das Schlimmste von beiden Elternteilen war hier vereinigt. Also hatten sie einen neuen Propheten, der eine neue Sprache sprach.

»Wo bist du jetzt?«

»West-Sheffield!«

»Was wirst du jetzt tun?«

»Die Steckdose erobern und dann das Kabel herunterholen. Wir haben die Waffen und die Erfahrung. Ich erwarte keine großen Schwierigkeiten.«

»Beim ersten Versuch habt ihr es nicht geschafft.«

»Zu unüberlegt. Diesmal werden wir es einfach abhacken.«

»Ich dachte, so würde es nicht gehen.«

»Es wird funktionieren.«

»Kasei, ich denke, wir sollten mit den Grünen verhandeln.«

Er schüttelte den Kopf, ungeduldig und enttäuscht, dass sie die Nerven verloren hatte, als es hart auf hart kam. »Wenn das Kabel unten ist, werden wir verhandeln. Schau, Ann, ich muss jetzt gehen. Bleib außerhalb der Falllinie!«

»Kasei!«

Aber er war fort. Niemand hörte ihr zu, weder ihre Feinde noch ihre Freunde noch ihre Familie; obwohl sie Peter anrufen musste. Sie würde es noch einmal mit Kasei versuchen. Sie musste persönlich dort sein, um seine Aufmerksamkeit zu gewinnen, genauso wie sie die Aufmerksamkeit Nadias gewonnen hatte. Ja, so weit war es gekommen. Um die Aufmerksamkeit dieser Leute zu bekommen, musste sie ihnen direkt ins Gesicht schreien.

Die Möglichkeit, in Ost-Pavonis aufgehalten zu werden, veranlasste sie, sich in das westliche Umland von Lastflow zu begeben, indem sie sich wie am Vortag entgegen dem Uhrzeigersinn um den Krater bewegte und die rote Streitmacht von hinten erreichte – auf jeden Fall die bestmögliche Annäherungsweise. Es war eine Fahrstrecke von ungefähr 150 Kilometern von Lastflow bis zum Westrand von Sheffield. Während sie um den Gipfel raste, knapp oberhalb der Straße, verbrachte sie die Zeit damit, die verschiedenen Gruppen, die auf dem Berg stationiert waren, zu erreichen, aber ohne Erfolg. Statische Störungen markierten den Kampf um Sheffield, und durch diese brutalen Explosionen von weißem Rauschen brachen Erinnerungen an '61 hervor und erschreckten sie. Sie fuhr den Rover mit Höchstgeschwindigkeit und hielt ihn auf dem schmalen Bankett neben der Straße, um reibungsloser und rascher voranzukommen. Hundert Kilometer in der Stunde, und dann noch schneller. Sie versuchte, einen Bürgerkrieg abzuwenden. Ihr Dahinrasen hatte etwas Traumartig-Entsetzliches an sich, vor allem deshalb, weil es zu spät war. In Momenten wie diesem war sie immer zu spät. Im Himmel über der Caldera erschienen plötzlich sternförmige Explosionswolken – ohne Zweifel von Raketen verursacht, die auf das Kabel abgeschossen worden waren und im Flug abgefangen wurden. Weiße Wölkchen wie von einem fehlgezündeten Feuerwerk ballten sich über Sheffield und über dem ganzen weiten Gipfel und trieben dann mit dem Jetstream nach Osten davon. Einige dieser Raketen wurden weit vor ihrem Ziel erledigt.

Während sie die Schlacht über sich beobachtete, fuhr sie fast in die schon durchlöcherte erste Kuppel von West-Sheffield hinein. Als die Stadt sich nach Westen ausgedehnt hatte, waren neue Kuppeln an die früheren angefügt worden wie Lavaklumpen, die aneinander hafteten. Jetzt waren die Bau-Moränen außerhalb der jüngsten Kuppel mit Gerüststücken, die wie Glasscherben wirkten, übersät, und das Kuppelmaterial fehlte in den verbliebenen stadienähnlichen Gebilden. Anns Rover hüpfte wild über einen Haufen Basaltgeröll. Sie bremste scharf und hielt dicht an der Mauer. Die Schleusen für Fahrzeuge ließen sich nicht öffnen. Sie legte ihren Schutzanzug und Helm an, stieg aus dem Rover und kletterte über die Stadtmauer hinein nach Sheffield.

Die Straßen waren verlassen. Glasscherben, Ziegel, Bambusstücke und Magnesiumträger lagen verstreut auf dem Rasen. In dieser Höhe platzten beschädigte Häuser wie Ballons, wenn die Kuppel zerstört war. Fenster gähnten leer und finster; und hier und da lagen ganze Rechtecke nicht zerbrochener Scheiben herum wie große durchsichtige Schilde. Und eine Leiche, das Gesicht mit Reif oder Staub bedeckt. Es würde eine Menge Tote gegeben haben. Die Menschen machten sich keine Gedanken mehr über die Dekompression, die eine ausgeprägte Furcht bei den alten Siedlern gewesen war. Das war heute anders.

Ann ging weiter nach Osten. »Ich suche Kasei oder Dao oder Marion oder Peter«, rief sie immer wieder in ihren Handgelenkscomputer. Niemand antwortete.

Sie folgte einer schmalen Straße knapp innerhalb der Südwand der Kuppel. Grelles Sonnenlicht und scharfe schwarze Schatten. Einige Gebäude hatten standgehalten. In ihnen brannte noch Licht. Aber natürlich war drinnen niemand zu sehen. Voraus war das Kabel schwach sichtbar als ein schwarzer vertikaler Strich, der von Ost-Sheffield aus in den Himmel gezeichnet war wie eine geometrische Linie auf dem Bildschirm, die nun Realität geworden war.

Das rote Notsignal wurde in rasch wechselnder Wellenlänge gesendet, für jeden zu empfangen, der die jeweilige Verschlüsselung hatte. Dieses System setzte sich sogar gegen Funkstörungen gut durch. Dennoch war Ann überrascht, als von ihrem

Handgelenk eine Stimme krächzte: »Ann, hier ist Dao. Hier oben.«

Er war tatsächlich zu sehen und winkte ihr aus dem Eingang der kleinen Notschleuse eines Gebäudes zu. Er und eine Schar von etwa zwanzig Personen arbeiteten mit drei mobilen Raketenwerfern draußen auf der Straße. Ann rannte zu ihnen hin und duckte sich neben Dao in den Eingang. Sie schrie: »Das hier muss enden!«

Dao machte ein überraschtes Gesicht. »Wir sind fast bis zur Steckdose gelangt.«

»Aber was dann?«

»Sprich darüber mit Kasei! Er ist vor uns, unterwegs nach Arsiaview.«

Eine ihrer Raketen fauchte los. Das Geräusch war in der dünnen Luft nur schwach. Dao legte wieder los. Ann rannte die Straße hinauf und hielt sich, so dicht sie konnte, an den Flanken der Häuser. Das war ganz offensichtlich gefährlich; aber in diesem Moment kümmerte sie sich nicht darum, ob sie getötet werden würde oder nicht. Sie hatte keine Angst. Peter war irgendwo in Sheffield und hatte das Kommando über die grünen Revolutionäre, die von Anfang an hier gewesen waren. Diese Leute waren schlau genug gewesen, um die Kräfte der UNTA am Kabel und oben auf Clarke gefangen zu halten. Darum waren sie keineswegs die hilflosen pazifistischen jungen eingeborenen Straßendemonstranten, für die Kasei und Dao sie anscheinend gehalten hatten. Anns geistige Kinder, die eine Attacke gegen ihr einziges biologisches Kind führten, und das im vollsten Vertrauen, ihren Segen zu haben. Den sie früher gehabt hatten. Aber jetzt …?

Sie rannte weiter. Ihr Atem ging schwer und stoßweise, Schweiß rieselte ihr über die Haut. Sie eilte zur Südwand der Kuppel, wo sie auf eine kleine Flotte von Felsenrovern stieß, Turtle Rocks aus der Fabrik von Acheron. Aber niemand darin antwortete auf ihre Anrufe; und bei näherem Hinschauen sah sie, dass sämtliche Frontscheiben unter den steinernen Wagendächern durchlöchert waren. Alle Insassen waren tot. Ann rannte in zunehmender Panik weiter nach Osten und hielt sich nahe der Kuppelmauer, ohne auf den Schutt unter ihren Füßen zu achten. Sie war sich bewusst, dass ein einziger Schuss sie töten konnte; aber sie musste Kasei finden. Sie versuchte es wieder mit dem Computer.

Während sie damit beschäftigt war, ging ein Anruf ein. Es war Sax. »Es ist nicht logisch, das Schicksal des Aufzugs mit den Zielen des Terraformings zu verknüpfen«, sagte er, als spräche er zu einem größeren Publikum als nur zu ihr. »Das Kabel könnte auch an einem ziemlich kalten Planeten befestigt werden.«

Das war der Sax, der er früher gewesen war. Aber dann musste er bemerkt haben, dass sie zuhörte; denn er blickte eulenhaft in die kleine Kamera an seinem Handgelenk und sagte: »Hör zu, Ann! Wir können die Geschichte am Kragen packen und sie stechen – *sie machen*. Sie neu machen.«

Ihr alter Sax hätte das nie gesagt. Er hätte auch nicht geschwatzt, offenbar zerstreut, bittend, sichtlich nervös. Wirklich einer der erschreckendsten Anblicke, die sie je gesehen hatte. »Sie lieben dich, Ann. Das kann uns retten. Emotionale Geschichten sind die wahren Geschichten. Wasserscheiden von Verlangen und Devolution – *Devotion*. Du bist für die Eingeborenen die Personifizierung gewisser Werte. Dem kannst du nicht entrinnen. Du musst das nutzen. Ich habe das in Da Vinci getan, und es hat sich als hilfreich erwiesen. Jetzt bist du an der Reihe. Du musst! Ann, du musst dich diesmal mit uns allen zusammentun. Entweder wir halten zusammen, oder wir hängen einzeln. Benutze deinen Wert als Ikone!«

Seltsam, so etwas von Saxifrage Russell zu hören. Aber dann veränderte er sich wieder und schien sich zusammenzunehmen. »Logisch ist es, eine Art von Gleichung für gegensätzliche Interessen aufzustellen.« Wieder ganz der Alte.

Danach piepte es an ihrem Handgelenk, und sie trennte die Verbindung zu Sax und beantwortete den eingehenden Anruf. Es war Peter, auf der Frequenz der Roten, mit einer finsteren Miene, wie sie sie noch nie bei ihm gesehen hatte.

»Ann!« Er blickte fest in seine Kamera. »Mutter, hör zu! Ich will, dass du diesen Leuten Einhalt gebietest!«

Sie platzte heraus: »Nenn mich nicht Mutter! Ich versuche es gerade. Kannst du mir sagen, wo sie sind?«

»Darauf kannst du Gift nehmen, dass ich das kann! Sie sind gerade in die Kuppel von Arsiaview eingebrochen. So wie sie vorrücken, sieht es aus, als versuchten sie, von Süden her an die Steckdose heranzukommen.« Er erhielt eine Nachricht von irgendwem außer Sicht der Kamera. »Stimmt.« Er sah sie wieder an. »Ann, kann ich dich mit Hastings oben auf Clarke verbinden? Wenn du ihm sagst, dass du versuchst, den Angriff der Roten aufzuhalten, wird er glauben, dass es nur einige wenige Extremisten sind, und sich heraushalten. Er wird tun, was er tun muss, um das Kabel zu halten, und ich fürchte, dass er bereit ist, uns alle zu töten.«

»Ich werde mit ihm reden.«

Und da war es, ein Gesicht aus tiefster Vergangenheit, an die sich Ann nicht mehr erinnern konnte, und doch war es sofort vertraut. Ein Mann mit schmalem Gesicht, gequält und mit den Nerven nahezu am Ende. Hätte jemand in den vergangenen hundert Jahren solch enormen Druck aushalten können? Nein. Es war genau wie in jener Zeit, die jetzt wiedergekehrt war.

»Ich bin Ann Clayborne«, sagte sie; und als sich sein Gesicht noch mehr verzog, fügte sie hinzu: »Ich möchte klarstellen, dass die Kämpfe hier unten nicht die Politik der Roten Partei widerspiegeln.«

Ihr Magen verkrampfte sich, als sie das sagte, und sie schmeckte Magensäure in der Kehle. Aber sie fuhr fort: »Es ist das Werk einer Splittergruppe, der Kakaze. Sie sind es gewesen, die auch den Deich von Burroughs gesprengt haben. Wir versuchen, sie aufzuhalten, und erwarten, das bis zum Ende des Tages geschafft zu haben.«

Das war die schrecklichste Reihe von Lügen, die sie je geäußert hatte. Sie fühlte sich, als wäre Frank Chalmers herabgestiegen und hätte ihren Mund übernommen. Sie ertrug das Gefühl solcher Worte auf ihrer Zunge nicht. Sie trennte die Verbindung, ehe ihr Gesicht verriet, welche Unwahrheiten sie da ausspie. Hastings verschwand, ohne ein Wort gesagt zu haben. Statt dessen war Peter wieder dran, der nicht wusste, dass sie wieder in der Leitung war. Sie konnte ihn hören, aber seine Kamera am Handgelenk war auf eine Wand gerichtet. »… wenn sie nicht von sich aus aufhören, werden wir sie stoppen müssen, sonst tut es die UNTA, und alles geht zum Teufel. Mach alles bereit für einen Gegenangriff! Ich werde den Befehl geben.«

»Peter!«, schrie sie, ohne zu überlegen.

Das Bild auf dem kleinen Schirm schwenkte, und sein Gesicht erschien.

Sie sagte mit erstickter Stimme, kaum imstande, ihn anzusehen, diesen Verräter: »Du verhandelst mit Hastings. Ich werde mit Kasei reden.«

Arsiaview war die südlichste Kuppel, jetzt voller Rauch, der oben in langen formlosen gewundenen Schlangen aufstieg, die das Ventilationssystem der Kuppel erkennen ließen. Überall ertönten Alarmsignale, laut in der noch dicken Luft; und durchsichtiges Plastik war über das grüne Gras der Straße verstreut. Ann stolperte an einer zusammengekrümmten Leiche vorbei, die genau wie die in Asche modellierten Körper von Pompeji aussah. Arsiaview war schmal, aber lang, und sie wusste nicht, wohin sie sich wenden sollte. Das Fauchen von Raketenstarts führte sie ostwärts zur Steckdose, dem Magneten des Wahnsinns, der den Irrsinn der Erde auf sie entlud.

Darin könnte ein Plan zum Ausdruck kommen. Die Verteidigungseinrichtungen des Kabels schienen imstande zu sein, mit den leichten Raketen der Roten fertigzuwerden; wenn die Angreifer aber Sheffield und die Steckdose zerstörten, gäbe es nichts, wohin die UNTA herunterkommen könnte, sodass es keine Rolle mehr spielte, ob das Kabel oben noch schwang. Dieser Plan spiegelte die Vorgehensweise bei Burroughs wider.

Aber es war ein schlechter Plan. Burroughs lag im Tiefland, wo es eine Atmosphäre gab und die Menschen im Freien überleben konnten, zumindest eine Zeit lang. Sheffield lag hoch; und damit waren sie wieder in der Vergangenheit, im Jahr 2061, als eine zerstörte Kuppel das Ende für jeden bedeutete, der darin den Elementen ausgesetzt war. Außerdem lag der größte Teil Sheffields unter der Erde, in vielen Stockwerken übereinander an die Wand der Caldera geschmiegt. Zweifellos hatte sich der größte Teil der Bevölkerung dorthin zurückgezogen. Wenn die Kämpfer ihr folgen würden, wäre das ein blutiger Albtraum. Nur auf der Oberfläche war es möglich zu kämpfen, aber die Leute waren dem Feuer oben vom Kabel her ausgesetzt. Nein, das würde nicht funktionieren. Es war nicht einmal möglich, genau zu beurteilen, was überhaupt geschah. In der Nähe der Steckdose gab es weitere Explosionen, im Interkom rauschte Statik, nur hin und wieder waren einzelne Worte zu verstehen, wenn der Empfänger Fetzen codierter Frequenzen erwischte. »… Arsiaview erobert *krrrrrch* …« – »Wir brauchen die KI zurück, aber ich würde sagen … X-Achse drei zwei zwei, Y-Achse acht *krrrchrr* …«

Dann musste eine weitere Serie von Abfangraketen am Kabel gestartet worden sein; denn über ihr sah Ann eine aufsteigende Reihe hell strahlender Explosionen, völlig geräuschlos. Danach regneten große schwarze Trümmer auf die Kuppeln um sie herum nieder, brachen durch die Abdeckung oder prallten auf Teile des Gerüstes und fielen dann das letzte Stück auf die Gebäude wie herabstürzende Teile verunglückter Fahrzeuge, lautstark trotz der dünnen Luft und der dazwischen befindlichen Kuppeln. Der Boden bebte und vibrierte unter ihren Füßen.

Das hielt minutenlang an, wobei die Trümmer immer weiter draußen herunterkamen und in jeder Sekunde in all diesen Minuten ihr den Tod hätten bringen können. Sie stand da, schaute zu dem finsteren Himmel auf und wartete, bis es vorbei war.

Es fielen immer noch Trümmer herunter. Ann hatte die Luft angehalten, nun atmete sie wieder. Peter hatte den roten Code. Darum rief sie ihn an, empfing aber nur Störungen. Aber als sie die Lautstärke niedriger einstellte, bekam sie einige verzerrte Halbsätze mit. Peter schilderte den Grünen rote Unternehmungen, oder vielleicht sogar der UNTA. Wer konnte sonst von den Verteidigungssystemen des Kabels Raketen auf sie abschießen? Ja, das war Peters Stimme, bruchstückhafte Befehle mit Statik dazwischen. Irgendwann kamen nur noch Störgeräusche.

An der Basis des Aufzugs färbten kurze helle Explosionen den unteren Teil des Kabels von Schwarz zu Silbern und dann wieder zu Schwarz. Jede Alarmglocke in Arsiaview ertönte. Der ganze Rauch wurde zum östlichen Ende der Kuppel getrieben. Ann betrat eine Gasse von Norden nach Süden und drückte sich gegen die flache Ostwand eines Gebäudes aus Beton. Zur Straße hin gab es keine Fenster. Dröhnen, Krach, Wind. Dann die Stille der Luftlosigkeit.

Sie stand auf und wanderte durch die Kuppel. Wohin ging man, wenn Menschen getötet wurden? Sie wollte versuchen, ihre Freunde zu finden. Sofern sie denn sagen konnte, wer ihre Freunde waren.

Sie raffte sich auf und suchte weiter nach Kaseis Gruppe. Sie ging dorthin, wo sie sich nach Daos Angaben befinden musste. Dann versuchte sie zu überlegen, wohin sie wohl als Nächstes gegangen sein konnten. Vielleicht hatten sie die Stadt verlassen. Aber nachdem sie schon einmal im Inneren waren, könnten sie zur nächsten Kuppel in östlicher Richtung weitergezogen sein, könnten versuchen, eine nach der anderen in Angriff zu nehmen, sie zu dekomprimieren, die Bewohner in die unteren Stockwerke zu zwingen, und dann weiterziehen. Sie blieb auf der parallel zur Kuppelmauer verlaufenden Straße und bewegte sich im Laufschritt, so schnell sie konnte. Sie war gut in Form, aber es war hoffnungslos. Sie bekam nicht genügend Luft und tränkte die Innenseite ihres Schutzanzugs mit Schweiß. Die Straße war verlassen und unheimlich ruhig, sodass es kaum zu glauben war, dass sie mitten in einer Schlacht war und jemals die Gruppe finden würde, nach der sie suchte.

Aber da waren sie. Direkt vor ihr in den Straßen rings um einen der dreieckigen Parks standen Gestalten in Schutzanzügen und Helmen mit automatischen Waffen und mobilen Raketenwerfern, die auf nicht erkennbare Gegner in einem Gebäude mit einer Front aus Kieselschiefer schossen. Nach den roten Ringen auf ihren Waffen waren es Rote.

Ein blendender Blitz, und sie wurde umgeworfen. Ihre Ohren dröhnten. Sie befand sich am Fuß eines Gebäudes, gegen seine Seite aus poliertem Stein gepresst. Roter Jaspis und Eisenoxid, einander abwechselnd. Hübsch. Rücken, Hintern und Schulter sowie ein Ellbogen schmerzten. Aber es war nicht unerträglich, und sie konnte sich bewegen. Sie kroch vorwärts und schaute auf den Dreieckspark. Rund um die Einschlagstelle brannte es. Die zuckenden kleinen Flammen erloschen bereits durch den Sauerstoffmangel. Die Gestalten waren weggeschleudert worden, lagen herum wie zerbrochene Puppen mit verdrehten Gliedern in Positionen, die Knochen eigentlich unmöglich machten. Ann stand auf und lief zu einer davon, angelockt durch einen vertrauten grauhaarigen Kopf, der seinen Helm verloren hatte. Es war Kasei, einziger Sohn von John Boone und Hiroko Ai. Eine Wange war blutig, die Augen offen und blicklos. Er hatte sie zu ernst genommen. Und seine Gegner nicht ernst genug. Sein rötlicher Eckzahn aus Stein war durch die Wunde freigelegt worden. Ann sah ihn, würgte und wandte sich ab. Diese Verschwendung. Alle drei waren jetzt tot.

Sie hockte sich hin und nestelte Kaseis Armbandgerät los. Wahrscheinlich hatte er eine direkte Frequenz zur Kommunikation mit den Kakaze. Als sie wieder im Schutz eines Obsidiangebäudes war, das von großen weißen Einschusslöchern verunziert war, gab sie den allgemeinen Rufcode ein und sagte: »Hier spricht Ann Clayborne. Ich rufe alle Roten. Alle Roten! Hier spricht Ann Clayborne. Der Angriff auf Sheffield ist misslungen. Kasei ist tot und viele andere auch. Weitere Angriffe hier werden nicht gelingen. Sie würden bewirken, dass die ganzen Sicherheitskräfte der UNTA wieder auf den Planeten zurückkehren.« Sie wollte sagen, wie dumm der Plan von Anfang an gewesen war, hielt sich aber zurück. »Diejenigen von euch, die dazu in der Lage sind: verlasst den Berg! Jeder in Sheffield soll nach Westen gehen, die Stadt verlassen und vom Berg verschwinden. Hier spricht Ann Clayborne.«

Es gingen etliche Bestätigungen ein, während sie nach Westen ging, zurück durch Arsiaview zu ihrem Rover. Sie machte keinen Versuch, sich zu verstecken. Wenn sie getötet wurde, wäre sie eben tot. Aber sie glaubte nicht, dass es jetzt geschehen würde. Sie ging unter den Flügeln eines finsteren Schutzengels, der sie vor dem Tod bewahrte, was immer auch geschehen würde. Er zwang sie, Zeugin des Todes aller derer zu sein, die sie kannte, und des ganzen Planeten, den sie liebte. Ihr Schicksal. Ja, da waren Dao und seine Leute, alle tot und in Lachen ihres eigenen Blutes liegend. Sie war dem knapp entronnen.

Und dort unten, auf einem breiten Boulevard mit einer Reihe von Linden in der Mitte, war ein weiterer Leichenhaufen. Keine Roten, sie trugen grüne Kopfbinden, und einer von ihnen sah von hinten aus wie Peter. Sie ging mit weichen Knien hinüber, wie unter dem Zwang eines Albtraums. Sie ging um den Leichnam herum. Aber es war nicht Peter. Irgendein hochgewachsener junger Eingeborener mit Schultern wie Peter. Armer Kerl! Ein Mann, der tausend Jahre hätte leben können.

Sie ging unbehelligt weiter und erreichte ohne Zwischenfall ihren kleinen Rover am Westende von Sheffield, stieg ein und fuhr zum Hauptbahnhof im Westen der Stadt.

Dort führte eine Schotterstraße den Südhang von Pavonis hinunter in den Sattel zwischen Pavonis und Arsia. Als sie das sah, fasste sie einen sehr einfachen und elementaren Plan, der genau deshalb durchführbar war. Sie schaltete die Frequenz der Kakaze ein und gab Empfehlungen, als wären es Befehle. Weglaufen und verschwinden! Fahrt hinab zum Südsattel, dann um Arsia herum auf dem westlichen Hang oberhalb der Schneegrenze, danach schlüpft ihr in das obere Ende von Aganippe Fossa, einem langen geraden Canyon, in dem es ein verborgenes Refugium der Roten gab, eine Klippe in der nördlichen Wand. Dort konnten sie sich verstecken und eine neue lange Untergrundkampagne gegen die neuen Herren des Planeten starten. UNOMA, UNTA, Metanat, Dorsa Brevia. Sie waren alle grün.

Sie versuchte Cojote zu erreichen und war etwas überrascht, als er antwortete. Auch er befand sich irgendwo in Sheffield, das konnte sie erkennen. Er hatte Glück, noch am Leben zu sein, aber eine bittere, wilde Miene in seinem faltigen Gesicht.

Ann erzählte ihm ihren Plan. Er nickte.

»Im Laufe der Zeit werden sie sich weiter entfernen müssen«, erwiderte er.

Ann konnte nicht umhin zu sagen: »Es war dumm, das Kabel anzugreifen.«

»Ich weiß«, sagte Cojote resigniert.

»Hast du nicht versucht, es ihnen auszureden?«

»Das habe ich.« Seine Miene wurde noch finsterer. »Kasei ist tot?«

»Ja.«

Sein Gesicht verzerrte sich vor Kummer. »Oh Gott! Diese Schweine!«

Ann schwieg. Sie hatte Kasei nicht gut gekannt und auch nicht besonders gemocht. Cojote hingegen hatte ihn von Geburt an gekannt, damals in Hirokos verborgener Kolonie, und hatte ihn seit seiner Jugend bei seinen heimlichen Unternehmen auf dem ganzen Mars mitgenommen. Jetzt rannen Tränen die tiefen Runzeln auf Cojotes Wangen herab; Ann biss die Zähne zusammen.

»Kannst du sie nach Aganippe bringen?«, fragte sie. »Ich werde bleiben und mit den Leuten in Ost-Pavonis sprechen.«

Cojote nickte. »Ich werde sie runterbringen, so schnell ich kann. Treffpunkt Westbahnhof.«

»Ich werde es ihnen sagen.«

»Die Grünen werden wütend auf dich sein.«

»Scheiß auf die Grünen!«

Ein Teil der Kakaze schlich sich im Licht eines verrauchten trüben Sonnenuntergangs in die westliche Bahnstation von Sheffield. Kleine Gruppen in schmutzigen Anzügen, die Gesichter weiß, verängstigt und wütend, desorientiert im Schock. Abgenutzt. Am Ende waren es drei- oder vierhundert, die die schlechten Nachrichten des Tages austauschten. Als Cojote endlich unauffällig hereinkam, stand Ann auf und erhob ihre Stimme gerade laut genug, dass alle sie hören konnten. Sie war sich noch nie so stark ihrer Führungsposition unter den Roten bewusst gewesen, oder was das jetzt bedeutete. Diese Leute hatten sie ernst genommen; und hier standen sie nun, geschlagen und froh, noch am Leben zu sein, mit toten Freunden überall in der Stadt östlich von ihnen.

»Der direkte Angriff war eine schlechte Idee«, begann sie. Sie konnte nicht anders. »In Burroughs hat das funktioniert. Aber das war eine andere Situation. Hier hat diese Strategie versagt. Menschen, die tausend Jahre hätten leben können, sind tot. Das Kabel war das nicht wert. Wir gehen in den Untergrund und warten auf unsere nächste Chance, die nächste reale Chance.«

Es gab groben Widerspruch und ärgerliche Rufe: »Nein! Niemals! Schießt das Kabel ab!«

Ann wartete ab. Dann hob sie die Hand, und langsam trat wieder Ruhe ein.

»Wenn wir jetzt gegen die Grünen kämpfen, könnte alles vorbei sein. Es würde den Metanats einen Vorwand geben, wieder einzurücken. Das wäre weitaus schlimmer, als mit einer eingeborenen Regierung auszukommen. Mit den Marsianern können wir wenigstens reden. Der Umweltteil der Übereinkunft von Dorsa Brevia gibt uns einen gewissen Spielraum. Wir müssen weitermachen, so gut wir können. Neu anfangen. Versteht ihr?«

Noch heute Morgen hätten sie es nicht verstanden. Auch jetzt wollten sie noch nicht. Ann wartete die protestierenden Stimmen ab und starrte ihre Gegner an, bis sie verstummten. Der scharfe eindringliche Blick von Ann Clayborne … Eine Menge von ihnen war ihretwegen in den Kampf gezogen, in jenen Tagen, als der Feind noch der Feind war und der Untergrund eine wirklich funktionierende Allianz, locker und gespalten, aber alle mehr oder weniger auf derselben Seite …

Sie senkten die Köpfe und erkannten widerstrebend an, dass, wenn Clayborne gegen sie war, ihre moralische Führerschaft dahin wäre. Und ohne die, ohne Kasei, ohne Dao, während die Eingeborenen zumeist Grüne waren und fest hinter Nirgal und Jackie standen, sogar Peter der Verräter …

»Cojote wird euch von Tharsis wegbringen«, gab sie bekannt. Sie fühlte sich unwohl und verließ den Raum, ging durchs Terminal und kletterte durch die Schleuse wieder in ihren Rover. Kaseis Armbandgerät lag auf dem Armaturenbrett; sie warf es schluchzend durch die Kabine. Sie setzte sich auf den Fahrersitz und nahm sich zusammen. Dann startete sie den Wagen und machte sich auf, um nach Nadia, Sax und dem ganzen Rest zu suchen.

Irgendwann befand sie sich wieder in Ost-Pavonis und fand sie alle in dem Lagerhauskomplex. Als sie zur Tür hereinkam, starrten sie sie an, als wäre der Angriff auf das Kabel ihre Idee gewesen und als ob sie persönlich für alles Üble, das geschehen war, sowohl an diesem Tage wie während der ganzen Revolution, verantwortlich wäre. Genauso, wie man sie nach Burroughs angestarrt hatte. Peter, der Verräter, war auch da; und sie wandte sich von ihm ab und ignorierte die Übrigen, oder versuchte es wenigstens. Jackie mit verweinten Augen und wütend. Ihr Vater war schließlich heute getötet worden; und obwohl sie sich selbst in Peters Camp befunden hatte und damit zum Teil schuld an der verheerenden Reaktion auf die Offensive der Roten gewesen war, konnte man mit einem Blick auf sie erkennen, dass jemand würde bezahlen müssen. Aber Ann ignorierte das alles und ging durch den Raum zu Sax, der in seinem Winkel in der gegenüberliegenden Ecke des großen Raums vor einem Bildschirm saß, lange Zahlenkolumnen ablas und etwas in die Mikrofone seiner KI murmelte. Ann wedelte mit der Hand zwischen seinem Gesicht und dem Bildschirm herum. Er zuckte zusammen und schaute überrascht auf.

Eigenartigerweise war er der Einzige in der Menge, der ihr keine Vorwürfe zu machen schien. Stattdessen sah er sie mit zur Seite geneigtem Kopf mit einer vogelartigen Neugier an, die fast an Sympathie grenzte.

»Schlechte Nachrichten von Kasei und dem ganzen Rest«, sagte er. »Ich bin froh, dass du und Desmond überlebt habt.«

Sie überging das und sagte ihm rasch und in gedämpftem Ton, wohin die Roten gingen und was sie ihnen zu tun aufgetragen hatte. »Ich denke, ich kann sie davon abhalten, weitere direkte Angriffe auf das Kabel zu versuchen. Und auch von anderweitigen Gewaltakten abzusehen, jedenfalls vorerst.«

»Gut!«, antwortete Sax.

Sie fuhr fort: »Aber ich verlange etwas dafür. Ich will es, und wenn ich es nicht bekomme, werde ich sie auf dich hetzen.«

»Die Soletta?«, fragte Sax.

Sie starrte ihn an. Er musste ihr öfter zugehört haben, als sie gedacht hatte. »Ja.«

Seine Augenbrauen zogen sich zusammen, während er darüber nachdachte. »Das könnte eine Eiszeit bewirken«, gab er zu bedenken.

»Gut!«

Er runzelte die Stirn, als er darüber nachdachte, sah sie weiter an und überlegte. Sie konnte ihm seine Gedankengänge ansehen, die einander jagten: Eiszeit – dünnere Atmosphäre – langsameres Terraforming – neue Ökosysteme vernichtet – vielleicht ausgleichen – Treibhausgase. Und so weiter und so fort. Es war fast komisch, wie sie im Gesicht dieses Fremden, dieses verhassten Bruders, lesen konnte, wie er einen Ausweg suchte. Er würde suchen und suchen; aber Wärme war nun einmal der wichtigste Antrieb des Terraformings, und wenn die riesigen Spiegel der Soletta verschwunden wären, wären sie auf das normale Maß an Sonneneinstrahlung für den Mars beschränkt und damit zu einem eher »natürlichen« Tempo des Fortschritts gezwungen. Es war möglich, dass die damit zusammenhängende Stabilität Sax' Konservatismus sogar ansprach.

»Okay!«, sagte er.

»Kannst du für diese Leute sprechen?«, fragte sie und zeigte geringschätzig auf die Menge hinter ihnen, als wären all ihre ältesten Gefährten nicht darunter, als handele es sich um UNTA-Technokraten oder Metanat-Funktionäre …

»Nein. Ich spreche nur für mich«, erwiderte er. »Aber ich kann die Soletta loswerden.«

»Würdest du das entgegen ihren Wünschen tun?«

Er runzelte die Stirn. »Ich denke, dass ich sie dazu überreden kann. Falls nicht, kann ich das Da-Vinci-Team sicher dazu bringen. Die lieben Herausforderungen.«

»Okay«, sagte sie.

Das war das Beste, was sie bei ihm erreichen konnte. Sie reckte sich, immer noch verblüfft. Sie hatte nicht erwartet, dass er zustimmen würde. Und jetzt, da er es doch getan hatte, stellte sie fest, dass sie immer noch wütend war, immer noch todtraurig. Diese Zusage – jetzt, wo sie sie bekommen hatte, bedeutete sie nichts mehr. Er würde andere Wege aushecken, um den Planeten aufzuheizen. Sax würde damit argumentieren. Er würde sagen: Gebt Ann die Soletta zur Bestechung der Roten. Und dann: Weitermachen!

Ann verließ den großen Raum ohne einen Blick für die anderen. Raus aus dem Lagerhaus zu ihrem Rover.

Eine Weile fuhr sie einfach drauflos, ohne ein Gefühl für die Richtung. Nur wegkommen, nur fliehen. So wandte sie sich zufällig nach Westen und musste bald entweder anhalten oder über die Kante des Randes fahren.

Abrupt hielt sie den Wagen an.

Benommen blickte sie durch die Frontscheibe. Im Mund einen bitteren Geschmack, die Eingeweide verkrampft, jeden Muskel angespannt und schmerzend. Der große Ring um die Caldera rauchte an einigen Stellen, hauptsächlich bei Sheffield und Lastflow, aber auch an einem Dutzend anderer Punkte. Das Kabel über Sheffield war nicht zu sehen, aber es war noch da, markiert durch konzentrierten Rauch um seine Basis, der bei dem dünnen, steifen Wind nach Osten zog. Ein Gipfelkreuz, vom endlosen Jetstream davongeblasen. Die Zeit war ein Wind, der sie davontrieb. Die Rauchfahnen befleckten den dunklen Himmel und verdunkelten einige der vielen Sterne, die in der Stunde vor Sonnenuntergang normalerweise erschienen. Es wirkte, als ob der alte Vulkan wieder erwachen würde, als ob er sich aus seinem langen Schlaf erheben und sich auf einen Ausbruch vorbereiten würde. Durch den dünnen Rauch war die Sonne ein dunkelrot glühender Ball und sah so aus, wie ein junger geschmolzener Planet wohl ausgesehen hätte. Ihr Licht färbte die Rauchfetzen kastanienbraun, rost- und karmesinfarben. Roter Mars.

Aber der rote Mars war dahin und endgültig verschwunden. Soletta oder nicht, Eiszeit oder nicht – die Biosphäre würde wachsen und sich ausdehnen, bis sie alles bedeckte, mit einem Ozean im Norden und Seen im Süden und mit Flüssen, Wäldern, Prärien, Städten und Straßen. Oh, sie sah das alles vor sich: weiße Wolken, die auf die alten Hochebenen abregneten und sie in Schlammlöcher verwandelten, während die sorglosen Massen ihre Städte erbauten, so schnell sie konnten – der Bergsturz der Zivilisation, der ihre Welt begrub.

ZWEITER TEIL

AREOPHANIE

Für Sax war es der unlogischste aller Konflikte: *Bürgerkrieg. Zwei Teile derselben Gruppe hatten viel mehr gemeinsame Interessen als Meinungsverschiedenheiten, kämpften aber dennoch. Unglücklicherweise konnte er niemanden zum Studium der Kosten-Nutzen-Analyse zwingen. Nichts zu machen. Oder vielleicht könnte man ein Kernthema ausmachen, das eine oder beide Seiten zur Gewaltanwendung trieb. Und dann versuchen, dieses Thema zu entschärfen.*

Ein Kernthema in diesem Fall war das Terraforming. Ein Projekt, mit dem Sax identifiziert wurde. Das konnte man als Nachteil ansehen, da ein Vermittler im Idealfall neutral sein sollte. Andererseits könnten seine Handlungen symbolisch für das Terraformingprojekt an sich sprechen. Er könnte mit einer symbolischen Geste mehr ausrichten als jeder andere. Was sie brauchten, war eine Konzession an die Roten, eine echte Konzession, deren Realität ihren symbolischen Wert durch irgendeinen verborgenen Exponentialfaktor vergrößern würde. Symbolischer Wert war eine Vorstellung, die Sax gerade zu verstehen versuchte. Worte bereiteten ihm jetzt Schwierigkeiten, so große, dass er auf die Etymologie zurückgegriffen hatte, um sie besser zu verstehen. Ein Blick auf das Handgelenk: Symbol – »etwas, das für etwas anderes steht«, aus dem lateinischen symbolum, *nach einem griechischen Wort, das »zusammenwerfen« bedeutet. Genau. Es war seinem Verständnis fremd, dieses »Zusammenwerfen«, ein emotionaler und sogar irrealer Vorgang, aber dennoch lebenswichtig.*

Am Nachmittag der Schlacht um Sheffield rief er Ann an, versuchte, mit ihr zu reden. Aber es misslang. Deswegen fuhr er zum Rande der Ruine der Stadt, um sie zu suchen. Er wusste nicht, was er sonst hätte tun sollen. Es war sehr beunruhigend, wie viel Schaden ein paar Stunden des Kampfes anrichten konnten. Viele Jahre der Arbeit lagen in rauchenden Trümmern. Der Rauch bestand nicht aus Ascheteilchen, die durch Feuer entstanden waren, sondern aus aufgewirbeltem feinem Staub, alte vulkanische Asche, die hochgerissen und im Jetstream nach Osten getrieben wurde. Das Kabel ragte aus den Ruinen wie eine schwarze Linie aus Kohlenstoffnanoröhren-Filamenten.

Es gab kein Anzeichen für weiteren roten Widerstand. Also keine Möglichkeit, Ann zu lokalisieren. Schließlich kehrte Sax enttäuscht zu dem Lagerhauskomplex in Ost-Pavonis zurück und ging wieder hinein.

Und dann war sie plötzlich da. Sie kam durch das große Lagerhaus geradewegs auf ihn zu, als wollte sie ihm ein Messer ins Herz stoßen. Er sank unglücklich in seinen Sitz und erinnerte sich an eine überlange Folge von Gesprächen zwischen ihnen. Zuletzt hatten sie bei der Bahnfahrt vom Libya-Bahnhof aus gestritten. Er entsann sich, dass sie etwas über die Beseitigung der Soletta und des ringförmigen Polarspiegels gesagt hatte. Das hätte wirklich einen sehr großen symbolischen Wert. Und ihm war nie recht wohl dabei gewesen, dass ein so bedeutendes Element des Terraformings so angreifbar war.

Als sie daher sagte: »Ich will etwas dafür haben«, glaubte er zu wissen, was sie meinte, und schlug vor, die Spiegel zu beseitigen, ehe sie das sagen konnte. Das überraschte sie. Es bremste sie und nahm ihrer schrecklichen Wut die Schärfe. Es hinterließ aber etwas sehr viel Tieferes – Kummer oder Verzweiflung, er war sich nicht sicher. An diesem Tag waren viele Rote gestorben und mit ihnen viele rote Hoffnungen. Er sagte: »Es tut mir leid wegen Kasei.«

Sie ignorierte das und ließ ihn versprechen, die Orbitalspiegel zu beseitigen. Das tat er und berechnete inzwischen den daraus resultierenden Verlust an Licht, bemüht, dabei nicht das Gesicht zu verziehen. Die Sonneneinstrahlung würde um etwa zwanzig Prozent abnehmen, wirklich ein wesentlicher Betrag. Er brummte: »Das könnte eine Eiszeit auslösen.«

»Gut!«, meinte sie.

Aber sie war nicht zufrieden. Und als sie den Raum verließ, konnte er an der Haltung ihrer Schultern erkennen, dass diese Konzession sie wenig, wenn überhaupt, getröstet hatte. Man konnte nur hoffen, dass ihre Kohorten leichter zufriedenzustellen waren. Auf jeden Fall musste er es tun. Es könnte einen Bürgerkrieg aufhalten. Natürlich würden sehr viele Pflanzen sterben, zumeist in den höheren Lagen, obwohl es jedes Ökosystem in gewissem Umfang in Mitleidenschaft ziehen würde. Eine Eiszeit, ganz sicher. Falls sie nicht sehr effektiv reagierten. Aber es würde es wert sein, wenn es die Kämpfe beendete.

Es wäre leicht gewesen, einfach das große Band des Ringspiegels zu zerschneiden und in den Raum fliegen zu lassen, direkt aus der Ebene der Ekliptik hinaus. Genauso könnte man mit der Soletta verfahren: Einfach einige der Steuerungsraketen zünden, und sie würde davonwirbeln wie ein Feuerrad.

Aber das wäre eine Vergeudung von bearbeitetem Aluminiumsilikat gewesen, die Sax zuwider war. Er beschloss zu untersuchen, ob die Richtungsraketen des Spiegels und sein Reflexionsvermögen ausreichten, um ihn zu einem anderen Ort im Sonnensystem zu bringen. Die Soletta konnte über der Venus positioniert werden, und ihre Spiegel konnten so ausgerichtet werden, dass sie ein riesiger Sonnenschirm würde, der den heißen Planeten beschattete und den Kühlprozess der Atmosphäre einleitete. Darüber war in der Literatur schon lange diskutiert worden; und ganz gleich, welche Pläne man für das Terraforming auf der Venus hatte, dies war immer der erste Standardschritt gewesen. Danach müsste der Ringspiegel in die entsprechende polare Umlaufbahn um die Venus gebracht werden, damit sein reflektiertes Licht half, den Soletta-Sonnenschirm in Position gegen den Druck der Sonnenstrahlung zu halten. Damit würden beide noch Verwendung finden, und es wäre auch eine Geste, eine weitere symbolische Geste mit der Aussage: »Schaut her, auch diese große Welt könnte terrageformt werden.« Das war nicht einfach, aber es war möglich. Damit könnte etwas von dem psychischen Druck auf den Mars als »die einzige andere mögliche Erde« gemildert werden. Das war nicht logisch, aber das spielte keine Rolle. Die Geschichte war seltsam und Menschen keine rationalen Systeme. In der merkwürdigen symbolischen Logik des limbischen Systems wäre es für die Menschen auf der Erde ein Zeichen, ein Omen, ein Ausstreuen psychischen Samens, ein Zusammenwerfen. Schaut dorthin! Geht dahin! Und lasst den Mars in Ruhe!

So besprach er seine Idee mit den Wissenschaftlern in Da Vinci, die die effektive Kontrolle der Spiegel übernommen hatten. Die Laborratten, wie die Leute sie hinter ihren und seinem Rücken nannten (obwohl er es doch hörte) – die Laborratten oder die Saxisten. Tatsächlich ernsthafte junge marsianische Wissenschaftler mit genau dem gleichen wechselnden Temperament wie graduierte Studenten und frischgebackene Doktoren in jedem Labor überall und zu jeder Zeit. Aber die Fakten spielten keine Rolle. Sie arbeiteten mit ihm zusammen und waren deshalb die Saxisten. Irgendwie war Sax zum Modell des modernen Mars-Wissenschaftlers geworden. Erst als Laborratte im weißen Kittel, dann als ausgewachsener verrückter Wissenschaftler in einem Kraterschloss voller eifriger Helferlein mit wildem Blick, aber gemäßigtem Benehmen, kleine Mr. Spocks, die Männer so hager und ungelenk wie Kraniche auf dem Boden und die Frauen langweilig in ihrer farblosen Schutzkleidung und ihrer neutralen Hingabe an die Wissenschaft. Sax war ihnen sehr zugetan. Er liebte ihren Hang zur Wissenschaft, er war für ihn sinnvoll – ein Drang, die Dinge zu verstehen und imstande zu sein, sie mathematisch auszudrücken. Es war ein vernünftiges Verlangen. Oft schien ihm, wenn jeder Physiker wäre, dürfte vieles besser laufen. »Oh nein, Menschen gefällt die Idee eines flachen Universums, weil sie negativ gekrümmten Raum schwierig zu berechnen finden.« Na ja, vielleicht nicht ganz. Auf jeden Fall waren die jungen Eingeborenen im Da-Vinci-Krater eine mächtige Gruppe, seltsam oder nicht. Derzeit unterstand Da Vinci ein großer Teil der technischen Basis des Untergrunds; und mit Spencers vollem Einsatz war ihre Produktionsfähigkeit rasant gestiegen. Sie hatten die Revolution bewerkstelligt, wenn man mal ehrlich war, und hatten jetzt de facto die Kontrolle über den Marsorbit.

Das war ein Grund dafür, warum viele von ihnen unzufrieden oder zumindest verwirrt aussahen, als Sax ihnen von der Beseitigung der Soletta und des Ringspiegels erzählte. Er tat das bei einer Videokonferenz; und ihre Gesichter verzogen sich zu alarmierten Mienen: Captain, das ist nicht logisch! Aber das traf auch auf Bürgerkrieg zu. Und das eine war besser als das andere.

»Werden die anderen nicht Einspruch erheben? Die Grünen?«, fragte Aonia.

»Ganz sicher«, erwiderte Sax. »Aber jetzt gerade leben wir in Anarchie. Die Gruppe in Ost-Pavonis ist vielleicht eine Art Protoregierung. Aber wir in Da Vinci kontrollieren den Marsorbit. Und ungeachtet der Einwände könnte das einen Bürgerkrieg abwenden.«

Er erklärte es ihnen, so gut er konnte. Sie vertieften sich in die technische Herausforderung, in das Problem an und für sich, und vergaßen schnell ihren ersten Schock angesichts der Idee. Sie vor eine derartige technische Herausforderung zu stellen war, als belohnte man einen Hund mit einem Knochen. Sie benagten die zähen Teile des Problems und waren schon ein paar Tage später beim Blankpolieren der Vorgehensweise angelangt. Letztendlich lief es darauf hinaus, den KIs Befehle zu erteilen. Sobald man eine klare Vorstellung gewonnen hatte, was zu tun war, musste man ihnen nur sagen: »Bitte, tu das und das!« – »Bring die Soletta und den Ringspiegel in einen Venusorbit und justiere die Jalousien der Soletta so, dass sie zu einem Sonnenschirm wird, der den Planeten vor aller ankommenden Sonneneinstrahlung isoliert!« Dann kalkulierten die KIs die erforderlichen Trajektorien, Raketenschübe und Spiegelwinkel, und fertig.

Vielleicht wurden die Menschen zu mächtig. Michel ließ sich immer über ihre gottgleichen neuen Kräfte aus, und Hiroko hatte in ihren Handlungen zum Ausdruck gebracht, dass es, was diese neuen Kräfte anbelangte, keine Grenze geben sollte. Sax selbst hatte einen gesunden Respekt für Tradition. Das war eine seiner Grundeinstellungen für das Überleben. Aber die

Techniker in Da Vinci kümmerten sich nicht mehr um Traditionen, als Hiroko es getan hatte. Sie lebten in einem offenen Moment der Geschichte und schuldeten niemandem Rechenschaft. Und so verhielten sie sich auch.

Dann ging Sax zu Michel. »Ich mache mir Sorgen um Ann.«

Sie standen in einer Ecke des großen Lagerhauses von Ost-Pavonis. Die Bewegung und das Getöse der Menge schuf Intimität. Aber nach einem kurzen Rundblick sagte Michel: »Lass uns nach draußen gehen!«

Sie zogen sich an und gingen hinaus. Ost-Pavonis war ein Labyrinth aus Kuppeln, Lagerhäusern, Fabriken, Straßen und Parkplätzen. Es barg Pipelines, Tanks und Höfe, ebenso Müll- und Schrottplätze. Der mechanische Abfall war überall verstreut, wie vom Vulkan ausgeworfen. Michel führte Sax nach Westen durch das Gerümpel, und sie kamen zum Rand der Caldera, wo der menschliche Wirrwarr in einen neuen und größeren Zusammenhang gebracht wurde – eine logarithmische Verschiebung, die die pharaonische Ansammlung von Artefakten plötzlich wie eine Bakterienkolonie erscheinen ließ.

Ganz an der Kante des Randes war der gefleckte Basalt in mehreren konzentrischen Absätzen eingebrochen, einer immer noch tiefer als der vorangegangene. Treppen führten zu diesen Terrassen hinunter, und die unterste hatte ein Geländer. Michel führte Sax zu dieser Terrasse hinab, wo sie direkt in die Caldera blicken konnten. Fünf Kilometer direkt nach unten. Der große Durchmesser der Caldera ließ es weniger tief erscheinen. Dennoch war da unten, sehr weit in der Tiefe, ein großes rundes Land. Als Sax sich ins Bewusstsein rief, wie klein die Caldera im Verhältnis zu dem ganzen Vulkan war, schien Pavonis selbst sich unter ihnen wie ein konischer Kontinent auszudehnen, der aus der Atmosphäre des Planeten bis in den niederen Weltraum reichte. Tatsächlich war der Himmel nur rings am Horizont purpurn und über ihren Köpfen fast schwarz. Die Sonne erschien wie eine harte Goldmünze im Westen und warf schräge, scharfe, langgezogene Schatten. Sie konnten weit sehen. Der von den Explosionen aufgewirbelte feine Staub war verschwunden, und die Sicht hatte ihre normale teleskopische Schärfe wiedergewonnen. Steine, Himmel und weiter nichts, mit Ausnahme der Gebäudereihen, die um den Rand errichtet waren. Steine, Himmel und Sonne. Anns Mars. Bis auf die Gebäude. Auf Ascraeus, Arsia und Elysium und sogar auf Olympus gab es keine Gebäude.

»Wir könnten wirklich alles oberhalb von etwa acht Kilometern zu einer Zone urtümlicher Wildnis erklären und für immer bewahren«, sagte Sax.

»Bakterien? Flechten?«, fragte Michel.

»Wahrscheinlich. Aber spielen die eine Rolle?«

»Für Ann schon.«

»Aber *warum*, Michel? Warum ist sie so?«

Michel zuckte die Achseln.

Nach langer Pause sagte er: »Es ist komplex. Ich glaube, es ist ein Abwenden vom Leben. Eine Hinwendung zum Gestein, weil sie dem trauen kann. Sie wurde als Kind misshandelt. Wusstest du das?«

Sax schüttelte den Kopf. Er versuchte, sich vorzustellen, was Michel meinte.

Der fuhr fort: »Ihr Vater ist gestorben. Ihre Mutter heiratete wieder, als sie acht war. Von da an misshandelte ihr Stiefvater sie, bis sie zur Schwester ihrer Mutter zog, als sie sechzehn war. Ich habe sie gefragt, worin die Misshandlung bestanden habe, aber sie sagte, dass sie nicht darüber sprechen wolle. Misshandlung sei Misshandlung. Sie sagte auch, dass sie sich sowieso nicht an viel erinnere.«

»Das glaube ich.«

Michel wedelte mit der behandschuhten Hand. »Wir erinnern uns an mehr, als wir glauben. Manchmal an mehr, als uns lieb ist.«

Sie standen da und schauten in die Caldera.

»Es ist schwer zu glauben«, sagte Sax.

Michel machte ein saures Gesicht. »Ist es das? Unter den Ersten Hundert waren fünfzig Frauen. Die Wahrscheinlichkeit spricht dafür, dass mehr als eine von ihnen in ihrem Leben von Männern missbraucht wurde. Eher waren es zehn oder fünfzehn, wenn man den Statistiken Glauben schenken kann. Vergewaltigt, geschlagen, misshandelt … So ist es nun einmal.«

»Das ist schwer zu glauben.«

»Ja.«

Sax erinnerte sich daran, wie er Phyllis einen Kinnhaken verpasst und sie mit einem einzigen Hieb bewusstlos geschlagen hatte. Darin hatte eine gewisse Genugtuung gelegen. Er hatte es allerdings nötig gehabt. So hatte er es jedenfalls damals empfunden.

»Alle haben ihre Gründe«, sagte Michel und riss ihn aus seinen Gedanken. »Oder glauben zumindest sie zu haben.« Er versuchte es in der ihm eigenen Weise zu erklären, um es zu etwas anderem zu machen als schlichte Bosheit. Er blickte in die Caldera hinunter und sagte: »Die Grundlage der menschlichen Kultur ist eine neurotische Reaktion auf die frühesten psychischen Wunden der Menschen. Vor der Geburt und als Kleinkinder existieren wir in einer narzisstischen allumfassenden Wonne, in der das Individuum das ganze Universum ist. Dann wird uns in der späteren Kindheit irgendwann bewusst, dass wir separate Individuen sind, getrennt von unseren Müttern und jedem anderen. Das ist ein Schlag, von dem wir uns nie ganz erholen. Es gibt verschiedene neurotische Strategien, die angewandt werden, um damit umzugehen. Zuerst das Wiederverschmelzen mit der Mutter. Dann die Verleugnung der Mutter und Verlagerung unseres Ideal-Ichs auf den Vater. Diese Strategie dauert oft ewig an, und die Menschen dieser Kulturen verehren ihren König und ihren Gottvater und so weiter. Schließlich kann sich das Ideal-Ich wieder verlagern, auf abstrakte

Ideen, auf die Bruderschaft aller Menschen. Es gibt Namen und Beschreibungen für alle diese Komplexe, benannt nach Dionysos, Perseus, Apollo und Herakles. Es gibt sie alle, und alle sind neurotisch, insofern sie alle zur Misogynie führen, mit Ausnahme des dionysischen Komplexes.«

»Ist das eines deiner semantischen Dreiecke?«, fragte Sax vorsichtig.

»Ja. Die apollinischen und herakleischen Komplexe könnten industrielle Gesellschaften der Erde beschreiben. Der perseische gilt für frühere Kulturen, natürlich mit starken Resten ins Heute. Und alle drei sind patriarchalisch. Sie alle leugneten das Mütterliche. Das Feminine war Instinkt, Körper und Natur, während das Maskuline Verstand, Geist und Gesetz war. Und das Gesetz herrschte.«

Sax war von dem ganzen Zusammenwerfen fasziniert und fragte: »Und auf dem Mars?«

»Nun, auf dem Mars könnte es sein, dass das Ideal-Ich sich wieder auf das Mütterliche zurück verschiebt. Wieder auf das Dionysische oder zu irgendeiner Art von nach-ödipaler Wiederintegration in die Natur, wobei wir die immer noch erfinden. Ein neuer Komplex, der nicht so stark einer neurotischen Über-Investierung unterliegt.«

Sax schüttelte den Kopf. Es war erstaunlich, wie blühend ausgearbeitet eine Pseudowissenschaft formulieren konnte. Vielleicht eine Kompensationstechnik, ein verzweifelter Versuch, mehr wie die Physik zu sein. Was sie aber nicht verstanden, war, dass Physik, obwohl zugegebenermaßen kompliziert, stets bemüht war, einfacher zu werden.

Michel setzte indessen seine Ausführungen fort. Die Patriarchie korrelierte mit dem Kapitalismus, erklärte er, ein hierarchisches System, in dem die meisten Menschen ökonomisch ausgebeutet und wie Tiere behandelt worden waren, vergiftet, verraten, herumgeschubst und erschossen. Und selbst in den besten Fällen standen sie unter der ständigen Bedrohung, beiseitegestoßen zu werden, den Job zu verlieren, arm zu sein, nicht imstande, für geliebte Angehörige zu sorgen, hungrig und erniedrigt. Manche, die in diesem unglückseligen System gefangen waren, ließen die Wut über diese Misere an jedem aus, mit dem sie zu tun hatten, wann immer sie es konnten, auch wenn sich das gegen ihre geliebten Angehörigen richtete, die ihnen am ehesten Trost spenden konnten. Das war unlogisch und sogar dumm. Brutal und stupide. Ja. Michel zuckte die Achseln. Es gefiel ihm nicht, wohin sein Gedankengang ihn geführt hatte. Für Sax klang es so, als wollte er implizieren, dass viele menschliche Handlungsweisen letztendlich nur darauf hinwiesen, dass sie – leider – ziemlich dumm waren. Und das limbische System war in manchen Geistern beschädigt, fuhr Michel fort und versuchte, von dem Thema wegzukommen und eine ordentliche Erklärung zu liefern. Adrenalin und Testosteron drängten immer auf eine Fight-or-flight-Reaktion; und manchmal etablierte sich in ausweglosen Lagen ein System, das einem durch den Kreislauf von Verletzung und Vergeltung Befriedigung verschaffte, und dann verloren die betroffenen Menschen nicht nur das Gefühl für den Nächsten, sondern auch jedes rationales Selbstinteresse. Sie wurden krank.

Sax fühlte sich selbst krank. Michel hatte in weniger als einer Viertelstunde das menschliche Böse auf verschiedene Weisen wegerklärt; und dennoch mussten sich die Menschen auf der Erde noch für vieles verantworten. Marsmenschen waren anders. Obwohl es in Kasei Vallis Folterer gegeben hatte, wie ihm aus eigener Erfahrung bekannt war. Aber das waren Siedler von der Erde gewesen. Krank. Ja, er fühlte sich krank. Die jungen Eingeborenen waren nicht so. Aber waren sie das wirklich? Ein Marsmann, der eine Frau schlug oder ein Kind missbrauchte, würde ausgestoßen, gebrandmarkt und vielleicht verprügelt werden. Er würde sein Heim verlieren, auf die Asteroiden verbannt werden und nie zurückkehren dürfen. Oder?

Darüber musste er nachdenken.

Dann dachte er wieder an Ann. Daran, wie sie war: Ihre so hartnäckige Art, ihre Konzentration auf Wissenschaft und Steine. Vielleicht eine Art apollinische Reaktion. Ausrichtung auf das Abstrakte, Verleugnung des Körpers und daher seiner ganzen Qual. Vielleicht.

»Was würde Ann deiner Meinung nach jetzt helfen?«, fragte er.

Michel zuckte wieder die Achseln. »Darüber denke ich schon seit Jahren nach. Ich glaube, der Mars hat ihr geholfen. Ich glaube, dass Simon ihr geholfen hat, und Peter. Aber die sind alle irgendwie distanziert gewesen. Sie änderten nichts Fundamentales in ihr.«

»Aber sie liebt all dies. Wirklich!« Sax zeigte auf die Caldera. Er dachte über Michels Analyse nach. »Es ist nicht bloß ein Nein. Es steckt auch ein Ja darin. Eine Liebe zum Mars.«

»Aber wenn man Stein und nicht Menschen liebt, ist das nicht irgendwie ein wenig … unausgeglichen?«, wandte Michel ein. »Oder deplatziert? Ann ist eine große Denkerin, weißt du …«

»Allerdings.«

»Und sie hat viel erreicht. Aber sie scheint damit nicht zufrieden zu sein.«

»Ihr gefällt nicht, was mit ihrer Welt geschieht.«

»Nein. Aber ist es wirklich das, was sie so verabscheut? Oder am meisten verabscheut? Ich bin da nicht so sicher. Es scheint mir wieder deplatziert zu sein. Die Liebe genau wie der Hass.«

Sax schüttelte den Kopf. Es war wirklich erstaunlich, dass Michel die Psychologie überhaupt für eine Wissenschaft halten konnte. Sie enthielt so viel Zusammenwerfen. Die Vorstellung des Verstandes als einer Dampfmaschine, die bei der Geburt der modernen Psychologie so bequeme mechanische Analogie. Das hatten die Leute immer gemacht, wenn sie über den Verstand nachdachten. Für Descartes war er ein Uhrwerk, geologische Veränderungen für die frühen Victorianer, Computer oder Holographie für das zwanzigste Jahrhundert. KIs für das einundzwanzigste … und für die freudianischen Traditionalisten Dampfmaschinen. Wärmezufuhr, Druckaufbau, Druckverlagerung, Ablassen, alles verschoben auf Verdrängung, Sublimation und Wiederkehr des Verdrängten. Sax hielt Dampfmaschinen nicht für passende Modelle für den menschlichen Geist. Der Geist war mehr – wie was? Eine Ökologie, ein *Fellfield* oder ein Dschungel, bevölkert mit wilden Tieren jeder Art. Oder ein Universum voller Sterne, Quasare und Schwarzer Löcher. Nun, das war vielleicht übertrieben. In Wirklichkeit war menschlicher Geist mehr eine komplexe Sammlung von Synapsen und Axonen, von chemischen Energien, die hierhin und dorthin flogen, wie Wetter in der Atmosphäre. Das war besser – Wetter, Sturmfronten des Denkens, Hochdruckzonen, Tiefdruckzellen, Wirbelstürme, der Jeststream des biologischen Verlangens, die immer ihre schnellen kraftvollen Runden drehten … Leben im Wind. Gut. Zusammenwerfen. Der Geist war wirklich noch kaum erforscht.

»Woran denkst du?«, fragte Michel.

»Manchmal bin ich besorgt wegen der theoretischen Grundlage deiner Diagnosen«, gab Sax zu.

»Oh nein, sie sind empirisch sehr gut gestützt, sie sind sehr präzise und akkurat.«

»Sowohl präzise als auch akkurat?«

»Nun, das ist doch dasselbe, nicht wahr?«

»Nein. Bei Abschätzungen eines Wertes bedeutet Akkuratheit, wie weit man vom wahren Wert entfernt ist. Präzision bezieht sich auf den Spielraum der Schätzung. Einhundert plus oder minus fünfzig ist nicht sehr präzise. Aber wenn deine Schätzung plus oder minus fünfzig ist, und der wahre Wert beträgt einhundert und eins, ist das recht akkurat, obwohl immer noch nicht sehr präzise. Oft lassen sich wahre Werte natürlich nicht wirklich bestimmen.«

Michel lächelte verschmitzt. »Sax, du bist eine sehr akkurate Person.«

»Es ist bloß Statistik«, sagte Sax defensiv. »Nur ab und zu erlaubt einem die Sprache, die Dinge präzise auszudrücken.«

»Und akkurat.«

»Manchmal.«

Sie blickten in die Caldera hinunter.

»Ich möchte ihr helfen«, versicherte Sax.

Michel nickte. »Das hast du gesagt. Ich antwortete, dass ich nicht wüsste, wie. Für sie bist du der Terraformer. Wenn du ihr helfen willst, dann muss Terraforming ihr helfen. Denkst du, dass du einen Weg finden kannst, bei dem Terraformen ihr hilft?«

Sax dachte eine Weile darüber nach. »Es könnte sie ins Freie bringen. Im Freien ohne Helm, irgendwann sogar ohne Atemmasken.«

»Denkst du, dass sie sich das wünscht?«

»Ich glaube, das wünscht sich jeder hier auf irgendeinem Niveau. Im Kleinhirn. Das Tier, weißt du. Es fühlt sich draußen wohl.«

»Ich weiß nicht, ob Ann sehr gut auf ihre animalischen Gefühle eingestimmt ist.«

Sax überlegte.

Dann wurde die ganze Landschaft finster.

Sie schauten empor. Die Sonne war schwarz. Im Himmel um sie herum schienen Sterne. Um die schwarze Scheibe war ein schwacher Schimmer, vielleicht die Korona der Sonne.

Dann zwang sie eine plötzliche feurige Sichel wegzuschauen. Das war die Korona. Was sie zuvor gesehen hatten, war wahrscheinlich die erhellte Exosphäre gewesen.

Die verdunkelte Landschaft wurde wieder hell, als die künstliche Sonnenfinsternis endete. Aber die wiederkehrende Sonne war deutlich kleiner als die, welche noch vor Augenblicken geschienen hatte. Der alte Bronzeknopf der marsianischen Sonne! Es war, als käme ein alter Freund wieder zu Besuch. Die Welt war trüber, alle Farben der Caldera eine Schattierung dunkler, als dämpften unsichtbare Wolken das Sonnenlicht. Ein sehr vertrauter Anblick, faktisch das natürliche Licht auf dem Mars, das sie zum ersten Mal seit achtundzwanzig Jahren wieder erreichte.

»Hoffentlich hat Ann das gesehen«, sagte Sax. Ihm war kalt, obwohl er wusste, dass noch nicht genug Zeit vergangen war, dass die Luft hätte abkühlen können, und er ohnehin den Schutzanzug trug. Aber es würde kühl werden. Er dachte grimmig an die über den ganzen Planeten verteilten *Fellfields* in Höhen von vier oder fünf Kilometern und tiefer in mittleren und höheren Breiten. Oben, an der Grenze des Möglichen würden jetzt ganze Ökosysteme zu sterben beginnen. Zwanzig Prozent weniger Sonneneinstrahlung. Das war schlimmer als jede irdische Eiszeit, eher wie die Finsternis nach dem großen Sterben im Ordovicium, Devon oder, am schlimmsten von allem, im Perm vor 250 Millionen Jahren, das 95 Prozent aller damals lebenden Arten töteten. Durchbrochene Stasis, wie der Punktualismus es nannte, die nur sehr wenige Spezies überlebt hatten. Diejenigen, die es schafften, waren widerstandsfähig – oder hatten bloß Glück.

»Ich bezweifle, dass es ihr genügen wird«, sagte Michel.

Davon war auch Sax überzeugt. Aber im Moment war er durch seine Gedanken darüber, wie man den Verlust des Solettalichts am besten ausgleichen könnte, abgelenkt. Es wäre gut, wenn die Biome keine großen Verluste erlitten. Wenn es nach ihm ginge, waren diese *Fellfields* etwas, woran Ann sich zu gewöhnen hatte.

Es war $L_s = 123$, genau in der Mitte des nördlichen Sommers bzw. südlichen Winters, nahe dem Aphel, wodurch aufgrund der größeren Höhe des Terrains der Südwinter viel kälter wurde als der nördliche. Die Temperatur sank regelmäßig auf 230 K oder –43 ° C, nicht viel wärmer als die ursprüngliche Kälte, die vor ihrer Ankunft geherrscht hatte. Jetzt, da Soletta und Ringspiegel verschwunden waren, würden die Temperaturen noch weiter sinken. Zweifelsohne stand den Hochländern des Südens ein Kälterekord bevor.

Andererseits war im Süden schon viel Schnee gefallen, und Sax hatte großen Respekt vor der Fähigkeit des Schnees bekommen, Lebewesen vor Kälte und Wind zu schützen. Das Milieu unter dem Schnee war recht stabil. Es könnte sein, dass eine Minderung des Lichts und entsprechend ein Absinken der Oberflächentemperatur über zugeschneiten Pflanzen, die dadurch bereits in der Winterruhe waren, nicht so viel Schaden anrichten würden. Das war schwer zu sagen. Er wollte sich hinausbegeben und selbst nachschauen. Natürlich würde es Monate oder gar Jahre dauern, ehe ein Unterschied quantifizierbar würde. Außer vielleicht beim Wetter. Das Wetter konnte man nur durch Beobachtung der meteorologischen Daten verfolgen, was er schon tat, indem er viele Stunden vor Satellitenbildern und Wetterkarten verbrachte und auf die ersten Anzeichen wartete. Das war für ihn eine nützliche Ablenkung, wenn Leute zu ihm kamen, um gegen die Entfernung der Spiegel zu protestieren – eine in der dem Ereignis folgenden Woche so häufige Erscheinung, dass es schließlich lästig wurde.

Unglücklicherweise war das Wetter auf dem Mars so veränderlich, dass schwer zu sagen war, ob es von der Entfernung der großen Spiegel beeinflusst wurde oder nicht. Sax' Meinung nach eine sehr betrübliche Aussage über den Stand ihres Verständnisses der Atmosphäre. Aber so war es nun einmal. Das Marswetter war ein starkes halbchaotisches System. In mancher Hinsicht ähnelte es dem der Erde, was nicht überraschte, da es dabei um Luft und Wasser ging, die sich um die Oberfläche einer rotierenden Kugel bewegten. Die Corioliskräfte waren überall dieselben, und so gab es hier wie auf der Erde tropische Ostwinde, gemäßigte Westwinde, polare Ostwinde, Ankerpunkte für Jetstreams und so weiter. Das war aber auch schon fast alles, was man über das Marswetter mit Sicherheit aussagen konnte. Nun gut, man konnte sagen, dass es im Süden kälter und trockener war als im Norden. Dass es von hohen Vulkanen oder Bergketten Fallwinde mit Regen gab. Dass es am Äquator wärmer war und kühler an den Polen. Aber derart naheliegende Verallgemeinerungen waren alles, was sich zuversichtlich behaupten ließ, außer für einige lokale Muster, obwohl diese zumeist zahlreichen Variationen unterlagen und mehr eine Sache intensiv analysierter Statistik als erlebter Erfahrung waren. Mit Aufzeichnungen über nur 52 Marsjahre, mit einer die ganze Zeit schnell dichter werdenden Atmosphäre und ständig an die Oberfläche gepumptem Wasser etc. war es wirklich schwierig zu sagen, was normale oder durchschnittliche Verhältnisse sein könnten.

Inzwischen fiel es Sax immer schwerer, sich auf Ost-Pavonis zu konzentrieren. Leute unterbrachen ihn, um sich über die Spiegel zu beklagen, und die unbeständige politische Lage schlingerte in politischen Stürmen dahin, die so wenig vorherzusagen waren wie die meteorologischen. Es war schon jetzt klar, dass die Beseitigung der Spiegel nicht alle Roten besänftigt hatte. Es gab fast jeden Tag Sabotageakte bei Terraformingprojekten und manchmal heftige Kämpfe zur Verteidigung solcher Anlagen. Sax zwang sich außerdem, sich jeden Tag eine Stunde lang die Berichte von der Erde anzusehen. Die machten deutlich, dass es dort Kräfte gab, die die Dinge so zu bewahren suchten, wie sie vor der Flut gewesen waren – in scharfem Konflikt mit anderen Gruppen, die aus der Flut auf die gleiche Weise Vorteil zu ziehen beabsichtigten, wie es die Revolution auf dem Mars getan hatte, indem sie die Flut als einen Umbruch in der Geschichte und ein Sprungbrett für irgendeine neue Ordnung, einen Neuanfang, benutzten. Aber die Metanationalen gaben nicht so leicht auf, und auf der Erde hatten sie das Sagen. Sie verfügten über enorme Hilfsmittel, und ein bloßer Anstieg des Meeresniveaus um sieben Meter konnte sie nicht außer Gefecht setzen.

Sax schaltete nach so einer bedrückenden Stunde seinen Bildschirm aus und traf sich mit Michel zum Essen in seinem Rover.

Als er Wasser zum Kochen aufsetzte, sagte er: »So etwas wie einen Neustart gibt es nicht.«

»Was ist mit dem Big Bang, dem Urknall?«, fragte Michel.

»So wie ich es verstehe, gibt es Theorien, die besagen, dass die Klumpigkeit des frühen Universums durch die ältere Klumpigkeit des vorherigen Universums verursacht wurde, das in einem Big Crunch zusammengebrochen ist.«

»Ich hätte gedacht, dass dadurch alle Unregelmäßigkeiten kollabieren würden.«

»Singularitäten sind seltsam. Außerhalb ihres Ereignishorizonts erlauben Quanteneffekte das Erscheinen bestimmter Partikel. Dann bewirkte die kosmische Inflation, die jene Partikel hinausbläst, anscheinend, dass kleine Klumpen auftraten und zu großen wurden.« Sax runzelte die Stirn. Das klang nach der Theoriegruppe von Da Vinci. »Aber ich hatte die Flut auf der Erde im Sinn. Die keineswegs eine so grundlegende Veränderung von Bedingungen ist wie eine Singularität. Tatsächlich muss es da unten Leute geben, die sie überhaupt nicht als einen Bruch ansehen.«

»Stimmt.« Aus irgendeinem Grund lachte Michel. »Wir sollten hinfliegen und nachsehen, was?«

Als sie ihre Spaghetti verzehrt hatten, sagte Sax: »Ich möchte etwas Feldforschung betreiben. Ich will sehen, ob es sichtbare Effekte durch das Verschwinden der Spiegel gibt.«

»Einen hast du schon gesehen. Diese Dämpfung des Lichts, als wir draußen auf dem Rand waren …« Michel erschauerte.

»Ja, aber das macht mich nur noch neugieriger.«

»Na schön, wir werden die Stellung für dich halten.«

Als müsste jemand einen Ort physisch einnehmen, um dort zu sein. »Das Kleinhirn gibt niemals auf«, sagte Sax.

Michel grinste. »Deswegen willst du hinausfahren und es mit eigenen Augen sehen.«

Sax runzelte die Stirn.

Ehe er ging, rief er Ann an.

»Möchtest du … mich auf einem Ausflug nach Süd-Tharsis begleiten, um … gemeinsam die Obergrenze der Areobiosphäre zu erkunden?«

Sie war erschrocken. Ihr Kopf zuckte vor und zurück, während sie darüber nachdachte. Die Antwort des Kleinhirns kam sechs oder sieben Sekunden vor ihrer bewussten verbalen Antwort: »Nein.« Und dann trennte sie mit irgendwie ängstlicher Miene die Verbindung.

Sax zuckte die Achseln. Er fühlte sich schlecht. Er sah, dass einer seiner Gründe hinauszufahren damit zu tun hatte, Ann ebenfalls dort hinauszubringen und ihr selbst die steinigen Biome der *Fellfields* zu zeigen. Ihr zu zeigen, wie schön sie waren. Mit ihr zu sprechen. Etwas in der Art. Sein mentales Bild von dem, was er ihr sagen würde, wenn er sie wirklich dort hinausbrachte, war bestenfalls undeutlich. Es ihr einfach nur zeigen. Sie es *sehen* lassen.

Nun, man konnte Leute nicht dazu zwingen, gewisse Dinge zu sehen.

Er verabschiedete sich von Michel. Michels ganze Aufgabe war es, Leute Dinge sehen zu lassen. Das war zweifellos die Ursache für seine innere Frustration, wenn er über Ann sprach. Sie war seit mehr als einem Jahrhundert eine seiner Patientinnen und hatte sich noch nicht verändert oder ihm viel über sich erzählt. Sax musste ein wenig lächeln, wenn er daran dachte. Obwohl das für Michel quälend war, der Ann offenbar liebte. Wie alle seine alten Patienten und Freunde, einschließlich Sax. Es lag in der Natur professioneller Verantwortung, wie Michel sie sah, dass er sich in alle Objekte seines »wissenschaftlichen Studiums« verliebte. Jeder Astronom liebt die Sterne. Nun gut, wer wusste das schon …

Sax ergriff Michels Oberarm, der bei diesem Sax gar nicht ähnlichen Verhalten glücklich lächelte, über diese »Veränderung im Denken«. Liebe, ja; und umso mehr, wenn das Studienobjekt eine Frau war, die man seit vielen Jahren kannte und mit der Intensität reiner Wissenschaft studiert hatte – ja, das wäre ein wunderbares Gefühl! Eine große Intimität, ob sie dabei kooperierte oder nicht. Tatsächlich könnte es noch verlockender sein, wenn sie das nicht täte, wenn sie sich grundsätzlich weigerte, Fragen zu beantworten. Schließlich wollte Michel doch Antworten auf seine Fragen haben, und zwar sehr ausführlich, selbst wenn sie gar nicht gestellt worden waren. Er hatte Maya; Maya, die allzu menschliche, die Michel ein Hindernisrennen durch das limbische System lieferte, sogar Dinge nach ihm warf, wenn man Spencer glauben konnte. Angesichts dieser Art von Symbolismus könnte Anns Schweigen geradezu Zuneigung ausdrücken. Michel sagte: »Sei vorsichtig!« Der glückliche Gelehrte, der eines seiner Studienobjekte vor sich hatte, das er liebte wie ein Bruder.

Sax nahm einen kleinen Rover und fuhr damit den steilen kahlen Südhang von Pavonis Mons hinunter und dann quer über den Sattel zwischen Pavonis und Arsia Mons. Er umrundete den großen Kegel von Arsia auf seiner trockenen Ostseite. Danach fuhr er seine Südflanke hinab und verließ den Tharsis-Buckel, sodass er sich auf dem zerklüfteten Hochland von Daedalia Planitia befand. Diese Ebene war der Rest eines riesigen alten Einschlagbeckens, jetzt durch die Tharsis-Erhebung, Lava von Arsia Mons und die unablässigen Winde fast völlig erodiert, sodass nichts davon geblieben war außer den areologischen Beobachtungen und Schlussfolgerungen, schwachen radialen Auswurfschrammen und dergleichen, die auf Karten zu sehen waren, aber nicht in der Landschaft.

Wenn man darüberfuhr, sah es dem Rest der südlichen Hochländer sehr ähnlich. Raues, buckliges, verkratertes, zerklüftetes Gebiet. Eine wilde Felsenlandschaft. Die alten Lavaströme waren als glatte, einander überlappende Kurven dunklen Gesteins zu erkennen wie auf und ab wogende Wellen. Helle und dunkle Windstriche markierten die Gegend und zeigten Staub verschiedener Partikelgrößen und Zusammensetzungen an. Es gab helle lange Dreiecke auf den Südostseiten von Kratern und Felsblöcken, dunkle Zickzackbänder nordwestlich davon und dunkle Flecken an den Innenseiten der vielen randlosen Krater. Der nächste große Sandsturm würde alle diese Muster verändern.

Sax fuhr mit großem Vergnügen über die losen Steinwellen, runter runter hoch, runter runter hoch. Er las die Sandbilder der Staubstreifen wie eine Windkarte. Er reiste nicht in einem Felsenwagen mit niedriger Kabine, mit dem er von einem Versteck zum nächsten hasten musste, sondern im großen kastenartigen dreistöckigen Wohnwagen eines Areologen, mit Fenstern auf allen vier Seiten des Fahrerabteils. Es war wirklich ein sehr großes Vergnügen, in dem schwachen hellen Tageslicht dahinzurollen, auf und ab, auf und ab über die von Sand gestreifte Ebene mit für marsianische Verhältnisse sehr weit entfernten Horizonten. Es gab niemanden, vor dem er sich verstecken müsste oder der ihn verfolgte. Er war ein freier Mann auf einem freien Planeten; und wenn er wollte, könnte er mit seinem Rover rund um die Welt fahren. Wohin er wollte.

Es dauerte etwa zwei Tage, bis er wirklich erkannte, was das bedeutete. Selbst dann war er sich noch nicht sicher, es wirklich verstanden zu haben. Es war eine Empfindung von Leichtigkeit, einer seltsamen Leichtigkeit, die ihn veranlasste, den Mund ohne erkennbaren Grund wiederholt zu einem leichten Lächeln zu verziehen. Vorher war er sich nicht ausdrücklich eines Gefühls von Bedrängnis oder Angst bewusst gewesen, aber ihm schien, dass er das seit 2061 gefühlt hätte – vielleicht sogar schon in den Jahren davor. Sechsundsechzig Jahre der Furcht, ignoriert und vergessen, aber immer vorhanden – eine gewisse Spannung in der Muskulatur, eine kleine vergessene Angst im Kern der Dinge. »Sechsundsechzig Flaschen voll Furcht an der Wand – nimm eine runter und reich sie herum! – fünfundsechzig Flaschen voll Furcht!«

Das war jetzt vorbei. Er war frei, seine Welt war frei. Er fuhr die vom Wind gezeichnete abschüssige Ebene hinunter; und früher an diesem Tag war schon Schnee in den Spalten erschienen und schimmerte wässrig auf eine Weise, wie Staub das nie tat. Und dann Flechten. Er fuhr in die Atmosphäre hinunter. Und es gab jetzt keinen Grund, warum sein Leben nicht so weitergehen könnte, warum er nicht jeden Tag in seinem Weltenlabor herumwerkeln sollte und das allen anderen nicht ebenso freistand!

Das war ein tolles Gefühl.

Oh, sie konnten sich auf Pavonis streiten und würden das auch sicher tun. Wie überall. Sie waren ein höchst ungewöhnlich streitsüchtiger Haufen. Welche soziologische Erklärung es dafür wohl gab? Schwer zu sagen. Aber sie hatten trotzdem zusammengearbeitet. Es könnte nur ein zeitweiliges Zusammenfallen von Interessen sein; aber alles war jetzt nur temporär, da so viele Traditionen gebrochen oder verschwunden waren. Es war nur geblieben, was John die »Notwendigkeit der Schöpfung« genannt hatte; und Erschaffen war hart. Nicht jedermann war darin so gut wie im Beklagen.

Aber sie hatten jetzt als Gruppe gewisse Fähigkeiten, als eine … Zivilisation. Der angesammelte Schatz wissenschaftlicher Kenntnisse wuchs rapide; und dieses Wissen gab ihnen eine Menge Fähigkeiten, die durch ein einzelnes Individuum kaum begreifbar waren, selbst in groben Zügen nicht. Aber es waren große Kräfte, ob man sie verstand oder nicht. Gottgleiche Kräfte, wie Michel sie nannte, obwohl es nicht notwendig war zu übertreiben oder das Problem zu verkomplizieren. Es waren Kräfte in der materiellen Welt, real, aber durch die Realität beschränkt. Was nichtsdestoweniger erlauben könnte – Sax hielt es durchaus für möglich –, dass sie, richtig angewandt, schließlich dennoch eine anständige menschliche Zivilisation hervorbringen konnten. Nach all den Jahrhunderten des Versuchens. Und warum auch nicht? Warum nicht? Warum das ganze Unternehmen nicht gleich auf dem höchstmöglichen Niveau ansiedeln? Sie konnten für jeden gerecht sorgen, sie konnten Krankheiten heilen, sie konnten die Vergreisung aufhalten, tausend Jahre lang leben, sie konnten das Universum von der Planck'schen Länge bis zur kosmischen Distanz, vom Urknall bis zur Endzeit erforschen. All das war möglich und technisch erreichbar. Und was diejenigen anging, die meinten, dass die Menschheit den Ansporn des Leidens brauchte, um groß zu werden … Nun, sie konnten ausziehen und die Tragödien finden, die es, dessen war sich Sax gewiss, immer geben würde – verlorene Liebe, Betrug durch Freunde, Tod, schlechte Laborresultate. Inzwischen konnte der Rest von ihnen das Werk fortführen und an einer anständigen Zivilisation arbeiten. Sie könnten es schaffen! Es war wirklich unglaublich. Sie hatten den Moment in der Geschichte erreicht, an dem es möglich war. Wirklich sehr schwer zu glauben. Es machte Sax misstrauisch. In der Physik bekam man sofort Zweifel, wenn eine Situation irgendwie außergewöhnlich oder einzigartig zu sein schien. Die Chancen sprachen dagegen. So etwas schien auf eine manipulierte Perspektive hinzudeuten. Man sollte eher annehmen, dass die Dinge mehr oder weniger konstant sind und man in normalen Zeiten lebte, nach dem sogenannten Prinzip des Mittelmaßes. Sax hatte es nie für besonders attraktiv gehalten. Vielleicht besagte es nur, dass Gerechtigkeit immer erreichbar gewesen war. Auf jeden Fall gab es ihn, diesen außergewöhnlichen Moment, direkt vor seinen vier Fenstern, gebräunt unter der leichten Berührung der natürlichen Sonne. Mars und seine Menschen, frei und mächtig.

Es war zu viel, um es zu fassen. Es entglitt seinem Geist. Dann fiel es ihm wieder ein und überraschte ihn durch eine Freude, die er ausdrücken wollte: »Ha! Ha!« Der Geschmack von Tomatensuppe und Brot: »Ha!« Das trübe Purpur des Dämmerungshimmels: »Ha!« Das Bild der Instrumentenkonsole, die schwach leuchtete und in den schwarzen Scheiben gespiegelt wurde: »Ha! Ha! Ha! Meine Güte!« Er konnte hinfahren, wo er wollte. »Keiner sagt uns, was wir zu tun haben!«, sagte er laut zu dem dunklen Bildschirm seiner KI. Es war fast erschreckend. Schwindelerregend. Ka, würden die *Yonsei* sagen. Ka, vermutlich der Name des kleinen roten Volkes für den Mars – aus dem japanischen *ka*, was Feuer bedeutet. Das gleiche Wort gab es auch in verschiedenen anderen Sprachen, einschließlich der protoindoeuropäischen, behaupteten jedenfalls die Linguisten.

Vorsichtig legte er sich in das große Bett hinten im Abteil, lauschte dem Summen der Heizung und der elektrischen Systeme des Rovers; und er selbst summte unter der dicken Decke, die die Wärme seines Körpers so rasch aufnahm, und legte den Kopf auf das Kissen und schaute hinauf zu den Sternen.

Am nächsten Morgen zog von Nordwesten ein Hochdrucksystem heran, und die Temperatur stieg auf –11 ° C. Er war bis auf fünf Kilometer über dem Bezugsniveau hinunter gefahren, und der äußere Luftdruck betrug 230 Millibar. Nicht genug, um atmen zu können. Darum legte er einen beheizten leichten Schutzanzug an, hängte sich einen kleinen Sauerstofftank über die Schulter, zog dessen Maske über Nase und Mund und setzte eine Schutzbrille auf.

Selbst als er so gerüstet aus der Schleusentür ging und auf den Sand trat, ließ ihn die starke Kälte nach Luft schnappen, und seine Augen tränten so stark, dass er kaum noch etwas sehen konnte. Das Pfeifen des Windes war laut, obwohl seine Ohren von einer Kapuze geschützt wurden. Aber die Heizung des Anzugs tat ihre Arbeit, und weil der Rest von ihm warm war, gewöhnte sich das Gesicht langsam an die Kälte.

Er zog die Schnur der Kapuze fest an und ging über das Land. Er trat von einem flachen Stein, die es hier überall gab, auf den anderen. Oft bückte er sich, um Risse zu untersuchen. Er fand Flechten und andere Lebensformen überall verteilt: Moose, kleine Büschel Riedgras und gewöhnliches Gras. Es war sehr windig. Äußerst scharfe Böen trafen ihn vier- oder fünfmal in der Minute, dazwischen lagen trügerisch ruhige Pausen. Hier dürfte es immer windig sein, weil die dichter werdende Atmosphäre südlich um den Tharsis-Buckel strömte. Hochdruckzellen luden hier einen großen Teil ihrer Feuchtigkeit beim Aufsteigen auf der Westseite ab. Tatsächlich war in diesem Moment der Horizont im Westen durch ein flaches Wolkenmeer verdunkelt, das mit dem entfernten Land verschwamm, das zwei oder drei Kilometer tiefer lag und vielleicht sechzig Kilometer weit weg war.

Unter seinen Füßen gab es nur stellenweise Schnee, der einige schattige Spalten und Löcher füllte. Diese Schneebänke waren so hart, dass er darauf herumspringen konnte, ohne eine Spur zu hinterlassen. Vom Wind zusammengepresst, dann zum Teil geschmolzen und wieder gefroren. Eine ausgezackte Platte zerbrach unter seinen Füßen, sie war mehrere Zentimeter dick. Darunter war Pulver oder Granulat. Seine Finger waren trotz der geheizten Handschuhe kalt.

Er richtete sich wieder auf und wanderte ohne Karte über das Gestein. Einige tiefere Löcher enthielten Eispfützen. Gegen Mittag stieg er in eines davon hinunter und aß an dem Eisteich. Dabei hob er die Atemmaske an, um von einem Riegel aus Honig und Getreide abzubeißen. In einer Höhe von 4,5 Kilometer betrug der Luftdruck aktuell 267 Millibar – eine beachtliche Hochdruckzelle. Die Sonne stand tief am Nordhimmel, ein heller Punkt inmitten von Zinn.

Das Eis in dem Teich war stellenweise klar, wie kleine Fenster, die einen Blick auf den schwarzen Boden gestatteten. Sonst war das Eis blasig oder rissig oder weiß von Reif. Das Ufer, auf dem er saß, war eine Rundung aus Kies, mit Flecken brauner Erde und schwarzer toter Vegetation, die eine Linie bildeten, offenbar die Hochwassermarke des Teichs, ein Erdwall über der Kiesschicht. Das ganze Ufer war nicht mehr als vier Meter lang und einen breit. Der feine Kies hatte die Farbe von Umbra, scheckigem Umbra oder … Er müsste eine Farbtafel hinzuziehen. Aber nicht jetzt.

Der Erdwall war von kleinen blassgrünen Rosetten aus winzigen Grashalmen punktiert. Längere Halme standen in klumpigen Büscheln hier und da. Die meisten davon waren tot und hellgrau. Ganz nahe am Teich waren Pflanzen mit dunkelgrünen fleischigen Blättern mit dunkelroten Rändern. Wo das Grün ins Rot überging, ergab sich eine Farbe, die er nicht benennen konnte, ein dunkles glänzendes Braun, das irgendwie mit den beiden es bildenden Farben gefüllt war. Es schien, dass er bald doch eine Farbkarte aufrufen müsste. Wenn er sich in letzter Zeit im Freien so umsah, schien er alle paar Minuten eine brauchen zu können. Unter manchen dieser zweifarbigen Blätter waren wachsartige, fast weiße Blüten verborgen. Ferner lagen da einige Tangarten mit roten Stielen und grünen Nadeln, wie angeschwemmtes Seegras *en miniature*. Wieder diese Mischung aus Rot und Grün, die ihn hier direkt in der Natur anstarrte.

Ein fernes, vom Wind verwehtes Summen. Vielleicht die Harfentöne von Felsen, vielleicht das Brummen von Insekten. Schwarze Mücken, Bienen ... In dieser Luft würden sie nur etwa 30 Millibar CO_2 auszuhalten haben, weil der geringe Partialdruck nur wenig in sie hineindrückte und irgendwann die innere Sättigung ausreichte, um es ganz draußen zu halten. Bei Säugetieren würde das nicht so gut funktionieren. Aber sie könnten 20 Millibar aushalten; und wenn das Pflanzenleben überall in den tiefergelegenen Ebenen gedieh, könnte der Kohlendioxidgehalt schon bald auf 20 Millibar sinken. Dann konnten sie auf die Sauerstofftanks und Atemmasken verzichten und auf dem Mars Tiere aussetzen.

Im schwachen Summen der Luft schien er ihre Stimmen zu hören, immanent oder aufsteigend, die mit dem nächsten großen Aufschwung von *viriditas* kommen würden. Das Summen ferner Stimmen; der Wind; der Friede dieses kleinen Teichs in seiner steinigen Einöde; das nirgalische Vergnügen, das er an der scharfen Kälte hatte ... »Ann sollte das hier sehen!«, murmelte er.

Aber nachdem die Orbitalspiegel fort waren, war alles, was er hier sah, vermutlich dem Untergang geweiht. Dies war die Obergrenze der Biosphäre; und mit dem Verlust an Licht und Wärme würde sie sinken, zumindest zeitweilig, vielleicht für immer. Das gefiel ihm nicht; aber es schien Wege zu geben, das verlorene Licht auszugleichen. Schließlich war das Terraforming vor dem Erscheinen der Spiegel recht gut vorangekommen. Die Spiegel waren nicht notwendig gewesen. Und es war gut, nicht von etwas so Zerbrechlichem abhängig zu sein; und besser, sie jetzt loszuwerden als später, wenn große Tierpopulationen zusammen mit den Pflanzen dabei hätten sterben können.

Aber selbst so war es eine Schande. Diese tote Pflanzensubstanz würde am Ende Dünger ergeben; und sie würden nicht so leiden wie Tiere. Das war wenigstens anzunehmen. Wer wusste schon, was Pflanzen fühlen? Wenn man sie sich genau anschaute, wie sie in ihrer detaillierten Gliederung wie komplexe Kristalle leuchteten, waren sie ebenso geheimnisvoll wie jede andere Art von Leben. Und jetzt machte ihre Anwesenheit hier alles, was er sehen konnte, die ganze Ebene zu einem großen *Fellfield,* das sich wie ein Teppich langsam über das Gestein breitete. Sie zerlegten die verwitterten Mineralien und verbanden sich mit ihnen zu den ersten Böden. Ein sehr langsamer Prozess. In jedem bisschen Erde steckte große Komplexität. Und der Anblick dieses *Fellfields* war das Lieblichste, das er je gesehen hatte.

Nun zum Wetter. Diese ganze Welt verwitterte. Der erste gedruckte Gebrauch dieses Wortes war, recht passend, 1665 in einem Buch über Stonehenge zu finden. »Die Witterung so vieler Jahrhunderte.« Auf dieser steinernen Welt. Verwitterung. Sprache als die erste Wissenschaft, exakt und dennoch vage oder vieldeutig. Dinge zusammenwerfen. Der Geist als Wetter. Oder Verwitterung.

Über den nahen Hügel im Westen kamen Wolken heran. Ihre Unterseiten ruhten auf einer thermischen Schicht so gleichmäßig, als wäre sie aus Glas. Bänder wie gesponnene Wolle wiesen den Weg nach Westen.

Sax stand auf und kletterte aus der Senke des Teichs empor. Heraus aus dem Schutz des Lochs, hinein in den erschreckend starken Wind. Die Kälte intensivierte sich mit jeder Böe, als würde in eben dieser Sekunde eine Eiszeit mit voller Kraft zuschlagen. Die gefühlte Temperatur. Wenn die Temperatur –11 ° C betrug und der Wind mit etwa siebzig Kilometern in der Stunde blies, mit einzelnen Böen, die viel schneller waren, dann würde der Faktor der Abkühlung durch den Wind eine Temperatur erzeugen, die etwa –23 ° C entsprach. War das richtig? Das war wirklich sehr kalt, vor allem wenn man sich ohne Helm im Freien aufhielt. Und tatsächlich wurden seine Hände taub. Auch seine Füße. Und sein Gesicht war schon gefühllos wie eine dicke Maske vorne auf dem Schädel. Er blinzelte, und seine Lider schienen zusammenzukleben. Er musste zum Rover zurückkehren.

Er stapfte über den steinigen Grund, erstaunt über die Macht des Windes, die Kälte so zu verstärken. Er hatte eine derartige Windkälte seit seiner Kindheit nicht mehr erlebt, wenn überhaupt, und seither vergessen, wie kalt es einem werden konnte. Er stolperte in den Windstößen auf einen kleinen alten Lavahügel und blickte den Hang hinauf. Dort stand sein Rover – groß, lebhaft grün und glänzend wie ein Raumschiff, ungefähr zwei Kilometer über ihm. Ein sehr willkommener Anblick.

Aber jetzt flog der Schnee horizontal an ihm vorbei und demonstrierte eindrucksvoll die große Windgeschwindigkeit. Kleine Körnchen prasselten gegen seine Schutzbrille. Er ging blind weiter in Richtung Rover, hielt den Kopf gesenkt und beobachtete, wie der Schnee über die Felsen wirbelte. Es war so viel Schnee in der Luft, dass er glaubte, seine Brille würde sich beschlagen. Aber nach einem sehr mühsamen Versuch, sie innen abzuwischen, wurde klar, dass die Kondensation tatsächlich draußen in der Luft stattfand. Feiner Schnee, Nebel, Staub – das war schwer zu sagen.

Er stapfte weiter. Als er das nächste Mal aufblickte, war die Luft so dick, dass er nicht mehr bis zum Rover sehen konnte. Da war nichts zu machen, als weiterzugehen. Es war ein Glück, dass der Anzug gut isoliert war und eingenähte Heizelemente hatte, denn selbst bei auf höchste Kraft gestellter Wärme schnitt die Kälte in seine linke Seite, als wäre er der Zugluft schutzlos ausgesetzt. Die Sicht betrug nur etwa zwanzig Meter und änderte sich rasch, je nachdem, wie viel Schnee gerade im Moment vorbeirauschte. Er befand sich in einer amorphen, sich ausdehnenden und zusammenziehenden weißen Blase, die mit fliegendem Schnee und gefrorenem Nebel oder Dunst durchsetzt war. Es schien, als befände er sich mitten in dem Sturm selbst. Seine Beine waren steif. Er schlang die Arme um die Brust und steckte seine behandschuhten Hände in die Achselhöhlen. Er konnte nicht erkennen, ob er noch in die richtige Richtung ging. Er schätzte aber, dass er noch auf dem gleichen Kurs war wie zu dem Zeitpunkt, als die Sicht verschwunden war. Es schien aber auch, dass er den Rover schon hätte erreicht haben müssen.

Auf dem Mars gab es keine Kompasse. Es gab aber APS-Systeme zur Positionsbestimmung in seinem Handgelenkscomputer und im Rover. Er konnte auf dem Bildschirm eine detaillierte Karte abrufen, sich den Standort des Wagens anzeigen lassen und dann durch Ausprobieren die richtige Richtung herausfinden. Das schien anstrengend zu sein, was ihn auf die Idee brachte, dass sein Denken, wie sein Körper, durch die Kälte beeinflusst werden könnte. Denn schließlich war es doch keine zu große Mühe.

So hockte er sich im Windschatten eines Felsblocks hin und versuchte es mit dieser Methode. Die Theorie dahinter war korrekt, aber die Instrumentierung ließ zu wünschen übrig. Der Bildschirm am Handgelenk war nur fünf Zentimeter groß, so klein, dass er die Punkte darauf kaum erkennen konnte. Endlich entdeckte er sie, ging eine Weile und nahm eine neue Peilung vor. Aber merkwürdigerweise zeigten seine Resultate, dass er etwa in einem rechten Winkel zu der Richtung gehen sollte, die er eigentlich hatte einschlagen wollen.

Das war entnervend bis zum Wahnsinn. Sein Körper bestand darauf, dass er auf dem richtigen Weg war. Sein Verstand (jedenfalls ein Teil davon) war sich ziemlich sicher, dass es besser war, den Anzeigen seines Computers zu vertrauen und anzunehmen, dass er irgendwo vom Kurs abgekommen war. Aber sein Gefühl widersprach dem. Der Boden war immer noch geneigt, was das Gefühl seines Körpers bestätigte. Der Widerspruch war so stark, dass er einen Schwindelanfall bekam. Er verkrampfte sein Inneres so stark, dass Stehen schwer war, als krümmte jede Zelle seines Körpers sich zur Seite, um dem Druck standzuhalten, den das Armband auf ihn ausübte. Die physiologischen Effekte einer rein kognitiven Dissonanz. Erstaunlich. Es ließ einen fast an die Existenz eines inneren Magneten im Körper glauben, wie in der Epiphyse von Zugvögeln. Aber es gab kein nennenswertes Magnetfeld. Vielleicht war seine Haut für Sonnenstrahlen so empfindlich, dass sie die Stellung der Sonne auf den Punkt genau angeben konnte, selbst wenn der Himmel überall ein dickes Grau zeigte. Es musste etwas Derartiges sein; denn das Gefühl, in die richtige Richtung zu gehen, war so stark!

Endlich verging die Übelkeit der Desorientierung, und schließlich stand er auf und ging in die vom Armbandcomputer angezeigte Richtung. Dabei fühlte er sich schrecklich, und er lehnte sich leicht bergauf, um sich besser zu fühlen. Aber man musste den Instrumenten mehr vertrauen als den Instinkten. Das war Wissenschaft. Und so kämpfte er sich weiter, überquerte den Hang und wandte sich, ungeschickter denn je, bergauf. Seine fast gefühllosen Füße stießen an Felsen, die er nicht sah, selbst wenn sie direkt unter ihm waren. Er stolperte ab und zu. Es war bemerkenswert, wie sehr Schnee die Sicht behindern konnte.

Nach einer Weile hielt er an und versuchte wieder, den Rover durch das APS zu orten. Sein Armband schlug jetzt eine völlig neue Richtung vor – nach hinten links.

War es möglich, dass er an dem Wagen vorbeigegangen war? War es das? Er wollte nicht wieder zurückgehen, diesmal gegen den Wind. Aber jetzt war das offenbar der Weg zum Rover. Also duckte er den Kopf in die beißende Kälte und machte weiter. Seine Haut war in einem seltsamen Zustand. Sie schmerzte unter den Heizelementen, die im Zickzack seinen Anzug durchzogen, und war überall taub. Auch seine Füße waren gefühllos. Das Gehen wurde immer schwieriger. Auch in seinem Gesicht hatte er kein Gefühl mehr. Bald würde er Erfrierungen bekommen. Er brauchte einen Schutzraum.

Er hatte eine neue Idee. Er rief Aonia auf Pavonis an. Die Verbindung kam augenblicklich zustande.

»Sax! Wo bist du?«

»Deswegen rufe ich an«, schrie er ins Mikrofon. »Ich befinde mich in einem Sturm in Daedalia. Ich kann meinen Wagen nicht finden. Könntest du nach meinem APS und dem meines Rovers suchen und mir sagen, in welche Richtung ich gehen soll?«

Er hielt das Armband direkt ans Ohr. »Ka wow, Sax!« Es klang, als schrie auch Aonia – sie hatte mitgedacht. Ihre Stimme war eine seltsame Ergänzung zur Situation. »Nur eine Sekunde, lass mich nachsehen … Okay! Da bist du. Und dein Wagen auch! Was machst du so weit im Süden? Ich glaube nicht, dass dich da schnell jemand holen kann. Besonders, wenn ein Sturm droht.«

»Der Sturm ist schon da. Darum habe ich ja angerufen«, erwiderte er.

»Okay! Du befindest dich ungefähr dreihundertfünfzig Meter westlich von deinem Wagen.«

»Genau westlich?«

»… und leicht südlich. Aber wie willst du dich orientieren?«

Sax überlegte. Das Fehlen eines Magnetfelds auf dem Mars war ihm vorher nie so sehr als Problem bewusst gewesen. Aber jetzt war es so weit. Er konnte annehmen, dass der Wind direkt von Westen kam. Aber das war bloß eine Vermutung. »Kannst du die nächsten Wetterstationen fragen und mir sagen, aus welcher Richtung der Wind kommt?«, sagte er.

»Sicher, aber lokale Variationen würde das nicht berücksichtigen! Warte, nur eine Sekunde, ich hole mir Hilfe von den anderen.«

Es vergingen lange eisige Momente.

»Sax, der Wind kommt aus Westnordwest! Also musst du mit dem Wind im Rücken gehen und ein wenig nach links.«

»Ich weiß. Warte, bis du siehst, welchen Kurs ich einschlage. Und dann korrigiere ihn!«

Er ging weiter, zum Glück fast mit Rückenwind. Nach fünf oder sechs qualvollen Minuten piepte sein Armbandgerät.

»Du bist genau auf Kurs!«, sagte Aonia.

Das war ermutigend, und er ging etwas schneller, obwohl der Wind ihm durch seine Rippen bis ins Mark drang.

»Okay, Sax! Sax?«

»Ja.«

»Du und dein Wagen, ihr seid genau auf dem gleichen Fleck!«

Aber es war kein Wagen zu sehen.

Sein Herz stockte in der Brust. Die Sicht betrug immer noch etwa zwanzig Meter, aber kein Rover zu sehen. Er musste rasch Unterschlupf finden. »Geh in einer größer werdenden Spirale um den Punkt, an dem du jetzt bist!«, schlug die dünne Stimme aus dem Handgelenk vor. Theoretisch eine gute Idee; aber er schaffte es nicht, sie auszuführen. Er hielt den Wind nicht länger aus. Er starrte düster auf den schwarzen Bildschirm am Armband. Das war ihm keine Hilfe mehr.

Einen Moment lang konnte er Schneeverwehungen links von sich erkennen. Er schlurfte hinüber, um nachzusehen, und entdeckte, dass der Schnee im Lee einer schulterhohen Böschung lag – ein Merkmal, an das er sich nicht erinnerte. Aber im Gestein waren einige radiale Brüche, die durch den Aufstieg von Tharsis entstanden waren; und die Böschung, die die Schneeverwehung schützte, musste einer davon sein. Schnee war ein sehr guter Isolator. Obwohl er als Schutz wenig echten Reiz bot. Aber Sax wusste, dass Bergsteiger sich oft darin eingruben, um draußen Nächte zu überstehen. Er schützte vor dem Wind.

Er ging auf den Schnee und trat mit einem tauben Fuß dagegen. Es war, als trete er gegen Stein. Eine Schneehöhle zu graben schien unmöglich. Aber die Anstrengung als solche würde ihn etwas aufwärmen. Am Fuß der Schneeverwehung war es außerdem weniger windig. Also trat er und trat, und schließlich wurde deutlich, dass sich unter einer dicken, fest zusammengepressten Schneeplatte das übliche Pulver befand. Vielleicht war eine Schneehöhle doch machbar. Er buddelte weiter.

»Sax, Sax!«, rief die Stimme an seinem Handgelenk. »Was machst du?«

»Ich grabe eine Schneehöhle. Ein Biwak.«

»Oh Sax, wir fliegen zu dir! Wir können morgen früh auf jeden Fall bei dir sein. Also halt aus! Wir reden weiter mit dir.«

»Fein!«

Er setzte Tritt nach Tritt und grub. Er ging auf die Knie, schöpfte harten körnigen Schnee und warf ihn in die wirbelnden Flocken über sich. Es war schwer, sich zu bewegen und zu denken. Er bedauerte bitter, sich so weit vom Rover entfernt zu haben und sich dann von der Landschaft um jenen Eisteich so fesseln zu lassen. Es war eine Schande, jetzt sterben zu müssen, wo die Dinge so interessant wurden. Frei, aber tot. In dem Schnee war jetzt eine kleine Kuhle, ein längliches Loch im Windschatten. Er setzte sich müde hin und drängte sich in den freigewordenen Raum, auf der Seite liegend und mit den Stiefeln stoßend. Der Schnee am Rücken seines Anzugs fühlte sich fest an und wärmer als der scharfe Wind. Er begrüßte das Zittern seines Körpers und empfand eine vage Angst, als es aufhörte. Es war ein schlechtes Zeichen, wenn man zu unterkühlt war, um zu zittern.

Sehr müde, sehr kalt. Er schaute auf sein Armband. Es war vier Uhr nachmittags. Er war etwas mehr als drei Stunden im Sturm herumgeirrt. Er musste noch weitere fünfzehn oder zwanzig Stunden überleben, ehe er erwarten konnte, gerettet zu werden. Oder vielleicht würde am Morgen der Sturm nachlassen und der Standort des Rovers erkennbar werden. So oder so musste er die Nacht überleben, indem er sich seine Schneehöhle grub.

Oder sich wieder hinauswagte und den Rover fand. Er konnte nicht weit entfernt sein. Aber in diesem Wind schaffte er es körperlich nicht, nach ihm zu suchen.

Er musste in der Schneehöhle warten. Theoretisch würde er eine Nacht im Freien überstehen, obwohl es im Moment so kalt war, dass er das kaum glauben konnte. Die Nachttemperaturen fielen auf dem Mars drastisch. Vielleicht würde der Sturm in der nächsten Stunde nachlassen, sodass er den Rover finden und vor der Dunkelheit erreichen konnte.

Er sagte Aonia und den anderen, wo er war. Sie klangen sehr besorgt, konnten aber nichts tun. Er fühlte Unruhe in ihren Stimmen.

Viele Minuten schienen zu vergehen, bis ihm ein anderer Gedanke kam. Wenn man unterkühlt war, wurde der Blutstrom zu den Gliedern stark reduziert. Vielleicht galt das auch für den Cortex, indem das Blut vorzugsweise ins Kleinhirn floss, damit dieses bis zum Ende seine Aufgabe erfüllen konnte.

Mehr Zeit verging. Anscheinend war die Dunkelheit nahe. Er sollte wieder anrufen. Ihm war zu kalt. Etwas schien nicht zu stimmen. Vorgerücktes Alter, Höhenlage, Kohlendioxidniveau – irgendein Faktor, oder eine Kombination aus verschiedenen Faktoren, machte es schlimmer, als es sein sollte. Er konnte in einer einzigen Nacht durch seine ungeschützte Lage sterben. Und eben das schien er gerade zu tun. Was für ein Sturm! Vielleicht durch den Verlust der Spiegel. Bevorstehende Eiszeit. Aussterben.

Der Wind machte seltsame Geräusche, wie Rufe. Zweifellos starke Böen. Wie schwache Rufe: »Sax! Sax! Sax!«

Hatten sie jemanden eingeflogen? Er schaute hinaus in den Sturm. Die Schneeflocken fingen irgendwie das späte Licht ein und flogen über ihm wie weißes Rauschen.

Dann sah er zwischen seinen von Eis verkrusteten Wimpern eine Gestalt aus der Dunkelheit auftauchen. Klein, rund, mit Helm. »Sax!« Der Klang war verzerrt. Er kam aus einem

Lautsprecher im Helm der Gestalt. Die Techniker von Da Vinci waren sehr erfinderische Leute. Sax versuchte zu antworten, stellte aber fest, dass er zum Sprechen zu schwach war. Es erforderte bereits eine gewaltige Anstrengung, bloß die Stiefel aus dem Loch zu ziehen. Aber das schien das Auge der Gestalt auf sich zu ziehen, denn diese wandte sich um und marschierte zielstrebig durch den Wind. Sie bewegte sich wie ein geschickter Seemann auf einem schwankenden Deck und schlängelte sich durch die Windstöße. Dann erreichte sie ihn, bückte sich und packte Sax am Handgelenk. Durch die Visierscheibe sah er ihr Gesicht so deutlich wie durch ein Fenster. Es war Hiroko.

Sie lächelte ihr flüchtiges Lächeln und zog ihn aus seiner Höhle. Sie zerrte so stark, dass die Knochen seiner linken Hand schmerzhaft knackten.

»Au!«, krächzte er.

Draußen im Wind war die Kälte wie der Tod persönlich. Hiroko legte sich seinen linken Arm über die Schulter und führte ihn an der niedrigen Böschung vorbei direkt ins offene Maul des beißenden Windes, wobei sie sein Handgelenk genau oberhalb seines Computerarmbands festhielt.

Er murmelte: »Mein Rover ist in der Nähe«, stützte sich stark auf sie und versuchte, seine Beine schnell genug zu bewegen, um mithalten zu können. Es tat so gut, sie wiederzusehen. Ihre solide kleine Statur, so kraftvoll wie immer.

Sie sagte über Lautsprecher: »Er ist da drüben. Du warst ziemlich nahe dran.«

»Wie hast du mich gefunden?«

»Wir haben deine Spur verfolgt, als du von Arsia herunterkamst. Als dann heute der Sturm zuschlug, habe ich dich gesucht und gesehen, dass du außerhalb deines Rovers warst. Deswegen kam ich heraus, um zu sehen, wie es dir geht.«

»Danke!«

»Du musst bei Stürmen vorsichtig sein!«

Dann standen sie vor seinem Rover. Sie ließ sein Handgelenk los, das schmerzhaft pochte. Sie drückte ihre Visierscheibe gegen seine Schutzbrille und sagte: »Rein mit dir!«

Er kletterte vorsichtig die Stufen zur Tür des Rovers empor, öffnete sie und fiel hinein. Er drehte sich unbeholfen zur Seite, um für Hiroko Platz zu machen; aber sie war nicht in der Tür. Er lehnte sich in den Wind und schaute sich um. Sie war nicht zu sehen. Es war dunkel. Der Schnee sah schwarz aus. »Hiroko!«, rief er.

Keine Antwort.

Er schloss die Schleusentür, plötzlich erschrocken. Sauerstoffmangel. Er setzte die Schleuse unter Druck und fiel durch die innere Tür in den kleinen Umkleideraum. Es war fürchterlich warm, wie in einem Dampfbad. Er zerrte vergeblich an seiner Kleidung und kam nicht voran. Dann machte er sich methodischer dran. Brille und Gesichtsmaske herunter. Die waren mit Eis verkrustet. Aha! Vielleicht war seine Luftzufuhr durch Eis am Schlauch zwischen Tank und Maske behindert worden. Er holte einige Male tief Luft und überstand sitzend einen neuen Schwindelanfall. Dann streifte er die Kapuze zurück und öffnete den Reißverschluss des Anzugs. Das Ausziehen der Stiefel überstieg fast seine Kräfte. Dann der Anzug. Sein Unterzeug war kalt und klamm. Seine Hände brannten wie Feuer. Das war ein gutes Zeichen, ein Beweis dafür, dass er keine wesentlichen Erfrierungen erlitten hatte. Dennoch war es eine Qual.

Seine ganze Haut begann sofort am ganzen Körper gleichzeitig zu jucken. Woher kam das bloß? Von dem Blut, das in die verengten Kapillaren zurückfloss? Rückkehr des Empfindungsvermögens in unterkühlten Nerven? Was auch immer es war – es schmerzte fast unerträglich. »Aua!«

Trotzdem war er in bester Stimmung. Nicht nur, dass er eben dem Tod entronnen war; das war schön. Aber dass Hiroko lebte! Das war eine unglaublich gute Nachricht. Viele seiner Freunde waren schon seit Langem der festen Überzeugung, dass sie und ihre Gruppe vor dem Angriff auf Sabishii geflohen waren und sich durch das Labyrinth in ihr System verborgener Schlupfwinkel zurückgezogen hatten. Sax war sich nie sicher gewesen. Es gab nichts, das diese Theorie stützte. Und es hatte Elemente bei den Sicherheitskräften gegeben, die durchaus fähig waren, eine Gruppe von Dissidenten zu ermorden und sich ihrer Leichen zu entledigen. Aber er hatte diese Meinung für sich behalten und sich kein Urteil gebildet. Er konnte sich einfach nicht sicher sein.

Aber jetzt wusste er Bescheid. Er war Hiroko begegnet, und sie hatte ihn vor dem Tod durch Erfrieren gerettet, oder vor dem Ersticken, je nachdem, was zuerst gekommen wäre. Der Anblick ihres fröhlichen und irgendwie unpersönlichen Gesichts, ihrer braunen Augen, das Gefühl ihres Körpers, der ihn stützte, ihre um sein Handgelenk geklammerten Finger ... Er würde davon einen blauen Fleck bekommen. Vielleicht sogar eine Zerrung. Er bewegte die Hand, und vor Schmerz tränten ihm die Augen. Das brachte ihn zum Lachen. Hiroko!

Nach einiger Zeit ließ das brennende Gefühl auf seiner Haut nach. Obwohl sich seine Hände geschwollen und aufgeschürft anfühlten und er keine richtige Kontrolle über seine Muskeln hatte, kam er im Grunde zu einem normalen Zustand zurück. Oder einem ungefähr normalen.

»Sax! Sax! Wo bist du? Antworte uns, Sax!«

»Ah, hallo! Ich bin wieder in meinem Wagen.«

»Hast du ihn gefunden? Hast du deine Schneehöhle verlassen?«

»Ja. Ich ... Ich sah ihn durch eine Lücke im Schnee vor mir.«

Sie waren froh, das zu hören.

Er saß da, aber hörte ihrem Geschwätz kaum zu und fragte sich, warum er spontan gelogen hatte. Irgendwie war ihm nicht wohl, über Hiroko zu sprechen. Er nahm an, dass sie versteckt bleiben wollte. Vielleicht war es das. Ihr Deckung geben ...

Er versicherte seinen Freunden, dass es ihm gut gehe, und trennte die Verbindung. Er zog einen Stuhl in die Küche und setzte sich darauf. Er wärmte Suppe auf und trank mit lautem Schlürfen, weil er sich sofort die Zunge verbrannte. Durchgefroren, verbrüht, wackelig, leicht schwindlig, plötzlich weinend, höchst verwundert ... trotz allem war er sehr, sehr glücklich. Natürlich schockiert, wie knapp er dem Tod entronnen war, und verlegen oder sogar beschämt durch seine Dummheit, draußen geblieben zu sein und sich verirrt zu haben und das alles. Das war alles sehr ernüchternd; und dennoch war er glücklich. Er hatte überlebt, und noch besser: Hiroko auch. Das bedeutete bestimmt, dass ihre ganze Gruppe mit ihr überlebt hatte, auch das halbe Dutzend der Ersten Hundert, das von Anfang an bei ihr gewesen war: Iwao, Gene, Rya, Raul, Ellen, Evgenia ... Sax ließ sich ein Bad ein und setzte sich in das warme Wasser. Er füllte langsam immer heißeres Wasser nach, als sich das Innere seines Körpers erwärmte. Und er kehrte zu dieser wundervollen Erkenntnis zurück. Ein Wunder – natürlich kein Wunder, aber es hatte dieselbe Qualität unerwarteter und unverdienter Freude.

Als er merkte, dass er im Bad einzuschlafen drohte, trocknete er sich ab und hinkte auf empfindlichen Füßen zum Bett, kroch unter die Decke und fiel mit den Gedanken an Hiroko in tiefen Schlaf. Er träumte von Sex mit ihr in den Bädern von Zygote, von dem warmen, entspannten Luxus ihrer Stelldicheins im Badehaus, spät in der Nacht, wenn alle anderen schliefen. Von ihren um sein Handgelenk geklammerten Fingern, die ihn hochzogen. Seine linke Hand tat ziemlich weh. Und das machte ihn glücklich.

Am nächsten Tag fuhr er den großen Südhang von Arsia wieder hinauf, der jetzt erstaunlich hoch mit sauberem weißem Schnee bedeckt war – bis 10,4 Kilometer über Normalnull, um genau zu sein. Er empfand eine seltsame Mischung von Emotionen, wie er sie in ihrer Stärke und Dichte noch nie erlebt hatte, obwohl sie irgendwie den starken Gefühlen ähnelten, die er nach seinem Schlaganfall erlebt hatte, als wüchsen Sektionen seines Gehirns aktiv. Vielleicht das limbische System, der Sitz der Emotionen, das sich endlich mit dem zerebralen Cortex verband. Er war am Leben, Hiroko war am Leben, der Mars war am Leben. Angesichts dieser erfreulichen Fakten war die Möglichkeit einer Eiszeit nichts – ein momentaner Rückschlag in einem allgemein wärmer werdenden Klima, etwas wie der fast vergessene Große Sturm. Obwohl er alles tun wollte, was er konnte, um ihn abzumildern.

Inzwischen spielten sich in der Menschenwelt immer noch heftige Konflikte ab; auf beiden Welten. Aber Sax schien es, dass die Krise irgendwie über Krieg an sich hinausging. Flut, Eiszeit, Bevölkerungsanstieg, soziales Chaos, Revolution. Vielleicht waren die Dinge so schlimm geworden, dass die Menschheit in eine Art allgemeiner Katastrophenrettungsaktion gerutscht war oder, mit anderen Worten, in die erste Phase der postkapitalistischen Ära.

Oder vielleicht war er nur allzu optimistisch, ermuntert durch die Ereignisse in Daedalia Planitia. Seine Kollegen in Da Vinci waren sehr besorgt. Sie verbrachten Stunden am Bildschirm, um ihm jede Kleinigkeit über die in Ost-Pavonis laufenden Diskussionen zu erzählen. Aber er hatte dafür keine Geduld. Pavonis war dabei, eine stehende Streit-Welle zu werden. Das war eindeutig. Und die Leute in Da Vinci mit ihren Sorgen – so waren sie eben. Wenn in Da Vinci jemand seine Stimme nur um zwei Dezibel erhob, befürchteten die anderen, dass die Lage außer Kontrolle geraten könnte. Nein! Nach seinen Erfahrungen in Daedalia waren diese Dinge einfach nicht interessant genug, um ihn zu beschäftigen. Trotz seiner Begegnung mit dem Sturm, oder vielleicht gerade deswegen, wartete er nur darauf, wieder hinausfahren zu können. Er wollte so viel wie möglich vom Planeten sehen, die Veränderungen beobachten, die durch die Entfernung der Spiegel bewirkt worden waren, und mit verschiedenen Terraformingteams darüber sprechen, wie man das ausgleichen könnte. Er rief Nanao in Sabishii an und fragte ihn, ob er zu Besuch kommen und mit den Wissenschaftlern an der Universität darüber sprechen könnte. Nanao sagte zu.

»Kann ich ein paar meiner Kollegen mitbringen?«, fragte Sax. Nanao hatte nichts dagegen.

Sax stellte ganz plötzlich fest, dass er jede Menge Pläne hatte, eine ganze Schar kleiner Athenas, die seinem Kopf entsprangen. Was würde Hiroko hinsichtlich dieser möglichen Eiszeit unternehmen? Das konnte er nicht einmal erraten. Aber er hatte eine große Gruppe von Kollegen in den Labors von Da Vinci, die an dem Problem der Unabhängigkeit gearbeitet, Waffen und Transportmittel sowie Schutzräume und dergleichen gebaut hatten. Jetzt war dieses Problem gelöst, und eine Eiszeit stand bevor. Viele von ihnen waren wegen seiner früheren Terraformingideen nach Da Vinci gekommen und konnten bestimmt überredet werden, diesen Faden wieder aufzunehmen. Aber was war zu tun? Nun, Sabishii lag vier Kilometer über dem Nullniveau, und das Tyrrhena-Massiv ging bis fünf hoch. Die dortigen Wissenschaftler waren die besten der Welt, wenn es um Ökologie in großen Höhen ging. Also eine Konferenz. Ein neues kleines Utopia sollte stattfinden. Das lag auf der Hand.

Am Nachmittag hielt Sax seinen Rover auf dem Sattel zwischen Pavonis und Arsia an, an einer Stelle, die Four Mountain View hieß – ein herrlicher Platz, wo zwei der Vulkane den Horizont im Norden und Süden einnahmen und der ferne Buckel von Olympus Mons im Nordwesten zu sehen war, und an klaren Tagen (dieser war zu diesig) auch Ascraeus ganz verschwommen in der Ferne, genau rechts von Pavonis. In diesem weiten, dürren Hochland aß er zu Mittag und wandte sich dann nach Osten hinunter nach Nicosia, um einen Flug nach Da Vinci zu ergattern und dann weiter nach Sabishii.

Er musste mit dem Da-Vinci-Team und vielen anderen Leuten auf Pavonis in dem Versuch, sein Vorhaben zu erklären und sie mit seiner Abwesenheit von den Lagerhausversammlungen zu versöhnen, sehr viel Zeit am Telefon verbringen. Er sagte: »Ich befinde mich indirekt im Lagerhaus, und das ist es, was zählt«, aber sie wollten das nicht akzeptieren. Ihr Kleinhirn wollte ihn persönlich vor Ort haben – in gewisser Weise ein ansprechender Gedanke. »Ansprechend« war eine symbolische Aussage, die dennoch durchaus wörtlich zu verstehen war. Er lachte, aber Nadia kam hinzu und sagte verärgert: »Komm schon, Sax, du kannst nicht einfach aufgeben, bloß weil die Lage brenzlig wird. Wir brauchen dich gerade jetzt, du bist jetzt General Sax, du bist der Große Wissenschaftler, du musst am Ball bleiben.«

Aber Hiroko zeigte, wie präsent eine abwesende Person sein kann. Und er wollte nach Sabishii.

»Aber was sollen wir machen?«, fragten ihn Nirgal und auch andere sehr direkt.

Die Situation am Aufzugskabel steckte in einer Sackgasse. Auf der Erde herrschte Chaos. Auf dem Mars gab es noch Nester metanationalen Widerstandes; und in anderen Gebieten unter roter Kontrolle eliminierte man systematisch alle Terraformingprojekte und viel von der Infrastruktur. Es gab auch revolutionäre Splitterbewegungen, die diese Gelegenheit ergriffen, um ihre Unabhängigkeit zu erklären, manchmal auf so kleine Gebiete wie eine Kuppelstadt oder eine Wetterstation beschränkt.

»Gut«, sagte Sax, der darüber nur so viel nachdachte, wie er irgendwie ertragen konnte. »Wer auch immer das Lebenserhaltungssystem kontrolliert, hat das Sagen.«

Soziale Struktur als Lebenserhaltungssystem – Infrastruktur – Produktionsweisen – Wartung … Er musste wirklich mit den Leuten von Séparation de l'Atmosphère und den Kuppelherstellern reden. Viele von denen hatten eine enge Beziehung zu Da Vinci. Das bedeutete, dass er selbst in gewissem Sinne eben so viel Macht hatte wie alle anderen. Ein unguter Gedanke.

»Aber was sollen wir deiner Meinung nach *tun*?«, fragte Maya. Irgendetwas in ihrer Stimme verriet, dass sie die Frage wiederholte.

Aber jetzt näherte Sax sich Nicosia. Er antwortete ungeduldig: »Eine Delegation zur Erde schicken? Oder einen konstituierenden Kongress einberufen und einen ersten Verfassungsentwurf formulieren, ein Arbeitspapier.«

Maya schüttelte den Kopf. »Das wird mit diesen Leuten nicht einfach.«

»Nehmt die Verfassungen der zwanzig oder dreißig erfolgreichsten Länder der Erde«, schlug Sax vor, »und schaut euch an, wie sie funktionieren! Lasst vielleicht eine KI ein Dokument, zusammengesetzt aus den Verfassungen, erarbeiten. Mal sehen, was dabei herauskommt!« Das war laut gedacht.

»Wie würdest du das Erfolgreichste definieren?«, fragte Art.

»Zukunftsprognosen des Landes, reale Werte, Costa-Rica-Vergleiche, meinetwegen sogar Bruttoinlandsprodukt, warum nicht?« Ökonomie war wie Psychologie, eine Pseudowissenschaft, die diese Tatsache mit intensiver theoretischer Überfeinerung zu verbergen suchte. Und Bruttoinlandsprodukt war einer jener unglücklichen Maßbegriffe wie Zoll oder die Britische Wärmeeinheit, die längst hätten abgeschafft sein sollen. Aber zum Teufel! »Benutzt unterschiedliche Kriteriengruppen. Beitrag zum menschlichen Wohlergehen, ökologische Erfolge, was auch immer.«

»Aber Sax, die Idee des Nationalstaates ist an sich unglücklich«, warf Cojote ein. »Diese Idee dürfte die ganzen alten Verfassungen vergiften.«

»Könnte sein«, gab Sax zu. »Aber als Ausgangspunkt ist sie brauchbar.«

»All das lässt das Aufzugsproblem außer Acht«, warf Jackie ein.

Es war eigenartig, wie sehr manche Elemente der Grünen ebenso von totaler Unabhängigkeit besessen waren wie die radikalen Roten. »In der Physik klammere ich oft die Probleme aus, die ich nicht lösen kann«, erklärte Sax, »und versuche, sie zu umgehen und zu sehen, ob sie nicht sozusagen rückwirkend behoben werden können. Für mich sieht das Kabel wie ein solches Problem aus. Stellt es euch als Mahnung vor, dass die Erde nicht von heute auf morgen verschwinden wird.«

Aber sie ignorierten das und stritten weiter wie bisher; was mit dem Kabel gemacht werden müsste, was sie hinsichtlich einer neuen Regierung zu tun hätten und mit den Roten, die offenbar die Gespräche verlassen hatten – und so weiter. Sie ignorierten alle seine Vorschläge und kamen wieder auf ihre üblichen Diskussionspunkte zurück. So viel zu General Sax in der postrevolutionären Welt.

Nicosias Flughafen war fast schon geschlossen; aber dennoch wollte Sax nicht in die Stadt gehen. Es lief darauf hinaus, dass er mit einigen Freunden Spencers von Dawes Forked Bay aus nach Da Vinci flog. Sie saßen in einem neuen großen Ultraleichtflugzeug, das kurz vor der Revolte gebaut worden war, in Vorwegnahme der Freiheit von der Notwendigkeit, sich verstecken zu müssen. Als der KI-Pilot die große Maschine mit silbernen Flügeln über den gewaltigen Irrgarten von Noctis Labyrinthus flog, saßen die fünf Passagiere in der Kabine im Rumpf, die einen durchsichtigen Boden hatte, und schauten über ihre Sessellehnen nach unten, in diesem Fall auf das ausgedehnte Netz zusammenhängender Schluchten, den sogenannten Kandelaber. Sax betrachtete die ebenen Plateaus, die sich zwischen den Canyons befanden. Sie sahen aus wie Inseln. Sie schienen angenehme Orte zu sein, um dort zu leben – wie Cairo, dort auf dem Nordrand, wie eine Modellstadt in einer Glasflasche.

Die Besatzung des Flugzeugs diskutierte über Séparation de l'Atmosphère, und Sax hörte aufmerksam zu. Obwohl diese Leute es mit Revolutionswaffen und Grundlagenforschung zu tun gehabt hatten und »Sep«, wie sie sie nannten, sich mit der weltlicheren Aufgabe des Mesokosmos-Managements beschäftigt hatte, hatten sie doch einen gesunden Respekt davor. Die Gestaltung stabiler Kuppeln und deren Wartung war eine Aufgabe, deren Scheitern sehr ernste Konsequenzen hätte, wie einer von ihnen hervorhob. Überall lauerten Gefahren, jeder Tag ein potenzielles Abenteuer.

Sep arbeitete offenbar mit Praxis zusammen; und jede Kuppel und jeder überdachte Canyon wurde von einer eigenen Organisation geleitet. Sie tauschten Informationen aus und unterhielten reisende Berater und Bauteams. Da sie sich für notwendige Dienstleister hielten, liefen sie auf kooperativer Basis – eine gemeinnützige Version des Mondragon-Plans; obwohl sie dafür sorgten, dass ihre Mitglieder mit sehr angenehmen Lebensverhältnissen und viel Freizeit versorgt wurden. »Sie glauben auch, dass sie das verdienen. Denn wenn etwas schiefgeht, müssen sie auf jeden Fall rasch handeln.« Viele überdachte Canyons waren schon in Notsituationen gewesen, manchmal wegen Meteoriteneinschlägen oder anderer dramatischer Ereignisse; manchmal wegen gewöhnlicher mechanischer Fehler. Es war bei überdachten Canyons üblich, die Versorgungsanlagen am oberen Ende des Tals unterzubringen. Sie sogen die entsprechenden

Mengen Stickstoff, Sauerstoff und Edelgasen aus den Oberflächenwinden ein. Die Zusammensetzung der Gase und der Druck wurden in den Mesokosmen unterschiedlich gehalten, betrugen aber durchschnittlich etwa 500 Millibar, was den Kuppeldächern einen gewissen Auftrieb verlieh und ziemlich genau der Norm für Innenräume auf dem Mars entsprach; eine Art Vorwegnahme des endgültigen Ziels für den angestrebten Luftdruck auf dem Nullniveau. Aber an sonnigen Tagen war die Ausdehnung der Luft innerhalb der Kuppeln beträchtlich, und zu den Standardverfahren gehörte, dass man einfach wieder Luft in die Atmosphäre entließ. Oder sie komprimierte und in riesige Containerkammern, die aus den Klippen der Canyons gehöhlt worden waren, strömen ließ und dort lagerte. Einer der Techniker sagte: »Einmal war ich in Dao Vallis, und die Containerkammer explodierte, zertrümmerte das Plateau und verursachte einen großen Erdrutsch, der auf Reullgate fiel und die Kuppel aufriss. Der Druck fiel auf den der lokalen Umgebung von etwa 260, und alles fing an zu gefrieren. Sie hatten die alten Panzerschotts für den Notfall.« Durchsichtige Vorhänge, erinnerte Sax sich, zwar nur wenige Moleküle dick, aber sehr stark. »Und als die automatisch um das Leck herum ausgefahren wurden, wurde eine Frau zwischen ihnen und dem Boden eingeklemmt, mit dem Kopf auf der falschen Seite! Wir rannten zu ihr, machten einen raschen Schnitt, verklebten das Leck und bekamen sie frei. Aber sie wäre fast gestorben.«

Sax erschauerte und dachte an seine eigene erst kurz zurückliegende Begegnung mit der Kälte; 260 Millibar waren etwa der Druck, der auf dem Gipfel des Everest herrschte. Die anderen redeten schon über andere berühmte Dekompressionen, einschließlich des Tages, an dem die Kuppel von Hiranyagarbha unter starkem Eisregen zusammengebrochen war. Immerhin war damals niemand ums Leben gekommen.

Dann stiegen sie über die weite verkraterte Hochebene von Xanthe hinab und gingen auf der sandigen Rollbahn auf dem

Boden des Da-Vinci-Kraters nieder, die während der Revolution in Betrieb genommen worden war. Die ganze Gemeinde hatte sich seit Jahren auf den Tag vorbereitet, an dem das Versteckspiel nicht mehr nötig sein würde; und jetzt war im Bogen des südlichen Kraterrandes eine große konkave Kurve von mit Kupfer verspiegelten Fenstern installiert worden. Auf dem Boden des Kraters lag eine dicke Schneeschicht, aus der der zentrale Buckel dramatisch herausragte. Es war möglich, dass sie im Krater einen See erzeugen könnten, mit einer Insel in der Mitte und als Horizont ringsum die Berge des Kraterrandes. Ein Ringkanal könnte direkt unter den Klippen gebaut werden, mit radialen Kanälen, die ihn mit dem inneren Teich verbinden würden. Die sich daraus ergebende Abwechslung von Ringen aus Wasser und Land würde Platons Beschreibung von Atlantis ähneln. Da Vinci konnte fast aus eigener Kraft zwischen zwanzig- und dreißigtausend Menschen versorgen, schätzte Sax. Und es gab viele Krater wie Da Vinci. Eine Gemeinde von Gemeinden, jeder Krater ein kompletter Stadtstaat, der voll autark wäre und entscheiden könnte, welche Art von Kultur er haben wollte, und der in irgendeinem globalen Rat eine Stimme haben würde … Kein regionaler Zusammenschluss größer als Städte, außer für lokale Handelsvereinbarungen … Könnte das funktionieren?

Da Vinci machte den Eindruck, dass das tatsächlich klappen könnte. Der Südrand war voller Arkaden, keilförmiger Pavillons und dergleichen, die jetzt alle von Sonnenlicht durchflutet waren. Sax wanderte eines Morgens durch den ganzen Komplex, besuchte ein Labor nach dem anderen und gratulierte den Wissenschaftlern zu dem Erfolg ihrer Vorbereitungen für die problemlose Vertreibung der UNTA vom Mars. Vielleicht kam politische Macht zum Teil *doch* aus dem Lauf einer Waffe – und ein anderer Teil aus dem Blick der Menschen. Und dieser Blick änderte sich je nachdem, ob er in den Lauf einer Waffe schaute oder nicht. Diese Forscher, die Saxisten, hatten die Kanonenrohre verstopft und waren darum bester Laune, höchst erfreut, ihn zu sehen. Und sie suchten schon nach anderer Arbeit, zurück zur Grundlagenforschung, oder dachten sich Anwendungen aus für die neuen Materialien, die Spencers Alchimisten ständig ausbrüteten, oder studierten das Terraformingproblem.

Sie beobachteten auch, was im Weltraum und auf der Erde vor sich ging. Ein schnelles Shuttle von der Erde mit unbekanntem Inhalt hatte sie kontaktiert. Es bat um Erlaubnis, in den Orbit einzutreten, ohne dass ihm eine Handvoll Nägel in den Weg geworfen würde. Also arbeitete ein Team von Da Vinci jetzt an der Aufstellung von Sicherheitsprotokollen in enger Konsultation mit der Schweizer Botschaft, die am nordwestlichen Ende des Bogens in einer Apartmentsuite ein Büro eingerichtet hatte. Von Rebellen zu Administratoren. Das war ein heikler Übergang.

»Welche politischen Parteien unterstützen wir?«, fragte Sax.

»Ich weiß nicht. Ich nehme an, die üblichen.«

»Keine Partei erhält viel Unterstützung. Was immer hilft, weißt du.«

Sax wusste es allerdings. Das war die Position, die sie schon immer eingenommen hatten, seit die Wissenschaftler zu einer eignen gesellschaftlichen Klasse geworden waren, fast schon einer Priesterkaste, die zwischen den Menschen und ihrer Macht vermittelte. Sie galten als unpolitisch, wie Staatsbeamte – Empiriker, die die Dinge in einem rationalen wissenschaftlichen Stil geregelt sehen wollten, den größten Nutzen für die größte Zahl, was recht einfach zu arrangieren wäre, wenn die Menschen nicht so in Emotionen, Religionen, Regierungen und anderen die Massen täuschenden Systemen aller Art gefangen wären.

Mit anderen Worten: die Standardpolitik der Wissenschaft. Sax hatte diese Anschauung einmal Desmond zu erklären versucht und seinen Freund damit aus irgendeinem Grund heftig zum Lachen gebracht, obwohl sie durchaus sinnvoll war. Nun gut, sie war ein bisschen naiv und deshalb etwas komisch, nahm Sax an. Aber wie bei vielen komischen Dingen konnte es sein, dass sie nur so lange erheiternd waren, bis sie schrecklich wurden. Denn das war die Haltung, die die Wissenschaftler daran hinderte, auf nützliche Weise in die Politik zu gehen, und das nun schon seit Jahrhunderten. Und was für düstere Jahrhunderte das gewesen waren!

Aber jetzt lebten sie auf einem Planeten, wo die politische Macht aus der Öffnung eines mesokosmischen Belüftungsventilators kam. Und die Leute, denen diese große Kanone unterstand (die die Elemente im Zaum hielt), hatten mindestens teilweise das Sagen. Falls sie diese Macht ausüben wollten.

Sax erinnerte sie vorsichtig daran, als er sie in ihren Labors besuchte. Und dann redete er mit ihnen, um ihr Unbehagen gegenüber der Politik zu mildern, über das Terraformingproblem. Und als er sich schließlich anschickte, nach Sabishii abzureisen, waren ungefähr sechzig von ihnen bereit, mit ihm zu kommen, um zu sehen, wie die Dinge da unten liefen. »Sax' Alternative zu Pavonis«, hörte er einen Labortechniker die Reise beschreiben. Was gar kein so schlechter Gedanke war.

Sabishii lag auf der Westseite einer fünf Kilometer hohen Erhebung namens Tyrrhena-Massiv, südlich vom Krater Jarry-Desloges, in dem alten Hochland zwischen Isidis und Hellas, dessen Zentrum bei 275° Länge und 15° südlicher Breite lag. Eine vernünftige Wahl für eine Kuppelstadt, da sie weite Ausblicke nach Westen bot und niedrige Hügel, die die Stadt nach Osten hin schützten wie Moore. Aber wenn es darauf ankam, unter freiem Himmel zu leben oder Pflanzen draußen in der steinigen Gegend wachsen zu lassen, war es ein bisschen hoch gelegen. Tatsächlich war es, ausgenommen die noch größeren Höhen von Tharsis und Elysium, die höchste Region auf dem Mars, eine Art Insel mit eigener Biologie, die die Leute von Sabishii seit Jahrzehnten kultivierten.

Sie zeigten sich sehr enttäuscht über den Verlust der großen Spiegel. Man könnte sogar sagen, dass sie den Notstand ausgerufen hatten, alle Kräfte anstrengten und taten, was sie konnten, um die Pflanzen des Bioms zu schützen. Aber das war schrecklich wenig. Nanao Nakyama, ein alter Kollege von Sax, schüttelte den Kopf. »Die Auswinterung wird sehr schlimm sein. Wie bei einer Eiszeit.«

»Ich hoffe, dass wir den Verlust an Licht ausgleichen können«, sagte Sax. »Die Atmosphäre verdichten und Treibhausgase hinzufügen. Es ist möglich, dass wir das mit mehr Bakterien und subalpinen Pflanzen erreichen können, nicht wahr?«

»Nur zum Teil«, meinte Nanao zweifelnd. »Die meisten Nischen sind schon voll. Und sie sind sehr klein.«

Sie sprachen beim Essen weiter darüber. Alle Techniker aus Da Vinci waren in dem großen Speisesaal von The Claw versammelt; und viele Leute aus Sabishii waren da, um sie zu begrüßen. Es war ein langes, interessantes und freundliches Gespräch. Die Sabishiianer lebten in dem Berglabyrinth ihres Moholes hinter einer Kralle des Drachens, den das Labyrinth von oben betrachtet bildete, sodass sie nicht ständig die Brandruinen ihrer Stadt vor Augen hatten, wenn sie gerade nicht dort arbeiteten. Der Wiederaufbau lief jetzt auf Sparflamme, da die meisten von ihnen mit den Folgen des Verlustes der Spiegel beschäftigt waren. Nanao sagte zu Tariki, offenbar in der Fortsetzung einer langen Debatte: »Es hat sowieso keinen Sinn, sie wieder als Kuppelstadt aufzubauen. Wir können ebenso gut noch warten und sie dann unter freiem Himmel bauen.«

Tariki antwortete mit einem Blick auf Sax: »Da könnten wir lange warten müssen. Wir befinden uns an der Obergrenze der Atmosphäre, die im Dokument von Dorsa Brevia angegeben ist.«

Nanao schaute Sax an. »Wir wollen, dass Sabishii unterhalb jeder gesetzten Grenze sein wird.«

Sax nickte und zuckte die Achseln. Er wusste nicht, was er sagen sollte. Den Roten würde es nicht gefallen. Wenn die Atmosphärengrenze um etwa einen Kilometer höher angesetzt würde, würde das den Sabishiianern dieses Bergmassiv geben, aber für die größeren Erhebungen kaum einen Unterschied ausmachen. Also schien es sinnvoll zu sein. Aber wer wusste schon, was sie in Pavonis beschließen würden? Er sagte: »Vielleicht sollten wir uns jetzt darauf konzentrieren zu verhindern, dass der atmosphärische Druck sinkt.«

Sie machten finstere Gesichter.

»Würdet ihr mit uns hinausfahren und uns das Massiv zeigen?«, frage Sax.

Ihre Mienen hellten sich auf. »Mit großem Vergnügen.«

Die früheren Areologen hatten das Land um das Tyrrhena-Massiv den »zerschnittenen Teil« des südlichen Hochlands genannt, die dem »Kraterteil« ähnlich sah, aber zusätzlich von kleinen Kanalnetzen durchsetzt war. Die niederen und typischen Hochländer, die das Massiv umgaben, enthielten auch Bergketten-Teile und Hügel-Teile. Tatsächlich war, als sie am nächsten Morgen über das Land fuhren, das raue Gelände der südlichen Gebirge in all seinen unterschiedlichen Erscheinungsformen zu sehen – oft alle zugleich: Von Kratern zernarbt, zerklüftet, uneben, von Graten durchsetzt, zerschnitten und hügelig, die Quintessenz der noachischen Landschaft. Sax, Nanao und Tariki saßen auf dem Beobachtungsdeck eines Rovers der Universität von Sabishii. Sie sahen die Wagen ihrer Kollegen, und einige Teams gingen zu Fuß voraus. Einige der sportlicheren Forscher sprinteten den letzten sichtbaren Hügel vor dem östlichen Horizont hinauf. Die Senken im Land waren alle leicht mit dreckigem Schnee bestäubt. Das Zentrum des Massivs lag 15° südlich vom Äquator; und laut Nanao erhielten sie um Sabishii eine ganz anständige Niederschlagsmenge. Die Südostseite des Massivs war trockener. Aber hier drangen die Wolkenmassen über das Eis in Isidis Planitia nach Süden vor, erklommen den Hang und entluden ihre Fracht.

Tatsächlich rollten, während sie bergauf fuhren, große Wellen dunkler Wolken von Nordwesten heran und zogen über sie hinweg, als wollten sie den Sportlern nachsetzen. Sax erschauerte bei der Erinnerung an seinen letzten Kampf mit den Elementen, in dem er fast umgekommen war. Er war froh, sich in einem Rover zu befinden, und hatte das Gefühl, dass er lieber nur kurze Spaziergänge machen und sich nicht weit von ihm entfernen wollte.

Schließlich hielten sie oben auf einer niedrigen alten Bodenwelle an, die mit Felsblöcken und Buckeln, Rissen, Flugsand, sehr kleinen Kratern und den alten flachen Kanälen, die der zerschnittenen Gegend ihren Namen gaben, übersät war. Es waren wirklich Verformungen jeder Art zu sehen, denn das Land war vier Milliarden Jahre alt. Es hatte viel erdulden müssen, war aber nie von einer völligen Zerstörung heimgesucht und glattgefegt worden, sodass man die vier Milliarden Jahre wie in einem wahren Felsenmuseum immer noch erkennen konnte. In der noachischen Urzeit war es vollständig pulverisiert worden, wobei eine mehrere Kilometer dicke Regolithschicht sowie Krater und Deformationen, die keine Winderosion beseitigen konnte, entstanden war. Während dieser Periode war die Lithosphäre auf der anderen Seite des Planeten bis zu einer Tiefe von sechs Kilometern durch den sogenannten Großen Treffer ins All geschleudert worden. Ein erheblicher Teil dieses Auswurfmaterials war schließlich im Süden gelandet. Das war die Erklärung für den Großen Steilhang, das Fehlen alter Hochebenen im Norden und außerdem ein weiterer Faktor für das extrem unregelmäßige Aussehen dieses Landes hier.

Dann war am Ende der Hesperianischen Ära die kurze warme Periode gekommen, während der Wasser gelegentlich an die Oberfläche getreten war. Die meisten Areologen waren jetzt der

Ansicht, dass diese Zeit sehr feucht, aber nicht wirklich warm gewesen wäre, mit Jahresdurchschnitten um den Gefrierpunkt, die gelegentlich noch Oberflächenwasser zuließen, das eher durch hydrothermale Konvektion als durch Niederschlag nachgeliefert wurde. Diese Periode hatte den Schätzungen zufolge nur etwa hundert Millionen Jahre gedauert. Ihr waren Milliarden Jahre der Winde des trockenkalten Amazonischen Zeitalters gefolgt, das bis zum Zeitpunkt ihrer Ankunft gedauert hatte.

»Gibt es einen Namen für das mit M-1 beginnende Zeitalter?«, fragte Sax.

»Das Holozän.«

So war zuletzt alles durch Milliarden Jahre unablässigen Windes abgeschmirgelt worden – und das mit einer Intensität, dass die älteren Krater überhaupt keine Ränder mehr hatten. Alles war durch die unbarmherzigen Winde Schicht um Schicht abgetragen worden, sodass nur eine steinerne Wildnis übrig geblieben war. Kein Chaos im eigentlichen Sinne, aber eine Wildnis, die ihr unvorstellbares Alter in der Fülle ihrer Formen verkündete, in randlosen Kratern und zerfressenen Mesas, Senken, Buckeln, Böschungen und vielen zernarbten Felsblöcken.

Von Zeit zu Zeit hielten sie an und gingen draußen herum. Selbst kleine Mesas schienen hoch über ihnen aufzuragen. Sax stellte fest, dass er, obwohl er in der Nähe ihres Rovers blieb, dennoch auf interessante Gesteinsstrukturen jeder Art stieß. Einmal entdeckte er einen roverförmigen Felsblock, der vom Dach bis zu den Rädern vertikal gespalten war. Links davon hatte er freien Blick auf den fernen Horizont im Westen. Das steinige Land da draußen schimmerte in einem matten Gelb. Zur Rechten befand sich die brusthohe Wand einer alten Verwerfung, die wie von Keilschrift zernarbt war. Daneben eine Sandwehe, umgrenzt von knöchelhohen Steinen, einige dunkle Basalt-Windkanter, andere dagegen hellere, körnig aufgeraute Felsen. Dort war ein ausbalancierter Strahlenkegel, groß wie ein

Dolmen. Dort ein Sandschweif. Da ein runder Kreis Auswurfmaterial wie ein völlig verwittertes Stonehenge. Und da eine tiefe, schlangenförmige Höhlung, vielleicht das Fragment eines Wasserlaufs, und dahinter eine sanfte Steigung. Danach eine Erhebung wie ein Löwenkopf. Die Gesteinsmasse daneben stellte den Leib des Löwen dar.

Inmitten all diesen Gesteins und Sandes fiel die Vegetation nicht auf. Jedenfalls zunächst. Man musste danach suchen, genau auf Farben achten, vor allem auf Grün in all seinen Schattierungen, besonders aber die Wüstentönungen – Salbei, Oliv, Khaki und so weiter. Er schaute näher hin, noch genauer. Einmal auf die blassen Farben dieses Lebens eingestimmt, sprangen sie ihm plötzlich aus dem Rost, Braun, Umbra, Ocker und Schwarz der Steinlandschaft heraus geradezu ins Auge. Löcher und Spalten waren günstige Stellen, oder in der Nähe von beschatteten Orten, in denen sich der Schnee gehalten hatte. Je genauer er hinschaute, desto mehr sah er. Und dann, in einem Becken, schien es, als wären in jedem Winkel Pflanzen versteckt. In diesem Augenblick begriff er. Das ganze Tyrrhena-Massiv war ein *Fellfield*!

Er sah, dass die hellen grünen Farben mancher Flechten und das smaragdene oder dunkel samtige Grün der Moose ganze steinige Flächen oder die Innenseiten von kleinen Wasser- und Tropfbecken bedeckten. Feuchter Pelz.

Die vielfarbigen Paletten der Flechtengruppen, das dunkle Grün von Fichtennadeln. Dichtes Geäst von Hokkaidofichten, Fuchsschwanzfichten, Sierrawacholder. Farben des Lebens. Es war, als ginge man über verfallene steinerne Wände von einem großen Zimmer ohne Dach zum nächsten. Eine kleine Plaza, eine gewundene Galerie, ein großer Ballsaal, eine Reihe zusammenhängender kleiner Kammern, ein Wohnzimmer. Manche Räume enthielten Krummholz-Bonsai an ihren niedrigen Wänden, die Bäume nicht höher als die Steine, von Wind benagt und der Schneehöhe entsprechend beschnitten. Jeder Zweig, jede Pflanze, jeder offene Raum war gestaltet wie ein Bonsai, aber ohne den menschlichen Zwang zur Kultur.

Tatsächlich aber waren, wie Nanao ihm sagte, die meisten Becken intensiv kultiviert. »Dieses Becken ist von Abraham bepflanzt worden.« Jede kleine Region unterstand der Verantwortung eines bestimmten Gärtners oder einer Gruppe von Gärtnern.

»Ah!«, sagte Sax. »Auch gedüngt?«

Tariki lachte. »Sozusagen. Der Boden selbst ist größtenteils importiert worden.«

»Ich verstehe.«

Das erklärte die Vegetationsvielfalt. Er wusste, dass um den Arena-Gletscher ein gewisses Maß an Kultivierung geleistet worden war; dort war er zum ersten Mal auf *Fellfields* gestoßen. Aber hier war man weit über jene frühen Schritte hinausgegangen. Die Labors in Sabishii versuchten, erläuterte Tariki, ihr Bestes, um Humus herzustellen. Eine gute Idee. In den *Fellfields* bildete sich nur ein paar Zentimeter natürliche Erde pro Jahrhundert. Aber das hatte seine Gründe; und die Erzeugung von Humus erwies sich als sehr schwierig.

»Wir beginnen hier mit ein paar Millionen Jahren Evolution als Anfang«, sagte Nanao. »Entwickeln sie von dort aus weiter.« Sie hatten viele der Pflanzen anscheinend von Hand gepflanzt und dann größtenteils ihrem Schicksal überlassen und beobachtet, was sich entwickelte.

»Ich verstehe«, sagte Sax erneut.

Er schaute noch genauer hin. Klares, gedämpftes Licht. Jeder große offene Raum wies leicht unterschiedliche Arten auf. »Es sind also Gärten.«

»Ja … oder so ähnlich. Es kommt darauf an.«

Einige Gärtner arbeiteten, fuhr Nanao fort, nach den Vorschriften von Muso Soseki, andere nach anderen japanischen Zen-Meistern, wieder andere nach Fu Hsi, dem legendären Erfinder des chinesischen Systems der Geomantie namens Feng Shui, andere nach persischen Garten-Gurus einschließlich Omar

Khayyam, oder Leopold oder Jackson oder anderen frühen amerikanischen Ökologen wie dem fast vergessenen Biologen Oskar Schnelling.

Tariki fügte hinzu, dass das nur Einflüsse wären. Bei der Arbeit entwickelten sie eigene Konzepte. Sie folgten der Neigung des Landes; sahen, dass manche Pflanzen gediehen und andere starben. Koevolution, eine Art epigenetischer Entwicklung.

»Hübsch«, meinte Sax und schaute sich um. Für die Adepten musste der Marsch von Sabishii hinauf zum Massiv ein ästhetischer Ausflug gewesen sein, voller historischer Anspielungen und subtiler Traditionsvarianten, die ihm verborgen blieben. Hiroko hätte es Areoformen genannt oder Areophanie. »Ich würde gern eure Bodenlabors sehen.«

»Natürlich.«

Sie kehrten zum Rover zurück und fuhren weiter. Spät am Nachmittag, unter dunklen, drohenden Wolken kamen sie auf den Gipfel des Massivs, der sich als eine Art breites, welliges Moor erwies. Kleine Spalten waren voller Kiefernadeln, die vom Wind abgerissen worden waren, sodass sie wie sorgfältig gestutzter Rasen in einem Vorgarten aussahen. Sax, Tariki und Nanao stiegen wieder aus und machten einen Rundgang. Der Wind biss durch ihre Anzüge, und die spätnachmittägliche Sonne brach unter der dunklen Wolkendecke hervor und warf ihre Schatten bis zum Horizont. Hier oben in den Hochmooren gab es viele große Flächen aus glattem kahlem Muttergestein. Wenn man sich umschaute, hatte die Landschaft das urtümliche Aussehen, an das Sax sich aus den frühesten Jahren erinnerte. Aber wenn sie dann an die Kante einer kleinen Schlucht traten, schauten sie plötzlich hinunter ins Grüne.

Tariki und Nanao sprachen über Ökopoiesis, was für sie ein neu definiertes, subtileres, lokales Terraformen war, verwandelt in so etwas wie Hirokos Areoformen. Nicht mehr mit schweren industriellen globalen Methoden betrieben, sondern durch den langsamen, steten und intensiven lokalen Prozess der Bearbeitung einzelner Landstücke. »Der ganze Mars ist ein Garten. Die Erde übrigens auch. So sind die Menschen geworden. Darum müssen wir gärtnern und uns der Verantwortung gegenüber dem Land bewusst sein. Eine Schnittstelle zwischen Mensch und Mars, die beiden gerecht wird.«

Sax machte eine unsichere Handbewegung. »Ich stelle mir den Mars eher als eine Art Wildnis vor«, sagte er, als er die Etymologie des Wortes »Garten« nachschlug. Französisch, Germanisch, Altnordisch *gard*, eingezäuntes Landstück. Schien gemeinsame Wurzeln mit dem englischen *guard*, schützen, zu haben. Aber wer wusste, was das vermutlich äquivalente Wort im Japanischen bedeutete? Etymologie war schon in einer Sprache schwierig genug, auch ohne Übersetzungen. »Du weißt schon – anfangen, die Samen ausstreuen, dann zusehen, wie sich alles von selbst entwickelt. Sich selbst organisierende Ökologie.«

»Ja«, antwortete Tariki. »Aber auch Wildnis ist heute ein Garten. Eine Art Garten. Das bedeutet zu sein, wie wir sind.« Er zuckte die Achseln und runzelte die Stirn. Er hielt die Idee für richtig, schien sie aber nicht zu mögen. »Jedenfalls ist Ökopoiesis deiner Auffassung von Wildnis näher, als industrielles Terraformen es jemals gewesen ist.«

»Vielleicht«, sagte Sax. »Vielleicht sind es zwei Stufen desselben Prozesses. Beide sind notwendig.«

Tariki nickte, bereit, das zu erwägen. »Und jetzt?«

»Das kommt darauf an, wie wir mit der Möglichkeit einer Eiszeit umgehen wollen«, sagte Sax. »Wenn sie schlimm genug wird und genügend Pflanzen tötet, wird die Ökopoiesis keine Chance haben. Die Atmosphäre könnte wieder bis zur Oberfläche ausfrieren, und der ganze Prozess würde scheitern. Ich glaube nicht, dass die Biosphäre ohne die Spiegel robust genug ist, um weiter zu wachsen. Darum möchte ich eure Bodenlabors sehen. Kann sein, dass doch noch industrielle Arbeit an der Atmosphäre nötig ist. Wir müssen einige Modelle durchrechnen und sehen, was geschieht.«

Tariki nickte, Nanao auch. Ihre neuerschaffenen Ökologien verschwanden gerade unter dem Schnee. Flocken trieben genau in diesem Moment durch das flüchtige bronzefarbene Sonnenlicht und tanzten im Wind. Man war für Vorschläge empfänglich.

Inzwischen liefen weiterhin die jungen Mitarbeiter aus Da Vinci und Sabishii zusammen über das Massiv. Nach der Rückkehr zu Sabishiis Hügel schwatzten sie die ganze Nacht über Geomantie, Ökopoiesis, Wärmeaustausch, die fünf Elemente, Treibhausgase und so weiter. Ein kreatives Ferment, das Sax für vielversprechend hielt. »Michel sollte hier sein«, sagte er zu Nanao. »John sollte hier sein. Dem würde so eine Gruppe sehr gefallen.«

Und dann fiel ihm etwas ein, und er ergänzte: »Ann sollte hier sein.«

Also kehrte er nach Pavonis zurück und überließ es der Gruppe in Sabishii, die Dinge durchzusprechen.

In Pavonis hatte sich nicht viel geändert. Immer mehr Leute, angespornt von Art Randolph, schlugen vor, einen konstituierenden Kongress abzuhalten. Man sollte wenigstens eine provisorische Verfassung erstellen, darüber abstimmen und dann die betreffende Regierung einsetzen.

»Eine gute Idee«, meinte Sax. »Vielleicht auch eine Delegation zur Erde schicken.«

Samen ausstreuen. Es war wie in den Mooren. Manche würden aufgehen, andere nicht.

Er suchte nach Ann, musste aber feststellen, dass sie Pavonis verlassen hatte. Man sagte ihm, dass sie zu einem Versteck der Roten in Tempe Terra, nördlich von Tharsis, aufgebrochen war. Nur Rote gingen angeblich dorthin.

Später bat Sax Steve um Hilfe und sah nach, wo sich dieser Außenposten befand. Dann lieh er sich ein kleines Flugzeug von den Bogdanovisten und flog nach Norden, links an Ascraeus Mons vorbei, dann nach Echus Chasma hinunter und an seinem alten Hauptquartier in Echus Overlook vorbei auf dem hohen Wall zu seiner Rechten.

Ann hatte diese Route bestimmt auch genommen und somit das erste Hauptquartier der Terraformingprojekte passiert. Terraforming … alles entwickelte sich weiter, auch Ideen. Hatte Ann Echus Overlook bemerkt? Hatte sie sich überhaupt an diesen kleinen Anfang erinnert? Er wusste es nicht. Das war die Art, auf die Menschen sich gegenseitig kannten: Winzige Bruchteile ihres Lebens überschnitten sich oder waren irgendwie jemandem bekannt. Er war fast so, als lebte jeder allein in seinem eigenen Universum. Das war seltsam. Eine Rechtfertigung für das Leben mit Freunden, für das Heiraten, für das Teilen von Wohnungen und Leben, soweit möglich. Dadurch wurden Menschen nicht wirklich miteinander vertraut, aber es minderte das Gefühl der Einsamkeit. Sodass jeder immer noch allein die Ozeane der Welt befuhr, wie in Mary Shelleys *Verney, der letzte Mensch*, einem Buch, das Sax als Jugendlicher stark beeindruckt hatte. Darin erblickte der gleichnamige Held am Ende ein Segel, traf ein anderes Schiff, ankerte an einer Küste – und fuhr nach einer gemeinsamen Mahlzeit einsam weiter. Eine Allegorie ihres Lebens; denn jede Welt war so leer wie die von Mary Shelley erfundene, so leer, wie es der Mars zu Anfang gewesen war.

Er flog an der geschwärzten Kurve von Kasei Vallis entlang, ohne sie überhaupt zu bemerken.

Die Roten hatten vor langer Zeit einen Felsen von der Größe eines Häuserblocks aus einem Kap gehauen, das genau südlich vom Perepelkin-Krater als letzter trennender Keil zwischen zwei Tempe Fossae diente. Fenster unter Überhängen ermöglichten einen Blick sowohl über die kahlen geraden Canyons als auch über das größere Tal, das diese nach ihrer Vereinigung bildeten. Jetzt schnitten alle Fossae ein frisch entstandenes Küstenplateau ein. Mareotis und Tempe zusammen bildeten eine große Halbinsel alter Hochländer, die weit in das neue Eismeer hineinragte.

Sax landete mit seinem kleinen Flugzeug auf dem Sandstreifen oben auf dem Vorgebirge. Von hier aus waren weder die Eisebenen zu sehen, noch konnte er irgendeine Vegetation ausmachen – keinen Baum, keine Blume, nicht einmal Flechten. Er fragte sich, ob sie die Canyons irgendwie sterilisiert hatten. Nur Urgestein mit etwas Raureif. Und sie konnten nichts gegen den Reif tun, sofern sie diese Canyons nicht überkuppeln wollten. »Hmm«, brummte Sax, aufgeschreckt von diesem Gedanken.

Zwei Rote führten ihn durch die Schleuse auf dem Kap, und er ging hinter ihnen die Treppen hinunter. Der Zufluchtsort erwies sich als fast verlassen. Auch gut. Es war angenehmer, nur den kalten Blicken zweier junger Frauen begegnen zu müssen, die ihn durch die roh in den Fels gehauenen Gänge des Refugiums führten, statt denen einer ganzen Schar Roter ausgesetzt zu sein. Es war interessant, die Ästhetik der Roten zu sehen. Sehr karg, wie zu erwarten war. Keine Pflanzen, nur verschiedene Felsstrukturen: rohe Wände, raue Decken, die mit einem polierten Basaltboden kontrastierten, und die schimmernden Fenster, die auf die Canyons hinausgingen.

Sie kamen zu einer Galerie an der Seite der Klippe, die wie eine natürliche Höhle aussah, nicht gerader als die fast euklidischen Linien des Canyons selbst. Er sah Mosaiken, die, aus farbigen Steinchen bestehend, in die schwarze Wand eingelegt waren, poliert und lückenlos aneinandergefügt. Sie bildeten abstrakte Muster, die ihm etwas zu sagen schienen. Wenn er sie doch nur scharf ins Auge fassten könnte! Der Boden war ein Steinparkett aus Onyx und Alabaster, Serpentin und Hämatit. Die Galerie zog sich immer weiter hin, groß und staubig. Der ganze Komplex wirkte leerstehend. Rote bevorzugten ihre Rover, und Orte wie dieser wurden wahrscheinlich als bedauerliche Notwendigkeiten angesehen. Ein versteckter Zufluchtsort. Wenn die Fensterläden geschlossen waren, hätte man in den Canyons ohne Weiteres daran vorbeigehen können, ohne zu bemerken, dass er existierte. Und Sax hatte den Eindruck, dass das nicht bloß deswegen so war, um der Aufmerksamkeit der UNTA zu entgehen, sondern auch, um generell unauffällig zu sein, um mit dem Land zu verschmelzen.

Genau das schien Ann dort auf einem steinernen Fenstersims zu versuchen. Sax blieb abrupt stehen. In Gedanken versunken, wäre er fast mit ihr zusammengestoßen, so wie ein unkundiger Reisender das Refugium nur zufällig hätte entdecken können. Wie ein Felsbrocken saß sie da. Er schaute sie sich genau an. Sie wirkte ungesund. Das sah man heutzutage nicht mehr oft, und je länger Sax sie ansah, desto beunruhigter wurde er. Sie hatte ihm einmal erzählt, dass sie die Langlebigkeitsbehandlung nicht mehr nähme. Das war vor einigen Jahren gewesen. Und während der Revolution hatte sie gebrannt wie eine Flamme. Jetzt, nachdem die Rote Rebellion erstickt war, war sie Asche. Graues Fleisch. Es war ein schrecklicher Anblick. Sie war um die 150 Jahre alt wie alle der Ersten Hundert, die noch am Leben waren. Und ohne die Behandlungen ... würde sie bald sterben.

Nun ja, streng genommen war sie im physischen Äquivalent von siebzig oder so, je nachdem, wann sie die Behandlungen zuletzt gemacht hatte. Also nicht so alt. Vielleicht würde Peter es wissen. Aber je mehr Zeit zwischen den Behandlungen verging, desto größere Probleme entstanden, statistisch gesehen – hatte er jedenfalls gehört. Das ergab Sinn. Jetzt war es wichtig, sich klug zu verhalten.

Aber das konnte er ihr nicht sagen. Es fiel ihm überhaupt schwer, darüber nachzudenken, was er ihr sagen sollte.

Schließlich hob sie den Blick. Sie erkannte ihn und erschauerte. Sie fletschte die Zähne wie ein gefangenes Tier. Dann wandte sie grimmig mit steinernem Gesicht den Blick von ihm ab. Jenseits von Ärger, jenseits von Hoffnung.

Sax sagte lahm: »Ich wollte dir das Tyrrhena-Massiv zeigen.«

Sie stand auf, steif wie eine Statue, und verließ den Raum.

Sax hörte seine Gelenke knacken in dem pseudoarthritischen Schmerz, der seinen Umgang mit Ann so oft begleitete, und folgte ihr.

Ihm wiederum folgten die zwei ernst blickenden jungen Frauen. Die größere sagte zu ihm: »Ich glaube nicht, dass sie mit dir sprechen will.«

»Sehr scharfsinnig von dir«, parierte Sax.

Weit hinten im Gang stand Ann vor einem anderen Fenster – wie gebannt oder zu erschöpft, um sich zu bewegen.

Sax blieb vor ihr stehen.

»Ich möchte hören, was du dazu sagst. Deine Vorschläge, was wir als Nächstes tun könnten«, sagte er. »Und ich habe einige areologische Fragen. Ich weiß nicht, ob streng wissenschaftliche Fragen für dich noch von Interesse sind …«

Sie tat einen Schritt auf ihn zu und schlug ihm ins Gesicht. Er wurde gegen die Wand des Gangs geschleudert und landete auf dem Hintern. Ann war sofort verschwunden. Die zwei jungen Frauen, die offenbar nicht wussten, ob sie jubeln oder ächzen sollten, halfen ihm auf die Füße. Sein ganzer Körper schmerzte, noch mehr als sein Gesicht; und seine Augen waren sehr trocken und brannten ein wenig. Es war, als würde er gleich vor diesen beiden jungen Idiotinnen weinen, die dadurch, dass sie ihm folgten, alles enorm komplizierten. Wenn sie dabei waren, konnte er weder schreien noch flehen, er konnte nicht vor Ann auf die Knie sinken und sagen: »Bitte, verzeih mir!« Das war unmöglich.

»Wohin ist sie gegangen?«, stieß er schließlich hervor.

Die größere erklärte: »Sie will *wirklich* nicht mit dir reden.«

»Vielleicht solltest du warten und es später versuchen«, empfahl die andere.

»Ach, haltet die Klappe!«, sagte Sax. Er war plötzlich beinahe wütend. »Ich nehme an, ihr würdet sie einfach so die Behandlung absetzen und sich umbringen lassen!«

»Das ist ihr gutes Recht«, meinte die größere feierlich.

»Natürlich ist es das. Ich habe nicht von Rechten gesprochen. Ich sprach davon, wie sich ein Freund verhalten sollte, wenn jemand auf Selbstmord aus ist. Wohl kaum ein Thema, über das ihr etwas wissen dürftet. Helft mir, sie zu suchen!«

»Du bist nicht ihr Freund.«

»Doch, und ob ich das bin.« Er stolperte ein wenig, als er versuchte, in die Richtung zu gehen, in die sie seiner Meinung nach gegangen war. Eine der jungen Frauen machte Anstalten, ihn am Ellbogen zu stützen. Er lehnte die Hilfe ab und ging weiter. Da, in einiger Entfernung, war Ann, in einem Stuhl zusammengesunken, anscheinend in einer Art Speisesaal. Er näherte sich ihr langsamer werdend wie Achilles in Zenons Paradoxon.

Sie wirbelte herum und blitzte ihn an.

»*Du* bist derjenige, der die Wissenschaft schon von Anfang an aufgegeben hat«, fauchte sie. »Erzähl mir also nicht, ich wäre nicht an der Wissenschaft interessiert! Das ist Bockmist!«

»Stimmt«, sagte Sax. »Das ist richtig.« Er streckte beide Hände aus. »Aber jetzt benötige ich Rat. Wissenschaftlichen Rat. Ich will lernen. Und ich will dir auch einige Dinge zeigen.«

Aber nach einem Moment des Nachdenkens war sie wieder auf und davon, direkt an ihm vorbei, sodass er unwillkürlich zusammenzuckte. Er eilte ihr nach. Ihre Schritte waren viel länger als seine, und sie bewegte sich so schnell, dass er fast laufen musste. Seine Knochen schmerzten.

»Vielleicht könnten wir hinausgehen«, schlug Sax vor. »Egal, wohin.«

»Weil der ganze Planet ruiniert ist«, knurrte sie.

Sax war hartnäckig: »Du gehst sicher noch gelegentlich bei Sonnenuntergängen hinaus. Vielleicht könnte ich mitkommen.«

»Nein.«

»Bitte, Ann!« Sie war gut zu Fuß und weit größer als er, sodass es schwer war, mit ihr Schritt zu halten und gleichzeitig zu sprechen. Er schnaufte und ächzte, und seine Wange schmerzte. »Bitte, Ann!«

Sie antwortete nicht und wurde auch nicht langsamer. Sie gingen durch einen Korridor an Wohnquartieren vorbei. Ann verschwand schnell durch eine Tür, die sie hinter sich zuschlug. Sax drehte den Knauf; sie war verschlossen.

Alles in allem kein vielversprechender Anfang.

Jäger und Gejagte. Irgendwie musste er die Lage ändern, so, dass es keine Verfolgung mehr war. »Ich werde strampeln und trampeln, ich werde husten und prusten und dir dein Haus zusammenpusten«, murmelte er und pustete gegen die Tür. Aber dann waren die beiden jungen Frauen da und starrten ihn vorwurfsvoll an.

Später in dieser Woche ging er eines Abends gegen Sonnenuntergang in den Umkleideraum und zog sich einen Schutzanzug an. Als Ann hereinkam, machte er einen erschrockenen Satz und stotterte: »Ich wollte gerade nach draußen gehen. Ist das in Ordnung?«

»Es ist ein freies Land«, seufzte sie.

Und dann gingen sie gemeinsam hinaus. Die jungen Frauen hätten gestaunt.

Er musste sehr vorsichtig sein. Obwohl er mit ihr draußen war, um ihr die Schönheit der neuen Biosphäre zu zeigen, würde es natürlich nicht genügen, von Pflanzen, Schnee oder Wolken zu sprechen. Er musste die Dinge für sich selbst sprechen lassen. Das galt vielleicht für alle Phänomene. Man konnte nicht über sie reden. Man konnte nur durchs Land gehen und es für sich sprechen lassen.

Ann war nicht gesellig. Sie sprach kaum mit ihm. Es war ihre gewöhnliche Route, vermutete er, als er ihr folgte. Er durfte mitkommen.

Vielleicht war es erlaubt, Fragen zu stellen. Das war Wissenschaft. Und Ann blieb öfters stehen, um Steinformationen aus der Nähe zu betrachten. Es war sinnvoll, sich bei solchen Gelegenheiten neben sie zu hocken und mit einer Geste oder einem Wort zu fragen, was sie sah. Sie trugen Schutzanzüge und Helme, obwohl die Höhe gering genug war, um nur mit Hilfe einer CO_2-Filtermaske atmen zu können. Also bestanden die Gespräche nur aus Worten im Ohr, wie in alten Zeiten. Fragen stellen.

Also fragte er. Und Ann antwortete, manchmal auch ausführlich. Tempe Terra war wirklich das Land der Zeit. Es war ein übrig gebliebenes Stück der südlichen Hochlande, einer seiner Ausläufer, die den Großen Treffer überlebt hatten und weit in die nördlichen Tiefebenen hineinragten. Später war Tempe dann weitgehend zersplittert worden, als die Lithosphäre von unten durch den Tharsis-Buckel im Süden angehoben wurde. Zu diesen Bruchstellen zählten sowohl die Mareotis Fossae wie die Tempe Fossae, die sie jetzt umgaben.

Das Land war so tief aufgerissen worden, dass einige späte Vulkane entstanden waren, die ihre Lava über die Canyons ergossen hatten. Von einem hohen Grat aus sahen sie in der Ferne einen Vulkan wie einen vom Himmel gefallenen Kegel aufragen, dann einen anderen, der, soweit Sax erkennen konnte, wie ein Meteoritenkrater aussah. Ann schüttelte zu dieser Bemerkung den Kopf und deutete auf Lavaströme und Schlote. Merkmale, die alle sichtbar waren, wenn man einmal darauf hingewiesen worden war. Aber nicht alle waren deutlich zu erkennen unter dem später hinzugekommenen Auswurfgeröll und – das musste man zugeben – einer Schicht aus staubigem Schnee, der im Licht des Sonnenuntergangs die Farbe von Sand annahm.

Die Landschaft in ihrer Geschichte zu sehen, sie wie einen Text zu lesen, der von ihrer langen Vergangenheit geschrieben worden war – das war Anns Sichtweise, ausgebildet nach einem Jahrhundert genauer Beobachtung und Studien, und ihrer Liebe dazu. Was für ein Anblick – ein Wunder geradezu. Eine Art Schatz, eine Liebe über jede Wissenschaft hinaus, oder etwas, das in den Bereich von Michels mystischer Wissenschaft fiel: Alchemie. Aber Alchemisten wollten die Dinge verändern. Eher eine Art Orakel. Eine Vision, ebenso machtvoll wie die Hirokos. Eine weniger augenfällige Vision vielleicht und weniger aktiv. Das Annehmen dessen, was es dort gab. Liebe zum Gestein um des Steins willen. Um des Mars willen. Der urtümliche Planet in all seiner erhabenen Glorie, rot und rostfarben, still wie der Tod. Über die Jahre nur durch chemische Reaktionen der Materie verändert, die immens langen Zeiträume der Geophysik. Es war eine seltsame Vorstellung: abiologisches Leben. Aber es war da, wenn man sich bemühte, es zu erkennen. Eine Art von Leben, das sich da draußen abspielte und unter den brennenden Sternen dahinzog. Sich durch das Universum in seinem allumfassenden systolisch/diastolischen Rhythmus bewegte, seinem einen großen Atemzug, könnte man sagen. Der Sonnenuntergang machte es leichter, das zu sehen.

Er versuchte, die Dinge mit Anns Augen zu sehen. Hinter ihrem Rücken schaute er heimlich auf seinen Armbandcomputer. Stein, *stone*, aus dem altenglischen *stán*, hat überall verwandte Wörter, bis hin zum Protoindoeuropäischen *sti* für Kieselstein. *Rock* = Fels, aus dem mittellateinischen *rocca*, Ursprung unbekannt, bezeichnet eine Gesteinsmasse. Sax verzichtete auf das Armband und verfiel in eine Art Felsträumerei – offen und leer. Tabula rasa bis hin zu dem Punkt, wo er offenbar nicht hörte, was Ann zu ihm sagte; denn sie knurrte und ging weiter. Verlegen folgte er ihr, bereitete sich innerlich darauf vor, ihr Missfallen zu ignorieren, und stellte weitere Fragen.

Ann schien sehr schlecht gelaunt zu sein. Das war in gewisser Weise beruhigend. Mangel an Affekt wäre ein sehr schlechtes Zeichen gewesen; aber sie wirkte immer noch recht emotional. Zumindest die meiste Zeit. Manchmal konzentrierte sie sich intensiv auf das Gestein, wie in ihrem früheren Enthusiasmus, und er war ermutigt. Andere Male schien es, als führte sie nur erlernte Bewegungen aus, als betriebe sie die Areologie in einem verzweifelten Versuch, Gegenwart und Geschichte zu verdrängen, oder die Verzweiflung, oder alles zusammen. In solchen Momenten war sie ziellos und blieb nicht stehen, um eindeutig interessante Merkmale zu betrachten, an denen sie vorbeikamen, und beantwortete auch keine Fragen. Das bisschen, was Sax über Depression gelesen hatte, hatte ihn beunruhigt. Man konnte nicht viel dagegen tun. Man brauchte Medikamente, um dagegen zu kämpfen; und selbst dann war nichts sicher. Aber Antidepressiva vorzuschlagen war mehr oder weniger dasselbe, wie die Behandlung selbst vorzuschlagen. Darum konnte er nicht darüber sprechen. Und außerdem – war Verzweiflung dasselbe wie Depression?

Zum Glück gab es in diesem Gebiet jämmerlich wenige Pflanzen. Tempe war nicht wie Tyrrhena oder die Ränder des Arena-Gletschers. Ohne aktive Gartenarbeit war dies das Ergebnis: Die Welt blieb steinig.

Andererseits lag Tempe auf geringer Höhe und war feucht, mit dem Eisozean nur wenige Kilometer im Norden und Westen. Und etliche John-Appleseed-Flüge waren über der ganzen südlichen Küstenlinie des neuen Meeres ausgeführt worden – Bemühungen von Biotique vor einigen Jahrzehnten, als Sax in Burroughs gewesen war. Darum konnte man einige Flechten entdecken, wenn man scharf hinschaute. Und kleine *Fellfields*. Außerdem ein paar Krummholzbäume, die halb im Schnee begraben waren. All diese Pflanzen hatten Probleme mit diesem nördlichen zum Winter gewordenen Sommer, ausgenommen natürlich die Flechten. Es gab schon einen farbenfrohen Miniaturherbst – dort in den kleinen Blättern der an den Boden geduckten Koenigia, kleinwüchsigem Hahnenfuß und Eisgras sowie dem arktischem Steinbrech. Man musste nur genau hinsehen, denn die sich rötenden Blätter tarnten sich im roten Gestein der Umgebung. Sax sah die Pflanzen oft nicht, bis er fast darauf trat. Und natürlich wollte er Anns Aufmerksamkeit nicht auf sie lenken. Wenn er also auf eine stieß, warf er nur einen raschen bewertenden Blick darauf und ging weiter.

Sie erklommen einen Hügel, der über den Canyon westlich des Stützpunktes ragte; und da war es: das große Eismeer, in dem späten Licht ganz orange- und messingfarben. Es füllte das Tiefland, so weit das Auge reichte, und bildete seinen eigenen glatten Horizont von Südwesten bis Nordosten. Mesas aus dem zergliederten Terrain ragten jetzt wie Inseln mit steilen Klippen aus dem Eis. Tatsächlich entwickelte sich dieser Teil von Tempe zu einer der beeindruckendsten Küstenlinien auf dem Mars, bei dem die unteren Enden mancher Fossae, die überschwemmt worden waren, lange Fjorde oder Lochs bildeten. Und ein Küstenkrater lag genau auf dem Niveau des Meeres und hatte eine Lücke zum Wasser hin, sodass er eine perfekte runde Bucht von etwa fünfzehn Kilometern Durchmesser mit einem Zugangskanal von etwa zwei Kilometern Breite bildete. Weiter im Süden schuf das zergliederte Terrain am Fuße des Großen Steilhangs eine wahre Hebriden-Gruppe aus Archipelen. Viele der Inseln waren von den Klippen des Hauptlandes aus zu sehen. Ja, wirklich eine beeindruckende Küstenlinie, die man schon erkennen konnte, wenn man die zerbrochenen Eisschollen bei Sonnenuntergang betrachtete.

Aber über das Eis und die zerklüfteten Eisberge an der neuen Küstenlinie konnte er nicht sprechen. Wie die Eisberge entstanden waren, wusste Sax nicht, und er war neugierig deswegen – aber darüber durfte nicht gesprochen werden. Man konnte nur still dastehen, als wäre man zufällig auf einen Friedhof geraten.

Verwirrt kniete Sax sich hin, um ein Exemplar von Tibetischem Rhabarber anzuschauen, auf das er beinahe getreten wäre. Kleine rote Blätter um eine Blüte mit zentraler roter Knolle.

Ann sah ihm über die Schulter. »Ist sie tot?«

»Nein.« Er zupfte ein paar tote Blätter von äußeren Teilen der kleinen Blüte ab und zeigte Ann die helleren darunter. »Sie richtet sich nur auf den Winter ein. Durch die Minderung des Lichts getäuscht.« Dann fuhr Sax fort, wie im Selbstgespräch: »Dennoch werden viele Pflanzen sterben. Der Temperatursturz, durch den die Lufttemperaturen kälter geworden sind als die am Boden, ist mehr oder weniger über Nacht gekommen. Da blieb nicht viel Zeit für Winterhärtung. Somit viele Winterschäden. Pflanzen kommen damit besser zurecht als Tiere. Und Insekten halten sich erstaunlich gut, wenn man bedenkt, dass sie nur kleine Flüssigkeitsbehälter sind. Sie haben einen starken Frostschutz. Ich denke, sie können allem widerstehen, was auch geschieht.«

Ann betrachtete immer noch die Pflanze; also hielt Sax den Mund. Es lebt, hätte er ihr am liebsten gesagt. Insofern die Mitglieder einer Biosphäre für ihre Existenz voneinander abhängen, ist sie ein Teil deines Körpers. Wie kannst du sie hassen?

Andererseits machte sie die Behandlungen nicht mehr.

Das Eismeer war ein zerrissener Glanz aus Bronze und Koralle. Die Sonne ging unter. Sie mussten zurückkehren. Ann reckte sich und ging fort – eine schweigende schwarze Silhouette. Sax konnte ihr direkt ins Ohr sprechen, selbst jetzt, wo sie hundert Meter entfernt war, dann zweihundert. Eine kleine schwarze Gestalt in der großen weiten Welt. Aber er tat es nicht. Das wäre ein Eindringen in ihre Privatsphäre gewesen, fast in ihre Gedanken. Wie sehr wollte er sagen: Ann, Ann, was denkst du? Sprich mit mir, Ann! Teil mir deine Gedanken mit!

Das starke Verlangen, mit jemandem zu sprechen, war schmerzlich scharf. Das war es, was die Menschen meinten, wenn sie von Liebe sprachen. Oder eher das, was Sax als Liebe anerkennen würde. Nur das durchdringende Verlangen, seine Gedanken mit jemandem zu teilen. Nur das. Oh, Ann, bitte rede mit mir!

Aber sie redete nicht mit ihm. Auf sie schienen die Pflanzen nicht denselben Effekt zu haben wie auf ihn. Sie schien sie geradezu zu verabscheuen, diese kleinen Embleme ihres Körpers, als wäre *viriditas* nichts als ein Krebsgeschwür, das der Fels erleiden musste. Zwischen den vom Wind verwehten Schneehaufen waren die Pflanzen kaum noch sichtbar. Es wurde dunkel, ein neuer Sturm zog auf, tief über der schwarzkupfernen See. Ein Moospolster, eine von Flechten bedeckte Steinfläche. Aber meistens war es nur Fels, so wie es immer gewesen war. Dennoch.

Als sie dann wieder in die Schleuse des Refugiums traten, fiel Ann in Ohnmacht. Bei dem Fall stieß sie mit dem Kopf an den Türpfosten. Sax packte sie, als sie auf einer Bank an der Innenwand aufschlug. Sie war bewusstlos. Sax trug sie halb, halb schleifte er sie ganz in die Schleuse. Dann schloss er die äußere Tür und zog Ann, als die Schleusenkammer wieder unter Druck stand, durch die Innentür in den Umkleideraum. Sax musste auf der allgemeinen Frequenz laut gerufen haben; denn bis er ihr den Helm abgenommen hatte, befanden sich fünf oder sechs Rote im Raum – mehr, als er bisher überhaupt in dem Refugium gesehen hatte. Eine der jungen Frauen, die ihm so lästig gewesen waren, die kleinere, erwies sich als die Ärztin der Station. Als sie Ann auf einen Tisch mit Rollen gelegt hatten, der als Transportbahre dienen konnte, führte diese Frau sie zur Stationsklinik und übernahm dort. Sax half, soweit er konnte, und zog Ann mit zitternden Händen die Stiefel von den Füßen. Sein Puls ging laut Armbandcomputer mit 145 Schlägen in der Minute, und ihm war heiß und schwindelig.

»Hat sie einen Schlaganfall gehabt?«, fragte er. »Hatte sie?«

Die kleine Frau machte ein überraschtes Gesicht. »Ich denke, nein. Sie ist ohnmächtig geworden und dann mit dem Kopf angeschlagen.«

»Aber warum ist sie ohnmächtig geworden?«

»Ich weiß es nicht.«

Sie schaute die große junge Frau an, die bei der Tür saß. Sax erkannte, dass diese beiden die ranghöchsten Autoritäten in dem Refugium waren. »Ann hat uns angewiesen, sie an keinerlei Lebenserhaltungssysteme anzuschließen, falls sie jemals in einem solchen Zustand sein sollte wie jetzt.«

»Nein!«, rief Sax.

»Sehr ausführliche Anweisungen. Sie hat es verboten. Sie hat es schriftlich niedergelegt.«

Sax sagte mit scharfer Stimme: »Ihr hängt sie an alles, was sie am Leben erhält!« Alles, was er seit Anns Zusammenbruch gesagt hatte, war eine Überraschung für ihn gewesen. Er war ebenso sehr Zeuge seiner Handlungen, wie sie es waren. Er hörte sich sagen: »Das heißt nicht, dass ihr sie angeschlossen lassen sollt, wenn sie es nicht schafft. Nur das vernünftiges Minimum, um sicher zu sein, dass sie nicht durch bloße Leichtfertigkeit stirbt.«

Die Ärztin rollte bei dieser Argumentation mit den Augen; aber die an der Tür sitzende große Frau machte ein nachdenkliches Gesicht.

Sax hörte, wie er fortfuhr: »Ich habe vier Tage lang auf einer Intensivstation gelegen; und ich bin froh, dass sie nicht beschlossen haben, die Systeme abzuschalten. Das ist ihre Entscheidung und nicht eure. Jeder, der sterben will, kann das tun, ohne dass ein Arzt seinen hippokratischen Eid brechen muss.«

Die Ärztin rollte noch empörter als zuvor die Augen. Aber mit einem Blick auf ihre Kollegin hob sie Ann auf das Bett zur Intensivbehandlung. Sax half ihr dabei, dann stellte sie die medizinische KI an und zog Ann den Schutzanzug aus. Eine hagere alte Frau, die jetzt mit einer Sauerstoffmaske über dem Gesicht atmete. Die große Frau stand auf und half der Ärztin. Sax ging zu einem Stuhl und setzte sich. Seine eigenen physiologischen Symptome waren erstaunlich ernst, gekennzeichnet hauptsächlich durch allgemeine Hitze und eine Art unregelmäßiger Hyperventilation sowie einen Schmerz, der ihn fast zum Schreien brachte.

Nach einiger Zeit kam die Ärztin zu ihm herüber. Sie sagte, Ann wäre ins Koma gefallen. Es sah so aus, als hätte eine kleine Störung des Herzrhythmus die Ohnmacht in erster Linie ausgelöst. Im Moment war Anns Zustand stabil. Die Ärztin verließ den Raum.

Sax blieb auf der Station. Einige Zeit später kam die Ärztin zurück. Anns Handgelenkscomputer hatte raschen unregelmäßigen Herzschlag zu der Zeit verzeichnet, als sie ohnmächtig wurde. Jetzt war nur noch eine leichte Arrhythmie feststellbar. Und offenbar hatte eine Anoxie oder der Schlag auf den Kopf das Koma ausgelöst.

Sax fragte, was genau Koma sei, und sein Mut verließ ihn, als die Ärztin nur die Schultern zuckte. Es handelte sich anscheinend um einen umfassenden Ausdruck für bewusstlose Zustände einer bestimmten Art. Starre Pupillen, Körper unempfindlich und bisweilen in verkrampften Stellungen fixiert. Anns linker Arm und ihr linkes Bein waren verrenkt. Und natürlich war sie bewusstlos. Von Zeit zu Zeit bemerkte man seltsame Reaktionsspuren, wie das Ballen der Hände zu Fäusten und dergleichen. Die Dauer eines Komas variierte stark. Manche Leute kamen nie wieder zu Bewusstsein.

Sax starrte auf seine Hände, bis die Ärztin ihn allein ließ. Er blieb im Zimmer sitzen, bis auch alle anderen gegangen waren. Dann stand er auf, trat an Anns Bett und schaute auf ihr Gesicht, das zur Hälfte unter der Maske verschwand, hinunter. Er konnte nichts tun. Er hielt ihre Hand. Sie reagierte nicht. Er hielt ihren Kopf, wie – so hatte Michel es ihm erzählt – Nirgal es gemacht hatte, als er selbst bewusstlos gewesen war. Es kam ihm vor wie eine nutzlose Geste.

Er ging zum Computerbildschirm und rief das diagnostische Programm auf. Danach Anns medizinische Daten. Er ließ den Herzmonitor bis zu dem Vorfall in der Schleuse zurücklaufen. Eine kleine Arrhythmie, jawohl, schnell und unregelmäßig. Er speiste die Daten in das diagnostische Programm und schlug auf seinem eigenen Armbandcomputer Herzarrhythmie nach. Es gab eine Menge abweichender Herzrhythmusmuster; aber es schien, dass Ann eine genetische Prädisposition hatte und an einer Störung namens QT-Syndrom litt, benannt nach einer charakteristischen abnormalen langen Welle im Elektrokardiogramm. Er rief Anns Genom ab und wies den Computer an, einen Suchlauf in den relevanten Regionen 3, 7 und 11 der Chromosomen durchzuführen. In einem Gen namens HERG innerhalb des Chromosom 7 identifizierte der Computer eine kleine Mutation: Eine Umkehrung von Adenin-Thymin und Guanin-Cytosin. Klein, aber HERG enthielt Anweisungen für die Zusammensetzung eines Proteins, das in der Oberfläche von Herzzellen als Kanal für Kalium-Ionen diente; und diese Ionenkanäle fungierten als Schalter, um kontrahierende Herzzellen abzustellen. Ohne diese Bremse wurde das Herz arrhythmisch und schlug zu schnell, um wirksam Blut zu pumpen.

Ann schien mit einem Gen auf Chromosom 4, genannt SCN5A, ein weiteres Problem zu haben. Dieses Gen codierte ein anderes regelndes Protein, welches einen Natrium-Ionenkanal auf der Oberfläche von Herzzellen lieferte. Dieser Kanal wirkte als Beschleuniger; und Mutationen konnten das Problem des rapiden Herzschlags verstärken. Ann fehlte ein CG-Teil.

Diese genetischen Konditionen waren selten, aber das war für die Diagnose-KI kein Thema. Sie enthielt eine Symptomologie aller bekannten physiologischen Probleme, ungeachtet ihrer Seltenheit. Sie schien Anns Fall als recht einfach einzustufen und listete die Behandlungsmethoden auf, die infrage kamen, um den durch die Kondition gegebenen Beeinträchtigungen zu begegnen. Es gab eine Menge davon.

Eine der vorgeschlagenen Therapien beinhaltete, die problematischen Gene umzucodieren – im Verlauf der gerontologischen Standardbehandlungen. Wiederholte Neucodierungen bei mehreren Langlebigkeitsbehandlungen sollten die Ursache des Problems direkt an der Wurzel packen oder vielmehr im Keim ersticken. Es schien merkwürdig, dass das nicht schon geschehen war. Aber dann sah Sax, dass diese Empfehlung erst ungefähr zwei Jahrzehnte alt war. Sie stammte aus der Zeit nach Anns letzter Behandlung.

Sax saß lange da und starrte auf den Bildschirm. Viel später stand er auf und inspizierte die medizinische Klinik der Roten, ein Instrument nach dem anderen, Raum für Raum. Die Pfleger ließen ihn gewähren. Für sie war er nur zerstreut.

Das Krankenhaus war ein bedeutendes Refugium der Roten, und es konnte sein, dass einer der Räume die für gerontologische Behandlungen notwendige Ausrüstung enthielt. Das war tatsächlich der Fall. Ein kleiner Raum im hinteren Teil der Klinik schien für diesen Prozess vorgesehen zu sein. Dazu gehörte nicht viel. Eine leistungsfähige KI, ein kleines Labor, die üblichen Vorräte an Proteinen und Chemikalien, die Inkubatoren, die MRTs und das Infusionssystem. Erstaunlich, wenn man das Ergebnis bedachte. Aber das war immer schon so gewesen. Das Leben an sich war erstaunlich. Einfache Proteinsequenzen am Anfang, und dennoch waren sie nun hier.

Der Hauptcomputer hatte Anns Genom-Aufzeichnung. Wenn er aber dieses Labor anwies, ihre DNS zu synthetisieren (unter Hinzufügung der Recodierungen HERG und SCN5A), würden die Roten das sicher merken.

Er ging wieder in sein kleines Zimmer, um einen verschlüsselten Anruf nach Da Vinci zu tätigen. Er bat seine Kollegen dort, mit der Synthese zu beginnen. Sie stimmten zu, ohne Fragen außer den rein technischen zu stellen. Manchmal liebte er diese Saxisten von ganzem Herzen.

Danach hieß es wieder warten. Es vergingen Stunden über Stunden. Schließlich waren einige Tage vergangen, ohne dass bei Ann eine Veränderung eingetreten wäre. Die Miene der Ärztin wurde immer finsterer, obwohl sie nicht mehr davon redete, die Maschinen abzuschalten. Aber ihr Blick sprach Bände. Sax schlief in Anns Zimmer auf dem Boden. Er lernte allmählich den Rhythmus ihres Atems kennen. Er verbrachte eine Menge Zeit damit, ihren Kopf in den Händen zu halten, wie Nirgal es bei ihm gemacht hatte. Er bezweifelte sehr, dass das jemals irgendwem Heilung gebracht hatte, tat es aber trotzdem, für alle Fälle. Wie er so lange in dieser Haltung dasaß, hatte er Gelegenheit, über die neuronale Plastizitätsbehandlung nachzudenken, die Vlad und Ursula ihm nach seinem Schlaganfall verpasst hatten. Natürlich war ein Hirnschlag etwas ganz anderes als ein Koma. Aber eine Bewusstseinsveränderung war nicht notwendigerweise eine schlimme Sache, wenn sie einem die geistigen Schmerzen nahm.

Wieder vergingen Tage, ohne dass eine Veränderung eintrat. Jeder Tag war träger, leerer und sorgenvoller als der vorangegangene. Die Inkubatoren in den Labors von Da Vinci hatten längst eine volle Einheit korrigierter, Ann-spezifischer DNS hergestellt. Auch Antisense-Verstärker und Erweiterungen – das ganze gerontologische Paket in seiner neusten Zusammenstellung.

Eines Nachts rief er Ursula an und sprach lange mit ihr. Sie beantwortete in Ruhe seine Fragen, selbst wenn sie das, was er vorhatte, nicht guthieß. »Das synaptische Stimuluspaket, das wir dir gegeben haben, würde in unbeschädigten Gehirnen zu viel synaptisches Wachstum erzeugen«, erklärte sie streng. »Es würde die Persönlichkeit in einem nicht festlegbaren Muster verändern.«

Sax beschloss, die synaptischen Ergänzungen wegzulassen. Anns Leben zu retten war eine Sache, ihren Geist zu verändern schon eine ganz andere. Jedenfalls war eine zufällige Änderung nicht das Ziel, sondern Akzeptanz. Glück, wahres Glück für Ann, was immer das sein mochte, jetzt so weit entfernt, so schwer vorstellbar. Sax schmerzte der Gedanke daran. Es war erstaunlich, wie viel physischer Schmerz allein durch Gedanken erzeugt werden konnte … Das limbische System war ein ganzes Universum für sich, überschwemmt mit Schmerz wie dunkle Materie, die alles im Weltall durchdringt.

»Hast du mit Michel gesprochen?«, fragte Ursula.

»Nein. Ist aber eine gute Idee.«

Er rief Michel an und erklärte, was passiert war und was er vorhatte. »Mein Gott, Sax!«, rief Michel aus. Er sah entsetzt aus. Aber nach ein paar Sekunden versprach er zu kommen. Er würde Desmond bitten, ihn nach Da Vinci zu fliegen, um die Vorräte für die Behandlung abzuholen und sie dann zum Refugium hinaufzufliegen.

Inzwischen saß Sax in Anns Zimmer und hielt weiter mit einer Hand ihren Kopf. Ein unebener Schädel. Ein Phrenologe würde damit seine Freude haben.

Dann erschienen Michel und Desmond, seine Brüder. Sie standen an seiner Seite. Die Rote, die sie hereinbegleitet hatte, war auch dabei, genau wie die große Frau und die Stationsärztin. Die Verständigung musste also über Blicke laufen – oder das Fehlen derselben. Nichtsdestoweniger war alles völlig klar. Desmonds Gesichtsausdruck besagte genau das. Sie hatten die Langlebigkeitspackung für Ann dabei. Sie mussten nur auf ihre Chance warten.

Diese kam recht bald. Weil Ann in ihrem Koma ruhiggestellt war, war alles in dem kleinen Hospital reine Routinesache. Allerdings waren die Auswirkungen der gerontologischen Behandlung auf einen Komapatienten nicht vollständig bekannt. Michel hatte sich in die spärliche Literatur eingelesen. Man hatte die Methode als experimentelle Behandlung bei nicht reagierenden Komapatienten in einigen Fällen angewandt und insofern Erfolg gehabt, als dass fast die Hälfte der Behandelten wieder aufgewacht war. Deswegen hielt Michel es jetzt für eine gute Idee.

Und so standen die drei bald nach ihrer Ankunft eines Nachts auf. Sie gingen auf Zehenspitzen an der im Vorzimmer des medizinischen Zentrums schlafenden Assistentin vorbei. Die medizinische Ausbildung hatte üblicherweise diese Wirkung; und die Assistentin schlief fest, wenn auch unbequem in ihren Sessel gezwängt. Sax und Michel legten Ann die intravenösen Zugänge, steckten die Nadeln in ihre Handrücken. Sie arbeiteten langsam, vorsichtig und exakt. Ruhig. Bald traten die Infusionssysteme in Aktion, und die neuen Proteinbänder befanden sich in ihrem Blutkreislauf. Ihr Atem wurde unregelmäßig und Sax dadurch höchst besorgt. Er stöhnte leise. Es war tröstend, Michel und Desmond hier zu haben. Jeder von ihnen hielt einen seiner Arme, als wollten sie ihn stützen und so am Fallen hindern. Er sehnte sich verzweifelnd nach Hiroko. Er war sicher, dass auch sie es getan hätte. Dadurch fühlte er sich gleich viel besser. Hiroko war einer der Gründe, aus denen er das hier durchzog. Er sehnte sich immer noch nach ihrer Unterstützung, ihrer physischen Präsenz. Er wünschte, sie würde erscheinen und Ann so helfen, wie sie ihm auf Daedalia Planitia geholfen hatte. Ann helfen. Sie war Expertin für diese Art radikal unverantwortlicher humaner Experimente. Für sie wären das kleine Brötchen gewesen …

Als die Operation beendet war, zogen sie die IV-Kanülen heraus und räumten alles auf. Die Assistentin schlief immer noch mit offenem Mund und sah aus wie das kleine Mädchen, das sie tatsächlich war. Ann war noch bewusstlos, atmete aber leichter, merkte Sax. Kräftiger.

Die drei Männer standen da und schauten gemeinsam auf Ann herunter. Schließlich schlichen sie hinaus und gingen auf Zehenspitzen durch den Korridor in ihre Zimmer zurück. Desmond führte einen närrischen Freudentanz auf, und die anderen mahnten ihn zur Ruhe. Sie gingen wieder in ihre Betten, konnten aber nicht schlafen und auch nicht darüber reden. Also lagen sie schweigend da wie Brüder in einem großen Haus, spät in der Nacht, nach einem erfolgreichen Ausflug in die verbotene nächtliche Welt.

Am anderen Morgen kam die Ärztin herein. »Ihr Zustand ist besser.«

Die drei Männer drückten ihre Freude darüber aus.

Später, im Speisesaal, spürte Sax den starken Drang, Michel und Desmond von seiner Begegnung mit Hiroko zu berichten. Für die beiden würde diese Mitteilung mehr bedeuten als für jeden anderen sonst. Aber etwas in Sax fürchtete sich davor. Er hatte Angst, überreizt zu wirken, vielleicht sogar wahnhaft. Dass Hiroko ihn beim Rover verlassen hatte und in den Sturm hinausgegangen war … er wusste nicht, was er davon halten sollte. In seinen langen Stunden bei Ann hatte er nachgedacht – und nachgeforscht. Jetzt wusste er, dass Bergsteiger auf der Erde, die allein in großer Höhe waren und an Sauerstoffmangel litten, nicht selten Halluzinationen von Kameraden hatten, die ihnen zu Hilfe kamen. Irgendeine Art Doppelgänger. Rettung durch Geister. Und sein Atemschlauch war verstopft gewesen …

Er sagte: »Ich denke, Hiroko hätte es auch getan.«

Michel nickte. »Es ist kühn, das muss ich dir lassen. Es war ihr Stil. Nein, versteh mich nicht falsch! Ich freue mich, dass du es getan hast.«

»Es war höchste Zeit, wenn ihr mich fragt«, sagte Desmond. »Jemand hätte sie schon vor Jahren fesseln und ihr die Behandlung verabreichen sollen. Oh, mein lieber Sax, ich hoffe, dass sie nicht so durchdreht wie du damals.«

»Sax hatte aber einen Gehirnschlag«, sagte Michel.

»Naja«, gab Sax zu, um den Fall zu klären, »ich war vorher schon etwas exzentrisch.«

Seine beiden Freunde nickten lächelnd. Sie waren guter Dinge, obwohl die Lage noch ungeklärt war. Dann kam die kleine Ärztin herein. Ann war aus ihrem Koma erwacht.

Sax fühlte, dass sein Magen zu verkrampft war, als dass er etwas hätte essen können. Aber dann stellte er fest, dass er mit einem Stapel gebuttertem Toast recht gut fertigwurde. Er verschlang ihn geradezu.

»Sie wird sehr wütend auf dich sein«, gab Michel zu bedenken.

Sax nickte. Das war leider zu erwarten. Sogar wahrscheinlich. Ein schlimmer Gedanke. Er wollte nicht wieder von ihr geschlagen werden. Oder noch schlimmer, ihrer Gesellschaft beraubt werden.

»Du solltest mit uns zur Erde kommen«, schlug Michel vor »Maya und ich fliegen mit der Delegation, und Nirgal auch.«

»Gibt es denn eine Delegation zur Erde?«

»Ja. Das hat jemand vorgeschlagen, und es scheint eine gute Idee zu sein. Wir brauchen einige Repräsentanten direkt vor Ort, die mit denen reden. Und bis wir von da zurück sind, wird Ann Zeit gehabt haben, darüber nachzudenken.«

»Interessant«, sagte Sax, erleichtert über die bloße Aussicht, der Lage zu entkommen. Es war wirklich erschreckend, wie rasch er sich zehn gute Gründe ausdenken konnte, zur Erde zu reisen. »Aber was ist mit Pavonis und dieser Versammlung?«

»Daran können wir per Video teilnehmen.«

»Stimmt.« Das war genau das, was er bisher getan hatte.

Der Plan war verlockend. Sax wollte nicht hier sein, wenn Ann aufwachte. Oder vielmehr, wenn sie herausfand, was er getan hatte. Natürlich war das feige. Aber trotzdem! »Desmond, fliegst du?«

»Keine Chance.«

»Aber du sagst, dass Maya mitkommt?«, fragte Sax Michel.

»Ja.«

»Gut. Als ich letztes Mal versucht habe, einer Frau das Leben zu retten, hat Maya sie getötet.«

»Was? Phyllis? Du hast Phyllis das Leben gerettet?«

»Nun ja, eigentlich nicht. Das heißt, schon. Aber ich war auch derjenige, der sie in Gefahr gebracht hat. Darum denke ich nicht, dass das zählt.« Er versuchte zu erklären, was in jener Nacht in Burroughs geschehen war, aber mit wenig Erfolg. Es war ihm selbst unklar – bis auf die lebhafte Erinnerung an gewisse schreckliche Momente. »Macht nichts. Es war bloß ein Gedanke. Vergesst es. Ich bin …«

»Du bist müde«, sagte Michel. »Aber mach dir keine Sorgen! Maya wird nicht hier sein, sondern bei uns.«

Sax nickte. Das klang immer besser. Ann einige Zeit geben, sich zu beruhigen, darüber nachzudenken und es zu verstehen. Hoffentlich. Und es wäre natürlich sehr interessant, die Verhältnisse auf der Erde selbst zu sehen. Äußerst interessant. So interessant, dass kein vernünftiger Mensch sich diese Gelegenheit entgehen lassen würde.

DRITTER TEIL

EINE NEUE VERFASSUNG

Ameisen kamen als Teil des Humusprojekts *auf den Mars und waren, wie es so ihre Art ist, bald überall zu finden. Als die kleinen roten Leute auf Ameisen trafen, waren sie erstaunt. Diese Kreaturen hatten genau die richtige Größe, um auf ihnen zu reiten. Es war wie damals, als die Ureinwohner Amerikas das Pferd kennenlernten. Wenn man sie zähmte, liefen sie wie der Wind.*

Das Domestizieren der Ameisen war keine leichte Aufgabe. Die kleinen roten Wissenschaftler hatten nicht einmal geglaubt, dass es solche Kreaturen überhaupt geben könnte, wegen der Einschränkungen durch das Verhältnis von Fläche zu Volumen. Aber es gab sie, und sie trampelten herum wie intelligente Roboter. Also mussten die kleinen roten Wissenschaftler sie erklären. Auf der Suche nach Hilfe kletterten sie in die Nachschlagewerke der Menschen und sahen unter Ameisen *nach. Sie erfuhren von den Pheromonen der Ameisen und synthetisierten diejenigen, die sie brauchten, um die Soldatenameisen einer besonders kleinen, gelehrigen Spezies zu kontrollieren. Danach waren sie im Geschäft. Kleine rote Kavallerie. Sie ritten überall auf Ameisenrücken herum und hatten viel Spaß dabei – zwanzig oder dreißig von ihnen auf jeder Ameise, wie Paschas auf Elefanten. Wenn man sich Ameisen genau ansieht, kann man sie dort sitzen sehen.*

Die kleinen roten Wissenschaftler lasen mehr Lehrbücher und erfuhren von menschlichen Pheromonen. Sie kehrten erschrocken zum Rest des kleinen roten Volkes zurück und berichteten: Jetzt wissen wir, warum diese menschlichen Wesen so lästig sind. Sie haben nicht mehr Willen als diese Ameisen, auf denen wir umherreiten. Sie sind einfach nur gigantische Fleischameisen.

Das kleine rote Volk versuchte, diese Travestie des Lebens zu verstehen.

Nein, das sind sie nicht, sagte plötzlich eine Stimme – zu allen auf einmal. Die kleinen roten Leute verständigen sich untereinander telepathisch, versteht ihr; und das war wie eine telepathische Lautsprecheransage. Menschen sind spirituelle Wesen, behauptete diese Stimme.

Woher weißt du das?, fragte das kleine rote Volk telepathisch. Wer bist du? Der Geist von John Boone?

Ich bin Gyatso Rinpoche, antwortete die Stimme. Die achtzehnte Reinkarnation des Dalai Lama. Ich reise durch den Bardo auf der Suche nach meiner neuen Reinkarnation. Ich habe mich überall auf der Erde umgesehen, hatte aber kein Glück und habe beschlossen, woanders zu suchen. Tibet ist immer noch in der Gewalt der Chinesen, und es sieht nicht so aus, als würden sie es bald freilassen. Die Chinesen sind, obwohl ich sie sehr liebe, harte Hunde. Die anderen Regierungen der Erde haben Tibet schon lange den Rücken zugekehrt. Niemand will die Chinesen herausfordern. Es muss aber etwas geschehen. Deshalb bin ich zum Mars gekommen.

Eine gute Idee, meinte das kleine rote Volk.

Allerdings, gab der Dalai Lama zu, muss ich einräumen, dass es mir schwerfällt, einen neuen Körper zum Bewohnen zu finden. Es gibt überall nur sehr wenige Kinder. Außerdem scheint niemand interessiert zu sein. Ich habe mich in Sheffield umgesehen, aber jeder war zu beschäftigt mit Reden. Ich ging nach Sabishii, aber dort hatten alle den Kopf in den Sand gesteckt. Ich ging nach Elysium, aber jeder hatte die Lotoshaltung eingenommen und wollte nicht gestört werden. Ich ging nach Christianopolis, aber dort hatten alle andere Pläne. Ich ging nach Hiranyagarbha, aber dort sagten alle, sie hätten schon genug für Tibet getan. Ich war überall auf dem Mars, in jeder Kuppel und jeder Station, und überall waren die Leute einfach zu beschäftigt. Niemand will der neunzehnte Dalai Lama sein. Und der Bardo wird immer kälter und kälter.

Viel Glück!, sagte das kleine rote Volk. Seit John gestorben ist, haben wir nach jemandem gesucht, mit dem wir reden könnten, aber niemanden gefunden, mit dem es sich gelohnt hätte, geschweige denn in ihm zu leben. Diese großen Leute sind alle durcheinander.

Der Dalai Lama war von dieser Antwort enttäuscht. Er war bereits sehr müde und konnte nicht noch länger im Bardo verweilen. Darum sagte er: Wie wäre es mit einem von euch?

Ja, sicher, sagte das kleine rote Volk. Es wäre uns eine Ehre. Aber es müssten wir alle sein. Wir machen so etwas immer gemeinsam.

Warum nicht? Der Dalai Lama transmigrierte in einen der kleinen roten Flecken und war im selben Augenblick in ihnen allen anwesend, auf dem ganzen Mars. Das kleine rote Volk schaute auf zu den Menschen, die über ihnen aneinandergerieten – ein Anblick, den sie zuvor für eine Art schlechten Kinofilm gehalten hatten. Jetzt aber waren sie voll von allem Mitgefühl und aller Weisheit der achtzehn vorangegangenen Leben des Dalai Lama. Sie sagten zueinander: Ka wow, diese Leute sind wirklich durcheinander. Wir hielten das schon früher für schlimm, aber wenn man sich das so ansieht, ist es noch schlimmer, als wir dachten. Sie haben Glück, dass sie keine Gedanken lesen können. Sonst würden sie einander töten. Das muss der Grund sein, warum sie sich gegenseitig umbringen. Sie wissen, was sie selbst denken, und verdächtigen darum alle anderen. Wie hässlich! Wie traurig!

Sie brauchen eure Hilfe, sagte der Dalai Lama in ihnen allen. Vielleicht könnt ihr etwas für sie tun.

Vielleicht, antwortete das kleine rote Volk. Sie hatten da ihre Zweifel, um ehrlich zu sein. Seit Johns Tod hatten sie versucht, den Menschen zu helfen. Sie hatten ganze Städte in jeder Ohrmuschel auf dem Planeten gegründet und redeten seitdem ständig, um Leute aufzuwecken und zu vernünftigem Handeln zu bringen. Dabei klangen sie wie John Boone. Aber sie hatten bisher keinen Erfolg gehabt, außer dass viele Menschen zu Hals-Nasen-Ohren-Ärzten gingen, weil sie die vielen kleinen Stimmen für einen Tinnitus hielten; aber keiner von ihnen verstand das kleine rote Volk. Das genügte, um alle zu entmutigen.

Aber jetzt hatte das kleine rote Volk den mitfühlenden Geist des Dalai Lama, der sie beseelte. Darum beschlossen sie, es noch einmal zu versuchen. Vielleicht braucht es mehr, als bloß in ihre Ohren zu flüstern, erklärte der Dalai Lama, und sie stimmten alle zu. Wir müssen ihre Aufmerksamkeit auf andere Weise gewinnen.

Habt ihr es schon mit eurer Telepathie bei ihnen versucht?, fragte der Dalai Lama.

Oh nein, sagten sie. Unmöglich. Zu schrecklich. Die Hässlichkeit ihrer Gedanken könnte uns auf der Stelle töten. Oder uns zumindest sehr krank machen.

Vielleicht nicht, meinte der Dalai Lama. Vielleicht ist alles in Ordnung, wenn ihr euren Empfang ihrer Gedanken abblockt und ihnen nur eure eigenen Gedanken zusendet. Schickt einfach viele gute Gedanken wie einen beratenden Strahl. Mitgefühl, Liebe, Freundlichkeit, Weisheit, vielleicht sogar etwas gesunden Menschenverstand!

Wir werden es versuchen, sagte das kleine rote Volk. Aber wir werden alle mit der vollen Kraft unserer telepathischen Stimmen rufen müssen, alle im Chor, weil diese Leute einfach nicht hinhören.

Das bin ich jetzt schon seit neun Jahrhunderten gewohnt, seufzte der Dalai Lama. Man gewöhnt sich daran. Und ihr Kleinen habt den Vorteil, in der Überzahl zu sein. Also gebt euer Bestes!

Also schaute das ganze kleine rote Volk überall auf dem Mars auf und holte tief Luft.

Art Randolph hatte die beste Zeit seines Lebens.

Natürlich nicht während der Schlacht von Sheffield. Die war eine Katastrophe gewesen, ein Zusammenbruch der Diplomatie, das Misslingen von allem, was Art versucht hatte. Wirklich ein paar jämmerliche Tage, während derer er schlaflos umhergerannt war, um sich mit jeder Gruppe zu treffen, von der er sich Hilfe erwartete, um die Krise zu entschärfen, und immer mit dem Gefühl, dass es irgendwie sein Fehler wäre; dass es gar nicht so weit gekommen wäre, wenn er alles richtig gemacht hätte. Der Kampf ging so weit, dass der Mars beinahe in Brand gesetzt worden wäre, wie 2061. Während ein paar Stunden am Nachmittag des roten Angriffs hatte alles auf der Kippe gestanden.

Aber es hatte sich wieder eingependelt. Irgendetwas – Diplomatie oder die Realität der Schlacht (ein defensiver Sieg für die Leute auf dem Kabel), gesunder Menschenverstand, reiner Zufall –, irgendetwas hatte die Dinge wieder ins Lot gebracht.

Und als dieses albtraumhafte Intermezzo vorbei war, waren die Leute nachdenklich wieder nach Ost-Pavonis zurückgekehrt. Die Konsequenzen des Misserfolgs waren deutlich geworden. Sie mussten sich auf einen Plan verständigen. Viele der radikalen Roten waren tot oder ins Hinterland geflohen; und die gemäßigten Roten, die in Ost-Pavonis geblieben waren, waren verärgert, aber wenigstens da. Es war eine sehr unbehagliche und unsichere Zeit. Aber es gab sie noch.

So begann Art wieder, die Idee eines konstituierenden Kongresses zu bewerben. Er lief unter der großen Kuppel umher, durch das Gewirr von Lagerhäusern, Depots und Wohnanlagen aus Beton, weite breite Straßen hinunter, die von so vielen schweren Fahrzeugen verstopft waren, dass sie ein Museum hätten aufmachen können. Und überall drängte er auf dasselbe: eine Verfassung. Er sprach mit Nadia, Nirgal, Jackie, Zeyk, Maya, Peter, Ariadne, Rashid, Tariki, Nanao, Sung und H.X. Borazjani. Er redete mit Vlad, Ursula, Marina und dem Cojoten sowie einigen Dutzenden junger Eingeborener, denen er noch nie begegnet war, alle wichtige Mitspieler bei den jüngsten Unruhen. Es gab so viele davon, dass es ihm wie eine Bilderbuchdemonstration der vielköpfigen Natur sozialer Massenbewegungen vorkam. Und jedem Kopf dieser neuen Hydra trug Art das gleiche Anliegen vor: »Eine Verfassung würde uns vor der Erde legitimieren und uns einen Rahmen zur Beilegung unserer eigenen Streitigkeiten liefern. Und wir sind alle hier versammelt. Wir könnten sofort anfangen. Manche Leute haben bereits Entwürfe, die wir uns ansehen sollten.« Und mit den Ereignissen der letzten Woche in frischer Erinnerung nickten die Leute und sagten: »Vielleicht«, und gingen nachdenklich fort.

Art rief William Fort an und sagte ihm, womit er sich beschäftigte. Eine Antwort traf noch am selben Tag ein. Der alte Mann befand sich in einer neuen Flüchtlingsstadt in Costa Rica und sah so zerstreut aus wie immer. Er sagte: »Klingt gut.« Danach meldeten sich täglich Praxis-Mitarbeiter bei Art, um ihre Hilfe bei der Organisation und Durchführung anzubieten. Art war beschäftigter als je zuvor. *Nema-washi* nannten die Japaner die Vorbereitungen für ein solches Ereignis: Strategiesitzungen, um eine Gruppe zu organisieren, erneute Besuche bei jedem, mit dem er zuvor verhandelt hatte – praktisch der Versuch, mit jedem Einzelnen auf Pavonis Mons zu sprechen. »Die John-Boone-Methode«, kommentierte Cojote mit seinem krächzenden Lachen. »Viel Glück!«

Sax packte seine wenigen Sachen für die diplomatische Mission zur Erde und meinte: »Ihr solltet die Vereinten Nationen einladen.«

Sax hatte sein Abenteuer im Sturm etwas mitgenommen. Er starrte die Dinge manchmal an, als sei er durch einen Schlag auf den Kopf betäubt. Art entgegnete sanft: »Sax, wir haben gerade alles getan, um ihre Hintern von diesem Planeten runterzuwuchten.«

»Ja«, sagte Sax. »Aber gerade das gibt uns doch die Möglichkeit, sie zu kooptieren.«

»Die UN kooptieren.« Art dachte darüber nach. Das hatte einen gewissen Klang. Es wäre – diplomatisch gesprochen – eine Herausforderung.

Kurz bevor die Gesandten zur Erde abreisten, erschien Nirgal in den Praxisbüros, um sich zu verabschieden. Als er seinen jungen Freund umarmte, wurde Art von einer plötzlichen irrationalen Angst ergriffen. Weg zur Erde!

Nirgal war so munter wie eh und je. Seine dunklen braunen Augen funkelten vor Erwartung. Nachdem er den anderen im Büro Lebewohl gesagt hatte, setzte er sich mit Art in einem leeren Eckzimmer des Lagerhauses zusammen.

Art fragte: »Bist du sicher, dass du das tun willst?«

»Ganz sicher. Ich möchte die Erde sehen.«

Art wedelte mit der Hand, unsicher, was er sagen sollte.

»Außerdem«, fügte Nirgal hinzu, »muss doch jemand dorthin fliegen und den Leuten zeigen, wer wir sind.«

»Niemand ist dafür besser geeignet als du, mein Freund. Aber du musst auf die Metanats achten. Wer weiß, was sie vorhaben. Und dich vor schlechtem Essen in Acht nehmen. Die von der Flut in Mitleidenschaft gezogenen Gebiete haben bestimmt sanitäre Probleme. Und Krankheitsträger. Und du musst dich vor Sonnenstich hüten. Du wirst sehr anfällig dafür sein.«

Jackie Boone kam herein. Art hielt mit seinen Reiseratschlägen inne. Nirgal hörte sowieso nicht weiter zu, sondern sah Jackie mit einer plötzlich ausdruckslosen Miene an, als ob er eine Nirgal-Maske aufgesetzt hätte. Aber natürlich konnte keine Maske Nirgal gerecht werden, weil die Beweglichkeit seines Gesichts sein wesentliches Merkmal war. Darum sah er sich überhaupt nicht mehr ähnlich.

Jackie erkannte das natürlich sofort. Von ihrem alten Partner ausgeschlossen, sah sie ihn scharf an. Da war etwas schiefgegangen, merkte Art. Beide hatten Art vergessen, der sich aus dem Zimmer verdrückt hätte, wenn ihm das möglich gewesen wäre, weil er sich vorkam, als hielte er einen Blitzableiter im Gewitter. Aber Jackie stand immer noch in der Tür, und Art wollte sie in diesem Moment lieber nicht stören.

»Also verlässt du uns«, sagte sie zu Nirgal.

»Es ist bloß ein Besuch.«

»Aber warum? Warum jetzt? Die Erde bedeutet uns nichts.«

»Dort sind wir hergekommen.«

»Das stimmt nicht. Wir sind von Zygote gekommen.«

Nirgal schüttelte den Kopf. »Die Erde ist unser Heimatplanet. Wir sind eine Außenstelle. Die Erde kann uns nicht egal sein.«

Jackie machte eine missmutige oder verblüffte Handbewegung. »Du verlässt uns gerade dann, wenn du hier am meisten gebraucht wirst.«

»Sieh es als eine Gelegenheit!«

»Das werde ich«, platzte sie heraus. Er hatte sie wütend gemacht. »Und es wird dir nicht gefallen.«

»Aber du wirst endlich haben, was du willst.«

»Woher willst du wissen, was ich will?«

Arts Nackenhaare hatten sich gesträubt. Der Blitzeinschlag stand kurz bevor. Er sagte sich, dass er von Natur ein Lauscher sei, fast ein Voyeur. Aber hier im Raum zu stehen war nicht dasselbe; und er erkannte jetzt, dass es gewisse Dinge gab, deren Zeuge er nicht sein wollte. Er räusperte sich. Die beiden wurden durch dieses Geräusch aufgeschreckt. Mit einer Handbewegung schlüpfte er an Jackie vorbei und zur Tür hinaus.

Hinter ihm erklangen weiter ihre Stimmen voller Wut und Qual.

Cojote schaute ernst durch die Frontscheibe, als er die Gesandten für die Erde zur Südseite des Aufzugs fuhr. Art saß neben ihm. Sie rollten langsam durch die zerstörte Umgebung, die im südwestlichen Teil von Sheffield an die Steckdose grenzte, wo die Straßen so breit gebaut waren, dass sie die enormen Frachtcontainer fassen konnten; sie boten einen gigantomanischen und unmenschlichen Anblick. Sax erklärte Cojote noch einmal, dass der Flug zur Erde die Reisenden nicht vom konstituierenden Kongress ausnehmen würde, dass sie vielmehr per Video teilnehmen würden und es ihnen nicht so ergehen würde wie Thomas Jefferson, der in Paris alles verpasst hatte. »Wir werden auf Pavonis sein – in jeder Hinsicht, auf die es ankommt.«

»Dann werden alle auf Pavonis sein«, erwiderte Cojote skeptisch. Ihm gefiel diese Reise von Sax, Maya, Michel und Nirgal zur Erde nicht. Er schien den konstituierenden Kongress an sich nicht zu mögen. Nichts gefiel ihm in diesen Tagen. Er war sprunghaft, unbequem und reizbar. Er knurrte: »Wir sind noch nicht aus dem Wald heraus. Denkt an meine Worte!«

Dann war die Steckdose vor ihnen. Das Kabel erhob sich schwarz und glänzend aus der riesigen Betonmasse wie eine Harpune, die durch die Mächte der Erde in den Mars geschossen worden war und ihn festhielt. Nachdem sie sich ausgewiesen hatten, fuhren die Reisenden direkt in den Komplex hinein, durch einen langen Tunnel in den enormen Raum in der Mitte, wo das Kabel zum Kragen der Muffe herunterführte und über einem Netzwerk von Straßen schwebte, die kreuz und quer über den Boden führten. Das Kabel war in seinem Orbit so sorgfältig ausbalanciert, dass es den Mars überhaupt nicht berührte, sondern bloß mit seinem Ende von zehn Metern Durchmesser mitten im Raum schwebte, wobei der Kragen im Dach nichts weiter tat, als es zu stabilisieren. Ansonsten wurde seine Position nur von Raketen korrigiert, die am Kabel entlang installiert waren und – was noch wichtiger war – durch die Balance zwischen Zentrifugalkraft und Schwerkraft, die es in seinem areosynchronen Orbit hielt.

Eine Reihe von Aufzugskabinen schwebte wie das Kabel selbst in der Luft, wenn auch aus einem anderen Grund, da sie elektromagnetisch aufgehängt waren. Eine von ihnen befand sich über einer zum Kabel führenden Piste und rastete in die Schiene ein, die in die westliche Seite des Kabels eingelassen war. Dann stieg sie geräuschlos durch eine Schleuse im Kragen auf.

Die Reisenden und ihre Begleiter kletterten aus ihrem Rover. Nirgal hatte sich zurückgezogen, geistig schon unterwegs; Maya und Michel waren aufgeregt; Sax blieb ruhig wie immer. Nacheinander umarmten sie Art und Cojote, reckten sich zu Art empor und bückten sich zu Desmond hinunter. Einige Zeit redeten alle durcheinander, starrten einander an und versuchten, den Augenblick zu verstehen. Es war bloß eine Reise, aber es fühlte sich nach mehr an. Dann gingen die vier Reisenden über den Betonboden und verschwanden in einer Landebrücke, die in die nächste Aufzugskabine hinaufführte.

Cojote und Art blieben stehen und sahen zu, wie die Kabine zum Kabel hinüberschwebte, durch die Ventiltür aufstieg und verschwand. Cojotes asymmetrisches Gesicht verzerrte sich zu einer höchst uncharakteristischen Miene von Besorgnis oder sogar Angst. Natürlich ging es um seinen Sohn und drei seiner engsten Freunde, die sich zu einem sehr gefährlichen Ort begaben. Klar, es war bloß die Erde, aber sie wirkte gefährlich; das musste Art zugeben. »Es wird alles gut gehen«, versicherte er und drückte dem kleinen Mann leicht die Schulter. »Sie werden da unten Stars sein. Es wird alles gut gehen.« Das war sicher wahr. Tatsächlich fühlte er sich durch seine eigenen Worte wohler. Es war schließlich der Heimatplanet. Die Menschen waren für ihn gemacht. Es würde ihnen gut gehen. Aber dennoch …

In Ost-Pavonis hatte der Kongress begonnen.

Das war ganz und gar Nadias Werk. Sie hatte einfach angefangen, in dem Hauptlagerhaus an ersten Entwürfen zu arbeiten. Immer mehr Leute waren dazugekommen, wie bei einem Schneeballsystem. Als die Meetings erst einmal liefen, musste man teilnehmen, sonst riskierte man, seine Stimme zu verlieren. Nadia zuckte die Achseln, wenn sich jemand beschwerte, dass sie noch nicht bereit wären, dass zuerst anderes geregelt werden müsse, dass sie mehr Information bräuchten. Sie sagte ungeduldig: »Kommt schon! Wir sind alle hier, da können wir jetzt auch zur Sache kommen.«

So fand sich täglich eine fluktuierende Gruppe von ungefähr dreihundert Personen in dem Industriekomplex von Ost-Pavonis zusammen. Das Hauptlagerhaus, dazu bestimmt, Schienenteile und Bahnwaggons aufzunehmen, war sehr groß. Dutzende mobile Stellwände waren längs der Außenwände angeordnet und bildeten kleine Büros. Sie ließen einen zentralen Raum frei, in dem eine ungefähr kreisförmige Anordnung nicht zusammenpassender Tische stand. »Ah!«, rief Art, als er das sah. »Der Tisch der Tische.«

Natürlich gab es Leute, die eine Liste der Delegierten haben wollten, um zu erfahren, wer abstimmen dürfte, wer sprechen könnte und so weiter. Nadia, die rasch die Rolle der Vorsitzenden annahm, schlug vor, Delegationen einer jeden Marsgruppe zuzulassen, die schon vor dem Konferenzbeginn nachweislich existiert hatte. »Wir können alle aufnehmen.«

Die Verfassungswissenschaftler von Dorsa Brevia stimmten zu, dass der Kongress von Mitgliedern der stimmberechtigten Delegationen geleitet werden und über das Endergebnis dann von der gesamten Bevölkerung abgestimmt werden sollte. Charlotte, die vor zwölf M-Jahren geholfen hatte, das Dokument von Dorsa Brevia abzufassen, hatte seither eine Gruppe geleitet, die, in Erwartung einer erfolgreichen Revolution, Pläne für eine Folgeregierung ausarbeitete. Sie waren nicht die Einzigen, die so etwas vorbereitet hatten. Schulen in South Fossa und an der Universität in Sabishii hatten hierüber Kurse abgehalten, und viele der jungen Eingeborenen in dem Lagerhaus kannten sich gut mit den Themen aus, die sie in Angriff nahmen. »Man gewinnt eine Revolution, und schon bricht eine Herde Juristen aus dem Wald hervor«, witzelte Art zu Nadia.

»Immer.«

Charlottes Gruppe hatte eine Liste potenzieller Delegationsmitglieder für einen konstituierenden Kongress zusammengestellt, einschließlich aller Siedlungen auf dem Mars mit mehr als fünfhundert Einwohnern. Deshalb würden etliche Leute zweimal vertreten sein, merkte Nadia an – einmal durch Wohnsitz und einmal durch politische Zugehörigkeit. Die wenigen Gruppen, die nicht auf der Liste standen, beschwerten sich bei einem neuen Komitee, das fast allen Antragstellern die Mitgliedschaft gestattete. Art rief Donald Hastings an und lud die UNTA ein, auch eine Delegation zu entsenden. Der überraschte Hastings rief ein paar Tage später mit einer positiven Antwort zurück. Er würde selbst herunterkommen.

Und so hatten sie nach ungefähr einer Woche des Jonglierens, während gleichzeitig viele andere Themen behandelt wurden, genug Zustimmung, um zu einer Abstimmung über die Liste der Delegierten aufzufordern. Und weil diese so umfassend gewesen war, ging sie fast einstimmig durch. Plötzlich hatten sie einen richtigen Kongress. Er bestand aus den folgenden Delegationen, die jeweils zwischen einem und zehn Mitgliedern hatten:

Städte

Acheron
Nicosia
Cairo
Odessa
Harmakhis Vallis
Sabishii
Christianopolis
Bodganov Vishniac
Hiranyagarbha
Mauss Hyde
New Clarke
Bradbury Point
Sergei Korolyov
Du-Marteray-Krater
South Station
Reull Vallis
Südliche Karawanserei
Nuova Bologna
Nirgal Vallis
Montepulciano
Sheffield
Senzeni Na
Echus Overlook
Dorsa Brevia
Dao Vallis
South Fossa
Rumi
Neu-Vanuatu
Prometheus
Gramsci
Mareotis
Burroughs Refugees Organisation
Libya Station
Tharsis Tholus
Overhangs
Margaritifer Plinth
Großer-Steilhang-Karawanserei
Da Vinci
Die Elysium-Liga
Hell's Gate

Politische Parteien und andere Organisationen

Booneisten
Rote
Bogdanovisten
Schnellingisten
MarsFirst
Freier Mars
Die Ka
Praxis
Qahiran-Mahjari-Liga
Grüner Mars
United Nations Transitional Authority (UNTA)

Redaktion von *The Journal of Areological Studies*
Weltraumaufzugsbehörde
Christliche Demokraten
Das Metanationale Komitee für Koordination
Wirtschaftlicher Aktivitäten
Neomarxisten von Bologna
Freunde der Erde
Biotique
Séparation de l'Atmosphère

Allgemeine Meetings begannen morgens am großen Tisch. Dann begab man sich in kleinen Arbeitsgruppen zu den Büros im Lagerhaus oder den benachbarten Gebäuden.

Jeden Morgen erschien Art in aller Frühe und kochte Kaffee, Kava und Kavajava, sein Lieblingsgetränk, in großen Mengen.

Das war vielleicht in Anbetracht der Bedeutung des Vorhabens kein großartiger Job; aber Art tat ihn gern. Es überraschte ihn jeden Tag, dass sich dieser Kongress überhaupt zusammenfand; und wenn er ihr Vorhaben als Ganzes betrachtete, fühlte er, dass es wahrscheinlich sein wichtigster Beitrag gewesen war, dabei geholfen zu haben, ihn zustande zu bringen. Er war kein Wissenschaftler, und er hatte nur wenig Vorstellung davon, was eine Mars-Verfassung enthalten sollte. Aber er war gut darin, Leute zusammenzubringen, und das hatte er getan. Oder vielmehr er und Nadia hatten es getan; denn Nadia war vorgetreten und hatte die Führung genau dann übernommen, als man sie gebraucht hatte. Sie war die einzige der Ersten Hundert vor Ort, der alle vertrauten. Das gab ihr eine gewisse natürliche Autorität. Und jetzt, ohne viel Aufhebens, ohne dass es ihr bewusst zu sein schien, nutzte sie das. Sie übte diese Macht aus.

Für Art war es eine große Freude, praktisch Nadias persönlicher Assistent zu werden. Er machte ihren Tagesplan und tat alles, was er konnte, um zu gewährleisten, dass es glattlief. Dazu gehörte als Erstes die Zubereitung einer Kanne guten Kavajavas an jedem Morgen; denn Nadia gehörte zu den vielen, die diesen ersten Ansporn zu Munterkeit und allgemeinem Wohlbefinden schätzten. Ja, dachte Art, persönlicher Assistent und Drogenverteiler, das war sein Schicksal an diesem Punkt der Geschichte. Und er war glücklich. Allein schon zu beobachten, wie die Leute Nadia ansahen, war ein Vergnügen für sich. Und die Art, wie sie sich gab – interessiert, sympathisch, skeptisch, eine leichte Schärfe, die rasch aufkam, wenn sie der Meinung war, dass jemand ihre Zeit vergeudete, eine Wärme, wenn sie durch einen Beitrag beeindruckt war. Und das wussten die Leute, sie wollten ihr gefallen. Sie bemühten sich, bei der Sache zu bleiben und einen Beitrag zu leisten. Sie wünschten sich diesen besonders warmen Ausdruck in ihren Augen. Diese Augen waren sehr eigenartig, wenn man genau hinsah. Im Grunde haselnussbraun, aber mit unzähligen kleinen Flecken anderer Farben: gelb, schwarz, grün, blau. Sie wirkten hypnotisierend. Nadia richtete ihre ganze Aufmerksamkeit auf die Menschen. Sie wollte einem glauben, jemandes Partei ergreifen, sicherstellen, dass sein Fall nicht in all den Debatten unterging. Selbst die Roten, die sich ihrer Kämpfe mit Ann erinnerten, vertrauten darauf, dass sie dafür sorgte, sie zu Wort kommen zu lassen. So schloss sich alles um ihre Person zusammen; und alles, was Art wirklich zu tun hatte, war, sie bei der Arbeit zu beobachten und sich darüber zu freuen und zu helfen, wo er konnte.

Und so begannen die Debatten.

In der ersten Woche gingen die meisten Diskussionen einfach darum, was eine Verfassung war, welche Form sie haben sollte und ob sie überhaupt eine haben wollten. Charlotte nannte das den Metakonflikt, die Auseinandersetzung darüber, um was die Diskussion überhaupt ging – eine sehr wichtige Sache, sagte sie, als sie Nadia unglücklich dreinblicken sah. »Indem wir das klären, setzen wir die Grenzen für das fest, was wir entscheiden können. Wenn wir beispielsweise beschließen, ökonomische und soziale Anliegen in die Verfassung aufzunehmen, ist das eine ganz andere Sache, als wenn wir uns fest an rein politische oder legislative Themen halten oder sehr allgemeine Prinzipien festlegen.«

Um zu helfen, auch dieser Debatte Gestalt zu geben, waren sie und die Gelehrten von Dorsa Brevia mit einer Anzahl verschiedener »Blanko-Verfassungen« angereist, die unterschiedliche Arten von Verfassungen skizzierten, ohne konkrete Inhalte einzufüllen. Diese Leermodelle taten nur wenig, um die Einwände jener zu bremsen, die den Standpunkt vertraten, dass die meisten Aspekte des sozialen und ökonomischen Lebens überhaupt nicht geregelt werden sollten. Ein solcher »minimaler Staat« fand Unterstützung bei einer Reihe von Randgruppen, die seltsame Bettgenossen waren: Anarchisten, Libertaristen, neotraditionelle Kapitalisten, einige Grüne und so weiter. Bis hin zu den extremsten dieser Staatsgegner, die jede schriftlich festgelegte Regierung zu einer Art Niederlage erklärten und ihre Rolle in dem Kongress darin sahen, die neue Regierung so klein wie möglich zu halten.

Sax hörte von dieser Auseinandersetzung in einem der nächtlichen Anrufe von Nadia und Art und war durchaus gewillt, darüber nachzudenken. »Man hat festgestellt, dass ein paar einfache Regeln ein sehr komplexes Verhalten bestimmen können. Es gibt zum Beispiel ein klassisches Computermodell für Vogelschwärme, das nur drei Regeln hat: von jedem in der Umgebung gleichen Abstand halten, die Geschwindigkeit nicht zu rasch verändern und stationäre Objekte vermeiden. Dadurch wird der Flug eines Schwarms ziemlich gut dargestellt.«

»Ein Computerschwarm vielleicht«, knurrte Nadia. »Hast du jemals Schornsteinsegler bei tiefer Dämmerung gesehen?«

»Nein«, erwiderte Sax.

»Nun, dann schau sie dir an, wenn du auf der Erde bist! Inzwischen können wir keine Verfassung akzeptieren, die nur besagt, dass man die Geschwindigkeit nicht zu rasch ändern soll.«

Art fand das witzig, Nadia nahm die Sache ernster. Im Allgemeinen hatte sie wenig Geduld für die minimalistischen Argumente. Sie sagte: »Ist das nicht das Äquivalent dafür, die Metanats handeln zu lassen? Wer Macht hat, hat recht?«

»Nein, nein!«, protestierte dann Mikhail. »Das meine ich überhaupt nicht.«

»Es klingt aber so, als wolltest du genau das sagen. Und für manche ist es offenbar eine Art Vorwand, ein vorgegebenes Prinzip, bei dem es in Wirklichkeit nur darum geht, die Regeln zu erhalten, die ihr Eigentum und ihre Privilegien schützen und den Rest zum Teufel zu schicken.«

»Nein, keineswegs.«

»Dann musst du das am großen Tisch beweisen. Du musst gegen alles argumentieren, bei dem die Regierung sich beteiligen soll. Punkt für Punkt.«

Und sie war dabei so beharrlich; nicht schimpfend, wie Maya es gewesen wäre, sondern einfach so unerbittlich, dass die anderen zustimmen mussten. Alles sollte am großen Tisch diskutiert werden können. Darum ergaben die leeren Verfassungen als Ausgangspunkt Sinn. Und deshalb sollten sie damit weitermachen. Es wurde darüber abgestimmt, und die Mehrheit entschied sich dafür, es zu versuchen.

Somit hatten sie tatsächlich die erste Hürde genommen. Jeder hatte zugestimmt, nach dem gleichen Plan fortzufahren. Es war erstaunlich, dachte Art, der von einem Meeting zum anderen eilte, voller Bewunderung für Nadia. Sie war kein Diplomat und wollte keineswegs das Rad neu erfinden, wie Art es vorzog. Aber sie hatte dennoch Erfolg. Sie hatte das Charisma der Vernunft. Er umarmte sie jedes Mal, wenn er an ihr vorbeikam, er küsste sie aufs Haar, er liebte sie. Mit diesem Schatz an guter Stimmung platzte er in die Sitzungen hinein und sah zu, was er tun konnte, um die Dinge in Gang zu halten. Oft handelte es sich nur darum, die Leute hinreichend mit Speisen und Getränken zu versorgen, dass sie den Tag durchhalten konnten, ohne mürrisch zu werden.

Zu jeder Tageszeit war der große Tisch dicht besetzt. Junge Walküren mit frischen Gesichtern thronten über sonnenverbrannten alten Veteranen. Das war Mars im M-Jahr 52, eine Art von de facto vereinten Nationen ganz unter sich. Mit der ganzen potenziellen Zerbrechlichkeit dieses bekanntermaßen spröden Körpers. Sodass Art bisweilen, wenn er all die unterschiedlichen Gesichter ansah und dem Gewirr von Sprachen lauschte – ein babylonisches Englisch –, von ihrer Vielfalt nahezu überwältigt wurde. »Ka, Nadia«, sagte er, als sie Sandwiches aßen und ihre Notizen für den Tag durchsahen, »wir versuchen, eine Verfassung zu schreiben, der jede Kultur der Erde zustimmen könnte!«

Sie wischte das Problem mit einer Handbewegung beiseite und schluckte. Dann sagte sie: »Wurde auch Zeit.«

Charlotte schlug vor, die Erklärung von Dorsa Brevia als Ausgangspunkt zu nutzen, um den Inhalt zu diskutieren, der die Verfassungsformen ausfüllen sollte. Dieser Vorschlag schuf noch mehr Unruhe, als selbst die Blanko-Verfassungen es getan hatten, denn den Roten und etlichen anderen Delegationen gefielen verschiedene Punkte der alten Deklaration nicht, und sie argumentierten, dass durch deren Verwendung der Kongress von Anfang an auf den falschen Weg gebracht werden würde.

»Na und?«, fragte Nadia. »Wir können, wenn wir wollen, jedes Wort ändern, aber wir müssen irgendwo anfangen.«

Dieser Standpunkt gefiel den meisten alten Untergrundgruppen, von denen viele im Marsjahr 39 in Dorsa Brevia gewesen waren. Die damals erstellte Deklaration war das bisher beste Ergebnis des Untergrunds, das aufzuschreiben, worauf sie sich damals geeinigt hatten, als sie keine Macht besaßen. Darum war es sinnvoll, damit anzufangen. Sie gab ihnen einen Präzedenzfall, eine Art historischer Kontinuität.

Als sie sich die alte Erklärung vornahmen und noch mal lasen, entdeckten sie, dass sie erschreckend radikal gewesen war. Kein

Privateigentum? Keine Aneignung von Mehrwert? Hatten sie wirklich solche Forderungen proklamiert? Wie sollte das funktionieren? Was hatten sie sich dabei gedacht? Die Leute grübelten über den nüchternen kompromisslosen Sätzen und schüttelten die Köpfe. In der Deklaration hatte sich niemand bemüht zu sagen, wie ihre erhabenen Ziele verwirklicht werden sollten. Sie hatten diese nur konstatiert. »Gebote auf Steintafeln«, charakterisierte Art sie. Aber jetzt war die Revolution erfolgreich gewesen und die Zeit gekommen, etwas in der realen Welt zu tun. Konnten sie wirklich an so radikalen Konzepten festhalten wie in der Deklaration von Dorsa Brevia formuliert?

Schwer zu sagen. »Zumindest haben wir etwas zum Diskutieren«, gab Nadia zu bedenken.

Und auf allen Bildschirmen waren die leeren Verfassungen mit ihren Kapitelüberschriften, die sämtlich die vielen Probleme ansprachen, mit denen sie würden zurechtkommen müssen: Struktur der Regierung: Exekutive, Struktur der Regierung: Legislative, Struktur der Regierung: Judikative, Bürgerrechte, Militär und Polizei, Steuerwesen, Wahlverfahren, Eigentumsrecht, ökonomische Systeme, Umweltrecht, Änderungsprozeduren und so weiter; auf jedem verfügbaren Blatt Papier, auf jeder freien Bildschirmseite. Ohne Ende. Alles auf die privaten Bildschirme gezaubert, vermischt, formatiert, endlos debattiert. »Bloß die Formulare ausfüllen«, scherzte Art eines Abends, als er Nadia über die Schulter schaute, die über einem besonders furchteinflößenden Diagramm saß. Es hatte etwas von Michels alchemistischen *combinatoires*. Und Nadia lachte.

Die Arbeitsgruppen konzentrierten sich auf verschiedene Teile der Regierung, wie sie in der neuen, zusammengesetzten Blanko-Verfassung umrissen waren, die man jetzt das Große Blankett nannte. Politische Parteien und Interessengruppen tendierten zu den Themen, die sie am meisten betrafen, und die vielen Delegationen aus den Kuppelstädten entschieden sich für die übrigen Themen, oder sie wurden ihnen zugewiesen. Danach war es nur noch eine Frage der Umsetzung.

Im Augenblick hatte die technische Gruppe des Da-Vinci-Kraters die Kontrolle des marsianischen Orbits. Sie hielten alle Raumfähren vom Andocken auf Clarke oder vom Aerobreaking in der Marsatmosphäre ab. Niemand glaubte, dass das allein sie wirklich frei machte; aber es gab ihnen einen gewissen physischen und psychischen Raum, in dem sie arbeiten konnten. Das war das Geschenk der Revolution. Sie wurden auch angetrieben durch die Erinnerung an die Schlacht von Sheffield. Die Furcht vor einem Bürgerkrieg war stark. Ann war mit den Kakaze im Exil, und Sabotage im Hinterland war alltäglich. Es gab auch Kuppeln, die sich für unabhängig erklärt hatten, und ein paar Schlupfwinkel der Metanats. Es herrschte allgemein Unruhe und eine kaum im Zaum gehaltene Verwirrung. Sie saßen in einer Blase in der Geschichte, nur für einen Moment. Diese konnte jederzeit platzen, und das würde auch passieren, wenn nicht bald etwas geschah. Es war – kurz gesagt – Zeit zum Handeln.

In diesem einen Punkt waren sich alle einig. Und er war auch sehr wichtig. Im Laufe der Tage kristallisierte sich allmählich eine Kerngruppe heraus, die sich durch ihre Bereitschaft auszeichnete, den Job zu erledigen, und ihren Wunsch, Paragraphen statt Positionen auszuarbeiten. In der ganzen übrigen Debatte gingen diese Leute unter Nadias Führung ans Werk, die das Geschenk, das ihr da in den Schoß gefallen war, sehr rasch erkannte und ihnen jede Hilfe angedeihen ließ, die sie geben konnte.

Art rannte inzwischen wie immer herum. Morgens stand er früh auf, um Getränke, Essen und Informationen über die in den anderen Räumen laufenden Debatten zu verteilen. Er hatte den Eindruck, dass sich die Dinge recht gut entwickelten. Die meisten Untergruppen nahmen die Verantwortung, ihr Formular auszufüllen, ernst. Sie schrieben Entwürfe, änderten sie ab, arbeiteten sie aus – Konzept um Konzept, Satz um Satz. Sie freuten sich, Art zu sehen, wenn er im Laufe des Tages vorbeikam, weil es eine Pause bedeutete, etwas zu essen und ein paar Scherze. Eine juristische Gruppe tackerte Gummiflügel an seine Schuhe und schickte ihn mit einer bissigen Botschaft zu einer exekutiven Gruppe, mit der sie sich stritt. Art freute sich und behielt die Flügel an. Warum nicht? Was sie machten, hatte spielerische Würde und würdevolle Heiterkeit. Sie änderten die Gesetze; und er flog umher wie Hermes oder Puck. Das war durchaus passend. Also flog er lange Stunden bis in die Nacht hinein. Und nachdem alle Sitzungen am Abend beendet waren, kehrte er in die Praxisbüros zurück, die er sich mit Nadia teilte. Sie saßen dann zusammen und sprachen mit Nirgal, Sax, Maya und Michel. Danach pflegte Nadia wieder an die Arbeit an ihren Computern zurückzukehren und schlief oft im Sessel vor dem Bildschirm ein. Art ging dann meistens wieder ins Lagerhaus und die Häuser und Rover, die sich darum herumdrängten. Weil sie den Kongress in der Kuppel eines Lagerhauses abhielten, war es nicht die Party-Szene wie seinerzeit in Dorsa Brevia. Aber auch hier blieben die Delegierten oft auf und saßen auf den Fußböden ihrer Büros, tranken und unterhielten sich über die Arbeit des Tages oder die gerade vergangene Revolution. Viele der hier Anwesenden waren sich noch nie begegnet und saßen jetzt beieinander, um sich kennenzulernen. Es bildeten sich Beziehungen, Romanzen, Freund- und Feindschaften. Es war eine gute Zeit zum Reden und um mehr über das zu erfahren, was tagsüber während des Kongresses vorging. Es war sozusagen die Unterseite des Kongresses, die Gesellschaftsstunde, da in den Betonräumen. Art genoss das. Und dann kam der Moment, in dem er plötzlich an eine innere Wand stieß, ihn eine Welle von Müdigkeit überkam und er es bisweilen nicht einmal mehr schaffte, in seine Büros zu seiner Couch neben Nadias zurückzustolpern. Er legte sich einfach auf den Boden und schlief dort. Dann erwachte er kalt und steif, eilte ins Bad, duschte, und rannte zurück in die Küche, um mit Kaffee und Java den Tag zu beginnen. So ging es Tag für Tag. Jeder eine verschwommene Hetze. Es war herrlich.

In Sitzungen zu ganz unterschiedlichen Themen mussten die Gruppen die Frage nach der Größe beantworten. Weil sie nicht auf nationale oder traditionelle politische Einheiten zurückgreifen konnten, stellte sich die Frage: Wer beherrschte was? Und wie sollten sie das Lokale gegen das Globale ausbalancieren, Vergangenheit gegen Zukunft und die vielen Kulturen der Ahnen gegen die eine Kultur des Mars?

Sax, der dieses immer wieder aufkommende Problem vom Raumschiff zur Erde aus beobachtete, schickte eine Mitteilung mit dem Vorschlag, dass die Kuppelstädte und überdachten Canyons die hauptsächlichen politischen Einheiten werden sollten: Im Grunde Stadtstaaten, ohne größere politische Einheiten außer der globalen Regierung als solcher, die allein wirklich globale Belange regeln würde. Auf diese Weise würde es keine Nationalstaaten zwischen den lokalen und den globalen Instanzen geben.

Die Reaktion auf diesen Vorschlag war durchaus positiv. Er hatte den Vorteil, zu der existierenden Situation zu passen. Mikhail, Anführer der Partei der Bogdanovisten, bemerkte, dass er eine Variante der alten Gemeinschaft von Kommunen darstellte; und weil Sax die Quelle dieser Anregung gewesen war, wurde er flugs »Labor der Labore« getauft. Aber das zugrundeliegende Problem blieb offen, erklärte Nadia rasch. Alles, was Sax getan hatte, war zu definieren, was bei ihnen lokal und global war. Sie mussten immer noch entscheiden, wie viel Macht die vorgeschlagene globale Konföderation über die vorgeschlagenen halbautonomen Stadtstaaten haben sollte. War es zu viel, dann war man wieder bei einem großen zentralisierten Staat angelangt, der ganze Mars wäre eine Nation – ein Gedanke, der viele Delegationen abschreckte. »Aber bei zu wenig Kontrolle«, sagte Jackie nachdrücklich in dem Workshop für Menschenrechte, »könnte es Kuppeln geben, die Sklaverei für legal erklärten, oder Genitalverstümmelung von Frauen oder irgendein anderes auf irgendeiner Barbarei der Erde beruhendes Verbrechen, das im Namen ›kultureller Werte‹ entschuldigt würde. Und das ist einfach nicht akzeptabel.«

»Jackie hat recht«, stimmte Nadia zu – was ungewöhnlich genug war, um Aufmerksamkeit zu erregen. »Wenn Menschen behaupten, dass ihrer Kultur irgendein Grundrecht fremd ist, so stinkt das, ganz gleich, wer es sagt – Fundamentalisten, Patriarchen, Leninisten, Metanats. Es ist mir egal, wer. Die werden hier nichts festzulegen haben, solange ich es verhindern kann.«

Art bemerkte, dass einige Delegierte über diese Meinung die Stirn runzelten, die sie ohne Zweifel als eine Version von westlichem säkularem Relativismus oder vielleicht von John Boones Hyperamerikanismus ansahen. Viele hatten an alten Kulturen festgehalten, um so ihre Opposition gegen die Metanats auszudrücken. Viele dieser Strukturen waren auch jetzt noch intakt. Denjenigen, die am oberen Ende der Hierarchien standen, gefiel das. Aber ebenso einer erstaunlich großen Anzahl von Leuten, die weiter unten auf der Leiter standen.

Die jungen marsianischen Eingeborenen machten überraschte Gesichter, dass das überhaupt ein Thema war. Für sie waren die Grundrechte angeboren und unwiderruflich, und das infrage zu stellen war eine weitere alte Narbe, die die *Issei* erkennen ließen, geschlagen von deren traumatischer funktionsgestörter terrestrischer Erziehung. Ariadne, eine der prominentesten jungen Eingeborenen, stand auf und sagte, dass die Dorsa-Brevia-Gruppe viele Menschenrechtsdokumente von der Erde studiert und eine eigene umfassende Liste geschrieben hätte. Die neue Hauptliste fundamentaler Menschenrechte war zur Diskussion gestellt und sollte, legte sie nahe, pauschal angenommen werden. Manche diskutierten über den einen oder anderen Punkt; aber es wurde allgemein akzeptiert, dass eine globale Charta der Menschenrechte auf den Tisch kommen müsste. Die marsianischen Werte, wie sie im Marsjahr 52 existierten, standen kurz davor, kodifiziert und zu einem grundlegenden Bestandteil der Verfassung gemacht zu werden.

Die genauere Definition dieser Rechte war noch umstritten. Die sogenannten politischen Rechte wurden allgemein für selbstevident erklärt: Was die Bürger tun durften, was die Regierungen nicht tun durften, Habeas-Corpus-Garantie, Freiheit der Bewegung, der Rede, der Versammlung, der Religion, Verbot von Waffen – all das wurde von einer großen Mehrheit Eingeborener gebilligt, obwohl es einige *Issei* aus Singapur, Kuba, Indonesien, Thailand, China und so weiter gab, die so viel Betonung der individuellen Freiheit seltsam fanden. Andere Delegierte waren zurückhaltend gegenüber den sogenannten »sozialen« oder »ökonomischen« Rechten, wie dem Recht auf Wohnung, auf gesundheitliche Versorgung, dem Recht auf Erziehung, Arbeit, eines Anteils an den durch den Verbrauch natürlicher Ressourcen geschaffenen Werten etc. Viele *Issei*-Delegierte mit praktischer Erfahrung in terrestrischen Regierungen waren deswegen sehr besorgt und wiesen darauf hin, dass es gefährlich wäre, solche Dinge in der Verfassung zu verankern. Sie sagten, man hätte das da und dort auf der Erde versucht, und als man dann festgestellt hatte, dass es unmöglich war, solche Versprechungen zu erfüllen, wurde die sie garantierende Verfassung zur

Propaganda und dann allgemein verhöhnt, bis sie schließlich zu einem schlechten Scherz geworden war.

»Aber wenn ihr euch kein Zuhause leisten könnt«, sagte Mikhail scharf, »ist das Wahlrecht hier der schlechte Scherz.«

Die jungen Eingeborenen pflichteten ihm bei, ebenso wie viele andere. Damit waren auch ökonomische und soziale Rechte auf dem Tisch; und mit ihnen die Debatten darüber, wie sie in der Praxis zu garantieren wären, die sich durch viele lange Sitzungen zogen. Nadias Meinung, was das anbelangte, war klar: »Politisch, sozial, ganz egal. Wir müssen zusehen, dass alle Rechte umgesetzt werden!«

So ging die Arbeit weiter, sowohl am großen Tisch als auch in den Büros, wo sich die Untergruppen trafen. Selbst die UN waren in Person des UNTA-Chefs Donald Hastings persönlich vertreten, der mit dem Aufzug heruntergekommen war und lebhaft an den Debatten teilnahm. Seine Meinung hatte immer ein besonderes Gewicht. Er begann sogar, Symptome des Stockholmsyndroms zu zeigen, dachte Art. Er wurde nämlich, je länger er mitten im Lagerhaus stand und mit den Leuten diskutierte, immer verständnisvoller. Und das könnte auch seine Vorgesetzten auf der Erde beeinflussen.

Bemerkungen und Anregungen strömten vom Mars genauso ein wie von der Erde. Sie füllten etliche Bildschirme an einer Wand des großen Raums. Das Interesse an dem Kongress war überall rege und stand in der Aufmerksamkeit des Publikums sogar in Konkurrenz zu der großen Überschwemmung auf der Erde. »Die Seifenoper der Stunde«, machte Art sich bei Nadia darüber lustig. Jede Nacht trafen die beiden sich in ihrer kleinen Bürosuite und riefen Nirgal und die anderen an. Die Verzögerungen bei den Antworten der Reisenden wurden immer länger, aber das machte Art und Nadia nicht viel aus. Sie mussten über vieles nachdenken, während sie darauf warteten, dass ein Teil des Gesprächs von Sax und den anderen eintraf.

»Dieses Global-versus-Lokal-Problem wird uns noch beschäftigen«, sagte Art eines Abends zu Nadia. »Ich halte es für einen echten Widerspruch, weil es meiner Meinung nach nicht bloß das Resultat eines Denkfehlers ist. Wir brauchen eine globale Kontrolle, aber wir brauchen auch Freiheit für die Zelte. Zwei unserer wichtigsten Werte stehen im Gegensatz zueinander.«

»Vielleicht wäre das Schweizer System etwas«, schlug Nirgal einige Minuten später vor. » John Boones Idee.«

Aber die Schweizer auf Pavonis waren von dieser Idee nicht besonders angetan. Jurgen zog ein Gesicht und sagte: »Eher ein Gegenmodell. Der Grund, weshalb ich auf dem Mars bin, ist die Bundesregierung der Schweiz. Sie erstickt alles. Man braucht sogar eine Lizenz zum Atmen.«

»Die Kantone haben überhaupt keine Macht mehr«, fügte Priska hinzu, »die Bundesregierung hat sie ihnen genommen.«

»In manchen Kantonen war es eine gute Sache«, gab Jurgen zu.

»Interessanter als Bern könnte Graubünden sein«, sagte Priska. »Die waren Jahrhunderte lang eine lose Konföderation von Städten in der südöstlichen Schweiz. Eine sehr erfolgreiche Organisation.«

»Würdet ihr alles darüber zusammenstellen, was ihr finden könnt?«, bat Art.

In der folgenden Nacht lasen er und Nadia sich die Beschreibungen über Graubünden durch, die Priska geschickt hatte. Nun gut ... Während der Renaissance hatte es eine gewisse Einfachheit in der Struktur gegeben, dachte Art. Vielleicht war das falsch, aber irgendwie schienen die extrem lockeren Vereinbarungen der kleinen Schweizer Gebirgsstädte sich nicht gerade gut auf die dicht verflochtenen Ökonomien der marsianischen Siedlungen übertragen zu lassen. Graubünden brauchte sich beispielsweise keine Sorgen über unerwünschte Veränderungen im atmosphärischen Druck zu machen. Nein – die Wahrheit war, dass sie sich in einer ganz neuen Situation befanden. Es gab keine historische Analogie, die ihnen jetzt helfen könnte.

»Apropos global gegen lokal – was ist mit dem Land außerhalb der Kuppeln und überdachten Canyons?«, fragte Irishka. Sie war als die leitende Rote all derer, die noch auf Pavonis gebliebenen waren, hervorgetreten, eine Gemäßigte, die für fast alle Flügel der Roten Bewegung sprechen konnte und deshalb im Verlauf der Wochen durchaus ein Machtfaktor geworden war. »Es handelt sich immerhin um den größten Teil des Mars. In Dorsa Brevia wurde gesagt, dass kein Individuum es besitzen kann und dass wir alle gemeinsam seine Verwalter sind. Das ist für den Anfang ganz gut, führt aber mit zunehmender Bevölkerung und dem Bau neuer Städte immer mehr zu dem Problem, wer die Kontrolle haben soll.«

Art seufzte. Das stimmte, die Frage war aber zu schwierig, um willkommen zu sein. Kürzlich hatte er beschlossen, den Großteil seiner täglichen Bemühungen darauf anzusetzen, was er und Nadia für das schlimmste offene Problem hielten, mit dem sie konfrontiert waren. In der Theorie begriff er sie. Manchmal waren sie jedoch einfach zu radikal.

Wie in diesem Fall. Landnutzung und der Einwand der Roten dagegen waren weitere Aspekte des Global-lokal-Problems, aber ausgesprochen marsianisch. Es gab mal wieder keinen Präzedenzfall. Zumal es wahrscheinlich das schlimmste ungelöste Problem war …

Art fuhr zu den Roten. Die drei, die ihn begrüßten, waren Marion, Irishka und Tiu, eine von Nirgals und Jackies Krippengenossen aus Zygote. Sie brachten Art zu ihrem Rovercamp, was ihn freute. Es bedeutete, dass er trotz seiner Praxis-Vergangenheit jetzt als eine neutrale und unvoreingenommene Person angesehen wurde, ganz so, wie er es sich wünschte. Ein großes Schiff voller Botschaften, die er weitergab.

Das Lager der Roten lag westlich der Lagerhäuser am Rand der Caldera. Sie setzten sich mit Art in einem der großen Abteile im oberen Geschoss im Schein der spätnachmittäglichen Sonne zusammen, redeten und schauten in die gigantischen Schatten am Boden der Caldera hinab.

»Was möchtet ihr gern in dieser Verfassung sehen?«, eröffnete Art.

Er nippte an dem Tee, den man ihm gegeben hatte. Seine Gastgeber sahen einander an. Sie waren etwas aus der Fassung gebracht. Nach einer Weile sagte Marion: »Im Idealfall möchten wir auf dem ursprünglichen Planeten leben, in Höhlen oder Klippenhabitaten oder ausgehöhlten Kraterringen. Keine großen Städte, kein Terraforming.«

»Ihr würdet die ganze Zeit Schutzanzüge tragen müssen.«

»Stimmt. Das macht uns nichts aus.«

»Gut.« Art dachte darüber nach. »Okay, aber lasst uns vom aktuellen Stand der Dinge ausgehen. Was sollte eurer Meinung nach angesichts der jetzigen Situation als Nächstes geschehen?«

»Kein weiteres Terraforming.«

»Das Kabel muss weg, und keine Einwanderung mehr.«

»Es wäre sogar schön, wenn gewisse Leute zur Erde zurückkehrten.«

Sie verstummten und sahen ihn an. Art bemühte sich, seine Bestürzung nicht zu zeigen. Er sagte: »Ist nicht anzunehmen, dass die Biosphäre jetzt selbständig weiter wachsen wird?«

»Das ist nicht klar«, erklärte Tiu. »Aber wenn ihr die industriellen Veränderungen einstellen würdet, dürfte jedes weitere Wachstum sehr langsam sein. Es könnte sich sogar rückläufig entwickeln, wie durch die jetzt beginnende Eiszeit.«

»Ist es nicht das, was manche Leute als Ökopoiesis bezeichnen?«

»Nein. Die Ökopoieten benutzen nur biologische Methoden, um Veränderungen in der Biosphäre und an der Oberfläche zu bewirken, aber das sehr intensiv. Wir meinen, sie alle sollten aufhören – Ökopoieten und Industrialisten oder was auch immer.«

»Aber vor allem die schwerindustriellen Methoden«, warf Marion ein. »Und ganz besonders die Überflutung des Nordens. Das ist einfach kriminell. Wir werden diese Stationen in die Luft jagen, wenn sie nicht aufhören, ganz gleich, was hier passiert.«

Art zeigte auf die riesige steinige Caldera hinaus. »Die größeren Erhebungen sehen noch ursprünglich aus, nicht wahr?«

Sie waren nicht bereit, das zuzugeben. »Selbst das hohe Gelände zeigt Eisablagerungen und Pflanzenleben«, sagte Irishka. »Die Atmosphäre auf dem Mars reicht weit hinauf, verstehst du? Kein Ort ist sicher, wenn die Winde stark sind.«

»Wie wäre es, die vier großen Calderas zu überkuppeln?«, schlug Art vor. »Sie unter Kuppeln steril halten, mit dem ursprünglichen atmosphärischen Druck und Luftgemisch? Sie wären riesige Naturparks, im echten ursprünglichen Zustand erhalten.«

»Es wären dann auch einfach nur Parks.«

»Ich weiß. Aber wir müssen mit dem arbeiten, was wir jetzt haben, nicht wahr? Wir können nicht ins Marsjahr 1 zurückgehen und das Ganze neu anlaufen lassen. Und angesichts der gegenwärtigen Situation könnte es gut sein, drei oder vier Plätze im Originalzustand zu bewahren, oder wenigstens nahezu.«

»Es wäre schön, auch einige Canyons schützen zu lassen«, sagte Tiu nachdenklich. Offenbar hatten sie diese Möglichkeit zuvor nicht erwogen, und sie war nicht befriedigend für sie, vermutete Art. Aber man konnte die derzeitige Lage nicht ignorieren. Hier mussten sie beginnen.

»Oder das Argyre-Becken.«

»Zumindest muss Argyre trocken bleiben.«

Art nickte ermutigend. »Kombiniert diese Art der Erhaltung mit der Atmosphärengrenze aus dem Dokument von Dorsa Brevia. Das wird den nördlichen Ozean nicht beseitigen. Aber das kann sowieso niemand mehr. Irgendeine Form von Ökopoiesis ist das Beste, worauf ihr derzeit hoffen könnt. Nicht wahr?«

Vielleicht war das zu nüchtern ausgedrückt. Die Roten schauten unglücklich in die Caldera hinunter und machten sich ihre eigenen Gedanken.

»Angenommen, die Roten machen mit«, fragte Art Nadia, als er ihr von dem Gespräch erzählte. »Was wäre das nächstschlimmste Problem?«

»Was?« Sie hatte fast geschlafen und blechernen alten Jazz auf ihrer KI gehört. »Ah, Art.« Ihre Stimme war leise und ruhig. Der russische Akzent war schwach, aber deutlich. Sie saß zusammengesunken auf der Couch. Zu ihren Füßen lag ein Haufen zusammengeknüllten Papiers. Wie Teile eines Puzzles, an dem sie arbeitete. Ein kleines und zufälliges Symbol für die marsianische Lebensweise. Ihr ovales Gesicht lag unter einer Kappe aus glattem weißem Haar. Ihre Runzeln wurden irgendwie schwächer, als wäre sie ein Kiesel, im Strom der Jahre glattgeschliffen. Sie öffnete ihre gefleckten Augen, die unter ihren kosakischen Lidern strahlend und fesselnd hervorleuchteten. Ein schönes Gesicht, das Art jetzt vollkommen entspannt anblickte. »Das nächstschlimmste Problem.«

»Ja.«

Sie lächelte. Woher kam diese Ruhe, dieses entspannte Lächeln? Sie machte sich in diesen Tagen um nichts Sorgen. Art fand das angesichts des politischen Drahtseilaktes, den sie ausführten, überraschend. Aber schließlich war es ja Politik und nicht Krieg. Und so wie Nadia während der Revolution schrecklich verängstigt gewesen war, immer angespannt, immer in Erwartung einer Katastrophe, so war sie jetzt relativ ruhig. Als wollte sie sagen: Nichts, was hier geschieht, kann wirklich schlimm werden. Pfuscht an den Details herum, so viel ihr wollt. Meine Freunde sind sicher, der Krieg ist vorbei. Was bleibt, ist eine Art Spiel, Bauarbeiten voller Vergnügen.

Art ging um die Couch herum, stellte sich hinter sie und massierte ihr die Schultern. »Tja, Probleme«, seufzte sie. »Nun, es gibt eine Menge Probleme, die alle gleich zäh sind.«

»Zum Beispiel?«

»Zum Beispiel frage ich mich, ob die Mahjaris imstande sein werden, die Demokratie anzunehmen. Ich frage mich, ob jeder die Öko-Ökonomie von Vlad und Marina akzeptieren wird. Ich frage mich, ob wir eine anständige Polizei ins Leben rufen können. Ich frage mich, ob Jackie versuchen wird, ein System mit einem starken Präsidenten durchzusetzen oder ob sie versuchen wird, die zahlenmäßige Überlegenheit der Eingeborenen zu nutzen, um Königin zu werden.« Sie blickte über die Schulter und lachte über Arts Gesichtsausdruck. »Ich mache mir Gedanken über viele Dinge. Soll ich fortfahren?«

»Vielleicht besser nicht.«

Sie lachte. »Ach, mach du weiter. Das fühlt sich gut an. Die Probleme, mit denen wir es zu tun haben, sind wirklich nicht so schwer. Wir werden einfach weiter um den Tisch sitzen und sie bearbeiten. Vielleicht solltest du mit Zeyk reden.«

»Okay.«

»Aber jetzt kümmere dich um meinen Nacken!«

Art ging, nachdem Nadia eingeschlafen war, noch in derselben Nacht zu Zeyk und Nazik. Er fragte: »Also, was halten die Mahjari von alledem?«

»Stell bitte nicht so blöde Fragen!«, knurrte Zeyk. »Sunniten kämpfen gegen Schiiten. Der Libanon ist verwüstet. Die ölreichen Staaten werden von den ölarmen Staaten gehasst. Die nordafrikanischen Länder sind eine Metanat. Syrien und Irak hassen einander, und alle hassen die Iraner, mit Ausnahme der Schiiten. Und wir alle hassen natürlich Israel und auch die Palästinenser, und obwohl ich aus Ägypten komme, bin ich eigentlich Beduine, und wir hassen die Nil-Ägypter und kommen auch mit den jordanischen Beduinen nicht gut zurecht. Wenn du mich also nach der Meinung der Araber fragst, was soll ich dir antworten?« Er schüttelte finster den Kopf.

»Ich verstehe, dass du das für eine dumme Frage hältst«, sagte Art. »Tut mir leid. Es ist eine schlechte Angewohnheit, in Wählerschaften zu denken. Also: Was denkst *du* darüber?«

Nazik lachte. »Du könntest ihn fragen, was der Rest der Qahiran denkt. Die kennt er ganz genau.«

»Sehr genau«, wiederholte Zeyk.

»Glaubst du, dass der Abschnitt über Menschenrechte bei ihnen ankommt?«

Zeyk runzelte die Stirn. »Zweifellos werden wir die Verfassung unterzeichnen.«

»Aber diese Rechte … Ich dachte, es gäbe noch keine arabischen Demokratien?«

»Wie meinst du das denn? Wir haben Palästina, Ägypten … Aber wir haben es hier mit dem Mars zu tun. Und hier hat jede Karawane von Anfang an ihren eigenen Staat gebildet.«

»Starke Führer, erbliche Führer?«

»Nicht erblich. Starke Führer – ja. Wir denken nicht, dass die neue Verfassung das beenden wird. Warum sollte sie? Du bist selbst ein starker Führer, nicht wahr?«

Art lachte unbehaglich. »Ich bin bloß ein Bote.«

Zeyk schüttelte den Kopf. »Erzähl das Antar! Zu ihm solltest du gehen, wenn du wissen willst, was die Qahiraner denken. Er ist jetzt unser König.«

Er machte ein saures Gesicht, und Art sagte: »Und was will er, deiner Meinung nach?«

»Er ist Jackies Kreatur. Weiter nichts.«

»Das spricht doch eigentlich gegen ihn, oder?«

Zeyk zuckte die Achseln.

Nazik sagte: »Es kommt darauf an, mit wem du sprichst. Für die älteren muslimischen Immigranten ist es eine schlechte Assoziation, denn obwohl Jackie sehr mächtig ist, hat sie mehr als einen Bettgefährten, und darum sieht Antar ...«

»Kompromittiert aus«, schlug Art vor und verhinderte, dass der finster blickende Zeyk es drastischer ausdrückte.

»Ja«, sagte Nazik. »Aber andererseits ist Jackie mächtig. Und alle Leute, die jetzt die Partei Freier Mars führen, könnten in dem neuen Staat noch mächtiger werden. Das gefällt den jungen Arabern. Sie sind eher Eingeborene als Araber, denke ich. Der Mars ist ihnen wichtiger als der Islam. Wenn man es so sieht, ist eine enge Assoziation mit den Ektogenen von Zygote eine gute Option. Die Ektogenen gelten als die natürlichen Anführer des Mars, besonders natürlich Nirgal, aber da er zur Erde unterwegs ist, wurde ein Teil seines Einflusses natürlich auf Jackie und den Rest ihrer Gruppe übertragen. Und damit auch auf Antar.«

»Ich mag ihn nicht«, erklärte Zeyk.

Nazik lächelte ihrem Gatten zu. »Es passt dir nicht, dass viele eingeborene Muslime eher ihm folgen als dir. Aber, Zeyk, wir sind alt. Es könnte Zeit sein, sich zurückzuziehen.«

»Ich sehe nicht ein, warum«, entgegnete Zeyk. »Wenn wir tausend Jahre zu leben haben, was für einen Unterschied machen da hundert?«

Art und Nazik lachten ihn an, und Zeyk lächelte kurz. Es war das erste Mal, dass Art ihn lächeln sah.

Tatsächlich spielte das Alter keine Rolle. Die Leute gingen herum, alt oder jung oder irgendwo dazwischen, unterhielten sich und diskutierten; und es wäre seltsam gewesen, wenn die Länge der Lebenszeit bei solchen Diskussionen eine Rolle gespielt hätte.

Um Jugend oder Alter ging es in der einheimischen Bewegung ohnehin nicht. Wenn man auf dem Mars geboren war, hatte man einfach eine andere Weltsicht, irgendwie areozentrisch auf eine Weise, die kein Terraner ganz begreifen konnte. Nicht bloß wegen all der Mars-Realitäten, denen sie von Geburt an ausgesetzt waren, sondern auch wegen all der Dinge, die den Marsgeborenen unbegreiflich waren. Terraner verstanden die unendliche kulturelle Bandbreite und biologische Vielfalt auf der Erde, die den Marsgeborenen einfach unvorstellbar war. Sie hatten Fernsehbilder gesehen, aber das genügte nicht, dass sie sie hätten erfassen können. Das war einer der Gründe gewesen, weshalb Art froh gewesen war, als Nirgal beschlossen hatte, an der diplomatischen Mission zur Erde teilzunehmen. Er würde erfahren, womit sie zu tun hatten.

Aber die meisten Eingeborenen nicht. Die Revolution war ihnen zu Kopf gestiegen. Trotz ihres Geschicks am großen Tisch, bei der Ausarbeitung der Verfassung dafür zu sorgen, dass ihnen Vorrechte gesichert wurden, waren sie im Grunde irgendwie naiv. Sie hatten keine Ahnung, wie unwahrscheinlich das Erreichen der Unabhängigkeit gewesen war und wie leicht sie ihnen wieder genommen werden konnte. Und so tanzten sie unwissend auf der Schneide eines Rasiermessers, angeführt von Jackie, die so schön und enthusiastisch wie immer durch die Zimmer schwebte. Ihren Drang zur Macht versteckte sie hinter ihrer Liebe zum Mars, hinter ihrer Hingabe an die Ideale ihres Großvaters, ihrem grundsätzlichen guten Willen und sogar ihrer Unschuld. Das College-Girl, das leidenschaftlich für eine gerechte Welt eintrat.

So sah es jedenfalls aus. Aber sie und die Kollegen vom Freien Mars schienen genauso die Macht anzustreben. Es gab jetzt zwölf Millionen Menschen auf dem Mars, von denen sieben Millionen dort geboren waren. Und fast jeder dieser Eingeborenen würde die einheimischen nationalen Parteien unterstützen, und allen voran Freier Mars.

»Das ist gefährlich«, warnte Charlotte, als Art dieses Thema bei der nächtlichen Zusammenkunft mit Nadia zur Sprache brachte. »Wenn sich ein Land aus einer Vielzahl von Gruppen gebildet hat, die einander nicht trauen, mit einer deutlichen Majorität, bekommt man eine Wahl nach Köpfen, wobei Politiker ihre Gruppen repräsentieren, ihre Stimmen bekommen und die Wahlergebnisse immer bloß die Bevölkerungszahlen wiedergeben. In dieser Situation geschieht immer wieder dasselbe. Die Mehrheit hat ein Machtmonopol, und die Minoritäten verlieren die Hoffnung und rebellieren schließlich. Die schlimmsten Bürgerkriege der Geschichte haben unter solchen Verhältnissen angefangen.«

»Was können wir dagegen tun?«, fragte Nadia.

»Nun, wir tun ja schon etwas, indem wir Strukturen entwerfen, die die Macht verteilen und die Gefahren der Mehrheitsherrschaft mildern. Dezentralisation ist wichtig, denn sie schafft kleine lokale Majoritäten. Eine andere Strategie wäre ein System der Gewaltenteilung im Stil von Madison, sodass die Regierung ein Fadenspiel wetteifernder Kräfte ist. Das nennt man Polyarchie. Man verteilt die Macht auf so viele Gruppen wie möglich.«

»Vielleicht sind wir gerade etwas zu polyarchisch«, gab Art zu bedenken.

»Vielleicht. Eine andere Taktik wäre, die Regierung zu entprofessionalisieren. Man könnte einen großen Teil der Regierung zu einer öffentlichen Verpflichtung machen, wie die Teilnahme an einer Jury, und dann in einer Lotterie normale Bürger für eine kurze Amtszeit einberufen. Die bekommen dann professionelle Unterstützung durch den Stab, treffen die Entscheidungen aber selbst.«

»Ich habe noch nie von so etwas gehört«, gestand Nadia.

»Kein Wunder. Das Modell wurde oft vorgeschlagen, aber nur selten verwirklicht. Aber ich halte es für erwägenswert. Es zielt dahin, Macht ebenso sehr zu einer Last wie zu einem Gewinn zu machen. Man bekommt einen Brief – oh nein, man wurde für zwei Jahre zum Kongress eingezogen. Das ist eine Belastung, aber andererseits auch eine Auszeichnung, eine Chance, zu dem öffentlichen Diskurs etwas beizutragen. Bürgerregierung.«

»Das gefällt mir«, sagte Nadia.

»Eine andere Methode, um die Herrschaft einer Majorität zu dämpfen, ist die Abstimmung nach einer Version des australischen Verfahrens, wo die Wähler für zwei oder mehr Kandidaten in abgestufter Weise stimmen: erste, zweite und dritte Wahl. Die Kandidaten bekommen Punkte für zweite oder dritte Wahl. Um zu gewinnen, müssen sie auch für andere Gruppen attraktiv sein. Dadurch werden Politiker zur Mäßigung veranlasst, und auf lange Sicht kann es Vertrauen zwischen Gruppen schaffen, wo es das zuvor nie gegeben hat.«

»Interessant!«, meinte Nadia. »Wie Gitterträger in einer Mauer.«

»Ja.« Charlotte erwähnte einige Beispiele »gebrochener Gesellschaften« auf der Erde, die ihre Risse durch eine geschickte Regierungsstruktur geheilt hatten: Azania, Kambodscha, Armenien … Dabei sank Arts Stimmung etwas. Das waren alles Länder mit einer sehr blutigen Geschichte.

»Es scheint, dass politische Strukturen nur wenig Hilfestellung geben können«, sagte er.

»Stimmt«, meinte Nadia. »Aber wir haben es noch nicht mit all diesen alten Feindschaften zu tun. Das Schlimmste, was wir hier haben, sind die Roten, und die sind geschwächt durch das bereits erfolgte Terraforming. Ich wette, man könnte diese Methoden benutzen, um sogar sie in den Prozess einzubinden.«

Sie war offenbar durch die von Charlotte geschilderten Optionen ermutigt. Es waren ja schließlich Strukturen. Gedankliche

Ingenieursarbeit, die nichtsdestoweniger echter Ingenieursarbeit ähnelte. Also kritzelte Nadia weiter auf ihrem Bildschirm herum und skizzierte Entwürfe wie für den Bau eines Hauses. Dabei spielte ein kleines Lächeln um ihre Mundwinkel.

»Du bist glücklich«, sagte Art.

Sie hörte ihn nicht. Aber später sagte sie bei ihrem nächtlichen Gespräch zu Sax: »Es ist wirklich schön, dass die politische Wissenschaft in all diesen Jahren etwas *Nützliches* hervorgebracht hat.«

Acht Minuten später kam seine Antwort: »Ich habe nie begriffen, warum man die so nennt.«

Nadia lachte, und der Klang erfüllte Art mit Glück. Nadia Cherneshevsky, die entzückt lachte! Plötzlich war sich Art sicher, dass sie es schaffen würden.

Also kehrte er wieder an den runden Tisch zurück, um das nächstschlimmste Problem anzupacken. Das brachte ihn wieder auf den Teppich zurück. Es gab hundert nächstschlimmste Probleme, alle waren klein – bis man dranging. Dabei wurden sie unlösbar. Bei dem Hickhack war es sehr schwer, irgendwelche Anzeichen wachsender Übereinstimmung zu erkennen. Auf manchen Gebieten schien es sogar schlimmer zu werden. Die mittleren Punkte des Dorsa-Brevia-Dokuments machten Schwierigkeiten. Je mehr die Leute darüber nachdachten, desto radikaler wurden sie. Viele aus der Runde vertraten deutlich die Meinung, dass das öko-ökonomische System von Vlad und Marina, obwohl es für den Untergrund funktioniert hatte, nichts sei, was man in der Verfassung kodifizieren sollte. Manche klagten, es behindere die lokale Autonomie, andere hatten mehr Vertrauen in die traditionelle kapitalistische Wirtschaft als in irgendein neues System. Antar sprach oft für die letztere Gruppe, wobei Jackie neben ihm saß und ihn offensichtlich unterstützte. Das zusammen mit seinen Verbindungen zur arabischen Gemeinschaft verlieh seinen Ausführungen doppeltes Gewicht; und die Leute horchten auf. Eines Tages erklärte er am runden Tisch einmal mehr: »Diese neue Ökonomie, die hier vorgeschlagen wird, ist ein radikales und noch nie dagewesenes Eindringen einer Regierung in die Wirtschaft.«

Plötzlich stand Vlad Taneev auf. Antar verstummte überrascht und schaute zu ihm.

Vlad funkelte ihn an. Der untersetzte Vlad, mit massigem Kopf und prominenten Augenbrauen, sprach selten, wenn überhaupt, in der Öffentlichkeit. Langsam verstummte der größere Teil des Lagerhauses und beobachtete ihn. Art durchlief ein erwartungsvolles Beben. Von all den glänzenden Geistern unter den Ersten Hundert war Vlad vielleicht der brillanteste – und, außer vielleicht Hiroko, der geheimnisvollste. Schon alt, als sie die Erde verließen, hatte der zurückgezogene Vlad die Acheronlabors gebaut und war danach so lange wie möglich dort geblieben. Er lebte in Abgeschiedenheit mit Ursula Kohl und Marina Tokareva, zwei weiteren der Großen Ersten. Niemand wusste etwas Genaueres über diese drei. Sie waren die Illustration der inselhaften Natur der Beziehungen anderer Leute. Aber dadurch wurde Gerüchten natürlich nicht Einhalt geboten – im Gegenteil. Die Leute redeten die ganze Zeit über sie. Eine Theorie war, dass Marina und Ursula das eigentliche Paar seien, während Vlad eine Art Freund oder Schoßtier wäre; oder dass Ursula den größten Teil der Arbeit an der Langlebigkeitsbehandlung geleistet hätte und Marinas Hauptbeitrag auf wirtschaftlichem Gebiet läge; oder dass sie ein perfekt ausgeglichenes gleichseitiges Dreieck wären, das bei allem zusammenarbeitete, das Acheron hervorgebracht hatte; oder auch, dass Vlad ein Bigamist wäre, der zwei Frauen als Aushängeschilder für seine Arbeit auf den getrennten Gebieten Biologie und Ökonomie benutzte. Aber niemand wusste es genau, denn keiner der drei ließ jemals ein Wort darüber verlauten.

Aber wenn man ihn sah, wie er dort am Tisch stand, kam einem ganz unwillkürlich der Verdacht, dass die Ansicht, er sei ein Schoßtier, falsch sein musste. Er schaute sich langsam mit scharfem Blick um, der sie alle erfasste, ehe er das Auge wieder auf Antar richtete.

Kühl erklärte er: »Was du über Regierung und Wirtschaft gesagt hast, ist absurd.« Es war ein Ton, den man bis dahin im Kongress kaum vernommen hatte – verächtlich und abweisend. »Regierungen regeln immer den Ablauf der Geschäfte, die sie zulassen. Wirtschaft ist eine legale Sache, ein System von Gesetzen. Im Marsuntergrund haben wir festgelegt, dass Demokratie und Selbstregierung die angeborenen Rechte einer jeden Person sind, und diese Rechte sind am Arbeitsplatz nicht aufgehoben. Du« – er machte eine Handbewegung zum Zeichen, dass er Antars Namen nicht kannte –, »glaubst du an Demokratie und Selbstregierung?«

»Ja!«, antwortete Antar abwehrend.

»Glaubst du an Demokratie und Selbstregierung als Grundwerte, die die Regierung fördern sollte?«

»Ja!«, wiederholte Antar. Er sah immer verärgerter aus.

»Sehr gut. Wenn Demokratie und Selbstregierung die Grundwerte sind, warum sollte jemand dann diese Rechte aufgeben, wenn er seinen Arbeitsplatz betritt? In der Politik kämpfen wir wie die Tiger um Freiheit, für das Recht, unsere Führer zu wählen, für Freizügigkeit, für freie Wahl des Wohnsitzes, Wahl unserer Arbeit … kurzum die Wahl, unser Leben zu führen. Und dann stehen wir morgens auf, gehen zur Arbeit, und alle diese Rechte verschwinden. Wir bestehen nicht mehr darauf. Und so kehren wir für den größten Teil des Tages zum Feudalismus zurück. Das ist nämlich Kapitalismus: eine Version des Feudalismus, in der das Kapital das Land ersetzt und die Wirtschaftsbosse die Könige. Aber die Hierarchie bleibt. Und so liefern wir immer noch das Ergebnis von unserer Hände Arbeit unter Zwang ab, um Herrscher zu ernähren, die keine echte Arbeit leisten.«

»Wirtschaftsbosse arbeiten auch«, entgegnete Antar scharf. »Und sie tragen die finanziellen Risiken.«

»Das sogenannte Risiko des Kapitalisten ist nur eines der Privilegien des Kapitals.«

»Management …«

»Ja, ja. Unterbrich mich nicht! Management ist eine reale, technische Angelegenheit. Aber sie kann von der Arbeit ebenso gut bestimmt werden wie vom Kapital. Kapital an sich ist nur das nützliche Überbleibsel des Werks früherer Arbeiter und könnte ebenso gut jedem gehören wie wenigen. Es gibt keinen Grund, weshalb eine winzige Aristokratie das Kapital besitzen und jeder andere ihr deshalb zu Diensten sein sollte. Es gibt keinen Grund, der legitimiert, dass sie uns gerade mal das Existenzminimum zugestehen und alles andere, was wir produzieren, für sich behalten. Nein! Das System der sogenannten kapitalistischen Demokratie ist im Grunde überhaupt nicht demokratisch. Darum konnte es sich so rasch in das metanationale System verwandeln, in dem die Demokratie immer schwächer und der Kapitalismus immer stärker wurde. In dem ein Prozent der Bevölkerung die Hälfte des Reichtums besaß und fünf Prozent der Bevölkerung fünfundneunzig Prozent der verbleibenden Hälfte für sich beanspruchten. Die Geschichte hat uns gelehrt, welche Werte in jenem System real waren. Und das Traurige ist, dass das dadurch verursachte Unrecht und Leid keineswegs notwendig gewesen wäre, weil es schon seit dem achtzehnten Jahrhundert die technischen Mittel gibt, alle mit dem Nötigsten zu versorgen.

Wir müssen das ändern. Es ist an der Zeit. Wenn Selbstbestimmung ein Grundwert ist, wenn Gerechtigkeit ein Grundwert ist, dann gibt es solche Werte überall, einschließlich am Arbeitsplatz, an dem wir so viel Zeit unseres Lebens verbringen. Das ist es, was Punkt vier der Übereinkunft von Dorsa Brevia aussagt. Es heißt darin, dass jeder seine Arbeit besitzt, dass ihm deren Wert nicht weggenommen werden kann. Es besagt, dass die verschiedenen Formen der Produktion jenen gehören, die sie geschaffen haben, und zum gemeinsamen Gut der künftigen Generationen zählen. Es heißt darin weiter, die Welt sei etwas, das wir alle gemeinsam pflegen. In unseren Jahren auf dem Mars haben wir ein ökonomisches System entwickelt, das all diese Versprechen halten kann. Das ist unser Werk der letzten fünfzig Jahre. In dem von uns entwickelten System sollen alle wirtschaftlichen Unternehmen kleine Kooperativen sein, Eigentum der Arbeiter und von niemand sonst. Die heuern ihr Management an oder managen selbst. Industriegilden und Koop-Vereinigungen werden die größeren Strukturen bilden, die notwendig sind, um Handel und Markt zu regeln, Kapital zu teilen und Kredit zu schaffen.«

»Das sind doch bloße Ideen«, entgegnete Antar ärgerlich. »Utopismus und nichts weiter.«

»Keineswegs.« Wieder winkte Vlad ab. »Das System gründet sich auf Modelle aus der terranischen Geschichte, und seine verschiedenen Teile wurden auf beiden Welten erprobt und waren sehr erfolgreich. Du weißt davon nichts, zum Teil, weil du ahnungslos bist, zum Teil, weil der Metanationalismus beharrlich alle Alternativen zu sich selbst ignoriert und bestreitet. Aber vieles unserer Mikro-Ökonomie wurde jahrhundertelang im spanischen Mondragon praktiziert. Die verschiedenen Teile der Makro-Ökonomie wurden in der pseudometanationalen Praxis benutzt, in der Schweiz, im indischen Staat Kerala, in Bhutan, im italienischen Bologna und an vielen anderen Orten, einschließlich des Mars-Untergrundes selbst. Diese Organisationen waren die Vorläufer unseres wirtschaftlichen Systems, das auf eine Weise demokratisch sein wird, die der Kapitalismus nie auch nur in Erwägung gezogen hat.«

Eine Synthese von Systemen. Und Vladimir Taneev war ein großartiger Synthetiker. Es hieß beispielsweise, dass alle Komponenten der Langlebigkeitsbehandlung schon da gewesen wären und dass Vlad und Ursula sie bloß zusammengefügt hätten. Jetzt behauptete er, bei seiner ökonomischen Arbeit mit Marina dasselbe gemacht zu haben. Und obwohl er die Langlebigkeitsbehandlung in dieser Diskussion nicht erwähnt hatte, stand sie doch im Raum wie der Tisch selbst, eine große zusammengeflickte Leistung und Teil im Leben eines jeden. Art schaute sich um und hatte den Eindruck, er könnte die Gedanken der Leute lesen: Nun, Vlad hat das einmal in der Biologie getan, und es hat funktioniert. Sollte es in der Ökonomie schwieriger sein?

Vor diesem nicht ausgesprochenen Gedanken, diesem ungedachten Gefühl, schienen Antars Einwände kein Gewicht zu haben. Die Geschichte des metanationalen Kapitalismus im letzten Jahrhundert sprach auch nicht für ihn. Er hatte einen massiven Krieg heraufbeschworen, der die Erde aufgefressen und ihre Gesellschaften zerrissen hatte. Warum sollte man nicht etwas Neues probieren?

Jemand aus Hiranyagarbha stand auf und erhob einen Einwand aus der entgegengesetzten Richtung, indem er bemerkte, dass sie die Geschenkewirtschaft aufzugeben schienen, durch die der Untergrund des Mars gelebt hatte.

Vlad schüttelte ungeduldig den Kopf. »Ich versichere euch, dass ich an die Ökonomie des Untergrundes glaube, aber die ist immer eine Mischform gewesen. Der Austausch von Geschenken hat gleichzeitig mit dem Geldaustausch existiert, in dem neoklassische Marktrationalität, das heißt der Profitmechanismus, eingeklammert war und von der Gesellschaft so kontrolliert wurde, dass er höheren Werten diente – wie Gerechtigkeit und Freiheit. Ökonomische Rationalität ist einfach nicht der höchste Wert. Sie ist ein Werkzeug zur Berechnung von Kosten und Gewinn, nur Teil einer größeren Gleichung, die das menschliche Wohlergehen betrifft. Diese größere Gleichung nennt man gemischte Ökonomie, und das ist es, was wir hier konstruieren. Wir schlagen ein komplexes System mit öffentlichen und privaten Sphären wirtschaftlicher Aktivität vor. Es kann sein, dass wir die Leute bitten werden, etwa ein Jahr ihres Lebens dem Gemeinwohl zu schenken, wie beim Nationaldienst in der Schweiz. Dieses Arbeitspotenzial, plus Steuern auf private Kooperativen für die Nutzung des Landes und seiner Ressourcen, wird uns befähigen, die sogenannten sozialen Rechte zu garantieren, über die wir diskutiert haben: Wohnung, gesundheitliche Versorgung, Ernährung, Bildung – Dinge, die nicht der Gnade der Rationalität des Marktes unterworfen sein sollten. Denn *la salute non si paga*, wie die italienischen Arbeiter zu sagen pflegten. Gesundheit ist nicht käuflich!«

Das war für Vlad besonders wichtig, erkannte Art. In der metanationalen Ordnung war Gesundheit meistens käuflich gewesen; nicht nur medizinische Behandlung, Ernährung und Behausung, sondern vor allem die geriatrische Behandlung selbst, die bisher nur jenen zuteilgeworden war, die sie sich leisten konnten. Vlads größte Erfindung war, mit anderen Worten, zum Besitz der Privilegierten geworden, der obersten Klasse. Langes Leben oder früher Tod waren die physischen Merkmale einer Klasse, die fast einer anderen Spezies ähnelte. Kein Wunder, dass er wütend war. Kein Wunder, dass er alle seine Bemühungen darauf gerichtet hatte, ein ökonomisches System zu entwerfen, das die Langlebigkeitsbehandlung aus ihrer katastrophalen Position zu befreien und zu einem Segen umwandeln sollte, der allen zugänglich war.

»Also wird dem freien Markt nichts überlassen«, sagte Antar.

»Nein, nein, nein!«, entgegnete Vlad und gestikulierte Antar wütender zu denn je. »Der Markt wird immer existieren. Er ist der Mechanismus, durch den Dinge und Dienste ausgetauscht werden. Der Wettbewerb, das beste Produkt zum besten Preis zu liefern, ist unvermeidlich und gesund. Aber auf dem Mars wird er von der Gesellschaft auf aktivere Weise gelenkt werden. Lebenswichtige Dinge bekommen einen Status der Profitfreiheit, und dadurch wird der freie Teil des Marktes von den überlebenswichtigen Dingen weg und hin zu den nicht-existenziellen Dingen gelenkt werden. In diesem Bereich können dann die Kooperativen, die im Besitz der Arbeiter sind, wirken und ausprobieren, was immer sie wollen. Wenn die Grundlagen gesichert sind und wenn die Arbeiter ihre eigenen Geschäfte besitzen – warum nicht? Wir reden hier immerhin von einem Neuerschaffungsprozess.«

Jackie, die Vlads Ablehnung Antar gegenüber ärgerte und die den alten Mann vielleicht ablenken oder zurechtweisen wollte, fragte: »Was ist mit den ökologischen Aspekten dieser Ökonomie, die du sonst herausgehoben hast?«

»Die sind fundamental«, erwiderte Vlad. »Punkt drei von Dorsa Brevia erklärt, dass das Land, die Luft und das Wasser niemandem gehören und dass wir deren Verwalter für alle künftigen Generationen sind. Diese Verwaltung ist die Verantwortung jedes Einzelnen, aber im Falle von Konflikten schlagen wir strenge Umweltgerichte vor, vielleicht an das Verfassungsgericht angegliedert, die die realen und vollständigen Kosten ökonomischer Aktivitäten für die Umwelt beurteilen und bei der Koordinierung von Projekten helfen, die Einfluss auf die Umwelt haben.«

»Das ist doch aber bloß eine Planwirtschaft!«, rief Antar.

»Ökonomien sind Pläne. Der Kapitalismus hatte welche, und der Metanationalismus hat alles zu verplanen versucht. Nein, ein Wirtschaftssystem ist ein Plan.«

Antar sagte, frustriert und wütend: »Es ist einfach nur die Wiederkehr des Sozialismus.«

Vlad zuckte die Achseln. »Der Mars ist eine neue Gesamtheit. Die Namen früherer Gesamtheiten sind trügerisch. Sie sind kaum mehr als theologische Fachausdrücke. Es gibt in diesem System natürlich Elemente, die man sozialistisch nennen könnte. Wie sonst könnte man die Ungerechtigkeit in der Wirtschaft beseitigen? Aber private Firmen werden im Besitz ihrer Arbeiter sein, anstatt verstaatlicht zu werden, und das ist kein Sozialismus – zumindest nicht so, wie er auf der Erde aussah. Und alle Kooperativen sind Firmen, kleine Demokratien, die der einen oder anderen Arbeit gewidmet sind und alle Kapital brauchen. Es wird einen Markt geben, und es wird Kapital geben. Aber in unserem System werden die Arbeiter das Kapital anmieten, und nicht umgekehrt. Das ist demokratischer und gerechter. Wir haben versucht, jede Eigenschaft dieses Systems danach zu bewerten, wie gut es uns hilft, die Ziele von mehr Freiheit und Gerechtigkeit zu erreichen, versteht ihr? Gerechtigkeit und Freiheit widersprechen einander nicht so sehr, wie behauptet wurde, denn Freiheit in einem ungerechten System verdient diesen Namen nicht. Beide entwickeln sich zusammen. Und es ist möglich! Es ist nur Sache der Einführung eines besseren Systems durch die Kombination von Elementen, die erprobt wurden und gezeigt haben, dass sie funktionieren. Jetzt ist der richtige Zeitpunkt dafür. Wir haben uns seit siebzig Jahren auf diese Gelegenheit vorbereitet. Und jetzt, da die Chance gekommen ist, sehe ich keinen Grund zurückzuweichen, bloß weil jemand vor ein paar alten Worten Angst hat. Falls du spezifische Verbesserungsvorschläge hast, werden wir gern zuhören.«

Vlad blickte Antar lange und fest an. Aber Antar sagte nichts. Er hatte keine spezifischen Vorschläge.

Der Raum war von gespanntem Schweigen erfüllt. Es war das erste und bisher einzige Mal in dem Kongress, dass sich einer der *Issei* gemeldet hatte und öffentlich einen der *Nisei* heruntergeputzt hatte. Die meisten *Issei* bevorzugten eine subtilere Linie. Aber jetzt war einer der alten Radikalen wild geworden und aufgestanden, um einen der neokonservativen jungen Kraftmeier fertigzumachen – die jetzt so wirkten, als befürworteten sie aus eigensüchtigen Motiven eine neue Version der alten Hierarchie. Ein Gedanke, der sehr gut durch Vlads langen Blick über den Tisch auf Antar zum Ausdruck kam, voller Abscheu über dessen reaktionäre Selbstsucht und seine Feigheit angesichts der bevorstehenden Veränderung. Vlad setzte sich, und Antar war erledigt.

Die Diskussionen gingen weiter. Konflikt, Metakonflikt, Details, Grundsätzliches. Alles lag auf dem Tisch der Tische, der sogar eine Küchenspüle aus Magnesium, die jemand vor drei Wochen in den großen runden Tisch integriert hatte, beinhaltete.

Tatsächlich waren die Delegierten in dem Lagerhaus nur die Spitze des Eisbergs, der sichtbare Teil einer gigantischen Debatte zweier Welten. Überall auf dem Mars und an den meisten Orten auf der Erde wurde jede Minute der Konferenz live übertragen. Und weil diese aktuelle Sendung in Echtzeit eine gewisse dokumentierende Langweiligkeit an sich hatte, stellte Mangalavid die täglichen Highlights zusammen, die in jeder Nacht während des Zeitschlupfes gezeigt und zur Weiterverbreitung zur Erde gesendet wurden. Es wurde »die größte Show auf Erden«, wie ein amerikanischer Sender es etwas komisch ausdrückte. »Vielleicht haben die Leute in den USA den alten Mist im Fernsehen satt«, sagte Art eines Nachts zu Nadia, als sie einen kurzen und verzerrenden Bericht über die Verhandlungen des Tages im amerikanischen TV anschauten.

»Oder auf der ganzen Welt.«

»Ja, stimmt. Sie wollen etwas anderes zum Nachdenken haben.«

»Oder aber sie denken darüber nach, was sie tun könnten«, meinte Nadia. »Als wären wir ein Modell in kleinem Maßstab. Leichter zu verstehen.«

»Vielleicht.«

Auf jeden Fall sahen beide Welten zu; und der Kongress wurde zusätzlich zu allem, was er ohnehin schon war, eine tägliche Seifenoper, die aber für ihre Zuschauer irgendwie besonders attraktiv war, als wäre sie auf seltsame Weise der eigentliche Schlüssel für deren Verständnis des Lebens. Vielleicht taten

Tausende von Zuschauern deswegen mehr, als nur zu beobachten. Kommentare und Vorschläge strömten herein; und obwohl es die meisten Leute auf Pavonis für unwahrscheinlich hielten, dass etwas, das mit der Post einging, eine aufrüttelnde Wahrheit enthielt, an die sie nicht schon gedacht hätten, wurden alle Nachrichten von Freiwilligen in Sheffield und South Fossa gelesen, die einige Vorschläge »auf den Tisch« durchließen. Manche Leute waren sogar dafür, alle diese Anregungen in die endgültige Verfassung aufzunehmen. Sie wollten kein »statisches legales Dokument«, sondern eine größere Sache, eine durch Zusammenarbeit entstandene philosophische oder gar spirituelle Verlautbarung, die ihre Werte, Ziele, Träume und Überlegungen ausdrücken sollte. Nadia wandte ein: »Das wäre keine Verfassung, sondern eine Kultur. Wir sind hier nicht die Bibliothek.« Aber ob aufgenommen oder nicht – es gingen weiter lange Kommuniqués ein, von den Kuppeln und den Canyons wie den überschwemmten Küstengebieten der Erde, unterschrieben von Einzelpersonen, Komitees oder den Bevölkerungen ganzer Städte.

Die Diskussionen im Lagerhaus waren thematisch ebenso weitgespannt wie in der eingehenden Post. Ein chinesischer Abgeordneter trat an Art heran und sagte etwas in Mandarin zu ihm. Als er eine kleine Pause machte, übersetzte seine KI mit einem angenehmen schottischen Akzent: »Um die Wahrheit zu sagen, ich bezweifle immer mehr, ob Sie das wichtige Buch *Untersuchung über die Natur und die Ursachen des Nationalreichtums* von Adam Smith genügend zu Rate gezogen haben.«

»Da könnten Sie recht haben«, nickte Art und verwies den Mann an Charlotte.

Viele der Delegierten im Lagerhaus benutzten andere Sprachen als Englisch und verließen sich für die Übersetzung auf KIs, um mit den anderen zu kommunizieren. Ständig waren Gespräche in einem Dutzend verschiedener Sprachen zu hören, und die Übersetzungsgeräte wurden ausgiebig genutzt. Art empfand sie als etwas ablenkend. Er wünschte, er würde all diese Sprachen beherrschen, auch wenn die jüngsten Generationen der Übersetzer-KIs wirklich gut waren: angenehm modulierte Stimmen, umfangreiche und exakte Wörterbücher, die Phrasierung, die frühere Übersetzungsprogramme zu einem Lacher auf Partys gemacht hatte, war fast frei von Fehlern. Sie waren so gut geworden, dass es möglich schien, die Vorherrschaft der englischen Sprache, die eine fast monoglotte Marskultur geschaffen hatte, könnte anfangen zu schwinden. Die *Issei* hatten natürlich alle Sprachen von der Erde mitgebracht, aber Englisch war ihre *Lingua franca* gewesen. Darum hatten die *Nisei* untereinander Englisch benutzt, während sie ihre »primären« Sprachen nur gebrauchten, um mit ihren Eltern zu sprechen. So war Englisch die heimische Sprache der Eingeborenen geworden – für einige Zeit. Jetzt, mit den neuen Übersetzer-KIs und einem steten Strom von Einwanderern, die das volle Spektrum terranischer Sprachen mitbrachten, sah es so aus, als könnten sich die Dinge wieder ändern, da die neuen *Nisei* bei ihren ursprünglichen Sprachen blieben und KIs benutzten.

Diese linguistische Situation verdeutlichte Art eine Komplexität in der einheimischen Bevölkerung, die er vorher nicht bemerkt hatte. Manche Eingeborene waren *Yonsei*, vierte Generation oder jünger, und ganz entschieden Kinder des Mars. Aber andere Eingeborene hatten genau dasselbe Alter, waren aber *Nisei*, Kinder späterer *Issei*-Immigranten, und neigten zu engeren Bindungen mit den terranischen Kulturen, aus denen sie stammten, samt all dem damit verbundenen Konservatismus. Somit gab es neue eingeborene »Konservative« und eingeborene »Radikale« aus alten Siedlerfamilien. Und diese Spaltung war manchmal mit ethnischer oder nationaler Zugehörigkeit verknüpft, sofern ihnen das überhaupt etwas bedeutete.

Eines Nachts sprach Art mit einigen von ihnen – die eine befürwortete die globale Regierung, der andere war ein Anarchist, der alle lokalen Autonomievorhaben unterstützte, und er fragte sie nach ihrer Herkunft. Der Vater der Globalistin war halb Japaner, ein Viertel Ire und zu einem Viertel aus Tansania. Ihre Mutter hatte eine griechische Mutter gehabt und einen Vater mit Eltern aus Kolumbien und Australien. Der Anarchist hatte einen nigerianischen Vater und eine Mutter aus Hawaii und hatte damit eine gemischte Ahnenreihe von den Philippinen, Japan, Polynesien und Portugal. Art schaute sie an. Wenn man in Kategorien ethnischer Stimmblöcke denken wollte, wie würde man diese Leute einordnen? Das ging nicht. Sie waren Mars-Eingeborene. *Nisei, Sansei, Yonsei* – welche Generation auch immer, sie waren größtenteils durch ihre Eindrücke auf dem Mars geformt worden – areoformt, wie Hiroko es immer vorausgesagt hatte. Viele hatten innerhalb ihres nationalen oder ethnischen Hintergrundes geheiratet, aber noch mehr hatten das nicht. Und ungeachtet ihrer Abstammung reflektierten ihre politischen Ansichten meistens nicht diesen Hintergrund (Art fragte sich, wie man sich die gräko-kolumbianisch-australische Position vorzustellen hatte), sondern ihre eigene Erfahrung. Diese war an sich sehr vielfältig. Manche waren im Untergrund aufgewachsen, andere in den von der UN kontrollierten großen Städten und hatten erst später vom Untergrund erfahren, manche sogar erst unmittelbar bei der Revolution. Diese Unterschiede schienen sie viel mehr zu beeinflussen als die Orte auf der Erde, an denen ihre Vorfahren zufällig gelebt hatten.

Art nickte, als die Eingeborenen ihm diese Dinge bei den langen durch Kava angeregten Partys, die bis tief in die Nacht liefen, erklärten. Dabei waren die Leute zunehmend gut gelaunt, da der Kongress ihrer Meinung nach gut lief. Sie nahmen die Debatten unter den *Issei* nicht sehr ernst. Sie waren zuversichtlich, dass ihre grundlegenden Ansichten sich durchsetzen würden. Der Mars würde unabhängig sein und von Marsianern regiert werden. Die Vorstellungen der Erde würden keine Rolle spielen. Alles Weitere war nur noch eine Frage der Details. So gingen sie in den Komitees an ihre Arbeit, ohne den philosophischen Argumenten am runden Tisch viel Beachtung zu schenken. »Die alten Hunde knurren weiter«, lautete eine Mitteilung auf dem großen Anschlagbrett. Das schien die allgemeine Meinung der Eingeborenen auszudrücken. Und weiter ging die Arbeit in den Komitees.

Das große Anschlagbrett war ein sehr guter Indikator der Stimmung des Kongresses. Art las es wie die Vorhersagen in Glückskeksen, und tatsächlich stand da eines Tages die Mitteilung: »Du liebst chinesisches Essen.« Gewöhnlich waren die Anzeigen allerdings eher politischer Natur. Oft wurde wiederholt, was an vorangegangenen Konferenztagen gesagt worden war, wie: »Keine Kuppel ist eine Insel.« – »Wenn du dir keine Wohnung leisten kannst, ist das Stimmrecht ein schlechter Scherz.« – »Abstand halten, keine Geschwindigkeitsänderung, keine Zusammenstöße!« – *»La salute non si paga.«* Dann gab es Dinge, die nicht gesagt worden waren: »Was du nicht willst, dass man dir tu …« – »Die Roten haben grüne Wurzeln.« – »Die größte Show auf Erden.« – »Keine Könige, keine Präsidenten.« – »Der Große Mann hasst Politik.« – »Dennoch: Wir sind das Kleine Rote Volk.«

Art war nicht länger überrascht, wenn Leute an ihn herantraten, die Arabisch, Hindu oder eine Sprache redeten, die er nicht erkannte, und ihm dann in die Augen schauten, während ihre Übersetzungs-KIs Englisch mit einem BBC- oder Mittelamerika- oder dem Staatsdienst-von-New-Delhi-Akzent sprach und irgendeine unvorhersehbare politische Meinung äußerte. Es war wirklich ermutigend – nicht die Übersetzungs-KIs, die zwar in ihrer Distanz weniger extrem waren als die Teilnahme durch Videoübertragung. Dennoch war es noch immer nicht ganz so, als spräche man von Angesicht zu Angesicht miteinander. Dazu die politische Melange, die Unmöglichkeit blockweise abzustimmen oder gar in normalen Wählerschaften zu denken.

Es war wirklich eine seltsame Versammlung. Aber sie ging weiter, und schließlich hatte sich jeder daran gewöhnt. Sie nahm bald jene sonderbare Qualität an, die über die normale Dauer hinaus Bereitschaft signalisierte, sich auch noch nach Stunden mit einem Thema zu beschäftigen. Einmal aber, sehr spät in der Nacht, nach einem langen, bizarren Gespräch, in der die Übersetzer-KI am Handgelenk der jungen Frau, mit der er sich unterhielt, in gereimten Zweizeilern sprach (wobei Art nie erfuhr, was ihre Ausgangssprache war), ging Art durch das Lagerhaus zu seiner Bürosuite zurück, um den runden Tisch herum, an dem immer noch gearbeitet wurde, obwohl es bereits nach dem Zeitschlupf war. Er blieb stehen, um eine Gruppe kurz zu begrüßen, verlor dann seinen Schwung und sank gegen eine Seitenwand, halb wach, halb dösend, die Erschöpfung überwältigte fast den Kavajava-Rausch. Und ganz plötzlich kam in einer schlafwandlerischen Vision das Seltsame zurück. In den Ecken waren Schatten, unzählige flimmernde Schatten mit Augen. Gestalten wie substanzlose Körper: Alle Toten und alle Ungeborenen waren wie Geister mit ihnen im Lagerhaus, um Zeugen dieses Augenblicks zu sein. Als wäre die Geschichte ein Gobelin und der Kongress der Webstuhl, wo alles zusammenkam, der gegenwärtige Moment mit seiner übernatürlichen Präsenz, sein Potenzial direkt in den eigenen Atomen und Stimmen. Die Vergangenheit konnte jeder sehen, ein einziger langer geflochtener Knüpfteppich von Ereignissen. Aber keine Vorschau auf die Zukunft, obwohl sie sich vermutlich in zahllosen Wahrscheinlichkeitsfäden verzweigte und alles möglich werden konnte – zwei verschiedene Arten unerreichbarer Unermesslichkeit. Und sie alle reisten zusammen vom einen ins andere, durch den großen Webstuhl der Zeit, das Jetzt. Jetzt war ihre Chance gekommen, in diesem Augenblick – die Geister der Vergangenheit und der Zukunft konnten nur zusehen. Denn das war der Moment, in dem sie all ihre Weisheiten miteinander verknüpfen mussten, um sie an die nachfolgende Generation weiterzugeben.

Sie konnten alles tun. Aber gerade deshalb war es schwierig, den Kongress zu einem Abschluss zu bringen. Unendlich viele Möglichkeiten würden bei der Wahl zu einer einzigen Weltlinie der Geschichte werden. Die Zukunft wurde zur Vergangenheit. Es lag etwas Enttäuschendes in dieser Passage durch den Webstuhl, dieser so jähen Verkleinerung der Unendlichkeit zu eins, dem Zusammenbrechen von Potenzialität zu Realität, was einzig die Zeit auslöste. Das Potenzial war so entzückend – der Weg, sich die besten Teile aller Regierungen herauszupicken, magisch kombiniert zu einer Art von erhabener, noch nie gesehener Synthese … oder sollte man all das beiseitewerfen und sich einen neuen Weg in das Herz einer gerechten Regierung bahnen? Dann zu der banalen Problematik des Niederschreibens der Verfassung zu kommen war unvermeidlich enttäuschend, und die Leute lehnten es instinktiv ab.

Andererseits wäre es sicher ein Vorteil, wenn ihr diplomatisches Team mit einem fertigen Dokument auf der Erde ankäme, um es den UN und den Terranern vorzulegen. Das war eigentlich unumgänglich. Sie mussten fertig werden; nicht bloß, um der Erde die vereinte Front einer etablierten Regierung zu präsentieren, sondern auch, um ihr Leben nach der Krise zu beginnen, wie auch immer das aussehen mochte.

Nadia empfand das als dringend und trat in Aktion. »Es ist Zeit, den Schlussstein in den Bogen zu fügen«, sagte sie eines Morgens zu Art. Und von da an war sie unermüdlich, kam mit allen Delegationen und Komitees zusammen und bestand darauf, dass alle zu einem Ende ihrer Arbeit kamen und sie zur Schlussabstimmung vorlegten. Ihre unerbittliche Hartnäckigkeit zeigte etwas, das zuvor nicht deutlich gewesen war, nämlich dass die meisten Fragen zur Zufriedenheit der meisten Delegationen gelöst worden waren. Sie hatten, fand die Mehrheit, etwas Brauchbares zusammengekocht, oder zumindest etwas, das den Versuch wert war. Ergänzungsverfahren spielten dabei eine wichtige Rolle, sodass sie Aspekte des Systems noch abändern konnten, wenn das Gerüst erst etabliert war. Besonders die jungen Eingeborenen schienen erfreut – stolz auf ihre Arbeit und zufrieden, dass es ihnen gelungen war, den Akzent auf lokale Semiautonomie zu setzen und damit das Leben zu institutionalisieren, das die meisten von ihnen unter der Übergangsbehörde geführt hatten.

Die vielen Kontrollen gegen die Mehrheitsherrschaft kümmerten sie nicht, auch wenn sie selbst die derzeitige Majorität hatten. Um nicht geschlagen durch diese Entwicklung auszusehen, mussten Jackie und ihr Kreis so tun, als hätten sie nie in erster Linie für eine starke Präsidentschaft und Zentralregierung gestimmt. Sie erklärten vielmehr, ein nach Schweizer Art von der Legislatur gewählter Exekutivrat wäre immer ihr Ziel gewesen. Viele machten jetzt solche Behauptungen, und Art freute sich, allen zuzustimmen. »Ja, ich erinnere mich, wir fragten uns, was wir da tun sollten, in der Nacht, damals, als wir aufblieben, um den Sonnenaufgang zu sehen. Ihr hattet einen guten Gedanken.«

Gute Ideen überall. Und sie fingen an, sich in einer Spirale auf einen Abschluss hin zu bewegen.

Die globale Regierung, die sie entworfen hatten, sollte eine Konföderation sein, geführt durch einen Exekutivrat von sieben Mitgliedern, gewählt durch eine Zwei-Kammern-Legislative. Ein Zweig der Legislative, die Duma, bestand aus einer großen Schar Repräsentanten, die aus der Bevölkerung einberufen wurden. Der andere, der Senat, war eine kleinere Gruppe, von deren Mitgliedern je einer aus jeder Stadt oder Dorfgruppe gewählt werden sollte, sofern sie mehr als 500 Einwohner umfasste. Die Legislative war alles in allem recht schwach. Sie wählte den

Exekutivrat, empfahl die Richter und überließ den Städten die meisten gesetzgeberischen Pflichten. Die Judikative war stärker. Sie umfasste nicht nur Strafgerichte, sondern auch eine Art von doppeltem oberstem Gerichtshof, der zur Hälfte mit der Verfassung und zur Hälfte mit der Umwelt zu tun hatte. Die Mitglieder für beide sollten ernannt, gewählt und durch das Los ermittelt werden. Der Umweltgerichtshof würde für Dispute beim Terraforming und anderer Umweltveränderungen zuständig sein, während der Verfassungsgerichtshof für die Verfassungsmäßigkeit aller anderen Themen zuständig sein sollte, einschließlich infrage gestellter Gesetze auf Städteebene. Ein Arm des Umweltgerichtshofes würde eine Landkommission mit der Aufgabe sein, die Verwaltung des Landes zu beaufsichtigen, die allen Marsbewohnern entsprechend Punkt drei der Vereinbarung von Dorsa Brevia gemeinsam obliegen sollte. Es würde kein Privateigentum als solches geben, wohl aber verschiedene Rechte, die in Leasing-Kontrakten festgelegt wurden; und die Landkommission sollte diese Dinge ausarbeiten. Eine entsprechende ökonomische Kommission würde unter dem Verfassungsgerichtshof arbeiten. Sie würde zum Teil aus Repräsentanten von Kooperativen der Gewerkschaften, die für die verschiedenen Berufe und Industrien eingerichtet werden sollten, bestehen. Diese Kommission sollte die Etablierung einer Version der Öko-Ökonomie des Untergrundes beaufsichtigen, einschließlich sowohl nicht auf Gewinn gerichteter Unternehmen, die sich auf die öffentliche Sphäre konzentrierten, und steuerpflichtiger Unternehmen, deren Größe gesetzlich beschränkt war und die laut Gesetz den Beschäftigten gehörten.

Diese Erweiterung der Judikative befriedigte das vorhandene Verlangen nach einer starken globalen Regierung, ohne einer Exekutive zu viel Macht einzuräumen. Diese Lösung war auch eine Antwort auf die heroische Rolle, die der Weltgerichtshof der Erde im vorigen Jahrhundert gespielt hatte, als fast jede zweite terranische Institution gekauft oder anderweitig unter metanationalem Druck zusammengebrochen war. Nur der Weltgerichtshof hatte standgehalten in einer zumeist ignorierten und eher symbolischen Aktion gegen die plündernden Metanationalen. Eine moralische Kraft, die, wenn sie etwas mehr Macht gehabt hätte, mehr Gutes hätte tun können. Der Mars-Untergrund hatte gesehen, wie die Schlacht geschlagen worden war, und jetzt erinnerten sie sich.

So weit zur globalen Regierung. Die Verfassung beinhaltete auch eine lange Liste der Menschenrechte, einschließlich sozialer Rechte, ferner Richtlinien für die Landkommission und die Wirtschaftskommission, ein australisches Wahlsystem für die durch Wahl zu besetzenden Ämter sowie ein System für Verbesserungen und Zusatzartikel. Schließlich fügte man dem Haupttext der Verfassung noch die riesige Sammlung von Materialien hinzu, die während des Kongresses entstanden war. Man nannte sie »Arbeitsnotizen und Kommentar«. Sie sollte den Gerichtshöfen bei der Interpretation des Hauptdokuments helfen und enthielt alles, was die Delegationen am runden Tisch gesagt, auf die Bildschirme im Lagerhaus gebracht oder per Post empfangen hatten.

Damit waren die meisten schwierigen Fragen gelöst oder zumindest unter den Teppich gekehrt. Der größte noch laufende Disput war der Einspruch der Roten. Hier trat Art in Aktion. Er veranlasste einige späte Konzessionen an die Roten, einschließlich vieler früher Berufungen in den Umweltgerichtshof. Diese Konzessionen wurden später als die »Große Geste« bekannt. Dafür stimmte Irishka im Namen aller Roten, die noch am politischen Geschehen teilnahmen, zu, dass das Kabel bleiben sollte, dass die UNTA in Sheffield präsent sein dürfe und dass Terraner noch würden einwandern können, wenn auch mit Einschränkungen, und schließlich, dass das Terraforming weitergehen könne, in langsamer, aber nicht zerstörerischer Form, bis der atmosphärische Druck in sechs Kilometern Höhe über dem Bezugsniveau 350 Millibar betragen würde. Diese Zahl solle alle fünf Jahre überprüft werden. Damit war die rote Blockade beseitigt oder immerhin geschickt umgangen.

Cojote schüttelte den Kopf darüber, wie sich die Dinge entwickelt hatten. »Nach jeder Revolution kommt ein Interregnum, in dem die Kommunen sich selbst regieren und alles gut ist. Und dann tritt das neue Regime auf, und die Lage verschlechtert sich. Ich meine, was du jetzt tun solltest, ist, die Kuppeln und Canyons zu besuchen und sie sehr bescheiden zu fragen, wie sie in den letzten zwei Monaten alles geregelt haben. Und danach wirfst du deine schicke Verfassung weg und sagst ihnen: ›Weitermachen!‹«

»Aber das sagt ihnen ja die Verfassung«, witzelte Art.

Cojote verstand dabei keinen Spaß. »Man muss schon sehr gewissenhaft sein, um keine Macht anzuhäufen, bloß weil man dazu in der Lage ist. Macht korrumpiert, totale Macht korrumpiert total, das ist das Grundgesetz der Politik. Vielleicht ihr einziges Gesetz.«

Was die UNTA anging, war es schwieriger zu sagen, was sie dachte, denn die Meinungen unten auf der Erde waren geteilt. Eine besonders laute Gruppe verlangte die gewaltsame Rückeroberung des Mars, und jeder auf Pavonis solle eingesperrt oder gehängt werden. Die meisten Terraner waren entgegenkommender; und alle waren durch die andauernde Krise auf der Erde selbst noch abgelenkt. Für den Augenblick spielten sie eine geringere Rolle als die Roten. Das war der Spielraum, den die Revolution den Marsianern geschenkt hatte. Jetzt galt es, ihn zu nutzen.

In jeder Nacht der letzten Woche ging Art entspannt durch Cavils und Kava ins Bett, aber wachte trotz seiner Erschöpfung nachts recht oft auf und wälzte sich unter der Wucht eines scheinbar brillanten Gedankens, der am Morgen wieder entschwunden war oder sich als unsinnig erwies. Nadia schlief ebenso schlecht auf der Couch neben seiner oder in ihrem Sessel. Manchmal schliefen sie ein, während sie noch über den einen oder anderen Punkt sprachen, und erwachten angekleidet, aber ineinander verschlungen, wie Kinder, die sich in einem Gewitter aneinanderklammerten. Die Wärme des anderen Körpers gab ihnen den Trost, den sie brauchten. Und einmal wachten beide in dem ultravioletten Licht der frühen Dämmerung auf und redeten stundenlang inmitten des kalten Schweigens des Gebäudes, eingebettet in einen kleinen Kokon aus Wärme und Gemeinschaft. Ein anderer Geist, mit dem man reden konnte. Unter Kollegen war der Weg zur Freundschaft nicht weit. Und weiter von dort zu Liebhabern? – Vielleicht. Nadia schien keine Neigung zu Romantik jeglicher Art zu besitzen. Aber Art war ohne jeden Zweifel verliebt; und in Nadias gefleckten Augen glaubte er eine neue Zuneigung zu sehen. So lagen sie am Ende des langen Kongresses auf ihren Sofas und unterhielten sich. Sie pflegte seine Schultern zu kneten, oder er die ihren, und dann fielen sie, von Erschöpfung übermannt, in komatösen Schlaf. Hinter dem Erstellen dieses Dokuments steckte ein größerer Druck, als jeder von ihnen zugeben wollte, außer in diesen Momenten, wenn sie sich gegen die große kalte Welt zusammenkuschelten. Eine neue Liebe: Art konnte es trotz Nadias fehlender Sentimentalität nicht anders ausdrücken. Er war glücklich.

Und er war belustigt, wenn nicht sogar überrascht, als sie eines Morgens aufstanden und Nadia sagte: »Lassen wir darüber abstimmen!«

Art sprach mit den Schweizern und den Gelehrten von Dorsa Brevia. Die Schweizer schlugen dem Kongress vor, dass sie über die derzeit auf dem Tisch liegende Version der Verfassung abstimmen sollten – Punkt für Punkt, wie sie es zu Beginn versprochen hatten. Es gab sofort einen regen Stimmenhandel, im Vergleich zu dem die Börsenaktivitäten auf der Erde spitzfindig und langsam erschienen. Die Schweizer entwarfen ein Abstimmungsverfahren, das sie im Laufe der Tage durchgingen, wonach jede Gruppe eine Stimme bei jedem nummerierten Paragraphen des Verfassungsentwurfs haben sollte. Alle 89 Paragraphen gingen durch, und die umfangreiche Sammlung von »erläuterndem Material« wurde dem Haupttext offiziell angegliedert.

Danach war es Zeit, den Entwurf dem marsianischen Volk zur Zustimmung vorzulegen. Also stimmte an $L_s = 158$, am 11. Oktober 1 im M-Jahr 52 (auf der Erde der 27. Februar 2128) die Marsbevölkerung, einschließlich aller Personen, die älter als fünf M-Jahre waren, über die Computer an ihren Handgelenken über die Verfassung ab. Mehr als 95 Prozent der Bevölkerung nahmen daran teil. Die Verfassung ging mit 78 zu 22 Prozent und etwas mehr als neun Millionen Stimmen durch. Sie hatten eine Regierung.

VIERTER TEIL

GRÜNE ERDE

In der Zwischenzeit beherrschte auf der Erde die große Flut alles.

Die Überschwemmung war durch eine Reihe heftiger Vulkanausbrüche unter dem Eispanzer der westlichen Antarktis verursacht worden. Das Land unter der Eisdecke, das wie der Südwesten Nordamerikas vor allem Becken und Höhenzüge aufwies, war durch das Gewicht des Eises zusammengepresst worden, bis es unter dem Meeresniveau lag. Als dann die Eruptionen begannen, hatten Lava und Gase das Eis über den Vulkanen geschmolzen und große Bergrutsche ausgelöst. Gleichzeitig begann Meerwasser an verschiedenen Punkten rund um die rasch zurückweichende Aufsetzlinie unter das Eis zu strömen. Destabilisiert und rissig geworden, waren rings um die Ränder der Ross- und der Ronne-See enorme Eisinseln abgebrochen. Als diese mit den Ozeanströmungen davontrieben, verlagerte sich das Abbrechen weiter ins Landesinnere und wurde noch beschleunigt. In den Monaten nach den großen Brüchen füllte sich das antarktische Meer mit immensen Tafeleisbergen, die so viel Wasser verdrängten, dass der Meeresspiegel in der ganzen Welt anstieg. Wasser strömte weiter in das Depressionsbecken der westlichen Antarktis, das zuvor mit Eis gefüllt gewesen war, und schwemmte Berg um Berg die Eismassen hinaus, bis die Eisdecke völlig verschwunden war, ersetzt durch ein neues flaches Meer, das von den ständigen Unterwassereruptionen aufgewühlt wurde, die hinsichtlich ihrer Stärke mit den Eruptionen in Dekkan-Trapp in der späten Kreidezeit vergleichbar waren.

Und so war ein Jahr nach Beginn der Eruptionen die Antarktis nur etwas mehr als halb so groß, wie sie gewesen war. Die östliche Antarktis lag wie ein Halbmond um den Südpol der Erde, und ihr gegenüber die antarktische Halbinsel wie ein von Eis bedecktes Neuseeland, und dazwischen ein von Eisbergen verstopftes flaches unruhiges

Meer. Und überall auf der Welt war der Meeresspiegel sieben Meter höher als zuvor.

Seit der letzten Eiszeit vor zehntausend Jahren hatte die Menschheit keine Naturkatastrophe dieser Größenordnung mehr erlebt. Und dieses Mal betraf sie nicht nur ein paar Millionen Jäger und Sammler nomadischer Stämme, sondern fünfzehn Milliarden zivilisierter Bürger, die in einem heiklen soziotechnischen System lebten, das ohnehin schon Gefahr gelaufen war zusammenzubrechen. Alle großen Küstenstädte wurden überschwemmt. Ganze Länder wie Bangladesch, Holland und Belize waren überflutet. Die meisten der Unglücklichen, die in solch tiefliegenden Regionen lebten, hatten Zeit, auf höheres Gelände umzusiedeln, denn die Flut war mehr wie ein Gezeitenstrom denn eine Sturmflut. Und plötzlich waren ein Zehntel bis ein Fünftel der Weltbevölkerung Flüchtlinge.

Es versteht sich von selbst, dass die menschliche Gesellschaft nicht darauf vorbereitet war, mit einer solchen Situation fertigzuwerden. Das wäre selbst in den besten Zeiten nicht leicht gewesen, und das frühe zweiundzwanzigste Jahrhundert gehörte nicht zu diesen. Die Bevölkerung wuchs immer noch an, die Ressourcen gingen immer mehr zur Neige, und Konflikte zwischen Reich und Arm, Regierungen und Metanats hatten sich weiter verschärft. Die Katastrophe hatte mitten in einer Krise zugeschlagen.

In gewissem Maße wirkte die Katastrophe der Krise entgegen. Angesichts weltweiter Verzweiflung wurden Machtkämpfe aller Art in einen neuen Zusammenhang gerückt, viele wurden hinfällig. Ganze Bevölkerungen waren in Not, und Gesetze über Besitz und Profit traten angesichts der neuen Probleme in den Hintergrund. Die Vereinten Nationen erhoben sich wie ein nasser Phönix aus dem Chaos und wurden zum Verrechnungsinstitut für die gewaltigen Bemühungen zur Katastrophenhilfe: Nationale Grenzüberschreitungen wurden erleichtert, Notunterkünfte errichtet, Notvorräte und Nahrung verteilt. Durch die Natur dieses Werks mit seinem Fokus auf Rettung und Hilfe standen die Schweiz und Praxis in der vordersten Front der Helfer der UN. Die UNESCO stand von den Toten auf, zusammen mit der Weltgesundheitsorganisation. Indien und China, die größten der schlimm verwüsteten Länder, hatten auch einen sehr starken Einfluss auf die laufende Situation; denn die Art, wie sie mit der Krise umgingen, würde alle anderen weitgehend beeinflussen. Sie schlossen Allianzen miteinander sowie mit den UN und deren neuen Verbündeten. Sie lehnten jede Hilfe von der Gruppe der Elf ab, genau wie von den Metanationalen, die tief in die Affären der meisten G-11-Regierungen verwickelt waren.

Auf der anderen, dunklen Seite verschlimmerte die Katastrophe unterdessen die Krise. Die Metanationalen waren durch die Flut selbst in eine höchst seltsame Lage geraten. Davor waren sie voll mit dem beschäftigt gewesen, was Kommentatoren als Metanatrizid bezeichnet hatten, ihrem Kampf untereinander um die endgültige Herrschaft in der Weltwirtschaft. Ein paar große metanationale Supercluster hatten die totale Beherrschung der größten Industrieländer angestrebt und versucht, auch noch die wenigen Entitäten zu übernehmen, die sich noch nicht unter ihrer Kontrolle befanden: die Schweiz, Indien, China, Praxis, die sogenannten Weltgerichtshof-Länder und so weiter. Jetzt, wo ein großer Teil der Erdbevölkerung mit der Flut beschäftigt war, kämpften die Metanats hauptsächlich darum, das wieder zu gewinnen, was sie an Kontrolle über die Geschäfte dieser Länder verloren hatten. In den Augen der Öffentlichkeit wurden sie oft mit der Flut in Zusammenhang gebracht – als Ursache oder als bestrafte Sünder. Magisches Denken, das dem Mars und den anderen antimetanationalen Kräften, die so gut sie konnten die Chance nutzten, die Metanationalen zu besiegen, solange sie noch am Boden lagen, zugutekam. Die Gruppe der Elf und die anderen vorher mit den Metanats verbündeten Regierungen hatten alle Hände voll zu tun, ihre eigenen Bevölkerungen am Leben zu erhalten, und konnten daher den großen Konglomeraten nicht helfen. Und überall gaben Leute ihre früheren Jobs auf, um sich in den verschiedenen Hilfsorganisationen zu engagieren. Unternehmen, die wie Praxis im Besitz der Beschäftigten waren, gewannen an Popularität, als sie auf die Notlage reagierten und gleichzeitig allen ihren Mitgliedern die Langlebig-

keitsbehandlung anboten. Einige Metanats folgten diesem Beispiel, um ihre Mitarbeiter zu halten. Und so setzte sich der Machtkampf auf vielen Ebenen fort. Durch die Katastrophe hatte er sich aber überall verändert.

In diesem Zusammenhang war der Mars für die meisten Terraner völlig irrelevant geworden. Er war natürlich eine interessante Geschichte, und viele verwünschten die Marsianer als undankbare Kinder, die ihre Eltern in Notzeiten im Stich ließen. Das war ein Beispiel für viele böse Reaktionen auf die Flut, im Gegensatz zu den gleichfalls reichlichen guten Reaktionen. In diesen Tagen gab es überall Helden und Schurken, und die meisten betrachteten die Marsianer als Ratten, die das sinkende Schiff verlassen hatten. Andere sahen sie als mögliche Retter, die ihnen irgendwie helfen könnten – auch das wieder magisches Denken. Aber es lag etwas Hoffnungsvolles in dem Gedanken, dass sich auf dem Nachbarplaneten eine neue Gesellschaft bildete.

Inzwischen kämpften, ungeachtet dessen, was auf dem Mars geschah, die Bewohner der Erde gegen die Flut. Zu den Überschwemmungen kamen jetzt auch drastische Klimaveränderungen. Mehr Wolken bildeten eine geschlossene Decke, die mehr Sonnenlicht reflektierte und die Temperaturen sinken ließ. Sie erzeugte auch Wirbelstürme und heftige Regenfälle, die oft die so dringend benötigten Ernten vernichteten. Und manchmal fiel Regen, wo es ihn früher selten gegeben hatte, in der Sahara, in der Mojave, im nördlichen Chile, und brachte so die große Flut weit ins Binnenland, sodass sie überall zu spüren war. Und weil der Ackerbau durch diese neuen starken Stürme schwer betroffen war, wurde der Hunger zum Problem. Weil es schien, dass vielleicht nicht jeder gefüttert werden könnte, war der allgemeine Sinn für Zusammenarbeit bedroht. Die Feiglinge sprachen von Selektion. Jeder Teil Terras war in Aufruhr wie ein mit dem Stock aufgewühlter Ameisenhaufen.

So stand es also um die Erde im Sommer 2128. Eine noch nie da gewesene Katastrophe, eine andauernde allgemeine Krise. Die Welt vor der Flut schien nicht mehr als ein böser Traum gewesen zu sein, aus dem sie alle unsanft geweckt und in eine noch gefährlichere Realität geworfen worden waren. Von der Bratpfanne ins Feuer. Während einige versuchten, wieder in die Bratpfanne zurückzugelangen, kämpften andere darum, aus dem Ofen herauszukommen. Und niemand wusste, was als Nächstes geschehen würde.

Ein unsichtbarer Schraubstock hielt Nirgal fest, jeden Tag erdrückender als am vorigen. Maya stöhnte und jammerte darüber, Michel und Sax schien es nicht zu kümmern. Michel war sehr glücklich über diese Reise, und Sax war voll damit beschäftigt, Berichte über den Kongress auf Pavonis Mons zu verfolgen. Sie lebten in der rotierenden Kammer des Raumschiffs *Atlantis*, die während der fünf Monate der Reise so weit beschleunigen würde, bis die Zentrifugalkraft nicht mehr die Marsgravitation simulierte, sondern die der Erde. Dabei würde es während fast der Hälfte der Reise bleiben. Diese Methode war im Lauf der Jahre entwickelt worden, um Emigranten, die den Wunsch hatten heimzukehren, sowie hin und her reisende Diplomaten und die wenigen eingeborenen Marsianer, die zur Erde reisten, einzugewöhnen. Das war für jeden hart. Einer ganzen Anzahl Marsgeborener war es auf der Erde schlecht ergangen. Manche waren gestorben. Es war wichtig, in der Schwerekammer zu bleiben, seine Übungen zu absolvieren und sich impfen zu lassen.

Sax und Michel betätigten sich an Übungsgeräten. Nirgal und Maya saßen in den willkommenen Bädern und jammerten. Natürlich genoss Maya ihr Elend, wie sie alle ihre Emotionen zu genießen schien, einschließlich Ärger und Trübsal. Nirgal dagegen ging es wirklich schlecht. Die Schwerkraft erdrückte ihn immer mehr, bis jede seiner Zellen ihren Schmerz hinausschrie. Schon die Mühe, die es kostete, bloß zu atmen! Die Vorstellung eines so massiven Planeten machten ihm Angst. Kaum zu glauben!

Er versuchte, mit Michel darüber zu sprechen, aber der war durch seine Erwartungen und Vorbereitungen so abgelenkt wie Sax von den Ereignissen auf dem Mars. Nirgal war an dem Meeting auf Pavonis nicht interessiert. Seiner Meinung nach würde das auf lange Sicht nicht viel bewirken. Die Eingeborenen im Hinterland hatten unter der UNTA ihr Leben nach ihren eigenen Vorstellungen geführt und würden unter der neuen Regierung dasselbe tun. Jackie könnte durchaus für sich selbst eine Präsidentschaft durchsetzen. Aber ganz gleich, was geschah, ihre Beziehung war seltsam und zu einer Art von Telepathie geworden, die manchmal der ihrer alten leidenschaftlichen Liebesaffäre ähnelte, aber ebenso oft den Eindruck einer boshaften geschwisterlichen Rivalität erweckte oder sogar die Merkmale eines inneren Streits einer schizoiden Person zeigte. Vielleicht waren sie Zwillinge. Wer weiß, was für eine Alchemie Hiroko in den ektogenen Tanks angewandt hatte. Aber nein – Jackie war von Esther geboren worden. Das wusste er. Falls das etwas bedeuten sollte. Zu seinem Unbehagen fühlte sie sich an wie sein zweites Ich. Das wollte er nicht. Ihm gefiel nicht, wie sein Herzschlag sich plötzlich beschleunigte, wann immer er sie sah. Das war einer der Gründe, weshalb er sich entschlossen hatte, an der Expedition zur Erde teilzunehmen. Und jetzt entfernte er sich von ihr mit einem Tempo von 50 000 Kilometern in der Stunde, aber sie war immer noch auf dem Bildschirm, erfreut über die fortschreitende Arbeit des Kongresses und ihren Anteil daran. Und sie würde bestimmt eine der Sieben in dem neuen Exekutivrat sein.

»Sie rechnet damit, dass die Geschichte ihren üblichen Gang nimmt«, sagte Maya, als sie in den Bädern saßen und die Nachrichten anschauten. »Macht ist wie Materie, sie hat Schwerkraft, sie ballt sich zusammen und fängt dann an, mehr und mehr in sich hineinzuziehen. Diese lokale Macht, die sich durch die Kuppeln verbreitet …« Sie zuckte zynisch die Achseln.

»Vielleicht ist es eine Nova«, meinte Nirgal.

Sie lachte. »Ja, vielleicht. Aber dann fängt sie wieder an, sich zusammenzuballen. Das ist die Gravitation der Geschichte – Macht wird in Zentren gezogen, bis daraus gelegentlich eine Nova wird. Dann kontrahiert alles wieder. Wir werden das auch auf dem Mars sehen, das sage ich dir! Und Jackie wird genau in der Mitte davon sein …« Sie hielt inne, ehe sie »die Schlampe« hinzufügen konnte – aus Achtung vor Nirgals Gefühlen. Sie sah ihn mit einem eigenartigen verschleierten Blick an, als überlegte sie, wie Nirgal ihr nützen könnte, um ihr einen Vorteil in ihrem endlosen Krieg mit Jackie zu verschaffen. Kleine Novae des Herzens.

Die letzten Wochen mit einem g gingen vorbei, und Nirgal fühlte sich nie wohl. Es war erschreckend, den Druck beim Atmen und im Denken zu fühlen. Seine Gelenke schmerzten. Auf den Bildschirmen sah er Bilder der kleinen blauweißen Murmel und des knochenbleichen Knopfes des Mondes, der neben der Erde besonders flach und tot wirkte. Aber das waren bloß Bilder. Sie bedeuteten ihm nichts angesichts seiner wunden Füße und seines klopfenden Herzens. Dann erblühte die blaue Welt plötzlich und füllte die Schirme ganz aus. Ihr gekrümmter Rand war eine weiße Linie, das blaue Wasser von weißen Wolkenwirbeln markiert, die Kontinente aus Wolkenmassen herausragend wie kleine Wappenbilder halb verschollener Sagenreiche: Asien, Afrika, Europa, Amerika.

Für das letzte Annäherungsmanöver und die aerodynamische Bremsung wurde die Rotation der Gravitationskammer angehalten. Nirgal schwebte und fühlte sich körperlos und aufgebläht. Er zog sich an ein Fenster, um alles mit eigenen Augen zu sehen. Trotz des Fensterglases und der Entfernung von Tausenden von Kilometern waren die Details in all ihrer Klarheit erstaunlich.

»Das Auge hat solche Kraft«, sagte er zu Sax.

»Hmm«, machte Sax und kam ans Fenster, um hinauszuschauen.

Sie betrachteten die blau vor ihnen liegende Erde.

»Hast du jemals Angst gehabt?«, fragte Nirgal.

»Angst?«

»Du weißt doch.« Sax war auf dieser Reise nicht in einer seiner kohärenteren Phasen gewesen. Vieles musste man ihm erklären. »Furcht, Besorgnis. Schrecken.«

»Ja. Ich denke schon. Ja, ich hatte Angst. Kürzlich. Als ich merkte, dass ich … desorientiert war.«

»Ich habe jetzt Angst.«

Sax sah ihn neugierig an. Dann schwebte er hinüber und legte Nirgal eine Hand auf den Arm in einer sanften Geste, die ihm gar nicht ähnlich war. Er sagte: »Wir sind da.«

Nach unten, nach unten. Von der Erde reckten sich jetzt zehn Raumaufzüge empor. Einige davon hatten geteilte Kabel. Man nannte sie so, weil sie sich in zwei Teile gabelten, die nördlich und südlich des Äquators herunterkamen, der beklagenswert knapp an guten Stellen für Steckdosen war. Ein wie ein umgekehrtes Y geteiltes Kabel endete bei Virac auf den Philippinen und Oobagooma in Westaustralien, ein anderes in Kairo und Durban. Dasjenige, an welchem sie herunterkamen, gabelte sich mehr als zehntausend Kilometer über der Erde. Die nördliche Linie endete bei Port of Spain in Trinidad, die südliche dagegen in Brasilien nahe Aripuana, einer aufblühenden Stadt an einem Seitenfluss des Amazonas namens Theodore Roosevelt River.

Sie nahmen die nördliche Gabel hinunter nach Trinidad. Aus ihrer Aufzugskabine blickten sie auf den größten Teil der westlichen Hemisphäre hinunter, mit dem Amazonasbecken in der Mitte, wo sich das Wasser in braunen Adern durch die grünen Lungen der Erde zog. Immer weiter nach unten. In den fünf Tagen ihres Abstiegs kam die Welt näher, bis sie schließlich alles unter ihnen ausfüllte; und die erdrückende Schwerkraft der vorigen anderthalb Monate erfasste sie langsam wieder und drückte, drückte, drückte. Die geringe Toleranz, die Nirgal für das Gewicht entwickelt hatte, schien während der kurzen Rückkehr zur Mikrogravitation verschwunden zu sein, und jetzt keuchte er. Jeder Atemzug war eine Anstrengung. Er stand breitbeinig vor den Fenstern, die Finger umklammerten fest das Geländer, und schaute durch die Wolken auf das leuchtende Blau der Karibik und das intensive Grün Venezuelas. Die Orinokomündung in den Ozean war ein blattförmiger Fleck. Der Rand des Himmels bestand aus gekrümmten, weißen und türkisfarbenen Bändern unter dem Schwarz des Himmels. Alles glänzte so. Die Wolken waren dieselben wie auf dem Mars, nur dicker, weißer und aufgeplusterter. Vielleicht übte die starke Schwerkraft einen Extradruck auf seine Netzhaut oder seinen Sehnerv aus, um die Farben so intensiv wirken zu lassen. Auch die Geräusche waren lauter.

Mit ihnen im Aufzug waren UN-Diplomaten, Praxispersonal und Medienvertreter, die alle hofften, dass die Marsleute etwas Zeit für sie erübrigen und mit ihnen sprechen würden. Nirgal fand es schwer, sich auf sie zu konzentrieren und ihnen zuzuhören. Sie schienen sich ihrer Position im Raum so seltsam wenig bewusst zu sein – fünfhundert Kilometer über der Erdoberfläche und schnell fallend.

Ein langer letzter Tag. Dann waren sie in der Atmosphäre, und das Kabel führte ihre Kabine in eine Steckdose in der Nähe eines verlassenen Flughafens, dessen Startbahnen wie graue Runen aussahen. Die Kabine glitt in die Betonmasse, bremste und hielt.

Nirgal ließ das Geländer los und ging vorsichtig hinter allen anderen her. *Tap tap*. Die Schwerkraft durchdrang alles. Schmerzhaft. *Tap tap*. Sie stapften eine Landebrücke hinunter. Er trat auf den Fußboden eines Gebäudes auf der Erde. Das Innere dieser Steckdose ähnelte dem in Pavonis Mons – eine unpassende Ähnlichkeit, denn die Luft war salzig, dick, heiß, schallend und schwer. Nirgal ging so schnell er konnte durch die Hallen. Er wollte ins Freie und endlich etwas sehen. Eine ganze Schar zog hinter ihm her und umgab ihn. Aber die Praxisleute begriffen und bahnten ihm einen Weg durch die anwachsende Menge. Das Gebäude war sehr groß, und er hatte anscheinend die Abzweigung zu den U-Bahnen nach draußen verpasst. Aber vor ihm war eine hell leuchtende Türöffnung. Von der Anstrengung etwas benommen, ging er in die blendende Helle hinaus. Alles rein weiß. Es roch nach Salz, Fischen, Blättern, Teer, Fäkalien und Gewürzen. Wie ein verrückt gewordenes Treibhaus.

Dann passten sich seine Augen an. Der Himmel war blau, ein Türkisblau wie das mittlere Band der Erdscheibe aus dem Weltraum gesehen, aber heller. Über den Bergen weißer, wie Magnesium um die Sonne herum. Schwarze Flecken schwammen hin und her. Das Kabel zog sich in den Himmel hinauf. Es war zu hell, um nach oben zu blicken. In der Ferne grüne Berge.

Er stolperte, als sie ihn zu einem offenen Wagen führten. Ein älteres Modell, klein und rund, mit Gummireifen. Ein offenes Cabriolet. Er stellte sich auf den Rücksitz zwischen Sax und Maya, um besser sehen zu können. In dem grellen Licht waren Hunderte, Tausende von Menschen in erstaunlichen Kostümen – neonfarben, verschiedene Seiden, rosa, purpurn, gold, aquamarin, dazu kamen in betörender Fülle Juwelen, Federn, Kopfputz. »Karneval«, erklärte ihm jemand auf dem Vordersitz im Wagen. »Wir ziehen zum Karneval Kostüme an, und zum Discovery Day, als Kolumbus auf dieser Insel angekommen ist. Das ist gerade eine Woche her, darum haben wir das Fest bis zu eurer Ankunft ausgedehnt.«

»Welches Datum haben wir?«, fragte Sax.

»Nirgal-Tag. Elfter August.«

Sie fuhren langsam durch Straßen, die von jubelndem Volk gesäumt waren. Eine Gruppe war so gekleidet wie die Eingeborenen vor Ankunft der Europäer und brüllte wild. Die Münder rot und weiß in braunen Gesichtern. Stimmen wie Musik. Alle sangen. Die Leute im Wagen hörten sich an wie Coyote. In der Menge standen sogar Leute in Coyote-Masken. Das zerfurchte Gesicht von Desmond Hawkins auf Gummimasken, schiefer, als es in Wirklichkeit war, trotz seines Kieferbruchs. Und Worte. Nirgal hatte geglaubt, dass ihm auf dem Mars jede mögliche

Verzerrung der englischen Sprache begegnet wäre, aber er konnte kaum verstehen, was die Leute von Trinidad sagten: Akzent, Diktion, Intonation ... Er wusste nicht, was es war. Er schwitzte heftig, aber ihm war immer noch heiß.

Der Wagen fuhr holprig und langsam, kam zwischen den Menschenmauern zu einem kurzen Steilufer. Dahinter lag ein Hafendistrikt, der jetzt halb unter Wasser lag. Die eingesunkenen Häuser standen in schmutzigen Schaumflecken, die auf unsichtbaren Wellen schaukelten. Die ganze Nachbarschaft ein Schwimmbecken, die Häuser riesige freiliegende Muscheln, manche aufgebrochen. Wasser schwappte durch ihre Fenster hinein und heraus, dazwischen Ruderboote. Größere Schiffe waren an Laternenpfähle und Stromleitungsmasten zwischen den Gebäuden gebunden. Weiter draußen schwankten Segelboote auf dem von der Sonne gebleichten Blau, jedes Boot mit zwei oder drei Segeln vorn und hinten. Grüne Hügel stiegen zur Rechten auf und bildeten eine große offene Bucht. »Fischerboote kommen durch die Straßen noch herein, aber die großen Schiffe benutzen die Bauxit-Docks unten bei Punkt T, da draußen, siehst du?«

Fünfzig verschiedene Grüntöne überlagerten sich auf den Bergen. Die Palmen in den Untiefen waren tot, ihre Blätter gelb und schlaff. Sie markierten die Gezeitenzone. Oberhalb davon spross überall Grün. Straßen und Häuser waren aus einer Pflanzenwelt herausgehackt worden. Grün und Weiß, wie in seiner Kindheitsvision. Aber hier waren diese beiden primären Farben getrennt und in einer blauen Eierschale eingebettet, oben das Meer, unten der Himmel. Sie standen oberhalb der Wellen, und dennoch war der Horizont so weit weg! Ein unübersehbarer Beweis für die Größe dieser Welt. Kein Wunder, dass man geglaubt hatte, die Erde sei flach. Das unten durch die Straßen plätschernde Wasser machte ein ständiges Geräusch: *krrrr*, ebenso laut wie die Rufe der Menge.

Der abscheuliche Gestank wurde plötzlich durch den Teergeruch einer Windbö abgeschnitten. »Der Pechteich unten bei

La Brea wurde vollkommen abgegraben und verschifft. Nichts ist geblieben als ein schwarzes Loch im Boden und ein kleiner Teich, den wir nutzen. Was du riechst, ist die neue Straße hier am Wasser.« Eine Asphaltstraße, die Luftspiegelungen ausschwitzte. Die Leute drängten sich auf der schwarzen Straße. Sie hatten alle schwarzes Haar. Eine junge Frau kletterte auf den Wagen, um Nirgal eine Blumengirlande um den Hals zu legen, deren süßer Duft mit dem scharfen Salzdunst kontrastierte. Parfüm und Weihrauch, vom heißen lebendigen Wind getrieben, vermischt mit dem Geruch nach Teer und Gewürzen. Stahltrommeln, in dem harten Lärm so vertraut, klingelten und klimperten. Sie spielten Marsmusik! Die Dächer in dem überschwemmten Distrikt zur Linken trugen jetzt klapprige Patios. Es stank wie in einem vergammelten Treibhaus, ein heißer feuchter Luftschwall, und alles wirkte in dem weißen Licht wie überzuckert. Schweißbäche rannen Nirgals Haut hinunter. Die Leute jubelten ihm von den überschwemmten Dächern und Booten aus zu. Das Wasser war mit Blumen bedeckt, die auf dem Schaum auf- und abschaukelten. Schwarzes Haar schimmerte wie Chitin oder Juwelen. Ein hölzernes Schwimmdock, besetzt mit mehreren Bands, die gleichzeitig verschiedene Stücke spielten. Fischschuppen und Blütenblätter lagen verstreut auf dem Boden, verschwimmende silberne, rote und schwarze Punkte. Geworfene Blumen wurden vom Wind vorbeigetragen, reine Farbstreifen – Gelb, Rosa und Rot. Der Fahrer ihres Autos wandte sich um und sagte, ohne auf die Straße zu achten: »Hört nur, das ist unsere Soca-Musik, Karnevalsmusik, Pan-Musik. Die Duglas spielen sie. Was für ein rasanter Wettbewerb, das sind die besten fünf Bands in ganz Port of Spain!«

Sie kamen durch einen sichtlich alten Bezirk, wo die Häuser aus kleinen, zerbröckelnden Backsteinen bestanden, mit Dächern aus rostigem Wellblech – alles alt und winzig. Auch die Leute waren klein mit brauner Haut. »Auf dem Land Hindus, die Städte schwarz. In T'n'T, Trinidad und Tobago, vermischt sich alles, das ist Dugla.« Gras bedeckte den Boden und brach aus jedem Riss in den Mauern hervor, aus Dächern, Schlaglöchern und allem, was nicht kürzlich mit Asphalt geteert worden war. Eine grüne Springflut strömte überall auf die Oberfläche des Planeten. Die dicke Luft stank!

Dann kamen sie aus dem alten Distrikt auf einen breiten asphaltierten Boulevard, flankiert von hohen Bäumen und großen Marmorgebäuden. »Metanat-Wolkenkratzer. Sahen hoch aus, als man sie baute, aber nichts reicht so hoch hinauf wie das Kabel.« Saurer Schweiß, süßlicher Rauch, alles knallgrün – er musste die Augen schließen, damit ihm nicht schlecht wurde. »Geht's dir nicht gut?« Insekten schwirrten, die Luft war so heiß, dass er ihre Temperatur nicht schätzen konnte, sie hatte seine persönliche Skala überschritten. Er setzte sich schwer zwischen Maya und Sax.

Der Wagen hielt. Er stand mühsam wieder auf und stieg aus. Das Gehen war beschwerlich. Beinahe wäre er hingefallen. Alles drehte sich. Maya packte ihn fest am Arm. Er rieb sich die Schläfen und atmete durch den Mund. Sie fragte scharf: »Geht's dir gut?«

»Alles okay«, antwortete Nirgal und versuchte zu nicken.

Sie befanden sich in einem Neubaukomplex. Ungestrichenes Holz, nackter Beton, jetzt mit zerdrückten Blumenblättern bedeckt und dreckig. Überall Menschen und fast alle in grellen Karnevalskostümen. Das Brennen der Sonne in seinen Augen wollte nicht nachlassen. Er wurde zu einem hölzernen Podium geführt, zu dessen Füßen sich eine lautstark applaudierende Menge befand.

Eine schöne schwarzhaarige Frau im grünen Sari mit weißer Gürtelschärpe stellte die vier Marsianer der Menge vor. Die Berge hinter ihr sahen aus wie grüne Flammen in einem starken Westwind. Hier war es kühler als draußen und stank glücklicherweise nicht so sehr. Maya trat vor die Mikrofone und Kameras, und die Jahre fielen von ihr ab. Sie sprach in kurzen einzelnen Sätzen, die jeweils antifonisch mit Applaus beantwortet wurden, Ruf und Antwort, Ruf und Antwort. Ein Medienstar, dem die ganze Welt zuschaute, angenehm charismatisch, legte dar, was Nirgal im Grunde wie ihre Rede in Burroughs am entscheidenden Punkt der Revolution vorkam, als sie die Massen im Princess Park gesammelt und aufgerichtet hatte. So in etwa.

Michel und Sax lehnten es ab zu sprechen. Sie bedeuteten Nirgal, der Menge und den grünen Bergen, die sie zur Sonne emporhoben, entgegenzutreten. Einige Zeit konnte er, als er so dastand, sich selbst nicht denken hören, so laut war der Applaus, der in der dichten Luft stark widerhallte.

Dann sagte er ins Mikrofon: »Der Mars ist ein Spiegel, in dem die Erde ihr eigenes Wesen erblickt. Der Aufbruch zum Mars war eine reinigende Reise, bei der alles außer den wichtigsten Dingen abgestreift wurde. Was am Ende übrig blieb, war durch und durch terranisch. Und was seither geschehen ist, war ein Ausdruck terranischen Denkens und terranischer Gene. Und deswegen können wir, besser als durch materielle Hilfe an seltenen Metallen oder neuen genetischen Behandlungen, dem Heimatplaneten am meisten helfen, indem wir als ein Weg dienen, damit ihr euch selbst erkennt. Als ein Weg, um eine unvorstellbare Größe auszumessen. So leisten wir mit unserem kleinen Anteil unseren Beitrag zur Schaffung der großen Zivilisation, die auf der Schwelle zur Verwirklichung steht. Wir sind die Primitiven dieser unbekannten Zivilisation.«

Laute Beifallsrufe.

»So sehen wir auf dem Mars das jedenfalls – eine jahrhundertelange Evolution hin zu Gerechtigkeit und Frieden. Je mehr Wissen sich die Menschen erarbeiten, desto besser verstehen sie ihre eigene Abhängigkeit – voneinander und von ihrer Welt. Auf dem Mars haben wir gesehen, dass der beste Weg, diese gegenseitige Abhängigkeit auszudrücken, Geschenke sind, Leben in einer Kultur des Mitgefühls. Und die gemeinsame Arbeit auf das allgemeine Wohl hin macht uns erst wirklich frei. Keine andere Gesetzmäßigkeit ist so wahr wie diese eine: Je mehr wir geben, desto mehr bekommen wir. Jetzt, inmitten einer großen Flut, angespornt durch diese Katastrophe, sehen wir diese Kultur des Mitgefühls erblühen, auf beiden Welten zugleich.«

Er setzte sich unter ungeheurem Getöse hin. Dann waren die Reden vorbei, und sie gingen zu einer Art Pressekonferenz über und beantworteten die Fragen, die die schöne Frau im grünen Sari stellte. Nirgal antwortete seinerseits mit Fragen nach dem neuen Gebäudekomplex, in dem sie saßen, und der Situation auf der Insel. Sie antwortete mit einem Schwall von Erklärungen unter dem Gelächter der wohlwollenden Menge, die hinter der Mauer von Reportern und Kameras immer noch zuschaute. Die Frau stellte sich als die Premierministerin von Trinidad und Tobago heraus. Diese kleine Nation auf zwei Inseln war den größten Teil des letzten Jahrhunderts wider Willen von der Armscor-Metanat beherrscht worden, erklärte sie; und erst seit der Flut hatten sie diese Verbindung aufgelöst »und damit endlich jegliche koloniale Bindung«. Wie da die Menge jubelte! Ihr Lächeln drückte die Freude einer ganzen Gesellschaft aus. Sie war eine Dugla, erkannte er, und unglaublich schön.

Wie sie erklärte, war der Komplex, in dem sie sich befanden, eines von Dutzenden Hilfskrankenhäusern, die auf den beiden Inseln seit der Flut errichtet worden waren. Ihr Bau war das Hauptprojekt der Insulaner gewesen, eine Reaktion auf ihre neue Freiheit. Sie hatten Hilfszentren geschaffen, die die Flutopfer unterstützten, indem sie ihnen Unterkunft, Arbeit und medizinische Versorgung gaben, einschließlich der Langlebigkeitsbehandlung.

»Jeder bekommt die Behandlung?«, fragte Nirgal.

»Ja«, antwortete die Frau.

»Gut!«, sagte Nirgal überrascht. Er hatte gehört, dass das auf der Erde selten wäre.

»Das sagen Sie«, erwiderte die Premierministerin. »Es heißt, sie wird auch eine Menge Probleme schaffen.«

»Ja, das wird sie. Ganz sicher sogar. Aber ich denke, wir sollten es auf jeden Fall machen. Jedem die Behandlung geben und dann überlegen, was zu tun ist.«

Es dauerte ein paar Minuten, bis man über den Jubel der Menge überhaupt wieder etwas hören konnte. Die Premierministerin versuchte sie zu beruhigen; aber ein kleiner Mann in einem modischen braunen Anzug trat aus der Gruppe hinter der Premierministerin hervor und erklärte unter Hochrufen: »Dieser Marsmensch Nirgal ist ein Sohn Trinidads! Sein Vater, Desmond Hawkins, der blinde Passagier, der Cojote vom Mars, kommt aus Port of Spain, und er hat noch eine Menge Leute dort! Armscor hat die Ölgesellschaft gekauft und wollte auch die Insel kaufen, aber die haben sich die falsche Insel dazu ausgesucht. Das Temperament Ihres Cojote entstand nicht im luftleeren Raum, Maestro Nirgal: Es kommt aus T'n'T. Er hat auf seinen Reisen jedem, dem er begegnet ist, den T'n'T-*way of life* beigebracht. Und dort oben sind sie alle irgendwie Dugla, sie verstehen unsere Art und haben damit den ganzen Mars erobert! Der Mars ist ein großes Trinidad-Tobago!«

Die Menge war hingerissen; und impulsiv ging Nirgal auf den Mann zu und umarmte ihn lächelnd. Dann fand er die Treppe, stieg hinunter und trat in die Menge hinaus, die sich um ihn drängte. Ein Miasma von Gerüchen. Zu viel Lärm, um nachzudenken. Er berührte Menschen und wurde von ihnen berührt, er schüttelte ihre Hände. Der Ausdruck in ihren Augen! Alle waren kleiner als er, und sie lachten darüber. Jedes Gesicht erzählte eine ganze Biografie. Schwarze Punkte schwammen vor seinen Augen, alles wurde abrupt dunkler. Er schaute sich nervös um. Eine Wolkenbank hatte sich im Westen über einem dunklen Meeresstreifen zusammengeballt, und deren Rand verdeckte die Sonne. Während er mit dem Bad in der Menge fortfuhr, rollten die Wolken über die Insel. Die Menge brach auseinander, als sich die Leute unter den Schutz von Bäumen oder Verandas oder einer großen Bushaltestelle mit Blechdach flüchteten. Maya, Sax und Michel standen ebenfalls inmitten von Menschenmengen. Die Wolken waren unten dunkelgrau und erhoben sich zu weißen Wirbeln, so dicht wie Fels, aber veränderlich und ständig dahinfließend. Ein kühler Wind kam plötzlich auf, und dann schlugen große Regentropfen in den Schmutz ein, und die vier Marsianer wurden unter das Dach eines offenen Pavillons gedrängt, wo man für sie Platz gemacht hatte.

Dann strömte der Regen herab. Nirgal hatte noch nie etwas Vergleichbares gesehen. Der Regen war dicht wie ein Vorhang, prasselte und brüllte, ballte sich zu plötzlichen breiten Pfützen, die schnell überliefen. Alles war von Millionen Explosionen weißer Tröpfchen übersät. Die ganze Welt außerhalb des Pavillons war durch das fallende Wasser zu Farbflecken verwischt – grün und braun, alles durcheinander. Maya grinste: »Es ist, als fiele der Ozean auf uns herunter.«

»So viel Wasser!« Nirgal war fassungslos.

Die Premierministerin zuckte die Achseln. »Das passiert während des Monsuns jeden Tag. Es gibt mehr Regen als sonst, und wir haben schon eine Menge abbekommen.«

Nirgal schüttelte den Kopf und fühlte einen Druck an den Schläfen. Der Schmerz des Atmens in feuchter Luft. Es war beinahe wie Ertrinken.

Die Premierministerin erklärte ihnen etwas, aber Nirgal konnte kaum folgen, so stark waren seine Kopfschmerzen. Jeder in der Unabhängigkeitsbewegung konnte sich einer Praxisfiliale anschließen, und während der ersten Jahre ihrer Arbeit hatten sie Hilfszentren wie dieses gebaut. Die Langlebigkeitsbehandlung bekam jede Person beim Beitritt automatisch und wurde in den neu erbauten Zentren vollzogen. Implantate zur Geburtenkontrolle konnte man gleichzeitig ebenfalls erhalten, reversibel, aber permanent aktiv, wenn man sie drin ließ. Viele ließen sie sich einsetzen, als Beitrag zur Sache. »Babys kommen später.

Wir haben ja Zeit«, lautete die weit verbreitete Devise. Die Leute wollten auf jeden Fall beitreten, und fast jeder hatte es getan. Armscor war gezwungen, sich diesem Arrangement von Praxis anzupassen, um zumindest einige seiner Leute zu behalten; darum machte es jetzt keinen großen Unterschied mehr, welcher Organisation man angehörte, in Trinidad waren sie alle fast gleich. Frisch behandelt, fingen die neuen Mitglieder an mehr Wohnraum zu bauen oder in der Landwirtschaft zu arbeiten oder Geräte für die Krankenhäuser herzustellen. Trinidad war es vor der Flut recht gut gegangen, das Resultat großer Ölreserven und der Investitionen der Metanats in die Steckdose. Es hatte eine progressive Tradition gegeben, die in den Jahren nach dem Auftauchen der ungeliebten Metanats die Basis des Widerstands gebildet hatte. Jetzt gab es eine wachsende Infrastruktur, die dem Langlebigkeitsprojekt gewidmet war. Die Lage war vielversprechend. Jedes Camp war auf einer Warteliste für die Behandlung, und alle arbeiteten an der Errichtung der Einrichtungen mit. Natürlich waren die Leute absolut entschlossen, diese Orte zu verteidigen. Selbst wenn Armscor es gewollt hätte, wäre es seinen Sicherheitskräften sehr schwer gefallen, die Camps zu erobern. Und falls sie es täten, würden sie ohnehin nichts Wertvolles darin finden. Sie hatten die Behandlung ja schon. Sie hätten lediglich Völkermord begehen können, aber abgesehen davon hatten sie wenig Chancen, die Situation wieder in den Griff zu bekommen.

»Die Insel hat sich einfach von ihnen abgewandt«, schloss die Premierministerin. »Keine Armee konnte das aufhalten. Es bedeutet das Ende für die ökonomische Kaste und für Kasten überhaupt. Das ist etwas Neues, ein neues Dugla in der Geschichte, wie Sie in Ihrer Rede so schön gesagt haben. Wie ein kleiner Mars. Dass Sie nun hier sind, um uns zu besuchen, Sie, ein Enkel der Insel, der uns in Ihrer schönen neuen Welt so viel gelehrt hat – oh, das ist etwas Besonderes. Ein echtes Fest.« Wieder das strahlende Lächeln.

»Wer war der Mann, der gesprochen hat?«

»Oh, das war James.«

Der Regen hörte plötzlich auf. Die Sonne brach durch, und die Welt dampfte. In dieser weißen Luft rann Nirgal der Schweiß über die Haut. Er konnte kaum atmen. Weiße Luft und schwimmende schwarze Flecken.

»Ich glaube, ich muss mich hinlegen.«

»Ja, natürlich! Sie müssen erschöpft und erledigt sein. Kommen Sie mit uns!«

Sie brachten ihn zu einem kleinen Nebengebäude des Komplexes in ein helles Zimmer, dessen Wände mit Bambusstreifen bedeckt waren. Bis auf eine Matratze auf dem Boden war es leer.

»Ich fürchte, die Matratze ist für Sie nicht lang genug.«

»Das macht nichts.«

Man ließ ihn allein. Irgendetwas an dem Raum erinnerte ihn an das Innere von Hirokos Hütte in dem Hain am Seeufer in Zygote. Nicht bloß der Bambus, sondern Größe und Gestalt des Zimmers – und noch etwas anderes, schwer zu definierendes. Das einströmende grüne Licht vielleicht. Die Empfindung von Hirokos Präsenz war so stark und unerwartet, dass Nirgal, als die anderen den Raum verlassen hatten, sich auf die Matratze warf, wobei seine Füße weit überhingen, und weinte. Völliges Gefühlschaos. Sein ganzer Körper schmerzte, aber besonders der Kopf. Er hörte auf zu weinen und sank in tiefen Schlaf.

Er erwachte in einer kleinen schwarzen Kammer. Es roch grün. Er konnte sich nicht erinnern, wo er war. Er rollte sich auf den Rücken, und es fiel ihm ein: die Erde. Flüstern. Er richtete sich erschrocken auf. Ein gedämpftes Lachen. Hände packten ihn und drückten ihn nach unten; aber es waren freundliche Hände, das spürte er sofort. »Psst!«, machte jemand und küsste ihn. Jemand anders fummelte an seinem Gürtel und seinen Knöpfen herum. Frauen – zwei, drei, nein zwei –, die überwältigend nach Jasmin und noch etwas anderem rochen. Zwei Parfüms, beide warm. Schweißige Haut, glitschig. Die Arterien in seinem Kopf pulsierten. So etwas war ihm schon passiert, als er jünger war, als die frisch überkuppelten Canyons wie neue Welten waren, voller junger Frauen, die schwanger werden oder auch bloß Spaß haben wollten. Nach den zölibatären Monaten der Reise war es ein himmlisches Gefühl, Frauenkörper zu streicheln, zu drücken, zu küssen und geküsst und gestreichelt zu werden; und seine anfängliche Angst schmolz in einem Rausch von Händen und Mündern, Brüsten und verschlungenen Beinen dahin. Er stöhnte: »Schwester Erde!« Von irgendwo her aus der Ferne kam Musik, Piano, Stahltrommeln und Tablas, fast vom Klang des Windes im Bambus übertönt. Eine der Frauen schwang sich auf ihn, er glitt in sie hinein. Er würde sich für immer an das Gefühl ihrer Rippen unter seinen Händen erinnern. Er kam in ihr und küsste sie weiter. Aber sein Kopf schmerzte immer noch.

Als er das nächste Mal erwachte, lag er nackt auf der feuchten Matratze. Es war immer noch dunkel. Er zog sich an und ging aus dem Zimmer. Durch einen dämmrigen Korridor kam er in einen Wintergarten. Der Abend dämmerte. Er hatte einen ganzen Tag verschlafen. Maya, Michel und Sax saßen mit einer großen Gruppe beim Essen. Nirgal versicherte ihnen, dass es ihm gut ginge – er war geradezu ausgehungert.

Er setzte sich zu ihnen. Draußen im Freien inmitten des noch feuchten Komplexes hatte sich eine Menge um eine Küche unter freiem Himmel versammelt. Dahinter leuchtete ein offenes Feuer gelb im Halbdunkel. Seine Flammen ließen die dunklen Gesichter in Konturen erkennen und das Weiße in ihren Augen und ihre Zähne aufblitzen. Die Leute an seinem Tisch schauten ihn alle an. Einige junge Frauen lächelten. Ihr kohlschwarzes Haar glänzte wie Kappen aus Juwelen; und Nirgal fürchtete einen Moment, dass er nach Sex und Parfüm riechen könnte. Aber im Rauch des Feuers und Dunst der gewürzten Gerichte auf dem Tisch würde das untergehen. In einer solchen olfaktorischen Explosion konnte man nichts zu seinem Ursprung zurückverfolgen; und der Geruchs- und Geschmackssinn eines jeden wurde ohnehin durch das Essen bombardiert, das scharf mit Curry und Cayenne gewürzt war, Fischstücke auf Reis mit einem Gemüse, das ihm Mund und Kehle förmlich verbrannte, sodass er in der nächsten halben Stunde nur noch blinzelte, schnaufte und Gläser voll Wasser hinunterstürzte. Sein Kopf brannte. Jemand gab ihm eine Scheibe kandierter Orange, die seinen Mund etwas beruhigte. Er aß mehrere Stücke dieser bittersüßen Frucht.

Nach dem Essen räumten sie alle zusammen die Tische ab, wie in Zygote oder Hiranyagarbha. Draußen umkreisten Tänzer das Feuer, gekleidet in ihre surrealen Karnevalskostüme mit Masken wilder Tiere und Dämonen über den Köpfen, wie in der Fastnacht in Nicosia, obwohl die Masken schwerer und fremdartiger waren: Dämonen mit vielen Augen und großen Zähnen, Elefanten, Göttinnen. Die Bäume hoben sich dunkel vor dem verschwommenen Schwarz des Himmels ab, ihre dichten Kronen bewegten sich im Wind, das Laub in der Höhe schwarz und dunkelgrün und dann feuerfarben, als die Flammen höher züngelten, als lieferten sie den Rhythmus zum Tanz. Eine kleine junge Frau mit sechs Armen, die sich im Tanz alle gleichzeitig bewegten, trat hinter Nirgal und Maya. Sie sagte: »Das ist der Tanz des Ramayana. Er ist so alt wie die Zivilisation, und darin geht es um Mangala.«

Sie gab Nirgal einen vertraulichen Klaps auf die Schulter, und plötzlich erkannte er ihren Jasmingeruch wieder. Ohne zu lächeln, ging sie wieder zum Feuer hinüber. Die Tabla-Trommeln folgten den hochschlagenden Flammen mit einem Crescendo, und die Tänzer stießen laute Schreie aus. Nirgals Kopf schmerzte bei jedem Takt, und trotz der kandierten Orange tränten seine Augen noch von dem brennenden Pfeffer. Und seine Lider waren schwer. »Ich weiß, dass es komisch klingt« sagte er, »aber ich muss mich wieder hinlegen.«

Er erwachte vor dem Morgengrauen und ging auf eine Veranda hinaus, um dabei zuzusehen, wie sich der Himmel in einer durchaus marsähnlichen Folge erhellte, von Schwarz zu Purpur zu Rosa, ehe das erstaunliche Cyanblau eines tropischen Morgens auf der Erde kam. Sein Kopf tat noch weh, als wäre er aufgeblasen, aber er fühlte sich wenigstens ausgeruht und bereit, es wieder mit der Welt aufzunehmen. Nach einem Frühstück aus braungrünen Bananen machten er und Sax mit einigen ihrer Gastgeber eine Fahrt rund um die Insel.

Überall, wohin sie kamen, waren immer ein paar Hundert Leute zu sehen. Sie waren alle klein, auf dem Land braunhäutig wie Nirgal, dunkler in den Städten. Es gab große Lieferwagen, die herumfuhren wie fliegende Verkaufsstände, die die Dörfer, die zu klein waren, um eigene Läden zu haben, versorgten. Nirgal war überrascht, wie mager die Leute waren, ihre Gliedmaßen waren hager durch schwere Arbeit und auch sonst dünn wie Zweige. Die Kurven der jungen Frauen waren wie Blüten, denen auf dieser schweren Welt keine lange Dauer beschieden sein dürfte.

Wenn die Leute ihn erkannten, strömten sie herbei, um ihn zu begrüßen und ihm die Hand zu drücken. Sax schüttelte den Kopf, als er Nirgal unter ihnen sah. »Bimodale Verteilung«, murmelte er. »Keine richtige Artenteilung, aber vielleicht kommt die noch, wenn genügend Zeit vergangen ist. Insel-Divergenz, ganz nach Darwin.«

Nirgal stimmte zu. »Ich bin Marsianer.«

Ihre Häuser waren in Lichtungen untergebracht, die in den grünen Dschungel gehauen waren, der danach den Raum zurückzugewinnen suchte. Die älteren Bauten bestanden alle aus Schlammziegeln, die vom Alter geschwärzt waren und wieder in der Erde einsanken. Die Reisfelder waren so fein terrassiert, dass die Berge entfernter aussahen, als sie in Wirklichkeit waren. Das Hellgrün der jungen Reispflanzen war eine auf dem Mars nie gesehene Farbe. Im Allgemeinen waren die Grüntöne strahlend und leuchteten stärker als alles, was Nirgal je gesehen hatten. Sie bedrängten ihn, so vielfältig und intensiv, während die Sonne seinen Rücken aufheizte. »Das kommt durch die Farbe des Himmels«, erklärte Sax, als Nirgal es erwähnte. »Die roten Töne im Marshimmel dämpfen das Grün.«

Die Luft war dick, feucht und widerlich. Das schimmernde Meer endete an einem fernen Horizont. Nirgal hustete, atmete durch den Mund und versuchte seine pulsierenden Schläfen und schmerzende Stirn zu ignorieren.

»Du hast das Gegenteil der Höhenkrankheit«, mutmaßte Sax. »Ich habe gelesen, dass das Menschen aus dem Himalaya und den Anden passiert, die auf Meereshöhe herunterkommen. Der Säurepegel im Blut. Wir hätten irgendwo höher landen sollen.«

»Warum haben wir das nicht getan?«

»Sie wollten dich hier haben, weil Desmond von hier gekommen ist. Das ist dein Heimatland. Tatsächlich scheint es fast schon einen Streit darüber zu geben, wer uns als Nächster empfangen wird.«

»Selbst hier?«

»Hier noch mehr als auf dem Mars, denke ich.«

Nirgal stöhnte. Das Gewicht der Welt, die erstickende Luft … »Ich gehe laufen«, sagte er und verschwand.

Zuerst war es die gewohnte Befreiung. Die Bewegungen und Reaktionen durchströmten ihn und erinnerten ihn daran, dass er immer noch er selbst war. Aber er schwang sich nicht in jene *Lung-gom-pa*-Zone auf, wo Laufen wie Atmen war, etwas, das er unbegrenzt lange tun konnte. Stattdessen spürte er die zunehmende Anstrengung seiner Lungen, mit der dicken Luft zurechtzukommen, und die Blicke der kleinen Leute, an denen er vorbeikam. Und vor allem den Druck seines eigenen Gewichts, das seinen Gelenken schmerzte. Er wog mehr als doppelt so viel, als er gewohnt war; und es war so, als trüge er eine unsichtbare Person auf dem Rücken – nein, das Gewicht war in ihm. Als wären die Knochen in seinem Körper zu Blei geworden. Seine Lungen verbrannten, aber gleichzeitig fühlte es sich an wie ertrinken, und kein Husten machte sie frei. Größere Leute in westlicher Kleidung auf kleinen dreirädrigen Fahrrädern, die durch die Pfützen platschten, folgten ihm jetzt. Die Einheimischen drängten scharenweise auf die Straße und blockierten die Dreiradfahrer. Augen und Zähne schimmerten in ihren dunklen Gesichtern, während sie redeten und lachten. Die Männer auf den Dreirädern hatten helle Gesichter und musterten Nirgal prüfend. Aber sie reizten die Menge nicht. Nirgal bog ab und trabte auf einer neu gebauten Straße auf das Camp zu. Jetzt flammten die grünen Berge zu seiner Rechten. Bei jedem Schritt spürte er die Straße in seinen Gliedern, bis seine Beine brennende Baumstämme waren. Dass Laufen schmerzen konnte! Sein Kopf war wie ein riesiger Ballon. All die feuchten grünen Pflanzen schienen nach ihm zu greifen, hundert grüne Flammen in allen Schattierungen verschmolzen zu einem dominierenden Farbband, das sich in die Welt ergoss. Verschwimmende schwarze Punkte. »Hiroko!«, keuchte er und lief weiter, während ihm Tränen über das Gesicht liefen. Niemand würde sie vom Schweiß unterscheiden können. Hiroko, es ist nicht so, wie du gesagt hast!

Er stolperte über den ockerfarbenen Schmutz des Komplexes, und Dutzende von Leuten folgten ihm bis zu Maya. Triefend, wie er war, schlang er doch die Arme um sie und senkte stöhnend den Kopf auf ihre Schulter.

»Wir sollten nach Europa fliegen«, sagte Maya verärgert zu jemandem hinter seinem Rücken. »Es war keine gute Idee, ihn direkt in die Tropen zu bringen.«

Nirgal rückte beiseite, um sich umzuschauen. Es war die Premierministerin. Sie sagte: »So leben wir hier«, und durchbohrte Nirgal mit einem nachtragenden, stolzen Blick.

Aber Maya war nicht beeindruckt und sagte: »Wir fliegen nach Bern.«

Sie flogen in einem kleinen, von Praxis gestellten Flugzeug in die Schweiz. Unterwegs sahen sie aus dreißigtausend Metern Höhe auf die Erde hinunter. Der blaue Atlantik, die gezackten Berge Spaniens, die ein wenig an die Hellespontus Montes erinnerten, dann Frankreich. Danach die weiße Mauer der Alpen, anders als alle Gebirge, die er je gesehen hatte. Die kühle Luft im Suborbitalflugzeug war Nirgal höchst willkommen, und es bekümmerte ihn, dass er die freie Luft auf der Erde nicht vertrug.

»In Europa wird es dir besser gehen«, versicherte Maya.

Nirgal dachte an den Empfang, der ihnen zuteilgeworden war, und sagte: »Sie lieben dich hier.« Überwältigt, wie er gewesen war, hatte er doch bemerkt, dass die Begrüßung der anderen drei durch die Duglas ebenso begeistert gewesen war wie für ihn. Und Maya war besonders verehrt worden.

»Sie freuen sich, dass wir es überlebt haben«, wiegelte Maya ab. »Für sie sind wir wie durch Zauberei von den Toten wiedergekehrt. Sie haben uns für tot gehalten, verstehst du? Seit '61 haben sie gedacht, die Ersten Hundert wären alle tot, bis letztes Jahr. Siebenundsechzig Jahre! Und diese ganze Zeit über war auch ein Teil von ihnen tot. Unsere Rückkehr, in dieser Flut, wo sich alles ändert – ja. Das ist wie eine Sage. Die Rückkehr aus der Unterwelt.«

»Aber nicht alle.«

»Nein.« Sie lächelte beinahe. »Das müssen sie noch herausfinden. Sie denken, Frank lebe noch und Arkady und John auch, obwohl John Jahre vor '61 getötet wurde und alle es wussten! Jedenfalls eine Zeit lang. Aber Menschen vergessen Dinge. Es ist so lange her. Und sie wünschen sich, dass John Boone noch lebt. Deswegen vergessen sie Nicosia und sagen, er sei noch Teil des Untergrundes.« Sie lachte kurz auf, von ihren Gedanken aus der Ruhe gebracht.

»Genau wie mit Hiroko«, sagte Nirgal. Er fühlte, wie sich seine Kehle zuschnürte. Eine Welle der Traurigkeit durchfuhr ihn wie in Trinidad und hinterließ ihn blass und gequält. Er glaubte – er hatte immer geglaubt –, dass Hiroko lebte und sich mit ihren Leuten irgendwo im südlichen Hochland versteckt hielt. Auf diese Weise hatte er den Schock der Nachricht ihres Verschwindens überwunden, er war ganz sicher, dass sie aus Sabishii entkommen war und wieder auftauchen würde, wenn sie die Zeit für gekommen hielt. Jetzt war er, ohne dass er einen Grund dafür wusste, nicht mehr so sicher.

In dem anderen Sitz neben Maya saß Michel mit angespannten Zügen. Plötzlich hatte Nirgal das Gefühl, in einen Spiegel zu schauen. Er wusste, dass sein Gesicht die gleiche Miene zeigte. Das spürte er in seinen Muskeln. Er und Michel hatten beide Zweifel – vielleicht wegen Hiroko, vielleicht wegen anderer Dinge. Schwer zu sagen. Michel schien nicht darüber sprechen zu wollen.

Und ihnen gegenüber beobachtete Sax sie beide mit seinem üblichen vogelähnlichen Blick.

Sie fielen parallel zur großen Nordwand der Alpen aus dem Himmel und landeten auf einer Rollbahn zwischen grünen Feldern. Man brachte sie zu einem marsähnlich kühlen Gebäude, dann treppab zu einem Zug aus Metall, der aus dem Bau und über grüne Felder glitt. Eine Stunde später waren sie in Bern.

Dort drängten sich Diplomaten und Reporter in den Straßen, jeder mit einer Identitätsmarke an der Brust und jeder mit dem Auftrag, mit ihnen zu sprechen. Die Stadt war klein, altertümlich und solide. Sie vermittelte das greifbare Gefühl geballter Macht. Enge, kopfsteingepflasterte Straßen waren von Steingebäuden mit Arkaden flankiert, alles so solide wie die Berge. Die Aare floss flink in einer S-Kurve durch die Stadt und umfasste ihren Hauptteil in einem Bogen. Die Mehrheit der in diesem Viertel eng beieinander lebenden Leute waren Europäer. Penibel aussehende Weiße, nicht so klein wie die meisten Terraner, wälzten sich in Gespräche verwickelt durch die Gassen. Und immer drängte sich eine große Anzahl von ihnen um die Marsianer und ihre Eskorte, die jetzt aus der Schweizer Militärpolizei in blauen Uniformen bestand.

Nirgal, Sax, Michel und Maya erhielten Zimmer im Praxis-Hauptquartier in einem kleinen Steingebäude direkt oberhalb der Aare. Es erstaunte Nirgal, wie nahe am Wasser die Schweizer zu bauen wagten. Ein Anstieg des Flusses um zwei Meter würde eine Katastrophe bewirken. Aber das kümmerte sie nicht. Offenbar hatten sie den Fluss streng genug unter Kontrolle, obwohl er aus der steilsten Gebirgskette hervorkam, die Nirgal je gesehen hatte! Das war wirklich Terraforming – kein Wunder, dass sich die Schweizer auf dem Mars so gut machten!

Das Praxisgebäude war nur ein paar Straßen vom alten Stadtzentrum entfernt. Der Weltgerichtshof nahm verschiedene Büros in der Nähe der Häuser der Schweizer Bundesregierung, nahe der Mitte der Halbinsel, ein. So gingen sie jeden Morgen durch die gepflasterte Hauptstraße, die Kramgasse, die unglaublich sauber, kahl und unterbevölkert im Vergleich mit jeder Straße in Port of Spain war. Sie kamen unter dem mittelalterlichen Uhrenturm mit seinem reich verzierten Ziffernblatt und seinen mechanischen Figuren vorbei – wie eines von Michels alchemistischen Diagrammen, verwandelt in ein dreidimensionales Objekt. Dann zu den Büros des Weltgerichtshofs, wo sie mit einer Gruppe nach der anderen über die Verhältnisse auf Mars und Erde sprachen, UN-Beamte, Regierungsvertreter, metanationale Geschäftsführer, Hilfsorganisationen, Mediengruppen. Jeder wollte wissen, was auf dem Mars geschah, was der Mars als Nächstes zu tun gedachte, was sie von der Situation auf der Erde hielten und was der Mars der Erde als Hilfe anbieten konnte. Nirgal fand, dass mit den meisten Leuten, die er traf, recht leicht zu reden war. Sie schienen die entsprechenden Verhältnisse auf den zwei Welten zu verstehen. Sie machten sich hinsichtlich der Fähigkeit des Mars, »die Erde irgendwie zu retten«, keine Illusionen. Sie schienen weder zu erwarten, dass sie eines Tages den Mars wieder beherrschen würden, noch dass die metanationale Weltordnung der Jahre vor der Flut wiederkehren würde.

Es war allerdings anzunehmen, dass die Marsianer vor den Menschen abgeschirmt wurden, die ihnen gegenüber eine feindlichere Haltung einnahmen. Maya war sich dessen sehr sicher. Sie bemerkte, wie oft die Verhandlungspartner und Interviewer das offenbart hatten, was sie »Terrazentrizität« nannte. Ihnen war wirklich alles gleichgültig außer dem, was die Erde betraf. Der Mars war in mancher Hinsicht interessant, aber nicht akut wichtig. Nachdem sie Nirgal einmal auf diese Haltung hingewiesen hatte, erkannte er sie immer wieder. Und er fand das irgendwie tröstlich. Auf dem Mars gab es entsprechende Ansichten, da die Eingeborenen natürlich areozentrisch waren. Und das ergab Sinn. Es war eine Art von Realismus.

Nirgal bekam allmählich den Eindruck, dass die Terraner, die ein starkes Interesse am Mars zeigten, die schwierigsten Gesprächspartner waren. Bestimmte metanationale Firmendirektoren, deren Gesellschaften viel in die Terraformingprojekte investiert hatten, und nationale Repräsentanten stark bevölkerter Länder, die bestimmt sehr froh wären, wenn sie einen Ort hätten, zu dem sie Teile ihrer Bevölkerung hinschicken könnten. So saß Nirgal in Versammlungen mit Leuten von Armscor, Ammex und Subarashii, aus China, Indonesien und Japan und dem japanischen Metanat-Rat. Er hörte sehr aufmerksam zu und stellte eher Fragen, als selbst zu viel zu reden. Er sah, dass einige von ihren bis dahin treuesten Verbündeten, besonders China und Indien, in der neuen Ordnung ihr ernstestes Problem werden würden. Maya nickte mit grimmigem Gesicht, als er ihr diese Beobachtung mitteilte. »Wir können nur hoffen, dass die reine Distanz uns retten wird«, sagte sie. »Wie gut, dass es eine interplanetare Reise erfordert, um uns zu erreichen. Das ist ein Engpass für die Emigration, ganz gleich, wie fortgeschritten die Beförderungsmöglichkeiten sind. Aber wir werden immer auf der Hut sein müssen. Rede bitte hier nicht viel über diese Dinge! Am besten sagst du generell nicht viel!«

In den Mittagspausen bat Nirgal seine Begleitgruppe – ein Dutzend oder mehr Schweizer, die während jeder wachen Stunde bei ihm waren –, mit ihm zur Kathedrale hinüberzugehen, die, wie man Nirgal erzählt hatte, »das Monster« genannt wurde. Sie hatte einen Turm, durch den eine enge Wendeltreppe nach oben führte, die man emporsteigen konnte. Und fast jeden Tag machte Nirgal einige tiefe Atemzüge und kletterte dann diese Treppe hinauf, keuchend und schwitzend, bis er oben ankam. An den klaren Tagen, die nicht häufig waren, konnte er aus den offenen Bögen des obersten Raumes bis zu der entfernten steilen Wand der Alpen blicken, die, wie er erfahren hatte, das Berner Oberland genannt wurde. Diese gezackte weiße Wand lief von Horizont zu Horizont wie eine der großen Böschungen auf dem Mars, nur schneebedeckt, allein die dreieckigen Nordhänge mit ihrem hellgrauen Fels lagen frei, die so ganz anders als alles auf dem Mars waren. Sie bestanden aus Granit. Granitberge, durch die Kollision tektonischer Platten aufgerichtet. Und die Gewalt, die bei ihrer Entstehung gewirkt hatte, war deutlich sichtbar.

Zwischen dieser majestätisch weißen Bergkette und Bern lag eine Anzahl niedrigerer Gebirgsketten, die Grasalpen, ähnlich den Grünflächen in Trinidad. Nur war das Grün der Nadelbäume dunkler. So viel Grün! Wieder war Nirgal erstaunt, wie vollständig die Erde mit pflanzlichem Leben bedeckt war und die Lithosphäre unter einer dicken alten Decke von Biosphäre steckte. »Ja«, sagte Michel, der eines Tagen mit ihm zusammen die Aussicht genoss. »Die Biosphäre hat hier sogar einen großen Teil der oberen Gesteinsschicht gebildet. Überall wimmelt es von Leben. Es *wimmelt.*«

Michel wollte unbedingt in die Provence. Sie waren schon ganz nah, eine Flugstunde oder eine Nacht mit dem Zug. Alles, was sich in Bern abspielte, kam ihm nur wie das übliche endlose Gerangel der Politik vor. »Egal, ob Flut oder Revolution oder wenn die Sonne zur Nova wird – das wird immer so weitergehen! Du und Sax, ihr könnt euch damit beschäftigen. Ihr wisst besser als ich, was nötig und zu tun ist.«

»Und Maya erst recht.«

»Schon, ja. Aber ich will, dass sie mit mir kommt. Sie muss es sehen, sonst wird sie es nicht verstehen.«

Aber Maya war in den Verhandlungen mit den UN voll beschäftigt, die jetzt ernst wurden, da die Marsianer zu Hause die neue Verfassung angenommen hatten. Die UN erwiesen sich immer noch als Sprachrohr der Metanats, so wie der Weltgerichtshof weiterhin die neuen »kooperativen Demokratien« unterstützte. Darum waren die Debatten in den verschiedenen Versammlungen und per Video energisch, unberechenbar und bisweilen sogar feindselig – mit einem Wort: wichtig. Und Maya zog jeden Tag in die Schlacht. Für die Provence-Pläne ihres Mitstreiters hatte sie kein Ohr. Sie hatte in ihrer Jugend Südfrankreich besucht, sagte sie, und war nicht daran interessiert, es wiederzusehen, selbst mit Michel. »Sie sagt, die Strände sind alle verschwunden«, beklagte sich Michel. »Als wären die Strände das Wichtigste an der Provence!«

Auf jeden Fall wollte sie nicht gehen. Endlich, nachdem ein paar Wochen vergangen waren, gab Michel achselzuckend auf und beschloss, allein in die Provence zu fahren. Am Tag seiner Abreise begleitete Nirgal ihn zum Bahnhof am Ende der Hauptstraße und winkte dem langsam beschleunigenden Zug, der die Station verließ, hinterher. Im letzten Moment steckte Michel den Kopf aus einem Fenster und winkte mit breitem Grinsen zurück. Nirgal war schockiert über diesen Gesichtsausdruck, der so rasch an die Stelle der Enttäuschung über Mayas Fehlen getreten war. Dann freute er sich für seinen Freund und wurde sogar etwas neidisch. Es gab auf beiden Welten keinen Ort, den aufzusuchen ihn so glücklich machen würde.

Nachdem der Zug verschwunden war, ging Nirgal inmitten der üblichen Traube von Begleitern und unter den Augen der Medien auf der Kramgasse zurück. Er schleppte sein zweieinhalbfaches Körpergewicht das Monster hinauf und schaute nach Süden zum Berner Oberland. Er verbrachte dort eine Menge Zeit. Manchmal verzichtete er auf die Treffen am frühen Nachmittag und ließ Sax und Maya sich darum kümmern. Die Schweizer betrieben die Angelegenheiten in ihrer gewohnt geschäftsmäßigen Art. Die Meetings hatten Tagesordnungen und begannen pünktlich; und wenn sie mit der Tagesordnung nicht fertig wurden, so lag das nicht an den Schweizern im Raum. Sie waren genau wie die Schweizer auf dem Mars, wie Jurgen, Max, Priska und Sibilla mit ihrem Ordnungssinn, mit gut ausgeführter angemessener Handlungsweise und mit unsentimentaler Liebe zu Komfort und mit vorhersehbarem Anstand. Das war eine Haltung, über die Cojote lachte, die er als geradezu lebensbedrohend ablehnte. Aber Nirgal, der die Ergebnisse dieser Haltung in der eleganten steinernen Stadt unter sich sah, die von Blumen und von Menschen, denen es ebenso gut ging wie den Blumen, überquoll, dachte, es spräche doch manches dafür. Er war so lange heimatlos gewesen. Michel hatte seine Provence, bei der er Zuflucht suchen konnte. Aber für Nirgal gab es keinen beständigen Ort. Seine Heimatstadt lag zerschmettert unter einer Polkappe, seine Mutter war spurlos verschwunden, und seitdem war jeder Ort eben bloß ein Ort gewesen, und überall änderte sich ständig alles. Veränderlichkeit war seine Heimat. Und das war beim Blick über die Schweiz schwer einzugestehen. Er wollte eine Heimat, die so beständig war wie diese Ziegeldächer, diese Steinmauern hier, solide seit tausend Jahren.

Er versuchte, sich auf die Versammlungen im Weltgerichtshof und im Schweizer Bundeshaus zu konzentrieren. Praxis war immer noch führend bei der Reaktion auf die Flut, sie war gut darin, ohne Pläne zu arbeiten; und sie hatte vorher schon eine Kooperative für die Produktion von Grundgütern und Diensten, einschließlich der lebensverlängernden Behandlung, gehabt. Darum brauchte sie nur diesen Prozess zu beschleunigen, um die Führung zu übernehmen und zu zeigen, was bei der Notlage getan werden konnte. Die vier Reisenden hatten die Resultate in Trinidad gesehen. Lokale Bewegungen taten das meiste davon; aber Praxis half bei solchen Projekten in der ganzen Welt. Man sagte, William Fort wäre bei der schnellen Reaktion der »kollektiven Transnat«, wie er Praxis nannte, von entscheidender Bedeutung gewesen. Und seine mutierte Metanationale war nur eine unter Hunderten von Dienstleistungsagenturen, die das Ruder in die Hand genommen hatten. Auf der ganzen Welt beschäftigten sie sich mit dem Problem, die Küstenbevölkerung umzusiedeln und eine neue höher gelegene Infrastruktur zu erbauen oder hierhin zu verlegen.

Dieses lose Netzwerk der Wiederaufbaubemühungen traf jedoch auf einigen Widerstand seitens der Metanats, die sich beklagten, dass ein guter Teil ihrer Infrastruktur, ihres Kapitals und ihrer Arbeitskräfte nationalisiert, lokalisiert, angeeignet, verwertet oder sogar gestohlen würde. Es kam nicht selten zu Kämpfen, besonders dort, wo schon vor der Katastrophe bewaffnete Auseinandersetzungen im Gange gewesen waren. Die Flut war schließlich mitten in einem der größten Paroxysmen von Zusammenbruch und Neuordnung aufgetreten; und obwohl sie alles verändert hatte, wurde an vielen Stellen immer noch gekämpft, nicht selten unter dem Deckmantel von Hilfsbemühungen.

Sax Russell war sich über diese Zusammenhänge besonders im Klaren, überzeugt wie er war, dass die globalen Kriege von 2061 die grundlegenden Ungleichheiten des ökonomischen Systems der Erde nie beseitigt hatten. Auf seine eigene sonderbare Weise beharrte er in den Versammlungen auf diesem Punkt; und im Lauf der Zeit schien es Nirgal, dass er es schaffte, die skeptischen UN- und Metanat-Zuhörer zu überzeugen, dass sie alle ein System wie Praxis einführen müssten, wenn sie selbst und die Zivilisation überleben wollten. Es spielte keine große Rolle, um welches von beiden sie sich mehr Sorgen machten, erklärte Sax Nirgal im Vertauen, um sich selbst oder die Zivilisation. Es wäre auch in Ordnung, wenn sie nur eine Art machiavellistisches Simulacrum des Praxis-Programms einführten. Der Effekt wäre auf kurze Sicht der gleiche, und jeder brauchte diese Gnadenfrist friedlicher Zusammenarbeit.

Sax war bei jedem Meeting hochkonzentriert, ziemlich kohärent und engagiert. Das fiel besonders im Vergleich mit seiner tiefen Zerstreutheit während der Reise zur Erde auf. Und schließlich war Sax Russell *der* Terraformer des Mars, die lebende Verkörperung des Großen Gelehrten, der in der Kultur der Erde eine Machtposition hatte, dachte Nirgal – etwas wie der Dalai Lama der Wissenschaft, eine ständige Reinkarnation der Verkörperung des Geistes der Wissenschaft, geschaffen für eine Kultur, die nicht fähig zu sein schien, mit mehr als einem einzigen Gelehrten gleichzeitig fertigzuwerden. Auch war Sax für die Metanats der Schöpfer des größten neuen Marktes in der Geschichte. Das war kein unwesentlicher Teil seiner Aura. Und wie Maya festgestellt hatte, gehörte er auch zu der Gruppe, die von den Toten wiedergekehrt war, einer der Führer der Ersten Hundert.

Sein merkwürdig verhaltener Stil trug auch zur Schaffung des Bildes, das die Terraner von ihm bekamen, bei. Seine Sprachschwierigkeiten machten ihn zu einer Art Orakel. Die Menschen schienen zu glauben, dass er auf einer so erhabenen Ebene dachte, dass er nur in Rätseln sprechen konnte. Vielleicht wollten sie das auch so. Und vielleicht war es das, was Wissenschaft für sie letztlich bedeutete. Die theoretische Physik sprach derzeit von letzter Realität als ultramikroskopischen Stringschleifen, die sich supersymmetrisch in zehn Dimensionen bewegten. Das hatte die Leute daran gewöhnt, Physiker für seltsam zu halten. Und die zunehmende Verwendung von Übersetzungscomputern gewöhnte alle an merkwürdige Ausdrucksweisen jeder Art. Fast jeder, den Nirgal traf, sprach Englisch, aber sehr verschiedene Arten von Englisch, sodass die Erde auf Nirgal wie eine Explosion von Idiomen wirkte, wobei keine zwei Personen die gleiche Sprache benutzten.

In diesem Zusammenhang lauschte man Sax höchst aufmerksam. »Die Flut markiert eine Bruchstelle in der Geschichte«, sagte er eines Morgens auf einer großen allgemeinen Versammlung in der Kammer des Nationalrates im Bundeshaus. »Es war eine natürliche Revolution. Das Wetter auf der Erde hat sich geändert, genau wie das Land und die Meeresströmungen. Die Verteilung der menschlichen und tierischen Bevölkerung. In dieser Situation besteht kein Grund, die vorsintflutliche Welt um jeden Preis wiederherstellen zu wollen. Das ist nicht möglich. Und es gibt viele Gründe für die Einrichtung einer verbesserten sozialen Ordnung. Die alte ist brüchig geworden. Es kam zu Blutvergießen, Hunger, Sklaverei und Krieg. Leiden.

Unnötiger Tod. Es wird immer Tod geben. Aber er sollte für jeden Menschen so spät wie möglich kommen. Am Ende eines guten Lebens. Das ist das Ziel jeder rationalen sozialen Ordnung. Darum sehen wir die Flut als eine Gelegenheit – hier wie auf dem Mars –, um eine neue Form zu gestalten.«

Die UN-Beamten und Berater der Metanats runzelten dabei die Stirn, aber sie hörten zu. Und die ganze Welt passte auf. Darum war nach Nirgals Ansicht gar nicht so wichtig, was ein Führungskader in einer europäischen Stadt dachte, sondern vielmehr die Menschen in seinen Dörfern, die im Fernsehen den Mann vom Mars betrachteten. Und da Praxis, die Schweiz und deren Verbündete weltweit alle ihre Ressourcen in Hilfe für Flüchtlinge und in die Langlebigkeitsbehandlung gesteckt hatten, schlossen sich ihnen überall Menschen an. Wenn man seinen Lebensunterhalt verdienen und gleichzeitig die Welt retten konnte, wenn das die beste Chance für Stabilität, langes Leben und die Aussichten der Kinder bedeutete – warum nicht? Warum nicht? Was hätten die meisten Leute zu verlieren? In der vergangenen metanationalen Periode hatten einige profitiert, aber Milliarden waren zu kurz gekommen und jetzt in einer Lage, die sich ständig verschlimmerte.

So verloren die Metanats massenhaft Arbeiter. Sie konnten sie nicht einsperren. Es war schwer geworden, ihnen Angst zu machen. Die einzige Möglichkeit, sie zu behalten, war die Einführung der Programme, mit denen Praxis angefangen hatte. Und das taten sie, oder behaupteten es wenigstens. Maya war sicher, dass man durch oberflächliche Veränderungen Praxis nur nachahmte, um die Arbeiter und vor allem die Profite zu behalten. Es war aber möglich, dass Sax recht hatte und dass sie nicht in der Lage sein würden, die Situation unter Kontrolle zu behalten, und dass sie wider Willen eine neue Ordnung einführen würden.

Nirgal entschloss sich genau das während einer Pressekonferenz in einem großen Nebenraum voller Reporter und Abgeordneter zu sagen – so unähnlich dem improvisierten Tisch im Lagerhaus von Pavonis, dem aus dem Dschungel gehauenen Komplex in Trinidad und der Bühne in dem Volksmeer während jener wilden Nacht in Burroughs. Nirgal erkannte plötzlich, dass seine Rolle darin bestand, der junge Marsianer zu sein, die Stimme der neuen Welt. Vernünftig zu sein und den alliierten Gesichtspunkt darzulegen konnte er getrost Maya und Sax überlassen.

»Es wird alles in Ordnung kommen«, verkündigte er und blickte so viele von ihnen an, wie er konnte. »Jeder Augenblick in der Geschichte enthält verschiedene archaische Elemente aus der ganzen Vergangenheit, bis hin zur Vorgeschichte. Die Gegenwart ist immer eine Mischung dieser unterschiedlichen archaischen Dinge. Es gibt immer noch Ritter, die zu Pferd ausziehen, um den Bauern die Ernte zu rauben. Es gibt auch immer noch Gilden und Stämme. Jetzt sehen wir, dass so viele Menschen ihre Jobs aufgeben, um bei der Fluthilfe mitzuarbeiten. Das ist etwas Neues. Aber es ist auch gleichzeitig eine Pilgerreise. Sie wollen Pilger sein, die ein geistiges Ziel haben, sie wollen echte, sinnvolle Arbeit leisten. Sie wollen von niemandem mehr bestohlen werden. Die Aristokraten unter euch sehen besorgt aus. Vielleicht werdet ihr selbst arbeiten und davon leben müssen. Auf dem gleichen Niveau leben wie jeder andere auch. Und das wird sicher geschehen. Aber es wird in Ordnung sein, sogar für euch. Genug ist so gut wie ein Festmahl. Und nur wenn alle gleich sind, werden eure Kinder sicher sein. Die Ausgabe der Langlebigkeitsbehandlung an alle, die jetzt im Gange ist, ist der ultimative Sinn der demokratischen Bewegung. Es ist die physische Manifestation der Demokratie, zumindest hier. Gesundheit für alle. Und wenn das geschieht, wird eine wahre Explosion positiver menschlicher Energie die Erde schon in einigen Jahren umwandeln.«

Jemand in der Menge stand auf und fragte ihn nach der Gefahr einer Bevölkerungsexplosion, und er nickte. »Ja, natürlich.

Das ist ein echtes Problem. Man muss kein Demograph sein, um zu sehen, dass, wenn ständig neue Menschen geboren werden, während die älteren nicht sterben, die Bevölkerung unglaublich schnell ansteigen wird. Sie wird untragbar hoch, bis es eine Katastrophe gibt. Dem müssen wir uns schon jetzt stellen. Die Geburtenrate muss, zumindest für einige Zeit, einfach eingeschränkt werden. Aber nicht für immer. Die Langlebigkeitsbehandlungen machen nicht unsterblich. Irgendwann werden die ersten behandelten Generationen sterben. Und darin liegt die Lösung des Problems. Angenommen, die derzeitige Bevölkerung beider Welten liegt bei fünfzehn Milliarden. Das heißt, wir fangen an einer ungünstigen Ausgangsposition an. Angesichts der Ernsthaftigkeit des Problems sollte keiner sich beschweren, solange er überhaupt noch ein Kind bekommen darf. Die eigene Langlebigkeit verursacht das Problem, und Elternschaft ist Elternschaft – ob ein Kind oder zehn. Wenn jede Person einen Partner hat und diese beiden nur ein einziges Kind haben, gibt es pro Paar der vorausgehenden Generation nur ein Kind. Das wären bei der gegenwärtigen Generation siebeneinhalb Milliarden Kinder. Und die bekommen natürlich alle die Langlebigkeitsbehandlung und werden verhätschelt, bis sie die unausstehlichen Herrscher der Welt sind, ganz sicher. Diese neuen Souveräne werden vier Milliarden Kinder haben und die nächste Generation dann zwei – und so weiter. Sie alle leben gleichzeitig, und die Bevölkerung wächst die ganze Zeit, aber allmählich in geringerem Tempo. Und dann wird zu irgendeinem Zeitpunkt, sei es in hundert, sei es in tausend Jahren, die erste Generation sterben. Das kann über einen ziemlich kurzen Zeitraum erfolgen, aber egal, ob schnell oder langsam, wenn der Prozess erfolgt ist, wird die Gesamtbevölkerung fast halbiert sein. An dieser Stelle können die Menschen die Situation neu bewerten, die Infrastruktur, die jeweilige Umwelt der zwei Planeten, die Kapazität des ganzen Sonnensystems – wie die dann auch sein mag. Nachdem die größten Generationen verschwunden sind, können die Paare vielleicht jeweils zwei Kinder bekommen, sodass Ersatz geschaffen wird und ein stabiler Zustand eintritt. Oder was auch immer. Wenn diese Wahlmöglichkeit besteht, wird die Bevölkerungskrise vorbei sein. Das könnte tausend Jahre dauern.«

Nirgal hielt inne, um aus seinen Gedanken wieder aufzutauchen und die Zuhörer anzusehen. Die Leute blickten ihn gebannt und schweigend an. Er machte eine Handbewegung, die jeden mit einschloss. »In der Zwischenzeit müssen wir einander helfen. Wir müssen unsere Verhältnisse ordnen und uns um das Land kümmern. Und hier, an dieser Stelle des Projekts, kann der Mars der Erde helfen. Denn wir sind in erster Linie ein Experiment hinsichtlich der Fürsorge für das Land. Daraus kann jeder etwas lernen, und einige Lektionen können hier Anwendung finden. Dann, noch wichtiger – obwohl der größte Teil der Bevölkerung immer auf der Erde sesshaft bleiben wird –, kann ein Bruchteil von ihnen auf den Mars umsiedeln. Das wird helfen, die Situation zu entspannen, und wir werden sie mit offenen Armen empfangen. Es ist unsere Pflicht, so viele Menschen aufzunehmen, wie wir können, denn wir auf dem Mars sind immer noch Terraner und genauso betroffen wie die Erde. Doch es gibt im Sonnensystem noch weitere bewohnbare Welten, von denen keine so groß ist wie unsere zwei, aber es gibt sehr viele davon. Und wenn wir sie alle nutzen und kooperieren, können wir die bevölkerungsreichen Jahre überstehen. Und in ein goldenes Zeitalter eintreten.«

Der Vortrag dieses Tages machte einen tiefen Eindruck, soweit man das im Auge des Sturms der Medien erkennen konnte. Nirgal sprach danach jeden Tag stundenlang mit einer Gruppe nach der anderen und führte die Ideen weiter aus, die er das erste Mal auf jener Pressekonferenz vorgetragen hatte. Das war eine anstrengende Arbeit; und nach ein paar Wochen ohne Pause schaute er an einem wolkenfreien Morgen aus dem Fenster seines Schlafzimmers und schlug seinen Begleitern vor, einen Ausflug zu unternehmen. Sie teilten den Leuten in Bern mit, dass es eine private Reise wäre. Dann nahmen sie einen Zug in die Alpen.

Der Zug fuhr von Bern nach Süden, vorbei am langen blauen Thunersee, an dessen Ufern steile grasbewachsene Almen und Klippen und Felsnadeln aus grauem Granit lagen. Die Städte am See hatten Schieferdächer. Er sah viele alte Bäume und gelegentlich ein Schloss – alles gepflegt und in bestem Zustand. Auf den ausgedehnten grünen Weideflächen zwischen den Städten standen große hölzerne Bauernhäuser; rote Gartennelken in Blumenkästen auf jedem Fensterbrett und Balkon. Dieser Stil hatte sich in fünfhundert Jahren nicht geändert, erklärte ihm einer seiner Begleiter. Er passte in das Land, als wäre das ganz natürlich. Die grünen Almen waren von Bäumen und Steinen gesäubert. Ursprünglich waren es Wälder gewesen. Also waren sie terrageformte Räume, große hügelige Grasflächen, die geschaffen worden waren, um Futter für das Vieh zu liefern. Ein solcher Ackerbau war nach den Definitionen des Kapitalismus ökonomisch nicht sinnvoll gewesen. Aber die Schweizer hatten die hoch gelegenen Höfe immer unterstützt, weil sie sie für wichtig oder schön oder beides zugleich hielten. Das war die Schweiz. Es gibt höhere Werte als wirtschaftliche, hatte Vlad damals bei dem Kongress auf dem Mars nachdrücklich betont; und Nirgal sah jetzt, dass es auf der Erde Menschen gab, die das – zumindest teilweise – schon immer geglaubt hatten. Unten in Bern nannte man das Wertewandel, eine Veränderung der Werte. Aber es könnte auch die Entwicklung von Werten sein, die Wiederkehr von Werten, allmählicher Wechsel anstelle von Sprüngen. Wohlwollende übriggebliebene Archaismen, die immer weiter gepflegt wurden, bis die hohen isolierten Berge langsam die ganze Welt eine bessere Art zu leben gelehrt hatten, in ihren großen Bauernhäusern, die auf grünen Wellen schwammen. Ein gelber Sonnenstrahl spaltete die

Wolken und traf auf die Hügel hinter einer solchen Farm; und die Alm erglühte wie ein Smaragd, so intensiv, dass Nirgal die Orientierung verlor und ihm richtig schwindelig wurde. Es war schwer, das Auge auf ein so strahlendes Grün zu konzentrieren!

Der leuchtende Hügel verschwand. Im Fenster erschienen andere, eine grüne Welle nach der nächsten, strahlend in ihrer Wirklichkeit. Bei der Stadt Interlaken machte der Zug eine Kurve und begann ein Tal hochzuklettern, das so steil war, dass die Waggons stellenweise in Tunnels in den Flanken der Berge fuhren und im Berg eine Spirale von 360° beschrieben, ehe sie wieder ans Tageslicht kamen, wo dann der Kopf des Zuges sich direkt über seinem letzten Waggon befand. Der Zug fuhr auf Gleisen anstatt auf Magnetbahnen, weil die Schweizer nicht dachten, dass die neue Technik genügend fortgeschritten war, um das zu ersetzen, was sie schon hatten. Und so vibrierte der Zug und schwankte sogar hin und her, während er bergauf rumpelte, Stahl auf Stahl.

Sie hielten in Grindelwald, und im Bahnhof folgte Nirgal seinen Begleitern zu einem kleineren Zug, der sie hoch unter die riesenhafte Eigernordwand brachte. Von unten schien diese steinerne Wand nur ein paar hundert Meter hoch zu sein. Nirgal hatte aus fünfzig Kilometern Entfernung im Münster von Bern eine bessere Vorstellung von ihrer immensen Höhe gewonnen. Hier wartete er jetzt geduldig ab, als der kleine Zug in einen Tunnel im Berg brummte und seine Spiralen und Kehren in der Dunkelheit begann, markiert nur durch die Innenbeleuchtung der Waggons und einmal kurz aus einem Seitentunnel. Seine etwa zehn Mann starke Begleitung unterhielt sich leise im gutturalen Schweizerdeutsch.

Als sie wieder ins Licht hinauskamen, waren sie in einem kleinen Bahnhof, dem Jungfraujoch, dem »höchsten Bahnhof Europas«, wie ein Schild in sechs Sprachen verkündete. Kein Wunder, er befand sich auf einem eisigen Pass zwischen den beiden großen Spitzen von Mönch und Jungfrau in 3454 Metern Meereshöhe. Endstation.

Nirgal stieg, mit seiner Begleitung im Gefolge, aus und betrat eine schmale Terrasse vor dem Bahnhofsgebäude. Die Luft war dünn, sauber und frisch bei ungefähr minus drei Grad – die beste Luft, die Nirgal geatmet hatte, seit er den Mars verlassen hatte. Es war ein so vertrautes Gefühl, dass ihm die Tränen kamen! Ah, was für ein Ort!

Selbst mit Sonnenbrille war das Licht extrem hell. Der Himmel war dunkles Kobalt. Schnee bedeckte die meisten Bergflanken, aber überall stieß Granit durch, besonders auf den Nordseiten der großen Massen, wo die Klippen zu steil waren, um ihn festzuhalten. Hier oben wirkten die Alpen gar nicht mehr wie ein Geländeabbruch. Jede Felsenmasse hatte ihre eigene Präsenz und Gestalt, vom Rest getrennt durch weite Räume leerer Luft, einschließlich Gletschertäler, die enorm tiefe U-förmige Mulden bildeten. Nach Norden zu waren diese Riesengräben tief unten und grün, sogar voller Seen. Im Süden lagen sie höher und enthielten nur Schnee, Eis und Fels. An diesem Tag strömte der Wind von Süden empor und führte die Kälte des Eises mit sich.

Unten im Eistal, direkt südlich vom Pass, konnte Nirgal ein großes zerklüftetes weißes Plateau erkennen, wo die Gletscher von den umliegenden Hochbecken zusammenflossen. Das war der Concordiaplatz, erklärte man ihm. Dort trafen sich vier große Gletscher und flossen dann nach Süden in den Großen Aletschgletscher, den längsten Gletscher der Schweiz.

Nirgal ging zum Ende der Terrasse, um weiter in diese Wildnis aus Eis schauen zu können. Ganz hinten entdeckte er einen Treppenpfad, der in den harten Schnee der Südwand gehauen war, wo sie zum Pass aufstieg. Der Weg führte zum Gletscherplateau unter ihnen und von da zum Concordiaplatz.

Nirgal bat seine Begleiter, im Bahnhof zu bleiben und dort auf ihn zu warten. Er wollte allein klettern. Sie protestierten, aber der Gletscher war im Sommer schneefrei, alle Spalten und der Pfad deutlich zu erkennen. Und sonst war an diesem kalten Sommertag niemand da unten. Dennoch waren die Mitglieder seiner Eskorte unsicher, und zwei bestanden darauf, mit ihm zu kommen, wenigstens einen Teil des Weges und in einigem Abstand, »nur für den Fall«.

Schließlich stimmte Nirgal dem Kompromiss zu, zog seine Kapuze über und kletterte die Eistreppe hinunter, wobei er mühsam voranstapfte, bis er auf dem flacheren Teil des Jungfraufirns angelangt war. Die Klippen zur Seite dieses Schneetales verliefen von der Jungfrau und dem Mönch nach Süden und fielen nach ein paar hohen Kilometern steil zum Concordiaplatz hin ab. Vom Pfad aus sah ihr Gestein schwarz aus, vielleicht auch nur im Kontrast zum Weiß des Schnees. Hie und da leuchteten im Schnee schwach rötliche Flecken – Algen. Kümmerliches Leben, sogar hier. Größtenteils war die weite Fläche aber rein weiß und schwarz, mit der darüber hängenden preußischblauen Kuppel, und ein kalter Wind wurde vom Concordiaplatz den Canyon heraufgepresst. Nirgal wollte es bis zum Concordiaplatz schaffen, um einen Rundblick zu haben; er war sich aber nicht sicher, ob der Tag ihm genügend Zeit geben würde oder nicht. Es war sehr schwierig, Entfernungen abzuschätzen, und der Weg könnte weiter sein, als es aussah. Aber er konnte wandern, bis die Sonne die halbe Höhe zum westlichen Horizont erreicht hatte, und dann umkehren. Darum schlidderte er rasch über den Firn nach unten, von einer orangefarbenen Wand zur anderen. Er fühlte sein zusätzliches Gewicht und war sich auch der zwei Begleiter bewusst, die ihm beharrlich in etwa zweihundert Meter Entfernung folgten.

Längere Zeit ging er bloß dahin. Das war nicht so anstrengend. Die unebene Eisfläche knirschte unter seinen braunen Stiefeln. Die Sonne hatte die oberste Schicht trotz des kühlen Windes aufgeweicht. Die Oberfläche war zu weiß, um Details zu erkennen, selbst mit Sonnenbrille. Das Eis rutschte beim Gehen und schimmerte schwärzlich.

Die Grate rechts und links wurden allmählich niedriger. Er kam auf den Concordiaplatz hinaus und konnte über sich die Gletscher in den anderen hohen Tälern erkennen, als streckten sich die Finger einer Hand aus Eis zur Sonne aus. Die Handwurzel verlief nach Süden – der Große Aletschgletscher. Nirgal stand in der weißen Handfläche, der Sonne zugewandt und neben der Lebenslinie aus Geröll. Das Eis hier draußen war löchrig, rau und bläulich getönt.

Ein Wind zerrte an ihm und wirbelte durch sein Herz. Er drehte sich langsam, wie ein kleiner Planet oder ein Kreisel kurz vor dem Umkippen, und versuchte, sich ihm entgegenzustemmen. So groß, so hell, so windig und weit, so erdrückend schwer – die schiere Masse der weißen Welt – und dennoch mit einer Art Dunkelheit dahinter wie vom Vakuum des Weltraums, das jenseits des Himmels zu sehen war. Er nahm die Sonnenbrille ab, um zu sehen, wie es wirklich aussah. Aber der Glanz war so unmittelbar und heftig, dass er die Augen schließen und das Gesicht in der Armbeuge bergen musste. Immer noch pulsierten vor seinen Augen große weiße Balken, und sogar das Nachbild schmerzte in seiner blendenden Intensität. »Wow!«, schrie er und lachte, entschlossen, es noch einmal zu versuchen, sobald die Nachbilder schwächer würden, aber ehe seine Pupillen sich wieder geweitet hatten. Das tat er, aber der zweite Versuch war ebenso schmerzhaft wie der erste. Wie kannst du es wagen, mich unverhohlen anzuschauen!, rief die Welt ihm schweigend zu. »Mein Gott!« Mit Gefühl. »Ka wow!«

Er setzte mit geschlossenen Augen die Sonnenbrille wieder auf und schaute sich dann durch die hüpfenden Nachbilder um. Allmählich schälte sich die urtümliche Landschaft aus Eis und Fels wieder aus den pulsierenden schwarzen, weißen und neongrünen Balken. Weiß und Grün. Und dies war das Weiß. Die kahle Welt des unbelebten Universums. Dieser Ort hatte genau die gleiche Bedeutung wie die ursprüngliche Landschaft des Mars. Ja, genauso groß wie auf dem Mars, sogar noch größer wegen der fernen Horizonte und der erdrückenden Schwere. Und steiler und weißer und windiger. Ka, es drang so scharf durch seinen Parka. Noch windiger, noch kälter. O Gott, als stieße der Wind durch sein Herz. Die jähe Erkenntnis, dass die Erde so weit war, dass sie in ihrer Vielfalt sogar Regionen hatte, die marsianischer waren als der Mars selbst, dass sie, die auf so viele verschiedene Weisen wundervoll war, auch noch marsianischer war als der Mars.

Dieser Gedanke ließ ihn innehalten. Er stand nur da und starrte und versuchte, ihn zu erfassen. Der Wind erstarb für einen Moment. Die Welt wurde still. Keine Bewegung. Kein Laut.

Als er die Stille bemerkte, hörte er ihr aufmerksam zu, horchte in sie hinein. Er hörte nichts, und dadurch wurde die Stille an sich immer greifbarer. Das war neu, anders als alles, was er je gehört hatte. Er dachte darüber nach. Auf dem Mars hatte er sich stets in Kuppeln oder Schutzanzügen befunden, immer in einer zwangsläufig mit Geräuschen verbundenen Maschinerie. Die einzige Ausnahme bildeten die seltenen Spaziergänge auf der Oberfläche, die er in den letzten Jahren gemacht hatte. Aber selbst da war immer der Wind gewesen oder Maschinensurren in der Nähe. Mit der Zeit hatte er die Geräuschkulisse einfach nicht mehr bemerkt. Hier war es anders. Es gab jetzt nur die große Stille, die Stille des Universums selbst. Davon hatte er nicht einmal träumen können.

Und dann begann er wieder etwas zu hören. Das Blut in seinen Ohren. Sein Atem in der Nase. Das ruhige Wirbeln seiner Gedanken schien einen Ton zu erzeugen. Seine eigenen Körperfunktionen diesmal, sein Leben mit den organischen Pumpen, Belüftungssystemen und Generatoren. Die Mechanismen waren alle noch da, arbeiteten in ihm und folgten ihrer eigenen Melodik. Jetzt war er frei von allem, inmitten einer großen Stille, in der er sich selbst hören konnte. Er stand völlig frei auf dieser

Welt, frei im Eis auf Fels, dort wo alles angefangen hatte. Mutter Erde – er dachte an Hiroko, aber diesmal ohne den nagenden Kummer, den er in Trinidad empfunden hatte. Wenn er zum Mars zurückkehrte, würde er so leben können. Er konnte als freies Wesen in die Stille hinausgehen, im Freien unter dem Wind leben, dieses reine, weite, leblose Weiß, mit etwas Ähnlichem wie diese dunkelblaue Kuppel über sich. Das Blau als eine sichtbare Aspiration des Lebens selbst, Sauerstoff, die dem Leben eigene Farbe, da oben das Weiß überspannend. Irgendwie ein Zeichen. Weiß und Grün, nur war das Grün hier blau.

Mit Schatten. Zwischen den schwachen lauernden Nachbildern lagen lange Schatten, die von Westen kamen. Er war weit vom Jungfraujoch entfernt und beträchtlich tiefer. Er drehte sich um und begann den Jungfraufirn hochzuklettern. In der Ferne nickten seine beiden Begleiter und stiegen selbst rasch nach oben.

Recht bald waren sie im Schatten der westlichen Bergkette angelangt. Von der Sonne waren sie für diesen Tag endgültig abgeschnitten, und der Wind drückte Nirgal hilfreich in den Rücken. Wirklich kalt. Aber es war genau seine Art von Temperatur und seine Art von Luft, nur ein bisschen dichter und angenehmer. Und so fing er trotz des Gewichts in ihm an, sich in leichtem Laufschritt die harte Kruste hochzuarbeiten. Er beugte sich vor und fühlte, wie seine Muskeln auf diese Herausforderung ansprachen und in ihren alten *Lung-gom-pa*-Rhythmus verfielen. Seine Lungen arbeiteten schwer, genau wie sein Herz, um mit dem Extragewicht fertig zu werden. Aber er war stark, stark; und das war eine der hohen marsartigen Regionen der Erde. Er fühlte sich jede Minute stärker, während er durch den Firn stampfte, obschon erschrocken, aufgekratzt und eingeschüchtert. Es war schon ein höchst erstaunlicher Planet, der so viel Weiß und Grün haben konnte; dessen Orbit exakt so verlief, dass auf Meereshöhe das Grün explodierte und auf dreitausend Metern unvermittelt völlig von dem Weiß bedeckt wurde. Die Zone, die vor Leben strotzte, war gerade mal dreitausend Meter breit. Und die Erde flog mitten in dieser dünnen Biosphärenblase, in den richtigen paar Tausend Metern in einem Orbit von 150 Millionen Kilometern Weite. Dieser Zufall war zu glücklich, um wahr sein zu können.

Seine Haut juckte von der Anstrengung; sein Körper war überall warm, sogar seine Zehen. Er fing an zu schwitzen. Die kühle Luft war angenehm erfrischend. Er hatte den Eindruck, dass er dieses Tempo stundenlang durchhalten könnte. Aber leider war das nicht nötig. Vor und etwas über ihm lag die Schneetreppe mit ihrem Geländer aus Seilen an in den Schnee geschlagenen Pfosten. Seine Begleiter vor ihm kamen gut voran und eilten die letzte Steigung empor. Bald würde auch er dort sein, in der kleinen Bahn/Weltraum-Station. Diese Schweizer verstanden sich wirklich aufs Bauen! Dass man den Concordiaplatz in einem Tagesausflug von der Landeshauptstadt besuchen konnte! Kein Wunder, dass sie den Mars so gern hatten. Sie kamen Marsianern am nächsten, echte Baumeister, Terraformer und Bewohner der dünnen kalten Luft.

So fühlte er sich ihnen wohlgesonnen, als er auf die Terrasse trat und dann in die Station stürmte, wo er sofort zu dampfen begann. Und als er zu der Gruppe seiner Eskorte und den anderen Passagieren ging, die neben dem Zug warteten, strahlte er über das ganze Gesicht und war so in Hochstimmung, dass die mürrischen Gesichter der Gruppe (er merkte, dass er sie hatte warten lassen) sich glätteten und sie einander ansahen und lächelten. Sie schüttelten die Köpfe, als wollten sie sagen: Da kann man nichts machen! Man kann nur lachen und es geschehen lassen. Sie waren alle in jungen Jahren zum ersten Mal an einem sonnigen Sommertag in den Hochalpen gewesen und hatten die gleiche Begeisterung gefühlt. Sie erinnerten sich, wie das gewesen war. Und so schüttelten sie ihm die Hand und umarmten ihn. Sie gingen los und führten ihn zu dem kleinen Zug; denn ungeachtet der gelösten Stimmung war es nicht gut, einen Zug warten zu lassen. Dabei bemerkten sie seine roten Hände und sein gerötetes Gesicht und fragten ihn, wohin er gegangen wäre. Sie sagten ihm, wie viele Kilometer das waren und wie viele Höhenmeter. Sie reichten ihm einen kleinen Flachmann mit Schnaps. Und als dann der Zug an dem kleinen Seitentunnel vorbeikam, der zur Eigernordwand führte, erzählten sie ihm die Geschichte von der misslungenen Bergung der dem Tode geweihten Nazi-Bergsteiger und waren aufgeregt und bewegt, dass er so beeindruckt war. Danach machten sie es sich in den beleuchteten Abteilen des Zuges bequem, der durch seinen Tunnel aus rohem Granit quietschte.

Nirgal stand am Ende eines Wagens und sah sich den mit Dynamit gesprengten Fels an, der an ihnen vorbeiraste. Als sie dann wieder ins Sonnenlicht rauschten, ragte die Eigernordwand steil vor ihm auf. Ein Passagier kam unterwegs zum nächsten Wagen an ihm vorbei, blieb stehen, sah ihm ins Gesicht und bemerkte: »Ich muss sagen, ich bin erstaunt, Sie hier zu sehen.« Er hatte einen britischen Akzent. »Ich bin gerade vorige Woche Ihrer Mutter begegnet.«

»Meiner Mutter?«, fragte Nirgal verwirrt.

»Ja, Hiroko Ai. Stimmt das nicht? Sie war in England und arbeitete an der Themsemündung. Ich habe sie auf dem Weg hierher getroffen. Das ist ein erstaunlicher Zufall, Ihnen beiden zu begegnen, das muss ich sagen. Wahrscheinlich fange ich bald an, überall kleine rote Männchen zu sehen.«

Der Mann lachte bei diesem Gedanken und schickte sich an, in den nächsten Wagen weiterzugehen.

Nirgal rief: »He! Warten Sie!«

Aber der Mann sagte nur kurz über die Schulter: »Nein, nein. Ich wollte mich nicht aufdrängen. Das ist sowieso alles, was ich weiß. Vielleicht sollten Sie sich in Sheerness nach ihr umsehen.«

Und dann fuhr der Zug pfeifend in den Bahnhof Klein Scheidegg ein. Der Mann sprang im nächsten Waggon aus einer sich öffnenden Tür; und als Nirgal sich daranmachte, ihm zu folgen, kamen andere Leute dazwischen, und seine Begleiter erklärten ihm, dass er direkt nach Grindelwald hinunterfahren müsste, wenn er an diesem Abend noch nach Bern kommen wollte. Dagegen war nichts zu sagen, aber beim Blick aus dem Fenster, als sie aus der Station rollten, sah er den Briten, der ihn angesprochen hatte, munter auf einem Pfad in das unten liegende dunkle Tal marschieren.

Nirgal landete auf einem großen Flughafen in Südengland und wurde in nordöstlicher Richtung zu einer Stadt gefahren, die seine neuen Begleiter Faversham nannten. Alle Straßen und Brücken dahinter waren überschwemmt. Nirgal hatte es so eingerichtet, dass er unangemeldet ankam; und seine Eskorte hier war ein Polizeiteam, das ihn mehr an die UNTA-Sicherheitseinheiten zu Hause erinnerte als an sein Schweizer Gefolge. Es waren acht Männer und zwei Frauen, schweigsam, umsichtig, selbstsicher. Als sie hörten, was er vorhatte, hatten sie nach Hiroko suchen wollen, indem sie Leute nach ihr befragten. Nirgal war sicher, dass sie dadurch in ein Versteck getrieben werden würde, und er bestand darauf, ohne großes Getöse nach ihr zu suchen. Schließlich konnte er sie überreden.

Sie fuhren in einer grauen Morgendämmerung zu einer neuen Meeresküste hinunter, die unmittelbar zwischen die Häuser vorgedrungen war. An manchen Stellen waren Reihen aufgestapelter Sandsäcke zwischen durchnässten Mauern zu sehen, anderswo standen die Straßen so weit das Auge reichte unter dunklem Wasser. Hie und da waren einige Planken über Schlamm und Pfützen gelegt.

Auf der anderen Seite einer Reihe von Sandsäcken konnte man braunes Wasser nach dem letzten Gebäude erkennen. Einige Ruderboote waren an einem Gitter befestigt, das ein halb von schmutziger Gischt überspültes Fenster schützte. Nirgal folgte einem seiner Begleiter in ein großes Boot und begrüßte einen hageren Mann mit rotem Gesicht, der eine dreckige Mütze tief in die Stirn gezogen hatte. Offenbar eine Art Wasserpolizist. Der Mann drückte schlapp seine Hand, und dann legten sie ab, über trübes Wasser rudernd. Drei weitere Boote waren hinter ihnen, in denen der Rest von Nirgals besorgt aussehenden Wächtern saß. Nirgals Ruderer sagte etwas; und Nirgal musste ihn bitten, es zu wiederholen. Es hatte sich angehört, als besäße der Mann nur eine halbe Zunge. »Ist das Cockney, Ihr Dialekt?«

»Cockney«, bestätigte der Mann lachend.

Auch Nirgal lachte und zuckte die Achseln. Das war ein Wort, an das er sich aus einem Buch erinnerte. Er wusste nicht, was es eigentlich bedeutete. Er hatte schon tausend verschiedene Arten von Englisch gehört; aber das hier war wohl ein echter Dialekt, und er konnte ihn kaum verstehen. Der Mann redete langsamer, was die Sache jedoch nicht besser machte. Er beschrieb die Nachbarschaft, von der sie sich mit einzelnen Ruderschlägen langsam entfernten. Die Häuser waren fast bis zu den Dächern überschwemmt. Er sagte ein paar Mal »Brents« und zeigte mit dem Ruderende Richtung Land.

Sie kamen zu einem Schwimmdock, das an etwas festgebunden war, das wie ein Verkehrszeichen aussah, auf dem OARE stand. Am Dock waren mehrere größere Boote angebunden oder schaukelten in der Nähe an Ankertauen. Der Wasserpolizist ruderte zu einem dieser Boote und zeigte auf die an seiner Seite angeschweißte rostige Leiter. »Da geht's rauf!«

Nirgal kletterte die Seite des Bootes hoch. Auf Deck stand ein Mann, der so klein war, dass er hochlangen musste, um Nirgal die Hand zu schütteln, was er mit einem zermalmenden Griff tat. Er sagte: »Du bist also ein Marsianer«, mit einer Stimme, die wie die des Ruderers tönte, aber viel leichter zu verstehen war. »Willkommen an Bord unseres kleinen Forschungsschiffs! Wie ich höre, bist du gekommen, um nach der alten asiatischen Lady zu suchen?«

»Ja«, erwiderte Nirgal mit beschleunigtem Pulsschlag. »Sie ist Japanerin.«

»Hmm.« Der Mann runzelte die Stirn. »Ich habe sie nur einmal gesehen, hätte aber schwören können, dass sie asiatisch ist.

Vielleicht Bangladeschi. Die gibt es seit der Flut überall. Aber wer weiß?«

Vier von Nirgals Begleitern kamen an Bord, und der Bootseigentümer drückte auf den Knopf, der den Motor startete. Dann drehte er im Ruderhaus das Steuerrad und sah zu, wie sich das Heck des Bootes ins Wasser drückte. Das Boot vibrierte, und sie entfernten sich von der überschwemmten Gebäudereihe. Der Himmel war mit tiefhängenden bauchigen Wolken bedeckt. Himmel und Meer zeigten sich in einem bräunlichen Grau.

»Wir werden über den Kai fahren«, sagte der kleine Kapitän.

Nirgal nickte. »Wie heißt du?«

»Bly. B-L-Y.«

»Ich bin Nirgal.«

Der Mann nickte einmal.

»Hier waren also die Docks?«, fragte Nirgal.

»Das hier war Faversham. Da draußen waren die Marschen: Ham, Magden. Größtenteils Marschland bis hin zur Insel Sheppey. Da war auch der Swale. Mehr Sumpf als Fluss, verstehst du? Wenn man jetzt an einem windigen Tag hier rausfährt, is' es wie die Nordsee selbst. Und Sheppey ist nur noch dieser kleine Hügel, den du da draußen siehst, 'ne richtige Insel.«

»Und dort hast du …?« Er wusste nicht, wie er Hiroko nennen sollte.

»Deine asiatische Oma ist mit der Fähre von Vlissingen nach Sheerness gekommen, auf der anderen Seite der Insel. Durch die Straßen von Sheerness und Minster fließt heute die Themse, und bei Flut überschwemmt sie die Häuser komplett. Wir sind jetzt über Magden Marsh. Wir werden Shell Ness umfahren. The Swale ist zu verdreckt.«

Das schlammfarbene Wasser um sie herum schwappte hierhin und dahin. Lange, gebogene Streifen gelblichen Schaums schwammen darauf. Am Horizont wurde das Wasser grau. Bly drehte das Steuerrad, und sie hüpften über kleine steile Wellen.

Das ganze Boot schaukelte und bewegte sich auf und ab, auf und ab. Nirgal hatte nie in einem gesessen. Über ihnen war alles grau. Zwischen den Bäuchen der Wolken und dem bockigen Wasser war nur ein schmaler Keil aus Luft. Das Boot hüpfte wie ein Korken hin und her. Eine flüssige Welt.

»Es ist jetzt ein gutes Stück kürzer als früher«, sagte Kapitän Bly vom Ruder her. »Wenn das Wasser klarer wäre, könnte man Sayes Court unter uns sehen.«

»Wie tief ist es?«, fragte Nirgal.

»Hängt von den Gezeiten ab. Die ganze Insel lag vor der Flut ungefähr einen Zoll über Meeresniveau. Um wie viel auch immer der Meeresspiegel sich jetzt gehoben hat, so tief liegt sie jetzt. Was hab ich neulich gehört? Fünfundzwanzig Fuß? Jedenfalls mehr, als dieses alte Mädchen braucht. Sie hat nur geringen Tiefgang.«

Er drehte das Rad nach links, und die Wellen trafen das Boot von der Seite, sodass es in raschen, ungleichmäßigen Stößen ruckte. Er zeigte auf einen Pegel. »Da, fünf Meter. Harty Marsch. Siehst du den Kartoffelacker, das raue Wasser dort? Der wird bei mittlerem Wasserstand rauskommen und sieht aus wie ein im Schlamm ertrunkener Riese.«

»Wie ist jetzt der Gezeitenstand?«

»Fast voll. In einer halben Stunde kehrt sie um.«

»Es ist schwer zu glauben, dass der Mond den Ozean so stark herumzerren kann.«

»Was, glaubst du etwa nicht an Schwerkraft?«

»O doch. Sie erdrückt mich ja beinahe. Es ist nur schwer zu glauben, dass etwas, das so weit entfernt ist, eine so starke Anziehungskraft haben kann.«

»Hmm«, machte der Kapitän und blickte in eine Nebelbank, die die Sicht nach vorn blockierte. »Ich sag dir, was schwer zu glauben ist, nämlich dass ein paar Eisberge so viel Wasser verdrängen können, dass alle Weltmeere dermaßen angestiegen sind.«

»Das ist wirklich schwer zu glauben.«

»Es ist erstaunlich. Aber auf dem Beweis dafür schwimmen wir hier gerade. Ah, der Nebel kommt.«

»Habt ihr jetzt schlechteres Wetter als früher?«

Der Kapitän lachte. »Das ist ein Vergleich zweier Absolute, würde ich sagen.«

Der Nebel zog in langen Schleiern an ihnen vorbei, und die bockigen Wellen dampften und zischten. Plötzlich fühlte Nirgal sich glücklich, trotz des Unbehagens in seinem Magen während der negativen Beschleunigung in jedem Wellental. Er war auf einer Wasserwelt zu Schiff unterwegs, und die Helligkeit war endlich erträglich. Das erste Mal, seit er auf der Erde angekommen war, konnte er aufhören zu blinzeln.

Der Kapitän drehte wieder sein großes Rad, und sie fuhren mit der Strömung Richtung Nordwesten in die Themsemündung ein. Zur Linken tauchte ein braun-grünlicher Rücken, mit Häusern an ihrem Abhang, feucht aus dem grünlich braunen Wasser auf. »Das ist Minster, oder was davon übrig geblieben ist. Das war das einzige höhere Landstück auf der Insel. Sheerness liegt da drüben. Man kann erkennen, wo sich das Wasser darüber kräuselt.«

Unter der niedrigen Nebeldecke sah Nirgal etwas, das wie um ein Riff schäumendes Brandungswasser aussah, das in jede Richtung gleichzeitig spritzte, schwarz unter der weißen Gischt. »Ist das Sheerness?«

»O ja.«

»Sind alle nach Minster umgezogen?«

»Oder woanders hin. Die meisten. In Sheerness gibt es sehr sture Leute.«

Dann war der Kapitän voll damit beschäftigt, das Boot durch die überschwemmte Uferpromenade von Minster zu bringen. Wo die Linie der Dachfirste aus den Wellen auftauchte, war ein großes Gebäude, von dem das Dach und die zum Meer gewandte Mauer entfernt worden waren. Es fungierte jetzt als kleiner Hafen. Die drei verbliebenen Wände bargen ein Wasserbecken, und die oberen Stockwerke dahinter dienten als Dock. Drei weitere Fischerboote hatten dort festgemacht; und als sie hineintrieben, schauten einige Männer darauf hoch und winkten.

»Wer ist das?«, fragte einer von ihnen, als Bly sein Boot ins Dock lenkte.

»Einer der Marsianer. Wir suchen die asiatische Lady, die vorige Woche in Sheerness geholfen hat. Habt ihr sie gesehen?«

»In letzter Zeit nicht. Schon seit einigen Monaten nicht mehr. Ich hörte, dass sie nach Southend gefahren ist. Die im Sub werden es wissen.«

Bly nickte und sagte zu Nirgal: »Willst du dir Minster ansehen?«

Nirgal runzelte die Stirn. »Ich möchte lieber Leute finden, die möglicherweise wissen, wo sie ist.«

»Okay.« Bly lenkte das Boot rückwärts aus dem Gebäude und wendete. Nirgal schaute auf die mit Brettern vernagelten Fenster, schmutziges Wasser, die Schränke an einer Bürowand und einige an einen Balken geheftete Notizen. Als sie über den überfluteten Teil von Minster tuckerten, griff Bly zum Funkgerät an einer Spiralschnur und drückte auf Knöpfe. Er führte einige kurze Gespräche, denen Nirgal kaum folgen konnte: »Ah, Jack!«, und dergleichen. Die Antworten drangen aus dem Rauschen der Statik.

»Wir werden es in Sheerness versuchen. Die Flut ist günstig.«

Und so fuhren sie direkt in das Weißwasser und den über der versunkenen Stadt tanzenden Schaum, immer langsam die Straßen entlang. Hier war das Wasser ruhiger. Kamine und Telefonmasten ragten aus der grauen Flüssigkeit; und Nirgal erhaschte gelegentlich Blicke auf die Häuser und Gebäude darunter. Aber das Wasser war oben so schaumig und in der Tiefe so trübe, dass nur sehr wenig zu sehen war. Ein schräges Dach, ein kurzer Blick in eine Straße und auf das blinde Fenster eines Hauses.

Auf der anderen Seite der Stadt war ein Schwimmdock an einem aus der Brandung herausragenden Betonpfeiler verankert. »Das ist das alte Fähren-Dock. Man hat eine Sektion abgeschnitten und so umgerüstet, dass sie schwimmt, und jetzt haben sie die Büros unten ausgepumpt und wieder besetzt.«

»Wieder besetzt?«

»Wirst schon sehen.«

Bly sprang von dem schwankenden Schandeck auf das Dock und reichte Nirgal die Hand, um ihm herüberzuhelfen. Trotzdem stieß Nirgal sich das Knie an.

»Los, Spiderman! Es geht abwärts.«

Der Betonpfeiler, an dem das Dock verankert war, reichte bis auf Brusthöhe. Er war hohl, und eine metallene Leiter war innen angenietet. Elektrische Glühbirnen hingen in Fassungen an einem mit Gummi isolierten Draht, der um einen Pfosten der Leiter gewickelt war. Der Betonzylinder endete ungefähr drei Meter weiter unten, aber die Leiter führte weiter in eine große Kammer, warm, feucht und fischig, in der das Summen mehrerer Generatoren in einem anderen Raum oder Gebäude zu hören war. Wände, Fußboden, Decken und Fenster des Gebäudes waren alle mit etwas bedeckt, das wie eine Folie aus klarem Kunststoff aussah. Sie befanden sich im Innern einer Blase aus irgendeinem durchsichtigen Material. Außerhalb der Blase war schmutzig braunes Wasser, das wie Spülwasser in einem Ausguss blubberte.

Nirgals Überraschung stand ihm deutlich ins Gesicht geschrieben. Bly, der bei dem Anblick kurz lächelte, sagte: »Das war ein gutes, solides Gebäude. Das, was wir Folienfels nennen, ist so etwas wie die Stoffe, aus denen eure Kuppeln auf dem Mars bestehen, nur härtet es aus. Die Leute haben eine ganze Reihe von Gebäuden wie diesem wieder besetzt, wenn sie die richtige Größe und Tiefe haben. Man baut einen Zylinder – und puff! Das ist wie Glasblasen. Viele Leute aus Sheerness ziehen wieder hierher zurück und fahren mit ihren Schiffen vom

Dock oder ihrem Hausdach los. Wir nennen sie Gezeitenvolk. Besser, als in England um Almosen zu betteln, he?«

»Was arbeiten sie?«

»Fischen, wie sie es immer getan haben. Und bergen. He, Karna! Hier ist mein Marsianer. Sag hallo! Er ist ganz schön klein für einen Marsmenschen, oder? Ich nenne ihn Spiderman!«

»Aber das ist doch Nirgal, oder? Ich kann doch Nirgal nicht Spiderman nennen, wenn er mich zu Hause besuchen kommt!« Und der Mann, schwarzhaarig und mit dunkler Haut, ein Asiate dem Aussehen nach, wenn auch nicht nach seinem Akzent, schüttelte Nirgal sanft die rechte Hand.

Der Raum wurde durch ein Paar riesiger Spotlights, die zur Decke gerichtet waren, hell erleuchtet. Der blanke Fußboden war voll: Schiffsmotoren, Pumpen, Generatoren, Haspeln und Dinge, die Nirgal nicht erkannte. Die laufenden Generatoren standen am Ende einer Halle, was sie auch nicht leiser wirken ließ. Nirgal trat an eine Wand, um das Blasenmaterial genauer zu untersuchen. Es war nur ein paar Moleküle dick und konnte doch Tausende von Kilo Druck aushalten. Nirgal stellte sich vor, dass jedes Kilo ein Faustschlag wäre, und davon gleich Tausende auf einmal. »Diese Blasen werden noch da sein, wenn der Beton bereits verwittert ist.«

Nirgal fragte nach Hiroko. Karna zuckte die Achseln. »Ich habe nie ihren Namen erfahren. Ich hielt sie für eine Tamilin aus Südindien. Wie ich höre, ist sie nach Southend gegangen.«

»Hat sie dir geholfen, das hier einzurichten?«

»O ja. Sie hat die Blasen von Vlissingen hergeschafft. Sie und eine Anzahl von Leuten, die dachten wie sie. Die haben hier Großes geleistet. Ehe sie kamen, krochen wir in High Halstow im Dreck.«

»Warum sind sie gekommen?«

»Ich weiß nicht. Sicher irgendeine Art Küstenhilfe.« Er lachte. »Obwohl sie nicht so wie die wirkten. Sie fuhren einfach um die Küsten und bauten aus dem Trümmerhaufen etwas, bloß zum Spaß. So sah es jedenfalls aus. Sie nannten es Zivilisation zwischen den Gezeiten. Solche Scherze machten sie ständig.«

»Hey, Karnasingh! Hey, Bly! Das ist doch ein schöner Tag, oder?«

»O ja.«

»Wie wäre es mit etwas gekochtem Fisch?«

Der nächste große Raum war eine Küche und ein Speiseraum voller Tische und Bänke. Vielleicht fünfzig Personen hatten sich da zum Essen hingesetzt. Karna rief laut »Hallo!« und stellte Nirgal vor. Der wurde mit undeutlichem Gemurmel begrüßt. Die Leute waren eifrig mit Essen beschäftigt. Große Schüsseln mit Fischeintopf wurden aus riesigen schwarzen Töpfen vollgeschöpft, die aussahen, als wären sie schon seit Jahrhunderten in Gebrauch. Nirgal setzte sich zum Essen hin. Der Eintopf war gut. Das Brot war so hart wie die Tischplatte. Die Gesichter waren roh, narbig, gegerbt und rot oder braun. Nirgal hatte noch nie so hässliche Gesichter gesehen. Sie waren durch das harte Leben in der Schwerkraft auf der Erde entstellt und verzerrt worden. Laute Gespräche, Lachsalven, Rufe. Die Generatoren waren kaum zu hören. Dann kamen Leute herbei, um ihm die Hand zu schütteln und mit ihm zu reden. Etliche hatten die asiatische Frau und deren Freunde kennengelernt und sprachen begeistert von ihr. Sie hatte ihnen nie einen Namen genannt. Ihr Englisch war gut und klar. »Ich hielt sie für eine Paki. Ihre Augen sahen nicht ganz orientalisch aus. Weißt du, nicht wie deine. Keine kleine Falte da bei der Nase.«

»Das heißt epikanthische Falte, du Trottel.«

Nirgals Herz klopfte wie wild. Im Raum war es heiß und schwül. »Und die Leute, die sie begleiten?«

Einige davon waren Orientalen gewesen. Asiaten, außer einem oder zwei Weißen.

»Waren Hochgewachsene dabei? Wie ich?«, fragte Nirgal.

Fehlanzeige. Aber ... wenn Hirokos Gruppe wieder auf die Erde zurückgekehrt war, konnte es sein, dass die Jüngeren nicht mitgekommen waren. Selbst Hiroko hätte nicht alle von ihnen zu einem solchen Unternehmen überreden können. Würde Frantz den Mars verlassen? Oder Nanedi? Nirgal bezweifelte es. Rückkehr zur Erde in der Stunde ihrer Not … Die Älteren würden gehen. Ja, das klang nach Hiroko. Er sah sie förmlich vor sich, wie sie die neuen Küsten von Terra befuhr, um die Wiederbesiedlung zu organisieren …

»Sie sind nach Southend gefahren. Sie wollten sich die Küste hocharbeiten.«

Nirgal sah Bly an, der nickte. Sie konnten das per Boot erreichen.

Aber Nirgals Begleiter wollten erst die Lage prüfen. Sie verlangten einen Tag, um alles zu arrangieren. Inzwischen sprachen Bly und seine Freunde über die Unterwasserbergungsprojekte. Als Bly von der durch die Leibwächter vorgeschlagenen Verzögerung hörte, fragte er Nirgal, ob er eine solche Operation sehen wolle. Am nächsten Morgen würde eine stattfinden. »Obwohl es natürlich keine schöne Sache ist.« Nirgal sagte zu, die Begleiter hatten nichts einzuwenden, solange einer von ihnen mitkam.

So verbrachten sie den Abend in dem klammen geräuschvollen Lagerhaus unter Wasser. Bly und seine Freunde suchten nach Ausrüstung, die Nirgal benutzen könnte. Die Nacht verbrachten sie in schmalen Betten auf Blys Boot, das wie eine große, klobige Wiege schaukelte.

Am nächsten Morgen tuckerten sie durch einen leichten Nebel in den Farben des Mars. Rosige und orangefarbene Töne schwebten über trägem malvenfarbenem Wasser. Es war fast Ebbe; und die Bergungsmannschaft sowie drei von Nirgals Begleitern folgten Blys größerem Schiff in drei offenen Motorbooten. Sie manövrierten zwischen Kaminen, Verkehrszeichen und Strommasten hindurch, wobei sie sich absprachen. Bly hatte ein zerfleddertes Buch mit Karten hervorgeholt und rief die Straßennamen von Sheerness aus, während er anhand bestimmter

Lagerhäuser oder Läden navigierte. Viele Lagerhallen im Hafenbezirk waren augenscheinlich schon ausgeräumt worden, aber es gab hinter der Uferpromenade in den Wohnblocks noch mehr Lagerhäuser und Läden. Einer davon war an diesem Morgen ihr Ziel. »Da wären wir. Carleton Lane Nummer 2.« Das war ein Juweliergeschäft in der Nähe eines kleinen Supermarktes gewesen. »Wir suchen nach Juwelen und Dosengemüse. Gut ausgewogen, könnte man sagen.«

Sie legten an einer Werbetafel an und stellten die Motoren ab. Bly warf einen kleinen Gegenstand an einer Schnur über Bord, und drei der anderen Leute sammelten sich um einen kleinen Computerbildschirm auf Blys Armaturenbrett. Ein dünnes Kabel wurde von einer jämmerlich quietschenden Spule an der Seite heruntergelassen. Auf dem Schirm wechselte die Farbe des trüben Bildes von Braun zu Schwarz und wieder zu Braun.

»Woher wisst ihr, was ihr da seht?«, fragte Nirgal.

»Wissen wir nicht.«

»Aber schau, da ist eine Tür!«

»Ich sehe nichts.«

Bly gab auf einem kleinen Keyboard unter dem Schirm einen Befehl ein. »Rein mit dir! Da. Jetzt sind wir drin. Das sollte der Supermarkt sein.«

»Hatten die nicht Zeit, ihre Sachen wegzuschaffen?«, fragte Nirgal.

»Nicht ganz. An der Ostküste Englands mussten alle gleichzeitig wegziehen. Deshalb konnten sie nicht mehr transportieren als das, was in ein Auto passte. Wenn überhaupt so viel. Viele Leute haben ihre Wohnungen so wie sie waren zurückgelassen. Also holen wir das Zeug herauf, das die Mühe wert ist.«

»Was ist mit den Besitzern?«

»Oh, da gibt es ein Register. Wir sehen es ein und finden die Eigentümer, wenn wir können. Dann berechnen wir ihnen eine Bergungsgebühr, wenn sie das Zeug haben wollen. Falls sie nicht im Register stehen, verkaufen wir es auf der Insel. Die

Leute brauchen Möbel und dergleichen. Hier, wollen wir doch mal sehen, was das ist.«

Er drückte eine Taste, und der Schirm wurde heller. »Ach ja. Ein Kühlschrank. Wir könnten ihn schon brauchen, aber er ist schwer hochzukriegen.«

»Was ist mit dem Haus?«

»Oh, das jagen wir in die Luft. Kurz und schmerzlos, wenn wir die Ladungen richtig anbringen. Aber nicht heute. Wir markieren es und ziehen weiter.«

Sie tuckerten weiter. Bly und ein anderer Mann beobachteten weiterhin ständig den Schirm und diskutierten leise, wohin sie sich als Nächstes wenden sollten. Bly erklärte Nirgal: »Diese Stadt war vor der Flut nicht mehr die beste. Sie ist seit ein paar Hundert Jahren, schon seit dem Ende des Empire, heruntergekommen.«

Der andere Mann sagte: »Seit dem Ende der Segelschifffahrt.«

»Das ist dasselbe. Die alte Themse wurde danach immer weniger benutzt, und alle kleinen Häfen an der Mündung kamen immer mehr herunter. Und das ist schon lange her.«

Endlich stellte Bly den Motor ab und sah die anderen an. In ihren bärtigen Gesichtern erkannte Nirgal eine seltsame Mischung von Resignation und fröhlicher Erwartung. »Also los!«

Die anderen Männer holten Tauchgeräte hervor: Taucheranzüge, Sauerstofftanks, ein paar Helme. Bly sagte: »Wir dachten, der von Eric könnte dir passen. Er war ein Riese.« Dann zog er einen langen schwarzen Neoprenanzug aus dem übervollen Schrank, einen ohne Füße und Handschuhe, sowie eine Kapuze und Gesichtsmaske anstelle eines Helmes. »Da sind auch Stiefel dafür.«

»Ich würde sie gerne anprobieren!«

Nirgal und zwei andere Männer zogen sich aus und legten die Taucheranzüge an. Sie schwitzten und stöhnten, als sie das Neopren überzogen und die Kragen mit den Reißverschlüssen dicht machten. An Nirgals Anzug war, wie sich zeigte, ein dreieckiger Lappen links am Rumpf ausgerissen, was günstig war, denn sonst hätte er wohl nicht gepasst. Der Anzug saß um die Brust sehr eng, dafür an den Beinen eher locker. Einer der anderen Taucher, Kev, verklebte den V-förmigen Schlitz mit Isolierband. »Das wird halten, jedenfalls für einen Tauchgang. Verstehst du, was Eric passiert ist?« Er klopfte ihm auf die Seite. »Pass auf, dass du nicht in einem deiner Kabel hängen bleibst!«

»Das werde ich.«

Nirgal fühlte sein Fleisch unter dem verklebten Riss kribbeln, der plötzlich sehr groß wirkte. Von einem sich bewegenden Kabel mitgerissen, durch Beton oder Metall gezerrt werden – Agonie – ein tödlicher Schlag … Wie lange würde er danach bei Bewusstsein bleiben? Eine Minute, zwei? Im Todeskampf herumgewirbelt, im Dunkeln …

Er riss sich von dem Gedanken an Erics Ende los, fühlte sich aber weiterhin erschüttert. Man befestigte ein Atemgerät an seinem Oberarm und der Gesichtsmaske. Sofort atmete er kühle Luft, reinen Sauerstoff, sagten sie. Bly fragte noch einmal, ob er wirklich hinuntergehen wollte, weil Nirgal leicht zitterte. »Ja, doch. Mit Kälte komme ich gut zurecht«, erklärte Nirgal, »das Wasser ist gar nicht so kalt. Außerdem habe ich den Anzug jetzt schon durchgeschwitzt.«

Die anderen Taucher nickten. Sie schwitzten selbst. Die Vorbereitungen waren harte Arbeit. Das eigentliche Schwimmen war leichter. Eine Leiter hinunter und – o ja – von dem Druck der Schwerkraft frei zu sein, ein bisschen wie die Schwere auf dem Mars, oder sogar noch weniger. Was für eine Erleichterung! Nirgal atmete fröhlich den kühlen Sauerstoff aus der Flasche ein und weinte fast über die plötzliche Freiheit seines Körpers, als er durch die angenehme Dämmerung schwebte. O ja, seine Welt auf der Erde lag unter Wasser.

Weiter unten war alles ebenso dunkel und amorph, wie es auf dem Schirm ausgesehen hatte. Bis auf die schmalen Lichtkegel der offenbar sehr starken Kopflampen der anderen beiden

Männer. Nirgal folgte über und hinter ihnen und hatte so die beste Sicht. Das Wasser in der Themsemündung war kühl, Nirgal schätzte etwa zwölf Grad Celsius, aber nur sehr wenig davon sickerte durch Manschetten und Kapuze. Außerdem wurde das im Anzug eingeschlossene Wasser durch seine Anstrengungen bald so heiß, dass seine kühlen Hände und Gesicht (und die Rippen auf der linken Seite) ihn vor Überhitzung bewahrten.

Die beiden Lichtkegel schossen hierhin und dorthin, wenn sich die beiden Taucher umschauten. Sie schwammen eine schmale Straße entlang. Den Anblick der Häuser und Bordsteine, der Bürgersteige und Straßen ließ das trübe Wasser so unheimlich erscheinen wie den Nebel an der Oberfläche.

Dann schwebten sie vor einem dreistöckigen Backsteinhaus, das den engen dreieckigen Platz füllte, der an eine spitzwinklige Straßenkreuzung grenzte. Kev machte Nirgal ein Zeichen, draußen zu bleiben, was dieser gerne tat. Der andere Taucher hatte ein Kabel gehalten, das so dünn war, dass man es kaum sehen konnte. Nun schwamm er in einen Torweg und zog es hinter sich her. Dann machte er sich daran, einen kleinen Flaschenzug an dem Eingang anzubringen und das Kabel hindurchzufädeln. Die Zeit verging. Nirgal schwamm langsam um das keilförmige Gebäude und schaute in Büros, leere Zimmer und Wohnungen. Einige Möbel schwammen an der Decke. Eine Bewegung in einem dieser Räume ließ ihn zurückschrecken. Er fürchtete das Kabel, aber das war auf der anderen Seite des Hauses. Etwas Wasser drang in sein Mundstück, und er schluckte, um es zu beseitigen. Es schmeckte nach Salz, Schlamm und Pflanzen und noch etwas Unangenehmem. Er schwamm weiter.

Hinten am Torweg bemühten sich Kev und der andere Mann, einen kleinen metallenen Safe durch die Tür zu zerren. Als er frei war, brachten sie sich in eine aufrechte Position und warteten, bis das Kabel fast direkt über ihren Köpfen senkrecht nach oben führte. Danach schwammen sie wie in einem ungeschickten Ballett zurück zur Straßenkreuzung; und der Safe schwebte an die Oberfläche und verschwand. Kev schwamm wieder hinein und kam mit heftigen Fußbewegungen zurück, in den Händen zwei kleine Säcke. Nirgal kam hinüber und nahm ihm einen davon ab. Dann bewegte er sich mit ausholenden Schlägen zum Boot. Er tauchte auf, direkt ins helle Licht des Nebels an der Oberfläche. Er wäre gern wieder hinuntergegangen, aber Bly wollte nicht, dass sie noch länger blieben. Darum warf Nirgal seine Flossen ins Boot und kletterte über die Leiter an der Seite hinein. Als er auf der Bank saß, schwitzte er, und es war eine Erleichterung, die Kapuze vom Kopf zu ziehen, obwohl er sich dabei ein paar Haare ausriss. Die feuchtkühle Luft auf der Haut fühlte sich angenehm an, als man ihm half, den Anzug abzustreifen.

»Sieh dir seine Brust an! Der ist ja wie ein Windhund«, juxten die Seeleute.

»Der hat sein Leben lang nur Dampf geatmet.«

Der Nebel hatte sich fast verzogen und ließ einen weißen Himmel erkennen, auf dem die Sonne einen etwas helleren weißen Fleck bildete. Auf Nirgal lastete wieder die Schwerkraft der Erde. Er atmete ein paar Mal tief durch, um seinen Körper wieder in den Arbeitsrhythmus zu bringen. Er hatte ein flaues Gefühl im Magen, und seine Lungen schmerzten ein wenig, wenn er tief einatmete. Die Dinge schaukelten stärker, als das Schwappen des Ozeans es verursachte. Der Himmel wurde zinkfarben und der Sonnenquadrant ein scharfer blendender Glanz. Nirgal blieb sitzen und atmete schnell und flach.

»Hat es dir gefallen?«

»Ja!«, sagte er. »Ich wünschte, ich hätte überall so ein gutes Gefühl.«

Sie lachten über diesen Gedanken. »Hier, nimm einen Schluck!«

Vielleicht war es ein Fehler gewesen, unter Wasser zu gehen. Danach fühlte sich die Schwerkraft nie wieder richtig an. Das

Atmen fiel ihm schwer. Die Luft unten im Lagerhaus war so feucht, dass er den Eindruck hatte, er brauchte nur die Faust zu ballen, um Wasser aus der Hand zu trinken. Kehle und Lungen taten ihm weh. Er trank eine Tasse Tee nach der anderen, konnte aber seinen Durst nicht stillen. Die glänzenden Wände tropften, und nichts von dem, was die Leute sagten, war zu verstehen. Es war alles *ay* und *eh* und *lor* und *da* – nichts, was dem Marsenglisch auch nur entfernt ähnlich war. Eine andere Sprache. Jetzt redeten sie alle verschiedene Sprachen. Shakespeares Stücke hatten ihn darauf nicht vorbereitet.

Er schlief wieder in dem kleinen Bett auf Blys Boot. Am nächsten Tag gab die Eskorte ihre Zustimmung, und sie fuhren von Sheerness nach Norden, über die Themsemündung, in einem rötlichen Nebel, der noch dicker war als am Tag zuvor.

Draußen im Mündungsgebiet war nichts zu sehen außer Nebel und Meer. Nirgal war schon früher in Wolken gewesen, besonders auf dem Tharsis-Westhang, wo die Wetterfronten aufstiegen; aber natürlich noch nie auf dem Wasser. Die Wolken auf Tharsis waren, ehe die Temperaturen wieder unter den Gefrierpunkt gesunken waren, wie eine Art fliegender Schnee, sehr weiß, trocken und fein, über das Land getrieben und hatten es mit weißem Staub bedeckt. Ganz anders als diese flüssige Welt, wo kaum ein Unterschied zwischen dem unruhigen Wasser und dem darüber flatternden Nebel, dem flüssigen und dem gasförmigen Zustand, die ständig wechselten, bestand. Das Boot schaukelte in einem heftigen, unregelmäßigen Rhythmus. Dunkle Objekte erschienen an den Rändern des Nebels, aber Bly beachtete sie nicht, sondern hielt ein scharfes Auge nach vorn gerichtet, durch ein Fenster, das fast bis zur Undurchsichtigkeit mit Wassertropfen bedeckt war. Außerdem beobachtete er eine Reihe von Bildschirmen unter dem Fenster.

Plötzlich stellte Bly den Motor ab, und das Schaukeln des Bootes wurde zu einem schlimmen Rollen von einer Seite zur anderen. Nirgal blickte durch das nasse Fenster an der Seite der

Kabine und versuchte zu sehen, was Bly zum Halten veranlasst hatte. Bly fuhr ganz langsam weiter und bemerkte: »Da ist ein großes Schiff nach Southend unterwegs.«

»Wo denn?«

»Backbord.« Er zeigte auf einen Schirm und dann nach links. Nirgal sah nichts.

Bly brachte sie langsam zu einem großen langen Pier, an dem beiderseits viele Boote festgemacht waren. Der Pier verlief nach Norden durch den Nebel auf die Stadt Southend-on-Sea zu, die kurz auftauchte, ehe der Nebel den hausbedeckten Abhang wieder verschleierte.

Einige Männer begrüßten Bly: »Schöner Tag, was?«, »Prächtig«, und begannen, Kisten auszuladen.

Bly erkundigte sich nach der Asiatin aus Vlissingen, aber die Männer schüttelten den Kopf. »Die Japanerin? Sie ist nicht hier, Kumpel.«

»In Sheerness sagten sie, dass sie und ihre Gruppe nach Southend gefahren seien.«

»Warum sollten sie das sagen?«

»Weil sie glauben, dass das so ist.«

»Das bekommst du von den Leuten zu hören, die unter Wasser wohnen.«

»Die Paki-Großmutter?«, sagten sie an der Dieselpumpe auf der anderen Seite des Piers. »Die ist vor einiger Zeit nach Shoeburyness gegangen.«

Bly sah Nirgal an. »Das ist nur ein paar Meilen östlich. Wenn sie dort wäre, würden die Männer das wissen.«

»Versuchen wir es«, schlug Nirgal vor.

Also verließen sie, nachdem sie aufgetankt hatten, den Anlegeplatz und tuckerten durch den Nebel nach Osten. Ab und zu kam links die mit Gebäuden besetzte Bergflanke in Sicht. Sie umrundeten eine Landzunge und wandten sich nach Norden. Bly brachte sie zu einem anderen Schwimmdock, an dem viel weniger Boote als am Pier von Southend festgemacht hatten.

»Die chinesische Gruppe?«, rief ein zahnloser alter Mann. »Die sind nach Pig's Bay gefahren. Haben uns ein Treibhaus gebaut. Ist so ne Art Kirche für die.«

»Pig's Bay ist der nächste Pier«, sagte Bly und steuerte sie nachdenklich vom Dock weg.

Also tuckerten sie nach Norden. Die Küste war hier völlig mit überschwemmten Gebäuden besetzt, die jetzt ein korallenartiges Riff bildeten. Sie hatten so nahe am Meer gebaut! Offenbar hatte es keinen Grund gegeben, einen Anstieg des Meeresspiegels zu befürchten. Und dann war es doch geschehen, und jetzt gab es diese eigenartige amphibische Zone, eine Zivilisation zwischen den Gezeiten, feucht und im Nebel schaukelnd.

Vor den Fenstern erschien eine Häusergruppe. Die Gebäude waren mit dem durchsichtigen Blasenmaterial gefüllt, ausgepumpt und wieder bezogen worden. Die oberen Stockwerke lagen gerade oberhalb der gischtigen Wellen und die unteren knapp darunter. Bly steuerte das Boot zu einer Gruppe miteinander verbundener Schwimmdocks und begrüßte eine Schar Frauen in Kitteln und gelben Regenmänteln, die ein großes schwarzes Netz flickten. Er stellte den Motor ab und fragte: »Ist die Lady aus Asien bei euch zu Besuch gewesen?«

»O ja. Sie ist da drin. In dem Gebäude am anderen Ende.«

Nirgal fühlte seinen Puls rasen. Er verlor das Gleichgewicht und musste sich am Geländer festhalten. Über Bord und auf das Dock. Hin zum letzten Gebäude, eine Pension am Meer, dessen Wände jetzt ziemlich brüchig waren. Durch alle Risse schimmerte Licht heraus. Innen war Luft. Gefüllt mit einer Blase. Grüne Pflanzen, die undeutlich durch schwappendes graues Wasser zu sehen waren. Nirgal stützte sich mit einer Hand auf Blys Schulter. Der kleine Mann brachte ihn zu einer Tür und dann eine enge Treppe hinunter in einen Raum, dessen eine ganze Wand zur See hinaus durchsichtig war, wie ein schmutziges Aquarium.

Eine sehr kleine Frau in einem rostfarbenen Pullover kam durch die gegenüberliegende Tür. Weißhaarig, schwarzäugig, flink und präzise, wie ein Vogel. Nicht Hiroko. Sie starrte die Männer an.

Bly fragte nach einem Blick zu Nirgal: »Kommen Sie aus Visslingen? Haben Sie diese Unterseedinger gebaut?«

»Ja«, antwortete die Frau. »Kann ich Ihnen helfen?« Sie hatte eine hohe Stimme mit britischem Akzent und sah Nirgal ausdruckslos an. Es waren noch weitere Leute im Raum, und noch mehr kamen hinzu. Sie sah aus wie das Gesicht, das er in Medusa Vallis an der Klippe erblickt hatte. Vielleicht gab es eine andere Hiroko, die über die zwei Planeten zog und Bauten errichtete …

Nirgal schüttelte den Kopf. Die Luft war wie in einem verrottenden Treibhaus. Das Licht so schwach. Er kam kaum die Treppe herauf. Bly hatte sich für sie verabschiedet. Zurück in den hellen Nebel. Zurück auf das Boot. Irrwische jagen. Eine List, um ihn aus Bern zu verscheuchen. Oder ein echter Irrtum. Vielleicht auch nur ein nutzloser Ausflug.

Bly ließ ihn sich in der Kabine hinsetzen. »Na gut.«

Sie rollten und stampften durch den Nebel, der zur Wasseroberfläche hin immer dichter wurde. Ein trüber Tag auf dem Wasser. Sie schaukelten durch den Phasenwechsel, wo Wasser und Nebel ineinander übergingen, und waren dazwischen eingeschlossen. Nirgal wurde etwas schläfrig. Ohne Zweifel war Hiroko auf dem Mars. Arbeitete dort in ihrer gewohnten Heimlichkeit. Es war absurd gewesen, etwas anderes zu denken. Wenn er zurückkehrte, würde er sie finden. Ja, das war ein Ziel, eine Aufgabe, die er sich stellte. Er würde sie finden und sie dazu bringen, dass sie wieder an die Öffentlichkeit trat. Sich vergewissern, dass sie noch lebte. Das war der einzige Weg sicher zu sein und die schreckliche Last von seinem Herzen zu nehmen. Ja, er würde sie finden.

Als sie dann über das unruhige Wasser fuhren, lichtete sich der Nebel. Tiefe graue Wolken zogen rasch über ihre Köpfe und ließen Regenwirbel in die Wellen fallen. Jetzt trat die Ebbe ein; und als sie die große Mündung überquerten, traf sie die Strömung der Themse voll. Die graubraune Oberfläche des Wassers war aufgewühlt wie Brei, die Wellen kamen aus allen Richtungen zugleich, eine wilde schäumende Fläche aus dunklem, strudelndem Wasser, das rasch nach Osten getrieben wurde, hinaus in die Nordsee. Und dann schlug der Wind um und strömte über das Meer; und alle Wellen drängten plötzlich auf See hinaus. Zwischen den langen Schaumfladen schwammen alle möglichen Gegenstände: Kisten, Möbel, Dächer, ganze Häuser, umgekippte Boote, Holzstücke. Treib- und Strandgut. Blys Mannschaft stand auf Deck. Die Männer lehnten sich mit Enterhaken und Feldstechern über die Reling und riefen nach hinten, dass Bly Dingen ausweichen oder versuchen sollte, sich ihnen zu nähern. Sie waren in die Arbeit vertieft. Nirgal fragte Bly: »Was ist das für Zeug?«

»Das ist London«, erklärte Bly. »Es ist das verdammte London, das ins Meer gespült wird.«

Die Unterseiten der Wolken rasten über ihre Köpfe gen Osten. Als er sich umschaute, sah Nirgal viele andere kleine Boote auf dem wilden Wasser der großen Flussmündung, die Treibgut bargen oder bloß fischten. Bly winkte einigen im Vorbeifahren zu und grüßte andere mit der Sirene. Die Signaltöne wurden vom Wind über die grau gefleckte Mündung getragen, offenbar um Botschaften zu übermitteln, weil Blys Leute jedes Mal Kommentare dazu abgaben.

»Hey, was ist das da?«, rief Kev und zeigte stromaufwärts.

Aus einer die Themsemündung bedeckenden Nebelbank war ein Dreimaster in voller Takelage aufgetaucht, dessen viele Segel in der altertümlichen Art angeordnet waren, die Nirgal innig vertraut war, obwohl er sie noch nie gesehen hatte. Ein Chor von Hörnern begrüßte diese Erscheinung, wildes Getute, langgezogenes Schmettern – alle auf einmal und immer länger, wie eine Hundemeute, die bei Nacht aufgescheucht worden war und kläffte, was das Zeug hielt. Über ihnen explodierte der scharfe durchdringende Ton von Blys Sirene und stimmte in den Chor ein. Nirgal hatte noch nie einen so durchdringenden Ton vernommen. Er zerriss ihm die Ohren! Dickere Luft, dichterer Schall. Bly grinste, seine Faust auf dem Knopf der Sirene. Die Männer der Crew standen alle an der Reling, auch Nirgals Eskorte, und schrien lautlos die plötzliche Vision an.

Endlich ließ Bly den Knopf los. »Was ist das?«, brüllte Nirgal.

»Das ist die *Cutty Sark*!«, schrie Bly, warf den Kopf zurück und lachte. »Die war in einem Trockendock in Greenwich. In einem Park! Einige verrückte Kerle müssen sie rausgeholt haben. Eine brillante Idee! Sie müssen das Schiff um die Flutsperre geschleppt haben. Schau dir ihre Segel an!«

Der alte Klipper hatte vier oder fünf Segel, die an jedem der drei Masten aufgespannt waren, und auch noch ein paar dreieckige zwischen den Masten und bis zum Bugspriet. Das Schiff segelte mitten im Ebbestrom und hatte starken Rückenwind, sodass es durch Schaum und Treibgut schnitt und schnelle weiße Wellen von seinem scharfen Bug wegspritzten. In den Wanten standen Männer, sah Nirgal. Die meisten von ihnen lehnten sich über die Rahen und winkten mit einem Arm der Flottille schäbiger Motorboote zu, als sie hindurchfuhren. Von den Mastspitzen flatterten Wimpel; Nirgal sah eine große blaue Flagge mit roten Kreuzen, als sie Seite an Seite mit Blys Boot war. Bly drückte immer wieder auf den Knopf der Sirene, und die Männer grölten. Ein Matrose am Ende des Hauptsegels der *Cutty Sark* lehnte sich mit der Brust gegen den großen Zylinder aus poliertem Holz und winkte ihnen mit beiden Händen zu. Dann verlor er das Gleichgewicht. Sie alle sahen es wie in Zeitlupe geschehen. Der Matrose fiel, den Mund zu einem runden kleinen O geformt, rückwärts in das Weißwasser, das von der Schiffsflanke wegschäumte. Die Männer auf Blys Boot schrien alle wie aus einem Mund: »NEIN!« Bly fluchte laut und gab Gas, der Motor war nach dem Verstummen der Sirene plötzlich laut zu hören. Das Heck des Bootes tauchte tief ins Wasser, und dann bewegten sie sich brummend auf den über Bord gegangenen Mann zu, der nur noch ein schwarzer Punkt unter anderem Treibgut war und hektisch mit einem Arm winkte.

Überall waren Boote, die hupten und ihre Sirenen ertönen ließen. Aber die *Cutty Sark* wurde keineswegs langsamer. Sie segelte mit voller Geschwindigkeit davon. Die Segel waren voll gebläht, von hinten ein schöner Anblick. Als Bly dann den heruntergefallenen Matrosen erreichte, lag der Stern des Klippers weit im Osten im Wasser, und die Masten bildeten eine Gruppe aus weißen Segeln und schwarzer Takelage, bis das Schiff plötzlich in einer Nebelbank verschwand.

»Was für ein prächtiger Anblick!«, sagte einer der Männer immer wieder. »Was für ein *prächtiger* Anblick!«

»Ja, ja, prächtig! Hier, fischt diesen armen Kerl auf!«

Bly schaltete den Motor in den Rückwärtsgang und dann in den Leerlauf. Sie warfen eine Leiter über die Seite und beugten sich vor, um dem nassen Matrosen die Sprossen heraufzuhelfen. Endlich schaffte er es über die Bordwand, stand in seinen durchweichten Sachen gebeugt da und hielt sich zitternd an der Reling fest. »Oh, danke!«, sagte er zwischen Gewürge über die Bordwand. Kev und die anderen Mitglieder der Crew zogen ihm seine nassen Sachen aus und wickelten ihn in dicke schmuddelige Decken.

Bly rief vom Ruderhaus herunter: »Du bist ein verdammter Idiot! Du warst gerade noch auf der *Cutty Sark* und wolltest um die Welt segeln, und jetzt bist du auf der *Bride of Faversham*. Du bist ein echt dämlicher verfluchter Idiot!«

»Ich weiß«, rief der Mann keuchend zwischen Anfällen von Übelkeit.

Die Männer warfen ihm Jacken über den Rücken und lachten. »Verrückter Hund, uns so zuzuwinken!« Den ganzen Weg zurück nach Sheerness redeten sie über seine Ungeschicklichkeit, während sie den Schiffbrüchigen trockneten und im Windschatten des Ruderhauses in Reservekleider hüllten, die ihm viel zu klein waren. Er lachte mit ihnen, verfluchte sein Pech, schilderte den Fall und wiederholte, wie er den Halt verloren hatte. Dann, wieder in Sheerness, brachten sie ihn in das Lagerhaus unter Wasser, gaben ihm warmen Eintopf zu essen und ein Pint bitteren Bieres nach der anderen, während sie den Leuten drinnen und jedem, der die Leiter herunterkam, berichteten, wie er sich blamiert hatte. »Schaut her, dieser blöde Hund ist heute Nachmittag von der *Cutty Sark* heruntergefallen, der Trottel, als sie unter vollen Segeln mit der auslaufenden Flut nach Tahiti fuhr!«

»Nach Pitcairn«, berichtigte Bly.

Der Matrose selbst, völlig besoffen, erzählte seine Geschichte ebenso oft wie seine Retter. »Ich habe bloß für eine Sekunde die Hände weggenommen. Da gab es einen kleinen Ruck, und ich flog davon. Fiel einfach runter. Dachte, das würde nichts machen, dachte ich. Hab beide Hände die ganze Zeit auf der Themse hochgehalten. Oh – entschuldigt mich, ich muss kotzen!«

»Mein Gott, sie bot wirklich einen prächtigen Anblick. Natürlich mehr Segel als nötig. Es war ein Abgang mit Würde. Aber Gott segne sie dafür. Was für ein Anblick!«

Nirgal fühlte sich benommen und matt. Der ganze große Raum war zu einem schimmernden Dunkel geworden, abgesehen von den wenigen Stellen, an denen es von Streifen hellen Lichts durchbrochen wurde. Alles war ein Helldunkel aus durcheinandergebrachten Objekten, Breughel in Schwarzweiß, und so laut. »Ich erinnere mich an die Springflut von Dreizehn, als die Nordsee in mein Wohnzimmer kam.« – »Oh, nicht schon wieder die Flut von dreizehn. Fang nicht wieder damit an!«

Er ging in einen abgeteilten Raum in einer Ecke, die Herrentoilette. Er dachte, er würde sich besser fühlen, wenn er sich erleichterte. Drinnen kniete der gerettete Matrose auf dem Boden der Kabine und übergab sich heftig. Nirgal zog sich zurück und setzte sich auf die nächste Bank, um zu warten. Eine junge Frau kam an ihm vorbei und berührte seine Stirn. »Sie ist heiß!«

Nirgal hielt eine Hand an die Stirn und versuchte darüber nachzudenken. Er schätzte: »39 °C. Mist!«

»Du hast Fieber«, sagte sie.

Ein Leibwächter nahm neben ihm Platz. Nirgal erzählte ihm von seiner Temperatur, und der Mann sagte: »Würden Sie Ihren Armbandcomputer messen lassen?«

Nirgal nickte und ließ sich die Temperatur anzeigen. 309 K. »Mist!«

»Wie fühlen Sie sich?«

»Heiß. Schwer.«

»Wir sollten lieber jemanden holen.«

Nirgal schüttelte den Kopf, aber starker Schwindel überfiel ihn dabei. Er sah, wie die Leibwächter nach Bly riefen. Bly kam herbei, und sie stellten ihm Fragen.

»Bei Nacht?«, fragte Bly. Weitere ruhige Gespräche. Bly zuckte die Achseln. Das bedeutete: keine gute Idee, aber machbar. Die Leibwächter redeten weiter, und Bly trank sein letztes Pint aus, stellte das Glas hin und stand auf. Sein Kopf war immer noch auf der gleichen Höhe wie Nirgals, obwohl dieser heruntergerutscht war, um den Rücken gegen den Tisch zu stützen. Eine andere Spezies, eine gedrungene kräftige Amphibie. Hatte er das vor der Flut gewusst? Wussten sie es jetzt?

Die Leute verabschiedeten sich und drückten ihm die Hand. Das Erklimmen der Leiter im Turm war eine mühsame Arbeit. Dann waren sie draußen in der kühlen, feuchten Nacht. Der Nebel verhüllte alles. Ohne ein Wort führte Bly sie auf sein Boot und blieb still, als er die Motoren anließ und das Boot losmachte. Sie tuckerten über eine leichte Woge. Zum ersten Mal machte das Schaukeln über die Wellen Nirgal richtig seekrank. Schwindel war schlimmer als Schmerz. Er setzte sich neben Bly auf einen Schemel und betrachtete den grauen Kegel erhellten Wassers und Nebels vor ihrem Bug. Wenn dunkle Objekte aus dem Nebel auftauchten, wurde Bly langsamer und stellte den Motor sogar auf Rückwärtsgang. Einmal pfiff er. Das ging lange so weiter. Als sie dann in den Straßen von Faversham andockten, war Nirgal so schlecht, dass er nicht richtig Lebewohl sagen konnte. Er konnte nur Blys Hand ergreifen und kurz dem Mann in seine blauen Augen schauen. Solche Gesichter. Man konnte die Seelen der Menschen direkt in ihren Gesichtern erkennen. Hatten sie das vorher gewusst? Dann war Bly fort, und sie saßen in einem Wagen, der durch die Nacht brummte. Nirgals Gewicht nahm wieder zu, wie es während des Abstiegs im Aufzug gewesen war. Dann in ein Flugzeug, im Dunkeln aufsteigend und irgendwann später die Landung. Seine Ohren ploppten schmerzhaft. Übelkeit. Er war wieder in Bern, und Sax war an seiner Seite, ein großer Trost.

Er lag in einem Bett, ihm war sehr heiß, und sein Atem ging feucht und schmerzhaft. Aus dem Fenster konnte er die Alpen sehen. Das weiße Aufbrechen von Grün, als käme der Tod selbst aus dem Leben, brach zu ihm durch, um ihn daran zu erinnern, dass *viriditas* eine grüne Zündschnur war, die eines Tages wieder zum Weiß einer Nova explodieren und zu der gleichen Kombination von Elementen zurückkehren würde, die vorhanden gewesen war, ehe der grüne Wirbelsturm sie erfasst hatte. Weiß und Grün. Es war, als zwängte die Jungfrau sich ihm die Kehle herauf. Er wollte schlafen und dieses Gefühl loswerden.

Sax saß an seiner Seite und hielt seine Hand. »Ich glaube, er braucht die Schwerkraft des Mars«, sagte er zu jemandem, der nicht im Raum zu sein schien. »Es könnte eine Form von Höhenkrankheit sein. Oder eine ansteckende Krankheit. Oder Allergien. Eine Reaktion des Organismus. Auf jeden Fall ein Ödem. Wir wollen ihn sofort mit einem Weltraumflugzeug in den Orbit bringen und da oben in einen G-Ring mit Marsschwerkraft bringen. Wenn ich mich nicht irre, wird das helfen, und falls doch, schadet es auch nicht.«

Nirgal versuchte zu sprechen, bekam aber keine Luft. Diese Welt hatte ihn infiziert, erdrückt, in Dampf und Bakterien gesotten. Ein Schlag in die Rippen. Er war gegen die Erde allergisch. Er drückte Sax die Hand und holte tief Luft, was wie ein Dolch im Herzen brannte. »Ja«, keuchte er und sah Sax blinzeln. »Ja, nach Hause.«

FÜNFTER TEIL

ENDLICH ZU HAUSE

Ein alter Mann sitzt am Krankenbett. *Krankenhauszimmer sind alle gleich. Sauber, weiß, kühl, summend und fluoreszierend. Auf dem Bett liegt ein Mann – groß, dunkelhäutig und mit dicken schwarzen Augenbrauen. Er schläft unruhig. Der alte Mann beugt sich zu ihm herunter. Ein Finger berührt den Schädel hinter dem Ohr. Kaum hörbar murmelt der Alte: »Wenn es eine allergische Reaktion ist, dann muss dein Immunsystem davon überzeugt werden, dass das Allergen kein Problem bedeutet. Sie haben kein Allergen gefunden. Ein Lungenödem ist normalerweise durch die Höhenkrankheit bedingt, könnte aber auch durch ein Gasgemisch verursacht worden sein, oder es ist die umgekehrte Höhenkrankheit. Du musst das Wasser aus deinen Lungen entfernen. Sie sind damit recht gut fertiggeworden. Für das Fieber und die Kälteschauer könnte auch das Biofeedback verantwortlich sein. Wirklich hohes Fieber ist gefährlich, denk daran. Ich erinnere mich noch daran, als du ins Bad kamst, nachdem du in den See gefallen warst. Du warst blau angelaufen. Jackie sprang gleich hinein – nein, vielleicht blieb sie stehen, um zuzusehen. Du hieltest mich und Hiroko an den Armen, und wir alle sahen, wie du wärmer wurdest. Thermogenese ohne Zittern. Mit Zittern macht das jeder, aber du hast es willentlich getan, und noch dazu sehr stark. Ich hatte noch nie etwas Derartiges gesehen. Ich weiß immer noch nicht, wie du das gemacht hast. Du warst ein prächtiger Junge. Es gibt Menschen, die erschauern können, wenn sie wollen. Vielleicht ist das bei dir so ähnlich, nur innerlich. Das ist ja auch egal. Du brauchst nicht wirklich zu wissen, wie, sondern musst es nur tun. Wenn du kannst, mach es umgekehrt! Senke deine Temperatur. Versuche es! Du warst so ein prächtiger Junge.«*

Der alte Mann streckt eine Hand aus und packt den jungen Mann am Handgelenk. Er hält es fest und drückt.

»Du hast immer Fragen gestellt. Du warst sehr wissbegierig und sehr gutmütig. Du hast nicht aufgehört zu fragen: Warum, Sax, warum? Es hat Spaß gemacht, dir jedes Mal zu antworten. Die Welt ist wie ein Baum. Von jedem Blatt kann man bis zu den Wurzeln zurückgehen. Ich bin sicher, dass Hiroko so empfunden hat. Sie hat mir das wahrscheinlich als Erste erzählt. Hör zu, es war nicht schlecht, auf die Suche nach Hiroko zu gehen. Auch ich habe das getan. Und werde es wieder tun. Ich habe sie nämlich gesehen, auf Daedalia. Sie half mir, als ich in einem Sturm fast gestorben bin. Sie hielt mein Handgelenk. Genauso wie ich es jetzt bei dir tue. Nirgal, sie lebt! Hiroko ist am Leben und irgendwo da draußen. Du wirst sie eines Tages finden. Lass deinen inneren Thermostaten arbeiten, senke die Temperatur, und eines Tages wirst du sie finden …«

Der alte Mann lässt das Handgelenk los. Er kippt nach vorn, im Halbschlaf noch murmelnd. »Du hast immer gefragt: Warum, Sax warum?«

Wenn der Mistral nicht geweht hätte, hätte er geweint; denn absolut nichts sah noch wie früher aus. Er kam in einen Bahnhof in Marseille, der bei seiner Abreise nicht existiert hatte, nahe einer kleinen Stadt, die es damals nicht gegeben hatte. Die runde Architektur mit ihren fließenden Formen erinnerte an Gaudí, trug aber auch gewisse Züge bogdanovistischer Bauweise. Es sah aus wie Christianopolis oder Hiranyagarbha, wenn diese Städte schmelzen würden, dachte Michel. Nein, nichts sah auch nur im Geringsten vertraut aus. Das Land war eigenartig plattgewalzt, grün und seines Gesteins und jenes *je ne sais quoi* entblößt, das es zur Provence gemacht hatte. Er war seit 102 Jahren nicht mehr hier gewesen.

Über diese ganze ungewohnte Landschaft blies der Mistral vom Zentralmassiv herunter – kühl, trocken, aromatisch und elektrisch, durchsetzt von negativen Ionen, oder was es sonst auch war, das ihm seine charakteristische katabatische Frische verlieh. Der Mistral! Ganz gleich, wie es hier aussah, es musste die Provence sein.

Einheimische Praxisangestellte sprachen französisch mit ihm, aber er konnte sie kaum verstehen. Er musste scharf hinhören und hoffte, dass seine heimatliche Zunge wiederkommen würde und dass die *Franglaisation* und *Frarabisation*, von denen er gehört hatte, alles nicht allzu sehr verändert haben würden. Es war ihm peinlich, in seiner Muttersprache unsicher zu sein. Es war auch schockierend, dass die Académie Française ihre Pflicht nicht erfüllt und die Sprache im siebzehnten Jahrhundert eingefroren hatte, wie man es von ihr erwartet hatte. Eine junge Frau, die das Hilfsprogramm von Praxis leitete, schien vorzuschlagen, dass sie eine Rundfahrt machen und die Region besichtigen könnten, zur neuen Küste hinuntergehen und sich alles ansehen.

»In Ordnung!«, sagte Michel.

Er verstand die Leute schon besser. Vielleicht lag es nur an den Akzenten der Provence. Er folgte ihnen durch die konzentrischen Kreise der Gebäude und dann hinaus zu einem ganz gewöhnlichen Parkplatz. Die junge Frau half ihm auf den Beifahrersitz eines kleinen Wagens und setzte sich dann an der anderen Seite hinter das Lenkrad. Ihr Name war Sylvie. Sie war klein, attraktiv, schick und roch angenehm, sodass ihr seltsames Französisch Michel ständig überraschte. Sie ließ das Auto an und verließ den Flughafen. Und dann fuhren sie geräuschvoll auf einer schwarzen Straße durch die flache Landschaft, die von Gras und Bäumen begrünt war. Nein, in der Entfernung gab es einige Berge – so klein! Und der Horizont war so weit entfernt!

Sylvie fuhr zur nächsten Küste. Von einer Kehre auf einem Hügel konnten sie weit über das Mittelmeer blicken, das an diesem Tag braun und grau gefleckt war und in der Sonne schimmerte.

Nach einigen Minuten stiller Betrachtung fuhr Sylvie weiter, wieder quer durch flaches Binnenland. Dann hielten sie an einem Deich an und blickten über die Camargue, wie sie sagte. Michel hätte sie nicht wiedererkannt. Das Rhonedelta war ein breiter dreieckiger Fächer von vielen tausend Hektar gewesen, gefüllt mit salzigen Marschen und Gras. Jetzt war es wieder ein Teil des Mittelmeeres. Das Wasser war braun und mit Gebäuden getupft; aber es war trotzdem Wasser, in dessen Mitte die Rhone eine bläuliche Linie bildete. Arles war, sagte Sylvie, wieder ein richtiger Seehafen. Allerdings befestigten sie immer noch den Kanal. Sylvie erklärte stolz, dass alles im Delta von Martiques im Osten bis Aigue-Mortes im Westen unter Wasser Stand. Aigue-Mortes war jetzt wirklich tot, seine industriellen Gebäude abgesoffen. Die Hafeneinrichtungen waren laut Sylvie auf Luftkissen nach Arles oder Marseille gebracht worden. Man arbeitete angestrengt, um sichere Navigationsrouten für die Schiffe zu markieren. Sowohl die Camargue wie weiter östlich die Plaine de la Crau waren mit allen möglichen Strukturen übersät, von denen viele noch aus dem Wasser ragten, aber nicht alle. Und das Wasser war durch den Schlamm so getrübt, dass man nicht tief blicken konnte. »Sehen Sie, hier ist der Bahnhof. Man kann die Getreidespeicher noch erkennen, aber nicht die Nebengebäude. Und da ist einer von den eingedeichten Kanälen. Die Deiche sind jetzt Riffe. Sehen Sie die Linie aus grauem Wasser? Die Deiche brechen immer noch, wenn die Rhone sie überspült.«

»Ein Glück, dass die Gezeiten hier nicht so stark sind«, sagte Michel.

»Allerdings. Sonst wäre es für Schiffe zu gefährlich, Arles zu erreichen.«

Im Mittelmeer waren die Gezeiten vernachlässigbar; und Fischer wie Küstenfrachter entdeckten tagtäglich sichere Wege. Man versuchte, den Hauptkanal der Rhone durch die neue Lagune zu sichern, genau wie die Seitenkanäle, sodass die Boote bei der Rückfahrt stromaufwärts nicht gegen die Strömung ankämpfen mussten. Sylvie wies auf Merkmale hin, die Michel nicht sehen konnte, und erzählte ihm von plötzlichen Verlagerungen des Rhonekanals, von auf Grund gelaufenen Schiffen, losen Bojen, angekratzten Rümpfen, Rettungen bei Nacht, ausgelaufenem Öl, falschen Leuchttürmen, die von Schmugglern für die Unvorsichtigen aufgestellt wurden, und sogar regelrechter Piraterie auf hoher See. Das Leben an der neuen Rhonemündung schien aufregend zu sein.

Nach einer Weile fuhren sie in dem kleinen Wagen zurück, und Sylvie hielt nach Südosten, bis sie auf die Küste trafen, die richtige Küste, zwischen Marseille und Cassis. Dieser Teil der Mittelmeerküste bestand wie weiter östlich die Côte d'Azur aus einer großen Reihe steiler Hügel, die jäh zur See hin abfielen.

Die Hügel standen noch gut über dem Wasser; und auf den ersten Blick schien es Michel, dass sich dieser Küstenabschnitt viel weniger verändert hatte als die überflutete Camargue. Aber nach ein paar Minuten stiller Beobachtung änderte er seine Meinung. Die Camargue war immer ein Delta gewesen und war jetzt immer noch ein Delta. Da hatte sich nichts Wesentliches geändert. Hier aber schon: »Die Strände sind fort.«

»Ja.«

Das war nur zu erwarten gewesen. Aber die Strände hatten das Wesen dieser Küste ausgemacht, die Strände mit ihren langen goldenen Sommern, die von nackten, die Sonne anbetenden menschlichen Tieren dicht besetzt gewesen waren, von Schwimmern und Segelbooten und Karnevalsfarben und langen, warmen, aufregenden Nächten. All das war verschwunden. »Sie werden nie wiederkommen.«

Sylvie nickte und sagte sachlich: »Es ist überall dasselbe.«

Michel blickte nach Osten. Die ganze Strecke bis zum fernen Horizont fielen die Hügel steil in das braune Meer ab. Es sah aus, als könnte er bis Cap Sicié schauen. Dahinter lagen all die einstigen großen Ferienorte: Saint-Tropez, Cannes, Antibes, Nizza, sein altes Villefranche-sur-Mer und die modischen Strandbäder dazwischen, große und kleine, alle überflutet wie der Landstreifen unter ihnen. Die schlammig braune See platschte gegen einen Streifen aus blassem, zerbrochenem Gestein und toten gelben Bäumen. Die Strandwege tauchten in schmutzig weiße Gischt ein. Dreckige Gischt, die bis in die Straßen verlassener Städte gespült wurde.

Die grünen Bäume oberhalb der neuen Wasserlinie schwankten über weißem Gestein. Michel hatte vergessen, wie weiß der Fels war. Das Laub hing herunter und war staubig. Entwaldung war in den vergangenen Jahren ein ernstes Problem geworden, erklärte Sylvie, als die Leute angefangen hatten, Bäume als Brennholz zu fällen, aber Michel hörte ihr kaum zu. Er starrte auf die ertrunkenen Strände und versuchte, sich an ihre sandige heiße erotische Schönheit zu erinnern. Und als er so in die schmutzige Brandung schaute, stellte er fest, dass er sich nicht sehr gut erinnern konnte, auch nicht an die von ihm dort verbrachten Tage. Diese vielen faulen Stunden waren jetzt verwischt, wie das Gesicht eines toten Freundes. Er konnte sich nicht erinnern.

Marseille hatte natürlich überlebt. Der einzige Teil der Küste, auf den es nicht ankam, der hässlichste Teil, die City. Natürlich. Die Docks und auch deren unmittelbare Nachbarschaft waren überschwemmt. Aber das Land stieg dort rasch auf, und die höheren Gebiete hatten ihre mühsame, schmutzige Existenz erhalten. Große Schiffe ankerten noch im Hafen, lange Schwimmdocks fuhren zu ihnen hinaus, um ihre Fracht zu entladen, während die Matrosen die Stadt überschwemmten und wie eh und je wild feierten. Sylvie sagte, dass sie in Marseille die meisten haarsträubenden Abenteuergeschichten gehört hatte; von der Rhonemündung und rund ums Mittelmeer, wo die alten Seekarten nichts mehr bedeuteten. Häuser der Toten zwischen Malta und Tunis, Angriffe von Berberkorsaren … Sie sagte grinsend: »Marseille ist mehr denn in den Jahrhunderten zuvor es selbst.« Und Michel bekam einen plötzlichen Eindruck von ihrem Nachtleben, ausgelassen und vielleicht etwas gefährlich. Sie liebte Marseille. Der Wagen rumpelte in eines der vielen Schlaglöcher; und es fühlte sich an wie sein Pulsschlag, als tobten er und der Mistral durch das hässliche alte Marseille, gefesselt von den Gedanken einer wilden jungen Frau.

Mehr es selbst, als es seit Jahrhunderten gewesen ist. Vielleicht traf das auf die ganze Küste zu. Es gab keine Touristen mehr. Das Verschwinden der Strände hatte der ganzen Tourismusindustrie einen Stich ins Herz versetzt. Die großen hellen Hotels und Apartmenthäuser standen jetzt halb versunken in der Brandung wie Kinderspielzeug, das bei Ebbe zurückgelassen worden war. Als sie aus Marseille hinausfuhren, stellte Michel fest, dass die oberen Stockwerke vieler dieser Häuser wieder bewohnt zu sein schienen, von Fischern, sagte Sylvie. Bestimmt hatten sie ihre Boote in den unteren Räumen, wie die Pfahlbaubewohner im vorgeschichtlichen Europa. Das Alte kehrte wieder.

Michel schaute ständig aus dem Fenster und versuchte, sich ein Bild von der neuen Provence zu machen. Er bemühte sich nach Kräften, mit dem Schock, den so viel Veränderung mit sich brachte, fertigzuwerden. Sicher war das alles sehr interessant, auch wenn es nicht seinen Erinnerungen entsprach. Es würden schließlich neue Strände entstehen, versicherte er sich, wenn die Wellen an den Füßen der Meeresklippen nagten und die Flüsse und Ströme ihren mitgeführten Dreck abluden. Es könnte sogar sein, dass die Strände sich schnell wieder bildeten, obwohl es zuerst Schmutz oder Steine sein würden. Der goldene Sand – nun, die Strömung könnte etwas von dem alten Sand auf den neuen Strand befördern. Wer weiß? Aber sicher war das meiste davon endgültig dahin.

Sylvie brachte den Wagen zu einem anderen windigen Aussichtspunkt mit Blick aufs Meer. Es war bis zum Horizont hin braun. Der ablandige Wind bewirkte, dass sie die vom Strand fortlaufenden Wellen von hinten sahen, ein eigenartiger Effekt. Michel versuchte, sich an das alte, von der Sonne überwältigte Blau zu erinnern. Es hatte verschiedene Arten von mediterranem Blau gegeben. Die klare Reinheit der Adria, die Ägäis mit ihrem homerischen Anflug von Wein … jetzt war alles braun. Braunes Meer, Klippen ohne Strände, die blassen Felshügel, wüstenartig, verlassen. Eine Ödnis. Nein, nichts war dasselbe, gar nichts.

Schließlich bemerkte Sylvie sein Schweigen. Sie fuhr ihn nach Westen zu einem kleinen Hotel mitten in Arles. Michel hatte nie in Arles gelebt oder dort viel zu tun gehabt; aber neben seinem Hotel waren Praxisbüros, und er wusste nicht, wo er sonst bleiben sollte. Sie stiegen aus. Die Schwerkraft machte sich deutlich bemerkbar. Sylvie wartete unten, während er sein Gepäck hinauftrug. Und da war er nun, unsicher in einem kleinen Hotelzimmer stehend, die Reisetasche aufs Bett geworfen, den Körper angespannt von dem Verlangen, sein Land zu finden und wieder heimzukehren. Das hier war es nicht.

Er ging hinunter und dann nach nebenan, wo Sylvie sich um ihre Arbeit kümmerte.

»Ich möchte mir einen ganz bestimmten Ort ansehen.«

»Was immer Sie wollen.«

»Es ist bei Vallabrix. Nördlich von Uzès.«

Sie sagte, sie wüsste, wo das lag.

Es war später Nachmittag, als sie die Stelle erreichten. Eine Lichtung neben einer engen alten Straße dicht bei einem Olivenhain auf einem Abhang, über den der Mistral brauste. Michel bat Sylvie, im Wagen zu bleiben, und ging hinaus in den Wind und den zwischen den Bäumen liegenden Abhang hinauf; allein mit der Vergangenheit.

Sein altes *mas* lag am nördlichen Ende des Haines am Rande eines Plateaus oberhalb einer Schlucht. Die Olivenbäume waren knorrig vor Alter. Das Landhaus selbst war nur noch eine leere Steinhülle, fast vergraben unter langen, verflochtenen, dornigen Brombeerranken, die an den Außenwänden wuchsen.

Beim Blick in die Ruine stellte Michel fest, dass er sich noch an das Innere erinnern konnte. Oder zumindest an Teile davon. In der Nähe der Tür waren eine Küche und ein Esstisch gewesen und dann, nachdem man unter einem massiven Holzbalken durchgegangen war, ein Wohnzimmer mit Couches und einem niedrigen Kaffeetisch, und hinten eine Tür zum Schlafzimmer. Er hatte hier zwei oder drei Jahre lang mit einer Frau namens Eve gewohnt. Er hatte seit mehr als einem Jahrhundert nicht mehr an diesen Ort gedacht. Hätte ihn jemand gefragt, er hätte sich nicht erinnern können. Aber mit den Ruinen vor sich sprangen ihm Fragmente jener Zeit vor sein inneres Auge. Eine blaue Lampe hatte in der Ecke gestanden, in der jetzt brüchiger Putz lag. Ein Druck von van Gogh hatte an jener Wand gehangen, wo jetzt nur noch Holzscheite, Dachziegel und verwehtes Laub zu sehen waren. Der massive Dachbalken war verschwunden, ebenso seine Stützen in den Wänden. Jemand musste sie herausgeschafft haben. Schwer zu glauben, dass sich einer diese Mühe gemacht haben sollte. Die Balken hatten Hunderte von Kilos gewogen. Die Leute machten schon seltsame Dinge. Und mit der Entwaldung ringsum gab es nur noch wenige Bäume, die einen so großen Balken abgeben könnten. Jahrhundertelang hatten Menschen auf diesem Land gewohnt.

Irgendwann würde das Problem der Entwaldung vielleicht gelöst werden. Während der Fahrt hatte Sylvie von dem schweren Winter nach der Flut gesprochen, mit Regen und Wind. Dieser Mistral dauerte bereits einen Monat. Manche befürchteten, er würde nie enden. Bei dem Blick in das verfallene Haus tat es Michel nicht leid. Er brauchte den Wind, um sich zu orientieren. Es war eigenartig, wie das Gedächtnis funktionierte, oder nicht funktionierte. Er kletterte auf die zerbrochene Wand des *mas* hinauf und versuchte, sich an mehr von diesem Ort zu erinnern, an sein Leben hier mit Eve. Ein gewolltes Erinnern, eine Jagd nach der Vergangenheit … Stattdessen fielen ihm lebhafte Szenen von seinem Leben mit Maya in Odessa ein, mit Spencer nebenan. Wahrscheinlich hatten die zwei Leben genug Aspekte gemeinsam gehabt, um diese Konfusion zu bewirken. Eve war heißblütig gewesen wie Maya; und *la vie quotidienne*, das alltägliche Leben, war zu allen Zeiten und an allen Orten gleich, besonders für ein spezifisches Individuum, das sich mit seinen Gewohnheiten einrichtete wie mit Möbeln, die man von einem Ort zum anderen mitnimmt. Vielleicht.

Die Innenwände dieses Hauses waren sauber in Beige verputzt und mit Drucken behangen gewesen. Was noch vom Putz übrig war, war roh und verfärbt wie die Außenwände einer alten

Kirche. Eve hatte in der Küche hantiert, mit ihrem schönen Rücken und den langen, kräftigen Beinen hatte sie wie eine routinierte Tänzerin ausgesehen. Wenn sie über die Schulter blickte, um ihn anzulachen, wogte ihr kastanienbraunes Haar bei jeder Drehung. O ja, er erinnerte sich an diesen sich wiederholenden Moment. Ein Bild ohne Kontext. Er war verliebt gewesen. Obwohl er sie wütend gemacht hatte. Schließlich hatte sie ihn wegen eines anderen verlassen, ach ja, der Lehrer in Uzès. Welcher Schmerz! Er erinnerte sich daran; aber das hatte für ihn jetzt nichts mehr zu bedeuten. Er fühlte kein Quäntchen mehr davon. Ein vergangenes Leben. Diese Ruinen konnten ihm kein Gefühl dafür vermitteln. Sie brachten kaum die Bilder zurück. Es war erschreckend, als wäre Reinkarnation real, und er erlebte winzige Rückblicke auf ein Leben, das von seinem durch mehrere aufeinanderfolgende Tode getrennt war. Wie seltsam wäre es, wenn es eine solche Reinkarnation wäre, da man in unbekannten Sprachen redete wie Bridey Murphy, und den Wirbel der Vergangenheit durch den Kopf brausen fühlte und frühere Existenzen erlebte … Na schön, es wäre sicher genau dieses Gefühl. Aber nichts von diesen vergangenen Gefühlen zu empfinden, nichts außer dem Eindruck, dass man kein Gefühl hatte …

Er verließ die Ruinen und ging zwischen den alten Ölbäumen zurück zum Wagen.

Es sah so aus, als würde der Hain noch von jemandem bewirtschaftet. Die Zweige über seinem Kopf waren alle bis zu einem gewissen Grad beschnitten, der Boden unter seinen Füßen war glatt und von kurzem, trockenem, blassem Gras bedeckt, das zwischen Tausenden alter grauer Olivenkerne wuchs. Die Bäume standen in Reih und Glied, sahen aber doch so natürlich aus, als wären sie in dieser Distanz voneinander einfach so gewachsen. Der Wind blies mit seinem sanften Zischeln durch die Blätter. Wenn er mitten drin stand, wo er fast nur Olivenbäume und Himmel erblickte, fiel ihm wieder auf, wie die zwei Farben der Blätter im Wind abwechselnd aufblitzten. Grün, dann grau; grau, dann grün …

Er langte hoch, um einen Zweig herunterzuziehen und sich die Blätter genau anzusehen. Er erinnerte sich: Aus der Nähe betrachtet, waren die zwei Seiten eines Olivenblattes in ihrer Farbe nicht so verschieden. Mittelgrün und blasses Khaki. Aber eine von ihnen bedeckte Hügelflanke, die vom Wind gepeitscht wurde, hatte diese zwei verschiedenen Farben, die bei Mondschein zu schwarz und silbern wurden. Wenn man sie gegen die Sonne betrachtete, kam es mehr auf die Struktur an, matt oder glänzend.

Er ging zu einem Baum und legte die Hände auf den Stamm. Er fühlte die Borke des Olivenbaums, rohe gebrochene Rechtecke von graugrüner Farbe, wie die Unterseiten der Blätter, aber dunkler und oft von noch einem anderen Grün überdeckt, dem gelblichen Grün von Moos oder dem Schlachtschiffgrau der Flechten. Auf dem Mars gab es kaum Olivenbäume, dort war noch nichts Mediterranes. Nein, er fühlte, dass er auf der Erde war. Ungefähr zehn Jahre alt. Er trug dieses gewichtige Kind in seinem Innern. Einige Rindenstücke blätterten ab. Die Spalten zwischen den Rechtecken waren nicht tief. Die wahre Farbe der Borke, frei von Flechten, schien ein blasses holziges Beige zu sein. Davon war so wenig zu sehen, dass man es kaum sagen konnte. Bäume, eingehüllt in Flechten. Das war Michel vorher nicht aufgefallen. Die Zweige über seinem Kopf waren glatter, die Risse nur fleischfarbene Linien; auch die Flechten glatter, wie grüner Staub auf den Ästen und Zweigen.

Die Wurzeln waren groß und kräftig. Die Stämme wurden breiter, wenn sie den Boden erreichten, spreizten Wurzeln wie Finger mit Löchern und Lücken dazwischen, wie knorrige, in den Boden gestoßene Fäuste. Kein Mistral würde jemals diese Bäume entwurzeln. Nicht einmal ein marsianischer Wind könnte einen umwerfen.

Der Boden war mit alten Olivenkernen und verschrumpelten schwarzen Oliven bedeckt, die dabei waren, auch zu Kernen zu werden. Er hob eine auf, deren schwarze Oberfläche noch glatt war, und riss mit Daumen und Fingernägeln die Haut auf. Der purpurne Saft befleckte seine Haut; und als er ihn ableckte, schmeckte er keineswegs nach eingelegten Oliven. Sauer. Er biss in das Fleisch, das Pflaumenfleisch ähnelte; und dessen Geschmack, sauer und bitter, war nicht olivenartig, bis auf eine ölige Andeutung im Nachgeschmack, der ihm durch den Kopf ging – wie Mayas Déjà-vu, als hätte er das schon früher getan. Als Kind hatte er es tatsächlich immer wieder getan, stets in der Hoffnung, dass der Geschmack wie bei Tisch werden würde und ihnen so Nahrung in ihrem Kinderspielplatz schenken würde, Manna in ihrer Wildnis. Aber das Olivenfleisch (umso blasser, je tiefer man hineinbiss) blieb hartnäckig so unschmackhaft wie je; ein Geschmack, der deutlicher seiner Erinnerung eingeprägt war als Personen. Bitter und sauer. Jetzt angenehm wegen der heraufbeschworenen Erinnerung. Vielleicht war er geheilt.

Die Blätter flatterten in dem böigen Nordwind. Es roch nach Staub. Ein Schleier aus braunem Licht, der westliche Himmel messingfarben. Die Zweige reichten bis zu seiner doppelten oder dreifachen Körperhöhe. Die unteren Zweige senkten sich so tief, dass sie sein Gesicht streiften. Menschlicher Maßstab. Der mediterrane Baum, der Baum der Griechen, die so vieles so deutlich gesehen hatten in den richtigen Proportionen, alles genau in seiner Symmetrie dem menschlichen Maß angepasst – die Bäume, die Städte, ihre ganze physische Welt, die felsigen Inseln der Ägäis, die steinigen Berge des Peloponnes, ein Universum, das man in ein paar Tagen durchwandern konnte. Vielleicht war die Heimat der Ort des menschlichen Maßstabs, wo immer er sich befand. Gewöhnlich in der Kindheit.

Jeder Baum war wie ein Tier, das sein Gefieder in den Wind hielt und die wulstigen Beine in den Boden gestemmt hatte. Eine Bergflanke voller Gefieder zuckte unter dem Ansturm des

Windes, seinen wechselnden Böen und Stößen und unerwarteter Stille. Das war die Provence, das Herz der Provence. Sein ganzes Unterbewusstsein schien bei jedem Moment seiner Kindheit zu verweilen, ein gewaltiges Presque-vu, das ihn erfüllte und überschäumte, ein Leben in einer Landschaft, die vor Gewicht und Ausgeglichenheit brodelte. Er fühlte sich nicht mehr schwer. Das Himmelblau selbst war eine Stimme aus jener früheren Inkarnation und sagte: Provence, Provence.

Draußen über der Schlucht schwirrte eine Schar schwarzer Krähen und schrie: *Ka, ka, ka!*

Ka. Wer hatte die Geschichte vom kleinen roten Volk und dessen Namen für den Mars erfunden? Er wusste es nicht. Solche Geschichten haben keinen Anfang. Im mediterranen Altertum war Ka das überirdische Double eines Pharaos gewesen, das herabsteigend in Gestalt eines Falken, einer Taube oder Krähe dargestellt wurde.

Jetzt stieg der Ka des Mars zu ihm herab, hier in der Provence. Schwarze Krähen – auf dem Mars flogen unter den durchsichtigen Kuppeln die gleichen Vögel, ebenso sorglos und mächtig in den Böen der Belüftung wie im Mistral. Es kümmerte sie nicht, ob sie auf dem Mars waren. Er war für sie Heimat, ihre Welt ebenso wie jede andere; und die Menschen waren, was sie immer gewesen waren, gefährliche Bodentiere, die einen töten oder auf seltsame Reisen mitnehmen würden. Aber kein Vogel auf dem Mars erinnerte sich an die Reise zwischen den Planeten. Nichts schlug die Brücke zwischen den zwei Welten außer dem menschlichen Geist. Die Vögel flogen einfach und suchten Futter und krächzten, auf der Erde wie dem Mars, wie sie es immer getan hatten und immer tun würden. Sie waren überall zu Hause, zogen ihre Kreise in den scharfen Windstößen, nahmen es mit dem Mistral auf und riefen einander zu: Mars, Mars, Mars! Aber Michel Duval, ah – sein Geist, der in zwei Welten zugleich zu Hause war oder verloren im Nirgendwo zwischen ihnen, war ruhelos. Die Noosphäre war so riesig. Wo war er, wer war er? Wie sollte er sein Leben führen?

Olivenhain. Helle Sonne in einem messingfarbenen Himmel. Das Gewicht seines Körpers, der saure Geschmack im Mund. Er fühlte sich direkt im Boden verwurzelt. Das hier war seine Heimat, das und nichts anderes. Sie hatte sich verändert und würde dennoch immer gleich bleiben – genau dieser Hain, genau er selbst. Endlich zu Hause. Er könnte zehntausend Jahre auf dem Mars leben, aber immer würde dieser Ort seine Heimat bleiben.

Wieder im Hotelzimmer in Arles, rief er Maya an. »Bitte, Maya, komm her! Ich möchte, dass du das alles siehst.«

»Michel, ich arbeite an der Übereinkunft zwischen dem Mars und der UN.«

»Ich weiß.«

»Das ist wichtig.«

»Ich weiß.«

»Gut. Ich bin deswegen hierhergekommen, und ich bin ein Teil davon, mittendrin. Ich kann nicht einfach in Urlaub gehen.«

»Okay, okay. Aber schau, diese Arbeit wird nie enden. Politik ist ein Fass ohne Boden. Du kannst Urlaub nehmen und danach wieder zurückkommen, und es wird immer noch laufen. Aber das – das ist meine Heimat, Maya. Ich will, dass du sie siehst. Möchtest du nicht mit mir nach Moskau fahren und mir alles zeigen?«

»Nicht mal, wenn es der letzte nicht überschwemmte Ort wäre.«

Michel seufzte. »Nun, für mich ist das anders. Bitte, komm her und sieh dir an, was ich meine!«

»Vielleicht später, wenn wir mit dieser Stufe der Verhandlungen fertig sind. Eigentlich müsstest du hier sein, und nicht ich dort.«

»Ich kann alles auf meinem Handgelenkscomputer verfolgen. Es gibt keinen Grund, persönlich anwesend zu sein. Bitte, Maya!«

Sie schwieg, irgendetwas in seinem Ton nahm sie gefangen. »Okay, ich werde es versuchen«, willigte sie schließlich ein. »Es wird aber nicht so bald sein, ganz gleich was du sagst.«

»Wenn du nur überhaupt kommst.«

Danach verbrachte er seine Tage mit Warten auf Maya, obwohl er versuchte, es nicht so zu sehen. Er fuhr jeden Tag in einem Mietwagen umher, manchmal mit Sylvie, manchmal allein. Trotz des Moments der Erinnerung in dem Olivenhain, oder vielleicht auch gerade deswegen, fühlte er sich völlig fehl am Platz. Er wurde aus irgendeinem Grund von der neuen Küstenlinie angezogen, fasziniert durch die Anpassung der Ortsansässigen an das neue Meeresniveau. Er fuhr oft auf kleineren Straßen, die zu steilen Klippen und plötzlichen Marschen in tiefen Tälern führten. Viele der Küstenfischer waren algerischer Abstammung. Die Fischerei ging nicht gut, sagten sie. Die Camargue war durch überschwemmte Industriegebiete verschmutzt, und im Mittelmeer blieben die Fische größtenteils außerhalb des braunen Wassers, im blauen, das einen halben Tagesausflug entfernt war, und auf dem Weg dorthin lauerten viele Gefahren.

Französisch hören und sprechen, selbst dieses merkwürdige neue Französisch, war so, als würden mit einer Elektrode Teile seines Gehirns berührt werden, die seit mehr als einem Jahrhundert nicht mehr benutzt worden waren. Regelmäßig tauchten, unbeholfen wie Quastenflosser, Bilder der Vergangenheit auf. Erinnerungen an Freundlichkeiten, die ihm von Frauen erwiesen worden waren, und seine Grausamkeiten ihnen gegenüber. Vielleicht war er deshalb zum Mars gegangen, um vor sich selbst zu fliehen, vor dem unangenehmen jungen Mann, der er damals gewesen war.

Nun, wenn die Flucht vor sich selbst sein Verlangen gewesen war, so hatte er Erfolg gehabt. Jetzt war er jemand anders. Ein hilfsbereiter, sympathischer Mensch. Er konnte offen in einen Spiegel blicken. Er konnte heimkehren und dem, was er gewesen war, gegenübertreten, als der, der er geworden war. Das hatte der Mars auf jeden Fall bewirkt.

Es war eigenartig, wie das Gedächtnis arbeitete. Die Fragmente, die sich hier an die Oberfläche arbeiteten, waren so klein und scharf wie jene winzigen Kaktusstacheln, die weit mehr weh taten, als sie es ihrer Größe nach eigentlich sollten. An was er sich am deutlichsten erinnerte, war sein Leben auf dem Mars. Odessa, Burroughs, die unterirdischen Schutzräume im Süden, die verborgenen Siedlungen im Chaos. Sogar Underhill.

Wenn er während der Jahre in Underhill zur Erde zurückgekehrt wäre, hätten ihm die Medien die Türe eingerannt. Aber er hatte seit seinem Verschwinden mit Hiroko keinen Kontakt zur Erde gehabt; und obwohl er seit der Revolution nicht versucht hatte, sich zu verstecken, schienen in Frankreich nur wenige sein Wiederauftauchen bemerkt zu haben. Die ungeheure Tragweite der jüngsten Ereignisse auf der Erde hatte eine gewisse Störung der Medienkultur bewirkt. Oder vielleicht war es bloß der Lauf der Zeit. Der größte Teil der Bevölkerung Frankreichs war erst nach seinem Verschwinden geboren worden, und die Ersten Hundert waren für sie alte Geschichte, allerdings nicht alt genug, um wirklich interessant zu sein. Wenn Voltaire oder Ludwig XIV. erschienen wären, hätte das vielleicht eine gewisse Aufmerksamkeit erregt; aber ein Psychologe aus dem vorigen Jahrhundert, der auf den Mars ausgewandert war, der wiederum eine Art Amerika darstellte, zu dem bereits alles gesagt und getan war? Nein, das war für niemanden mehr von besonderem Interesse. Er erhielt einige Anrufe, es kamen ein paar Leute in das Hotel in Arles, um ihn in der Lobby oder auf dem Hof zu interviewen, und danach kamen auch ein paar Shows in Paris. Aber sie alle waren mehr daran interessiert, was er ihnen über Nirgal sagen konnte als über sich selbst. Nirgal war derjenige, von dem die Leute fasziniert waren. Sie fanden ihn charismatisch.

Und zweifellos war es besser so, obwohl Michel allein in Cafés saß, aß und sich so einsam fühlte, als wäre er in einem Rover allein in der Einöde im südlichen Mars-Hochland. Es war etwas enttäuschend, völlig ignoriert zu werden, nur ein *vieux* unter all den Übrigen zu sein; noch einer jener Leute, deren unnatürlich langes Leben mehr logistische Probleme schuf als *le fleuve blanc*, wenn man bei der Wahrheit blieb …

So war es besser. Er konnte in den kleinen Dörfern um Vallabrix Station machen, wie Saint-Quentin-la-Poterie oder Saint-Victor-des-Quies oder Saint-Hippolyte-de-Montaigu, und mit den Ladeninhabern schwatzen, die genauso aussahen wie die, welche die Läden betrieben hatten, als er damals ausgewandert war. Sie waren wahrscheinlich deren Nachkommen, wenn nicht vielleicht sogar noch die gleichen Leute. Sie sprachen ein anderes reineres Französisch, ohne sich um ihn zu kümmern, absorbiert von ihren eigenen Gesprächen und ihrem eigenen Leben. Genauso war es draußen in den engen Straßen, wo viele Leute wie Zigeuner aussahen. Ohne Zweifel afrikanisches Blut, das sich in der Bevölkerung verbreitete, wie schon seit dem Einfall der Sarazenen vor tausend Jahren. Die jungen Frauen waren schön. Sie strömten in Scharen durch die Straßen, ihre schwarzen Locken schimmerten und glänzten im Staub des Mistrals wie früher. Das waren seine Dörfer gewesen. Staubige Plastikschilder, alles etwas heruntergekommen und verfallen …

Er schwankte zwischen Vertrautheit und Entfremdung, Erinnerung und Vergessen. Aber immer einsamer. In einem Café bestellte er Cassis und erinnerte sich beim ersten Schluck, dass er in genau diesem Café gesessen hatte, am gleichen Tisch. Eve gegenüber. Proust hatte völlig recht, wenn er den Geschmack als wichtigsten Auslöser unfreiwilliger Erinnerung identifizierte; denn die Langzeiterinnerungen eines Menschen steckten oder waren in der Amygdala zumindest organisiert, genau unter dem Teil des Gehirns, der mit Geschmack und Geruch zu tun hatte. Darum waren Gerüche eng mit Erinnerungen verknüpft, genau wie mit dem emotionalen Netz des limbischen Systems, weil es sich durch beide Gebiete wand. Daher die neurologische Sequenz, dass Geruch Erinnerung auslöste und Heimweh. Heimweh oder Nostalgie, das schmerzliche Verlangen eines Menschen nach seiner Vergangenheit, nicht weil sie so schön gewesen war, sondern einfach, weil sie gewesen und jetzt vergangen war. Er erinnerte sich an Eves Gesicht, wie sie in diesem voll besetzten Raum ihm gegenüber etwas sagte. Aber nicht daran, was sie gesagt hatte oder warum sie dort waren. Natürlich nicht. Einfach ein isolierter Augenblick, ein Kaktusstachel, eine Momentaufnahme, alles wie von einem Blitz erhellt und dann verschwunden. Sosehr er sich auch zu erinnern bemühte, der Rest blieb im Dunkeln. Und sie waren alle so, seine Erinnerungen. Erinnerungen waren, wenn sie älter wurden, Blitze im Dunkeln, unzusammenhängend, fast sinnlos und dennoch manchmal voll eines vagen Schmerzes.

Er stolperte aus dem Café, aus seinen Erinnerungen, zu seinem Wagen, und fuhr durch Vallabrix unter den großen Platanen von Grand Planas nach Hause, zum verfallenen *mas*, ganz ohne nachzudenken. Und wieder ging er hilflos hin, als wäre das Haus wieder lebendig geworden. Aber es war immer noch die gleiche staubige Ruine am Olivenhain. Er setzte sich fassungslos auf die Mauer.

Jener Michel Duval von damals war verschwunden. Auch dieser hier würde verschwinden. Er würde noch mehrere Inkarnationen durchleben und diesen Moment vergessen, sogar diesen scharfen schmerzhaften Moment, wie er auch alle anderen Momente vergessen hatte, die sich hier zugetragen hatten. Blitze, Bilder, ein Mann, der auf einer zerbrochenen Mauer sitzt, ohne dass Gefühle mitspielen. Das war alles. Auch dieser Michel würde verschwinden.

Die Olivenbäume schwenkten ihre Arme, grau-grün, grün-grau. Leb wohl, leb wohl! Sie waren diesmal keine Hilfe, sie gaben ihm keine euphorische Verbindung mit verlorener Zeit. Auch dieser Moment gehörte bereits der Vergangenheit an.

In dem flackernden Graugrün fuhr er nach Arles zurück. Der Pförtner in der Lobby des Hotels sagte, dass der Mistral wohl nie aufhören würde. »O doch«, erklärte Michel im Vorbeigehen.

Er ging nach oben in sein Zimmer und rief Maya an. Er sagte: »Bitte, komm bald!« Es ärgerte ihn, dass sie sich so bitten ließ. Bald, sagte sie immer wieder. Noch ein paar Tage, und sie würden eine erste Übereinkunft festgelegt haben, eine Übereinkunft *bona fide* zwischen den UN und einer unabhängigen Marsregierung. Geschichte im Entstehen. Danach würde sie kommen.

Michel war das Entstehen der Geschichte egal. Er ging in Arles spazieren und wartete auf sie. Er ging in sein Zimmer zurück, um zu warten. Dann ging er für einen Spaziergang wieder raus.

Die Römer hatten Arles ebenso als Hafen genutzt wie Marseille. Tatsächlich hatte Cäsar Marseille zerstört, weil es Pompejus unterstützt hatte, und Arles den Vorzug als regionale Hauptstadt gegeben. Es wurden drei strategische Römerstraßen gebaut, die in der Stadt zusammenliefen und alle noch jahrhundertelang benutzt wurden, nachdem die Römer verschwunden waren. So war die Stadt während dieser Zeit lebhaft, erfolgreich und einflussreich gewesen. Die Rhone hatte jedoch ihre Lagunen verschlammt, die Camargue war ein verpesteter Sumpf geworden, und die Straßen waren schließlich nicht mehr befahren worden. Die Stadt war heruntergekommen. Zu den berühmten salzigen Grasflächen und Herden weißer Pferde der Camargue waren schließlich Ölraffinerien, Kernkraftwerke und Chemiefabriken gekommen.

Jetzt waren mit der Flut die saubergespülten Lagunen wieder da. Arles war wieder ein Seehafen. Michel wartete genau dort weiter auf Maya, weil er noch nie in Arles gelebt hatte. Es erinnerte ihn an nichts außer den Augenblick; und er verbrachte seine Tage damit, die Menschen zu beobachten, wie sie ihr Leben lebten. In diesem neuen fremden Land.

Er bekam einen Anruf von einem gewissen Francis Duval. Sylvie hatte den Mann kontaktiert. Er war Michels Neffe, der Sohn von Michels verstorbenem Bruder. Er lebte noch in der Rue du 4 Septembre, die gleich nördlich der römischen Arena ein paar Blocks von der angeschwollenen Rhone entfernt lag, unweit von Michels Hotel. Er lud Michel ein, ihn zu besuchen.

Nach kurzem Zögern sagte Michel zu. In der Zeit, die er gebraucht hatte, um durch die Stadt zu gehen und kurz anzuhalten, um einen Blick in das römische Theater und die Arena zu werfen, hatte sein Neffe das *quartier* zu einer spontanen Feier zusammengeholt. Die Champagnerkorken knallten wie Feuerwerkskörper, als Michel durch die Tür gezerrt und von allen abgeküsst wurde – nach Sitte der Provence dreimal auf die Wangen. Es dauerte eine Weile, bis er zu Francis durchkam, der ihn lange und fest an sich drückte und die ganze Zeit redete, während die Glasfaserkameras aller Leute auf sie gerichtet waren. »Du siehst genauso aus wie mein Vater!«, sagte Francis.

»Du auch!«, erklärte Michel und versuchte sich zu erinnern, ob das überhaupt stimmte. Francis war ziemlich alt. Michel hatte seinen Bruder nie so alt gesehen. Es war schwer zu sagen.

Aber alle Gesichter waren irgendwie vertraut und die Sprache größtenteils verständlich. Die Gesprächsfetzen ließen ein Bild nach dem anderen in ihm aufleuchten. Mehr noch die Gerüche von Käse und Wein, und noch stärker der Geschmack des Weines. Francis erwies sich als Connaisseur und entkorkte fröhlich eine Anzahl verstaubter Flaschen: Châteauneuf-du-Pape, dann einen jahrhundertalten Sauterne von Château d'Yquem und als besondere Spezialität einen roten Premier Cru aus Bordeaux namens Pauillac, je zwei von Châteaux Latour und Lafitte sowie einen 2064er Château Mouton-Rothschild mit einem Etikett von Pougnadoresse. Diese betagten Wunder hatten sich im Laufe der Jahre zu etwas verwandelt, das mehr war als Wein, mit einem Geschmack reich an Obertönen und Harmonie. Sie rannen Michel die Kehle hinunter wie seine eigene Jugend.

Es hätte eine Party für einen beliebten Stadtpolitiker sein können; und obwohl Michel zu dem Schluss kam, dass Francis seinem Bruder nicht sehr ähnlich war, hörte er sich doch genau wie dieser an. Michel hätte gedacht, seine Stimme vergessen zu haben; aber sie war ihm geradezu erschütternd klar. Die Art, wie Francis das Wort *normalement* hinzog, das in diesem Falle meinte, wie die Dinge vor der Flut gewesen waren, während es für Michels Bruder jenen hypothetischen Zustand, in dem alles glattging, bezeichnet hatte, den es in der Provence nie gegeben hatte. Aber es war genau der gleiche Tonfall – *nor-male-ment* …

Jeder wollte mit Michel reden oder zumindest hören, was er sagte; und so stand er mit einem Glas in der Hand auf und hielt eine kurze Rede im Stil eines Stadtpolitikers, machte den Frauen Komplimente wegen ihrer Schönheit und schaffte es auszudrücken, wie erfreut er sei, sich in ihrer Gesellschaft zu befinden, ohne sentimental zu werden oder merken zu lassen, wie desorientiert er wirklich war. Eine schnittige kompetente Vorstellung, die genau das war, was die Gebildeten in der Provence mochten, mit einer Rhetorik, die schnell und humorvoll war wie der lokale Stierkampf. »Und wie ist der Mars? Wie sieht er aus? Was wirst du jetzt tun? Gibt es dort schon Jakobiner?«

»Mars ist Mars«, sagte Michel und winkte ab. »Der Boden hat die Farbe der Dachziegel in Arles. Ihr wisst schon.«

Die Party dauerte den ganzen Nachmittag, und abends gab es ein Bankett. Unzählige Frauen küssten ihm die Wangen. Er war berauscht von ihrem Parfüm, ihrer Haut und ihrem Haar, von ihren lächelnden klaren dunklen Augen, die ihn mit freundlicher Neugier anschauten. Zu eingeborenen marsianischen Mädchen musste man immer aufschauen und bekam ihr Kinn, ihren Hals und das Innere ihrer Nasenlöcher zu sehen. Es war ein solches Vergnügen, auf glänzendes schwarzes Haar hinunterzublicken.

Am späten Abend zerstreuten sich die Leute. Francis ging mit Michel hinüber zu der römischen Arena, und sie stiegen die krumme Steintreppe der mittelalterlichen Türme hinauf, die die Arena befestigt hatten. Aus der kleinen Steinkammer am oberen Ende der Treppe schauten sie aus kleinen Fenstern auf die Ziegeldächer, die baumlosen Straßen und die Rhone hinab. Aus den Südfenstern konnten sie ein Stück der gefleckten Wasserfläche über der Camargue sehen.

»Wieder am Mittelmeer«, sagte Francis zutiefst befriedigt. »Die Flut mag für die meisten Gegenden eine Katastrophe gewesen sein, aber für Arles war sie ein wahres Bravourstück. Die Reisbauern kommen alle in die Stadt, wollen fischen oder jede andere Arbeit annehmen. Und viele Schiffe, die es überstanden haben, docken in der Stadt an. Sie bringen Obst aus Korsika und Mallorca und handeln mit Barcelona und Sizilien. Wir haben einen guten Teil von Marseilles Handel übernommen, obwohl man sagen muss, dass die sich rasch erholen. Aber was für ein Leben ist wiedergekehrt! Weißt du, früher hatte Aix die Universität, Marseille das Meer, und wir hatten nur diese Ruinen und die Touristen, die für einen Tag kamen, um sie sich anzusehen. Und Tourismus ist ein hässliches Geschäft, keine angemessene Arbeit für menschliche Wesen. Man bewirtet Parasiten. Jetzt leben wir wieder!« Er war ein wenig betrunken. »Komm, du musst mit mir auf dem Boot hinausfahren und die Lagune sehen.«

»Das täte ich gern.«

An diesem Abend rief Michel Maya wieder an. »Du musst kommen! Ich habe meinen Neffen, meine Familie gefunden.«

Maya war nicht sonderlich beeindruckt. »Nirgal ist nach England gegangen, um Hiroko zu suchen«, sagte sie scharf. »Jemand hat ihm erzählt, sie wäre dort, und da ist er einfach losgefahren.«

»Wie bitte?«, rief Michel, schockiert durch die plötzliche Erwähnung Hirokos.

»O Michel, du weißt, dass das nicht wahr sein kann. Jemand hat es zu Nirgal gesagt, das ist alles. Es kann nicht stimmen, aber er ist gleich weggerannt.«

»Das hätte ich auch getan.«

»Bitte, Michel, sei nicht blöd! Ein Idiot reicht. Wenn Hiroko noch am Leben ist, dann befindet sie sich auf dem Mars. Jemand hat das bloß gesagt, um Nirgal von den Verhandlungen fernzuhalten. Ich hoffe nur, dass es nichts Schlimmeres war. Er hat zu viel Einfluss auf die Leute. Und er hütet seine Zunge nicht. Du solltest ihn anrufen und ihm sagen, dass er zurückkommen muss. Vielleicht hört er auf dich.«

»Ich würde das an seiner Stelle nicht tun.«

Michel verlor sich in Gedanken und versuchte die plötzliche Hoffnung zu unterdrücken, dass Hiroko doch noch lebte. Und das ausgerechnet in England! Überhaupt noch am Leben. Hiroko und dadurch auch Iwao, Gene, Rya, die ganze Schar, seine Familie. Seine wahre Familie. Er erschauerte heftig. Und als er versuchte, der ungeduldigen Maya von seiner Familie in Arles zu erzählen, blieben ihm die Worte im Hals stecken. Seine wirkliche Familie war vor vier Jahren verschwunden, und das war die Wahrheit. Schließlich konnte er wehen Herzens nur sagen: »Bitte, Maya, komm her!«

»Bald. Ich habe Sax gesagt, dass ich gehen werde, sobald wir hier fertig sind. Das wird ihm den ganzen Rest aufbürden, und er kann doch kaum sprechen. Das ist lächerlich.« Sie übertrieb. Sie hatten ein volles diplomatisches Team dort, und Sax kam auf seine Weise gut zurecht. »Aber okay, okay, ich werde es tun. Hör also auf, mich zu quälen!«

Sie kam in der folgenden Woche.

Michel fuhr nervös zu dem neuen Bahnhof, um sie abzuholen. Er hatte in Odessa und Burroughs mit Maya fast dreißig Jahre lang zusammengelebt. Aber jetzt, als er sie nach Avignon brachte, erschien sie ihm wie eine Fremde, als sie so neben ihm saß, eine alte Schönheit mit verschleierten Augen und einer schwer zu deutenden Miene. Sie redete englisch und erzählte ihm in rauen schnellen Sätzen alles, war sich in Bern ereignet hatte. Sie hatten einen Vertrag mit den UN, die ihrer Unabhängigkeit zugestimmt hatten. Als Gegenleistung gestattete der Mars eine gewisse Einwanderung, aber nicht mehr als zehn Prozent der Marsbevölkerung jährlich. Außerdem den Transfer mineralischer Ressourcen und Zusammenarbeit bei einigen diplomatischen Themen. »Das ist gut, wirklich gut.« Michel versuchte, sich auf ihren Bericht zu konzentrieren, aber es war schwer. Gelegentlich schaute sie, während sie sprach, auf die Gebäude, die an ihrem Auto vorbeisausten; die sahen aber in dem staubigen winddurchschossenen Sonnenlicht billig und geschmacklos aus, und Maya schien überhaupt nicht beeindruckt zu sein.

Michel fuhr in sinkender Stimmung so nahe er konnte an den Papstpalast in Avignon heran, parkte und machte mit ihr einen Spaziergang am geschwollenen Fluss entlang, vorbei an der Brücke, die nicht bis zur anderen Seite reichte, dann zu der breiten Promenade südlich des Palastes, wo sich Straßencafés im Schatten alter Platanen aneinanderreihten. Dort aßen sie zu Mittag, und Michel kostete das Olivenöl und den Cassis, die er sich genießerisch über die Zunge rinnen ließ, während er zusah, wie seine Gefährtin sich wie eine Katze in ihrem Metallsessel entspannte. »Das ist schön«, sagte sie, und er lächelte. Es war wirklich nett: kühl, entspannt, zivilisiert, Essen und Getränke schmeckten gut. Für ihn aber entfesselte der Geschmack von Cassis eine wahre Flut von Erinnerungen. Emotionen aus früheren Inkarnationen mischten sich mit den Gefühlen, die er jetzt empfand, und verstärkten alles – Farben, Stoffe, das Gefühl von Metallstühlen und Wind. Während für Maya Cassis nur ein herbes Fruchtgetränk war.

Während er sie ansah, fiel ihm auf, dass das Schicksal ihm eine Gefährtin beschert hatte, die noch attraktiver war als die schönen Französinnen, die in jenem früheren Leben seine Gespielinnen gewesen waren. Eine irgendwie großartigere Frau. Auch in dieser Hinsicht hatte er es auf dem Mars gut gehabt. Er hatte ein größeres Leben begonnen. Sein Empfinden und seine Nostalgie stießen in seinem Herzen zusammen, während Maya Hammeleintopf, Wein, Käse und Kaffee genoss, ohne an das Interferenzmuster ihrer beider Leben zu denken, das sich teils in, teils außer Phase bewegte.

Sie unterhielten sich ziellos. Maya war entspannt und mit sich zufrieden. Froh über das, was sie in Bern erreicht hatte. Ohne Eile, irgendwohin zu müssen. Michel fühlte ein sanftes Glühen durch seinen Körper ziehen, als wäre er voll mit Omegendorph. Während er sie beobachtete, wurde er selbst allmählich glücklich. Einfach glücklich. Vergangenheit, Zukunft – keines von beiden war jemals real. Nur das Essen hier unter Avignons Palmen. Er brauchte an nichts anderes zu denken als an genau diesen Moment. Maya sagte: »So zivilisiert! Ich habe mich seit Jahren nicht so entspannt gefühlt. Ich kann verstehen, warum es dir gefällt.« Und dann lachte sie ihn an, und er merkte, wie ein idiotisches Grinsen sich über sein Gesicht ausbreitete.

Er fragte neugierig: »Möchtest du Moskau wiedersehen?«

»O nein. Das möchte ich nicht.«

Sie wischte die Idee als eine momentane Störung beiseite. Er fragte sich, was sie bezüglich ihrer Rückkehr zur Erde empfand. Man konnte dabei doch nicht völlig gefühllos sein?

Aber für manche Menschen war Heimat *die* Heimat, ein Gefühlskomplex weit jenseits jeder Rationalität, eine Art Gitter oder Schwerefeld, in dem die Persönlichkeit als solche ihre geometrische Gestalt annahm. Für andere hingegen war ein Ort einfach bloß ein Ort und das Ich von all dem frei, ganz egal, wo es sich befand. Die eine Art lebte in dem gekrümmten einsteinschen Raum der Heimat, die andere in dem newtonschen absoluten Raum des freien Selbst. Und während er zum ersteren Typ gehörte, war Maya der zweite. Und es war sinnlos, gegen diese Tatsache anzukämpfen. Nichtsdestoweniger wollte er, dass sie die Provence lieben lernte. Oder zumindest einsah, warum er sie liebte.

Und so fuhr er sie, nachdem sie mit dem Essen fertig waren, nach Süden, durch Saint-Rémy nach Les Baux.

Sie schlief während der Fahrt, und das war ihm ganz recht. Zwischen Avignon und Les Baux bestand die Landschaft größtenteils aus hässlichen, auf einer staubigen Ebene verteilten Industriebauten. Sie erwachte genau zur rechten Zeit, als er in die schmale gewundene Straße abbog, die sich durch die Alpilles zu dem alten Dorf auf dem Hügel hinaufschlängelte. Man parkte auf einem Parkplatz und ging dann in die Stadt hinauf. Das war eindeutig ein Arrangement für Touristen; aber die einzige kurvenreiche Straße der kleinen Siedlung war jetzt sehr ruhig, wie verlassen, und sehr malerisch. Das Dorf war für den Nachmittag dicht gemacht und schlief. Bei der letzten Biegung zum Gipfel der Anhöhe querte man eine freie Fläche wie eine rohe geneigte Plaza, und dahinter waren die Kalkfelsen des Gipfels zu sehen. Jeder Felsblock war von einem Eremiten der alten Hermitage ausgehöhlt worden, Zuflucht vor den Sarazenen und all den anderen Gefahren der mittelalterlichen Welt. Nach Süden hin schimmerte das Mittelmeer wie ein goldener Teller. Der Fels selbst war gelblich; und weil eine dünne bronzefarbene Schleierwolke am Westhimmel lag, nahm das Licht überall eine bernsteinfarbene Tönung an, als würden sie durch alte Gelatine wandern.

Sie kletterten von einer der niedlichen Kammern in die nächste und staunten, wie klein sie waren. »Sieht aus wie der Bau eines Präriehundes«, sagte Maya, als sie in eine kleine quadratische Höhle blickte. »Das ist wie unser Containerpark in Underhill.«

Wieder auf der schrägen Plaza, die mit Kalksteinblöcken übersät war, hielten sie an, um den Glanz des Mittelmeers wirken zu lassen. Michel deutete auf den helleren Schimmer der Camargue. »Früher war nur ein kleines Stück Wasser zu sehen.« Das Licht verdunkelte sich zu einer tiefen Aprikosenfarbe, und der Hügel schien eine Festung über der ach so geräumigen Welt, über der Zeit selbst zu sein. Maya legte einen Arm um seine Taille und drückte ihn zitternd an sich. »Es ist schön. Aber ich könnte hier nicht leben, wie sie es getan haben. Man ist hier zu exponiert.«

Sie kamen nach Arles zurück. Es war Samstagabend, die Stadt war zu einer Art Zigeuner- oder nordafrikanischem Festival geworden, in den Alleen drängten sich Stände mit Speisen und Getränken, viele davon in die Bögen der römischen Arena gezwängt, die allen offen stand und in der eine Band spielte. Maya und Michel gingen Arm in Arm umher und badeten in den Gerüchen gebratener Speisen und arabischer Gewürze. Die Stimmen um sie redeten in zwei oder drei verschiedenen Sprachen. »Es erinnert mich an Odessa«, sagte Maya bei ihrem Rundgang durch die Arena. »Nur die Leute sind kleiner. Es ist schön, sich nicht als Zwerg zu fühlen.«

Sie tanzten im Arenazentrum, tranken an einem Tisch unter den verschwommenen Sternen. Ein Stern war rot, und Michel war misstrauisch, sagte aber nichts. Sie gingen wieder in sein Hotelzimmer und liebten sich auf dem schmalen Bett. Dabei hatte Michel den Eindruck, dass in ihm mehrere Personen steckten, die alle gleichzeitig kamen. Er schrie auf angesichts der seltsamen Gewalt dieses Gefühls ... Maya schlief ein, und er lag wach neben ihr, in einer *tristesse*, die irgendwo außerhalb der Zeit widerhallte. Er sog den vertrauten Geruch ihres Haares ein und lauschte der langsam nachlassenden Kakophonie der Stadt. Endlich zu Hause.

In den folgenden Tagen stellte er sie seinem Neffen und den übrigen Verwandten vor, die Francis zusammengetrommelt hatte. Die ganze Meute nahm sie gut auf und stellte ihr mit Hilfe der Übersetzungs-KIs Dutzende Fragen. Sie versuchten auch, ihr alles über sich selbst zu erzählen. Michel schmunzelte, dass das so oft vorkam. Die Leute wollten die berühmte Fremde kennenlernen, deren Geschichte sie so gut kannten (oder zu kennen glaubten), und dafür ihre eigne Geschichte erzählen, um das Gleichgewicht der Beziehung wiederherzustellen. Wechselseitige Teilhabe an Geschichten. Und natürlich wurden die Menschen auch von Mayas Person angezogen. Sie hörte ihnen zu, lachte und stellte Fragen – sie war ganz bei ihnen. Wieder und wieder erzählten sie ihr, wie die Flut gekommen war, ihr Heim überschwemmt, ihr Leben ertränkt und sie in die Welt hinausgeworfen hatte, zu Freunden und Familien, die sie seit Jahren nicht gesehen hatten, und sie in neue Muster und Beziehungen zwang. Wie die Profile ihrer Leben zerbrochen und sie in den Mistral hinausgestoßen worden waren. Dieser Prozess hatte sie erhoben, sah Michel. Sie waren stolz auf ihre Reaktion und wie die Leute sich zusammengetan hatten. Sie waren aber auch sehr empört über Gegenbeispiele von Betrug und Herzlosigkeit, Schandflecken einer ansonsten heroischen Sache. »Kannst du das glauben? Und es ging nicht gut für ihn. Er wurde eines Nachts in der Straße überfallen, und das ganze Geld war futsch.«

»Es hat uns aufgeweckt, gerade, als wir für immer eingeschlafen waren.«

Sie erzählten es Michel auf Französisch, sahen, wie er nickte, und beobachteten dann Mayas Reaktion, als der Computer ihr die Geschichte auf Englisch wiedergab. Und sie nickte dann auch, genauso gefangen wie sie es von den Geschichten der jungen Einheimischen um das Hellas-Becken gewesen war. Ihr

Gesichtsausdruck verriet konzentriertes Interesse. Ah, sie und Nirgal waren gleichermaßen Charismatiker. Sie hatten diese Art, in der sie sich anderen widmeten und die Geschichten der Leute exaltierten. Vielleicht war genau das Charisma, einfach eine Art von Spiegelqualität.

Einige Verwandte Michels nahmen sie in ihren Booten mit aufs Meer hinaus, und Maya bewunderte die tosende Rhone in der eigenartig ungeordneten Lagune der Camargue und die Anstrengungen, die die Leute unternahmen, um sie wieder zu kanalisieren, während sie flussabwärts fuhren. Dann hinaus auf das braune Wasser des Mittelmeers und noch weiter bis zum blauen Wasser, dem von der Sonne getroffenen Blau, wo das kleine Boot über die vom Mistral aufgewühlten weißen Schaumkämme hüpfte. Bis hinaus, wo kein Land mehr zu sehen war, auf eine besonnte Wasserfläche. Faszinierend. Michel zog sich aus und sprang über Bord ins kalte Wasser, wo er im Salzwasser planschte, sogar etwas davon trank und den Fruchtwassergeschmack seiner früheren Badeausflüge am Strand genoss.

Zurück an Land machten sie weitere Ausflüge. Einmal besuchten sie den Pont du Gard – da war es, wie eh und je, das größte Kunstwerk der Römer, ein Aquädukt. Drei steinerne Etagen, die dicken unteren Bögen quer im Fluss, stolz auf ihren zweitausendjährigen Widerstand gegen das fließende Wasser; darauf leichtere und höhere Bögen und dann die kleinsten obenauf. Die Form folgte ihrer Funktion mitten ins Herz der Schönheit und benutzte Stein, um Wasser über Wasser zu leiten. Der Stein war jetzt narbig und honiggelb, in jeder Hinsicht dem Mars sehr ähnlich. Er sah aus wie Nadias Arkade in Underhill und stand da in der staubig grünen Kalksteinschlucht des Gard in der Provence. Aber jetzt schien es für Michel eher der Mars zu sein als Frankreich.

Maya lobte seine Eleganz. »Michel, schau, wie menschlich er ist. Das ist es, was unseren Bauten auf dem Mars fehlt. Sie sind zu groß. Aber das – das hier wurde von menschlichen Händen erbaut, mit Werkzeugen, die jeder herstellen und benutzen kann. Flaschenzug, Mathematik und vielleicht ein paar Pferde. Nicht unsere ferngesteuerten Maschinen, die Dinge tun, die niemand verstehen oder gar sehen kann.«

»Ja.«

»Ich frage mich, ob wir von Hand Dinge bauen könnten. Nadia sollte das hier sehen. Sie wäre sofort verliebt.«

»Das habe ich auch gedacht.«

Michel war glücklich. Sie machten ein Picknick. Dann besuchten sie die Brunnen von Aix-en-Provence und fuhren zu einem Aussichtspunkt, um sich aus der Höhe einen Blick über die große Schlucht des Gard zu verschaffen. Sie sahen sich auf den Straßendocks von Marseille um. Besuchten die Römerstätten in Orange und Nîmes. Fuhren an den überfluteten Ferienorten der Côte d'Azur vorbei. Gingen eines Abends zu Michels verfallenem *mas* und in den alten Olivenhain.

Und jeden Abend an diesen kostbaren Tagen kehrten sie nach Arles zurück und aßen im Hotelrestaurant oder, wenn es draußen warm war, unter den Platanen in den Straßencafés. Danach gingen sie in ihr Zimmer hinauf und liebten sich. In der Morgendämmerung erwachten sie, liebten sich wieder und frühstückten frische Croissants und Kaffee. »Es ist herrlich«, sagte Maya, als sie zur blauen Stunde im Turm der Arena stand. Sie meinte damit alles, die ganze Provence. Und Michel war glücklich.

Dann kam der Anruf über den Armbandcomputer. Nirgal war krank, sehr krank. Sax, dessen Stimme erschüttert klang, hatte ihn schon von der Erde fortgeschafft, in eine sterile Umgebung bei Marsschwere in einem Schiff im Erdorbit. »Ich fürchte, sein Immunsystem ist dem nicht gewachsen, und die Schwerkraft macht es nicht gerade besser. Er hat eine Infektion, ein Lungenödem, und sehr schlimmes Fieber.«

»Allergisch gegen die Erde«, sagte Maya mit finsterer Miene. Sie machte Pläne und beendete das Gespräch mit kurzen Anweisungen an Sax, ruhig zu bleiben. Dann ging sie zum Schrank und fing an, ihre Kleider herauszunehmen und aufs Bett zu werfen.

»Los!«, rief sie, als sie Michel dastehen sah. »Wir müssen gehen!«

»Wirklich?«

Sie winkte ab und wühlte im Schrank. »Ich gehe.« Sie warf haufenweise Unterwäsche in ihren Koffer und schaute ihn an. »Es ist sowieso Zeit zu gehen.«

»Ist es das?«

Sie antwortete nicht. Sie gab etwas in ihr Armband ein und bat das lokale Praxisteam, den Flug in den Weltraum zu arrangieren. Dort würden sie an das Schiff mit Sax und Nirgal andocken. Ihre Stimme war kühl, angespannt, sachlich. Sie hatte die Provence schon vergessen.

Als sie Michel immer noch bewegungslos dastehen sah, explodierte sie: »Oh, komm schon, mach nicht so ein Theater deswegen! Bloß weil wir abreisen müssen, bedeutet das nicht, dass wir niemals zurückkommen werden. Wir werden noch tausend Jahre leben, und du kannst jederzeit wiederkommen, so oft du willst, meine Güte! Außerdem – wieso soll es hier so viel besser sein als auf dem Mars? Für mich sieht es wie Odessa aus, und du bist da doch auch glücklich gewesen, nicht wahr?«

Michel ignorierte das. Er stolperte an ihren Koffern vorbei zum Fenster. Draußen eine gewöhnliche Straße in Arles, blau in der Dämmerung. Pastellfarbene Stuckmauern, Kopfsteinpflaster. Zypressen. Die Ziegel auf dem Dach gegenüber waren zerbrochen. Marsfarben. Stimmen in der Tiefe riefen etwas auf Französisch, offenbar erbost.

»Nun?«, rief Maya. »Kommst du?«

»Ja.«

SECHSTER TEIL

ANN IN DER WILDNIS

Schau, es ist Selbstmord, die Langlebigkeitsbehandlung nicht zu machen.

Und?

Naja. Selbstmord wird gewöhnlich als Ausdruck einer psychologischen Fehlfunktion angesehen.

Gewöhnlich.

Das trifft meistens zu. Du bist zumindest unglücklich.

Zugegeben.

Und warum? Was fehlt jetzt?

Die Welt.

Du gehst jeden Tag hinaus und betrachtest den Sonnenuntergang.

Gewohnheit.

Du behauptest, die Zerstörung des ursprünglichen Mars sei die Quelle deiner Depression. Ich denke, dass die philosophischen Gründe, die von Leuten angeführt werden, die unter Depressionen leiden, Masken sind, die sie vor größeren, persönlicheren Schmerzen schützen.

Alles kann echt sein.

Du meinst, alle Gründe?

Ja. Was wirfst du Sax vor? Monocausofaxophilie?

Touché. Aber es gibt gewöhnlich einen Anfang für all diese Dinge, unter allen realen Gründen den ersten, der dich auf den Weg nach unten geführt hat. Oft muss man auf seiner Wanderung zu diesem Punkt zurückkehren, um auf einem neuen Weg anzufangen.

Zeit ist nicht Raum. Die Metapher des Raums lügt, was das anbelangt, was in der Zeit wirklich möglich ist. Es gibt keinen Weg zurück.

Nein, nein. Metaphorisch kannst du zurückgehen. Mental kannst du in die Vergangenheit reisen, deine Schritte zurückverfolgen und sehen, wo du abgebogen bist und warum, und dann in einer anderen

Richtung weitergehen, weil sie diese Schleifen des Verstehens einschließt. Größeres Verständnis ergibt größeren Sinn. Wenn du weiter darauf bestehst, dass es das Schicksal des Mars ist, das dir am meisten am Herzen liegt, dann halte ich das für eine Verlagerung, die so stark ist, dass sie dich verwirrt hat. Auch das ist eine Metapher. Vielleicht sogar eine echte. Es sollten aber beide Seiten dieser Metapher erkannt werden.

Ich sehe, was ich sehe.

Aber im Moment siehst du nichts. So viel vom roten Mars wird übrig bleiben. Du solltest hinausgehen und dich umsehen! Geh hinaus, leere deinen Geist, und sieh dir einfach das an, was da draußen ist! Geh auf einer geringen Höhe hinaus, und wandere frei auf der Oberfläche umher, nur mit einer einfachen Staubmaske! Das wäre gut für dich – gut auf physiologischer Ebene. Und es würde dir auch die Vorteile des Terraformings zeigen. Die Freiheit des Erlebens, die es uns gibt, die Verbindung mit dieser Welt, dass wir nackt auf ihrer Oberfläche gehen können und überleben. Das ist erstaunlich! Es macht uns zum Teil einer Ökologie. Das ist es wert, dass man noch einmal darüber nachdenkt, über diesen Prozess. Du solltest hinausgehen und diesen Prozess als Areoforming studieren.

Das ist bloß ein Wort. Wir haben uns diesen Planeten genommen und ihn untergepflügt. Er schmilzt unter unseren Füßen.

Er schmilzt im eigenen Wasser. Nicht vom Saturn importiert oder so. Es ist von Anfang an hier gewesen, als ein Teil der ursprünglichen Zusammenballung, der Akkretion. Richtig? Ausgegast vom ersten Klumpen, der Mars war. Jetzt ein Teil unserer Körper. Unsere Körper sind im Marswasser gebildet worden. Ohne die Spurenmineralien wären wir transparent. Wir bestehen aus Marswasser. Und es hat früher Wasser auf der Oberfläche gegeben, nicht wahr? Ausgebrochen in einer artesischen Apokalypse. Diese Kanäle sind so riesig!

Es waren zwei Milliarden Jahre Permafrost.

Dann haben wir ihm wieder auf die Oberfläche geholfen. Die Majestät der großen ausbrechenden Fluten. Wir sind dort gewesen, wir haben einen solchen Ausbruch mit eigenen Augen gesehen. Wir sind fast darin gestorben.

Ja, ja!

Du hast den Rover gefühlt, als das Wasser ihn wegschwemmte, während du am Steuer saßest.

Ja! Aber es hat stattdessen Frank fortgespült.

Ja.

Es hat die Welt weggeschwemmt. Und uns am Strand zurückgelassen.

Die Welt ist noch da. Du könntest hinausgehen und sie dir ansehen.

Ich will nicht. Ich habe sie schon gesehen!

Nicht du. Ein früheres Du. Nicht das Du, das jetzt lebt.

Ja, ja.

Ich denke, du hast Angst. Angst vor der Umwandlung, der Metamorphose in etwas Neues. Die Retorte steht da draußen, überall um dich herum. Das Feuer ist heiß. Du wirst geschmolzen und wiedergeboren werden. Wer weiß, ob du nachher noch da bist?

Ich will mich nicht ändern.

Du möchtest nicht aufhören, den Mars zu lieben.

Ja. Nein.

Du wirst nie aufhören, den Mars zu lieben. Nach der Metamorphose gibt es den Stein noch immer. Er ist gewöhnlich härter als der ursprüngliche Fels, oder? Du wirst den Mars immer lieben. Es ist deine Aufgabe, den überdauernden Mars zu sehen, dick oder dünn, heiß oder kalt, feucht oder trocken. Das ist kurzlebig, aber der Mars bleibt. Solche Fluten hat es schon früher gegeben, nicht wahr?

Ja.

Das eigene Wasser des Mars. All diese flüchtigen Substanzen kommen vom Mars selbst.

Außer dem Stickstoff von Titan.

Ja, ja. Du hörst dich an wie Sax.

Oho.

Ihr beide seid einander ähnlicher, als du denkst. Wir Vergänglichen gehören alle dem Mars.

Aber die Zerstörung der Oberfläche. Sie ist kaputt. Alles hat sich verändert.

Das ist Areologie. Oder die Areophanie.

Es ist Vernichtung. Wir hätten versuchen sollen, hier so mit ihm zu leben, wie er war.

Aber das taten wir nicht. Und so bedeutet rot zu sein, dass man daran arbeitet, die Bedingungen den ursprünglichen so ähnlich zu halten wie möglich, innerhalb des Rahmens der Areophanie, des Projekts der Schaffung einer Biosphäre, die den Menschen die Freiheit der Oberfläche gibt, unterhalb einer bestimmten Höhe. Das ist alles, was rot sein jetzt bedeuten kann. Und es gibt eine Menge solcher Roten. Ich denke, du machst dir Sorgen, dass es das Ende der Roten überall wäre, wenn du dich jemals auch im noch so geringsten Grad ändern würdest. Aber das Rote ist größer als du. Du hast geholfen, es zu begründen und zu definieren, bist aber nie die Einzige gewesen. Sonst hätte niemals jemand auf dich gehört.

Sie haben nicht auf mich gehört!

Manche schon. Viele sogar. Die rote Bewegung wird weitergehen, ganz gleich, was du machst. Du könntest dich zurückziehen und ein gänzlich anderer Mensch werden, du könntest limettengrün werden, aber das Rote würde immer noch existieren. Es könnte sogar ein noch stärkeres Rot werden, als du dir je vorgestellt hast.

Ich habe es mir so rot vorgestellt wie nur möglich.

All diese Alternativen. Wir leben eine und machen weiter. Der Prozess der Koadaptation mit diesem Planeten wird noch Jahrtausende lang weitergehen. Aber wir sind jetzt hier. In jedem Moment solltest du fragen: Was fehlt genau jetzt? Und an einer Akzeptanz deiner derzeitigen Realität arbeiten. Das ist gesunder Menschenverstand, das ist Leben. Du musst dir dein Leben von hier aus vorstellen.

Ich kann nicht. Ich habe es versucht und kann es nicht.

Du solltest dich wirklich einmal umsehen. Einen Rundgang machen. Sehr genau hinschauen. Selbst die Eismeere genau betrachten. Aber nicht bloß das. Das liegt in der Natur einer Konfrontation. Konfrontation muss nicht immer schlecht sein, aber erst einfach nur schauen, okay? Eine Rekognoszierung. Dann solltest du darüber nachdenken, ins Gebirge zu gehen. Tharsis, Elysium. Wenn man sich in die Höhe begibt, ist das wie eine Reise in die Vergangenheit. Deine Aufgabe ist es, den Mars zu finden, der alles überdauert. Das ist wirklich wundervoll. Viele Leute haben keine so schöne Aufgabe. Du kannst es dir gar nicht vorstellen. Du hast Glück, dass du sie hast.

Und du?

Was?

Was ist deine Aufgabe?

Meine Aufgabe?

Ja, deine Aufgabe.

… Ich bin mir nicht sicher. Wie gesagt, ich beneide dich um deine. Meine Aufgaben sind … konfus. Maya zu helfen und mir. Und dem Rest von uns. Versöhnung … Ich würde gern Hiroko finden …

Du bist lange Zeit unser Psychiater gewesen.

Ja.

Mehr als hundert Jahre lang.

Ja.

Und niemals irgendwelche Ergebnisse.

Nun, ich denke, ich kann sagen, dass ich ein wenig geholfen habe.

Aber es liegt dir eigentlich nicht.

Vielleicht nicht.

Glaubst du, dass Leute deshalb daran interessiert sind, Psychologie zu studieren, weil sie geistige Probleme haben?

Das ist eine verbreitete Theorie.

Aber du bist nie einer Behandlung unterzogen worden.

Oh, ich habe meine Therapeuten gehabt.

Hat es geholfen?

Ja! Durchaus. Ziemlich hilfreich. Ich meine, sie haben getan, was sie konnten.

Aber du kennst deine Aufgabe nicht.

Nein. Oder … ich will nach Hause.

In welches Zuhause?

Das ist das Problem. Es ist schwer, wenn man nicht weiß, wo man zu Hause ist.

Ja. Ich dachte, du würdest in der Provence bleiben.

Nein, nein. Ich meine, die Provence ist meine Heimat, aber …

Aber jetzt bist du unterwegs zurück zum Mars.

Ja.

Du hast dich entschlossen zurückzukommen.

… Ja.

Du weißt nicht, was du tust. Oder doch?

Nein. Aber du weißt es. Du weißt, wo du zu Hause bist. Du weißt das, und es ist kostbar! Denk immer daran. Du solltest ein solches Geschenk nicht wegwerfen oder es für eine Last halten! Du bist ein Idiot, wenn du so denkst! Es ist ein Geschenk, verdammt noch mal, ein wirklich wertvolles Geschenk. Verstehst du mich?

Ich muss darüber nachdenken.

Sie verließ das Refugium in einem meteorologischen Rover aus dem vorigen Jahrhundert, einem großen plumpen Ding mit einem luxuriösen Fensterkasten oben drauf. Er war der vorderen Hälfte des Expeditionsrovers, in dem sie mit Nadia, Phyllis, Edmund und George zum ersten Mal zum Nordpol gefahren war, nicht unähnlich. Und weil sie seither Tausende von Tagen in solchen Fahrzeugen verbracht hatte, hatte sie zunächst den Eindruck, dass das, was sie tat, ganz gewöhnlich wäre, etwas, das sie schon ihr Leben lang gemacht hatte.

Aber sie fuhr nach Nordosten, den Canyon hinunter, bis sie im Bett des kleinen namenlosen Kanals bei 60° Länge und 52° nördlicher Breite war. Dieses Tal war durch einen kleinen Wasserlagerausbruch in der späten amazonischen Periode eingeschnitten worden, der in einer früheren Grabenfalte die niedrigeren Hänge des Großen Steilhangs hinunter verlief. Die von der Flut hinterlassenen Kerben waren noch an den Canyonwänden und in den linsenförmigen Inseln aus Muttergestein auf dem Boden des Kanals erkennbar.

Der nach Norden verlief, zu einem Meer aus Eis.

Sie stieg aus dem Wagen. Sie trug einen dick gefütterten winddichten Anzug, eine CO_2-Maske, Schutzbrille und geheizte Stiefel. Die Luft war dünn und kalt, obwohl jetzt im Norden Frühling war – $L_s = 10$, M-33. Kalt und stürmisch. Niedrige Wolkenfetzen rasten, von Böen getrieben, nach Osten. Es würde entweder eine Eiszeit geben oder, falls die Manipulationen der Grünen das verhinderten, ein Jahr ohne Sommer, wie 1810 auf der Erde, als der Ausbruch des Vulkans Tambori die Welt in Asche gehüllt und abgekühlt hatte.

Sie ging zum Ufer des neuen Meeres. Es lag am Fuß des Großen Steilhangs in Tempe Terra, ein altes Hochland, das sich wie ein Vorsprung nach Norden erstreckte. Tempe war wahrscheinlich der allgemeinen Einebnung der nördlichen Hemisphäre entgangen, weil es dem Aufschlagpunkt des Großen Treffers ungefähr gegenüberlag, von dem die meisten Areologen jetzt annahmen, dass er bei Hrad Vallis über Elysium gelegen hatte. Also, abgeschliffene Hügel mit Blick über ein von Eis bedecktes Meer. Das Gestein sah aus wie die Oberfläche eines wild gepeitschten roten Meeres und das Eis wie eine Prärie im tiefen Winter. Einheimisches Wasser, das, wie Michel gesagt hatte, von Anfang an dort und auch schon früher an der Oberfläche gewesen war. Das war schwer zu verstehen. Ihre Gedanken waren zerstreut und verwirrt, sprangen hin und her. Es war wie Wahnsinn, aber doch nicht ganz. Sie kannte den Unterschied. Das Brummen und Klagen des Windes sprach nicht mit der Stimme ihrer Dozenten vom MIT zu ihr. Sie hatte nicht das Gefühl zu ersticken, wenn sie versuchte zu atmen. So war es nicht. Ihr Denken war vielmehr beschleunigt, gebrochen und unvorhersehbar wie der Vogelschwarm über dem Eis, der im scharfen Westwind im Zickzack über den Himmel flog. Ah, das Gefühl dieses Windes, der gegen ihren Körper drückte, und die neue dichte Luft wie die Tatze eines großen Tieres …

Die Vögel rangen mit sorgloser Geschicklichkeit damit. Sie blieb eine Weile stehen und sah zu. Es waren Raubmöwen, die über dunklen Streifen offenen Wassers jagten. Diese eisfreien Stellen waren an der Oberfläche nur die Anzeichen für immense Seen flüssigen Wassers unter dem Eis. Sie hatte gehört, dass ein tiefer Wasserkanal jetzt den Globus umspannte. Er wand sich nach Osten über die alte Vastitas und riss häufig die Oberfläche auf, die dann eine Stunde oder eine Woche lang offen blieb. Selbst bei so kalter Luft wurden die Unterwassertemperaturen durch die überfluteten Moholes von Vastitas und durch die aufsteigende Hitze aus den Tausenden thermonuklea-

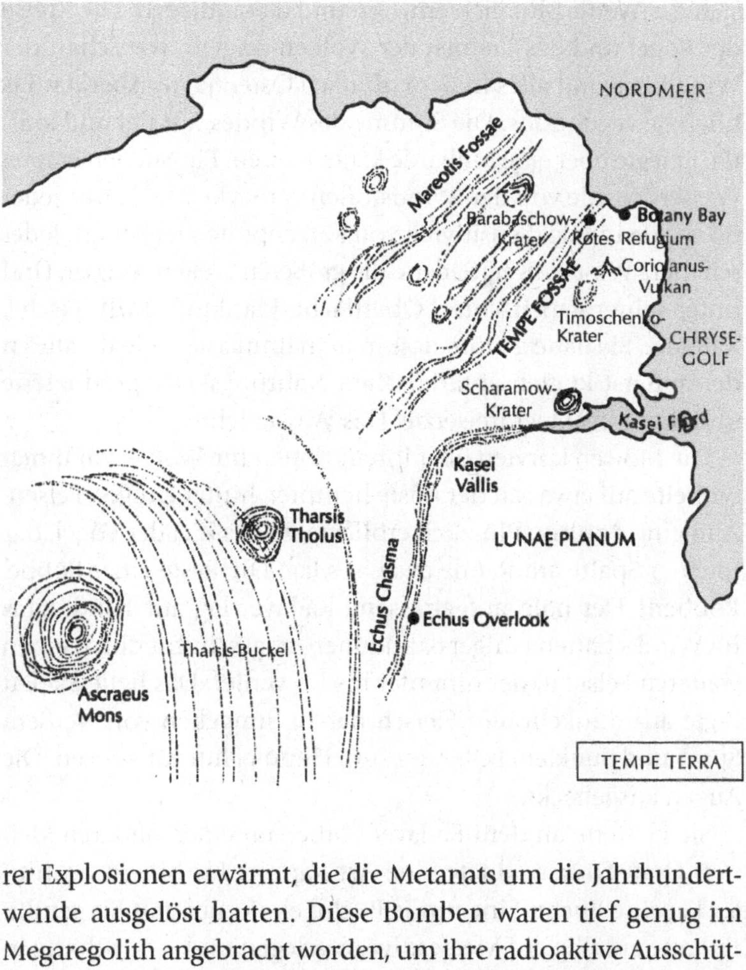

rer Explosionen erwärmt, die die Metanats um die Jahrhundertwende ausgelöst hatten. Diese Bomben waren tief genug im Megaregolith angebracht worden, um ihre radioaktive Ausschüttung – angeblich – abzufangen, aber nicht ihre Wärme, die als thermischer Impuls durch das Gestein drang und viele Jahre anhalten würde. Nein. Michel konnte behaupten, dass es Marswasser war, aber sonst war an diesem neuen Meer kaum noch etwas Natürliches.

Ann erkletterte einen Grat, um eine weitere Aussicht zu bekommen. Da lag es: Eis, meistens flach, bisweilen aufgerissen. Alles so ruhig wie ein Schmetterling auf einem Zweig, als könnte sich das Weiße plötzlich erheben und davonfliegen. Die Kreise der Vögel und das Treiben der Wolken zeigten, wie scharf der Wind blies und alles in der Luft nach Osten jagte. Aber das Eis blieb bewegungslos. Die Stimme des Windes war tief und kräftig. Er fegte über eine Milliarde kalter Kanten. Ein Streifen grauen Wassers wurde von den Windstößen zerhackt. Die Stärke jeder Bö wurde mit der Sensitivität von Katzenpfoten registriert. Jeder schärfere Windstoß zerfiederte die größeren Wellen. Wasser. Und unter seiner gepeitschten Oberfläche Plankton, Krill, Fische, Kalmare. Sie hatte gehört, dass man in Brutkästen alle Kreaturen der äußerst kurzen antarktischen Nahrungskette produzierte und dann ins Meer freisetzte. Das Wasser lebte.

Die Möwen kurvten über ihrem Kopf. Eine Wolke von ihnen wirbelte auf etwas an der Küste herunter, hinter einigen Felsen. Ann ging dorthin. Plötzlich erblickte sie das Ziel der Vögel, das in einer Spalte am Rande des Eises lag: Die Reste einer Robbe. Robben! Der halb aufgefressene Kadaver lag auf Tundragras im Windschatten einiger Sanddünen, abgeschirmt durch einen weiteren Felsgrat, der hinunter ins Eis verlief. Das helle Skelett ragte aus dunkelrotem Fleisch hervor, umgeben von weißem Speck und dunklem Fell. Alles zum Himmel hin aufgerissen. Die Augen ausgehackt.

Sie kletterte an dem Kadaver vorbei auf einen anderen kleinen Grat. Dieser bildete eine Art Kap ins Eis hinein. Dahinter lag eine Bucht. Eine runde Bucht, ein Krater, mit Eis gefüllt. Er hatte zufällig auf Meeresniveau gelegen und eine Scharte in seinem der See zugewandten Rand gehabt, sodass Wasser und Eis eingedrungen waren und ihn gefüllt hatten. Jetzt eine runde Bucht, perfekt für einen Hafen. Eines Tages würde es ein Hafen sein. Ungefähr drei Kilometer Durchmesser.

Ann setzte sich auf einen Stein am Kap und blickte auf die neue Bucht hinaus. Ihr Atem strömte unfreiwillig schwer ein und aus, und ihr Brustkorb bewegte sich heftig wie bei einsetzenden Wehen. Schluchzen, ja. Sie zog ihre Gesichtsmaske zur Seite, putzte sich mit dem Finger die Nase, wischte sich die Augen und weinte dabei wütend vor sich hin. Es war ihr Körper. Sie erinnerte sich an das erste Mal, als sie auf einer einsamen Fahrt vor Jahren auf die Überschwemmung von Vastitas gestoßen war. Damals hatte sie nicht geweint, aber Michel hatte gesagt, dass das nur der Schock gewesen wäre, die Benommenheit des Schocks wie bei einem Unfall. Ein Sich-Zurückziehen von ihrem Körper und ihren Gefühlen. Michel würde diese Reaktion zweifellos gesünder nennen. Aber warum? Es tat weh. Ihr Körper verkrampfte sich zitternd. Aber Michel würde sagen, dass sie, wenn es vorbei wäre, sich besser fühlen würde. Geleert. Eine Spannung gelöst. Die Tektonik des limbischen Systems. Sie hasste die vereinfachten Analogien, die Michel anbot. Die Frau als Planet. Das war absurd. Nichtsdestoweniger saß sie da, schniefte und schaute auf die Eisbucht unter jagenden Wolken. Sie fühlte sich leer.

Es bewegte sich nichts außer den Wolken über ihr und Wellen auf einem Stück offenen Wassers, Stoß auf Stoß, grau, mauve, grau schimmernd. Das Wasser bewegte sich, aber das Land blieb reglos.

Schließlich stand Ann auf und ging auf einer Rippe aus hartem altem Stishovit, die jetzt eine schmale Barriere zwischen zwei langen Stränden bildete, nach unten. Um die Wahrheit zu sagen – über dem Eis hatte sich an dem urtümlichen Zustand nicht sehr viel verändert. Unten an der Wasserlinie war es anders. Hier hatten die täglichen Winde über dem offenen Wasser Wellen erzeugt, die groß genug waren, um die restlichen Eisstücke zu Packeis zu brechen. In großen Reihen war es jetzt über dem regulären Eisniveau ans Ufer gedrückt worden und liegen geblieben. Skulpturen, die Treibgut nachahmten. Aber im Sommer hatte dieses Eis geholfen, den Sand der neuen Strände aufzuwirbeln und in ein Gemisch aus Eis, Schlamm und Sand zu verwandeln, das jetzt an Ort und Stelle gefroren war wie brauner Zuckerguss auf einem Kuchen.

Ann ging langsam durch diesen Schmutz. Dahinter war eine schmale Bucht voller Eisblöcke, die in der Untiefe auf Grund geraten und in der Meeresoberfläche festgefroren waren. Dadurch, dass sie der Sonne und dem Wind ausgesetzt waren, waren diese Blöcke zu barocken Fantasiegebilden aus klarem blauem und undurchsichtigem rotem Eis geworden, wie Artefakte aus Saphir und Hämatit. Die Südseiten der Blöcke waren immer wieder geschmolzen, und das Schmelzwasser war zu Eiszapfen, Eisbärten, Eisflächen und Eissäulen gefroren.

Beim Blick zurück die Küste entlang bemerkte sie wieder, wie gefurcht und aufgerissen der Sand war. Der Schaden war enorm, die Kerben manchmal zwei Meter tief. Eine unglaubliche Kraft musste diese Gräben gepflügt haben! Bei dem Flugsand handelte es sich wahrscheinlich um Löß, bestehend aus lockeren leicht äolischen Ablagerungen. Jetzt war es ein Niemandsland aus gefrorenem Schlamm und schmutzigem Eis, als hätten Bomben die Schützengräben einer bedauernswerten Armee verwüstet.

Sie ging weiter und schritt über opakes Eis. Auf der Oberfläche der Bucht. Wie eine mit Samen bedeckte Welt. Einmal knackte das Eis unter ihrem Fuß.

Als sie ein gutes Stück auf der Bucht draußen war, blieb sie stehen und schaute sich um. Der Horizont war wirklich eng. Sie stieg auf einen Eisberg mit flachem Gipfel, der ihr eine weitere Sicht über die Eisfläche verschaffte, bis hinaus zu dem Kreis des Kraterrandes, direkt unter den ziehenden Wolken. Obwohl das Eis zerbrochen, aufgerissen und von Druckspalten gezeichnet war, ließ es dennoch die Flachheit des Wassers darunter erkennen. Nach Norden hin war die Lücke zum Meer augenfällig. Tafeleisberge ragten wie entstellte Burgen heraus. Eine weiße Wildnis.

Nach langem vergeblichem Bemühen, die Landschaft zu verstehen, kletterte sie den Berg hinunter und stapfte wieder zur Küste zurück und auf ihren Wagen zu. Als sie die kleine Landzunge überquerte, fiel ihr eine Bewegung unten am Rande des Eises ins Auge. Da bewegte sich etwas Weißes – ein Mensch in einem weißen Overall – nein. Ein Bär. Ein Eisbär, der an der Eiskante entlangging.

Er erblickte den Möwenschwarm über der toten Robbe. Ann duckte sich hinter einem Felsblock und legte sich auf eine Stelle mit reifbedecktem Sand. Die ganze Vorderseite ihres Körpers wurde kalt. Sie spähte über den Stein.

Der elfenbeinfarbene Pelz des Bären war an seinen Flanken und Beinen gelblich. Das Tier hob den schweren Kopf, schnupperte wie ein Hund und schaute sich neugierig um. Es watschelte zum Kadaver der Robbe, ohne die Säule kreischender Vögel zu beachten. Es fraß von der Robbe wie ein Hund aus einem Napf. Dann hob es den Kopf mit dunkelroter Schnauze. Anns Herz raste. Der Bär setzte sich auf die Hinterkeulen, leckte eine Pfote und rieb sich das Gesicht, bis es sauber war, gründlich wie eine Katze. Dann stand er wieder auf und machte sich daran, den Hügel aus Fels und Sand hinaufzusteigen, direkt auf Anns Versteck hinter dem Felsblock zu. Er trottete dahin und bewegte immer beide Beine auf einer Seite zugleich – links, rechts, links.

Ann rollte die andere Seite der kleinen Landzunge hinunter, stand auf und lief durch den Trog einer flachen Bruchstelle nach Südwesten. Sie vermutete, dass sich ihr Rover ziemlich genau westlich von ihr befand; aber der Bär kam aus Nordwesten. Sie kletterte die kurze steile Flanke des nach Südwesten verlaufenden Canyons hoch und lief über ein Stück hohen Geländes zu einem anderen kleinen Bruch, der etwas mehr nach Westen führte als der vorige. Wieder hinauf zu dem nächsten Stück hohen Geländes zwischen diesen flachen Gräben. Sie blickte zurück. Sie keuchte schon, und ihr Rover befand sich noch mindestens zwei Kilometer westlich und etwas südlich von ihr. Er war noch hinter felsigen Buckeln außer Sicht. Der Bär befand sich nordwestlich von ihr. Falls er sich direkt auf den Rover zu bewegte, würde er ihm fast so nahe sein wie sie jetzt. Jagte er auf Sicht oder nach Geruch? Konnte er den Kurs seiner Beute abschätzen und ihr den Weg abschneiden?

Konnte er. Ann schwitzte in ihrem Windschutzanzug. Sie eilte in die nächste Rinne hinunter und lief einige Zeit darin nach Westsüdwesten. Dann erblickte sie eine leichte Rampe und lief zum nächsten höheren Gelände, einer Art breiter, hoher Straße zwischen den flachen Rinnen zu beiden Seiten. Sie blickte zurück und sah den Eisbären. Er stand auf allen vieren hinter ihr, zwei Canyons entfernt, und sah aus wie ein sehr großer Hund oder eine Kreuzung zwischen einem Hund und einem Menschen, gekleidet in strohfarbenen Pelz. Sie war überrascht, eine solche Kreatur hier draußen zu sehen. Die Nahrungskette konnte doch wohl kaum ein so großes Raubtier tragen? Jemand musste Futterplätze eingerichtet haben. Hoffentlich, sonst wäre der Bär sicher hungrig. Dann kam er in dem übernächsten Canyon außer Sicht, und Ann lief los, über das Gelände zu ihrem Rover. Trotz des Umwegs und dem engen durchfurchten Horizont traute sie ihrem Gefühl hinsichtlich des Standorts ihres Rovers.

Sie schlug ein Tempo an, das sie, wie sie glaubte, über die ganze Distanz durchhalten würde. Es war schwer, nicht einfach mit voller Geschwindigkeit loszusprinten; aber nein, nein, das würde rasch zum Zusammenbruch führen. Halt dein Tempo, dachte sie und atmete in kurzen, kräftigen Stößen. Halte die Richtung! Kommst du südlich vom Rover vorbei? Zurück auf höheres Gelände, bloß um dich einen Moment umzuschauen. Dort hinter dem niedrigen Hügel mit dem flachen Gipfel, der ein kleiner Krater war, mit einem Buckel auf dem Südende des Randes, musste ihr Rover sein, dessen war sie sich sicher, obwohl der Rover immer noch nicht zu sehen war und man sich bei dem zerrissenen Land leicht irren konnte. Tausendmal hatte sie sich halb verlaufen, weil sie ihre genaue Position zu einem Fixpunkt – gewöhnlich ihr geparkter Rover – nicht kannte. Eigentlich keine große Sache, da das Peilgerät an ihrem Handgelenk sie immer zurückführen konnte. Das könnte es auch jetzt; aber sie war sich sicher, dass der Rover drüben hinter diesem Kraterbuckel stand.

Die kalte Luft brannte in ihren Lungen. Sie erinnerte sich an die Notfall-Atemmaske, die in ihrem Rucksack steckte, hielt an, öffnete ihn und wühlte darin herum, zog die CO_2-Maske heraus und legte sie an. Sie enthielt auch einen kleinen Vorrat an komprimiertem Sauerstoff. Nachdem sie sie über Mund und Nase gezogen und eingeschaltet hatte, war sie plötzlich stärker und konnte ein schnelleres Tempo halten. Sie lief auf einem hochgelegenen Geländestreifen zwischen zwei Rissen dahin und hoffte, den Rover hinter dem Hang des nächsten Kraters zu sehen. Ah, da war er! Triumphierend sog sie den kühlen Sauerstoff ein. Er schmeckte angenehm, reichte aber nicht aus, um ihr Keuchen zu verhindern. Wenn sie die Senke zu ihrer Rechten schräg durchquerte, musste sie direkt auf den Rover treffen.

Sie schaute zurück und sah, dass der Eisbär auch rannte. Seine Beine bewegten sich in einer Art watschelndem Galopp. Aber er gewann mit diesem Laufen an Boden; und die niedrigen Gräben schienen für ihn kein Hindernis zu sein. Er huschte darüber wie ein weißer Albtraum, schön und erschreckend zugleich. Die flüssige Bewegung seiner Muskeln spielte locker unter dichtem weißem Pelz mit gelben Spitzen. All das sah sie in einem einzigen Augenblick höchster Deutlichkeit. Alles war klar, scharf und hell, wie von innen her erleuchtet. Selbst wenn sie so schnell lief, wie sie konnte, und genau auf den Boden achtete, um nicht über etwas zu stolpern, sah sie immer noch den Bären über den roten Abhang gleiten, wie ein Nachbild.

Stampfen, rennen, das Felsenballett. Der Bär war schnell, und das Terrain machte ihm nichts aus. Aber auch sie war ein Tier. Auch sie hatte Jahre hier im Outback verbracht, viele mehr als dieser junge Bär; und sie konnte wie ein Steinbock über das Gelände laufen, von Urgestein zu Felsen, zu Sand und zu Geröll.

Mit schnellen, aber ausgeglichenen Schritten, mit Beherrschung bei aller Schnelligkeit und um ihr Leben rennend. Außerdem war der Rover nah. Nur noch eine letzte Flanke hinauf und den Abhang des Kraterrandes, und da war er. Sie rannte fast dagegen, richtete sich auf und schlug mit einem festen triumphierenden *Bumm* auf die runde Metallflanke, als wäre es die Schnauze des Bären. Dann, nach einem zweiten, besser gezielten Schlag auf die Konsole der Schleusentür war sie drinnen, und die äußere Schleusentür schloss sich hinter ihr.

Sie eilte die Stufen hinauf in die Fahrerkabine, um zurückzublicken. Durch das Glas sah sie unten den Bären, wie er ihr Fahrzeug aus respektvoller Distanz beäugte. Er war außer Reichweite einer Schusswaffe und schnaufte nachdenklich. Ann schwitzte stark, schnappte immer noch heftig nach Luft – ein, aus; ein, aus. Was für Strapazen der Brustkorb doch aushalten konnte! Sie hatte es geschafft, saß im Fahrersitz. Aber sie brauchte nur die Augen zu schließen, schon sah sie wieder das heraldische Bild des Bären über den Fels gleiten. Wenn sie sie wieder öffnete, leuchtete die Instrumententafel vor ihr, hell, künstlich und vertraut. Wie seltsam!

Noch Tage danach befand sie sich in einer Art Schock und konnte den Eisbären sehen, wenn sie nur die Augen schloss und daran dachte. Bei Nacht dröhnte und knackte das Eis in der Bucht. Manchmal krachte es explosionsartig, sodass sie von dem Angriff auf Sheffield träumte und aufstöhnte. Bei Tag fuhr sie so rücksichtslos, dass sie den Rover auf Autopilot schalten musste und ihn anwies, einen Weg längs der Küste der Kraterbucht zu finden.

Während er dahinrollte, ging sie in der Fahrerkabine umher. Ihre Gedanken rasten. Außer Kontrolle. Sie konnte nur lachen und es ertragen. An die Wände schlagen, aus den Fenstern blicken. Der Bär war fort – und war es doch nicht. Sie schlug ihn nach: *Ursus maritimus*, wörtlich: Ozeanbär. Die Inuit nannten ihn *Tornassuk,* »der, der Kraft verleiht«. Es war wie mit dem Felsabbruch, der sie in Melas Chasma fast erwischt hatte – jetzt für immer ein Teil ihres Lebens. Als sie mit dem Abbruch konfrontiert gewesen war, hatte sie keinen Muskel gerührt. Diesmal war sie gerannt wie der Teufel. Der Mars könnte sie töten, bestimmt würde er sie töten; aber kein großes Zootier von der Erde würde sie töten, sofern sie es verhindern könnte. Sie hing nicht sehr an ihrem Leben – wirklich nicht. Aber jeder sollte die Freiheit haben, sich seinen Tod auszusuchen. Wie sie es in der Vergangenheit mindestens zweimal getan hatte. Aber erst Simon und dann Sax – wie kleine Braunbären – hatten sie dem Tod weggeschnappt. Sie wusste noch nicht, was sie davon halten sollte und wie sie sich deswegen fühlen sollte. Ihre Gedanken eilten zu schnell dahin. Sie hielt sich an der Lehne des Fahrersitzes fest. Schließlich griff sie nach vorn und gab die alte Nummer von Sax auf der Frequenz der Ersten Hundert auf dem Armaturenbrett ein, XY23, und wartete darauf, dass der Computer das Signal zu dem Shuttle weiterleiten würde, mit dem Sax und die anderen zum Mars zurückkehrten. Und nach einer Weile erschien sein neues Gesicht auf dem Bildschirm.

»Warum hast du das getan?«, rief sie. »Ich kann mir meinen Tod aussuchen, wie es mir gefällt!«

Sie wartete, bis die Mitteilung ihn erreichte. Dann war es so weit, und er sprang auf. Sein Abbild wackelte. »Weil …«, sagte er und hielt inne.

Ann rann ein Schauer über den Rücken. Genau das hatte Simon auch gesagt, nachdem er sie aus dem Chaos gerettet hatte. Sie hatten nie einen Grund gehabt – nur das dämliche *Weil* des Lebens.

Sax fuhr fort: »Ich wollte nicht … es schien so eine Vergeudung zu sein … was für eine Überraschung, von dir zu hören. Ich freue mich.«

»Zur Hölle mit dir!«, fauchte Ann.

Sie wollte schon die Verbindung trennen, als er wieder zu sprechen anfing. Sie tauschten jetzt simultan Nachrichten aus. »Ann, ich habe es getan, damit ich weiter mit dir reden kann. Ich meine, ich habe es für mich getan – ich wollte dich nicht vermissen. Ich wollte, dass du mir verzeihst. Ich wollte weiter mit dir diskutieren, wollte dich dazu bringen zu verstehen, warum ich das getan habe, was ich tat.«

Sein Geplapper hörte so plötzlich auf, wie es angefangen hatte; und dann sah er verwirrt, sogar erschrocken drein. Vielleicht hatte er gerade ihr »Zur Hölle mit dir!« gehört. Sie konnte ihm zweifellos Angst machen.

»Was für ein Blödsinn!«, zischte sie.

Nach einer Weile: »Ja. Hm ... wie geht es dir? Du siehst ...«

Sie trennte die Verbindung. Im Geiste schrie sie: »Ich bin gerade einem Eisbären entkommen! Ich wurde wegen eurer blöden Spiele beinahe gefressen!«

Nein. Sie würde es ihm nicht sagen. Dem Wichtigtuer. Er hatte eine gute Empfehlung für seine Beiträge für das *Metajournal of Martian History* gebraucht, darauf lief es hinaus. Eine Versicherung, dass seine Forschungen von Freunden wohlwollend besprochen wurden. Dafür würde er die innersten Wünsche einer Person zerstören, ihre essenzielle Freiheit, Leben oder Tod zu wählen, ein freies menschliches Wesen zu sein!

Wenigstens hatte er nicht versucht, es zu leugnen.

Und nun – war sie hier. Wut. Reue ohne Grund. Unerklärliche Qual. Eine seltsam schmerzliche Heiterkeit. All das erfüllte sie plötzlich. Ihr wild vibrierendes limbisches System stieß mit konträren heftigen Emotionen in jeden Gedanken, abgetrennt von deren Inhalt. Sax hatte sie gerettet, sie hasste ihn, sie empfand eine unbändige Freude. Kasei war tot, Peter nicht. Kein Bär konnte sie töten – und so weiter und weiter. Oh, wie seltsam!

Sie entdeckte einen kleinen grünen Rover, der sich auf einer Klippe über dem Eismeer befand. Impulsiv fasste sie das Lenkrad fester und fuhr zu ihm hinauf. Ein kleines Gesicht schaute heraus. Sie winkte ihm durch die Frontscheibe zu. Schwarze

Augen, Brille, kahl. Wie ihr Stiefvater. Sie parkte ihren Rover neben seinem. Der Mann machte ihr ein Zeichen herüberzukommen, und hielt einen Holzlöffel hoch. Er sah verwirrt aus, nur halb aus seinen Gedanken gerissen.

Ann zog eine gepolsterte Jacke an, ging durch die Schleusentüren und trat zwischen die Wagen. Die eisige Luft traf sie wie eine kalte Dusche. Es war angenehm, von einem Rover zum anderen zu gehen, ja überhaupt sich ohne Schutzanzug ins Freie zu wagen, ohne das Leben zu riskieren. Es war ohnehin erstaunlich, dass nicht mehr Leute durch Sorglosigkeit oder defekte Schleusen umgekommen waren. Einigen war das natürlich passiert. Vielleicht Dutzenden, wenn man alle zusammenzählte. Jetzt war es nur noch ein Schuss kalter Luft.

Der kahle Mann öffnete seine innere Schleusentür, sagte »Hallo!« und streckte ihr die Hand entgegen.

»Hallo!« Ann ergriff und schüttelte sie. »Ich bin Ann.«

»Ich heiße Harry. Harry Whitebook.«

»Ah! Ich habe von dir gehört. Du entwickelst Tiere.«

Er lächelte höflich. »Ja.« Keine Scheu, keine Abwehr.

»Ich bin gerade von einem deiner Eisbären gejagt worden.«

»Wirklich?« Er riss die Augen auf. »Die sind schnell.«

»Allerdings. Aber es sind eigentlich keine Eisbären, nicht wahr?«

»Sie haben ein paar Grizzly-Gene wegen der Höhe. Aber größtenteils ist es einfach *Ursus maritimus*. Das sind zähe Biester.«

»Viele Tiere.«

»Ja, ist das nicht wundervoll? Oh, entschuldige, hast du gegessen? Möchtest du etwas Suppe haben? Ich koche gerade Suppe. Lauchsuppe. Wie man wahrscheinlich riechen kann.«

Das stimmte. »Ja, man riecht's«, bestätigte Ann.

Bei Suppe und Brot stellte sie ihm Fragen über den Eisbären. »Sicher kann es für so ein großes Tier hier keine ganze Nahrungskette geben?«

»O doch. In dieser Gegend ist das der Fall. Dafür ist sie bekannt. Die erste Bioregion, die Bären verträgt. Die Bucht ist bis zum Grund flüssig. Das Ap-Mohole befindet sich im Zentrum des Kraters, darum hat die See sozusagen keinen Boden. Im Winter überfriert sie natürlich, aber die Bären sind das von der Arktis her gewohnt.«

»Die Winter sind lang.«

»Ja. Die Bärinnen graben sich einen Bau im Schnee, in der Nähe einiger Höhlen in freiliegenden Stellen des Deichs im Westen. Sie halten keinen richtigen Winterschlaf. Ihre Körpertemperatur sinkt nur um wenige Grad, und sie können in ein paar Minuten aufwachen, wenn sie den Bau wegen der Wärme anpassen müssen. Sie verbringen darin so viel vom Winter, wie sie können, leben dort und suchen Nahrung bis zum Frühling. Dann schleppen wir einige Eisschollen durch die Mündung der Bucht hinaus auf See, und danach entwickeln sich die Dinge, von unten nach oben. Die Basis der Nahrungskette ist antarktisch im Wasser und arktisch auf dem Land. Plankton, Krill, Fische und Kalmare, Weddellrobben und an Land Kaninchen und Hasen, Lemminge, Murmeltiere, Mäuse, Luchse und Rotluchse. Und Bären. Wir machen Versuche mit Karibus, Rentieren und Wölfen, aber für Huftiere gibt es noch kein Futter. Die Bären sind erst seit ein paar Jahren draußen. Bis vor Kurzem war der Luftdruck noch nicht ausreichend. Aber jetzt ist es hier wie auf viertausend Metern, und es sieht so aus, als kämen die Bären ganz gut damit zurecht. Sie passen sich sehr rasch an.«

»Menschen auch.«

»Nun, auf viertausend Metern gibt es davon nicht viele.« Er meinte viertausend Meter über dem Meeresspiegel auf der Erde. Höher als jede dauerhafte menschliche Siedlung, erinnerte sie sich.

Er fuhr bereits fort: »... irgendwann eine Expansion des Thoraxraums erleben, dazu muss es ja kommen ...« Es war in Wirklichkeit ein Selbstgespräch. Ein großer, stämmiger Mann. Weißes Gelb in einem Kranz um seinen kahlen Schädel. Schwarze Augen, die hinter runden Brillengläsern verschwammen.

»Bist du jemals Hiroko begegnet?«, fragte sie.

»Hiroko Ai? Ja, einmal. Eine sympathische Frau. Ich hörte, sie sei wieder zur Erde geflogen, um ihnen zu helfen, mit der Flut fertigzuwerden. Hast du sie gekannt?«

»Ja. Ich bin Ann Clayborne.«

»Das habe ich mir gedacht. Die Mutter von Peter Clayborne, richtig?«

»Ja.«

»Er war vor Kurzem in Boone.«

»Boone?«

»Das ist die kleine Station gegenüber an der Bucht. Das hier ist Botany Bay, und die Station heißt Boone Harbor. Eine Art Scherz. Offenbar gab es in Australien ein ähnliches Paar.«

»Ja.« Sie schüttelte den Kopf. John würde für immer bei ihnen sein. Und er war keineswegs der schlechteste der Geister, die sie verfolgten.

Wie zum Beispiel dieser Mann, der berühmte Tierdesigner. Er klapperte und fuhrwerkte kurzsichtig in der Küche herum, setzte ihr die Suppe vor, und sie aß, wobei sie ihn verstohlen beobachtete. Er wusste, wer sie war, schien sich aber wohl zu fühlen. Er machte keinen Versuch, sich zu rechtfertigen. Sie war eine rote Areologin, und er entwickelte die neuen Tiere des Mars. Sie arbeiteten auf dem gleichen Planeten. Aber das bedeutete nicht, dass sie Feinde waren, nicht für ihn. Er würde ohne Boshaftigkeit mit ihr zu Abend essen. Darin lag etwas Furchteinflößendes, das trotz seiner freundlichen Art durchschlug. Es war so brutal, vergessen zu sein. Trotzdem mochte sie ihn. Diese leidenschaftslose Kraft und Unbestimmtheit – irgendetwas war da. Er trödelte in seiner Küche herum, setzte sich dann hin und aß mit ihr, rasch und geräuschvoll, den Mund feucht von der klaren Brühe. Von einem langen Laib Brot brachen sie Stücke ab. Ann stellte Fragen über Boone Harbor.

Whitebook zeigte auf das Brot und sagte: »Es gibt dort eine gute Bäckerei und ein gutes Labor. Der Rest ist ein ganz gewöhnlicher Außenposten. Aber wir haben letztes Jahr die Kuppel abgenommen, und jetzt ist es sehr kalt, besonders im Winter. Eigentlich ist es nur der sechsundvierzigste Breitengrad, aber es fühlt sich an wie weiter im Norden. So sehr, dass einige die Kuppel zumindest im Winter wieder aufspannen wollen. Es gibt auch Leute, die sagen, wir sollten sie ganz behalten, bis es wärmer wird.«

»Bis die Eiszeit vorüber ist?«

»Ich glaube nicht, dass es eine Eiszeit geben wird. Dieses erste Jahr ohne die Soletta war natürlich schlimm, aber es sollten unterschiedliche Kompensationen möglich sein. Ein paar kalte Jahre, das wird alles sein.«

Er wackelte mit einer seiner bekrallten Tatzen: Beides war möglich. Ann warf ihm fast ihr Stück Brot an den Kopf. Aber sie wollte ihn lieber nicht aufregen. Sie beherrschte sich zitternd.

Sie fragte: »Ist Peter noch in Boone?«

»Ich nehme es an. Vor ein paar Tagen war er noch da.«

Sie sprachen weiter über das Ökosystem in Botany Bay. Ohne eine größere Fülle pflanzlichen Lebens waren Tierdesigner sehr eingeschränkt. Die Gegend ähnelte in dieser Hinsicht eher der Antarktis als der Arktis. Möglicherweise könnten neue Verfahren zur Anreicherung des Bodens die Ansiedlung höher entwickelter Pflanzen beschleunigen. Jetzt war das Land größtenteils von Flechten bewachsen. Die Tundrapflanzen würden folgen.

»Aber das gefällt dir nicht«, bemerkte er.

»Mir hat es gefallen, wie es vorher war. Vastitas Borealis bestand aus Barchan-Dünen aus schwarzem und granatrotem Sand.«

»Werden nicht oben bei der Polkappe einige übrig bleiben?«

»Die Eiskappe wird an den meisten Stellen bis zum Meer herunterreichen. Ähnlich wie in der Antarktis, wie du gesagt hast. Nein, die Dünen und das geschichtete Terrain werden unter

Wasser stehen – so oder so. Die ganze nördliche Hemisphäre wird dahin sein.«

»Aber hier ist ja die nördliche Hemisphäre.«

»Eine Halbinsel im Gebirge. Und die ist irgendwie auch fort. Botany Bay war einst Arcadias Krater Ap.«

Er sah sie lauernd durch die Brille an. »Vielleicht könnte es, wenn man in großer Höhe lebt, so wirken wie in den alten Tagen. Wie früher, aber mit Luft.«

»Vielleicht«, sagte sie zurückhaltend. Er ging in der Kammer herum, stampfte mit schweren Schritten und säuberte große Küchenmesser über dem Ausguss. Seine Finger endeten in kurzen stumpfen Krallen. Selbst wenn sie beschnitten waren, ließ es sich damit an kleinen Objekten schwer arbeiten.

Sie stand vorsichtig auf und sagte: »Vielen Dank für das Essen!« Dabei zog sie sich zur Schleusentür zurück. Sie ergriff ihre Jacke auf dem Weg nach draußen und schlug die Tür vor seiner überraschten Nase zu. Hinaus in den scharfen Ansturm der Kälte und in die Jacke. Niemals vor einem Raubtier davonlaufen. Sie ging zu ihrem Wagen zurück und stieg ein, ohne sich umzuschauen.

Das alte Hochland von Tempe Terra war mit einer Anzahl kleiner Vulkane besetzt. Darum gab es überall Lavaflächen und Kanäle sowie träge Fließstrukturen infolge des Grundeises und den gelegentlichen kleinen Abflusskanälen, in denen Wasser den Großen Steilhang heruntergeströmt war. All dies zusammen mit der üblichen Sammlung noachischer Aufprall- und Verformungsrelikte war so vielfältig, dass Tempe auf areologischen Karten wie die Palette eines Malers aussah, auf der überall Farben hingeklatscht waren, um die verschiedenen Aspekte der langen Geschichte der Region anzuzeigen. Anns Meinung nach zu viele Farben; denn für sie waren die kleinsten Einteilungen in unterschiedliche areologische Einheiten künstlich – Reste der Himmelsareologie, die zwischen Gebieten, die verkraterter, zerklüfteter oder zerfressener waren als der Rest, zu unterscheiden suchte, während doch alles eins war, mit den bezeichnenden Merkmalen, die überall sichtbar waren. Es war einfach eine rohe Landschaft, die Welt der noachischen Vorzeit. Keine Landschaft war rauer als diese.

Sogar die Böden der langen geraden Canyons, der Tempe Fossae, waren zu zerklüftet, als dass man darüber hätte fahren können. Darum nahm Ann einen indirekten höhergelegenen Weg. Die jüngsten Lavaströme (eine Milliarde Jahre alt) waren härter als die zerfallenen Auswurfreste, über die sie geflossen waren, und standen jetzt wie lange Deiche oder Bermen auf dem Land. Auf den weicheren Stellen dazwischen gab es eine Menge Spritzkrater, deren blütenförmige Auswurfdecken eindeutig von der Existenz von Grundwasser geprägt waren, wie Burgen aus nassem Sand. Vereinzelte Inseln aus verwittertem Muttergestein ragten aus all diesem Schutt hervor; aber im Großen und Ganzen war es Regolith, der überall Spuren von Wasser und Permafrost unter der Oberfläche erkennen ließ, was langsames Einsinken und Abrutschen bewirkte. Und jetzt bei zunehmenden Temperaturen und vielleicht auch infolge der aus den unterirdischen Explosionen in Vastitas dringenden Wärme hatten sich diese Gleitvorgänge beschleunigt. Es gab neue Erdrutsche. Ein Schleichweg der Roten war weggefegt worden, als eine Rampe in Tempe 12 verschüttet worden war. Die Wände von Tempe 18 waren auf beiden Seiten eingestürzt, wodurch aus dem U-förmigen Canyon ein V-förmiger geworden war. Tempe 21 war ganz verschwunden, beim Zusammenbruch seiner hohen Westwand verschüttet. Überall war das Land im Schmelzen begriffen. Ann sah sogar einige Taliks, aufgetaute Gebiete über dem Permafrost, die im Grunde nichts anderes als eisige Sümpfe waren. Und viele der ovalen Gruben der großen Alasse waren jetzt Teiche, die bei Tag schmolzen und bei Nacht gefroren, wodurch das Land noch schneller zerrissen wurde.

Sie passierte die blütenförmige Auswurfdecke des Timoschenko-Kraters, dessen Nordflanke unter den südlichsten Lavawellen des Vulkans Coriolanus begraben war, des größten der vielen kleinen Vulkane in Tempe. Hier war das Land stark zernarbt; und es war Schnee gefallen, der geschmolzen und in unzähligen kleinen Sammelbecken erneut gefroren war. Das Land brach mit allen charakteristischen Merkmalen für Permafrost ein: polygonale Kiesgrate, konzentrische Kraterfüllung, Pingos, Spalten oder Hügel durch Solifluktion. In jeder Senke ein von Eis bedeckter Teich oder Pfuhl. Das Land schmolz.

Aber an den sonnigen Südhängen wuchsen, wo immer etwas Schutz vor dem Wind bestand, Bäume über Moos, Gras und Gestrüpp. In den von der Sonne beschienenen Löchern stand über verfilzten Nadeln gebogenes Krummholz. In den schattigen Gruben lag schmutziger Schnee und Firn. Der totale Ruin von so viel Land. Zerbrochenes Land, leer und doch nicht leer. Fels, Eis und morastige Wiesen, und alles umrahmt von verfallenen niedrigen Bodenwellen. In der Hitze des Nachmittags blähten sich jähe Wolken; und deren Schatten bildeten ein weiteres Fleckenmuster, eine unregelmäßige schwarzrote und grünweiße Steppdecke. Auf Tempe Terra würde sich niemand je über Gleichförmigkeit beklagen können. Alles lag vollkommen still unter den rasch dahinziehenden Wolkenschatten. Und trotzdem war da eines Abends in der Dämmerung etwas Weißes, das hinter einen Felsblock schlüpfte. Anns Herz raste, aber es war nichts weiter zu sehen.

Aber sie hatte etwas gesehen; denn kurz bevor die Dunkelheit das Land ganz bedeckte, klopfte etwas an die Tür. Ihr Herz bebte wie der Rover auf seinen Stoßdämpfern. Sie lief zu einem Fenster und schaute hinaus. Gestalten in der Farbe der Steine, winkende Hände. Menschliche Wesen.

Es war eine kleine Gruppe Roter Guerilleros. Sie hatten Anns Rover auf Grund der im Tempe-Stützpunkt durchgegebenen Beschreibung erkannt, erzählten sie, nachdem Ann sie hereingelassen hatte. Sie hatten gehofft, sie zu finden, und waren hoch erfreut darüber. Sie lachten, schwatzten und gingen in der Kabine umher, kamen zu ihr, um sie zu berühren. Junge hochgewachsene Eingeborene mit Eckzähnen aus Stein und strahlenden jungen Augen. Manche waren Orientalen, manche weiß, manche schwarz. Alle glücklich. Sie erinnerte sich von Pavonis Mons an sie, nicht individuell, sondern als Gruppe. Die jungen Fanatiker. Wieder ein Schaudern.

»Wohin fahrt ihr?«, fragte sie.

Eine junge Frau antwortete: »Nach Botany Bay. Wir werden die Whitebook-Labors beseitigen.«

»Und Boone Station«, fügte ein anderer hinzu.

»O nein!«, entfuhr es Ann.

Sie verstummten und sahen einander vorsichtig an. Wie Kasei und Dao in Lastflow.

»Was meinst du?«, fragte die junge Frau.

Ann holte Luft und versuchte, es zu erläutern. Sie beobachteten sie scharf.

»Seid ihr in Sheffield gewesen?«, fragte sie.

Sie nickten. Sie wussten, was sie meinte.

»Dann solltet ihr wissen, dass es unmöglich ist, einen roten Mars zu schaffen, indem man ihn in Blut taucht«, sagte sie nachdrücklich. »Wir müssen einen anderen Weg finden. Wir können das nicht machen, indem wir Menschen töten. Nicht einmal, wenn wir nur Tiere oder Pflanzen umbringen oder Maschinen in die Luft jagen. Das würde nicht funktionieren. Es ist destruktiv. Es spricht die Leute nicht an, versteht ihr? Damit gewinnt man niemanden. Sie sind davon abgestoßen. Je mehr gewalttätige Aktionen wir ausführen, desto grüner werden sie. Damit schaden wir unserer Sache. Versteht ihr? Wir tun es nur für unsere eigenen Gefühle. Weil wir wütend sind. Oder weil es aufregend ist. Wir müssen einen anderen Weg finden.«

Sie starrten sie an – verständnislos, missmutig, schockiert. Aber aufmerksam. Sie war immerhin Ann Clayborne.

Sie fuhr fort: »Ich bin mir nicht sicher, wie dieser andere Weg aussehen soll. Ich kann es euch nicht sagen. Ich denke … wir müssen ihn uns suchen. Es muss so etwas wie eine rote Areophanie werden. Die Areophanie wurde immer als eine Sache der Grünen verstanden, von Anfang an. Wahrscheinlich wegen Hiroko, weil sie an der Definition maßgeblich beteiligt war. Und sie ins Leben gerufen hat. Damit war Areophanie immer mit *viriditas* verbunden. Aber es gibt keinen Grund, warum das so sein muss. Wir müssen das ändern, sonst bringen wir nie etwas zustande. Es muss eine Art Ehrfurcht vor dieser roten Welt entstehen, damit die Menschen lernen, sie zu fühlen. Das Rot des jungfräulichen Planeten muss eine Gegenkraft für die *viriditas* werden. Wir müssen dieses Grün beschmieren, bis es eine andere Farbe annimmt. Eine Farbe, wie ihr sie in gewissen Steinen seht, in Jaspis oder Serpentin. Ihr wisst, was ich meine. Es bedeutet, dass man vielleicht Leute hinaus und ins Hochland schafft, damit sie sehen können, worum es überhaupt geht. Es bedeutet, dass wir überall sein müssen, Besitz- und Betreuungsrechte anmelden, damit wir für dieses Land sprechen können. Und sie werden zuhören müssen. Rechte für Wanderer, Areologen und Nomaden. Das könnte Areoforming bedeuten. Versteht ihr?«

Sie hielt inne. Die jungen Eingeborenen waren zwar noch aufmerksam, sahen jedoch auch besorgt aus – besorgt um sie oder besorgt wegen dem, was sie gesagt hatte.

»Wir haben diese Diskussion schon oft geführt«, sagte ein junger Mann. »Und es gibt Leute, die das so machen. Manchmal machen auch wir es so. Aber wir halten den aktiven Widerstand für einen notwendigen Teil des Kampfes. Wir werden sonst einfach plattgewalzt. Die werden alles grün machen.«

»Nicht wenn es uns gelingt, das Grün rot einzufärben. Direkt von innen her, von ihren Herzen aus. Aber Sabotage und Mord – daraus entspringt mehr Grün. Glaubt mir, ich habe das gesehen. Ich kämpfe schon länger als ihr und habe es erlebt. Wenn ihr versucht, das Leben zu bekämpfen, kommt es nur stärker wieder zurück.«

Der junge Mann war nicht überzeugt. »Sie haben uns das Sechskilometerlimit gegeben, weil sie Angst vor uns hatten, da wir die treibende Kraft hinter der Revolution waren. Hätten wir nicht gekämpft, würden die Metanats hier immer noch alles beherrschen.«

»Das war ein anderer Gegner. Als wir gegen die Terraner gekämpft haben, waren die Grünen beeindruckt. Wenn wir aber gegen die Grünen kämpfen, sind sie nicht beeindruckt, sondern wütend. Und sie werden mächtiger denn je.«

Die Gruppe saß schweigend da, in Gedanken versunken, vielleicht entmutigt.

»Aber was sollen wir tun?«, fragte eine grauhaarige Frau.

»Fahrt zu einem gefährdeten Gebiet«, schlug Ann vor. Sie zeigte aus dem Fenster. »Das hier wäre nicht schlecht. Oder irgendwo an der Sechskilometergrenze. Siedelt euch an, gründet eine Stadt, macht sie zu einer erstklassigen Zufluchtsstätte und zu einem schönen Ort! Wir werden wieder vom Hochland herunterkommen.«

Sie erwogen das in trüber Stimmung.

»Oder geht in die Städte und bildet eine Gruppe, die Touren anbietet, und gründet einen legalen Fonds! Zeigt den Leuten das Land! Klagt gegen jede Änderung, die sie vorschlagen!«

»Verdammt!«, sagte der junge Mann kopfschüttelnd. »Das klingt fürchterlich.«

»Allerdings«, sagte Ann. »Es gibt viel zu tun, das nicht angenehm ist. Aber wir müssen auch diese Leute von innen her packen. Und das funktioniert nur dort, wo sie leben.«

Lange Gesichter. Sie saßen herum und diskutierten weiter. Über ihre jetzige Lebensweise und wie sie leben wollten. Was sie tun könnten, um das zu erreichen. Die Unmöglichkeit des Guerillalebens nach dem Ende des Krieges. Und so weiter. Es gab viele tiefe Seufzer, einige Tränen, Beschuldigungen und Ermutigungen.

»Kommt morgen mit mir«, schlug Ann vor, »und werft einen direkten Blick auf dieses Eismeer!«

Am nächsten Tag fuhr die Guerillagruppe mit ihr auf dem sechzigsten Längengrad nach Süden, einen schwierigen Kilometer nach dem anderen. Die Araber nannten dieses leere Land Khala. Auf der einen Seite war es schön. Eine noachische Einöde aus Steinskulpturen, die ihre Herzen erfüllte. Dennoch waren die Guerilleros still und bedrückt, wie auf einer Pilgerreise zu einem Begräbnis. Sie kamen zu dem großen Canyon namens Nilokeras Scopulus und fuhren über eine breite natürliche Rampe hinein. Im Osten lag Chryse Planitia, eisbedeckt, ein weiterer Arm des Nordmeeres. Dem waren sie nicht entkommen. Vor ihnen im Süden lagen die Nilokeras Fossae, das Ende eines Canyonkomplexes, der im Süden, in der enormen Senke von Hebes Chasma, seinen Ursprung hatte. Hebes Chasma hatte keinen Ausgang, aber man nahm an, dass der Canyon durch den Ausbruch des Wasserreservoirs am Ende von Echus Chasma weiter westlich entstanden war. Eine sehr große Wassermenge war von Echus gegen die harte Westseite von Lunae Planum heruntergeflossen und hatte die hohe steile Klippe bei Echus Overlook geschaffen. Dann war die riesige Klippe in den Canyon gestürzt; und das Wasser war hinab- und hindurchgerauscht und hatte dabei die große Biegung von Kasei Vallis und einen tiefen Kanal zu den Tiefebenen von Chryse gegraben. Es war einer der größten Wasserausbrüche in der marsianischen Geschichte gewesen.

Jetzt war das nördliche Meer nach Chryse zurückgeströmt; und es ergoss sich wieder Wasser in das untere Ende von Nilokeras und Kasei. Ein Berg mit flachem Gipfel, der Sharanov-Krater, stand wie eine gigantische Festung auf dem hohen Vorgebirge über der Mündung dieses neuen Fjords. Draußen, mitten im Wasser, lag eine lange, schmale Insel, eine der tropfenförmigen Inseln der alten Flut, die jetzt wieder zur Insel geworden hartnäckig rot in dem Meer aus weißem Eis lag. Dieser Fjord würde einen noch besseren Hafen abgeben als Botany Bay. Er hatte steile Wände, aber hier und da gab es Terrassen, die zu Hafenstädten werden könnten. Man würde sich natürlich wegen des Westwindes, der von Kasei wie durch einen Trichter hereinströmte und mit seinen katabatischen Angriffen die Schiffe im Chryse-Golf draußen festhielt, Gedanken machen müssen …

Sehr merkwürdig. Ann brachte die Gruppe schweigender Roter zu einer Rampe und leitete sie hinunter auf einen breiten Uferstreifen westlich des Eisfjords. Inzwischen war es Abend. Sie verließen die Rover, und Ann führte sie zu einem Spaziergang bei Sonnenuntergang hinaus ins Freie.

Genau im Moment des Sonnenuntergangs standen sie in einem dicht gedrängten mürrischen Haufen vor einem einzelnen Eisblock von etwa vier Metern Höhe. Dessen geschmolzene Einbuchtungen waren so glatt wie Muskeln. Sie standen so, dass die Sonne hinter dem Eisblock stand und durch ihn hindurchschien. Zu beiden Seiten wurde das Licht von dem glasigen feuchten Sand zurückgeworfen. Eine Mahnung aus Licht. Unbestreitbar und blendend real. Was sollte ihnen das sagen? Sie standen regungslos und betrachteten schweigend das Schauspiel.

Als die Sonne über dem schwarzen Horizont verschwand, entfernte sich Ann von der Gruppe und ging allein zu ihrem Rover hinüber. Sie schaute zurück auf den Abhang. Die Roten waren noch bei dem Eisberg am Strand. Er wirkte zwischen ihnen wie ein weißer Gott, orange getönt wie das unebene Eisfeld der Bucht. Weißer Gott, Bär, Bucht, ein Dolmen aus Mars-Eis. Der Ozean würde für immer bei ihnen sein, so real wie dieser Fels.

Am nächsten Tag fuhr sie Kasei Vallis nach Westen empor, auf Echus Chasma zu. Sie fuhr immer weiter aufwärts, eine breite Kurve nach der anderen und kam leicht voran bis zu dem Punkt, wo Kasei nach links und auf den Boden von Echus abbog. Diese Biegung war eines der größten von Wasser ausgetieften Täler auf dem Planeten. Jetzt entdeckte Ann, dass der flache Boden des Arroyos von Zwergbäumen bedeckt war, so klein, dass sie wie Gestrüpp wirkten. Schwarze Rinde, dornig, die dunkelgrünen Blätter so glänzend und messerscharf wie die von Stechpalmen. Moos bedeckte den Boden unter diesen schwarzen Bäumen, sonst aber fast nichts. Es war ein monokultureller Wald, der Kasei Vallis von Wand zu Wand der Canyons bedeckte und die große Biegung ausfüllte wie ein übergroßer Schmutzfleck.

Weil sie nicht anders konnte, fuhr Ann direkt durch die niedrigen Bäume, und der Rover kippte hin und her, wenn die Zweige, zäh wie Bärentrauben, unter den Rädern nachgaben und dann wieder zurückwippten, wenn sie wieder frei wurden. Es war unmöglich geworden, diesen Canyon zu Fuß zu begehen, dachte Ann, diesen Canyon mit den tiefen Wänden, so rund und eng wie ein Fantasie-Utah. Zumindest war er das gewesen, jetzt wirkte er eher wie der schwarze Wald im Märchen, unentrinnbar, voll fliegender schwarzer Wesen und mit einer weißen Gestalt, die man im Dämmerlicht umherhuschen sah. Es gab keine Spur mehr von dem UNTA-Sicherheitskomplex, der früher die Biegung des Tales besetzt gehalten hatte. Verflucht sei dein Haus bis in die siebte Generation, ein Fluch für das unschuldige Land. Sax war hier gefoltert worden und hatte damals Feuersaatbäume gesät und alles verbrannt; dadurch war dieser Dornenwald gewachsen, der jetzt alles bedeckte. Und sie bezeichneten Wissenschaftler als rationale Kreaturen! Verflucht sei auch ihr Haus, dachte Ann mit zusammengebissenen Zähnen. Bis in die siebte Generation und noch sieben danach!

Sie zischte durch die Zähne und fuhr weiter, Echus hinauf, zu dem steilen Vulkankegel von Tharsis Tholus. Dort war eine Stadt. Sie klebte an der Seite des Vulkans, wo der Abhang flacher wurde. Der Bär hatte ihr gesagt, dass Peter dorthin wollte, und darum mied sie sie. Peter, das Land überschwemmt; Sax, das Land verbrannt. Einst hatte Peter ihr gehört. Auf diesen Felsen will ich bauen. Peter Tempe Terra – der Fels im Land der Zeit. Der neue Mensch, der *Homo martialis*. Der sie verraten hatte. Denk dran!

Sie fuhr weiter nach Süden, den Hang des Tharsis-Buckels hinauf, bis der Kegel von Ascraeus in Sicht kam. Ein Gebirgskontinent, der über den Horizont ragte. Pavonis war wegen seiner äquatorialen Lage und des kleinen Vorteils, den ihm das Aufzugskabel gab, überrannt und zugepflastert geworden. Aber Ascraeus, nur fünfhundert Kilometer nordöstlich von Pavonis, hatte man in Ruhe gelassen. Niemand wohnte dort. Nur ab und zu ein paar Areologen, um seine Lava und pyroklastischen Aschenflüsse zu studieren, die beide das Rot fast schwarz färbten.

Sie fuhr auf die niedrigeren, sanft gewellten Hänge zu. Ascraeus war eines der klassischen Albedo-Merkmale gewesen, weil er so groß war, dass man ihn von der Erde aus sehen konnte. Ascraeus Lacus. Das war während der Kanalmanie gewesen, darum hatte man ihn für einen See gehalten. Pavonis hatte man Phoenicus Lacus, Phönix-See, getauft. Ascra war, wie sie gelesen hatte, die Geburtsstätte von Hesiod gewesen, »gelegen rechts von Mount Helicon auf einer hohen und rauen Stelle«. Obwohl man ihn also für einen See gehalten hatte, war er nach einem Berg benannt worden. Vielleicht hatten sie im Unterbewusstsein die teleskopischen Bilder letztlich doch richtig verstanden. *Ascraeus* war im Allgemeinen ein poetischer Name für das Pastorale. Helicon war der Berg in Böotien, der Apollo und seinen Musen gewidmet war. Hesiod hatte einstmals von seinem Pflug aufgeschaut und das Gefühl gehabt, eine Geschichte erzählen zu müssen. Seltsam ist die Geburt von Mythen, seltsam sind die alten Namen, die lange gelebt hatten und vergessen wurden, während man die alten Geschichten immer wieder erzählte.

Er war der steilste der vier großen Vulkane; aber es gab keine ihn umgebende Böschung wie bei Olympus Mons. Darum konnte Ann den Rover in einen niedrigen Gang schalten und hochfahren, langsam, als wollte sie in Zeitlupe in den Weltraum starten. Sie lehnte sich zurück und machte ein Nickerchen. Den Kopf auf der Kopfstütze, entspannen. Aufwachen bei Ankunft in 27 Kilometern über Meereshöhe, der gleichen Höhe, die die anderen drei Großen hatten. Das war die maximale Höhe, die ein Berg auf dem Mars im Grunde erreichen konnte. Es war die isostatische Grenze, an der die Lithosphäre unter dem Gewicht des aufgetürmten Gesteins abzusacken begann. Die vier Großen hatten das Maximum erschöpft. Sie hatten nicht höher werden können. Ein Zeichen ihrer Größe und ihres hohen Alters.

Sehr alt, ja, aber gleichzeitig war die Lava von Ascraeus eine der jüngsten vulkanischen Gesteinsanhäufungen auf der Oberfläche des Mars und durch Wind und Sonne nur leicht verwittert. Bei ihrer Abkühlung waren die Lavamassen langsamer heruntergeglitten und hatten flache krumme Buckel gebildet, an denen die nachfolgenden Ströme hochsteigen oder vorbeifließen mussten. Eine Roverspur zog sich im Zickzack den Hang hinauf, vermied die steilen Abschnitte am Boden dieser Flüsse und nutzte stattdessen ein großes Netz von Rampen und Rückstaustellen. Überall dort, wo ständig Schatten herrschte, hatten sich Nebelschwaden zu Bänken aus schmutzigem dichtgepacktem Schnee abgesetzt. Die Schatten zeigten jetzt ein zartes geschwärztes Weiß, als führe Ann durch ein fotografisches Negativ. Ihre Stimmung sank unerklärbar, während sie immer höher hinaufkam. Hinter sich konnte sie mehr und mehr von der konischen Nordflanke des Vulkans erkennen und dahinter im Norden Tharsis, bis hin zum Echus-Wall, einer niedrigen Linie in mehr als hundert Kilometern Entfernung. Vieles von dem, was sie sehen konnte, war fleckig durch Schneedriften, Schneebrettern und Firn. Weiß gesprenkelt. Die schattigen Seiten von Vulkankegeln waren oft schwer vereist.

Dort, auf einer Steinfläche: hell smaragdenes Moos. Alles wurde grün.

Aber als sie Tag für Tag weiter und schließlich in unvorstellbare Höhen aufstieg, wurden die Schneeflecken dünner und seltener. Schließlich befand sie sich zwanzig Kilometer über der Bezugshöhe – einundzwanzig über Meeresniveau – fast siebzigtausend Fuß über dem Eis! Mehr als doppelt so hoch wie der Everest über den Ozeanen der Erde. Und immer noch ragte der Kegel des Vulkans über ihr auf, noch volle siebentausend Meter mehr! Direkt hinauf in den dunkler werdenden Himmel, direkt in den Weltraum.

Weit unten breitete sich eine glatte flache Wolkenschicht aus und verdeckte Tharsis. Als würde die weiße See sie den Hang hinaufjagen. Auf dieser Höhe gab es keine Wolken, wenigstens an diesem Tag. Manchmal türmten sich Gewitterköpfe neben dem Berg auf, und an anderen Tagen konnte man Zirruswolken weiter oben sehen, die den Himmel mit einem Dutzend schmaler Sicheln zerteilten. Heute war der Himmel ein klares purpurnes mit Schwarz durchsetztes Indigo und im Zenit gespickt mit einigen bei Tageslicht sichtbaren Sternen. Orion stand schwach und allein da. Fern östlich vom Vulkangipfel zog eine dünne Wolkenschicht dahin, ein Gipfelbanner, so schwach, dass man durch sie hindurch den schwarzen Himmel sehen konnte. Es gab hier oben weder viel Feuchtigkeit noch eine dichte Atmosphäre. Es würde immer eine zehnfache Differenz zwischen dem Luftdruck auf Meereshöhe und dem hier oben auf den großen Vulkanen bestehen. Der Druck hier musste bei 35 Millibar liegen, nur wenig mehr, als er bei ihrer Ankunft gewesen war.

Nichtsdestoweniger erspähte sie winzige Flechtenflecken in kleinen Vertiefungen auf der Oberseite der Steine und in Höhlungen, die etwas Schnee eingefangen und dann viel Sonne abbekommen hatten. Sie waren fast zu klein, um entdeckt zu werden. Flechten sind eine symbiotische Lebensform aus Algen und Pilzen, die gemeinsam um ihr Überleben kämpfen, selbst bei dreißig Millibar. Es war kaum zu glauben, was das Leben ertragen konnte. So seltsam.

Tatsächlich erschien es ihr so eigenartig, dass sie den Schutzanzug anlegte und hinausging, um sie sich anzusehen. Hier oben musste man all die alten Vorsichtsmaßnahmen beachten: Den Anzug sichern, die Türen verschließen. Dann hinaus in den hellen Glanz knapp unterhalb des Weltraums.

Die Felsen, die die Flechten beherbergten, waren jene Art flacher Veranden, auf denen Murmeltiere Sonnenbäder genommen hätten, wenn sie so hoch oben hätten leben können. Stattdessen nur kleine gelbgrüne oder schlachtschiffgraue Stecknadelköpfe. Flockenflechten, sagte der Naturführer ihres Armbandcomputers. Stücke davon in Stürmen abgerissen, hier hochgeschleudert, auf Steine gefallen und wie kleine pflanzliche Napfschnecken festgeklebt. Etwas, das nur Hiroko erklären konnte.

Lebewesen. Michel hatte gesagt, dass sie Steine liebte und nicht Menschen, weil sie misshandelt und ihr Geist geschädigt worden war. Der Hippocampus war wesentlich kleiner, starke Schreckreaktion, Tendenz zur Dissoziation. Und so hatte sie einen Mann gefunden, der einem Stein so ähnlich war wie nur irgend möglich. Auch Michel hatte diese Eigenschaft bei Simon geschätzt, hatte er ihr gesagt. Es war in den Jahren in Underhill eine große Erleichterung gewesen, einen solchen Mann zu haben, dem man vertrauen konnte, der ruhig und solide war.

Aber Simon war nicht der Einzige auf der Welt von dieser Art, hatte Michel erklärt. Diese Qualität schlummerte auch in den anderen, gemischt und weniger rein, aber immerhin vorhanden. Warum konnte sie diese Eigenschaft hartnäckiger Ausdauer nicht auch bei anderen Leuten lieben, in jedem Lebewesen? Alle versuchten sie nur zu existieren, wie jeder Fels oder Planet. In ihnen allen war diese mineralische Beharrlichkeit.

Der Wind fuhr beißend an ihrem Helm vorbei und über die Lavabrocken. Er pfiff in ihrem Luftschlauch und übertönte das Atemgeräusch. Der Himmel war hier eher schwarz als indigoblau, abgesehen von dem Bereich tief am Horizont, wo er ein dunstiges Purpurviolett zeigte und darüber ein klares hellblaues Band … Oh, wer konnte glauben, dass sich das jemals ändern würde, hier auf dem Hang von Ascraeus Mons! Warum hatten sie sich nicht hier oben niedergelassen, um sich daran zu erinnern, wohin sie gekommen waren und was ihnen vom Mars gegeben worden war, das sie dann so verschwenderisch weggeworfen hatten! Zurück zum Rover. Sie fuhr weiter nach oben.

Sie befand sich über den Zirruswolken, genau westlich von dem durchscheinenden Gipfelbanner des Vulkans. Im Lee des Jetstreams. Bergauf zu fahren war wie eine Reise in die Vergangenheit, oberhalb aller Flechten und Bakterien. Obwohl sie keinen Zweifel hatte, dass es sie hier gab und sie sich in den obersten Schichten des Gesteins verbargen. Ein chasmoendolithisches Leben wie das kleine rote Volk, die mikroskopischen Götter, die zu John Boone gesprochen hatten, ihrem lokalen Hesiod. So erzählten es sich die Leute.

Leben überall. Die Welt wurde grün. Aber wenn man das Grün nicht sehen konnte, machte das für das Land keinen Unterschied. Sicher begrüßte es das Vorhaben? Lebende Kreaturen. Michel hatte zu ihr gesagt: Du liebst Steine wegen der mineralischen Qualität, die das Leben hat! Es läuft alles auf Leben hinaus. Simon, Peter, auf diesem Felsen will ich meine Kirche bauen. Warum konnte sie diese mineralische Eigenschaft nicht in allen Dingen lieben?

Der Rover rollte die letzten konzentrischen Lavaterrassen hinauf und musste jetzt weniger angestrengt arbeiten, als er über die asymptotische Abflachung des breiten runden Randes kurvte. Nur noch leicht bergauf, mit jedem Meter weniger. Und dann auf den Rand selbst. Danach zur Innenkante des Vulkans.

Blick in die Caldera. Sie stieg aus dem Wagen. Ihre Gedanken flatterten umher wie Möwen.

Der zusammenhängende Caldera-Komplex von Ascraeus bestand aus acht sich überlappenden Kratern, wobei die jüngeren an den Peripherien der älteren eingedrückt waren. Die größte und jüngste Caldera lag nahe dem Zentrum des Komplexes; und die älteren Calderas, deren Böden höher lagen, umgaben sie wie die Blüten einer Blume. Jeder Calderaboden lag auf einer anderen Höhe und wurde durch ein Muster kreisförmiger Brüche markiert. Wenn man um den Rand ging, änderte sich die Perspektive, sodass sich die Distanzen verschoben und sich die Höhen der Böden wie in einem Traum zu verändern schienen. Alles in allem ein schöner Anblick, den man geboten bekam. Und achtzig Kilometer Durchmesser.

Ein Musterbeispiel für die Mechanik von Vulkanschlünden. Eruptionen tief in den äußeren Flanken des Vulkans hatten das Magma aus dem aktiven Schlund der Caldera abgezogen, und so hatte sich der Calderaboden gesenkt. All die kreisförmigen Gebilde waren entstanden, als der aktive Schlund im Laufe der Äonen seine Position veränderte. Bogenförmige Klippen. Wenige Orte auf dem Mars boten so vertikale Hänge. Sie verliefen fast genau senkrecht. Ringwelten aus Basalt. Es hätte das Mekka der Bergsteiger und Kletterer sein können, war es aber nicht, soweit sie wusste. Eines Tages würden sie schon kommen.

Die Komplexität von Ascraeus war so völlig anders als die einzige große Vertiefung von Pavonis. Warum war die Caldera von Pavonis jedes Mal an der gleichen Stelle abgesackt? Könnte es sein, dass ihr letzter Niedergang alle anderen Ringe ausradiert und getilgt hatte? War die Magmakammer kleiner gewesen, oder hatte sie weniger Seitenausgänge gehabt? War der Schlund von Ascraeus mehr gewandert? Ann hob an der Kante des Randes lockere Steine auf und sah sie sich an. Lavabomben, späte Meteorauswürfe, Windkanter in den unablässigen Stürmen … Das waren alles Fragen, die noch untersucht werden mussten. Nichts, was die Menschen taten, würde jemals die Vulkanologie hier oben stören. Es würde nicht reichen, um die Studie zu behindern. Tatsächlich hatte das *Journal of Areological Studies* viele Artikel über diese Themen veröffentlicht, wie sie gelegentlich gesehen hatte. Es war so, wie Michel es ihr erklärt hatte. Die hohen Orte würden immer gleich aussehen. Das Erklettern der großen Hänge würde wie eine Reise in die Vergangenheit vor der Ankunft des Menschen sein, in reine Areologie, vielleicht in die Areophanie selbst, Hiroko hin oder her. Mit den Flechten oder ohne sie. Man hatte überlegt, über diesen Calderas eine Kuppel zu errichten, um sie völlig steril zu halten. Aber das würde sie nur zu Zoos machen, zu Wildparks und Gärten mit Mauern und Dächern. Leere Gewächshäuser. Nein! Sie richtete sich auf, schaute über die weite runde Landschaft, die sich gleichsam aufgerichtet dem Raum darbot. Jenem chasmoendolithischen Leben, das dort vielleicht kämpfte, winkte sie mit der Hand zu. Leben. Sie sprach das Wort laut aus, und es klang seltsam: »Leben.«

Mars in alle Ewigkeit, steinig im Sonnenlicht. Aber dann erhaschte sie im Augenwinkel den weißen Bären, der hinter einem schroffen Felsblock verschwand. Sie zuckte zusammen, aber da war nichts. Sie ging zum Rover zurück, fühlte, dass sie seinen Schutz brauchte. Sie kletterte hinein. Aber dann schienen den ganzen Nachmittag auf dem Computerschirm ihres Rovers diese bebrillten Augen nach ihr Ausschau zu halten, bereit, sie jeden Augenblick anzurufen. Ein freundlicher Bär von einem Mann, obwohl er sie fressen würde, wenn er sie erwischte. Wenn er sie fing. Aber keiner von denen konnte sie fangen. Sie könnte sich für immer in diesen hohen Felsfestungen verstecken. Sie war frei und würde frei bleiben. Sein oder Nichtsein, falls sie sich dafür entschied, so lange, wie der Fels hielt. Aber dann wieder, genau an der Schleusentür, dieses weiße Aufblitzen in ihrem Augenwinkel. Ah, so schwer!

SIEBTER TEIL

DIE DINGE IN GANG BRINGEN

Ein von Eis ersticktes Meer bedeckte jetzt *einen großen Teil des Nordens. Vastitas Borealis hatte ein oder zwei Kilometer, an manchen Stellen sogar drei unter dem Bezugsniveau gelegen. Jetzt stabilisierte sich das Meer bei der Minus-Eins-Grenze, und der größte Teil lag unter Wasser. Wenn es auf der Erde einen ähnlichen Ozean gegeben hätte, wäre er ein größeres Eismeer gewesen, hätte die größten Teile von Russland, Kanada, Alaska, Grönland und Skandinavien bedeckt und weiter südlich zwei tiefere Intrusionen gebildet, schmale Meerengen, die sich bis zum Äquator erstreckten. Auf der Erde würden sie einen engen Nordatlantik gebildet haben und einen Nordpazifik, der in seiner Mitte eine große quadratische Insel barg.*

Dieser Oceanus Borealis war mit etlichen großen Eisinseln besetzt sowie einer langen niedrigen Halbinsel, die das Festland nördlich von Syrtis mit dem Ausläufer einer polaren Insel verband. Der Nordpol lag praktisch auf dem Eis des Olympia-Golfes, ein paar Kilometer vor der Küste dieser Polinsel.

Und das war's. Auf dem Mars würde es kein Gegenstück zum Südpazifik oder Südatlantik, dem Indischen oder dem Antarktischen Ozean geben. Im Süden gab es nur Wüste, mit Ausnahme des Hellas-Meeres, eines runden Wasserbeckens in etwa so groß wie die Karibik. Während auf der Erde der Ozean 70 Prozent der Oberfläche bedeckte, waren es auf dem Mars nur etwa 25 Prozent.

Im Jahr 2130 war der größte Teil des Oceanus Borealis von Eis bedeckt. Es gab aber große Seen flüssigen Wassers unter der Oberfläche, und im Sommer sammelte sich Schmelzwasser auf dem Eis. Es gab auch viele freie Stellen, Rinnen und Risse. Weil der größte Teil des Wassers heraufgepumpt oder anderweitig aus dem Permafrost geholt worden war, hatte es die Reinheit tiefen Grundwassers, war also fast destilliert. Borealis war ein Süßwasserozean. Allerdings wurde erwartet, dass er bald salzig werden würde, da die Flüsse durch den sehr salzhaltigen Regolith liefen und ihre Fracht im Meer abluden, dann verdunsteten, ausgefällt wurden und den Prozess wiederholten, bis ein Gleichgewicht hergestellt sein würde. Dieser Vorgang interessierte die Ozeanographen, weil das Maß des Salzgehaltes der Weltmeere auf der Erde, der seit vielen Jahrmillionen stabil war, immer noch nicht recht verstanden worden war.

Die Küstenlinien waren unregelmäßig. Die Polinsel, formell namenlos, wurde abwechselnd die polare Halbinsel, die polare Insel oder wegen ihrer Gestalt auf den Karten das Seepferdchen genannt. Praktisch war ihr Küstenverlauf an vielen Stellen noch vom Eis der alten Polkappe überzogen und hin und wieder mit Schnee geweißt, der zu gigantischen Sastrugi verweht wurde. Diese wellige weiße Fläche dehnte sich viele Kilometer über das Meer aus, bis Strömungen unter der Oberfläche sie aufbrachen und man zu einer »Küstenlinie« aus Wasserrinnen, Druckgraten und den chaotischen Kanten großer Tafel-Eisberge gelangte, wie auch zu größeren und breiteren Stellen offenen Wassers. Mehrere große vulkanische oder meteoritische Inseln erhoben sich aus dem Trümmerfeld dieser Eisküste, einschließlich einiger Sockelkrater, die wie große schwarze Tafelberge aus dem Weiß aufragten.

Die südlichen Küsten des Borealis-Ozeans waren exponierter und vielfältiger. Wo das Eis gegen den Fuß des Großen Steilhangs stieß, gab es etliche Hügelregionen, die, zu Archipelen im Meer geworden, ebenso wie die eigentliche Küste des Festlandes viele vorstehende Meeresklippen, Steilufer, Kraterbuchten, Fossafjorde und lange Strecken glatten Strandes aufwiesen. Das Wasser in den zwei großen Golfs des Südens war unter der Oberfläche weitgehend geschmolzen, im Sommer auch an der Oberfläche. Der Chryse-Golf hatte vielleicht die dramatischste Küstenlinie von allen. Acht große Ausbruchskanäle, die in Chryse hineinführten, waren teilweise mit Eis gefüllt worden und verwandelten sich, wenn es schmolz, in Fjorde mit steilen Wänden. Am Südende des Golfs verflochten sich vier dieser Fjorde miteinander und flossen um mehrere große steilwandige Inseln, um die eindrucksvollste aller Meereslandschaften zu bilden.

Über all dieses Wasser flogen täglich große Vogelschwärme. Wolken entfalteten sich in der Luft und wurden vom Wind dahingetrieben, wobei sie das Weiß und Rot unter sich mit ihren Schatten fleckten. Eisberge schwammen auf den geschmolzenen Meeren und prallten an ferne Küsten. Stürme bliesen mit entsetzlicher Kraft vom Großen Steilhang herunter und überzogen den Fels mit Hagel und Blitz. Es gab auf dem Mars jetzt annähernd vierzigtausend Kilometer Küste. Und durch den schnellen Wechsel von Frost und Tau in den Nächten und Jahreszeiten und unter dem ständigen Ansturm des Windes wurde jedes Stück davon lebendig.

Als der Kongress endete, wollte Nadia Pavonis Mons sofort verlassen. Sie war der Streitereien im Lagerhaus überdrüssig, der Diskussionen, der Politik. Ihr war übel von der Gewalt und den Drohungen; übel von der Revolution, Sabotage, der Verfassung, der Diskussion um den Aufzug, der Erde und dem drohenden Krieg. Erde und Tod – das war Pavonis Mons, der Pfauenberg. Hier spielten alle Pfauen sich auf und brüsteten sich und schrien *Ich Ich Ich*. Es war der letzte Ort auf dem Mars, wo Nadia sein wollte.

Sie wollte vom Berg runter und die freie Luft atmen. Sie wollte an handfesten Dingen arbeiten. Sie wollte mit ihren neun Fingern, ihrem Rücken und ihrem Geist alles und jedes bauen, nicht bloß die Strukturen entwerfen, obwohl diese natürlich auch schön sein konnten; sondern Dinge wie Luft oder Mutterboden, Teile eines für sie neuen Bauvorhabens, das einfach Terraforming an sich war, interessierten sie jetzt. Seit ihrem ersten Spaziergang in der freien Luft unten beim Du-Martheray-Krater, frei von allem außer einer kleinen Maske mit Kohlendioxidfilter, ergab Sax' Besessenheit Sinn. Sie war bereit, sich mit ihm und den Übrigen in diesem Projekt zusammenzutun – und jetzt, da die Beseitigung der orbitalen Spiegel einen langen Winter ausgelöst hatte und mit einer Eiszeit drohte, mehr denn je. Luft bauen, Mutterboden bauen, Wasser bewegen, Pflanzen und Tiere einführen. Diese Art von Arbeit klang jetzt faszinierend für sie. Und natürlich lockten auch die konventionelleren Bauvorhaben. Wenn das neue Nordmeer schmolz und seine Küstenlinie stabilisiert war, mussten überall Hafenstädte angelegt werden, wahrscheinlich dutzendweise, jede mit Kais, Kanälen, Werften und Docks. Und dahinter würden die Städte in die

Berge aufsteigen. In größeren Höhen mussten mehr Kuppelstädte und überdachte Canyons gebaut werden. Man sprach sogar davon, einige der großen Calderas zu überdachen und Seilbahnen zwischen den drei Tharsis-Vulkanen zu bauen oder die Engen südlich von Elysium zu überbrücken. Man sprach davon, den polaren Inselkontinent zu besiedeln. Es gab neue Konzepte für Biohäuser, Wohnungen und Gebäude direkt aus genmanipulierten Bäumen wachsen zu lassen, so wie Hiroko Bambus benutzt hatte, aber in größerem Maßstab. Ja, ein Baumeister, der bereit war, mehr von den neuesten Techniken kennenzulernen, hatte tausend Jahre verlockender Projekte vor sich. Es war ein Traum, der wahr geworden war.

Dann kam eine kleine Gruppe zu ihr und sagte, sie loteten Möglichkeiten für den ersten Exekutivrat der neuen globalen Regierung aus.

Nadia starrte sie an. Sie sah deren Vorhaben als große Falle in Zeitlupe an und versuchte ihr Bestes, um zu entrinnen, ehe sie zuschnappte. »Es gibt viele Möglichkeiten. Ungefähr zehnmal so viele gute Leute als Ratsposten.«

»Ja«, sagten sie nachdenklich. »Aber wir haben überlegt, ob du jemals daran gedacht hast …«

»Nein«, unterbrach sie sie schnell.

Art grinste und merkte, dass sie wütend wurde. »Ich will etwas bauen.«

»Das könntest du auch «, sagte Art. »Der Rat ist eine Teilzeitarbeit.«

»Ja, klar!«

»Nein, wirklich.«

Es stimmte, dass das Konzept der Bürgerregierung überall in die neue Verfassung aufgenommen worden war, von der globalen Legislatur über die Gerichtshöfe bis zu den einzelnen Kuppeln. Die Leute würden vermutlich einen großen Teil dieser Arbeit in Teilzeit leisten. Aber Nadia war sich ganz sicher, dass der

Exekutivrat nicht in diese Kategorie gehören würde. »Müssen die Mitglieder des Exekutivrates nicht aus der Legislative gewählt werden?«, fragte sie.

»*Durch* die Legislative«, korrigierten sie fröhlich. Oft wurden Kollegen aus der Gesetzgebung gewählt, aber nicht notwendigerweise. Nadia sagte: »Nun, genau da steckt ein Fehler in der Verfassung. Gut, dass ihr ihn so früh bemerkt habt. Beschränkt euch auf gewählte Gesetzgeber, das schränkt die Auswahl ein!«

»Einschränken?«

»Aber so habt ihr immer noch viele gute Leute.« Damit zog sie sich zurück.

Aber sie blieben hartnäckig und kamen immer wieder, in immer neuen Kombinationen; und Nadia rannte gegen die sich verengende Lücke zwischen den Zähnen der Falle an. Am Ende kam es so weit, dass sie bettelten. Eine ganze kleine Delegation war gekommen. Jetzt sei der entscheidende Zeitpunkt für die neue Regierung. Sie brauchten einen Exekutivrat, der allgemeines Vertrauen genoss. Der müsste mit als Erstes auf den Weg gebracht werden. Der Rest würde folgen. Der Senat war gewählt, die Duma war einberufen worden. Jetzt wählten die zwei Häuser die sieben Mitglieder des Exekutivrates. Zu den als Kandidaten gehandelten Personen gehörten Mikhail, Zeyk, Peter, Marina, Etsu, Nanao, Ariadne, Marion, Irishka, Antar, Rashid, Jackie, Charlotte, die vier Gesandten zur Erde und einige weitere, die Nadia erst im Lagerhaus kennengelernt hatte. »*Eine Menge* Leute«, erinnerte Nadia sie. Es war die vielköpfige Revolution.

Manche Leute waren jedoch mit der Liste nicht zufrieden, wie sie Nadia wiederholt erklärten. Sie waren es gewohnt, dass sie für ein ausgeglichenes Zentrum sorgte, sowohl während des Kongresses als auch während der Revolution und davor bei Dorsa Brevia und während der ganzen Jahre im Untergrund und schon ganz von Anfang an. Die Leute wollten sie als mäßigenden Einfluss im Rat haben, einen kühlen Kopf, eine neutrale Partei.

»Raus mit euch«, rief sie, plötzlich wütend, obwohl sie selbst nicht sagen konnte, warum. Sie waren besorgt und unruhig, als sie ihren Zorn sahen. »Ich werde darüber nachdenken«, beschwichtigte Nadia sie, während sie sie hinausdrängte, damit sie endlich gingen.

Schließlich waren nur noch Charlotte und Art da. Sie machten ernste Gesichter und sahen aus, als wären sie gänzlich unschuldig an alldem.

»Sie scheinen dich wirklich im Exekutivrat haben zu wollen«, meinte Art.

»Halt den Mund!«

»Es ist aber so. Sie wollen jemanden, dem sie vertrauen können.«

»Du meinst, sie wollen jemanden, vor dem sie keine Angst haben. Sie wollen eine alte Babuschka, die keine Tricks versuchen wird, damit sie ihre Gegner vom Rat fernhalten und ihre eigenen Tagesordnungen verfolgen können.«

Art runzelte die Stirn. Das hatte er nicht bedacht. Er war zu naiv.

»Weißt du«, sagte Charlotte nachdenklich, »eine Verfassung ist eine Art Blaupause. Eine richtige funktionierende Regierung daraus zu machen ist der eigentliche konstruktive Akt.«

»Schluss!«, rief Nadia.

Aber am Ende sagte sie doch zu. Sie waren unbarmherzig, überraschend viele, und es machte nicht den Anschein, dass sie vorhätten aufzugeben. Nadia wollte nicht als Drückeberger erscheinen. Und so ließ sie die Falle an ihrem Bein zuschnappen.

Die Legislaturen traten zusammen, die Abstimmung fand statt. Nadia wurde als eine der Sieben gewählt, zusammen mit Zeyk, Ariadne, Marion, Peter, Mikhail und Jackie. Am gleichen Tag wurde

Irishka zur obersten Richterin des Globalen Umweltgerichtshofes gewählt, ein echter Erfolg für sie persönlich und die Roten allgemein. Das war ein Teil der »großen Geste«, die Art am Ende des Kongresses ausgehandelt hatte, um die Unterstützung der Roten zu erhalten. Etwa die Hälfte der neuen Richter waren Rote in der einen oder anderen Schattierung, was Nadias Meinung nach eine etwas zu große Geste war.

Unmittelbar nach den Wahlen kam eine andere Delegation zu ihr, diesmal angeführt von ihren Ratskollegen. Sie hatte das höchste Stimmergebnis in beiden Häusern erzielt, sagten sie ihr; und darum wollten sie sie zur Ratspräsidentin wählen.

»O nein!«, wehrte Nadia ab. Sie nickten gewichtig. Die Präsidentin war bloß ein Mitglied des Rates, sagten sie, eine unter Gleichen. Es handele sich nur um eine zeremonielle Position. Dieser Arm der Regierung war nach Schweizer Vorbild gestaltet; und die Schweizer wüssten gewöhnlich nicht einmal, wer ihr Präsident war. Diese Art der Argumentation. Obwohl sie natürlich ihre Zustimmung brauchten (Jackies Augen glitzerten dabei leicht), ihr Einverständnis, dass sie den Posten annehmen würde.

»Raus mit euch!«, rief sie wieder.

Nachdem sie fort waren, saß Nadia zusammengesunken in ihrem Sessel und fühlte sich überrannt.

»Du bist die Einzige auf dem Mars, der jeder vertraut«, sagte Art sanft. Er zuckte die Achseln, als wollte er sagen, dass er nicht daran schuld sei, was, wie sie wusste, eine Lüge war. »Dagegen kannst du nichts tun«, fuhr er fort und rollte mit den Augen wie ein theatralisch übertreibendes Kind. »Gib ihnen drei Jahre, und die Dinge laufen, und du kannst sagen, dass du deinen Teil geleistet hast, und dich zurückziehen. Außerdem – die erste Präsidentin des Mars! Wie kannst du da widerstehen?«

»Leicht.«

Art wartete. Nadia starrte ihn an.

Schließlich sagte er: »Aber du wirst es doch auf alle Fälle machen, nicht wahr?«

»Wirst du mir helfen?«

»Aber sicher.« Er legte eine Hand auf ihre geballte Faust. »Alles, was du willst. Ich meine, ich stehe dir zur Verfügung.«

»Ist das eine offizielle Praxis-Position?«

»Nun ja, das sollte sie sein. Praxis-Berater für die Präsidentin des Mars? Na und ob!«

So konnte sie ihn vielleicht dazu bringen, es zu tun.

Sie stieß einen schweren Seufzer aus. Versuchte, sich im Magen weniger verkrampft zu fühlen. Sie könnte den Job annehmen und dann die meiste Arbeit auf Art und auf den Stab, den sie ihr geben würden, abwälzen. Sie würde weder die erste noch die letzte Präsidentin sein, die das tat.

»Praxis-Berater für die Marspräsidentin«, wiederholte Art mit zufriedener Miene.

»Oh, hör auf!«, sagte sie.

»Natürlich.«

Er ließ sie allein, damit sie sich daran gewöhnen konnte. Dann kam er mit einem dampfendem Topf Kava und zwei kleinen Tassen zurück. Er goss ein. Sie bediente sich und nippte an der bitteren Flüssigkeit.

»Auf jeden Fall gehöre ich ganz dir, Nadia«, sagte er. »Das weißt du.«

»Hmm-hmm …«

Sie sah ihn an, als er seinen Kava schlürfte. Sie wusste, dass er das nicht nur politisch meinte. Er war von ihr angetan. Die ganze Zeit hatten sie zusammengearbeitet, waren zusammen gereist, waren zusammen gewesen. Und sie mochte ihn. Ein Bär von einem Mann, wunderbar bodenständig und gut gelaunt. Ein Kavaliebhaber, wie sein Schlürfen und seine Miene bewiesen. Er hatte den ganzen Kongress mit der Kraft dieser guten Stimmung getragen, die sich wie eine Epidemie ausbreitete. Das Gefühl, nichts mache mehr Spaß als der Entwurf einer

Verfassung – absurd! Aber es hatte geklappt. Und während des Kongresses waren sie irgendwie zu einem Paar geworden. Ja, das musste sie zugeben.

Aber sie war jetzt 159 Jahre alt. Eine weitere Absurdität, aber es war so. Und Art war – sie war nicht sicher – irgendwo in seinen Siebzigern oder Achtzigern, obwohl er wie fünfzig aussah, wie das oft vorkam, wenn man die Behandlung frühzeitig bekam. Sie sagte: »Ich bin alt genug, um deine Urgroßmutter zu sein.«

Art zuckte verwirrt die Achseln. Er wusste, wovon sie sprach. »Ich bin alt genug, um der Urgroßvater dieser Frau zu sein«, sagte er und zeigte auf eine große Eingeborene, die an der Tür ihres Büros vorbeiging. »Und sie ist alt genug, um Kinder zu haben. Also, weißt du … irgendwann spielt das keine Rolle mehr.«

»Vielleicht nicht für dich.«

»Na ja. Aber das ist die Hälfte der Meinungen, auf die es ankommt.«

Nadia sagte nichts.

»Schau, wir haben noch eine lange Lebenszeit vor uns«, erklärte Art. »An irgendeiner Stelle müssen die Zahlen ihre Bedeutung verlieren. Ich meine, ich war in den ersten Jahren nicht dabei, aber wir sind jetzt schon eine lange Zeit zusammen und haben eine Menge durchgemacht.«

»Ich weiß.« Nadia schaute auf den Tisch hinunter und erinnerte sich an einige dieser Zeiten. Da war der Stumpf ihres lange verlorenen Fingers. Dieses Leben war bereits vergangen. Jetzt war sie Präsidentin des Mars. »Scheiße!«

Art schlürfte seinen Kava und beobachtete sie voller Sympathie. Er mochte sie, sie mochte ihn. Sie waren schon ein Paar. »Du wirst mir bei diesem verdammten Ratskram helfen!«, sagte sie und war traurig, als alle ihre Technofantasien dahinschwanden.

»Oh, das werde ich.«

»Und dann – sehen wir weiter.«

»Wir werden sehen«, sagte er und lächelte.

Sie saß also auf Pavonis Mons fest. Die neue Regierung trat dort zusammen. Sie zog aus dem Lagerhaus in das eigentliche Sheffield und besetzte die klotzigen Gebäude mit Fassaden aus poliertem Stein, welche die Metanats aufgegeben hatten. Natürlich wurde darüber diskutiert, ob diese für diese Bauten und den Rest ihrer Infrastruktur entschädigt werden sollten, oder ob alles »globalisiert« oder durch die Unabhängigkeit und die neue Ordnung »kooptiert« wäre. »Entschädigt sie«, knurrte Nadia mürrisch Charlotte an. Aber es schien nicht so, als wäre die Präsidentschaft des Mars eine Institution, der die Leute aufs Wort gehorchen würden.

Auf jeden Fall zog die Regierung ein, und Sheffield wurde, wenn nicht die Hauptstadt, so doch mindestens der zeitweilige Sitz der globalen Regierung. Da Burroughs überschwemmt und Sabishii verbrannt worden war, gab es keinen anderen Ort, der dafür infrage gekommen wäre; und Nadia hatte auch nicht den Eindruck, dass irgendeine andere Kuppelstadt scharf darauf gewesen wäre, sie hereinzulassen. Der Bau einer neuen Hauptstadt war im Gespräch. Aber das brauche Zeit, und inzwischen mussten sie irgendwo tagen. Also versammelten sie sich entlang der Bahnstrecke nach Sheffield, unter der Kuppel und seinem dunklen Himmel. Im Schatten des Aufzugskabels, das wie ein Riss in der Realität im Westen schwarz und steil in die Höhe führte.

Nadia fand ein Apartment im westlichsten Bereich der Kuppel, im vierten Stock gleich hinter dem Randpark, wo sie einen schönen Blick in die ehrfurchtgebietende Caldera von Pavonis hatte. Art nahm ein Apartment im Erdgeschoss des gleichen Gebäudes nach hinten hinaus. Offenbar machte ihm die Caldera Angst. Aber er war da, und das Praxisbüro in der Nähe. Es befand sich in einem nahen Dienstgebäude, einem Kubus aus poliertem Jaspis, groß wie ein Häuserblock und mit chromblauen Fenstern.

Okay. Sie war da. Zeit, tief Luft zu holen und die von ihr verlangte Arbeit zu tun. Es war wie ein Albtraum, in dem der konstituierende Kongress plötzlich um drei Jahre verlängert worden war – drei M-Jahre.

Sie hatte ursprünglich die Absicht gehabt, gelegentlich vom Berg herunterzukommen und bei irgendeinem Bauprojekt mitzuwirken. Natürlich würde sie ihren Pflichten im Rat nachkommen; aber es war beispielsweise verlockend, an einer Vermehrung der Treibhausgase zu arbeiten, zumal dies technische Probleme mit der Politik verband, weil es dem neuen Regelwerk für Umwelt entsprechen musste. Von der Ferne aus könnte sie ihre Arbeit für den Rat über ihren Handgelenkscomputer erledigen.

Aber die Ereignisse hatten sich verschworen, sie in Sheffield festzuhalten. Es kam eines nach dem anderen dazwischen. Nichts besonders Wichtiges oder Interessantes im Vergleich zu dem Kongress selbst, aber diese Details waren notwendig, um die Dinge in Gang zu bringen. Es war so, wie Charlotte gesagt hatte – nach der Planungsphase die endlosen Einzelheiten der Konstruktion, Detail um Detail.

Das hätte sie voraussehen müssen. Sie musste Geduld haben. Sie würde während der ersten heißen Phase schwer arbeiten und sich dann langsam entfernen. Inzwischen verlangten die Medien nach ihr, ebenso das neue UN-Amt für den Mars, das sehr an der neuen Einwanderungspolitik und dem Prozedere interessiert war; und auch die anderen Ratsmitglieder brauchten sie. Wo würde der Rat zusammenkommen? Wie oft? Wie waren die Verfahrensregeln? Nadia überredete die anderen sechs Ratsmitglieder, Charlotte als Ratssekretärin und Protokollchefin zu verpflichten; danach stellte Charlotte eine große Gruppe von Assistenten aus Dorsa Brevia ein. Damit stand zumindest der Sockel eines Stabes. Auch Mikhail hatte einen großen Fundus an praktischer Regierungserfahrung aus Bogdanov Vishniac. Also gab es Leute, die für diese Arbeit besser geeignet waren als Nadia. Trotzdem wurde sie täglich eine Million Mal zu Besprechungen, Entscheidungen, Ernennungen, Beurteilungen und Verwaltungsakten gerufen. Es war kein Ende in Sicht.

Und wenn Nadia sich dann mit Gewalt freie Zeit beschaffte, stellte sich heraus, dass das Amt eines Präsidenten es sehr schwierig machte, sich an einem bestimmten Projekt zu beteiligen. Alles, was ablief, passierte im Rahmen einer Kuppel oder einer Kooperative. Sehr oft waren das kommerzielle Unternehmungen, die in Transaktionen verwickelt waren, die zum Teil gemeinnützige öffentliche Arbeiten darstellten und andererseits marktwirtschaftlichem Wettbewerb unterlagen. Wenn daher die Präsidentin des Mars sich an irgendeiner Kooperative beteiligte, wäre das ein Zeichen offizieller Protektion und konnte nicht gestattet werden, wenn man fair sein wollte. Es war ein Interessenkonflikt.

»Scheiße!«, sagte sie anklagend zu Art.

Er zuckte die Achseln und tat so, als habe er das nicht gewusst.

Es gab keinen Ausweg. Sie war eine Gefangene der Macht. Sie musste die Lage studieren, als wäre es ein technisches Problem, als würde sie versuchen, in einem schwierigen Medium Gewalt auszuüben. Angenommen, sie wollte Treibhausgasfabriken bauen. Es war mit ihrem Amt unvereinbar, irgendeiner bestimmten Fabrik-Kooperative beizutreten. Darum musste sie es irgendwie anders machen. Auf höherem Niveau in Erscheinung treten. Vielleicht könnte sie Kooperativen koordinieren.

Es schien gute Gründe zu geben, den Bau von Treibhausgasfabriken voranzutreiben. Das *Jahr ohne Sommer* hatte eine Reihe heftiger Stürme gezeitigt, die von dem Großen Steilhang in den Norden eingefallen waren; und die meisten Meteorologen waren sich einig, dass diese »Hardley-Queräquatorialstürme« durch die Entfernung des Orbitalspiegels und die anschließende Minderung der Sonneneinstrahlung verursacht worden waren. Der Ausbruch einer Eiszeit war nicht auszuschließen; und das Freisetzen von Treibhausgasen schien eine der besten Möglichkeiten zu sein, dem zu begegnen. Darum bat Nadia Charlotte, eine Konferenz einzuberufen, um Empfehlungen zur Verhinderung einer Eiszeit zu geben. Charlotte nahm Kontakte mit Leuten in Da Vinci, Sabishii und anderswo auf, und bald konkretisierte sich eine Konferenz, die – zweifellos von einem Saxisten – den Namen: »Insolationsverlusteffektbekämpfungskonferenz M-53« erhielt.

Aber Nadia schaffte es nie zu dieser Konferenz. Sie wurde stattdessen durch Angelegenheiten in Sheffield aufgehalten, die hauptsächlich die Einrichtung des neuen ökonomischen Systems betrafen, das sie immerhin für wichtig genug erachtete, sie hier festzuhalten. Die Legislative verabschiedete das Gesetzeswerk zur Öko-Ökonomie, das die in der Verfassung vorgezeichneten Knochen mit Fleisch versehen sollte. Sie wiesen Kooperativen, die es schon vor der Revolution gegeben hatte, an, den neuen unabhängigen lokalen Tochtergesellschaften der Metanats zu helfen, damit sie sich in ähnliche kooperative Organisationen verwandelten. Dieser Prozess, Horizontalisierung genannt, genoss sehr große Unterstützung, besonders durch die jungen Eingeborenen, und ging daher glatt voran. Jede Firma auf dem Mars durfte jetzt nur noch Eigentum ihrer Angestellten sein. Keine Koop konnte mehr als tausend Personen umfassen. Größere Unternehmen mussten aus Assoziationen von Koops gebildet werden, die zusammenarbeiteten. Für ihre inneren Strukturen wählten die meisten Firmen Varianten der bogdanovistischen Modelle, die ihrerseits auf der kooperativen baskischen Kommune von Mondragon in Spanien basierten. In diesen Firmen waren alle Angestellte Miteigner und kauften ihre Positionen dadurch, indem sie den Gegenwert der Einkünfte etwa eines Jahres ins Kapital der Firma einzahlten. Die Einkünfte wurden mit den Lehrprogrammen verschiedener Art nach der Ausbildung abgerechnet. Diese Einstandszahlung in das Kapital der Firma wuchs mit jedem Jahr der Betriebszugehörigkeit. Der Ertrag bildete die Grundlage für eine Rente oder wurde im Falle eines Ausscheidens dem Betreffenden ausbezahlt. Räte, die vom Werk gewählt wurden, stellten ein Management ein, gewöhnlich von außerhalb, das dann die Vollmacht hatte, exekutive Entscheidungen zu treffen, aber einer jährlichen Kontrolle der Räte unterlag. Kredit und Kapital erhielt man von zentralen kooperativen Banken, dem globalen Startfonds oder Hilfsorganisationen wie Praxis und den Schweizern. Auf nächsthöherer Ebene schlossen sich Koops in den gleichen Industrien oder Dienstleistungsbetrieben für größere Projekte zu Industriegilden zusammen, die Ausschüsse für Berufspraxis-, Beurteilungs- und Mediationszentren sowie Handelsgewerkschaften einrichteten.

Die ökonomische Kommission führte auf dem Mars auch eine Währung für den internen Gebrauch und zum Wechsel gegen terranische Währungen ein. Die Kommission wollte eine Währung schaffen, die gegenüber terranischer Spekulation unempfindlich sein sollte; aber wegen des Fehlens einer Börse auf dem Mars tendierte die volle Kraft der terranischen Investitionen dazu, auf die Währung selbst als der einzigen Investitionsmöglichkeit, die angeboten wurde, zu entfallen. Dadurch neigte der Wert der Mars-Zechine auf den Geldmärkten der Erde zur Inflation. In den alten Tagen wäre der Wert der Zechine zum Nachteil des Mars im Handel durch den Kamin gejagt worden. Aber da die auseinanderfallenden Metanats weiter gegen Kooperativen auf der Erde kämpften, blieb die irdische Finanzwirtschaft in einer gewissen Unordnung und hatte nicht ihre alte Intensität. Damit blieb die Zechine stark, aber nicht zu stark auf der Erde. Und auf dem Mars war sie einfach nur Geld. Praxis war bei diesem Prozess sehr hilfreich, da sie eine Art Bundesbank für die neue Wirtschaft wurde, die zinsfreie Darlehen gewährte und als vermittelnde Wechselstelle für terranische Währungen diente.

Zur Bewältigung dieser Aufgaben kam der Exekutivrat jeden Tag für lange Stunden zusammen, um Programme der Legislative und andere Regierungsfragen zu diskutieren. Das war so zeitraubend, dass Nadia fast die Konferenz vergaß, die sie zeitgleich in Sabishii veranlasst hatte. An guten Abenden verbrachte sie eine oder zwei Abendstunden vor dem Bildschirm und sprach mit Freunden aus Sabishii, und es sah so aus, als gingen die Dinge dort gut voran. Viele Umweltforscher waren anwesend und weitgehend einig, dass massiv zunehmende Treibhausgas-Emissionen die Folgen des Spiegelverlustes mindern würden. Natürlich war CO_2 das am leichtesten zu emittierende Gas; aber auch ohne seinen Einsatz – sie versuchten noch, seinen Anteil in der Atmosphäre auf ein atembares Niveau zu drücken – war man sich einig, dass die komplexeren und stärkeren Gase in den benötigten Mengen erzeugt und in die Atmosphäre entlassen werden konnten. Und zunächst dachte man, dass dies politisch kein Problem sein würde. Die Verfassung legalisierte eine Atmosphäre nicht dichter als 350 Millibar auf der Sechskilometerlinie, sagte aber nichts darüber aus, welche Gase benutzt werden durften, um diesen Druck zu erzeugen. Wenn die Halogenkohlenwasserstoffe und andere Treibhausgase freigesetzt würden, bis sie 100 Teile pro Million der Atmosphäre bildeten anstelle der dort derzeitig vorhandenen 27 ppm, dann würde nach ihren Berechnungen die Wärmerückhaltung um einige Kelvin steigen, und eine Eiszeit wäre verhindert oder würde zumindest stark verkürzt werden. Also forderte der Plan die tonnenweise Produktion und Freigabe von Tetrafluormethan, Hexafluorethan, Schwefelhexafluorid, Methan, Stickstoffoxide und Spurenelemente anderer Chemikalien, die dazu beitragen würden, das Tempo zu senken, in dem UV-Strahlung diese Halogenkohlenwasserstoffe zerstörte.

Die völlige Aufschmelzung des Nordmeeres war die andere naheliegende Milderungsstrategie, die bei der Konferenz am häufigsten erwähnt wurde. Bis alles flüssig war, würde die Albedo des Eises eine Menge Energie in den Weltraum zurückwerfen und einen echten Wasserkreislauf verhindern. Falls sie einen flüssigen Ozean, oder in Anbetracht der hohen nördlichen Lage einen nur im Sommer aufgetauten Ozean bekommen könnten, wäre das Thema Eiszeit erledigt und das Terraforming im Wesentlichen abgeschlossen. Sie würden starke Strömungen, Wellen, Verdunstung, Wolken, Niederschläge, Schmelzprozesse, Ströme, Flüsse und Deltas haben – den vollen hydrologischen Zyklus. Das war ein primäres Ziel; und so wurden vielfältige Methoden vorgeschlagen, um das Schmelzen des Eises zu beschleunigen: Abwärme von Kernkraftwerken in den Ozean leiten, Schwarzalgen auf dem Eis verteilen, Mikrowellen- und Ultraschallsender als Erhitzer aufstellen und sogar große Eisbrecher durch die flache Eisschicht fahren lassen, um das Aufbrechen zu beschleunigen.

Natürlich würden die vermehrten Treibhausgase auch hier helfen. Das Oberflächeneis des Ozeans würde schließlich von selbst schmelzen, sobald die Luft regelmäßig über null Grad Celsius hatte. Aber im weiteren Verlauf der Konferenz wurde immer deutlicher, dass der Treibhausplan erhebliche Schwächen aufwies. Er brachte eine weitere enorme industrielle Anstrengung mit sich, fast den monströsen Projekten der Metanats wie den Stickstofftransporten vom Titan oder auch der Soletta gleichzusetzen. Und es war keine einmalige Angelegenheit. Die Gase würden durch UV-Strahlung in der oberen Atmosphäre ständig zerstört werden, sodass man überproduzieren müsste, um das angestrebte Niveau zu erreichen, und dann ständig weiterproduzieren, solange man die Gase brauchte. Somit waren der Abbau der Rohstoffe und der Bau von Fabriken, um diese Materialien in die gewünschten Gase zu verwandeln, enorme Vorhaben und notwendigerweise eine weithin robotische Angelegenheit mit selbstgesteuerten und sich selbst reproduzierenden Bergbaumaschinen, mit sich selbst erbauenden und steuernden Fabriken und unbemannten Fluggeräten in der Hochatmosphäre für die Entnahme von Proben – ein enormes maschinelles Projekt.

Die technische Herausforderung war dabei nicht das Problem. Wie Nadia ihren Freunden auf der Konferenz erklärte, war die Technik auf dem Mars von Anfang an in hohem Maße robotisch gewesen. In diesem Falle würden kleine Robotwagen zu Tausenden über den Mars ziehen und gute Kohlenstofflager, Schwefel oder Fluorit suchen. Sie würden von einer Quelle zur anderen wandern, wie die alten arabischen Bergbaukarawanen auf dem Großen Steilhang. Wenn dann neue Vorkommen in hoher Konzentration gefunden wurden, würden die Roboter sich niederlassen und aus Ton, Eisen, Magnesium und Spurenmetallen kleine Fabriken für die Verarbeitung errichten und die benötigten Maschinen montieren. Was nicht vor Ort produziert werden konnte, würde geliefert werden. Ganze Heere automatischer Grabmaschinen und Flotten von Lieferwagen würden hergestellt werden, um das bearbeitete Material in die zentralen Fabriken zu liefern, wo es zu Gas umgewandelt und von großen mobilen Kaminen freigesetzt werden würde. Diese Methode unterschied sich nicht von der früheren Gewinnung atmosphärischer Gase. Nur ein größerer Maßstab.

Die bekannten Rohstofflager waren aber schon ausgebeutet worden, erklärten die Wissenschaftler. Und Tagebau konnte nicht mehr in der üblichen Weise betrieben werden. Jetzt wuchsen fast überall Pflanzen, und an vielen Stellen entwickelte sich infolge von Hydratation, Bakterieneinfluss und chemischer Reaktionen in den Tonen eine Art Wüstenpflaster. Die so entstandene Kruste war sehr hilfreich bei der Verhinderung von Staubstürmen, die immer noch ein ständig drohendes Problem darstellten. Deshalb war es nicht mehr – weder ökologisch noch politisch – akzeptabel, den Boden aufzureißen, um an darunter liegende Ressourcen nutzbarer Mineralien heranzukommen. Rote Mitglieder der Regierung forderten ein Verbot gerade dieser Art robotischen Tagebaus, und das aus guten Gründen, selbst aus Sicht der Terraformer.

Es war hart, dachte Nadia, als sie spät eines Nachts ihren Computer ausschaltete, mit all den untereinander konkurrierenden Auswirkungen ihrer Aktionen konfrontiert zu werden. Die die

Umwelt berührenden Anliegen waren so eng miteinander verflochten, dass es schwer war, sie auszudünnen und dann zu entscheiden, was getan werden musste. Und es war auch hart, sich an die eigenen Regeln zu halten. Einzelne Organisationen konnten nicht mehr nur auf sich bezogen handeln, weil so viele ihrer Aktionen globale Verzweigungen hatten. Daher die Notwendigkeit von Umweltvorschriften und des globalen Gerichtshofs für Umweltfragen, der schon eine außer Kontrolle geratene Fülle von Fällen zu bearbeiten hatte. Schließlich würde er auch über alle Pläne zu entscheiden haben, auf die man sich in dieser Konferenz einigen würde. Die Tage uneingeschränkten Terraformings waren vorbei.

Was Nadia betraf, so war sie als Mitglied des Exekutivrats auf die bloße Aussage beschränkt, dass sie einen vermehrten Treibhausgasausstoß für eine gute Idee hielt. Im Übrigen musste sie sich heraushalten, um nicht den Eindruck zu erwecken, den Zuständigkeitsbereich des Umweltgerichtshofes zu verletzen, den Irishka sehr energisch verteidigte. Also besprach Nadia sich über den Bildschirm mit einer Gruppe, die neue Robotminer konstruierte, die die Oberfläche nur minimal schädigen würden, oder im Gespräch mit einem anderen Team, das an Staubfixativen arbeitete, die auf die Oberfläche gesprüht werden oder dort wachsen sollten. Sie nannten sie »dünne, schnelle Bepflasterungen«. Die erwiesen sich aber als ein haariges Problem.

So weit ging die Teilnahme Nadias an der Konferenz von Sabishii, die sie selbst initiiert hatte. Und da alle technischen Probleme ohnehin mit politischen Erwägungen verknüpft waren, hätte man sagen können, dass sie noch nicht einmal etwas versäumt hatte. Dort war kein bisschen reale Arbeit geleistet worden, weder von ihr noch von einem anderen. Inzwischen war in Sheffield der Rat mit jeder Menge eigener Probleme konfrontiert. Unvorhergesehene Schwierigkeiten bei der Einführung der Öko-Ökonomie; Klagen, dass die Kommission ihre Zuständigkeit überschreite; Klagen über die neue Polizei und das Kriminaljustizwesen; regelwidriges und stures Verhalten in beiden Häusern der Legislative; Rote und andere Gruppen des Widerstandes im Hinterland und so weiter. Die Themen waren endlos und reichten über die ganze Skala vom höchst Wichtigen bis zum unglaublich Geringfügigen, bis Nadia jeden Sinn dafür verlor, wo in diesem Kontinuum jedes individuelle Problem lag.

Zum Beispiel verbrachte sie einen guten Teil ihrer Zeit mit den inneren Kämpfen des Rates, die sie trivial fand, aber nicht vermeiden konnte. Bei den meisten dieser Streitigkeiten spielten Jackies Bemühungen, eine Mehrheit zusammenzubringen, die jedes Mal mit ihr stimmen würde, eine Rolle. Jackie wollte den Rat als Instrument zur Durchsetzung der Linie ihrer Freier-Mars-Partei, oder mit anderen Worten ihrer eigenen Linie, benutzen. Das bedeutete für Nadia, den Rest der Ratsmitglieder besser kennenzulernen und sich ein Bild zu machen, wie man mit ihnen zusammenarbeiten konnte. Zeyk war ein alter Bekannter, Nadia mochte ihn, und er war eine Macht unter den Arabern und ihr derzeitiger Repräsentant für die allgemeine Kultur, nachdem er Antar aus dieser Position verdrängt hatte. Gütig, smart und freundlich stimmte er mit Nadia in vielen Punkten überein, einschließlich der wesentlichen. Das erleichterte ihre Beziehung und führte sogar zu einer wachsenden Freundschaft. Ariadne war eine der Göttinnen der Matriarchie von Dorsa Brevia und spielte haargenau diese Rolle: herrisch und starr in ihren Prinzipien, war sie eine Ideologin, was sie wahrscheinlich allein daran hinderte, eine ernste Herausforderung für Jackies Prominenz unter den Eingeborenen zu sein. Marion war die Rote im Rat, auch eine Ideologin, aber nach ihren frühen radikalen Tagen sehr verändert; obwohl sie bei langatmigen Diskussionen immer noch eine schwer zu schlagende Gegnerin war. Peter, Anns kleiner Junge, hatte sich zu einer Macht in verschiedenen Teilen der Mars-Gesellschaft entwickelt, einschließlich der Weltraumcrew in Da Vinci, des grünen Untergrundes, der Aufzugsbesatzung und – in gewissem Maße wegen Ann – der gemäßigteren Roten. Diese Wendigkeit war ein Teil seines Wesens, und Nadia hatte Mühe, ihn einzuordnen. Er war, wie seine Eltern, zurückgezogen und schien Nadia und den Rest der Ersten Hundert nicht besonders zu mögen. Er wollte Distanz zu ihnen haben, er war durch und durch *Nisei*. Mikhail Yangel war einer der ersten *Issei*, die den Ersten Hundert zum Mars gefolgt waren und hatte von Anfang an mit Arkady zusammengearbeitet. Er hatte die Revolution von 2061 mit ausgelöst. Nadia hatte den Verdacht, dass er damals zu den extremen Roten gehört hatte, weswegen sie ihm immer noch manchmal grollte, was einfach töricht war und ihre Fähigkeit, mit ihm zu reden, behinderte. Aber so war es nun einmal, trotz der Tatsache, dass auch er sich sehr geändert hatte, ein Bogdanovist, der zu Kompromissen neigte. Seine Präsenz im Rat war für Nadia eine Überraschung, man könnte sagen, eine Geste gegenüber Arkady, die sie rührte.

Und dann war da noch Jackie, möglicherweise die beliebteste und mächtigste Politikerin auf dem Mars. Zumindest, bis Nirgal zurückkam.

Nadia hatte jeden Tag mit diesen sechs zu tun und lernte ihre Eigenheiten kennen, wenn sie Punkt für Punkt ihre Tagesordnungen durchgingen. Vom Wichtigen zum Trivialen, vom Abstrakten zum Persönlichen – alles erschien Nadia wie der Teil eines Gewebes, wo alles mit allem zusammenhing. Der Rat war keine Teilzeitbeschäftigung, sondern fraß jeden wachen Moment völlig auf. Er verzehrte ihr Leben. Und dabei hatte sie an diesem Punkt erst zwei Monate ihrer Dienstzeit von drei M-Jahren hinter sich.

Art sah, dass es ihr zusetzte, und er tat, was er konnte, um ihr zu helfen. Er kam jeden Morgen mit Frühstück in ihr Apartment wie der Zimmerservice. Oft hatte er es selbst gekocht, und es war immer gut. Wenn er mit hoch erhobenem Servierteller hereinkam, ließ er auf ihrem Computer Jazz als Hintergrundmusik für ihren gemeinsamen Morgen laufen. Nicht immer Nadias geliebten Louis, obwohl er ausgefallene Aufzeichnungen von Satch aussuchte, um sie zu erfreuen, Dinge wie »Give Peace a Chance« oder »Stardust Memories«, aber auch spätere Jazzstile, die sie früher nie gemocht hatte, weil sie so frenetisch waren. Aber das schien zum Tempo dieser Tage zu passen. Was auch immer der Grund war, Charlie Parker zuckte und sauste jetzt höchst eindrucksvoll, fand sie; und Charles Mingus' Big Band klang wie Duke Ellington auf Pandorph, was genau das war, was Ellington und alle die anderen Swing-Musiker brauchten. Nach Nadias Ansicht eine sehr witzige und liebliche Musik. Aber am besten war es, wenn Art morgens Clifford Brown erklingen ließ, eine Entdeckung, die er bei seinen Nachforschungen für sie gemacht hatte, auf die er sehr stolz war und ihr gegenüber ständig als logischen Nachfolger von Armstrong empfahl – ein vibrierender Trompetenton, der so fröhlich, positiv und melodiös klang wie Satch und so brillant und schwierig wie Parker, einfach heiter. Das war der perfekte Soundtrack für diese wilden Zeiten, anregend und intensiv, und so positiv wie möglich.

Also brachte Art ihr Frühstück und sang »All of Me«, recht gut bei Stimme, und mit Satchmos Grunderkenntnis, dass amerikanische Liedtexte nur alberner Spaß waren: »All of me, why not take all of me, Can't you see, I'm no good without you.« Musik erfüllte das Zimmer, Art saß da mit dem Rücken zum Fenster – so machten die Morgen Spaß.

Aber ganz gleich, wie gut die Tage anfingen, der Rat fraß ihr Leben auf. Nadia hatte ihr Kontingent an Geduld fast aufgebraucht und alles zusehends satt. Das Zanken, Verhandeln, Kompromisseeingehen, Versöhnen – der Umgang mit Menschen, Minute um Minute. Sie hasste das mehr und mehr.

Art erkannte das und begann, sich zu sorgen. Schließlich, eines Tages nach der Arbeit, lud er Ursula und Vlad ein. Die vier aßen in Nadias Apartment zusammen. Art kochte. Nadia genoss die Gesellschaft ihrer alten Freunde. Sie waren geschäftlich in der Stadt; aber sie zum Dinner herzubringen war Arts Idee gewesen, und die war gut. Er war ein guter Mann, dachte Nadia, als sie ihn in der Küche wirtschaften sah. Geschickter Diplomat, getarnt als harmloser Trottel – oder umgekehrt. Wie ein liebenswürdiger Frank. Oder eine Mischung aus Franks Geschicklichkeit und Arkadys Fröhlichkeit. Sie lachte über sich selbst, weil sie immer in Begriffen der Ersten Hundert dachte, als wäre jeder irgendwie eine Rekombination der Eigenschaften jener ursprünglichen Familie. Das war eine schlechte Angewohnheit von ihr.

Vlad und Art sprachen über Ann. Sax hatte offenbar Vlad aus dem Schiff, mit dem er zum Mars zurückkehrte, angerufen, erschüttert durch eine Unterhaltung mit Ann. Er fragte sich, ob Vlad und Ursula es in Betracht ziehen würden, Ann die gleiche neuroplastische Behandlung angedeihen zu lassen, der sie ihn nach seinem Schlaganfall unterzogen hatten.

»Ann würde das nie machen«, sagte Ursula.

»Ich bin froh darüber«, erklärte Vlad. »Das wäre zu viel. Ihr Gehirn wurde nicht geschädigt. Wir wissen nicht, was diese Behandlung in einem gesunden Gehirn anrichten könnte. Und solange man nicht verzweifelt ist, sollte man nur das tun, was man versteht.«

»Vielleicht ist Ann verzweifelt«, gab Nadia zu bedenken.

»Nein. Sax ist verzweifelt.« Vlad lächelte kurz. »Er möchte eine andere Ann haben, ehe er zurückkommt.«

»Du wolltest auch nicht, dass Sax diese Behandlung bekam«, warf Ursula ein.

»Das stimmt. Ich hätte es nicht an mir selbst ausprobiert. Aber Sax ist ein kühner Mann. Ein impulsiver Mann.« Vlad wandte sich Nadia zu. »Wir sollten bei Dingen bleiben wie deinem Finger. So etwas können wir jetzt reparieren.«

»Was stimmt damit nicht?«, fragte Nadia überrascht.

Sie lachten. Ursula sagte: »Dir fehlt doch einer. Wir könnten ihn wieder wachsen lassen, wenn du willst.«

»Ka«, rief Nadia. Sie lehnte sich zurück und blickte auf ihre linke Hand, den Stumpf des fehlenden kleinen Fingers. »Nun, ich brauche ihn wirklich nicht.«

Sie lachten wieder. »Fast hätten wir dir geglaubt«, sagte Ursula. »Du beschwerst dich immer beim Arbeiten darüber.«

»Wirklich?«

Sie nickten alle.

»Es wird dir beim Schwimmen helfen«, fuhr Ursula fort.

»Ich schwimme nicht mehr viel.«

»Vielleicht hast du wegen deiner Hand aufgehört.«

Nadia betrachtete ihre verstümmelte Hand. »Ka. Ich weiß nicht, was ich sagen soll. Seid ihr sicher, dass es funktionieren wird?«

»Er könnte sich zu einer ganzen weiteren Hand auswachsen«, meinte Art. »Dann zu einer zweiten Nadia. Du würdest zu einem siamesischen Zwillingspaar werden.«

Nadia schubste ihn von der Seite in seinen Sessel. Ursula schüttelte den Kopf. »O nein. Wir haben das schon für andere Amputierte und eine Menge Versuchstiere gemacht. Hände, Arme, Beine. Wir haben es von den Fröschen gelernt. Wirklich wundervoll. Die Zellen entwickeln sich genauso wie beim ersten Mal, als der Finger wuchs.«

»Eine tatsächliche Demonstration von Epigenese«, sagte Vlad lächelnd. Nadia erkannte an diesem Lächeln, dass er an der Entwicklung dieses Verfahrens maßgeblich beteiligt gewesen war.

»Und es funktioniert?«, fragte Nadia ihn direkt.

»Allerdings. Wir lassen das, was praktisch ein neuer Finger ist, über deinem Stumpf knospen. Es ist eine Kombination embryonischer Stammzellen mit einigen Zellen von der Basis deines anderen kleinen Fingers. Diese Kombination wirkt wie das Äquivalent der entsprechenden Gene, als du ein Fötus warst.

Damit besitzen wir die bestimmenden Elemente der Entwicklung, um die neuen Stammzellen sich richtig bilden zu lassen. Dann injiziert man zu gegebener Zeit mit Ultraschall eine schwache Dosis eines fibroblastischen Wachstumsfaktors plus ein paar Zellen von Knöchel und Fingernagel … und los geht's.«

Während er das erklärte, merkte Nadia, dass sie tief drinnen neugierig wurde. Wieder unversehrt sein. Art beobachtete sie mit seinem freundlichen Interesse.

»Na schön, okay!«, sagte sie schließlich. »Warum nicht?«

Also machten sie in der folgenden Woche einige Biopsien von ihrem verbliebenen kleinen Finger und gaben ihr einige Ultraschall-Injektionen in den Stumpf des fehlenden Fingers und in den Arm sowie ein paar Pillen. Das war es dann. Danach war es nur noch eine Sache von wöchentlichen Injektionen. Und Abwarten.

Dann vergaß sie das wieder, weil Charlotte wegen eines Problems anrief. Cairo hat eine Anordnung des Umweltgerichtshofes hinsichtlich der Wasserförderung ignoriert. »Du solltest lieber persönlich nachsehen. Ich denke, die Cairoaner stellen den Gerichtshof für eine Freier-Mars-Clique, die die globale Regierung herausfordern will, auf die Probe.«

»Jackie?«, fragte Nadia.

»Das nehme ich an.«

Cairo lag am Rand eines Plateaus mit Blick auf das nordwestliche U-förmige Tal von Noctis Labyrinthus. Nadia ging mit Art vom Bahnhof zu einer von hohen Palmen gesäumten Plaza. Sie betrachtete die Gegend. Einige der schlimmsten Momente ihres Lebens hatten sich in dieser Stadt zugetragen, als sie 2061 angegriffen worden war. Sasha und viele andere waren getötet worden, und Nadia selbst hatte Phobos explodieren lassen, nur ein paar Tage, nachdem sie Arkadys verbrannte Überreste gefunden hatte. Sie war nie zurückgekehrt. Sie hasste diese Stadt.

Jetzt sah sie, dass Cairo bei den neuen Unruhen wieder Schaden genommen hatte. Teile der Kuppel waren in die Luft geflogen, und die Versorgungsanlage war schwer beschädigt. Man hatte sie wieder aufgebaut, und neue Kuppelsegmente waren über der alten Stadt, die sich längs des Plateaurandes weit nach Osten und Westen hinzog, befestigt worden. Sie sah aus wie eine aufblühende Stadt, was Nadia angesichts ihrer Höhenlage zehn Kilometer über dem Bezugsniveau wunderte. Sie würden hier oben nie die Kuppeln entfernen oder ohne Schutzkleidung hinausgehen können. Darum hatte Nadia angenommen, dass Cairo verfallen würde. Aber sie lag am Schnittpunkt der Äquator-Bahnstrecke und der nordsüdlich nach Tharsis verlaufenden und war die letzte Stelle, an der man zwischen hier und dem Chaotischen Terrain, das einen Viertelumfang des Planeten entfernt lag, den Äquator überqueren konnte. Wenn nicht irgendwann einmal eine Transmarinerisbrücke gebaut werden würde, läge Cairo immer an einer strategischen Kreuzung.

Kreuzung oder nicht, sie wollten mehr Wasser. Das Reservoir von Compton, das unter dem unteren Noctis und dem oberen Marineris lag, war '61 zerstört worden, und sein Wasser war die ganze Länge der Valles Marineris hinabgeströmt. Das war die Flut gewesen, in der Nadia und ihre Gefährten während ihrer Flucht die Canyons hinunter fast umgekommen wären, nachdem Cairo erobert worden war. Der Großteil des Wassers war später entweder in den Canyons gefroren und hatte einen langen unregelmäßigen Gletscher gebildet oder hatte sich am Boden von Marineris gesammelt und war dort erstarrt. Und etwas Wasser war natürlich in dem Reservoir geblieben. In den Jahren danach hatte man dieses Wasser herausgepumpt, um es in den Städten von Ost-Tharsis zu nutzen. Und der Marineris-Gletscher war langsam den Canyon abwärtsgeflossen und an seinem oberen Ende, wo es keine Quelle gab, um ihn aufzufüllen, zusammengeschrumpft. Er hatte nur verwüstetes Land und eine Reihe sehr seichter Eis-Seen hinterlassen. Cairo begann es daher an verfügbarem Wassernachschub zu mangeln. Das hydrologische Amt hatte mit der Verlegung einer Rohrleitung zu dem großen südlichen Arm des Nordmeeres in der Chryse-Senke reagiert und das Wasser nach Cairo hochgepumpt. So weit kein Problem. Jede Kuppel bekam von irgendwoher ihr Wasser. Aber die Cairoaner leiteten nun Wasser in ein Reservoir unter dem Noctis-Canyon und ließen einen Strom daraus nach Ius Chasma fließen, wo es sich hinter dem oberen Ende des Marineris-Gletschers sammelte oder daran vorbeifloss. Sie hatten praktisch einen neuen Fluss geschaffen, der das große Canyonsystem hinunterfloss, weit von ihrer Stadt entfernt. Und jetzt waren sie dabei, eine Anzahl von Siedlungen am Fluss und Ackerbaukommunen flussabwärts der Stadt zu etablieren. Eine legale Gruppe der Roten war an den Globalen Umweltgerichtshof herangetreten, um gegen diese Aktion zu protestieren mit der Begründung, dass Valles Marineris als Naturwunder geschützt werden müsse, da es der größte Canyon im Sonnensystem sei. Wenn man ihn in Ruhe ließe, würde der Gletscher schließlich in das Chaotische Terrain gleiten und die Canyons wieder mit freiem Boden zurücklassen. Das sollte ihrer Ansicht nach zugelassen werden; und der Allgemeine Umweltrat hatte ihnen zugestimmt und eine Anweisung gegen Cairo erlassen, die Entnahme von Wasser aus dem Reservoir der Stadt unverzüglich einzustellen. Cairo hatte das abgelehnt und behauptete, dass die globale Regierung keine Jurisdiktion über die sogenannten »überlebenswichtigen Lebenserhaltungs-Angelegenheiten« hätte. Inzwischen bauten sie stromabwärts neue Siedlungen, so schnell sie konnten.

Das war eine offene Provokation, eine Herausforderung für das neue System. »Das ist ein Test«, knurrte Art, als sie über die Plaza gingen. »Das ist nur ein Test. Wäre es eine echte Verfassungskrise, würde man auf dem ganzen Planeten großes Geschrei hören.«

Ein Test. Etwas, wofür Nadia jede Geduld verloren hatte. So ging sie in übler Stimmung durch die Stadt. Ohne Zweifel half es nicht, dass ihr die schrecklichen Tage von '61 durch die Plaza, die Boulevards und die Stadtmauer am Rande des Canyons so lebhaft in Erinnerung gerufen wurden – genau so, wie sie damals gewesen waren. Man sagte, dass das Gedächtnis eines Menschen von seinen mittleren Jahren an nachließe; aber diese Erinnerungen hätte sie, wenn möglich, gern verloren. Doch Angst und Wut schienen immer noch als eine Art Albtraumfixativ zu wirken. Denn es war alles noch da. Frank tippte wild auf seinen Monitoren, Sasha aß Pizza, Maya schimpfte laut über dieses oder jenes, die gefahrvollen Stunden, als sie darauf warteten, ob sie von den herunterfallenden Stücken von Phobos verschont bleiben würden. Sie sah Sashas leblosen Körper, aus den Ohren blutend. Sie bediente den Sender, der Phobos heruntergeholt hatte.

Darum fiel es ihr sehr schwer, ihren Ärger im Zaum zu halten, als sie zu der ersten Zusammenkunft mit den Cairoanern ging und dort Jackie antraf, die deren Position unterstützte. Jackie war auch schon seit einiger Zeit schwanger und sah blühend, glänzend und schön aus. Niemand wusste, wer der Vater war. Das war ihre ganz eigene Angelegenheit. Eine Dorsa-Brevia-Tradition, ganz im Sinne Hirokos. Und für Nadia noch eine weitere Irritation.

Das Treffen fand in einem Gebäude an der Stadtmauer statt, das den U-förmigen Canyon Nilus Noctis überblickte. Das Wasser, um das es ging, konnte man unten im Canyon deutlich sehen, ein breites, von Eis überzogenes Reservoir, das kurz vor dem Illyrischen Tor und dem neuen Chaos der Compton-Bresche von einem Damm festgehalten wurde, der von hier oben nicht sichtbar war.

Charlotte stand mit dem Rücken zum Fenster und stellte den Vertretern der Stadt genau die Fragen, die Nadia gestellt hätte, aber ohne die geringste Spur von Nadias Missmut. »Ihr werdet immer in einer Kuppel leben. Die Wachstumsmöglichkeiten sind beschränkt. Warum Marineris fluten, wenn ihr davon keinen Nutzen haben werdet?«

Niemand schien Lust zu haben, darauf zu antworten. Schließlich sagte Jackie: »Die Leute, die da unten leben, werden davon profitieren, und sie sind ein Teil von Groß-Cairo. Wasser in jeder Form ist in diesen Höhen eine Ressource.«

»Wasser, das Marineris frei hinunterfließt, ist überhaupt keine Ressource«, entgegnete Charlotte.

Die Cairoaner argumentierten für die Nutzung des Wassers in Marineris. Es gab auch Vertreter der Siedler flussabwärts, viele davon Ägypter, die behaupteten, seit Generationen in Marineris zu sein und dass es ihr Recht sei, dort zu leben, dass es das beste Farmland auf dem Mars sei und dass sie kämpfen würden, ehe sie es aufgäben und so weiter. Manchmal schienen die Cairoaner und Jackie diese Nachbarn zu verteidigen; mal pochten sie auf ihr eigenes Recht, Marineris als Reservoir zu nutzen. Meistens schienen sie einfach ihr Recht verteidigen zu wollen, alles zu tun, was sie wollten. Nadia wurde allmählich immer verärgerter.

»Das Gericht hat geurteilt«, sagte sie. »Wir sind nicht hier, um darüber noch mal zu diskutieren. Wir sind hier, um darauf zu achten, dass es ausgeführt wird.« Und sie verließ die Versammlung, ehe sie etwas gesagt hätte, das sie dann nicht mehr zurücknehmen konnte.

An diesem Abend saß sie mit Charlotte und Art beisammen, so gereizt, dass sie sich nicht auf das delikate äthiopische Essen im Bahnhofsrestaurant konzentrieren konnte. »Was wollen die?«, fragte sie Charlotte.

Charlotte zuckte mit vollem Mund die Achseln. Und nachdem sie geschluckt hatte: »Hast du gemerkt, dass Marspräsidentin keine besonders starke Machtposition ist?«

»Verdammt, ja. Das war schwer zu übersehen.«

»Ja. Nun, mit dem Exekutivrat ist es dasselbe. Es scheint, dass die wahre Macht in dieser Regierung beim Umweltgericht liegt. Irishka wurde der Vorsitz gegeben als Teil der großen Geste, und sie hat viel getan, um gemäßigtes Rot durch Abstecken einer starken Mitte zu legitimieren. Das erlaubt viel Entwicklung unterhalb der Sechskilometergrenze, aber oberhalb davon sind sie sehr streng. Das wird alles durch die Verfassung gestützt. Darum konnten sie alles durchsetzen. Die Legislative hält sich zurück, sie hat noch keine Urteile gekippt. Darum ist das für Irishka und die ganze Gruppe der Richter eine eindrucksvolle erste Runde gewesen.«

»Also ist Jackie eifersüchtig«, sagte Nadia.

Charlotte zuckte die Achseln. »Das ist möglich.«

»Mehr als das«, knurrte Nadia grimmig.

»Und dann ist da die Sache mit dem Rat selbst. Jackie denkt vielleicht, dass sie drei der anderen zur Unterstützung gewinnen kann, und dann gehört der Rat noch mehr ihr. Cairo ist eine Arena, in der sie hoffen kann, dass Zeyk wegen des arabischen Teils der Stadt mit ihr stimmen wird. Dann fehlen nur noch zwei. Und sowohl Mikhail als auch Ariadne sind starke Lokalisten.«

»Aber der Rat kann keine Entscheidungen des Gerichthofs umstoßen«, sagte Nadia. »Nur die Legislative, nicht wahr? Durch den Erlass neuer Gesetze.«

»Stimmt, aber wenn Cairo sich weiterhin dem Gericht widersetzt, würde es Sache des Rates sein, die Polizei dorthin zu beordern und ihnen physisch Einhalt zu gebieten. Das erwartet man seitens der Exekutive. Falls der Rat das nicht tut, würde er untergraben, und Jackie würde effektiv die Kontrolle über ihn bekommen. Zwei Fliegen mit einer Klappe.«

Nadia warf ihr Stück schwammigen Brotes hin und zischte: »Das lasse ich nicht zu.«

Sie saßen schweigend da.

»Ich hasse das«, sagte Nadia.

»In ein paar Jahren haben wir einen Corpus von Praktiken, Institutionen, Gesetzen und Ergänzungen zur Verfassung, all das«, meinte Charlotte. »Dinge, die die Verfassung nie aufgegriffen hat, und sie werden funktionieren. Wie die Rolle politischer Parteien. Genau jetzt sind wir im Begriff, all diese Dinge auszuarbeiten.«

»Vielleicht, ja, aber ich hasse es trotzdem.«

»Stell es dir als eine Meta-Architektur vor! Das Bauen der Kultur, die der Architektur ihre Existenz ermöglicht! Dann wird es für dich weniger frustrierend sein.«

Nadia knurrte.

»Dies hier sollte ein klarer Fall sein«, sagte Charlotte. »Das Urteil ist gefällt, sie müssen es nur anerkennen.«

»Und was ist, wenn sie das nicht tun?«

»Dann ist es Zeit für die Polizei.«

»Bürgerkrieg, mit anderen Worten!«

»So weit werden sie es nicht kommen lassen. Sie haben die Verfassung unterzeichnet wie alle anderen, und wenn jeder andere sie anerkennt, werden sie zu Banditen wie die Roten Guerilleros. Ich denke nicht, dass sie es so weit treiben werden. Sie testen nur die Grenzen.«

Das schien sie nicht zu kümmern. So waren die Leute nun einmal, sagte ihre Miene. Sie gab niemandem die Schuld und war nicht frustriert. Eine sehr ruhige Frau, diese Charlotte – entspannt, zuversichtlich und tüchtig. Mit ihr als Koordinatorin war die Arbeit des Exekutivrates bisher gut, wenn nicht sogar spielerisch einfach organisiert worden. Wenn man diese Kompetenz bekam, weil man in einem Matriarchat wie Dorsa Brevia aufgewachsen war, dachte Nadia, dann sollte man ihm mehr Macht geben. Sie konnte nicht umhin, Charlotte mit Maya zu vergleichen mit all deren Stimmungsumschwüngen, ihrer Angst und Selbstdramatisierung. Nun, das war wohl in jeder Kultur eine Sache des Individuums. Aber es dürfte interessant sein, mehr Frauen von Dorsa Brevia um sich zu haben, die diese Aufgaben in Angriff nahmen.

Bei dem Treffen am nächsten Morgen stand Nadia auf und sagte: »Eine Anordnung gegen Wasserdumping in Marineris ist bereits ergangen. Wenn ihr darauf beharrt, werden die neuen Polizeikräfte der globalen Gemeinschaft eingesetzt werden. Ich nehme nicht an, dass ihr das wollt.«

»Ich denke nicht, dass du für den Exekutivrat sprechen kannst«, erwiderte Jackie.

»O doch«, sagte Nadia knapp.

»Nein, das kannst du nicht!«, widersprach Jackie. »Du bist nur eine von sieben. Und das ist nun mal keine Sache des Rates.«

»Das wird sich zeigen«, entgegnete Nadia.

Die Versammlung zog sich hin. Die Cairoaner mauerten. Je mehr Nadia begriff, was sie taten, desto mehr brachte es sie auf. Ihre Anführer spielten im Freien Mars eine wichtige Rolle. Und selbst wenn diese Herausforderung fehlschlug, könnte es auf anderen Gebieten zu Konzessionen an den Freien Mars kommen. Dadurch würde diese Partei mehr Macht gewonnen haben. Charlotte stimmte zu, dass das ihr letztendliches Motiv sein könnte. Der darin liegende Zynismus widerte Nadia an; und sie fand es sehr schwer, Jackie höflich zu begegnen, wenn diese mit ihrer leichten Heiterkeit zu ihr sprach, die schwangere Königin unter ihren Schranzen wie ein Schlachtschiff zwischen Ruderbooten. »Tante Nadia, es tut mir so leid, dass du glaubtest, dir für so etwas Zeit nehmen zu müssen …«

An diesem Abend sagte Nadia zu Charlotte: »Ich hätte gern eine Lösung, bei der der Freie Mars überhaupt nichts bekommt.«

Charlotte lachte kurz. »Hast du mit Jackie gesprochen?«

»Ja. Warum ist sie so beliebt? Ich verstehe das nicht, aber sie ist es.«

»Sie ist zu vielen Leuten nett. Sie glaubt, zu allen Leuten nett zu sein.«

»Sie erinnert mich an Phyllis«, sagte Nadia. Wieder die Ersten Hundert … »Vielleicht auch nicht. Jedenfalls, gibt es nicht irgendeine Art von Strafe, die wir gegen unseriöse Prozesse und Herausforderungen verhängen können?«

»Gerichtskosten, in manchen Fällen.«

»Gut. Sieh zu, ob du ihnen die auferlegen kannst!«

»Erst wollen wir sehen, ob wir überhaupt gewinnen.«

Die Versammlungen gingen noch eine Woche lang weiter. Nadia überließ Charlotte und Art das Reden. Sie sah währenddessen aus dem Fenster hinunter in den Canyon und rieb sich den Stumpf ihres Fingers, der jetzt schon einen merklichen Buckel aufwies. Es war merkwürdig. Obwohl sie genau darauf achtete, konnte sie sich nicht entsinnen, wann der Buckel zu erscheinen begonnen hatte. Er war warm und rosig, ein zartes Rosa wie die Lippen eines Kindes. In der Mitte schien sich ein Knochen zu befinden. Sie scheute sich, ihn zu fest zu drücken. Sicher kniffen Hummer auch nicht in ihre nachwachsenden Gliedmaßen. Diese ganze Zellerzeugung war seltsam, im Grunde ein Krebsgeschwür, nur kontrolliert und gezielt. Das Wunder der steuernden Fähigkeiten der DNS manifestierte sich darin. Leben selbst, blühend in all seiner sich offenbarenden Komplexität. Und ein kleiner Finger war nichts, verglichen mit einem Auge oder einem Embryo. Es war schon seltsam.

Die politischen Versammlungen wurden immer schlimmer. Nadia verließ eine von ihnen und hatte nicht mitgekriegt, worum es überhaupt gegangen war, sicher, dass es sich um nichts Bedeutendes gehandelt hatte. Sie machte einen langen Spaziergang hinaus zu einem Aussichtspunkt am westlichen Ende der Kuppelmauer. Sie rief Sax an. Die vier Reisenden näherten sich dem Mars immer mehr. Die Verzögerungen durch den Signallauf betrugen nur noch wenige Minuten. Nirgal schien wieder gesund zu sein. Er war guter Dinge. Michel sah tatsächlich erschöpfter aus als Nirgal. Es schien, als hätte ihn der Besuch auf der Erde sehr mitgenommen. Nadia hielt ihren Finger an den Schirm, um ihn aufzuheitern, und das wirkte.

»Ein kleiner Roter, was?«

»Genau.«

»Du scheinst nicht zu glauben, dass es funktionieren wird.«

»Nein. Wohl nicht.«

»Ich denke, wir leben in einer Übergangsperiode«, sagte Michel. »In unserem Alter können wir nicht recht glauben, dass wir noch am Leben sind, darum handeln wir, als würde es jede Minute enden.«

»Das könnte es auch.« Gedanken an Simon. Oder Tatiana Durova. Oder Arkady.

»Natürlich. Aber andererseits könnte es viele Dekaden, selbst Jahrhunderte weitergehen. Irgendwann müssen wir das einfach glauben.« Er klang, als wollte er sich selbst ebenso überzeugen wie sie. »Du wirst deine heile Hand ansehen und es dann glauben. Und das wird sehr interessant sein.«

Nadia wedelte mit dem rosigen Knopf, der seitlich an ihrer Hand saß. Noch kein Fingerabdruck in der frischen durchsichtigen Haut. Wenn er käme, würde es ohne Zweifel derselbe sein wie der auf dem anderen kleinen Finger. Sehr merkwürdig.

Art kam mit besorgter Miene von einem Treffen zurück. »Ich habe mich überall erkundigt und versucht dahinterzukommen, warum sie das tun. Ich habe einige Agenten von Praxis auf den

Fall angesetzt, unten im Canyon, auf der Erde und auch innerhalb der Führerschaft des Freien Mars.«

Spione, dachte Nadia. Jetzt haben wir auch noch Spione.

»Es scheint, dass sie hinsichtlich der Immigration private Arrangements mit terranischen Regierungen treffen. Sie erbauen Siedlungen für Leute aus Ägypten und wahrscheinlich auch für Einwanderer aus China. Es wird wohl eine Gegenleistung erfolgen, aber wir wissen nicht, was sie von diesen Ländern erhalten. Vielleicht Geld.«

Nadia knurrte.

In den nächsten paar Tagen kam sie mit allen anderen Mitgliedern des Exekutivrates zusammen, über Videotelefon oder persönlich. Marion war natürlich dagegen, noch mehr Wasser nach Marineris hineinzupumpen. Darum brauchte Nadia nur noch zwei weitere Stimmen. Aber Mikhail, Ariadne und Peter waren gegen einen Polizeieinsatz, sofern das irgendwie vermieden werden könnte. Nadia vermutete, dass sie nicht viel weniger als Jackie über die relative Schwäche des Rates erfreut waren. Sie schienen bereit, Zugeständnisse zu machen, um eine unangenehme und gewaltsame Durchsetzung eines Gerichtsbeschlusses zu verhindern, hinter dem sie nicht bedingungslos standen.

Zeyk wollte gegen Jackie stimmen, fühlte sich aber durch die arabische Wählerschaft in Cairo und die von der arabischen Gemeinschaft auf ihn gerichteten Augen behindert. Die Kontrolle von Wasser und Land waren denen gleichermaßen wichtig. Aber die Beduinen waren Nomaden, und außerdem war Zeyk ein starker Verfechter der Verfassung. Nadia nahm an, er würde sie unterstützen. Damit musste dann nur noch einer überredet werden.

Ihre Beziehung zu Mikhail hatte sich nie gebessert. Es war, als wollte er der Erinnerung an Arkady näher sein als sie. Peter glaubte sie nicht zu verstehen. Ariadne mochte sie nicht, aber auf eine Weise, die es leichter machte. Und Ariadne war auch nach Cairo gekommen. Also beschloss Nadia, sie zuerst zu bearbeiten.

Ariadne war der Verfassung ebenso ergeben wie die meisten von Dorsa Brevia. Aber sie waren auch Lokalisten, denen ohne Zweifel daran gelegen war, ihre eigene Regierung von der globalen weitgehend unabhängig zu halten. Und auch sie waren von jeder Wasserversorgungsstelle weit entfernt. Darum war Ariadne unschlüssig.

»Schau«, sagte Nadia zu ihr in einem kleinen Raum an der Plaza gegenüber den Stadtbüros, »du musst Dorsa Brevia vergessen und an den Mars denken.«

»Das tue ich natürlich.«

Sie war verärgert, dass diese Zusammenkunft stattfand. Sie hätte Nadia lieber kurzerhand weggeschickt. Für sie spielte die Bedeutung des Falles keine Rolle. Es war bloß eine Frage der Priorität, sie wollte keinem *Issei* zuhören. Für diese Leute ging es jetzt um Machtpolitik und Hierarchie. Sie hatten vergessen, worauf es hier wirklich ankam. Und in dieser verdammten Stadt. Nadia verlor die Geduld und brüllte beinahe: »Du denkst überhaupt nicht nach! Das ist die erste Herausforderung für die Verfassung, und du siehst dich danach um, was für dich dabei herausspringen könnte! Das passt mir nicht.« Sie drohte Ariadne mit dem Finger direkt vor ihrem überraschten Gesicht. »Wenn du nicht dafür stimmst, die Entscheidung des Gerichtshofes durchzusetzen, dann wirst du beim nächsten Mal, wenn etwas bei einer Abstimmung des Rates ansteht, das du wirklich willst, Widerstand *von mir* zu erwarten haben. Verstehst du?«

Ariadnes Augen waren wie Plakate – erst schockiert, dann ein Moment reiner Furcht und dann Wut. »Ich habe nie gesagt, dass ich nicht für eine Durchsetzung stimmen würde!«, erwiderte sie hitzig. »Was regst du dich so auf?«

Nadia ging wieder zu einer normalen Argumentation über, wiewohl immer noch scharf und unerbittlich. Schließlich hob Ariadne die Hände: »Es ist das, was die meisten vom Rat in Dorsa

Brevia befürworten. Ich hatte ohnehin vor, dafür zu stimmen. Du brauchst dich deswegen nicht so aufzuführen!« Und sie lief aufgebracht aus dem Zimmer.

Nadia empfand zuerst eine Anwandlung von Triumph. Aber der Ausdruck von Angst in den Augen der jungen Frau hatte sie berührt, dass ihr im Magen leicht übel wurde. Sie erinnerte sich an Cojote in Pavonis, der gesagt hatte: »Macht korrumpiert.« Das war dieses üble Gefühl, dieser erste Schlag von genutzter – oder missbrauchter – Macht.

Viel später in dieser Nacht war ihr immer noch schlecht vor Widerwillen; und sie erzählte Art fast weinend von dieser Konfrontation. »Das hört sich nicht gut an«, sagte er besorgt, »das klingt, als hättest du einen Fehler gemacht. Du wirst mit ihr noch zusammenarbeiten müssen. Bei so etwas darfst du die Leute nicht vergraulen.«

»Ich weiß, ich weiß. Verflucht, ich *hasse* das! Ich möchte abhauen und etwas *Reales* machen.«

Er nickte ernst und klopfte ihr auf die Schulter.

Vor dem nächsten Treffen ging Nadia zu Jackie hinüber und sagte ihr ganz ruhig, dass sie die nötigen Stimmen im Rat hätte, um die Polizei zum Damm zu schicken, damit die weitere Freisetzung von Wasser verhindert würde. Dann erinnerte sie in der Versammlung alle mit einer überraschenden Bemerkung daran, dass Nirgal sehr bald wieder unter ihnen sein würde, zusammen mit Maya, Sax und Michel. Worauf etliche Anwesende der Gruppe Freier Mars bedenklich dreinschauten, obwohl Jackie natürlich keine Reaktion zeigte. Während sie anschließend meckerten und diskutierten, rieb Nadia zerstreut ihren Finger, innerlich immer noch erregt ob ihrer Begegnung mit Ariadne.

Am nächsten Tag stimmten die Cairoaner zu, das Urteil des Globalen Umweltgerichtshofes anzuerkennen. Sie würden aufhören, Wasser aus ihrem Reservoir abzulassen; und die Siedlungen weiter unten im Canyon müssten mit Leitungswasser auskommen, was sicher ihr Wachstum behindern würde.

»Gut!«, sagte Nadia, immer noch bitter. »All das nur, um dem Gesetz zu genügen.«

»Sie werden Berufung einlegen«, erklärte Art.

»Das kümmert mich nicht. Sie sind erledigt. Und selbst wenn nicht, haben sie sich dem Prozess unterworfen. Zum Teufel, meinetwegen können sie gewinnen. Der Prozess ist es, der zählt. Darum gewinnen wir in jedem Fall.«

Art lächelte, als er das hörte. Das war ein Schritt in politischer Erziehung, ein Schritt, den Art und Charlotte schon vor langer Zeit gemacht hatten. Ihnen kam es nicht auf das Ergebnis bei irgendeiner Meinungsverschiedenheit an, sondern auf die erfolgreiche Anwendung der Verfahren. Wenn der Freie Mars jetzt die Mehrheit repräsentierte – was er offenbar tat, da ihn fast alle Eingeborenen unterstützten, junge Narren, die sie waren –, dann bedeutete die Anerkennung der Verfassung, dass sie nicht einfach Minoritäten kraft ihrer Zahl herumschubsen konnten. Wenn also der Freie Mars etwas gewann, so musste das durch einen Präzedenzfall sein, beurteilt durch die Gesamtheit der Richter des Gerichtshofes, die aus allen Fraktionen kamen. Das war wirklich sehr befriedigend, so als trüge eine aus zartem Material gebaute Mauer wegen eines geschickten Fachwerks mehr Gewicht, als man ihr ansah.

Aber sie hatte Drohungen anwenden müssen, und darum hinterließ die ganze Sache einen schalen Geschmack in ihrem Mund. »Ich möchte etwas Reales machen.«

»Zum Beispiel Rohre verlegen?«

Sie nickte, nicht gerade lächelnd. »Ja, Hydrologie.«

»Kann ich mitkommen?«

»Als Klempnergehilfe?«

Er lachte. »Ich habe das schon einmal gemacht.«

Nadia schaute ihn an. Seine Anwesenheit hob ihre Stimmung. Das war seltsam und altmodisch – irgendwohin zu gehen, nur um mit jemandem zusammen zu sein. So etwas kam nicht mehr oft vor. Die Leute gingen dorthin, wohin sie gehen mussten, und blieben bei irgendwelchen Freunden, die sie dort antrafen, oder schlossen neue Freundschaften. Das war die marsianische Art. Oder vielleicht die Art der Ersten Hundert. Oder ihre Art.

Jedenfalls war klar, wenn man das tat und zusammen reiste, so war das mehr als eine Freundschaft, vielleicht sogar mehr als eine Affäre. Aber das war nicht so übel, sagte sie sich. Wirklich, gar nicht so übel. Vielleicht etwas gewöhnungsbedürftig. Aber es gab immer etwas, an das man sich gewöhnen musste.

Zum Beispiel ein neuer Finger. Art hielt ihre Hand und massierte das neue Fingerglied leicht. »Tut es weh? Kannst du ihn biegen?«

Es schmerzte ein wenig, und sie konnte es ein bisschen biegen. Sie hatten einige Zellen aus der Knöchelzone injiziert; und jetzt war er gerade etwas länger als das erste Gelenk ihres anderen kleinen Fingers. Die Haut war noch babyrosa, ohne Kallus oder Narbe. Jeden Tag etwas größer.

Art drückte die Spitze ganz zart und fühlte den Knochen darin. Seine Augen wurden rund. »Spürst du das?«

»O ja. Er ist wie die anderen Finger, nur vielleicht etwas empfindlicher.«

»Weil er neu ist.«

»Das nehme ich an.«

Nur war der verlorene alte Finger irgendwie mit betroffen. Der Phantomfinger kam wieder, als kämen jetzt Signale von jenem Ende der Hand. Art nannte das den Finger im Kopf. Und ohne Zweifel war eine Gruppe von Gehirnzellen diesem Finger gewidmet, die die ganze Zeit ein gespenstisches Leben geführt hatte. Das war mangels Anregung im Laufe der Jahre abgeklungen, kam jetzt aber zurück oder wurde gereizt und verstärkt. Vlads Erklärungen dieses Phänomens waren komplex. Aber wenn sie in diesen Tagen den Finger befühlte, kam er ihr ebenso groß vor wie der an der anderen Hand, selbst wenn sie hinschaute. Als könne sie eine unsichtbare Hülle über dem neuen fühlen.

Manchmal empfand sie das kleine Ding in seiner richtigen Größe, kurz, dünn und schwach. Sie konnte es am ersten Gelenk etwas biegen und nur ein wenig am zweiten. Das letzte Gelenk, hinter dem Fingernagel, war noch nicht da. Aber es war unterwegs. Es wuchs. Nadia machte wieder Witze darüber, dass es ewig weiterwachsen würde, obwohl das ein unheimlicher Gedanke war. »Das ist doch gut«, meinte Art. »Du müsstest dir einen Hund zulegen.«

Aber nun war sie zuversichtlich, dass das nicht geschehen würde. Der Finger schien zu wissen, was er tat. Alles würde gut werden. Er sah normal aus. Art war fasziniert von ihm. Aber nicht nur von ihm. Er massierte ihre Hand, die etwas wund war, und dann auch ihren Arm und die Schultern. Er würde alles an ihr massieren, wenn sie ihn ließe. Und nach dem Gefühl in ihrem Finger, in Armen und Schultern zu urteilen, hätte sie das tun sollen. Er war so entspannt. Das Leben war für ihn immer noch ein alltägliches Abenteuer, voller Wunder und Frohsinn. Die Leute brachten ihn jeden Tag zum Lachen. Das war eine wundervolle Gabe. Groß, mit rundem Gesicht und rundem Körper, irgendwie Nadia selbst in gewissen äußerlichen Merkmalen ähnlich. Kahl werdend, unprätentiös, geschmeidig im Gang. Ihr Freund.

Nun, natürlich liebte sie Art. Wahrscheinlich seit Dorsa Brevia. Es war ähnlich wie bei ihrem Gefühl für Nirgal, der ein überaus geliebter Neffe oder Student oder Patenkind oder Enkel oder Sohn war. Art war einer der Freunde ihres Kindes. Tatsächlich war er ein bisschen älter als Nirgal, aber dennoch waren die beiden wie Brüder. Das war das Problem. Aber all diese Überlegungen wurden wegen ihrer zunehmenden Langlebigkeit immer mehr hinfällig. Wenn er nur noch um fünf Prozent jünger war als sie, würde es dann noch eine Rolle spielen? Wenn sie dreißig Jahre intensiver gemeinsamer Erfahrung hinter sich gebracht hatten, wie es schon der Fall war, als Gleichgestellte und Kollaborateure, Architekten einer Proklamation, einer Verfassung und einer Regierung; enge Freunde, Vertraute, Helfer, Massagepartner; spielte da die Anzahl der Jahre seit ihrer Jugend eine Rolle? Nein, das tat sie nicht. Das war klar, wenn man darüber nachdachte. Und dann versuchte, es auch zu empfinden.

In Cairo wurde sie nicht mehr gebraucht, und in Sheffield gerade auch nicht unbedingt. Nirgal würde bald zurück sein und helfen, Jackie im Zaum zu halten. Kein vergnüglicher Job, aber niemand konnte ihm dabei helfen. Es war schwer, wenn man all seine Liebe auf eine Person fixierte. Wie sie es so viele Jahre lang mit Arkady getan hatte, obwohl er die meiste Zeit über tot gewesen war. Das ergab keinen Sinn; aber er fehlte ihr. Und trotzdem ärgerte sie sich noch über ihn. Er hatte nicht einmal lange genug gelebt, um zu begreifen, wie viel er versäumt hatte. Der glückliche Narr. Auch Art war glücklich, aber er war kein Narr. Wenigstens kein ausgesprochener. Für Nadia waren alle glücklichen Leute definitionsgemäß etwas verrückt, wie könnten sie sonst glücklich sein? Aber sie mochte sie trotzdem. Sie brauchte sie. Sie waren wie Satchmos geliebte Musik. Und angesichts der Welt und allem, was darin war, war diese Fröhlichkeit ein sehr mutiger Weg zu leben – nicht eine Kombination von Verhältnissen, sondern von Verhaltensweisen. »Ja, komm mit mir klempnern!«, sagte sie zu Art und drückte ihn ganz fest an sich, als könne sie Glück einfangen, wenn sie es nur fest genug drückte. Sie zog sich zurück, und er machte vor Überraschung große Augen, genau wie wenn er ihren kleinen Finger hielt.

Aber sie war immer noch Präsidentin des Exekutivrats und trotz ihres Entschlusses wurde sie jeden Tag durch »Entwicklungen« aller Art etwas fester an ihr Amt gefesselt. Deutsche Immigranten wollten eine neue Hafenstadt namens Blocks Hoffnung auf der Halbinsel bauen, die das Nordmeer halbierte, und dann einen breiten Kanal durch diese Halbinsel graben. Rote Guerilleros waren dagegen und jagten die durch die Halbinsel verlaufende Schiene in die Luft. Sie sprengten auch die zum Gipfel von Biblis Patera führende Strecke, um zu zeigen, dass sie auch hier dagegen waren. Ökopoieten in Amazonia wollten mächtige Waldbrände entfachen. Andere wollten den vom Feuer abhängigen Wald in Kasei beseitigen, den Sax in der großen Kurve des Tales angelegt hatte (dieser Antrag wurde als erster einmütig vom Umweltgerichtshof gebilligt). Rote, die bei White Rock lebten, einer acht Kilometer breiten rein weißen Mesa, wollten diese zu einem »*Kami*-Gelände« erklärt sehen, wo menschlicher Zutritt verboten war. Ein Planungsteam von Sabishii empfahl, eine neue Hauptstadt an der Küste des Nordmeers auf 0° Länge zu erbauen, wo es eine tiefe Bucht gab. New Clarke war überfüllt mit Leuten, die verdächtig nach Schnüfflertruppen der Metanats aussahen. Die Ingenieure von Da Vinci wollten, dass die Kontrolle des Weltraums über dem Mars einer Agentur der globalen Regierung übertragen würde, die es nicht gab. Senzeni Na wollte ihr Mohole auffüllen. Die Chinesen baten um Genehmigung, einen ganz neuen Raumaufzug zu bauen, der in der Nähe des Schiaparelli-Kraters befestigt sein sollte, um ihre Einwanderer zu befördern und für den Handel mit anderen. Die Immigration nahm jeden Monat zu.

Nadia behandelte alle diese Themen in halbstündigen Terminen, die von Art angesetzt wurden; und so vergingen die Tage im Nu. Es wurde sehr schwierig, sich dessen bewusst zu bleiben, dass manche dieser Dinge wichtiger waren als andere. Zum Beispiel würde der Mars von chinesischen Einwanderern überschwemmt werden, wenn sie auch nur den Hauch einer Chance erhielten ... Und die roten Guerilleros wurden immer unverschämter. Es hatte sogar Morddrohungen gegen Nadia selbst gegeben. Sie hatte jetzt eine Eskorte, sobald sie ihr Apartment verließ, und dieses wurde diskret bewacht. Nadia ignorierte das und arbeitete weiter an ihren Aufgaben und daran, bei den Abstimmungen, die ihr wichtig waren, eine Majorität auf ihrer Seite zu haben. Sie stellte gute Arbeitsbedingungen mit Zeyk, Mikhail und sogar mit Marion her. Mit Ariadne liefen die Dinge allerdings nie wieder ganz so gut, was eine zweimal und darum auch gut gelernte Lektion war.

So machte sie ihre Arbeit. Aber die ganze Zeit wollte sie weg von Pavonis. Art sah, dass ihre Geduld jeden Tag knapper wurde. Sie merkte an seinem Blick, dass sie zunehmend widerborstig, mürrisch und diktatorisch wurde. Sie merkte es, konnte es aber nicht ändern. Nach Zusammenkünften mit unseriösen oder obstruktiven Leuten ließ sie oft einen Erguss boshafter Schmähungen mit gleichmäßig leise fluchender Stimme los, den Art entnervend fand. Es kamen Delegationen, um ein Ende der Todesstrafe zu fordern oder das Recht, in der Caldera von Olympus Mons zu bauen, oder einen freien achten Platz im Exekutivrat zu verlangen. Und sobald die Tür geschlossen war, pflegte Nadia zu sagen: »Nun, da haben wir einen Haufen verdammter, saublöder Idioten, die niemals über unentschiedene Abstimmungen nachgedacht haben und denen nie in den Sinn gekommen ist, dass man sein eigenes Lebensrecht verwirkt, wenn man jemandem das Leben nimmt«, und so weiter. Der neuen Polizei ging eine Schar roter Guerilleros ins Netz, die wieder versucht hatten, die Steckdose in die Luft zu jagen, und dabei einen Sicherheitsmann getötet hatten. Da war sie der strengste Richter, den sie hatten. Sie rief: »Exekutiert sie! Man hat das Recht zu leben verwirkt, wenn man jemanden tötet. Richtet sie hin, oder verbannt sie lebenslänglich vom Mars! Lasst sie auf eine Weise bezahlen, die wirklich die Aufmerksamkeit der Roten auf sich zieht!«

»Na ja«, meinte Art unbehaglich. »Trotzdem.« Aber sie tobte weiter. Sie konnte erst aufhören, als ihre Wut nachgelassen hatte. Und Art stellte fest, dass das jedes Mal länger dauerte.

Er gab sich selbst einen Teil der Schuld und empfahl ihr, eine neue Konferenz einzuberufen wie die, welche sie in Sabishii verpasst hatte. Und dieses Mal sollte sie auf jeden Fall dabei sein. Nadia war der Meinung, die Kanalisierung der Bemühungen verschiedener Körperschaften für eine einzelne Sache wäre nicht gerade das, was man konstruktiven Aufbau nennt. Aber das würde genügen müssen.

Die Auseinandersetzungen in Cairo hatten ihre Aufmerksamkeit auf den hydrologischen Kreislauf gelenkt – was würde geschehen, wenn das Eis anfinge zu schmelzen? Wenn sie irgendeinen Plan für einen Wasserkreislauf austüfteln könnten, wenn auch nur näherungsweise, könnte dieser weitgehend zur Reduzierung von Konflikten über Wasser führen. Darum beschloss sie zu schauen, was sich machen ließe.

Wie es in diesen Tagen oft geschah, wenn sie über globale Themen nachdachte, stellte sie fest, dass sie mit Sax darüber sprechen wollte. Die Reisenden von der Erde waren jetzt beinahe zurück, nahe genug, dass die Verzögerung der Übertragung unbedeutend war, fast als führe man eine normale Konversation über den Handgelenkscomputer. So verbrachte Nadia ganze Abende in Gesprächen mit Sax übers Terraforming. Mehr als einmal überraschte er sie gewaltig. Er vertrat nicht die Ansichten, die sie bei ihm erwartet hatte. Er schien sich stets zu verändern. Eines Nachts sagte er: »Ich will die Dinge wild lassen.«

»Was meinst du damit?«, fragte sie.

Sein Gesicht nahm den verwirrten Ausdruck an, den er hatte, wenn er scharf überlegte. Es dauerte erheblich länger als die Verzögerung der Übertragung, bis er antwortete: »Vielerlei. Das ist ein kompliziertes Wort. Aber – ich meine – ich will die ursprüngliche Landschaft so unversehrt wie möglich erhalten.«

Nadia konnte ihr Gelächter darüber beherrschen. Aber Sax sagte noch: »Was findest du daran komisch?«

»Oh, nichts. Du klingst nur – ich weiß nicht – wie manche Rote. Oder die Leute in Christianopolis. Das sind keine Roten, aber sie haben vorige Woche fast dasselbe zu mir gesagt. Sie wollen, dass die primäre Landschaft der südlichen Hochlande erhalten wird. Ich habe ihnen geholfen, eine Konferenz zu veranstalten, um über Wasserscheiden im Süden zu sprechen.«

»Ich dachte, du arbeitest an Treibhausgasen?«

»Sie wollen mich nicht arbeiten lassen. Ich muss Präsidentin sein. Aber ich werde an dieser Konferenz teilnehmen.«

»Eine gute Idee.«

Die japanischen Siedler in Messhi Hoko (was »Selbstopferung für das Gemeinwohl« bedeutete) traten mit der Bitte an den Rat heran, dass ihrer Kuppel in Süd-Tharsis mehr Land und Wasser zugeteilt werden möge. Nadia ließ sie stehen und flog mit Art nach Christianopolis im fernen Süden hinunter.

Die kleine Stadt (und nach Sheffield und Cairo wirkte sie besonders klein) lag im Phillipps-Randkrater Vier auf einer Breite von 67° Süd. Während des Jahres ohne Sommer hatte der tiefe Süden mehrere strenge Stürme erlebt, die ungefähr vier Meter Neuschnee abgeladen hatten – eine noch nie dagewesene Menge. Der vorige Jahresrekord war bei weniger als einem Meter gelegen. Jetzt war es $L_s = 281$, also kurz nach dem Perihel, und im Süden Hochsommer. Die verschiedenen Strategien zur Vermeidung einer Eiszeit schienen gut zu funktionieren. Der meiste Schnee war in einem warmen Frühling geschmolzen, und jetzt gab es auf jedem Kraterboden runde Teiche. Der Teich im Zentrum von Christianopolis war ungefähr vier Meter tief und hatte einen Durchmesser von 300 Metern. Das gefiel den Einwohnern, da er ihnen einen schönen Parkteich bescherte. Aber wenn es in jedem Winter so weiterging – und die Meteorologen glaubten, dass die kommenden Winter noch mehr Schnee bringen und die kommenden Sommer immer wärmer werden würden –, wäre ihre Stadt schnell durch Schneeschmelze überschwemmt und Phillipps-Randkrater Vier würde ein randvoller See werden. Und das galt auch für andere Krater überall auf dem Mars.

Die Konferenz in Christianopolis war zusammengekommen, um Strategien zu erörtern, wie man mit der Situation fertigwerden konnte. Nadia hatte getan, was möglich war, um einflussreiche Leute hinzuzuziehen, einschließlich Meteorologen, Hydrologen, Ingenieure und möglichst auch Sax, dessen Rückkehr nun unmittelbar bevorstand. Das Problem der Kraterüberschwemmung sollte der Ausgangspunkt der Diskussion über Wasserscheiden und den hydrologischen Zyklus sein.

Das Kraterproblem speziell könnte so gelöst werden, wie Nadia es vorhergesagt hatte – durch Rohrleitungen. Sie würden die Krater wie Badewannen behandeln und Abläufe bohren, um sie zu entleeren. Die Brecciapfannen unter den staubigen Kraterböden waren äußerst hart. Sie konnten aber von Robotern durchtunnelt werden. Dann installierte man Pumpen und Filter, um das Wasser herauszupumpen und, wenn gewünscht, einen zentralen Teich zu behalten oder den Krater trockenzulegen.

Aber was würden sie mit dem herausgepumpten Wasser anfangen? Die südlichen Hochländer waren zerklüftet, narbig, hüglig, eingesunken, gespalten und brüchig. Als potenzielle Wasserscheide war hier nichts zu gebrauchen. Es gab kein wirklich abschüssiges Gelände. Der ganze Süden war ein Plateau in drei bis vier Kilometern Höhe über dem alten Bezugsniveau, mit kleinen Buckeln und Senken. Nie war Nadia der Unterschied zwischen diesen Hochebenen und jedem Kontinent auf der Erde so deutlich ins Auge gefallen wie jetzt. Auf der Erde hatten tektonische Bewegungen alle paar Jahrmillionen Berge hochgedrückt; und dann war Wasser an diesen frischen Hängen heruntergeflossen, auf den Wegen geringsten Widerstandes hin zum Meer, und hatte überall die fraktalen Formen von Wasserscheiden eingegraben. Selbst die trockenen Beckenregionen der Erde waren von Arroyos gesäumt und mit Salztonebenen (Playas) durchsetzt.

In der südlichen Marshemisphäre hingegen hatte das noachische Bombardement wüst auf das Land eingehämmert und überall Krater und Auswurfmaterial hinterlassen. Danach hatten die zerbombten Wüsten zwei Milliarden Jahre lang unter der rücksichtslosen Erosion der staubigen Winde gelegen, die an jeder brüchigen Stelle zerrten und schliffen. Wenn man Wasser auf dieses unebene Land gießen würde, käme dabei ein verrückter Fleckenteppich aus kurzen Strömen zustande, die von lokalen Neigungen zum nächsten randlosen Krater flössen. Keine Flüsse würden es bis zu dem Meer im Norden schaffen oder gar zum Hellas- oder Argyre-Becken, die von Gebirgsketten ihrer eigenen Auswurfmaterialien umringt wurden.

Es gab aber einige Ausnahmen von dieser Situation. Auf die frühe noachische Zeit folgte eine kurze warmfeuchte Periode am Ende der hesperianischen Zeit, die vielleicht nur einhundert Jahrmillionen gedauert und in der eine dichte warme Kohlendioxid-Atmosphäre ermöglicht hatte, dass flüssiges Wasser an die Oberfläche strömte und einige Flussbetten in die sanften Hänge der Hochebenen grub, die sich zwischen Kratermoränen ihren Weg suchten. Und diese Wasserläufe waren natürlich, nachdem die Atmosphäre ausgefroren war, als leere Arroyos geblieben, die lediglich vom Wind erweitert wurden. Diese fossilen Flussbetten wie Nirgal Vallis, Warrego Valles, Protva Valles, Patana Valles oder Otis Vallis waren enge, gewundene Canyons, eher Flussbetten denn Gräben oder Fossae. Ein paar von ihnen besaßen rudimentäre Zuflusssysteme, darum benutzte man bei der Planung eines groß angelegten Wasserscheidensystems für den Süden natürlich diese Canyons als primäre Wasserläufe, die von oben her durch die Zuflüsse vollgepumpt wurden. Dann gab es noch eine Anzahl alter Lavakanäle, die man leicht zu Flüssen machen konnte, da die Lava, genau wie das Wasser, auf seinem Weg nach unten den Weg des geringsten Widerstandes zu nehmen pflegte. Außerdem waren da noch etliche geneigte Bruchgräben und Spalten, wie am Fuße von Eridania Scopulus, die genauso genutzt werden konnten.

In der Konferenz wurden täglich auf großen Marsgloben verschiedene Wassersysteme aufgezeichnet. Es gab auch Räume voller topographischer 3D-Karten, um die einzelne Gruppen herumstanden und über Vorzüge und Nachteile diverser Wasserscheidensysteme diskutierten oder auch nur ruhelos auf und ab gingen und darüber nachdachten oder an den Kontrollen herumspielten, um neue Lösungen zu finden. Nadia wanderte durch die Räume, schaute diese Hydrographien an und lernte viel über die Südhemisphäre, das sie bisher nicht gewusst hatte. Da war ein sechs Kilometer hoher Berg nahe dem Krater Richardson im fernen Süden. Auch die Südpolkappe lag recht hoch. Dorsa Brevia hingegen lag in einer Senke, die aussah wie ein aus dem Hellas-Aufprall geschnittener Strahl, ein Tal, so tief, dass ein See daraus werden sollte. Dieser Gedanke gefiel den Bewohnern von Dorsa Brevia natürlich nicht. Das Gebiet konnte aber sicher drainiert werden, sollte man sich darum bemühen. Es gab Dutzende unterschiedlicher Pläne, und jedes einzelne System machte auf Nadia einen befremdlichen Eindruck. Sie hatte noch nie so klar gesehen, wie sich ein durch Schwerkraft getriebenes Fraktal von zufälligen Impakten unterschied. In der unfertigen meteoritischen Landschaft war fast alles möglich, weil nichts auf der Hand lag – nichts außer der Tatsache, dass bei jedem möglichen System einige Kanäle und Tunnel gebaut werden müssten. Ihr neuer Finger juckte vor

Verlangen, hier raus zu kommen und einen Bulldozer oder Tunnelbohrer zu steuern.

Allmählich nahmen die effizientesten, logischsten oder ästhetisch ansprechendsten Pläne Gestalt an. Die für jede Region infrage kommenden wurden zu einer Art Mosaik zusammengeheftet. Im östlichen Quadranten des äußersten Südens würden die Flüsse dazu tendieren, auf das Hellas-Becken zuzulaufen und schließlich durch Schluchten ins Hellas-Meer, was günstig war. Dorsa Brevia akzeptierte einen Plan, wonach der Grat des Lavatunnels ihrer Stadt eine Art Damm werden sollte, der eine Wasserscheide kreuzte, sodass sich ein See darüber und ein Fluss darunter befinden würde, der nach Hellas strömte. Um die südliche Polkappe herum würde fallender Schnee gefroren bleiben; aber die meisten Meteorologen sagten voraus, dass es nach dem Eintreten stabiler Verhältnisse nicht viel Schneefall in der Polregion geben und sich eine kalte Wüste bilden würde, ähnlich der Antarktis auf der Erde. Natürlich würde es schließlich zu einer großen Eiskappe kommen, die schmelzen und die große Senke unter den Promethei Rupes, dem Überrest eines alten Einschlagbeckens, füllen würde. Wenn man die Kappe kleiner halten wollte, würde man etwas von dem Eis schmelzen und nach Norden pumpen müssen, vielleicht in das Hellas-Meer. Ähnliche Pumparbeiten würden im Argyre-Becken erforderlich sein, falls man sich dafür entscheiden sollte, es trocken zu halten. Eine Gruppe gemäßigter Roter bestand vor dem Globalen Umweltgerichtshof mit dem Argument darauf, dass eines der beiden großen, mit Dünen gefüllten Impaktbecken auf dem Planeten erhalten bleiben müsste. Es schien sicher, dass das Gericht ihnen zustimmen würde. Darum mussten alle Wasserscheiden rings um Argyre das berücksichtigen.

Sax hatte einen eigenen Plan für die Wasserscheiden entworfen, den er der Konferenz zur Beurteilung schickte, als ihre Rakete das Areobreaking-Manöver im Orbit vollzog. Dieser Plan sah ein Minimum an Oberflächenwasser vor. Stattdessen sollten Tunnelsysteme fast alles Drainagewasser in die fossilen Flusscanyons kanalisieren. Dabei würden weite Gebiete des Südens trockene Wüsten bleiben, sodass eine Hemisphäre aus trockenem Tafelland entstünde, das von ein paar engen Canyons mit Flussböden durchschnitten sein würde. In einem Anruf erklärte er Nadia: »Das Wasser wird nach Norden geführt, und wenn man auf den Plateaus steht, wird es fast aussehen wie schon immer.«

Ann würde das bestimmt gefallen, hieß das.

»Eine gute Idee«, sagte Nadia.

Und wirklich unterschied sich Sax' Plan nicht großartig von dem durch die Konferenz ausgearbeiteten Konsens. Feuchter Norden, trockener Süden, womit der großen Dichotomie ein neuer Dualismus hinzugefügt wäre. Und es war befriedigend, dass die alten Flusscanyons wieder Wasser führen sollten. Ein in Anbetracht des Terrains gut durchdachter Plan.

Aber die Tage, in denen Sax oder sonst jemand ein Terraformingprojekt beschließen und es dann einfach ausführen konnte, waren längst vorbei. Nadia wusste, dass Sax das nicht ganz begriffen hatte. Schon ganz zu Anfang, als er mit Algen gefüllte Windmühlenheizer heimlich über den Planeten verteilt hatte, ohne dass außer seinen Komplizen jemand etwas davon wusste oder zugestimmt hatte, pflegte er auf eigene Faust zu handeln. Das war eine eingefleischte Geisteshaltung; und jetzt schien er das Prüfungsverfahren seitens der Umweltämter zu vergessen, das jeder Plan über Wasserscheiden durchzumachen hatte. Aber es gab diesen Prozess, der jetzt unvermeidbar war. Wegen der großen Geste waren die Hälfte der fünfzig Richter am Globalen Umweltgerichtshof Rote der einen oder anderen Schattierung. Jeder Vorschlag aus einer Konferenz, an der Sax Russell teilgenommen hatte, selbst nur aus der Entfernung, würde genauer und misstrauischer Kritik unterliegen.

Aber Nadia hatte den Eindruck, dass die roten Richter, wenn sie den Vorschlag sorgfältig prüften, von Sax' Versuch erstaunt sein würden. Tatsächlich war dieser Sinneswandel fast wie ein Damaskuserlebnis – angesichts Sax' Geschichte unerklärlich, sofern man nicht alles darüber wusste. Aber Nadia verstand: Er wollte Ann einen Gefallen tun. Nadia hielt das für unmöglich, aber dass er es überhaupt versuchte, gefiel ihr. »Ein Mann voller Überraschungen«, bemerkte sie Art gegenüber.

»Ein Gehirntrauma bringt so etwas mit sich.«

Auf jeden Fall hatten sie, als die Konferenz beendet war, eine ganze Hydrographie konstruiert, die alle künftigen größeren Seen, Flüsse und Ströme der Südhemisphäre verzeichnete. Dieser Plan würde schließlich mit ähnlichen Plänen für die Nordhemisphäre kollationiert werden müssen, die wegen der Ungewissheit, wie groß das Nordmeer werden würde, vergleichsweise ungeordnet waren. Es wurde kein Wasser aktiv mehr aus dem Permafrost und den Reservoiren gepumpt. Tatsächlich waren viele Pumpstationen im letzten Jahr durch rote Guerilleros gesprengt worden. Aber einiges Wasser stieg immer noch unter dem Druck, den das bereits an die Oberfläche gepumpte Wasser auf das Land ausübte, auf. Und es floss auch im Sommer Wasser nach Vastitas, jedes Jahr mehr, sowohl von der nördlichen Polkappe wie vom Großen Steilhang. Vastitas war das Auffangbecken für die großen Wasserscheiden überall. Darum würde im Sommer eine Menge Wasser hineinströmen. Andererseits wurde durch die trockenen Winde immer viel Wasser mitgezogen, das dann irgendwo abregnete. Und Wasser pflegte viel schneller zu verdunsten, als das ständig vorhandene Eis sublimierte. Zu kalkulieren, wie viel verschwand und wie viel wieder hineinfloss, war unmöglich. Die Schätzungen wichen weit voneinander ab, sodass die geschätzten Küstenlinien in manchen Fällen Hunderte von Kilometern auseinanderlagen.

Diese Unsicherheit würde, dachte Nadia, den Globalen Umweltgerichtshof behindern, dessen Aufgabe es im Grunde war, alle laufenden Daten zu sammeln und zu bewerten, ein Meeresniveau festzusetzen und dann alle Wasserscheiden entsprechend zu genehmigen. Es erschien an dieser Stelle unmöglich, über das Schicksal des Argyre-Beckens zu entscheiden, ehe es einen Plan für den Norden gab. Einige Pläne sahen vor, Wasser aus dem Nordmeer nach Argyre hochzupumpen, wenn es dort zu voll wurde, um eine Überflutung der Marineris-Canyons, South Fossa und der neu im Bau befindlichen Häfen zu vermeiden. Radikale Rote drohten bereits damit, »Westjordanland-Siedlungen« um ganz Argyre zu errichten, um jedem solchen Unternehmen zu begegnen.

Damit hatte der Globale Umweltgerichtshof ein weiteres großes Problem zu lösen. Er wurde offenbar das wichtigste politische Gremium auf dem Mars. Mit der Verfassung und seinen eignen vorangegangenen Richtlinien beherrschte er fast jeden Aspekt ihres künftigen Lebens auf dem Mars. Nadia hielt das auch für richtig oder fand wenigstens nichts Falsches dabei. Entscheidungen mit globalen Auswirkungen, die global beurteilt wurden, waren notwendig.

Aber unabhängig von zukünftigen Gerichtsentscheidungen – ein vorläufiger Plan für die südliche Hemisphäre war zumindest formuliert worden. Und zur allgemeinen Überraschung kam der Globale Umweltgerichtshof sehr bald nach Vorlage zu einer positiven vorläufigen Beurteilung; denn der Plan konnte, hieß es, stufenweise aktiviert werden, wenn im Süden Niederschläge fielen, und die ersten Stufen blieben fast unabhängig davon, wie hoch das endgültige Meeresniveau im Norden sein würde. Daher gab es keinen Grund, den Beginn der Umsetzung weiter hinauszuschieben.

Art kam herein, strahlend über diese Nachricht. »Wir können mit der Klempnerei anfangen«, verkündete er.

Aber Nadia konnte das natürlich nicht. Sie musste wieder zu Sitzungen nach Sheffield zurückkehren. Es waren Entscheidungen zu treffen, und Leute mussten überzeugt oder gezwungen werden. Sie verrichtete verbissen ihre Arbeit, ob sie ihr gefiel oder nicht. Im Lauf der Zeit wurde sie dabei immer besser und besser. Sie lernte, wie sie sanft Druck ausüben konnte, damit andere Leute in ihrem Sinne handelten, und wie Menschen ihren Bitten entsprachen, wenn sie Wünsche oder Anregungen auf eine bestimmte Weise äußerte. Der ständige Strom von Entscheidungen schliff manche ihrer Ansichten ab. Sie fand, dass es hilfreich war, zumindest einige bewusst eingehaltene politische Grundsätze zu haben, statt jeden Fall instinktiv zu beurteilen. Es half auch, verlässliche Verbündete zu haben, im Rat und außerhalb, anstatt eine vermeintlich neutrale und unabhängige Person zu sein. Und so kam es allmählich dazu, dass sie sich den Bogdanovisten zuwandte, die zu ihrer Überraschung mehr ihrer politischen Denkweise entsprachen als alle anderen Gruppierungen auf dem Mars. Natürlich war ihre Lesart des Bogdanovismus relativ einfach. Dinge sollten gerecht sein, hatte Arkady stets betont, und alle sollten frei und gleich sein. Die Vergangenheit spielte keine Rolle. Sie mussten neue Formen erfinden, wo die alten unfair oder undurchführbar schienen. Der Mars war, wenigstens für sie, die einzige Realität, die zählte. Mit diesen Leitprinzipien fand sie es leichter, sich über Dinge klar zu werden, einen Kurs zu erkennen und direkt anzusteuern.

Sie wurde auch immer rücksichtsloser. Von Zeit zu Zeit empfand sie aufs Neue, wie Macht korrumpieren konnte, spürte es wie einen leichten Ekel. Aber sie gewöhnte sich daran. Sie stritt oft mit Ariadne; und wenn sie sich an die Gewissensbisse erinnerte, die sie bei ihrem ersten Streit mit der jungen Minoerin gehabt hatte, erschien ihr das lachhaft oder allzu überempfindlich. Sie war jetzt täglich den Leuten gegenüber, die ihr begegneten, viel bissiger. Sie ließ bei einer Sitzung nach der anderen in kalkulierten kleinen Ausbrüchen von Brutalität das Messer aufblitzen, was die Leute sehr wirksam auf Vordermann brachte. Und tatsächlich – je mehr sie es sich gestattete, kleine Ausbrüche von Wut und Ärger herauszulassen, desto sicherer konnte sie die Menschen kontrollieren und irgendwie nützlicher einsetzen. Sie war eine Macht, und die Leute wussten das, und Macht war korrosiv. Macht war auch in mehr als einer Hinsicht stark. Nadia hatte deswegen nur sehr wenige Gewissensbisse. Im Allgemeinen brauchten die Leute hin und wieder einen Nasenstüber. Sie hatten gedacht, eine harmlose alte Babuschka zu bekommen, die im großen Sessel saß, während sie untereinander ihre Spielchen spielten. Aber der große Sessel war der Sitz der Macht; und sie wollte all diesen Mist nicht durchmachen, ohne diese Macht einzusetzen, um das zu bekommen, was sie wollte.

Und so merkte sie immer seltener, wie hässlich das war. Als sie es einmal nach einem besonders harten Tag doch spürte, sank sie in einem Sessel zusammen und weinte fast, elend vor Abscheu. Es waren erst sieben Monate von ihren drei M-Jahren vergangen. Was würde sie sein, wenn ihr Pensum erledigt war? Sie hatte sich schon an die Macht gewöhnt. Bis dahin würde sie ihr vielleicht sogar gefallen.

Art, der durch all das besorgt war, zwinkerte ihr am Frühstückstisch zu. Nachdem sie erklärt hatte, was sie bedrückte, sagte er einfach: »Nun, Macht ist Macht.« Seine Gedanken rasten: »Du bist die erste Präsidentin des Mars. Also definierst du in gewisser Weise das Amt. Vielleicht solltest du erklären, dass du immer nur den ersten Monat arbeiten wirst und den zweiten Monat an deinen Stab delegierst. Oder so.«

Sie starrte ihn an, den Mund voller Toast.

Später in dieser Woche verließ sie Sheffield und begab sich wieder in den Süden, zusammen mit einer Karawane von Leuten, die von Krater zu Krater zogen, um Drainagesysteme zu installieren. Jeder Krater war anders; aber im Grunde kam es darauf an, den richtigen Winkel zu finden, der aus der Kraterschürze hinausführte, und dann die Roboter in Gang zu setzen. Von Karman, Du Toit, Schmidt, Agassiz, Heaviside, Bianchini, Lau, Chamberlin, Stoney, Dokuchaev, Trumpler, Keeler, Charlier,

Suess … Sie bearbeiteten all diese Krater und viele namenlose dazu, obwohl die Krater schneller Namen bekamen, als sie sie anbohrten: 85 South, Too Dark, Fool's Hope, Shanghai, Hiroko Slept Here, Fourier, Cole, Proudhon, Bellamy, Hudson, Kaif, 47 Ronin, Makoto, Kino Doku, Ka Ko, Mondragon. Der Umzug vom einen Krater zum nächsten erinnerte Nadia an ihre Fahrten um die südliche Polkappe während der Jahre im Untergrund. Nur fand jetzt alles offen statt, und während der Mittsommertage schwelgte das Team in der Sonne, im grellen Licht der Kraterteiche. Sie reisten durch raue gefrorene Sümpfe, deren Schmelzwasser in der Sonne schimmerte und in denen Wiesengras wuchs, und kreuzten natürlich immer die rostfarbene und schwarze Felsenlandschaft, die Ring um Ring und Spalte um Spalte ans Licht stieß. Sie bohrten Krater an, legten Leitungen durch Wasserscheiden und fügten den Schürfmaschinen Fabriken für Treibhausgase überall da hinzu, wo das Gestein irgendwelche Gasvorräte barg.

Aber kaum etwas davon erwies sich als Arbeit in dem Sinne, wie sie Nadia vorschwebte. Sie vermisste die alten Tage. Natürlich war das Bedienen eines Bulldozers keine schwere körperliche Arbeit gewesen; aber der Umgang mit dessen Schaufel hatte physische Fähigkeiten erfordert, und das ständige Schalten war physisch anstrengend gewesen. Und es war allgemein anstrengender als diese »Arbeit«, die darin bestand, den KIs Befehle zu geben und dann umherzugehen und brummende und summende Teams hüfthoher Robotgraber, häuserblockhoher mobiler Fabrikeinheiten und Tunnelbohrer zu beobachten, deren Diamantzähne wie beim Haifisch nachwuchsen und aus biokeramisch-metallischen Legierungen bestanden, die stärker waren als das Aufzugskabel. Die Maschinerie lief ganz von alleine.

Das war nicht das, was sie hatte tun wollen.

Ein neuer Versuch. Sie durchlief einen weiteren Zyklus. Rückkehr nach Sheffield, Betätigung im Rat, zunehmender Widerwille, gemischt mit Verzweiflung, Ausschau nach irgendetwas, das sie da herausholen könnte, Bemerken eines annehmbaren Projekts und Inangriffnahme desselben. Loslegen und prüfen. Wie Art gesagt hatte, konnte sie ungehindert handeln. Auch das lag in ihrer Macht.

Bei der nächsten Pause interessierte sie sich für Böden. Art sagte: »Luft, Wasser, Erde. Das nächste Mal werden es Waldbrände sein, he?«

Aber sie hatte gehört, dass Forscher in Bogdanov Vishniac Boden herzustellen versuchten; und das interessierte sie. So zog sie los und flog nach Vishniac im Süden, wo sie seit Jahren nicht gewesen war. Art begleitete sie. »Es wird interessant sein zu sehen, wie sich die alten Städte des Untergrundes anpassen, jetzt, wo es nicht mehr nötig ist, sich zu verstecken.«

Als sie in die zerklüftete Region des Südpols flogen, sagte Nadia: »Um ehrlich zu sein, verstehe ich nicht, weshalb jemand hier unten bleibt. So weit im Süden herrscht ewiger Winter. Sechs Monate ganz ohne Sonne. Wer würde da bleiben wollen?«

»Sibirier.«

»Kein Sibirier, der richtig bei Verstand ist, würde hierherziehen. Die wissen es besser.«

»Also dann Lappen oder Inuit. Leute, die die Pole lieben.«

»Wahrscheinlich.«

Wie sich zeigte, schienen niemandem in Vishniac Bogdanov die Winter etwas auszumachen. Sie hatten den Abraumhügel ihres Moholes ringförmig um das Loch selbst angelegt und damit ein riesiges rundes Amphitheater geschaffen, das auf das Mohole ausgerichtet war. Dieses terrassierte Amphitheater sollte das Vishniac an der Oberfläche werden. Während der Sommer wäre es eine grüne und in den dunklen Wintern eine weiße Oase. Sie beabsichtigten, sie mit Hunderten hellen Straßenlaternen zu erleuchten und sich dadurch eine Art Bühne zu schaffen, von der aus die Stadt sich rings um ein rundes Loch selbst betrachten oder von der oberen Mauer auf das frostige Chaos der polaren Gebirge blicken konnte. Nein, keine Frage, sie würden hier bleiben. Der Ort gehörte ihnen.

Nadia wurde am Flughafen als Ehrengast begrüßt, wie immer, wenn sie sich bei Bogdanovisten aufhielt. Zuvor hatte sie das als lächerlich und sogar etwas beleidigend empfunden: Freundin des Gründers! Aber jetzt nahm sie ihr Anerbieten einer Gästesuite an, die am Rande des Moholes mit einem leicht überhängenden Fenster, das einen Blick achtzehn Kilometer direkt in die Tiefe erlaubte, lag. Die Lichter auf dem Boden des Moholes sahen aus wie Sterne, durch den Planeten hindurch betrachtet.

Art war starr vor Entsetzen, nicht wegen der Aussicht, sondern bloß wegen des Gedankens daran, und er wollte sich dieser Hälfte des Raums nicht nähern. Nadia lachte ihn aus und schloss die Vorhänge, als sie sich sattgesehen hatte.

Am nächsten Tag besuchte sie die Bodenforscher, die sich über ihr Interesse freuten. Sie wollten unabhängig sein, sich selbst ernähren; und das wurde ohne mehr Erde schwierig, weil immer mehr Siedler in den Süden zogen. Sie hatten aber herausgefunden, dass die Herstellung von Mutterboden zu den schwierigsten technischen Aufgaben zählte, die sie sich jemals gestellt hatten. Nadia war überrascht, das zu hören. Schließlich waren das doch die Vishniac-Labors, in der Welt bei technisch getragenen Ökologien führend, weil sie Jahrzehnte lang in einem Mohole versteckt gelebt hatten. Und Ackerkrume war – na ja – Boden. Vermutlich Dreck mit Zusätzen.

Zweifellos brachte sie etwas von diesem Urteil gegenüber den Bodenforschern zum Ausdruck; und der Mann namens Arne, der sie herumführte, teilte ihr etwas gereizt mit, dass Boden wirklich *sehr* komplex wäre. Ungefähr fünf Prozent davon bestand aus Lebewesen, dichten Populationen von Nematoden, Würmern, Mollusken, Arthropoden, Insekten, Arachniden, kleinen Säugetieren, Schwämmen, Protozoen, Algen und Bakterien. Die Bakterien allein umfassten mehrere Tausend verschiedene Arten und konnten pro Gramm Boden bis zu hundert Millionen Individuen zählen. Und die anderen Mitglieder der Mikrogemeinschaft waren fast ebenso zahlreich und mannigfaltig.

Derart komplexe Ökologien konnten nicht einfach auf die Art hergestellt werden, wie Nadia sich das vorgestellt hatte: dass man die Ingredienzen separat züchtete und dann wie bei einem Kuchen im Mixer zusammenmischte. Aber sie kannten nicht alle Zutaten und konnten einige davon nicht züchten; und manche, bei denen das gelang, starben bei der Vermischung. »Würmer sind besonders empfindlich. Auch Nematoden machen Schwierigkeiten. Das ganze System neigt dazu zusammenzubrechen, wobei uns nur Mineralien und tote organische Substanzen verbleiben. Das nennt man dann Humus. In der Herstellung von Humus sind wir sehr gut. Aber Ackerkrume muss wachsen.«

»So wie in der Natur?«

»Richtig. Wir können nur versuchen, sie schneller wachsen zu lassen, als es von Natur aus geschieht. Wir können sie nicht zusammensetzen oder in großen Mengen herstellen. Und viele der lebendigen Bestandteile wachsen am besten in der Erde selbst. Darum ist es ein Problem, Organismen, die den Grundstock bilden, schneller herzustellen, als die natürliche Bodengestaltung sie liefern würde.«

»Hmm«, machte Nadia.

Arne führte sie durch ihre Labors und Gewächshäuser, die voller zylindrischer Bottiche oder Rohre in Gestellen waren, alle mit Boden oder dessen Komponenten gefüllt. Das war experimentelle Agronomie; und Nadia war nach ihrer Erfahrung mit

Hiroko darauf vorbereitet, nur sehr wenig davon zu verstehen. Die esoterischen Dinge der Wissenschaft überstiegen ihr Fassungsvermögen. Aber sie begriff, dass man Versuchsreihen anstellte, bei denen die Bedingungen in jedem Bodenkörper variierten, und verfolgte, was geschah. Arne zeigte ihr eine einfache Formel, die die allgemeinsten Aspekte des Problems beschrieb:

$$S = f(P_M, C, R, B, T)$$

Sie besagte, dass jede Bodeneigenschaft *S* ein Faktor *f* der halbunabhängigen Variablen ist, nämlich Ausgangsmaterial (P_M), Klima (C), Topographie oder Relief (R), Biota (B) und Zeit (T). Die Zeit war natürlich der Faktor, den sie beschleunigen wollten. Und das Ausgangsmaterial war bei den Versuchen der überall vorhandene Ton an der Marsoberfläche. Klima und Topographie wurden manchmal verändert, um verschiedene Feldbedingungen zu simulieren. Aber am meisten variierten sie die biotischen und organischen Elemente. Das bedeutete Mikroökologie der raffiniertesten Art; und je mehr Nadia darüber lernte, desto schwieriger erschien ihr das Vorhaben – nicht so sehr Konstruktion als vielmehr Alchemie. Viele Elemente mussten den Boden zyklisch durchlaufen, um ihn zu einem Wachsmedium für Pflanzen zu machen; und jedes Element hatte seinen eigenen speziellen Zyklus, der durch eine unterschiedliche Kombination von Agenzien angetrieben wurde. Es gab Makro-Nährstoffe, Kohlenstoff, Sauerstoff, Wasserstoff, Stickstoff, Phosphor, Schwefel, Kalium, Kalzium und Magnesium, und Mikro-Nährstoffe, Eisen, Mangan, Zink, Kupfer, Molybdän, Bor und Chlor. Keiner dieser Nährstoffzyklen war geschlossen. Es gab Verluste durch Sickern, Erosion, Abernten und Ausgasen. Die Inputs waren ebenso vielfältig, einschließlich Absorption, Verwitterung, Einwirkung von Mikroben und Anwendung von Düngemitteln. Die Bedingungen, die es ermöglichten, dass alle diese Elemente ihre Zyklen durchliefen, waren so vielfältig, dass verschiedene Böden jeden Zyklus in unterschiedlichem Maße beeinflussten. Jede Bodenart hatte eigene pH-Werte, Salzgehalte, Kompaktheiten und so weiter. Darum gab es allein in diesen Labors Hunderte benannter Böden und noch Tausende mehr unten auf der Erde.

Natürlich bildete in Vishniac-Labors das marsianische Ausgangsmaterial die Basis der meisten Experimente. Äonen von Staubstürmen hatten dieses Material auf dem ganzen Planeten verteilt, bis es überall fast die gleiche Zusammensetzung hatte. Der typische Marsboden bestand aus feinen Partikeln, hauptsächlich Silizium und Eisen. An der Oberfläche war es oft lockerer Staub. Darunter hatten unterschiedliche Grade von Zementation zwischen den Partikeln ein krustiges Material gebildet, das umso klumpiger wurde, je tiefer man grub.

Tone, mit anderen Worten Smektite, ähnlich dem Montmorillonit und Nontronit der Erde, mit Zusätzen von Materialien wie Talkum, Quarz, Hämatit, Anhydrit, Dieserit, Kalzit, Beidelit, Rutil, Gips, Maghämit und Magnetit. Und alles war von amorphen Eisenoxyhydroxiden und anderen eher kristallinen Eisenoxiden umschlossen, die für die rötlichen Farben verantwortlich waren.

Das war also ihr universelles Ausgangsmaterial: eisenreicher Smektit-Ton. Dessen locker gepackte und geschichtete Struktur bedeutete, dass er Wurzeln Halt und dennoch Raum zum Wachstum bot. Aber es gab darin keine Lebewesen, zu viele Salze und zu wenig Stickstoff. Also bestand ihre Aufgabe im Wesentlichen darin, Ausgangsmaterial zu sammeln, Salz und Aluminium herauszuziehen und Stickstoff und die biotische Gemeinschaft so schnell wie möglich hinzuzufügen. So gesehen war das einfach. Aber der Ausdruck »biotische Gemeinschaft« bereitete eine ganze Welt von Schwierigkeiten. »Mein Gott, das ist, als würde man diese Regierung zum Laufen bringen wollen«, sagte Nadia eines Abends zu Art. »Die haben große Schwierigkeiten.«

In der Praxis fügten die Leute dem Ton einfach Bakterien hinzu, dann Algen und andere Mikroorganismen, danach Flechten und halophytische Pflanzen. Dann warteten sie, bis diese Biogemeinschaften den Ton in Humus verwandelt hatten, was viele Generationen von Leben und Sterben erforderte. Das funktionierte, auch jetzt noch. Aber es ging sehr langsam. Eine Gruppe in Sabishii hatte geschätzt, dass – über die ganze Oberfläche gemittelt – ein Zentimeter Ackerkrume in jedem Jahrhundert geschaffen wurde. Und das trotz des Einsatzes gentechnisch erzeugter Populationen, die auf größtmögliche Geschwindigkeit gezüchtet waren.

In den Treibhausfarmen andererseits waren die verwendeten Böden durch Nährstoffe, Düngemittel und Impfstoffe aller Art stark ergänzt worden. Das Resultat entsprach in etwa dem, was diese Forscher beabsichtigten; aber die Bodenmenge in den Treibhäusern war winzig im Vergleich mit den Mengen, die sie auf die Oberfläche ausbringen wollten. Ihr Ziel war ein Boden für die Massenproduktion. Aber sie mussten sich intensiver mit der Materie befassen, als sie erwartet hatten, das war nicht zu übersehen. Alle hatten sie diese gequälte, erstarrte Miene eines Hundes, der an einem Knochen nagte, von dem er schon längst eingesehen hat, dass er zu groß für ihn ist, aber dennoch nicht davon ablassen kann.

Die bei diesen Problemen beteiligten Disziplinen der Biologie, Chemie, Biochemie und Ökologie lagen weit außerhalb von Nadias Fachwissen, und es gab nichts, was sie hätte vorschlagen können. In vielen Fällen verstand sie die hineinspielenden Prozesse nicht einmal. Das war keine Konstruktion, ja nicht einmal eine Analogie zur Konstruktion.

Aber sie mussten bei einer der von ihnen versuchten Produktionsmethoden doch etwas konstruieren; und hier war Nadia wenigstens imstande zu verstehen, worauf es ankam. Sie konzentrierte sich auf diesen Aspekt. Sie schaute sich die mechanischen Entwürfe der Bodenprobenbehälter und der Tanks für die lebenden Bestandteile des Bodens an. Sie studierte die molekulare Struktur der Elterntone, um zu sehen, ob sie ihr irgendeine Anregung geben würde, wie man damit arbeiten konnte. Sie stellte fest, dass die Mars-Smektite Aluminiumsilikate waren. Das bedeutete, dass jede Einheit des Tons eine Schicht Aluminium-Oktaeder besaß, die zwischen zwei Schichten Silizium-Tetraedern verpackt waren. Deren Anteile in diesem allgemeinen Muster unterschieden sich in den verschiedenen Smektitarten. Und je größer diese Abweichungen waren, desto leichter konnte Wasser in die Flächen der Zwischenschichten einsickern. Montmorillonit, der häufigste Smektit auf dem Mars, hatte viele Spielarten und war daher für Wasser sehr empfänglich. Er dehnte sich im feuchten Zustand aus und schrumpfte so weit, dass er aufriss, wenn er trocken war.

Nadia fand das interessant. »Schau, wie wäre es mit einem Bodenprobenbehälter«, sagte sie zu Arne, »der mit einer Matrix aus zuführenden Adern gefüllt ist, die die Biota durch das ganze Elternmaterial verteilen?« Sie fuhr fort, man sollte einen Klumpen des Ausgangsmaterials nehmen, ihn anfeuchten und dann trocknen lassen. In die rissigen Systeme die Matrix der zuführenden Adern einbringen. Dann die wichtigen Bakterien und anderen Bestandteile zum Wachsen hinzufügen. Danach könnten die Bakterien und anderen Kreaturen sich ihren Weg aus den zuführenden Adern herausfressen und das Material auf ihrem Weg hinaus verdauen. So würden sie dann alle in dem Ton wechselwirken. Das wäre eine heikle Zeit. Ohne Zweifel würden viele Versuche nötig sein, um die zuzuführenden Mengen der verschiedenen Biota zu kalibrieren, die erforderlich wären, um übermäßige Vermehrungen oder Zusammenbrüche der Population zu vermeiden. Aber wenn man sie dazu brachte, sich in ihren üblichen Gemeinschaften zu etablieren, hätte man plötzlich lebendigen Boden. »Es gibt derartige Systeme zuführender Adern bei gewissen sich schnell setzenden Baumaterialien, und ich habe gehört, dass Ärzte auf die gleiche Weise eine Apatit-Paste in gebrochene Knochen injizieren. Die Zuführ-Adern macht man aus Protein-Gelen, die für die Substanz geeignet sind, die sie enthalten sollen, und zu den entsprechenden tubularen Strukturen geformt.«

Eine Matrix für Wachstum. Arne sagte, das klinge sehr gut. Nadia lächelte, als sie das hörte. Sie ging an diesem Nachmittag fröhlich umher und rief Art, als sie ihn abends traf, zu: »Hey! Ich habe heute etwas geleistet!«

»Gut!«, sagte Art. »Dann lass uns ausgehen und feiern!«

Leicht getan, in Bogdanov Vishniac. Natürlich, es war schließlich eine Stadt der Bogdanovisten und so heiter wie Arkady selbst. Jeden Abend eine Party. Sie gingen abends oft an die Promenade; und Nadia liebte es, an der Brüstung der höchsten Terrasse entlangzugehen. Es gab ihr das Gefühl, Arkady könnte dort irgendwo sein, hatte irgendwie überdauert. Und nie mehr als an diesem Abend, als sie ein Stück getaner Arbeit feierten. Sie hielt Arts Hand und schaute nach unten und hinüber zu den dicht gefüllten unteren Terrassen mit ihren Feldern, Obstgärten, Teichen, Sportplätzen, Alleen und bogenförmigen Plazas, die besetzt waren von Cafés, Bars, Tanzpavillons und lautstarken Bands. Die Menge drängte sich darum. Manche tanzten, aber der größte Teil der Leute machten wie Nadia einen Abendspaziergang. All das noch unter einer Kuppel, die man eines Tages entfernen zu können hoffte. Die jungen Eingeborenen trugen fremdartige Bekleidung aus Pantalons, Kopfbedeckungen, Schärpen, Westen und Halsbänder, sodass Nadia an die Videos vom Empfang Nirgals und Mayas in Trinidad erinnert wurde. War das ein Zufall, oder bedeutete es, dass sich bei den jungen Leuten irgendeine interplanetare Kultur durchsetzte? Und falls ja, bedeutete dies, dass ihr Cojote, der aus Trinidad stammte, insgeheim die zwei Welten erobert hatte? Oder posthum ihr Arkady? Arkady und Cojote, die Könige der Kultur. Sie musste bei diesem Gedanken grinsen und nahm Schlückchen aus Arts

Becher mit heißem Kavajava, dem bevorzugten Getränk in dieser kühlen Stadt, und beobachtete all die jungen Leute, die sich wie Engel bewegten, immer tanzend, ganz gleich, was sie taten, und über die graziösen Bogen von Terrasse zu Terrasse strömten. »Welch große kleine Stadt!«, kommentierte Art.

Und dann sahen sie ein altes Foto von Arkady, das eingerahmt an einer Wand neben einer Tür hing. Nadia blieb stehen und ergriff Arts Arm: »Das ist er! Das ist er, wie er leibt und lebt!«

Das Foto war aufgenommen worden, als er mit jemandem sprach. Er stand vor einer Kuppelwand und gestikulierte. Haar und Bart standen vom Kopf ab und verschmolzen mit einer Landschaft, die genau dieselbe Farbe wie seine wilden Locken hatte. Es sah aus, als käme sein Gesicht aus einer Bergflanke heraus. Blaue Augen blitzten inmitten all der roten Fröhlichkeit. »Ich habe nie ein Foto gesehen, das ihm so ähnlich war. Er mochte es nicht, wenn eine Kamera auf ihn gerichtet war, und das Bild wurde dann meistens schlecht.«

Sie starrte es an und merkte, dass sie errötete und sich seltsam glücklich fühlte. Eine derart lebensechte Begegnung! Als träfe man plötzlich jemanden, den man seit Jahren nicht gesehen hat. »Ich finde, dass du ihm ähnelst. Aber entspannter.«

»Es sieht so aus, als wäre es schwierig, noch entspannter zu sein«, meinte Art, der das Foto genau betrachtete.

Nadia lächelte. »Für ihn war das leicht. Er war sich immer sicher, recht zu haben.«

»Keiner von uns Übrigen hat dieses Problem.«

Sie lachte. »Du bist so fröhlich, wie er es war.«

»Warum auch nicht?«

Sie gingen weiter. Nadia dachte weiter an ihren alten Weggefährten und behielt das Foto im Geiste vor Augen. Es gab noch so viel, an das sie sich erinnerte. Die mit den Erinnerungen verbundenen Gefühle verblassten allmählich, der Schmerz ließ nach, das Fixativ sickerte heraus, Fleisch und Trauma waren jetzt nur noch ein fernes Muster, wie ein Fossil. Und ganz unähnlich dem gegenwärtigen Moment, der, wenn sie sich umsah und ihre Hand in Arts fühlte, real, lebendig und kurz war und sich ständig veränderte. Alles war möglich, alles wurde empfunden.

»Gehen wir in unser Zimmer zurück?«

Die vier Reisenden kamen schließlich mit dem Aufzug nach Sheffield zurück. Nirgal, Maya und Michel gingen ihrer Wege, aber Sax flog nach nach Süden und traf sich mit Nadia und Art. Das erfreute Nadia außerordentlich. In ihr war allmählich der Eindruck entstanden, dass, wo auch immer Sax war, das Zentrum der Aktion lag.

Er sah noch genauso aus wie vor der Reise zur Erde und war, wenn eine Veränderung festzustellen war, höchstens noch schweigsamer und wunderlicher geworden. Er sagte, er wolle die Labors sehen. Und dann, nach einiger Zeit: »Aber ich überlege, was wir sonst noch tun könnten.«

»Für das Terraforming?«, fragte Art.

»Naja …«

Um Ann eine Freude zu machen, dachte Nadia. Das wollte er sagen. Sie drückte ihn an sich, was ihn überraschte, und ließ ihre Hand auf seiner mageren Schulter, während sie redeten. Es war so gut, ihn leibhaftig hier zu haben! Wann hatte sie diese Neigung für Sax Russell entwickelt? Wann war sie dazu gekommen, ihm so sehr zu vertrauen?

Auch Art hatte herausgefunden, was er meinte. Er sagte: »Du hast doch schon eine Menge geleistet, oder? Ich meine, du hast inzwischen alle monströsen Methoden der Metanats beendet, nicht? Die Wasserstoffbomben unter dem Permafrost, die Soletta und die fliegende Linse, die Stickstofftransporte vom Titan …«

»Die kommen immer noch«, meinte Sax. »Ich weiß nicht, wie wir die aufhalten könnten. Vermutlich abschießen. Aber Stickstoff können wir immer gebrauchen. Ich bin mir nicht sicher, dass ich mich freuen würde, wenn die eingestellt würden.«

»Aber Ann?«, sagte Nadia. »Was würde Ann gefallen?«

Sax zwinkerte wieder. Wenn er unsicher war, nahm sein Gesicht wieder den alten rattenhaften Ausdruck an.

»Was würde euch beiden gefallen?«, formulierte Art die Frage um.

»Schwer zu sagen.« Und seine Miene wurde zu einer Grimasse der Unsicherheit, Unentschlossenheit und unterschiedlichen Motive.

»Du willst eine Wildnis haben«, tastete Art sich vor.

»Wildnis ist ein … eine Idee. Oder ein ethischer Standpunkt. Die kann nicht überall sein, das meine ich nicht. Aber …« Sax wedelte mit der Hand und versank wieder in seinen Gedanken. Zum ersten Mal in dem Jahrhundert, seit Nadia ihn kannte, hatte sie das Gefühl, Sax wüsste nicht, was er tun sollte. Er löste das Problem, indem er sich vor einen Bildschirm hockte und Befehle eingab. Er schien ihre Anwesenheit vergessen zu haben.

Nadia drückte Arts Arm. Er nahm ihre Hand und drückte sanft den kleinen Finger. Der war inzwischen schon zu drei Vierteln seiner Größe gediehen, wuchs aber nun langsamer, als er sich der vollen Größe näherte. Ein Nagel bildete sich aus, und im Polster zeigten sich die zarten Rillen eines Fingerabdrucks. Es war ein angenehmes Gefühl, wenn er gedrückt wurde. Nadia sah Art kurz in die Augen und senkte dann den Blick. Er drückte ihre Hand, dann ließ er sie los. Nach einer Weile, als klar war, dass Sax völlig abgelenkt war und sich längere Zeit in seiner eigenen Welt befinden würde, gingen sie auf Zehenspitzen in ihr Zimmer und ins Bett.

Sie arbeiteten tagsüber und gingen nachts aus. Sax zwinkerte wie in seinen Tagen als Laborratte. Er war besorgt, weil es keine Nachricht von Ann gab. Nadia und Art trösteten ihn, so gut sie konnten, was nicht viel war. Abends gingen sie auf die Promenade. Es gab einen Park, wo Eltern mit ihren Kindern spielten und an dem die Leute vorbeigingen wie an einem kleinen Zoogehege, grinsend über die winzigen Primaten beim Spiel. Sax verbrachte Stunden in diesem Park bei Gesprächen mit Kindern und Eltern; und dann pflegte er zu den Tanzflächen weiterzuschlendern, wo er stundenlang allein tanzte. Art und Nadia hielten Händchen. Der Finger wurde kräftiger. Er hatte jetzt fast seine volle Größe erreicht, und in Anbetracht dessen, dass es sowieso der kleine Finger war, sah er schon ausgewachsen aus, wenn sie ihn nicht gerade neben sein Gegenstück hielt. Art knabberte beim Sex manchmal sanft daran, und das machte sie wild. »Erzähl bloß Leuten nichts von diesem Effekt«, riet er ihr flüsternd, »sonst könnte es schrecklicherweise dazu führen, dass Menschen sich Körperteile abhacken, um sie nachwachsen zu lassen und dadurch empfindsamer zu machen!«

»Blödsinn!«

»Du weißt, wie die Leute sind. Für einen Kick geben sie alles.«

»Hör bloß auf!«

»Okay.«

Aber dann war es Zeit, wieder zu den Ratsversammlungen zurückzukehren. Sax reiste ab, um Ann zu finden – oder sich vor ihr zu verstecken, je nachdem. Sie flogen zurück nach Sheffield. Nadia war wieder mittendrin, und jeder Tag wurde in halbstündige Trivia-Sitzungen aufgeteilt. Manches davon war auch wichtig. Das Ersuchen der Chinesen um einen zweiten Raumaufzug bei Schiaparelli war akut geworden. Und das war eines von vielen Einwanderungsthemen, mit denen sie konfrontiert waren. Die in Bern ausgearbeitete Übereinkunft zwischen den UN und dem Mars besagte ausdrücklich, dass der Mars alljährlich mindestens zehn Prozent seiner Bevölkerung an Einwanderern aufnehmen müsste, wobei die Hoffnung ausgedrückt wurde, dass es noch mehr sein würden – so viel wie möglich –, solange die hypermalthusianischen Verhältnisse der Überbevölkerung andauerten. Nirgal hatte eine Art Versprechen gemacht und sehr enthusiastisch (und Nadias Meinung nach unrealistisch) davon gesprochen, dass der Mars der Erde zu Hilfe kommen würde und sie durch das Geschenk des freien Landes vor Überbevölkerung bewahren würde. Aber wie viele Menschen konnte der Mars wirklich aufnehmen, wenn sie nicht einmal ausreichend Mutterboden herstellen konnten? Wie groß war das Fassungsvermögen des Mars überhaupt?

Das wusste niemand, und es gab kein überzeugendes Verfahren, das wissenschaftlich zu berechnen. Schätzungen der Aufnahmefähigkeit der Erde hatten zwischen 100 Millionen und 200 Billionen gelegen; und selbst die ernstlich vertretbaren Schätzungen bewegten sich zwischen zwei und dreißig Milliarden. In Wahrheit war Aufnahmefähigkeit ein sehr unscharfer abstrakter Begriff, der von einer ganzen Menge verflochtener Komplexitäten abhing wie der Biochemie des Bodens, der Ökologie und der menschlichen Kultur. Daher war es fast unmöglich zu sagen, wie viele Menschen der Mars vertragen könnte. Inzwischen betrug die Erdbevölkerung mehr als fünfzehn Milliarden, während der Mars mit fast ebenso viel Landfläche eine tausendfach geringere Population hatte, gerade um die fünfzehn Millionen. Die Ungleichheit war augenfällig. Es musste etwas geschehen.

Massentransport von Menschen von der Erde zum Mars war sicher eine Möglichkeit. Aber die Transfergeschwindigkeit wurde durch die Größe des Transportsystems begrenzt und durch die Fähigkeit des Mars, die Einwanderer aufzunehmen. Jetzt argumentierten die Chinesen und die UN, dass sie als einen ersten Schritt in dem Prozess intensivierter Immigration das Transportsystem in großem Stil ausbauen könnten. Ein zweiter Raumaufzug auf dem Mars wäre der erste Schritt in diesem vielstufigen Projekt.

Die Reaktion auf diesen Plan war auf dem Mars allgemein negativ. Die Roten widersetzten sich natürlich weiterer Immigration und opponierten – obwohl sie Immigration in einem gewissen Maße zulassen mussten – gegen jede spezifische Weiterentwicklung des Transfersystems, nur um den Prozess möglichst zu verlangsamen. Diese Position passte zu ihrer allgemeinen Philosophie und erschien Nadia sinnvoll. Indessen war die Position des Freien Mars zwar wichtiger, aber nicht so klar. Nirgal war vom Freien Mars und hatte den Terranern auf der Erde die allgemeine Einladung ausgesprochen, sie könnten so viele Leute herschicken, wie sie wollten. Historisch hatte der Freie Mars sich immer für starke Bande mit der Erde eingesetzt, die sogenannte »Schwanz wedelt mit Hund«-Strategie. Aber der derzeitigen Führerschaft schien diese Position nicht besonders zu gefallen. Und Jackie befand sich inmitten dieser neuen Gruppe. Sie hatten sich schon während des Verfassungskongresses zu einem mehr isolationistischen Standpunkt verlagert, erinnerte Nadia sich, und immer für mehr Unabhängigkeit von der Erde plädiert. Andererseits machten sie offenbar privatim Geschäfte mit gewissen Ländern der Erde. Daher war die Position des Freien Mars zwiespältig und vielleicht sogar heuchlerisch. Sie schien darauf abzuzielen, ihre politische Macht zu vergrößern.

Aber selbst wenn man den Freien Mars beiseiteließ, herrschte da draußen eine eher isolationistische Stimmung. Neben den Anarchisten tendierten einige Bogdanovisten, das Matriarchat von Dorsa Brevia und MarsFirst hierin nach der Seite der Roten. Wenn Millionen und Abermillionen Terraner auf den Mars zu strömen begännen, argumentierten sie, was würde dann aus dem Mars werden – nicht bloß aus der Landschaft, sondern auch der marsianischen Kultur, die sich im Laufe der M-Jahre herausgebildet hatte? Würde die nicht in den alten Wegen untergehen, die der neue Zustrom mit sich brächte, der rasch die eingeborene Bevölkerung an Zahl übertreffen dürfte? Die Geburtenraten sanken überall, und kinderlose Familien und Familien mit einem Kind waren auf dem Mars so verbreitet wie auf der Erde. Daher wäre wohl kein großes Anwachsen der eingeborenen Population zu erwarten. Sie würde zahlenmäßig bald überwältigt werden.

So argumentierte Jackie, zumindest in der Öffentlichkeit, und Dorsa Brevia und viele andere stimmten ihr zu. Nirgal, zurück von der Erde, schien in dieser Situation keinen großen Einfluss zu haben. Und während Nadia verstehen konnte, worauf es ihren Opponenten ankam, fühlte sie auch, dass angesichts der Lage auf der Erde der Gedanke unrealistisch wäre, sie könnten den Mars einfach dichtmachen. Der Mars konnte die Erde nicht retten, wie Nirgal während seines Besuches manchmal zu erklären versucht hatte; aber sie hatten ein Abkommen mit den UN geschlossen und ratifiziert. Darum waren sie verpflichtet, zumindest so viele Terraner hereinzulassen, wie der Vertrag festlegte. Darum musste die Brücke zwischen den Welten erweitert werden, wenn sie dieser Verpflichtung nachkommen und den Vertrag erfüllen wollten. Andernfalls, dachte Nadia, könnte alles Mögliche passieren.

Aus diesen Gründen sprach sich Nadia in der Debatte für die Genehmigung eines zweiten Kabels aus. Es erhöhte die Kapazität des Transportsystems, wie sie es versprochen hatten, wenn auch nur indirekt. Und es würde auch von den Städten auf Tharsis und jener Seite des Mars allgemein etwas von dem Druck nehmen. Karten der Bevölkerungsdichte zeigten, dass Pavonis wie das Zentrum einer Zielscheibe war. Die Menschen strebten vom Berg herab nach draußen und ließen sich so nahe wie angängig dabei nieder. Wenn man ein Kabel auf der anderen Seite der Welt hätte, würde das beim Ausgleich helfen.

Aber für die Aufzuggegner war das ein zweifelhafter Nutzen. Die wollten eine lokalisierte, zusammengehaltene Bevölkerung und ein verlangsamtes Wachstum. Der Vertrag interessierte sie wenig. Als es daher im Rat zu einer Abstimmung kam, die ohnehin für die Legislative lediglich eine Empfehlung war, stimmte nur Zeyk mit Nadia. Das war Jackies bisher größter Sieg, der sie in eine zeitweilige Allianz mit Irishka und den Umweltgerichtshöfen versetzte, die prinzipiell gegen alle Formen einer raschen Entwicklung waren.

Nadia kam an diesem Tag entmutigt und bekümmert in ihr Apartment zurück. »Wir haben der Erde versprochen, eine Menge Einwanderer aufzunehmen, und dann die Zugbrücke hochgezogen. Das wird zu Unannehmlichkeiten führen.«

Art nickte. »Wir werden etwas ausarbeiten müssen.«

Nadia stieß enttäuscht einen tiefen Seufzer aus. »Arbeit. Wir werden nichts *ausarbeiten*. Arbeit ist nicht das richtige Wort dafür. Wir werden feilschen und hadern und streiten und meckern. Es wird immer weitergehen. Ich dachte, Nirgals Rückkehr würde helfen, aber das nützt nichts, wenn er nicht mitmacht.«

»Er hat keine Position inne«, gab Art zu bedenken.

»Die könnte er aber haben, wenn er wollte.«

»Stimmt.«

Nadia dachte darüber nach. Ihre Gedanken wanderten, während ihre Stimmung sank.

»Ich habe erst zehn Monate von meiner Amtszeit hinter mir. Es stehen mir noch zweieinhalb M-Jahre bevor.«

»Ich weiß.«

»M-Jahre sind so verdammt lang.«

»Ja. Aber die Monate sind kurz.«

Sie zischte ihn an und blickte aus dem Fenster ihres Apartments in die Caldera von Pavonis hinunter. »Das Problem ist, dass Arbeit keine Arbeit mehr ist. Wir gehen da raus und beteiligen uns an diesen Projekten, aber die Arbeit daran ist trotzdem keine Arbeit. Ich meine, ich komme nie dazu, Dinge zu *tun*. In Sibirien, als ich jung war, da war Arbeit noch wirkliche Arbeit.«

»Vielleicht siehst du das etwas romantisch.«

»Nun ja, sicher. Aber auch auf dem Mars. Ich erinnere mich daran, wie ich Underhill zusammengebaut habe. Das hat wirklich Spaß gemacht. Und eines Tages auf unserem Ausflug zum Nordpol haben wir eine Permafrostgalerie installiert ...« Sie seufzte. »Was würde ich nicht für eine solche Arbeit geben!«

»Es sind immer noch viele Bauarbeiten im Gange«, meinte Art. »Durch Roboter.«

»Vielleicht könntest du dich wieder etwas mehr Menschlichem zuwenden. Selbst etwas bauen. Ein Haus auf dem Land oder ein Erschließungsprojekt. Oder eine der neuen Hafenstädte, von Hand errichtet, um verschiedene Designs, Bauverfahren oder was auch immer auszuprobieren. Das würde den Bauvorgang verlangsamen. Dem Umweltgerichtshof würde das gefallen.«

»Vielleicht. Du meinst, nach Ende meiner Amtszeit.«

»Oder sogar schon vorher. Bei Pausen, wie bei unseren bisherigen Reisen. Die sind alle Analogien zu Konstruktionen gewesen, wenn auch keine wirklichen Bauten. Das Erbauen realer Dinge. Das musst du versuchen und dann zurückkehren und zwischen den beiden pendeln.«

»Interessenkonflikt.«

»Nicht wenn es ein öffentliches Projekt ist. Wie wäre es mit dem Vorschlag, eine globale Hauptstadt unten auf Meeresniveau zu bauen?«

»Hmm«, machte Nadia. Sie holte eine Karte heraus, und sie brüteten darüber. Auf der Linie der Länge null krümmte sich die Südküste des Nordmeeres zu einer kleinen runden Halbinsel mit einer Kraterbucht im Zentrum. Sie lag etwa auf halber Strecke zwischen Tharsis und Elysium. »Wir sollten hinfahren und es uns ansehen.«

»Ja. Aber jetzt komm ins Bett! Wir können später darüber sprechen. Ich habe gerade eine ganz andere Idee.«

Einige Monate später flogen sie von Bradbury Point nach Sheffield zurück, und Nadia erinnerte sich an dieses Gespräch mit Art. Sie bat den Piloten, an einer kleinen Station nördlich des Kraters Sklodowska auf dem Abhang des Kraters Zm, genannt Zoom, zu landen. Als sie auf die Rollbahn niedergingen, sahen sie im Osten eine große, jetzt mit Eis bedeckte Bucht. Ihr gegenüber lagen die raue Gebirgsgegend von Mamers Valliso und die Deuteronilus Mensae. Die Bucht war ein Einschnitt im Großen Steilhang, der hier recht sanft war. Länge 0°, Breite 46° Nord. Also ziemlich weit im Norden, aber die nördlichen Winter waren mild im Vergleich zu den südlichen. Sie konnten einen großen Teil des Eismeeres an einer langen Küstenlinie sehen. Die Zoom umgebende Halbinsel war hoch und eben. Die kleine Station an der Küste war das Heim von ungefähr fünfhundert Menschen, die dort draußen mit Bulldozern, Kränen, Baggern und Schürfgeräten arbeiteten. Nadia und Art stiegen aus, schickten das Flugzeug weg, nahmen ein Zimmer in einem Gasthaus und verbrachten ungefähr eine Woche bei den Menschen dort mit Gesprächen über die neue Siedlung. Die Einwohner hatten von dem Vorschlag gehört, hier an der Bucht eine neue Hauptstadt zu bauen. Manchen gefiel der Gedanke, manchen nicht. Sie hatten daran gedacht, ihre Siedlung wegen des Längengrads Greenwich zu nennen, hatten aber gehört, dass die Briten das nicht wie »Green Witch« aussprachen. Jetzt überlegten sie, ob sie die Stadt stattdessen so schreiben sollten, wie man es aussprach, »Greenich«. Vielleicht würden sie sie einfach London nennen. Sie sagten, sie würden sich etwas einfallen lassen. Die Bucht selbst hieß, erklärten sie, schon lange Chalmers Bay.

»Wirklich?«, rief Nadia. Sie lachte. »Wie perfekt!«

Sie war von der Landschaft schon sehr angetan. Die konische Auswurfschürze von Zoom, die Wölbung der großen Bucht, roter Fels über weißem Eis und vermutlich eines Tages auch über blauer See. Während der Tage ihres Besuchs zogen ständig Wolken mit dem Westwind vorbei und sprenkelten Land und Eis mit ihren Schatten. Manchmal segelten aufgeblähte weiße Kumuluswolken wie Galeonen vorbei, zu anderen Zeiten flogen Fischgrätmuster über ihre Köpfe hinweg und bemalten das dunkle Himmelsgewölbe über ihnen und das hügelige felsige Land unter ihnen. Es könnte eine kleine hübsche Stadt werden, an einer Bucht wie San Francisco oder Sidney, ebenso schön wie diese, nur kleiner, in menschlichem Maßstab und in bogdanovistischer Architektur von Hand erbaut. Und man könnte daran arbeiten wie an einem Kunstwerk. Während sie mit Art an den Küsten des Eismeeres lange Spaziergänge unternahm, sprach Nadia durch ihre CO_2-Maske über ihre Ideen, während sie zusah, wie die Wolkenparade in der dumpf brausenden Luft dahingaloppierte.

»Sicher, das würde gehen«, sagte Art. »Es wird sowieso eine Stadt werden, darauf kommt es an. Es ist eine der schönsten Buchten an diesem Küstenstrich und wird darum bestimmt auch als Hafen genutzt werden. So würdest du nicht jene Art von Hauptstadt bekommen, die einfach ins Niemandsland gepflanzt wurde wie Canberra, Brasilia oder Washington, D.C. Sie wird als Seehafen ein zweites, anderes Leben haben.«

»Genau. Das wäre toll.« Nadia ging von diesem Gedanken entzückt weiter und fühlte sich besser als seit Monaten. Die Bestrebung, anderswo als in Sheffield eine Hauptstadt zu errichten, war stark und wurde von fast jeder Partei unterstützt. Diese Bucht war bereits von den Sabishiianern vorgeschlagen worden; es wäre bloß die Unterstützung einer bereits existierenden Idee, anstatt dem Volk eine neue aufzuzwingen. Die Unterstützung würden sie haben. Und bei einem öffentlichen Projekt würde sie an dem Bau voll teilhaben können. Ein Teil der Geschenkökonomie. Vielleicht würde es ihr auch möglich sein, Einfluss auf die Planung auszuüben. Je mehr sie darüber nachdachte, desto mehr reizte sie die Aufgabe.

Sie waren weit längs der Küste der Bucht gegangen. Jetzt kehrten sie um und machten sich auf den Weg zurück in die kleine Niederlassung. Wolken wälzten sich bei steifem Wind über ihnen dahin. Die Kurve des roten Landes grüßte zur See hin. Direkt unter der Wolkendecke befiederte das offene V einer schreienden Gänseschar den Wind in Richtung Norden.

Später an diesem Tag flogen sie nach Sheffield zurück. Art ergriff ihre Hand und hielt sie fest, um ihren Finger zu betrachten. Er sagte zögernd: »Weißt du, die Gründung einer Familie wäre auch ein Konstruktionsvorhaben, das viel körperlichen Einsatz erfordert.«

»Was?«

»Und man hat sich über Fortpflanzung ziemlich viele Gedanken gemacht.«

»Was?«

»Ich meine, solange du lebst, kannst du Kinder haben, so oder so.«

»*Was?*«

»Das hört man überall. Falls du wolltest, könntest du es machen.«

»Nein.«

»So heißt es aber.«

»Nein.«

»Es wäre vielleicht keine schlechte Idee.«

»Nein!«

»Nun, weißt du, Bauen … ist sicher etwas Großartiges, aber man kann nicht ewig klempnern, Rohre verlegen, Nägel einschlagen, mit Bulldozern arbeiten – das ist natürlich alles interessant, nehme ich an, aber dennoch … Wir müssen eine Menge Zeit ausfüllen. Und die einzige Arbeit, die auf lange Sicht wirklich interessant wäre, ist das Aufziehen eines Kindes, nicht wahr?«

»Nein, kommt nicht infrage!«

»Hast du überhaupt schon mal ein Kind gehabt?«

»Nein.«

»Da hast du es!«

»O Gott!«

Ihr Phantomfinger juckte. Aber jetzt war er wirklich da.

ACHTER TEIL

GRÜN UND WEISS

Cadres kam in die Stadt Xiazha in Guangzhou und sagte: Um des Wohles Chinas willen müsst ihr dieses Dorf auf dem Moon Plateau des Mars neu errichten. Ihr werdet zusammen fliegen, das ganze Dorf. Ihr werdet eure Familie und eure Freunde und Nachbarn bei euch haben. Zehntausend von euch insgesamt. Wenn ihr euch in zehn Jahren entscheidet zurückzukehren, könnt ihr das tun, und in das neue Xiazha wird Ersatz geschickt werden. Wir denken aber, dass es euch gefallen wird. Es liegt einige Kilometer nördlich der Hafenstadt Nilokeras nahe dem Delta des Maumee-Flusses. Das Land ist fruchtbar. Es gibt in dieser Region schon einige chinesische Dörfer und in allen großen Städten chinesische Sektionen. Es gibt viele Hektar freien Landes. Die Reise kann in einem Monat beginnen. Eisenbahn nach Hongkong, Fähre nach Manila, und dann mit dem Raumaufzug hinauf in den Orbit. Sechs Monate durch den Weltraum zwischen Erde und Mars, mit dem Aufzug hinunter nach Pavonis Mons und noch eine Zugfahrt zum Moon Plateau. Was sagt ihr? Wir möchten eine einstimmige Entscheidung, damit die Reise unter einem guten Stern steht.

Später rief ein Angestellter das Praxisbüro in Hongkong an und berichtete einem Telefonisten, was geschehen war. Praxis Hongkong leitete die Information der demographischen Studiengruppe an Praxis Costa Rica weiter. Dort fügte eine Planerin namens Amy den Bericht einer langen Liste ähnlicher Meldungen hinzu und dachte einen ganzen Morgen lang nach. Am gleichen Nachmittag meldete sie sich bei einem Praxis-Vorstandsvorsitzenden im Ruhestand namens William Fort, der an einem der neuen Riffe vor El Salvador surfte. Sie schilderte ihm die Lage. »Die blaue Welt ist überfüllt, die rote Welt noch leer. Es wird Probleme geben. Wir sollten darüber sprechen!«, war seine Antwort.

Die demographische Gruppe und ein Teil der Politikgruppe von Praxis, einschließlich vieler der Achtzehn Unsterblichen, versammelten sich in Forts Surfcamp an der Flanke eines Hügels. Die Demographen schilderten die Lage. Dann eröffnete Amy: »Jeder bekommt heutzutage die Langlebigkeitsbehandlung. Wir stecken voll im hypermalthusianischen Zeitalter.«

Die Situation war demographisch explosiv. Natürlich sahen die terrestrischen Regierungen die Emigration zum Mars oft als eine Lösung des Problems. Selbst mit diesem neuen Ozean hatte der Mars fast so viel Landfläche wie die Erde und war dennoch spärlich besiedelt. Die wirklich überbevölkerten Nationen, erläuterte Amy der Gruppe, schickten schon so viele Leute hinauf, wie sie nur irgend konnten. Oft waren die Emigranten Mitglieder ethnischer oder religiöser Minderheiten, die mit dem Mangel an Autonomie in ihren Heimatländern schlecht zurechtkamen und diese deshalb gern verließen. In Indien waren die Aufzugskabinen, die vom Suvadiva-Atoll südlich der Malediven fuhren, täglich voll ausgelastet, überfüllt mit Emigranten, ein wahrer Strom von Sikhs, Kashmiris, Muslimen und auch Hindus, die sich in den Weltraum erhoben und zum Mars umsiedelten. Zulus aus Südafrika. Palästinenser aus Israel. Kurden aus der Türkei, Indianer aus den Vereinigten Staaten. »So gesehen«, schloss Amy, »wird der Mars das neue Amerika.«

Eine Frau namens Elizabeth fügte hinzu: »Und wie im alten Amerika gibt es eine einheimische Bevölkerung, auf die man da stoßen wird. Stellt euch nur einmal die Zahlen vor! Wenn jeden Tag die Kabinen aller Raumaufzüge auf der Erde voll besetzt sind, sind das hundert Personen je Kabine, das heißt 2400 pro Aufzug pro Tag, und weitere 2400, die oben an jedem Aufzug die Kabinen verlassen und in die Shuttles umsteigen. Es gibt zehn Aufzüge, das macht also täglich 24 000 Personen. Das sind insgesamt 876 000 Menschen in jedem Jahr.«

»Nehmen wir an, es wären zehn Millionen jährlich«, sagte Amy. »Das ist eine Menge, aber selbst in diesem Tempo würde es ein Jahrhundert erfordern, auch nur eine der sechzehn Milliarden der Erde

zum Mars zu befördern. Das macht hier also keinen Unterschied. Also ergibt das gar keinen Sinn! Es ist keine größere Umsiedlung möglich. Wir können nie einen zahlenmäßig bedeutsamen Teil der Erdbevölkerung zum Mars befördern. Wir müssen unser Augenmerk darauf richten, die Probleme der Erde genau hier zu lösen. Die Existenz des Mars kann bestenfalls als eine Art psychologisches Ventil helfen. Im Grunde sind wir auf uns selbst angewiesen.«

»Es muss ja keinen Sinn ergeben«, sagte William Fort.

»Das ist richtig«, gab Elizabeth zu. »Viele irdische Regierungen versuchen es, ob es sinnvoll ist oder nicht. China, Indien, Indonesien, Brasilien – sie alle setzen darauf, und wenn sie die Emigration zum Mars bei der Kapazität des Systems beibehalten, wird sich die Mars-Bevölkerung in etwa zwei Jahren verdoppeln. Auf der Erde würde sich nicht wirklich etwas ändern, aber der Mars würde total überrannt.«

Einer der Unsterblichen bemerkte, dass ein Anschwellen der Emigration in einem ähnlichem Maßstab dazu beigetragen hatte, die erste Revolution auf dem Mars auszulösen.

Ein anderer fragte: »Was ist mit dem Vertrag zwischen Erde und Mars? Ich dachte, dass er solche überwältigenden Zuflüsse sowieso verbieten würde.«

»Das tut er auch«, erklärte Elizabeth. »Er legt fest, dass in jedem Erdjahr nicht mehr als zehn Prozent der Marsbevölkerung eingebürgert werden dürfen. Aber er sagt auch, dass der Mars mehr aufnehmen darf, wenn er kann.«

»Außerdem …«, sagte Amy, »seit wann haben Verträge jemals Regierungen davon abgehalten zu tun, was sie wollten?«

»Wir müssen sie woanders hinschicken«, sagte William Fort.

Die anderen schauten ihn an.

»Wohin denn?«, fragte Amy.

Niemand antwortete. Fort machte eine vage Geste mit der Hand.

»Wir sollten einen anderen Ort, Alternativen finden«, meinte Elizabeth grimmig. »Die Chinesen und Inder sind bisher Verbündete der Marsianer gewesen, aber achten den Vertrag auch nicht besonders. Man

hat mir eine Aufzeichnung von einer indischen Politikerversammlung geschickt, und da redete man ganz ungeniert davon, ihr Programm einige Jahrhunderte auf Hochtouren laufen zu lassen. Dann würde man sehen, was erreicht werden könne.«

Die Aufzugskabine fuhr nach unten, der Mars unter ihren Füßen wurde riesengroß. Endlich bremsten sie über Sheffield, und alles wirkte normal. Wieder Marsschwere, ohne dass die Corioliskraft einen zur Seite zog. Und sie waren in der Steckdose – wieder zu Hause.

Freunde, Reporter, Delegationen, Mangalavid. In Sheffield gingen die Leute eilig ihren Geschäften nach. Gelegentlich erkannte man Nirgal und winkte ihm fröhlich zu. Manche blieben sogar stehen, um ihm die Hand zu schütteln oder ihn zu umarmen und sich nach seiner Reise oder seiner Gesundheit zu erkundigen. »Wir freuen uns, dass du zurück bist!«

Aber in den Augen der meisten Leute ... Krankheit war so selten. Einige schauten weg. Magisches Denken. Nirgal erkannte plötzlich, dass für viele Menschen die Langlebigkeitsbehandlung mit Unsterblichkeit gleichgesetzt wurde. Sie wollten nichts Gegenteiliges erfahren und sahen zur Seite.

Aber Nirgal hatte Simon sterben sehen, obwohl man ihm die Knochen mit Nirgals jungem Mark gefüllt hatte. Er hatte gefühlt, wie sein Körper sich auflöste, hatte den Schmerz in seinen Lungen und in jeder seiner Zellen empfunden. Er wusste, dass der Tod eine Realität war. Sie waren nicht unsterblich und würden es auch nie sein. Verzögerte Seneszez, nannte Sax es. Hinausgezögertes Greisentum, das war alles. Nirgal war sich dessen bewusst. Und die Leute sahen ihm dieses Wissen an und wichen zurück. Er war unrein, und sie sahen weg. Das ärgerte ihn.

Er nahm den Zug nach Cairo und blickte auf die weite, schräge Wüste von Ost-Tharsis, so eisenhaltig und trocken. Die Urlandschaft des roten Mars. Sein Land. Seine Augen fühlten das. Sein Geist und Körper glühten in dieser Erkenntnis. Er war zu Hause.

Aber die Gesichter der Leute im Zug, die ihn anschauten und dann wieder wegsahen. Er war der Mann, dem es nicht gelungen war, sich der Erde anzupassen. Die Heimatwelt hatte ihn fast umgebracht. Er war eine alpine Blume, unfähig, der wahren Welt zu widerstehen, ein Exot, für den die Erde wie die Venus war. Das war es, was ihre Augen mit den raschen Blicken sagten. Ewiges Exil.

Nun, so war das mit den Marsianern. Einer von fünfhundert Marsgeborenen, die die Erde besuchten, starb. Es war mit das Gefährlichste, das ein Marsianer tun konnte; gefährlicher als Gleitschirmfliegen, ein Besuch des äußeren Sonnensystems oder Kinder bekommen. Eine Art russisches Roulette, mit vielen leeren Kammern im Magazin, aber die scharfe Patrone war eben da.

Aber er war ihr ausgewichen. Nur knapp zwar, aber immerhin. Er war am Leben, er war zu Hause! Diese Gesichter im Zug, was wussten diese Leute schon? Sie dachten, er wäre von der Erde besiegt worden. Aber sie dachten auch, dass er Nirgal der Held war, der nie zuvor eine Niederlage erfahren hatte. Sie sahen ihn als eine Legende, als Idee. Sie wussten nichts von Simon oder Jackie oder Dao oder Hiroko. Sie wussten gar nichts über ihn. Er war jetzt 26 M-Jahre alt, ein Mann im mittleren Alter, der all das erlitten hatte, was jeder Mann in mittleren Jahren durchmachen muss – Tod der Eltern, Tod der Liebe, Verrat von Freunden, Verrat durch Freunde. So etwas passierte jedem. Aber das war nicht der Nirgal, den die Leute wollten.

Der Zug kam über die ersten gekrümmten Abhänge der ausgebauten Canyons des Labyrinths der Nacht und glitt in den alten Bahnhof von Cairo. Nirgal ging in die überkuppelte Stadt hinaus und schaute sich neugierig um. Es war eine Festung der Metanats gewesen, die er noch nie von innen gesehen hatte. Es war interessant, die alten Gebäude zu sehen. Die Versorgungsanlage war während der Revolution von der Roten Armee zerstört worden und noch durch zerbrochene schwarze Mauerreste verunstaltet. Leute winkten ihm zu, als er den breiten Zentralboulevard zu den Stadtbüros hinunterging.

Da stand sie, im Saal des Rathauses, an einem der Fenster lehnend, die das U von Nilus Noctis überschauten. Nirgal blieb stehen und hielt den Atem an. Sie hatte ihn noch nicht gesehen. Ihr Gesicht war runder geworden, aber sonst war sie so groß und geschmeidig wie immer, gekleidet in eine grüne Seidenbluse und einen dunkelgrünen Rock aus einem gröberen Stoff. Ihr schwarzes Haar floss als glänzende Mähne über ihren Rücken. Er konnte den Blick nicht abwenden.

Dann erblickte sie ihn und zuckte leicht zusammen. Vielleicht hatten ihr die Bilder auf dem Armbandcomputer nicht das Ausmaß vermittelt, in dem ihn die Krankheit auf der Erde getroffen hatte. Ihre Hände erkannten ihn und streckten sich nach ihm aus, und ihr restlicher Körper folgte ihnen, während ihre Augen noch alles scannten. Sie passte ihre Miene bei seinem Erscheinen sorgsam für die Kameras, die sie immer umgaben, an. Aber Nirgal liebte sie für diese Hände. Er fühlte die Wärme im Gesicht, als er errötete, während sie sich küssten, Wange an Wange wie befreundete Diplomaten. Aus der Nähe sah sie immer noch nicht älter als fünfzehn M-Jahre aus, gerade die makellose Jugend hinter sich – eingetreten in einen Lebensabschnitt, der noch schöner ist als die Jugend selbst. Das Gerücht kursierte, sie hätte die Behandlung seit ihrem zehnten Lebensjahr bekommen.

»Es ist also wahr«, sagte sie. »Die Erde hat dich fast getötet.«

»Es war eigentlich ein Virus.«

Sie lachte, aber ihre Augen behielten den berechnenden Blick bei. Sie nahm ihn am Arm und führte ihn wie einen Blinden zu ihren Begleitern. Obwohl er einige von denen kannte, stellte sie sie trotzdem vor, nur um zu betonen, wie sehr sich der innere Kreis der Partei verändert hatte, seit er abgereist war. Aber das konnte er natürlich nicht anmerken, und so machte er gute Miene zum bösen Spiel, als sie plötzlich durch ein großes Geschrei unterbrochen wurden. Unter ihnen befand sich ein Baby.

»Oh!«, rief Jackie und schaute auf die Uhr. »Sie hat Hunger. Komm, ich stell dir meine Tochter vor.« Sie ging zu einer Frau hinüber, die ein Wickelkind trug. Das Mädchen war ein paar Monate alt, hatte dicke Backen und eine dunklere Haut als Jackie. Es kreischte lauthals. Jackie nahm es der Frau ab und brachte es in einen Nebenraum.

Nirgal war stehen geblieben und erblickte Tiu, Rachel und Frantz am Fenster.

Er ging zu ihnen hinüber und schaute in Jackies Richtung. Sie rollten mit den Augen und zuckten die Achseln. Jackie hätte nicht gesagt, wer der Vater sei, erklärte Rachel rasch und halblaut. Das war kein ungewöhnliches Verhalten. Viele Frauen in Dorsa Brevia hielten es ebenso.

Die Frau, die das Mädchen gehalten hatte, betrat den Raum wieder und sagte Nirgal, dass Jackie mit ihm sprechen möchte. Er folgte ihr ins nächste Zimmer.

Auch dieser Raum hatte ein großes Aussichtsfenster mit Blick auf Nilus Noctis. Jackie saß in einem Sessel am Fenster, stillte das Kind und genoss den Anblick. Das Kind war hungrig und nuckelte, zwischen kleinen Seufzern und Quietschen, gierig und mit geschlossenen Augen. Die kleinen Fäustchen verkrampften sich, wie zum Festhalten an Zweigen oder Fell in einem durch die Erinnerung an Bäume und Flucht geprägten Verhalten. In diesem Griff zeigte sich Evolutionsgeschichte.

Jackie erteilte Anweisungen, sowohl an Personal im Zimmer wie über den Armbandcomputer. »Ganz gleich, was sie in Bern sagen, wir müssen die Flexibilität haben, um nötigenfalls die Quoten zu drücken. Die Inder und Chinesen werden sich eben daran gewöhnen müssen.«

Einiges wurde Nirgal jetzt klarer. Jackie war im Exekutivrat, aber der hatte keine besondere Macht. Sie war auch noch eine der Anführerinnen der Partei Freier Mars. Und obwohl diese auf dem Planeten vielleicht weniger Einfluss haben mochte, da die Macht sich in die Kuppeln verlagerte, hatte sie bei den Beziehungen zwischen Erde und Mars das Potenzial, eine bestimmende Institution zu werden. Selbst wenn sie die Politik auch nur koordinierte, würde sie alle Macht erhalten, über die ein Koordinator verfügen konnte. Und die war nicht zu unterschätzen. Es war immerhin das Machtpotenzial, das Nirgal besessen hatte. In vielen Situationen konnte eine solche Koordination das Äquivalent für die Bestimmung der Terra-Politik des Mars sein, da alle lokalen Regierungen sich mehr um ihre Angelegenheiten vor Ort kümmerten und der Freie Mars seine Chance nutzte, die globalen Machtstrukturen zu dominieren und Positionen mit Mitgliedern der eigenen Partei zu besetzen. Und natürlich gab es die Tendenz, dass die Erde-Mars-Beziehung alles andere in den Schatten stellen konnte. Somit könnte Jackie auf dem Weg sein, eine interplanetare Macht zu werden.

Nirgals Aufmerksamkeit wandte sich wieder dem Baby an ihrer Brust zu. Die Prinzessin des Mars. Jackie deutete mit einem Kopfnicken auf die Bank neben sich. »Setz dich! Du siehst müde aus.«

»Mir geht es gut«, versicherte Nirgal, setzte sich aber trotzdem. Jackie warf einer ihrer Assistentinnen einen Blick zu und nickte mit dem Kopf zur Seite. Sehr bald waren sie mit dem Kind allein.

»Die Chinesen und Inder halten den Mars für leeres Neuland«, sagte Jackie. »Das geht aus allem hervor, was sie sagen. Sie sind zu verdammt freundlich.«

»Vielleicht mögen sie uns«, meinte Nirgal. Jackie lächelte, und er fuhr fort: »Immerhin haben wir ihnen geholfen, die Metanats los zu werden. Sie denken sicher nicht, dass sie ihre überschüssige Bevölkerung hier abladen könnten. Es sind einfach zu viele, als dass eine Auswanderung irgendeinen Unterschied machen würde.«

»Mag sein, aber sie träumen davon. Und mit Raumaufzügen können sie einen ständigen Zustrom schicken. Das summiert sich schneller auf, als du denkst.«

Nirgal schüttelte den Kopf. »Es wird nie genug sein.«

»Woher willst du das wissen? Du bist doch in keinem dieser Länder gewesen.«

»Jackie, eine Milliarde ist eine große Zahl. Zu groß, als dass wir sie uns überhaupt vorstellen können. Auf der Erde leben siebzehn Milliarden. Sie können keinen nennenswerten Bruchteil dieser Zahl hierherschicken. Es gibt nicht genug Shuttles.«

»Sie könnten es trotzdem versuchen. Die Chinesen haben Tibet mit Han-Chinesen überschwemmt, und das hat gar nichts zur Lösung ihrer Bevölkerungsprobleme beitragen. Trotzdem tun sie es immer noch.«

Nirgal zuckte die Achseln. »Das ist Tibet. Wir werden auf Distanz bleiben.«

»Ja«, erwiderte Jackie ungeduldig. »Aber das dürfte nicht leicht sein, wenn es kein *wir* gibt. Wenn sie nach Margaritifer gehen und mit den arabischen Karawanen dort einen Handel machen, wer wird sie daran hindern?«

»Die Umweltgerichtshöfe?«

Jackie stieß zwischen den Lippen Luft aus, und das Baby riss sich los und wimmerte. Jackie wechselte das Kind an die andere Brust. Eine olivfarbene Kurve mit blauen Adern. »Antar rechnet nicht damit, dass die Umweltgerichtshöfe lange funktionieren werden. Wir hatten einen Streit mit ihnen, als du fort warst, und haben uns bloß gebeugt, um dem Prozess eine Chance zu geben. Aber diese Leute verstanden es nicht und waren zahnlos. Alles, was auch immer jemand tut, hat Einfluss auf die Umwelt. Darum soll der Gerichtshof angeblich alles beurteilen. Aber in den geringeren Höhenlagen werden Kuppeln abgebaut, und nicht einer von hundert tritt an die Gerichte heran, um für das um Erlaubnis zu erbitten, was sie vorhaben, sobald ihre Stadt im Freien steht. Warum sollten sie auch? Jeder ist jetzt ein Ökopoiet. Nein! Das System der Gerichtshöfe wird untergehen.«

»Das kannst du nicht wissen«, sagte Nirgal. »Ist Antar der Vater?«

Jackie zuckte die Achseln.

Jeder konnte der Vater sein – Antar, Dao, Nirgal selbst, zum Teufel, selbst John Boone könnte es sein, wenn eine Spermaprobe zufällig noch vorrätig gewesen wäre. Das sähe Jackie ähnlich, aber dann hätte sie es allen erzählt. Sie zog den Kopf des Kindes an sich.

»Glaubst du wirklich, dass es richtig ist, ein vaterloses Kind aufzuziehen?«

»So bist du doch auch aufgewachsen, oder? Und ich hatte keine Mutter. Wir waren alle Kinder mit nur einem Elternteil.«

»Aber war das gut?«

»Wer weiß?«

Jackies Gesicht zeigte einen Ausdruck, den Nirgal nicht deuten konnte. Ihr Mund war leicht zusammengepresst – vor Unwillen? vor Trotz? – unmöglich zu sagen. Sie wusste, wer ihre beiden Eltern waren; aber nur einer war bei ihr geblieben, und Kasei hatte sich nicht besonders gekümmert. Und war in Sheffield getötet worden, zum Teil aufgrund der brutalen Antwort auf den Angriff der Roten, den Jackie selbst befürwortet hatte.

»Du wusstest nichts von Cojote, bis du sechs oder sieben Jahre alt warst«, sagte sie. »Stimmts?«

»Das stimmt, aber es war nicht richtig.«

»Was?«

»Es war nicht richtig.« Und er schaute ihr in die Augen.

Aber sie sah weg, auf das Baby hinunter. »Besser, als wenn die Eltern einander vor den Augen des Kindes in Stücke reißen.«

»Ist es das, was du mit dem Vater tun würdest?«

»Wer weiß?«

»Es ist auf diese Weise also sicherer.«

»Vielleicht. Eine Menge Frauen in Dorsa Brevia halten es so.«

»In Dorsa Brevia.«

»Überall. Die biologische Familie ist nicht gerade eine marsianische Institution.«

»Ich weiß nicht.« Nirgal überlegte. »Ich habe wirklich eine Menge Familien in den Canyons gesehen. Wir kommen in dieser Hinsicht aus einer ungewöhnlichen Gruppe.«

»In vielerlei Hinsicht.«

Ihr Kind wich zurück, und Jackie stopfte ihre Brust in den Büstenhalter und zog das Hemd herunter. »Marie?«, rief sie, und ihre Assistentin kam herein. »Ich denke, ihre Windel muss gewechselt werden.« Sie übergab das Kleinkind der Frau, die ohne ein Wort hinausging.

»Du hast jetzt Dienstboten?«, fragte Nirgal.

Jackie presste den Mund wieder zusammen und stand auf. Sie rief: »Mem?«

Eine andere Frau kam herein, und Jackie sagte: »Mem, wir werden mit diesen Leuten vom Umweltgerichtshof wegen dieses chinesischen Ersuchens zusammenkommen müssen. Es könnte sein, dass wir es als Hebel benutzen können, damit die Wasserförderung in Cairo neu erwogen wird.«

Mem nickte und verließ den Raum.

»Du triffst einfach die Entscheidungen?«, fragte Nirgal.

Jackie entließ ihn mit einer Handbewegung. »Es ist schön, dich wieder zurückzuhaben, Nirgal. Aber bemühe dich aufzuholen, okay?«

Aufholen. Der Freie Mars war jetzt eine politische Partei, die größte auf dem Planeten. Das war nicht immer so gewesen. Es hatte eher als ein Netz von Freunden begonnen, oder als der Teil des Untergrundes, der in der Demimonde lebte. Zumeist frühere Studenten der Universität in Sabishii oder später Mitglieder einer sehr lockeren Gemeinschaft in den überkuppelten Canyons und heimlichen Clubs in den Städten und so fort. Eine Art vager Schirm für Leute, die mit dem Untergrund sympathisierten, aber keiner spezielleren politischen Bewegung oder Philosophie anhingen. »Freier Mars« war eine Phrase gewesen.

In vieler Hinsicht war er von Nirgal begründet worden. So viele Eingeborene waren an Autonomie interessiert gewesen; und die verschiedenen *Issei*-Parteien, die auf den Gedanken des einen oder anderen frühen Siedlers beruhten, sprachen sie nicht an. Sie hatten etwas Neues gewollt. Und so war Nirgal um den Planeten gereist und hatte sich bei Leuten aufgehalten, die Meetings oder Diskussionen organisierten. Das war so lange gegangen, dass die Leute schließlich auf einem Namen bestanden. Man wollte die Dinge beim Namen nennen können.

Daher also Freier Mars. Und in den Revolutionsjahren wurde die Organisation ein Treffpunkt für die Eingeborenen. Sie tauchte aus der Gesellschaft als ein Phänomen auf, zu dem sich viel mehr Leute als zugehörig erklärten, als man hätte für möglich halten können. Millionen. Die Majorität der Einheimischen. Sie waren des Rückgrat der Revolution. Das war der Hauptgrund für ihren Erfolg. Freier Mars als Motto, als Imperativ. Das hatten sie durchgesetzt.

Aber dann war Nirgal zur Erde abgereist, entschlossen, ihre Sache dort zu vertreten. Und während seiner Abwesenheit war der Freie Mars im Verfassungskongress von einer Bewegung zu einer Organisation geworden. Das war gut so, es war der normale Gang der Ereignisse, ein notwendiger Teil der Institutionalisierung ihrer Unabhängigkeit. Niemand konnte sich darüber beklagen oder den guten alten Tagen nachtrauern, ohne Sehnsucht nach einer heroischen Zeit zu offenbaren, die eigentlich gar nicht heroisch, sondern von Unterdrückung und Beschränkung geprägt gewesen war und deswegen unbequem und gefährlich. Nein, Nirgal war nicht nach Nostalgie zumute. Der Sinn des Lebens lag nicht in der Vergangenheit, sondern in der Gegenwart; nicht im Widerstand, sondern in der positiven Äußerung. Nein, er wollte nicht, dass es so sein sollte wie früher. Er war glücklich, dass sie (wenigstens teilweise) ihr Schicksal selbst bestimmten. Das war nicht das Problem. Noch machte ihm der enorme Zuwachs der Parteigänger Sorgen, die der Freie Mars hatte. Der Freie Mars schien an der Schwelle zur Supermajorität zu stehen. Drei der sieben Mitglieder des Exekutivrates kamen aus der Parteiführung, und Parteimitglieder nahmen auch die meisten anderen globalen Positionen ein. Jetzt trat ein guter Prozentsatz neuer Emigranten der Partei bei, genau wie alte Emigranten und Eingeborene, die vor der Revolution kleinere Parteien unterstützt hatten, und zu guter Letzt eine ganze Anzahl der ehemaligen Unterstützer des UNTA-Regimes, die jetzt nach einer neuen Macht Ausschau hielten, der sie folgen konnten. Alles in allem ergab das eine riesige Gruppe. Und in den ersten Jahren einer neuen sozioökonomischen Ordnung hatte diese Ballung politischer Macht, von Meinung und Glauben, ohne Zweifel einige Vorteile. Man konnte etwas durchsetzen.

Aber Nirgal war sich nicht sicher, ob er dazugehören wollte.

Eines Tages, als er an der Stadtmauer entlangging und durch die Kuppel blickte, sah er auf einem Flugplatz im Westen der Stadt am Rande der Klippe eine Menschengruppe stehen. Es gab dort eine Anzahl verschiedener Typen einsitziger Flugzeuge: Segler und Ultraleichtflieger, die von einer Schleuder gestartet wurden und in der morgendlichen Thermik aufstiegen. Dann waren da kleinere Hängegleiter sowie verschiedene Ausführungen der neuen Einsitzer, die aussahen wie kleine Segelflugzeuge, die man unter Miniatur-Luftschiffen befestigt hatte. Diese Maschinen waren nur wenig länger als die Menschen, die in die Schlingen oder Sitze unter dem Flugzeug kletterten. Viele von ihnen waren transparent und fast unsichtbar, sodass der Himmel manchmal aussah, als flögen auf dem Bauch liegende oder sitzende Personen von ganz alleine durch die Luft. Andere Maschinen waren bunt und bereits aus großer Entfernung als grüne oder blaue Striche in der Luft sichtbar. An den gestutzten

Flügeln waren kleine ultraleichte Triebwerke angebracht, mit Hilfe derer die Piloten Richtung und Höhe steuern konnten. In dieser Hinsicht waren sie wie Flugzeuge, aber mit dem zusätzlichen Auftrieb eines Luftschiffs, was sie sicherer und wendiger machte. Ihre Piloten konnten sie fast überall landen, und es schien unmöglich, dass sie in den Sturzflug übergehen – also abstürzen – würden.

Die Hängegleiter andererseits sahen noch immer so gefährlich aus wie eh und je. Die Leute, die sich ihrer bedienten, waren die ruppigsten Mitglieder der Fliegergemeinschaft. Als Nirgal hinausging, konnte er die waghalsigen Typen sehen, die die Kanten der Klippe heruntersprangen und in durch Adrenalin gesteigerter Erregung brüllten, dass es in den Interkoms nur so klirrte. Egal, an was für ein Gerüst sie angebunden waren – ihre Körper sahen immer noch, was geschah. Kein Wunder, dass ihre Schreie diesen Klang hatten!

Nirgal nahm die U-Bahn und begab sich, angelockt durch das besondere Schauspiel, zum Flugplatz. All diese Menschen, frei im Himmel ... Natürlich erkannte man ihn auch hier. Er schüttelte Hände und nahm die Einladung einer Gruppe an, selbst mitzufliegen und zu sehen, wie das war. Die Hanggleiter erboten sich, ihm das Fliegen beizubringen, aber er lachte nur und sagte, er wolle erst die kleinen Luftschiffgleiter ausprobieren. Er fand eine zweisitzige Maschine, etwas größer als die anderen, zum Start bereit; und eine Frau namens Monica lud ihn ein. Sie tankte das Ding auf, setzte sich neben ihn; sie stiegen am Startmast auf, um dann mit einem Ruck in die starken Winde des Nachmittags freigelassen und über die Stadt getrieben zu werden, die sich von oben als ein kleines Gewächshaus voller Grünzeug erwies, das an der Kante des nordwestlichsten Teils des Labyrinths aus Canyons am Hang von Tharsis hockte.

Fliegen über Noctis Labyrinthus! Der Wind blies scharf über den straffen durchsichtigen Stoff des Gleiters; und sie hüpften unvorhersehbar auf und ab, während sie gleichzeitig in einem scheinbar unkontrollierten Spin horizontal rotierten. Aber dann lachte Monica und ergriff die Steuerung. Bald flogen sie über das Netzwerk sich kreuzender Täler des Labyrinths nach Süden. Dann über das Compton Chaos und das zerwühlte Land des Illyrischen Tores, das sich zum oberen Ende des Marineris-Gletschers absenkte.

Monica sagte über Funk: »Die Düsen dieses Dings sind sehr viel stärker, als sie sein müssten. Man kann sich mit bis zu zweihundertfünfzig Kilometern in der Stunde in den Wind stürzen, obwohl man das nicht riskieren sollte. Man benutzt die Strahltriebwerke auch, um dem Auftrieb entgegenzuwirken, damit man wieder herunterkommt. Hier, versuch es mal! Das ist der Gashebel für den linken Jet und das ist der für den rechten. Und hier sind die Stabilisierungsflossen. Die Düsen steuern sich leicht, aber der Stabilisator erfordert einige Übung.«

Vor Nirgal befand sich eine volle Garnitur von Kontrollgeräten. Er legte die Hände auf die Jet-Drosseln und gab Schub. Das Luftschiff schwenkte nach links und dann nach rechts. »Wow!«

»Man fliegt mit einem Fly-by-wire-System, sodass das Ding sich einfach abschaltet, wenn man einen verhängnisvollen Fehler zu machen droht.«

»Wie viele Flugstunden braucht man, um das zu lernen?«

»Du bist ja schon dabei!« Sie lachte. »Nein, es erfordert etwa hundert Stunden. Kommt darauf an, was man dabei unter Lernen versteht. Die statistische Todesschwelle liegt zwischen hundert und tausend Stunden, wenn die Leute einigermaßen sicher, aber noch nicht wirklich gut sind und in Schwierigkeiten kommen. Aber das sind meistens Gleitschirmflieger. Bei diesen hier sind Simulatoren genau das Richtige, um darin Flugstunden anzusammeln. Und wenn man dann wirklich oben ist, kann man schon alles, auch wenn man noch nicht die offizielle Flugzeitgrenze erreicht hat.«

»Interessant!«

Das war es in der Tat. Die sich kreuzenden Canyons von Noctis Labyrinthus lagen unter ihnen wie ein gewaltiger Irrgarten. Die jähen Auf- und Abstiege, wenn die Winde sie schüttelten, das laute Brausen des Windes über ihren teilweise geschlossenen Sitzen in den Gondeln ... »Es ist, als wäre man ein Vogel!«

»Genau.«

Und ein Teil von ihm sah, dass alles gut werden würde. Das Herz freut sich über eine Sache nach der anderen.

Danach nahm er Stunden in einem Flugsimulator in der City und verabredete sich mehrmals in der Woche mit Monica oder einem ihrer Freunde zu einer weiteren Lektion draußen am Rand der Klippe. Es war keine komplizierte Sache, und bald hatte er den Eindruck, dass er einen Alleinflug unternehmen könnte. Sie mahnten ihn zur Geduld. Er hielt sich daran. Die Simulatoren fühlten sich ganz wie die Wirklichkeit an. Wenn man sie durch Fehler ausreizte, kippte der Sitz und hüpfte sehr überzeugend. Mehr als einmal bekam er die Geschichte von der Person zu hören, die einen Ultraleichtflieger in der Simulation in eine so verheerende Todesspirale gebracht hatte, dass der Simulator sich aus seiner Verankerung gerissen hatte und durch die nächste Glaswand gekracht war, wobei er einige Herumstehende getroffen und dem Flieger den Arm gebrochen hatte.

Nirgal vermied solche Schreckensgeschichten und auch die meisten anderen. Er ging fast jeden Morgen zu den Versammlungen von Freier Mars in den Stadtbüros und jeden Nachmittag zum Fliegen. Im Laufe der Tage stellte er fest, dass er die Morgensitzungen nicht mochte. Er wollte bloß noch fliegen. Er hatte den Freien Mars nicht gegründet, ganz gleich, was die Leute sagten. Alles, was er in jenen Jahren getan hatte, war keine Politik in diesem Sinne gewesen. Vielleicht hatte es ein politisches Element gehabt; aber meistens hatte er sein eigenes Leben geführt und mit Leuten in der Demimonde und den

Städten an der Oberfläche darüber gesprochen, wie sie ihr Leben gestalten und dennoch Freiheiten und Vergnügungen haben sollten. Okay, das war politisch gewesen, alles hatte eine politische Dimension gehabt. Aber es schien, dass er an Politik nicht wirklich interessiert war. Oder waren es die Regierungsgeschäfte?

Natürlich war Politik besonders uninteressant, wenn sie von Jackie und ihrem Hofstaat dominiert wurde. Das war Politik einer anderen Art. Er hatte vom ersten Augenblick seiner Rückkehr an gesehen, dass Jackies innerem Kreis seine Rückkehr von der Erde nicht willkommen war. Er war den größten Teil eines M-Jahres fort gewesen; und während dieser Zeit war eine neue Gruppe durch die Revolution in Schwung gekommen und in den Vordergrund getreten. Nirgal war für sie eine Bedrohung von Jackies Führungsrolle in der Partei und für ihren Einfluss auf Jackie. Sie waren entschieden, wenn auch subtil gegen ihn. Nein. Einige Zeit war er der Anführer der Eingeborenen gewesen, der Charismatiker des Stammes, der aus dem eingeborenen marsianischen Volk bestand, der Sohn von Hiroko und Cojote – eine sehr mächtige mystische Elternschaft –, dem man sich nur sehr schwer widersetzen konnte. Aber diese Zeit war vorbei. Jetzt hatte Jackie die Führung; und sie hatte ihre eigene mythische Abstammung von John Boone, ihre gemeinsamen Anfänge in Zygote und auch den (partiellen) Rückhalt des minoischen Kultes in Dorsa Brevia.

Ganz zu schweigen von ihrer direkten Macht über ihn in der ihr eigenen intensiven Dynamik. Aber ihre Berater konnten das nicht verstehen oder auch nur voll erkennen. Für sie war Nirgal eine bedrohende Macht, die durch die Krankheit auf der Erde keineswegs beseitigt worden war. Eine immerwährende Bedrohung für ihre eingeborene Königin.

So saß er die morgendlichen Versammlungen in den Stadtbüros ab, bemüht, ihre kleinen Manöver zu ignorieren und sich auf die Themen zu konzentrieren, die vom ganzen Planeten eingingen und von denen viele Landprobleme oder kleine Streitigkeiten zum Thema hatten. Viele Städte wollten ihre Kuppeln abbauen, sobald der Luftdruck das ermöglichte; und kaum welche von ihnen waren bereit einzuräumen, dass das eine Maßnahme war, bei der die Umweltgerichtshöfe ein Mitspracherecht hatten. Manche Gebiete waren so trocken, dass Wasser der kritische Punkt war, und Ersuchen um Wasserzuteilungen gingen ein, bis es schien, dass das Nordmeer um einen Kilometer abgesenkt werden würde, wollte man durch Abpumpen die durstigen Städte des Südens versorgen. Diese und tausend andere Angelegenheiten stellten die vielen verfassungsmäßigen Netzwerke für die Verbindung lokaler Autonomie mit globalen Erwägungen auf die Probe. Die Debatten dauerten ewig.

Nirgal, obwohl im Grunde an den meisten dieser Streitigkeiten nicht interessiert, zog sie dennoch der Parteipolitik vor, die sich in Cairo abspielte. Er war von der Erde ohne irgendeine offizielle Position in der neuen Regierung oder der alten Partei zurückgekommen; und eines der Dinge, die sich in diesen Tagen abspielten, war der Streit darüber, ihn unterzubringen; ihm einen neuen Job mit begrenzter Macht zu geben – oder für jene, die ihn unterstützten, also Jackies Gegner, ihn in eine Position mit anwendbarer realer Macht zu bringen. Einige Freunde rieten ihm abzuwarten und für den Senat zu kandidieren, wenn die nächsten Wahlen kämen. Andere sprachen vom Exekutivrat, von Parteiposten oder einem Posten am Globalen Umweltgerichtshof. Alle diese Jobs fand Nirgal in der einen oder anderen Weise abscheulich; und wenn er mit Nadia über Video sprach, stellte er fest, dass sie sich für ihn nur als Bürde erweisen würden. Obwohl Nadia sich emsig genug abmühte, war deutlich, dass ihr der Exekutivrat zuwider war. Aber er verzog keine Miene und hörte genau zu, wenn Leute ihm ihren Rat anboten.

Jackie ihrerseits hatte ihre eigenen Berater. Wenn Leute bei Meetings vorschlugen, Nirgal solle eine Art Minister ohne Tätigkeitsfeld werden, blickte sie ihn noch ausdrucksloser als gewöhnlich an, was Nirgal auf den Gedanken brachte, dass ihr diese Möglichkeit am wenigsten von allen zusagte. Sie wollte ihn in irgendeiner Position festgenagelt sehen, die ihrem derzeitigen Posten untergeordnet war. Aber er blieb völlig außerhalb des Systems …

Da saß sie, das kleine Kind in den Armen. Es könnte sein Kind sein. Und Antar beobachtete sie mit der gleichen Miene, dem gleichen Gedanken. Ohne Zweifel hätte das auch Dao getan, wenn er noch gelebt hätte. Nirgal wurde plötzlich durch einen Schauer von Kummer um seinen Halbbruder geschüttelt, seinen Quälgeist, seinen Freund. Er und Dao hatten sich bekämpft, solange er zurückdenken konnte. Sie waren aber trotz allem Brüder gewesen.

Jackie hatte Dao offenbar schon vergessen, genau wie Kasei. So wie sie Nirgal vergessen würde, sollte er getötet werden. Sie hatte zu den Grünen gehört, die befohlen hatten, den Angriff der Roten auf Sheffield niederzuschmettern. Sie hatte die Erwiderung der Kampfhandlungen befürwortet. Vielleicht musste sie die Toten vergessen.

Das Kind schrie. Bei dem dicken runden Gesicht war es unmöglich, eine Ähnlichkeit mit irgendeinem Erwachsenen zu erkennen. Der Mund sah wie Jackies aus. Aber sonst … Sie war erschreckend, diese Macht, die von anonymer Elternschaft ausging. Natürlich konnte ein Mann dasselbe tun, sich ein Ei besorgen, es befruchten, durch Ektogenese wachsen lassen und dann das Kind selbst aufziehen. Ohne Zweifel würde das auch passieren, besonders wenn noch mehr Frauen Jackies Weg einschlugen. Eine Welt ohne Eltern. Nun, Freunde bildeten die wahre Familie. Aber er erschauerte doch vor dem, was Hiroko getan hatte, was Jackie tat.

Um seinen Geist von alledem zu klären, ging er fliegen. Eines Abends nach einem fantastischen Flug in den Wolken, als sie im Fliegerpub saßen, nahm die Konversation eine andere Richtung, als jemand Hirokos Namen erwähnte. »Ich habe gehört, sie ist in Elysium und arbeitet da oben an einer neuen Kommune.«

»Wo hast du das gehört?«, fragte Nirgal die Frau, wohl etwas zu scharf.

Sie antwortete überrascht: »Du kennst doch diese Flieger, die letzte Woche hereingeschneit sind. Die um die Welt fliegen. Die waren im letzten Monat auf Elysium und sagten, sie hätten sie dort gesehen.« Sie zuckte die Achseln. »Das ist alles, was ich gehört habe. Nicht sehr zuverlässig. Ich weiß.«

Nirgal sank in seinem Stuhl zurück. Immer Information aus dritter Hand. Aber einige Geschichten schienen dennoch Hiroko widerzuspiegeln. Und ein paar klangen zu sehr nach Hiroko, als dass sie erfunden sein konnten. Nirgal wusste nicht, was er denken sollte. Sehr wenige Leute schienen sie für tot zu halten. Auch vom Rest ihrer Gruppe wurden Sichtungen berichtet.

»Sie wünschen sich einfach, dass sie hier wäre«, sagte Jackie, als Nirgal es am nächsten Tag erwähnte.

»Wünschst du es dir denn nicht?«

»Doch, natürlich …« – obwohl das nicht stimmte –, »aber nicht genug, um Geschichten darüber zu erfinden.«

»Hältst du die wirklich alle für erfunden? Ich meine, wer sollte das tun? Sie würden sich damit auch selbst belügen. Das ergibt keinen Sinn.«

»Nirgal, die Menschen sind nicht vernünftig. Das musst du verstehen. Die Leute sehen irgendwo eine ältliche Japanerin und denken, die sieht aus wie Hiroko. Am Abend erzählen sie ihrem Mitbewohner, sie glauben, sie hätten heute Hiroko gesehen. Sie war auf dem Markt und hat Pflaumen gekauft. Der Mitbewohner geht zur Arbeit und sagt: ›Mein Zimmergenosse hat gestern Hiroko gesehen, wie sie Pflaumen gekauft hat.‹«

Nirgal nickte. Das traf ohne Zweifel auf die meisten Geschichten zu. Aber was war mit dem Rest, den wenigen Geschichten, die nicht in dieses Muster passten …?

»Inzwischen musst du eine Entscheidung über diese Position im Umweltgerichtshof treffen«, sagte Jackie. Es handelte sich um ein Provinzgericht, das dem Globalen unterstand. »Wir können es so einrichten, dass Mem einen Posten in der Partei erhält, der wirklichen Einfluss hat, oder du könntest den nehmen, wenn du willst, oder beide, nehme ich an. Aber wir müssen es wissen.«

»Ja, ja.«

Leute kamen herein, um über etwas anderes zu diskutieren, und Nirgal zog sich zum Fenster zurück, in die Nähe des Kindermädchens und des Babys. Er war nicht an dem interessiert, was sie machten, an nichts davon. Das war alles hässlich und abstrakt, eine ständige Manipulation von Menschen, ohne konkrete Gegenleistungen für so viel Arbeit. Das ist Politik, sagte Jackie. Und es war klar, dass sie es genoss. Aber Nirgal nicht. Es war seltsam. Er hatte sein ganzes Leben offenkundig für das Erreichen dieser Situation gearbeitet; und jetzt, als sie da war, gefiel sie ihm nicht.

Höchstwahrscheinlich könnte er genug lernen, um die Arbeit zu leisten. Er müsste die Feindseligkeit der Leute überwinden, die ihn nicht wieder in der Partei haben wollten; er müsste sich eine eigene Machtbasis schaffen, das heißt eine Gruppe von Menschen um sich sammeln, die ihm in ihren offiziellen Positionen helfen würden. Er müsste ihnen Gefälligkeiten erweisen, ihre Gunst erschmeicheln, sie gegeneinander ausspielen, sodass jeder ihm gehorchen würde, um Überlegenheit gegenüber den anderen zu gewinnen … Er konnte gerade hier in diesem Raum alle diese Prozesse in Aktion sehen, wenn Jackie mit einem Berater nach dem anderen zusammenkam und diskutierte, was gerade anlag, und ihn dann bearbeitete, um ihn sich noch stärker zu verpflichten. Natürlich, sagte sie, wenn er sie darauf hinwies, das ist eben Politik. Sie hatten jetzt die Kontrolle über den Mars, und wenn sie die neue Welt schaffen wollten, auf die sie gehofft hatten, dann mussten sie Politiker in letzter Konsequenz sein. Man konnte nicht allzu wählerisch sein, man musste realistisch handeln. Augen zu und durch. Darin lag wirklich ein gewisser Adel. Es war notwendige Arbeit.

Nirgal wusste nicht, ob diese Rechtfertigungen der Wahrheit entsprachen oder nicht. Hatten sie wirklich ihr ganzes Leben lang gearbeitet, um die Herrschaft der Erde über den Mars zu überwinden, nur damit sie ihre eigene lokale Version des gleichen Systems an deren Stelle setzen konnten? Konnte Politik jemals etwas anderes sein als Politik – praktisch, zynisch, hässlich?

Nirgal wusste es nicht. Er saß am Fenster und sah auf das Gesicht von Jackies schlafender Tochter hinunter. Auf der anderen Seite des Raums schüchterte Jackie die Delegierten des Freien Mars aus Elysium ein. Jetzt, da Elysium eine vom Nordmeer umgebene Insel war, waren sie dort entschlossener denn je, ihr Schicksal in die eigenen Hände zu nehmen, einschließlich der Einwanderungsbeschränkungen, die verhindern sollten, dass sich die Bevölkerung weit über ihre jetzige Anzahl hinaus entwickelte. »Das ist ja alles schön und gut«, sagte Jackie, »aber es ist jetzt eine sehr große Insel, eigentlich ein Kontinent, und noch dazu von Wasser umgeben, sodass er besonders feucht sein wird. Außerdem mit einer Küstenlinie von Tausenden von Kilometern, einer Menge guter Hafenplätze, die ohne Zweifel als Fischereihäfen nutzbar sind. Ich sympathisiere mit eurem Wunsch, die Entwicklung im Griff zu behalten, wir alle sehen das ähnlich, die Chinesen haben jedoch ein besonderes Interesse bekundet, einige dieser Plätze zu besiedeln. Was soll ich ihnen sagen? Dass die auf Elysium die Chinesen nicht leiden können? Dass wir ihre Hilfe in einer Krise annehmen, aber nicht wollen, dass sie in die Nachbarschaft ziehen?«

»Doch nicht deshalb, weil sie Chinesen sind!«, rief der Delegierte.

»Ich verstehe. Wirklich! Weißt du was? Geh nach South Fossa zurück und erkläre denen die Schwierigkeiten, vor denen wir hier stehen, und ich werde alles tun, was in meiner Möglichkeit liegt, um dir zu helfen. Ich kann nichts garantieren, werde aber tun, was ich kann.«

»Danke«, sagte der Delegierte und ging.

Jackie wendete sich an ihre Assistentin. »Idiot! Wer kommt als Nächster? Ah, natürlich der chinesische Gesandte. Gut, lass ihn rein!«

Der chinesische Gesandte erwies sich als ziemlich große Frau. Sie sprach Mandarin, das ihre KI in klares britisches Englisch übersetzte. Nach dem Austausch der üblichen Höflichkeiten bat die Frau um die Einrichtung einiger chinesischer Siedlungen, vorzugsweise am Äquator.

Nirgal sah fasziniert zu. So hatte man von Anfang an mit dem Siedeln begonnen. Gruppen terranischer Nationaler waren gekommen und hatten eine Kuppelstadt oder eine Klippensiedlung errichtet oder einen Krater überdacht … Aber jetzt zeigte Jackie eine höfliche Miene und sagte: »Das ist möglich. Natürlich wird man alles den Umweltgerichtshöfen zur Beurteilung vorlegen müssen. Aber auf dem Elysium-Massiv gibt es große Mengen bewohnbaren Landes. Vielleicht ließe sich hier etwas arrangieren, besonders wenn China gewillt ist, zur Errichtung einer Infrastruktur beizutragen.«

Sie besprachen Details. Nach einiger Zeit ging die Gesandte fort.

Jackie drehte sich um und schaute Nirgal an. »Nirgal, könntest du Rachel hereinrufen? Und versuche dich bald zu entscheiden, was du in Zukunft tun willst, bitte!«

Nirgal ging aus dem Haus durch die Stadt zu seinem Zimmer. Er packte seine kleine Sammlung von Kleidungsstücken und Toilettenartikeln zusammen, nahm die U-Bahn zum Flugplatz und bat Monica, einen der einsitzigen Luftschiffgleiter benutzen zu dürfen. Er war für den Alleinflug gerüstet und hatte genügend Stunden in Simulatoren und mit Lehrern verbracht. Unten in Marineris auf Candor Mesa gab es eine weitere

Flugschule. Er sprach mit den Beamten auf dem Flugplatz. Sie gestatteten ihm, den Luftgleiter dorthin zu fliegen und ihn später von einem anderen Piloten zurückbringen zu lassen.

Es war Mittag. Die Tharsis-Fallwinde hatten eingesetzt und würden im Laufe des Nachmittags noch stärker werden. Nirgal zog sich an und stieg in den Pilotensitz. Der kleine Luftgleiter kletterte, am Bug gehalten, den Startmast empor und wurde freigelassen.

Er stieg über Noctis Labyrinthus auf und wandte sich ostwärts. Er flog über das Gewirr verschachtelter Canyons. Ein Land, das durch große Spannungen von unten her aufgerissen worden war. Flog aus dem Labyrinth heraus. Ein Ikarus, der zu nahe an die Sonne herangeflogen und verbrannt worden war, den Sturz überlebt hatte und jetzt wieder flog, diesmal abwärts, immer nach unten. Er nutzte den Vorteil, den ein starker Rückenwind ihm bot. Ritt auf einer Bö und schoss über das zerrissene schmutzige Eisfeld von Compton Chaos hinab, wo 2061 der große Wasserausbruch seinen Ausgang genommen hatte. Jene immense Flut war Ius Chasma hinuntergeflossen; aber Nirgal bog nach Norden ab, weg vom Gletscherfluss, und dann wieder nach Osten, hinunter in den Kopf von Tithonium Chasma, das parallel zu Ius Chasma direkt nach Norden verlief.

Tithonium war einer der tiefsten und schmalsten Marineris-Canyons, vier Kilometer tief und zehn breit. Er konnte knapp über die Plateauränder fliegen und sich dennoch Tausende von Metern über dem Talboden befinden. Tithonium war höher als Ius, wilder und von Menschenhand unberührt; selten bereist, da er nach Osten hin eine Sackgasse bildete, wo er sich verengte und der Boden aufraute und schroffer wurde, um dann jäh an riesenhohen Felswänden zu enden. Nirgal erspähte die Straße, die sich in Serpentinen den östlichen Kopfwall nach oben wand, die er in seiner Jugend oft gefahren war, als noch der ganze Planet seine Heimat gewesen war.

Die nachmittägliche Sonne hinter ihm versank. Die Schatten auf dem Land wurden länger. Der Wind blies weiter heftig, summte und winselte, fauchte und fuhr beißend über den Gleiter. Er blies ihn wieder über die Deckschicht des Randplateaus hinaus, wo Tithonium in eine Reihe ovaler Mulden überging, die die Ebene narbten: die Tithonia Catena, jede Senke eine riesige schüsselförmige Vertiefung im Land.

Und dann fiel die Welt plötzlich wieder ab, und er flog hinaus über den immensen offenen Canyon von Candor Chasma, Shining Canyon, dessen Ostwände in diesem Moment wirklich im Sonnenlicht bernstein- und bronzefarben leuchteten. Im Norden lag der tiefe Eingang zu Ophir Chasma, im Süden die spektakuläre, von Felsnadeln gesäumte Öffnung nach Melas Chasma, dem zentralen Giganten des Marineris-Systems. Das war die Mars-Version vom Concordiaplatz, nur viel größer als der auf der Erde. Wilder, unberührter, urtümlicher, gigantischer, jenseits aller menschlichen Maßstäbe, als wäre er um zwei Jahrhunderte oder zwei Äonen in die Vergangenheit zurückgeflogen, in eine Zeit vor der Anthropogenese. Roter Mars!

Und dort in der Mitte des breiten Candor war eine hohe rhombische Mesa, eine Schieferinsel, die fast zwei Kilometer über den Boden des Canyons aufragte. Und in dem dunstigen Licht des Sonnenuntergangs konnte Nirgal ein Nest von Lichtern erkennen, eine Kuppelstadt am südlichsten Punkt des Plateaus. Stimmen begrüßten ihn auf der allgemeinen Frequenz seines Interkoms und leiteten ihn dann zum Landeplatz der Stadt hinunter. Die Sonne verglomm über den Klippen im Westen, als er den Gleiter langsam gegen den Wind schwenkte und ihn genau auf der als Zielmarke auf den Landeplatz gemalten Kokopelli-Figur niedergehen ließ.

Shining Mesa hatte einen breiten Gipfel, mehr von der Form eines Kinderdrachens als eines richtigen Rhombus, dreißig Kilometer lang und zehn breit, der sich in der Mitte von Candor Chasma wie ein großes Monument Valley erhob. Die Kuppelstadt nahm nur eine kleine Anhöhe an der Südspitze des Drachens ein. Die Mesa war genau das, was man auf den ersten Blick vermutete: ein abgetrenntes Fragment des Plateaus, das die Marineris-Canyons aufgesplittert hatten. Sie war ein großartiger Aussichtspunkt, um die großen Wände von Candor zu betrachten, durch die tiefen, steilen Lücken hinein nach Ophir Chasma im Norden und Melas Chasma im Süden.

Natürlich hatte eine so spektakuläre Aussicht im Laufe der Jahre Menschen angezogen, und die Hauptkuppel war von kleineren umgeben. In einer Höhe von fünf Kilometern über Normalnull war die Stadt immer noch überkuppelt, obwohl man darüber sprach, sie zu entfernen. Der Boden von Candor Chasma, nur drei Kilometer über Normalnull, war von wachsenden dunkelgrünen Wäldern gefleckt. Viele Leute, die in Shining Mesa wohnten, flogen jeden Morgen hinunter, um Ackerbau oder Botanik zu betreiben, und flogen am späten Nachmittag wieder auf den Gipfel herauf. Ein paar dieser fliegenden Förster waren alte Untergrund-Bekannte von Nirgal und freuten sich, ihn herumführen zu können, ihm die Canyons und was sie darin machten zu zeigen.

Die Böden der Marineris-Canyons verliefen im Allgemeinen von Westen nach Osten. In Candor bogen sie um die große Zentralmesa herum und fielen dann steil nach Melas ab. Auf den höheren Teilen des Bodens lag Schnee, besonders unter den westlichen Wänden, wo nachmittags tiefe Schatten lagen.

Das Schmelzwasser von diesem Schnee lief in den schmalen sandigen Betten gewundener Bäche hinunter, um dann gesammelt in einige seichte, schlammige rote Flüsse einzumünden, die sich genau über dem Candor-Kap sammelten und in wilden, schäumenden Fällen auf den Boden von Melas Chasma stürzten, wo das Wasser vor dem Rest des Gletschers von '61 in einen Teich strömte und rötlich gegen seine Nordflanke brandete.

An den Ufern all dieser trüben roten Flüsse bildeten sich Waldgalerien. Sie bestanden zumeist aus kältefesten Balsas und anderen sehr schnell wachsenden tropischen Baumarten, die über dem Krummholz zu neuen Baldachinen auswuchsen. In diesen Tagen war es auf dem Canyonboden, einer großen windgeschützten, die Sonne reflektierenden Schüssel, warm. Die Balsa-Schutzdächer gewährten einer großen Anzahl von Pflanzen- und Tierarten einen Platz, um sich zu entwickeln. Nirgals Bekannte erklärten, dass es sich hierbei um die vielfältigste biotische Gemeinschaft auf dem Mars handele. Wegen der Bären, Schneeleoparden und anderer Raubtiere mussten sie Betäubungsgewehre mit sich führen. Das Durchqueren mancher Baumalleen war schwierig wegen der Dickichte aus Schneebambus und Espen.

All dieses Wachstum war durch große Vorkommen von Natriumnitrat in den Candor- und Ophir-Canyons – große weiße Schichten aus *caliche blanco*, extrem wasserlöslichem Natriumnitrat – unterstützt worden. Diese Mineralablagerungen schmolzen jetzt auf die Canyonböden und wurden von den Flüssen verteilt, sodass sie die neuen Böden mit reichlich Stickstoff versorgten. Leider waren einige der größten Nitratvorkommen unter Moränenabgängen begraben worden. Das Wasser, das das Natriumnitrat auflöste, durchfeuchtete auch die Canyonwände. Die Destabilisierung und die daraus resultierenden Masseabgänge wurden radikal beschleunigt. Niemand begab sich mehr an den Fuß der Canyonwände. Die Flieger sagten, es sei zu gefährlich. Und während sie in ihren Luftgleitern umhersausten, sah sich Nirgal die Narben von Erdrutschen, die überall zu finden waren, an. Etliche hohe und bewachsene Hänge waren verschüttet worden. Verfahren zur Fixierung der Wände gehörten zu den vielen Gesprächsthemen an den Mesa-Abenden, wenn ihnen das Omegendorph ins Blut gegangen war. Man konnte aber nicht viel tun. Wenn Tonnen von Gestein an einer zehntausend Fuß hohen Felswand nachgeben wollten, würde sie nichts aufhalten. Daher konnte man auf Shining Mesa von Zeit zu Zeit, etwa einmal in der Woche, den Boden erzittern fühlen und beobachten, wie die Kuppel schimmerte, und in der Magengrube das tiefe Rumpeln eines Zusammenbruchs fühlen. Oft sahen sie den Bergrutsch, der sich vor einer bräunlichen Staubwolke durch den Canyon wälzte. Flieger, die sich in der Nähe befunden hatten, kamen erschüttert und schweigend zurück oder gesprächig mit wilden Geschichten, wie sie von dem ohrenzerreißenden Getöse über den Himmel geschleudert worden waren. Eines Tages war Nirgal in Bodennähe unterwegs, als er selbst in den Genuss kam. Es war wie ein Überschallknall, der sekundenlang anhielt. Die Luft zitterte wie ein Pudding. Dann war es ebenso rasch vorbei, wie es angefangen hatte.

Meistens erkundete er die Gegend alleine, aber manchmal flog er mit seinen alten Bekannten. Die Luftgleiter waren für den Canyon perfekt, langsam, stabil und leicht zu steuern. Mehr Auftrieb, als nötig war, mehr Energie … Der Flieger, den er – mit Cojotes Geld – gemietet hatte, erlaubte ihm, morgens nach unten zu schweben, um bei der botanischen Arbeit in den Wäldern zu helfen oder an den Flüssen spazieren zu gehen. Nachmittags stieg er dann immer weiter in die Höhe. So bekam man einen guten Begriff davon, wie hoch Candor Mesa eigentlich war, oder die noch höheren umgebenden Wände. Immer weiter hinauf, zur Kuppel, zu den langen Mahlzeiten und Partyabenden. Tag für Tag verfolgte Nirgal diese Routine, erkundete die mannigfachen Regionen der Canyons in der Tiefe und beobachtete das überschäumende Nachtleben der Kuppel. Aber er sah alles wie durch das falsche Ende eines Teleskops, eines Teleskops, das aus der Frage bestand: Ist dies das Leben, das ich führen will? Diese distanzierende und irgendwie verkleinernde Frage verfolgte ihn immer wieder, trieb ihn an, wenn er im Sonnenschein seine Kurven flog, und suchte ihn in den schlaflosen Stunden zwischen dem Zeitrutsch und der Dämmerung heim. Was sollte er tun? Der Erfolg der Revolution hatte ihn ohne eine Aufgabe zurückgelassen. Sein ganzes Leben lang war er über den Mars gewandert und hatte mit den Leuten über einen freien Mars gesprochen, über friedliches Bewohnen statt Kolonisierung, darüber, im Land einheimisch zu werden. Diese Aufgabe war jetzt beendet. Das Land gehörte ihnen, und sie konnten auf ihm leben, wie sie wollten. Aber er fand in dieser neuen Situation keine Rolle für sich. Er musste sehr differenziert darüber nachdenken, wie er in dieser neuen Welt weitermachen sollte, nicht länger als Stimme des Kollektivs, sondern als ein Individuum in seinem eigenen Privatleben.

Er hatte herausgefunden, dass er nicht weiter im Kollektiv arbeiten wollte. Es war gut und notwendig, dass manche Leute sich dazu berufen fühlten, aber er gehörte nicht zu ihnen. Er konnte in der Tat nicht an Cairo denken, ohne einen Stich von Ärger über Jackie zu verspüren, manchmal war es auch einfacher Schmerz wegen des Verlustes dieser öffentlichen Welt, dieses ganzen Lebensstils. Es war hart, das Leben als Revolutionär aufzugeben. Darauf schien nichts zu folgen, weder logisch noch emotional. Aber es musste etwas getan werden. Dieses Leben war vorbei. Inmitten einer langsamen Kurve im Sinkflug mit dem Luftgleiter verstand er plötzlich Mayas Besessenheit von Inkarnationen. Er war jetzt 27 M-Jahre alt, er hatte den Mars kreuz und quer bereist, er war auf der Erde gewesen und in eine freie Welt zurückgekehrt. Zeit für die nächste Seelenwanderung.

So flog er nun durch die ungeheuren Weiten von Candor und suchte nach einem Bild seiner selbst. Die zerrissenen, geschichteten, vernarbten Canyonwände waren wie erstaunliche mineralische Spiegel. Und ihm wurde vor Augen geführt, dass er eine winzige Kreatur war, kleiner als eine Mücke in einer Kathedrale. Er flog herum und studierte jedes große Palimpsest von Facetten; und ihm offenbarten sich zwei sehr starke innere Impulse, getrennt und sich gegenseitig ausschließend, aber dennoch verflochten wie das Grün und das Weiß. Einerseits wollte er ein Wanderer bleiben, über die Welt fliegen, gehen und segeln, für immer ein Nomade, der unablässig in Bewegung blieb, bis er den Mars besser kannte als jeder andere. O ja! Das war eine vertraute Euphorie. Er hatte das sein ganzes Leben lang getan. Es wäre die Form seines früheren Lebens, jedoch ohne dessen Inhalt. Und die Einsamkeit dieses Lebens war ihm vertraut, die Wurzellosigkeit, die ihn so absonderte und ihm diesen Blick durch das falsche Ende des Teleskops bescherte. Er hatte keine Heimat. Deswegen wünschte er sich jetzt diese private Anlaufstelle ebenso sehr wie die Freiheit, wenn nicht noch mehr. Eine Heimat. Er wollte sich in einem menschlichen Leben einrichten, einen Ort suchen und dort bleiben, ihn vollständig kennenlernen, in allen Jahreszeiten, seine Nahrung ziehen, sein Haus und seine Geräte bauen und Teil einer Gemeinschaft von Freunden werden.

Beide Wünsche waren stark und existierten nebeneinander – oder genauer, in einer subtilen raschen Oszillation, die seine Emotionen durcheinanderbrachte und ihn schlaf- und ruhelos machte. Er sah keinen Weg, sie miteinander zu vereinbaren. Sie schlossen einander aus. Niemand, mit dem er redete, hatte auch nur einen nützlichen Vorschlag, wie diese Schwierigkeit zu lösen wäre. Cojote hatte Bedenken dagegen, Wurzeln zu schlagen. Aber er war eben ein Nomade und wusste nichts darüber. Art hielt das Wanderleben für unmöglich. Aber ihm gefielen die Orte, die er gefunden hatte.

Nirgals nichtpolitische Ausbildung war mesokosmische Öko-Ingenieurswissenschaft; aber das half ihm bei seinen Überlegungen wenig. In größeren Höhen würde man immer in Kuppeln leben und mesokosmische Ingenieurskunst brauchen. Aber sie wurde mehr und mehr verwissenschaftlicht, und der künstlerische Aspekt würde mit zunehmender Erfahrung bei der Lösung der Probleme zur bloßen Routine verkommen. Außerdem – strebte er nach einem Leben in der Kuppel, wenn so viele der tiefer gelegenen Regionen des Planeten zu Land wurden, auf dem man frei umhergehen konnte?

Nein. Er wollte unter freiem Himmel leben. Ein Stück Land finden, eigenen Boden haben, seine Pflanzen und Tiere, sein Wetter und seinen Himmel und alles sonst – das wünschte er sich. Ein Teil von ihm, einen Teil der Zeit.

Inzwischen wurde ihm klar, dass, was er auch wählen würde, Candor Chasma nicht der Ort für die Art von Heimat war, die er sich vorstellte. Seine ungeheure Aussicht machte es schwer, es als einen Platz für sein Zuhause zu sehen. Candor Chasma war zu groß, zu unmenschlich. Die Canyonböden waren als Wildnis geplant und bestimmt; und in jedem Frühling würden die durch die Schneeschmelze angeschwollenen Flüsse über die Ufer treten, neue Kanäle graben und unter enormen Erdrutschen verschüttet werden. Das war alles faszinierend. Aber keine Heimat. Die Einwohner würden oben auf Shining Mesa bleiben und die Canyons nur bei Tag aufsuchen. Die Mesa würde ihr wahres Heim sein. Das war ein guter Plan. Aber die Mesa war eine Insel im Himmel, ein großartiges Reiseziel für Touristen, ein Ort für Flieger, für nächtliche Partys, für teure Hotels, für die Jungen und die Verliebten – für alles, was schön und wunderbar war. Aber überfüllt, vielleicht sogar überlaufen – immer gegen den Zustrom der Besucher ankämpfend, gegen neu niedergelassene Bewohner, verzückt von den herrlichen Aussichten. Leute wie Nirgal selbst, die irgendwann bei Dämmerung eintrafen und nie wieder fortgingen, während die alten Einwohner hilflos zusahen und den guten alten Tagen nachhingen, als die Welt neu und nicht so voll gewesen war.

Nein – das war nicht die Art von Heimat, die ihm vorschwebte. Obwohl er es liebte, wenn die Morgendämmerung die Westwände von Candor erleuchtete, im ganzen Spektrum des Mars strahlend, wenn sich der Himmel indigo- oder malvenfarben tönte oder in einem aufregenden irdischen Himmelblau … ein schöner Ort, so schön, dass er an manchen Tagen beim Fliegen das Gefühl hatte, es würde sich lohnen, auf Shining Mesa zu stehen, diesen Grund zu besitzen und zu versuchen, ihn zu erhalten; hinunterzugleiten und den knorrigen wilden Boden zu erforschen und jeden Nachmittag zum Essen wieder hinaufzuschweben. Würde ihm das ein Gefühl von Heimat geben? Aber wenn er Wildnis wollte – gab es da nicht andere weniger spektakuläre, aber entlegenere Orte, die deswegen noch wilder und anziehender wären?

Seine Gedanken drehten sich immerzu im Kreis. Eines Tages, als er über die schäumende trübe Reihe von Katarakten und Wasserfällen in der Candor-Lücke flog, erinnerte er sich, dass John Boone dieses Gebiet unmittelbar nach dem Bau des Transmarineris-Highways in einem Solorover durchquert hatte. Was hätte dieser meisterhafte Wortverdreher zu dieser erstaunlichen Gegend gesagt?

Nirgal rief in Pauline, Boones KI, Candor auf und fand einen gesprochenen Tagebucheintrag, der während der Fahrt durch den Canyon 2046 gemacht worden war. Nirgal ließ die Aufzeichnung laufen, während er von oben auf das Land hinunterschaute, und hörte der rauen Stimme mit dem angenehmen amerikanischen Akzent zu; eine Stimme, der es nichts ausmachte, zu einem Computer zu sprechen. Beim Zuhören wünschte sich Nirgal, mit John selbst reden zu können. Manche Leute sagten, Nirgal wäre erfolgreich in John Boones Fußstapfen getreten und hätte die Arbeit geleistet, die John getan hätte, hätte er noch gelebt. Wenn das so wäre, was hätte John danach getan? Wie würde er gelebt haben?

»Dies ist die unglaublichste Gegend, die ich jemals gesehen habe! Sie sieht wirklich so aus, wie man sich die Valles Marineris vorstellt. Hinten in Melas ist der Canyon so weit, dass man von der Mitte aus die Wände überhaupt nicht sehen kann. Sie liegen hinter dem Horizont! Die Krümmung dieses kleinen Planeten erzeugt Effekte, die man sich nicht ausmalen konnte. Die alten Simulationen gingen so sehr an der Wahrheit vorbei. Die Vertikalen waren um Faktor fünf oder zehn übertrieben, soweit ich mich entsinne. Dadurch sah es aus, als blickte man in eine Spalte. Es ist aber keine Spalte. Wow, hier ist eine Felsensäule, die aussieht wie eine Frau in einer Toga. Vermutlich Lots Weib. Ich frage mich, ob das Salz ist. Es ist weiß, aber ich glaube, das heißt nicht viel. Ich muss Ann fragen. Ich möchte wissen, was die Schweizer Straßenbauer sich dabei gedacht haben, als sie diese Straße anlegten. Sie ist nicht sehr alpin. Eher Anti-Alpen, wo es nach unten geht, anstatt nach oben, rot statt grün, und es Basalt statt Granit gibt. Nun, es schien ihnen aber irgendwie zu gefallen. Natürlich sind sie Anti-Schweiz-Schweizer, darum ergibt das irgendwie Sinn. Oha, hier ist die ganze Gegend voller Schlaglöcher. Der Rover springt herum. Ich versuche es mit diesem Felsband. Das sieht glatter aus als hier. Ja, das ist besser, wie eine Straße. Oh, es ist die Straße. Ich bin wohl ein wenig vom Weg abgekommen. Ich fahre manuell, nur zum Spaß, aber es ist schwierig, ein Auge auf die Transponder zu halten, wenn es so viel anderes zu sehen gibt. Die Transponder sind mehr für die Autopiloten gemacht als das menschliche Auge. He, das ist die Bruchstelle nach Ophir Chasma hinein. Was für eine Lücke! Diese Wand muss – ich weiß nicht – sechs Kilometer hoch sein. Mein Gott! Da die letzte Candor Gap hieß, muss diese Ophir Gap sein, richtig? Ophir Gate wäre hübscher. Sehen wir auf die Karte! Hmm, das Vorgebirge auf der Westseite der Lücke heißt Candor Labes. Das bedeutet doch Lippen? Candor-Kehle. Oder – hmm – ich glaube nicht. Es ist aber doch eine höllisch große Öffnung mit unglaublich steilen Klippen. Sechs- oder siebenmal höher als die von Yosemite. Wobei … Eigentlich sehen sie gar nicht so viel höher aus, um ehrlich zu sein. Wahrscheinlich perspektivische Verkürzung. Sie sehen etwa doppelt so hoch aus oder – wer weiß? Ich kann mich nicht erinnern, wie Yosemite wirklich ausgesehen hat, zumindest hinsichtlich der Größe. Dies hier ist der erstaunlichste Canyon, den man sich vorstellen kann. Ah, links ist Candor Mesa. Das ist das erste Mal, dass ich sehen kann, dass es sich nicht um einen Teil der Candor Labes handelt. Ich würde wetten, dass der Mesagipfel eine fantastische Aussicht bietet. Man sollte dort ein Fly-in-Hotel errichten. Ich wünschte, ich könnte dort hinauf und es sehen! Das wäre ein perfekter Flugplatz! Aber gefährlich. Ich sehe ab und zu Windhosen, boshafte kleine Wirbel, dicht und dunkel. Dort trifft ein Sonnenstrahl durch den Staub auf die Mesa. Wie ein Riegel Butter, der in der Luft hängt. O Gott, was für eine schöne Welt!«

Nirgal konnte nur zustimmen. Er musste lachen, als er die Stimme des Mannes vernahm, und war überrascht, dass John vom Fliegen sprach. Nun konnte er etwas besser verstehen, weshalb die *Issei* so bewundernd über Boone sprachen, und dass ihr Schmerz über seinen Verlust nie verschwunden war. Wie viel besser wäre es, John hier zu haben als bloß diese KI-Aufzeichnungen. Was für ein Abenteuer wäre es gewesen zuzusehen, wie John mit der wilden Geschichte des Mars fertiggeworden wäre! Und Nirgal unter anderem die Bürde dieser Rolle erspart hätte. Aber so hatten sie nur diese freundliche, glückliche Stimme. Und die löste Nirgals Problem nicht.

Abends trafen sich die Flieger von Candor Mesa in einem Ring von Kneipen und Restaurants direkt am hohen südlichen Bogen der Kuppelmauer, wo sie auf Terrassen sitzen und den weiten Blick über die bewaldete Welt ihres Reichs genießen konnten. Nirgal saß zwischen ihnen. Er aß und trank, hörte zu, redete manchmal, machte sich seine Gedanken über sie und fühlte sich wohl. Ihnen war es gleich, was ihm auf der Erde widerfahren war. Ihnen war es auch egal, dass er unter ihnen weilte. Das war gut. Er war oft so abgelenkt, dass er seine Umgebung vergaß. Er fiel oft in Träumereien, und wenn er wieder aus ihnen erwachte, erkannte er, dass er wieder einmal in den schwül heißen Straßen von Port of Spain gewesen war, oder in der Flüchtlingssiedlung beim sturzbachartigen Monsun. Wie oft fand er sich da wieder! Alles, was seither geschehen war, verblasste im Vergleich damit.

Aber eines Abends erwachte er aus einer Träumerei, als ihm war, als hätte eine Stimme gesagt: »Hiroko.«

»Wie war das?«, fragte er.

»Hiroko. Wir haben sie beim Flug rund um Elysium getroffen, oben auf dem Nordhang.«

Das erzählte eine junge Frau. Ihr Gesicht ließ erkennen, dass sie nicht wusste, wer das war.

»Hast du sie selbst gesehen?«, fragte er scharf.

»Ja. Sie versteckt sich nicht oder so. Sie sagte, mein Flieger gefiele ihr.«

»Ich weiß nicht«, sagte ein älterer Mann. Ein Marsveteran, ein *Issei*-Immigrant aus den frühen Jahren, das Gesicht durch Wind und kosmische Strahlung so verwittert, dass es wie Leder aussah. Mit rauer Stimme sagte er: »Ich hörte, sie sei unten im Chaos, wo die erste versteckte Kolonie war, und arbeitete an den neuen Häfen in der Südbucht.«

Andere Stimmen mischten sich ein. Hiroko war hier gesehen worden, war dort gesehen worden, war tot oder zur Erde gegangen. Nirgal hatte sie auf der Erde gesehen.

»Das hier *ist* Nirgal«, entgegnete einer nach der letzten Bemerkung und zeigte grinsend auf ihn. »Er sollte imstande sein, das zu bestätigen oder zu verneinen.«

Nirgal nickte überrascht und sagte: »Ich habe sie auf der Erde nicht gesehen. Es gab bloß Gerüchte.«

»Also genau wie hier.«

Nirgal zuckte die Achseln.

Die junge Frau errötete, weil sie nun wusste, dass er Nirgal war, aber sie beharrte darauf, Hiroko persönlich getroffen zu haben.

Nirgal beobachtete sie genau. Das war etwas anderes. Bis jetzt hatte niemand ihm gegenüber eine so direkte Behauptung aufgestellt (außer in der Schweiz). Sie sah verwirrt und abwehrend aus, blieb aber dabei. »Ja, ich habe wirklich mit ihr gesprochen!«

Warum lügen? Und wie war es möglich, dass jemand über so etwas getäuscht würde? Imitatoren? Aber warum?

Nirgals Puls hatte sich gegen seinen Willen beschleunigt, und ihm war wärmer geworden. Tatsächlich war es denkbar, dass Hiroko so etwas tun würde, sich verstecken und gleichzeitig nicht verstecken. Irgendwo leben, ohne Kontakt mit der zurückgelassenen Familie aufzunehmen. Es gab kein klares Motiv dafür, es wäre seltsam und durchaus unmenschlich, lag aber völlig im Rahmen von Hirokos Charakter. Seine Mutter war eine verrückte Person, das war ihm vor Jahren klar geworden, eine Charismatikerin, die mühelos Menschen lenkte, aber wahnsinnig war. Zu fast allem fähig.

Falls sie lebte.

Er wollte nicht wieder hoffen. Er wollte nicht auf die Jagd nach ihr gehen, nur aufgrund der bloßen Erwähnung ihres Namens! Aber er beobachtete das Gesicht dieses Mädchens, als könne er die Wahrheit daraus lesen, als könnte er sogar das Bild Hirokos noch dort in ihren Pupillen sehen! Andere stellten die Fragen, die er gestellt hätte. Darum konnte er still sitzen bleiben und zuhören. Er wollte sie nicht allzu verunsichern. Sie erzählte langsam die ganze Geschichte. Sie und einige Freundinnen waren im Uhrzeigersinn um Elysium herumgeflogen; und als sie für die Nacht auf der neuen Halbinsel, die die Phlegra Montes gebildet hatten, haltmachten, waren sie zum Eisufer des Nordmeers hinuntergegangen, wo sie eine neue Siedlung entdeckt hatten. Und dort waren sie inmitten der Bauleute auf Hiroko gestoßen. Einige der beim Bau Beschäftigten waren ihre alten Gefährten Gene, Rya und Iwao und der Rest der Ersten Hundert, die Hiroko schon seit den Tagen der verlorenen Kolonie gefolgt waren. Die Fliegergruppe war erstaunt gewesen, aber die verschollen geglaubten Kolonisten hatten sich über deren Erstaunen geradezu verblüfft gezeigt. »Niemand versteckt sich mehr«, hatte Hiroko der jungen Frau gesagt, nachdem sie ihr Komplimente über ihren Flieger gemacht hatte. »Wir verbringen die meiste Zeit in der Nähe von Dorsa Brevia, sind aber jetzt schon seit Monaten hier oben.«

Ganz einfach. Die Frau schien vollkommen ehrlich zu sein; es gab keinen Grund anzunehmen, dass sie log oder an Halluzinationen litt.

Nirgal wollte nicht darüber nachdenken. Aber er hatte sowieso daran gedacht, Shining Mesa zu verlassen und sich an anderen Orten umzusehen. Also konnte er. Und – nun – er musste zumindest nachsehen. *Shikata ga nai!*

Am nächsten Tag wirkte das Gespräch weniger überzeugend. Nirgal wusste nicht, was er denken sollte. Er rief Sax an und berichtete ihm, was er gehört hatte. »Sax, ist es möglich? Kann es überhaupt möglich sein?«

Ein seltsamer Ausdruck zog über Sax' Gesicht. Er sagte: »Es ist möglich. Ja, natürlich. Als du krank und bewusstlos warst, habe ich dir erzählt, dass sie ...« – er suchte seine Worte wie so oft mit einem konzentrierten Blinzeln –, »dass ich sie selbst gesehen habe. In jenem Sturm, als ich draußen festsaß. Sie hat mich zu meinem Wagen gebracht.«

Nirgal starrte auf das kleine flimmernde Bild. »Daran erinnere ich mich nicht.«

»Ah. Das überrascht mich nicht.«

»Also denkst du, dass sie von Sabishii entkommen ist?«

»Ja.«

»Aber wie wahrscheinlich ist das?«

»Ich kenne die ... Wahrscheinlichkeit nicht. Die ist schwierig zu beurteilen.«

»Aber hätte sie fliehen können?«

»Der Hügel des Sabishii-Moholes ist ein Irrgarten.«

»Du denkst also, sie ist entkommen?«

Sax zögerte. »Ich habe sie gesehen. Sie hat mein Handgelenk gepackt. Ich muss es glauben.« Plötzlich verzog er das Gesicht. »Ja, sie ist da draußen! Sie ist draußen! Ich habe keinen Zweifel! Keinen Zweifel! Bestimmt erwartet sie, dass wir … dass wir zu ihr kommen.«

Und Nirgal erkannte, dass er nachsehen *musste*.

Er verließ Candor, ohne sich von irgendjemandem zu verabschieden. Seine Bekannten würden es verstehen. Sie flogen selbst oft für einige Zeit fort. Eines Tages würden sie alle wieder zurück sein, über die Canyons flitzen und ihre Abende zusammen in Shining Mesa verbringen. Also reiste er einfach ab. Hinunter in das ungeheure Melas Chasma, dann weiter das Tal hinab, ostwärts nach Coprates hinein. Viele Stunden lang flog er durch diese Welt, über den Gletscher von '61, an Einbuchtungen und Vorsprüngen vorbei, bis er durch das Dover Gate kam und sich unter ihm die Gabelung der Chasmas Capri und Eos öffnete. Danach über das eisgefüllte Chaotische Terrain, dessen brüchige Oberflächen viel glatter waren, als es das überschwemmte Land darunter gewesen war. Über das raue Gewirr von Margaritifer Terra und schließlich nordwärts entlang der Strecke nach Burroughs. Als diese sich Lybia Station näherte, schwenkte er nach Nordosten ab, auf Elysium zu.

Das Elysium-Massiv war jetzt ein Kontinent im Nordmeer. Die schmale Wasserstraße, die es vom südlichen Festland trennte, war ein flacher schwarzer Streifen, gesprenkelt mit weißen Eisschollen und der Inselgruppe, die einmal Aeolis Mensa gewesen war. Die Nordmeer-Hydrologen wollten diese Straße flüssig halten, damit Strömungen von Isidis Bay nach Amazonis Bay passieren konnten. Um das zu erreichen, hatten sie einen Kernreaktorkomplex am Westende der Straße errichtet und lenkten die meiste Energie ins Wasser, sodass sie eine künstliche Polynja und dadurch ein gemäßigtes Mesoklima auf den Abhängen zu beiden Seiten der Straße hatten. Die Dampfwolken der Reaktoren konnte Nirgal von Weitem schon über dem Großen Steilhang erkennen; und als er hinunterschwebte, überquerte er sich verdichtende Tannen- und Gingkowälder. Über das westliche Tor des Isthmus war ein Kabel gespannt, um in der Strömung schwimmende Eisberge abzufangen. Er flog westlich des Kabels direkt über das Packeis und schaute auf treibende Eisschollen hinunter. Dann ging es über das offene Wasser der Straße, den größten Streifen freien Wassers, den er je auf dem Mars gesehen hatte. Er flog zwanzig Kilometer lang über die Wasseroberfläche und stieß bei dem Anblick einen lauten Ruf aus. Dann wölbte sich vor ihm eine immense leichte Brücke über die Meerenge. Das schwarzviolette Wasser darunter war gesprenkelt mit Segelbooten, Fähren und langen Lastkähnen,

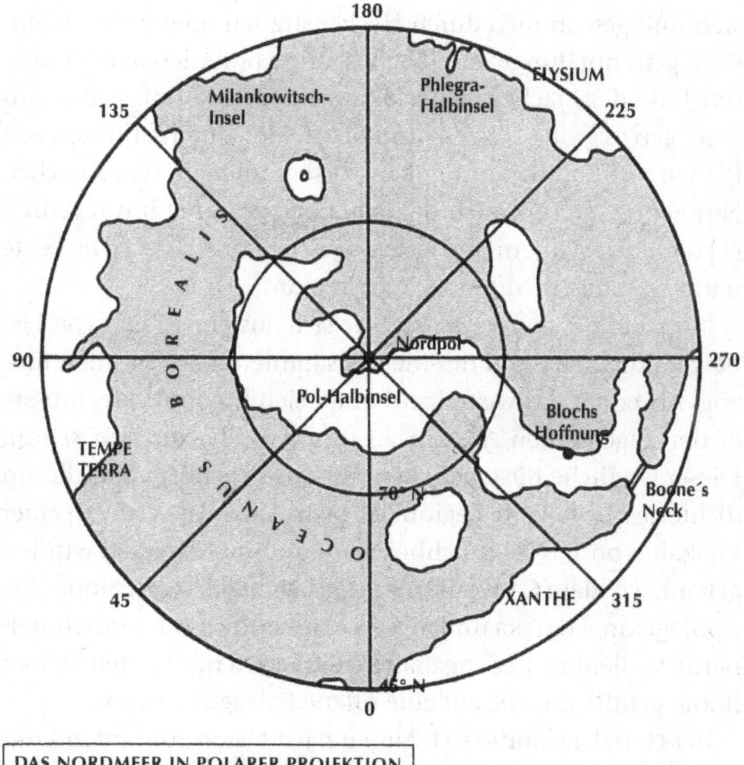

DAS NORDMEER IN POLARER PROJEKTION

die alle ein weißes V aus Kielwasser nach sich zogen. Nirgal glitt über sie hinweg und umrundete die Brücke zweimal, um den Anblick zu genießen, der mit nichts zu vergleichen war, was er bisher jemals auf dem Mars gesehen hatte: Wasser und Meer, eine Welt der Zukunft.

Er flog weiter nach Norden, stieg über den Ebenen von Cerberus auf, vorbei an dem Vulkan Albor Tholus, einem steilen Aschenkegel auf der Seite von Elysium Mons. Auch der viel größere Elysium Mons war steil und sah ein wenig aus wie der Fuji. Sein Profil diente vielen Ackerbaukooperativen in der Region als Markenzeichen. Überall auf der Ebene unter dem Vulkan waren Farmen, an den Rändern meistens verwildert, oft terrassiert und gewöhnlich durch Heckenstreifen oder kleine Wäldchen getrennt. Junge unreife Obstgärten punktierten die höheren Teile der Flächen, jeder Baum in einem Topf. Näher am Meer gab es große Weizen- und Maisfelder, durchschnitten von Reihen aus Oliven- und Eukalyptusbäumen als Windbrecher. Nur zehn Grad nördlich des Äquators, gesegnet mit regenreichen milden Wintern und vielen heißen Sonnentagen. Die Leute nannten es die mediterrane Marsregion.

Nirgal folgte der Westküste, die sich aus einer Kette von Eisbergen, die den Rand des Meeres säumten, nach Norden hinzog. Als er auf das weite Land unter sich hinabblickte, musste er der allgemeinen Ansicht zustimmen: Elysium war schön. Dieser westliche Küstenstreifen war, wie er gehört hatte, die am dichtesten bevölkerte Region des Mars. Die Küste war von einer Vielzahl von Fossae durchbrochen; und breite Häfen wurden gebaut, wo diese Canyons in das Eis tauchten: Tyrus, Sidon, Pyriphlegeton, Hertzka und Morris. Oft wurde das Eis durch steinerne Wellenbrecher abgehalten. Sie waren mit Flotten kleiner Boote gefüllt, die alle auf eine offene Passage warteten.

Bei Hertzka wandte sich Nirgal nach Osten zum Inland hin und flog den sanften Hang des Elysium-Massivs hinauf. Dabei kam er über Gürtel von Gärten, die das Land umsäumten. Hier lebten die meisten Bewohner Elysiums in intensiv kultivierten Ackerbau- und Wohnzonen, die sich über das höhere Gebiet zwischen Elysium Mons und dem Kegel an dessen nördlichem Vorsprung, Hecates Tholus, hinzogen. Zwischen dem großen Vulkan und seiner Tochterbergspitze flog Nirgal durch den kahlen Felssattel des Passes, wie eine kleine Wolke vom Bergwind getrieben.

Elysiums Ostflanke sah ganz anders aus als die westliche. Es war kahles, raues, zerrissenes Gestein mit schwerer Sanddrift, fast in seinem ursprünglichen Zustand erhalten durch den Regenschatten des Massivs. Nur in Nähe der Ostküste sah Nirgal wieder Grünflächen unter sich, bestimmt durch Passatwinde und winterlichen Nebel genährt. Die Städte an der Ostseite waren wie Oasen, aufgereiht an einer die Insel umrundenden Straße.

Am fernen Nordostende der Insel liefen die zerklüfteten alten Hügel der Phlegra Montes weit in das Eis hinaus und bildeten eine spitze Halbinsel. Irgendwo hier wollte jene junge Frau Hiroko gesehen haben. Als Nirgal an der Westseite der Phlegras hochflog, hatte er den Eindruck, dass das ein Ort war, an dem man sie finden können würde, wild und Mars-typisch. Das Phlegra-Gebirge war, wie viele der großen Bergketten auf dem Mars, der einzige verbliebene Bogen des Randes eines alten Impaktbeckens. Jeder andere Hinweis auf dieses Becken war längst verschwunden. Aber die Phlegras standen immer noch da als Zeugen eines Augenblicks unvorstellbarer Gewalt, des Aufpralls eines Asteroiden von hundert Kilometern Durchmesser. Große Stücke der Lithosphäre waren geschmolzen und beiseitegeschoben worden; andere Stücke waren in die Luft geschleudert worden und in konzentrischen Ringen um den Aufschlagpunkt heruntergefallen, wobei ein großer Teil des Gesteins sofort zu metamorphen Mineralien verwandelt worden war, die viel härter waren als das Ursprungsgestein. Nach diesem Trauma hatte der Wind an den Trümmern genagt und schließlich nur noch diese harten Hügel hinterlassen.

Natürlich gab es auch hier draußen Siedlungen, wie überall in den Senken, den Sackgassen-Tälern und auf den Pässen, die über das Meer schauten. Isolierte Farmen, Dörfer mit zehn, zwanzig oder hundert Einwohnern. Es sah aus wie Island. Überall gab es Leute, die diese entlegene Gegend liebten. Ein Dorf klebte auf einer flachen Kuppe hundert Meter über der See. Es hieß Nuannaarpoq, was Inuit für »extravagantes Vergnügen am Leben haben« war. Diese Dorfbewohner und alle anderen in den Phlegras konnten mit kleinen Luftschiffen den Rest von Elysium erreichen oder zu der um Elysium herumführenden Bahnstrecke absteigen und einen Zug nehmen. Die nächste größere Stadt an dieser Küste war ein wohlgestalteter Hafen namens Firewater auf der Westseite der Phlegras, wo sie zuerst zur Halbinsel geworden waren. Die Stadt stand auf einer Böschung am Ende einer breiten Bucht. Als Nirgal sie entdeckte, landete er auf der kleinen Rollbahn am oberen Ende der Stadt und mietete sich in einer Herberge am Hauptplatz hinter den Docks oberhalb der von Eis bedeckten Meeresküste ein.

An den folgenden Tagen flog er in beiden Richtungen an der Küste entlang und besuchte eine Farm nach der anderen. Er traf eine Menge interessanter Leute; nicht aber Hiroko oder sonst wen von der Zygote-Schar, nicht einmal einen ihrer Partner. Das war etwas verdächtig, weil in der Region ziemlich viele *Issei* lebten, aber jeder von ihnen bestritt, Hiroko oder jemanden aus ihrer Gruppe je getroffen zu haben. Aber sie trieben alle sehr erfolgreich Ackerbau in einer steinigen Wildnis, die nicht leicht zu bewirtschaften schien. Sie kultivierten vorzügliche kleine Oasen mit landwirtschaftlichem Ertrag, glaubten an die *viriditas*, aber niemand wollte Hiroko getroffen haben. Sie erinnerten sich kaum, wer sie war. Ein alter amerikanischer Kauz lachte Nirgal ins Gesicht: »Wasde nich sagst, wir ha'm 'nen Guru? Wir soll'n dich zu unserm Guru bringen?«

Nach drei Wochen hatte Nirgal nicht die kleinste Spur von ihr gefunden. Er musste die Phlegra Montes aufgeben. Es blieb ihm nichts anderes übrig.

Unablässig wandern. Es war sinnlos, auf der riesigen Oberfläche einer ganzen Welt nach einer einzelnen Person zu suchen. Das war ein unmögliches Vorhaben. Aber in manchen Dörfern gab es Gerüchte und bisweilen Sichtungen. Immer ein weiteres Gerücht, manchmal eine glaubhafte Geschichte. Sie war überall und nirgends. Viele Beschreibungen, aber nie ein Foto; viele Geschichten, aber nie eine direkte Nachricht. Sax war überzeugt, dass sie irgendwo da draußen war. Cojote vom Gegenteil. Es spielte keine Rolle. Sie war da draußen, sie versteckte sich. Oder führte ihn an der Nase herum. Der Gedanke machte ihn wütend. Er würde nicht nach ihr suchen.

Aber er konnte auch nicht aufhören herumzuziehen. Wenn er länger als eine Woche an einem Ort blieb, fing er an, nervös und unruhig zu werden wie noch nie in seinem Leben. Es war wie eine Krankheit. Eine Spannung in den Muskeln, aber scheinbar um seinen Magen konzentriert. Er hatte erhöhte Temperatur, war unfähig, sich auf seine Gedanken zu konzentrieren. Er hatte den Drang zu fliegen. Und so flog er nun von Dorf zu Station zu Karawanserei. Manchmal ließ er sich einfach ziellos vom Wind treiben. Er war immer ein Nomade gewesen. Kein Grund, das aufzugeben. Ein Wechsel in der Regierungsform – warum sollte das einen Unterschied für seine Lebensweise machen? Die Winde des Mars waren erstaunlich. Stark, unregelmäßig, laut, unablässig, unvorhersehbar.

Manchmal führte ihn der Wind hinaus über das Nordmeer; und dann flog er den ganzen Tag und sah nichts als Eis und Wasser, ganz so, als sei der Mars eine Ozeanwelt. Das war Vastitas Borealis, die nördliche Einöde, die jetzt zu Eis geworden war. Das Eis war an manchen Stellen flach, an anderen zerbrochen. Manchmal weiß, manchmal fleckig. Entweder Staubrot oder das Schwarz oder Jadegrün der Eisalgen oder kaltes Blau von klarem Eis. An manchen Stellen waren große Stürme niedergegangen und hatten ihre Sandlast abgeladen; und dann hatte der Wind den Schutt gekerbt, sodass kleine Dünenfelder entstanden waren, die genau wie die alte Vastitas aussahen. An manchen Stellen war das von Strömungen beförderte Eis über die Ränder von Krater-Riffen gekracht und hatte kreisrunde Druckwülste erzeugt. An anderen war das Eis verschiedener Strömungen zusammengestoßen und hatte Druckgrate gebildet, die wie Drachenrücken in der Landschaft lagen.

Offenes Wasser war schwarz oder zeigte die verschiedenen Purpurtöne des Himmels. Es gab viel davon: Eisfreie Stellen, Rinnen, Flecken – vielleicht bereits ein Drittel der Meeresoberfläche. Noch häufiger waren Schmelzteiche auf der Oberfläche des Eises. Deren Wasser war sowohl weiß als auch himmelsfarben, was zu Zeiten ein helles Violett ergab, sich aber bisweilen in die zwei Farben trennte. Ja, das war eine andere Version von Grün in Weiß, die umhüllte Welt, zwei in einem. Wie immer fand er den Anblick einer doppelten Farbe störend und fesselnd zugleich. Das Geheimnis der Welt.

Viele der großen Bohrplattformen in Vastitas waren von den Roten erobert und in die Luft gejagt worden. Schwarze Trümmer in weißes Eis gestreut. Andere Plattformen waren von den Grünen verteidigt worden und dienten jetzt dazu, das Eis zu schmelzen. Große offene Stellen erstreckten sich im Westen dieser Plattformen, und das Wasser dampfte, als stiegen Wolken aus einem Himmel unter der See auf.

In den Wolken, im Wind. Die Südküste des Nordmeers war eine Folge aus Golfen und Festland, Buchten und Halbinseln, Fjorden und Kaps, Klippen und flachen Archipelen. Nirgal folgte dem Lauf der Küste jeden Tag und landete spätnachmittags in den kleinen Siedlungen am Meer. Er sah Kraterinseln, deren Innenseiten tiefer lagen als das Eis und das Wasser außerhalb des Randes. Er sah einige Stellen, an denen das Eis zurückzuweichen schien, sodass unter dem Rand schwarze Strände zum Vorschein kamen, in parallele Linien gekämmt, die nach unten zu einem angetriebenen Gemisch von Fels und Eis verliefen. Würden diese Strände wieder geflutet werden oder sich verbreitern? Niemand in den Küstenstädten wusste das. Niemand wusste, wo sich die Küstenlinie letztendlich stabilisieren würde. Die Siedlungen hier waren so eingerichtet, dass man mit ihnen umziehen konnte. Polder mit Deichen zeigten, dass manche Leute offenbar die Fruchtbarkeit des neu freigelegten Landes testeten. Von weißem Eis eingerahmt, lagen grüne Getreidefelder wie ein weiß-grüner Traum am Ufer.

Nördlich von Utopia kam Nirgal über eine niedrige Landbrücke, die sich vom Großen Steilhang die ganze Strecke bis zur Nordpolarinsel hinzog – die einzige Unterbrechung in dem die Welt umspannenden Ozean. Eine große Siedlung auf diesem flachen Land namens Boone's Neck war halb überkuppelt und halb offen. Ihre Bewohner waren damit beschäftigt, einen Kanal durch die Landbrücke zu schneiden.

Eine Bö trieb ihn nach Norden, und Nirgal ließ sich von ihr tragen. Der Wind summte, fauchte und biss. An manchen Tagen kreischte er. Ein lebendiges Wesen, im Krieg. Zu beiden Seiten der langen, niedrigen Landbrücke lagen Eisschollen im Meer. Hohe Berge aus Jade-Eis brachen durch diese weißen Schelfe. Da oben lebte niemand; aber Nirgal war ohnehin nicht mehr auf der Suche. Er hatte aufgegeben, der Verzweiflung nahe, schwebte einfach dahin und ließ sich vom Wind treiben wie der Samen eines Löwenzahns. Über das weiße, zerrissene Eismeer, über offenes purpurnes Wasser mit im Sonnenlicht glitzernden Wellen. Die Landbrücke verbreitete sich zur Pol-Insel, einem weißen buckligen Landfleck im Eis des Meeres. Kein Anzeichen von den urtümlichen Wirbelmustern der Schmelztäler. Diese Welt war dahin.

Dann über die andere Seite der Welt und des Nordmeeres, über Orcas Island auf der Ostflanke von Elysium und wieder hinab über Cimmeria. Schwebend wie ein Same. An manchen Tagen wurde die Welt schwarz und weiß. Auf dem Meer Eisberge in der Sonne, Tundraschwäne vor schwarzen Klippen, schwarze Lummen, die über das Eis flogen, Schneegänse. Den ganzen Tag nichts anderes.

Unablässiges Wandern. Er umrundete zwei- oder dreimal die nördlichen Teile der Welt, schaute auf das Land und das Eis hinunter, registrierte alle Veränderungen, die stattfanden, und alle kleinen Siedlungen, die sich in ihre Zelte kuschelten oder im Freien den kalten Winden trotzten. Aber alles Suchen in der Welt konnte seinen Kummer nicht vertreiben.

Eines Tages kam er zu einer neuen Hafenstadt am Eingang des langen schmalen Fjords von Marwth Vallis und traf dort seine Krippengefährten aus Zygote, Rachel und Tiu. Nirgal umarmte sie und betrachtete mit Freude während des Abendessens und danach ihre ach so vertrauten Gesichter. Hiroko war fort, aber seine Brüder und Schwestern waren geblieben, und das war etwas wert. Ein Beweis dafür, dass seine Kindheit real war. Und trotz all der Jahre sahen sie genauso aus wie damals, als sie Kinder gewesen waren. Es gab keine echten Unterschiede. Rachel und er waren befreundet gewesen. Sie war früher in ihn verliebt gewesen, und sie hatten sich in den Bädern geküsst. Er erinnerte sich mit leichtem Zittern an das eine Mal, wo sie ihn auf ein Ohr geküsst hatte und Jackie auf das andere. Und obwohl er es fast vergessen hatte, hatte er seine Unschuld eines Nachmittags in den Bädern mit Rachel verloren, kurz bevor Jackie ihn zu den Dünen am Teich hinausgeführt hatte. Ja, eines Nachmittags, fast zufällig, als ihre Küsserei plötzlich drängend und erforschend geworden war und sich ihre Körper ohne Willen bewegt hatten.

Jetzt betrachtete sie ihn liebevoll, eine Frau in seinem Alter, deren Gesicht wie eine Karte von den Linien ihres Lachens gezeichnet war, heiter und stolz. Vielleicht erinnerte sie sich ebenso wenig wie er an ihre ersten Erfahrungen. Schwer zu sagen, an was sich seine Geschwister aus ihrer gemeinsamen bizarren Kindheit erinnerten. Sie sah allerdings aus, als erinnerte sie sich. Sie war immer freundlich gewesen und war es auch jetzt. Er erzählte ihr von seinen Flügen um die Welt, getragen von den ständigen Winden, und vom langsamen Hinabsinken gegen den Auftrieb des Luftschiffs zu einer kleinen Siedlung nach der anderen auf der Suche nach Hiroko.

Rachel schüttelte den Kopf und lächelte ironisch. »Wenn sie hier draußen ist, dann ist sie eben hier draußen. Du könntest ewig suchen und würdest sie niemals finden.«

Nirgal stieß einen bekümmerten Seufzer aus, und sie lachte und zauste ihm das Haar.

»Such nicht nach ihr!«

An diesem Abend ging er am Strand spazieren, knapp oberhalb der verwüsteten, mit Eisbrocken übersäten Küstenlinie des Nordmeeres. Er hatte das körperliche Bedürfnis zu gehen, laufen zu müssen. Fliegen war so einfach; es war eine Trennung von der Welt. Die Dinge wurden wieder klein und fern. Es war das falsche Ende des Teleskops. Er musste wieder laufen.

Dennoch flog er. Immerhin sah er sich beim Fliegen das Land genauer an. Heide, ein Moor am Flussufer. Ein Bach, der über eine kleine Stufe direkt ins Meer stürzte, und ein anderer, der einen Strand überquerte. An manchen Stellen hatte man Wälder gepflanzt, in dem Versuch, das Entstehen von Staubstürmen in dieser Gegend zu verhindern. Es gab immer noch welche, und die Bäume waren noch Schösslinge. Hiroko könnte imstande sein, das zu beheben. Such nicht nach ihr! Schau auf das Land!

Er flog nach Sabishii zurück. Dort war noch eine Menge Arbeit zu tun – Entsorgung der verbrannten Trümmer und Neuaufbau. Manche Bau-Kooperativen nahmen noch Mitglieder auf. Die eine machte Rekonstruktionen, baute aber auch Kleinluftschiffe und andere Fluggeräte einschließlich einiger experimenteller Birdsuits. Nirgal sprach mit ihnen über seinen Beitritt.

Er ließ seinen Luftschiffgleiter in der Stadt und lief weit hinaus auf die Hochmoore östlich von Sabishii. In seinen Studentenjahren war er hier oft entlanggegangen. Viele Laufstrecken waren ihm noch vertraut. Dahinter neues Gelände. Ein Hochmoor voller Leben. Große *kami*-Steine standen da und dort wie Wächter auf dem rauen Land.

Eines Nachmittags beim Lauf über einen unbekannten Grat blickte er nach unten in ein kleines hoch liegendes Becken wie eine flache Schüssel, die eine Öffnung zum niedrigeren Land im Westen hatte. Wie ein von Gletschern geformter Talkessel, obwohl es wahrscheinlich ein erodierter Krater mit einer Bruchstelle im Rand war, sodass ein hufeisenförmiger Grat entstanden war. Ungefähr einen Kilometer im Durchmesser und nicht besonders tief. Bloß eine Runzel unter den vielen Runzeln des Tyrrhena-Massivs. Von dem umgebenden Grat aus waren die Horizonte weit entfernt und das Land in der Tiefe hügelig und unregelmäßig.

Das wirkte vertraut. Vielleicht hatte er es bei einer Übernachttour in seinen Studentenjahren besucht. Er kletterte langsam in das Becken hinunter und hatte noch immer den Eindruck, sich auf dem Gipfel des Massivs zu befinden. Das klare dunkle Indigo des Himmels und die weiträumige Aussicht durch die Lücke nach Westen verstärkten diesen Eindruck. Wolken rollten über seinem Kopf dahin wie große runde Eisberge. Trockener körniger Schnee fiel aus ihnen herab, der durch den scharfen Wind in Spalten oder aus dem Becken hinausgetrieben wurde. Auf dem runden Grat, nahe dem nordwestlichen Punkt des Hufeisens, befand sich ein Felsblock in Form einer Steinhütte. Er stand an vier Stellen auf dem Grat, ein Dolmen, der zur Glätte eines alten Zahnes abgewetzt war. Der Himmel darüber war lapislazulifarben.

Nirgal kehrte nach Sabishii zurück und erkundigte sich danach. Das Becken wurde laut den Karten und Aufzeichnungen der Behörde für Areographie und Ökopoietik des Tyrrhenamassivs nicht bewirtschaftet. Sie freuten sich, dass er interessiert war und sagten ihm: »Die hohen Becken sind hart. Da wächst nur sehr wenig. Es ist ein langes und aufwendiges Projekt.«

»Gut.«

»Du wirst die meiste Nahrung in Treibhäusern ziehen müssen. Kartoffeln allerdings … Nun, sobald du genug Boden hast.«

Nirgal nickte.

Sie sagten ihm, er solle im Dorf Dingboche vorbeischauen, das dem Becken am nächsten läge, und sich vergewissern, dass dort niemand andere Pläne dafür hätte.

So zog er in einer kleinen Karawane mit Tariki, Rachel, Tiu und einigen anderen Freunden, die er gebeten hatte, ihm zu helfen, wieder hinauf. Sie fuhren über eine niedrige Bodenwelle und fanden Dingboche, das in einem kleinen Wadi lag, das jetzt landwirtschaftlich genutzt wurde, zumeist mit schwer zu bearbeitenden Kartoffelfeldern. Es hatte einen Schneesturm gegeben, und alle Felder hatten sich in weiße Rechtecke verwandelt, unterteilt durch niedrige schwarze Mauern aus aufgetürmten Steinen. Eine Anzahl langer, niedriger Steinhäuser mit Dächern aus Steinplatten und dicken quadratischen Kaminen stand über die Felder verstreut, und einige weitere drängten sich am oberen Ende des Dorfes. Das längste Gebäude in dieser Gruppe war ein zweistöckiges Teehaus mit einem großen Zimmer voller Matratzen zur Unterbringung von Besuchern.

In Dingboche, wie in vielen Gebirgen des Südens, herrschte noch die Geschenkwirtschaft vor; und Nirgal und seine Gefährten mussten ein wahres Potlatch-Gelage erdulden, weil sie über Nacht blieben. Die Einheimischen waren sehr froh, als er sie nach dem hohen Becken befragte, das sie entweder das kleine Hufeisen oder die obere Hand nannten. »Man muss sich darum kümmern.« Sie boten ihm Starthilfe an.

So fuhren sie in einer kleinen Karawane auf den hohen Talkessel und luden eine Menge Gerät auf der Bodenwelle nahe dem Hausfelsen ab. Sie blieben lange genug, um ein erstes kleines Feld von Steinen zu säubern und es mit dem abgeräumten Material einzuzäunen. Einige erfahrene Bauleute halfen Nirgal, die ersten Einschnitte in den Felsen auf dem Rand zu machen. Während dieser geräuschvollen Bohrarbeiten meißelten einige Einwohner von Dingboche in Sanskrit *Om Mani Padme Hum* ein, wie man sie auf unzähligen Manisteinen im Himalaya und jetzt auch im ganzen südlichen Hochland sah. Sie schlugen den Stein zwischen den fetten Kursivlettern weg, sodass sie in Hochrelief vor einem roheren, helleren Hintergrund standen. Was den Hausfelsen selbst anging, so würde Nirgal zuletzt vier Räume daraus ausgehauen haben, mit dreischichtigen Fenstern, Sonnenpaneelen für Wärme und Energie, Wasser aus einer Schneeschmelze, das in einen Tank weiter oben gepumpt wurde, sowie eine Kompostiertoilette und eine Abwassereinrichtung.

Dann waren sie weg, und Nirgal hatte das Becken für sich.

Er ging die ersten Tage herum, ohne etwas anderes zu tun als zu schauen. Nur der allerkleinste Teil des Beckens würde seine Farm sein, ein paar kleine Felder zwischen niedrigen Steinmauern und ein Treibhaus für Gemüse. Heimarbeit, er wusste noch nicht recht, welche. Er würde nicht ganz autark sein, aber er hätte ein Zuhause. Ein Projekt.

Und dann war da das Becken selbst. Ein kleines Flüsschen lief schon durch die Öffnung nach Westen, als deutete es eine Wasserscheide an. Die Felsschüssel bot schon jetzt ein Mikroklima, zur Sonne geneigt und leicht windgeschützt. Er würde Ökopoiet werden.

Zuerst musste er das Land kennenlernen. Mit diesem Projekt war es erstaunlich, wie geschäftig jeder Tag wurde. Es gab endlos viele Dinge zu tun. Aber keine Struktur, kein Zeitplan, keine Eile, niemand zu konsultieren. Und jeden Tag ging er in den letzten Stunden des Sommerlichts um den Kamm des Hügels und inspizierte das Becken im schwindenden Sonnenschein. Es war schon mit Flechten und den anderen ersten Siedlern bewachsen. *Fellfields* füllten die Senken, und es gab kleine Mosaike arktischen Bodenbewuchses an den freien, sonnigen Stellen. Kleine Buckel aus grünem Moos auf roter Erde, nicht mehr als einen Zentimeter dick. Schmelzwasser lief in etlichen kleinen Bächen, die sich vereinigten und über viele künftige Wiesenterrassen fielen. Dann gelangte das Wasser über das Becken schließlich in das Kieselwadi am Tor zu dem darunter liegenden Land, um hinter dem letzten Rand eine ebene spätere Wiese zu bilden. Höher im Becken gelegene Rippen waren natürliche Dämme; und nach einiger Überlegung schaffte Nirgal einige Windkanter zu diesen niedrigen Querfalten und ordnete sie so an, dass ihre glatten Kanten sich berührten und die Rippen um einen oder zwei Steine höher wurden. Schmelzwasser würde sich in Wiesenteichen sammeln, von Moos eingerahmt. Die Moore gleich westlich von Sabishii ähnelten bereits dem, was er anstrebte; und er wandte sich an Ökopoieten, die auf jenen Mooren lebten, und erkundigte sich nach Artenverträglichkeit, Wachstumsraten, Bodenverbesserung und dergleichen. In seinem Geist entwickelte sich eine Vision des Beckens. Dann kam im zweiten März der Herbst, als das Jahr sich dem Aphel näherte, und er konnte allmählich sehen, wie viel Wind und Winter das Land gestalten würden. Er musste abwarten und zuschauen.

Er streute Samen und Sporen von Hand aus. Er trug sie in am Gürtel befestigten Beuteln und Petrischalen bei sich. Dabei fühlte er sich wie eine Gestalt aus einem Van-Gogh-Gemälde oder aus dem Alten Testament. Es war eine besondere Empfindung, eine Mischung von Kraft und Hilflosigkeit, von Tat und Schicksal. Er ließ Humus herbringen und auf ein paar kleine Felder abladen. Dann verteilte er ihn von Hand in einer dünnen Schicht. Er holte Würmer von der Universitätsfarm in Sabishii. Cojote hatte Stadtbewohner immer als Würmer in einer Flasche bezeichnet. Nirgal grauste es beim Anblick der wimmelnden Masse feuchter nackter Röhrchen. Er setzte die Würmer auf seinen neuen kleinen Feldern frei. Geh, kleiner Wurm, und lass das Land gedeihen! Er selbst war, wenn er an sonnigen Sommermorgen nach einer Dusche umherging, auch nicht mehr als feuchte, verschlungene, nackte kleine Röhren. Empfindsame Würmer – mehr waren sie nicht, sei es in Städten oder auf dem Land.

Nach den Würmern kämen Maulwürfe und Wühlmäuse. Dann Mäuse. Danach Schneekaninchen, Hermeline und Murmeltiere. Vielleicht würden auch einige Schneekatzen, die durch die Moore streiften, erscheinen. Füchse. Das Becken lag hoch; aber der Druck, auf den sie in dieser Höhe hofften, betrug 400 Millibar, mit 40 Prozent Sauerstoff. Sie waren dem schon ziemlich nahe gekommen. Die Verhältnisse waren ungefähr wie im Himalaya. Vermutlich würde die gesamte Flora und Fauna großer Höhen auf der Erde hier leben können. Und bei so vielen Ökopoieten, die kleine Flecken des Hochlandes bewirtschafteten, würde das größte Problem wahrscheinlich die Vorbereitung des Bodens sein. Man musste nur das gewünschte Ökosystem einführen und dann unterstützen; und dann zusehen, was mit dem Wind eintraf oder hereinflog oder -ging. Diese Zugänge konnten natürlich problematisch sein; und es gab über Funk viel Gerede über Invasionsbiologie und integriertes Mikroklinmanagement. Ein großer Teil der laufenden Arbeit in der Ökopoiesis war die

Herausarbeitung der Verbindungen der lokalen Besiedlung mit der umliegenden Region.

Nirgal interessierte sich im nächsten Frühling für diese Frage noch wesentlich stärker, als im ersten November die Schneeschmelze einsetzte und aus dem Matsch auf den flachen Terrassen an der Nordseite des Beckens Purpurglöckchen-Schösslinge herausschauten. Er hatte sie nicht gepflanzt und war sich nicht einmal in seiner Identifikation sicher, bis sein Nachbar Yoshi nach einer Woche vorbeikam und es bestätigte: *Heuchera nivalis.* Vom Wind hergeweht, erklärte Yoshi. Im Escalante-Krater im Norden gab es eine Menge davon. Dazwischen nicht viele. Sprunghafte Verbreitung.

Sprunghafte Verbreitung, Ausstreuen, Verbreitung durch Wasser – alle drei Arten kamen auf dem Mars vor. Moose und Bakterien verbreiteten sich durch Ausstreuen, hydrophile Pflanzen durch die Flüsse längs der Gletscher, Flechten und etliche andere Pflanzen verteilten sich, indem sie ihre Springsamen den starken Winden überließen. Menschliche Ausbreitung zeigte alle drei Muster, bemerkte Yoshi, als sie durch das Becken wanderten und über diesen Begriff diskutierten. Menschen verstreuten sich über Europa, Asien und Afrika, sie strömten durch die amerikanischen Kontinente und längs der australischen Küsten, sie sprangen hinaus zu den pazifischen Inseln (oder zum Mars). Man konnte beobachten, dass alle drei Methoden gewöhnlich von hoch anpassungsfähigen Spezies benutzt wurden. Das Tyrrhena-Massiv ragte in den Wind. Es fing die westlichen und auch die sommerlichen Passatwinde ab, sodass beide Seiten Niederschläge bekamen. Nirgends mehr als zwanzig Zentimeter im Jahr; was es zu einer Wüste auf der Erde gemacht hätte, aber in der südlichen Marshemisphäre bedeutete das bereits eine feuchte Gegend, die das Wasser auffing und Invasionen so erleichterte.

Also – hohes, unfruchtbares, steiniges Land, mit Schnee bestäubt, wo immer Schatten vorherrschte, sodass die Schatten weiß waren. Kein Zeichen von Leben, mit Ausnahme in den Becken, wo die Ökopoieten ihren kleinen Kollektionen nachhalfen. Wolken kamen im Winter von Westen und im Sommer von Osten. Die Südhemisphäre hatte wegen des Zyklus von Sonnennähe und Sonnenferne verstärkte Jahreszeiten, sodass der Unterschied wirklich eine Rolle spielte. Auf Tyrrhena waren die Winter hart.

Nach den Stürmen wanderte Nirgal durch das Becken und sah nach, was hereingeblasen worden war. Gewöhnlich war es eine Ladung eisigen Staubes; aber einmal fand er ein loses Büschel Jakobsleitern in einer Felsspalte. Er sah in den Botanikdateien nach, wie die Pflanze mit den schon vorhandenen wechselwirken könnte. Zehn Prozent der eingeführten Arten überlebten, und zehn Prozent davon wurden dann Schädlinge. Das war laut Yoshi die erste Regel der Disziplin. »Zehn bedeutet natürlich fünf bis zwanzig.« Einmal jätete Nirgal ein im Frühling angekommenes gewöhnliches Straßengras aus, weil er fürchtete, es würde alles überwuchern. Genau wie die Tundradisteln. Ein andermal brachte der Herbstwind eine schwere Staubfracht mit. Diese Staubstürme waren klein im Vergleich mit den alten globalen Südsommerstürmen; aber gelegentlich riss ein scharfer Wind irgendwo den harten Wüstenboden auf, sodass der Staub darunter wegflog. Die Atmosphäre wurde rasch immer dichter, durchschnittlich um fünfzehn Millibar jährlich. Jedes Jahr hatten die Winde mehr Kraft. Daher bestand Gefahr, dass dickere Deckschichten weggerissen wurden. Der Staub bildete gewöhnlich nur eine sehr dünne Schicht, die oft reich an Nitraten war. Darum wirkte er wie ein Dünger, der vom nächsten Regen in den Boden gewaschen wurde.

Nirgal kaufte eine Position in der Konstruktionskooperative von Sabishii, die er sich angesehen hatte. Er ging oft hin, um an den Gebäuden der Stadt zu arbeiten. Oben im Becken beschäftigte er sich mit Montage und Testreihen von einsitzigen Luftgleitern. Seine Werkstatt war ein kleines Gebäude mit Wänden aus aufgestapelten Steinen, gedeckt mit Platten aus Sandstein als Schindeln. Mit dieser Arbeit, der Bewirtschaftung des Treibhauses und seines Kartoffelbeetes und der Ökopoiesis im Becken waren seine Tage erfüllt.

Er flog die fertigen Luftgleiter nach Sabishii hinunter und übernachtete in einem kleinen Studio oberhalb des wiedererbauten Hauses seines alten Lehrers Tariki in der alten City, unter alten *Issei*, die Hiroko sehr ähnlich sahen und sich auch so anhörten. Art und Nadia lebten hier und zogen ihre Tochter Nikki auf. Auch waren Vijjika, Reull und Annette in der Stadt, alles alte Freunde aus seinen Studientagen. Und dann war da die Universität selbst, die nicht mehr Universität des Mars hieß, sondern Sabishii-College – eine kleine Schule, die noch in dem amorphen Stil der Demimondejahre geführt wurde, sodass die anspruchsvolleren Studenten nach Elysium, Sheffield oder Cairo gingen. Diejenigen, die in Sabishii studierten, waren fasziniert von der Mystik der Jahre der Demimonde oder an der Arbeit eines der *Issei*-Professoren interessiert.

Bei all diesen Leuten und Aktivitäten fühlte Nirgal sich sonderbar, sogar unbehaglich, zu Hause. Er schob lange Schichten als Maurer, Gipser und Monteur bei den verschiedenen Bauprojekten ein, die seine Koop in der Stadt hatte. Er aß in Reisküchen und Kneipen. Er schlief auf dem Dachboden über Tarikis Garage und sah den Tagen entgegen, da er wieder zum Becken zurückkehrte.

Eines Abends ging er von einer Kneipe spät nach Hause und schlief fast im Stehen ein, als er an einem kleinen Mann vorbeikam, der auf einer Parkbank schlief: Cojote.

Nirgal blieb sofort stehen und ging zur Bank. Er starrte Cojote an. In manchen Nächten hatte er ihn oben im Becken heulen gehört. Das war sein Vater. Er erinnerte sich an all jene Tage der Suche nach Hiroko, ohne den kleinsten Hinweis auf ihren Aufenthaltsort. Aber hier schlief sein Vater auf einer Bank im Stadtpark. Nirgal konnte ihn jederzeit anrufen und dieses breite verrückte Grinsen sehen. Trinidad selbst. Tränen traten ihm in die Augen. Er schüttelte den Kopf und gewann die Fassung wieder. Ein alter Mann lag auf einer Parkbank. Das sah man recht oft. Eine Menge *Issei* waren hierhergekommen und irgendwie endgültig im Hinterland verschwunden, sodass sie, wenn sie in eine Stadt kamen, in den Parks schliefen.

Nirgal ging hin und setzte sich ans Ende der Bank, direkt neben dem Kopf seines Vaters. Graue filzige Dreadlocks. Wie ein Betrunkener. Nirgal saß bei ihm und schaute von unten auf die Linden, die um die Bank herumstanden. Es war eine ruhige Nacht. Sterne blitzten durch die Blätter.

Cojote rührte sich, drehte den Kopf und schaute auf. »Wer's das?«

»Hey!«, sagte Nirgal.

»Hey!« Cojote setzte sich auf und rieb sich die Augen. »Nirgal, Mann! Du hast mich erschreckt.«

»Tut mir leid. Ich kam vorbei und sah dich. Was machst du?«

»Schlafen.«

»Haha!«

»Nun, soweit ich weiß, war das alles, was ich tat.«

»Cojote, hast du keinen Schlafplatz hier?«

»Nein – wieso?«

»Macht dir das nichts aus?«

»Nein.« Cojote grinste ihn schief an. »Ich bin wie dieses schreckliche Fernsehprogramm. Die Welt ist mein Zuhause.«

Nirgal schüttelte bloß den Kopf. Cojote machte ein misstrauisches Gesicht, als er sah, dass Nirgal nicht zu Scherzen aufgelegt war. Er starrte ihn lange unter halb geschlossenen Lidern hervor an und holte tief Luft. Schließlich sagte er träumerisch: »Mein Junge!« Die ganze Stadt war still. Cojote murmelte, als schliefe er fast ein. »Was tut der Held, wenn die Geschichte aus ist? Schwimmt über den Wasserfall. Treibt mit der Flut hinaus.«

»Was?«

Cojote öffnete die Augen ganz und beugte sich zu Nirgal vor. »Erinnerst du dich, wie wir Sax nach Tharsis Tholus geschafft haben und du bei ihm gesessen hast und man danach sagte, du hättest ihn ins Leben zurückgebracht? Das meine ich. Denk darüber nach!« Er schüttelte den Kopf und lehnte sich wieder auf die Bank zurück. »Es ist nicht wahr. Es ist bloß eine Geschichte. Warum sich um diese Geschichte Gedanken machen, wenn sie sowieso nicht deine ist? Was du jetzt machst, ist besser. Du kannst Geschichten dieser Art hinter dir lassen. Einfach weggehen und bei Nacht in einem Park sitzen wie jeder gewöhnliche Mensch. Überall hingehen, wo es dir gefällt.«

Nirgal nickte unsicher.

»Was ich gerne tue«, sagte Cojote schläfrig, »ist, in ein Straßencafé zu gehen, etwas Kava reinzuschütten und mir alle Gesichter anzuschauen. Einen Spaziergang durch die Straßen machen und die Gesichter der Leute ansehen. Ich schaue mir gern Frauengesichter an. So schön. Und manche von ihnen so ... so irgendwas. Ich weiß nicht. Ich liebe sie.« Er schlief wieder ein. »Du wirst deinen Weg zu leben finden.«

Zu den Gästen, die ihn gelegentlich im Becken besuchten, gehörten Sax, Cojote, Art, Nadia und Nikki, die jedes Jahr größer wurde. Sie war schon jetzt größer als Nadia und schien in ihr eine Art Nanny oder Urgroßmutter zu sehen, so wie Nirgal selbst sie in Zygote angesehen hatte. Nikki hatte Arts Sinn für Spaß geerbt, und Art ermutigte das selbst und stachelte sie an, verschwor sich mit ihr gegen Nadia und betrachtete sie mit dem strahlendsten Vergnügen, das Nirgal jemals im Gesicht eines Erwachsenen gesehen hatte. Einmal sah Nirgal, wie die drei auf dem Steinwall bei seinem Kartoffelfeld saßen und lauthals über etwas, das Art gesagt hatte, lachten. Er fühlte einen Stich, obgleich er mitlachte. Seine alten Freunde waren jetzt verheiratet und hatten ein Kind. Sie lebten in diesem höchst altertümlichen Stil. Demgegenüber schien sein Leben auf dem Lande gar nicht so gehaltvoll zu sein. Aber was konnte er tun? Nur ein paar Leute in dieser Welt waren so glücklich, ihre richtigen Partner zu finden. Es gehörte ungemeines Glück dazu, dass es passierte, und dann brauchte man den Sinn, es zu erkennen, und den Mut zu handeln. Es war zu erwarten, dass nur wenige das alles hätten und dass es dann gut ginge. Der Rest musste so zurechtkommen.

Also lebte er in diesem hohen Becken, zog einen Teil seiner Nahrung und beteiligte sich an Koop-Projekten, um den Rest zu bestreiten. Er flog einmal im Monat in einem neuen Flugzeug nach Sabishii hinunter, genoss seinen Aufenthalt für eine oder zwei Wochen und kehrte wieder heim. Art, Nadia und Sax kamen öfter herauf, und seltener hatte er Maya und Michel oder Spencer zu Gast, die alle in Odessa lebten, oder Zeyk und Nazik, die Nachrichten aus Cairo und Mangala mitbrachten, die er nicht hören wollte. Wenn sie gegangen waren, trat er auf die gewölbte Bodenwelle hinaus, setzte sich auf einen seiner Felsblöcke und schaute auf die Wiesen hinunter, die sich über den Abhang zogen. Er konzentrierte sich auf das, was er hatte, auf die Welt der Sinne, auf Stein und Flechten und blühendes Moos.

Das Becken entwickelte sich. In den Wiesen gab es mittlerweile Maulwürfe und Murmeltiere. Am Ende der langen Winter kamen die Murmeltiere früh aus dem Winterschlaf, fast verhungert. Ihre inneren Uhren waren noch auf die Erdenwinter eingestellt. Nirgal streute Futter für sie in den Schnee und sah von den oberen Fenstern seines Hauses zu, wie sie es fraßen. Sie brauchten Hilfe, um durch die langen Winter bis zum Frühling zu kommen. Sie betrachteten sein Haus als Quelle von Nahrung und Wärme. Und so lebten zwei Murmeltierfamilien in den Steinen darunter und stießen ihre Warnpfiffe aus, wenn sich jemand näherte. Einmal kündigten sie ein paar Leute vom Tyrrhena-Komitee für die Einführung neuer Spezies an. Diese baten ihn um ein Verzeichnis der Arten und eine grobe Zählung. Sie stellten eine Liste »lokaler Einwohner« auf, die es ihnen gestatten würde, über jede spätere Einführung sich rasch verbreitender Arten Urteile zu fällen. Nirgal freute sich, bei diesem Unternehmen mitzuarbeiten, und so ging es offenbar allen, die auf dem Massiv Ökopoiesis betrieben. Da es sich um eine Insel mit Niederschlägen handelte, weit entfernt von der nächsten fruchtbaren Gegend, entwickelten sie ihre eigene Mischung aus alpiner Fauna und Flora. Es bildete sich zunehmend die Meinung, diese Mischung für Tyrrhena als »natürlich« anzusehen, sodass sie nur durch Konsens verändert werden sollte.

Die Komiteegruppe reiste wieder ab, und Nirgal blieb mit seinen Hausmurmeltieren und einem komischen Gefühl zurück. »Nun, jetzt sind wir einheimisch«, sagte er zu ihnen.

Er war glücklich in seinem Becken, über der Welt mit ihren Sorgen. Im Frühling erschienen aus dem Nichts neue Pflanzen. Manche begrüßte er mit einer Kelle Kompost, andere riss er aus und machte sie zu Kompost. Das Grün des Frühlings unterschied sich von allen anderen grünen Farben – helle jade- und limonenfarbene Knospen und Blätter, neues smaragdenes Gras, blaue Nesseln und rote Blätter. Und dann später die Blüten, jene gewaltige Verausgabung pflanzlicher Energie, der Drang zum Überleben, zur Fortpflanzung überall um ihn herum … Manchmal, wenn Nadia und Nikki von ihren Spaziergängen mit Miniatursträußen in ihren großen Händen zurückkehrten, erschien Nirgal die Welt sinnvoll. Er schaute sie an und dachte an Kinder und fühlte plötzlich einen nagenden Kummer, den er sonst nicht kannte.

Das war offenbar ein allgemein geteiltes Gefühl. Der Frühling nach dem rauen Winter im Aphel dauerte in der südlichen Hemisphäre 143 Tage. Im Verlauf der Frühlingsmonate erblühten immer mehr Pflanzen. Erste frühe wie Schneeglöckchen und Leberblümchen, dann spätere wie Phlox und Heide, danach

Steinbrech und Tibetischer Rhabarber, Leimkraut, alpiner Nelkenwurz, Kornblumen und Edelweiß – immer mehr und mehr, bis jeder Fleck in dem grünen Teppich auf der steinigen Fläche des Beckens mit leuchtenden cyanblauen, dunkelroten, gelben und weißen Punkten gesprenkelt war. Jede Farbe glühte in der Dämmerung in der für die betreffende Pflanze charakteristischen Höhe wie Tropfen aus Licht, das aus dem Nirgendwo quoll. Ein pointilistischer Mars, das gerippte eingesäumte Becken eine farbige Halde in der Luft. Nirgal stand in einer Handfläche, die ihr Schneeschmelzwasser in Lebenslinien in die große Welt so weit unten hinabführte; eine ausgedehnte schattige Welt, die unter der Sonne nach Westen hin undeutlich zu sehen war, dunstig und tief. Das letzte Licht des Tages schien leicht nach oben gerichtet zu sein.

An einem klaren Morgen erschien Jackie auf seinem Computerschirm im Haus und verkündete, sie wäre auf dem Weg von Odessa nach Lybia und wollte vorbeikommen. Nirgal sagte zu, bevor er Zeit hatte nachzudenken.

Er ging den Weg am Abflussbach hinunter, um sie zu begrüßen. Ein kleines hohes Becken … es gab eine Million solcher Krater im Süden. Ein kleiner alter Impakt. Nicht die kleinste Kleinigkeit, die ihn auszeichnete. Er erinnerte sich an Shining Mesa und die tolle gelbe Aussicht in der Früh.

Sie kamen in drei Wagen an, die wild über das Gelände hüpften wie kleine Kinder. Jackie fuhr den ersten Wagen, Antar den zweiten. Sie lachten ausgelassen, als sie ausstiegen. Antar schien es nichts auszumachen, dass er das Rennen verloren hatte. Sie hatten eine Gruppe junger Araber dabei. Jackie und Antar sahen selbst erstaunlich jung aus. Es war lange her, dass Nirgal sie gesehen hatte, aber sie hatten sich überhaupt nicht verändert. Die Behandlungen. Die gängige Meinung war, sie früh und oft zu nehmen, um sich ewige Jugend zu sichern und jede der seltenen Krankheiten zu bannen, die immer noch ab und zu Menschen umbrachten. Sie sahen immer noch aus, als wären sie fünfzehn M-Jahre alt. Aber Jackie war ein Jahr älter als Nirgal, und der zählte jetzt fast 33 M-Jahre und fühlte sich noch älter. Als er in ihre lachenden Gesichter schaute, dachte er: Ich muss eines Tages die Behandlung machen lassen.

So wanderten sie umher, traten auf das Gras, riefen bei den Blumen ah und oh; und das Becken wurde bei jedem Ausruf kleiner. Gegen Ende ihres Besuches nahm Jackie ihn mit ernster Miene beiseite.

»Wir haben Schwierigkeiten, die Terraner fernzuhalten, Nirgal. Sie schicken jährlich fast eine Million herauf. Du hast behauptet, dass sie das nie tun könnten. Und diese Neuankömmlinge treten nicht mehr dem Freien Mars bei wie früher. Sie unterstützen immer noch ihre Heimatregierungen. Der Mars verändert sie nicht schnell genug. Wenn das so weitergeht, wird die ganze Idee eines freien Mars ein Witz sein. Manchmal frage ich mich, ob es nicht doch ein Fehler gewesen ist, den Aufzug in Betrieb zu lassen.«

Sie runzelte die Stirn, und zwanzig Jahre sprangen plötzlich auf ihr Gesicht. Nirgal unterdrückte einen leichten Schauder.

»Es würde helfen, wenn du dich nicht hier verstecktest«, rief sie in jäher Wut und tat das Becken mit einer Handbewegung ab. »Wir brauchen jede Hilfe, die wir bekommen können. Jetzt erinnern sich die Leute noch an dich, aber in einigen Jahren …«

Ich muss also bloß noch ein paar Jahre warten, dachte er. Er beobachtete sie. O ja, sie war schön. Aber Schönheit war eine Sache des Geistes, von Intelligenz, Munterkeit und Einfühlungsvermögen. Während Jackie also immer schöner wurde, verlor sie gleichzeitig an Schönheit. Wieder eine mysteriöse Verschränkung. Und Nirgal war in keiner Weise über diesen innerlichen Verlust in Jackie erfreut. Das war nur eine Saite im Akkord seines Jackie-Schmerzes. Er wollte nicht, dass es wahr war.

»Wir können ihnen wirklich nicht helfen, indem wir immer mehr Einwanderer aufnehmen«, sagte sie. »Das war falsch, als du das auf der Erde gesagt hast. Sie wissen das auch. Sie können es ohne Zweifel sogar besser sehen als wir. Aber sie schicken trotzdem Leute. Bloß um sicherzustellen, dass es keinen Ort gibt, wo Menschen es richtig machen. Das ist ihr einziger Grund.«

Nirgal zuckte die Achseln. Er wusste nicht, was er sagen sollte. Wahrscheinlich lag etwas Richtiges in dem, was sie gesagt hatte; aber es war nur einer unter Millionen verschiedener Gründe, warum die Menschen kamen. Und keiner davon stach heraus.

Schließlich sagte sie: »Du willst also nicht zurückkommen. Es ist dir egal.«

Nirgal schüttelte den Kopf. Wie könnte er ihr auch ins Gesicht sagen, dass sie nicht um den Mars besorgt war, sondern um ihre Macht? Er war nicht der Mann, der ihr das sagen konnte. Sie würde ihm nicht glauben. Und vielleicht war es irgendwie auch nur für ihn richtig.

Sie stellte abrupt jeden Versuch, ihn zu erreichen, ein. Ein herrischer Blick zu Antar, und er sammelte ihren Hofstaat in den Wagen. Ein letzter fragender Blick, ein Kuss voll auf den Mund, bestimmt, um Antar zu ärgern oder ihn oder sie beide. Wie ein elektrischer Schlag für die Seele. Und weg war sie.

Er verbrachte den Nachmittag und den nächsten Tag mit Herumwandern, saß still auf Steinen und sah zu, wie die kleinen Bäche ins Tal flossen. Einmal fiel ihm ein, wie schnell das Wasser auf der Erde floss. Unnatürlich. Nein. Aber dies hier war sein Platz, den er kannte und liebte, jede Dyade und jedes Nelkenbeet, sogar die Geschwindigkeit des Wassers, wenn es über den Stein strömte und in glatten, silbrigen Vorhängen hinunterrauschte. Die Art, wie das Moos sich unter den Fingerspitzen anfühlte. Seine Besucher waren Leute, für die der Mars für immer eine Idee war, ein Staat im Entstehen, ein politischer Sachverhalt. Sie lebten in den Kuppeln, aber in welcher Stadt genau spielte eigentlich keine Rolle, und ihre Hingabe, obwohl real, war einer Sache oder einer Idee geweiht, einem geistigen Mars. Das war schön. Aber für Nirgal war es jetzt das Land, auf das es ankam. Die Stellen, wo das Wasser hinkam, wenn es über das Milliarden Jahre alte Gestein auf Stellen mit neuem Moos tröpfelte. Er wollte die Politik den jungen Leuten überlassen, er hatte seinen Teil geleistet. Er wollte nichts mehr tun. Oder zumindest wollte er warten, bis Jackie fort war. Macht war wie Hiroko, sie entglitt einem. Oder etwa nicht? Inzwischen das runde Becken, wie eine offene Hand.

Aber als er dann eines Morgens zu einem Spaziergang in der Frühdämmerung aufbrach, hatte sich etwas verändert. Der Himmel war klar, in seinem reinsten Morgenpurpur, aber die Nadeln eines Wacholders hatten einen gelblichen Stich bekommen, und ebenso das Moos und das Kartoffelkraut in dem kleinen Beet.

Er pflückte die am meisten vergilbten Nadeln, Schösslinge und Blätter und brachte sie zur Werkbank, die in seinem Treibhaus stand. Zwei Stunden Arbeit mit Mikroskop und Computer erbrachten keine Lösung. Er ging zurück, zog einige Wurzelproben heraus und steckte noch mehr Nadeln, Blätter, Halme und Blüten in kleine Beutel. Ein großer Teil des Grases sah verwelkt aus, obwohl es kein heißer Tag war.

Mit pochendem Herzen und verkrampftem Magen arbeitete er den ganzen Tag bis in die Nacht. Er konnte nichts entdecken. Keine Insekten, keine Pathogene. Aber besonders die Blätter der Kartoffeln sahen vergilbt aus. An diesem Abend rief er Sax an und schilderte die Lage. Zufällig besuchte Sax gerade die Universität in Sabishii; und er erschien am nächsten Morgen in einem kleinen Rover, dem jüngsten Erzeugnis aus Spencers Koop.

»Hübsch«, meinte Sax, als er ausstieg und sich umschaute. Er untersuchte Nirgals Proben im Gewächshaus. »Hmm. Seltsam«, sagte er.

Er hatte in seinem Wagen einige Instrumente mitgebracht, und sie schleppten sie in das Felshaus. Er machte sich ans Werk. Am

Ende eines langen Tages stellte er fest: »Ich kann nichts finden. Wir werden einige Proben nach Sabishii hinunterbringen müssen.«

»Du kannst gar nichts finden?«

»Kein Pathogen. Keine Bakterien, kein Virus.« Er zuckte die Achseln. »Lass uns ein paar Kartoffeln holen.«

Sie gingen nach draußen und gruben Kartoffeln aus. Einige davon waren verkrümmt, verlängert oder rissig. »Was ist das?«, rief Nirgal.

Sax machte ein etwas finsteres Gesicht. »Sieht nach der Spindelknollen-Erkrankung aus.«

»Was verursacht die?«

»Ein Viroid.«

»Und was ist das?«

»Ein nacktes RNS-Molekül. Der kleinste bekannte Krankheitserreger. Seltsam.«

»Ka.« Nirgal spürte, wie sich ihm der Magen umdrehte. »Wie ist das hierhergekommen?«

»Wahrscheinlich mit einem Parasiten. Diese Art scheint zuerst das Gras zu infizieren. Wir müssen das herausfinden.«

Also nahmen sie Proben und fuhren nach Sabishii.

Nirgal saß auf einem Futon in Tarikis Wohnzimmer und fühlte sich elend. Tariki und Sax hielten nach dem Essen eine lange Lagebesprechung. Andere Viroide hatten sich von Tharsis aus rapide verbreitet. Offenbar hatten sie es geschafft, den Cordon sanitaire des Weltraums zu durchdringen und waren in eine Welt eingebrochen, die vorher von ihnen unbehelligt gewesen war. Sie waren kleiner als Viren, viel kleiner, und erheblich einfacher gebaut. Nichts als RNS-Fasern, sagte Tariki, etwa 50 Nanometer lang. Die Individuen hatten ein Molekulargewicht von ungefähr 130 000, während es bei den kleinsten bekannten Viren über einer Million lag. Sie waren so klein, dass man sie mit über 100 000 g zentrifugieren musste, um sie aus ihrer Suspension zu lösen.

Das Spindelknollenviroid war gut erforscht, erklärte Tariki ihnen, gab etwas auf seinem Touchscreen ein und zeigte auf die dort erschienenen Schemata. Eine Kette von bloß 359 Nukleotiden, aufgereiht in einem einzigen Strang, der in kurzen Abschnitten doppelsträngig wurde. Viroide wie dieses verursachten etliche Pflanzenkrankheiten einschließlich CPFVd (»Blasse-Gurken-Viroid«), Chrysanthemenverkümmerung, chlorotischer Fleckung, Cadang-cadang und *Citrus exocortis*. Viroide sind als Agens in einigen Gehirnkrankheiten bei Tieren bestätigt, zum Beispiel Krätze und Kuru oder Creutzfeldt-Jakob bei Menschen. Die Viroiden benutzen Gast-Enzyme zur Fortpflanzung und werden dann für regelnde Moleküle in den Kernen infizierter Zellen gehalten, die insbesondere die Produktion von Wachstumshormonen behindern.

Das spezielle Viroid in Nirgals Becken, sagte Tariki, war eine Mutation des Kartoffel-Spindelviroids. Man war in den Labors der Universität noch dabei, es zu identifizieren, aber das kranke Gras machte ihn sicher, dass sie etwas anderes, Neues finden würden.

Nirgal war übel. Dafür hatten schon allein die Namen der Krankheiten gesorgt. Er starrte auf seine Hände, die tief zwischen den infizierten Pflanzen gewühlt hatten. Durch die Haut ins Gehirn, irgendeine Form spongiformer Enzephalopathie, Pilzwachstum überall.

»Können wir etwas tun, um es zu bekämpfen?«, fragte er.

Sax und Tariki schauten ihn an.

»Erst müssen wir herausfinden, was es ist«, erwiderte Sax.

Das erwies sich nicht gerade als einfach. Nach ein paar Tagen kehrte Nirgal wieder zu seinem Becken zurück. Dort konnte er zumindest etwas tun. Sax hatte vorgeschlagen, alle Kartoffeln aus ihren Feldern zu entfernen. Es war eine lange schmutzige Arbeit, eine Art negativer Schatzsuche, als er eine kranke Knolle nach der anderen ausgrub. Vermutlich würde auch der Boden das Viroid enthalten. Es war möglich, dass er das Feld oder sogar das Becken würde aufgeben müssen. Bestenfalls musste er etwas anderes pflanzen. Man verstand noch nicht, wie sich Viroide fortpflanzten; und aus Sabishii hieß es, dass es sich nicht einmal um ein Viroid handeln könnte.

»Es ist eine kürzere Faser als üblich«, sagte Sax. »Entweder ein neues Viroid oder etwas Ähnliches, viel Kleineres. In den Labors von Sabishii nennen sie es Virid.«

Eine lange Woche später kam Sax wieder zum Becken herauf. Beim Essen sagte er: »Wir versuchen, es physisch zu beseitigen. Und dann setzen wir verschiedene Pflanzen ein, die gegen Viroide resistent sind. Das ist das Beste, was wir tun können.«

»Wird das funktionieren?«

»Die für eine Infektion anfälligen Pflanzen sind recht speziell. Du bist von einer neuen betroffen worden, aber wenn du die Gräser und Kartoffelsorten wechselst und vielleicht etwas von dem Boden deines Kartoffelfeldes austauschst ...« Sax zuckte die Achseln.

Nirgal aß mit mehr Appetit als in der vorangegangenen Woche. Schon die Andeutung einer möglichen Lösung war eine große Erleichterung für ihn. Er trank etwas Wein und fühlte sich immer besser. Bei einem Verdauungsbrandy seufzte er: »Das sind sonderbare Dinge, nicht wahr? Was das Leben alles erfindet.«

»Wenn du es Leben nennen willst.«

»Ja, natürlich.«

Sax antwortete nicht.

»Ich habe mir die Nachrichten im Netz angeschaut«, fuhr Nirgal fort. »Es gibt eine Menge Infektionen. Das ist mir vorher nicht aufgefallen. Parasiten, Viren ...«

»Ja. Manchmal mache ich mir Sorgen wegen einer globalen Seuche. Etwas, das wir nicht stoppen können.«

»Ka! Könnte das geschehen?«

»Es sind alle Arten von Invasionen im Gange. Bevölkerungsanstieg, plötzliches Artensterben. Alles vorbei. Die Dinge sind ins Ungleichgewicht geraten. Störung von Gleichgewichten, deren Existenz wir nicht einmal geahnt hatten. Dinge, die wir nicht verstehen.« Dieser Gedanke machte Sax wie immer unglücklich.

»Die Biome werden schließlich ins Gleichgewicht kommen«, meinte Nirgal zuversichtlich.

»Ich bin nicht sicher, ob es so etwas gibt.«

»Was, ein Gleichgewicht?«

»Ja. Vielleicht ist es eine Sache von ...« Er schwenkte die Hände wie Möwen. »Ein unterbrochenes Gleichgewicht ohne Gleichgewicht.«

»Unterbrochene Veränderung?«

»Ununterbrochene Veränderung. Verflochtene Veränderung, aufwallende Veränderung ...«

»Wie eine kaskadierende Rekombination?«

»Vielleicht.«

»Ich habe gehört, dass diese Mathematik nur ein Dutzend Leute wirklich verstehen.«

Sax machte ein überraschtes Gesicht. »Das stimmt nie. Oder es gilt für jede Mathematik. Es kommt darauf an, was du mit Verstehen meinst. Aber ich kenne mich etwas mit der, die du meinst, aus. Man kann sie benutzen, um einige dieser Theorien zu modellieren. Aber nicht vorhersagen. Und ich wüsste nicht, wie ich sie einsetzen sollte, um irgendwelche Reaktionen unsererseits vorzuschlagen. Ich glaube nicht, dass sie so benutzt werden kann.«

Er redete eine Weile über Vlads Begriff von Holonen, die organische Einheiten waren, die Untereinheiten hatten und auch selbst Untereinheiten größerer Holonen waren, wobei sich auf jeder Ebene Kombinationen bilden, die in aufsteigender Reihe die höheren bilden, den ganzen Weg nach oben und unten in der großen Kette des Seins. Vlad hatte mathematische Beschreibungen aller Formen dieser Emergenzen entwickelt, die bei mehr als einer Art auftraten, mit verschiedensten Klassen von Eigenschaften für jede Art. Wenn man daher genügend Information über das Verhalten einer Holonen-Ebene und der nächsthöheren hatte, könnte man versuchen, sie in diese mathematischen Formeln einzupassen, und sehen, welche Erscheinungsform sie hatten, und vielleicht Wege finden, sie zu bekämpfen. »Das ist der beste Annäherungsversuch, den wir für Dinge, die so klein sind, haben.«

Am nächsten Tag riefen sie Gewächshäuser in Xanthe an, um neue Lieferungen zu ordern, neue Grasarten aus dem Himalaya. Bis sie eintrafen, hatte Nirgal alles Riedgras im Becken und viel von dem Moos ausgerissen. Die Arbeit machte ihn krank, er konnte nichts dagegen tun. Einmal, als er sah, wie ein betroffener Murmeltierpatriarch ihn empört anschnatterte, setzte er sich hin und brach in Tränen aus. Sax hatte sich in seine gewohnte Schweigsamkeit zurückgezogen, was die Dinge nur noch schlimmer machte, weil es Nirgal immer an Simon und an den Tod im Allgemeinen erinnerte. Er brauchte Maya oder sonst einen anderen, der mutig und redegewandt über das innere Leben sprechen konnte, von Angst und Tapferkeit. Aber er hatte nur Sax, verloren in Gedanken, die in einer Art fremder Sprache stattfanden, in einem privaten Idiom. Das er nicht zu übersetzen gewillt war.

Sie machten sich daran, die neuen Himalayagräser im ganzen Becken zu pflanzen, wobei sie sich auf die Ufer der Gewässer, die wie ein Geflecht aus Venen und Eis waren, konzentrierten. Ein starker Frost half, da er die infizierten Pflanzen schneller tötete als die gesunden. Sie verbrannten die kranken Pflanzen in einem Schachtofen am Fuße des Massivs. Aus den umliegenden Becken kamen Leute zu Hilfe und brachten Pflanzen zum späteren Setzen.

Es vergingen zwei Monate, und die Invasion wurde schwächer. Die verbliebenen Pflanzen schienen widerstandsfähiger zu sein. Neu gepflanzte Gewächse wurden nicht angesteckt und starben nicht. Das Becken sah herbstlich aus, obwohl es Mittsommer war. Aber das Sterben hatte aufgehört. Die Murmeltiere sahen mager aus und bekümmerter denn je – eine sorgenvolle Spezies. Und Nirgal konnte die Tiere verstehen. Das Becken sah wüst aus. Aber es schien, dass das Biom überleben würde. Das Viroid verschwand allmählich. Schließlich konnten sie es kaum noch finden, ganz gleich, wie lange sie Proben zentrifugierten. Es schien das Becken verlassen zu haben. Sein Verschwinden war ebenso mysteriös wie seine Ankunft.

Sax schüttelte den Kopf. »Wenn die Viroide, die auch Tiere befallen, jemals robuster werden …« Er seufzte. »Ich wünsche, ich könnte mit Hiroko darüber reden.«

»Ich habe gehört, sie wäre am Nordpol«, sagte Nirgal säuerlich.

»Ja.«

»Aber?«

»Ich glaube nicht, dass sie dort ist. Und ich glaube auch nicht, dass sie mit mir reden will. Aber ich … warte immer noch.«

»Dass sie anruft?«, fragte Nirgal sarkastisch.

Sax nickte.

Sie starrten trübe in die Flamme von Nirgals Lampe. Hiroko – Mutter, Geliebte – hatte sie beide verlassen.

Aber das Becken würde leben. Als Sax zu seinem Rover ging, um aufzubrechen, nahm Nirgal ihn kräftig in die Arme, hob ihn hoch und wirbelte ihn herum. »Danke!«

»Es war mir ein Vergnügen«, sagte Sax. »Sehr interessant.«

»Was wirst du jetzt machen?«

»Ich denke, ich werde mit Ann sprechen. Versuchen, mit ihr zu reden.«

»Ah! Viel Glück!«

Sax nickte, als wollte er sagen, das hätte er nötig. Dann fuhr er ab und winkte noch einmal, ehe er die Hände ans Lenkrad legte. Eine Minute später war er hinter der Rippe verschwunden.

Nun machte Nirgal sich an die harte Arbeit, das Becken wieder herzurichten, und tat, was er konnte, um ihm mehr pathogene

Widerstandskraft zu verleihen. Mehr Artenvielfalt, mehr einheimische Parasiten. Von chasmoendolithischen Felsbewohnern bis hin zu Insekten und fliegenden Mikroben in der Luft. Ein reicheres, zäheres Biom. Er fuhr selten nach Sabishii hinunter. Er ersetzte den ganzen Boden im Kartoffelfeld und pflanzte eine andere Kartoffelart an.

Sax und Spencer waren wiedergekommen, um ihn zu besuchen, als ein großer Staubsturm in der Gegend von Claritas bei Senzeni Na auf ihrer Breite begann und dann um die ganze Welt lief. Sie hörten in den Nachrichten davon und verfolgten ihn während der nächsten paar Tage auf den Satellitenwetterfotos. Er kam von Osten, kam näher, noch näher, sah aus, als würde er südlich an ihnen vorbeiziehen. Aber in letzter Minute schwenkte er nach Norden.

Sie saßen im Wohnzimmer seines Felsenhauses und blickten nach Süden. Und da kam er, eine dunkle Masse, die den Himmel verfinsterte. Furcht erfüllte Nirgal wie die statische Elektrizität, die Spencer zum Schreien brachte, wenn er etwas anfasste. Die Furcht war sinnlos. Sie hatten schon ein Dutzend Staubstürme mitgemacht. Es war nur der kleine Rest Angst, der die Viroidenseuche überlebt hatte. Und selbst die hatten sie durchgestanden.

Aber diesmal wurde der Himmel braun und trübe, bis es ebenso gut hätte Nacht sein können. Eine Schokoladennacht, die über den Fels heulte und an den Fenstern rüttelte. »Die Winde sind so stark geworden«, bemerkte Sax nachdenklich.

Dann ließ das Geheul nach, während es draußen dunkel wurde. Nirgal fühlte sich immer schlechter, je weniger der Wind heulte, bis die Luft ruhig war. Und selbst dann noch war ihm so übel, dass er kaum am Fenster stehen konnte. Globale Staubstürme waren manchmal so: Sie endeten abrupt, wenn der Wind auf einen Gegenwind oder eine besondere Geländeform traf. Und dann ließ der Sturm seine Fracht an Staub und Grus fallen. Tatsächlich regnete es jetzt auch Staub. Die Fenster wurden schmutzig grau. Als senkte sich Asche über die Welt. In den alten Tagen, brummte Sax unruhig, hatten selbst die stärksten Stürme am Ende ihres Laufes nur ein paar Millimeter Grus fallen gelassen. Aber bei einer so viel dichteren Atmosphäre und so viel stärkeren Winden wurden große Mengen an Staub und Sand aufgewirbelt; und wenn die dann alle auf einmal herunterkamen, wie es manchmal geschah, konnte die Drift viel tiefer sein als ein paar Millimeter.

Obwohl einige Partikel fast im Schwebezustand waren, hatten sich binnen einer Stunde alle bis auf die feinsten auf sie niedergesenkt. Danach war es nur noch ein dunstiger Nachmittag, die Luft erfüllt mit etwas wie einem dünnen Rauch, sodass sie das ganze Becken sehen konnten, das von einer schweren Staubschicht bedeckt war.

Nirgal ging wie immer mit aufgesetzter Maske hinaus und grub verzweifelt erst mit einer Schaufel, dann mit bloßen Händen. Sax kam heraus und stolperte durch die weichen Ablagerungen, um Nirgal eine Hand auf die Schulter zu legen. »Ich glaube nicht, dass wir da etwas tun können.« Die Staubschicht war mindestens einen Meter tief.

Im Laufe der Zeit würden die Winde einiges von diesem Staub fortblasen. Auf den Rest würde Schnee fallen, der resultierende Schlamm würde weggespült, und ein neues Adersystem von Kanälen würde ein neues, dem alten sehr ähnliches fraktales Muster bilden. Wasser würde den Staub und Grus forttragen, das Massiv hinunter und hinaus in die Welt. Aber bis das geschehen war, wäre jede Pflanze und jedes Tier in dem Becken tot.

NEUNTER TEIL

NATUR-GESCHICHTE

Danach ging Nirgal mit Sax nach Da Vinci und blieb bei dem alten Mann in seinem Apartment. Eines Nachts kam Cojote vorbei, nach dem Zeitrutsch, wenn kein anderer auf den Gedanken gekommen wäre, einen Besuch zu machen.

Nirgal erzählte ihm kurz, was mit dem hohen Becken passiert war.

»Okay. Und?«, sagte Cojote.

Nirgal schaute weg.

Cojote ging in die Küche und kramte in Sax' Kühlschrank. Mit vollem Mund rief er ins Wohnzimmer: »Was hast du auf einer windigen Bergseite wie der erwartet? Mann, diese Welt ist kein Garten. Teile davon werden jedes Jahr begraben, so ist das nun einmal. In einem oder zehn Jahren kommt ein anderer Wind und bläst diesen ganzen Staub von deinem Hügel herunter.«

»Bis dahin wird alles tot sein.«

»So ist das Leben. Jetzt ist es an der Zeit, etwas anderes zu tun. Was hast du gemacht, bevor du dich da niedergelassen hast?«

»Nach Hiroko gesucht.«

»Mist!« Cojote erschien in der Tür und zeigte mit einem großen Küchenmesser auf Nirgal. »Nicht du auch.«

»Doch, ich auch.«

»Oh, komm schon! Wann wirst du endlich erwachsen? Hiroko ist tot. Daran solltest du dich gewöhnen.«

Sax kam aus seinem Büro und sagte heftig zwinkernd: »Hiroko lebt.«

Cojote schrie: »Nicht du auch noch! Ihr beide seid wie Kinder.«

»Ich habe sie in einem Sturm auf der Südflanke von Arsia Mons gesehen.«

»Willkommen im Club der Idioten!«

Sax funkelte ihn an: »Was soll das heißen?«

»Verdammt!«

Cojote ging wieder in die Küche.

»Es hat noch andere Sichtungen gegeben«, sagte Nirgal zu Sax. »Recht häufig sogar.«

»Ich weiß.«

»Es gibt täglich Meldungen!«, rief Cojote aus der Küche und erschien kampflustig wieder im Wohnzimmer. »Die Leute sehen sie jeden Tag! Im Netz gibt es eine eigene Site zur Meldung von Sichtungen! Da steht, dass sie in der letzten Woche in einer Nacht an zwei verschiedenen Stellen erschienen ist, in Noachis und Olympus! An entgegengesetzten Seiten der Welt!«

»Ich sehe nicht, dass das etwas beweist«, erwiderte Sax hartnäckig. »Man erzählt über dich dasselbe, und du lebst offensichtlich immer noch.«

Cojote schüttelte heftig den Kopf. »Nein. Ich bin die Ausnahme, die die Regel bestätigt. Bei jedem anderen bedeutet es, wenn er an zwei Stellen gleichzeitig gemeldet wird, dass er tot ist. Ein sicheres Zeichen.« Er hob die Hand, um Sax' nächster Bemerkung zuvorzukommen, und brüllte: »Sie ist tot! Finde dich damit ab! Sie ist bei dem Angriff auf Sabishii umgekommen. Diese UNTA-Sturmtruppen haben sie, Iwao, Gene und Rya und den ganzen Rest von ihnen gefangen genommen, in irgendeinen Raum gebracht und die Luft herausgelassen oder den Abzug betätigt. So ist das! Meinst du, dass das nie passiert? Meinst du, dass die Geheimpolizisten nie Dissidenten umgebracht und dann ihre Leichen beseitigt haben, sodass es niemals jemand herausfindet? Sowas geschieht! Verdammt ja, sogar auf eurem kostbaren Mars. So sind die Menschen nun einmal. Sie sind zu allem fähig, sie töten Leute und bilden sich dabei ein, dass sie bloß ihren Lebensunterhalt verdienen oder ihre Kinder ernähren oder die Welt sicherer machen. Und genau das ist passiert. Sie haben Hiroko mit ihrer Gruppe zusammen getötet.«

Nirgal und Sax machten große Augen. Cojote bebte. Er sah aus, als wollte er die Wand durchbohren.

Sax räusperte sich. »Desmond, was macht dich so sicher?«

»Weil ich sie gesucht habe. Ich habe gesucht, wie kein anderer das tun konnte. Sie ist in keinem ihrer Verstecke. Sie ist nirgendwo. Sie ist nicht fortgegangen. Niemand hat sie seit Sabishii wirklich gesehen. Darum habt ihr nie von ihr gehört. Sie ist nicht so unmenschlich, uns die ganze Zeit herumirren zu lassen, ohne uns je eine Nachricht zukommen zu lassen.«

Sax beharrte: »Ich habe sie aber gesehen.«

»In einem Sturm, hast du gesagt. Ich nehme an, in einer Notlage. Hast sie kurze Zeit gesehen, gerade lange genug, um dir aus der Klemme zu helfen. Dann war sie weg.«

Sax blinzelte.

Cojote lachte rau. »Das habe ich mir gedacht. Nein, das ist okay. Träume von ihr, was du magst. Bring das nur nicht mit der Realität durcheinander! Hiroko ist tot.«

Nirgal schaute zwischen den beiden schweigenden Männern hin und her und sagte: »Auch ich habe mich nach ihr umgesehen.« Und dann, als er Sax' finstere Miene sah: »Möglich ist alles.«

Cojote schüttelte den Kopf. Er ging wieder in die Küche und brabbelte vor sich hin. Sax starrte Nirgal an, direkt durch ihn hindurch.

»Vielleicht werde ich wieder nach ihr suchen«, sagte Nirgal zu ihm.

Sax nickte.

Cojote rief von der Küche her: »Jedenfalls besser als Landwirtschaft.«

Kürzlich hatte Harry Whitebook eine Methode gefunden, die Kohlendioxidtoleranz von Tieren zu erhöhen, indem er Säugetieren ein Gen applizierte, das bestimmte Merkmale von Krokodil-Hämoglobin codierte. Krokodile konnten den Atem unter Wasser sehr lange anhalten; und das CO_2, das sich in ihrem Blut ansammelte, wurde zu Bikarbonat-Ionen gelöst, die im Hämoglobin an Aminosäuren gebunden wurden, was bewirkte, dass das Hämoglobin Sauerstoffmoleküle freisetzte. Hohe Kohlendioxidtoleranz kombiniert mit erhöhter Sauerstoffbildung – eine sehr elegante Anpassung. Und es erwies sich als recht leicht (nachdem Whitebook den Weg aufgezeigt hatte), das bei Säugetieren durch Anwendung der neuesten Transkriptionstechnik einzuführen: Es wurden konstruierte Stränge des DNS-Reparaturenzyms Photolyase zusammengebaut, die dann die Deskriptionen für das Merkmal in das Genom während der gerontologischen Behandlungen einfügten und die Hämoglobineigenschaften des Probanden leicht veränderten.

Sax war einer der ersten Menschen gewesen, die sich dieses Merkmal hatten verpassen lassen. Der Gedanke gefiel ihm, weil dadurch die Notwendigkeit einer Gesichtsmaske im Freien entfiel, und er verbrachte einen großen Teil seiner Zeit draußen. Der Kohlendioxidpegel in der Atmosphäre lag noch bei 40 Millibar von den insgesamt 500 auf Meeresniveau. Der Rest bestand aus 260 Millibar Stickstoff, 170 Millibar Sauerstoff und 30 Millibar an verschiedenen Edelgasen. Damit gab es immer noch zu viel Kohlendioxid, als man ohne Filtermaske ertragen konnte. Aber nach der Transkription der Merkmale konnte Sax ohne Einschränkung hinausgehen und die große Vielfalt der Tiere beobachten, die bereits draußen waren. Das waren allesamt Monster, die sich in ihren ökologischen Nischen ansiedelten, in einem sehr verwirrenden Strom von Aufstieg und Fall, Invasionen und Rückzügen, Vermehrung und Absterben – alle vergebens ein Gleichgewicht suchend, das es in Anbetracht des wechselnden Klimas nicht geben konnte. Mit anderen Worten: nicht anders, als das Leben auf der Erde immer gewesen war. Aber hier geschah alles in viel höherem Tempo, angetrieben durch die von Menschen bewirkten Veränderungen, Modifikationen, Einfüh-

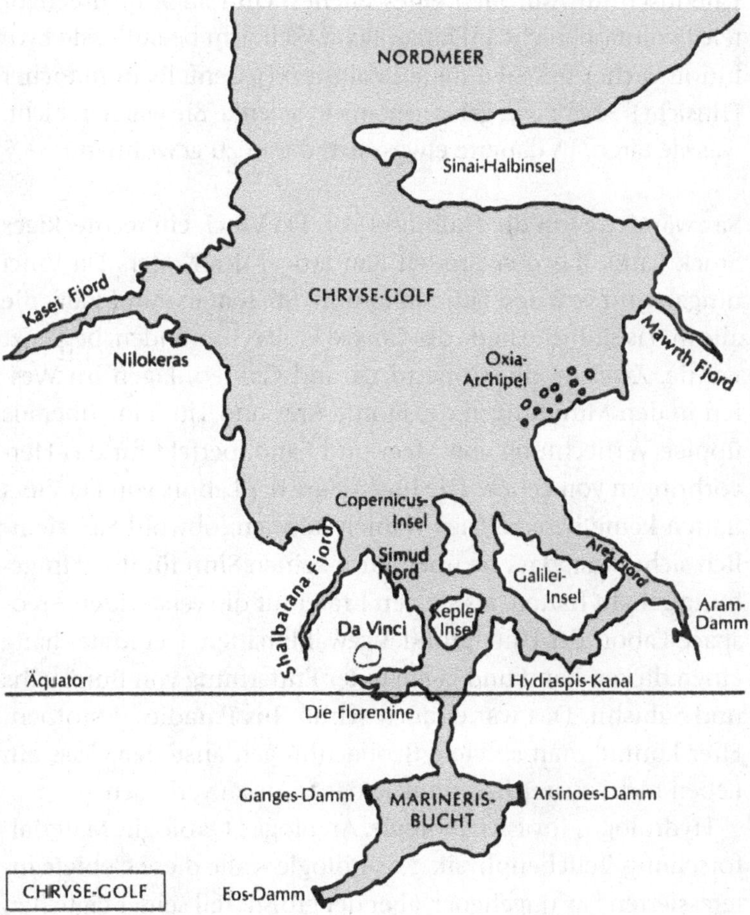

rungen, Transkriptionen und Translationen. Interventionen, die funktionierten; Interventionen, die scheiterten; die unbeabsichtigten, unvorhergesehenen und unbemerkten Effekte bis zu dem Punkt, an dem bedenklich viele Forscher es aufgaben, so zu tun, als hätten sie noch die Kontrolle. »Möge geschehen, was da kommen mag«, pflegte Spencer zu sagen, wenn er betrunken war. Das kränkte Michels Sinn für Bedeutung; aber Sax konnte nichts dagegen tun, außer Michels diesbezügliche Meinung zu ändern. Kontingenz, der Lauf des Lebens – mit einem Wort: Evolution. Lateinisch für Aufrollen eines Buches. Und auch nichtgerichtete Evolution, nicht auf lange Sicht. Vielleicht beeinflusste Evolution, sicher beschleunigte Evolution (jedenfalls in mancher Hinsicht). Aber nicht gemanagt, nicht gelenkt. Sie wussten nicht, was sie taten. Es dauerte etwas, sich daran zu gewöhnen.

Sax wanderte um die Halbinsel von Da Vinci, ein rechteckiges Stück Land, das den runden Randhügel des Kraters Da Vinci umgab und von den Fjorden Simud, Shalbatana und Ravi, die alle in das südliche Ende des Chryse-Golfs einmünden, begrenzt wurde. Zwei Inseln, Copernicus und Galileo, lagen im Westen in den Mündungen der Fjorde Ares und Tiu. Eine überaus üppige Verflechtung von Meer und Land, perfekt für das Hervorbringen von Leben. Die Ingenieure der Labors von Da Vinci hätten keine bessere Lage wählen können, obwohl Sax ziemlich sicher war, dass sie überhaupt keinen Sinn für ihre Umgebung gehabt hatten, als sie den Krater für die versteckten Areospace-Labors des Untergrundes gewählt hatten. Der Krater hatte einen dicken Rand und lag in guter Entfernung von Burroughs und Sabishii. Das war es auch schon. Ins Paradies gestolpert. Hier konnte man so viele Beobachtungen anstellen, dass ein Leben nicht ausreichte, ohne je das Haus zu verlassen.

Hydrologie, invasive Biologie, Areologie, Ökologie, Materialforschung, Teilchenphysik, Kosmologie – alle diese Gebiete interessierten Sax ungeheuer, aber der größte Teil seiner täglichen

Arbeit in diesen Jahren galt dem Wetter. Die Halbinsel von Da Vinci erlebte dramatische Wettererscheinungen. Feuchte Stürme fegten durch den Golf nach Süden, trockene katabatische Winde fielen vom südlichen Hochland und aus den Fjordcanyons und bewirkten auf See große, nach Norden laufende Wellen. Wegen der Nähe zum Äquator beeinflusste sie der Zyklus von Perihel und Aphel viel mehr als die gewöhnlichen Jahreszeiten infolge der Inklination. Das Aphel brachte bis mindestens zwanzig Grad nördlich des Äquators kaltes Wetter, während das Perihel den Äquator ebenso stark erwärmte wie den Süden. In beiden Januar- und Februarmonaten stieg von der Sonne erwärmte südliche Luft in die Stratosphäre auf, wendete sich in der Tropopause nach Osten und vereinigte sich mit den Jetstreams, die den Planeten umrundeten. Diese Luftströme trennten sich am Tharsis-Buckel. Der südliche Strom beförderte die Feuchtigkeit der Amazonisbucht und lud sie auf Daedalia und Icaria ab, manchmal sogar auf dem Westwall der Berge des Argyre-Beckens, wo sich dann Gletscher bildeten. Der nördliche Jetstream verlief über die Tempe-Mareotis-Hochebenen, blies dann über das Nordmeer und nahm bei jedem Sturm die Feuchtigkeit auf. Weiter im Norden, über der Polkappe, kühlte die Luft ab und sank auf den rotierenden Planeten. Dabei erzeugte sie Oberflächenwinde aus Nordost. Diese kalten trockenen Winde schoben sich zuweilen unter die wärmere und feuchtere Luft der gemäßigten Westwinde und erzeugten riesige Gewitterköpfe, die über dem Nordmeer bis in Höhen von zwanzig Kilometern aufstiegen.

Die südliche Hemisphäre, in deren Bereich das Land gleichförmiger war als im Norden, hatte Winde, die deutlicher der Luftphysik über einer rotierenden Sphäre folgten. Vom Äquator bis 30° Breite herrschten Passatwinde vor, von 30° bis 60° Breite Westwinde und von da bis zum Pol polare Ostwinde. Im Süden gab es große Wüsten, besonders zwischen dem 15. und dem 30. Breitengrad, wo die am Äquator aufgestiegene Luft wieder absank und hohen Luftdruck und warme Luft bewirkte, die eine Menge Wasserdampf enthielt, der jedoch nicht kondensierte. Folglich regnete es in dieser Zone kaum. Dazu gehörten die außerordentlich trockenen Bereiche von Solis, Noachis und Hesperia. In diesen Regionen griff der Wind Staub von dem trockenen Boden auf, und die Staubstürme wurden dichter. Sax selbst hatte das zu seinem Leidwesen erfahren, bei Nirgal auf Tyrrhena.

Das waren die Hauptmuster des Marswetters: Heftig ums Aphel, milde während der Sonnen-Äquinoktien. In der südlichen Hemisphäre extrem, die nördliche gemäßigt. Das ließen zumindest einige Modelle vermuten. Sax liebte es, die Simulationen zu generieren, die solche Modelle erzeugten. Er war sich aber bewusst, dass ihre Übereinstimmung mit der Realität bestenfalls angenähert war. Jedes aufgezeichnete Jahr bot irgendeine Ausnahme, wobei sich die Bedingungen auf jeder Stufe des Terraformens änderten. Die Zukunft ihres Klimas ließ sich unmöglich vorhersagen, selbst wenn man die Variablen einfror und so tat, als hätte sich das Terraformen stabilisiert, was sicher nicht der Fall war. Immer und immer wieder beobachtete Sax tausend Wetterjahre, veränderte Variablen in dem Modell; und jedes Mal raste ein völlig anderes Jahrtausend vorbei. Faszinierend. Die geringe Schwerkraft und die daraus resultierende Skalenhöhe der Atmosphäre, die Präsenz des Nordmeeres, das zufrieren konnte oder nicht, die zunehmende Luftdichte, der Zyklus von Perihel und Aphel, eine Exzentrizität, die durch die inklinationsbedingten Jahreszeiten präzessierte – all dies hatte für sich genommen vielleicht vorhersagbare Effekte; aber in Kombination machten sie das Wetter des Mars sehr kompliziert. Und je mehr Simulationen Sax machte, desto klarer wurde ihm, wie wenig sie wussten. Aber es war faszinierend; und er konnte tagelang das Spiel der Iterationen verfolgen.

Oder aber er saß einfach draußen auf Simshal Point und sah zu, wie die Wolken über einen hyazinthfarbenen Himmel flogen.

Kasei Fjord im Nordwesten war der Windkanal für die stärksten katabatischen Winde des Planeten. Sie ergossen sich aus ihm auf den Chryse-Golf mit Geschwindigkeiten, die gelegentlich 500 Kilometer in der Stunde erreichten. Bevor diese Howler zuschlugen, sah Sax über dem nördlichen Horizont die zimtfarbenen Wolken, ihre Vorboten. Zehn oder zwölf Stunden später wälzten sich vom Norden große Wogen heran und schlugen gegen die Meeresklippen, fünfzig Meter hohe Keile aus Wasser, die gegen den Fels sprühten, bis die ganze Luft über der Halbinsel ein dicker weißer Nebel war. Es war gefährlich, während eines Howlers auf See zu sein. Einmal, als er die Küstengewässer des südlichen Golfs in einem kleinen Katamaran erforschte, hatte er das zweifelhafte Vergnügen, mitten in einen hineinzugeraten.

Weit schöner war es, die Stürme von den Meeresklippen aus zu beobachten. Heute kein Howler, nur ein gleichmäßiger steifer Wind, und in der Ferne auf dem Wasser nördlich von Copernicus ein dichter schwarzer Wolkenbesen, gepaart mit der Wärme der Sonne auf der Haut. Die globale Durchschnittstemperatur änderte sich jedes Jahr, rauf und runter, meistens rauf. Mit der Zeit als horizontaler Achse ergab das eine aufsteigende Gebirgskette. Das denkwürdige Jahr ohne Sommer war inzwischen Geschichte. Tatsächlich hatte es drei Jahre gedauert, aber deswegen hatte man den Namen nicht geändert. Drei ungewöhnlich kalte Jahre – nein! Dieser Name hatte das gewisse Etwas nicht, was möglicherweise eine Art Kompression der bei den Leuten unerwünschten Wahrheit war. Symbolisches Denken. Die Menschen mussten Dinge miteinander verbinden. Sax wusste das, weil er viel Zeit in Sabishii mit Besuchen bei Michel und Maya verbracht hatte. Die Menschen liebten das Drama. Und keiner so sehr wie Maya, und es lohnte sich hinzuschauen. Grenzfall-Demonstrationen der Norm. Sax machte sich Sorgen über Mayas Wirkung auf Michel. Michel schien nicht besonders fröhlich zu sein. Nostalgie – aus dem griechischen *nostos*, Heimkehr, und *algos*, Schmerz. Also: Schmerz der Heimkehr. Ein sehr treffender Ausdruck. Trotz ihrer Fehler konnten Worte manchmal sehr exakt sein. Das erschien als ein Paradoxon, bis man sich mit der Funktion des Gehirns befasste. Dann wurde es weniger überraschend. Ein Modell der Wechselwirkung des Gehirns mit der physischen Realität, an den Rändern verschwommen. Selbst die Wissenschaft war gezwungen, das zuzugeben. Was nicht heißen sollte, dass man den Versuch, Dinge zu erklären, aufgeben sollte!

»Komm mit, mach ein paar Feldstudien mit mir!«, drängte er Michel.

»Bald.«

»Konzentriere dich auf den Augenblick!«, schlug Sax vor. »Jeder Moment hat seine eigene Realität. Sein besonderes So-Sein. Du kannst keine Voraussagen treffen, aber du kannst erklären. Oder es versuchen. Wenn du aufpasst und Glück hast, kannst du sagen, *dies* ist der Grund, weshalb *das* geschieht! Das ist sehr interessant.«

»Sax, wann bist du denn zum Dichter geworden?«

Sax wusste keine Antwort darauf. Michel war immer noch von seiner immensen Nostalgie erfüllt. Schließlich sagte Sax: »Nimm dir die Zeit, mit nach draußen zu gehen!«

In den milden Wintern, wenn die Winde sanft waren, segelte Sax um das Südende des Chryse-Golfs. Des goldenen Golfs. Den Rest des Jahres blieb er auf der Halbinsel und machte vom Da-Vinci-Krater aus Spaziergänge zu Fuß oder Touren mit einem kleinen Wagen, bei denen er über Nacht blieb. Meistens betrieb er Meteorologie, obwohl er sich natürlich für alles interessierte. Auf dem Wasser konnte er dasitzen und den Wind im Segel spüren, wenn er von einer Krümmung der Küste zur anderen steuerte. War er auf dem Landweg unterwegs, fuhr er morgens los und freute sich an der Aussicht, bis er eine gute Stelle fand. Dann hielt er den Wagen an und ging nach draußen.

Hose, Hemd, Windjacke, Bergstiefel und sein alter Hut waren alles, was er heutzutage, im M-Jahr 65, brauchte. Ein Umstand, der ihn noch immer erstaunte. Gewöhnlich hatte es um diese Zeit um die sechs Grad Celsius – kalt, aber Sax gefiel es. Die globalen Mittelwerte lagen um den Gefrierpunkt. Ein guter Durchschnitt, fand er. Das schickte thermische Energie in die seit Ewigkeiten gefrorene Wildnis. Sie allein würde den Permafrost in rund zehntausend Jahren schmelzen. Aber natürlich blieb es nicht allein dabei.

Er wanderte über Tundramoos und Meerfenchel, Kedge und Gras. Leben auf dem Mars. Das war schon eine seltsame Sache. Überall Leben. Es war keineswegs klar, warum es das überhaupt geben sollte. Sax dachte immer häufiger darüber nach. Warum nahm die Ordnung in irgendeinem Teil des Kosmos zu, wenn sonst überall nur Entropie zu erwarten war? Das verwirrte ihn sehr. Er war fasziniert, als Spencer eines Abends beim Bier an der Corniche von Odessa eine Stegreiferklärung gegeben hatte. In einem expandierenden Universum wäre Ordnung eigentlich nicht Ordnung, hatte er gesagt, sondern bloß die Differenz zwischen dem aktuell vorgefundenen Entropielevel und der maximal möglichen Entropie. Diese Differenz sei das, was die Menschen als Ordnung wahrnähmen. Sax war überrascht, von Spencer eine so interessante kosmologische Theorie zu hören. Aber Spencer war voller Überraschungen. Obwohl er zu viel trank.

Im Gras zwischen den Tundrablumen liegend, konnte man nicht umhin, über das Leben nachzudenken. Die kleinen Blüten wippten im Licht der Sonne auf ihren Stielen und leuchteten farbenprächtig. Ideogramme der Ordnung. Sie sahen nicht nach einer bloßen Differenz im entropischen Niveau aus. Ein Blütenblatt hatte eine so feine Textur; von Licht getränkt schien fast jedes Molekül sichtbar zu sein: hier ein weißes, dort ein lavendelfarbenes und da ein clematisblaues. Diese pointillistischen Flecken waren natürlich keine Moleküle, die ja deutlich unter dem visuellen Auflösungsvermögen des Menschen lagen. Und selbst wenn Moleküle erkennbar gewesen wären, so waren die letzten Bausteine des Blütenblatts doch noch so viel kleiner, dass man sich das kaum vorstellen konnte. Sozusagen noch kleiner, als selbst die Einbildungskraft reichte. Obwohl, unlängst hatte die Arbeitsgruppe für Theorien in Da Vinci sich um Entwicklungen in der Superstringtheorie und Quantengravitation bemüht und war sogar bis zum Punkt nachprüfbarer Vorhersagen gekommen – der sich historisch als die große Schwäche der Stringtheorie erwiesen hatte. Verlockt durch diese Rückkehr zu den Experimenten hatte Sax in letzter Zeit zu verstehen versucht, was sie da machten. Das bedeutete Verzicht auf Küstenspaziergänge zugunsten von Seminarräumen. Aber das hatte er in den regnerischen Jahreszeiten hinter sich gebracht, an den Nachmittagssitzungen teilgenommen, sich die Vorträge und anschließenden Diskussionen angehört, die auf den Bildschirmen hingekritzelte Mathematik studiert und die Morgenstunden mit Arbeiten über Riemann'sche Flächen, Lie'sche Algebra, Euler'sche Zahlen, die Topologie kompakter dreidimensionaler Räume, Differentialgeometrie, Graßmann'sche Variablen, Vlads Emergenzoperatoren und alle übrige Mathematik, die erforderlich war, um dem zu folgen, worüber die jetzige Generation sprach, verbracht.

Mit einigen Punkten der Mathematik über Superstrings hatte er sich schon früher beschäftigt. Die Theorie gab es jetzt seit fast zwei Jahrhunderten; sie war aber spekulativ schon viel früher ins Gespräch gebracht worden, als es weder die nötige Mathematik noch die experimentelle Möglichkeit gab, sie richtig zu erforschen. Diese Theorie beschrieb die kleinsten Partikel der Raumzeit nicht als geometrische Punkte, sondern als ultramikroskopische Schleifen, die in zehn Dimensionen schwingen, von denen sechs kompakt um die Schleifen liegen und diese zu etwas exotischen mathematischen Gebilden machen. Der Raum, in dem sie schwingen, war von Theoretikern des einundzwanzigsten Jahrhunderts zu Schleifenmustern, genannt Spin-Netze, quantifiziert worden, in denen Kraftlinien in den feinsten Quäntchen des Gravitationsfeldes irgendwie ähnlich wirkten wie die magnetischen Kraftlinien um einen Magneten, sodass die Strings nur in bestimmten Harmonien schwingen konnten. Diese supersymmetrischen Strings, die harmonisch in zehndimensionalen Spin-Netzen schwingen, erklärten sehr elegant und plausibel verschiedene Kräfte und Partikel, die im subatomaren Niveau zu erkennen sind, wie auch alle Bosonen und Fermionen und deren gravitative Effekte. Darum erhob die voll ausgearbeitete Theorie den Anspruch, erfolgreich die Quantenmechanik mit der Gravitation zu verbinden, was seit mehr als zwei Jahrhunderten *das* Problem der Theoretischen Physik schlechthin gewesen war.

So weit, so gut; in der Tat sogar aufregend. Aber das Problem für Sax und viele andere Skeptiker war die Schwierigkeit, irgendetwas von dieser schönen Mathematik experimentell zu bestätigen – eine Schwierigkeit, die in den äußerst geringen Größen der Schleifen und Räume der Theorie begründet lag. Sie lagen alle im Bereich von 10^{-33} Zentimetern, der sogenannten Planck-Länge. Und die war so viel kleiner als subatomare Partikel, dass man sie sich nur schwer vorstellen konnte. Der typische Atomkern hatte einen Durchmesser von etwa 10^{-13} Zentimetern. Sax hatte zuerst einige Zeit lang versucht, sich diese Distanz vorzustellen. Das war hoffnungslos; aber man musste versuchen, diese hoffnungslos winzige Größe für einen Moment im Geist festzuhalten. Und sich dann daran erinnern, dass man in der Stringtheorie über noch um zwanzig Größenordnungen kleinere Objekte sprach. Sax überlegte krampfhaft. Ein String verhielt sich also zur Größe eines Atoms wie diese zur Größe … des Sonnensystems. Ein Verhältnis, das rational kaum zu erfassen war.

Aber noch schlimmer – es war auch zu klein, um es experimentell nachzuweisen. Das war für Sax die Crux an diesem

Problem. Physiker hatten in Beschleunigern Experimente bei Energieniveaus von der Größenordnung 100 Gigaelektronenvolt (GeV) durchgeführt – die Ruheenergie eines Protons mal hundert. Davon ausgehend hatten sie mit großer Mühe im Lauf vieler Jahre das sogenannte revidierte Standardmodell der Teilchenphysik aufgestellt. Es erklärte eine Menge, war wirklich eine erstaunliche Leistung und machte Vorhersagen, die durch Laborexperimente oder kosmologische Beobachtungen bewiesen oder widerlegt werden konnten; Vorhersagen, die so mannigfaltig waren und so gut bestätigt wurden, dass die Physiker zuversichtlich über vieles sprechen konnten, das sich in der Geschichte des Universums seit dem Urknall abgespielt hatte, bis zurück zum ersten Millionstel einer Sekunde der Zeit.

Aber die Stringtheorie wollte einen fantastischen Sprung über das revidierte Standardmodell hinaus zur Planck'schen Länge machen, die den geringsten möglichen Bereich darstellte, der nicht verkleinert werden konnte, ohne in Widerspruch zu dem Verbotsprinzip von Pauli zu geraten. Es war irgendwie sinnvoll, über die minimale Größe von Dingen nachzudenken. Aber um Ereignisse in diesem Maßstab wirklich zu sehen, wären Experimente mit einer Energie von mindestens 10^{19} GeV erforderlich, und die waren unmöglich. Kein Beschleuniger würde dem jemals auch nur annähernd nahe kommen. Das Herz einer Supernova konnte man vielleicht damit vergleichen. Nein. Ein großer Unterschied, weit wie eine Schlucht oder eine Wüste, trennte sie vom Planck'schen Bereich. Es war eine Realitätsstufe, die für sie in jedem experimentalphysikalischen Sinn unbekannt bleiben würde.

Behaupteten jedenfalls die Skeptiker. Aber die an der Stringtheorie Interessierten hatten sich nie davon abbringen lassen, das Phänomen zu studieren. Sie suchten nach einer indirekten Bestätigung der Theorie auf subatomarem Niveau, das aus dieser Perspektive gigantisch wirkte, und in der Kosmologie. Anomalien bei Phänomenen, die die revidierte Standardtheorie nicht erklären konnte, ließen sich vielleicht durch Vorhersagen deuten, die die Stringtheorie über den Planck'schen Raum machte. Es hatte allerdings nur wenige solche Vorhersagen gegeben, und die erwarteten Phänomene waren schwer nachzuweisen. Aber im Laufe der Jahrzehnte waren einige String-Enthusiasten immer tiefer in die mathematischen Strukturen eingetaucht, die weitere Verästelungen der Theorie offenbaren und mehr nachweisbare indirekte Resultate hervorbringen könnten. Das war alles, was sie tun konnten; und Sax hatte den Eindruck, dass es ein riskanter Weg für die Physik war. Er glaubte von ganzem Herzen an die experimentellen Nachweise von Theorien in der Physik. Wenn es sich nicht testen ließ, wenn es nur Mathematik blieb, war seine Schönheit bedeutungslos. Es gab viele schöne exotische Felder in der Mathematik. Aber wenn sie die phänomenologische Welt nicht wiedergaben, war Sax nicht interessiert.

Aber jetzt, nach Jahrzehnten der Arbeit, machten sie endlich Fortschritte, die Sax interessant fand. Mit dem neuen Supercollider im Rand des Rutherford-Kraters hatten sie das zweite Z-Teilchen gefunden, dessen Existenz die Stringtheorie lange vorhergesagt hatte. Und ein magnetischer Monopol-Detektor, der die Sonne außerhalb der Ebene der Ekliptik umkreiste, hatte eine Spur von etwas entdeckt, das wie ein fraktionell geladenes freies Partikel mit einer Masse von der Größe eines Bakteriums aussah – ein sehr seltener Blick auf ein schwach wechselwirkendes massereiches Teilchen oder WIMP (*Weakly Interacting Massive Particle*). Die Stringtheorie hatte dessen Existenz ebenfalls vorausgesagt, während die revidierte Standardtheorie sie nicht verlangte. Das stimmte nachdenklich, denn die Formen der Galaxien zeigten, dass ihre Gravitationsmassen zehnmal so groß waren, wie ihr visuelles Licht anzeigte. Falls die dunkle Materie durch schwach wechselwirkende Masseteilchen befriedigend erklärt werden konnte, dachte Sax, wäre die dafür verantwortliche Theorie wirklich sehr interessant.

Auf andere Weise interessant war der Umstand, dass eine führende Theoretikerin in diesem neuen Stadium der Entwicklung genau hier in Da Vinci arbeitete, und zwar als Teil der eindrucksvollen Gruppe, die Sax gegründet hatte. Ihr Name war Bao Shuyo, sie war in Dorsa Brevia geboren und aufgewachsen. Ihre Vorfahren waren japanisch und polynesisch. Für eine der jungen Eingeborenen war sie klein, obwohl noch immer um einen halben Meter größer als Sax. Schwarzes Haar, dunkle Haut, pazifische Gesichtszüge, sehr regelmäßig und etwas schlicht. Sie war Sax gegenüber scheu, ja jedermann gegenüber. Manchmal stotterte sie, was Sax höchst reizend fand. Aber wenn sie im Seminar aufstand, um einen Vortrag zu halten, wurde sie ganz sicher, mit der Hand wie der Stimme, wenn sie ihre Gleichungen und Bemerkungen sehr rasch auf den Schirm schrieb, als betreibe sie Höchstgeschwindigkeits-Kalligraphie. In diesen Momenten beobachteten sie alle sehr genau, praktisch hypnotisiert. Sie arbeitete jetzt seit einem Jahr in Da Vinci, und jeder, der schlau genug war, so etwas zu bemerken, wusste, dass er ein Mitglied des Pantheons bei der Arbeit sah, das direkt hier vor ihren Augen die Realität entdeckte.

Die anderen »Jungtürken« unterbrachen sie natürlich mit Fragen. In dieser Gruppe waren viele kluge Köpfe, und wenn sie Glück hatten, nahmen sie alle zusammen Fahrt auf, modellierten Gravitonen und Gravitionen, dunkle Materie, Schattenmaterie – ganz ohne an Persönliches oder Personen zu denken. Sehr produktive und spannende Sitzungen. Bao war hier deutlich die treibende Kraft, auf die man sich verließ und mit der man rechnen musste.

Das war etwas beunruhigend. Sax waren schon früher Frauen in mathematischen und physikalischen Fakultäten begegnet; aber das war das einzige weibliche mathematische Genie, von dem er in der ganzen langen Geschichte der Mathematik gehört hatte, die, wenn er darüber nachdachte, eine eigenartig männliche Sache gewesen war. Gab es etwas so Männliches, wie es die Mathematik gewesen war? Und warum war das so?

Auf andere Weise beunruhigend war die Tatsache, dass Teile von Baos Arbeit auf den unpublizierten Aufsätzen eines thailändischen Mathematikers namens Samui aus dem vorigen Jahrhundert beruhten, der in Bangkoks Bordellen gelebt und im Alter von 23 Jahren Selbstmord begangen hatte. Er hinterließ einige »letzte Probleme«, wie Fermat. Er hatte bis zum Ende behauptet, dass seine ganze Mathematik ihm von telepathischen Aliens diktiert worden sei. Bao hatte all das ignoriert, einige von Samuis obskuren Neuerungen erklärt und dann benutzt, um eine Gruppe von Formeln zu entwickeln, die fortgeschrittene Rovelli-Smolin-Operatoren genannt wurden. Sie ermöglichten es ihr, ein System von Spin-Netzen aufzustellen, die sehr schön mit den Superstrings verflochten waren. Dies war praktisch endlich die vollständige Vereinigung von Quantenmechanik und Gravitation. Wenn es stimmte, war das große Problem gelöst. Aber ob zutreffend oder nicht, es war stark genug gewesen, dass Bao einige spezifische Vorhersagen auf den größeren Gebieten von Atom und Kosmos hatte machen können, von denen manche inzwischen bestätigt worden waren.

Somit war sie jetzt die Königin der Physik – die *erste* Königin der Physik –; und die Experimentalphysiker in den Labors unterhielten ständige Datenverbindung mit Da Vinci, auf weitere Vorschläge von ihr erpicht. Die Nachmittagssitzungen im Seminarraum waren spürbar spannend und aufregend. Max Schnell eröffnete die Versammlungen und bat dann Bao nach vorne. Sie stand auf und ging zu dem Bildschirm vorne im Raum, schlicht, graziös, zurückhaltend, und ließ den Stift über den Touchscreen fliegen, um ihnen eine Methode zu zeigen, die Neutrinomasse genau zu berechnen, oder sehr spezifisch darlegte, wie Strings vibrierten, um die verschiedenen Quarks zu bilden, oder den Raum so quantifizierte, dass Gravitinos in drei Familien unterteilt werden konnten und so weiter. Ihre

Kollegen und Freunde, vielleicht zwanzig Männer und eine weitere Frau, unterbrachen sie, um Fragen zu stellen oder Gleichungen hinzuzufügen, die Nebenfragen klärten, oder den Übrigen von den letzten Ergebnissen aus Genf oder Palo Alto oder Rutherford zu berichten. Während dieser Stunde hatten alle das Gefühl, sich im Mittelpunkt der Welt zu befinden.

Und in den Labors auf der Erde, dem Mars und im Asteroidengürtel wurden bei sehr schwierigen heiklen Experimenten im Gefolge ihrer Arbeit ungewöhnliche Gravitationswellen beobachtet, besondere geometrische Muster in den feinen Fluktuationen der kosmischen Hintergrundstrahlung enthüllt. Man suchte nach Dunkle-Materie-WIMPs und Schattenmaterie-WISPs. Die verschiedenen Familien von Leptonen, Fermionen und Leptoquarks wurden erklärt. Die Galaktische Zusammenballung bei der ersten kosmischen Inflation wurde zumindest provisorisch gelöst und theoretisch untermauert. Und so weiter. Es schien, als stünde die Physik endlich an der Schwelle zur Endgültigen Theorie. Oder wenigstens inmitten des nächsten Großen Schrittes.

In Anbetracht der Bedeutung dessen, was Bao tat, hatte Sax Scheu, mit ihr zu sprechen. Er wollte ihre Zeit nicht mit Trivialitäten vergeuden. Aber eines Nachmittags bei einer Kavaparty auf einem der Balkone über dem Kratersee von Da Vinci trat sie an ihn heran; noch scheuer und unsicherer als er selbst, sodass er in die ungewöhnliche Lage geriet, eine andere Person zu beruhigen, ihre Sätze zu beenden und dergleichen. Er tat das, so gut er konnte; und sie stolperten so dahin, sprachen über seine alten Russell-Diagramme für Gravitinos, die er jetzt für nutzlos hielt, aber sie sagte, dass sie ihr immer noch helfen würden, gravitative Aktionen zu erkennen. Als er dann eine Frage über das vorangegangene Seminar stellte, war sie schnell entspannter. Das war der Weg, sie zu beruhigen. Er hätte gleich daran denken sollen. So ging das bei ihm schließlich auch.

Danach sprachen sie ab und zu miteinander. Er hatte immer Mühe, sie aus sich herauszulocken, aber es lohnte sich. Und als die trockene Jahreszeit im Herbst kam und er wieder von dem kleinen Hafen Alpha aus hinaussegeln wollte, fragte er sie zögernd, ob sie gern mal mitkommen würde. Und sie stotterten eine Weile herum, mit dem Ergebnis, dass sie mit ihm am nächsten schönen Tag in einem der vielen kleinen Katamarane des Labors zum Segeln fuhr.

Bei Tagestouren blieb Sax in der kleinen Bucht, die Florentine genannt, südöstlich der Halbinsel, wo sich der Ravi-Fjord erweiterte, ehe er zur Hydroates-Bucht wurde. Dort hatte Sax Segeln gelernt, und dort war er immer noch am besten mit den Winden und Strömungen vertraut. Auf längeren Fahrten hatte er das Delta von Fjorden und Buchten am unteren Ende des Marineris-Systems erkundet, und drei- oder viermal war er die Ostseite des Chryse-Golfs hinaufgesegelt, bis hin zum Mawrth-Fjord und entlang der Sinai-Halbinsel.

Aber an diesem speziellen Tag beschränkte er sich auf Florentine. Der Wind kam von Süden, und Sax kreuzte ihm entgegen und beanspruchte Baos Hilfe bei jedem Kurswechsel. Keiner von beiden sprach sonderlich viel. Um die Sache in Gang zu bringen, war Sax schließlich gezwungen, Fragen zur Physik zu stellen. Sie sprachen darüber, dass Strings das eigentliche Gewebe der Raumzeit darstellten, statt nur Ersatz für Punkte in einem absoluten abstrakten Gitter zu sein.

Sax dachte darüber nach und sagte: »Machst du dir überhaupt keine Sorgen, dass die Arbeit an einem so weit jenseits des Bereichs der Experimentalphysik liegenden Thema sich als eine Art Kartenhaus erweisen könnte – umgeworfen durch eine simple Diskrepanz in der Mathematik oder eine spätere andere Theorie, die es besser erklärt oder leichter zu bestätigen ist?«

»Nein«, erwiderte Bao. »Etwas so Schönes muss einfach wahr sein.«

»Hmm«, machte Sax. »Ich muss zugeben, dass es mir lieber wäre, wenn etwas Solides herauskäme. Etwas wie Einsteins Merkur-Periheldrehung – eine bekannte Diskrepanz in der vorhergegangenen Theorie, die die neue Theorie beseitigt.«

»Manche Leute würden sagen, dass das die fehlende Schattenmaterie wäre.«

»Möglicherweise.«

Sie lachte. »Ich sehe, du brauchst mehr. Hast du einen Vorschlag, was wir tun sollten?«

»Nicht unbedingt«, erwiderte Sax. »Obwohl es natürlich hübsch wäre. Ich meine überzeugend. Wenn man etwas besser verstünde, sodass wir besser damit umgehen können. Wie das Plasma in den Fusionsreaktoren.« Das war ein Problem, das gerade in einem anderen Labor in Da Vinci bearbeitet wurde.

»Plasmen würden besser verstanden werden, wenn man sie nach Mustern, die ihnen von Spin-Netzen aufgeprägt werden, modellierte.«

»Wirklich?«

»Ich glaube schon.«

Sie schloss die Augen, als könne sie alles auf der Innenseite ihrer Lider aufgeschrieben sehen. Alles in der Welt. Sax empfand einen scharfen Stich von Neid oder – Verlust. Er hatte immer nach dieser Art von Einsicht verlangt. Und hier saß sie, gleich neben ihm im Boot. Ein Genie unmittelbar zu erleben war faszinierend.

»Glaubst du, dass diese Theorie das Ende der Physik sein wird?«, fragte er.

»O nein. Obwohl wir die Grundzüge ausarbeiten könnten. Die fundamentalen Gesetze. Das könnte möglich sein, sicher. Aber dann schafft jede darüber auftauchende Ebene ihre eigenen Probleme. Die Arbeit von Taneev kratzt da nur an der Oberfläche. Das ist wie beim Schachspiel. Wir könnten alle Regeln lernen, aber dennoch nicht imstande sein, gut zu spielen, eben wegen auftauchender Eigenschaften. Figuren sind bekanntlich stärker, wenn sie sich im Zentrum des Spielfeldes befinden. Das steht nicht in den Regeln. Es ist ein Resultat aller Regeln zusammengenommen.«

»Wie das Wetter.«

»Ja. Wir verstehen Atome bereits besser als das Wetter. Die Wechselwirkungen der Elemente sind zu komplex, als dass man ihnen folgen könnte.«

»Es gibt die Holonomie. Das Studium ganzer Systeme.«

»Aber das ist bisher reine Spekulation. Der Beginn einer Wissenschaft, wenn sich zeigt, dass es funktioniert.«

»Und was ist mit Plasmen?«

»Die sind sehr homogen. Es spielen nur ganz wenige Faktoren hinein, sodass man die Spin-Netz-Analyse anwenden könnte.«

»Du solltest der Fusionsgruppe davon erzählen.«

»Wirklich?« Sie machte ein überraschtes Gesicht.

»Ja.«

Dann kam ein scharfer Windstoß, und sie brauchten einige Minuten, bis das Boot reagierte. Der Mast zog die Segel knatternd an sich, bis sie wieder angeluvt hatten und quer zu der auffrischenden Brise in die Sonne fuhren. Auf dem feinen schwarzen Haar, das in Baos Nacken zusammengerafft war, flimmerte Licht. Dahinter lagen die Meeresklippen von Da Vinci. Netzwerke, die bei der Berührung durch die Sonne zitterten – nein. Er konnte es nicht sehen, ob mit offenen oder geschlossenen Augen.

»Hast du dich jemals darüber gewundert«, fragte er vorsichtig, »dass du … eine der ersten großen weiblichen Mathematiker bist?«

Sie machte ein überraschtes Gesicht und wandte den Kopf ab. Er sah, dass sie darüber nachgedacht hatte. »Die Atome in einem Plasma bewegen sich nach Mustern, die große Fraktale der Muster von Spin-Netzwerken sind«, erwiderte sie.

Sax nickte und stellte weitere Fragen dazu. Es erschien ihm möglich, dass sie der Fusionsgruppe von Da Vinci bei den Problemen helfen könnte, die sie dabei hatten, einen Fusionsreaktor von geringem Gewicht technisch zu realisieren.

»Hast du dich jemals im Ingenieurswesen betätigt? Oder mit angewandter Physik?«

Sie antwortete gekränkt: »Ich bin Physikerin.«

»Ja, aber doch eher theoretische Physikerin. Ich dachte an die Ingenieursseite.«

»Physik ist Physik.«

Er fragte noch einmal nach, diesmal indirekt. »Wann hast du mit der Mathematik angefangen?«

»Meine Mutter hatte mir mit vier quadratische Gleichungen vorgesetzt und alle Arten mathematischer Spiele. Sie war Statistikerin und auf das alles sehr versessen.«

»Und die Schulen von Dorsa Brevia …«

Sie zuckte die Achseln. »Die waren in Ordnung. Mathematik habe ich meistens aus Büchern und durch Korrespondenz mit der Fakultät in Sabishii gelernt.«

»Ich verstehe.«

Und dann sprachen sie wieder über die neuen Resultate des CERNs, über das Wetter und die Fähigkeit des Segelbootes, auf ein paar Grad gegen den Wind zu kreuzen. In der folgenden Woche begleitete sie ihn auf einen seiner Spaziergänge auf den Meeresklippen der Halbinsel. Es machte ihm große Freude, ihr die Tundra zu zeigen. Und im Laufe der Zeit, wobei sie ihn Schritt für Schritt führte, schaffte sie es, ihn zu überzeugen, dass sie vielleicht dem Verständnis nahe seien, was auf dem Planck'schen Niveau geschah. Eine wirklich erstaunliche Sache, dachte er, dieses Niveau intuitiv zu erkennen und dann die Spekulationen und Deduktionen anzustellen, die erforderlich waren, um der Sache Fleisch und Gestalt zu geben und eine sehr komplexe neue Physik für einen Bereich zu schaffen, der so klein und so weit von dem durch die Sinne erfassbaren Bereich entfernt war. Wirklich respekteinflößend. Der Struktur der Realität auf der Spur. Obwohl beide sich einig waren, dass, genau wie bei allen früheren Theorien, viele grundlegende Fragen unbeantwortet blieben. Das war unvermeidlich. So konnten sie also Seite an Seite im Gras in der Sonne liegen und so tief in die Blüte einer Tundrablume schauen, wie das nur möglich war; und ganz gleich, was auf dem Planck-Niveau geschah, leuchteten im Hier und Jetzt die Blütenblätter blau mit einer geheimnisvollen Kraft im Licht, die das Auge fesselte.

Tatsächlich machte das Liegen im Gras deutlich, wie stark der Permafrost schmolz. Die Schmelze lag auf einer harten Unterlage aus noch gefrorenem Boden, sodass die Oberfläche satt und morastig war. Als Sax aufstand, wurde sein Bauch in der Brise augenblicklich kalt. Er streckte die Arme zur Sonne aus. Ein Photonenregen, der durch die Spin-Netze vibrierte. In vielen Regionen wurde Abwärme aus Kernkraftwerken in kapillare Gänge im Permafrost geleitet, erzählte er Bao, als sie zum Rover zurückgingen. Das machte in manchen feuchten Gebieten, die zur Sättigung an der Oberfläche neigten, Schwierigkeiten. Das Land schmolz gewissermaßen. Wurden schlagartig Feuchtgebiete. Ein überaus aktives Biom. Obwohl die Roten Einspruch erhoben. Aber der größte Teil des Landes, der durch das Schmelzen des Permafrosts betroffen gewesen wäre, lag jetzt ohnehin unter dem Nordmeer. Das wenige, das über dem Meer geblieben war, sollte als Sumpf- und Marschland erhalten bleiben.

Der Rest der Hydrosphäre veränderte die Oberfläche fast ebenso sehr. Dagegen war nichts zu machen. Wasser trug die Felsen sehr wirksam ab, obwohl das kaum zu glauben war, wenn man sah, wie ein zarter Wasserfall an einer Klippe hinunterfiel und zu weißem Nebel wurde, lange bevor er den Ozean erreichte. Aber da war das Schauspiel der gigantischen Howlerwellen, die so hart auf die Klippen schlugen, dass der Boden unter den Füßen zitterte. Ein paar Millionen Jahre, und die Klippen wären erheblich erodiert.

»Hast du die Flusscanyons gesehen?«, fragte Bao.

»Ja, ich war in Nirgal Vallis. Bemerkenswert, wie befriedigend es war, Wasser unten auf dem Boden zu sehen. So passend.«

»Ich wusste nicht, dass es hier draußen so viel Tundra gibt.«

Tundra war die vorherrschende Ökologieform in einem großen Teil des südlichen Hochlands, erklärte er ihr. Tundra und Wüste. In der Tundra wurde der Staub sehr wirksam am Boden fixiert. Kein Wind konnte Schlamm oder Treibsand aufheben und wegblasen, und davon gab es hier eine reichliche Menge. Was das Reisen in gewissen Regionen gefährlich machte. In den Wüsten rissen die starken Winde große Mengen Staub in den Himmel, was die Temperaturen senkte und den Tag verdunkelte. Sie schufen große Probleme, wenn sie niedergingen, wie in Nirgals Becken. Plötzlich neugierig, fragte er: »Hast du Nirgal schon einmal getroffen?«

»Nein.«

Die Sandstürme in diesen Tagen waren natürlich nicht mit dem längst vergessenen Großen Sturm zu vergleichen, aber immer noch ein beachtenswerter Faktor. Ein Überzug der Wüstenfläche mit Mikrobakterien war eine vielversprechende Lösung, obwohl dadurch meist nur die oberste, nur Zentimeter dicke Schicht fixiert wurde. Und wenn der Wind den Rand dieser Decke wegriss, war das, was darunter lag, der Erosion ausgesetzt. Kein leicht zu lösendes Problem. Die Staubstürme würden sie noch jahrhundertelang begleiten.

Immerhin eine aktive Hydrosphäre. Das bedeutete Leben.

Baos Mutter starb bei einem Flugzeugabsturz; und Bao als ihre jüngste Tochter musste nach Hause und sich um alles kümmern, einschließlich des Familienheims. Das war aktive Ultimogenitur, also das Erbrecht des jüngsten Angehörigen, gestaltet nach dem Muster des Matriarchats der Hopi, gab man Sax zu verstehen. Bao war nicht sicher, wann sie zurück sein würde. Es sei sogar möglich, dass sie gar nicht zurückkehren würde, sagte sie. Sie sah das ganz sachlich. Das waren einfach Dinge, die getan werden mussten. Sie hatte sich bereits in eine innere Welt zurückgezogen. Sax konnte ihr nur zum Abschied winken und kopfschüttelnd wieder in sein Zimmer gehen. Sie würden die Grundgesetze des Universums verstehen, ehe sie auch nur im Geringsten mit gesellschaftlichen Dingen umgehen konnten. Ein besonders widerspenstiges Forschungsgebiet. Er rief Michel an und brachte diese Ansicht zum Ausdruck. Michel antwortete: »Das ist so, weil die Kultur Fortschritte macht.«

Sax glaubte zu verstehen, was Michel meinte. Es gab rapide Veränderungen in den Haltungen gegenüber bestimmten Dingen. Wertewandel, wie Bela es nannte, die Mutation von Werten. Aber sie lebten immer noch in einer Gesellschaft, die mit Archaismen aller Art zu kämpfen hatte. Primaten schlossen sich noch immer zu Gruppen zusammen und hüteten ein Territorium, wobei sie zu Gott wie zu einem Cartoon-Vater beteten … »Manchmal denke ich, dass es überhaupt keinen Fortschritt gegeben hat«, sagte er und fühlte sich schwer enttäuscht.

Michel protestierte. »Aber Sax, gerade hier auf dem Mars haben wir gesehen, wie Patriarchat und Eigentum abgeschafft wurden. Das ist eine der größten Errungenschaften in der menschlichen Geschichte.«

»Falls es stimmt.«

»Glaubst du nicht, dass Frauen jetzt ebenso viel Macht haben wie Männer?«

»Soweit ich das beurteilen kann.«

»Vielleicht sogar noch mehr, wenn es um die Fortpflanzung geht.«

»Das ergäbe Sinn.«

»Und das Land liegt in der gemeinsamen Obhut aller. Wir haben noch persönliche Dinge als Eigentum, aber Grundbesitz hat es hier nie gegeben. Das ist eine neue soziale Realität, mit der wir täglich zu kämpfen haben.«

Das hatten sie. Sax erinnerte sich, wie bitter die Konflikte in den alten Tagen gewesen waren, als es noch um Eigentum und

Kapital gegangen war. Ja, vielleicht war es wahr: Patriarchat und Eigentum wurden abgeschafft. Zumindest auf dem Mars und zumindest jetzt. Wie bei der Stringtheorie könnte es lange dauern, bis es richtig in Ordnung gebracht war. Immerhin war Sax selbst, der keinerlei Vorurteile hatte, erstaunt gewesen, eine weibliche Mathematikerin am Werk zu sehen. Oder, um genauer zu sein, ein weibliches Genie. Durch die er sozusagen prompt hypnotisiert worden war, so wie jeder andere Mann in der Gruppe der Theoretiker. Das ging so weit, dass er durch ihre Abreise völlig verwirrt worden war. Er sagte verlegen: »Auf der Erde scheinen die Menschen noch genau so viel zu kämpfen wie zuvor.«

Das konnte selbst Michel nicht verleugnen. Im Versuch, es abzuwiegeln, sagte er: »Bevölkerungsdruck. Da unten leben zu viele Menschen, und es werden ständig noch mehr. Du hast bei unserem Besuch gesehen, wie es war. Solange die Erde sich in dieser Situation befindet, ist der Mars bedroht. Und deshalb kämpfen wir auch hier oben.«

Sax verstand das. Es war in gewisser Weise tröstlich, das menschliche Verhalten nicht von Grund auf böse oder töricht zu sehen, sondern halb rational auf eine gegebene historische Situation, eine Gefahr, reagierend. Man nahm, was man kriegen konnte, mit dem Hintergedanken, dass es nicht für alle reichen könnte. Man tat alles Mögliche, um die eigene Nachkommenschaft zu schützen. Aber genau dadurch wurde natürlich jede Nachkommenschaft gefährdet, wegen dieser geballten selbstsüchtigen Aktionen. Aber man konnte es zumindest einen Versuch zur Vernunft nennen, eine erste Näherung.

»Jedenfalls ist es nicht so schlimm, wie es einmal gewesen ist«, meinte Michel. »Selbst auf der Erde haben die Leute jetzt weniger Kinder. Und sie reorganisieren sich recht gut in Kollektiven, in Anbetracht der Flut und all der Unruhe, die ihr vorausgegangen ist. Es gibt da unten eine Menge sozialer Bewegungen, von denen viele durch das inspiriert sind, was wir hier tun.

Und was Nirgal tut. Sie beobachten ihn noch und hören ihm zu, auch wenn er nicht spricht. Was er während unseres Besuches gesagt hat, hat immer noch große Wirkung.«

»Das glaube ich.«

»Na also! Es wird besser, das musst du zugeben. Und wenn die Langlebigkeitsbehandlungen nicht mehr wirken, wird es zu einem Gleichgewicht zwischen Geburten und Todesfällen kommen.«

»Das werden wir bald erreichen«, erklärte Sax düster.

»Warum sagst du das?«

»Anzeichen dafür erscheinen schon. Die Menschen sterben aus dem einen oder anderen Grund. Das Greisenalter ist nicht unproblematisch. Und so weiter zu leben wie wir, wenn das Greisentum längst hätte eintreten sollen … Es ist ein Wunder, dass wir so weit gekommen sind. Vermutlich hat das Altwerden seinen Sinn. Vielleicht die Vermeidung der Übervölkerung. Oder Platz zu schaffen für neues genetisches Material.«

»Das verheißt uns nicht Gutes.«

»Wir sind schon mehr als zweihundert Prozent über die alte durchschnittliche Lebenserwartung hinaus.«

»Zugegeben, aber dennoch. Keiner will, dass es einfach so endet.«

»Nein. Aber wir müssen uns auf den Augenblick konzentrieren. Apropos – kommst du mit mir hinaus aufs Land? Ich werde so gut gelaunt sein, wie du dir nur wünschen kannst. Es ist sehr interessant.«

»Ich werde versuchen, mir Zeit zu nehmen. Aber ich habe eine Menge Klienten.«

»Du hast viel Freizeit. Du wirst sehen.«

In diesem speziellen Moment stand die Sonne hoch. Runde weiße Wolken, nach unten hin dunkler werdend, türmten sich über ihm und fanden sich zu riesigen Mustern, die es so nie wieder geben würde, auch wenn sie jetzt gerade so solide wirkten wie Marmor. Kumulonimbus. Sax stand wieder auf der westlichen Klippe von Da Vinci und blickte über den Shalbatana-Fjord zu der Klippe, die die Ostseite von Lunae Planum begrenzte. Hinter ihm erhob sich ein Berg mit flacher Kuppe, der Rand des Kraters Da Vinci. Heimat. Er lebte nun schon sehr lange dort. In diesen Tagen entwickelte ihre Koop unter anderem in Zusammenarbeit mit Spencers Labor in Odessa viele Satelliten, die in den Orbit geschossen wurden, und auch deren Booster. Eine Kooperative wie in Mondragon, die den Ring von Labors und Wohnsitzen im Rand betrieb, und die Felder und den See, der den Boden des Kraters füllte. Einige von ihnen ärgerten sich über Einschränkungen, die die Umweltgerichtshöfe den geplanten Projekten auferlegt hatten. Dazu gehörten auch neue Kraftwerke, die zu viel Wärme abgeben würden. In den letzten paar Jahren hatte der Globale Umweltgerichtshof sogenannte K-Rationen ausgegeben, die den Kommunen das Recht gaben, den festgesetzten Bruchteil eines Kelvin zur globalen Erwärmung beizutragen. Manche roten Kommunen taten ihr Bestes, um K-Rationen zugewiesen zu bekommen, und benutzten sie dann nicht. Diese Maßnahme verhinderte neben den noch laufenden Sabotageakten, dass die globale Temperatur besonders rasch anstieg, gleichgültig, was andere Kommunen taten. So argumentierten die anderen Kommunen jedenfalls. Aber die Gerichtshöfe blieben knauserig mit den K-Rationen. Die Entscheidungen wurden von Provinzgerichtshöfen getroffen, dann wurde das Urteil von der Globalen Instanz gebilligt, und das war's. Keine Berufungen, sofern man keine Gesuche beibringen konnte, die nicht von fünfzig anderen Kommunen mitunterzeichnet war, und selbst dann fiel die Berufung in den Morast der globalen Legislatur, wo ihr Schicksal von der undisziplinierten Meute in der Duma abhing.

Langsamer Fortschritt. Auch gut. Sax war zufrieden, wenn die globalen Durchschnittstemperaturen über dem Gefrierpunkt lagen. Ohne die Beschränkungen seitens des Globalen Umweltgerichtshofs konnte es leicht zu warm werden. Nein, er hatte es nicht mehr eilig. Er war ein Befürworter der Stabilisierung geworden.

Jetzt, an einem Periheltag draußen in der Sonne, herrschten erfrischende acht Grad Celsius. Er ging am Klippenrand von Da Vinci entlang und betrachtete die alpinen Blüten in den Geröllspalten. Als er danach auf den hellen Glanz der besonnten Fläche des Fjords schaute, kam ihm vom Klippenrand herunter eine große Frau entgegen, die eine Gesichtsmaske und einen Pullover sowie schwere Kletterstiefel trug: Ann. Er erkannte sie sofort. Diese Gangart ließ keinen Zweifel. Es war wirklich Ann Clayborne.

Diese Überraschung löste gleich zwei Erinnerungen aus – an Hiroko, wie sie aus dem Schnee auftauchte, um ihn zu seinem Rover zu führen; und an Ann in der Antarktis, wie sie über den Fels auf ihn zukam – aber warum?

Verwirrt versuchte er, dem Gedanken nachzuspüren. Ein Doppelbild, ein flüchtiges Einzelbild …

Dann stand Ann vor ihm, und die Erinnerungen waren verschwunden, vergessen wie ein Traum.

Er hatte sie nicht mehr gesehen, seit er ihr in Tempe die gerontologische Behandlung aufgezwungen hatte, und fühlte sich sehr unbehaglich. Vielleicht eine Furchtreakion. Natürlich war es unwahrscheinlich, dass sie ihn physisch angreifen würde, obwohl sie das schon einmal getan hatte. Aber es waren nicht solche Angriffe, die ihm Sorgen machten. Damals in der Antarktis – er tastete nach der flüchtigen Erinnerung und verlor sie wieder. Erinnerungen am Rande des Bewusstseins gingen immer verloren, wenn man sich bemühte, sie sich bewusst zu machen. Warum war ein Geheimnis. Er wusste nicht, was er sagen sollte.

Sie fragte durch ihre Gesichtsmaske: »Bist du jetzt immun gegen Kohlendioxid?«

Er erzählte von der neuen Hämoglobinbehandlung und kämpfte mit jedem Wort, wie er es nach dem Schlaganfall getan hatte. Mitten in seiner Erklärung lachte sie laut auf. »Krokodilblut, was?«

»Ja«, sagte er, da er ihren Gedanken erriet. »Krokodilblut und Rattengehirn.«

»Hundert Ratten.«

»Ja. Besondere Ratten«, sagte er, bemüht um Korrektheit. Mythen haben schließlich ihre eigene starre Logik, wie Lévi-Strauss gezeigt hatte. Er wollte sagen, es wären geniale Ratten gewesen, hundert Stück, und jede einzelne ein Genie. Selbst seine miserablen Studenten mussten das zugeben.

»Veränderte Geister«, sagte sie und folgte seinem Gedankengang.

»Ja.«

»Also nach deinem Gehirnschaden zweimal verändert«, bemerkte sie.

»Das ist richtig.« Es war deprimierend, es sich so vorzustellen. Diese Ratten waren fern ihrer Heimat. »Plastische Verstärkung. Hast du …?«

»Nein. Habe ich nicht.«

Es war also immer noch dieselbe alte Ann. Er hatte gehofft, sie würde die Drogen von sich aus nehmen. Das Licht sehen. Aber nein. Obwohl die Frau vor ihm nicht wie die alte Ann aussah, nicht genau. Der Ausdruck in ihren Augen. Er hatte sich an ihren Blick gewöhnt, in dem immer ein gewisser Hass mitzuschwingen schien. Seit ihrem Streit auf der *Ares* und schon davor. Er hatte genug Zeit gehabt, sich daran zu gewöhnen. Oder zumindest, ihn zu erkennen.

Jetzt, mit aufgesetzter Gesichtsmaske und einem anderen Zug um die Augen, wirkte es fast wie ein fremdes Gesicht. Sie beobachtete ihn scharf, aber die Haut um ihre Augen war nicht mehr so verkrampft. Runzlig, sicher, sie und er hatten beide sehr viele Runzeln; aber die Falten ließen auf ein entspanntes

Gewebe schließen. Es schien möglich, dass die Maske sogar ein leichtes Lächeln verbarg. Es wusste nicht, was er davon halten sollte.

»Du hast mir die gerontologische Behandlung gegeben«, sagte sie.

»Ja.«

Sollte er sagen, dass es ihm leidtäte, obwohl es nicht so war? Er starrte sie mit gelähmter Zunge und verkrampftem Kiefer an wie ein von einer Schlange gebannter Vogel und hoffte auf irgendein Zeichen, dass es in Ordnung war, dass er das Richtige getan hatte.

Sie zeigte plötzlich auf die Umgebung. »Was willst du jetzt machen?«

Er bemühte sich, den Sinn ihrer Äußerung zu verstehen, die ihm so rätselhaft vorkam wie ein Koan. Er sagte: »Ich schaue mich um.« Ihm fiel nichts ein, was er sonst hätte sagen sollen. Sprache, all diese schönen köstlichen Worte, waren plötzlich davongeflattert wie eine Schar aufgescheuchter Vögel. Alle außer Reichweite. Der Sinn verschwunden.

Nur noch zwei Tiere, die da in der Sonne standen. Schau, schau, schau!

Sie lächelte nicht mehr, falls sie es zuvor überhaupt getan hatte. Sie schleuderte ihm aber auch keine Dolche in ihren Blicken entgegen. Eine eher abschätzende Miene, ganz so als wäre er ein Stein. Bei Ann bedeutete das einen echten Fortschritt.

Aber dann machte sie kehrt und ging fort, die Klippe hinunter zu dem kleinen Hafen von Zed.

Sax kehrte etwas verblüfft zum Da-Vinci-Krater zurück. Dort hielten sie ihre alljährliche Partie Russisches Roulette ab, in der sie die Repräsentanten für die globale Legislatur und auch die verschiedenen Koop-Posten für das nächste Jahr auslosten. Nach dem Ritual der Ziehung der Namen aus einem Hut dankte man den Leuten, die im vorigen Jahr diesen Job gemacht hatten und tröstete die, auf welche dieses Jahr das Los gefallen war. Und die meisten von ihnen feierten wieder einmal, dass sie davongekommen waren.

Man loste die administrativen Jobs in Da Vinci aus, weil das der einzige Weg war, die Leute dazu zu bringen, sie zu übernehmen. Ironischerweise hatten sich die Techniker von Da Vinci nach all ihren Bemühungen, jedem Bürger das Höchstmaß an Selbstmanagement zuteilwerden zu lassen, als allergisch gegen die damit verbundene Arbeit erwiesen. Sie wollten nur ihre Forschung betreiben. »Wir sollten die Verwaltung ganz den KIs überlassen«, sagte Kouta Arai, wie jedes Jahr, und trank aus einem Steinkrug mit schäumendem Bier. Aonia, die Dumarepräsentantin des vorigen Jahres, sagte zum diesjährigen Kandidaten: »Du gehst nach Mangala und sitzt herum und diskutierst, und der Stab tut die anfallende Arbeit. Das meiste davon ist an den Rat oder die Gerichtshöfe oder die Parteien abgegeben worden. Es sind die Apparatschiki des Freien Mars, die diesen Planeten wirklich regieren. Aber es ist eine ganz hübsche Stadt, in der Bucht kann man schön Boot fahren und im Winter Eis segeln.«

Sax ging weg. Jemand beklagte sich über die vielen neuen Hafenstädte, die am Südgolf entstanden, zu dicht, um noch behaglich zu sein. Politik in ihrer verbreitetsten Form: Klagen. Niemand will etwas tun, aber jeder genießt es, sich zu beklagen.

Diese Art von Gerede würde etwa eine halbe Stunde lang weitergehen, um dann wieder auf die Arbeit zurückzukommen. Eine Gruppe hatte das schon getan. Sax konnte das allein am Ton ihrer Stimmen erkennen. Er ging hinüber und bemerkte, dass sie über Fusion sprachen. Sax blieb stehen. Es schien, dass sie über neue Entwicklungen in ihren Labors bei der Konstruktion eines nuklearen Pulsantriebs erfreut waren. Kontinuierliche Fusion war schon vor Jahrzehnten erzielt worden; aber dafür waren extrem massive Tokamaks erforderlich, Aggregate, die zu groß, zu schwer und zu kostspielig waren, um in den meisten Anwendungsbereichen genutzt werden zu können. Aber dieses Labor versuchte, viele kleine Treibstoffpellets in rascher Folge implodieren zu lassen und die Resultate der Fusion als Energiequelle zu nutzen.

»Hat Bao mit euch darüber gesprochen?«, fragte Sax.

»Ja. Ehe sie abreiste, kam sie zu uns, um über Plasmamuster zu reden. Das war nicht unmittelbar hilfreich. Das hier ist wirklich makro im Vergleich mit dem, was sie macht, aber sie ist so verdammt schlau, und irgendwann sagte sie zu Yananda etwas, das ihn auf die Idee brachte, wie wir die Implosion versiegeln und trotzdem Platz für die folgende Emission lassen können.«

Ihre Laser mussten die Kügelchen von allen Seiten zugleich treffen, und es musste einen Auslass für geladene Partikel geben: Bao hatte sich offenbar für dieses Problem interessiert; und jetzt kehrten sie in einer lebhaften Diskussion dazu zurück, weil sie glaubten, es gelöst zu haben. Und wenn jemand in den Kreis hereinschneite und die Lotterieergebnisse des Tages erwähnte, wiesen sie ihn an. »Ka, keine Politik, bitte!«

Als Sax weiterging und halb den Gesprächen lauschte, die er im Vorbeigehen erhaschte, war er von Neuem betroffen von dem unpolitischen Charakter der meisten Wissenschaftler und Techniker. Gegen Politik schienen sie allergisch zu sein. Wie er. Das musste er zugeben. Politik war unabweisbar subjektiv und kompromittiert, ein Prozess, der völlig gegen den Kern der wissenschaftlichen Methode ging. War das richtig? Diese Gefühle und Vorurteile waren an sich auch subjektiv. Man konnte versuchen, Politik als eine Art Wissenschaft zu sehen, etwa als eine lange Reihe von Experimenten über kommunales Leben, wobei alle Daten durchweg verunreinigt waren. So stellten Forscher ein hypothetisches Regierungssystem auf, die Leute lebten es und prüften, wie sie sich damit fühlten. Dann änderten sie das System und starteten einen neuen Versuch. Im Laufe der Jahrhunderte schienen gewisse Konstanten oder Prinzipien aufgetaucht zu sein, während sie ihre Experimente und Paradigmen verfolgten und sukzessive nähere Approximationen an Systeme suchten, die Qualitäten wie physisches Wohlergehen, individuelle Freiheit, Gleichheit, Fürsorge für das Land, gelenkte Märkte, gesetzliche Regeln und allgemeines Mitgefühl förderten. Nach wiederholten Experimenten war klar geworden – zumindest auf dem Mars –, dass alle diese bisweilen widersprüchlichen Ziele am besten in einer Polyarchie realisiert werden konnten, einem komplexen System, in dem die Macht auf viele Institutionen verteilt war. Theoretisch schuf dieses System der geteilten Macht, teils zentralisiert und teils dezentralisiert, ein Höchstmaß an individueller Freiheit und kollektivem Wohlergehen durch Maximierung der Kontrolle, die das Individuum über das eigene Leben hatte.

Das war politische Wissenschaft. In der Theorie eine feine Sache. Aber daraus folgte, dass die Menschen, wenn sie an die Theorie glaubten, eine angemessene Zeit der Ausübung ihrer Macht widmen mussten. Das war Selbstregierung. Eine Tautologie: Das Selbst regierte. Und das erforderte Zeit. »Wer die Freiheit liebt, muss die Anstrengung unternehmen, sie zu verteidigen«, hatte Tom Paine gesagt – ein Zitat, das Sax kannte, weil Bela die schlechte Gewohnheit angenommen hatte, in den Fluren Plakate aufzuhängen, auf denen so anregende Sprüchlein standen. »Wissenschaft ist Politik mit anderen Mitteln«, lautete eine andere, etwas mysteriöse Äußerung.

Aber in Da Vinci wollten die meisten Leute ihre Zeit nicht auf diese Weise verbringen. »Der Sozialismus wird nie siegen«, hatte Oscar Wilde bemerkt (handschriftlich auf einem anderen Plakat zu finden), »er nimmt zu viele Abende in Anspruch.« So war es; und die Lösung bestand darin, dass man seine Freunde veranlasste, ihre Abende für einen in Anspruch zu nehmen. Daher die Lotteriemethode bei der Wahl, ein kalkuliertes Risiko, weil man eines Tages den Job selbst aufgehalst bekommen könnte. Aber gewöhnlich lohnte sich das Risiko. Das zeigte die Fröhlichkeit bei den anschließenden Partys. Die Gäste strömten durch die Glastüren des Gemeinschaftsraums ein und aus, hinaus auf die freien Terrassen mit Blick auf den Kratersee, und führten lebhafte Unterhaltungen. Auch die Einberufenen wurden allmählich, nachdem sie sich mit Kavajava und Alkohol getröstet hatten, wieder fröhlicher. Und vielleicht war dabei auch der Hintergedanke, dass Macht schließlich Macht bedeutet. Gut, es war eine auferlegte Pflicht, aber wer diesmal an der Reihe war, konnte immerhin die eine oder andere Kleinigkeit ausrichten, die denjenigen sicher gerade jetzt einfiel – Rivalen Steine in den Weg legen, Leuten, die sie beeindrucken wollten, Gefälligkeiten erweisen etc. Somit hatte das System wieder einmal funktioniert. Es gab frisches Blut, das den ganzen polyarchischen Apparat füllte, die Ausschüsse für Nachbarschaft, für Wasser, für Bauaufsicht, für Projektbeurteilung und für ökonomische Koordination, für die Koordination all dieser kleineren Körperschaften, und für die Beratung der globalen Delegierten – das ganze Netz kleiner Managementgruppen, die progressive politikwissenschaftliche Theoretiker in der einen oder anderen Variante seit Jahrhunderten immer wieder vorgeschlagen hatten. Dazu gehörten der fast vergessene Gewerkschaftssozialismus Großbritanniens, die Arbeiterfürsorge im ehemaligen Jugoslawien, Landbesitz in Kerala und so weiter. Und bisher schien es in dem Sinne zu funktionieren, dass die Ingenieure von Da Vinci etwa ebenso selbstbewusst und zufrieden schienen, wie sie es während der

Ad-hoc-Jahre im Untergrund gewesen waren, als alles (scheinbar) nach Instinkt oder, um genauer zu sein, nach dem allgemeinen Konsens der (damals viel kleineren) Bevölkerung Da Vincis geschehen war.

Sie schienen wirklich so glücklich zu sein. Draußen auf den Terrassen standen sie in langen Reihen bei großen Krügen mit Kavajava und Irish Coffee, in lebhaften Gruppen zusammengeballt, dass die Gesamtheit der Stimmen wie Wellenrauschen klang, so wie bei jeder Cocktailparty. All diese Stimmen zusammen bildeten einen erstaunlichen Sound. Ein Chor aus Gesprächen. Es war eine Musik, der außer Sax niemand bewusst lauschte, zumindest soweit er erkennen konnte. Aber beim Hinhören kam ihm die starke Vermutung, dass dieser Klang, wenn man ihn unbewusst vernahm, das war, was die Menschen auf Partys so fröhlich und gesellig machte. Man bringe zweihundert Leute zusammen, die so laut reden, dass jede Konversation nur von ihrer kleinen Gruppe vernommen werden kann – welch schöne Musik!

Also war der Betrieb von Da Vinci ein gelungenes Experiment, trotz des Umstands, dass die Bürger kein Interesse daran zeigten. Andernfalls wären sie nicht so vergnügt gewesen. Vielleicht war es eine gute Strategie, die Regierung zu ignorieren. Vielleicht war eine gute Regierung dadurch definiert, dass man sie ohne Schaden ignorieren konnte, »damit ich endlich wieder an meine eigene Arbeit gehen kann!«, wie der beschwipste vormalige Chef des Wassergremiums gerade fröhlich sagte. Selbstregierung wurde nicht als ein Teil der eigenen Arbeit angesehen.

Obwohl es natürlich Leute gab, denen die Arbeit wirklich gefiel, das Zusammenspiel von Theorie und Praxis, der Disput, das Problemlösen, die Zusammenarbeit mit anderen, der Dienst am anderen als Geschenk, das endlose Reden, die Macht. Und diese Leute blieben, um zwei Amtszeiten zu absolvieren oder drei, wenn man es ihnen gestattete. Und dann suchten sie sich eine andere freiwillige Aufgabe, die sich anbot. Tatsächlich übernahmen die meisten dieser Leute mehr als eine Aufgabe zugleich. Bela zum Beispiel hatte behauptet, dass ihm die Leitung des Labors der Labore nicht gefiele; aber jetzt trat er direkt der freiwilligen Beratungsgruppe bei, in der immer die Gefahr bestand, dass einige Stellen unbesetzt blieben. Sax ging zu ihm hinüber.

»Würdest du Aonia beipflichten, dass Freier Mars eine dominierende globale Politik darstellt?«

»O sicher, ohne Zweifel. Die sind einfach so groß. Und sie haben die Umweltgerichtshöfe im Griff und so einiges in ihrem Sinne hingekriegt. Ich denke, sie wollen auch alle neuen Asteroidenkolonien kontrollieren. Und die Erde erobern. Alle politisch ehrgeizigen jungen Eingeborenen treten der Partei bei, wie Bienen sich der Blüte nähern.«

»Versuchen, andere Siedlungen zu dominieren …«

»Ja?«

»Das klingt nach Ärger.«

»Allerdings.«

»Hast du von diesem leichten Fusionsreaktor gehört, über den man redet?«

»Ja, flüchtig.«

»Du solltest dich etwas mehr darum kümmern. Falls wir derartige Motoren in Raumschiffe montieren könnten …«

»Ja? Sax?«

»Ein derartig schneller Transport könnte die Vorherrschaft jeder einzelnen Partei knacken.«

»Meinst du?«

»Nun, es würde eine schwer zu kontrollierende Lage ergeben.«

»Ja, könnte sein. Hmm – gut, ich muss darüber nachdenken.«

»Jawohl. Denk daran: Wissenschaft ist Politik mit anderen Mitteln.«

»Allerdings, ja.« Und Bela ging wieder zu den Bierkrügen, murmelte vor sich hin und begrüßte dann eine andere Gruppe, die sich ihm näherte.

So kam spontan jene bürokratische Klasse zum Vorschein, die der Schrecken so vieler Theoretiker gewesen war. Die Experten, die die Politik kontrollierten und vermutlich nie wieder loslassen würden. Aber wem sollten sie die auch hinterlassen? Wer sonst wollte sie haben? Niemand, soweit Sax sehen konnte. Bela konnte für immer im Beratungsausschuss bleiben, sollte er Lust dazu haben. Experte, von lateinisch *experiri,* versuchen. Wie im Wort Experiment. Also handelte es sich um eine Regierung durch die Experimentatoren. Versuch durch die Versucher. Tatsächlich Regierung durch die daran Interessierten. Also eine weitere Art von Oligarchie, der Herrschaft weniger. Aber hatten sie eine andere Wahl? Wenn man Mitglieder in die regierende Körperschaft einberufen musste, dann wurde der Begriff der Selbstherrschaft als Aspekt einer liberalen Regierungsform irgendwie widersprüchlich.

Hector und Sylvia aus Baos Seminar platzten in Sax' Träumerei und luden ihn ein mitzukommen und ihrer Musikgruppe zuzuhören, die eine Auswahl von Liedern aus *Maria dos Buenos Aires* spielte. Sax sagte zu und folgte ihnen.

Außerhalb des kleinen Amphitheaters, wo die Darbietung stattfinden sollte, hielt Sax an einer Theke an und spendierte sich noch eine kleine Tasse Kava. Die fröhliche Stimmung wurde immer ausgelassener. Hector und Sylvia eilten nach unten, um sich vorzubereiten. Sie fieberten vor Erwartung. Sax beobachtete sie und erinnerte sich an seine Begegnung mit Ann. Hätte er nur nachdenken können! Er war ja völlig unlogisch gewesen! Hätte er nur daran gedacht, wieder Stephen Lindholm zu werden, vielleicht hätte das geholfen. Wo war Ann jetzt, was dachte sie? Wanderte sie nur über die Marsoberfläche wie ein Geist, von einer roten Station zur anderen? Was machten die Roten jetzt, wie lebten sie? Hatten sie vorgehabt, Da Vinci zu bombardieren, und hatte diese zufällige Begegnung einen Überfall aufgehalten? Nein, nein. Da draußen gab es immer noch Saboteure, die die Projekte störten. Aber mit den gesetzlichen Beschränkungen des Terraformings hatten die meisten Roten irgendwie wieder in die Gesellschaft zurückgefunden. Es war eine politische Richtung unter vielen, wachsam, leicht streitsüchtig und tatsächlich mehr an politischer Arbeit interessiert als die im Schnitt weniger ideologischen Normalbürger. Aber trotzdem durch gerade diese Tendenz normalisiert. Wie passte Ann da hinein? Mit wem tat sie sich zusammen?

Nun, er konnte sie anrufen und fragen.

Aber er scheute sich davor. Er fürchtete sich, mit ihr zu sprechen! Zumindest über den Handgelenkscomputer. Und offenbar auch persönlich. Sie hatte nicht gesagt, was sie davon hielt, dass er ihr gegen ihren Willen die Behandlung verpasst hatte. Kein Dank, kein Fluch. Nichts. Was dachte sie wohl?

Er seufzte und trank von seinem Kava. Da unten fingen sie an. Hector sang auf Spanisch. Seine Stimme war so musikalisch und ausdrucksvoll, dass Sax fast schien, als könne er ihn nur durch den Gesang allein verstehen.

Ann, Ann, Ann. Dieses quälende Interesse an den Gedanken eines anderen war so lästig. Wie viel leichter war es, sich auf den Planeten zu konzentrieren, auf Steine und Luft, auf die Biologie. Das war eine Beschäftigung, die selbst Ann verstehen würde. Und die Ökopoiesis hatte etwas fundamental Fesselndes an sich. Die Geburt einer Welt. Außerhalb ihrer Kontrolle. Dennoch fragte er sich, was sie darüber dachte. Vielleicht würde er ihr wieder zufällig begegnen.

Inzwischen – die Welt. Er ging wieder zu ihr hinaus. Zerklüftetes Land unter blauem Himmelszelt. Der gewöhnliche Himmel änderte im Frühling am Äquator seine Farbe von Tag zu Tag. Man brauchte eine Farbskala, um die Farbtöne auch nur näherungsweise zu bestimmen. An manchen Tagen war es tief Violettblau, Clematisblau, Hyazinthenblau, Lapislazuli oder ein leicht purpurnes Indigo. Oder Preußischblau, ein Pigment, das aus Eisen und Gelbkali gemacht wurde – interessant, weil es hier viel eisenhaltiges Material gab. Eisenblau. Ein wenig mehr purpurn als der Himmel im Himalaya, wie er auf Fotografien erscheint, aber sonst wie der Himmel der Erde in so großen Höhen. Durch das felsige Gelände sah es auch aus wie eine irdische Landschaft in großer Höhe. Alles. Die Himmelsfarbe, der verwitterte Fels, die kalte dünne Luft, die so rein und ruhig war. Alles war so hoch. Sax ging gegen den Wind, quer zum Wind oder mit dem Wind im Rücken und fühlte sich jedes Mal anders. Der Wind in seinen Nasenlöchern war leicht berauschend und überflutete ihm das Hirn. Er lief auf mit Flechten überkrusteten Steinen, als ginge er auf einem privaten Fußweg, der magisch aus dem zerklüfteten Land auftauchte, auf und ab, jeder Schritt bloß ein Schritt, achtsam in Wahrnehmung des Augenblicks wandernd. Von einem Moment zum nächsten und dann zum folgenden, jeder einzeln für sich, wie Baos Schleifen in der Raumzeit, wie die aufeinanderfolgenden Haltungen des Kopfs eines Finken und der kleinen Vögel, die von einer gequantelten Pose zur nächsten hüpften. Bei genauem Hinsehen schien es, als wären die Momente nicht regelmäßige Einheiten, sondern in ihrer Dauer verschieden, je nachdem, was in ihnen geschah. Der Wind ließ nach, keine Vögel in Sicht. Alles plötzlich still, bis auf das Summen der Insekten. Solche Augenblicke konnten manchmal mehrere Sekunden dauern. Wenn sich dagegen Sperlinge mit einer Krähe zankten, waren die Momente fast instantan. Man musste genau hinsehen. Manchmal war es ein Fluss, manchmal das Planck-Planck-Planck individueller Stillen.

Erkenntnis. Es gab unterschiedliche Wege zur Erkenntnis. Aber keiner von ihnen war, entschied Sax, so befriedigend wie die direkte Sinneswahrnehmung. Hier draußen im strahlenden Frühlingslicht und dem kalten Wind kam er an den Rand einer Klippe und schaute hinab auf die ultramarine Fläche des Simud-Fjords, versilbert durch Myriaden Lichtsplitter, die vom Wasser aufblitzten. Die Klippen auf der anderen Seite durchzogen von Bändern aus Bodenschichten, von denen einige zu grünen Leisten im Basalt geworden waren. Möwen, Papageientaucher, Seeschwalben, Lummen, Fischadler – alle wirbelten in den Luftstrudeln unter ihm auf und ab.

Als er die verschiedenen Fjorde erkundete, entdeckte er seinen Favoriten, die Florentine, ein hübsches Oval aus Wasser direkt südöstlich von Da Vinci. Ein Spaziergang auf den darüber liegenden niedrigen Küstenfelsen war immer malerisch. Auf Steinen wuchsen dichte Grasmatten. Es sah so aus, wie Sax sich die irische Küste vorstellte. Die Ecken des Landes wurden weich, als Humus und pflanzliches Leben die Spalten auszufüllen begann und sich an Hänge klammerte, die dem Schüttwinkel trotzten, sodass man über Polster schritt, die zwischen den scharfen Zähnen noch kahler Felsen hochquollen.

Von der See her strömten Wolken gen Norden, und es regnete in gleichmäßig wiederkehrenden Sintfluten, die alles durchtränkten. Am Tag nach einem solchen Sturm dampfte die Luft, das Land gurgelte und tropfte, und bei jedem Schritt, der keinen festen Stein traf, machten Heide, Moor, Sumpf saugende Geräusche. Knorrige kleine Wälder in den tiefen Gräben. Aus dem Augenwinkel war ein schneller brauner Fuchs zu sehen, der hinter einen Wacholder flitzte. Vor ihm auf der Flucht, hinter etwas her? Nicht festzustellen. Er ging seinen persönlichen Angelegenheiten nach. Wellen, die an die Meeresklippen stießen und zurückschlugen, bildeten mit den ankommenden Wellen Interferenzmuster wie direkt aus einem physikalischen Wellentank. So schön – und so merkwürdig, dass die Welt mit der mathematischen Formulierung so übereinstimmte. Die irrationale Wirksamkeit der Mathematik steckte im Herzen des großen Unerklärbaren.

Jeder Sonnenuntergang war anders wegen der Schwebeteilchen in der oberen Atmosphäre. Sie stiegen so hoch auf, dass sie oft von der Sonne bestrahlt wurden, wenn alles andere bereits im großen Schatten der Dämmerung lag. Sax saß oft auf der westlichen Meeresklippe, hingerissen durch den Sonnenuntergang. Und dann blieb er während der Stunde der Dämmerung da und beobachtete, wie sich die Farben des Himmels änderten, wenn der Schatten des Planeten aufstieg, bis der ganze Himmel schwarz war. Danach erschienen bisweilen leuchtende Nachtwolken, dreißig Kilometer über dem Planeten schwebende breite Streifen, die wie Perlmuttschalen schimmerten.

Der zinnfarbene Himmel eines dunstigen Tages. Der malerische Sonnenuntergang in voller Pracht. Die Wärme der Sonne auf der Haut, friedvoll an einem windstillen späten Nachmittag. Die Wellenmuster unten auf dem Meer. Das Gefühl des Windes und sein Anblick.

Aber einmal, inmitten einer Indigodämmerung unter der funkelnden Schar dicker unscharfer Sterne, wurde ihm unbehaglich. »Die schneebedeckten Pole des mondlosen Mars«, hatte Tennyson nur ein paar Jahre vor deren Entdeckung geschrieben. Mondloser Mars. Zu dieser Stunde war Phobos immer wie ein Leuchtfeuer über dem westlichen Horizont aufgestiegen. Ein Moment der Areophanie wie kaum ein anderer. Furcht und Schrecken. Und er, Sax, hatte selbst die Entfernung der Satelliten vollendet. Sie hätten jede auf Deimos errichtete Militärbasis hochjagen können. Was hatte er sich dabei gedacht? Er konnte sich nicht entsinnen. Ein gewisses Verlangen nach Symmetrie – runter, rauf. Aber Symmetrie war vielleicht eine Eigenschaft, die von Mathematikern mehr geschätzt wurde als von den übrigen Menschen. Hinauf. Irgendwo kreiste Deimos immer noch um die Sonne. »Hmm.« Er schaute auf seinem Handgelenkscomputer nach. Eine Menge neuer Kolonien entstanden da draußen. Die Menschen höhlten Asteroiden aus und versetzten sie dann in Rotation, um künstlich Schwerkraft in ihrem Innern zu erzeugen, und zogen dann ein. Neue Welten.

Ein Wort fiel ihm ins Auge: *Pseudophobos.* Er klickte zurück und las: Inoffizieller Name eines Asteroiden, der dem verlorenen Marsmond in Größe und Gestalt ähnelt. »Hmmm.« Sax klickte weiter und sah ein Foto. Nun, die Ähnlichkeit war oberflächlich. Ein dreiachsiges Ellipsoid – aber waren das nicht alle? Die Form einer Kartoffel, die richtige Größe, an einem Ende stark eingebeult, ein Krater wie Stickney. Es hatte darin eine hübsche kleine Siedlung dieses Namens gegeben. Was bedeutet ein Name? Man könnte das *Pseudo* fallen lassen. Einige Gaußgewehre und KIs, ein Paar seitliche Steuerdüsen ... dieser besondere Moment, wenn Phobos über den westlichen Horizont emporgeschossen war. »Hmmmmm«, brummte Sax wieder.

Tage vergingen, dann Jahreszeiten. Sax betrieb Feldstudien und Meteorologie. Die Einwirkung des atmosphärischen Drucks auf die Wolkenbildung. Das bedeutete Fahrten rund um die Halbinsel, ein Spaziergang, dann hinaus mit den Ballons und Drachen. Wetterballons waren elegante Gebilde. Instrumentenanordnungen mit weniger als zehn Gramm wurden von einer acht Meter großen Hülle emporgehoben und waren so imstande, bis in die Exosphäre aufzusteigen.

Sax hatte seinen Spaß, wenn er die Hülle auf einem glatten Stück Sand oder Gras herrichtete, das obere Ende windabwärts von ihm, sich hinsetzte, die feine empfindliche Nutzlast in den Fingern hielt und dann den Hahn drehte, dekomprimierten Wasserstoff in den Ballon jagte, und zusah, wie er sich füllte und in den Himmel schnellte. Wenn er die Leine festhielt, wurde er förmlich auf die Füße gerissen, und ohne Handschuhe schnitt ihm die Leine Schnitte in die Hand, wie er schnell gelernt hatte. Dann loslassen, wieder auf den Sand plumpsen und zusehen, wie der runde rote Fleck durch den Wind in die Höhe flatterte, bis er erst klein wie eine Nadelspitze und schließlich nicht mehr zu sehen war. Das geschah bei rund tausend Metern, je nach Dunst in der Luft. Einmal war es bereits bei nur 479 Metern passiert und einmal, an einem sehr klaren Tag, erst in 1352 Metern. Danach las er dann einige der Daten auf seinem Handgelenkscomputer ab und saß in der Sonne mit dem Gefühl, dass ein kleines Stück von ihm in den Raum hinaufsegelte. Seltsam, was einem so Freude bereitete.

Die Drachen waren genauso schön. Sie waren etwas komplexer als die Ballons, aber im Herbst ein besonderes Vergnügen, wenn die Passate jeden Tag stark und gleichmäßig bliesen. Er ging zu einer Meeresklippe im Westen hinaus, lief kurz gegen den Wind und brachte den Drachen in die Luft. Ein großer orangefarbener Kastendrache, der hin und her zuckte. Wenn er dann in den gleichmäßigeren Wind aufstieg, stabilisierte er sich; und Sax spulte ihn ab, wobei er die Verschiebungen des Windes als feines Zittern in den Armen fühlte. Oder aber er klemmte einen Spulenstab in eine Spalte, löste den Widerstand und beobachtete den Drachen, wie er hochstieg und davonflog. Die Leine war fast unsichtbar. Wenn die Spule abgelaufen war, summte die Leine; und wenn er sie zwischen die Finger nahm, teilten sich ihm die Schwankungen des Windes wie eine Art Musik mit. Der Drache blieb Wochen am Stück oben – außer Sicht oder, wenn er tief genug gehalten wurde, eben noch erkennbar als winziger Fleck am Himmel. Während der ganzen Zeit sendete er Daten. Ein quadratischer Gegenstand war auf größere Entfernung leichter zu sehen als ein runder der gleichen Fläche. Der Geist war schon seltsam.

Michel rief an, ohne über etwas Besonderes sprechen zu wollen. Das waren die anstrengendsten Konversationen überhaupt für Sax. Michel blickte nach rechts unten, und wenn er sprach, wurde deutlich, dass seine Gedanken woanders waren, dass er unglücklich war und dass Sax irgendwie die Führung übernehmen musste.

»Komm zu Besuch, und mach mit mir einen Spaziergang!«, sagte Sax wieder. »Ich meine, das solltest du wirklich tun.« Wie konnte er das noch betonen? »Ich denke *wirklich*, das solltest du machen.« Dinge verbinden. »Da Vinci ist wie die Westküste Irlands. Das Ende Europas, lauter grüne Klippen über einer großen Wasserfläche.«

Michel nickte unsicher.

Dann war er ein paar Wochen später da und ging durch eine Halle in Da Vinci. »Ich würde ganz gern das Ende von Europa sehen.«

»Guter Mann.«

So machten sie zusammen einen Tagesausflug. Sax fuhr ihn bis westlich der Shalbatana-Klippen. Dann stiegen sie aus und wanderten nach Norden auf Simshal Point zu. Es war ein großes Vergnügen, den alten Freund in dieser schönen Gegend bei sich zu haben. Der Anblick eines jeden der Ersten Hundert war eine willkommene Unterbrechung in seiner Routine, ein seltenes Ereignis, das er schätzte. Die Wochen vergingen in ihrer behaglichen Ruhe, und dann erschien plötzlich einer der alten Familie, und es war wie eine Heimkehr ohne Heim, was ihn auf den Gedanken brachte, er sollte eines Tages vielleicht nach Sabishii oder Odessa ziehen, sodass er dieses wundervolle Gefühl öfter erleben könnte.

Und am besten gefiel ihm die Gesellschaft von Michel. Obwohl Michel an diesem Tag zerstreut und anscheinend bekümmert hintendrein ging. Sax bemerkte das und überlegte, was er tun konnte, um ihm zu helfen. Michel hatte ihm in den langen Wochen seiner Rückkehr zur Sprache so viel Hilfe erwiesen, hatte ihn gelehrt, wieder zu denken und alles anders zu sehen. Es wäre schön, wenn er etwas tun könnte, um dieses Geschenk, wenigstens teilweise, zu entgelten.

Nun, das würde nur geschehen, wenn er etwas tat. Darum gab er, nachdem sie angehalten hatten und Sax den Drachen herausgeholt und zusammengesetzt hatte, Michel die Spule.

»Hier!«, sagte er. »Ich werde den Drachen bereithalten. Du läufst und spulst ab. Dorthin, gegen den Wind.« Und er hielt den Drachen, während Michel über die grasbewachsenen Hügel ging, bis die Leine straff war. Sax ließ den Drachen los, als Michel zu laufen anfing; und er flog los, immer höher und höher.

Michel kam grinsend zurück. »Hier, fass die Leine an! Du kannst den Wind spüren.«

»Ah!«, sagte Sax. »Ja, kann man.« Und die fast unsichtbare Leine zitterte zwischen seinen Fingern.

Sie setzten sich hin, öffneten Sax' Korb und holten das von ihm zusammengepackte Picknick heraus. Michel wurde mit einem Mal wieder ganz still.

Sax fragte, während sie aßen, beiläufig: »Macht dir etwas Sorgen?«

Michel schwenkte ein Stück Brot, schluckte und sagte: »Ich denke, ich will wieder in die Provence zurückkehren.«

»Endgültig?«, fragte Sax schockiert.

Michel runzelte die Stirn. »Nicht unbedingt. Aber zu einem Besuch. Ich fing gerade an, meinen letzten Besuch dort zu genießen, als wir abreisen mussten.«

»Und die Erdschwere?«

»Ich fand die Anpassung erstaunlich problemlos.«

»Hmm.« Sax hatte die Rückkehr in die Erdschwere nicht gefallen. Die Evolution hatte vielleicht ihre Körper darauf eingestellt; und er war sicher, dass ein Leben bei 0,38 g allerhand medizinische Probleme schuf. Aber er war jetzt an das Gefühl der Marsschwere so sehr gewöhnt, dass er sie nicht mehr bemerkte. Und falls doch, fühlte es sich gut an.

»Ohne Maya?«, fragte er.

»Wahrscheinlich muss ich das. Sie will nicht gehen. Sie sagte, sie würde eines Tages mitkommen, aber es heißt immer: später, später. Sie arbeitet für die Koop-Kreditbank in Sabishii und hält sich für unentbehrlich. Nun, das ist nicht fair. Sie will einfach nichts verpassen.«

»Kannst du nicht da, wo du lebst, eine Art Provence schaffen? Einen Olivenhain pflanzen?«

»Das ist nicht dasselbe.«

»Sicher, aber …«

Sax wusste nicht, was er sagen sollte. Er fühlte kein Heimweh nach der Erde. Was das Leben mit Maya anging … er konnte sich das ebenso wenig vorstellen wie das Leben in einer beschädigten eiernden Zentrifuge. Was wahrscheinlich so ähnlich wäre. Daher vielleicht Michels Verlangen nach festem Boden, nach dem Kontakt mit der Erde.

»Du solltest fliegen«, sagte Sax. »Aber warte noch ein wenig! Wenn sie diese Pulsantriebe für Raumschiffe hinbekommen, könntest du sehr schnell dort sein.«

»Aber das könnte echte Probleme mit der Erdschwere bewirken. Ich denke, man braucht die Monate der Reise, um sich darauf vorzubereiten.«

Sax nickte. »Du bräuchtest eine Art Exoskelett. Du würdest dich darin etwas gestützt fühlen – vielleicht wie bei einem geringeren g. Diese neuen Birdsuits, von denen ich gehört habe, müssen die Fähigkeit haben, sich zu etwas wie Exoskeletten zu versteifen, sonst würde man die Flügel nie in Position halten können.«

»Ein sich ständig anpassender Panzer aus Karbonfasern«, erwiderte Michel lächelnd. »Eine fliegende Hülse.«

»Ja. Du könntest so etwas tragen, um dich zu bewegen. Das wäre nicht so schlimm.«

»Also erst ziehen wir auf den Mars, sagst du, wo wir hundert Jahre lang Schutzanzüge tragen müssen. Und wenn wir dann alles so weit verändert haben, dass wir draußen in der Sonne sitzen können, ohne uns den Arsch abzufrieren, dann ziehen wir wieder auf die Erde, wo wir wieder hundert Jahre lang Schutzanzüge tragen müssen.«

»Oder für immer«, sagte Sax. »Ja. Genau.«

Michel lachte. »Nun, vielleicht werde ich dann gehen. Wenn es so weit kommt.« Er schüttelte den Kopf. »Eines Tages werden wir alles tun können, was wir wollen, he?«

Die Sonne stach auf sie herunter. Der Wind raschelte über die Grashalme. Jeder Halm ein grüner Lichtstreifen. Michel redete einige Zeit über Maya, erst jammerte er, dann übte er Rücksicht, und dann zählte er ihre guten Eigenschaften auf, die sie unentbehrlich und zur Quelle aller Freude im Leben machten. Sax nickte brav bei jeder Äußerung, ganz gleich, wie sehr sie der vorangegangenen widersprach. Es kam ihm vor, als lauschte er einem Süchtigen. Aber so waren die Menschen nun einmal, und er war selbst nicht weit von solchen Widersprüchen entfernt.

Sax unterbrach ein längeres Schweigen: »Was glaubst du, wie Ann jetzt diese Art Landschaft sieht?«

Michel zuckte die Achseln. »Ich weiß es nicht. Ich habe sie seit Jahren nicht gesehen.«

»Sie hat die neuroplastische Behandlung nicht gemacht.«

»Nein. Sie ist stur, nicht wahr? Sie will sie selbst bleiben. Aber ich fürchte, in dieser Welt ...«

Sax nickte. Wenn man alle Lebenszeichen in der Landschaft als Verunreinigungen ansah, als einen schrecklichen Schimmel, der die reine Schönheit der mineralischen Welt überzog, das Sauerstoffblau des Himmels mit eingeschlossen ... es würde einen verrückt machen. Selbst Michel dachte so: »Ich fürchte, sie wird nie geistig gesund sein, nicht wirklich.«

»Ich weiß.«

Andererseits – wer waren sie, dass sie so redeten? War Michel verrückt, weil er von einer Gegend auf einem anderen Planeten fasziniert war oder verliebt in eine sehr schwierige Person? War Sax verrückt, weil er nicht mehr gut sprechen konnte und Schwierigkeiten mit allerhand geistigen Operationen hatte, als Ergebnis eines Schlaganfalls und experimenteller Heilmethoden? Er meinte nein, in beiden Fällen. Aber er glaubte fest, dass er von Hiroko aus einem Sturm gerettet worden war, ganz gleich, was Desmond sagte. Man könnte das als ein Zeichen von – na ja – rein mentalen Ereignissen interpretieren, die eine äußere Realität zu haben schienen. Das wurde oft als ein Symptom von Verrücktheit zitiert, erinnerte Sax sich. »Wie die Leute, die glauben, Hiroko gesehen zu haben«, murmelte er leise, um zu sehen, was Michel sagen würde.

»Ach ja«, sagte Michel. »Magisches Denken ist eine sehr hartnäckige Form des Denkens. Lass dich nie durch deinen Rationalismus gegenüber der Tatsache, dass unser meistes Denken magischen Charakter hat, blind machen. Und dass es so oft archetypischen Mustern folgt, wie in Hirokos Fall, der wie die Geschichte von Persephone oder Christus ist. Ich nehme an, wenn jemand wie sie stirbt, dann ist der Schock des Verlustes fast unerträglich, und dann erfordert es nur einen trauernden Freund oder Jünger, um von der Gegenwart einer verlorenen Person zu träumen und dann mit dem Schrei, sie gesehen zu haben, aufzuwachen. Und binnen einer Woche ist dann jeder überzeugt davon, dass der Prophet wieder da und überhaupt niemals gestorben ist. Und so ist es mit Hiroko, die regelmäßig gesichtet wird.«

Ich habe sie aber wirklich gesehen, wollte Sax sagen. Sie hat meine Hand gepackt.

Aber dennoch war er sehr verwirrt. Michels Erklärung ergab Sinn. Und sie passte sehr gut zu der von Desmond. Diese Männer vermissten Hiroko beide sehr, vermutete Sax, aber akzeptierten ihr Verschwinden und dessen wahrscheinlichste Erklärung. Und ungewöhnliche mentale Ereignisse konnten im Stress einer physischen Krise natürlich auftreten. Vielleicht hatte er halluziniert. Aber nein – das stimmte nicht. Er konnte sich genau erinnern, was geschehen war, jedes Detail!

Aber er stellte fest, dass es ein Fragment war. Wenn man sich im Aufwachen an das Fragment eines Traums erinnert, entzog sich alles andere mit einem fast greifbaren Strahl wie etwas Glitschiges und schwer Fassbares dem Zugriff. Zum Beispiel konnte er sich nicht richtig erinnern, was unmittelbar vor und nach Hirokos Erscheinung geschehen war. Keine Details.

Er biss nervös die Zähne aufeinander. Es gab offensichtlich verschiedene Arten von Wahnsinn. Ann wanderte allein durch die alte Welt; die Übrigen von ihnen stolperten in der neuen Welt herum wie Gespenster, bemüht, sich ein Leben zu konstruieren. Vielleicht stimmte es, was Michel sagte, dass sie nämlich mit ihrer Langlebigkeit nicht zurechtkamen, und dass sie weder wussten, was sie mit ihrer Zeit anfangen sollten, noch, wie man sich ein Leben aufbaute.

Nun gut – trotzdem. Hier waren sie, saßen auf den Meeresklippen von Da Vinci. Es war nicht nötig, sich mit diesen Dingen zu quälen, nicht wirklich. Wie Nanao gesagt hätte: Was fehlt jetzt? Sie hatten gut gegessen, waren satt, nicht durstig, saßen draußen in Sonne und Wind und sahen zu, wie der Drache hoch oben im dunklen Samtblau zitterte. Alte Freunde, die im Gras saßen und sich unterhielten. Was fehlte da jetzt? Seelenfrieden? Nanao hätte gelacht. Die Anwesenheit anderer alter Freunde? Nun, dafür würde es andere Tage geben. Jetzt, in diesem Moment, waren sie zwei alte Waffenbrüder, die auf einer Meeresklippe saßen. Nach all den Jahren des Kampfes konnten sie den ganzen Nachmittag hier sitzen, wenn sie wollten, einen Drachen steigen lassen und reden. Über ihre alten Freunde und das Wetter sprechen. Es hatte eine Menge Ärger gegeben, es würde wieder Ärger geben. Aber jetzt waren sie hier.

»Wie sehr würde John das alles gefallen haben«, sagte Sax zögernd. Es war so schwer, von diesen Dingen zu sprechen. »Ich frage mich, ob er es geschafft hätte, dass Ann es sieht. Nicht so, wie ich es sehe. Einfach nur, es als etwas Gutes zu sehen. Wie schön es auf seine eigene Art ist. An und für sich und die Art, wie es sich selbst organisiert. Wir behaupten, wir würden es steuern, aber das stimmt nicht. Es ist zu komplex. Wir haben es lediglich hergebracht. Danach hat es sich um sich selbst gekümmert. Wir versuchen jetzt, es in die eine oder andere Richtung zu lenken, aber die gesamte Biosphäre organisiert sich selbst. Daran ist nichts unnatürlich.«

»Nun …«, wandte Michel ein.

»Ist es! Wir können herumfummeln, wie wir wollen. Wir sind aber nur wie der Zauberlehrling. Alles hat ein Eigenleben entwickelt.«

»Aber das Leben, das es zuvor hatte. Das ist es, was Ann so verehrt. Das Leben von Felsen und Eis.«

»*Leben?*«, fragte Sax.

»Irgendeine Art träger mineralischer Existenz. Nenne es, wie du willst. Eine Areophanie in Stein. Übrigens, wer sagt, dass diese Steine nicht ihre eigene Art langsamen Bewusstseins haben?«

»Ich denke, Bewusstsein hat mit Gehirn zu tun«, erwiderte Sax steif.

»Vielleicht, aber wer kann das schon sagen? Und wenn nicht Bewusstsein so, wie wir es definieren, dann zumindest Existenz. Ein Wert an sich, einfach, weil etwas existiert.«

»Diesen Wert hat es immer noch.« Sax hob einen Stein von der Größe eines Baseballs auf. Auswurfbrekzien, dem Aussehen nach zu urteilen. Ein Strahlenkegel. So alltäglich wie Dreck, sogar eigentlich noch häufiger als Dreck. Er betrachtete ihn genau. Hallo, Stein! Was denkst du? »Ich meine, das ist doch alles noch hier.«

»Aber es ist nicht dasselbe.«

»Nichts bleibt immer dasselbe. Von Moment zu Moment ändert sich alles. Was mineralisches Bewusstsein angeht, so ist das zu mystisch für mich. Nicht dass ich grundsätzlich allen Mystizismus ablehne, aber dennoch …«

Michel lachte. »Sax, du hast dich mächtig verändert, bist aber immer noch Sax.«

»Das will ich auch hoffen. Aber ich glaube, dass Ann auch keine Mystikerin ist.«

»Was dann?«

»Ich weiß nicht! Ich weiß es nicht. Eine so … so reine Wissenschaftlerin, dass sie es nicht verträgt, wenn ihre Daten verunreinigt werden? Ich nehme an, das ist eine etwas komische Art, es zu formulieren. Eine Bewunderung für die Phänomene. Weißt du, was ich damit meine? Verehrung dessen, was ist. Damit leben und es verehren, aber nicht versuchen, es zu verändern und zu beschmutzen, zu zerstören. Ich weiß nicht. Aber ich möchte es wissen.«

»Du willst immer wissen.«

»Richtig. Aber das möchte ich mehr wissen als die meisten anderen Dinge. Mehr als alles andere. Wirklich!«

»Ach, Sax! Ich verlange nach der Provence, du willst Ann.« Michel grinste. »Wir sind beide verrückt!«

Sie lachten. Photonen regneten auf ihre Haut. Das meiste Licht schoss durch sie hindurch. Hier waren sie, transparent für die Welt.

ZEHNTER TEIL

WERTEWANDEL

Es war nach Mitternacht. Stille in den Büros. Der Chefberater ging zum Samowar und schenkte Kaffee in kleine Tassen ein. Drei seiner Kollegen standen um einen Tisch herum, auf dem Tablet-Computer lagen.

Vom Samowar her sagte der Chefberater: »Also Kugeln aus Deuterium und Helium-3 werden eine nach der anderen von euren Lasern getroffen. Sie implodieren, und es kommt zur Fusion. Die Temperatur bei der Zündung beträgt siebenhundert Millionen Kelvin, aber das geht in Ordnung, weil es eine lokale Temperatur und sehr kurzlebig ist.«

»Eine Sache von Nanosekunden.«

»Gut Das klingt beruhigend. Okay, und dann wird Energie nur in Form geladener Partikel abgegeben, sodass sie von euren elektromagnetischen Feldern komplett gehalten werden kann. Es gibt keine Neutronen, die nach vorn fliegen und eure Passagiere rösten. Die Felder dienen als Schild, Stoßplatte und auch als Sammelsystem zur Energieversorgung der Laser. Alle geladenen Partikel werden nach hinten ausgestoßen, wobei sie eure angewinkelten Spiegel passieren, die auch sozusagen der Türbogen für die Laser sind. Und beim Durchgang werden die Fusionsprodukte parallel gerichtet.«

»Das ist richtig. Das ist der clevere Teil«, sagte der Ingenieur.

»Sehr clever. Wie viel Treibstoff verbraucht er?«

»Wenn man eine Beschleunigung entsprechend der Marsschwere haben will, also 3,73 Meter pro Sekundenquadrat, und mit einer Schiffsmasse von tausend Tonnen rechnet, also 350 Tonnen für Schiff und Passagiere und sechshundertfünfzig für Antrieb und Treibstoff, braucht man 373 Gramm in der Sekunde.«

»Ka, das summiert sich recht schnell.«

»Es sind ungefähr 30 Tonnen täglich, ergibt aber auch eine sehr hohe Beschleunigung. Reisen dauern nicht lange.«

»Und wie groß sind diese Kugeln?«

»Radius 1 Zentimeter, Masse 29 Gramm«, erklärte der Physiker. »Also verbrauchen wir davon 1290 in der Sekunde. Das sollte den Passagieren im Schiff ein angenehmes Gefühl gleichmäßiger Schwerkraft geben.«

»Würde ich auch sagen. Aber ist Helium-3 nicht etwas rar?«

»Ein Galilei-Kollektiv hat damit begonnen, es aus der oberen Atmosphäre des Jupiter zu gewinnen«, antwortete der Ingenieur. »Und sie könnten die Gewinnungsmethode aus Oberflächengestein auf Luna verfeinern, die bisher nicht besonders gut funktioniert. Aber der Jupiter hat mehr, was wir benötigen.«

»Also wird das Schiff fünfhundert Passagiere befördern können.«

»Das legen wir unseren Berechnungen zugrunde. Der Wert kann natürlich angepasst werden.«

»Ihr beschleunigt auf der halben Strecke bis zum Ziel, wendet das Schiff und bremst während der zweiten Hälfte der Reise ab.«

Der Physiker schüttelte den Kopf. »Auf kurzen Reisen ja, auf längeren nein. Man braucht nur ein paar Tage zu beschleunigen, um ziemlich schnell zu werden. Auf längeren Strecken könnte man antriebslos treiben, um Treibstoff zu sparen.«

Der Chefberater nickte und gab den anderen die vollen Tassen. Sie tranken.

»Reisezeiten werden sich radikal ändern. Drei Wochen vom Mars zum Uranus«, sagte die Mathematikerin. »Zehn Tage vom Mars zum Jupiter. Vom Mars zur Erde drei Tage. Drei Tage!« Sie schaute die anderen an und runzelte die Stirn. »Das macht das Sonnensystem zum Europa des neunzehnten Jahrhunderts. Eisenbahnreisen, Ozeanriesen.«

Die anderen nickten. »Jetzt sind wir Nachbarn der Bewohner auf Merkur, Uranus oder Pluto«, sagte der Ingenieur.

Der Chefberater zuckte die Achseln. »Oder auch gleich Alpha Centauri. Lassen wir uns deswegen keine grauen Haare wachsen! Kontakt ist etwas Gutes. Verbindet euch, einfach verbinden, sagt der Dichter. Nun werden wir mit aller Macht verbinden!« Er hob seine Tasse. »Prosit!«

Nirgal verfiel in einen Rhythmus und behielt ihn den ganzen Tag bei. *Lung-gom-pa.* Die Religion des Laufens; Rennen als Meditation oder Gebet. Zazen, ka zen. Ein Teil der Areophanie, weil die Schwerkraft auf dem Mars ein integraler Teil davon war. Was der menschliche Körper in zwei Fünfteln der Schwerkraft, in der er sich entwickelt hatte, zu leisten vermochte, war eine Euphorie der Anstrengung. Man rannte als Pilger, halb Verehrer und halb Gott.

Eine Religion, die in diesen Tagen viele Anhänger hatte, die einsam vor sich hinliefen. Manchmal gab es organisierte Rennen und Läufe. Dem Faden nach durchs Labyrinth, Chaoskriechen, Transmarineris, das Rennen rund um die Welt. Und dazwischen die tägliche Disziplin. Eine Aktivität ohne Zweck. Kunst um der Kunst willen. Für Nirgal war es die Verehrung des Augenblicks, Meditation oder Vergessen. Sein Geist wanderte, konzentrierte sich im Körper oder auf die Strecke oder wurde leer. Zurzeit hörte er dabei Musik: Bach, dann Bruckner und dann Bonnie Tyndall, ein Neoklassizist aus Elysium, dessen Musik dahinströmte wie der Tag selbst. Großartige Akkorde verlagerten sich in gleichmäßiger interner Modulation, Bach oder Bruckner ähnlich, aber langsamer und ruhiger, unaufhaltsamer und großartiger. Eine gute Musik, um zu laufen, auch wenn er sie über Stunden nicht bewusst hörte. Er rannte nur.

Es war Zeit für das Rennen um die Welt, das an jedem zweiten Perihel begann. Die Wettbewerbsteilnehmer liefen von Sheffield aus nach Osten oder Westen um die Welt, ohne GPS oder andere Navigationshilfen, nur auf ihre Sinne angewiesen und mit kleinen Beuteln voll Nahrung, Getränken und Kleidung ausgerüstet. Sie durften jede Route wählen, die innerhalb von zwanzig Grad vom Äquator verlief (man verfolgte sie per Satellit und disqualifizierte sie, wenn sie die Äquatorzone verließen). Alle Brücken waren erlaubt, einschließlich der großen Gangesbrücke, die Routen sowohl westlich als auch südlich von Marineris gestattete und fast ebenso viele gangbare Routen erzeugte, wie es Teilnehmer gab. Nirgal hatte den Wettbewerb in fünf der neun bisherigen Rennen gewonnen, vor allem wegen seines Geschicks, Routen zu finden, nicht wegen seiner Schnelligkeit. Der »Nirgalweg« wurde von vielen Geländeläufern als eine mystische Leistung angesehen, voller Extravaganzen, die der Intuition zuwiderliefen. Bei den letzten Rennen waren andere Läufer ihm dicht auf den Fersen geblieben, die ihn am Ende überholen wollten. Aber er wählte jedes Jahr eine andere Route und traf oft eine Wahl, die so katastrophal falsch aussah, dass einige seiner Verfolger aufgaben und sich in mehr Erfolg versprechende Richtungen wandten. Andere konnten während der zweihundert Tage der Weltumrundung, die über 21 000 Kilometer lang war, das Tempo nicht halten. Das erforderte echte Langstreckenkondition. Man musste das Laufen zu einer Lebensweise erheben und es jeden Tag tun.

Nirgal gefiel das. Er wollte das nächste Rennen rund um die Welt gewinnen, um eine Majorität bei den ersten zehn Läufen zu haben. Er zog aus, um Routen zu erkunden und neue Strecken zu prüfen. Jedes Jahr wurde eine große Anzahl neuer Wege angelegt. Kürzlich war die verrückte Idee aufgetaucht, Treppen in die Flanken der Canyons, Rücken und Böschungen einzufügen, die überall das Hinterland säumten. Der Weg, auf dem er sich jetzt befand, war eingerichtet worden, seit er zum letzten Mal in dieser Gegend gewesen war. Er führte die steile Wand einer Klippe in eine Senke von Aromatum Chaos hinunter; und es gab eine entsprechende Strecke auf der gegenüberliegenden Seite der Senke. Wenn man Aromatum direkt durchquerte, würde man einige Höhenmeter überwinden müssen; aber alle flacheren Routen mussten weit nach Norden oder Süden ausweichen. Nirgal dachte, wenn alle Pfade so gut wären wie dieser, könnte sich der Aufwand lohnen.

Die neue Strecke benutzte winklige Spalten in der unregelmäßigen Wand der Klippe. Die Stufen glichen einer Intarsienarbeit und waren sehr gleichmäßig eingepasst, sodass es war, als liefe man eine Treppe in der verfallenen Mauer der Schlossruine eines Riesen hinunter. Das Anlegen von Wegen in Klippenwänden war eine Kunst, eine angenehme Arbeit, an der Nirgal sich ab und zu beteiligt hatte, indem er half, gebrochene Steine mit einem Kran herauszuholen und sie oben auf der darunter liegenden Stufe einzufügen. Das bedeutete lange Stunden in einem Sicherungsgeschirr, mit behandschuhten Händen an den dünnen grünen Seilen zu ziehen und große Polygone aus Basalt an ihren Platz zu manövrieren. Der erste Pfadbauer, den Nirgal kennengelernt hatte, war eine Frau gewesen, die einen Weg längs der Flosse der Geryon Montes, der langen Bergkette auf dem Boden von Ius Chasma, eingerichtet hatte. Er hatte ihr einen ganzen Sommer lang bei dem größten Teil des Grates geholfen. Sie befand sich immer noch irgendwo in Marineris und baute mit ihren Werkzeugen, starken Steinsägen, Flaschenzügen mit extrakräftigen Seilen und Leimbolzen, die stärker waren als der Stein selbst, weitere Strecken aus. Einen Gehweg oder eine Treppe schlug sie peinlich genau aus dem Fels der Umgebung. Manche Pfade erschienen wie wunderbar hilfreiche natürliche Gebilde, andere wie Römerstraßen und wieder andere massiv und respekteinflößend wie die der Pharaonen oder der Inkas – riesige Blöcke, die mit haargenauer Präzision auf Gesteinshänge oder in grobkörniges Chaos eingepasst worden waren.

Dreihundert Stufen nach unten – er zählte mit –, dann quer über den Boden der Senke in der Stunde vor Sonnenuntergang, in der ein samtiges Violett über dunklen Klippenwänden leuchtete. Kein Pfad hier auf dem beschatteten Sand des Talbodens. Nirgal richtete sein Augenmerk auf die Steine und Pflanzen und lief dazwischen hin. Sein Blick wurde von hellfarbenen

Blüten auf den zylindrisch runden Körpern von Kakteen gefesselt, die wie der Himmel leuchteten. Auch sein Körper schimmerte am Ende des Lauftages; und bei der Aussicht auf ein Abendessen nagte der Hunger in ihm. Die Schwäche wurde mit jeder Minute unangenehmer.

Er fand den Treppenpfad in der westlichen Klippenwand, der immer höher und höher stieg. Er wechselte die Gangart zum Bergaufschreiten, glatt und regelmäßig. Bei den Kehren wandte er sich nach links und rechts und bewunderte die geschickte Anlage der Spur in dem Spaltensystem der Klippe, eine Platzierung, bei der er gewöhnlich mit einem hüfthohen Steinwall auf der freien Seite lief, außer beim Aufstieg auf einem kahlen Felsenstück, wo man solide Magnesiumleitern an den Blöcken befestigt hatte. Er beeilte sich. Seine Oberschenkelmuskeln fühlten sich wie große Gummibänder an. Er war erschöpft.

Auf einer Felsleiste zur Linken der Treppe entdeckte er eine flache Stelle mit einer großartigen Sicht auf den langen engen Canyon in der Tiefe. Er verließ den Pfad und hielt an. Er setzte sich auf einen Stein wie auf einen Stuhl. Es war windig. Er stellte sein kleines Zelt auf. Transparent stand es in der Dämmerung vor ihm. Er holte das Bettzeug, die Lampe, sein Pad und alles andere hastig aus seinem Rucksack, suchte nach Essen. Die ganze Ausrüstung war durch den jahrelangen Gebrauch abgewetzt und federleicht. Die Tasche wog voll bepackt weniger als drei Kilo. Ganz unten lag, was er suchte, der von einer Batterie geheizte Herd, der Beutel mit Nahrung und die Wasserflasche.

Die Abenddämmerung ging in Himalaya-Majestät vorbei, während er sich einen Topf Pulversuppe kochte und mit gekreuzten Beinen auf seiner Schlafmatte gegen die klare Wand des Zeltes gelehnt saß. Die erschöpften Muskeln genossen den Luxus des Sitzens. Wieder ein schöner Tag.

Er schlief in dieser Nacht schlecht und stand noch vor der Morgendämmerung auf. Im kalten Wind erschauernd, packte er rasch und lief weiter gen Westen. Von den letzten Ausläufern des chaotischen Geländes von Aromatum kam er an die nördliche Küste der Ganges-Bay. Die dunkelblaue Fläche der Bucht lag beim Laufen zu seiner Rechten. Hinter den langen Stränden waren die weiten, von kurzem Gras bedeckten Sanddünen, auf denen es sich leicht laufen ließ. Nirgal glitt in seinem Rhythmus dahin, das Meer oder den Taigawald zu seiner Rechten im Blick. Entlang dieser Küste waren Millionen Bäume gepflanzt worden, um den Boden zu stabilisieren und Staubstürme abzuhalten. Der große Wald von Ophir war eine der am schwächsten besiedelten Regionen auf dem Mars. Ophir Chasma war früher nur selten besucht worden und hatte nie eine Kuppelstadt beherbergt. Tiefe Staub- und Grusablagerungen hatten Reisende abgehalten. Jetzt waren diese Ablagerungen durch den Wald etwas fixiert; aber an den Ufern der Flüsse gab es Sümpfe, Flugsandseen und instabile Lößbuckel, die das Gitterdach der Zweige und Blätter durchstießen. Nirgal hielt sich an der Grenze zwischen Wald und See auf den Dünen oder zwischen Gruppen kleinerer Bäume. Er überquerte etliche kleine Brücken, die die Flussmündungen überspannten. Die Nacht verbrachte er am Strand, in den Schlaf gesungen vom Geräusch der brechenden Wellen.

Am nächsten Tag folgte er in der Frühdämmerung dem Pfad unter dem kühlenden Baldachin grüner Blätter. Die Küste war am Damm von Ganges Chasma ausgelaufen. Das Licht war schwach und kühl. Zu dieser Stunde sah jedes Ding wie sein eigener Schatten aus. Schwache Pfade zweigten bergauf nach links ab. Der Wald hier bestand größtenteils aus Koniferen. Rotholz in hohen Hainen, umgeben von kleineren Fichten und Wacholderbüschen. Der Waldboden war mit trockenen Nadeln bedeckt. An feuchten Stellen brachen Farne durch diese braune Matte und fügten dem von der Sonne gesprenkelten Boden ihre archaischen Fraktale hinzu. Ein Fluss schlängelte sich zwischen schmalen, grasbewachsenen Inseln hindurch. Nirgal konnte kaum mehr als hundert Meter weit sehen. Grün und Braun waren die vorherrschenden Farben. Das einzig sichtbare Rot war das der haarigen Rinde der Rothölzer. Pfeile aus Sonnenlicht tanzten wie schlanke Lebewesen über den Waldboden. Nirgal lief selbstverloren dahin, hypnotisiert, wenn er zwischen diesen Lichtpfeilen hindurchschoss. Auf Steinen hüpfte er über den seichten Bach inmitten einer von Farnen bedeckten Lichtung. Es war, als ginge man durch einen Raum, der durch Korridore mit ähnlichen Räumen flussaufwärts und -abwärts verbunden war. Ein kurzer Wasserfall gurgelte zu seiner Linken.

Er hielt an, um vom Wasser des Bachs zu trinken. Als er sich dann aufrichtete, sah er ein Murmeltier, das unter dem Wasserfall übers Moos watschelte. Er empfand einen jähen Stich im Herzen. Das Murmeltier trank und wusch sich Pfoten und Gesicht. Es bemerkte Nirgal nicht.

Dann war ein Rascheln zu hören, und das Murmeltier rannte fort und wurde unter einem Wirbel aus geflecktem Fell und weißen Zähnen begraben. Ein großer Luchs hatte die Kehle des Murmeltiers mit kräftigen Kiefern gepackt, schüttelte die kleine Kreatur rau und drückte sie mit einer großen Tatze zu Boden, sodass sie sich nicht mehr rühren konnte.

Nirgal hatte im Moment der Attacke einen Sprung gemacht. Und als jetzt der Luchs über seiner Beute stand, schaute er in Nirgals Richtung, ganz als hätte er jetzt erst die Bewegung bemerkt. Seine Augen glitzerten in dem trüben Licht, das Maul war blutig. Nirgal erschauderte; und als die Katze ihn sah und sich ihre Blicke trafen, stellte er sich vor, wie sie auf ihn zulief und ihn ansprang, die scharfen Zähne selbst in dem schwachen Licht leuchtend hell.

Aber nein. Das Tier verschwand mit seiner Beute und hinterließ nur einen schwankenden Farn.

Nirgal lief weiter. Der Tag war dunkler, als der Wolkenschatten allein erklären konnte, eine unheilvolle Düsterkeit. Er musste genau auf den Weg achten. Licht flimmerte durch die Schatten. Weiß stach durch Grün. Jäger und Gejagter. Von Eis gesäumte

Teiche im Dunkel. Moos auf Rinde, Farngestalten im Augenwinkel. Hier ein Haufen borstiger Tannenzapfen, dort eine Grube mit Flugsand. Der Tag war kühl, die Nacht würde kalt werden.

Er lief den ganzen Tag. Sein Rucksack stieß gegen seinen Rücken, er hatte fast nichts mehr zu essen. Er war froh, sich seinem nächsten Versteck zu nähern. Manchmal nahm er beim Laufen nur eine Handvoll Müsliriegel mit und lebte von der Natur, so gut er konnte, sammelte Pinienkerne und fischte. Aber auf solchen Ausflügen war er gezwungen, den halben Tag mit der Suche nach Nahrung zu verbringen; und viel war nicht zu finden. Wenn die Fische anbissen, war ein See ein unglaubliches Füllhorn. Seevölker. Aber bei diesem Lauf ging er mit aller Gewalt von Versteck zu Versteck, aß sieben- oder achttausend Kalorien am Tag und war dennoch abends heißhungrig. Als er zu dem kleinen Trockental kam, das sein nächstes Depot barg, und entdeckte, dass dessen Seitenwand bei einem Erdrutsch zusammengebrochen war, brüllte er vor Enttäuschung und Wut laut auf. Er grub sogar in dem Haufen aus losen Steinen. Es war kein großer Erdrutsch gewesen. Aber einige Tonnen würde man entfernen müssen. Keine Chance. Er würde einen scharfen Lauf durch Ophir zum nächsten Depot durchstehen müssen und Hunger haben. Er brach in dem Moment auf, als er das erkannte, in der Hoffnung, Zeit zu gewinnen.

Er sah sich beim Laufen nach essbaren Dingen um – Pinienzapfen, Wiesenzwiebel, irgendetwas. Er aß die übrig gebliebene Nahrung sehr langsam und kaute sie, so lange er konnte. Er versuchte, sich einzubilden, dadurch ihren Nährwert zu erhöhen. Er genoss jeden Bissen. Der Hunger hielt ihn einen Teil der Nacht wach, obwohl er in den Stunden vor der Dämmerung fest durchschlief.

Am dritten Tag dieses unerwarteten Hungerlaufs kam er südlich von Juventa Chasma aus dem Wald heraus, in ein Land, das von dem vorzeitlichen Ausbruch des Juventa-Wasserreservoirs zerklüftet war. Es war Schwerstarbeit, sich durch dieses

Land in einer klaren Linie einen Weg zu bahnen; und er war hungriger als je zuvor. Und sein nächstes Depot war noch zwei Tage entfernt. Es kam ihm so vor, als hätte sein Körper alle seine Fettreserven aufgezehrt und nährte sich jetzt von den Muskeln selbst. Dieser Autokannibalismus gab jedem Objekt eine scharfe Kante, umgeben von einer Gloriole. Das Weiße schimmerte aus Dingen heraus, als schiene die Realität selbst hindurch. Bald nach diesem Stadium würde, wie er aus ähnlichen früheren Erfahrungen wusste, der Zustand des *lung-gompa* von Halluzinationen abgelöst. In den Augen hatte er schon verschiedene kriechende Würmer und schwarze Flecken und Kreise aus kleinen blauen Pilzen und dann grüne eidechsenartige Wesen, die im Sand dahintrippelten, direkt vor seinen verschwommenen Füßen – stundenlang hintereinander.

Er brauchte alle Konzentration, die er aufbringen konnte, um sich in dem zerklüfteten Land zurechtzufinden. Er beobachtete das Gestein unter seinen Füßen und das Land voraus gleichermaßen, den Kopf rauf und runter und wieder rauf und runter, in einer schaukelnden Bewegung, die mit seinen Gedanken wenig zu tun hatte, die in einem völlig anderen Rhythmus über nah und fern schweiften. Das Juventa-Chaos unten zu seiner Rechten war eine flache, unebene Senke, über die er auf einen fernen Horizont blicken konnte. Es war, als blicke man in eine große, zertrümmerte Schüssel. Das Land vor ihm war uneben, Gruben und Hügel bedeckt mit Steinblöcken und Treibsand, die Schatten zu dunkel und die von der Sonne beschienenen Stellen zu grell. Dunkel und doch blendend. Es war wieder kurz vor Sonnenuntergang, und seine Pupillen wurden vom Licht gequält. Er kam an eine alte Dünenflanke und rutschte über den Sand und das Geröll hinunter, ein traumhafter Abstieg – links, rechts, links. Jeder Schritt führte ihn ein paar Meter abwärts. Seine von Sand und Geröll gepolsterten Füße rutschten im Schüttungswinkel nach unten. Man konnte sich gar zu leicht daran gewöhnen. Wieder auf flachem Boden, war es anstrengend, zum normalen Jogging überzugehen, und die nächste kleine Steigung war verheerend. Er würde sich bald nach einem Lagerplatz umsehen müssen, vielleicht in der nächsten Senke oder auf dem nächsten sandigen und ebenen Fleck bei einer Steinbank. Er war am Verhungern, schwach durch den Nahrungsmangel und hatte nichts in seinem Rucksack außer einigen früher am Tag ausgerissenen Wiesenzwiebeln. Aber die starke Ermüdung würde helfen. Er würde in Schlaf sinken, ganz gleich, was geschah. Erschöpfung schlägt den Hunger immer.

Er stolperte durch eine flache Senke, über einen Buckel, zwischen zwei hausgroße Felsblöcke. Dann plötzlich stand in einem Blitz von Weiß eine nackte Frau vor ihm und schwenkte einen grünen Schal. Er blieb abrupt stehen, taumelte, durch ihren Anblick verwirrt, und kam dann zu dem Schluss, dass die Halluzinationen außer Kontrolle geraten waren. Aber da stand sie, so wirklich wie eine Flamme. Blutige Striemen besudelten ihre Brüste und Beine, und sie schwenkte schweigend den Schal. Dann rannten andere menschliche Gestalten an ihr vorbei und über den nächsten kleinen Buckel. Sie liefen, schien es, in die Richtung, in die sie deutete. Sie schaute Nirgal an und wies nach Süden, als wolle sie ihm auch die Richtung weisen, dann lief sie los. Ihr schlanker weißer Körper schwebte dahin wie etwas, das man in mehr als drei Dimensionen erblickt, starker Rücken, lange Beine, runder Po, schon weit entfernt, und der grüne Schal flog hin und her, wenn sie ihn zum Zeigen benutzte.

Plötzlich sah er vor sich drei Antilopen, die sich über einen kleinen Hügel nach Westen bewegten, Silhouetten vor der tiefstehenden Sonne. Ah – Jäger. Die Antilopen wurden von den Menschen nach Westen getrieben, die sich in einem Bogen hinter ihnen angeordnet hatten und von Felsblöcken aus Schals schwenkten. Alles schweigend, als wäre jeder Laut aus der Welt verschwunden. Kein Wind, keine Rufe. Für einen Moment, als die Antilopen auf dem Hügel standen, hörten alle auf, sich zu bewegen. Alle waren wachsam und still. Jäger und das Gejagte zugleich waren eingefroren in einem Bild, das Nirgal erstarren ließ. Er scheute sich zu blinzeln aus Angst, dass die ganze Szene verschwinden könnte.

Der Antilopenbock bewegte sich und zerstörte das Bild. Vorsichtig, Schritt für Schritt, zuckte er nach vorn. Die Frau mit dem grünen Schal ging aufrecht und offen hinter ihm her. Die anderen Jäger kamen plötzlich in Sicht und tauchten wieder weg. Sie bewegten sich wie Finken von einer erstarrten Position zur nächsten. Sie waren barfuß und trugen Lendentücher oder Unterhemden. Einige hatten Gesichter und Rücken rot, braun oder ockerfarben bemalt.

Nirgal folgte ihnen. Sie änderten die Richtung, und er fand sich an ihrem linken Flügel, als sie sich nach Westen bewegten. Das erwies sich als glücklich, da der Antilopenbock nach seiner Seite auszubrechen versuchte und Nirgal ihm mit wildem Händerudern in den Weg springen konnte. Die drei Antilopen machten gleichzeitig kehrt und preschten wieder nach Westen. Der Jägertrupp folgte. Sie liefen schneller als Nirgal bei höchster Geschwindigkeit und behielten die Bogenformation bei. Nirgal hatte Mühe, sie auch nur in Sichtweite zu behalten. Sie waren sehr schnell, barfüßig oder nicht. Man konnte sie bei den langen Schatten kaum sehen, und sie rannten lautlos. Auf dem anderen Flügel des Bogens stieß jemand einen Schrei aus, und das war der einzige Ton, den sie von sich gaben, mit Ausnahme des Knirschens von Sand und Geröll und dem scharfen Atmen aus ihren Kehlen. Sie liefen dahin, mal sichtbar und mal nicht. Die Antilopen behielten ihre Distanz mit kurzen gleichmäßigen Sprüngen bei. Kein Mensch würde sie je einholen. Nirgal rannte schwer keuchend hinter der Jagd her. Voraus sichtete er wieder die Beute. Ah, die Antilopen waren stehen geblieben. Sie waren an den Rand einer Klippe gekommen. Er sah ein Tal und die gegenüberliegende Kante. Ein flacher Graben, aus dem die Wipfel von Kiefern herausragten. Hatten die Antilopen von diesem Hindernis gewusst? Waren sie mit dieser Gegend vertraut? Der Canyon war noch vor ein paar hundert Metern nicht zu sehen gewesen.

Aber vielleicht kannten sie die Stelle, denn mit dem reinen Fluss animalischer Grazie bewegten sie sich halb trabend, halb springend längs des Klippenrandes zu einer kleinen Einbuchtung. Diese erwies sich als höchste Stelle eines steilen Hohlwegs, aus dem Geröll auf den Boden des Canyons hinunterkollerte. Als die Antilopen in diese Schlucht abstiegen, eilten alle Jäger an die Kante und sahen zu, wie die drei Tiere erstaunliche Kraft und Gleichgewichtsgefühl demonstrierten, als sie mit enormen Sprüngen hinunterliefen. Ein Jäger heulte: »*Oooooooh*«, und bei diesem Schrei rannten alle Verfolger kreischend und grunzend hinüber zum Kopf des Hohlwegs. Nirgal gesellte sich zu den anderen, sprang über den Rand und folgte den anderen in einen verrückten Abstieg mit viel Gestolper und Sprüngen. Und obwohl Nirgals Beine weich waren, kamen ihm jetzt die endlosen Tage des *Lung-gom*-Trainings zustatten, denn er überholte die meisten anderen, als er von Felsblöcken sprang und kleine Strecken auf rutschendem Geröll hinunterschlitterte. Er machte große verzweifelte Sprünge, fing sich mit den Händen ab und hielt die Balance, wie jeder andere auf den Moment konzentriert, um ohne bösen Sturz rasch nach unten zu gelangen.

Erst als er glücklich auf dem Talboden angelangt war, schaute Nirgal wieder hoch und sah, dass der Canyon von dem Wald gefüllt war, den er von oben kaum bemerkt hatte. Bäume standen hoch über einem von Nadeln und Altschnee bedeckten Boden. Große Föhren und Fichten, und weiter aufwärts im Süden die massiven Stämme von Riesensequoien, *großen* Bäumen, die so gigantisch waren, dass der Canyon plötzlich nicht mehr tief wirkte, obwohl der Abstieg einige Zeit gedauert hatte. Es waren die Baumwipfel, die über den Canyonrand geragt hatten. Gigantische Sequoien, gentechnisch modifiziert, die zweihundert Meter hoch waren und wie große, stille Heilige ihre Arme in einem weiten Kreis über Tochterbäume ausbreiteten, über die

Föhren und Fichten, die dünnen Schneeflecken und die braunen Nadelbetten.

Die Antilopen waren in diesem urtümlichen Wald im Canyon in südlicher Richtung nach oben gelaufen; und mit fröhlichen Rufen folgten ihnen die Jäger; rannten sie von einem Baumstamm zum anderen. Die mächtigen Zylinder rissiger roter Borke ließen alles andere zwergenhaft erscheinen. Sie sahen alle aus wie kleine Tiere, wie Mäuse, die in dem schwindenden Licht über einen beschneiten Waldboden huschten. Nirgal kribbelte die Haut am Rücken und an den Flanken. Er stand von dem Abstieg durch den Hohlweg immer noch unter Adrenalin. Er keuchte, und ihm war schwindelig. Es war klar, dass sie die Antilopen nicht fangen würden. Er wusste nicht, was sie vorhatten. Dennoch rannte er zwischen den riesigen Bäumen dahin und folgte den Jägern. Es ging allein um Jagd an sich.

Dann wurden die Sequoia-Türme spärlicher, wie am Ende eines Wolkenkratzerviertels, bis nur noch ein paar übrig waren. Und als er zwischen den Stämmen der letzten Ungetüme hindurchsah, machte Nirgal wieder kurz halt. Auf der anderen Seite der schmalen Lichtung war der Canyon durch eine Mauer aus Wasser versperrt. Eine wahre Wand aus Wasser füllte das Tal bis zum Rand und hing direkt über ihnen, eine glatte, transparente Masse.

Ein Staudamm. Man hatte kürzlich angefangen, sie aus durchsichtigen Diamantgitter-Lagen zu bauen, die in ein Betonfundament eingelassen waren. Nirgal sah, dass dieser hier an beiden Canyonwänden nach unten und in einer dicken weißen Linie quer über den Boden des Canyons verlief.

Die Wassermasse stand über ihnen wie ein großes Aquarium, trübe in Bodennähe, wo Wasserpflanzen im dunklen Schlamm schwebten. Darüber huschte ein silberner Fisch, groß wie eine Antilope, zu der klaren Wand und zog sich dann in kristallische Tiefen zurück.

Die drei Antilopen sprangen vor dieser Barriere nervös vor und zurück. Ricke und Kitz folgten den raschen Wendungen des Bocks. Als die Jäger ihnen nahe kamen, stob der Bock plötzlich davon und krachte mit einem starken Schwung seines ganzen Körpers gegen die Wand. Sein Geweih war messerscharf. *Bums* – Nirgal erstarrte in Angst. Alle hielten bei dieser wilden Geste, die geradezu menschlich hätte sein können, inne. Aber der Bock prallte zurück und torkelte. Dann wandte er sich um und griff sie an. Bolakugeln wirbelten durch die Luft, die Leine wickelte sich dicht über dem Fesselgelenk um seine Beine, und er stürzte nach vorn zu Boden. Einige Jäger drängten sich um ihn; andere erlegten Ricke und Kitz mit einem Hagel aus Steinen und Speeren. Ein schriller Schrei brach jäh ab. Nirgal sah, wie die Kehle der Ricke durch ein Messer mit Obsidianklinge durchschnitten wurde. Das Blut strömte dicht beim Fundament des Damms in den Sand. Der große Fisch schwamm oben vorbei und schaute auf sie herunter.

Die Frau mit dem grünen Schal war nirgends zu sehen. Ein anderer Jäger, der nur mit einem Halsschmuck bekleidet war, legte den Kopf zurück und stieß ein Geheul aus, wodurch er die seltsame Stille, in der die Tat geschehen war, zerstörte. Er tanzte im Kreis, lief dann an die klare Wand des Damms und schleuderte seinen Speer dagegen. Der Speer prallte ab. Der jubelnde Jäger lief hin und schlug mit der Faust gegen die durchsichtige, harte Membran.

Eine Jägerin mit blutigen Händen wandte den Kopf und warf dem Mann einen verächtlichen Blick zu: »Hör auf, hier den Narren zu spielen!«

Der Speerwerfer lachte. »Du brauchst dir keine Sorgen zu machen. Diese Dämme sind hundertmal stärker, als sie sein müssten.«

Die Frau schüttelte missmutig den Kopf. »Es ist dämlich, das Schicksal herauszufordern.«

»Es ist erstaunlich, wie viel Aberglaube noch in ängstlichen Gemütern überlebt.«

»Du bist ein Idiot«, erwiderte die Frau. »Glück ist ebenso real wie alles andere.«

»Glück! Schicksal! Ka.« Der Speerwerfer hob seinen Speer auf und schleuderte ihn wieder gegen den Damm. Er prallte zurück und traf ihn fast. Er lachte ungestüm und sagte: »Was für ein *Glück*. Das Schicksal begünstigt den Mutigen, nicht?«

»Mistkerl! Zeig etwas Respekt!«

Der Mann lachte heiser. »Alle Ehre diesem Bock, der so gegen die Wand gekracht ist!«

Die anderen ignorierten die beiden und waren damit beschäftigt, die Tiere zu zerlegen. »Vielen Dank, Bruder! Vielen Dank, Schwester!« Nirgals Hand zitterte beim Zusehen. Er roch das Blut, ihm lief das Wasser im Mund zusammen. Eingeweidehaufen dampften in der kühlen Luft. Magnesiumstangen wurden aus Gürteltaschen geholt und ausgezogen. Sie banden die enthaupteten Antilopen mit den Beinen daran. Jäger ergriffen die Enden der Stangen und hoben sich die toten Körper auf die Schulter.

Die Frau mit den blutigen Händen schrie den Speerwerfer an: »Du solltest lieber beim Tragen helfen, wenn du etwas zu essen bekommen willst.«

»Halts Maul!« Aber er half, das Vorderende der Stange mit dem Bock zu tragen.

»Komm mit!«, sagte die Frau zu Nirgal; und dann eilten sie über den Canyonboden nach Westen, zwischen der großen Wassermauer und der letzten der mächtigen Sequoien hindurch. Nirgal folgte mit knurrendem Magen.

Die Westwand des Canyons war mit Petroglyphen bedeckt: Tiere, Lingams, Yonis, Handabdrücke, Kometen und Raumschiffe, geometrische Figuren, der bucklige Flötenspieler Kokopelli – alle im Halbdunkel kaum sichtbar. In die Klippe war eine Treppe eingelegt, die einem fast vollkommenen Z aus Vorsprüngen folgte. Nochmal in den Bergauf-Rhythmus. Sein Magen fraß ihn von innen her auf, sein Kopf schwindelte. Eine schwarze Antilope reckte sich neben ihm über dem Felsen.

Oben standen ein paar Sequoien frei auf der Kante des Canyons. Als sie den Rand erreichten und wieder in das letzte Licht des Sonnenuntergangs kamen, sah er, dass diese Bäume einen Kreis bildeten, neun Bäume in einem rohen hölzernen Stonehenge mit einer großen Feuergrube im Zentrum.

Die Gruppe betrat den Kreis und schickte sich an, ein Feuer zu machen. Sie zogen den Antilopen das Fell ab und schnitten große Fleischstücke aus den Schenkeln. Nirgal schaute zu. Seine Beine zitterten wie die Nadel einer Nähmaschine, und das Wasser in seinem Mund lief wie ein Springbrunnen. Er schluckte immer wieder, als er den Saft des bratenden Fleisches roch, während Rauch zu den ersten Sternen aufstieg. Das Licht des Feuers wölbte sich wie eine Blase in die düstere Dämmerung und verwandelte den Baumkreis in ein flackerndes Zimmer ohne Dach. Die Nadeln im flackernden Licht sahen aus wie Kapillaren. Einige Bäume hatten hölzerne Wendeltreppen um ihre Stämme, bis hinauf in die Äste. Hoch über ihnen wurden Lampen angezündet, und Stimmen wie von Lerchen erklangen zwischen den Sternen.

Drei oder vier der Jäger sammelten sich um ihn und boten Fladenbrot an, das nach Gerste schmeckte, und einen scharfen Schnaps aus Tonkrügen. Sie erzählten ihm, dass sie den Sequoienkreis vor ein paar Jahren gefunden hätten.

Nirgal schaute sich um und fragte: »Was ist mit der … Anführerin der Jagd?«

»Oh, die Diana kann heute Nacht nicht mit uns schlafen.«

»Außerdem hat sie es vermasselt und will das auch nicht.«

»O doch! Du kennst doch Zo. Die hat immer einen Grund.«

Sie lachten und rückten näher an das Feuer. Eine Frau stocherte nach einem angekohlten Stück Fleisch und schwenkte es am Stock, damit es abkühlte. »Ich esse alles von dir, kleine Schwester.« Dann biss sie hinein.

Nirgal aß mit ihnen, dem feuchtheißen Geschmack des Fleisches hingegeben. Er kaute kräftig und verschlang die Nahrung.

Sein Körper brummte immer noch vor bebendem, benommenem Hunger. Essen! Essen!

Sein zweites Stück aß er langsamer und beobachtete die anderen. Sein Magen füllte sich rasch. Er dachte an den Abstieg die Schlucht hinunter. Es war erstaunlich, wozu der Körper, wenn man ihn forderte, imstande war. Das war eine außerkörperliche Erfahrung gewesen, oder vielmehr so tief im Innern des Körpers, dass es der Bewusstlosigkeit ähnlich gewesen war – als dringe man in das Kleinhirn ein, in jenes uralte Unterbewusstsein, das genau wusste, was man wie zu tun hatte. Ein Zustand der Gnade.

Ein harziger Ast spie Flammen aus der Glut. Nirgals Sehvermögen hatte sich noch nicht wieder beruhigt. Die Dinge hüpften und verschwammen mit Nachbildern. Der Speerwerfer und ein anderer Mann traten zu ihm. »Hier, trink das!«, und hielten ihm einen ledernen Behälter an die Lippen. Sie lachten, als er etwas bittere Milch in den Mund bekam. »Nimm etwas von dem weißen Bruder, Bruder!« Ein paar von den Leuten ergriffen Steine und schlugen sie rhythmisch gegeneinander. Einige tanzten um den Scheiterhaufen, heulten, rezitierten und sangen: »Auqakuh, Quahira, Harmakhis, Kasei, Auqakuh, Mangala, Ma'adim, Bahram.« Nirgal tanzte mit ihnen. Seine Erschöpfung war gebannt. Es war eine kalte Nacht, und man konnte sich auf das Feuer zu- oder von ihm fortbewegen, seine Strahlung auf kühler nackter Haut fühlen und sich wieder in die Kälte zurückziehen. Als alle heiß und verschwitzt waren, gingen sie in die Nacht hinaus und stolperten wieder auf den Canyon zu, den Rand entlang nach Süden. Eine Hand packte Nirgals Arm; und es sah so aus, als wäre die Diana neben ihm, hell im Dunkel. Aber es war zu dunkel, um sie genau zu erkennen. Und dann planschten sie in das Wasser des Reservoirs. Schrecklich kalt, untertauchen, hüftentief Schlamm und Sand, herzlähmend kalt. Dann aufstehen, hinauswaten, alle Sinne wild pulsierend, nach Luft schnappen, lachen. Eine Hand an seinem

Fußgelenk, und wieder fiel er mit dem Gesicht voran in das seichte Wasser. Lachen. Durch das dunkle Nass, frierend, sich die Zehen stoßend, »Au! Au!«, und zurück in den Baumkreis, in die Wärme. Durchnässt tanzten sie wieder; mit ausgestreckten Händen an die Hitze des Feuers gedrängt, umarmten sie seinen Glanz. Alle Körper im Feuerschein gerötet, die Sequoia-Nadeln blitzten auf vor den Nadelspitzen der Sterne, und die Tänzer hüpften im Rhythmus der Steintrommeln.

Als sie sich aufgewärmt hatten und das Feuer herunterbrannte, führten sie ihn zu einer der Sequoiatreppen. Auf den mächtigen Zweigen des Baums waren kleine Schlafplattformen angebracht, mit niedrigen Wänden und zum Himmel hin offen. Die Fußböden schwankten leicht in einer kalten Brise, die die tiefen, zarten Choralstimmen des Baumes geweckt hatte. Nirgal wurde auf der höchsten Plattform alleingelassen. Er packte sein Bettzeug aus und legte sich hin. Beim Chor des Windes in den Sequoia-Nadeln fiel er rasch in Schlaf.

In der Morgendämmerung erwachte er. Er setzte sich an der Wand seiner Plattform auf, überrascht, dass sich der ganze Abend nicht als Traum erwiesen hatte. Er schaute über die Kante: Der Boden war sehr weit unten. Es war, als säße er im Krähennest eines riesigen Schiffs, was eine blasse Erinnerung an sein hohes Bambuszimmer in Zygote wachrief; aber hier war alles sehr viel größer – die Sternenkuppel des Himmels, die entfernte, gezackte schwarze Linie des Horizonts. Das ganze Land war eine zerknitterte dunkle Decke, in die das Wasser des Reservoirs wie ein silberner Schnörkel eingefügt lag.

Er machte sich auf den Weg die Treppe hinunter. Es waren vierhundert Stufen. Der Baum war vielleicht 150 Meter hoch und stand über dem Abfall der ebenfalls 150 Meter hohen Canyonklippe. Im Licht vor dem Sonnenaufgang sah er auf den Wall hinab, über den sie die Antilopen zu treiben versucht hatten, betrachtete den Steilhang, den sie hinuntergeprescht waren, und den klaren Damm dahinter.

Er ging zurück zur Baumgruppe. Einige Jäger waren jetzt auf. Sie bemühten sich, das Feuer wieder anzufachen, und erschauerten in der Dämmerungskälte. Nirgal fragte, ob sie an diesem Tag weiterziehen würden. Sie würden. Nach Norden durch das Juventa-Chaos und dann weiter zum südwestlichen Ufer des Chryse-Golfs. Danach wussten sie noch nicht.

Nirgal fragte, ob er eine Weile bei ihnen bleiben könne. Sie sahen überrascht aus, musterten ihn und sprachen untereinander in einer Sprache, die er nicht kannte. Ja, er wollte die Diana wiedersehen. Aber es war noch mehr als das. Nichts in seinem *Lung-gom-pa* war so gewesen wie jene letzte halbe Stunde der Jagd. Natürlich hatte sein Lauf die Bühne für das Erlebnis bereitet, genau wie der Hunger und die Erschöpfung. Aber dann war etwas Neues geschehen. Beschneiter Waldboden, die Verfolgung zwischen den urtümlichen Bäumen, das Rennen in die Schlucht hinunter, die Szene unten am Damm.

Die Frühaufsteher nickten ihm zu. Er konnte mitkommen.

Den ganzen Tag marschierten sie auf einem komplizierten Pfad durch das Juventa-Chaos nach Norden. Am Abend kamen sie zu einer kleinen Mesa, deren Kappe komplett von einem Obstgarten mit Apfelbäumen eingenommen wurde. Eine Rampe führte dort hinauf. Die Bäume waren in die Form von Cocktailgläsern gestutzt worden, und jetzt trieben aus den knorrigen alten Zweigen neue Triebe in die Höhe. Während des Nachmittags zogen sie mit Leitern von Baum zu Baum, schnitten die dünnen Triebe ab und ernteten einige harte, saure und unreife kleine Äpfel.

In der Mitte des Obstgartens war ein runder Bau mit offenen Wänden und einem Dach. Sie nannten das ein Scheibenhaus. Nirgal ging hindurch und bewunderte die Konstruktion. Das Fundament war eine runde Betonplatte, die wie Marmor poliert war. Auch das Dach war rund und wurde von einem einfachen T aus inneren Wänden getragen – ein Durchmesser und ein Radius. In dem offenen Halbkreis waren Küche und Wohnraum, auf der anderen Seite Schlafzimmer und Bad. Die jetzt offene Umfassung konnte bei unfreundlichem Wetter durch transparente Wände aus Kuppelmaterial geschlossen werden, das wie Vorhänge rundherum gespannt wurde.

Die Frau, die die Antilopen zerlegt hatte, sagte Nirgal, dass es überall in Lunae Planum Scheibenhäuser gäbe. Auch andere Gruppen benutzten sie und pflegten die Obstgärten, wenn sie vorbeikamen. Sie waren alle Teil einer losen Koop und führten ein Nomadenleben mit etwas Ackerbau, Jagen und Sammeln. Jetzt kochte eine Gruppe die kleinen Äpfel und machte Apfelmus auf Vorrat, andere brieten über einem Feuer im Freien Antilopenfleisch oder arbeiteten in einer Räucherkammer.

Zwei runde Bäder neben dem Scheibenhaus dampften, und einige Leute legten ihre Kleider ab und hüpften in das kleine Bad, um sich vor dem Abendessen zu säubern. Sie waren sehr schmutzig, schließlich waren sie lange durch die Wildnis marschiert. Nirgal folgte der Frau (an ihren Händen klebte noch getrocknetes Blut) und gesellte sich im Bad zu ihnen. Das warme Wasser war wie eine andere Welt, als wäre die Hitze des Feuers in eine Flüssigkeit verwandelt worden, die man berühren und in die man den Körper eintauchen konnte.

Sie wachten in der Frühdämmerung auf und faulenzten am Feuer, kochten Kaffee und Kava, nähten Kleider und arbeiteten um das Scheibenhaus herum. Nach einer Weile sammelten sie ihre wenigen Reiseutensilien, löschten das Feuer und brachen auf. Jeder hatte einen Rucksack oder eine Gürteltasche; aber die meisten reisten wie Nirgal mit leichtem Gepäck, wenig mehr als eine dünne Schlafrolle und etwas Nahrung. Einige hatten Speere oder Pfeil und Bogen über der Schulter. Sie legten den ganzen Morgen ein scharfes Tempo vor und teilten sich dann in kleinere Gruppen, um Pinienzapfen, Eicheln, Wiesenzwiebeln und wilden Mais zu sammeln. Oder sie jagten nach Murmeltieren oder Fröschen und vielleicht auch größerem Wild. Sie waren hager. Die Rippen traten hervor, und die Gesichter waren schmal. Die Frau sagte ihm: »Wir bleiben gern etwas hungrig, dann schmeckt das Essen besser.« Und wirklich, jeden Abend schlang Nirgal nach einem langen Marsch sein Essen hinunter wie beim Laufen – zittrig und gierig. Und alles schmeckte wie Ambrosia. Sie legten jeden Tag große Strecken zurück und gerieten bei ihren ausgedehnten Jagden oft in katastrophales Terrain, das so rau war, dass es oft vier oder fünf Tage dauerte, ehe es ihnen gelang, sich alle beim nächsten Scheibenhaus in seinem Obstgarten wiederzufinden. Da Nirgal nicht wusste, wo sich die Häuser befanden, musste er sich immer an die Jäger halten. Einmal ließen sie ihn die vier Kinder der Gruppe auf einer leichteren Strecke über das verkraterte Gelände von Lunae Planum führen; und die Kinder sagten ihm jedes Mal, wenn er sich entscheiden musste, welche Richtung einzuschlagen war. Sie erreichten als Erste das nächste Scheibenhaus. Den Kindern gefiel das. Oft wurden sie von den größeren Gruppen gefragt, wann sie ein Scheibenhaus verlassen sollten. »He, ihr Kleinen, ist es Zeit zu gehen?« Dann antworteten sie einstimmig sehr sicher mit Ja oder Nein. Einmal gerieten zwei Erwachsene in Streit und mussten danach ihre Ansichten den vier Kindern vortragen, die gegen einen von ihnen entschieden. Die Frau erklärte Nirgal: »Wir lehren sie, sie urteilen über uns. Sie sind hart, aber fair.«

Sie ernteten etwas vom Ertrag der Obstgärten: Pfirsiche, Birnen, Aprikosen, Äpfel. Wenn eine Ernte überreif war, dann nahmen sie alles, kochten es ein und füllten es in Flaschen als Soßen oder Chutneys und ließen es in großen Speiseschränken für andere Gruppen oder sich selbst zurück. Dann zogen sie weiter, nach Norden über Lunae Planum, bis zum Großen Steilhang, der hier in nur wenigen Hundert Kilometern dramatisch vom Lunae-Hochplateau über fünftausend Meter bis zum Chryse-Golf, der nur etwas über tausend Höhenmeter lag, abfiel.

Der Weg über dieses steile Terrain war schwierig. Das Land war schroff, aufgerissen und zersplitterte in Millionen kleiner Verformungen. Hier waren keine Wege angelegt, und es gab kaum ein Durchkommen. Es ging bergauf und bergab, hin und her. Und keine Scheibenhäuser weit und breit und kaum Nahrung zu finden. Ein Kind rutschte aus, als sie eine Reihe von Korallenkakteen kreuzten, die das Land wie ein Zaun aus Stacheldraht säumten, und es fiel mit dem Knie in ein Büschel Dornen. Dann dienten die Magnesiumstangen als Gerüst für eine Trage, und sie zogen weiter nach Norden, wobei sie den weinenden Jungen mit sich trugen. Die besten Jäger hielten sich mit Pfeilen und Bogen an den Flanken der Gruppe, um zu sehen, ob sie etwas erlegen könnten, das vorbeihuschte. Nirgal bemerkte einige Fehlschüsse. Dann erlegte ein weit fliegender Pfeil ein fliehendes Kaninchen, das taumelte und fiel. Dann töteten sie es. Ein erstaunlicher Schuss, der sie alle veranlasste, schreiend herumzuspringen. Um den Schuss zu feiern, verbrauchten sie mehr Kalorien, als sie zurückbekommen würden, wenn sie die winzigen Stücke Kaninchenfleisch, die der Anteil jedes Einzelnen waren, verzehrten. »Ritueller Kannibalismus an unserem Nagetierbruder«, sagte die Frau verächtlich, als sie ihr Stück aß. »Sagt nie wieder, dass es so etwas wie Glück nicht gibt!« Aber der ungestüme Speerwerfer lachte sie bloß aus, und die anderen schienen sich über ihren Happen Fleisch zu freuen.

Dann trafen sie später am gleichen Tag auf einen jungen Karibu-Bullen, der sich verlaufen zu haben schien. Ihre Nahrungsprobleme wären gelöst, wenn sie ihn erwischen konnten. Aber er war vorsichtig, trotz seines verwirrten Verhaltens, hielt sich jenseits der Reichweite auch des weitesten Pfeilschusses und setzte sich von der Gruppe ab den Großen Steilhang hinunter, vor den Augen aller Jäger, die auf dem Hang verblieben waren.

Schließlich ließen sie sich alle auf Hände und Knie nieder und krabbelten mühsam über den mittäglich heißen Fels, um den Karibu zu umzingeln. Aber der Wind blies von hinten; und der Karibu bewegte sich scheu noch weiter hinunter und wandte sich nach Norden. Unterwegs graste er und schaute immer neugieriger auf seine Verfolger zurück, als fragte er sich, warum sie mit diesem Spiel fortfuhren. Auch Nirgal wunderte sich. Und er war offenbar nicht allein. Die Skepsis des Karibus hatte sie angesteckt. Leise und kräftigere Pfiffe erklangen, offenbar eine Debatte über Strategie. Nirgal begriff, dass das Jagen schwierig war und dass die Gruppe oft versagte. Dass sie dabei vielleicht nicht sehr gut waren. Sie wurden auf dem Fels geröstet und hatten seit einigen Tagen nicht mehr ordentlich gegessen. Das gehörte für diese Leute zum Leben, machte aber diesmal wirklich keinen Spaß mehr.

Als sie weiterzogen, schien sich der Horizont im Osten unter ihnen zu verdoppeln. Der Chryse-Golf schimmerte blau und flach, noch immer weit unter ihnen. Während sie dem Karibu den Abhang hinabfolgten, kam das Meer immer stärker ins Blickfeld. Der Große Steilhang war hier so steil, dass nicht einmal die enge Krümmung des Mars die Fernsicht behinderte; und sie konnten viele Kilometer weit über den Golf hinausblicken. Das Meer, das blaue Meer!

Vielleicht konnten sie den Karibu gegen das Wasser hin treiben. Aber jetzt wandte er sich nach Norden quer zum Abhang des Steilhangs. Sie krochen über eine kleine Bodenwelle hinter ihm her und hatten plötzlich einen guten Blick zur Küste hinunter. Grüner Wald neben dem Wasser, kleine weiß getünchte Gebäude unter den Bäumen. Ein weißer Leuchtturm auf einem steilen Felsen.

Als sie weiter nach Norden zogen, erschien über dem Horizont eine Kurve in der Küste. Genau dahinter lag eine Stadt an einer halbmondförmigen Bucht auf der Südseite von etwas, das sie jetzt als einen Meeresarm oder besser einen Fjord erkannten; denn jenseits einer schmalen Wasserstraße erhob sich eine Wand, die noch steiler war als der Steilhang, auf dem sie sich befanden. Dreitausend Meter roter Fels ragten aus der See. Die gigantische Klippe erschien wie der Rand eines Kontinents. Die horizontalen Schichtungen waren durch den Wind von Milliarden Jahren tief eingeschnitten. Nirgal erkannte sofort, wo sie waren. Die massive Klippe war die dem Meer zugewandte Böschung der Sharanov-Halbinsel, der Fjord deshalb der Kasei-Fjord und die Hafenstadt folglich Nilokeras. Sie hatten einen weiten Weg hinter sich.

Die Pfeiftöne zwischen den Jägern wurden sehr laut und ausdrucksvoll. Etwa die Hälfte der Gruppe richtete sich über einem Steinfeld auf. Sie schauten einander an, als wäre ihnen allen gleichzeitig plötzlich etwas eingefallen. Dann erhoben sie sich und gingen den Weg hinunter zur Stadt. Sie gaben das Karibu auf und ließen es äsen. Nach einer Weile hüpften und sprangen sie unter Gebrüll und Gelächter bergab. Die Träger mit dem verletzten Jungen ließen sie hinter sich.

Weiter unten warteten sie aber, unter den hohen Hokkaido-Fichten am Rand der Stadt. Als die Träger sie einholten, gingen sie zusammen zwischen den Bäumen hinunter in die oberen Straßen der Stadt. Die laute Schar kam an schönen Häusern mit großen Fensterfronten vorbei, die den dicht gefüllten Hafen überblickten, direkt zu einer Klinik, als wüssten sie genau, wohin sie gingen. Sie lieferten den verletzten Jungen ab und besuchten dann die öffentlichen Bäder. Nach einem schnellen Bad gingen sie zu der gekrümmten Geschäftsstraße hinter den Docks und fielen in drei oder vier benachbarte Restaurants mit Tischen unter Sonnenschirmen und Reihen leuchtender Glühbirnen ein. Nirgal setzte sich mit den Jüngeren an einen Tisch in einem Fischlokal. Nach einer Weile kam der verletzte Junge mit verbundenem Knie und Wade hinzu; und sie alle aßen gewaltige Mengen Krabben, Muscheln, Forellen, frisches Brot, Käse, Bauernsalat und tranken literweise Wasser, Wein und Ouzo – alles in solchem Übermaß, dass sie, als sie genug hatten, davonstolperten, betrunken und mit prall wie Trommeln gefüllten Mägen.

Einige gingen unmittelbar in ihre übliche Herberge, sagte die Frau, um sich hinzulegen oder sich zu übergeben. Der Rest hinkte am Gebäude vorbei zu einem nahe gelegenen Park, wo eine Aufführung von Tyndalls Oper *Phyllis Boyle* mit anschließendem Tanz stattfand.

Nirgal lag mit der Parkgruppe ausgestreckt im Gras hinter dem Publikum. Wie die anderen war er von der Leistung der Sänger und der schieren Üppigkeit des von Tyndall eingesetzten Orchesterklangs fasziniert. Als die Oper zu Ende war, hatten einige aus der Gruppe ihren Schmaus hinlänglich verdaut, um zu tanzen; und Nirgal machte mit. Nach einer Stunde Tanz ging er, wie viele andere aus dem Publikum, zur Band. Er trommelte so lange, bis sein ganzer Körper wie das Magnesium der Steeldrums dröhnte.

Aber er hatte zu viel gegessen; und als einige aus der Gruppe wieder in die Herberge zurückkehrten, beschloss er, mit ihnen zu gehen. Auf dem Heimweg sagten irgendwelche Passanten so etwas wie: »Schaut euch diese Wilden an!«, und der Speerwerfer heulte. Er drängte zusammen mit einigen der jungen Jäger die Passanten gegen eine Mauer und brüllte Beschimpfungen: »Haltet die Fresse, oder wir werden euch das Fell gerben! Ihr Ratten im Käfig, ihr Drogensüchtigen, ihr Schlafwandler, ihr verdammten Erdwürmer! Ihr denkt, ihr könnt Drogen nehmen und bekommen, was wir kriegen. Wir werden euch in den Arsch treten, dann werdet ihr richtig etwas fühlen. Ihr werdet sehen, was wir meinen!« Dann zog Nirgal ihn zurück und sagte: »Komm schon, mach keinen Ärger!« Und die Passanten stürzten sich mit Gebrüll auf sie, Männer mit harten Fäusten und Füßen, die nicht betrunken, aber ziemlich wütend waren. Die jungen Jäger mussten sich zurückziehen und sich dann von Nirgal wegführen lassen, als die Passanten sich damit zufriedengaben, sie verscheucht zu haben. Die Leute schrien weiter Beschimpfungen, torkelten die Straße hinauf, hielten sich ihre Blessuren, lachten und knurrten, zutiefst von sich selbst überzeugt. »Verdammte Schlafwandler, eingepackt in Geschenkdosen, wir werden euch in den Arsch treten! Wir werden euch samt eurer Puppenhäuser ertränken! Dämliche Schafe, das seid ihr!«

Nirgal drängte sie weiter und musste dabei kichern. Die Radaubrüder waren sehr betrunken, und Nirgal war selbst nicht viel nüchterner. Als sie zu ihrer Herberge kamen, schaute er in die Kneipe gegenüber, sah die Frau dort sitzen und ging mit dem Rest der wilden Kerle hinein. Er saß da und beobachtete die Burschen eine Weile, während er einen Cognac trank und ihn über die Zunge rollen ließ. »Wilde« hatten die Passanten sie genannt. Die Frau schaute ihn an, als überlegte sie, was er wohl dachte. Viel später stand er mühsam auf und verließ die Kneipe mit den anderen, ging unsicher über die gepflasterte Straße und summte mit, als sie »Swing Low, Sweet Chariot« grölten. Auf dem Obsidianwasser des Kasei-Fjords schaukelten die Sterne auf und ab. Geist und Leib voller Empfindungen, süße Erschöpfung als Zustand der Gnade.

Am nächsten Morgen schliefen sie lang und erwachten spät, benommen und verkatert. Sie lagen eine Weile in ihrem Schlafsaal und schlürften Kavajava. Dann gingen sie die Treppe hinunter und aßen, obwohl sie behaupteten, noch vollgestopft zu sein, ein mächtiges Herbergenfrühstück. Während des Essens beschlossen sie, fliegen zu gehen. Die vom Kasei-Fjord herunterkommenden Winde waren so stark wie kaum andere auf diesem Planeten; und Windsurfer und Flieger aller Arten waren nach Nilokeras gekommen, um das auszunutzen. Natürlich konnten jederzeit Howler die Situation kippen lassen und den Spaß für alle, außer den großen Windreitern, beenden. Aber die durchschnittliche steife Brise des Tages war fantastisch.

Der Startpunkt der Flieger war eine Kraterrandinsel fern der Küste namens Santorini. Nach dem Frühstück ging die Gruppe zusammen hinunter zu den Docks und bestieg eine Fähre. Eine halbe Stunde später schifften sie sich auf der kleinen bogenförmigen Insel aus und wanderten mit den anderen Passagieren zum Segelflugplatz.

Nirgal war seit Jahren nicht mehr geflogen, und es war ein großes Vergnügen, sich in der Gondel eines Luftschiffgleiters anzuschnallen, den Mast hochzurasen, dann loszumachen und bei den kräftigen Aufwinden, die über den steilen inneren Rand von Santorini bliesen, in den Himmel zu steigen. Als Nirgal aufstieg, sah er, dass die meisten Flieger Birdsuits der einen oder anderen Art trugen. Es sah aus, als flöge er in einem Schwarm breitflügliger Kreaturen, die nicht wie Vögel aussahen, sondern eher wie fliegende Füchse oder mythische Mischwesen wie der Greif oder Pegasus. Vogelmenschen. Die Birdsuits waren verschiedenartig und ahmten in gewisser Hinsicht unterschiedliche Arten nach: Albatros, Adler, Mauersegler, Lämmergeier … Jeder Anzug umschloss seinen Träger im Endeffekt mit einem sich ständig verändernden Exoskelett, das auf Druck von innen, vom Körper des Fliegers, reagierte, um Positionen einzunehmen und zu halten oder bestimmte Bewegungen auszuführen, die entsprechend der ausgeübten Kraft verstärkt wurden, sodass die Muskeln des Menschen mit den großen Flügeln schlagen oder sie gegen die gewaltige Kraft der Windstöße in einer bestimmten Stellung halten konnten, während gleichzeitig die stromlinienförmigen Helme und Schwanzfedern in den richtigen Positionen gehalten wurden. Anzug-KIs halfen den Fliegern, die Hilfe wollten, und konnten sogar als Autopiloten fungieren. Aber die meisten Flieger zogen es vor, selbst zu denken, und kontrollierten den Anzug wie einen Roboterarm, der die Kraft der eigenen Muskeln vielfach verstärkte.

Nirgal saß in seinem Luftgleiter und beobachtete mit Vergnügen und Besorgnis zugleich, wie die Vogelmenschen in schrecklichen Stürzen an ihm vorbei auf das Meer zuschossen, dann ihre Flügel ausbreiteten, wegkurvten und wieder mit dem Aufwind der inneren Kraterwand aufstiegen. Es sah für Nirgal so aus, als erforderten die Birdsuits ein hohes fliegerisches Geschick. Sie waren das Gegenstück zu den Luftgleitern, von denen einige mit Nirgal über die Insel schwirrten und in viel sanfteren Kurven auf- und abstiegen und die Aussicht genossen wie wendige Ballonfahrer.

Dann entdeckte Nirgal neben sich, in einer ansteigenden Spirale an ihm vorbeischwirrend, das Gesicht der Diana, der Frau, die die Jagd angeführt hatte. Sie erkannte ihn auch, hob das Kinn und entblößte in einem flüchtigen Lächeln die Zähne. Dann zog sie die Flügel ein, kippte nach vorn und fiel mit einem schrecklichen Geräusch hinab. Nirgal beobachtete sie von oben mit ängstlicher Erregung und dann einem Moment des Schreckens, als sie dicht am Rande der Klippe von Santorini hinabtauchte. Aus seiner Perspektive hatte es ausgesehen, als würde sie aufschlagen. Dann war sie wieder oben und stieg im Aufwind in engen Spiralen hoch. Das sah so anmutig aus, dass er sich vornahm, selbst zu lernen, in einem Birdsuit zu fliegen, selbst als er merkte, dass sein Puls immer noch vom Anblick ihres Sturzflugs raste. Fallen und Steigen, Fallen und Steigen – kein Luftgleiter konnte so fliegen, nicht einmal annähernd. Vögel waren die großartigsten Flieger, und die Diana flog wie ein Vogel. Jetzt waren die Menschen, zusätzlich zu allem anderen, auch noch zu Vögeln geworden.

Mit ihm, hinter ihm, um ihn, als führten sie einen jener kühnen Balztänze auf, mit denen Mitglieder mancher Vogelarten umeinander werben. Nach ungefähr einer Stunde lächelte sie ihm ein letztes Mal zu, kippte nach hinten und tauchte weg. Dann segelte sie in lässigen Kreisen zu dem Flughafen in Phira. Nirgal folgte ihr nach unten und landete eine halbe Stunde später mit einer Drehung gegen den Wind. Er lief los und hielt kurz vor ihr an. Sie hatte gewartet, die Flügel auf dem Boden ausgebreitet.

Sie ging in einem Kreis um ihn herum, ganz als führte sie immer noch einen Balztanz auf. Dann ging sie zu ihm, zog die Kapuze zurück und enthüllte ihren Kopf. Ihr schwarzes Haar schimmerte in dem Licht wie ein Krähenflügel. Die Diana. Sie reckte sich auf Zehenspitzen und küsste ihn voll auf den Mund. Dann trat sie zurück und musterte ihn ernst. Er erinnerte sich, wie er sie nackt vor der Jagd hatte laufen sehen, mit einem grünen Schal winkend.

»Frühstück?«, fragte sie.

Es war schon Nachmittag, und er hatte großen Hunger. »Sicher.«

Sie aßen im Restaurant des Segelflughafens, blickten auf den Bogen der kleinen Bucht der Insel, die Weite der Sharanov-Klippen und die Kunststücke der Flieger, die noch in der Luft waren. Sie sprachen über das Fliegen und das Laufen übers Land. Über die Jagd nach den drei Antilopen und die Inseln des Nordmeers und den großen Fjord von Kasei, der seinen Wind über sie strömen ließ. Sie flirteten; und Nirgal fühlte die angenehme Erwartung darauf, wo das hinzielte. Er schwelgte darin. Es war lange her. Auch das war ein Teil des Abstiegs in die Stadt, in die Zivilisation. Flirten, Verführung. Wie wundervoll war das alles, wenn man interessiert war und sah, dass auch die andere Person Interesse zeigte! Sie war noch recht jung, nahm er an. Aber ihr Gesicht war von der Sonne verbrannt, und die Haut hatte Falten um die Augen – keine Jugendliche. Sie sagte, sie sei auf den Jupitermonden gewesen, hatte an der neuen Universität von Nilokeras gelehrt und sich jetzt für einige Zeit den Wilden angeschlossen. Vielleicht zwanzig M-Jahre alt oder älter. In diesen Tagen schwer zu sagen. Auf jeden Fall eine Erwachsene. In diesen ersten zwanzig M-Jahren erwarben die Leute den Großteil der Erfahrung, die ihnen je zuteilwerden würde. Danach war es nur noch Wiederholung. Er hatte alte Narren und junge Weise fast ebenso oft getroffen wie das Gegenteil. Sie waren beide Erwachsene und Altersgenossen. Und da waren sie nun und erlebten gemeinsam die Erfahrung der Gegenwart.

Nirgal beobachtete ihr Gesicht, wenn sie sprach. Sorglos, schlau, vertrauensvoll. Eine Minoerin: dunkles Haar, dunkle Augen, Adlernase, volle Oberlippe. Mediterrane Vorfahren. Vielleicht griechisch, arabisch, indisch. Wie bei den meisten *Yonsei* war das schwer zu sagen. Sie war einfach eine Marsianerin, sprach Dorsa-Brevia-Englisch. Und der Ausdruck ihrer Augen, als sie ihn beobachtete – wie oft war das auf seinen Wanderungen geschehen. Eine Konversation, die an einer Stelle eine Wendung nahm; und dann flog er plötzlich mit irgendeiner Frau in den langen Gleitflug der Verführung, und der Flirt führte in ein Bett oder eine tiefe Senke in den Hügeln …

»He, Zo!«, sagte die Jäger-Frau im Vorbeigehen. »Gehst du mit uns zum Ahnenhals?«

»Nein«, antwortete Zo.

»Ahnenhals?«, fragte Nirgal.

»Boone's Neck«, sagte Zo. »Die Stadt oben auf der polaren Insel.«

»*Ahnen?*«

»Sie ist John Boones Ururenkelin«, erklärte die Metzgerfrau.

»Über wen?«, fragte Nirgal und schaute Zo an.

Sie sagte: »Jackie Boone. Meine Mutter.«

»Ah!«, brachte Nirgal noch heraus.

Er lehnte sich in seinem Sessel zurück. Das Baby, das er Jackie in Cairo hatte stillen sehen. Die Ähnlichkeit mit ihrer Mutter fiel ihm jetzt, da er es wusste, deutlicher auf. Er bekam eine Gänsehaut, und die Haare sträubten sich an seinen Unterarmen. Er schlang die Arme um sich und zitterte. »Ich bin wohl echt alt.«

Sie lächelte; und er merkte plötzlich, dass sie gewusst hatte, wer er war. Sie hatte mit ihm gespielt, ihm vielleicht als Experiment eine kleine Falle gestellt oder um ihrer Mutter zu missfallen oder aus irgendeinem anderen Grund, den er sich nicht vorstellen konnte. Aus Spaß.

Jetzt sah sie ihn finster an und versuchte ernst zu wirken. Sie sagte: »Das spielt keine Rolle.«

»Nein«, sagte er. Denn es waren noch mehr Wilde da draußen.

ELFTER TEIL

VIRIDITAS

Es war eine chaotische Zeit. *Der Bevölkerungsdruck trieb alles an. Der allgemeine Plan, um die hypermalthusianischen Jahre zu überstehen, war klar und funktionierte recht gut. Jede Generation wurde kleiner. Nichtsdestoweniger gab es jetzt 18 Milliarden Menschen auf der Erde und 18 Millionen auf dem Mars. Und es wurden ständig mehr geboren, und es zogen auch immer mehr Menschen von der Erde zum Mars um. Auf beiden Welten schrien die Leute: genug, genug!*

Wenn die Terraner hörten, wie die Marsianer »Genug!« schrien, wurden einige von ihnen wütend. Der Begriff der Aufnahmefähigkeit bedeutete nichts angesichts der reinen Zahlen und den Bildern auf den Schirmen. Die Globale Marsregierung tat unablässig, was sie konnte, um mit dieser Wut fertigzuwerden. Sie erklärte, dass der Mars mit seiner dünnen neuen Biosphäre nicht so viele Leute ernähren konnte wie die fette alte Erde. Sie setzte auch die Raketenindustrie des Mars auf das Shuttlegeschäft an und erweiterte rasch ein Programm zur Umwandlung von Asteroiden in schwebende Städte. Dieses Programm war ein unerwarteter Ableger eines Teils des ehemaligen Strafvollzugswesens. Seit vielen Jahren war die Strafe für schwere Verbrechen auf dem Mars die totale Verbannung vom Planeten gewesen, die mit einigen Jahren Haft und Arbeitslager im Asteroidengürtel begann. Nachdem sie ihre Strafe abgedient hatten, war der Marsregierung gleichgültig, wohin die Verbannten gingen, solange sie nicht auf den Mars zurückkehrten. Also gab es unvermeidlicherweise einen ständigen Strom von Menschen nach Hebe. Sie wurden ausgeschifft und dienten ihre Zeit ab, um dann woanders hinzuziehen. Manchmal hinaus zu den immer noch dünn bevölkerten äußeren Satelliten, manchmal zurück ins innere System, aber oft zu einer der vielen Kolonien in den ausgehöhlten Asteroiden, die gerade eingerichtet wurden. Da Vinci und einige andere Koops entwickelten die nötige Tech-

nik für den Start dieser Siedlungen, und viele andere Organisationen taten dasselbe, denn das Vorgehen war eigentlich recht einfach. Suchteams hatten im Asteroidengürtel Tausende geeignete Kandidaten für die Bearbeitung gefunden und ließen auf den vielversprechendsten die Ausrüstung für ihre Umgestaltung zurück. Dann machte sich eine Schar von sich selbst reproduzierenden Grabe-Robotern an einem Ende des Asteroiden an die Arbeit, die sich wie Hunde ins Gestein wühlten, den meisten Abraum in den Weltraum schleuderten und den Rest zur Herstellung und Betankung weiterer Roboter benutzten. Wenn der Fels ausgehöhlt war, wurde das offene Ende abgedeckt und der Asteroid in Rotation versetzt, sodass die Zentrifugalkraft innen ein Äquivalent zur Schwerkraft herstellte. Starke Lampen, die Sonnenreihen oder Sonnenflecke hießen, wurden in den Zentren dieser hohlen Zylinder angebracht und lieferten eine Beleuchtung, die dem Tag auf der Erde oder dem Mars entsprach. Die Schwerkraft wurde so eingestellt, dass es kleine, der auf dem Mars oder Erde äquivalente Städte gab, dazu noch eine Reihe, die irgendwo dazwischen war, vor allem solche mit geringerer Schwerkraft. Viele der kleinen Welten experimentierten mit grenzwertig geringer Schwerkraft.

Es gab zwischen diesen neuen Stadtstaaten einige Allianzen und oft auch Verbindungen zu Gründerorganisationen auf der jeweiligen Heimatwelt. Aber es gab keine Gesamtorganisation. Seitens der Unabhängigen, besonders jener, die größtenteils von Mars-Exilanten besetzt waren, hatte es in früheren Tagen eher feindseliges Verhalten gegenüber Durchreisenden gegeben, einschließlich der Versuche, Passagezölle für Raumschiffe zu erheben, die so schreiend hoch waren, dass es an Piraterie grenzte. Aber die neuen Shuttles bewegten sich mit sehr hohen Geschwindigkeiten durch den Gürtel und hielten sich etwas oberhalb oder unterhalb der Ekliptik, um Staub und Schmutz zu vermeiden, die mit der Aushöhlung neuer Asteroiden immer mehr wurden. Es war schwierig, von diesen Schiffen Zoll zu erheben, ohne mit ihrer völligen Vernichtung zu drohen, was schwere Entschädigungen herausforderte. Darum hatte sich der Zoll als kurzlebig erwiesen.

Jetzt, da sowohl die Erde als auch der Mars einen immer schärfer werdenden Bevölkerungsdruck erfuhren, taten die Koops des Mars alles, was sie konnten, um die rasche Entwicklung neuer Asteroidenstädte anzuregen. Sie errichteten auch große neue überkuppelte Siedlungen auf den Monden von Jupiter und Saturn und neuestens auch Uranus. Neptun und vielleicht Pluto würden folgen. Die großen Satelliten der inneren Gasriesen waren gigantisch, praktisch kleine Planeten, und hatten jetzt alle Bewohner, die mit Terraformingprojekten anfingen, die, je nach lokaler Gegebenheit, mehr oder weniger langfristig angelegt waren. Keiner von ihnen konnte rasch terraformt werden; aber bei allen schien es, zumindest in gewissem Umfang, doch möglich. Ein paar boten gar die verlockende Gelegenheit einer ganz neuen Welt. Zum Beispiel kam Titan allmählich aus seinem Stickstoffdunst heraus, da Siedler, die auf den kleineren Monden in der Nähe lebten, den Sauerstoff unter der Oberfläche des großen Mondes in seine Atmosphäre entließen. Titan hatte die richtige Mischung flüchtiger Substanzen für Terraforming, und obwohl er wegen seiner großen Entfernung von der Sonne nur ein Prozent der Sonneneinstrahlung der Erde bekam, lieferte eine umfangreiche Serie von Spiegeln ständig mehr zusätzliches Licht; und die Einheimischen erwogen die Möglichkeit freier Deuteriumfusionslampen, die Titan umkreisen und noch stärker erhellen würden. Das wäre eine Alternative zu einer anderen Einrichtung, der sogenannten Gaslaterne, die Saturnsystem-Bewohner bisher nicht hatten einsetzen wollen. Diese Gaslaternen flogen durch die oberen Atmosphären von Jupiter und Uranus. Sie sammelten und verbrannten Helium-3, und das Licht wurde durch elektromagnetische Scheiben nach außen gespiegelt. Aber am Saturn hatte man sie abgelehnt, weil man das Aussehen des Ringplaneten nicht verändern wollte.

Überall in diesen entlegenen Gebieten waren die Kooperativen des Mars sehr geschäftig und halfen den Marsianern und Terranern, in eine der neuen kleinen Welten auszuwandern. Und als der Prozess weiterging, und erst hundert und dann tausend Asteroiden und kleine Monde eine Bevölkerung und einen Namen erhielten, fing der Prozess

Feuer und wurde zu etwas, das manche die »explosive Diaspora«, andere einfach das »Accelerando« nannten. Die Leute fanden an der Idee Gefallen; und das Projekt gewann einen Schwung, der überall bemerkt wurde und ein zunehmendes Gefühl für die menschliche Schaffenskraft, ihre Vitalität und Vielfalt ausdrückte. Man verstand das Accelerando auch als Reaktion der Menschheit auf die extreme Krise durch den Bevölkerungsanstieg, die so schlimm war, dass sie die Große Flut von 2126 vergleichsweise wie eine etwas größere Sturmflut erscheinen ließ. Es war eine Krise, die eine endgültige Katastrophe hätte auslösen können, ein Absinken in Chaos und Barbarei. Stattdessen wurde ihr aber frontal mit dem größten Aufblühen von Zivilisation in der Geschichte begegnet. Einer neuen Renaissance.

Viele Historiker, Soziologen und andere Beobachter des gesellschaftlichen Lebens versuchten, die dynamische Natur dieses höchst selbstbewussten Zeitalters zu deuten. Eine Schule von Historikern, die sogenannte Sintflutgruppe, blickte auf die große Überschwemmung der Erde zurück und erklärte, dass sie die Ursache der neuen Renaissance gewesen sei. Ein erzwungener Sprung auf eine höhere Ebene. Eine andere Schule von Denkern zog die sogenannte Technische Deutung vor. Die Menschheit hatte wieder einen Übergang zu neuer technischer Kompetenz durchgemacht, der, wie sie behaupteten, etwa alle fünfzig Jahre seit der ersten industriellen Revolution stattfände. Die Sintflutgruppe neigte dazu, den Ausdruck Diaspora *zu verwenden, die Techniker bevorzugten* Accelerando. *Dann schrieb und veröffentlichte die Marshistorikerin Charlotte Dorsa Brevia eine gewichtige vielbändige Metageschichte, wie sie sie nannte, die behauptete, dass die große Flut tatsächlich der Auslösepunkt gewesen sei, der zu technischen Fortschritten geführt und den Mechanismus zu neuen Möglichkeiten in Gang gesetzt hätte; aber der spezifische Charakter der neuen Renaissance sei durch etwas viel Elementareres verursacht worden, nämlich den Übergang von einem globalen sozio-ökonomischen System zum nächsten. Sie beschrieb, was sie einen »residualen/emergenten Komplex überlappender Paradigmen« nannte, wonach jede große sozio-ökonomische Ära zu etwa gleichen Teilen aus benach-*

barten Systemen ihrer unmittelbaren Vergangenheit und Zukunft zusammengesetzt wäre. Die Perioden direkt davor und danach waren jedoch nicht als einzige beteiligt. Sie bildeten den Großteil eines Systems und enthielten dessen widersprüchlichste Komponenten; aber zusätzliche wichtige Merkmale kamen von besonders ausdauernden Aspekten archaischer Systeme sowie auch schwachen zögernden Vorahnungen von Entwicklungen, die erst viel später aufblühen würden.

Darum bestand, um ein Beispiel anzuführen, Feudalismus für Charlotte aus den Resten des überkommenen Systems absoluter religiöser Monarchie und dem aufkommenden System des Kapitalismus – mit wichtigen Nachklängen des noch archaischeren Kastenwesens und leichten Andeutungen eines späteren individualistischen Humanismus. Das Verhältnis dieser Kräfte verlagerte sich im Laufe der Zeit, bis die Renaissance des sechzehnten Jahrhunderts das Zeitalter des Kapitalismus einleitete. Demnach bestand der Kapitalismus aus widersprüchlichen Elementen eines absterbenden Feudalismus und einer emporkommenden künftigen Ordnung, die jetzt erst definiert werden konnte und die Charlotte Demokratie nannte. Und jetzt, so behauptete Charlotte, befand man sich – zumindest auf dem Mars – im demokratischen Zeitalter selbst. Darum war Kapitalismus wie alle anderen Epochen die Kombination zweier scharf gegensätzlicher Systeme gewesen. Die Unverträglichkeit seiner wesentlichen Bestandteile wurde durch die unglückliche Erfahrung mit dem kritischen Schatten des Kapitalismus, dem Sozialismus, unterstrichen, der über wahre Demokratie theoretisiert und nach ihr gerufen hatte. Aber im Versuch ihrer Realisierung hatte er die in jener Zeit verfügbaren Methoden benutzt, nämlich die gleichen feudalen Methoden, wie sie auch im Kapitalismus vorherrschten. Darum hatten sich beide Versionen der Mischung am Ende als ebenso destruktiv und ungerecht erwiesen wie ihr gemeinsamer Vorfahr. Die feudalen Hierarchien im Kapitalismus hatten sich in den sozialistischen Experimenten gespiegelt. Und so war die ganze Ära ein erbitterter chaotischer Kampf geblieben, der etliche unterschiedliche Versionen des dynamischen Kampfes zwischen Feudalismus und Demokratie zum Ausdruck brachte.

Aber auf dem Mars war endlich dem kapitalistischen das demokratische Zeitalter entsprungen. Und auch dieses Zeitalter war gemäß der Logik von Charlottes Paradigma zwangsweise ein Aufeinandertreffen von Altem und Neuem, von den strittigen konkurrierenden Resten des kapitalistischen Systems und einigen sich abzeichnenden Aspekten einer Ordnung jenseits von Demokratie, die man noch nicht voll beschreiben konnte, da es sie bisher nicht gab, die Charlotte »Harmonie« oder »Allgemeinen Guten Willen« zu nennen wagte. Diesen spekulativen Sprung machte sie teils durch genaue Untersuchung der Unterschiede zwischen kooperativer Ökonomie und Kapitalismus und teils durch Annahme einer noch weiteren metahistorischen Perspektive. Sie identifizierte eine breitere allgemeine Entwicklung in der Geschichte, die Kommentatoren ihre »Große Schaukel« nannten, eine Bewegung von den tiefen Hierarchien unserer urtümlichen Vorfahren auf der Savanne zu der sehr langsamen, unsicheren, schwierigen und nicht determinierten freien Erscheinung einer reinen Harmonie und Gleichheit, die dann die wahrhaftigste Demokratie kennzeichnen würde. Diese beiden langfristigen konkurrierenden Elemente hatte es laut Charlotte schon immer gegeben, und diese hätten die große Schaukel erzeugt, wobei die Balance sich in der ganzen bisherigen menschlichen Geschichte langsam und unregelmäßig verlagerte. Dominante Hierarchien hatten jedem jemals realisierten System zugrunde gelegen; aber zur gleichen Zeit waren demokratische Werte immer eine Hoffnung und ein Ziel gewesen, das im Selbstbewusstsein jedes Primaten zum Ausdruck kam und damit in der Ablehnung von Hierarchien, die ja immer gewaltsam aufgezwungen werden mussten. Und als die Schaukel dieser Meta-Metageschichte im Laufe der Jahrhunderte die Balance verlagert hatte, so hatten die bemerkenswert unvollkommenen Versuche der Errichtung einer Demokratie langsam an Kraft gewonnen. Einst hatte ein sehr kleiner Prozentsatz von Menschen in Sklavenhalter-Gesellschaften wie dem antiken Griechenland oder dem revolutionären Amerika als Gleiche unter Gleichen gegolten; was sich in den späteren »kapitalistischen Demokratien« nur wenig erweitert hatte. Aber jedes Mal, wenn ein

System zum nächsten überging, war der Kreis gleicher Bürger mehr oder weniger weiter aufgeblüht, bis jetzt nicht nur alle Menschen (theoretisch jedenfalls) gleich waren, sondern auch darüber diskutiert wurde, ob Tiere und sogar Pflanzen, Ökosysteme und die Elemente selbst mit eingeschlossen werden sollten. Diese Erweiterungen der »Bürgerschaft« betrachtete sie als einen der Vorläufer des sich abzeichnenden Systems, das nach der Demokratie an sich kommen könnte – Charlottes postulierte Periode utopischer Harmonie. Diese Ahnungen waren schwach und Charlottes erhofftes System eine vage, ferne Hypothese. Als Sax Russell die späteren Bände ihres Werkes las, eifrig über den endlosen Beispielen und Argumenten (denn dieser Bericht ist eine knappe Verkürzung ihrer Arbeit, nur eine Zusammenfassung) brütete und aufgeregt ein allgemeines Paradigma zu finden hoffte, das ihm die Geschichte endlich verdeutlichen würde, fragte er sich, ob dieses vermeintliche Zeitalter universeller Harmonie und guten Willens jemals kommen würde. Er hielt es für möglich oder sogar wahrscheinlich, dass es eine Art asymptotische Kurve in der menschlichen Geschichte geben könnte – vielleicht der Ballast des Körpers –, die die Zivilisation im Zeitalter der Demokratie festhalten würde. Die Menschheit, die stets aufwärtsstrebte, nie zurückfallen wollte, würde auch nicht weiter vorankommen, sich nicht weiter bewegen. Aber er war auch der Meinung, dass der jetzige Zustand an sich schon gut genug wäre, um als eine erfolgreiche Zivilisation zu gelten. Genug war schließlich eine Wohltat.

Auf jeden Fall war Charlottes Metageschichte sehr einflussreich und lieferte der sich explosiv beschleunigenden Diaspora eine Art Lehrbeispiel, an dem man sich orientieren konnte. Damit wurde sie in die kleine Liste von Historikern aufgenommen, die den Lauf ihrer eigenen Zeit beeinflusst hatten, und in der sich Denker wie Platon, Plutarch, Bacon, Gibbon, Chamfort, Carlyle, Emerson, Marx und Spengler befanden – und auf dem Mars vor Charlotte Michel Duval. Man begriff jetzt in der Regel den Kapitalismus als Kollision von Feudalismus und Demokratie, und die Gegenwart als demokratisches Zeitalter, in dem Kapitalismus und Harmonie aufeinanderprallten. Und man verstand auch, dass ihre Ära auch immer noch etwas anderes werden konnte. Charlotte beharrte darauf, dass es so etwas wie historischen Determinismus nicht gäbe, sondern nur die wiederholten Anstrengungen der Menschen, ihre Hoffnungen zu verwirklichen. Daraus schufen die Analytiker durch retroaktive Erkenntnis solcher Hoffnungen eine Illusion von Determinismus. Es hätte alles Mögliche geschehen können. Die Menschheit hätte in allgemeine Anarchie verfallen können. Es hätte sich ein universeller Polizeistaat herausbilden können, um die Jahre der Krise zu »kontrollieren«. Aber da sich die großen Metanationalen auf der Erde in Wirklichkeit alle zu Kooperativen im Besitz der Arbeiter gewandelt hatten und das Volk seine eigene Arbeit kontrollierte, war es für den Moment eine Demokratie. Das hatte letztendlich diese Hoffnung bewirkt.

Und jetzt war ihre demokratische Zivilisation dabei, etwas zu schaffen, wozu das vorige System niemals imstande gewesen wäre: das bloße Überleben der hypermalthusianischen Periode. Jetzt konnten sie allmählich den fundamentalen Wechsel in den Systemen erkennen, in diesem zweiundzwanzigsten Jahrhundert, das sie bald verließen. Sie hatten das Gleichgewicht verlagert, um in den neuen Verhältnissen zu überleben. In der kooperativen demokratischen Ökonomie sah jeder, dass viel auf dem Spiel stand. Jeder fühlte sich verantwortlich für das Schicksal aller. Und ein jeder profitierte von dem frenetischen Ausbruch koordinierter Konstruktion, der überall im Sonnensystem um sich griff.

Die blühende Zivilisation schloss nicht bloß das Sonnensystem jenseits der Marsbahn ein, sondern auch die inneren Planeten. In dem Rausch aus Energie und Selbstvertrauen kehrte die Menschheit zu Ideen zurück, die lange als undurchführbar gegolten hatten. Plötzlich zog auch die Venus eine Schar neuer Terraformer an, der Geste von Sax Russell folgend, der die großen Spiegel des Mars umgesetzt und eine grandiose Vision für die letztliche Besiedelung jenes Planeten ausgearbeitet hatte, der in so vieler Hinsicht die Schwester der Erde war.

Selbst der Merkur hatte seine Siedler. Obwohl man zugeben musste, dass er der Sonne zu nahe war, als dass es sich dort leicht leben ließe.

Sein Tag währte 59 Erdentage, sein Jahr 88 Erdentage, sodass drei Merkurtage gleich zwei Jahren waren. Das war kein Zufall, sondern ein Knoten auf dem Weg zur gebundenen Rotation, wie beim irdischen Mond. Die Kombination dieser zwei Perioden ließ den Merkur sehr langsam durch seinen Sonnentag drehen, während die Hemisphäre der Tagseite viel zu heiß wurde und auf der Nachtseite extrem abkühlte. Darum war die einzige derzeit auf dem Planeten befindliche Stadt eine Art enormer Zug, der auf Gleisen um den Planeten fuhr, die sich auf 45° nördlicher Breite befanden. Diese Schienen waren aus einer metallkeramischen Legierung, der ersten der vielen alchemistischen Tricks der Merkurphysiker, die der Hitze von 800 K in der hellen Dämmerung widerstehen konnte. Die Stadt selbst hieß Terminator und fuhr über diese Schienen mit ungefähr drei Kilometern in der Stunde, wodurch sie innerhalb des Terminators blieb, der Zone des der Frühdämmerung vorausgehenden Schattens, der meistens etwa zwanzig Kilometer breit war. Eine leichte Ausdehnung der Gleise, wenn sie der Morgensonne ausgesetzt waren, trieb die Stadt konstant nach Westen, da sie auf eng sitzenden Buchsen ruhte, die so gestaltet waren, dass sie die Stadt von der Ausdehnung fortbewegten. Diese Bewegung war so unerbittlich, dass Widerstand gegen sie an einer anderen Stelle der Buchsen große Mengen elektrischer Energie erzeugte, wie auch die hinter der Stadt hergeschleppten Sonnenkollektoren, die auch ganz oben auf der hohen Dämmerungsmauer saßen und dort die ersten scharfen Strahlen des Sonnenlichts einfingen. Selbst in einer Zivilisation, in der Energie billig war, war Merkur erstaunlich gesegnet. Und so wurde er, wie die Welten weiter draußen, besiedelt und zu einer ihrer hellsten. Und hundert neue sich bewegende Welten wurden jedes Jahr eröffnet, fliegende Städte, kleine Stadtstaaten, jeder mit seiner eigenen Verfassung, einer bunten Mischung aus Siedlern, Landschaft und Lebensart.

Und dennoch lag, bei allem aufblühenden menschlichen Bemühen und dem Selbstvertrauen im Accelerando, *ein Gefühl von Spannung, von Gefahr in der Luft. Denn trotz Bautätigkeit, Emigration, Siedlungen und Wohnraum gab es immer noch achtzehn Milliarden Menschen auf der Erde und achtzehn Millionen auf dem Mars. Und die halbdurchlässige Membran zwischen den zwei Planeten bog sich unter dem osmotischen Druck dieses demographischen Ungleichgewichts immer stärker. Die Beziehungen zwischen den beiden Planeten waren gespannt, und viele fürchteten, dass ein Stich in die Membran alles zerstören könnte. In dieser bedrängten Lage bot die Geschichte wenig Trost. Bisher war man gut zurechtgekommen, aber noch nie zuvor hatte die Menschheit auf eine kritische Notlage mit langfristiger sinnvoller Vernunft reagiert. Massenhysterien hatte es schon immer gegeben. Und sie waren noch immer dieselben Tiere, die einander in früheren Jahrhunderten, wenn es für sie um Existenz und Überleben gegangen war, rücksichtslos abgeschlachtet hatten. Das konnte erneut passieren. Also bauten und diskutierten die Leute, wurden wütend, warteten unbehaglich auf erste Anzeichen, dass die ältesten Superalten sterben würden, und blickten jedes Kind, das sie sahen, streng an. Eine gestresste Renaissance, die schnell lebte, immer am Abgrund, immer am Rande eines manischen goldenen Zeitalters. Das* Accelerando. *Und niemand konnte sagen, was als Nächstes geschehen würde.*

Zo saß hinten in einem Raum voller Diplomaten und blickte aus dem Fenster auf Terminator, während die ovale Stadt majestätisch über die versengten Wüstengebiete des Merkurs rollte. Der halbellipsoide Raum unter der hohen klaren Kuppel der Stadt wäre ein schöner Luftraum zum Fliegen gewesen; aber die örtlichen Behörden hatten das als zu gefährlich verboten – eine der vielen faschistischen Vorschriften, die das Leben hier behinderten. Der Staat als Kindermädchen. Was Nietzsche so treffend als Sklavenmentalität bezeichnet hatte, gedieh am Ende des zweiundzwanzigsten Jahrhunderts immer noch prächtig und tauchte praktisch überall auf. Die Hierarchie baute ihre behagliche Struktur in all diesen neuen Provinzsiedlungen wieder auf: Merkur, die Asteroiden, die äußeren Systeme – überall außer auf dem edlen Mars.

Hier auf dem Merkur war es besonders schlimm. Seit Wochen liefen in Terminator Verhandlungen zwischen der Marsdelegation und den Merkuriern; und Zo hatte sie satt – sowohl die Versammlungen wie die Verhandelnden vom Merkur, eine geheimnistuerische eingebildete Gruppe oligarchischer Mullahs, die gleichzeitig hochnäsig und katzbuckelnd waren und die neue Ordnung der Verhältnisse im Sonnensystem noch nicht begriffen hatten. Zo wollte sie und ihre kleine Welt vergessen, nach Hause zurück und fliegen.

Aber andererseits war sie in ihrer Tarnung als untergeordnete Stabsassistentin bisher eine ganz unbedeutende Figur bei den Verhandlungen gewesen. Und jetzt, als die Verhandlungen wegen der sturen Verständnislosigkeit dieser glücklichen Sklaven knirschend zum Stehen kamen, nahm sie einen Adjutanten des höchsten Anführers in Terminator beiseite, den man recht malerisch den Löwen des Merkurs nannte, und bat ihn um eine private Zusammenkunft. Der junge Mann, ein Exterraner, sagte zu. Zo hatte sich seines Interesses schon lange zuvor vergewissert. Sie zogen sich auf eine Terrasse außerhalb der Stadtbüros zurück.

Zo legte dem Mann eine Hand auf den Arm und sagte freundlich: »Wir sind sehr besorgt, dass, wenn Merkur und Mars keine solide Partnerschaft eingehen, Terra sich zwischen uns einkeilen und uns gegeneinander ausspielen könnte. Wir haben die zwei größten der verbleibenden Schwermetallressourcen, die es noch im Sonnensystem gibt, und je mehr sich die Zivilisation ausbreitet, desto wertvoller wird das. Und die Zivilisation breitet sich ganz sicher weiter aus. Das ist schließlich das Accelerando. Metalle sind wertvoll.«

Und der natürliche Bestand an Metallen auf dem Merkur war, obwohl schwer zu fördern, wirklich eindrucksvoll. Der Planet war nur etwas größer als der Mond, und dennoch kam seine Schwerkraft fast der marsianischen gleich, ein deutlich spürbares Anzeichen seines schweren Eisenkerns. Dazu kamen verschiedene noch edlere Metalle, die durch Risse in der von Meteoriten zerfurchten Oberfläche erkennbar waren.

»Ja …?«, fragte der junge Mann.

»Wir meinen, wir brauchen eine deutlichere Form von …«

»Kartell?«

»Partnerschaft.«

Der junge Merkurier lächelte. »Wir glauben nicht, dass wir von irgendjemand gegen den Mars ausgespielt werden.«

»Offensichtlich. Aber wir.«

Einige Zeit, zu Beginn der Kolonisation, hatte es so ausgesehen, als ginge es dem Merkur ausgezeichnet. Die Kolonisten besaßen nicht nur Metalle, sondern waren auch der Sonne so nahe, dass sie die Möglichkeit hatten, einen großen Teil ihrer Energie anzuzapfen. Allein schon der Widerstand zwischen den Buchsen der Stadt und den sich ausdehnenden Schienen hatte große Mengen davon erzeugt; und noch mehr steckte im

Potenzial der Solarkollektoren. Kollektoren im Orbit schickten inzwischen etwas von diesem Sonnenlicht zu den neuen Kolonien im äußeren Sonnensystem hinaus. Von der ersten Flotte schienenlegender Wagen 2142 über die Konstruktion von Terminator in den 2150ern und während der ganzen 2160er und 70er hatten die Merkurier sich für reich gehalten.

Aber jetzt war das Jahr 2181, und mit der erfolgreichen Verbreitung verschiedener Arten von Fusionsenergie war Energie spottbillig und Licht reichlich vorhanden. Die sogenannten Lampensatelliten und die in der Hochatmosphäre der Gasriesen brennenden Gaslaternen erhellten das ganze äußere System. Infolgedessen waren die reichen Solarressourcen des Merkurs unbedeutend geworden. Merkur war wieder einmal nicht mehr als ein metallreicher, aber furchtbar heißer und gleichzeitig kalter Ort geworden, eine mühsame Aufgabe. Und nicht einmal terraformbar, um ihn auszubeuten.

Ein erheblicher Absturz in ihrem Wohlstand, wie Zo den jungen Mann geradeheraus erinnerte. Das bedeutete, sie müssten mit ihren günstiger platzierten Verbündeten im System zusammenarbeiten. »Sonst besteht ein sehr reales Risiko, dass die Terraner wieder die Vorherrschaft übernehmen.«

»Die Erde ist viel zu sehr mit ihren eigenen Problemen beschäftigt, um eine Gefahr zu sein«, erwiderte der junge Mann.

Zo schüttelte den Kopf. »Je größer die Schwierigkeiten sind, in denen Terra steckt, desto größer ist die Gefahr für uns andere. Wir sind besorgt. Darum denken wir, dass wir, wenn ihr kein Abkommen mit uns treffen wollt, ein eigenes Stadt- und Schienensystem auf dem Merkur errichten werden müssen, unten in der südlichen Hemisphäre, das dort im Terminator fahren wird, wo es einige der besten Metallvorkommen gibt.«

Der junge Mann war schockiert. »Das könntet ihr nicht ohne unsere Erlaubnis tun!«

»Ach ja?«

»Auf dem Merkur kann es keine Stadt geben, wenn wir das nicht wünschen.«

»Wieso, was wollt ihr machen?«

Der junge Mann schwieg.

»Jeder kann tun, was er will, oder?«, sagte Zo. »Das gilt für jeden.«

Der junge Mann überlegte. »Es gibt nicht genug Wasser.«

»Nein.« Der gesamte Wasservorrat des Merkurs bestand aus ein paar kleinen Eisablagerungen in Kratern an den beiden Polen. Diese Eisgletscher reichten, um Terminator zu versorgen, aber nicht viel mehr. »Ein paar direkt zu den Polen gelenkte Kometen könnten helfen.«

»Und ihr Aufprall das Wasser an den Polen wegsprengen! Nein, das würde nicht funktionieren. Das in diesen polaren Kratern ist nur ein winziger Teil des Wassers aus Jahrmillionen von Kometen, die mit dem Planeten kollidiert sind. Das meiste Wasser evaporierte beim Aufschlag in den Weltraum oder ist weggebrannt. Dasselbe würde geschehen, wenn jetzt Kometen hier aufschlügen. Es wäre für euch ein Nettoverlust.«

»Die Computermodelle schlagen verschiedene Möglichkeiten vor. Wir könnten einige davon ausprobieren und abwarten.«

Der junge Mann trat gekränkt zurück. Zu Recht. Man konnte eine Drohung nicht viel deutlicher ausdrücken, als es gerade geschehen war. Aber bei Sklavenmoral waren das Gute und das Dumme oft dasselbe. Darum musste man deutlich werden. Zo behielt ihr Pokerface bei, obwohl die Empörung des jungen Mannes fast eine *Commedia dell'arte*-Qualität angenommen hatte, die wirklich komisch war. Sie trat näher an ihn heran und betonte damit den Größenunterschied zwischen ihnen. Sie überragte ihn um einen halben Meter.

»Ich werde dem Löwen Ihre Mitteilung überbringen«, stieß er mit zusammengebissenen Zähnen hervor.

»Vielen Dank!«, sagte Zo und beugte sich hinunter, um ihn auf die Wange zu küssen.

Diese Sklaven hatten für sich eine herrschende Kaste von Physiker-Priestern geschaffen, die für Außenstehende ein Buch mit sieben Siegeln waren, aber wie alle guten Oligarchien vorhersehbar und stark in ihren Handlungen nach außen. Es würde eine Allianz geben. Also verließ Zo das Büro und ging vergnügt die Stufen der Dämmerungswand hinunter. Ihre Arbeit war getan, und so würde die Gesandtschaft höchstwahrscheinlich bald zum Mars zurückkehren.

Sie betrat das marsianische Konsulat etwa auf halber Höhe der Wand und schickte Jackie eine Nachricht, um ihr mitzuteilen, dass der nächste Zug getan war. Danach ging sie auf den Balkon, um eine zu rauchen.

Ihr Farbsehvermögen steigerte sich unter dem Einfluss der chromotropischen Substanzen, die ihrer Zigarette beigemischt waren; und die kleine Stadt unter ihr wurde ganz überwältigend, eine fauvistische Fantasie. Vor der Dämmerungswand erhoben sich Terrassen in immer schmaleren Steifen, bis die höchsten Gebäude (natürlich die Amtsräume der Stadtherrscher) nur noch eine Linie von Fenstern unter den Großen Toren und der durchsichtigen Kuppel darüber waren. Dächer und Balkone drängten sich unter den grünen Baumwipfeln unter ihr. Die Balkone hatten alle Mosaikfußböden und -wände. Unten auf der ovalen Fläche, die den größeren Teil der Stadt einnahm, waren die Dächer größer und dichter beisammen; das Grünzeug war in bebauten Feldern zusammengefasst, die unter dem Licht schimmerten, das von gefilterten Spiegeln in der Kuppel herunterkam. Alles zusammen sah wie ein Fabergé-Ei aus, fein ausgeführt, bunt und hübsch in der Art, wie alle Städte es waren. Aber in einer davon gefangen zu sein … Nun, man konnte nichts weiter tun, als die Stunden möglichst unterhaltsam zu verbringen, bis es hieß heimzukehren. Ein Teil der Vornehmheit war ja schließlich aufopfernde Pflichterfüllung.

So schlenderte sie die Treppenstraße der Wand hinunter zum Le Dôme, um sich mit Miguel, Arlene, Xerxes und der Schar von Komponisten, Musikern, Autoren und anderen Künstlern und Ästheten zu treffen, die sich in dem Café herumtrieben. Das war ein wilder Haufen. Die Krater des Merkurs waren vor Jahrhunderten alle nach den berühmtesten Künstlern der Geschichte der Erde benannt worden. Und so rollte Terminator an Dürer und Mozart, Phidias und Purcell, Turgenjev und Van Dyke vorbei. An anderer Stelle auf diesem Planeten waren Beethoven, Imhotep, Mahler, Matisse, Murasaki, Milton und Mark Twain. Homer und Holbein berührten sich mit den Rändern, Ovid schmückte den Rand des viel größeren Puschkin, eine der vielen Umkehrungen der Wichtigkeit der Namenspatrone. Goya überlappte Sophokles, Van Gogh lag innerhalb von Cervantes, Chao Meng-Fu war voller Eis und so weiter, in höchst kapriziöser Weise, als wäre das Nominierungskomitee der Internationalen Astronomischen Union eines Abends vollkommen betrunken gewesen und hätte fröhlich Darts mit Namen auf eine Karte geschleudert. Es gab sogar einen Hinweis zur Erinnerung an diese Party: einen großen Abhang namens Pourquoi Pas.

Zo billigte dieses Verfahren durchaus. Aber die Auswirkungen auf die derzeit auf dem Merkur lebenden Künstler waren äußerst katastrophal. Da sie ständig mit dem unübertrefflichen Kanon der Erde konfrontiert waren, hatte sie deren überwältigender Einfluss geradezu verkrüppelt. Immerhin hatten ihre Partys eine entsprechende Großartigkeit gewonnen, die Zo durchaus genoss.

An diesem Abend zog die Schar nach einem ausgiebigen Trinkgelage im Le Dôme, während die Stadt gerade zwischen Strawinski und Vyasa durchrollte, durch die engen Gassen der Stadt auf der Suche nach Krawall. Einige Blocks entfernt platzten sie in eine Zeremonie von Mithrasverehrern oder Zoroastriern – auf jeden Fall Sonnenanbetern – hinein, die in der lokalen Regierung Einfluss hatten und vielleicht sogar ihr Kern waren. Ihr schrilles Pfeifen löste die Versammlung rasch auf und führte zu einem Handgemenge. Sie mussten schnell verschwinden, um eine Verhaftung durch die lokalen Ordnungskräfte zu vermeiden, die die Dôme-Meute als Spaßpolizei bezeichnete.

Danach gingen sie zum Odeon, wurden aber wegen ungebührlichen Benehmens rausgeworfen. Also durchstreiften sie die Gassen des Vergnügungsviertels und tanzten vor einer Bar, wo lauter, schlechter Industrial gespielt wurde. Aber es fehlte einfach etwas. Zo fand ihre erzwungene Heiterkeit zu traurig, als sie ihre verschwitzten Gesichter ansah. Sie schlug vor: »Lasst uns hinaus auf die Oberfläche gehen und an den Toren der Dämmerung Dudelsack spielen!«

Niemand außer Miguel zeigte Interesse. Sie waren Würmer in einer Büchse. Sie hatten vergessen, dass es einen Boden gab. Aber Miguel hatte oft versprochen, sie nach draußen zu führen. Und jetzt, da ihre Zeit auf Merkur nur noch kurz war, war er schließlich fast gezwungen, sie zu begleiten.

Die Gleise von Terminator waren zahlreich. Jeder glatte graue Zylinder wurde etliche Meter über dem Boden von einer endlosen Reihe dicker Pfeiler gehalten. Während die Stadt majestätisch nach Westen glitt, passierte sie kleine Plattformen, die zu unterirdischen Transferbunkern, gehärteten Rollbahnen für Raumschiffe à la Ballard und Schutzräumen in Kraterrändern führten Das Verlassen der Stadt wurde streng überwacht, was nicht überraschend war. Aber Miguel hatte einen Pass, und so aktivierten die beiden damit das südliche Stadttor, traten in die Schleuse und in eine unterirdische Station namens Hammersmith. Dort zogen sie sperrige, aber flexible Schutzanzüge an und gingen durch eine Schleuse in einen Tunnel, der sie hinauf in den versengten Staub des Merkurs brachte.

Nichts hätte steriler und karger sein können als diese schwarzgraue Wüste. Bei diesem Anblick war Zo das betrunkene Kichern von Miguel noch lästiger als sonst; und sie drehte das Interkom ihres Helms so weit herunter, bis es nur noch ein Flüstern war.

Es war gefährlich, von der Stadt aus nach Osten zu gehen. Selbst stillzustehen war gefährlich. Aber genau das mussten sie tun, wenn sie den Rand der Sonne sehen wollten. Zo trat gegen die Steine, während sie nach Südwesten wanderten, um einen Blick auf die Seite der Stadt zu werfen. Sie wünschte, sie könnte über diese schwarze Welt fliegen. Vermutlich würde eine Art Raketenrucksack das ermöglichen; aber soweit sie wusste, hatte sich hier niemand bemüßigt gesehen, einen zu bauen. Also trotteten sie stattdessen dahin und behielten den östlichen Horizont im Blick. Bald würde die Sonne aufgehen. Jetzt wurde über ihnen in der ultradünnen Atmosphäre aus Neon und Argon der feine, durch das Elektronen-Bombardement der Sonne aufgewirbelte Staub zu einem schwachen weißen Nebel. Hinter ihnen war der obere Teil der Dämmerungswand ein blendendes reines Weiß, das man selbst durch die starken Differentialfilter ihrer Helmvisiere nicht direkt anschauen konnte.

Dann verwandelte sich der flache Horizont vor ihnen in Nähe des Kraters Strawinski in ein Silbernitratbild seiner selbst. Zo starrte begeistert auf die explosive und phosphoreszierende tanzende Linie. Die Sonnenkorona, wie ein Brand in einem silbernen Wald knapp über dem Horizont. Zos Geist wurde gleichermaßen entflammt. Wenn sie gekonnt hätte, wäre sie wie Ikarus in die Sonne geflogen in einer Art spirituellem sexuellem Hunger; und in der Tat stieß sie genau die gleichen orgasmischen Schreie aus: *Was* für ein Feuer, *welche* Schönheit! In der Stadt nannte man das den Sonnenrausch – ein guter Name. Auch Miguel empfand ihn. Er sprang mit weit ausgebreiteten Armen von einem Felsen nach Osten; ein Ikarus, der zu starten versucht.

Dann landete er unbeholfen im Staub, und Zo konnte seinen Schrei selbst mit fast heruntergedrehter Lautstärke ihres Interkoms hören. Sie lief zu ihm und sah den unmöglichen Winkel seines linken Knies, stieß selbst einen Schrei aus und kniete sich neben ihn. Selbst durch den Anzug fühlte sich der Boden kalt an. Sie half ihm auf, indem sie sich seinen Arm über die Schulter legte. Dann drehte sie die Lautstärke ihres Interkoms hoch, obwohl er laut stöhnte. »Halt den Mund!«, sagte sie. »Nimm dich zusammen, und konzentriere dich!«

Sie fielen in einen Rhythmus und hüpften nach Westen hinter der zurückweichenden Dämmerungswand her, die am oberen Ende ihrer hohen Glockenkurve hell leuchtete. Sie wich vor ihnen zurück. Es gab keine Zeit zu verlieren. Aber sie stürzten immer wieder. Beim dritten Mal schrie Miguel, im Staub hingestreckt, während die Landschaft eine blendende Mischung von reinem Weiß und reinem Schwarz war, vor Schmerzen auf und stöhnte: »Geh weiter, Zo, geh und rette dich selbst! Es gibt keinen Grund, weshalb wir beide hier draußen sterben sollten!«

»Halt's Maul!«, sagte Zo grob und raffte sich auf.

»*Geh!*«

»Das werde ich nicht! Sei jetzt still, und lass mich dich tragen!«

Er wog ungefähr so viel, wie er auf dem Mars gewogen hätte. Siebzig Kilo mit Anzug, schätzte sie. Es war mehr eine Sache des Gleichgewichts. Während er hysterisch plapperte: »Lass mich los, Zo! Wahrheit ist Schönheit, und Schönheit ist Wahrheit. Das ist alles, was du weißt und wissen musst«, beugte sie sich vor und legte ihre Arme unter seinen Rücken und seine Knie, was ihn wieder zum Schreien brachte. »Sei still!«, brüllte sie. »Genau jetzt ist das die Wahrheit und deshalb schön.« Und sie lachte, während sie, ihn auf den Armen tragend, lostrabte.

Er versperrte ihr die Sicht auf den Boden direkt vor ihnen. Darum musste sie sich mit Schweiß in den Augen in dem blendenden Weiß und Schwarz nach vorn orientieren. Die Oberfläche war uneben, und sie fiel noch zwei Mal hin. Aber sie lief schnell genug auf die Stadt zu.

Plötzlich fühlte sie Sonnenlicht im Rücken. Das war wie Nadelstiche, sogar durch ihren stark isolierten Anzug. Ein massiver Anstieg des Adrenalinspiegels. Vom Licht geblendet, stolperte sie durch eine Art Tal, das tiefer hinein in die Dämmerung führte. Dann zurück in die scheckige Zone lichtdurchschossener Schatten, ein verrücktes Chiaroscuro. Danach langsam zurück in die eigentliche Schattenzone, wo alles düster war, außer der von oben herunterblitzenden feurigen Stadtmauer. Zo schnappte nach Luft, ihr war jetzt eher von der Anstrengung heiß als vom Sonnenlicht. Und doch genügte der Anblick des leuchtenden Bogens am Gipfel der Stadt, um einen zum Mithras-Verehrer zu machen.

Natürlich gab es, selbst wenn die Stadt direkt über ihnen war, keinen direkten Weg, wieder in sie hineinzugelangen. Sie musste sie überholen und zur nächsten Untergrundstation. Minute um Minute völlig aufs Laufen konzentriert. Schmerz machte sich bemerkbar, eine Folge der Milchsäure in ihren Muskeln. Und da war sie endlich, voraus am Horizont: eine Tür im Hügel neben den Schienen. Weiter und weiter über den feinen Regolith stampfend. Sie hämmerte heftig an die Tür, und sie wurden in die Schleuse und dann ins Innere gelassen, wo man sie verhaftete. Aber Zo lachte die Spaßpolizei nur an und nahm ihren und Miguels Helm ab. Dann küsste sie den stöhnenden Miguel mehrere Male für seine Ungeschicklichkeit. In seinem Schmerz merkte er das nicht. Er klammerte sich an sie wie ein Ertrinkender an seinen Lebensretter. Sie schaffte es nur, sich aus seiner Umarmung zu befreien, indem sie ihn leicht an sein verletztes Knie stieß. Bei seinem Geheul lachte sie laut auf und fühlte, wie ein Ruck durch sie ging. So viel Adrenalin, so wundervoll, weit seltener als ein sexueller Orgasmus und deshalb noch kostbarer. Also küsste sie Miguel immer und immer wieder – Küsse, die er nicht bemerkte. Und dann drängte sie sich durch die Spaßpolizei, beanspruchte diplomatische Immunität und dringende Hilfe. Sie sagte: »Schaut nicht so dumm. Gebt ihm ein paar Medikamente! Heute Abend geht ein Shuttle zum Mars. Ich muss abreisen.«

»Vielen Dank, Zo!«, rief Miguel. »Ich danke dir, du hast mir das Leben gerettet!«

»Ich habe meine Heimreise gerettet«, sagte sie lachend. Sie kehrte um und küsste ihn noch einmal. »Ich bin es, der dir danken sollte! So eine Gelegenheit! Vielen, vielen Dank!«

»Nein, ich danke dir!«

»Nein, ich danke dir!«

Und er lachte selbst in seinem Schmerz. »Zo, ich liebe dich.«

»Und ich liebe dich.«

Aber wenn sie sich nicht beeilte, würde sie ihr Shuttle verpassen.

Das Shuttle hatte einen gepulsten Fusionsantrieb, und sie würden die Erde binnen zwei Tagen erreichen. Und die ganze Zeit bei anständiger Schwerkraft, außer natürlich während des Saltos.

Wegen dieser plötzlichen Verkleinerung des Sonnensystems änderte sich vieles. Eines der kleineren Ergebnisse war, dass die Venus nicht mehr als Gravitationshebel für den interplanetaren Flug gebraucht wurde. Darum war es nur ein Zufall, dass Zos Shuttle, die *Nike von Samothrake,* ziemlich nahe an dem beschatteten Planeten vorbeiflog. Zo kam mit den übrigen Passagieren im großen Ballsaal zusammen, um durch dessen Glasdecke die Passage zu beobachten. Die Wolken der überhitzten Atmosphäre des Planeten waren dunkel. Der Planet erschien als grauer Kreis vor dem Schwarz des Weltraums. Das Terraforming auf der Venus ging rasch voran. Der ganze Planet lag im Schatten der alten Mars-Soletta, die als Sonnenschirm fungierte. Ihre Spiegel waren so geschwenkt worden, dass sie das genaue Gegenteil von dem bewirkten, was für den Mars vorgesehen gewesen war: Statt Licht auf den Planeten umzulenken, reflektierten sie alles fort. Die Venus zog in Dunkelheit dahin.

Das war der erste Schritt eines Terraformingprojekts, das viele Leute für verrückt hielten. Die Venus hatte kein Wasser, aber eine erstaunlich dichte Atmosphäre aus Kohlendioxid, ihr Tag währte länger als ein Jahr, und ihre Oberflächentemperatur brachte Blei und Zink zum Schmelzen. Keine aussichtsreiche Kombination von Anfangsbedingungen, sicher, aber man versuchte es dennoch. Der Zugriff der Menschheit wurde immer mächtiger, wurde allmählich göttergleich. Zo fand das wunderbar. Die Leute, die das Projekt auf den Weg gebracht hatten, behaupteten sogar, dass es schneller gehen würde als das Terraformen des Mars. Die völlige Beseitigung des Sonnenlichts hatte tiefgreifende Auswirkungen. Die Temperatur in der dichten (95 Bar an der Oberfläche) Kohlendioxidatmosphäre war im letzten halben Jahrhundert jährlich um 5 Grad gesunken. Bald würde der »Große Regen« einsetzen, und in nur ein paar Hundert Jahren würde das ganze Kohlendioxid in Trockeneisgletschern die niedrig gelegenen Teile der Oberfläche bedecken. Der Plan war, das Trockeneis dann durch eine isolierende Schicht aus Diamantfolie oder aufgeschäumtem Fels zu bedecken; und wenn es erst einmal versiegelt wäre, könnten Ozeane angelegt werden. Das Wasser müsste von anderswo herkommen, da der natürliche Bestand der Venus sie höchstens bis zu einer Tiefe von einem Zentimeter bedecken würde. Die Terraformer der Venus, Mystiker einer neuen Form von *viriditas*, verhandelten gerade mit der Saturn-Liga über die Rechte für den Eismond Enceladus, den sie in den Venusorbit zu schieben und in wiederholten Passagen durch die Atmosphäre aufzubrechen hofften. Wenn das Wasser dieses Mondes auf die Venus herunterregnete, würde es flache Ozeane erzeugen, die ungefähr 70 Prozent des Planeten, einschließlich der abgedeckten Kohlendioxidgletscher, völlig überfluten würden. Zurückbleiben würde eine Atmosphäre aus Sauerstoff und Wasserstoff, man würde etwas Licht durch den Sonnenschirm dringen lassen, und an diesem Punkt würden menschliche Siedlungen auf den zwei hohen Kontinenten Ishtar und Aphrodite möglich sein. Danach hätte man noch alle Probleme, mit denen der Mars es zu tun gehabt hatte. Darüber hinaus gäbe es die sehr langwierigen, für die Venus typischen Probleme, nämlich die Decken aus CO_2-Eis irgendwie zu beseitigen und den Planeten in eine schnellere Rotation zu versetzen, damit ein vernünftiger Tageszyklus zustande käme. Auf kurze Sicht könnte man kurze Tage und Nächte durch Verwendung des Sonnenschirms als gigantische Jalousie simulieren; aber auf lange Sicht wollte man sich nicht auf etwas so Zerbrechliches verlassen. Zo stellte sich schaudernd vor: In einigen Jahrhunderten wären eine Biosphäre und Zivilisation auf der Venus etabliert, die zwei Kontinente bewohnt, der schöne Diana-Graben ein blühendes Tal, es gäbe Milliarden von Menschen und Tieren; und dann brach eines Tages der Sonnenschirm, und – *sssssss* – eine ganze Welt würde geröstet werden. Keine schöne Aussicht. Deshalb versuchte man schon jetzt, noch vor dem massiven Erguss des Großen Regens, metallische Windungen wie physische Breitenkreise um den Planeten zu legen, die, sobald eine Flotte solar angetriebener Generatoren in fluktuierenden Bahnen um den Planeten installiert wäre, diese Armatur praktisch zu einem gigantischen Elektromotor machen würden, dessen Magnetkräfte den Drehimpuls schaffen würden, um die Rotation des Planeten zu beschleunigen. Die Planer des Systems behaupteten, in etwa der gleichen Zeit, die es erfordern würde, die Atmosphäre auszufrieren und einen Ozean herunterfallen zu lassen, könnte der Schwung dieses »Dyson-Motors« der Venus genug Rotation liefern, dass es in vielleicht dreihundert Jahren auf der umgestalteten Welt Getreidefelder geben könnte. Natürlich wäre die Oberfläche stark erodiert und noch sehr vulkanisch, mit unter den Meeren eingesperrtem Kohlendioxid, das jederzeit ausbrechen und sie vergiften konnte, und sie würden während wochenlanger Tage und Nächte immer noch sieden und einfrieren. Aber sie wären trotz alledem da, und alles wäre nackt, roh und neu.

Der Plan war verrückt. Er war schön. Zo schaute durch die Decke des Ballsaals auf den grauen Globus und hüpfte aufgeregt von einem Fuß auf den anderen, erschreckt und voller Bewunderung, in der Hoffnung, einen Blick auf die kleinen Punkte der neuen Asteroidenmonde zu erhaschen, auf denen die terraformenden Mystiker wohnten, oder vielleicht auch den koronalen Bogen eines Reflexes des Ringspiegels, der auf dem Mars benutzt worden war. Aber sie hatte kein Glück. Nur die graue Scheibe des beschatteten Abendsterns, das Symbol für ein Vorhaben, das die Menschheit in einen neuen Zusammenhang stellte als eine Art Gott-Bakterien, die Welten beknabberten und abstarben, um den Boden für späteres Leben zu bereiten, winzig klein im kosmischen Schema der Dinge, in einem fast calvinistisch masochistischem Heroismus, einer parodistischen Travestie des Marsprojekts und dennoch ebenso großartig. Sie waren Staubkörner in diesem Universum … Staub! Aber was für Ideen sie hatten! Um einer Idee willen würden die Menschen alles tun – wirklich alles.

Selbst die Erde besuchen. Dampfend, klebrig, ansteckend, ein menschlicher Ameisenhaufen, in den man einen Stock gestoßen hatte. Die Panik-Vermehrung ging im entsetzlichen Brei der Geschichte weiter, der hypermalthusianische Albtraum auf seinem Höhepunkt, heiß, feucht und schwer. Und dennoch, oder vielleicht gerade deshalb, ein großartiger Ort zum Besuchen. Und Jackie wollte sowieso, dass sie bei einigen Leuten in Indien vorspräche. Also hatte Zo die *Nike* genommen und würde später ein Mars-Shuttle von der Erde aus benutzen.

Aber ehe sie nach Indien flog, um mit Jackies Kontaktpersonen zu sprechen, machte sie ihre gewohnte Pilgerfahrt nach Kreta, um die Ruinen zu sehen, die man hier immer noch minoisch nannte, obwohl man Zo in Dorsa Brevia gelehrt hatte, sie ariadnisch zu nennen. Minos war es schließlich gewesen, der das antike Matriarchat zerstört hatte. Darum war es eine der vielen Travestien terranischer Geschichte, dass die vernichtete Zivilisation jetzt nach ihrem Vernichter benannt wurde. Aber Namen konnte man ändern.

Zo trug ein gemietetes Exoskelett, das für Besucher von anderen Welten gedacht war, die unter der Erdschwere litten. Schwerkraft war, wie man sagte, Schicksal; und die Erde hatte viele Schicksale zu ertragen. Diese Anzüge waren wie Birdsuits ohne Schwingen, bequeme Overalls, die sich mit den Muskeln des Trägers bewegten und dabei Unterstützung boten. Ganzkörper-Büstenhalter. Sie erleichterten nicht alle Auswirkungen der Anziehungskraft, das Atmen war immer noch anstrengend, und Zos Glieder fühlten sich in dem Anzug irgendwie schwer an, unbequem gegen den Stoff gepresst. Sie hatte sich bei früheren Reisen daran gewöhnt, damit umherzugehen. Es war eine faszinierende Übung, wie Gewichtheben, aber keine, die ihr besonders gefiel. Immerhin war es besser als die Alternative. Sie hatte auch die probiert, aber es war eine furchtbare Belastung, die sie ablenkte und daran hinderte, richtig zu sehen und wirklich dort zu sein.

So ging sie nun in dem merkwürdigen, irgendwie unterwasserartigen Fließen des Anzugs an der alten Stätte von Gournia spazieren. Gournia war ihr von allen Ruinen der Ariadne-Zeit am liebsten, das einzige gewöhnliche Dorf aus jener Zivilisation, das gefunden und ausgegraben worden war. Die anderen Stätten waren alle Paläste. Dieses Dorf war wahrscheinlich ein Satellit des Palastes von Malia gewesen, geblieben war allerdings nur ein Gewirr hüfthoher Mauern aus übereinandergeschichteten Steinen auf einem Hügel mit Blick auf die Ägäis. Alle Räume waren sehr klein, oft nur ein mal zwei Meter, mit Gängen zwischen weißgetünchten Wänden, wie sie immer noch auf dem Land zu sehen waren. Man sagte, Kreta sei von der großen Flut schwer getroffen worden, wie die Ariadnier von den Folgen der Explosion von Thera überrascht worden waren. Und es stimmte, dass all die hübschen kleinen Fischerhäfen mehr oder weniger überschwemmt und die Ariadne-Ruinen von Zakros und Malia völlig überflutet worden waren. Aber was Zo auf Kreta sah, war ewige Lebhaftigkeit. Kein anderer Ort der Erde ging so gut mit dem Bevölkerungswachstum um. Überall klammerten sich kleine, weißgetünchte Dörfer wie Bienenkörbe an das Land. Sie bedeckten Hügelkuppen, füllten Täler und waren von Getreidefeldern und Obstgärten umgeben, während die buckligen Berge hoch aus dem landwirtschaftlich genutzten Land herausragten und in plastischen Gebirgsketten bis zum zentralen Rückgrat der Insel aufstiegen. Die Bevölkerung der Insel war auf über vierzig Millionen angestiegen, hatte Zo gehört; und dennoch sah die Insel noch ziemlich genau so aus wie vorher. Es gab bloß mehr Dörfer, die zu dem Muster nicht nur der bestehenden, sondern auch der antiken wie Gournia und Itanos passten. Städteplanung mit einer fünftausend Jahre andauernden Kontinuität seit jenem ersten Gipfel der Zivilisation oder letztem Höhepunkt der Vorgeschichte – so hoch, dass sie selbst vom klassischen Griechenland tausend Jahre später, allein durch mündliche Überlieferung, als der Mythos von Atlantis und später auch in den Gestalten aller Nachfolger, nicht nur auf Kreta, sondern auch in Dorsa Brevia, noch deutlich erkannt wurde. Wegen der in Dorsa Brevia benutzten Namen und der Wertschätzung dieser Kultur des Matriarchats von Ariadne hatten die beiden Orte eine Partnerschaft entwickelt. Viele Marsianer kamen nach Kreta, um die antiken Stätten zu besuchen. Daneben gab es neue Hotels, die in etwas größerem Maßstab gebaut worden waren, um es den hochgewachsenen jungen Pilgern bequem zu machen, die die heiligen Stätten besuchten: Phaistos, Gournia, Itanos, Mali und Zakros unter Wasser, sogar die lächerliche »Rekonstruktion« von Knossos. Sie kamen und sahen, wie alles begonnen hatte, fern am frühen Morgen der Welt. Auch Zo, die im strahlend blauen Licht der Ägäis auf einer fünftausend Jahre alten Steinallee stand, fühlte, wie der Widerhall dieser Größe in sie einströmte, durch die porösen roten Steine unter den Füßen aufstieg und bis in ihr Herz gelangte. Eine Erhabenheit, die nie enden würde.

Der Rest der Erde entsprach allerdings Kalkutta. Nun, das war eigentlich nicht fair. Aber Kalkutta selbst war eindeutig Kalkutta. Stinkende Menschheit in ihrer kompaktesten Form. Immer wenn Zo ihr Zimmer verließ, hatte sie mindestens fünfhundert Menschen in ihrem Blickfeld, oft ein paar Tausend. Der Anblick all dieses Lebens in den Straßen war auf schreckliche Weise erheiternd. Eine Welt von Zwergen und Knirpsen und allerhand anderen kleinen Leuten, die sie alle erblickten und sich um sie zusammendrängten wie Nestlinge an ihre Eltern, um sich füttern zu lassen. Obwohl Zo einräumen musste, dass das Gedränge etwas freundlicher war als das, mehr durch Neugier veranlasst als durch Hunger. Man schien sich tatsächlich mehr für ihr Exoskelett zu interessieren als für sie selbst. Und sie schienen recht fröhlich zu sein, mager, aber nicht abgezehrt, obwohl sie offenbar auf den Straßen wohnten. Die Straßen selbst waren jetzt in Kooperativen aufgeteilt. Die Menschen hatten Besitzanspruch, fegten sie und regelten die Unzahl kleiner Märkte, zogen auf jedem Platz Getreide und schliefen auch dazwischen. So war das Leben auf der Erde im Ausgang des Holozäns. Nach Ariadne war es ständig bergab gegangen.

Zo ging hinauf nach Prahapore, einer Enklave in den Bergen nördlich der Stadt. Hier wohnte eine von Jackies terranischen Spionen in einem Wohnheim, das gedrängt voll mit geplagtem Verwaltungspersonal war. Die Leute lebten vor ihren Bildschirmen und schliefen unter ihren Schreibtischen. Jackies Kontaktperson war eine Programmiererin von Übersetzungsgeräten, eine Frau, die Mandarin, Urdu, Drawidisch und Vietnamesisch ebenso beherrschte wie Hindi und Englisch. Sie spielte eine wichtige Rolle in einem ausgedehnten Lauschnetz und konnte Jackie über indisch-chinesische Konversationen, die den Mars betrafen, auf dem Laufenden halten.

»Natürlich werden beide mehr Menschen auf den Mars schicken. Das ist sicher«, sagte die beleibte Frau zu Zo, als sie sich draußen in dem kleinen Kräutergarten des Grundstücks befanden. »Aber es sieht so aus, als glaubten beide Regierungen, für ihre Bevölkerung eine langfristige Lösung zu haben. Niemand erwartet mehr, dass er mehr als *ein* Kind haben wird. Das ist nicht nur das Gesetz, es ist Tradition.«

»Das Gesetz der Gebärmutter«, sagte Zo.

Die Frau zuckte die Achseln. »Möglicherweise. Auf jeden Fall eine sehr strenge Tradition. Die Leute sehen sich um und erkennen das Problem. Sie erwarten, die Langlebigkeitsbehandlung und dabei auch das Sterilitätsimplantat zu bekommen. Und in Indien freuen sie sich, wenn sie die Genehmigung erhalten, das Implantat zu entfernen. Wenn sie dann ein Kind haben, erwarten sie die endgültige Sterilisation. Sogar die Hindufundamentalisten sind dazu übergegangen. Der soziale Druck auf sie war zu groß. Und die Chinesen praktizieren das seit Jahrhunderten. Die Langlebigkeitsbehandlung hat nur das verstärkt, was sich ohnehin schon eingebürgert hatte.«

»Also hat der Mars von ihnen weniger zu befürchten, als Jackie denkt.«

»Nun, sie wollen immer noch Emigranten schicken. Das ist ein Teil der allgemeinen Strategie. Und der Widerstand gegen das Ein-Kind-Gesetz war in einigen katholischen und muslimischen Ländern stärker. Einige dieser Nationen möchten den Mars kolonisieren, als wäre er leer. Die Bedrohung verlagert sich jetzt von Indien und China zu den Philippinen, nach Brasilien und Pakistan.«

»Hmm«, machte Zo. Gespräche über Immigration bedrückten sie immer. Bedrohung durch Lemminge. »Was ist mit den Exmetas?«

»Die alte Elfergruppe kommt wieder auf Unterstützung der stärksten unter den alten Metanats zurück. Sie werden sich nach Orten umsehen, die sie erschließen können. Sie sind viel schwächer als vor der Flut, haben aber immer noch starken Einfluss in Amerika, Russland, Europa und Südamerika. Sag Jackie, sie soll aufpassen, was Japan in den nächsten Monaten tut. Sie wird verstehen, was ich damit meine.« Sie verbanden ihre Armbandcomputer, damit die Frau eine sichere Übertragung detaillierter Information für Jackie machen konnte.

»Okay«, sagte Zo. Sie war plötzlich müde, als wäre ein fetter Mann zu ihr ins Exoskelett gekrochen und zöge sie nach unten. Die Erde war eine Belastung. Manche Leute sagten, sie liebten das Gewicht, als brauchten sie diesen Druck, um von ihrer Realität überzeugt zu sein. Zo war nicht so. Die Erde war für sie der Inbegriff von Exotik. Das war fein, aber sie hatte plötzlich das Verlangen, zu Hause zu sein. Sie stöpselte ihr Armband von dem der Übersetzerin aus und dachte an den perfekten Mittelweg, jenen perfekten Test von Willen und Fleisch – die exquisite Schwerkraft des Mars.

Dann ging es am Raumaufzug von Clarke hinunter – eine Reise, die länger dauerte als der Flug von der Erde. Endlich wieder zurück in der Welt, der einzig realen Welt, dem prächtigen Mars. »Es geht nichts über die Heimat«, sagte Zo zu der Menge am Bahnhof in Sheffield. Und dann setzte sie sich vergnügt in einen der Züge, die von Tharsis hinunter und nach Norden zu Echus Overlook fuhren.

Die kleine Stadt war seit ihren frühen Tagen als Hauptquartier des Terraformingprojekts nicht besonders schnell gewachsen. Sie lag etwas abseits und war in die steile Ostwand von Echus Chasma gebaut, sodass man nicht viel von ihr sah – ein paar Häuser auf dem Plateau oben auf der Klippe, ein paar am Boden, aber mit drei Kilometern zwischen den beiden, sodass sie sich gegenseitig nicht sehen konnten, mehr wie zwei getrennte Dörfer, die mit einer vertikalen U-Bahn verbunden waren. Wenn die Flieger nicht gewesen wären, hätte Echus Overlook allenfalls als verschlafenes historisches Monument überleben können wie Underhill oder Senzeni Na oder die eisigen Refugien im Süden. Die Ostwand von Echus Chasma aber stand direkt den vorherrschenden Westwinden im Weg, die vom Tharsis-Buckel herunterströmten und zu erstaunlich starken Luftströmungen nach oben führten. Das machte es zu einem Paradies für Birdsuit-Flieger.

Zo hätte sich bei Jackie und den für sie arbeitenden Apparatschiki des Freien Mars melden sollen; aber ehe sie in all das verwickelt wurde, wollte sie fliegen. Also holte sie am Segelflughafen ihren alten Hawksuit aus Santorini aus dem Lager, ging zum Umkleideraum und schlüpfte hinein. Sie fühlte das glatte muskulöse Gewebe vom Exoskelett des Anzugs. Dann ging es hinaus auf den glatten Weg, die Schwanzfedern nachschleppend, und auf das Sprungbrett, einen natürlichen Überhang, der künstlich mit einer Betonplatte verlängert worden war. Sie ging bis zum Ende dieser Platte und erblickte weit unter sich, dreitausend Meter tief, die Sohle von Echus Chasma. Mit dem gewohnten Adrenalinstoß kippte sie nach vorn und fiel senkrecht von der Klippe nach unten. Mit dem Kopf voran immer weiter, weiter abwärts. Als sie die Endgeschwindigkeit erreichte, was sie an der Tonhöhe des Brausens erkannte, mit dem der Wind um ihren Helm pfiff, breitete sie die Arme aus, ließ den Anzug sich versteifen und helfen, die schönen Flügel gespreizt zu halten. Dann kurvte sie mit einem laut dröhnenden Zischen des Windes in die Sonne empor, wandte den Kopf, krümmte den Rücken, streckte die Zehen und stellte die Schwanzfedern ein – links, rechts, links. Der Wind zog sie immer weiter hoch. Sie legte Beine und Arme an und machte eine enge Drehung, sah erst die Klippe und dann den Boden des Chasmas – immer wieder rundherum im Flug. Zo, der Falke, wild und frei! Sie lachte glücklich. Tränen strömten in ihrer Schutzbrille, wohin der Sog sie trug, und wurden schließlich von der Kraft der Beschleunigung fortgerissen.

Der Himmel über Echus war an diesem Morgen fast leer. Nachdem sie sich im Aufwind hatten hochtragen lassen, schwenkten die meisten Flieger nach Norden. Sie stiegen auf oder schossen in eine der Schluchten in der Wand hinunter, wo der Auftrieb nachließ und es möglich war, mit hoher Geschwindigkeit auf und ab zu sausen. Auch Zo, nachdem sie eine Höhe von ungefähr fünftausend Metern über Overlook erreicht hatte und den reinen Sauerstoff des geschlossenen Luftsystems ihres Helms atmete, wandte den Kopf nach rechts, kippte über den rechten Flügel und kurvte fröhlich gegen den Wind, den sie in raschen Griffen über ihren Körper streichen fühlte. Kein Laut außer dem harten Brausen in ihren Schwingen. Der physische Druck auf ihren Körper war eine zarte empfindsame Massage. Sie hatte durch den engen Anzug hindurch ein Gefühl, als wäre er gar nicht da, als wäre sie nackt und spürte den Wind direkt auf ihrer Haut, so wie sie es sich wünschte. Ein guter Anzug verstärkte natürlich diesen Eindruck; und sie hatte diesen drei M-Jahre lang benutzt, ehe sie zum Merkur abgereist war. Er passte wie ein Handschuh. Es war großartig, wieder in ihm zu stecken.

Sie zog nach oben wie ein Falke und stürzte sich dann vorwärts in dem Manöver, das man den »fallenden Jesus« nannte. Tausend Meter in die Tiefe. Sie zog die Flügel ein und beschleunigte mit Delfinstößen der Beine ihren Sturzflug, bis der Wind laut über sie hinweg brauste. Sie passierte den Rand der großen Wand mit deutlich mehr als der Endgeschwindigkeit. Der Vorbeiflug an der Klippe war das Zeichen zum Hochziehen; denn so hoch die Klippe auch war, raste doch der Boden des Chasmas auf sie zu wie ein Schlag ins Gesicht, und das Hochziehen erforderte doch einige Zeit, selbst bei ihrer Kraft, Geschicklichkeit und Nervenstärke und der Verstärkung durch den Anzug. Also krümmte sie den Rücken und spreizte die Flügel. Sie fühlte die Anstrengung in Brust und Bizeps, einen ungeheuren Druck, obwohl ihr der Anzug mit logarithmisch zunehmendem Prozentanteil der Belastung half. Schwanzfedern nach unten, los! Vier harte Flügelschläge. Und dann fing sie den Sturz so knapp über dem Sandboden des Chasmas ab, dass sie eine Maus davon hätte aufgreifen können.

Sie wendete, kam in den Aufwind und kurvte wieder nach oben in sich neu entwickelnde hohe Wolken. Der Wind war an diesem Tag unberechenbar. Und es war ein alle Aufmerksamkeit forderndes Vergnügen, sich darin zu tummeln und zu spielen. Das war der Sinn des Lebens, der Zweck des Universums: reine Freude, das Gefühl der Selbstvergessenheit, wobei der Geist nicht mehr als ein Spiegel des Windes wurde. Überschwänglichkeit. Man sagte, sie fliege wie ein Engel. Manchmal flog man wie eine Drohne, manchmal wie ein Vogel; und in seltenen Fällen flog man wie ein Engel. Das war schon lange her gewesen.

Sie kam wieder zu sich und flog an der Wand hinunter auf Overlook zu. Sie fühlte Erschöpfung in den Armen. Dann sah sie einen Falken. Wie viele Flieger verfolgte sie einen Vogel, wenn sie einen erblickte. Sie beobachtete ihn genauer, als es je zuvor ein Vogelfreund getan hatte, ahmte jeden Übergang und jede Flügelbewegung nach, um die Genialität seines Fluges zu erkennen. Manchmal kreisten die Falken harmlos über dieser Klippe auf der Suche nach Futter, und ein ganzes Geschwader von Fliegern folgte ihren Bewegungen oder versuchte es wenigstens. Es machte Spaß.

Jetzt beschattete sie den Falken, kurvte, wenn er es tat, und ahmte die Stellung von Flügeln und Schwanz nach. Seine Beherrschung der Luft war ein Talent, nach dem sie sich sehnte, das sie aber nie besitzen würde. Aber sie konnte es immerhin versuchen. Helle Sonne in eilenden Wolken, indigofarbener Himmel, der Wind gegen ihren Körper, kleine Schwerelosigkeitsverzückungen im Magen, wenn sie zum Sturzflug überging … ewige Momente ohne Bewusstsein. Die beste und sauberste Verwendung menschlicher Zeit.

Aber die Sonne senkte sich im Westen, und Zo wurde durstig. Darum überließ sie den Falken seinem Tun, drehte ab und schwebte in weiten, lässigen S-Kurven zu Overlook hinunter, wo sie ihre Landung mit einem Flügelschlag stehend ausführte, genau auf dem grünen Kokopelli, als wäre sie nie fort gewesen.

Die Nachbarschaft hinter dem Startkomplex hieß Topside und war eine Ansammlung billiger Herbergen und Restaurants, die fast nur von Fliegern und Touristen, die sich die Flieger ansehen wollten, bewohnt waren. Sie alle aßen, tranken und streiften umher, redeten und tanzten und schauten sich nach jemandem um, mit dem man die Nacht verbringen konnte. Und dort waren auch, keineswegs überraschend, ihre Fliegerkameraden Rose und Imhotep und Ella und Estevan, alle in einer Gruppe im Adler-Bräuhaus. Sie waren schon beschwipst und entzückt,

Zo wieder unter sich zu sehen. Sie tranken im Adler etwas zur Feier der Wiedervereinigung, gingen dann nach Overlook-Overlook und setzten sich auf die Brüstung, um den Klatsch nachzuholen. Sie ließen eine große Tüte kreisen, deren Inhalt mit Pandorph versetzt war, machten freche Bemerkungen über die unter dem Geländer vorbeiziehenden Leute und riefen Freunden zu, die sie in der Menge erspähten.

Schließlich verließen sie Overlook-Overlook und begaben sich zu den Menschenmengen in Topside hinunter. Langsam drehten sie ihre Runde durch die Kneipen zu den Badehäusern. Sie legten im Umkleideraum ihre Kleidung ab und wanderten nackt durch die dunklen, warmen, mit Wasserbecken ausgestatteten Räume. Das Wasser war hüfttief, knöcheltief, brusttief; heiß, kalt und lauwarm. Sie verteilten sich und fanden später wieder zusammen, sie hatten in der Düsternis Sex mit kaum sichtbaren Fremden. Zo arbeitete sich langsam durch mehrere Partner zu ihrem Orgasmus durch und schnurrte behaglich, als ihr Körper sich in sich verkrampfte und ihr Bewusstsein schwand. Sex, Sex – nur Sex ähnelte dem Fliegen. Die Verzückung des Körpers, ein anderes Echo des Urknalls, der erste Orgasmus. Freude beim Anblick der Sterne im Oberlicht des Raums, beim Gefühl von warmem Wasser und einem jungen Mann, der in sie eindrang, kam und drin blieb, ohne ganz zu erschlaffen, sich drei Minuten später wieder versteifte und wieder anfing zu stoßen und über das Heraufkommen eines neuen Orgasmus lachte.

Danach schlenderte sie in die relative Helligkeit der Bar und fand dort die anderen. Estevan erklärte, dass der dritte Orgasmus eines Abends gewöhnlich der beste wäre, mit einer langen Annäherung an den Höhepunkt und noch genug Sperma zum Ejakulieren. »Danach ist es immer noch fein, aber anstrengender. Man muss ganz wild werden, um es zu schaffen, und dann ist es doch nicht mehr so wie beim dritten Mal.« Zo und Rose und die übrigen Frauen waren sich einig, dass Frauen in dieser Hinsicht wie in so vielen anderen überlegen wären. Sie hatten in einer Nacht in den Bädern routinemäßig etliche wundervolle Orgasmen; und selbst diese waren nichts im Vergleich mit dem Status-Orgasmus, einer Art andauerndem Orgasmus, der eine halbe Stunde dauern konnte, wenn man Glück und einen geschickten Partner hatte. Sie hatten dieses Geschick immer weiter perfektioniert, und alle waren sich einig, dass es mehr eine Kunst war als eine Wissenschaft. Man musste high sein, aber nicht allzu sehr, in einer Gruppe, die aber nicht zu groß sein durfte ... Sie sagten Zo, dass sie in letzter Zeit dabei recht gut und sicher geworden wären; und Zo verlangte fröhlich den Beweis dafür. Estevan brüllte: »Kommt schon, ich will eine Tischnummer!« Er führte sie und den Rest in einen Raum hinunter, in dem ein großer Tisch aus dem Wasser ragte. Imhotep, der für die Lektion Zos Matratze spielen sollte, legte sich darauf auf den Rücken. Sie wurde von den anderen auch in Rückenlage hochgehoben, rutschte auf ihn hinunter; und dann war die ganze Gruppe mit ihr beschäftigt. Hände, Münder und Genitalien, im Mund und in jedem Ohr eine Zunge, Kontakt überall. Nach einiger Zeit war alles eine undifferenzierte Masse erotischer Sinnesreize. Rundum Sex total. Zo schnurrte laut. Als sie dann anfing zu kommen und sich mit krampfhafter Heftigkeit von Imhotep aufbäumte, machten alle weiter, jetzt sanfter. Sie reizten sie und ließen sie nicht zur Landung kommen. Und dann war sie gestartet und flog. Die Berührung eines kleinen Fingers hielt sie in Gang, bis sie schrie: »Nein, ich kann nicht!« Sie lachten und sagten: »Du kannst!«, und hielten sie in Gang, bis sich die Muskeln ihres Magens verknoteten und sie gewaltsam von Imhotep herunterrollte und von Rose und Estevan aufgefangen wurde. Sie konnte nicht einmal mehr stehen. Jemand sagte, sie hätten sie zwanzig Minuten lang in Schwung gehalten. Es hatte sich angefühlt wie eine Ewigkeit. Alle ihre Bauchmuskeln schmerzten, ebenso ihre Schenkel und ihr Po. Sie verlangte nach einem kalten Bad und kroch zum kühlen Wasser in einem nahen Raum.

Aber nach der Tisch-Orgie gab es kaum noch etwas, das in den Bädern von Reiz war. Alle weiteren Orgasmen würden schmerzen. Zo half Estevan und Xerxes auf dem Tisch und dann einer kleinen Frau, die sie nicht kannte. Das machte alles Spaß, aber dann wurde es ihr langweilig. Fleisch, Fleisch, Fleisch. Manchmal kam man danach immer höher; aber ein anderes Mal war es bloß Haut und Haar und Fleisch, innen und außen. Wen kümmerte das?

Zo ging in den Garderobenraum, zog sich an und ging nach draußen. Es war schon Morgen, und die Sonne strahlte hell über den kahlen Flächen von Lunae. Sie begab sich durch die leeren Straßen zu ihrer Herberge. Sie fühlte sich entspannt, sauber und schläfrig. Ein üppiges Frühstück, ins Bett fallen und mit Genuss schlafen.

Aber im Hotelrestaurant wartete Jackie. »Wenn das nicht unsere Zoya ist.« Sie hatte den Namen nie gemocht, den Zo selbst für sich gewählt hatte.

»Bist du mir hierher gefolgt?«, fragte Zo überrascht.

Jackie machte ein empörtes Gesicht. »Du solltest dich daran erinnern, dass es auch meine Koop ist. Warum hast du dich nicht bei deiner Rückkehr gemeldet?«

»Ich wollte gern fliegen.«

»Das ist keine Entschuldigung.«

»Es sollte auch keine sein.«

Zo ging zum Buffet und belud einen Teller mit Rührei und Muffins. Sie kam an Jackies Tisch zurück und küsste ihre Mutter auf den Kopf. »Du siehst gut aus.«

Tatsächlich sah Jackie jünger aus als Zo, die oft in der Sonne war und darum Falten hatte – jünger, und irgendwie *gut erhalten*, als wäre sie Zos Schwester, die jahrelang in einer Flasche konserviert und erst kürzlich dekantiert worden war. Sie wollte Zo nicht sagen, wie oft sie die gerontologischen Behandlungen gehabt hatte; aber Rachel hatte erzählt, dass sie immer neue Varianten ausprobierte, von denen etwa zwei oder drei jedes Jahr herauskamen, und dass sie die Grundbehandlung beinahe alle drei Jahre machte. Daher sah sie, obwohl sie irgendwo in der fünften M-Dekade stand, fast wie Zos Altersgenossin aus, mit Ausnahme der bewahrten Qualität, die nicht so sehr den Körper als vielmehr den Geist betraf – ein Augenausdruck, eine gewisse Härte, eine Anspannung, eine Bedachtsamkeit oder Stumpfheit. Es war harte Arbeit, Jahr für Jahr das Alpha-Weibchen zu sein, ein heroischer Kampf, der sichtbare Spuren hinterlassen hatte, ganz gleich wie babyweich und glatt ihre Haut war oder wie sehr sie die umkämpfte Schönheit blieb. Und sie war durchaus noch eine Schönheit, ohne Zweifel. Aber sie wurde allmählich alt. Bald würden sich ihre jungen Männer nicht mehr um den Finger wickeln lassen und abhauen.

Inzwischen hatte sie eine große *Präsenz* entwickelt und wirkte darüber hinaus im Moment recht verärgert. Die Leute schauten weg, als könnte ihr Blick sie töten, was Zo zum Lachen brachte. Nicht gerade die höflichste Art, die Mutter zu begrüßen, aber sie konnte nichts dagegen machen. Zo war zu entspannt, um sich zu ärgern.

Aber dennoch war es wohl ein Fehler, sie anzulachen. Jackie schoss finstere Blicke, bis Zo sich zusammennahm.

»Erzähl mir, was auf dem Merkur geschehen ist!«

Zo zuckte die Achseln. »Ich habe es dir berichtet. Die denken immer noch, dass die äußeren Planeten auf ihre Sonnenlichtlieferungen angewiesen seien. Das haben sie sich in den Kopf gesetzt.«

»Ich denke auch, dass ihr Sonnenlicht da draußen immer noch nützlich ist.«

»Energie kann man immer brauchen, aber die äußeren Welten sollten jetzt imstande sein, selbst zu erzeugen, was sie benötigen.«

»Also bleiben den Merkuriern noch die Metalle.«

»Das stimmt.«

»Aber was wollen sie dafür haben?«

»Alle wollen frei sein. Keine dieser kleinen Welten ist groß genug, um autark zu sein. Darum müssen sie etwas haben, womit sie handeln können, wenn sie frei bleiben wollen. Merkur besitzt Sonnenlicht und Metalle, die Asteroiden haben auch Metalle, die äußeren Monde haben flüchtige Substanzen. Also bieten sie das zum Tausch, was sie haben, und versuchen, Allianzen zu bilden, um eine Beherrschung durch die Erde oder den Mars zu vermeiden.«

»Es ist keine Beherrschung.«

»Natürlich nicht.« Zo verzog keine Miene. »Aber die großen Welten, du weißt ja …«

»Sind groß«, bestätigte Jackie. »Aber wenn man alle diese kleinen Dinge zusammenzählt, ist das auch etwas Großes.«

»Wer sollte sie addieren?«, fragte Zo.

Jackie ignorierte die Frage. Die Antwort war ohnehin klar. Jackie würde es tun. Jackie befand sich in einem langen Kampf mit verschiedenen Mächten auf der Erde um die Kontrolle des Mars. Sie versuchte zu verhindern, dass sie von der immensen Heimatwelt überflutet wurden. Und die menschliche Zivilisation breitete sich ständig weiter durch das ganze Sonnensystem aus. Jackie betrachtete die neuen kleinen Siedlungen als Bauern im Schachspiel dieses großen Kampfes. Und es gab in der Tat genug von ihnen. Sie könnten durchaus einen Unterschied bedeuten.

»Es gibt keinen Grund, sich um den Merkur Sorgen zu machen«, versicherte ihr Zo. »Er ist eine Sackgasse, eine kleine provinzielle Stadt, die von einem Kult regiert wird. Niemand kann viele Menschen dort ansiedeln, wirklich niemand. Wenn es uns also doch gelingt, sie an Bord zu bringen, wird das keinen großen Unterschied machen.«

Jackies Gesicht nahm wieder einen weltmüden Ausdruck an, als wäre Zos Analyse der Lage das Werk eines Kindes, und als gäbe es ausgerechnet auf dem Merkur verborgene Quellen politischer Macht. Das war störend, aber Zo nahm sich zusammen und zeigte ihren Ärger nicht.

Antar kam herein, suchte nach ihnen. Er sah sie und lächelte, kam herüber und gab Jackie einen schnellen Kuss und Zo einen längeren. Er und Jackie sprachen flüsternd eine Weile über irgendetwas, dann sagte Jackie ihm, er solle gehen.

In Jackie steckte eine große Portion vom Willen zur Macht, erkannte Zo wieder einmal. Das selbstverständliche Herumkommandieren von Antar war eine Zurschaustellung von Macht, die man bei vielen *Nisei*-Frauen beobachten konnte, die in Patriarchaten aufgewachsen waren und deshalb scharf dagegen reagierten. Sie hatten nicht ganz begriffen, dass das Patriarchat keine Rolle mehr spielte, dass es immer im Griff des Gesetzes der Gebärmutter gewesen war, das außerhalb der Patriarchie mit einer biologischen Kraft wirkte, die durch keine Politik beherrscht werden konnte. Das Weibliche dominierte die männliche Lust, das Leben selbst – das galt für Patriarchen wie für alle anderen, trotz all der Unterdrückung und ihrer Furcht vor dem Weiblichen, das in allen Zeiten so vielfältigen Ausdruck gefunden hatte: Schleier, Genitalverstümmelung, Fußverkrüppelung und so weiter. Wirklich eine hässliche Sache, eine verzweifelte grausame Verteidigung der letzten Bastion, die sicher eine Weile erfolgreich gewesen, aber jetzt spurlos weggewischt worden war. Jetzt mussten die armen Kerle sich alleine durchschlagen, und das war hart. Frauen wie Jackie hatten sie ausgepeitscht. Und so etwas gefiel Frauen wie Jackie.

»Ich möchte, dass du zum Uranus-System fliegst«, sagte Jackie. »Die sind da draußen gerade dabei, sich niederzulassen, und ich möchte sie frühzeitig erwischen. Du kannst auch denen auf den galileischen Jupitermonden ein Machtwort sprechen. Die tanzen aus der Reihe.«

»Ich sollte eine Koop-Arbeit übernehmen, sonst wird allzu deutlich, dass es nur ein Aushängeschild ist«, erwiderte Zo.

Nach vielen Jahren der Tätigkeit in einer Wilden-Kooperative in Lunae war Zo einer der Koops beigetreten, die zum Teil als Tarnung für den Freien Mars fungierten und es Zo und anderen Mitarbeitern ermöglichten, Parteiarbeit zu leisten, ohne dass deutlich wurde, dass das ihre Hauptaktivität war. Die Koop, zu der Zo gegangen war, baute und installierte Kraterschirme; aber sie hatte seit mehr als einem Jahr keine echte Arbeit mehr übernommen.

Jackie nickte. »Verbring einige Zeit dort, und dann nimm wieder Urlaub! In einem Monat oder so.«

»Okay.«

Zo war daran interessiert, die äußeren Satelliten zu sehen, darum fiel es ihr leicht zuzustimmen. Aber Jackie nickte nur und ließ nicht erkennen, ob es ihr lieber gewesen wäre, wenn Zo nicht zugestimmt hätte. Ihre Mutter war keine sehr fantasiereiche Person, wenn alles gesagt und getan war. Ohne Zweifel war Zos Vater die Quelle dieser Eigenschaft bei Zo, Ka möge ihn segnen! Zo wollte seine Identität nicht erfahren, die für sie jetzt nur eine Einschränkung ihrer Freiheit gewesen wäre. Aber sie fühlte einen Anflug von Dankbarkeit für seine Gene, ihrer Rettung davor, genau wie Jackie zu werden.

Zo stand auf, zu müde, ihre Mutter noch länger zu ertragen. »Du siehst müde aus«, sagte sie, »und ich bin erschöpft.« Sie küsste Jackie auf die Wange, als sie das Zimmer verließ. »Ich liebe dich. Vielleicht solltest du darüber nachdenken, die Behandlung wieder machen zu lassen.«

Ihre Kooperative befand sich im Krater Moreux in den Protonilus Mensae, zwischen Mangala und Bradbury Point. Es war ein großer Krater auf dem langen Abhang des Großen Steilhangs in Richtung Boone's Neck. Die Koop entwickelte ständig neue Variationen von molekularen Netzen als Ersatz für ältere Netze und die alten Kuppelstoffe. Das von ihnen über Moreux gespannte Gewebe war die jüngste Errungenschaft. Der Kunststoff seiner Fasern aus Polyhydroxybutyrat wurde aus Sojabohnen gewonnen, die genetisch manipuliert waren, um in ihren Chloroplasten das PHB zu erzeugen. Das Gewebe funktionierte wie das Äquivalent einer täglichen Inversionsschicht, wodurch die Luft im Innern des Kraters dicker und beträchtlich wärmer wurde als die Außenluft. Derartige Netze erleichterten es, Biome durch den zähen Übergang vom Zelt zur freien Luft zu bekommen; und wenn sie permanent installiert waren, erzeugten sie in größeren Höhen oder Breiten angenehme Mesoklimata. Moreux reichte bis 43° Nord, und die Winter außerhalb des Kraters würden immer recht streng sein. Mit Hilfe des Netzes konnten sie einen Hochwald anlegen, der mit einer exotischen Vielfalt an Pflanzen prahlte, die genealogisch gesehen von den ostafrikanischen Vulkanen, Neuguinea und dem Himalaya stammten. Unten auf dem Kraterboden waren die Sommertage sehr heiß, und die seltsamen dornigen Bäume dufteten wie würziges Parfüm.

Die Bewohner des Kraters lebten in geräumigen Apartments, die in den nördlichen Bogen des Kraterrandes eingelassen waren, in vier zurückgesetzten Ebenen von Balkons und breiten Fensterwänden, aus denen man einen Blick auf das grüne Laub des Waldes am Kilimandscharo-Abhang darunter hatte. Im Winter wurden die Balkons von der Sonne gebraten und lagen im Sommer unter von Reben bedeckten Pflanzenspalieren, wenn die Tagestemperaturen bis 31° C anstiegen. Es war im Gespräch, ein gröberes Netz zu verwenden, damit im Sommer mehr heiße Luft entweichen könnte, oder sogar ein System zu entwickeln, bei dem man die Abdeckung während des Sommers einfach aufrollen könnte.

Zo verbrachte den größten Teil jeden Tages mit der Arbeit an oder unter der äußeren Kraterschürze. Sie leistete so viel Arbeit zur Tarnung, wie sie konnte, ehe es Zeit für den Flug zu den äußeren Satelliten war. Die Arbeit war interessant. Dazu gehörten lange Fahrten durch die Bergwerksstollen, um mineralische Adern und Bodenschätze im alten Kraterrand aufzuspüren. Die Brekzienbildung durch den Aufprall hatte alle Arten nützlicher metamorpher Mineralien gebildet, und Treibhausgase enthaltende Gesteine waren auch allgemein vertreten. Darum arbeitete die Kooperative an neuen Verfahren des Bergbaus und daran, Rohmaterialien für die Zeltstangen zu extrahieren. Man hoffte, vermarktbare Verbesserungen der Schürfmethoden zu entdecken, bei denen die Oberfläche ungestört blieb, während der Regolith darunter intensiv abgebaut wurde. Die meiste Arbeit unter Tage war natürlich robotisch; aber es gab immer noch verschiedene Aufgaben, bei denen der Mensch unersetzbar war, wie es beim Bergbau immer sein wird. Zo fand es sehr befriedigend, in der düsteren Welt unter der Marsoberfläche Höhlenforschung zu betreiben und ihre Tage in den Eingeweiden des Planeten zwischen den großen Steinplatten der Höhlen, deren enge raue schwarze Wände im Licht der starken Lampen von Kristallen blitzten, zu verbringen, Proben zu untersuchen und neu angelegte Gänge in einem Wald aus leblosen Magnesiumstempeln, die von den Schürfrobotern eingerammt worden waren, zu erkunden. Sie arbeitete wie ein Troglodyt auf der Suche nach kostbaren Schätzen, stieg nach Feierabend aus der Aufzugskabine und blinzelte benommen in das Sonnenlicht des späten Nachmittags. Die Luft war bronze-, lachs- oder bernsteinfarben, wenn die Sonne wie ein alter Freund durch die purpurne Linie des Horizonts strahlte und sie wärmte, während sie mühsam die Moräne hinauf zum oberen Tor marschierte, wo der runde Wald von Moreux unter ihr lag, eine verlorene Welt, in der Jaguare und Geier hausten. Im Innern des PHB-Geflechts befand sich eine Seilbahn, die zur Siedlung führte. Aber Zo ging gewöhnlich stattdessen zum Torhaus, holte ihren Birdsuit aus dem Schließfach, schlüpfte hinein, zog den Reißverschluss zu, lief auf eine Plattform hinaus, breitete ihre Schwingen aus und flog in sanften Spiralen zu der Stadt am Nordrand, um auf einer der Speiseterrassen zu essen und Papageien, Sittiche und Loris zu beobachten, die auf der Suche nach einer Mahlzeit umherschossen. Das war ein Arbeitsalltag, den Zo nicht übel fand, und sie schlief gut.

Eines Tages kam eine Gruppe Atmosphäreningenieure, um zu sehen, wie viel Luft in der mittäglichen Hitze des Sommers durch das Geflecht entwich. Unter den Leuten waren viele der Alten, mit den verdorbenen Augen und dem zerstreuten Benehmen des langgedienten Areologen. Einer dieser *Issei* war Sax Russell selbst, ein kleiner, kahler Mann mit einer krummen Nase und einer Haut, die so runzlig war wie die der Schildkröten, die auf dem Kraterboden herumkrochen. Zo starrte den alten Mann immer und immer wieder an, der eine der berühmtesten Persönlichkeiten in der Geschichte des Mars war. Es war bizarr, wenn eine solche Figur aus den Geschichtsbüchern sie begrüßte, so als kämen demnächst George Washington oder Archimedes herbeigewackelt. Die tote Hand der Vergangenheit, verblüfft durch alle die jüngsten Entwicklungen, lebte noch unter ihnen.

Russell wirkte jedenfalls verblüfft. Er machte während der ganzen Einführungssitzung ein erstauntes Gesicht, überließ die Fragen zur Atmosphäre seinen Kollegen und verbrachte die Zeit damit, auf den Wald unter der Stadt zu starren. Als jemand ihm beim Dinner Zo vorstellte, blinzelte er sie mit der matten Schlauheit einer Schildkröte an. »Ich habe deine Mutter einmal unterrichtet.«

»Ja«, sagte Zo.

»Würdest du mir den Kraterboden zeigen?«, fragte er.

»Normalerweise fliege ich darüber«, erwiderte Zo überrascht.

»Ich hatte gehofft zu gehen«, sagte er und zwinkerte ihr zu.

Sein Erscheinen war etwas so Neues, dass sie zusagte, ihn zu begleiten.

Sie gingen in der Kühle des Morgens los und folgten dem Schlagschatten unter dem Ostrand. Balsa- und Saalbäume wechselten sich über ihnen ab und bildeten einen hohen Baldachin, durch den Lemuren heulten und hüpften. Der alte Mann ging langsam, schaute sich die sorglosen Geschöpfe im Wald an und redete nur selten, meistens um zu fragen, ob Zo die Namen der verschiedenen Farne und Bäume kannte. Alles, was sie identifizieren konnte, waren die Vögel. Sie gab fröhlich zu: »Die Namen von Pflanzen gehen durchs eine Ohr rein und durchs andere raus.«

Er runzelte die Stirn.

»Ich denke, das hilft mir, sie besser zu sehen«, fügte sie hinzu.

»Wirklich.« Er schaute sich wieder um, als wollte er es ausprobieren. »Bedeutet das, du erkennst die Vögel nicht so gut wie die Pflanzen?«

»Sie sind anders. Sie sind meine Brüder und Schwestern und müssen Namen haben. Das gehört zu ihnen. Aber dieses Zeug« – sie zeigte auf das Laub um sie herum, riesige Farne unter dornigen blühenden Bäumen – »ist ganz und gar namenlos. Wir erfinden Namen, aber sie haben die nicht wirklich.«

Er dachte darüber nach.

»Wohin fliegst du?«, fragte er einen Kilometer auf dem zugewachsenen Weg weiter.

»Überallhin.«

»Hast du Lieblingsplätze?«

»Ich mag Echus Overlook.«

»Gute Aufwinde?«

»Sehr gute. Ich war dort, bis Jackie mich überfiel und an die Arbeit schickte.«

»Ist das nicht deine Arbeit?«

»O doch, schon. Aber meine Koop kommt gut mit Auszeiten zurecht.«

»Aha! Wirst du hier eine Weile bleiben?«

»Nur bis das galileische Shuttle startet.«

»Du willst auswandern?«

»Keineswegs. Eine Reise, für Jackie. Diplomatische Mission.«

»Ah! Wirst du den Uranus besuchen?«

»Ja.«

»Ich würde gern Miranda sehen.«

»Ich auch. Das ist einer der Gründe für meine Reise.«

»Aha!«

Sie durchquerten einen seichten Bach, indem sie auf freie flache Steine traten. Vögel sangen, Insekten schwirrten. Sonnenschein füllte jetzt die ganze Kraterschüssel, aber unter dem Baldachin des Waldes war es noch kühl. Die Luft war von parallelen Streifen schrägen gelben Lichts durchsetzt. Russell bückte sich, um in den Bach zu schauen, den sie überquert hatten.

»Wie war meine Mutter als Kind?«, fragte Zo.

»Jackie?« Er dachte darüber nach. Es verging eine lange Zeit. Gerade als Zo enttäuscht zu dem Schluss kam, dass er die Frage vergessen hätte, sagte er: »Sie war eine schnelle Läuferin. Sie stellte viele Fragen. Warum, warum, warum? Das gefiel mir. Ich denke, sie war die Älteste in dieser Generation von Ektogenen. Auf jeden Fall die Anführerin.«

»War sie in Nirgal verliebt?«

»Ich weiß nicht. Wieso, bist du Nirgal begegnet?«

»Ich glaube, ja. Einmal, mit den Wilden. Was ist mit Peter Clayborne, war sie in ihn verliebt?«

»Verliebt? Vielleicht. Als sie älter war. In Zygote – ich weiß nicht.«

»Du bist keine große Hilfe.«

»Allerdings.«

»Alles vergessen?«

»Nicht alles. Aber an was ich mich erinnere, ist schwer zu beschreiben. Ich entsinne mich, dass Jackie eines Tages nach John fragte, genau so, wie du dich nach ihr erkundigst. Mehr als einmal. Sie freute sich, seine Enkelin zu sein. War stolz auf ihn.«

»Das ist sie noch. Und ich bin stolz auf sie.«

»Und ich erinnere mich, dass sie einmal geweint hat.«

»Warum? Und sag nicht, du weißt es nicht!«

Das machte ihn stutzig. Endlich schaute er zu ihr auf, mit einem fast menschlichen Lächeln. »Sie war traurig.«

»Oh, sehr gut!«

»Weil ihre Mutter fortgegangen war. Esther?«

»Richtig.«

»Kasei und Esther trennten sich, und Esther ging – wohin weiß ich nicht. Aber Kasei und Jackie blieben in Zygote. Und eines Tages kam sie an einem Tag, an dem ich unterrichtete, früh zur Schule. Sie fragte viel warum, warum, warum, diesmal wegen Kasei und Esther. Und dann weinte sie.«

»Was hast du zu ihr gesagt?«

»Ich weiß nicht … Nichts, vermutlich. Ich wusste nicht, was ich sagen sollte. Hmm … Ich dachte, sie wäre vielleicht besser mit Esther mitgegangen. Die mütterliche Bindung ist ganz wesentlich.«

»Ach, komm schon!«

»Meinst du nicht? Ich dachte, ihr jungen Eingeborenen wärt alle Soziobiologen.«

»Was ist das?«

»Na – jemand, der glaubt, dass alle kulturellen Eigenschaften eine biologische Erklärung haben.«

»O nein. Natürlich nicht. Wir sind viel freier als das. Mutterschaft kann jede beliebige Sache sein. Manchmal sind Mütter nichts als Inkubatoren.«

»Ich nehme an, dass …«

»Ganz sicher.«

»… Aber Jackie hat geweint.«

Sie gingen schweigend weiter. Wie bei vielen großen Kratern stellte sich heraus, dass Moreux mehrere kleine Rinnsale besaß, die in einem zentralen Sumpf und Teich zusammenliefen. In diesem Fall war der Teich klein und nierenförmig. Er krümmte sich um die rohen niedrigen Buckel eines zentralen Buckels im Krater. Zo und Russell kamen unter dem Dach des Waldes zu einem undeutlichen Pfad, der im tiefen Elefantengras verschwand. Ohne den Fluss, der in U-förmigen Schleifen durch eine Wiese und dann in den morastigen Teich floss, hätten sie sich schnell verirrt. Selbst die Wiese wurde von Elefantengras beherrscht, das in runden Büscheln überall wuchs und ihnen bis über den Kopf reichte, sodass sie oft nichts als Gras und Himmel sehen konnten. Die langen Halme schimmerten unter dem violetten mittäglichen Zenit. Russell stapfte hinter Zo her. Die runden Brillengläser in seinem Gesicht spiegelten die Grasbüschel, während er sich alles ansah. Er schien von der Umgebung höchst fasziniert zu sein und sprach leise in ein altes Armbandgerät, das wie eine Fessel an seinem Handgelenk hing.

Eine letzte Kurve in den Teich hinein hatte einen schönen Strand mit Sand und Kies geschaffen. Und nachdem sie mit einem Stock an der Wasserlinie eine Treibsandprobe gemacht hatte, zog Zo ihren verschwitzten Einteiler aus und ging ins Wasser, das einige Meter vom Ufer entfernt angenehm und kühl war. Sie tauchte, schwamm eine Runde und stieß sich den Kopf am Grund. Über einer tieferen Stelle stand ein Felsblock. Sie kletterte hinauf und tauchte drei- oder viermal, immer mit einem Salto vorwärts ins Wasser. Dieser Salto, der in der Luft schwierig und ungraziös war, erzeugte in ihrer Magengrube einen ganz leichten Ruck gewichtslosen Vergnügens, das Gefühl, das einem Orgasmus so nahe kam wie jeder Nichtorgasmus, den sie je erlebt hatte. Also tauchte sie mehrere Male, bis die Sensation abklang und ihr kalt wurde. Dann ging sie aus dem Teich heraus und legte sich auf den Sand. Dessen Wärme und die der Sonnenstrahlen kochten sie von beiden Seiten. Ein echter Orgasmus wäre perfekt gewesen; aber obwohl sie wie in einem Sex-Magazin vor ihm ausgestreckt lag, saß Russell mit gekreuzten Beinen im seichten Wasser, selbst nackt bis auf Sonnenbrille und Armbandgerät, und offenbar vom Schlamm fasziniert. Ein kleiner, kahlköpfiger und runzliger Primat, wie ihr Bild von Gandhi oder *Homo habilis*. Es war sogar ein bisschen sexy, weil er so anders war, so alt und klein, wie das Männchen einer Schildkrötenart ohne Panzer. Sie zog das Knie zur

Seite und hob ihr Hinterteil zu einer unmissverständlichen Präsentationspose. Die Sonne schien heiß auf ihre entblößte Vulva.

»Was für ein erstaunlicher Schlamm!«, sagte er und starrte auf den Klumpen in seiner Hand. »Ich habe noch nie so etwas gesehen wie dieses Biom.«

»Nein?«

»Gefällt es dir?«

»Das Biom? Ja, denke schon. Es ist etwas heiß und überwuchert, aber interessant. Es verändert sich.«

»Also hast du nichts dagegen. Du bist keine Rote.«

»Eine Rote?« Sie lachte. »Nein, ich bin eine Liberale.«

Er dachte darüber nach. »Willst du sagen, dass Grüne und Rote nicht mehr eine zeitgenössische politische Teilung darstellen?«

Sie zeigte auf das Elefantengras und die Bäume hinter der Wiese. »Wie könnten sie das sein?«

»Sehr interessant.« Er räusperte sich. »Wenn du zum Uranus fliegst, würdest du eine Freundin von mir einladen?«

»Vielleicht«, sagte Zo und schob ihre Hüften etwas zurück.

Er verstand den Hinweis, strich ihr über den Schenkel und massierte ihn. Es fühlte sich auf ihrer Haut an wie die kleinen Pfoten eines Affen, geschickt und wissend. Er konnte seine ganze Hand in ihrem Schamhaar verstecken, was ihm zu gefallen schien, denn er wiederholte es mehrfach und bekam eine Erektion, die sie steif hielt, als sie kam. Das war natürlich nicht wie jene Orgie auf dem Tisch, aber jeder Orgasmus war etwas Herrliches, besonders draußen im heißen Schauer der Sonnenstrahlen. Und obwohl er gründlich mit ihr umging, zeigte er nichts von dem Verlangen nach gleichzeitiger Zuneigung, das so viele alte Leute hatten; eine Sentimentalität, die die viel stärkeren Genüsse störte, die jeweils eine Person erleben konnte. Als ihr Zittern aufgehört hatte, rollte sie auf die Seite und umschloss sein Glied mit den Lippen. Sie konnte ihre Zunge wie um einen kleinen Finger ganz herumwickeln, während sie ihm gleichzeitig einen verlockenden Anblick ihres Körpers bot. Sie hielt einmal inne, um selbst ihre üppigen straffen Kurven zu betrachten, und sah, dass der Bogen ihrer Hüften fast so hoch reichte wie seine Schultern. Dann wieder zur Sache – *Vagina dentata*. Wie absurd waren doch diese fürchterlichen patriarchalischen Mythen! Zähne waren gänzlich überflüssig. Brauchte ein Python Zähne? Man packe nur diese armen Kreaturen am Glied und drücke zu, bis sie wimmern. Was sollten sie denn dagegen machen? Sie könnten versuchen, sich aus dem Griff zu befreien, aber zugleich war es die Stelle, die ihnen am besten gefiel, sodass sie sich in der zwiespältigen Situation befanden, sich dieser doppelten Bindung zu verweigern oder sich dem Risiko der Zähne auszusetzen und jede Chance zu ergreifen, die sich ihnen bot. Sie knabberte an ihm, um ihn an diese Situation zu erinnern. Dann ließ sie ihn kommen. Männer hatten so ein Glück, dass sie nicht telepathisch begabt waren.

Danach stiegen sie noch einmal in den Teich; und wieder auf dem Sand, holte er einen Brotlaib aus seinem Tragbeutel. Sie brachen das Brot in zwei Teile und aßen.

»Hast du vorhin geschnurrt?«, fragte er beim Schlucken.

»Mm-hmm.«

»Hast du dir diese Eigenschaft einfügen lassen?«

Sie nickte und schluckte. »Beim letzten Mal, als ich die Behandlung bekam.«

»Die Gene stammen von Katzen?«

»Von Tigern.«

»Aha!«

»Es läuft auf eine geringfügige Veränderung in der Kehle und den Stimmbändern hinaus. Du solltest es probieren. Es ist wirklich ein gutes Gefühl.«

Er blinzelte, ohne zu antworten.

»Wer ist diese Freundin, die ich zum Uranus mitnehmen soll?«

»Ann Clayborne.«

»Ah! Deine alte Nemesis.«

»So ungefähr.«

»Wie kommst du darauf, dass sie gehen würde?«

»Es könnte sein, dass sie nicht will. Aber vielleicht doch. Michel sagt, dass sie neue Sachen ausprobiert. Und ich denke, dass Miranda sie interessieren würde. Ein Mond, der bei einem Meteoriteneinschlag auseinandergebrochen und dann wieder zusammengewachsen ist, Mond und Asteroid in einem. Das ist ein Bild, das ich … das sie bestimmt gern sehen würde. Alles aus Fels, weißt du. Sie mag Felsen.«

»Das habe ich gehört.«

Russell und Clayborne, die Grünen und die Roten … zwei der berühmtesten Gegner in der ganzen melodramatischen Saga der ersten Jahre der Besiedlung. Jene ersten Jahre: eine so klaustrophobe Situation, dass es Zo schauderte, daran zu denken. Das Erlebnis hatte sicher die Geister all derer, die es durchlitten hatten, zermürbt. Und dann hatte Russell einen noch beachtlicheren Schaden erlitten, entsann sie sich. Es war schwer, sich zu erinnern. Alle die Geschichten über die Ersten Hundert schienen vor ihr zu verschwimmen. Der Große Sturm, die verlorene Kolonie, Mayas Intrigen; all die Streitereien, Affären, Morde, Rebellionen und so weiter, mit kaum einem Moment der Freude an der ganzen Sache, soweit sie sagen konnte. Als wären die Alten anaerobe Bakterien gewesen, die in Gift gelebt und langsam die notwendigen Bedingungen für das Aufkommen des Lebens auf Sauerstoffbasis ausgeschieden hatten.

Vielleicht mit Ausnahme von Ann Clayborne, die, den Geschichten nach zu urteilen, verstanden hatte, dass man in einer steinernen Welt nur Freude empfinden konnte, wenn man Felsen liebte. Zo gefiel diese Haltung, also sagte sie: »Sicher, ich werde sie fragen. Oder du solltest das tun, nicht wahr? Du fragst sie und sagst ihr, dass ich einverstanden bin. Wir können in der diplomatischen Gruppe Platz schaffen.«

»Ist es eine Gruppe des Freien Mars?«

»Ja.«

»Hmm.«

Er stellte ihr Fragen nach Jackies politischen Ambitionen, und sie antwortete, wenn sie konnte. Dabei schaute sie an ihrem Körper hinunter, seine Kurven, die harten Muskeln, die durch das Fett unter der Haut geglättet waren, die Hüftknochen an der Seite von Bauch und Nabel, drahtiges schwarzes Schamhaar (sie wischte Brotkrumen heraus) und lange, kräftige Schenkel. Die weiblichen Körper waren viel schöner proportioniert als die männlichen. Michelangelo hatte sich darin geirrt, obwohl sein *David* das beste Gegenbeispiel lieferte – der Körper eines Fliegers, wenn es jemals einen gegeben hatte.

»Ich wünschte, wir könnten zum Rand hinauf zurückfliegen«, sagte sie.

»Ich weiß nicht, wie man die Birdsuits bedient.«

»Ich könnte dich auf meinem Rücken tragen.«

»*Wirklich?*«

Sie sah ihn an. Dreißig oder fünfunddreißig Kilo mehr … »Sicher. Das käme auf den Anzug an.«

»Es ist erstaunlich, was diese Anzüge leisten können.«

»Es sind nicht bloß die Anzüge.«

»Nein. Aber wir wurden nicht zum Fliegen geschaffen. Schwere Knochen und das alles. Du weißt schon.«

»Sicher. Natürlich sind die Anzüge notwendig. Aber doch nicht ausreichend.«

»Allerdings.« Er sah ihren Körper an. »Es ist interessant, wie groß die Leute werden.«

»Besonders die Genitalien.«

»Meinst du?«

Sie lachte. »Bloß ein Witz.«

»Ah!«

»Aber man könnte doch meinen, dass die Teile wachsen würden, die wir oft benutzen, oder?«

»Ja. Wie ich sehe, ist das Volumen der Brustkästen größer geworden.«

Sie lachte wieder. »Die dünne Luft, nicht wahr?«

»Vermutlich. In den Anden trifft das auf jeden Fall zu. Die Distanzen vom Rückgrat zum Brustbein sind bei den Eingeborenen der Anden doppelt so groß wie bei Menschen, die auf Meereshöhe leben.«

»Tatsächlich! Wie die Brustkapazität der Vögel?«

»So in etwa.«

»Wenn du dann große Brustmuskeln hinzufügst und große Brüste …«

Er antwortete nicht.

»Also entwickeln wir uns langsam zu Vögeln.«

Er schüttelte den Kopf. »Es ist phänotypisch. Wenn du deine Kinder auf der Erde aufzögest, würden ihre Brustkästen wieder schrumpfen.«

»Ich weiß nicht, ob ich Kinder haben werde.«

»Ah! Wegen des Bevölkerungsproblems?«

»Ja. Ihr *Issei* müsst endlich sterben. Selbst all diese neuen kleinen Welten helfen nicht viel. Erde und Mars werden beide zu Ameisenhaufen. Ihr habt uns unserer Welt beraubt. Ihr seid Kleptoparasiten.«

»Das klingt redundant.«

»Nein, das ist ein realer Fachausdruck für Tiere, die in außergewöhnlich harten Wintern Nahrung von ihren Jungen stehlen.«

»Sehr passend.«

»Wir sollten euch alle vielleicht töten, wenn ihr hundert Jahre alt werdet.«

»Oder sobald wir Kinder kriegen.«

Sie grinste. Er war so unerschütterlich! »Was auch immer zuerst kommt.«

Er nickte, als wäre das ein vernünftiger Vorschlag. Sie lachte, obwohl es auch irritierend war. »Natürlich wird das nie geschehen.«

»Nein. Aber es wird auch nicht notwendig sein.«

»Nicht? Wollt ihr es wie die Lemminge machen und von den Klippen springen?«

»Nein. Es kommen Krankheiten auf, gegen die es keine Behandlung gibt. Alte Leute sterben. So muss es sein.«

»Wirklich?«

»Ich denke, ja.«

»Meinst du nicht, dass man neue Wege finden wird, um diese neuen Krankheiten zu besiegen und die Dinge weiter ihren Gang gehen zu lassen?«

»In einigen Fällen. Aber das Greisentum ist komplex, und früher oder später …« Er zuckte die Achseln.

»Das ist ein schlimmer Gedanke«, erwiderte Zo.

Sie stand auf und schlüpfte in den getrockneten Stoff ihres Einteilers. Auch er stand auf und zog sich an.

»Bist du jemals Bao Shuyo begegnet?«, fragte er.

»Nein. Wer ist das?«

»Eine Mathematikerin. Sie wohnt in Da Vinci.«

»Nein. Warum fragst du?«

»Bloß aus Neugier.«

Sie gingen durch den Wald zurück und blieben ab und zu stehen, um einem rasch davonhuschenden Tier nachzuschauen. Ein großes Wildhuhn; etwas, das wie eine einsame Hyäne aussah, blickte aus einer Mulde auf sie herunter … Zo stellte fest, dass sie vergnügt war. Dieser *Issei* war nicht zu verärgern und durch nichts zu erschüttern, und seine Ansichten waren unvorhersehbar, was bei den Alten ein ungewöhnlicher Zug war – bei ihnen allen. Die meisten alten Leute, die Zo kennengelernt hatte, schienen fest in der engen Raumzeit ihrer Werte gefangen zu sein. Und da das Maß, in dem die Menschen nach ihren Werten lebten, im umgekehrten Verhältnis zu dem standen, wie sehr sie darin gebunden waren, waren die alten Männer zu Tartuffes geworden, Heuchler, denen gegenüber sie keine Geduld aufbrachte. Sie verachtete die Alten und ihre kostbaren

Werte. Aber dieser hier schien keine zu besitzen. Darum hätte sie sich gerne länger mit ihm unterhalten.

Als sie ins Dorf zurückkamen, tätschelte sie ihm den Kopf. »Das war ein Vergnügen. Ich werde mit deiner Freundin reden.«

»Danke!«

Ein paar Tage später rief sie Ann Clayborne an. Das auf dem Bildschirm erscheinende Gesicht war so abschreckend wie ein Schädel.

»Hallo, ich bin Zoya Boone.«

»Bitte?«

»Das ist mein Name. So stelle ich mich Fremden vor«, sagte Zo.

»Boone?«

»Jackies Tochter.«

»Ah.«

Es war deutlich, dass sie Jackie nicht mochte. Eine äußerst gewöhnliche Reaktion. Jackie war so wunderbar, dass eine Menge Leute sie hassten.

»Ich bin auch mit Sax Russell befreundet.«

»Ah.«

Unmöglich zu sagen, was sie damit meinte.

»Ich habe ihm gesagt, dass ich eine Reise zum Uranus-System vorhabe, und er sagte, du könntest daran interessiert sein mitzukommen.«

»Das hat er gesagt?«

»Allerdings. Darum rufe ich an. Ich fliege zum Jupiter und dann zum Uranus, mit zwei Wochen auf Miranda.«

»Miranda! Wer bist du gleich wieder?«, sagte sie.

»Ich bin Zo Boone! Was ist mit dir los? Bist du senil?«

»Miranda, sagtest du?«

»Ja. Zwei Wochen. Vielleicht mehr, wenn es mir gefällt.«

»Wenn es dir *gefällt*?«

»Ja. Ich bleibe nicht an Orten, die ich nicht mag.«

Clayborne nickte, als ob das nur zu einleuchtend wäre. Darum fuhr Zo wie zu einem Kind fort: »Dort gibt es eine Menge Steine.«

»Ja, ja.«

Eine lange Pause. Zo studierte das Gesicht auf dem Schirm. Hager und runzlig wie das Russells, nur verliefen bei ihr fast alle Falten vertikal. Ein Gesicht wie aus Holz geschnitzt. Schließlich sagte sie: »Ich denke darüber nach.«

»Man sagt, dass du neue Dinge versuchst«, erinnerte Zo sie.

»*Was?*«

»Du hast mich gehört.«

»Hat Sax dir das gesagt?«

»Nein. Ich habe Jackie nach dir gefragt.«

»Ich werde darüber nachdenken«, sagte sie noch einmal und trennte die Verbindung.

Naja, dachte Zo. Was soll's. Immerhin hatte sie es versucht und ihre Schuldigkeit damit getan. Eine unangenehme Situation. Diese *Issei* hatten eine Art, andere in ihre Realitäten zu zerren, als wären sie alle verrückt.

Und auch unberechenbar. Am nächsten Tag rief Clayborne zurück und sagte, sie käme mit.

Clayborne erwies sich wirklich als ebenso verwittert und von der Sonne ausgedörrt wie Russell, aber noch schweigsamer und seltsamer – reizbar, lakonisch und zu kurzen wütenden Ausbrüchen neigend. Sie erschien in letzter Minute mit einem einzigen Rucksack und einem glatten schwarzen Handgelenkscomputer, einem der neuesten Modelle. Ihre Haut war nussbraun und von Zysten, Warzen und Narben gezeichnet, wo man Hautkrankheiten entfernt hatte. Ein langes, im Freien verbrachtes Leben, und noch dazu in den frühen Jahren, wo das UV-Bombardement heftig gewesen war. Kurzum – sie war geröstet. Ein Grillhirn, wie man in Echus sagte. Ihre Augen waren grau, der Mund ein Schlitz wie bei einer Eidechse und die Falten vom Mund zu den Nasenlöchern wie tief eingehackte Spalten. Nichts konnte strenger sein als dieses Gesicht.

Während des Flugs zum Jupiter verbrachte sie die meiste Zeit in dem kleinen Park des Schiffs und spazierte zwischen den Bäumen umher. Zo bevorzugte den Speisesaal oder die große Aussichtsblase, wo sich während der Abendwache eine kleine Gruppe zusammenfand, um Pandorph zu schlucken, Go zu spielen oder Opium zu rauchen und die Sterne zu betrachten. Darum sah sie Ann auf der eine Woche dauernden Reise nur selten.

Sie schossen über den Asteroidengürtel, etwas außerhalb der Ebene der Ekliptik und sicher über einige der ausgehöhlten kleinen Welten hinweg, obwohl das schwer zu sagen war. Innerhalb der Steinkartoffeln, die die Schirme des Schiffs zeigten, könnten sich rohe Schalen wie ausgebeutete Minen befinden oder Städte in schönen Landschaften; anarchistische oder gefährliche Gesellschaften oder Ansiedlungen religiöser Gruppen oder nur mühsam zu befriedender utopischer Kollektive. Die Existenz einer solchen Vielfalt von Systemen, die in semianarchischem Zustand lebten, ließ Zo daran zweifeln, ob die Organisierung der äußeren Satelliten unter dem Schutzschirm des Mars jemals gelingen würde. Sie hatte den Eindruck, dass der Asteroidengürtel ein Modell dafür war, was aus der politischen Organisation des ganzen Sonnensystems werden könnte. Aber Jackie war anderer Ansicht. Sie behauptete, der Asteroidengürtel war so, wie er war, wegen seiner besonderen Natur, verstreut in einem breiten Band rings um die Sonne. Die äußeren Monde hingegen waren in Gruppen um ihre Gasriesen geballt und würden deshalb sicher Ligen bilden. Und sie waren große Welten im Vergleich mit den Asteroiden, sodass es schließlich einen Unterschied machen würde, mit wem im inneren System sie sich verbündeten.

Zo war davon nicht überzeugt. Aber das Bremsmanöver führte sie in das Jupitersystem, wo sie eine Chance bekommen würde, Jackies Theorien zu überprüfen. Das Schiff flog in einer sich verengenden Kurve zwischen den galileischen Monden hindurch, um weiter abzubremsen, wobei sie die vier großen Monde aus der Nähe betrachten konnten. Für alle vier gab es ehrgeizige Terraformingpläne, deren Realisierung bereits begonnen hatte. Die äußeren drei – Callisto, Ganymed und Europa – hatten ähnliche Ausgangsbedingungen, ein Umstand, dem man Rechnung tragen musste. Sie waren alle mit Wassereis-Schichten bedeckt; Callisto und Ganymed bis in tausend Kilometer Tiefe, Europa hundert Kilometer tief. Wasser war im äußeren Sonnensystem nicht selten, aber auch keineswegs überall vorhanden. Darum hatten diese Welten etwas zu verkaufen. Alle drei Monde hatten große Mengen an Gestein, das über ihre eisigen Oberflächen verstreut war; größtenteils Reste von Meteoriteneinschlägen – chondritischer Schutt, ein sehr nützliches Baumaterial. Die Siedler auf den drei Monden hatten bei ihrer Ankunft vor dreißig M-Jahren die Chondrite ausgeschmolzen und Kuppelgerüste aus Kohlenstoffnanoröhren-Filamenten hergestellt, ähnlich den im Raumaufzug des Mars verwendeten, und damit Flächen von zwanzig oder fünfzig Kilometern Durchmesser mit vielschichtigen Folien überdacht. Unter ihren Kuppeln hatten sie zerstampftes Gestein verteilt, um eine dünne Bodenschicht zu schaffen – den ultimativen Permafrost. Manche Kuppeln hatten einen aufgeschmolzenen See in der Mitte.

Auf Callisto hieß die auf diese Weise gestaltete Kuppelstadt Genfer See. Dort sollte die Delegation vom Mars mit den verschiedenen Leitern und politischen Gruppen der Jupiterliga zusammenkommen. Wie gewöhnlich begleitete Zo die Delegation als untergeordnete Funktionärin und Beobachterin und sah sich nach Gelegenheiten um, Jackies Botschaften Leuten zu überbringen, die in aller Diskretion etwas damit anfangen könnten.

Dieses Treffen war Teil einer zweimal jährlich stattfindenden Konferenz, in der das Terraforming der galileischen Monde erörtert wurde, und war daher eine gute Gelegenheit, um Jackies Ideen unter die Leute zu bringen. Zo saß hinten im Raum neben Ann, die sich entschlossen hatte, an dem Treffen teilzunehmen. Die technischen Probleme des Terraformens dieser Monde waren groß im Maßstab, aber einfach in der Konzeption. Callisto, Ganymed und Europa wurden, wenigstens zu Anfang, in der gleichen Weise behandelt: Mobile Fusionsreaktoren krochen über ihre Oberflächen, erwärmten das Eis und pumpten Gase in die entstehenden Atmosphären aus Wasserstoff und Sauerstoff. Man hoffte, schließlich Äquatorgürtel zu schaffen, wo gesammeltes Gestein zermalmt werden sollte, um Boden über dem Eis zu gewinnen. Die atmosphärischen Temperaturen würden dann in Nähe des Gefrierpunkts gehalten werden, sodass Tundra-Ökologien eingerichtet werden könnten. Rund um den Äquator sollten Streifen von Seen entstehen sowie atembare Atmosphären aus Sauerstoff und Wasserstoff.

Io, der innerste galileische Mond, war schwieriger, aber verlockend. Railguns, Beschleuniger nach dem Prinzip der Magnetschwebebahn, schossen von den großen Monden Eis- und Chaldat-Ladungen auf ihn. Wegen seiner Nähe zu Jupiter hatte er nur sehr wenig Wasser. Seine Oberfläche bestand aus vermischten Schichten von Basalt und Schwefel. Der Schwefel wurde in eindrucksvollen vulkanischen Rauchfahnen aus der Oberfläche gepresst, angetrieben durch die Gezeitenwirkungen von Jupiter und den anderen Monden. Der Terraformingplan für Io war längerfristig als die meisten anderen und sollte zum Teil durch Freisetzung Schwefel fressender Bakterien in die heißen Schwefelquellen bei den Vulkanen angetrieben werden.

Diese vier Projekte wurden durch den Mangel an Licht verzögert; und enorm große Weltraumspiegel waren an den Lagrangepunkten Jupiters im Bau, wo die Komplikationen durch die Schwerefelder des Jupiters reduziert waren. Sonnenlicht würde von diesen Spiegeln auf die Äquatorzonen der vier Monde gerichtet werden. Alle vier waren in gebundener Rotation mit Jupiter, sodass ihre Sonnentage von der Länge ihrer Umlaufperioden abhingen, die von 42 Stunden bei Io bis zu 15 Tagen bei Callisto reichten. Aber egal, wie lange ihre Tage dauerten, sie erhielten nur vier Prozent von dem Sonnenlicht, das der Erde zur Verfügung stand. Aber in Wahrheit war der auf die Erde treffende Betrag des Sonnenlichts erstaunlich üppig, sodass vier Prozent noch eine Menge Licht bedeuteten: siebzehntausendmal so viel wie der Vollmond der Erde, aber eben nicht viel Wärme, wenn man terraformen wollte. Darum schnorrten sie Licht auf jede nur mögliche Weise. Genfer See und alle Siedlungen auf den anderen Monden waren so platziert, dass sie dem Jupiter zugewandt waren, um von dem Sonnenlicht zu profitieren, das von dem riesigen Globus am Himmel reflektiert wurde. Und fliegende Gaslaternen waren in die obere Atmosphäre des Jupiters hinabgelassen worden, die etwas vom Helium-3 des Planeten verbrannten; in Stichflammen, die so hell waren, dass man sie nicht länger als eine Sekunde anschauen konnte. Die Fusionsbrenner waren vor elektromagnetisch reflektierenden Schüsseln aufgehängt, die alles Licht in die Ebene der Ekliptik des Planeten abstrahlten. Damit war die monströse gestreifte Kugel durch die schmerzhaft hellen Diamantpunkte von mehr als zwanzig Gaslaternen, die über sein Gesicht wanderten, ein noch spektakulärerer Anblick geworden.

Der Raumspiegel und die Gaslaternen zusammen würden den Siedlungen immer noch weniger als halb so viel Sonnenlicht spenden, wie der Mars bekam, aber es war das Beste, was sie tun konnten. So war das Leben im äußeren Sonnensystem alles in allem ein recht düsteres Geschäft, fand Zo. Schon das Sammeln von so viel Licht erforderte eine komplexe Infrastruktur. Und hier trat die Delegation vom Mars auf den Plan. Jackie hatte ein großes Hilfsangebot arrangiert, das mehr Fusionsungeheuer, mehr Gaslaternen und auch die marsianische Erfahrung bei Raumspiegeln und Terraformingtechnik allgemein beinhaltete. Mit von der Partie war eine Assoziation von Koops für Luft- und Raumfahrt, die jetzt, da sich die Lage im Marsraum weithin stabilisiert hatte, neue Aufträge suchten. Sie würden Kapital und Knowhow im Austausch für günstige Handelsabkommen, Helium-3-Lieferungen aus der oberen Atmosphäre des Jupiters und der Möglichkeit zur Forschung und Bergbau beisteuern. Möglicherweise würden sich sogar gemeinsame Bemühungen beim Terraformen der kleineren Monde – insgesamt 18 Kandidaten – ergeben.

Investiertes Kapital, Know-how, Handel – das war die Rübe für den Esel, und zwar eine große. Wenn die Jupitermonde anbissen, wäre der Grundstein für eine Zusammenarbeit mit dem Mars gelegt, und Jackie könnte dann mit allerhand politischen Weiterungen folgen und die Jupiterleute in ihr Netz ziehen. Diese Eventualität war denen aber so klar wie jedem anderen, und sie taten, was sie konnten, um das zu bekommen, was sie wollten, ohne zu viel Gegenleistung erbringen zu müssen. Ohne Zweifel würden sie die Marsianer mit ähnlichen Gegenangeboten seitens der terranischen Exmetas und anderer Organisationen abwägen.

Hier trat Zo auf den Plan. Sie war die Peitsche. Öffentliche Rübe, private Peitsche, das war Jackies Methode in allen Phasen des Lebens.

Zo enthüllte Jackies Drohungen in winzigen indirekten Andeutungen, um sie noch drohender zu machen. Kurze Begegnungen mit den Offiziellen von Io: der ökopoietische Plan wäre, bemerkte Zo beiläufig ihnen gegenüber, viel zu langsam. Es würde Jahrtausende dauern, bis ihre Bakterien den Schwefel in nützliche Gase verwandelt hätten; und inzwischen würde das Magnetfeld Jupiters, das Io einhüllte und ihre Probleme noch verschärfte, die Bakterien bis zur Unkenntlichkeit mutiert haben. Sie brauchten eine Ionosphäre, sie brauchten Wasser, es war möglich, dass sie sogar daran denken mussten, den Mond in eine höhere Umlaufbahn ihres großen Gasgottes zu schieben. Mars, Heimat des Terraforming-Know-hows und der gesündesten, reichsten Zivilisation im Sonnensystem, konnte bei alldem helfen und spezielle Unterstützung gewähren. Oder sogar mit den Bewohnern der anderen galileischen Monde darüber verhandeln, das Projekt zu übernehmen, um es zu beschleunigen.

Danach formlose Besprechungen mit verschiedenen Autoritäten der Eismonde. Bei Cocktailpartys nach den Workshops, nach den Partys in Bars, bei gemeinsamen Spaziergängen längs der Seepromenade der Stadt, unter den an den Trägern der Kuppel hängenden Straßenlampen. Die Delegierten von Io, erzählte sie diesen Leuten, hätten vor, einen eigenen Handel abzuschließen. Sie hatten die stärkste Position inne, wenn alles so weit war. Festen Boden, auf dem man stehen kann, Wärme, Schwermetalle und ein großes Touristikpotenzial. Zo wagte die Behauptung, dass sie bereit zu sein schienen, diese Vorteile für sich auszunutzen und die Jupiterliga zu spalten.

Ann begleitete Zo und die anderen bei einigen dieser Spaziergänge, und Zo ließ sie manche dieser Unterredungen mithören, gespannt, was sie darüber denken mochte. Ann folgte ihnen zur Seepromenade hinunter, die sich auf dem tiefen Rand des Meteoritenkraters befand, den sie mit dem See gefüllt hatten. Die Krater hier übertrafen jeden ähnlichen auf dem Mars bei Weitem. Der vereiste Rand hier war nur wenige Meter höher als die durchschnittliche Oberfläche des Mondes und bildete einen runden Damm, von dem aus man über das Wasser des Sees, zurück auf die grasbewachsenen Straßen der Stadt oder über die Straßen hinaus auf die mit Schotter bedeckte Eisfläche blicken konnte, die sich deutlich dem nahen Horizont entgegen krümmte. Die extrem flache Landschaft außerhalb der Kuppel gab einen Hinweis auf ihre Natur: ein Gletscher, der eine ganze Welt bedeckte, tausend Kilometer tiefes Eis, das jeden Meteoritenaufprall, jede Spalte und jeden Riss verdaut hatte und rasch wieder zur Ebene zerflossen war.

Auf der Oberfläche des Sees bildeten kleine schwarze Wellen Interferenzmuster. Die Wasserfläche war weiß wie der Boden des Sees und gelblich getönt durch den großen Ball des Jupiters, der gewaltig über ihren Köpfen hing. Alle seine Bänder in milchigem Gelb und Orange verwirbelten sichtlich an ihren Rändern und um die nadelstichgroßen Laternen herum.

Die kleine Gruppe kam an einer Reihe hölzerner Gebäude vorbei, deren Holz von den bewaldeten Inseln, die wie Flöße auf der anderen Seite des Sees schwammen, stammte. Straßengras schimmerte grünlich, und Gärten wuchsen in übergroßen Pflanzkästen hinter den Gebäuden unter langen hellen Leuchtstoffröhren. Zo zeigte ihren Begleitern auf dem Spaziergang, verwirrten Funktionären von Ganymed, ein kleines Stück der Peitsche. Sie erinnerte sie an die militärische Macht des Mars und erwähnte wieder, dass Io einen Abfall von ihrer Liga in Erwägung ziehe.

Die Ganymedianer gingen mit missmutigen Gesichtern zum Essen fort. »Ganz schön raffiniert«, bemerkte Ann, als sie außer Hörweite waren.

»Werden wir mal nicht sarkastisch«, erwiderte Zo.

»Du bist ein Gangster. Sagen wir es einmal so!«

»Ich werde mich in die rote Schule für diplomatische Feinheiten einschreiben. Vielleicht arrangieren, dass Assistenten mit mir kommen und etwas von deren Besitz in die Luft jagen.«

Ann zischte zwischen den Zähnen. Sie ging weiter auf der Promenade, und Zo hielt mit ihr Schritt.

»Seltsam, dass der Große Rote Fleck verschwunden ist«, bemerkte Zo, als sie auf einer Brücke einen Kanal mit weißem Boden überquerten. »Wie ein Markenzeichen. Ich erwarte ständig, dass er wieder auftaucht.«

Die Luft war kühl und feucht. Die Leute, an denen sie vorbeikamen, waren meistens terranischer Herkunft, ein Teil der Diaspora. Einige Flieger zogen lässige Spiralen oben unterm Gestänge der Kuppel. Zo beobachtete, wie sie über das Antlitz des großen Planeten schwebten. Ann blieb oft stehen, um abgehauene Steinflächen zu untersuchen. Sie ignorierte die Stadt auf dem Eis und ihre vielen Bewohner mit ihrer zehenspitzigen Grazie und der regenbogenbunten Kleidung, eine Schar junger Eingeborener, die wie der Wind an ihnen vorbeizogen. Zo sagte, halb bewundernd, halb gereizt: »Du interessierst dich wirklich mehr für Steine als für Menschen.«

Ann starrte sie an – der Blick eines Basilisken! Aber Zo zuckte nur die Achseln, nahm sie beim Arm und zog sie mit sich. »Die jungen Eingeborenen hier sind weniger als fünfzehn M-Jahre alt, sie haben ihr ganzes Leben bei einem zehntel g verbracht und kümmern sich nicht um die Erde oder den Mars. Sie glauben an die Jupitermonde, an das Wasser, ans Schwimmen und ans Fliegen. Die meisten haben ihre Augen dem schwachen Licht anpassen lassen. Manche von ihnen lassen sich Kiemen wachsen. Ihre Terraformingpläne dauern fünftausend Jahre. Sie sind der nächste

Schritt in der Evolution, um Ka's willen, und du stehst hier und starrst auf Steine, die genauso aussehen wie überall sonst in dieser Galaxis. Du bist wirklich so verrückt, wie man sich erzählt.«

Das prallte von Ann ab wie ein geworfener Kieselstein. »Du hörst dich an wie ich, als ich versuchte, Nadia von Underhill wegzubekommen«, erwiderte sie.

Zo zuckte die Achseln und sagte: »Komm schon, ich habe noch ein Treffen.«

»Die Arbeit der Mafia hört nie auf. So ist das.« Aber sie kam mit und schaute sich um wie ein runzliger Hoffnarr, zwergenhaft und komisch gekleidet in ihrem altmodischen Overall.

Einige Mitglieder des Rates von Genfer See begrüßten sie, etwas nervös, bei den Docks. Sie bestiegen eine kleine Fähre, die sich den Weg durch eine Flotte kleinerer Segelboote bahnte. Draußen auf dem See war es windig. Sie tuckerten zu einer der Waldinseln. Große Balsa- und Teakbäume standen über der sumpfigen Matte auf dem geheizten Boden der Insel, an deren Ufer Holzarbeiter an einer kleinen Sägemaschine beschäftigt waren. Die Maschine war schallgedämpft, aber ein Winseln der Sägeblätter begleitete die Unterhaltung trotzdem. Auf dem See eines Jupitermondes schwimmend, alles grau durch die weit entfernte Sonne – Zo fühlte mit der Begeisterung des Fliegers und sagte zu den Einheimischen: »Das ist so schön! Ich kann verstehen, warum es auf Europa Leute gibt, die davon sprechen, ihre ganze Welt zu einer Wasserwelt zu machen, auf der man segeln kann. Sie könnten sogar Wasser zur Venus schaffen, um an festes Land für Inseln heranzukommen. Ich weiß nicht, ob sie das euch gegenüber erwähnt haben. Vielleicht ist es bloß ein Gerede wie die Idee, von der ich gehört habe, dass man ein kleines Schwarzes Loch erzeugen und in die obere Atmosphäre Jupiters absenken will. Den Jupiter zum Stern machen! Dann hättet ihr alles Licht, das ihr benötigt.«

»Würde Jupiter dabei nicht aufgezehrt werden?«, fragte ein Einheimischer.

»Ja, aber das würde sehr lange dauern. Jahrmillionen, hieß es.«

»Und dann gäbe es eine Nova«, erklärte Ann.

»O ja. Alles außer Pluto würde vernichtet werden. Aber dann werden wir alle längst weg sein – auf die eine oder andere Art. Und falls nicht, wird uns schon etwas einfallen.«

Ann lachte rau. Die Einheimischen dachten intensiv nach und schienen das nicht zu bemerken.

Zurück am Seeufer gingen Ann und Zo über die Promenade. »Du bist so grob«, sagte Ann.

»Im Gegenteil. Ich bin sehr subtil. Die wissen nicht, ob ich für mich oder für Jackie oder für den Mars spreche. Es könnte bloß Gerede sein. Aber es erinnert sie an den größeren Zusammenhang. Es wäre für sie nur allzu einfach, sich hier im Jupitersystem abzukapseln und den ganzen Rest zu vergessen. Das ganze Sonnensystem als ein einziger politischer Körper. Daran müssen die Leute denken. Es fällt ihnen schwer, sich das vorzustellen.«

»Du brauchst selbst Hilfe. Das ist nicht die italienische Renaissance.«

»Macchiavelli wird immer recht haben, wenn es das ist, was du meinst. Und sie müssen hier daran erinnert werden.«

»Du erinnerst mich an Frank.«

»Frank?«

»Frank Chalmers.«

»Der war ein *Issei*, den ich bewundere«, erklärte Zo. »Jedenfalls nach dem, was ich über ihn gelesen habe. Er war der Einzige von euch, der kein Heuchler gewesen ist. Und er war derjenige, der am meisten geleistet hat.«

»Du hast keine Ahnung«, entgegnete Ann.

Zo zuckte die Achseln. »Die Vergangenheit ist für uns alle gleich. Ich weiß so viel darüber wie du.«

Es kam eine Gruppe Einheimischer vorbei, blass und mit großen Augen, völlig in ihr Gespräch vertieft. Zo deutete auf sie: »Sieh sie dir an! Die sind so konzentriert. Ich bewundere sie wirklich. Sie stürzen sich so energisch auf ein Projekt, das erst lange nach ihrem Tod abgeschlossen sein wird. Es ist eine absurde Geste, eine Geste von Trotz und Freiheit, ein göttlicher Wahnsinn, als wären sie Spermien, die wild auf ein unbekanntes Ziel zurudern.«

»Das gilt für uns alle«, erwiderte Ann. »Das ist Evolution. Wann starten wir zu Miranda?«

Rund um den Uranus, viermal so weit von der Sonne entfernt wie der Jupiter, wurden die Objekte nur von einem viertel Prozent des Lichts, das die Erde erreichte, getroffen. Das war ein Problem für die Energieversorgung größerer Terraformingprojekte, obwohl Zo beim Eintritt in das Uranussystem feststellte, dass die Beleuchtung immer noch für gute Sichtverhältnisse ausreichte. Das Sonnenlicht war immerhin noch 1300mal heller als der Vollmond auf der Erde, und die Sonne immer noch ein blendender Splitter in dem schwarzen Sternenfeld. Obwohl die Dinge in der Umgebung etwas trübe und farblos wirkten, konnte man sie gut erkennen. Das war die große Kraft des menschlichen Auges und des menschlichen Geistes, beides funktionierte auch noch in großer Entfernung von zu Hause.

Aber es gab keine großen Monde um den Uranus, die für ein größeres Terraformingprojekt attraktiv gewesen wären. Die Uranusfamilie bestand aus fünfzehn sehr kleinen Monden, keiner größer als Titania und Oberon mit 600 Kilometern Durchmesser. Die meisten waren sogar beträchtlich kleiner – eigentlich eine Sammlung kleiner Asteroiden, die größtenteils nach Shakespeares Frauengestalten benannt waren und alle den sanftesten aller Gasriesen, den blaugrünen Uranus, umkreisten, der mit seinen Polen in der Ekliptik seine Runden zog und dessen dünne, zauberhafte Schleifen seiner elf schmalen Graphitringe kaum sichtbar waren. Alles in allem kein aussichtsreiches System für eine Besiedlung.

Nichtsdestoweniger waren Menschen gekommen und hatten sich angesiedelt. Das überraschte Zo nicht. Es gab Leute, die auf Triton, auf Pluto, auf Charon forschten und zu bauen begannen; und falls ein zehnter Planet entdeckt und eine Expedition zu ihm entsandt werden sollte, würde man ohne Zweifel bereits eine Kuppelstadt dort finden, deren Bürger untereinander zerstritten sein und sich gegen jede Einmischung in ihre Angelegenheiten von außen zur Wehr setzen würden. So war nun einmal das Leben in der Diaspora.

Die größte Kuppelstadt im Uranussystem war auf Oberon, dem größten und entferntesten der fünfzehn Monde. Zo, Ann und die übrigen Reisenden vom Mars parkten in einem planetaren Orbit um Oberon und nahmen eine Fähre, um der Hauptsiedlung einen kurzen Besuch abzustatten.

Diese Stadt, Hippolyta, überspannte eines der großen Grabentäler, die auf allen größeren Uranusmonden zu finden waren. Da die Schwerkraft noch dürftiger war als das Licht, war die Stadt als ein dreidimensionaler Raum angelegt, mit Geländern und Gleitseilen, Klippenbalkonen, Rutschen und Leitern, Sprungbrettern und Trampolinen, hängenden Restaurants und Sockelpavillons, alle beleuchtet von hellen, weißen, schwebenden Kugellampen. Zo erkannte sofort, dass so viel Drum und Dran das Fliegen im Kuppelinnern unmöglich machte. Aber bei dieser Schwere war schon das alltägliche Leben eine Art Flug. Als sie mit einer Fußbewegung in die Luft abhob, entschloss sie sich, es den Bewohnern gleichzutun, die sich durch das tägliche Leben tanzten. Und wirklich versuchten nur sehr wenige, auf terranische Art zu gehen. Hier fand die menschliche Fortbewegung von Natur aus in der Luft statt, anmutig, voller Volten, Drehsprüngen und langen Tarzanschwüngen. Die unterste Ebene der Stadt war mit einem Netz versehen.

Die Leute, die hier draußen lebten, kamen von überall her im Sonnensystem, waren aber natürlich meistens Marsianer oder Terraner. Es gab derzeit noch keine eingeborenen Uranier, mit Ausnahme einer Krippe Kleinkinder, die von Müttern geboren worden waren, die an der Errichtung der Siedlung gearbeitet hatten. Sechs Monde waren inzwischen besetzt, und kürzlich hatten sie einige Gaslaternen in die obere Atmosphäre von Uranus geschickt, die um seinen Äquator kreisten. Sie brannten jetzt im Blaugrün des Planeten wie Nadelstiche aus Sonnenlicht und bildeten einen Diamantengürtel um den Riesen. Diese Laternen hatten das Licht in dem System so weit verstärkt, dass jeder, den sie auf Oberon trafen, ihnen versicherte, wie viel farbiger die Dinge jetzt doch waren. Aber Zo war nicht beeindruckt. Sie sagte zu einem Enthusiasten: »Ich bin froh, es nicht vorher gesehen zu haben. Es ist eine monochrome Welt.« Tatsächlich waren alle Gebäude in der Stadt mit breiten bunten Streifen bemalt; aber welche Farbe das gerade war, konnte Zo manchmal nicht sagen. Sie hätte einen Pupillen-Erweiterer gebraucht.

Aber den Einheimischen schien es zu gefallen. Natürlich sprachen einige von ihnen von einem Umzug nach Triton, zum »nächsten großen Problem«, sobald die Uranusstädte fertig wären, oder Pluto und Charon. Sie waren Bauleute. Aber andere ließen sich hier auf Dauer nieder und nahmen Drogen oder genetische Transkriptoren, um sich der geringen Schwerkraft anzupassen und die Empfindlichkeit ihrer Augen zu steigern. Sie sprachen davon, Kometen aus der Oort'schen Wolke zu holen, um für Wasser zu sorgen, und vielleicht zwei oder drei der kleineren unbewohnten Monde zusammenstoßen zu lassen, um größere und wärmere Körper zu erzeugen, mit denen man arbeiten könnte – »künstliche Mirandas« nannte sie jemand.

Ann verließ diese Konferenz oder zog sich vielmehr an einem Geländer entlang, unfähig, mit der Minigravitation fertigzuwerden. Nach einer Weile folgte Zo ihr auf Straßen, die von üppigem grünem Gras bedeckt waren. Sie blickte nach oben: Ein Riese aus Aquamarin mit schmalen matten Ringen. Ein kalter, weltentrückter Anblick, nach jeder menschlichen Vorstellung reizlos und auf die Dauer vielleicht unhaltbar wegen der niedrigen Gravitation der kleinen Monde. Aber in der Konferenz eben hatten die Uranier die subtilen Schönheiten ihres Planeten gepriesen und eine Ästhetik entwickelt, die es ihnen möglich machte, ihre Liebe auf einen wissenschaftlichen Grund zu stellen, selbst wenn sie planten, alles zu verändern – wozu sie imstande wären. Sie betonten die zarten Abstufungen der Farben, die angenehm kühle Luft in der Kuppel, die leichte Art der Fortbewegung, wie ein Tanz im Traum … Einige von ihnen waren sogar schon solche Patrioten geworden, dass sie gegen eine radikale Umgestaltung argumentierten. Sie waren mehr auf Erhaltung versessen, als dieser ungastliche Ort vernünftigerweise vertragen konnte.

Und jetzt entdeckten einige dieser Konservationisten Ann. Sie kamen als Gruppe zu ihr, standen im Kreis um sie herum, schüttelten ihr die Hand, drückten sie an sich, küssten sie auf den Kopf, und eine kniete sich hin, um ihr die Füße zu küssen. Zo sah Anns Miene und musste lachen. »Also bitte!«, sagte sie zu der Gruppe, die offenbar als eine Art Leibwache für den Mond Miranda bestimmt war. Die lokale Version der Roten, die hier entstanden war, wo es gar keinen Sinn ergab, und lange nachdem das Rotsein, selbst auf dem Mars, kein wichtiges Thema mehr war. Sie formierten sich um einen Tisch herum, der bei einer schlanken Säule mitten in der Kuppel aufgestellt war, und verzehrten eine Mahlzeit, während die Diskussion das ganze System umspannte. Der Tisch war eine Oase in der trüben Luft der Kuppel, das Diamantcollier Uranus' in seiner runden Fassung aus Jade schien auf sie herunter. Er schien das Zentrum der Stadt zu bilden; aber Zo sah in der Luft noch weitere solche Oasen hängen, die aus der entsprechenden Position sicher auch wie das Zentrum wirkten. Hippolyta war eine kleine Stadt, aber Oberon konnte Dutzende ihresgleichen aufnehmen, ebenso Titania, Ariel und Miranda, so klein sie auch waren. Alle diese Satelliten hatten Oberflächen von Hunderten von Quadratkilometern. Das war das Verlockende an diesen von der Sonne vergessenen Monden: freies Land, offener Raum, eine neue Welt, eine Grenze mit ihrer immer neuen Chance eines weiteren Neuanfangs und der Gründung einer neuen Gesellschaft, ganz von vorn. Für die Uranier war diese Freiheit mehr wert als Licht oder Schwerkraft. Und so hatten sie die Programme und Roboter für den Anfang zusammengesammelt und waren mit Plänen für eine Kuppel und eine Verfassung zu der fernen Grenze aufgebrochen, um ihre eigenen Ersten Hundert zu werden.

Aber gerade diese Leute waren am wenigsten daran interessiert, etwas über Jackies Pläne für eine systemweite Allianz zu hören. Immerhin hatte es schon lokale Meinungsverschiedenheiten gegeben, die stark genug waren, um Unruhe zu stiften. Unter den um den Tisch sitzenden Leuten gab es einige ernsthafte Feinde, bemerkte Zo. Sie beobachtete ihre Gesichter genau, als Marie, die Leiterin ihrer Delegation, den Vorschlag des Mars in ganz allgemeiner Form darlegte: eine Allianz mit dem Ziel, mit der massiven historisch-ökonomischen und zahlenmäßigen Überlegenheit der Erde zurechtzukommen, die gewaltig, strotzend, überflutet und in ihrer Vergangenheit wie ein Schwein versumpft in seinem Stall steckte und dennoch die dominierende Kraft in der Diaspora war. Es lag im vitalen Interesse aller Siedlungen im Sonnensystem, sich mit dem Mars zu verbünden und eine geeinte Front zu bilden, ihre Einwanderung, ihren Handel, ihr Wachstum und ihr weiteres Schicksal selbst in der Hand zu haben.

Von allen Uraniern sah jedoch niemand, allen Streitigkeiten untereinander zum Trotz, überzeugt aus. Eine ältere Frau, die Bürgermeisterin von Hippolyta, ergriff das Wort, und sogar die »Roten« von Miranda nickten zustimmend. Sie würden selbst und unabhängig mit der Erde verhandeln. Erde und Mars seien für die Freiheit der Uranier gleichermaßen gefährlich. Hier draußen planten sie, mit allen potenziellen Allianzen oder Kontrahenten frei zu agieren, in zeitweiliger Zusammenarbeit oder Opposition unter Gleichen, je nach den Umständen. Es bestand einfach keine Notwendigkeit für formalere Vereinbarungen. Die Frau schloss: »All dieses Allianz-Zeug riecht nach Kontrolle von oben. Auf dem Mars habt ihr das ja auch nicht, warum es hier ausprobieren?«

»Wir haben es sehr wohl auf dem Mars«, versicherte Marie. »Das Maß der Kontrolle hängt von dem Komplex kleinerer Systeme darunter ab und ist nützlich für die Behandlung von Problemen auf holistischer Ebene. Und jetzt auf der interplanetaren Ebene. Ihr verwechselt Totalisation mit Totalitarismus. Das ist ein gravierender Fehler.«

Sie waren keineswegs überzeugt. Vernunft musste von Hebelkraft unterstützt werden. Deshalb war Zo mitgekommen. Und die Anwendung von Druckmitteln würde leichter fallen, wenn die Überlegung vorher dargelegt wurde.

Ann blieb während des ganzen Essens stumm, bis die allgemeine Diskussion endete und die Mirandagruppe ihr Fragen stellte. Da wurde sie munter, wie eingeschaltet, und fragte sie ihrerseits nach der laufenden lokalen Planetologie, der Klassifikation verschiedener Gebiete von Miranda als Teile der zwei kollidierten Planetesimale, nach der neueren Theorie, wonach die kleinen Monde Ophelia, Desdemona, Bianca und Puck bei der Miranda-Kollision ausgeschleuderte Teile seien und so weiter. Ihre Fragen waren detailliert und verständig. Die Wächter waren aufgeregt und begeistert, ihre Augen so groß wie die von Lemuren. Auch die übrigen Uranianer waren erfreut über Anns Interesse. Sie war *die* Rote. Jetzt verstand Zo, was das wirklich bedeutete. Sie war eine der berühmtesten Personen der Geschichte. Und es schien möglich, dass alle Uranier ein paar rote Gedanken hatten. Anders als die Siedler der Jupiter- und Saturnsysteme hatten sie keine Pläne für langfristiges Terraforming; sie wollten für den Rest ihres Lebens in Kuppeln wohnen und auf den urtümlichen Fels hinausgehen. Und sie fühlten, zumindest die Wächtergruppe, dass Miranda so ungewöhnlich war, dass man sie völlig in Ruhe lassen musste. Das war natürlich eine rote Idee. Nichts, was die Menschen hier taten, sagte ein uranischer Roter, würde etwas anderes bewirken, als das zu vermindern, was am wertvollsten wäre. Miranda hatte einen Wert an sich, der sogar ihren Wert als planetologisches Studienobjekt überstieg. Miranda hatte ihre eigene Würde.

Ann passte genau auf, als jemand das sagte; und Zo sah in ihren Augen, dass sie nicht zustimmte oder es auch nur ganz verstand. Für sie war es eine Sache der Wissenschaft, für diese Leute jedoch etwas Spirituelles. Zo sympathisierte eigentlich mehr mit der Ansicht der Uranier als der von Ann mit ihrem verkrampften Beharren auf dem Objekt. Aber das Resultat war dasselbe. Beide enthielten die rote Ethik in reiner Form: Natürlich kein Terraforming auf Miranda, auch keine Kuppeln, Zelte oder Spiegel. Nur eine einzige Station für Besucher und einige wenige Start- und Landeplätze für Raumschiffe (obwohl selbst das innerhalb der Gruppe der Wächter umstritten war); alles verboten außer Fußverkehr und Suborbitalflügen, die hoch genug über die Oberfläche führten, dass die Staubschicht nicht verletzt wurde. Die Gruppe der Wächter verstand Miranda als Wildnis, durch die man wandern, in der man aber niemals leben konnte und die nie verändert werden dürfte. Eine Welt für Bergsteiger oder, noch besser, für Flieger. Die man sich ansah und nichts weiter. Ein natürliches Kunstwerk.

Ann nickte dazu. Und da war es, tief in ihr, etwas anderes als die quälende Angst: eine Leidenschaft für Fels, für eine Welt aus Stein. Fetischismus konnte sich auf alles fixieren. Und alle diese Leute teilten den gleichen Fetisch. Zo fand ihre Gesellschaft komisch. Und verlockend. Ihr Hebelpunkt wurde jetzt deutlich. Die Wächterguppe hatte eine Fähre nach Miranda organisiert, um Ann diesen Mond zu zeigen. Niemand sonst würde dort sein. Ein privater Ausflug zu dem seltsamsten aller Monde für die seltsamste aller Roten. Zo lachte und sagte ernsthaft: »Ich würde gern mitkommen.«

Und das große Nein sagte Ja. Das war Ann auf Miranda.

Miranda war der kleinste der fünf großen Monde des Uranus, nur 470 Kilometer Durchmesser. In seiner Jugend vor etwa

3,5 Milliarden Jahren war sein kleinerer Vorläufer mit einem anderen Mond von ungefähr gleicher Größe kollidiert. Die beiden waren zertrümmert worden, hatten sich dann zusammengeballt und waren in der Hitze der Kollision zu einer einzigen Kugel verschmolzen. Aber der neue Mond war abgekühlt, ehe die Verschmelzung ganz abgeschlossen war.

Das Ergebnis war eine Landschaft, die einem Traum hätte entsprungen sein können, äußerst wild und chaotisch. Manche Gebiete waren glatt wie eine neue Haut, andere roh und zerfressen; manche waren metamorphe Flächen der zwei Proto-Monde, andere bestanden aus den freigelegten Innereien des Planeten. Und dann gab es da die tief eingekerbten Risse, wo die Fragmente unvollkommen zusammengestoßen waren. Hier bogen ausgedehnte parallele Bruchsysteme in spitzen Winkeln zu gewaltigen Zickzackformationen ab, ein deutliches Zeichen für die enormen Drehkräfte, die bei der Kollision aufgetreten waren. Die großen Spalten waren so breit, dass man sie aus dem Weltraum als Hackspuren erkennen konnte, Dutzende kilometertiefe Einschnitte in der grauen Sphäre.

Sie landeten auf einem Plateau dicht bei der größten dieser Hackspalten, genannt Prosperos Rift. Sie zogen ihre Anzüge an, verließen das Raumschiff und gingen zur Kante der Schlucht hinaus. Ein düsterer Abgrund, und so tief, dass der Boden zu einer anderen Welt zu gehören schien. Zusammen mit der leichten Mikrogravitation vermittelte der Anblick Zo ein deutliches Gefühl vom Fliegen. Allerdings einer Art zu fliegen, wie sie sie manchmal in ihren Träumen erlebte, wo alle Marsverhältnisse zugunsten eines geistigen Himmels aufgehoben waren. Über den Köpfen der Besucher schwebte Uranus voll und grün und gab ganz Miranda einen Anflug von Jade. Zo tanzte den Rand der Kante entlang, stieß sich mit den Zehen ab, schwebte und kam in kleinen Pliés herunter, das Herz voller Schönheit. So seltsam erschienen die diamantenen Funken der Gaslaternen, die auf der Atmosphäre von Uranus dahinglitten, wie geisterhafte Jade. Winzige helle Lichter, aufgehängt um einen düsteren grünen Lampion. Die Tiefe des Abgrunds war nur angedeutet. Alles erglühte in seinem eigenen inneren Grün, *viriditas* brach aus jedem Ding hervor und war doch still und bewegungslos für immer, außer für sie, die Eindringlinge, die Beobachter. Zo tanzte.

Ann marschierte viel gelassener dahin als in Hippolyta, mit der unbewussten Grazie eines Menschen, der viel Zeit damit verbracht hat, über Felsen zu gehen. Steinballett. Sie hielt in ihrem dicken Handschuh einen langen, gebogenen Hammer, und ihre Hosentaschen beulten sich vor Gesteinsproben aus. Sie reagierte nicht auf die Rufe von Zo oder der Wächtergruppe. Sie ignorierte sie. Wie ein Schauspieler, der die Rolle von Ann Clayborne spielte. Zo lachte. Wie konnte man so ein Klischee werden!

»Wenn man dieses dunkle, von der Zeit vergessene Hinterland überdachen würde, ergäbe das einen wunderschönen Platz zum Leben«, sagte sie. »Ein gutes Verhältnis zwischen dem Material, was man für eine Kuppel braucht, und dem gewonnenen Boden, nicht wahr? Was für eine Aussicht! Es wäre ein Wunder.«

Natürlich erhielt sie keine Antwort auf eine derart deutliche Provokation. Aber es würde sie zum Nachdenken veranlassen. Zo folgte der Wächtergruppe wie ein Albatros. Sie stiegen eine zerbrochene natürliche Steintreppe, die am Rand eines schmalen Vorsprungs verlief, hinunter, der sich von der Wand des Chasmas weit hinaus erstreckte wie der Faltenwurf einer Marmorstatue. Er endete in einem flachen Wirbel mehrere Kilometer von der Wand entfernt und ein oder zwei Kilometer unterhalb des Randes. Danach fiel der Vorsprung abrupt mehr als zwanzigtausend Meter tief zum Boden des Chasmas ab. Zwanzig Kilometer! ... Selbst der große Mars konnte sich keiner solchen Wand rühmen.

An der Wand gab es eine Anzahl von Vorsprüngen und anderen Deformationen wie die, auf der sie kletterten: Riefen und

Draperien wie in einer Kalksteinhöhle, aber hier waren sie alle auf einmal entstanden. Die Wand war geschmolzen, geschmolzenes Gestein war in den Abgrund getropft, bis die Kälte des Alls es für immer hatte gefrieren lassen. Von jedem Punkt ihres Abstiegs aus war die ganze Wand zu überblicken. In die Kante des Vorsprungs war ein Geländer eingefügt worden; und sie alle waren mit Seilen daran festgehakt, die mit einem Geschirr an ihren Raumanzügen verbunden waren. Das war gut, denn der Rand des Vorsprungs war schmal, und der kleinste Ausrutscher konnte sie in den Abgrund hinausschleudern. Das kleine Raumschiff, das sie abgesetzt hatte, flog hinunter und würde sie unten an der Treppe, bei der flachen Stelle am Ende des Vorsprungs, wieder aufnehmen. So konnten sie hinuntersteigen, ohne sich wegen der Rückkehr Sorgen zu machen. Und es ging abwärts, Minute um Minute, in einem Schweigen, das keineswegs gesellig war. Zo musste grinsen. Man konnte fast hören, wie sich schwarze Gedanken auf sie richteten. Man konnte das Knirschen geradezu spüren. Mit Ausnahme von Ann, die alle paar Meter stehen blieb, um die Risse in der rohen Treppe zu inspizieren.

Auf privater Frequenz sagte Zo zu ihr: »Deine Besessenheit von Stein ist so erbärmlich. So alt zu sein und doch so klein. Sich auf die Welt träger Materie zu beschränken, eine Welt, die einen nie überraschen wird, nie auch nur irgendetwas *tun* wird. Nie verletzt. Areologie als eine Art von Feigheit. Wirklich traurig.«

Ein Geräusch im Interkom: Luft, die zwischen Zähnen ausgestoßen wurde. Empörung.

Zo lachte.

»Du bist ein impertinentes Mädchen«, knurrte Ann.

»Ja, das bin ich.«

»Und dumm.«

»Das bin ich nicht!« Zo war über ihre eigene Heftigkeit überrascht. Und dann sah sie, dass Anns Gesicht hinter der Visierscheibe verzerrt war, und ihre Stimme zischte im Interkom zwischen scharfen, schweren Atemzügen.

»Verdirb den Spaziergang nicht!«, platzte Ann heraus.

»Ich habe es satt, ignoriert zu werden.«

»So, wer ist jetzt verängstigt?«

»Angst vor der Langeweile.«

Wieder ein wütendes Zischen. »Du bist sehr schlecht erzogen worden.«

»Wessen Fehler ist das?«

»Deiner. Allein deiner. Aber wir müssen die Folgen ertragen.«

»Ertrage sie ruhig weiter! Denk daran, ich bin es, die dich hierhergebracht hat.«

»Sax ist es, der mich hierhergebracht hat. Gepriesen sei sein kleines Herz!«

»Für dich ist alles klein.«

»Im Vergleich dazu …« Der Winkel, in dem ihr Helm geneigt war, zeigte, dass sie in die Spalte hinunterblickte.

»Diese stumme Unbeweglichkeit, in der du dich so sicher fühlst.«

»Das ist das Ergebnis einer Kollision, die anderen Zusammenstößen von Planetesimalen im frühen Sonnensystem sehr ähnlich ist. Es gab sie auf dem Mars wie auf der Erde. Daraus entstand irgendwann das Leben. Es ist ein Fenster zurück in jene Zeit. Verstehst du?«

»Ich verstehe, aber es kümmert mich nicht.«

»Du glaubst nicht, dass das wichtig ist?«

»Nichts ist wichtig in dem Sinne, den du meinst. All das hat keinen Sinn. Es ist bloß ein Zufall im Urknall.«

»O bitte! Nihilismus ist so lächerlich«, entgegnete Ann.

»Pass auf, was du sagst! Du bist selber eine Nihilistin! Keine Bedeutung, kein Wert für das Leben oder deine Sinne – das ist ein schwacher Nihilismus, ein Nihilismus für Feiglinge, wenn du dir so etwas vorstellen kannst.«

»Meine tapfere kleine Nihilistin.«

»Ja, ich stelle mich dem. Und genieße dann, worüber man sich freuen kann.«

»Und das wäre?«

»Vergnügen. Die Sinne und was sie mich empfinden lassen. Ich bin sensualistisch. Ich denke, das erfordert einigen Mut. Dem Schmerz ins Auge schauen, den Tod riskieren, damit die Sinne wirklich losbrüllen …«

»Du denkst, du hättest je dem Schmerz ins Auge gesehen?«

Zo erinnerte sich an eine misslungene Landung in Overlook, an den Schmerz gebrochener Beine und Rippen. »Ja, das habe ich.«

Stille im Äther. Nur die Statik des Magnetfelds von Uranus. Vielleicht gestattete Ann ihr die Erfahrung von Schmerz, was in Anbetracht von dessen Allgegenwart nicht besonders großzügig war. Zo machte das richtig wütend. »Denkst du tatsächlich, dass es Jahrhunderte erfordert, menschlich zu werden? Dass niemand menschlich gewesen ist, ehe die Geriatrie aufkam? Keats starb mit fünfundzwanzig. Hast du *Hyperion* gelesen? Denkst du, dieses Loch in einem Felsen ist so erhaben wie ein Satz aus *Hyperion*? Ihr *Issei* seid wirklich schrecklich. Besonders du. Was fällt dir ein, mich beurteilen zu wollen, wo du dich nicht mehr verändert hast, seit du den Mars betreten hast …?«

»Das ist auch eine Leistung, oder?«

»Eine Leistung darin, sich tot zu stellen. Ann Clayborne, die größte tote Person, die jemals gelebt hat.«

»Und ein ungezogenes Mädchen. Schau dir die Struktur dieser Steine an – es sieht aus wie eine Breze.«

»Scheiß auf die Steine!«

»Das überlasse ich der Sensualistin. Nein, schau! Dieser Fels hat sich in 3,5 Milliarden Jahren nicht verändert. Und als er es getan hat – mein Gott, was für eine Veränderung!«

Zo betrachtete den Jadestein unter ihren Stiefeln. Er wirkte so ähnlich wie Glas, aber war sonst höchst schwer zu beschreiben. Sie sagte: »Du bist besessen.«

»Ja. Aber ich liebe meine Obsessionen.«

Danach kletterten sie schweigend den Grat des Vorsprungs hinunter. Im Laufe des Tages stiegen sie weiter zum Landeplatz auf dem Boden hinab. Sie waren einen Kilometer unterhalb des Chasmarandes, und der Himmel über ihnen war ein Band von Sternen, Uranus in deren Mitte und die Sonne ein strahlendes Juwel dicht daneben. Unter diesem großartigen Bild wirkte die Tiefe der Spalte ungeheuer und erstaunlich. Zo hatte wieder die Empfindung des Fliegens. Sie sagte auf der allgemeinen Frequenz zu ihnen allen: »Ihr habt einen wahren Wert an der falschen Stelle geortet. Es ist wie ein Regenbogen. Ohne einen Beobachter, der sich in einem Winkel von 23° zu dem Licht befindet, das von einer Wolke sphärischer Tröpfchen reflektiert wird, gibt es keinen Regenbogen. Das ganze Universum funktioniert so. Unsere Geister stehen in einem Winkel von 23° zum Universum. Beim Kontakt von Photon und Netzhaut wird etwas Neues geschaffen, eine Art Raum zwischen Fels und Geist entsteht. Ohne Geist gibt es keinen wahren Wert.«

»Das würde heißen, es gäbe überhaupt keinen wahren Wert. Es läuft bloß auf Utilitarismus hinaus«, erwiderte einer der Wächter. »Diese Orte existieren ohne uns, schon lange bevor es uns gab. Das ist ihr wahrer Wert. Wenn wir ankommen, sollten wir diese Priorität ehren, wenn wir eine richtige Haltung gegenüber dem Universum einnehmen und es wirklich sehen wollen.«

»Aber ich sehe es ja. Oder beinahe«, erklärte Zo fröhlich. »Ihr müsst eure Augen mit einer Ergänzung eurer genetischen Behandlungen dafür aufnahmefähig machen. Es ist wirklich großartig. Aber diese Größe liegt in eurem Geist.«

Niemand antwortete. Nach einer Weile fuhr Zo fort:

»All diese Themen sind schon früher auf dem Mars abgehandelt worden. Die ganze Materie der Umweltethik ist durch die Erfahrung auf dem Mars auf eine höhere Ebene gerückt worden, ins Herz unserer Aktionen. Ihr wollt jetzt diesen Ort hier als Wildnis schützen, und ich kann verstehen, warum. Weil ich vom Mars komme. Viele von euch sind Marsianer, oder eure

Eltern waren es. Ihr geht von einer ethischen Position aus, und Wildnis ist letztlich eine ethische Position. Terraner würden euch nicht so gut verstehen wie ich. Sie würden herauskommen und auf diesem Vorsprung ein großes Casino errichten. Sie würden diesen Spalt von einem Rand zum anderen überdachen und zu terraformen versuchen, wie sie es überall machen. Die Chinesen sind nach wie vor wie Sardinen in ihr Land gepfercht und geben nicht einen Pfifferling für den wahren Wert Chinas an sich, geschweige denn für ein unfruchtbares Möndchen am Rande des Sonnensystems. Sie brauchen Platz und sehen ihn hier draußen, und sie werden kommen und bauen und euch verständnislos ansehen, wenn ihr dagegen seid. Und was werdet ihr tun? Ihr könnt es mit Sabotage versuchen, wie die Roten auf dem Mars. Aber sie können euch von den Monden hier ebenso leicht wegpusten wie ihr sie. Und sie haben für jeden Kolonisten, den sie verlieren, millionenfach Ersatz. Das ist es, wovon wir sprechen, wenn wir über die Erde reden. Wir sind wie die Liliputaner mit Gulliver. Wir müssen zusammenarbeiten und den Kerl mit so vielen Seilen festbinden, wie wir nur finden können.«

Keine Antwort von den anderen.

Zo seufzte und sagte: »Gut, vielleicht ist es zum Besten. Wenn sich hier draußen Menschen ansiedeln, würde das den Druck auf den Mars vermindern. Es könnte möglich sein, Vereinbarungen zu treffen, nach denen die Chinesen frei sind, hier so viele Menschen anzusiedeln, wie sie nur wollen, damit wir auf dem Mars die Immigration auf fast null drücken können. Das könnte gut funktionieren.«

Wieder keine Reaktion von den anderen.

»Halt den Mund!«, sagte Ann schließlich. »Wir sollten uns lieber auf das Land hier konzentrieren.«

»Oh, ja, natürlich.«

Als sie sich dem äußersten Ende des Vorsprungs näherten, der unbeschreiblich über das Nichts ragte, unter der mit Juwelen besetzten Jadescheibe und dem hellen Diamantsplitter daneben, wurde das ganze Sonnensystem plötzlich durch diese Himmelskörper trianguliert und die wahre Größe der Dinge offenbart. Sie sahen Sterne über sich hinziehen. Die Raketendüsen ihres Raumschiffs.

»Siehst du?«, sagte Zo. »Das sind die Chinesen. Sie kommen, um sich umzuschauen.«

Plötzlich geriet einer der Wächter in Wut und schlug ihr mit der Faust voll auf die Helmscheibe. Zo lachte. Aber sie hatte die ultrageringe Schwerkraft Mirandas vergessen und war überrascht, dass ein lächerlicher Faustschlag sie glatt von den Füßen riss. Sie stieß mit den Kniekehlen ans Geländer, schlug einen Salto, machte eine Drehung, um sich abzufangen und bekam einen harten Schlag auf den Kopf; aber der Helm schützte sie, und sie blieb bei Bewusstsein. Sie taumelte das Gefälle hinunter zur Kante des Vorsprungs, hinter der die Leere gähnte. Furcht durchschoss sie wie ein elektrischer Schlag, sie kämpfte ums Gleichgewicht, schwankte hilflos und fühlte einen Ruck – o ja, das Ende ihrer Sicherheitsleine! Danach das widerliche Gefühl, weiter nach unten zu rutschen. Der Karabiner des Geschirrs musste nachgegeben haben. Ein zweiter Adrenalinstoß der Angst. Sie drehte sich einwärts, griff nach dem vorbeigleitenden Felsen. Menschliche Kraft bei 0,005 g. Dieselbe geringe Schwere, die es möglich gemacht hatte, dass sie den Halt verlor, erlaubte ihr jetzt, sich mit einer einzigen Fingerspitze festzuklammern und das ganze Gewicht ihres fallenden Körpers wie durch ein Wunder abzufangen.

Sie befand sich an der Kante einer langen Felswand. Vor ihren Augen tanzten Sterne, Übelkeit, dahinter Dunkelheit … Sie konnte den Boden der Schlucht nicht erkennen, es war ein Abgrund ohne Boden, ein Traumbild, Sturz in die Dunkelheit … »Beweg dich nicht!«, sagte Anns Stimme ihr ins Ohr. »Halt dich fest, und rühr dich nicht!« Über ihr ein Fuß und dann Beine. Ganz langsam hob Zo den Kopf, um zu schauen. Eine Hand packte fest ihr rechtes Handgelenk. »Okay. Einen halben Meter über dir ist ein Halt für deine linke Hand. Höher! Da! Okay, klettere! Ihr da oben, zieht uns hoch!«

Sie wurden hochgezogen wie Fische an der Angelschnur.

Zo setzte sich auf den Boden. Die kleine Raumfähre landete lautlos auf einer Ebene an der anderen Seite der flachen Stelle. Kurzes Aufflammen der Raketen. Die besorgten Blicke der Wächter über ihr.

»Kein sehr lustiger Spaß«, meinte Ann.

»Nein«, sagte Zo und dachte schon darüber nach, wie sie den Vorfall verwerten könnte. »Danke, dass du mir geholfen hast!« Es war beachtlich, wie rasch Ann ihr zu Hilfe geeilt war; nicht dass sie sich dazu entschlossen hätte, das erforderte der Ehrenkodex. Man hatte Verpflichtungen gegenüber seinen Mitmenschen, und Feinde waren ebenso wichtig wie Freunde. Feinde waren ebenbürtig und notwendig. Sie ermöglichten es einem, ein guter Freund zu sein. Aber rein als physisches Manöver war es eindrucksvoll gewesen. »Du warst sehr schnell.«

Auf dem Rückflug nach Oberon waren sie alle sehr still, bis sich einer von der Crew an Ann wandte und sagte, dass Hiroko kürzlich hier im Uranussystem gesehen worden sei, auf Puck.

»Was für ein Mist!«, meinte Ann.

»Wieso?«, fragte Zo. »Vielleicht hat sie beschlossen, so weit wie nur möglich von Erde und Mars wegzukommen. Ich kann es ihr nicht verübeln.«

»Sie würde diesen Ort nicht mögen.«

»Vielleicht weiß sie das nicht. Vielleicht hat man ihr nicht gesagt, dass das dein privater Steingarten ist.«

Ann winkte nur ab.

Wieder zum Mars, dem roten Planeten, der schönsten Welt im Sonnensystem. Der einzig realen Welt.

Ihr Shuttle beschleunigte, drehte, glitt ein paar Tage antriebslos dahin und bremste dann ab. Nach zwei Wochen dockten sie an Clarke an, und schon waren sie im Aufzug, immer weiter nach unten. So langsam war dieser letzte Abstieg! Zo schaute hinaus auf Echus, dort im Nordosten, zwischen der roten Tharsis und dem blauen Nordmeer. So *schön*, es wiederzusehen! Zo nahm mehrere Pandorph, als die Aufzugskabine sich nach Sheffield hineinsenkte. Und als sie in der Steckdose ausstieg und zwischen den glänzenden Steingebäuden durch die Straßen zu der großen Bahnstation auf dem Rand ging, war sie in der Verzückung der Areophanie. Sie liebte jedes Gesicht, das sie sah, liebte alle ihre großen Brüder und Schwestern mit ihrer überwältigenden Schönheit und phänomenalen Grazie. Sie liebte sogar die Terraner, die ihr über den Weg liefen. Der Zug nach Echus fuhr erst in einigen Stunden; darum ging sie einige Zeit rastlos im Stadtpark spazieren und blickte in die große Caldera von Pavonis Mons hinunter, die so sehenswert war wie alles auf Miranda, auch wenn sie nicht so tief war wie Prosperos Rift. Das unendliche Band des Horizonts, alle Schattierungen von Rot, Braun, Scharlach, Rost, Umbra, Kastanienbraun, Kupfer, Ziegelrot, Sienna, Paprika, Stierblut, Zimt, Zinnober – alles unter dem dunklen, mit Sternen übersäten Nachmittagshimmel. Ihre Welt. Obwohl Sheffield unter einer Kuppel lag und es immer so bleiben würde. Sie wollte wieder zurück in den Wind.

Also ging sie wieder zum Bahnhof und bestieg den Zug nach Echus. Sie fühlte ihn die Strecke von dem großen Kegel von Pavonis nach Ost-Tharsis und Cairo hinunterrasen. Mit Schweizer

Präzision umsteigen, in einen Zug nach Norden, nach Echus Overlook. Er traf gegen Mitternacht ein. Zo quartierte sich in der Koop-Herberge ein und ging hinüber ins Adler. Den letzten Pandorph-Nachhall empfand sie wie eine Feder an der Kappe ihres Glücks. Und die ganze Bande war da, als ob keine Zeit vergangen wäre. Sie jubelten, als sie sie sahen, alle nahmen sie in die Arme, einmal und öfter, alle küssten sie, reichten ihr Drinks und stellten Fragen nach ihrer Reise und erzählten ihr von den jüngsten Windverhältnissen und streichelten sie in ihrem Sessel, bis die Stunde vor der Frühdämmerung da war. Sie marschierten geschlossen zur Felsnadel, zogen sich an und starteten, hinaus in die Dunkelheit des Himmels und den erfrischenden Auftrieb des Windes, was alles sofort auf sie einströmte wie Atmen oder Sex. Die schwarze Masse der Echusklippe ragte im Osten auf wie der Rand eines Kontinents, und der dunkle Boden von Echus Chasma lag weit unter ihnen. Es war die Landschaft ihres Herzens mit ihrem düsteren Tiefland und hohem Plateau und der schwindelerregenden Klippe dazwischen. Über allem lagen die starken Purpurtöne des Himmels, Lavendel und Malve im Osten, dunkles Indigo nach Westen hin; und der ganze Bogen leuchtete und gewann mit jeder Sekunde an Farbe. Die Sterne verschwanden, hohe Wolken im Westen strahlten in traumhaftem Rosa; und als sie nach mehreren Drehungen weit unterhalb Overlooks war, nahe am Riff, erwischte sie einen starken westlichen Aufwind und segelte auf ihm dahin, dicht über Overlook und dann in einer engen Kurve nach oben – selbst bewegungslos und dennoch heftig vom Wind hochgerissen, bis sie aus dem Schatten der Klippe in das raue Gelb des neuen Tages stieß. Eine unglaublich freudige Kombination des Kinetischen und des Visuellen, von Sinn und Welt. Und als sie in die Wolken aufstieg, dachte sie: Zur Hölle mit dir, Ann Clayborne, du und der Rest deiner Art, ihr könnt für immer weitermachen mit euren moralischen Imperativen, eurer *Issei*-Ethik und euren Werten, Zielen, Bindungen, Verantwortlichkeiten, Tugenden und großen Lebenszwecken. Ihr könnt eure Reden bis zum Ende der Zeit in all ihrer Heuchelei und Furcht ausströmen, und dennoch werdet ihr nie ein Gefühl haben wie dieses, wenn die Anmut von Seele und Leib und Welt in vollkommenem Einklang sind. Ihr könnt euer calvinistisches Gelaber darüber, was die Menschen mit ihrem kurzen Leben anfangen sollen, ausspucken, bis ihr blau im Gesicht seid, als ob man darüber überhaupt etwas sagen könnte, als wärt ihr am Ende gar keine grausamen Henker. Aber solange ihr nicht hier herauskommt und fliegt, surft, springt und euch irgendwie der Gefahr des Raumes stellt, die reine Grazie des Körpers trainiert, habt ihr einfach keine Ahnung. Ihr seid Sklaven eurer Ideen und Hierarchien und könnt darum nicht erkennen, dass es kein höheres Ziel gibt als dieses: Das ist der letzte Sinn der Existenz, des Kosmos überhaupt, das freie Spiel des Fliegens.

Im nördlichen Frühling wehten die Passate, stießen auf die Westwinde und dämpften die Aufwinde in Echus. Jackie war auf dem Großen Kanal, von ihren interplanetaren Machenschaften durch lästige Lokalpolitik abgelenkt. Sie schien wirklich gereizt und angespannt zu sein und Zo sicher nicht in ihrer Nähe haben zu wollen. Also arbeitete Zo für einige Zeit wieder in den Minen von Moreux und kam dann mit einer Gruppe ihrer Fliegerfreunde an der Küste des Nordmeeres zusammen, südlich von Boone's Neck, bei Blochs Hoffnung, wo die Meeresklippen einen Kilometer aus der anrennenden Brandung ragten. Spätnachmittägliche, zur Küste gerichtete Brisen trafen auf diese Klippen und trugen eine kleine Schar von Fliegern hoch, die durch die Meeresfluten wirbelten, aus ständig auf und ab stoßenden Schaumtapeten herausschossen, rein weiß in der weindunklen See.

Diese Fliegerschar wurde von einer jungen Frau angeführt, der Zo noch nie begegnet war, ein Mädchen von nur neun M-Jahren namens Melka. Sie war die beste Fliegerin, die Zo jemals gesehen hatte. Wenn sie mit ihnen in der Luft war, schien es, als sei ein Engel in ihre Mitte gekommen, der zwischen ihnen hindurchschoss wie ein Raubvogel durch Tauben. Manchmal führte sie sie durch die engen Manöver, die den Flug im Schwarm so vergnüglich machten. Zo arbeitete tagsüber bei ihrem lokalen Koop-Partner und flog jeden Tag nach Beendigung ihrer Schicht. Und ihr Herz war stets in höheren Regionen, immer aufs Neue erfreut. Einmal rief sie sogar Ann Clayborne an, um ihr vom Fliegen zu erzählen, was das wirklich bedeutete. Aber die Alte hatte fast vergessen, wer sie war, und schien nicht interessiert zu sein, selbst als Zo sich bemühte, ihr klarzumachen, wann und wie sie sich getroffen hatten.

An diesem Nachmittag flog sie mit einem inneren Schmerz. Sicher, die Vergangenheit war vorbei; aber dass Menschen zu solchen Gespenstern werden konnten …?

Nichts ging über das Gefühl, nur Sonne und salzige Luft um sich zu haben, die sich immer verändernde schäumende Brandung, die gegen die Klippen auf und ab wogte. Da war Melka, segelnd. Zo jagte hinter ihr her, spürte einen plötzlichen Ansturm von Zuneigung für diese schöne Erscheinung. Aber da erblickte Melka sie, kippte ab, streifte mit einer Flügelspitze den höchsten Felsen an der Küste und torkelte herunter wie ein angeschossener Vogel. Zo war durch den Anblick des Unfalls schockiert, zog ihre Flügel ein und beschleunigte mit heftigen Fußschlägen auf den Felsen zu. Sie fing das taumelnde Mädchen in ihren Armen auf und klatschte mit einem Flügel knapp über die blauen Wellen, während Melka unter ihr zappelte. Da erkannte sie, dass sie würden schwimmen müssen.

ZWÖLFTER TEIL

ES GEHT SO SCHNELL

Sie schlenderten hinunter zu den niedrigen Uferfelsen *oberhalb von Florentine. Es war Nacht, die Luft ruhig und kühl, die Sterne standen zu Tausenden am Himmel. Sie gingen nebeneinander auf dem Klippenpfad und blickten auf die Strände hinab. Das schwarze Wasser war glatt, gespiegeltes Sternenlicht perforierte die Obsidianfläche, und die lange verwischte Linie, die kaum als Pseudophobos zu erkennen war, ging im Osten unter und führte das Auge zu der dunklen schwarzen Landmasse jenseits der Bucht.*

Ich bin besorgt, ja, sehr besorgt. Ich habe direkt Angst.

Warum?

Es ist Maya. Ihr Verstand. Ihre mentalen Probleme. Ihre emotionalen Probleme. Die werden ständig schlimmer.

Was sind das für Symptome?

Die gleichen, nur schlimmer. Sie kann nachts nicht schlafen. Manchmal hasst sie es, wie sie aussieht. Sie befindet sich noch in ihrem manisch-depressiven Zyklus, aber er ändert sich irgendwie. Ich weiß nicht, wie ich es beschreiben soll. Als könnte sie sich nicht immer erinnern, wo sie sich in dem Zyklus befindet. Sie springt darin umher. Sie vergisst vieles.

Das geht uns allen so.

Ich weiß. Aber Maya vergisst Dinge, die mehr als typisch für sie sind. Es scheint sie nicht zu kümmern. Das ist das Schlimmste dabei. Es scheint ihr gleichgültig zu sein.

Das kann ich mir schwer vorstellen.

Ich mir auch. Vielleicht ist es nur der depressive Teil des Stimmungszyklus, der jetzt vorherrscht. Aber es gibt Tage, wo sie jede Gemütsbewegung verliert.

Was du Jamais-vu *nennst?*

Nein, nicht ganz. Sie hat allerdings auch solche Zustände. Wie Syndrome vor einem Schlaganfall. Aber ich weiß wirklich nicht, was es ist.

Sie hat Jamais-vu-*Eindrücke, bei denen sie sich fast an der Schwelle einer Erleuchtung fühlt, die nie kommt. Das geschieht oft bei Menschen in vorepileptischen Zuständen.*

Ich habe selbst solche Empfindungen.

Ja, ich glaube, die haben wir alle. Manchmal scheint es, als würden sich die Dinge klären, und dann verschwindet dieses Gefühl wieder. Ja. Aber für Maya ist es sehr intensiv, wie alles.

Besser, als die Gefühle ganz zu verlieren.

O ja, da stimme ich zu. Presque-vu *ist nicht so schlimm. Die Déjà-vus sind am schlimmsten, und sie hat Déjà-vu-Perioden, die wochenlang andauern können. Die geben ihr den Rest. Sie nehmen der Welt etwas, ohne das sie nicht leben kann.*

Kontingenz. Freier Wille.

Vielleicht. Aber der Effekt all dieser Symptome zusammen treibt sie in einen apathischen Zustand. Fast Katatonie. Versuche, alle abnormen Zustände dadurch zu vermeiden, dass sie nicht zu viel empfindet. Überhaupt nichts empfindet.

Man sagt, eine der verbreitetsten Krankheiten der Issei *sind Angstzustände.*

Ja, ich habe davon gelesen. Verlust der Affektfunktion, Anomie, Apathie. Man behandelt es wie Katatonie oder Schizophrenie und gibt eine Kombination von Serotonin und Dopamin, limbische Stimulanzien … ein explosiver Cocktail, kannst du dir vorstellen. Gehirnchemie … Ich habe ihr alles Mögliche verordnet, das man sich vorstellen kann, wirklich. Ich habe Aufzeichnungen gemacht, Tests durchgeführt, manchmal mit ihrem Wissen, manchmal ohne. Ich habe getan, was ich konnte, das schwöre ich.

Dessen bin ich mir sicher.

Aber es wirkt nicht. Sie wird verrückt. O Sax …

Er hielt inne und hielt sich an der Schulter seines Freundes fest.

Ich kann es nicht ertragen, wenn sie geht. Sie hatte immer einen so wachen Verstand. Wir sind Erde und Wasser, Feuer und Luft. Und Maya war immer beschwingt. Ein so ätherischer Geist, der auf kräftigen Schwingen über uns schwebte. Ich kann es nicht ertragen, sie so fallen zu sehen!

Nun, ja.

Sie gingen weiter.

Es ist schön, Phobos wiederzusehen.

Ja. Das war eine gute Idee von dir.

Eigentlich war es deine Idee. Du hast es mir vorgeschlagen.

Wirklich? Ich erinnere mich nicht daran.

Unter ihnen klatschte das Meer leise gegen die Felsen.

Diese vier Elemente. Erde, Wasser, Feuer und Luft. Eines deiner semantischen Rechtecke?

Es geht auf die alten Griechen zurück.

Wie die vier Temperamente?

Ja. Thales hat diese Hypothese aufgestellt. Der erste Wissenschaftler.

Aber du hast gesagt, es hätte immer Wissenschaftler gegeben. Schon in der Savanne, in ferner Vergangenheit.

Ja, das ist wahr.

Aber die Griechen – alle Ehre, denn sie waren bestimmt große Geister – waren nur Teil eines Kontinuums von Gelehrten, verstehst du? Seither hat sich einiges getan.

Ja, das weiß ich.

Ja. Und einiges von dieser nachfolgenden Arbeit könnte dir für deine konzeptuellen Schemata nützlich sein. Wenn du für uns die ganze Welt kartierst. So, dass dir neue Wege geschenkt werden, die Dinge zu sehen. Die könnten dir helfen, sogar bei den Problemen, die du mit Maya hast. Denn es gibt mehr als diese vier Elemente. Hundertzwanzig, mehr oder weniger. Vielleicht gibt es auch mehr als vier Temperamente, he? Und die Natur dieser Elemente … naja, die Dinge sind seit den Griechen immer merkwürdiger geworden. Wusstest du, dass subatomare Partikel einen sogenannten Spin besitzen, der nur in Vielfachen von Halben vorkommt? Wenn ein Objekt in unserer sichtbaren Welt sich um dreihundertsechzig Grad dreht, ist es wieder in seiner Ausgangsposition. Ein Partikel mit einem Halb-Spin, wie ein Proton oder ein Neutron, muss sich um siebenhundertundzwanzig Grad drehen, um wieder zu seiner ursprünglichen Konfiguration zu kommen.

Wie?

Es muss eine doppelte Drehung ausführen, um wieder in seine Ausgangsposition zu gelangen.

Du machst Witze.

Nein, nein. Das weiß man schon seit Jahrhunderten. Die Raumgeometrie ist für Partikel mit Halb-Spin einfach anders. Die leben in einer anderen Welt.

Was bedeutet …?

Nun, ich weiß es nicht. Aber ich finde es anregend. Ich meine, wenn du physikalische Modelle als Analogien für unsere mentalen Zustände benutzen willst und sie in der Weise miteinander verbindest, wie du es machst, dann solltest du vielleicht auch diese etwas neueren physikalischen Modelle berücksichtigen. Dir Maya als ein Proton vorstellen, ein Partikel mit Halb-Spin, das in einer Welt lebt, die doppelt so groß ist wie die unsere.

Aha!

Und es wird noch verrückter. Michel, diese Welt hat zehn Dimensionen. Zehn! Die drei des Makroraums, die wir wahrnehmen können, die eine der Zeit und sechs weitere Mikrodimensionen, die um die Fundamentalteilchen herum auf eine Weise komprimiert sind, die wir zwar mathematisch beschreiben, aber nicht visualisieren können. Konvolutionen und Topologien. Differentialgeometrien, unsichtbar, aber real, bis hinab zum tiefsten Niveau der Raumzeit. Denk darüber nach! Es könnte dich zu ganz neuen Gedankensystemen führen. Eine riesige Erweiterung deines Geistes.

Mein Geist interessiert mich nicht. Ich mache mir nur Sorgen um Maya.

Ja, ich weiß.

Sie standen am Ufer und blickten über das gestirnte Wasser. Über ihnen wölbte sich die Sternenkuppel, und in der Stille umwehte sie ein leichter Lufthauch. Unten murmelte die See. Die Welt erschien groß, wild und frei, dunkel und geheimnisvoll.

Nach einer Weile machten sie kehrt und gingen auf dem Pfad zurück.

Einmal bin ich mit dem Zug von Da Vinci nach Sheffield gefahren. Die Strecke war kurzzeitig gesperrt, und ich wurde in Underhill aufgehalten. Ich stieg aus und machte einen Spaziergang durch den alten Containerpark. Und plötzlich erinnerte ich mich. Schaute mich einfach um. Ich versuchte es nicht, aber die Erinnerungen kamen von allein.

Ein bekanntes Phänomen.

Ja, das weiß ich. Aber ich frage mich, ob so etwas nicht auch Maya helfen könnte. Vielleicht nicht Underhill, aber an den Orten, an denen sie glücklich war. Wo ihr beide glücklich wart. Ihr lebt jetzt in Sabishii. Warum zieht ihr nicht wieder an einen Ort wie Odessa zurück?

Sie wollte nicht.

Sie lag vielleicht falsch. Warum versucht ihr es nicht in Odessa und besucht von Zeit zu Zeit Underhill oder Sheffield? Und Cairo. Vielleicht sogar Nicosia. Die Städte am Südpol. Dorsa Brevia. Ein Tauchgang nach Burroughs. Eine Bahnreise um das Hellas-Becken. So eine Rückkehr an einen Ort der Vergangenheit könnte ihr helfen, ihr Ich wieder zusammenzusuchen und sich wieder bewusst zu werden, wo unsere Geschichte angefangen hat. Die Orte, die uns geformt haben, zum Guten oder Schlechten, am Morgen der Welt. Sie könnte das brauchen, ob sie es weiß oder nicht.

Hmm.

Arm in Arm gingen sie entlang des dunklen, von Farnen gesäumten Pfads zum Krater zurück.

Danke, Sax, danke!

Das Wasser der Isidis Bay hatte die Farbe eines blauen Flecks oder einer Clematisblüte und funkelte im Sonnenschein, der von den Wellen zurückgeworfen wurde, die gerade noch klein genug waren, um keine weißen Kämme zu tragen. Die Strömung kam von Norden, und das Kajütboot wankte und rollte, als sie nordwestlich von Du Martheray Harbor dahinfuhren. Ein klarer Frühlingstag, $L_s = 51$, M-Jahr 79, 2181 n. Chr.

Maya saß auf dem Oberdeck und sog die Seeluft und die Flut blauen Sonnenlichts ein. Es war eine Freude, sich draußen auf dem Wasser zu befinden, fern von all dem Dunst und Schrott der Küste. Es war wundervoll, dass die See nie gezähmt oder verändert werden konnte, und wundervoll, dass sie immer gleich war, wenn man außer Sicht des Landes auf der blauen Wildnis schaukelte, ganz gleich, was dort auch geschehen mochte. Sie hätte jeden Tag, bis in alle Ewigkeit weiterfahren können. Jedes Heruntergleiten von einem Wellenkamm war wie eine kleine Achterbahnfahrt der Seele.

Aber deshalb waren sie nicht hier. Vor ihnen brachen sich weiße Schaumkronen in einem breiten Rund; und neben ihr drehte der Steuermann das Rad um eine oder zwei Speichen und drosselte die Maschine auf wenige Umdrehungen pro Minute. Das weiße Wasser markierte die Spitze von Double Decker Butte, jetzt ein Riff, durch eine schwarze Boje gekennzeichnet, die mit einem tiefen und rhythmischen Bumpern an ihrer Verankerung zerrte. Rings um diese große nautische Kirchenglocke waren Ankerbojen verteilt. Der Steuermann hielt auf die erste zu. Es lagen keine anderen Schiffe vor Anker. Nicht einmal am Horizont waren welche zu sehen. Es war, als wären sie allein auf der Welt. Michel kam von unten herauf, trat neben sie und legte die

Hand auf ihre Schulter, als der Steuermann das Gas wegnahm, ein Matrose unten am Bug mit einem Bootshaken zulangte und an der Boje anlegte, indem er ein Seil daran befestigte. Der Steuermann stellte den Motor ab, und sie trieben auf den Wogen rückwärts, bis das Halteseil sie mit einem lauten Klatschen und einem Fächer aus weißer Gischt spannte. Sie waren über Burroughs vor Anker gegangen.

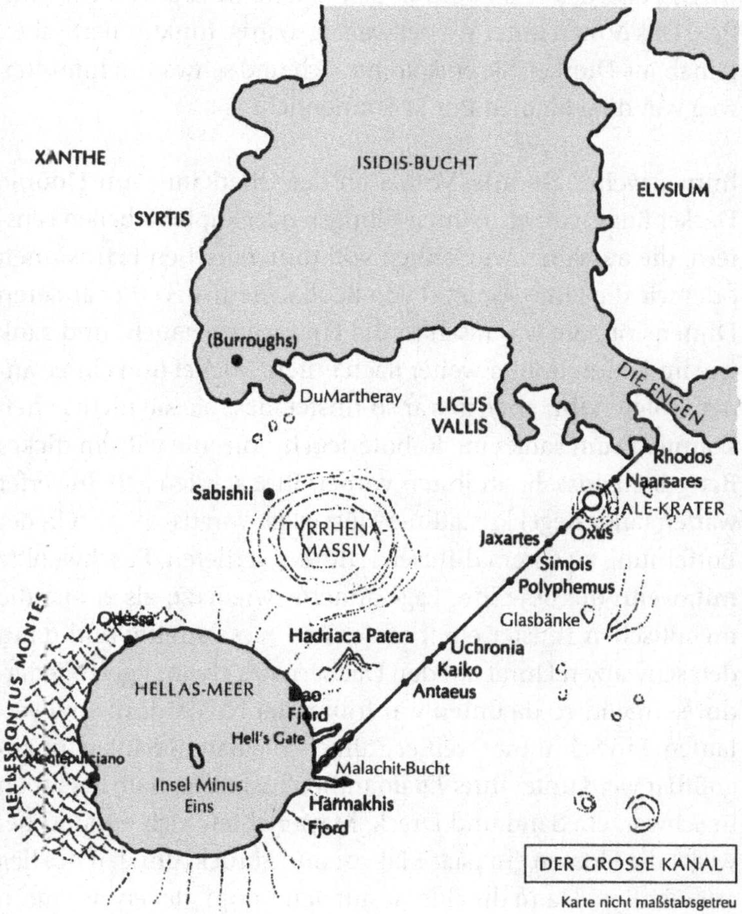

Unten in der Kabine legte Maya ihre Kleidung ab und zog einen elastischen orangefarbenen Trockenanzug an: Anzug und Kapuze, Stiefel, Tank und Helm und schließlich Handschuhe. Sie hatte eigens für diesen Abstieg Tauchen gelernt; und jedes Teil der Ausrüstung war noch neu. Die Sensation, sich unter Wasser zu befinden, war nicht ganz so neu, sondern erinnerte sie an die Gewichtslosigkeit im Weltraum. Sobald sie über die Seite des Schiffs und ins Wasser geglitten war, stellte sich das vertraute Gefühl ein. Sie sank, vom Gewichtsgürtel gezogen, nach unten; wusste, dass das Wasser um sie kalt war, fühlte es aber nicht wirklich. Das Atmen unter Wasser war eigenartig, funktionierte aber. Hinab ins Dunkel. Sie entspannte sich und schwamm hinunter, weg von dem kleinen Punkt Sonnenlicht.

Immer weiter abwärts. Vorbei an der Oberkante von Double Decker Butte, vorbei an ihren silbrigen oder kupferfarbenen Fenstern, die aussahen wie Reihen von mineralischen Extrusionen oder wie die Einwegspiegel von Beobachtern aus einer anderen Dimension. Sie war rasch in die Finsternis getaucht und sank wie im Traum immer weiter nach unten. Michel und einige andere folgten ihr; aber es war so finster, dass sie sie nicht sehen konnte. Dann sank eine Roboterleuchtboje, die wie ein dickes Bettgestell aussah, an ihnen vorbei. Ihre starken Scheinwerfer warfen lange Kegel kristalliner Flüssigkeit voraus, die sich in der Entfernung zu einem diffusen Zylinder verliefen. Er schwenkte mit, wenn die Boje ihre Lage änderte, wie jetzt, als er erst die metallischen Fenster einer entfernten Mesa streifte und dann den schwarzen Unrat auf den Dächern des ehemaligen Niederdorfs. Irgendwo da unten war früher der Niederdorfkanal verlaufen. Ein Schimmer weißer Zähne – die Bareiß-Säulen, unangreifbar weiß unter ihrer Diamantbeschichtung, halb begraben in schwarzem Sand und Dreck. Maya richtete sich auf und bewegte die Flossen ein paar Mal vor und zurück, um den Abstieg aufzuhalten. Dann drückte sie auf den Knopf, der etwas Luft in einen Teil ihres Gewichtsgürtels drückte, um sie zu stabilisieren. Sie schwebte über den Kanal wie ein Gespenst. Ja, es war wie Scrooges Traum, das Schleppnetz eine Art roboterhaftes Weihnachten der Vergangenheit, das die ertrunkene Welt einer verlorenen Zeit erhellte, der Stadt, die sie so sehr geliebt hatte. Plötzlich schossen ihr Pfeile des Schmerzes durch die Brust. Sie war fast zu taub für jedes Gefühl. Es war zu seltsam und schwer zu glauben, dass dies Burroughs war, *ihr* Burroughs – jetzt ein Atlantis auf dem Grund des Marsmeeres.

Bekümmert wegen ihres Mangels an Gefühl, trat sie kräftig aus und schwamm den Kanalpark hinunter über die Salzsäulen und weiter nach Westen. Dort, zur Linken, ragte Hunt Mesa auf, wo sie und Michel versteckt unter einem Tanzstudio gewohnt hatten. Dann nach oben zum breiten Großer-Steilhang-Boulevard. Voraus lag der Princess Park, wo sie in der Zweiten Revolution auf der Bühne gestanden und vor einer großen Volksmenge eine Rede gehalten hatte. Die Leute hatten genau dort gestanden, wo sie jetzt schwamm. Dort drüben war es, wo sie und Nirgal zu den Menschen gesprochen hatten. Jetzt der schwarze Boden einer Bucht. All das war so lange her – ihr Leben. Sie hatten die Kuppel aufgeschnitten und die Stadt verlassen, die überflutet worden war, und nie zurückgeschaut. Ja, Michel hatte sicher recht. Dieser Tauchgang war ein perfektes Abbild der trüben Prozesse des Gedächtnisses. Und vielleicht würde er helfen, ihr Zugang zu verschaffen. Und dennoch … Maya fühlte ihre Benommenheit und zweifelte. Die Stadt war überflutet – ja. Aber sie war noch da. Man könnte jederzeit den Deich wieder hochziehen und diesen Arm der Bucht leerpumpen. Und dann würde es die Stadt wieder geben, dem Meer entrissen und im Sonnenlicht dampfend, sicher eingeschlossen in einem Polder, wie eine Stadt in den Niederlanden. Man müsste die Straßen vom Schlamm befreien, Straßengras und Bäume pflanzen, die Innenräume der Mesas säubern, die Fenster der Läden in Niederdorf und den breiten Boulevards putzen. Dann hätte man alles wieder: Burroughs auf dem Mars, an der Oberfläche und schimmernd. Das ließe sich machen, es wäre sogar sinnvoll in Anbetracht dessen, wie viel Platz es in den neun Mesas gegeben hatte, und weil die Isidis Bay keinen anderen guten Hafen hatte. Nun, keiner würde es jemals tun. Aber es wäre möglich. Und so war Burroughs keineswegs für immer Vergangenheit.

Benommen und immer stärker frierend, drückte Maya mehr Luft in den Gewichtsgürtel, machte kehrt und schwamm längs des Kanalparks zurück zur Leuchtboje. Wieder sah sie die Reihe von Salzsäulen, und etwas daran zog sie an. Sie stieß sich zu ihnen hinunter und schwamm dann dicht über den schwarzen Sand, störte dessen geriffelte Oberfläche durch den Sog ihrer Flossen. Die Reihen der Bareiß-Säulen hatten den alten Kanal gesäumt. Sie wirkten verfallener als vorher, weil sie halb vergraben waren, ihre Symmetrie ruiniert war. Sie erinnerte sich an lange Nachmittagsspaziergänge im Park, nach Westen in die Sonne und dann zurück mit der Lichtflut im Rücken. Es war ein schöner Ort gewesen. Unten zwischen den großen Mesas war es gewesen, als hielte man sich in einer gigantischen Stadt mit vielen Kathedralen auf.

Dort hinter den Säulen war eine Reihe von Gebäuden. In ihnen wurzelte Seetang. Lange Stämme erstreckten sich ins Dunkel, breite Blätter wiegten sich leicht in der langsamen Strömung. Vor der Front jenes Gebäudes, am Ende der Straße, war ein Straßencafé gewesen, zum Teil beschattet von einem Spalier mit Glyzinien. Die letzte Salzsäule diente als Kennzeichen, und Maya war sich ihrer Identifizierung sicher.

Sie schwamm mühsam in eine stehende Position, und die Zeit kehrte zu ihr zurück. Frank hatte sie angeschrien und war davongestürmt, ohne Sinn und Verstand, wie immer. Sie hatte sich angezogen, war ihm gefolgt und hatte ihn hier über einen Kaffee gebeugt gefunden. Ja. Sie hatte ihm Vorhaltungen gemacht und sich genau hier mit ihm gestritten. Sie hatte ihn gescholten, weil er nicht schleunigst nach Sheffield fuhr. Sie hatte die Kaffeetasse heruntergeworfen, und der Griff war abgebrochen und hatte sich auf dem Boden gedreht. Frank war aufgestanden, und sie waren heftig diskutierend fortgegangen und nach Sheffield zurückgekehrt. Aber nein, so war es nicht gewesen. Sie hatten sich gestritten, ja, aber sich dann versöhnt. Frank hatte über den Tisch gelangt und ihre Hand ergriffen; und ihr war ein großes Gewicht vom Herzen gefallen, und ein kurzer Moment der Gnade war ihr geschenkt worden, weil sie verliebt war und geliebt wurde.

Das eine oder das andere. Aber was davon war es gewesen?

Sie konnte sich nicht erinnern. Konnte nicht sicher sein. So viel Streit mit Frank. So viele Versöhnungen. Es hätte beides geschehen sein können. Es war unmöglich, dem nachzuspüren, sich zu erinnern, was wann geschehen war. In ihrem Geist war alles durcheinander, verwischte zu vagen Eindrücken und unzusammenhängenden Momenten. Die Vergangenheit entwand sich ihrem Griff. Leise Geräusche, wie ein Tier, das Schmerzen litt – ah, das war ihre Kehle. Wimmern, Stöhnen. Taub und dennoch schluchzend. Das war absurd. Was auch immer damals geschehen war, sie wollte es wiederhaben. »Fuh.« Sie war außerstande seinen Namen zu sagen. Es schmerzte, als stieße jemand ihr eine Nadel ins Herz. Ah – das war ein echtes Gefühl! Ganz sicher. Sie keuchte, so weh tat es. Sie konnte es nicht leugnen.

Sie schlug langsam mit den Flossen, schwebte vom Sand hoch, weg von den Dächern, an denen sich Seetang festgesetzt hatte. Als sie damals elend an jenem Cafétisch saß, was hätte sie gedacht, wenn sie gewusst hätte, dass sie hundertzwanzig Jahre später darüber schwimmen würde – und Frank schon lange tot war?

Ende eines Traums. Desorientierung oder das Wechseln von einer Realität in eine andere. Das Schweben in dem dunklen Wasser brachte etwas von der Taubheit zurück. Aber da war er wieder, dieser nadelstichartige Schmerz tief drinnen.

Und so hatte Michel wieder einmal recht gehabt, der alte Alchemist. Sie schaute sich nach ihm um. Er war zu eigenen Zielen davongeschwommen. Es war schon ziemlich viel Zeit vergangen. Die anderen hatten sich im Lichtkegel vor der Boje eingefunden und wirkten wie tropische Fische an einem dunklen kühlen Tag, die in der Hoffnung auf Wärme vom Licht angezogen werden. Traumhafte, langsame Schwerelosigkeit. Sie dachte an John, wie er nackt vor schwarzem Raum und kristallenen Sternen schwebte. Ah – es gab noch zu viel zu fühlen. Man konnte nur eine einzige Scherbe der Vergangenheit auf einmal ertragen. Diese ertrunkene Stadt … Aber sie hatte hier auch John geliebt, irgendwo in einer Unterkunft in den ersten Jahren; mit John, mit Frank, mit diesem Ingenieur, an dessen Namen sie sich selten erinnern konnte, und bestimmt auch noch mit anderen – alle vergessen, jedenfalls beinahe. Alle einkapseln, die kostbaren Schmerzen, die Gefühle in ihr hinterließen, bis der Tod sie schied. Hinauf, immer weiter nach oben zwischen den bunten tropischen Fischen mit ihren Armen und Beinen hindurch zurück ins Tageslicht, blauen Sonnenschein, o Gott, ja – mit ploppenden Ohren und einem Schwindelgefühl, vielleicht durch Stickstoffnarkose, Tiefenrausch. Oder der Rausch menschlicher Tiefe, wie sie immer weiter lebten, die Jahre durchpflügten wie Riesen, ja, und woran sie sich klammerten.

Michel schwamm ihr von unten her nach. Sie machte einen Zug und wartete dann. Sie wartete, umarmte ihn und drückte ihn fest an sich. Oh, wie sie die Festigkeit seines Körpers in ihren Armen liebte, diesen Beweis der Realität. Sie drückte: Michel, ich danke dir, du Zauberer meiner Seele. Ich danke dir, Mars, für das, was in uns andauert, möge es auch ertrunken oder eingeschlossen sein. Hinauf in die glorreiche Sonne, in den Wind. Den Anzug mit kalten ungeschickten Fingern abstreifen, ihn ausziehen, ihm entsteigen wie eine Schmetterlingspuppe, sich der Macht weiblicher Nacktheit über das männliche Auge nicht bewusst. Wenn du sie plötzlich doch bemerkst, schenke ihm die aufregende Vision von Fleisch im Sonnenlicht, von Sex am Nachmittag. Atme tief in den Wind, voller Gänsehaut und dem Schock, am Leben zu sein.

»Ich bin immer noch Maya«, erklärte sie Michel mit klappernden Zähnen. Sie bedeckte ihre Brüste und trocknete sie ab. Das herrliche Gefühl von trockenem Stoff auf feuchter Haut. Sie zog ihre Kleider an und keuchte in der Kälte des Windes. Michels Gesicht war das Bild von Beglückung, Vergöttlichung, jene Maske der Freude des alten Dionysos, der laut über das Gelingen seines Plans lachte, über die Verzückung seiner Freundin und Gefährtin. »Was hast du gesehen?«

»Das Café – den Park – den Kanal – und du?«

»Hunt Mesa, das Tanzstudio – Thoth Boulevard – Tafelberg.« In der Kabine hatte er eine Flasche Champagner auf Eis. Er ließ den Korken knallen, der hinaus in den Wind schoss, sanft auf dem Wasser landete und dann auf den blauen Wellen davontrieb.

Aber sie weigerte sich, darüber zu sprechen. Sie wollte die Geschichte ihres Tauchgangs nicht erzählen. Die anderen taten es, und dann war sie irgendwie an der Reihe; und die Leute auf dem Schiff sahen sie an wie Geier, erpicht darauf, ihre Erlebnisse hinunterzuschlingen. Sie trank ihren Champagner, saß still auf dem Oberdeck und betrachtete die langen Wellen. Wellen sahen auf dem Mars merkwürdig aus: groß und träge, eindrucksvoll. Sie gab Michel mit einem Blick zu verstehen, dass es ihr gut ging und dass er recht damit gehabt hatte, sie nach unten zu schicken. Darüber hinaus Schweigen. Sollten sie sich an ihren eigenen Erfahrungen laben, diese Geier!

Das Schiff kehrte zum Hafen von Du Martheray zurück, der eine kleine halbmondförmige Bucht unter der Schürze des Du-Martheray-Kraters nutzte. Der Hang war mit Häusern und Grünzeug bis hinauf zum Rand bedeckt.

Sie stiegen aus und gingen zur Stadt hinauf, aßen in einem Restaurant am oberen Ende und betrachteten den strahlenden Sonnenuntergang über dem Wasser der Isidis-Bucht. Der Abendwind strömte von der Böschung herunter und pfiff über die Küste. Er wühlte das Wasser auf und sprühte die Gischt in weißen Fahnen über die Wellenkämme, die von kurzen Regenbogensegmenten durchzogen waren. Maya saß dicht bei Michel und hielt eine Hand auf seine Schulter oder sein Bein gelegt. Jemand sagte: »Seltsam, die Salzsäulen da unten zu sehen, die immer noch schimmern.«

»Und die Fensterreihen in den Mesas! Hast du die zerbrochene gesehen? Ich wollte hineinschwimmen und mich umschauen, bekam aber Angst.«

Maya machte eine Grimasse und konzentrierte sich auf den Augenblick. Die Leute an der anderen Seite des Tisches redeten mit Michel über ein neues Institut, das die Ersten Hundert und andere frühe Kolonisten betraf, eine Art Museum, ein Archiv mündlich überlieferter Geschichten, Komitees zum Schutz der frühesten Gebäude etc., und auch ein Hilfsprogramm für die superalten frühen Siedler … Natürlich waren diese ernsten jungen Männer (und junge Männer konnten *so* ernst sein) besonders an Michels Hilfe interessiert, sagten sie, besonders dabei, alle noch lebenden Ersten Hundert zu finden und irgendwie zu registrieren. Sie sagten, es seien jetzt dreiundzwanzig. Michel war natürlich sehr entgegenkommend und schien auch wirklich an dem Projekt interessiert zu sein.

Maya hätte diese Idee nicht stärker hassen können. Ein Kopfsprung in die Trümmer der Vergangenheit als eine Art Riechsalz, abstoßend, aber kräftigend – fein. Das war akzeptabel und sogar gesund. Sich aber auf die Vergangenheit zu fixieren und zu konzentrieren, das war abscheulich. Sie hätte die ernsten jungen Männer mit Vergnügen über das Geländer geworfen. Inzwischen sagte Michel zu, alle restlichen Ersten Hundert zu befragen, damit das Projekt in Gang kommen konnte. Maya stand auf, ging ans Geländer und stützte sich darauf. Unten auf dem dunkel werdenden Wasser spritzten immer noch helle Gischtflocken von jeder Wellenkrone.

Eine junge Frau kam herbeigeschlendert und lehnte sich neben ihr an die Brüstung. Während sie ins Wasser schaute, sagte sie zu Maya: »Mein Name ist Vendana. Ich bin für dieses Jahr die lokale politische Agentin der Grünen Partei.« Sie hatte ein schönes Profil, klar und ausgeprägt in klassisch indischem Stil: olivfarbene Haut, schwarze Augenbrauen, lange Nase und kleiner Mund. Intelligente scharfe braune Augen. Es war seltsam, wie viel man allein in den Gesichtern lesen konnte. Maya bekam allmählich den Eindruck, dass sie auf den ersten Blick alles Wesentliche über eine Person erfahren konnte. Das war eine nützliche Fähigkeit, wenn man bedachte, dass so viel von dem, was die jungen Eingeborenen in diesen Tagen sagten, sie verwirrte. Sie brauchte diese erste Erkenntnis.

»Grün« verstand sie allerdings oder glaubte es zu verstehen. Das war eigentlich ein archaischer politischer Ausdruck, könnte man meinen, da der Mars jetzt völlig grün war – grün und blau. »Was willst du?«

Vendana sagte: »Jackie Boone und der Freie Mars stellen Kandidaten für Ämter aus diesem Gebiet auf und reisen als Wahlkämpfer für die bevorstehenden Wahlen umher. Wenn Jackie die Parteiführung behält und wieder Mitglied des Exekutivrates wird, wird sie weiter an dem Plan des Freien Mars arbeiten, jede weitere Einwanderung von der Erde zu unterbinden. Das ist ihre Idee, und sie treibt sie stark voran. Sie behauptet, dass alle terranischen Emigranten zu anderen Orten im Sonnensystem umgeleitet werden könnten. Das stimmt zwar nicht, ist aber eine Haltung, die an gewissen Stellen sehr gut ankommt. Den Terranern gefällt das natürlich nicht. Falls der Freie Mars mit einem isolationistischen Programm Erfolge erzielt, nehmen wir an, dass die Erde sehr wütend reagieren wird. Die Erdbewohner haben jetzt schon Probleme, die sie kaum bewältigen können. Sie benötigen das wenige von uns, das wir ihnen geben können. Und sie werden es als einen Bruch des Vertrags bezeichnen, den du ausgehandelt hast. Sie könnten es deswegen sogar bis zum Krieg kommen lassen.«

Maya nickte. Sie hatte seit Jahren eine zunehmende Spannung zwischen Erde und Mars gefühlt – ungeachtet Michels Versicherungen. Sie hatte gewusst, dass das kommen würde. Sie hatte es vorausgesehen.

»Jackie hat viele Gruppen hinter sich, und der Freie Mars hat jetzt seit Jahren eine überwältigende Mehrheit in der globalen Regierung. Sie haben inzwischen die Umweltgerichtshöfe übernommen. Die werden sie bei jedem Einwanderungsverbot decken, das sie vorschlagen könnte. Wir aber wollen die Politik beibehalten, die durch den Vertrag festgelegt ist, den du ausgehandelt hast, oder die Immigrationsquoten sogar noch etwas erhöhen, um der Erde so viel zu helfen, wie wir können. Aber Jackie lässt sich schwer aufhalten. Um dir die Wahrheit zu sagen, wir wissen nicht recht, wie. Darum dachte ich, ich frage dich.«

Maya war überrascht. »Wie man sie aufhalten kann?«

»Ja. Oder ganz allgemein, dich zu bitten, uns zu helfen. Ich denke, man wird sie persönlich aufs Korn nehmen müssen.«

Und sie wandte den Kopf, um Maya mit einem wissenden Lächeln anzusehen.

In dem ironischen Lächeln, das diesen klassischen kleinen Mund mit seinen vollen Lippen umspielte, lag etwas vage Vertrautes, etwas, das, obwohl offensiv, dem großäugigen Enthusiasmus der jungen Historiker weit vorzuziehen war, die Michel belästigten. Und als Maya darüber nachdachte, sah die Aufforderung immer besser aus. Es war zeitgenössische Politik, eine Beschäftigung mit der Gegenwart. Die Trivialität der Tagespolitik sagte ihr eigentlich nicht zu; aber jetzt kam ihr der Gedanke, dass Tagespolitik immer unbedeutend und stupide aussah und erst später das Aussehen respektabler Staatskunst und geschichtlicher Größe gewann. Und dieses Thema konnte wichtig werden, wie die junge Frau gesagt hatte. Sie wäre wieder mittendrin. Und natürlich (dieser Gedanke war ihr nicht bewusst) wäre jeder Rückschlag für Jackie eine gewisse Befriedigung. »Erzähl mir mehr darüber!«, sagte Maya und bewegte sich auf dem Balkon außer Hörweite der anderen. Die junge Frau folgte ihr.

Michel hatte sich immer gewünscht, eine Fahrt auf dem Großen Kanal zu unternehmen; und seit Neustem versuchte er Maya zu überreden, von Sabishii nach Odessa umzuziehen, als eine Möglichkeit, gegen ihre mentalen Leiden anzukämpfen. Sie könnten sogar ein Apartment in dem gleichen Praxis-Komplex nehmen, in dem sie vor der Zweiten Revolution gewohnt hatten. Das war der einzige Ort, den Maya außer Underhill, das auch nur zu besuchen sie sich weigerte, als Heimat betrachtete. Und Michel hatte den Eindruck, dass es ihr helfen könnte, in irgendeine Heimat zurückzukehren. Also Odessa. Maya war einverstanden, es war ihr egal. Und auch Michels Idee, über den Großen Kanal dorthin zu reisen, war gut. Das war Maya auch egal. Sie war in diesen Tagen keiner Sache sicher. Sie hatte fast keine Meinung und kaum Wünsche. Das war das Problem.

Jetzt sagte Vendana, dass Jackies Kampagne mit einem Schiff den Großen Kanal von Norden nach Süden entlang bereisen würde. Der Kreuzer war zugleich als Hauptquartier vorgesehen. Jetzt waren sie noch am nördlichen Ende des Kanals, trafen in der Meerenge die letzten Vorbereitungen.

Also ging Maya wieder zu Michel auf die Terrasse und sagte, als die Historiker gegangen waren: »Lass uns auf dem Großen Kanal nach Odessa reisen, wie du gesagt hast.«

Michel war entzückt. Es schien ihm die leichte Niedergeschlagenheit zu nehmen, die dem Tauchgang ins überflutete Burroughs gefolgt war. Er war über dessen Wirkung auf Maya erfreut gewesen; aber ihm selbst hatte es vielleicht nicht so gutgetan. Er war, was seine Erlebnisse betraf, ungewöhnlich schweigsam und irgendwie bedrückt, als wäre er von alldem überwältigt, das die große versunkene Stadt in seinem Leben bedeutet hatte. Schwer zu sagen. Jetzt, als er sah, wie gut Maya auf die Erfahrung ansprach, und sie ihm zugleich in Aussicht stellte, den Großen Kanal zu sehen – Mayas Ansicht nach ein großer Witz –, musste er lachen. Und das gefiel ihr. Michel dachte, dass Maya in diesen Tagen viel Hilfe brauchte; aber sie wusste recht gut, dass Michel es war, der kämpfte.

Also gingen sie ein paar Tage später über eine Gangway auf das Deck eines großen schmalen Segelschiffs, dessen einziger Mast und Segel eine geschwungene Einheit aus stumpfweißem Material und wie ein Vogelflügel gestaltet war. Es war eine Passagierfähre, die ständig nach Osten segelnd das Nordmeer umrundete. Als alle an Bord waren, verließen sie mit Motorkraft den kleinen Hafen von Du Martheray und wandten sich nach Osten, immer in Sichtweite der Küste. Das Mastsegel des Schiffs war flexibel und beweglich. Es reckte sich in seinen Krümmungen wie der Flügel eines Vogels, wenn seine KI schnell reagierte, um die günstigsten Winde zu erfassen.

Am zweiten Nachmittag ihrer Fahrt in die Enge hinein erschien das Elysium-Massiv vor ihnen über dem Horizont. Mit rosa Alpenglühen ragte es vor dem hyazinthfarbenen Himmel auf. Auch die Küste des Festlandes erhob sich im Süden, als wollte sie sich hochrecken und das große Massiv jenseits der Bucht sehen: Steilufer wechselten mit Marschland, und dann folgte auf eine lange bräunliche Strecke eine immer höher werdende Meeresklippe. Deren horizontale rote Schichten waren durch schwarze und elfenbeinfarbene Einschlüsse unterbrochen, und die Kanten waren von Matten aus Meerfenchel und Gräsern gesäumt und von weißem Guano gestreift. Die Wellen schlugen auf den nackten Fels am Boden dieser Klippen auf und prallten zurück, wobei die Bögen der zurücklaufenden Strömung die ankommenden Fluten in rasch aufeinander folgenden Punkten hochgetriebenen Wassers schnitten. Kurzum, es war schön, hier zu segeln. Langes Gleiten die Wogen hinunter, der Wind, besonders nachmittags, ein Kraftwerk von der Küste, die Gischt, der salzige Tang in der Luft – denn das Nordmeer wurde salzig –, der Wind in ihrem Haar, das weiße Muster des Kielwassers, das über der indigofarbenen See leuchtete. Herrliche Tage. Es weckte in Maya den Wunsch, an Bord zu bleiben, immer wieder um die Welt zu segeln, niemals zu ankern und nichts zu verändern … Wie sie gehört hatte, gab es mittlerweile Leute, die so lebten – riesige, autarke Gewächshausschiffe, die in ihrer Thalassokratie den großen Ozean befuhren …

Aber vor ihnen lagen jetzt die schmaler werdenden Engen. Die Fahrt von Du Martheray war schon fast vorbei. Warum waren die guten Tage immer so kurz? Von Moment zu Moment, von Tag zu Tag – alle so erfüllt und, ach, so lieblich – und dann für immer vergangen, vergangen, ehe es möglich war, sie voll in sich aufzunehmen, sie wirklich zu *leben*. Man segelte durchs Leben und schaute zurück auf das Kielwasser, die hohe See, den fliegenden Wind … Jetzt stand die Sonne tief, das Licht fiel schräg über die Meeresklippen und betonte all ihre wilden Unregelmäßigkeiten, ihre Überhänge, Höhlen und nackten Flächen, die direkt in die See abfielen, roter Fels in blauem Wasser, alles unberührt von Menschenhand (obwohl das Meer selbst ihr Werk war). Plötzliche strahlende Fragmente durchzuckten sie. Aber die Sonne war dabei unterzugehen, und die Spalte in den Meeresklippen markierte schon den ersten großen Hafen in der Meerenge, Rhodos, wo sie anlegen und den Abend erwarten würden. Sie würden in einem Hafencafé in der langen Dämmerung essen gehen, und der Segeltrip dieses Tages würde nie wiederkehren. Diese seltsame Nostalgie für einen Moment, der gerade erst vorübergegangen war: »Ah, ich lebe wieder«, sagte sie zu sich und wunderte sich, dass das hatte geschehen können. Michel und seine Tricks – man würde meinen, sie sei inzwischen gegen all seinen psychiatrisch-alchemistischen Hokuspokus immun. Es war mehr, als ihr Herz ertragen konnte. Aber immerhin besser als die Taubheit, das war sicher. Und sie hatte einen gewissen schmerzlichen Glanz, diese akute Empfindung. Sie konnte sie ertragen, vielleicht sogar irgendwie genießen, stückweise. Eine erhabene Intensität wohnte diesen Farben des späten Nachmittags inne. Alles war davon durchdrungen. Und unter einer solchen Flut nostalgischen Lichts wirkte der Hafen von Rhodos prachtvoll. Der große Leuchtturm auf dem Westkap, das Paar tönender Bojen, rot und grün, backbord und steuerbord. Dann hinein in das dunkle Wasser der Mole und in die Ruderboote, in das schwindende Licht, über schwarzes Wasser durch eine Menge exotischer Schiffe vor Anker, die alle unterschiedlich aussahen. Der Schiffsbau steckte in einer Periode rapider Neuerung, wo neue Materialien fast alles möglich machten und die alten Konstruktionen neu erfunden und drastisch verändert wurden, um dann wieder aufgegriffen zu werden. Da ein Klipper, dort ein Schoner und da etwas mit Auslegern ... Endlich legten sie bei Dunkelheit in einem belebten hölzernen Dock an.

Hafenstädte in der Dämmerung waren alle gleich. Eine Corniche, ein schmaler gekrümmter Park, Baumreihen, ein Bogen baufälliger Hotels und Restaurants hinter den Werften ... Sie stiegen in einem dieser Hotels ab und schlenderten dann durch das Dock, aßen unter einer Markise, genau wie Maya es erwartet hatte. Sie entspannte sich in der bodenständigen Stabilität ihres Stuhls, beobachtete, wie flüssiges Licht sich in einer Schleife über das zähe Wasser des Hafens ergoss, hörte Michel mit den Leuten am Nachbartisch sprechen und kostete das Olivenöl und das Brot, die Käsesorten und den Ouzo. Es war seltsam, wie sehr Schönheit manchmal schmerzte – sogar Glück. Dennoch wünschte sie sich, das lässige Zusammensitzen nach dem Essen in ihren harten Stühlen würde nie enden.

Natürlich war das nicht der Fall. Sie gingen Hand in Hand nach oben zu Bett. Sie hielt Michel so fest, wie sie nur konnte. Am nächsten Tag schleppten sie ihr Gepäck durch die Stadt zum inneren Hafen, gleich nördlich der ersten Kanalschleuse, und brachten es in ein großes Kanalschiff, lang und luxuriös, wie ein zum Kreuzfahrtschiff umgebauter Lastkahn. Sie waren zwei von etwa hundert Passagieren, die an Bord gingen, darunter Vendana und einige ihrer Freunde. Und ferner waren, einige Schleusen vor ihnen, auf einem privaten Kanalschiff, Jackie und ihr Gefolge, die auch nach Süden aufbrachen. Während einiger Nächte würden sie in den gleichen Städten am Kanal anlegen. »Sieh mal einer an«, sagte Maya gedehnt; und Michel machte ein erfreutes und zugleich besorgtes Gesicht.

Das Bett des Großen Kanals war von der Luftlinse eingeschnitten worden, die konzentriertes Sonnenlicht von der Soletta heruntergestrahlt hatte. Die Linse hatte sich sehr hoch in der Atmosphäre befunden, auf der thermischen Gaswolke gleitend, die von dem geschmolzenen und verdampften Gestein hochgeschleudert wurde. Sie war in geraden Linien geflogen und hatte sich ihren Weg ohne die geringste Rücksicht auf topographische Details quer über das Land gebrannt. Maya erinnerte sich undeutlich, seinerzeit Bilder des Prozesses gesehen zu haben; aber die Fotos waren natürlich aus einiger Entfernung gemacht worden und hatten sie keineswegs auf die schiere Größe des Kanals vorbereitet. Ihr langes flaches Kanalschiff fuhr in die erste Schleuse, wurde durch das einströmende Wasser ein kurzes Stück angehoben, fuhr dann aus einem sich öffnenden Tor hinaus – und plötzlich waren sie auf einem vom Wind gekräuselten, zwei Kilometer breiten See, der sich geradlinig nach Südwesten zur Hellas-See hin erstreckte, zweitausend Kilometer entfernt. Eine große Anzahl großer und kleiner Schiffe waren in beiden Richtungen unterwegs. Dabei hielten sich die kleineren entsprechend den Verkehrsregeln näher an den Ufern. Fast alle Fahrzeuge waren motorisiert, obwohl viele auch mit Reihen von Masten in Schonertakelung prahlten und einige der kleinsten Boote nur große dreieckige Segel hatten. »Daus«, sagte Michel und zeigte hinüber. Offenbar eine arabische Konstruktion.

Irgendwo weiter voraus war Jackies Propagandaschiff. Maya ignorierte es, konzentrierte sich auf den Kanal und schaute abwechselnd auf die beiden Ufer. Der Fels war nicht ausgehoben, sondern verdampft worden. Wenn man die Ufer betrachtete, konnte man das erkennen. Die Temperaturen unter dem konzentrierten Licht der Luftlinse hatten 5000 Grad erreicht, und das Gestein war einfach in seine atomaren Bestandteile zerfallen und in die Luft geschossen. Nach der Abkühlung war Material auf die Ufer zurückgefallen und manches auch wieder in den Graben, wo es kleine Lavateiche gebildet hatte. Darum hatte der Kanal ein flaches Bett und Ufer, die einige hundert Meter hoch und über einen Kilometer breit waren: Abgerundete schwarze Schlackendeiche, auf denen, abgesehen von gelegentlichen mit Sand gefüllten Rissen, nur sehr wenig wachsen konnte, sodass sie fast genauso kahl und schwarz waren wie nach ihrer Erkaltung vor vierzig M-Jahren. Das Kanalwasser sah an den Ufern schwarz aus, in der Mitte ging es zur Himmelsfarbe über oder vielmehr zu einer Schattierung, die ein wenig dunkler war als die des Himmels, mit grünen Zickzackstreifen überall. Ohne Zweifel eine Folge des dunklen Bodens.

Der Obsidiansteg der zwei Ufer, die gerade Scharte aus dunklem Wasser dazwischen, Schiffe und Boote aller Größen, viele davon lang und schmal, um in den Schleusen möglichst viel Raum zu haben; dann alle paar Stunden eine Stadt am Ufer, in die Seite gehauen und sich dann auf der Höhe des Deichs ausbreitend. Die meisten Städte waren nach Kanälen auf den klassischen Marskarten von Antoniadi und Lowell benannt worden, diesen beiden kanalsüchtigen Astronomen, die sie wiederum nach den Kanälen und Flüssen des klassischen Altertums benannt hatten. Die ersten Städte, an denen sie vorbeikamen, lagen nahe am Äquator und waren von Palmhainen eingefasst, mit hölzernen Docks vor kleinen Uferdistrikten und lieblichen Terrassen in der Höhe. Die meisten Städte lagen auf den ebenen Flächen der Deiche. Natürlich hatte die Linse bei ihrem geraden

Schnitt ein Kanalbett gegraben, das den Großen Steilhang bis direkt auf die Hochebene von Hesperia hinaufführte – mit einem Höhenanstieg von rund vier Kilometern. Darum war der Kanal alle paar Kilometer durch einen Schleusendamm gesperrt. Diese Dämme hatten, wie in jenen Tagen überall, durchsichtige Wände und sahen so dünn aus wie Zellophan, waren aber um viele Größenordnungen stärker als nötig, um das Wasser zu halten. Sagte man jedenfalls. Maya fand diese Durchsichtigkeit von Fensterscheiben anmaßend, ein Stück der launischen Überheblichkeit, auf das eines Tages bestimmt die Strafe folgen würde, wenn eine der dünnen Wände wie ein Ballon platzte und eine verheerende Zerstörung anrichten würde und die Leute wieder auf den guten alten Beton und die Kohlefaser zurückgreifen würden.

Aber jetzt erinnerte die Annäherung an jede Schleuse an eine Fahrt auf eine Wassermauer zu, die aussah wie das Rote Meer, das sich vor den Israeliten geteilt hatte. Fische huschten über ihren Köpfen umher wie primitive Vögel, ein surrealer Anblick, wie eine Zeichnung von Escher. Dann hinein in die Schleuse wie in einen Sarkophag aus Wasserwänden, bewohnt von diesen Vogelfischen; und dann immer weiter nach oben und hinaus auf ein neues Niveau des großen Stroms mit seinen geraden Seiten, der das schwarze Land durchschnitt. »Bizarr«, sagte Maya nach der ersten Schleuse, und auch nach der zweiten und dritten. Und Michel grinste nur und nickte.

Am vierten Abend der Reise legten sie bei einer kleinen Stadt am Kanal an, die Naarsares hieß. Auf der anderen Seite des Kanals befand sich eine noch kleinere Stadt namens Naarmalcha. Offenbar mesopotamische Namen. Ein Terrassenrestaurant oben auf dem Deich bot einen weiten Ausblick über den Kanal und auf die trockenen Gebirge, die ihn einfassten. Voraus konnten sie sehen, wo der Kanal durch den Wall des Gale-Kraters schnitt, der mit Wasser geflutet war: Gale war jetzt ein Buckel im Kanal, ein Hafen für Schiffe und ein Verladeplatz.

Nach dem Abendessen stand Maya auf der Terrasse und schaute durch die Lücke auf Gale. Aus der dunklen Dämmerung traten Vendana und einige Gefährten zu ihr. »Wie gefällt dir der Kanal?«, fragten sie.

»Sehr interessant«, erklärte Maya knapp. Sie mochte es nicht, wenn man ihr Fragen stellte oder sie den Mittelpunkt einer Gruppe bildete. Das war zu sehr, als wäre sie ein Schaustück im Museum. Sie würden nichts aus ihr herausbringen. Sie starrte sie an. Einer der jungen Männer unter ihnen gab auf und sprach eine Frau in ihrer Nähe an. Er hatte ein außerordentlich schönes Gesicht. Die Züge wirkten wie gemeißelt unter einer Fülle schwarzen Haares, ein freundliches Lächeln und unbewusstes Lachen. Alles in allem fesselnd. Jung, aber nicht so jung, dass er ungeformt wirkte. Er sah irgendwie indisch aus – so dunkle Haut, so weiße regelmäßige Zähne, kräftig, schlank wie ein Windspiel, ein gutes Stück größer als Maya, aber nicht einer jener neuen Riesen – immer noch im menschlichen Maßstab, unbefangen, aber solide und anmutig. Sexy.

Sie bewegte sich langsam auf ihn zu, als die Gruppe zu der entspannteren Haltung einer Cocktailparty überging. Sie gingen umher, plauderten und schauten auf den Kanal und die Docks hinunter. Endlich erhielt sie eine Chance, mit ihm zu sprechen; und er reagierte nicht, als wäre Helena von Troja oder die fossile Lucy näher gekommen. Es wäre herrlich, einen solchen Mund zu küssen. Das kam natürlich nicht infrage, und eigentlich wollte sie es auch gar nicht. Aber sie dachte gern darüber nach; und der Gedanke wirkte anregend auf sie. Gesichter waren so mächtig.

Sein Name war Athos. Er kam von Licus Vallis, westlich von Rhodos. *Sansei*, aus einer Seefahrerfamilie, die Großeltern griechisch und indisch. Er hatte geholfen, diesen Ableger der Grünen Partei zu gründen, überzeugt, dass der einzige Weg, dem Mahlstrom zu entkommen, darin bestünde, der Erde durch ihre Krise zu helfen. Der umstrittene Ansatz, dass der Schwanz mit dem Hund wedeln sollte, wie er mit einem leichten, hübschen Lächeln einräumte. Jetzt war er von den Städten der Nepenthes-Bucht als Repräsentant zur Wahl aufgestellt und half, die Kampagnen der Grünen zu koordinieren.

Maya fragte Vendana später: »Werden wir bald das Wahlkampfboot des Freien Mars einholen?«

»Ja. Wir planen, bei einer Versammlung in Gale mit ihnen zu diskutieren.«

Als sie dann die Gangway hinauf zum Schiff gingen, wandten sich die jungen Leute von ihr ab und scharten sich auf dem Vorderdeck zusammen, um die Party fortzusetzen. Maya war vergessen, sie gehörte nicht dazu. Sie blickte ihnen nach und ging dann zu Michel in ihrer kleinen Kabine am Heck. Sie kochte vor Wut. Sie konnte nichts dagegen tun, obwohl sie schockiert war, wenn es geschah. »Ich *hasse* sie«, sagte sie zu Michel. Einfach deswegen, weil sie jung waren. Sie hätte das als Hass gegen deren Gedankenlosigkeit, Stupidität, Gefühllosigkeit und ihren ausgeprägten Provinzialismus tarnen können. Das stimmte auch alles. Aber außerdem hasste sie auch ihre Jugend, nicht einfach ihre physische Vollkommenheit, sondern ihr Alter, die schiere Chronologie, die Tatsache, dass sie alles noch vor sich hatten. In der Erwartung lag das Beste, lag alles.

Manchmal erwachte sie aus Träumen, in denen sie nach dem Bremsmanöver aus der *Ares* auf den Mars hinunterblickten, während sie den Orbit in Vorbereitung der Landung stabilisierten. Dann war sie schockiert durch den jähen Rücksturz in die Gegenwart; und sie erkannte, dass das damals der schönste aller Augenblicke gewesen war, diese Woge von Erwartung, die sie trug, als alles da unter ihnen lag und alles möglich schien. Das war Jugend.

»Betrachte sie als Mitreisende«, riet ihr Michel von Neuem, wie schon mehrfach zuvor, wenn Maya ihm ihre Gefühle gebeichtet hatte. »Sie werden nur so lange jung sein, wie wir es waren. Ein Schnipsen mit den Fingern – nicht wahr? Und dann sind sie alt und dann dahin. Das machen wir alle durch. Der Abstand eines Jahrhunderts macht nur einen Dreck aus. Und von allen Menschen, die jemals existiert haben und die es jemals geben wird, sind diese Menschen die einzigen, die gleichzeitig mit uns leben. Nur die Tatsache, gleichzeitig am Leben zu sein, macht uns alle zu Zeitgenossen. Und deine Zeitgenossen sind die Einzigen, die dich wirklich verstehen können.«

»Ja, du hast recht«, sagte Maya. Es stimmte wirklich. »Aber ich hasse sie trotzdem.«

Das Brennen der Luftlinse war überall etwa gleich tief gegangen. Als die Brandzone über den Gale-Krater hinweggezogen war, hatte sie einen breiten Streifen durch den Rand an den nordöstlichen und südwestlichen Hängen geschnitten. Aber diese Schnitte lagen höher als das Kanalbett sonst, sodass schmalere Schnitte ausgetieft und Schleusen installiert worden waren, wodurch der Krater zu einem hohen See wurde, eine Knolle in der endlosen Quecksilbersäule des Kanals. Das Lowell-System der alten Nomenklatur war hier aus irgendeinem Grunde außer Kraft; und die Schleusen im Nordosten wurden von einer kleinen geteilten Stadt namens Bird's Trenches flankiert, während die größere Stadt an den südwestlichen Schleusen Banks hieß. Sie bedeckte die Schmelzzone und stieg dann in breiten gebogenen Terrassen auf den nicht geschmolzenen Rand von Gale mit Blick auf den See im Innern auf. Es war eine wilde Stadt. Mannschaften und Passagiere vorbeikommender Schiffe stapften die Gangwayplanken hinauf und hinunter, um sich an den mehr oder weniger ständigen Festivitäten, die in der Stadt stattfanden, zu beteiligen. An diesem Abend richtete sich die Aufmerksamkeit auf die Ankunft der Freier-Mars-Kampagne. Ein großer Rasenplatz, der auf einer weiten Felsbank über der Seeschleuse lag, war dicht gedrängt voller Menschen, die auf die Reden warteten, die von einer Bühne auf einem flachen Dach über der Plaza aus gehalten werden sollten. Andere ignorierten den Tumult und machten Einkäufe, gingen spazieren, saßen über der Schleuse und tranken oder aßen, was sie an kleinen verräucherten Ständen gekauft hatten; oder sie tanzten oder machten sich auf den Weg, um die oberen Bereiche der Stadt zu erkunden.

Während der ganzen Wahlkampfreden stand Maya auf einer Terrasse oberhalb der Bühne, wo sie einen Blick auf den Bereich dahinter hatte, wo Jackie und der übrige Führerstab des Freien Mars sich herumtrieben, schwatzten oder lauschten, während sie darauf warteten, im Scheinwerferlicht an die Reihe zu kommen. Da waren Antar und Ariadne sowie einige andere, die Maya mehr oder weniger aus neueren Nachrichtenvideos erkannte. Beobachtung aus der Entfernung konnte so aufschlussreich sein. Da unten sah sie all die Dynamik des Dominanzgebarens von Primaten, über die sich Frank so oft geäußert hatte. Zwei oder drei Männer waren auf Jackie fixiert und, auf andere Weise, auch etliche Frauen. Ein Mann namens Mikka gehörte derzeit dem Globalen Exekutivkomitee an, ein Anführer der Partei MarsFirst. Diese war eine der ältesten politischen Parteien auf dem Planeten, die gegründet worden war, um bei der Erneuerung des ersten Marsvertrages mitreden zu können. Maya erinnerte sich vage, dass sie einmal Mitglied gewesen war. Jetzt war die Marspolitik in ein Schema verfallen, das irgendwie den parlamentarischen Strukturen in Europa ähnelte, mit einem breiten Spektrum kleiner Parteien, von denen einige sich zu zentristischen Koalitionen zusammenfanden – in diesem Fall Freier Mars, die Roten und die Matriarchie von Dorsa Brevia, während andere sich einklinkten oder Lücken füllten oder zu den Seiten auswichen. Sie alle schoben sich in zeitweiligen Allianzen hin und her, um ihre kleinen Angelegenheiten zu fördern. Bei dieser Konstellation war MarsFirst so etwas wie der politische Flügel der roten Saboteure geworden, die noch in der Wildnis lebten. Sie waren eine widerlich eigennützige Organisation ohne

Skrupel, die aus keinem überzeugenden ideologischen Grund in den Freien Mars eingegliedert war. Da musste irgendein Schacher im Gange sein. Oder etwas Persönliches. Die Art, wie Mikka Jackie folgte und sie ansah, ein Liebhaber oder ganz frischer Exliebhaber. Darauf hätte Maya gewettet. Außerdem hatte sie dahingehende Gerüchte gehört.

Die Reden handelten alle von dem schönen, wundervollen Mars und wie er in Gefahr war, durch Übervölkerung ruiniert zu werden, falls er sich nicht gegen künftige Einwanderung von der Erde verschlösse. Das fand wirklich breiten Anklang, wie die Hochrufe und der Beifall aus der Menge bewiesen. Ihre Haltung war höchst heuchlerisch, da die meisten der Applaudierenden von terranischen Touristen lebten und sie alle Immigranten oder deren Kinder waren. Aber sie jubelten trotzdem. Es war ein gutes Wahlkampfthema. Besonders wenn man das Kriegsrisiko ignorierte und die enorme Größe der Erde und ihre Vorherrschaft in der menschlichen Zivilisation. Das so gering zu schätzen … Nun, das spielte keine Rolle. Diesen Leuten war die Erde völlig egal, und sie verstanden sie auch gar nicht. Darum ließ ihr Trotz Jackie, die für einen freien Mars eintrat, nur noch tapferer und schöner erscheinen. Die Ovationen für sie waren laut und anhaltend. Sie hatte eine Menge gelernt seit ihren ungeschickten Reden während der zweiten Revolution. Sie war gut geworden. Sehr gut.

Als danach die Sprecher der Grünen auftraten und für einen offenen Mars argumentierten, versuchten sie, über die Gefahr der Politik eines geschlossenen Mars zu reden. Aber die Reaktion war natürlich viel weniger enthusiastisch als zuvor für Jackie. Die von ihnen vertretene Position klang nach Feigheit, um es offen zu sagen; und der Wunsch nach einem offenen Mars wirkte naiv. Vor der Ankunft in Banks hatte Vendana Maya angeboten zu sprechen; aber die hatte abgelehnt und war jetzt in ihrer Meinung bestätigt. Sie beneidete diese Redner nicht um ihre unpopuläre Haltung vor einer dahinschwindenden Menge.

Danach hielten die Grünen eine kleine Zusammenkunft zur Manöverkritik ab, und Maya äußerte sich recht scharf: »Ich habe noch nie eine solche Inkompetenz erlebt. Ihr versucht, sie zu verängstigen, klingt aber selbst furchtsam. Die Peitsche ist nötig für den Esel, aber ihr braucht auch eine Rübe. Die Möglichkeit des Krieges ist die Peitsche, aber ihr müsst ihnen Gründe dafür geben, warum sie es unterstützen sollten, weiterhin Terraner heraufkommen zu lassen, ohne dass ihr euch wie Idioten anhört. Ihr müsst sie daran erinnern, dass wir alle terranischer Herkunft sind. Wir sind hier immer Immigranten. Ganz können wir die Erde niemals hinter uns lassen.«

Dazu nickten sie, Athos sah nachdenklich aus. Danach nahm Maya Vendana beiseite und quetschte sie über Jackies Liaisonen aus. Mikka war wirklich kürzlich ihr Partner gewesen und war es wahrscheinlich immer noch. MarsFirst war noch stärker gegen Einwanderung eingestellt als die größere Partei. Maya nickte. Allmählich erkannte sie die Umrisse eines Plans.

Als die Manöverkritik vorbei war, ging Maya mit Vendana, Athos und den Übrigen in die Innenstadt, bis sie an einer großen Band vorbeikamen, die sogenannten Sheffield-Sound spielte. Für Maya war diese Musik nur Lärm: zwanzig verschiedene Trommelrhythmen zugleich auf Instrumenten gedroschen, die nicht als Schlagzeug oder überhaupt für musikalische Anwendung bestimmt waren. Aber sie dienten ihren Zwecken, da sie unter dem Gepolter und Radau imstande war, die jungen Grünen unauffällig in die Nähe von Antar zu führen, den sie auf der Tanzfläche gesichtet hatte. Als sie näher bei ihm waren, konnte sie sagen: »Oh, da ist Antar! Hallo, Antar! Das sind Leute, mit denen ich reise. Wir sind offenbar direkt hinter euch, mit dem Ziel Hell's Gate und dann Odessa. Wie läuft die Kampagne?«

Und Antar war wieder ganz der graziöse Prinz, ein Mann, dem man schwer widersprechen konnte, selbst wenn man wusste, wie reaktionär er war und wie sehr er unter dem Einfluss der arabischen Nationen der Erde gestanden hatte. Jetzt musste er sich gegen diese alten Verbündeten wenden – ein weiterer gefährlicher Teil seiner Anti-Einwanderer-Strategie. Es war seltsam, wie die Führung des Freien Mars sich entschlossen hatte, den Mächten der Erde zu trotzen und gleichzeitig zu versuchen, all die neuen Niederlassungen im äußeren Sonnensystem zu dominieren. Hybris. Oder vielleicht fühlten sie sich einfach bedroht. Der Freie Mars war immer die Partei der jungen Eingeborenen gewesen; und wenn jetzt ein unbeschränktes Einwanderungsgesetz Millionen neuer *Issei* hereinbrächte, würde der Status des Freien Mars gefährdet sein, nicht nur die Supermajorität, sondern auch seine einfache Mehrheit. Diese neuen Horden mit all ihren alten, noch funktionierenden fanatischen Doktrinen – Kirchen und Moscheen, Flaggen, versteckten Waffen, offenen Fehden –, das war wirklich ein Grund für den Freien Mars, seine Position neu zu überdenken; denn seit der intensiven Einwanderung der letzten Dekade waren die Neuankömmlinge dabei, eine zweite Erde aufzubauen, die genauso hirnrissig war wie die erste. John wäre verrückt geworden, Frank hätte gelacht. Und Arkady hätte erklärt: »Ich habe es euch doch gleich gesagt«, und noch eine Revolution vorgeschlagen.

Aber die Erde musste ernsthafter und realistischer behandelt werden als auf diese Weise. Man konnte sie nicht einfach ausklammern und ignorieren. Und im Moment war Antar liebenswürdig, besonders liebenswürdig, als meinte er, dass Maya ihm für irgendetwas nützlich sein könnte. Und da er sich immer in Jackies Nähe aufhielt, war Maya nicht überrascht, als sie plötzlich mit etlichen anderen an seiner Seite war und alle sich begrüßten. Maya nickte Jackie zu, die makellos zurücklächelte. Maya zeigte auf ihre neuen Begleiter und stellte sie einzeln vor. Als sie zu Athos kam, sah sie, dass Jackie ihn beobachtete, der ihr seinerseits bei der Vorstellung einen freundlichen Blick zuwarf. Rasch, aber ganz beiläufig erkundigte sich Maya nach Zeyk und Nazik, die anscheinend an der Küste der Acheron-

Bucht lebten. Die beiden Gruppen bewegten sich langsam auf die Musik zu und hätten sich im Weitergehen völlig vermischt; und es wäre zu laut gewesen, um irgendeinem Gespräch zu lauschen, das man nicht selbst führte. Maya sagte zu Antar: »Mir gefällt dieser Sheffield-Sound. Hilf mir, zur Tanzfläche durchzukommen!«

Das war offensichtlich eine List; denn sie brauchte keine Hilfe, um durch das Gedränge zu kommen. Aber Antar ergriff ihren Arm und merkte nicht, dass Jackie mit Athos sprach, oder tat so, als bemerke er es nicht. Das war für ihn sowieso eine alte Geschichte. Aber dieser Mikka, der aus der Nähe sehr groß und kräftig wirkte, vielleicht skandinavischer Herkunft, und etwas hitzköpfig aussah, verfolgte die Gruppe jetzt mit saurer Miene. Maya verzog den Mund, befriedigt, dass der erste Schritt gelungen war. Wenn MarsFirst noch isolationistischer war als Freier Mars, dann könnten Unstimmigkeiten zwischen ihnen umso nützlicher sein.

Also tanzte sie mit mehr Begeisterung, als sie seit Jahren empfunden hatte. Wenn man sich allein auf die Basstrommeln konzentrierte und sich an deren Rhythmen hielt, dann war es wie das Klopfen eines erregten Herzens. Und über diesem fundamentalen Grundbass war das Ploppen der verschiedenen Holzblöcke, Küchengeräte und runden Steine nicht mehr als ein Magenknurren oder flüchtiger Gedanke. Das ergab einen gewissen Sinn. Keinen musikalischen Sinn, wie sie ihn verstand, aber irgendwie rhythmischen Sinn. Tanzen, schwitzen, beobachten, wie Antar elegant dahinglitt. Er musste ein Narr sein, zeigte das aber nicht. Jackie und Athos waren verschwunden. Ebenso Mikka. Vielleicht würde er explodieren und sie alle umbringen. Maya grinste und drehte sich im Tanz.

Michel kam dazu, und Maya schenkte ihm ein breites Lächeln und eine verschwitzte Umarmung. Er machte ein zufriedenes, aber neugieriges Gesicht. »Ich dachte immer, du magst diese Art von Musik nicht.«

»Doch, manchmal schon.«

Südwestlich von Gale stieg der Kanal durch eine Schleuse nach der anderen auf bis nach Hesperia Planum. Dort, wo er östlich vom Tyrrhena-Massiv das Hochland überquerte, blieb er ungefähr auf einer Höhe von vier Kilometern, die man jetzt oft als fünf Kilometer über dem Meeresniveau bezeichnete. Darum bestand kein großer Bedarf an Schleusen. Sie fuhren Tag um Tag mit Motorkraft über den Kanal oder segelten unter der Reihe kleiner Mastsegel des Schiffs dahin. Sie hielten bei einigen Städten am Ufer und fuhren an anderen vorbei: Oxus, Jaxartes, Scamander, Simois, Xanthus, Steropes, Polyphemus. Sie hielten gleichmäßig Schritt mit der Kampagne des Freien Mars und auch mit den meisten anderen nach Hellas fahrenden Kanalschiffen und Yachten. Die Landschaft dehnte sich nach beiden Horizonten ohne Veränderung aus. Das erschien so, obwohl die Linse in dieser Region gelegentlich durch exotischere Materialien als den gewöhnlichen basaltischen Regolith geschnitten hatte, sodass durch das Verdampfen und Ausfällen Streifen von Obsidian oder Eisenschwarz an den Deichen entstanden waren. Stellen von strahlender glänzender Farbe, von marmorierten porphyrischen grünen Streifen, scharfem Schwefelgelb, klumpigen Konglomeraten, sogar eine ausgedehnte Strecke klarer Glasufer auf beiden Seiten des Kanals unterbrachen den Blick auf das Hochland dahinter und reflektierten den Himmel. Diese Glasufer waren natürlich dicht besiedelt. Zwischen den Städten verliefen an den Seiten des Kanals palmenbeschattete Mosaikwege, die Palmen in riesigen Keramiktöpfen, dahinter Villen, umgeben von Rasenflächen und Hecken. Die Städte der Glasufer waren weißgetüncht, hell mit Pastelljalousien, Blumenkästen vor Fenstern und Türen und blauglasierten Ziegeldächern sowie langen Neonreklamen über blauen Markisen in den Restaurants am Ufer. Es war eine Art von Traum-Mars, das Kanalklischee eines alten Märchenlandes. Aber dennoch nicht weniger schön, da das Klischee Teil des Vergnügens war.

Die Tage ihrer Passage durch dieses Gebiet waren warm und windstill, die Oberfläche des Kanals so glatt wie die Ufer – eine Welt aus Glas. Maya saß auf dem Vorderdeck unter einer grünen Markise und beobachtete die Frachtkähne und Schaufelradboote der Touristen, die ihnen entgegenkamen. Alle waren an Deck, um den Anblick der Glasufer und der sie schmückenden bunten Städte zu genießen. Dies war das Herz der Tourismusindustrie des Mars, das bevorzugte Ziel der Besucher; lächerlich, aber wahr. Und man musste zugeben, dass es hübsch war. Beim Anblick der vorbeiziehenden Szenerie kam Maya auf den Gedanken, dass, ganz gleich wer die nächste Wahl gewinnen würde, und wie auch immer der Kampf um die Einwanderung ausfallen mochte, diese Welt wahrscheinlich weiterbestehen würde, glänzend wie ein Spielzeug in der Sonne. Dennoch hoffte sie, dass ihr erster Schritt funktioniert hatte.

Als sie weiter nach Süden fuhren, legte der südliche Herbst einen kühlen Hauch in die Luft. An den vorher basaltischen Ufern begannen Hartholzbäume zu erscheinen, deren Blätter rot und gelb flammten. Und eines Morgens bedeckte eine dünne Eisschicht das Wasser zu den Ufern hin. Wenn sie oben auf dem Westufer standen, konnten sie die Vulkane Tyrrhena Patera und Hadriatica Patera über den Horizont ragen sehen wie flache Fujis. Hadriatica stellte die verwobenen Bänder weißer Gletscher auf schwarzem Fels zur Schau, die Maya das erste Mal von der anderen Seite aus gesehen hatte, als sie aus Dao Vallis heraufkam, wo sie vor so langer Zeit ihre Tour durch das überflutete Hellas-Becken gemacht hatte. Mit dieser jungen Frau – wie war doch ihr Name? Eine Verwandte von jemandem, den sie kannte.

Der Kanal durchschnitt die Drachenbuckelberge von Hesperia Dorsa. Die Städte entlang des Kanals verloren ihren äquatorialen Charakter, wurden strenger und mehr zu den Gebirgen passend. Städte des Wolgaufers, Neu-Englands Fischerdörfer, aber mit Namen wie Astapus, Aeria, Uchronia, Apis, Eunostos, Agathodaemon, Kaiko … immer weiter führte sie das breite Band des Wassers nach Südwesten, so gerade wie eine Schnur, Tag für Tag, bis es schwer war, sich zu erinnern, dass dies der einzige Kanal war, dass nicht ein Netz solcher Kanäle existierte. Oh, es gab einen weiteren großen Kanal bei Boone's Neck; aber der war kurz und breit und dehnte sich jedes Jahr weiter aus, weil Schleppleinen und die nach Osten gerichtete Strömung an ihm zerrten. Eigentlich kein Kanal mehr, sondern eher eine künstlich angelegte Meerenge. Nein, der Traum von den Marskanälen war allein hier verwirklicht worden. Und während sie ruhig über das Wasser glitten und der Blick auf alles andere durch die hohen Ufer abgeschnitten war, lag ein Gefühl von Romantik in der Luft, ein Gefühl, dass ihre politischen und persönlichen Querelen verblassen ließ.

So fühlte sich der Ausklang eines Abends unter den pastellfarbenen Neonlampen einer Stadt neben dem Kanal jedenfalls an. In Anteus schlenderte Maya die Uferpromenade entlang und schaute hinab auf große und kleine Schiffe, auf junges Volk, das trank und fröhlich schwatzte, da und dort briet man Fleisch in Kohlenbecken, die an die Reling geklammert waren und über dem Wasser hingen. Auf einem breiten Dock, das in den Kanal ragte, war ein Freiluftcafé, von dem der klagende Gesang einer Zigeunergeige ertönte. Maya ging instinktiv darauf zu und sah erst im letzten Augenblick Jackie und Athos allein an einem Tisch am Kanal sitzen, vornübergebeugt, sodass sich ihre Stirnen fast berührten. Maya wollte eine so vielversprechende Szene sicher nicht stören; aber ihr abruptes Stehenbleiben fiel Jackie ins Auge, sodass sie aufschaute und dann hochschreckte. Maya wandte sich zum Gehen, sah aber, dass Jackie auf sie zukam.

Eine weitere Szene, dachte Maya nicht sonderlich unzufrieden. Aber Jackie lächelte, und Athos war an ihrer Seite und beobachtete alles mit großen unschuldigen Augen. Entweder hatte er keine Ahnung von ihrer Vorgeschichte, oder er wusste seine Miene gut zu beherrschen. Maya vermutete Letzteres, einfach wegen des Ausdrucks in seinem Blick, der etwas zu harmlos war, um echt zu sein. Ein Schauspieler.

»Dieser Kanal ist schön, nicht wahr?«, sagte Jackie.

»Eine Touristenfalle«, erwiderte Maya. »Aber eine hübsche. Und sie hält die Touristen schön beisammen.«

»Komm schon!«, lachte Jackie. Sie ergriff Athos Arm. »Wo ist dein Sinn für Romantik?«

»Mein Sinn für Romantik?«, fragte Maya, erfreut über diese öffentliche Zurschaustellung von Zuneigung. Die alte Jackie hätte das nicht getan. Es war eher ein Schock zu sehen, dass sie nicht mehr jung war. Es war töricht von Maya gewesen, nicht daran zu denken; aber ihr Zeitgefühl war so durcheinander, dass ihr eigenes Gesicht im Spiegel sie immer wieder entsetzte. Sie erwachte jeden Morgen im falschen Jahrhundert. Genauso unmöglich war das Bild von Jackie, wie sie matronenhaft Athos am Arm hielt. Das war doch das unerfahrene, gefährliche Mädchen aus Zygote, die junge Göttin von Dorsa Brevia!

»Jeder hat einen Sinn für Romantik«, meinte Jackie. Die Jahre machten sie nicht weiser. Wieder eine chronologische Diskontinuität. Vielleicht hatten die häufigen Langlebigkeitsbehandlungen ihr Gehirn in Mitleidenschaft gezogen. Seltsam, dass nach so anhaltendem Gebrauch der Behandlungen überhaupt irgendwelche Zeichen des Alterns feststellbar waren. Woher kam das eigentlich, wenn keine Zellteilungsfehler mehr auftraten? In Jackies Gesicht gab es keine Falten. Man konnte sie irrtümlich für fünfundzwanzig halten. Und die Miene fröhlicher Boone'scher Zuversicht saß so tief wie eh und je. Dies war der einzige Zug, in dem sie John wirklich ähnelte – glühend wie das Neonschild des Cafés über ihnen. Aber dennoch sah man ihr ihre Jahre an, irgendwie an den Augen oder an einer psychischen Gestalt, die aller medizinischen Manipulation zum Trotz zum Vorschein kam.

Und dann kam eine von Jackies vielen Assistentinnen auf sie zugerannt, kam keuchend, japsend zum Stehen, zog Jackies Arm von Athos weg und schrie bebend: »Sie ist tot!«

»Wer?«, fragte Jackie scharf zurück.

Die junge, früh alternde Frau antwortete kläglich: »Zo.«

»Zo?«

»Ein Flugunfall. Sie ist ins Meer gestürzt.«

Das sollte sie bremsen, dachte Maya.

»Natürlich«, sagte Jackie.

»Aber die Birdsuits«, protestierte Athos. Auch er wurde älter. »Hat man nicht …?«

»Keine Ahnung.«

»Das spielt auch keine Rolle«, sagte Jackie und brach das Gespräch ab. Später hörte Maya einen Augenzeugenbericht über den Unfall, und das Bild blieb für immer ihrer Erinnerung eingeprägt. Die zwei Flieger kämpften in den Wellen wie nasse Libellen. Sie blieben an der Oberfläche, sodass ihnen nichts geschehen wäre, hätte sie nicht eine der großen Wogen des Nordmeeres erfasst und gegen den Fuß einer Klippe geschleudert. Danach waren beide leblos in der Gischt getrieben.

Jackie war in sich gekehrt und nachdenklich. Sie und Zo hatten einander nie sehr nahegestanden, wie Maya gehört hatte. Manche sagten, dass sie sich sogar hassten. Aber das eigene Kind … Es war falsch, seine Kinder zu überleben, das empfand sogar die kinderlose Maya instinktiv so. Aber sie hatten allen Regeln abgeschworen. Biologie hatte für sie keine Bedeutung mehr. So war das nun. Wenn Ann Peter beim Absturz des Aufzugs verloren hätte; wenn Nadia und Art jemals Nikki verlieren würden … selbst Jackie, wie verrückt sie auch sein mochte, musste das so empfinden.

Und sie empfand es auch so. Sie dachte scharf nach, um einen Ausweg zu finden. Aber es gab keinen. Danach würde sie eine andere Person sein. Altern hatte überhaupt nichts mit Zeit zu tun. »O Jackie«, sagte Maya und streckte eine Hand aus.

Jackie zuckte zusammen, und Maya zog die Hand zurück. »Es tut mir leid.«

Aber gerade dann, wenn man am meisten Hilfe braucht, ist man so allein wie nie. Maya hatte das in der Nacht von Hirokos Verschwinden gelernt, als sie versucht hatte, Michel zu trösten. Man konnte nichts tun.

Maya schob die schniefende Assistentin fast schroff beiseite und nahm sich dann zusammen: »Warum begleitest du Ms. Boone nicht zu eurem Schiff zurück? Und dann halte ihr die Menschen für eine Weile vom Leib!«

Jackie war in Gedanken verloren. Ihre Geste gegenüber Maya war rein instinktiv gewesen. Sie war bestürzt und ungläubig, und diese Ungläubigkeit absorbierte alle ihre Bemühungen. Was sollte man von einem menschlichen Wesen auch anderes erwarten? Vielleicht war es noch schlimmer, wenn man sich nicht mit dem Kind verstanden hatte – schlimmer, als wenn man es geliebt hätte, o Gott! »Geh«, sagte Maya zu der Assistentin und befahl Athos mit einem Blick, Jackie zu helfen. Er würde Eindruck auf sie machen – so oder so. Man führte sie weg. Sie hatte immer noch den schönsten Rücken der Welt und hielt sich gerade wie eine Königin. Das würde sich ändern, wenn die Nachricht eindrang.

Später befand sich Maya am südlichen Ende der Stadt, wo die Lichter sich verloren und der bestirnte Schimmer des Kanals von schwarzen Schlackehaufen umrandet wurde. Es sah aus wie die Papyrusrolle eines Lebens, wie die Lebenslinie eines Menschen. Helle Neonschnörkel, die sich über eine Landschaft auf den schwarzen Horizont zubewegten. Oben und unten Sterne. Eine schwarze Bahn, über die sie lautlos glitten.

Sie ging zu ihrem Schiff zurück. Stapfte die Planke hoch. Es war bekümmernd, so für einen Feind zu empfinden, einen Feind durch dieses Unglück zu verlieren. »Wen soll ich jetzt hassen?«, schrie sie Michel an.

»Na ja«, sagte Michel schockiert. Dann in tröstendem Ton: »Ich bin sicher, dass du jemanden finden wirst.«

Maya lachte kurz, und Michel zwang sich zu einem leichten Lächeln. Dann zuckte er mit finsterer Miene die Achseln. Er war weniger als andere durch die Behandlung eingelullt worden. Unsterbliche Geschichten in sterblichem Fleisch – darauf hatte er immer bestanden. Er hatte mit seiner morbiden Einstellung völlig recht. Das hier war eine weitere Illustration dieses Punktes.

»So kam die Allzumenschliche an ihr Ende«, sagte er.

»Sie war eine Närrin mit all diesen Risiken, nach denen sie gierte.«

»Sie hatte nicht daran geglaubt.«

Maya nickte. Zweifellos richtig. Es glaubten nur noch wenige an den Tod, besonders die Jungen hatten das nie getan, schon vor den Tagen der Behandlung nicht. Und jetzt weniger denn je. Aber ob man daran glaubte oder nicht, er wurde immer niederdrückender, am meisten natürlich bei den Superalten. Neue Krankheiten oder alte Krankheiten, die zurückgekehrt waren oder gar ein rapider holistischer Verfall ohne erkennbare Ursache – der hatte Helmut Bronski und Derek Hastings in den letzten Jahren umgebracht. Leute, die Maya kennengelernt hatte, wenn auch nicht näher. Jetzt hatte ein Unfall jemanden betroffen, der so viel jünger war als sie. Es ergab keinen Sinn, da nur jugendliche Sorglosigkeit als Grund infrage kam. Ein Unfall. Ein Zufall.

»Willst du immer noch, dass Peter herkommt?«, fragte Michel aus einem anderen Gedankengang heraus. Was war das, Michel als *Realpolitiker*? Ah, er wollte sie ablenken. Sie lachte beinahe wieder.

Sie sagte: »Lass uns Kontakt mit ihm aufnehmen und sehen, ob er kommen kann«, erwiderte sie. Aber das war nur, um Michel zu beruhigen. Ihr Herz war nicht dabei.

Das war erst der Anfang einer Reihe von Todesfällen.

Aber das wusste sie damals nicht. Damals bedeutete es nur das Ende ihrer Kanalreise.

Die Brennzone der Luftlinse hatte kurz vor dem östlichen Rand der Wasserscheide des Hellas-Beckens aufgehört; zwischen Dao und Harmakhis Vallis. Das letzte Segment des Kanals war mit konventionellen Mitteln gegraben worden und fiel so steil am östlichen Hang des Beckens ab, dass jede Menge Schleusen erforderlich waren. Sie fungierten hier als Damm, sodass der Kanal nicht mehr das klassische Aussehen wie in den Hochländern hatte, sondern eher eine Reihe von Stauseen bildete, die durch die breiten rötlichen Flüsse miteinander verbunden waren, die von jedem Damm ausgingen. Also fuhren sie in einer langsamen Parade von Frachtern, Segelbooten und Kabinenkreuzern von See zu See, immer weiter hinunter. Und wenn sie in die Schleusen einfuhren, konnten sie durch deren klare Wände über die Seenkette, die wie eine gigantische Folge blauer Treppenstufen in der Sonne lag, bis zur fernen Bronzefläche des Hellas-Meeres blicken. Irgendwo rechts und links im öden Hinterland schnitten die Canyons Dao und Harmakhis, ihrem natürlichen Lauf den Kraterrand hinunter folgend, tief in das Plateau aus rotem Gestein. Aber da die Kuppeln verschwunden waren, konnte man die Canyons erst sehen, wenn man sich direkt über ihrem Rand befand. Vom Kanal aus waren sie nicht zu sehen.

An Bord des Schiffs ging das Leben weiter. Es war anscheinend ziemlich ähnlich wie auf dem Schiff des Freien Mars, wo es Jackie dem Vernehmen nach gut ging. Wenn die Schiffe an der gleichen Stadt anlegten, war Athos immer noch in Jackies Nähe. Jackie nahm gnädig Beileidsbekundungen entgegen, dann kam man auf andere Themen zu sprechen, gewöhnlich den aktuellen Verlauf der Kampagne. Auch die Wahlkampagne verlief gut. Unter Mayas Leitung ging die Kampagne der Grünen besser voran als zuvor; aber die Stimmung gegen die Einwanderer war stark. Überall, wohin sie kamen, sprachen die Berater und Kandidaten des Freien Mars bei den Zusammenkünften, und Jackie hatte nur manchmal feierliche Auftritte. Sie war eine viel stärkere und intelligentere Rednerin als früher. Aber durch Beobachtung der anderen Sprecher gewann Maya einen guten Eindruck davon, wer sich auf oberster Ebene ihrer Organisation befand, und einige dieser Personen schienen sehr erfreut zu sein, dass sie ins Rampenlicht gerückt worden waren. Ein junger Mann namens Nanedi, auch einer von Jackies jungen Kerlen, stach besonders hervor. Und Jackie schien das nicht zu gefallen. Sie gab sich ihm gegenüber kühl und wandte sich mehr und mehr Athos und Mikka zu, sogar Antar kam zu neuen Ehren. An manchen Abenden schien sie eine wahre Königin unter ihrem Gefolge zu sein. Aber Maya konnte hinter die Kulissen blicken, bis hindurch zur Wahrheit, die sie bei Anteus erlebt hatte. Sie konnte aus hundert Metern Entfernung die Finsternis im Kern der Dinge erkennen.

Nichtsdestoweniger bat Maya Peter, als er ihren Anruf erwiderte, zu einem Besuch, um über die bevorstehenden Wahlen zu sprechen. Und als er dann eintraf, empfing ihn Maya mit gespannter Ruhe. Es würde etwas passieren.

Peter wirkte gelassen und ruhig. Er lebte in diesen Tagen in den Charitum Montes und arbeitete an der Argyre-Wildnis und in einer Koop, die Boden-Orbit-Schiffe für Leute, die den Aufzug vermeiden wollten, herstellte. Entspannt, ruhig, sogar etwas zurückgezogen. Ähnlich wie Simon.

Antar war böse auf Jackie, weil sie ihn mehr als üblich mit der mangelnden Diskretion in ihrem Umgang mit Athos ärgerte. Mikka war noch wütender als Antar. Jetzt, wo Peter da war, provozierte und verstimmte Jackie auch Athos, da sie all ihre

Aufmerksamkeit Peter zuwandte. Sie war so zuverlässig wie ein Magnet. Aber sie war von Peter angezogen, der ihr gegenüber wie immer gleichgültig war, Eisen für ihren Magneten. Es war deprimierend, wie vorhersagbar sie waren. Aber nützlich. Die Kampagne des Freien Mars verlor allmählich an Schwung. Antar war nicht mehr so kühn, den Qahira-Mahjaris vorzuschlagen, sie sollten in dieser schlimmen Zeit Arabien besser vergessen. Mikka verstärkte die Kritik von MarsFirst in verschiedenen Positionen, die nichts mit der Einwanderung zu tun hatten, und zog einige andere Mitglieder des Exekutivrates in seinen Kreis. Ja, Peter verstärkte Jackies unpolitische Seite und machte sie unberechenbar und leistungsschwach. Damit verlief alles wie von Maya geplant. Man musste Jackie nur Männer wie Kegelkugeln zuschieben, und sie fiel um. Dennoch empfand Maya keinen Triumph.

Und dann fuhren sie aus der letzten Schleuse in die Malachit-Bucht hinaus. Eine trichterförmige Einkerbung des Hellas-Meeres, deren sonnenbeschienenes seichtes Wasser durch starken Wellenschlag gepeitscht wurde. Weiter draußen drangen sie sanft in die dunklere See vor, wo viele Frachter und kleinere Schiffe sich nach Norden auf Hell's Gate zuwandten, den größten Tiefwasserhafen an der Ostküste von Hellas. Ihr Schiff folgte dieser Parade, und bald erschien über dem Horizont die große Brücke über Dao Vallis und dann die von Gebäuden bedeckten Wände am Eingang zum Canyon. Danach die Masten, der lange Pier und die Helligen des Hafens.

Maya und Michel gingen an Land und zogen durch die gepflasterten Straßen treppauf zu den alten Praxisunterkünften unter der Brücke. In der nächsten Woche sollte ein Herbstfest stattfinden, das Michel besuchen wollte, und dann würden sie sich nach Minus One Island und Odessa begeben. Maya machte sich zu einem Spaziergang durch die Straßen von Hell's Gate auf, froh, der Enge des Kanalschiffs entkommen zu sein und frei losziehen zu können. Es war kurz vor Sonnenuntergang am Ende eines Tages, der im Großen Kanal begonnen hatte. Die Reise war vorbei.

Maya hatte Hell's Gate zuletzt im Jahre 2121 besucht, bei ihrer ersten Tour um das Becken. Sie hatte damals für Deep Waters gearbeitet und war zusammen gereist mit ... mit Diana! So hieß sie. Esthers Enkelin und Jackies Nichte. Dieses große fröhliche Mädchen war Mayas erste Bekanntschaft mit den jungen Eingeborenen, nicht nur über ihre Kontakte in den neuen Siedlungen rings um das Becken, sondern auch durch sie selbst in ihrem Verhalten und ihren Ideen, die Art, wie Erde für sie bloß ein Wort war, und wie ihre eigene Generation alle ihre Interessen und Bemühungen absorbierte. Das war das erste Mal gewesen, dass Maya das Gefühl gehabt hatte, der Gegenwart zu entgleiten, hinein in die Geschichtsbücher. Nur intensivste Bemühung hatte es ihr ermöglicht, sich weiter in den Dingen des Augenblicks zu engagieren und auf jene Zeiten Einfluss zu nehmen. Es war eine der großen Perioden ihres Lebens gewesen, vielleicht die letzte. Die Jahre danach waren wie ein Wildwasser im südlichen Hochland gewesen, eine Wanderung durch Spalten und Gräben und dann ein jähes Versinken in einem unerwarteten Strudel.

Aber einmal, vor sechzig Jahren, hatte sie genau hier gestanden, unter der großen Brücke, welche die Eisenbahnstrecke von Klippe zu Klippe über die Mündung des Dao-Canyons führte, die berühmte Hell's-Gate-Brücke, unter der die Stadt sich zu beiden Seiten des Flusses vor der See auf den steilen, von der Sonne bestrahlten Abhängen hinuntersenkte. Damals hatte es hier draußen nur Sand gegeben, bis auf ein am Horizont sichtbares Band aus Eis. Die Stadt war kleiner und schlichter gewesen, die Stufen der steinernen Straßentreppen roh und staubig. Jetzt waren sie durch die sich mühsam darauf hocharbeitenden Füße glatt und abgeschliffen. Der Staub war von den Jahren weggewaschen worden. Alles war sauber und hatte eine dunkle

Patina. Es war jetzt ein schöner mediterraner Hafen, in den Schatten einer Brücke gefügt, die die ganze Stadt zu einer Miniatur machte, wie etwas in einem gläsernen Briefbeschwerer oder eine Postkarte aus Portugal. Sehr schön im frühen herbstlichen Sonnenuntergang. Zum Westen hin beschattet und frisch, alles in Sepia, für den Moment in Bernsteinfarbe getaucht. Aber einst war sie diesen Weg mit einer lebhaften jungen Amazone gegangen, als sich eine ganze neue Welt auftat, der natürliche Mars, dem sie mit zum Leben verholfen hatte, während sie noch ein Teil von ihm war.

Die Sonne ging bei diesen Erinnerungen unter. Maya kehrte zum Praxishaus zurück, das noch unter der Brücke stand und deren letzte dahin führende Treppe so steil war wie eine Leiter. Während sie hinaufstieg und auf ihre Schenkel drückte, um nachzuhelfen, hatte Maya plötzlich einen überwältigenden Eindruck von Déjà-vu. Sie hatte das schon einmal gemacht. Sie hatte damals nicht einfach nur diese Stufen erklommen, sondern das Gefühl gehabt, dass sie sie schon einmal erstiegen hatte. Jetzt empfand sie genau dasselbe wie bei einem noch früheren Besuch. Sie war ein bedeutsamer Teil der Welt gewesen.

Natürlich – sie hatte zu den ersten Erforschern des Hellas-Beckens gehört, in den Jahren gleich nach Underhill. Das war ihr entfallen. Sie hatte geholfen, Lowpoint zu gründen, und war dann umhergefahren und hatte das Becken erkundet, ehe das jemand anders getan hatte, früher noch als Ann. Darum hatte sie sich später, als sie für Deep Waters arbeitete, ähnlich distanziert gefühlt. »Mein Gott!«, rief sie entsetzt. Schicht auf Schicht, Leben um Leben – sie hatte so lange gelebt! Das war irgendwie wie eine Reinkarnation oder ewige Wiederkehr.

Inmitten dieses Gefühls gab es einen kleinen Hoffnungskern. Damals in jenem ersten Gefühl des Entgleitens hatte sie ein neues Leben begonnen. Ja, sie war nach Odessa umgezogen und hatte der Revolution ihren Stempel aufgedrückt, indem sie ihr durch harte Arbeit, mit vielen Gedanken darüber, warum die Menschen die Veränderung fördern sollten und wie man Veränderungen herbeiführen könnte, ohne die bitteren Rückschläge zu erleben, zum Erfolg verhalf. Und Rückschläge erlebte jede Revolution irgendwann, manchmal erst nach Jahrzehnten. Sie vernichteten, was gut an den Veränderungen war. Und es sah so aus, als hätte sie das wirklich vermeiden können.

Zumindest bis jetzt. Vielleicht war das der beste Weg, um zu durchschauen, was sich bei dieser Wahl abspielte. Irgendein unvermeidlicher Rückschlag. Vielleicht hatte sie nicht so viel Erfolg gehabt, wie sie dachte. Vielleicht hatte sie nur weniger drastisch versagt als Arkady, John oder Frank. Wer wusste das schon? Es war so schwer zu sagen, was in der Geschichte wirklich geschah. Sie war zu groß und zu unfertig. Es geschah überall so viel, dass überall alles passieren konnte. Kooperativen, Republiken, Feudalmonarchien ... ohne Zweifel gab es da draußen im Hinterland orientalische Satrapien, Überbleibsel gescheiterter Karawanen ... sodass jede Charakterisierung der Geschichte irgendwo Gültigkeit haben mochte. Die Sache, mit der sie jetzt beschäftigt war, die jungen Siedlungen, die nach Wasser verlangten, sich aus dem Netz zurückzogen und das Ende der UNTA-Kontrolle forderten ... Nein, das war es nicht ... etwas anderes ...

Aber als sie an der Tür der Praxiswohnung stand, konnte sie sich nicht erinnern, was es war. Sie und Diana würden am nächsten Morgen einen Zug nach Süden nehmen um die südöstliche Biegung von Hellas herum, um Zea Dorsa zu besuchen und den Lavatunnel, den sie zu einem Aquädukt umfunktioniert hatten. Nein. Sie war hier, weil ...

Es fiel ihr nicht wieder ein. Es lag ihr auf der Zunge ... Deep Waters. Diana. Sie waren gerade von Dao Vallis gekommen, wo auf dem Canyonboden Eingeborene und Immigranten im Tal durch Schaffung einer komplexen Biosphäre unter einer riesigen Kuppel ein landwirtschaftliches Leben begannen. Einige von ihnen sprachen Russisch. Ihr waren die Tränen gekommen, als sie das hörte. Da – die Stimme ihrer Mutter, scharf und sarkastisch, wenn sie in dem kleinen Küchenwinkel ihres Apartments Kleider bügelte und es durchdringend nach Kohl roch.

Nein. Das war es nicht. Blick nach Westen, wo die See in der trüben Luft schimmert. Wasser hatte die Sanddünen von Ost-Hellas überflutet. Das war mindestens ein Jahrhundert her. Das musste es sein. Sie war aus einem anderen Grund da … Dutzende von Schiffen, kleine Punkte in einem Briefmarkenhafen. Dahinter Brackwasser. Es wollte ihr nicht einfallen. Das schreckliche Gefühl, dass ihr etwas auf der Zunge lag, machte sie benommen, verursachte ihr Übelkeit, als könnte sie es durch Erbrechen loswerden. Sie hatte sich auf die Stufe gesetzt. Ihr ganzes Leben auf der Zungenspitze! Sie stöhnte laut. Ein Paar Kinder, die Kieselsteine nach den Möwen warfen, starrten sie an. Diana. Sie hatten durch Zufall Nirgal getroffen, hatten zusammen gegessen … Aber Nirgal war krank geworden. Auf der Erde!

Und dann kam mit einem physischen Ruck alles wieder, wie ein Schlag auf ihren Solarplexus, als überrollte sie eine Welle. Die Kanalreise, ja natürlich, das Tauchen in das überflutete Burroughs hinein, Jackie, die arme Zo, die verrückte Idiotin. Natürlich, natürlich. Sie hatte es natürlich nicht vergessen. Es war jetzt ganz offenbar wieder da. Es war nicht wirklich verschwunden gewesen, nur ein momentaner Ausfall in ihrem Denken, während ihre Aufmerksamkeit woanders hingewandert war. In ein anderes Leben. Eine starke Erinnerung hatte ihre eigene Integrität, barg ihre eigenen Gefahren, genau wie es ein schwaches Gedächtnis tat. Es war nur ein Ergebnis des Denkens, dass die Vergangenheit interessanter war als die Gegenwart. Was in vieler Hinsicht stimmte. Aber dennoch …

Trotzdem blieb sie lieber noch eine Weile sitzen. Die leichte Übelkeit hielt noch an. Und dann war da ein Druck im Kopf, als hätte das scharfe Stoßen mit der Zunge etwas verletzt. Ja, es war ein übler Moment gewesen. Schwer abzustreiten, wenn man immer noch das Pulsieren der verzweifelten Stöße der Zunge fühlen konnte.

Sie wartete, bis das letzte Licht der Dämmerung die Stadt in tiefdunkles Orange getaucht hatte, eine leuchtende Farbe, als schiene es durch eine braune Flasche. Wirklich Hell's Gate – das Höllentor. Sie erschauerte, stand auf und ging beklommen die Treppe in den Hafendistrikt hinunter, wo die Restaurants um die Kais helle, von Motten umschwärmte Kugeln von Kneipenlicht ausströmten. Darüber ragte die Brücke wie das Negativ der Milchstraße auf. Maya ging hinter den Docks zum Seeufer.

Dort war Jackie. Sie kam auf sie zu. In einiger Entfernung kamen Assistenten hinterher; aber vorn ging bloß Jackie, die sie erst nicht sah, dann aber bemerkte. Bei Mayas Anblick verzog sich bei ihr ein Mundwinkel, nichts weiter; aber es genügte, um Maya zu zeigen, dass Jackie – wie viel? – neunzig Jahre alt war? Hundert? Sie war schön, sie war stark, aber nicht mehr jung. Ereignisse würden an ihr vorbeiziehen, wie an jedem anderen auch. Geschichte war eine Welle, die sich schneller durch die Zeit bewegte als ein individuelles Leben, sodass Menschen, die nur siebzig oder achtzig Jahre alt geworden waren, hinter der Welle der Zeit zurückgeblieben waren, als sie starben. Und um wie viel mehr lagen sie jetzt zurück! Kein Surfbrett würde sie mit dieser Welle tragen, nicht einmal ein Birdsuit, mit dem man wie ein Pelikan durch die Luft gleiten konnte wie Zo. Ah, das war es! Sie erblickte Zos Tod auf Jackies Gesicht. Jackie hatte ihr Bestes getan, um ihn zu ignorieren, um ihn an sich ablaufen zu lassen wie Wasser an einem Entenschnabel. Aber das hatte nicht geklappt; und jetzt stand sie in Hell's Gate über mit Sternen bedecktem Wasser – eine alte Frau.

Maya blieb stehen, schockiert durch diese Vision. Jackie blieb auch stehen. In der Ferne hörte man das Klappern von Tellern und das laute Gebrabbel von Gesprächen in den Restaurants.

Die beiden Frauen sahen einander an. Maya konnte sich nicht erinnern, das jemals zuvor getan zu haben. Dieser fundamentale Akt gegenseitigen Erkennens, als ihre Augen sich begegneten. Ja, du bist real, ich bin real. Hier sind wir, wir beide. Große Glasscheiben, die innen zersprangen. Befreit machte Maya kehrt und ging weg.

Michel fand ein Passagierschiff für sie, das über die Insel Minus Eins nach Odessa fuhr. Die Besatzung sagte ihnen, dass Nirgal für ein Rennen auf der Insel sein würde, was Maya erfreute. Es war immer gut, Nirgal zu sehen, und diesmal brauchte sie auch seine Hilfe. Und sie wollte Minus One sehen. Als sie zuletzt dort gewesen war, war es noch keine Insel gewesen, sondern nur eine Wetterstation und eine Landebahn auf einem Buckel mitten im Becken.

Ihr Schiff war ein langer niedriger Schoner mit fünf Mastsegeln wie Vogelflügel. Sobald es die Mole verlassen hatte, breiteten die Segel ihre straffen dreieckigen Flächen aus und dann, als der Wind von hinten kam, setzte die Mannschaft vorn einen großen blauen Spinnaker. Darauf sprang das Schiff in die klaren blauen Wogen und warf bei jedem Stoß in eine ankommende Welle Streifen von Gischt auf. Nach der Beengung durch die schwarzen Wände des Großen Kanals war es ein prächtiges Gefühl, wieder auf hoher See zu sein, mit dem Wind im Gesicht und den vorbeiströmenden Wellen. Das blies ihr alle Verwirrungen von Hell's Gate aus dem Kopf. Jackie war vergessen, und der vorangegangene Monat kam ihr jetzt wie eine Art böswilliger Karneval vor, den sie nie wieder besuchen musste. Sie würde nie dahin zurückkehren. Für sie gab es die offene See und ein Leben im Wind! »O Michel, das ist das Leben für mich!«

»Es ist wirklich schön, nicht wahr?«

Und am Ende der Reise würden sie sich in Odessa niederlassen, das jetzt eine Küstenstadt war wie Hell's Gate. Wenn sie dort lebten, konnten sie bei schönem Wetter an jedem beliebigen Tage hinaussegeln; und es wäre genau wie jetzt – windig und sonnig. Helle Momente in der Zeit, das Leben in der Gegenwart, der einzigen Realität, die sie hatten. Die Zukunft eine Vision, die Vergangenheit ein Albtraum – oder umgekehrt. Jedenfalls konnte man nur hier und in diesem Augenblick den Wind fühlen und die Wellen bestaunen, die groß und träge dahinrollten. Maya deutete auf eine blaue Bergwand, die in einer langen, unregelmäßig fluktuierenden Linie vorbeiglitt, und Michel lachte laut auf. Sie sahen genauer hin und lachten noch mehr. Seit Jahren hatte Maya nicht mehr so intensiv das Gefühl gehabt, sich auf einer anderen Welt zu befinden. Diese Wellen verhielten sich einfach nicht richtig. Sie flogen herum, bäumten sich auf und schlängelten sich über die Oberfläche, weit mehr, als die zugegebenermaßen steife Brise gestatten würde. Es sah eigenartig aus. Es war fremdartig. Ah, Mars, Mars, Mars!

Die See ging auf dem Hellas-Meer immer hoch, sagte die Crew ihnen. Das Fehlen von Gezeiten machte keinen Unterschied. Das Wichtigste bei der Wellenbildung waren Gravitation und Windstärke. Als Maya das hörte, während sie auf die wogende blaue Fläche schaute, machte ihr Herz die gleichen wilden Sprünge. Der starke Wind und die niedrige Schwerkraft. Das war der Mars. Das war sie. Sie war eine Marsianerin, eine der ersten Marsianerinnen überhaupt. Sie hatte dieses Becken vor Urzeiten erforscht, hatte geholfen, es mit Wasser zu füllen, die Häfen zu bauen und Matrosen hinzubringen. Jetzt segelte sie selbst darüber; und wenn sie nie wieder etwas anderes tat als das, wäre das schon genug.

So segelten sie dahin, und Maya stand am Bugspriet, die Hand an der Reling, um sich festzuhalten, und fühlte den Wind und die Gischt. Michel stand neben ihr.

»Es ist so schön, wenn man den Kanal verlassen hat«, sagte sie.

»Das ist wahr.«

Sie sprachen über die Kampagne, und Michel schüttelte den Kopf. »Diese Kampagne gegen Einwanderung ist so populistisch.«

»Hältst du die *Yonsei* für Rassisten?«

»Das wäre schwer angesichts ihrer Rassenmischung. Ich meine, sie haben grundsätzlich Angst vor Fremden. Sie schätzen die Probleme der Erde gering und fürchten sich, überrannt zu werden. Darum artikuliert Jackie nur eine reale Angst, die jeder schon hat. Dazu muss man kein Rassist sein.«

»Aber du bist doch ein guter Mensch.«

Michel stieß die Luft aus. »Nun, das sind die meisten Leute.«

»Na, na!«, sagte Maya. Manchmal war Michels Optimismus zu viel. »Ob Rassist oder nicht, es stinkt. Die Erde da unten schaut auf unsere offene Hand, und wenn wir ihnen jetzt die Tür vor der Nase zuschlagen, könnten sie versuchen, sie aufzubrechen. Die Leute denken, dass das nie geschehen könnte, aber wenn die Terraner verzweifelt genug sind, dann werden sie eben Menschen herbringen und landen. Und wenn wir versuchen sie aufzuhalten, werden sie sich verteidigen, und prompt haben wir einen Krieg. Und zwar hier auf dem Mars, nicht auf der Erde oder sonst wo im Weltraum, sondern auf dem Mars. Das könnte passieren. Du kannst die Drohung daran erkennen, wie die Leute in den UN versuchen uns zu warnen. Aber Jackie hört nicht hin. Ihr ist es gleich. Sie schürt die Fremdenfeindlichkeit zu ihren eigenen Zwecken.«

Michel sah sie an. O ja. Man hätte meinen können, dass ihr Hass auf Jackie verflogen sei, aber das war eine Gewohnheit, mit der offenbar schwer zu brechen war. Sie wischte alles beiseite, was sie gesagt hatte, all das böswillige halluzinatorische Politisieren auf dem Großen Kanal. »Vielleicht sind ihre Motive edel«, sagte sie und versuchte, es zu glauben. »Vielleicht will sie nur das Beste für den Mars. Aber sie ist trotzdem im Unrecht, und man muss ihr Einhalt gebieten.«

»Es ist nicht nur sie allein.«

»Ich weiß, ich weiß. Wir müssen darüber nachdenken, was wir tun könnten. Aber lass uns nicht weiter darüber sprechen. Lass uns Ausschau halten, ob wir die Insel nicht noch vor der Crew sichten.«

Zwei Tage später gelang es ihnen. Und als sie sich Minus One näherten, freute sich Maya zu sehen, dass die Insel durchaus nicht im Stil des Großen Kanals angelegt war. Oh, es gab weißgetünchte kleine Fischerdörfer am Wasser, aber die sahen von Hand gefertigt und irgendwie nicht elektrifiziert aus. Und über ihnen auf den Klippen standen Haine mit Teehäusern, kleine Dörfer hoch oben. Wilde Tiere und Fischer bewohnten die Insel, sagten ihnen die Matrosen. Das Land war auf den Höhen unfruchtbar, aber grün von Feldern in den Tälern. Umbrafarbene Sandsteinhügel ragten ins Meer und wechselten sich mit kleinen Buchten ab, alle leer bis auf Dünengras, das im Wind wogte.

»Es sieht so leer aus«, bemerkte Maya, als sie um die Nordspitze und die Westküste hinabsegelten. »Auf der Erde zeigen sie Videos davon. Darum werden sie uns die Tür nicht zuschlagen lassen.«

»Ja«, stimmte Michel zu. »Aber schau, wie die Leute hier ihre Bevölkerung bündeln. Die von Dorsa Brevia haben das System aus Kreta mitgebracht. Jeder wohnt in den Dörfern und geht aufs Land hinaus, um es tagsüber zu bearbeiten. Was leer aussieht, wird schon genutzt, um diese kleinen Dörfer zu erhalten.«

Es gab keinen richtigen Hafen. Sie fuhren in eine seichte Bucht unterhalb eines kleinen weißgetünchten Fischerdorfs und ließen den Anker fallen, der in zehn Metern Tiefe auf dem sandigen Boden sichtbar blieb. Sie gingen mit dem Beiboot des Schoners an Land und kamen an einigen großen Schaluppen und etlichen Fischerbooten vorbei, die näher am Strand ankerten.

Hinter dem Dorf, das fast verlassen war, führte sie ein gewundenes Trockental in die Berge hinauf. Wo das Tal in einem geschlossenen Canyon endete, ging ein Pfad im Zickzack nach oben auf das Plateau. Auf diesem rauen Hochmoor, mit Blick rundum auf die See, waren vor langer Zeit Eichenhaine angepflanzt worden. Jetzt waren einige Bäume mit Hängebrücken,

Treppen und kleinen hölzernen Hütten hoch in den Ästen versehen worden. Diese Baumhäuser erinnerten Maya an Zygote, und sie war keineswegs überrascht zu erfahren, dass unter den prominenten Bürgern der Insel einige Ektogene von Zygote waren: Rachel, Tiu, Simud, Emily – sie alle waren gekommen, um hier zu horsten, und hatten geholfen, einen Lebensstil einzuführen, auf den Hiroko sicher stolz gewesen wäre. In der Tat gab es welche, die sagten, dass die Inselbewohner Hiroko und die verlorenen Kolonisten in einem entlegeneren Eichenhain versteckt und ihnen ein Areal gegeben hätten, wo sie ohne Furcht vor Entdeckung leben konnten.

Als Maya sich umschaute, fand sie das durchaus plausibel. Es war so sinnvoll wie jedes andere Gerücht über Hiroko, aber mehr als die meisten. Aber es gab keinen Weg, es herauszufinden. Das spielte auch keine Rolle: Wenn Hiroko entschlossen war, sich zu verstecken, und das musste sie sein, wenn sie noch am Leben war, lohnte es sich nicht, sie zu suchen. Warum das jemand wollen sollte, verstand Maya nicht. Das war nichts Neues. Alles, was mit Hiroko zu tun hatte, hatte sie stets verwirrt.

Das nördliche Ende der Insel Minus One war weniger gebirgig als der Rest; und als sie auf diese Ebene hinunterkamen, sahen sie die konventionellen Gebäude der Insel hier zusammengedrängt. Sie waren den Olympischen Inselspielen gewidmet und sahen bewusst griechisch aus. Stadion, Amphitheater, ein heiliger Hain von hochragenden Sequoien und draußen auf einer Erhebung über der See ein kleiner Tempel mit Säulen aus einem weißen Stein, der nicht Marmor war, aber aussah wie Alabaster oder mit Diamanten überzogenes Salz. Oben auf den Hügeln waren zeitweilig Jurtencamps errichtet worden. Mehrere Tausend Menschen schwärmten dazwischen umher. Offenbar ein Teil der Inselbevölkerung und eine beträchtliche Anzahl von Besuchern aus dem ganzen Hellas-Becken. Die Spiele waren noch immer ausschließlich eine Sache von Hellas. Deshalb waren sie überrascht, Sax im Stadion zu finden, der dabei half, die Messungen für die Wurfwettkämpfe zu machen. Er nahm sie in den Arm und nickte etwas zerstreut. »Heute wirft Annarita Diskus«, sagte er. »Es dürfte gut werden.«

Und so leisteten Maya und Michel Sax Gesellschaft und vergaßen alles, was über den gegenwärtigen Tag hinausging. Sie standen auf dem inneren Feld und kamen so dicht an die Ereignisse heran wie nur möglich. Der Stabhochsprung war Mayas Lieblingssport, er begeisterte sie. Mehr als alles andere illustrierte er die Möglichkeiten der geringen Schwerkraft auf dem Mars. Obwohl es sicher allerhand Technik erforderte, daraus Nutzen zu ziehen. Der hüpfende, aber kontrollierte Anlauf, das genaue Aufsetzen des extrem langen Stabes beim Vorwärtssprung, der Sprung selbst, der Zug, die Wölbung, wenn die Füße zum Himmel wiesen; dann der katapultierte Flug in den Raum mit umgedrehtem Körper, wenn der Springer über den biegsamen Stab hinausschoss, und hinauf, hinauf. Danach die saubere Drehung über der Stange (oder nicht) und der lange Fall auf ein Luftgelkissen. Der Marsrekord war 14 Meter, und der jetzt springende Mann, schon Tagesgewinner, versuchte es mit 15, versagte aber. Als er auf dem Kissen landete, bemerkte Maya, wie groß er war, mit kräftigen Schultern und Armen, aber sonst schlank bis zur Magerkeit. Die weiblichen Springer warteten, bis sie an der Reihe waren, sahen aber fast genauso aus.

So war das bei allen Wettkämpfen. Alle Sportler waren groß und hatten feste Muskeln, eine neue Spezies, dachte Maya, die sich selbst klein, schwach und alt vorkam. *Homo martialis.* Zum Glück hatte sie starke Knochen und hielt sich gut, sonst hätte sie sich geschämt, unter solchen Kreaturen zu wandeln. Sie war sich ihrer stolzen Anmut nicht bewusst, als sie zusah, wie die ihnen von Sax bezeichnete Diskuswerferin sich in einem sich beschleunigenden Schwung drehte, sodass die Scheibe davonschoss, als würde sie von einer Tontaubenmaschine geschleudert. Diese Annarita war sehr groß, mit langem Rumpf, breiten, geschmeidigen Schultern und hübschen, durch einen Einteiler hervorgehobenen Brüsten. Besonders ins Auge fiel der volle starke Hintern über kräftigen langen Schenkeln. Ja, wirklich eine Schönheit unter Schönheiten. Und so stark, obwohl klar war, dass die Geschwindigkeit ihrer Drehung den Diskus so weit schleuderte. Michel rief lächelnd: »Einhundertachtzig Meter! Wie sie sich freut!«

Die Frau war zufrieden. Sie alle strengten sich im Moment des Wettkampfes intensiv an und standen dann herum, versuchten, sich und ihre Muskeln zu entspannen, und scherzten miteinander. Es gab keine Offiziellen und keinen Punktestand, nur Helfer wie Sax. Leute wechselten sich bei Wettkämpfen, an denen sie nicht selbst teilnahmen, ab. Die Läufe wurden mit einem Pistolenschuss gestartet. Die Zeiten wurden von Hand gestoppt, ausgerufen und auf einem Bildschirm angezeigt. Kugelstoßen sah anstrengend aus und war schwierig. Speere flogen ewig. Hochspringer konnten es zu Mayas und Michels Überraschung nur auf knapp über vier Meter bringen. Weitspringer schafften zwanzig Meter. Es war ein höchst erstaunlicher Anblick, wenn die Springer Sprünge von vier oder fünf Sekunden machten, die sie über einen großen Teil des Feldes hinwegtrugen.

Am späten Nachmittag wurde gesprintet. Wie bei den anderen Wettkämpfen starteten Männer und Frauen gemeinsam und trugen alle Einteiler. »Ich frage mich, ob bei diesen Leuten der sexuelle Dimorphismus weniger ausgeprägt ist«, sagte Michel, als er eine Gruppe beim Aufwärmen beobachtete. »Für sie ist die Geschlechtertrennung nicht so bedeutend. Sie verrichten die gleiche Arbeit, die Frauen werden nur einmal in ihrem Leben oder nie schwanger, sie üben die gleichen Sportarten aus. Sie entwickeln die gleichen Muskeln …«

Maya glaubte fest an die Realität der neuen Spezies, spottete aber über diesen Begriff: »Warum schaust du dann immer den Frauen nach?«

Michel grinste. »Oh, *ich* kann den Unterschied schon erkennen, aber ich komme ja auch von der alten Spezies. Ich frage mich, ob sie das können.«

Maya lachte laut. »Na, na! Ich meine, schau sie dir doch an!« Sie zeigte hin. »Proportionen, Gesichter …«

»Na ja. Aber weißt du, es ist doch nicht dasselbe. Bardot und Atlas, wenn du verstehst, was ich meine.«

»O ja. Aber diese Menschen sind schöner.«

Michel nickte. Es war so, wie er von Anfang an gesagt hatte, dachte Maya. Auf dem Mars würde es schließlich klar werden, dass sie alle kleine Götter und Göttinnen waren und das Leben in hehrem Frohsinn verbringen würden … Aber das Geschlecht blieb auf den ersten Blick deutlich. Obwohl auch sie von der alten Spezies kam. Vielleicht lag es nur an ihr. Aber dieser Läufer da drüben … ah! Eine Frau, aber mit kurzen, kräftigen Beinen, schmalen Hüften und flachem Brustkasten. Und die daneben? Auch weiblich – nein, männlich! Ein Hochspringer, so graziös wie ein Tänzer, obwohl alle Hochspringer Schwierigkeiten hatten. Sax murmelte etwas über Pflanzen. Dennoch, selbst wenn einige von ihnen ein bisschen androgyn waren, war das Geschlecht bei den meisten üblicherweise sofort zu erkennen.

»Du verstehst, was ich meine«, sagte Michel, dem ihr Schweigen auffiel.

»Irgendwie schon. Aber ich frage mich, ob diese jungen Leute darüber wirklich anders denken. Wenn sie mit der Patriarchie Schluss gemacht haben, muss es notwendigerweise ein neues Gleichgewicht unter den Geschlechtern geben …«

»Das ist sicher das, was die von Dorsa Brevia behaupten.«

»Kein Wunder, dass es Probleme mit den terranischen Einwanderern gibt. Es sind nicht einfach nur die schieren Zahlen, sondern der Umstand, dass so viele, die von der Erde kommen, aus älteren Kulturen stammen. Es ist, als kämen sie mit einer Zeitmaschine aus dem Mittelalter, und plötzlich sind da überall diese jungen Minoer, bei denen Männer und Frauen gleich aussehen …«

»Und ein neues kollektives Unterbewusstsein haben.«

»Ja, vermutlich. Deswegen haben die Neuankömmlinge Probleme. Sie drängen sich in Immigrantenghettos oder ganz neuen Städten zusammen, halten ihre Traditionen und Verbindungen mit der Erde aufrecht und hassen hier alles. Die ganze Fremdenfeindlichkeit und Misogynie bricht in diesen alten Kulturen wieder aus und richtet sich gegen ihre eigenen Frauen und die eingeborenen Mädchen.« Sie hatte von Problemen in den Städten gehört, in Sheffield und in ganz Ost-Tharsis. Manchmal wurden junge eingeborene Frauen grausam von überraschten eingewanderten Angreifern verprügelt. Manchmal ereignete sich das Gegenteil. »Und den jungen Eingeborenen gefällt das nicht. Ihnen kommt es so vor, als ließen sie Monster in ihre Mitte.«

Michel schnitt eine Grimasse. »Die terranischen Kulturen waren in ihrem Kern alle neurotisch, und wenn das Neurotische mit dem Gesunden konfrontiert wird, wird es meist noch neurotischer. Und der Gesunde weiß nicht, was er tun soll.«

»Darum drängen sie auf die Einstellung der Immigration. Und setzen uns dem Risiko eines neuen Krieges aus.«

Aber Michel war durch den Beginn eines neuen Rennens abgelenkt. Die Läufer waren schnell, kamen aber trotz des Schwereunterschieds nie an das Zweieinhalbfache des terranischen Wertes heran. Es war dasselbe Problem wie mit der Körperhaltung beim Hochsprung, zog sich aber durch das ganze Rennen. Die Läufer starteten mit einer solchen Beschleunigung, dass sie stark gebückt bleiben mussten, um nicht zu hoch von der Bahn wegzuspringen. Beim Sprinten waren sie immer weit nach vorn gebeugt, als versuchten sie verzweifelt, nicht vornüberzufallen, und ihre Beine arbeiteten wie wild. Bei längeren Strecken richteten sie sich zum Schluss auf und ruderten in der Luft, als würden sie nach vorn schwimmen. Ihre Schritte wurden immer länger, bis sie wie Kängurus, die immer nur mit einem Bein auf einmal vorwärtshüpften, aussahen. Der Anblick erinnerte Maya an Peter und Jackie, die beiden Schnellsten von Zygote, die unter der Polkuppel am Strand entlangliefen. Sie hatten von sich aus einen ähnlichen Stil entwickelt.

Unter Einsatz dieser Technik liefen die Gewinner die Fünfzig-Meter-Distanz in 4,4 Sekunden, die hundert Meter in 8,3, die zweihundert in 17,1 und die vierhundert in 37,9. Aber in allen Fällen schienen die durch ihre Geschwindigkeiten geschaffenen Gleichgewichtsprobleme sie an einem vollen Sprint zu hindern, an dessen Anblick Maya sich aus ihrer Jugend erinnerte.

Bei den größeren Strecken war der Laufstil ein anmutiger springender Schritt, ähnlich dem, was sie seinerzeit in Underhill als den Marstrott bezeichnet hatten, wo sie es ohne viel Erfolg in ihren engen Schutzanzügen probiert hatten. Jetzt war es wie Fliegen. Eine junge Frau führte fast das ganze Rennen über zehntausend Meter und hatte genügend Reserven, um gegen Schluss scharf anzuziehen. Sie beschleunigte während der ganzen letzten Runde und wurde immer schneller, bis sie wie eine Gazelle nur noch alle paar Meter den Boden berührte und die anderen Läufer überrundete, die sich abzuquälen schienen, während sie an ihnen vorüberflog. Es war herrlich. Maya brüllte sich heiser. Sie hielt sich an Michels Arm fest, und ihr kamen Lachtränen. Es war so erstaunlich und wundervoll, diese neuen Kreaturen zu sehen; und dennoch war sich keiner von ihnen dessen bewusst. Keiner!

Sie sah es gern, wenn Frauen Männer besiegten, obwohl diese selbst es nicht zu bemerken schienen. Frauen gewannen etwas öfter bei Langstrecken und Hürden, Männer beim Sprint. Sax sagte, dass Testosteron dabei hilfreich wäre, aber schließlich zu Krämpfen führte und Erfolge über große Distanzen verhinderte. Auf jeden Fall kam es bei den meisten Wettbewerben auf die Technik an. Und darum sah man, was man sich wünschte, dachte sie. Auf der Erde – aber die Leute dort hätten gelacht, wenn sie einen Satz mit dieser Bemerkung angefangen hätte. Auf der Erde – na und? Es hatte in der Heimatwelt alle Arten bizarren und hässlichen Verhaltens gegeben; warum sollte man sich Sorgen machen, wenn eine Hürde näher kam und ein anderer Läufer am Rande des Gesichtsfeldes auftauchte? Fliegen, fliegen! Sie schrie, bis sie heiser war.

Am Ende des Tages machten die Athleten, die mit ihren Wettkämpfen fertig waren, einen Weg in das Stadium und rund um die Bahn frei; und ein einzelner Läufer trabte unter anhaltendem Beifall und wilden Hochrufen herein. Es war Nirgal! Mayas Kehle schmerzte vor Heiserkeit, als sie ihm zurief.

Die Querfeldeinläufer waren an diesem Morgen am Südende von Minus One gestartet, barfuß und nackt. Sie hatten über hundert Kilometer über die Zentralmoore von Minus One, ein teuflisches Netz von Schluchten, Gräben, Pingos, Böschungen und Steinrutschen, zurückgelegt. Offenbar war nichts allzu steil, sodass viele verschiedene Routen möglich waren, was diesen Sport eher zu einem Orientierungswettkampf als einem Rennen machte. Aber auf jeden Fall schwierig. Und um vier Uhr nachmittags am Ziel zu sein war wohl eine phänomenale Leistung. Die nächsten Läufer würden erst nach Sonnenuntergang eintreffen, sagten die Leute. Also machte Nirgal eine Ehrenrunde. Er sah hungrig und erschöpft aus, wie einer Katastrophe entronnen. Endgültig angekommen, schlüpfte er in seine Hosen, beugte den Kopf für den Lorbeerkranz und nahm Hunderte von Umarmungen entgegen.

Maya war dabei die Letzte, und Nirgal lachte fröhlich, als er sie sah. Seine Haut war weiß vor getrocknetem Schweiß, seine Lippen verklebt und gesprungen, das Haar staubfarben und die Augen blutunterlaufen. Hager und ausgemergelt. Er trank Wasser aus einer Flasche, leerte sie und lehnte eine zweite ab. »Danke, ich bin nicht so dehydriert. Ich habe hier bei Jiri Ki ein Reservoir gefunden.«

»Welchen Weg hast du denn genommen?«, fragte jemand.

»Frag nicht!«, sagte er lachend, als wäre die Strecke zu schlimm, um sie zu verraten. Später erfuhr Maya, dass die Routen der Leute nicht beobachtet, nicht beschrieben und wie ein Geheimnis bewahrt wurden. Die Rennen querfeldein waren bei einer gewissen Gruppe beliebt, und Nirgal war ihr Champion, wusste Maya, besonders bei den großen Distanzen. Die Leute sprachen von seinen Routen, als wäre Teleportation im Spiel. Es war ein gutes Rennen für ihn gewesen, darum war er besonders stolz.

Er ging zu einer Bank und setzte sich. »Lasst mir ein bisschen Zeit, um zu Atem zu kommen«, sagte er und beobachtete mit aufgeregter und froher Miene die letzten Sprints. Maya setzte sich neben ihn und starrte ihn an. Sie konnte nicht genug von ihm bekommen. Er hatte die letzte Zeit als Mitglied einer wilden Kooperative von Farmern und Sammlern auf dem Land gelebt. Das war ein Leben, das Maya sich kaum vorstellen konnte. Darum sah sie Nirgal wie in Gefangenschaft, verbannt auf eine Unterwelt im Hinterland, wo er wie eine Ratte oder Pflanze überlebte. Aber hier war er nun, erschöpft, aber jubelnd beim Fotofinish eines Vierhundertmeterlaufes. Genau der vitale Nirgal, an den sie sich von jener Tour durch Hell's Gate vor so langer Zeit erinnerte – herrliche Jahre für ihn wie für sie. Aber wenn sie ihn anschaute, kam es ihr unwahrscheinlich vor, dass er über die Vergangenheit genauso dachte wie sie. Sie fühlte sich im Bann ihrer Vergangenheit und Geschichte. Aber in seiner Befriedigung lag jetzt etwas anderes als Geschichte. Seine Bestimmung war immer noch da, aber nur beiseitegeschoben wie ein altes Buch; jetzt war er leibhaftig hier, in diesem Augenblick. Er lachte in die Sonne, nachdem er eine ganze Meute wilder junger Tiere auf ihrem eigenen Spielfeld geschlagen hatte, nur durch seine Intelligenz und sein Gefühl für den Mars, seine *Lung-gom-pa*-Technik und seine kräftigen Beine. Er war immer ein Läufer gewesen. Sie sah im Geiste, als wäre es gestern gewesen, wie er hinter Peter her über den Strand sauste. Die anderen zwei waren schneller gewesen; aber er hatte jeden Tag Runde um

Runde um den kleinen See gedreht, ohne dass jemand sagen konnte, warum. »O Nirgal!« Sie beugte sich vor, küsste sein staubiges Haar und fühlte, wie er sie an sich zog. Sie lachte und sah ringsum all die schönen Riesen auf dem Platz, die Athleten, rötlich im Sonnenuntergang, und fühlte, wie wieder Leben in sie einströmte. Nirgal war dazu imstande, es ihr einzuflößen.

Aber später an diesem Abend, nach einem Bankett unter freiem Himmel in der kühlen Abendluft, nahm sie Nirgal beiseite und erzählte ihm ihre Befürchtungen wegen des jüngsten Konfliktes zwischen Erde und Mars. Michel unterhielt sich etwas abseits, Sax saß ihnen gegenüber auf der Bank und hörte schweigend zu.

»Jackie und die Führung des Freien Mars befürworten eine harte Linie, aber das wird nicht funktionieren. Die Terraner werden sich nicht aufhalten lassen. Es könnte zum Krieg kommen, sage ich dir, zum Krieg!«

Nirgal schaute sie an. Er nahm sie immer noch ernst – Gott segne seine edle Seele! –, und Maya legte den Arm um ihn, als wäre er ihr eigener Sohn und drückte ihn ganz fest.

»Was meinst du, was wir tun sollten?«, fragte er.

»Wir müssen den Mars offen halten. Wir müssen dafür kämpfen, und du musst dabei mitmachen. Wir brauchen dich mehr als sonst jemanden. Du warst derjenige, der bei unserem Besuch auf der Erde den stärksten Eindruck gemacht hat. Im Grunde bist du wegen jenes Besuches der wichtigste Marsianer in der terranischen Geschichte. Sie schreiben immer noch Bücher und Artikel über das, was du tust. Wusstest du das? In Nordamerika und Australien kommt eine wilde Bewegung auf und wächst überall. Die Bewohner der Turtle Islands haben den amerikanischen Westen fast völlig reorganisiert, er besteht jetzt aus Dutzenden wilder Kooperativen. Die hören auf dich. Und hier ist es dasselbe. Ich tue, was ich kann. Wir haben gerade bei der Wahlkampagne auf der ganzen Länge des Großen Kanals gegen sie gekämpft. Und ich habe versucht, Jackie ein bisschen zu widersprechen. Ich denke, das hat etwas gewirkt. Aber die Sache ist größer als Jackie. Sie ist zu Irishka gegangen, und natürlich ist es für die Roten sinnvoll, sich der Einwanderung zu widersetzen. Sie denken, das wird helfen, ihre kostbaren Steine zu schützen. Darum können sich der Freie Mars und die Roten zunächst im gleichen Lager befinden. Sie werden sehr schwer zu schlagen sein. Aber wenn sie nicht …«

Nirgal nickte. Er hatte verstanden, worauf es ihr ankam. Sie hätte ihn küssen können. Sie nahm ihn fest bei den Schultern, beugte sich vor, küsste ihn auf die Wange und streichelte seinen Hals. »Nirgal, ich liebe dich.«

»Ich liebe dich auch«, sagte er mit leichtem Lachen und sah etwas überrascht aus. »Aber schau, ich will nicht in einen politischen Streit verwickelt werden. Nein, hör zu. Auch ich halte das für wichtig und bin dafür, dass wir den Mars offen halten und der Erde aus dem Bevölkerungsanstieg heraushelfen sollten. Das habe ich immer gesagt, und das habe ich ihnen gesagt, als wir dort waren. Aber ich will nicht in die politischen Institutionen hinein. Das kann ich nicht. Ich werde meinen Beitrag leisten, wie ich es vorher getan habe, verstehst du? Ich komme sehr viel herum, ich sehe viele Leute. Ich werde mit denen sprechen. Ich werde auch wieder auf Versammlungen reden. Auf dieser Ebene werde ich tun, was ich kann.«

Maya nickte. »Nirgal, das wäre großartig. Das ist das Niveau, das wir unbedingt erreichen müssen.«

Sax räusperte sich. »Nirgal, hast du je die Mathematikerin Bao getroffen?«

»Nein, ich denke nicht.«

»Ah!«

Sax versank wieder in seine Träumerei. Maya redete eine Weile über die Probleme, die sie und Michel an diesem Tag erörtert hatten. Dass Immigration wie eine Zeitmaschine wirkte, die kleine Inseln der Vergangenheit in die Gegenwart heraufholt. »Das war auch Johns Sorge, und jetzt geschieht es.«

Nirgal nickte. »Wir müssen an die Areophanie glauben. Und an die Verfassung. Die Menschen müssen danach leben, wenn sie erst einmal hier sind. Die Regierung sollte darauf bestehen.«

»Ja. Aber die Leute, die Eingeborenen, meine ich …«

»Ein Art von assimilationistischer Ethik. Wir müssen alle erfassen.«

»Ja.«

»Okay, Maya. Ich werde sehen, was ich tun kann.« Er lächelte ihr zu und begann dann einzuschlafen, direkt vor ihren Augen. »Vielleicht schaffen wir es noch einmal, he?«

»Vielleicht.«

»Ich muss mich hinlegen. Gute Nacht! Ich liebe dich.«

Von Minus One fuhren sie nach Nordwesten, und die Insel glitt unter den Horizont wie ein Traum vom alten Griechenland, und sie waren wieder auf hoher See mit ihren breiten trägen Wogen. Scharfe Passatwinde wehten während ihrer ganzen Reise von Nordosten und rissen Schaumkronen ab, die das dunkelpurpurne Wasser noch dunkler erscheinen ließen. Wind und Wasser brüllten unablässig. Man konnte sich nur mit Mühe verständigen und musste ständig schreien. Die Crew verzichtete völlig aufs Sprechen und setzte so viele Segel wie möglich, wobei sie den Schiffscomputer zwangen, sich mit ihrem Enthusiasmus abzufinden. Die Mastsegel streckten oder refften sich bei jedem Windstoß wie Vogelflügel, sodass der Wind eine visuelle Komponente hatte, die zu den unsichtbaren Bewegungen, die Maya über ihre Haut spürte, passte. Sie stand am Bug, blickte nach oben und unten, und nahm alles in sich auf.

Am dritten Tag blies der Wind noch schärfer, und das Schiff kam ins Gleiten. Der Rumpf hob sich bis auf einen kleinen Abschnitt am Heck hoch und schlüpfte über das Wasser. Dabei warf er viel mehr Gischt auf, als dass man sich an Deck hätte aufhalten können. Maya zog sich in die vorderste Kabine zurück, wo sie aus den Bugfenstern blicken und dem Schauspiel beiwohnen konnte. Was für eine Geschwindigkeit! Gelegentlich kamen Mitglieder der Besatzung klatschnass herein, um Luft zu schnappen und etwas Java zu trinken. Einer von ihnen sagte Maya, dass sie ihren Kurs änderten, um den Hellas-Strom zu berücksichtigen. »Dieses Meer ist das größte Beispiel für die Corioliskraft, wie beim Entleeren einer Badewanne. Es ist rund, und in den Breiten, wo Passate das Wasser in die gleiche Richtung drücken wie die Corioliskraft, wirbelt es um die Insel Minus One wie ein gewaltiger Strudel. Wir müssen das rechtzeitig ausgleichen, sonst landen wir direkt wieder in Hell's Gate.«

Die starken Winde hielten an, und sie flogen dahin, den größten Teil des Tages auf dem Wasser gleitend. Sie brauchten bloß vier Tage, um den Radius des Hellas-Meeres zu durchqueren. Am vierten Nachmittag wurden die Mastsegel eingezogen. Der Rumpf tauchte wieder ins Wasser und schaukelte zwischen den Schaumkronen. Im Norden erschien über dem Horizont plötzlich Land. Es war der Rand des großen Beckens, wie eine Bergkette ohne einen einzigen Gipfel. Ein gewaltiges Bankett, das wie die innere Wand eines Kraters aussah, was es natürlich auch war; aber so viel größer als jeder normale Krater, sodass man kaum die Krümmung des Kreises erkennen konnte. Gerade diese Größe fand Maya irgendwie beeindruckend schön. Und als sie sich dem Land näherten und nach Westen auf Odessa zufuhren (ihre Annäherung an das Land war trotz der Kurskorrektur noch östlich der Stadt erfolgt), konnte sie, als sie die Wanten im Wind hochkletterte, den Strand erkennen, den das Meer gebildet hatte. Ein weiter Strand mit grasbewachsenen Dünen und hier und da durchtretenden Mündungen von Bächen. Eine hübsche Küste, nahe dem Randgebiet von Odessa gelegen. Also ein Teil der Schönheit Odessas, ein Teil der Stadt.

Im Westen erhoben sich nun die gezackten Gipfel der Hellespontus Montes über die Wellen, fern und klein, ganz anders im Charakter als der glatte Anstieg im Norden. Sie mussten dem

Ziel nahe sein. Maya kletterte an den Tauen noch höher. Und da war es nun, auf dem nördlichen Hang. Die obersten Reihen von Parks und Gebäuden, alles grün und weiß, türkis und terrakotta. Und dann der große Bogen der Stadtmitte, der wie ein riesiges Amphitheater auf die Bühne des Hafens hinabschaute, der über dem Horizont auftauchte. Zuerst der Leuchtturm, dann die Statue von Arkady, dann der Wellenbrecher und die tausend Masten im Hafen und das Gewirr von Dächern und Bäumen hinter dem fleckigen Beton der Kaimauer. Odessa.

Sie eilte die Taue hinunter, fast so geschickt wie ein Mitglied der Mannschaft, drückte ein paar von denen an sich und dann Michel. Sie sah, wie er grinste und der Wind über ihn hin strich. Sie kamen in den Hafen, und die Segel falteten sich in ihre Masten wie Schnecken, die man berührt. Sie tuckerten in einen Landeplatz, gingen eine Gangway hinunter und das Dock entlang, hinauf durch das Hafenviertel und in den Park der Corniche. Sie waren angekommen. Die blaue Straßenbahn bimmelte noch auf der Straße hinter dem Park.

Maya und Michel gingen Hand in Hand die Corniche entlang und betrachteten die Essensverkäufer und kleinen Straßencafés. Alle Namen wirkten neu, nicht einer war mehr derselbe; aber das war so mit Restaurants. Sie sahen alle noch etwa so aus wie früher, und die sich terrassenförmig hinter der Meeresfront erhebende Stadt war noch genau so, wie sie sie in Erinnerung hatte. »Hier ist das Odeon, dort der Sinter …«

»Da habe ich für Deep Waters gearbeitet. Ich möchte wissen, was die jetzt alles machen.«

»Ich denke, die Aufrechterhaltung des Meeresniveaus hält eine ganze Menge von ihnen beschäftigt. Es gibt immer etwas zu tun am Wasser.«

»Stimmt.«

Und dann kamen sie zu dem alten Praxis-Gebäude. Seine Wände waren jetzt größtenteils mit Efeu bedeckt, der weiße Stuck verfärbt und die blauen Jalousien verblasst. Es hatte einiges an Renovierung nötig, bemerkte Michel; aber Maya gefiel es so. Es war alt. Da, im dritten Stockwerk, erkannte sie ihr altes Küchenfenster und den Balkon und daneben den von Spencer. Spencer selbst war wohl zu Hause.

Und sie gingen durch das Tor und begrüßten den neuen Pförtner. Und Spencer war wirklich irgendwie zu Hause. Er war an diesem Nachmittag gestorben.

Das hätte nicht so viel ausmachen sollen. Maya hatte Spencer Jackson seit Jahren nicht gesehen, und auch als er nebenan wohnte, hatte sie ihn nicht näher kennengelernt. Das hatte niemand. Spencer gehörte zu denen der Ersten Hundert, die am schwierigsten zu verstehen waren, was viel zu sagen hatte. Ein Einzelgänger, der sein eigenes Leben führte. Er hatte als Teil der Oberflächenwelt unter einer angenommenen Identität als Spion gelebt und fast zwanzig Jahre lang für die »Gestapo« in Kasei Vallis gearbeitet, bis zu der Nacht, in der sie die Stadt in die Luft gejagt und sowohl Sax als auch Spencer gerettet hatten. Zwanzig Jahre als jemand anders, mit einer falschen Vergangenheit, und niemandem, mit dem er sprechen konnte. Was konnte da aus einem werden? Aber Spencer hatte schon immer zurückgezogen gelebt, privat und selbstgenügsam. Darum hatte es ihm vielleicht nicht viel ausgemacht. Während ihrer Jahre in Odessa schien er in Ordnung gewesen zu sein. Er war natürlich stets bei Michel in Behandlung und gelegentlich ein sehr starker Trinker gewesen, aber angenehm als Nachbar und ein guter Freund, ruhig, solide und auf seine Weise verlässlich. Und er hatte bestimmt weitergearbeitet, seine Zusammenarbeit mit den bogdanovistischen Designern hatte nie nachgelassen, weder während seines Doppellebens noch danach. Ein großer Entwurfskünstler. Und seine Tuschezeichnungen waren schön. Aber was mussten zwanzig Jahre des Doppellebens jemandem antun? Vielleicht waren alle seine Identitäten angenommen gewesen. Maya hatte nie darüber nachgedacht. Sie konnte sich das nicht vorstellen. Und jetzt, als sie Spencers Sachen in seinem leeren Apartment packte, wunderte sie sich, dass sie nie zuvor wenigstens versucht hatte zu erfahren, wie Spencer es geschafft hatte, so zu leben, dass er bei niemandem Argwohn erregte. Das war eine sehr merkwürdige Leistung. Weinend sagte sie zu Michel: »Man muss sich über jeden wundern!«

Er nickte nur. Spencer war einer seiner besten Freunde gewesen.

In den nächsten Tagen kamen erstaunlich viele Gäste zu seiner Trauerfeier. Sax, Nadia, Mikhail, Zeyk und Nazik, Roald, Cojote, Mary, Ursula, Marina und Vlad, Jurgen und Sibilla, Steve und Marion, George und Edvard, Samantha – es war wie eine Zusammenkunft der restlichen Hundert und befreundeter *Issei*. Und Maya blickte rundum in all die vertrauten alten Gesichter und machte sich traurigen Herzens klar, dass dieses Zusammentreffen wohl für lange Zeit das letzte sein würde. Von überall auf der ganzen Welt kamen immer weniger zusammen, ein morbides Reise-nach-Jerusalem-Spiel, bis eines Tages einer von ihnen einen Anruf bekommen und erkennen würde, dass er der Letzte war, der noch lebte. Ein schreckliches Schicksal. Aber nicht eines, das Maya zu erleiden gedachte. Sie würde sicher vorher sterben. Der schnelle Verfall würde sie ereilen oder etwas anderes. Sie würde sich, wenn es sein musste, vor einen Omnibus werfen. Alles, nur um einem solchen Schicksal zu entgehen. Na ja – nicht gerade alles. Vor einen Bus zu springen wäre zu feige und zu mutig auf einmal. Sie erwartete sicher, dass sie sterben würde, ehe es zu so etwas käme. Ah, nur keine Angst. Man konnte darauf vertrauen, dass der Tod kommen würde. Ohne Zweifel früher, als sie wollte. Vielleicht wäre es gar nicht so schlimm, der oder die letzte Überlebende der Ersten Hundert zu sein. Neue Freunde, ein neues Leben – war das nicht, wonach sie jetzt suchte? Damit wären diese traurigen alten Gesichter für sie nur ein Hindernis.

Sie hielt grimmig bei dem kurzen Gedenkgottesdienst und den schnellen Grabreden durch. Die Sprecher schienen nicht genau zu wissen, was sie sagen sollten. Von Da Vinci war eine ganze Menge Ingenieure gekommen, Spencers Kollegen aus seinen Jahren als Designer. Seltsam, dass so viele Leute ihn gerngehabt hatten, dass auch sie selbst ihn gemocht hatte. Merkwürdig, dass ein so versteckt lebender Mensch eine solche Reaktion bewirken konnte. Vielleicht hatten sie alle etwas in ihn, das unbeschriebene Blatt, hineinprojiziert, sich ihren eigenen Spencer gemacht und als Teil ihrer selbst geliebt. Das taten sowieso alle. So war das Leben.

Aber jetzt war er von ihnen gegangen. Sie schlenderten zum Hafen hinunter, und die Ingenieure ließen einen Heliumballon los. Als er hundert Meter Höhe erreicht hatte, rieselte Spencers Asche langsam heraus. Ein Teil des Dunstes, des Himmelsblaus, des abendlichen Messingschimmers.

In den folgenden Tagen zerstreute sich die Menge, und Maya unternahm Spaziergänge durch Odessa, schnupperte in Läden für Gebrauchtmöbel und saß an der Corniche auf den Bänken, um die Sonne über das Wasser hüpfen zu sehen. Es war herrlich, wieder in Odessa zu sein; aber sie fühlte den Schauer von Spencers Tod viel stärker, als sie erwartet hätte. Er warf eine dunkle Wolke selbst über die Schönheit dieser wundervollen Stadt. Er erinnerte sie daran, dass sie, indem sie hierher zurückgekehrt und in das alte Haus eingezogen waren, das Unmögliche versuchten. Sie wollten wieder in die Vergangenheit eintauchen und das Fortschreiten der Zeit leugnen. Hoffnungslos. Alles ging vorbei. Alles, was sie taten, taten sie das letzte Mal und würden es nie wieder tun. Gewohnheiten waren solche Lügen, die einen so einlullten, dass man glaubte, es müsste etwas Bleibendes geben, aber in Wirklichkeit war nichts von Dauer. Dies war das letzte Mal, dass sie je auf dieser Bank sitzen würde. Wenn sie morgen zur Corniche ging und sich auf die gleiche Bank setzte, wäre es wiederum das letzte Mal, und es würde nichts Bleibendes daran sein. Das letzte Mal nach dem letzten Mal – so würde es immer und immer weitergehen. Immer ein letzter Moment nach dem letzten. Endgültigkeit reihte sich an Endgültigkeit in nahtlos endloser Folge. Sie konnte das nicht richtig fassen. Worte konnten es nicht ausdrücken, Ideen konnten es nicht erfassen. Aber sie fühlte es wie die Kante einer Wellenfront, die stets nach außen drängt, oder wie ein beständiger Wind in ihrem Geist, der Dinge so rasch dahinjagt, dass man es sich kaum vorstellen und nur schwer nachempfinden kann. Nachts im Bett dachte sie immer wieder, dies wäre die letzte Nacht, und sie drückte Michel fest an sich, als könnte sie dem Geschehen Einhalt gebieten, wenn sie nur kräftig genug zudrückte. Selbst Michel, selbst die kleine Welt der Zweisamkeit, die sie sich geschaffen hatten … »O Michel«, sagte sie ängstlich, »es geht so schnell.«

Er nickte mit gespitzten Lippen. Er versuchte nicht mehr länger, sie zu therapieren und zu allem immer das fröhlichste Gesicht zu machen. Er behandelte sie jetzt auf gleicher Ebene und ihre Launen als eine Art von Wahrheit, die nur ihr zustand. Manchmal fehlte ihr der Trost.

Aber Michel lieferte keinen Widerspruch und keine hoffnungsvolle Bemerkung. Spencer war sein Freund gewesen. Früher, in den Odessa-Jahren, wenn er und Maya sich gestritten hatten, war er manchmal zum Schlafen zu Spencer gegangen und sicher auch, um bis in die späte Nacht über vollen Whiskeygläsern zu plaudern. Wenn überhaupt jemand etwas aus Spencer herausholen konnte, dann war es Michel gewesen. Jetzt saß er auf dem Bett und blickte aus dem Fenster, ein müder alter Mann. Sie stritten sich nicht mehr. Maya hatte den Eindruck, dass es ihr irgendwie guttun könnte, wenn sie es täten. Die Spinnweben beseitigen, sich wieder aufladen. Aber Michel reagierte auf keine Provokation. Er selbst hatte keine Lust zu streiten und therapierte sie auch nicht mehr, also würde er auch das nicht tun. Maya dachte, wenn jemand hereinkäme, würde er ein Paar sehen, das so alt und verbraucht war, dass sie sich nicht einmal mehr bemühten, miteinander zu sprechen. Bloß beisammensaßen, jeder mit seinen Gedanken allein.

»Nun«, sagte Michel nach sehr langer Zeit, »hier wären wir nun.«

Maya lächelte. Diese endlich geäußerte hoffnungsvolle Bemerkung bedeutete eine große Anstrengung. Er war ein braver Mann. Und zitierte die ersten auf dem Mars gefallenen Worte. John hatte eine witzige Art gehabt, sich auszudrücken. »Da wären wir.« Das war eigentlich blöd. Und dennoch hätte er etwas mehr gemeint haben können, mehr als eine gedankenlose Äußerung, die jeder hätte machen können. »Da wären wir«, wiederholte sie und wog den Satz auf der Zunge. Auf dem Mars. Erst eine Idee, dann ein Ort. Und jetzt waren sie in einem fast leeren Schlafzimmer, nicht dem, worin sie vorher gewohnt hatten, sondern in einem Eckzimmer mit Blick aus großen Fenstern nach Süden und Westen. Die große Kurve von Meer und Gebirge, die Odessa hieß. Nirgendwo sonst. Die alten verputzten Wände waren fleckig, die hölzernen Fußböden dunkel und blank gescheuert. Es hatte viele Lebensjahre erfordert, die Patina zu erzeugen. Wohnzimmer hinter der einen Tür, Gang zur Küche hinter der anderen. Sie hatten eine Matratze auf einem Gestell, eine Couch, ein paar Stühle und einige noch nicht geöffnete Kisten – ihre Sachen von früher – aus dem Speicher geholt. Seltsam, dass ein paar Möbelstücke so dauerhaft sein konnten. Sie fühlte sich bei ihrem Anblick wohler. Sie würden auspacken, die Sachen aufstellen und benutzen, bis sie unsichtbar würden. Gewohnheit würde wieder die nackte Wirklichkeit der Welt verhüllen. Gott sei Dank dafür!

Bald danach wurden die globalen Wahlen abgehalten, und der Freie Mars und eine Schar kleiner Verbündeter kehrten mit überwältigender Mehrheit wieder in die globale Regierung zurück. Der Sieg war allerdings nicht ganz so groß, wie man erwartet hatte, und einige Verbündete murrten und sahen sich nach besseren Abmachungen um. Mangala strotzte von Gerüchten. Man hätte Tage mit der Lektüre der Beiträge, die Kolumnisten,

Analytiker und Provokateure einspeisten, verbringen können, um dann die Möglichkeiten und Eventualitäten zu analysieren. Mit dem Immigrationsthema auf dem Tisch waren die Risiken höher als seit Jahren; und Mangalas Verhalten wie das eines aufgestörten Ameisenhaufens bewies es. Das Ergebnis der Wahl für den nächsten Exekutivrat war noch sehr zweifelhaft; und es gab Gerüchte, nach denen Jackie sich gegen Herausforderungen innerhalb der Partei zur Wehr setzen musste.

Maya schaltete ihr Lesegerät ab und dachte scharf nach. Sie rief Athos an, der überrascht schien, sie zu sehen, und dann rasch höflich wurde. Er war von den Städten der Nepenthes-Bucht zum Repräsentanten gewählt worden und arbeitete bei Mangala hart für die Grünen, die einen recht starken Auftritt gehabt hatten und eine solide Gruppe von Vertretern und viele interessante neue Allianzen besaßen. Maya sagte ihm: »Du solltest für den Exekutivrat kandidieren.«

Jetzt war er wirklich überrascht. »Ich?«

»Du.« Maya hätte ihm am liebsten gesagt, er solle in einen Spiegel schauen und darüber nachdenken, biss sich aber auf die Zunge. »Du hast in der Kampagne den besten Eindruck gemacht, und viele Leute wollen die Politik zugunsten der Erde unterstützen, wissen aber nicht, an wen sie sich da halten sollen. Du bist ihre beste Wahl. Du könntest sogar mit MarsFirst reden und sie aus dem Bündnis mit dem Freien Mars herausziehen. Versprich ihnen eine maßvolle Haltung und eine Stimme mit einem Beraterposten und weitreichende rötliche Sympathien!«

Jetzt sah er verwirrt aus. Er war immer noch mit Jackie liiert und kandidierte für den Rat. Darum würde er so in große Schwierigkeiten geraten. Besonders wenn er sich auch für MarsFirst einsetzte. Aber nach Peters Besuch würde er sich deswegen vielleicht weniger Sorgen machen als noch während der hellen Nächte auf dem Kanal. Maya ließ ihn darüber nachdenken. Mehr konnte sie für diese Leute ohnehin nicht tun.

Obwohl sie ihr früheres Leben in Odessa nicht wieder aufnehmen wollte, wollte sie doch arbeiten; und jetzt hatte die Hydrologie die Ergonomie (und natürlich auch die Politik) als ihr primäres Fachgebiet ersetzt. Sie interessierte sich für den Wasserzyklus im Hellas-Becken, gespannt zu sehen, wie sich die Arbeit jetzt veränderte, da das Becken gefüllt war. Michel hatte seine Praxis und beschäftigte sich auch mit dem Museumsprojekt über die ersten Siedler, das man ihm in Rhodos vorgeschlagen hatte. Sie würden etwas zu tun haben, und nachdem sie ausgepackt und das neue Apartment eingerichtet hatten, machte sie sich auf, um bei Deep Waters vorbeizuschauen.

Die alten Büros waren jetzt ein sehr schickes Apartment an der Seepromenade. Der Name stand nicht mehr in den Adressbüchern. Wohl aber Diana, die in einem der großen Gruppenhäuser in der oberen Stadt wohnte. Sie freute sich, als Maya vor ihrer Tür auftauchte, ging gern mit ihr essen und erzählte ihr alles über die derzeitige Lage in der lokalen Wasserwelt, die immer noch ihr Arbeitsgebiet war.

»Die meisten Leute von Deep Waters sind direkt in das Hellas-Meeresinstitut umgezogen.« Das war eine interdisziplinäre Gruppe mit Repräsentanten aus allen Koops für Ackerbau und Wasserstationen, Fischereibetrieben, der Universität von Odessa und allen Städten an der Küste und allen Siedlungen, die sich höher an den ausgedehnten Wasserläufen rund um das Becken befanden. Vor allem die Küstenstädte waren stark an der Stabilisierung des Meeresniveaus knapp über der alten Minus-Eins-Kilometermarke interessiert, die nur ein paar Dutzend Meter höher lag als der derzeitige Spiegel des Nordmeeres. »Sie wollen nicht, dass sich das Meeresniveau auch nur um einen Meter verändert, wenn man es vermeiden kann«, sagte Diana. »Und der Große Kanal ist nutzlos als Abflusskanal zum Nordmeer, weil die Schleusen Wasser brauchen, das in beide Richtungen fließt. Darum kommt es darauf an, den Zufluss aus

Reservoiren und Regen unter Berücksichtigung des Verlustes durch Verdunstung im Gleichgewicht zu halten. Das ging bis jetzt ganz gut. Der Verdunstungsverlust ist etwas höher als der Niederschlag im Einzugsgebiet. Darum entnehmen sie den Reservoiren jedes Jahr ein paar Meter. Das wird letztlich ein Problem sein, aber nicht langfristig, denn es gibt noch eine gute Reserve, und die stocken sie jetzt ein bisschen auf, vielleicht noch mehr in der Zukunft. Wir hoffen, dass die Niederschläge im Laufe der Zeit weiter steigen werden, wie es bisher der Fall gewesen ist. Ich weiß es nicht. Jedenfalls ist die Hauptsorge, dass die Atmosphäre mehr aufsaugt, als die Reservoire nachliefern können.«

»Wird die Atmosphäre nicht schließlich mit Wasser gesättigt sein?«

»Vielleicht. Niemand ist sich wirklich sicher, wie feucht sie werden wird. Klimastudien sind ein Witz, wenn du mich fragst. Die globalen Modelle sind einfach zu komplex. Es gibt zu viele unbekannte Variablen. Was wir wissen, ist, dass die Luft noch recht trocken ist, und es sieht so aus, als würde sie feuchter werden. So glaubt jeder, was ihm gefällt, und legt los, um sich einen Gefallen zu tun. Und die Umweltgerichtshöfe verfolgen alles, so gut sie können.«

»Verbieten sie nichts?«

»O ja, aber nur große Wärmepumpen. Mit dem Kleinzeug geben sie sich nicht ab. Oder zumindest bisher nicht. Seit Kurzem werden die Gerichte strenger und gehen auch kleinere Probleme an.«

»Gerade die kleineren Probleme lassen sich am einfachsten kalkulieren, meine ich.«

»Irgendwie schon. Sie tendieren dazu, einander auszubooten. Wie du weißt, gibt es eine Menge roter Projekte zum Schutz der größeren Höhen und jedes Landstrichs im Süden, wo es nur geht. Sie haben die verfassungsmäßige Höhengrenze hinter sich gelassen und tragen ihre Beschwerden immer gleich direkt beim Globalen Hof vor. Dort gewinnen sie und ziehen ihre Pläne durch. Dann sind alle kleineren Entwicklungsprojekte irgendwie aus dem Gleichgewicht. Das ist ein legaler Albtraum.«

»Aber es gelingt ihnen, die Dinge stabil zu halten.«

»Nun, ich denke, die großen Höhen bekommen etwas mehr Luft und Wasser, als sie sollten. Man muss wirklich sehr hoch gehen, um davon wegzukommen.«

»Du hast doch gerade gesagt, dass sie vor Gericht gewinnen würden?«

»Vor Gericht ja. Bei der Atmosphäre nein. Da passiert zu viel.«

»Haben sie die Treibhausgasfabriken verklagt?«

»Das haben sie. Aber sie haben verloren. Diese Gasprojekte werden von jedermann unterstützt. Ohne sie wären wir in eine Eiszeit geraten und darin geblieben.«

»Aber eine Verminderung der Emissionsraten …«

»Ja, ich weiß. Darüber wird noch gestritten. Das wird immer weitergehen.«

»Stimmt.«

Inzwischen hatte man sich auf das Niveau des Meeresspiegels von Hellas geeinigt. Das war ein legislativer Akt, und die Bemühungen rund um das Becken wurden koordiniert, um sicherzustellen, dass das Meer dem Gesetz gehorchte. Die ganze Sache war unglaublich kompliziert, wenn auch im Prinzip einfach. Man maß den hydrologischen Zyklus mit all seinen Variationen an Regen und Schnee, der schmolz und in den Boden sickerte, über die Oberfläche in Bächen und Flüssen lief, hinab in Seen und dann in das Hellas-Meer, wo es im Winter gefror, dann im Sommer verdunstete, um die ganze Runde wieder von vorn zu beginnen … So taten sie mit diesem immensen Zyklus das, was nötig war, um den Meeresspiegel dieses Ozeans zu stabilisieren, der ungefähr die Größe der Karibik hatte. Wenn es zu viel Wasser gab und sie den Meeresspiegel senken wollten, gab es die Möglichkeit, etwas davon in die leeren Reservoire im

Amphitrites-Gebirge nach Süden zu pumpen. Aber dem waren recht enge Grenzen gesetzt, weil die Reservoire aus porösem Gestein bestanden, das einzubrechen drohte, wenn das Wasser erst entfernt worden war. Darum war es schwer oder unmöglich, sie wieder zu füllen. Tatsächlich waren solche Möglichkeiten des Überlaufens eines der Hauptprobleme, mit denen das Projekt konfrontiert war. Die Balance halten …

Diese Art von Bemühung gab es auf dem ganzen Mars. Es war verrückt. Aber sie wollten es machen. Diana sprach jetzt über die Anstrengungen zur Trockenhaltung des Argyre-Beckens, die auf ihre Art ebenso groß waren wie die, Hellas zu füllen. Sie hatten riesige Rohrleitungen gebaut, um Wasser von Argyre nach Hellas zu leiten, wenn es dort benötigt wurde, oder andernfalls in Flusssysteme, die in das Nordmeer führten.

»Was ist mit dem Nordmeer selbst?«, fragte Maya.

Diana schüttelte mit vollem Mund den Kopf. Offenbar war man sich einig, dass das Nordmeer keine Regulierung brauchte, sondern im Grunde stabil war. Man musste nur aufpassen und verfolgen, was geschah; und die Küstenstädte mussten das Risiko eingehen. Viele glaubten, dass das Niveau des Nordmeeres ein bisschen fallen würde, wenn Wasser in den Permafrost zurückkehrte oder in den Tausenden von Kraterseen im südlichen Hochland gefangen wäre. Erst dann wurden Niederschlag und der Ablauf ins Nordmeer wieder wichtig. Dieses Thema würde sich im südlichen Hochland entscheiden, sagte Diana. Koops, die Wasserscheiden bauten, zogen noch umher und richteten Drainagen ein, ließen Wasser in Gebirgsbäche laufen, verstärkten Flussbetten und räumten Flugsand aus, unter dem Schotter manchmal die Reste alter Bachbetten erkennen ließ. Aber zumeist mussten ihre neuen Flüsse auf Lavagestein oder Abbrüche der Canyons oder zufällige kurze Kanäle gegründet werden. Das Resultat war ganz anders als die geäderte Klarheit irdischer Wassersysteme. Eine Ansammlung kleiner runder Teiche, gefrorener Sümpfe, Trockencanyons und langer gerader Flüsse mit scharfen rechtwinkligen Wendungen, die plötzlich in Senklöchern oder Pipelines verschwanden. Nur die wieder gefüllten alten Flussbetten sahen auch für terranische Augen richtig aus. Überall sonst wirkte das Gelände wie ein Bombenübungsplatz nach einem Gewitter.

Viele Veteranen von Deep Waters, die sich nicht direkt dem Institut für das Hellas-Meer angeschlossen hatten, hatten eine eigene assoziierte Koop gegründet, die die Grundwasserbecken um Hellas herum kartierte, den Wasserspiegel in Reservoiren und unterirdischen Flüssen maß, ausrechnete, welches Wasser gespeichert und wiedergewonnen werden konnte und so weiter. Diana war Mitglied dieser Kooperative, wie auch viele andere Leute aus Mayas altem Büro. Nach ihrem Lunch ging Diana zu dem Rest der Gruppe und erzählte ihnen von Mayas Rückkehr in die Stadt. Als sie hörten, dass Maya daran interessiert war mitzuarbeiten, boten sie ihr eine Stellung in der Koop mit reduzierter Eintrittsgebühr an. Erfreut über das Kompliment, beschloss sie mitzumachen.

So arbeitete sie nun im Ägäischen Wassertisch, wie die Kooperative hieß. Sie stand morgens auf, machte Kaffee und aß etwas Toast, ein Brötchen oder Croissant, Teegebäck oder Fladenbrot. Bei schönem Wetter aß sie draußen auf ihrem Balkon. Noch öfter jedoch nahm sie ihr Frühstück am Erkerfenster an dem runden Esstisch ein, las den *Odessa Messenger* auf dem Lesegerät und beachtete jedes kleine Ereignis, das etwas über die sich verfinsternde Situation gegenüber der Erde aussagte. Die Legislatur in Mangala wählte den neuen Exekutivrat, und Jackie gehörte nicht zu den sieben. An ihre Stelle war Nanedi gerückt. Maya jubelte, las alle Berichte, die sie finden konnte, und verfolgte die Interviews. Jackie behauptete, sie hätte die Kandidatur abgelehnt, und sagte, sie wäre nach so vielen M-Jahren erschöpft und würde eine Pause einlegen, wie sie das früher schon öfters getan hatte, und später wiederkommen (bei dieser letzten Bemerkung funkelten ihre Augen kurz). Nanedi wahrte über diesen Punkt diskretes Schweigen, hatte aber die zufriedene und leicht erstaunte Miene eines Mannes, der den Drachen getötet hat. Und obwohl Jackie erklärte, sie würde ihre Arbeit für den Parteiapparat fortsetzen, war ihr Einfluss dort deutlich verblasst, sonst hätte sie dem Rat noch angehört.

So! Sie hatte Jackie auf der globalen Kegelbahn besiegt, aber die gegen die Einwanderung gerichteten Kräfte waren noch an der Macht. Der Freie Mars hielt seine Gegner mit seiner überwältigenden Mehrheit unangenehm in Schach. Es hatte sich nichts Wichtiges geändert. Das Leben ging weiter. Die Meldungen von der sich rasch vermehrenden Erdbevölkerung waren immer noch alarmierend. Diese Leute würden sie eines Tages heimsuchen, dessen war sich Maya sicher. Sie würden gute Fortschritte machen, konnten abwarten, Pläne machen und ihre Anstrengungen koordinieren. Es war wirklich besser zu frühstücken, ohne das Lesegerät einzuschalten, wenn sie sich ihren Appetit bewahren wollte.

Sie nahm die Gewohnheit an, in die Stadt zu gehen und an der Corniche mit Diana oder später mit Nadia und Art oder Besuchern der Stadt ein größeres Frühstück einzunehmen. Danach ging sie zu den AWT-Büros am östlichen Ende der Seepromenade. Das war ein schöner Spaziergang, in einer Luft, die gerade in diesem Jahr ein ganz klein wenig salziger war. Bei AWT hatte sie ein Büro mit Fenster und tat das, was sie schon für Deep Waters gemacht hatte, indem sie als Verbindung zu dem Institut des Hellas-Meeres diente und ein wechselndes Team von Areologen, Hydrologen und Ingenieuren koordinierte und ihre Forschungsarbeiten hauptsächlich in den Bergen von Hellespontus und Amphitrites lenkte, wo sich die meisten Wasserreservoirs befanden. Sie machte Reisen um den Bogen der Küste, um einige Plätze und Einrichtungen zu inspizieren. Sie ging oft ins Gebirge und hielt sich häufig in der kleinen Hafenstadt Montepulciano, an der Südwestküste der See, auf. Wieder zurück in Odessa arbeitete sie tagsüber, machte frühzeitig Schluss, wanderte in der Stadt herum und kaufte in den kleinen Läden für gebrauchte Möbel oder Kleider ein. Sie fand Interesse an den neuen Moden und deren Veränderungen im Laufe der Jahreszeiten. Odessa war eine elegante Stadt, die Leute waren gut gekleidet, und die letzten Stile gefielen ihr. Sie selbst sah aber eher wie eine etwas klein geratene ältliche Eingeborene mit aufrechter, königlicher Haltung aus …

Sie richtete es oft ein, dass sie am späten Nachmittag draußen an der Corniche war und dann in ihr Apartment heimkehrte oder im Sommer in einem Restaurant an der Küste ein frühes Abendessen einnahm. Im Herbst legte eine kleine Schiffsflotte am Pier an, legte Gangplanken zwischen den Booten und veranstaltete gegen Eintrittsgebühr ein Weinfest mit Feuerwerk über dem Wasser nach Einbruch der Dunkelheit. Im Winter wurde es auf dem Wasser früh dunkel, und das Wasser an der Küste war manchmal mit Eis bedeckt und schimmerte in Pastelltönen von jeder Farbe, die der Himmel an dem betreffenden Abend gerade aufwies. Eisläufer und schnelle flache Eisboote bewegten sich an der Küste.

Als sie in einer Dämmerungsstunde allein aß, führte eine Theatertruppe den Kaukasischen Kreidekreis in einer benachbarten Allee auf. Zwischen der Dämmerung und den Lichtflecken auf den Planken der improvisierten Bühne war das Licht so anheimelnd, dass Maya davon angezogen wurde wie eine Motte. Sie folgte der Handlung kaum; aber einige Momente trafen sie sehr stark, besonders die Verdunklungen, wenn das Spiel anhalten musste und die Schauspieler in dem späten Licht auf der Bühne einfroren. Nur dachte sie, dass dieser Moment etwas Blau gebrauchen könnte, um perfekt zu sein.

Danach kam die Theaterkompanie ins Restaurant herüber, um zu essen. Maya sprach mit der Direktorin, einer eingeborenen Frau mittleren Alters namens Latrobe, die sich freute, sie kennenzulernen, über das Spiel und über Brechts Theorie des politischen Theaters. Latrobe erwies sich als terrafreundlich und war für Einwanderung. Sie wollte Bühnenstücke haben, die für einen offenen Mars eintraten und die neuen Immigranten in die Areophanie integrierten. Sie sagte, es sei erschreckend, wie wenige Stücke des klassischen Repertoires solche Gefühle unterstützten. Sie brauchten neue Stücke. Maya erzählte ihr von Dianas politischen Abenden in den UNTA-Jahren und wie sie sich manchmal in den Parks getroffen hatten. Und über ihre Meinung hinsichtlich des Blaus in der Aufführung dieses Abends. Latrobe lud Maya ein, mit ihr zu kommen und zu der Truppe über Politik zu sprechen und auch, falls sie wollte, beim Licht zu helfen, das in der Truppe ein schwacher Punkt war. Die Leute stammten aus denselben Parks, in denen Dianas Gruppe sich seinerzeit immer getroffen hatte. Vielleicht könnte sie dort wieder regelmäßig hingehen und noch mehr Brecht-Stücke spielen.

Maya kreuzte dort auf, redete mit der Truppe und wurde im Laufe der Zeit, ohne es eigentlich vorzuhaben, ein Mitglied des Beleuchtungsteams. Sie half auch bei den Kostümen, was in gewisser Weise auch Modefragen betraf. Sie diskutierte in den Nächten lange mit ihnen über den Begriff des politischen Theaters. Sie war praktisch eine politisch-ästhetische Beraterin. Aber sie widerstand beharrlich allen Bemühungen, sie auf die Bühne zu bringen, nicht nur seitens der Kompanie, sondern auch von Michel und Nadia. Sie sagte: »Nein. Das will ich nicht machen. Sonst würde man sofort wollen, dass ich die Maya Toitovna in diesem Stück über John spiele.«

»Das ist eine Oper«, sagte Michel. »Du müsstest eine Sopranstimme haben.«

»Trotzdem.«

Sie wollte nicht auftreten. Das tägliche Leben reichte ihr. Aber sie genoss die Welt des Theaters. Das war ein neuer Weg, an Menschen heranzukommen und ihre Wertvorstellungen zu ändern, weniger anstrengend als der direkte Einsatz von Politik, unterhaltsamer und vielleicht in mancher Hinsicht sogar wirksamer. Theater bedeutete in Odessa eine Macht. Das Kino war eine ausgestorbene Kunst; die ständige unablässige Übersättigung durch Videos hatte alle Bilder gleich langweilig werden lassen. Was die Bürger zu mögen schienen, war Unmittelbarkeit und das Risiko einer spontanen Aufführung, der Moment, der nie wiederkehren und nie der gleiche sein würde. Theater war wirklich die stärkste Kunst in der Stadt; und dasselbe galt auch für viele andere Städte auf dem Mars. Darum führte die Truppe von Odessa im Verlauf der Jahre jede Menge politischer Stücke auf, darunter einen vollständigen Werkzyklus des Südafrikaners Athol Fugard – heiße, leidenschaftliche Stücke, in denen institutionalisierte Vorurteile und die Fremdenfeindlichkeit der Seele analysiert und gegeißelt wurden. Die besten Stücke in englischer Sprache, Mayas Meinung nach. Und dann war die Truppe behilflich bei der Entdeckung und Bekanntmachung von dem, was später die Odessa-Gruppe genannt wurde, einem halben Dutzend junger eingeborener Stückeschreiber, die so leidenschaftlich waren wie Fugard, Männer und Frauen, die in einem Stück nach dem anderen die drängenden Probleme der neuen *Issei* und *Nisei* aufzeigten und deren schmerzliche Assimilation in die Areophanie – eine Million kleiner Romeos und Julias, eine Million kleiner zerschnittener oder geknüpfter Blutsbande. Das war Mayas bestes Guckfenster in die zeitgenössische Welt und mehr und mehr ihre Art, darauf zu reagieren. Sie tat ihr Bestes, da viele Stücke Diskussionen auslösten, manchmal sogar Wut, wenn neue Stücke seitens der Gruppe die Anti-Einwanderungs-Bewegung angriffen, die in Mangala immer noch mächtig war. Es war Politik auf eine völlig neue Art, die befriedigendste, die ihr bisher begegnet war. Sie hatte das Verlangen, Frank davon zu erzählen und ihm zu zeigen, wie es funktionierte.

In jenen Jahren, in denen die Monate paarweise verstrichen, setzte Latrobe eine Menge lebhafter Werke der Klassiker in Szene.

Und als Maya sie anschaute, wurde sie immer mehr von der Kraft der Tragödie gefesselt. Ihr gefielen die politischen Stücke, die ängstlich oder hoffnungsvoll zu einem innewohnenden Utopismus, einem Drang nach Fortschritt tendierten. Aber die Stücke, die sie am tiefsten berührten und am meisten bewegten, waren die alten Tragödien der Erde. Und je tragischer, desto besser. Katharsis, wie sie von Aristoteles dargestellt wurde, schien sehr gut auf sie zu wirken. Aus den hervorragenden Vorstellungen der großen Tragödien ging sie erschüttert, geläutert und irgendwie glücklicher hervor. Das war der Ersatz für ihre Gefechte mit Michel, erkannte sie eines Nachts. Eine Sublimierung, würde er gesagt haben, und noch dazu eine gute, natürlich leichter für ihn und im ganzen edler und würdiger. Und dann war da auch die Verbindung zu den alten Griechen, eine Verbindung, die auf vielerlei Weise rings um das Hellas-Becken hergestellt wurde, in den Städten und bei den Wilden, ein Neoklassizismus, den Maya als gut für alle empfand, indem sie mit der Rechtschaffenheit der Griechen konfrontiert wurden und sie zu ermessen suchten, ihren unverwandten Blick auf Realität. *Die Odyssee, Antigone, Elektra, Medea, Agamemnon* (das *Klytämnestra* heißen sollte) – diese erstaunlichen Frauen, die in bitterer Kraft auf jedwede seltsame Schicksale reagierten, die ihnen ihre Männer auferlegten, und zurückschlugen, wenn etwa Klytämnestra Agamemnon und Kassandra ermordete, wobei sie erst dem Publikum erzählte, wie sie es getan hatte, und dann am Schluss ins Auditorium starrte, direkt auf Maya:

»Genug des Elends! Rührt euch nicht!
  Unsere Hände sind rot.
Geht heim und gehorcht dem
  Schicksal zu seiner Zeit,
Rechtzeitig, ehe ihr leidet! Wir haben
  gehandelt, wie wir es mussten.«

Wir haben gehandelt, wie wir es mussten. So wahr, so wahr. Sie liebte die Wahrheit dieser Dinge. Traurige Stücke, traurige Klagelieder, Zigeunertangos, *Der gefesselte Prometheus*, sogar die jakobinischen Rachestücke – je finsterer, desto besser. Desto wahrer. Sie machte die Beleuchtung für *Titus Andronicus*, und die Leute waren angewidert. Sie sagten, es sei ein schieres Blutbad. Und sie hatte wahrlich viele rote Farbtöne verwendet. Aber in dem Moment, da die ihrer Hände und Zunge beraubte Lavinia anzuzeigen suchte, wer ihr das angetan hatte, oder sich hinkniete, um die abgeschlagene Hand von Titus zwischen die Zähne zu nehmen, waren die Zuschauer wie eingefroren. Jeder sah, dass Shakespeare von Anfang an das richtige Gefühl für Bühnenkunst gehabt hatte, ob Blutbad oder nicht. Und dann war er mit jedem Stück immer stärker geworden, elektrisierender, finster und wahr, selbst als alter Mann. Maya war in Hochstimmung aus einer langen beseelten Aufführung von *King Lear* gekommen, erhitzt und lachend. Sie ergriff einen jungen Beleuchter an der Schulter, schüttelte ihn und rief: »War das nicht wundervoll, großartig?«

»Ka, Maya, ich weiß nicht. Ich hätte die restaurierte Fassung vorgezogen, in der Cordelia gerettet wird und Edgar heiratet. Kennst du die?«

»Paah! Dummes Kind! Wir haben heute die Wahrheit erzählt, und darauf kommt es an! Du kannst am Morgen wieder zu deinen Lügen zurückkehren.« Mit rauem Lachen stieß sie ihn wieder zu seinen Freunden vom Beleuchtungsteam. »Närrische Jugend!«

Er erklärte seinen Freunden: »Das ist Maya.«

»Toitovna? Die aus der Oper?«

»Ja, aber in echt.«

»Echt«, äffte Maya ihn nach und scheuchte sie fort. »Ihr wisst ja gar nicht, was echt ist.« Und sie empfand das, was sie sagte.

Freunde kamen auf eine oder zwei Wochen zu Besuch in die Stadt. Als es dann im Sommer immer wärmer wurde, verbrachten sie einen Dezember in einer Hütte hinter den Dünen. Sie schwammen, segelten, surften und lagen unter einem Sonnenschirm am Strand, lasen und schliefen bis zum Perihel. Dann ging es wieder nach Odessa hinein zu den vertrauten Annehmlichkeiten ihrer Wohnung und der Stadt, im rötlichen Licht des Südherbstes, welcher die längste Saison des Marsjahres war und auch die Annäherung an das Aphel darstellte. Es wurde von Tag zu Tag düsterer, bis bei $L_s = 70$ das Aphel kam. Zwischen diesem und der Wintersonnenwende bei $L_s = 90$ fand das Eisfestival statt. Sie fuhren auf dem weißen Eis der See direkt unter der Corniche Schlittschuh und blickten zu der Küstenfront der Stadt auf, die ganz mit Schnee verweht war. Weiß unter schwarzen Wolken. Oder sie fuhren mit Eisbooten so weit hinaus, dass die Stadt nur noch eine Unterbrechung in der weißen Kurve des großen Randes war. Oder sie speisten in trüben, lauten Restaurants und warteten auf den Beginn der Musik, während feuchter Schnee draußen auf die Straße herabrieselte. Sie gingen in ein langweiliges kleines Theater mit seinem erwartungsvollen Gelächter. Im Frühling aßen sie zum ersten Mal draußen auf dem Balkon mit Pullovern gegen die Kühle, betrachteten die jungen Knospen auf den Spitzen der Baumzweige mit einem Grün ohnegleichen, wie kleine Tränentropfen von *viriditas*. Und so verging die Zeit, tief in den Falten von Gewohnheit und deren Rhythmen, glücklich in dem Déjà-vu, das sie sich bereiteten.

Dann schaltete Maya eines Morgens ihren Bildschirm ein, verfolgte die Nachrichten und stellte fest, dass man eine große Siedlung der Chinesen entdeckt hatte, die sich bereits in Huo-Hsing-Vallis (als ob der Name ein Eindringen rechtfertigte) etabliert hatte. Eine überraschte globale Polizei hatte sie zum Verlassen aufgefordert, aber sie trotzten gelassen diesem Befehl. Und die chinesische Regierung warnte den Mars, dass jede Einmischung bei der Siedlung als ein Angriff auf chinesische Bürger angesehen und entsprechende Reaktionen nach sich ziehen würde. Maya rief: »Was? Nein!«

Sie rief jeden in Mangala an, den sie kannte. In diesen Tagen waren das nicht viele Personen von Bedeutung. Sie fragte sie, was sie wüssten, und bat um Mitteilung, warum die Siedler nicht wieder zum Aufzug eskortiert und nach Hause geschickt würden und so weiter. »Das ist einfach nicht akzeptabel. Ihr müsst das sofort unterbinden!«

Aber es gab schon seit einiger Zeit illegale Einreisen, die nur etwas weniger krass gewesen waren, wie sie selbst gelegentlich in Nachrichtenmeldungen gesehen hatte. Immigranten wurden in billigen Landevehikeln abgesetzt unter Umgehung des Aufzugs und der Behörden in Sheffield. Landungen mit Raketen und Fallschirmen wie in den alten Zeiten; und man konnte wenig dagegen tun, ohne einen interplanetaren Zwischenfall zu provozieren. Hinter den Kulissen arbeiteten die Leute hart daran. Die UN stärkten China den Rücken. Darum war es schwierig. Es wurde Fortschritt erzielt, langsam, aber sicher. Sie sollte sich keine Sorgen machen.

Sie stellte den Bildschirm ab. Sie hatte früher einmal unter der Illusion gelitten, dass sich die ganze Welt verändern würde, wenn sie sich nur selbst hart genug bemühte. Jetzt wusste sie es besser.

Dennoch war es schwer, das zuzugeben. »Das reicht, um einen zum Roten werden zu lassen«, sagte sie Michel, als sie zur Arbeit ging. Sie warnte ihn: »Es reicht, um uns gegen Mangala aufzubringen.«

Aber nach einer Woche war die Krise vorbei. Es wurde eine Übereinkunft erzielt. Die Siedlung durfte bleiben, und die Chinesen versprachen, im folgenden Jahr eine entsprechend kleinere Anzahl legaler Einwanderer zu schicken. Sehr unbefriedigend, aber immerhin. Das Leben ging unter diesem neuen Schatten weiter.

Als sie an einem Nachmittag im Spätfrühling von der Arbeit nach Hause ging, erregte eine Reihe von Rosensträuchern hinter der Corniche ihre Aufmerksamkeit. Sie ging hinüber, um sie sich näher anzusehen. Hinter den Sträuchern gingen Leute auf der Harmakhis-Avenue an den Cafés vorbei, die meisten in Eile. Die Büsche hatten eine Menge neuer Blätter, deren Braun eine Mischung aus Grün und Rot war. Die frisch erblühten Rosen hatten eine rein dunkelrote Farbe, ihre leuchtenden samtigen Blütenblätter strahlten im nachmittäglichen Licht. Lincoln, besagte das Etikett auf dem Stamm. Eine Rosenart und zugleich der größte Amerikaner, ein Mann, der eine Art Kombination von John und Frank gebildet hatte, so wie Maya ihn verstand. Einer der Truppe hatte ein großes Stück über ihn geschrieben, finster und beunruhigend; der Held wurde sinnlos ermordet, ein richtiges Rührstück. Sie brauchten in diesen Tagen einen Lincoln. Das Rot der Rosen leuchtete hell. Plötzlich konnte sie nicht mehr sehen. Für einen Moment war sie völlig geblendet, als hätte sie direkt in die Sonne geblickt.

Danach sah sie seltsame Dinge.

Gestalten, Farben – so viel war gerade noch wahrnehmbar, aber was die waren – wer sie war –, bemühte sie sich wortlos zu erkennen …

Dann kehrte mit einem Ruck alles wieder. Rose, Odessa – alles so, als wäre es nie fort gewesen. Aber sie taumelte und hatte Mühe, die Balance zu halten. Sie hielt sich im Zaun. »O nein, mein Gott!« Sie schluckte, ihre Kehle war trocken, sehr trocken. Ein physiologischer Effekt. Der hatte einige Zeit gedauert. Sie zischte und unterdrückte einen Schrei. Stand starr auf dem Kiesweg, die braungrüne mit lebhaftem Rot gefleckte Hecke vor sich. Sie sollte sich für ihr nächstes jakobitisches Stück an diesen Farbeffekt erinnern.

Sie hatte immer gewusst, dass das passieren würde. Gewohnheit – sie war so trügerisch. In ihr tickte eine Bombe. In den alten Tagen hatte es etwa drei Milliarden Mal getickt. Jetzt hatten sie es auf zehn oder mehr Milliarden gebracht. Es tickte aber immer weiter. Sie hatte gehört, dass man eine Uhr kaufen könne, die eine bestimmte Anzahl von Stunden rückwärts herunterzählte, vermutlich so viele, wie man noch hatte, wenn man fünfhundert Jahre leben würde. Oder wie lange man vorhatte zu leben. Man konnte eine Million Jahre wählen und sich entspannen. Man konnte eine Stunde wählen und etwas genauer auf den Moment achten. Oder man tauchte in seine Gewohnheiten und dachte nie darüber nach, wie es alle taten, die sie kannte.

Sie hätte das sehr gern getan. Früher einmal hatte sie so gelebt und würde es wieder tun. Aber jetzt in diesem Augenblick war etwas geschehen, und sie war wieder im Interregnum, der leeren Zeit zwischen zweierlei Gewohnheiten, und wartete auf die nächste Häutung. Nein, nein! Warum? Sie wollte eine solche Zeit nicht erleben. Das war zu hart; sie konnte kaum das bloße Gefühl verstreichender Zeit ertragen, das sie während dieser Perioden befiel. Das Gefühl, alles wäre zum letzten Mal. Sie hasste dieses Gefühl über alle Maßen. Und diesmal hatte sie ihre Gewohnheiten überhaupt nicht geändert! Nichts war anders. Es hatte sie aus heiterem Himmel getroffen. Vielleicht war es einfach zu lange her seit dem letzten Mal. Vielleicht würde es jetzt immer nach Belieben losgehen, willkürlich, vielleicht häufig.

Sie ging nachdenklich nach Hause (ich weiß, wo meine Heimat ist) und versuchte, Michel zu erzählen, was geschehen war. Sie schilderte und seufzte und schilderte weiter und gab dann auf. »Wir tun alles nur einmal! Verstehst du?«

Er war sehr besorgt, obwohl er sich bemühte, das nicht zu zeigen. Ausfälle oder nicht, sie konnte unschwer die Launen von Monsieur Duval erkennen. Er sagte, ihr kleines Jamais-vu wäre vielleicht ein kleiner epileptischer Anfall oder ein winziger Schlaganfall gewesen; aber er konnte nicht sicher sein, und sogar Tests würden ihnen nichts verraten. Jamais-vu war nur wenig verstanden, eine Variante von Déjà-vu, praktisch ins Gegenteil umgekehrt. »Es scheint mir eine zeitweilige Störung in den Wellenmustern des Gehirns zu sein. Sie gehen von Alphawellen zu Deltawellen über. Wenn du einen Monitor tragen würdest, könnten wir das beim nächsten Mal herausbekommen, wenn es geschieht, falls es dazu kommt. Es ist so ähnlich wie ein Wachschlaf, in dem ein Großteil der Wahrnehmung ausgeschaltet ist.«

»Bleiben jemals Leute darin hängen?«

»Nein. Ich kenne keinen derartigen Fall. Es ist selten und immer nur zeitweilig.«

»Bis jetzt.«

Er bemühte sich, so zu tun, als wäre diese Furcht unbegründet.

Maya wusste es besser und ging in die Küche, um eine Mahlzeit vorzubereiten. Mit den Töpfen klappern, den Kühlschrank öffnen, Gemüse herausnehmen, zerhacken und in die Pfanne tun. *Hack hack hack hack.* Hör auf zu weinen, hör auf! Selbst dies ist schon zehntausendmal passiert. Die Katastrophen waren unvermeidlich. Die Gewohnheit des Hungers. In der Küche bemühte sie sich, alles zu ignorieren und ein Essen herzurichten. Wie oft schon? Na ja, da wären wir.

Danach vermied sie die Rosenbüsche aus Furcht vor einem weiteren Vorfall. Aber man konnte die Rosen an der Corniche von überall her sehen, bis hin zur Küstenmauer. Und sie standen fast immer in Blüte. In dieser Hinsicht waren Rosen erstaunlich. Und einmal, als das gleiche Licht des Nachmittags sich über den Hellespont ergoss und nach Westen hin allem eine gewisse Unschärfe verlieh und zu matten Pastelltönen verdunkelte, fiel ihr Auge auf die nadelstichgroßen roten Punkte der Rosen in der Hecke. Sie ging auf der Küstenmauer, sah auf der einen Seite das Muster der Gischt auf dem schwarzen Wasser und auf der anderen Seite die Rosen und das aufragende Odessa. Sie blieb stehen, durch irgendetwas in dem doppelten Anblick aufgehalten, durch eine Erkenntnis, fast an der Grenze einer Offenbarung. Sie fühlte, dass eine große Wahrheit an ihr zerrte. Knapp außerhalb von ihr oder im Innern ihres Körpers –

in ihrem Schädel, aber außerhalb ihrer Gedanken. Es drückte auf die das Gehirn umschließende harte Haut. Alles war erklärt und endgültig deutlich geworden …

Aber die Offenbarung schaffte es nicht durch die Schranke. Nur ein Gefühl, neblig und riesengroß. Dann verging der Druck auf ihren Geist, und der Nachmittag nahm seine gewöhnliche zinnähnliche Farbe an. Sie ging heim mit einem Gefühl des Ausgefülltseins. Ozeane von Wolken in der Brust, bereit zu bersten von etwas wie Frustration oder einer Art ängstlicher Freude. Sie erzählte Michel wieder, was geschehen war, und er nickte. Auch dafür hatte er einen Namen:

»Presque-vu.« Beinahe gesehen. Er sagte: »Davon sehe ich eine Menge.« Mit seiner charakteristischen Miene geheimer Sorge.

Aber alle diese symptomatischen Kategorien schienen für Maya nur das zu kaschieren, was wirklich in ihr vorging. Manchmal war sie sehr verwirrt. Manchmal glaubte sie Dinge zu verstehen, die es gar nicht gab. Manchmal vergaß sie Dinge für immer. Und manchmal war sie sehr verstört. Und das waren die Dinge, die Michel mit seinen Namen und Kombinationen zu erklären versuchte.

Fast gesehen. Fast verstanden. Und dann zurück in die Welt von Licht und Zeit.

Und da gab es nichts anderes, als weiterzumachen. Also machte sie weiter. Es vergingen genug Tage, und sie konnte vergessen, was für ein Gefühl es gewesen war, wie ängstlich sie gewesen war oder wie nahe der Freude. Es war seltsam, dass man so leicht vergessen konnte. Einfach leben, *la vie quotidienne,* und achtgeben auf das alltägliche Leben mit seiner Arbeit, den Freunden und Besuchern.

Unter den Besuchern waren auch Charlotte und Ariadne, die von Mangala kamen, um sich mit Maya über die schlechter werdenden Beziehungen zur Erde zu beraten. Sie gingen zum Frühstück an die Corniche und sprachen über die Belange von Dorsa

Brevia. Die Leute dort waren trotz der Tatsache, dass die Minoer die Koalition des Freien Mars verlassen hatten, weil ihnen unter anderem deren Versuch nicht zusagte, die Siedlungen auf den äußeren Satelliten zu dominieren, zu der Ansicht gekommen, dass Jackie hinsichtlich der Einwanderung recht hatte, zumindest in gewissem Umfang.

»Es ist nicht so, dass der Mars sich seiner Aufnahmefähigkeit für Menschen auch nur ansatzweise nähern würde«, sagte Charlotte. »Da irren sie sich. Wir könnten den Gürtel enger schnallen und die Städte dichter gestalten. Und in diesen neuen schwimmenden Städten auf dem Nordmeer ließen sich eine Menge Leute unterbringen. Sie sind ein Zeichen dafür, wie viele mehr hier leben könnten. Sie haben praktisch keinen Einfluss, außer in gewissem Sinne auf Hafenstädte. Aber es gibt Platz für mehr Hafenstädte, zumindest am Nordmeer.«

»Für viel mehr«, stimmte Maya zu. Trotz des Eindringens von Terranern wollte sie kein immigrantenfeindliches Gerede hören. Aber Charlotte war wieder im Exekutivrat und hatte seit Jahren eine enge Beziehung zur Erde gepflegt. Darum fiel es ihr schwer zu sagen: »Es geht nicht um die Zahlen. Es kommt darauf an, wer sie sind und was sie glauben. Die Schwierigkeiten mit der Assimilation werden wirklich ernst.«

Maya nickte. »Ich habe auch darüber gelesen.«

»Ja. Wir haben auf jede erdenkliche Weise versucht, die Neuankömmlinge zu integrieren, aber sie ballen sich zusammen, und man kann sie nicht einfach auseinanderbringen.«

»Nein.«

»Aber es tauchen so viele Probleme auf. Es hat Fälle von Sharia gegeben, Inzest, streitsüchtige ethnische Gruppen, Angriffe seitens der Immigranten auf Eingeborene, oft Männer gegen Frauen, aber nicht immer. Und Banden junger Eingeborener üben Vergeltung, belästigen die neuen Siedlungen und so weiter. Es herrscht große Unruhe. Und das bei einer – wenigstens dem Gesetz nach – reduzierten Einwanderung. Aber die UN sind deswegen wütend auf uns und wollen noch mehr schicken. Und dann werden wir eine Art menschlicher Müllplatz werden, und all unsere Arbeit wird vernichtet sein.«

»Hmm.« Maya schüttelte den Kopf. Natürlich kannte sie das Problem. Aber es war ein deprimierender Gedanke, dass derartige Verbündete sich abwenden und der anderen Seite anschließen würden, bloß weil die Situation schwierig wurde. »Aber bei allem, was ihr tut, müsst ihr die UN mit einberechnen. Wenn ihr die Immigration verbietet und sie trotzdem einwandern und die UN das unterstützen, wird unsere Arbeit noch schneller zunichtegemacht sein. Das ist es doch, was mit diesen Übergriffen geschieht, nicht wahr? Es wäre besser, Einwanderung zu gestatten, aber auf dem niedrigsten Niveau zu halten, das die UN zufriedenstellt, und mit den Immigranten zu arbeiten, wenn sie hier sind.«

Die beiden Frauen nickten missmutig. Sie aßen eine Weile schweigend und schauten auf das frische Blau der morgendlichen See. »Die Exmetas sind auch ein Problem«, sagte Ariadne. »Die drängen noch mehr herein als die UN.«

»Natürlich.« Für Maya war es keine Überraschung, dass die alten Metanationalen auf der Erde immer noch eine solche Macht hatten. Natürlich hatten sie alle das Praxis-Modell zum Überleben nachgeahmt und waren deshalb mit diesem fundamentalen Wandel in ihrer Natur nicht mehr wie totalitäre Lehnsherren, die sich anschickten, die Welt zu erobern. Sie waren aber immer noch groß und stark, umfassten eine Menge Leute und besaßen viel angehäuftes Kapital. Und sie wollten immer noch Geschäfte machen, um den Lebensunterhalt ihrer Mitglieder zu bestreiten. Ihre Strategien dafür waren manchmal bewundernswert und manchmal nicht. Man konnte Dinge produzieren, die die Leute wirklich benötigten. Auf eine neue und bessere Art. Oder man konnte krumme Dinge drehen und versuchen, sich Vorteile zu erpressen oder falsche Bedürfnisse zu wecken. Die meisten Exmetas verfolgten natürlich eine gemischte Strategie und versuchten, durch Diversifikation Stabilität zu erzielen, wie in ihren alten Tagen des Investments. Aber dadurch wurde die Bekämpfung der schlechten Strategien irgendwie noch schlechter durchzuführen, weil jeder sie in gewissem Umfang anwandte. Und jetzt verfolgten viele Exmetas sehr aktive Marsprogramme. Sie arbeiteten für die Regierungen der Erde und transportierten Menschen von der Erde herauf, erbauten Städte und gründeten Farmen, Bergwerke, Produktionsstätten und Handelsplätze. Manchmal schien es, als würde die Emigration von der Erde zum Mars erst aufhören, wenn ein exaktes Gleichgewicht der Überfüllung erreicht wäre. Und das würde angesichts der hypermalthusianischen Lage auf der Erde eine Katastrophe für den Mars bedeuten.

»Ja, ja«, sagte Maya ungeduldig. »Trotzdem müssen wir versuchen zu helfen und müssen uns im Bereich des Akzeptablen gegenüber der Erde halten. Sonst wird es Krieg geben.«

Charlotte und Ariadne gingen wieder. Beide sahen so besorgt aus, wie Maya sich fühlte. Und plötzlich fiel Maya ein, dass die beiden, wenn sie zu ihr um Hilfe kamen, wirklich in großen Schwierigkeiten stecken mussten.

Sie nahm ihre direkte politische Arbeit wieder auf, obwohl sie sich bemühte, sie in Grenzen zu halten. Sie reiste nur selten von Odessa fort, außer in Angelegenheiten der AWT. Sie arbeitete weiter mit der Theatergruppe, die jetzt auf jeden Fall das wahre Herz ihrer politischen Arbeit geworden war. Aber sie ging wieder zu Versammlungen und trat manchmal vor die Leute und redete. Der Wertewandel nahm viele Formen an. Eines Abends ließ sie sich sogar hinreißen und willigte ein, für Odessas Sitz im globalen Senat als Mitglied der Terranischen Gesellschaft von Freunden zu kandidieren, falls sich kein günstigerer Kandidat finden sollte. Später, als sie Gelegenheit hatte, darüber nachzudenken, bat sie, zuerst nach jemand anderem zu suchen; und am Ende entschloss man sich für einen der jungen Stückeschreiber der Gruppe, der in der Stadtverwaltung von Odessa arbeitete. Eine gute Wahl. Damit ging der Kelch an ihr vorüber, und sie fuhr fort, die Quäker der Erde zu unterstützen, wenn auch immer weniger aktiv, denn sie fühlte sich dabei immer unbehaglicher, weil man die Aufnahmekapazität eines Planeten nicht überbeanspruchen konnte, ohne eine Katastrophe heraufzubeschwören. Das hatte die Geschichte der Erde seit dem neunzehnten Jahrhundert bewiesen. Man musste vorsichtig sein. Es war ein Drahtseilakt: Man durfte nicht zu viele Leute hereinlassen, aber es war besser, mit einer begrenzten Periode der Überbevölkerung fertigzuwerden, als es mit einer regelrechten Invasion aufnehmen zu müssen. Und das war ein Punkt, den sie in allen Versammlungen betonte.

Und während dieser ganzen Zeit befand Nirgal sich draußen in der Wildnis, führte ein Nomadenleben, sprach mit den Wilden und Bauern und hatte, wie sie hoffte, seinen gewohnten Einfluss auf die Weltanschauung der Marsbevölkerung, die Michel sein kollektives Unterbewusstsein nannte. Maya setzte einen großen Teil ihrer Hoffnungen auf Nirgal. Und sie tat ihr Bestes für den anderen Zug ihres Lebens, die Beschäftigung mit der Geschichte. Das war in mancher Hinsicht der allerwichtigste Faden, da er sich durch ihr Leben gezogen hatte und es zu einer großen Schleife bis zurück zu den Vorahnungen in ihrem früheren Leben in Odessa zusammengerafft hatte.

So war das schon eine böse Art von Déjà-vu. Und dann kamen die realen Déjà-vus zurück und sogen wie immer das Leben aus allen Dingen. Oh, ein einzelnes Aufblitzen der Erregung war natürlich nur ein Ruck, eine schreckliche Erinnerung, die wieder verschwand. Aber ein ganzer Tag war eine Qual und eine Woche die wahre Hölle. Michel sagte, die aktuellen medizinischen Zeitschriften nannten es den stereotemporalen Zustand. Andere bezeichneten ihn als die stets bereite Sensation. Das war offenbar für einen gewissen Prozentsatz der Alten ein Problem. Keine andere Emotion konnte für Maya schlimmer sein.

An solchen Tagen erwachte sie, und jeder Moment des Tages wurde zu einer exakten Wiederholung eines früheren identischen Tages. So kam es ihr vor wie Nietzsches Vorstellung von der ewigen Wiederkehr, der endlosen Wiederholung aller möglichen raumzeitlichen Kontinuen, die für sie als erlebte Erfahrung transparent geworden war. Schrecklich, schrecklich! Und dennoch konnte sie nichts tun, als sich wie ein Zombie durch die stets bereitstehenden voraussagbaren Tage zu quälen, bis der Fluch sich hob – manchmal in einem raschen Ruck zurück in den nicht stereotemporalen Zustand, wo eine doppelte Vision ihre Schärfe wiedergewann und den Dingen ihre Tiefe wiedergab. Zurück zum Realen mit seinem herrlichen Gefühl von Neuheit, Kontingenz und blindem Werden, wo sie frei war, jeden Moment mit Überraschung zu erfahren und das gewöhnliche Auf und Ab ihrer emotionalen Sinuswelle zu erleben, eine Berg- und Talfahrt, die zwar unbequem, aber doch wenigstens Bewegung war.

»Ah, gut!«, sagte Michel, als sie aus einem dieser Anfälle herauskam und sich wunderte, welche Drogen man ihr gegeben haben konnte, um das zu schaffen.

»Vielleicht sollte ich einfach auf die andere Seite von Presque-vu gehen«, sagte Maya mit matter Stimme. »Nicht Déjà- oder Presque- oder Jamais-, sondern bloß *vu*.«

»Eine Art Erleuchtung, Satori«, mutmaßte Michel. »Oder Epiphanie. Eine mystische Einheit mit dem Universum. Nach allem, was ich gehört habe, ist das meist nur ein kurzlebiges Phänomen. Ein einmaliges Erlebnis.«

»Mit Nachwirkungen?«

»Ja. Danach fühlt man sich allgemein besser. Aber – na ja – man sagt, es kommt gewöhnlich nur nach Erreichen einer gewissen …«

»Gelassenheit?«

»Nein … wobei, doch. Seelenfriede, könnte man sagen.«

»Nicht mein Fall also, willst du sagen?«

Das löste ein Grinsen aus. »Aber es könnte kultiviert werden. Ich meine, sich darauf vorzubereiten. Das ist es, was man im Zen-Buddhismus macht, wenn ich ihn recht verstehe.«

Also las sie einige Zen-Texte. Aber die machten ihr klar: Zen war nicht Information, sondern Verhalten. Wenn man sich richtig verhielt, konnte die mystische Klarheit herabsteigen. Oder auch nicht. Und wenn sie es tat, war es gewöhnlich ein flüchtiger Moment, eine Vision.

Maya war in ihren Gewohnheiten für eine solche Art von Veränderung in ihrem mentalen Verhalten zu sehr verhaftet. Sie hatte ihre Gedanken nicht so unter Kontrolle, dass sie sich auf eine Gipfelerfahrung hätte vorbereiten können. Sie lebte ihr Leben, und diese mentalen Zusammenbrüche setzten ihr zu. Das Nachdenken über die Vergangenheit war anscheinend mit daran schuld, dass sie auftraten. Darum konzentrierte sie sich auf die Gegenwart, soweit sie konnte. Das war schließlich Zen, und sie wurde darin recht gut. Es war seit Jahren ihre instinktive Überlebensstrategie gewesen. Aber ein Gipfelerlebnis … Manchmal sehnte sie sich danach; denn das, was man beinahe gesehen hatte, glaubte man schließlich wirklich gesehen zu haben. Ein Presque-vu würde sich auf sie herabsenken, und die Welt würde jene Aura vager starker Bedeutung außerhalb ihrer Gedanken annehmen; und sie würde dastehen und drängen oder sich entspannen oder bloß versuchen zu folgen und es zu fassen – neugierig, furchtsam, hoffend. Und dann würde es verblassen und vergehen. Dennoch, eines Tages … Wenn es nur deutlich werden würde! Das könnte in der Zeit danach hilfreich sein. Und manchmal war sie so neugierig. Wie würde die Einsicht sein? Was für ein Verständnis mochte es sein, das in solchen Zeiten knapp außerhalb ihres Geistes harrte? Es fühlte sich zu real an, um bloß eine Illusion zu sein …

So nahm sie, obwohl sie erst gar nicht auf den Gedanken kam, dass es das sein könnte, was sie suchte, eine Einladung von Nirgal an, mit ihm das Olympus-Mons-Festival zu besuchen. Michel hielt das für eine großartige Idee. Einmal in jedem M-Jahr im nördlichen Frühling trafen sich Leute auf dem Gipfel von Olympus Mons nahe dem Krater Zp, um ein Fest innerhalb einer Kaskade halbmondförmiger Kuppelzelte über Steinen und Kachelmosaiken zu feiern. Wie während der ersten Zusammenkunft dort, als man das Ende des Großen Sturmes feierte, als der Eisasteroid über den Himmel geflammt war und John von der kommenden marsianischen Gesellschaft zu ihnen gesprochen hatte.

Welche Gesellschaft, fragte sich Maya, als sie in einem Waggon den großen Vulkan hinauffuhren, hatte ihr Ziel erreicht, wenigstens zu gewissen Zeiten und an gewissen Orten? Jetzt, hier, hier sind wir. Auf Olympus, jedes Jahr an $L_s = 90$, zum Gedenken an Johns Versprechen und zur Feier dieser Errungenschaft. Bei Weitem die größere Anzahl der Feiernden waren junge Eingeborene; aber es gab auch eine Menge neuer Einwanderer, die heraufgekommen waren, um das berühmte Festival kennenzulernen, und mit der Absicht, die ganze Woche lang eine Party zu feiern, meistens von ständigem Musizieren oder Tanzen oder beidem begleitet. Maya zog es vor zu tanzen, da sie immer noch kein anderes Instrument spielte als das Tamburin. Und sie verlor dort Michel und alle ihre anderen Freunde, Nadia und Sax, Marina, Ursula und Mary, Nirgal, Diane und alle Übrigen, sodass sie mit Fremden tanzen und vergessen konnte. Sie konzentrierte sich ausschließlich auf die vorbeiziehenden strahlenden Gesichter, jedes einzelne wie ein Pulsar von Bewusstsein, der rief: *Ich lebe, ich lebe, ich lebe.*

Ein großartiger Tanz, die ganze Nacht lang. Ein Zeichen, dass Assimilation möglich war. Die Areophanie wob ihren unsichtbaren Zauber über jeden, der auf den Planeten kam, sodass die schädliche Vergangenheit der Erde geschwächt und vergessen und die wahre Kultur des Mars zumindest in der kollektiven Schöpfung verwirklicht werden konnte. Schönheit. Aber kein Gipfelerlebnis. Dies war nicht der Ort für sie. Es war vielleicht zu sehr die tote Hand der Vergangenheit im Spiel. Die Dinge waren auf dem Gipfel von Olympus Mons zu sehr die gleichen geblieben. Der Himmel war noch immer schwarz und gestirnt und mit einem purpurnen Band um den Horizont ... Rund um den gewaltigen Rand waren Herbergen errichtet worden, wie Marina sagte, zur Aufnahme von Pilgern, wenn sie um den Gipfel wanderten. Und andere Unterkünfte gab es unten in der Caldera für die roten Kletterer, die ihre Existenz dort in der Welt sich überlappender konvexer Klippen fristeten. Seltsam, was die Leute so machten, dachte Maya, seltsam, welche Schicksale jetzt auf dem Mars realisiert wurden.

Aber nicht von ihr. Olympus Mons war zu hoch und daher zu sehr der Vergangenheit verhaftet. Es war nicht der Ort, an den sie ging, um das Erlebnis zu haben, nach dem sie suchte.

Sie ergriff auf der Rückfahrt nach Odessa aber die Gelegenheit zu einem langen Gespräch mit Nirgal. Sie berichtete ihm von Charlotte und Ariadne und deren Sorgen; und er nickte und erzählte von einigen seiner Abenteuer in der Wildnis, von denen viele den Fortschritt bei der Assimilation illustrierten. Er prophezeite zuversichtlich: »Wir werden am Ende gewinnen. Der Mars ist gerade jetzt das Schlachtfeld von Vergangenheit und Zukunft, und die Vergangenheit besitzt ihre Kraft, aber die Zukunft ist es, wohin wir alle gehen. In ihr steckt eine unerbittliche Macht, wie ein an uns saugendes Vakuum. Das kann ich in diesen Tagen beinahe fühlen.« Und er sah glücklich aus.

Dann holten sie ihr Gepäck aus dem Stauraum über den Sitzen, und er küsste sie auf die Wange. Er war mager und hart und entglitt ihr. »Wir werden weiter daran arbeiten, nicht wahr? Ich werde dich und Michel in Odessa besuchen. Ich liebe dich.«

Natürlich fühlte sie sich dadurch besser. Kein einmaliges Erlebnis, aber eine Bahnfahrt mit Nirgal, ein Gespräch mit diesem schwer erreichbaren Eingeborenen, ihrem überaus geliebten Sohn.

Aber nach der Rückkehr vom Berg war sie weiterhin das Opfer ihrer »mentalen Vorfälle«, wie Michel sie nannte. Er wurde jedes Mal besorgter, wenn sich einer ereignete. Maya merkte, dass sie ihn erschreckten, obwohl er das zu verbergen suchte. Und das war auch kein Wunder. Solche »Vorfälle« und andere ähnliche kamen bei vielen seiner älteren Patienten vor. Die gerontologischen Behandlungen halfen anscheinend nicht dagegen, dass sich die Erinnerungen der Menschen an ihre immer länger werdenden Vergangenheiten klammerten. Und als ihnen ihre Vergangenheiten von Jahr zu Jahr mehr entglitten und ihr Gedächtnis nachließ, traten die »Vorfälle« immer häufiger auf, bis einige Leute sogar in Nervenkliniken eingewiesen werden mussten.

Oder sie starben. Das Institut für Erste Siedler, mit dem Michel zusammenarbeitete, nahm jedes Jahr eine kleinere Gruppe von Personen auf. Auch Vlad starb in jenem Jahr. Danach zogen Marina und Ursula von Acheron nach Odessa. Nadia und Art waren schon nach West-Odessa übergesiedelt, nachdem ihre Tochter Nikki erwachsen geworden und in die Welt gezogen war. Sogar Sax Russell nahm sich ein Apartment in der Stadt, obwohl er immer noch den größten Teil des Jahres in Da Vinci verbrachte.

Für Maya waren diese Veränderungen sowohl gut als auch schlecht. Gut, weil sie all diese Leute liebte und es sich so ergab, dass sie sich um sie scharten, was ihrer Eitelkeit wohltat. Und es war eine große Freude, ihre Gesichter zu sehen. So half sie zum Beispiel Marina, Ursula beizustehen, damit diese mit dem Verlust von Vlad fertig wurde. Es schien, als wären Ursula und Vlad irgendwie das echte Paar gewesen, obwohl Marina und Ursula … Nun, es gab keine Gewissheit über die Beteiligten dieser *ménage à trois*, ganz gleich, wie sie auch zusammengesetzt gewesen sein mochte. Jedenfalls waren Marina und Ursula übrig geblieben, ein in seinem Kummer sehr enges Paar, sonst aber sehr wie die jungen eingeborenen gleichgeschlechtlichen Paare, die man in Odessa sah. Männer Arm in Arm auf der Straße, Frauen Hand in Hand.

So freute sie sich, die beiden oder Nadia oder sonst jemanden von der alten Bande zu sehen. Aber sie konnte sich nicht immer an die Ereignisse erinnern, die sie als unvergesslich erörterten. Und das war beunruhigend. Eine andere Art von Jamais-vu, ihr eigenes Leben. Nein, es war besser, sich auf den Moment zu konzentrieren, hinunterzugehen und am Wasser zu arbeiten oder an der Beleuchtung des aktuellen Stückes oder in den Bars zu sitzen und mit neuen Freunden von der Arbeit zu plaudern oder auch mit völlig Fremden. Zu warten, dass die Erleuchtung eines Tages kommen würde …

Samantha starb. Dann Wasili. Oh, es lagen zwei oder drei Jahre dazwischen; aber dennoch schien sich das Häufigkeitsmuster nach den langen Dekaden, in denen niemand von ihnen gestorben war, zu beschleunigen. Sie überstanden diese Leichenbegräbnisse so gut sie konnten. Inzwischen wurde alles dunkler, als auf der Corniche ein schwarzer Windstoß über dem Hellespont heranrückte. Die Nationen der Erde schickten immer noch illegale Einwanderer und landeten sie. Die UN drohten noch immer. China und Indonesien gingen sich plötzlich gegenseitig an die Kehle, und rote Saboteure jagten immer aggressiver die neuen Einrichtungen in die Luft – ohne Unterschied, rücksichtslos und mörderisch. Dann kam Michel eines Tages schwer bekümmert die Treppe herauf: »Yeli ist gestorben.«

»Was? Nein, o nein!«

»Eine Art Herzarrhythmie.«

»O mein Gott!«

Maya hatte Yeli seit Jahrzehnten nicht mehr gesehen; aber noch einen der restlichen Ersten Hundert zu verlieren, die Möglichkeit zu verlieren, Yelis schüchternes Lächeln wiederzusehen … nein. Sie hörte den Rest von dem, was Michel sagte, nicht, weniger aus Kummer als aus Ablenkung. Oder aus Trauer über sich selbst.

»Das wird nun immer öfter passieren«, sagte sie schließlich, als sie merkte, dass Michel sie anstarrte.

Er seufzte. »Kann sein.«

Wieder kamen die meisten der noch überlebenden Mitglieder der Ersten Hundert zur Trauerfeier nach Odessa, die Michel organisiert hatte. Maya erfuhr durch sie viel über Yeli, das meiste von Nadia. Er hatte Underhill verlassen und war schon früh nach Lasswitz gezogen. Er hatte geholfen, die zerstörte Stadt wieder aufzubauen und war ein Experte für Reservoir-Hydrologie geworden. Im Jahr '61 war er mit Nadia geflogen, bestrebt, Reparaturen auszuführen und sich aus den Unruhen herauszuhalten. Aber in Cairo, wo Maya ihn kurz gesehen hatte, war er von den anderen getrennt worden, und es gelang ihm nicht, hinab durch Marineris zu fliehen. Zu jener Zeit hatte sie angenommen, er sei damals getötet worden, wie Sasha. Aber tatsächlich hatte er überlebt, so wie die meisten Menschen in Cairo. Und nach der Revolte war er nach Sabishii gezogen, hatte mit dem Untergrund Verbindung aufgenommen und geholfen, Sabishii zur Hauptstadt der Demimonde zu machen. Er hatte eine Weile mit Mary Dunkel zusammengelebt; und als Sabishii von der UNTA abgeriegelt wurde, waren er und Mary nach Odessa gekommen. Sie waren zur Feier des fünfzigsten Marsjahres dort gewesen. Das war das letzte Mal, dass Maya sich erinnern konnte, ihn gesehen zu haben, genau wie die anderen Russen in der Gruppe, und sie hatten die alten Trinksprüche ausgebracht. Danach waren er und Mary aufgebrochen, erzählte Mary; und er war nach Senzeni Na gezogen und dort einer der Anführer in der Zweiten Revolution geworden. Als Senzeni Na sich in der Allianz von Ost-Tharsis mit Nicosia, Sheffield und Cairo zusammenschloss, war er gekommen, um in Sheffield zu helfen. Dann war er nach Senzeni Na zurückgekehrt, hatte im ersten unabhängigen Stadtrat gedient und war langsam einer der Großväter der dortigen Gemeinschaft geworden, wie viele der Ersten Hundert anderswo auf dem Mars. Er hatte eine *Nisei* aus Nigeria geheiratet, und sie hatten einen Sohn bekommen. Er war zweimal nach Moskau gereist und ein beliebter Kommentator für russische Nachrichtensendungen gewesen. Zuletzt hatte er mit Peter am Argyre-Projekt gearbeitet und einige große Reservoire unter den Charitum Montes geleert, ohne die Oberfläche zu schädigen. Eine auf Callisto lebende Urenkelin war schwanger. Dann war er eines Tages bei einem Picknick auf der Halde des Moholes von Senzeni Na zusammengebrochen, und sie hatten ihn nicht wiederbeleben können.

So gab es nur noch die Ersten Achtzehn. Obwohl Sax eine provisorische Vermutung wagte, dass es noch sieben mehr sein könnten, wenn Hirokos Gruppe noch irgendwo existierte. Maya hielt das für eine Fantasievorstellung, für ausgesprochenes Wunschdenken; aber andererseits neigte Sax nicht zu so etwas. Vielleicht war also doch etwas daran. Jedenfalls waren es mit Sicherheit noch achtzehn, und die jüngste von ihnen, Mary (sofern nicht Hiroko noch am Leben war), zählte jetzt 212 Jahre. Ann, die älteste, war 226. Maya selbst war 221, eine deutliche Absurdität; aber so war es, im Jahr 2206, nach den terranischen Nachrichtensendungen zu schließen …

»Es gibt aber Menschen in ihren zweihundertfünfzigern«, erklärte Michel, »und die Behandlungen könnten sehr wohl noch recht lange wirken. Es könnte auch nur ein ungünstiger Zufall sein.«

»Vielleicht.«

Jeder Todesfall schien ein Stück von ihm abzuschneiden. Er wurde immer finsterer, was Maya irritierte. Bestimmt dachte er immer noch, er hätte in der Provence bleiben sollen, die die Erfüllung seiner Wünsche darstellte. Diese imaginäre Heimat, die es immer noch gab, entgegen der offenkundigen Tatsache, dass der Mars seine Heimat war und es vom Augenblick ihrer Landung an gewesen war. Oder von dem Moment an, da er Hiroko getroffen oder er den Mars als Junge das erste Mal am Himmel gesehen hatte. Niemand konnte sagen, wann es geschehen war. Aber der Mars war seine Heimat, und das war jedem außer ihm selbst klar. Und dennoch sehnte er sich nach der Provence. Maya war beides für ihn: sein Exil und seine Heimat im Exil. Ihre Brüste waren die Berge, ihr Leib das Tal, ihre Vagina der Strand und das Meer der Provence. Natürlich war es unmöglich, dass die Heimat auch der Partner eines Menschen sein konnte; aber das war sowieso alles Nostalgie, und da Michel das Unmögliche für gut hielt, funktionierte das gewöhnlich auch, war ein Teil ihrer Beziehung. Wenn auch manchmal eine schreckliche Last für sie. Und das nie mehr als dann, wenn der Tod eines der Ersten Hundert ihn zu ihr trieb und damit zu den Gedanken an die Heimat.

Sax war durch eine Trauerfeier oder einen Gedenkgottesdienst immer verwirrt. Er empfand den Tod offenbar ganz deutlich als grobe Zumutung, ein Flattern des großen Unerklärlichen wie eine rote Flagge vor seinem Gesicht. Er konnte nichts dagegen tun. Es war ein wissenschaftliches Problem, das noch seiner Lösung harrte. Aber selbst er war durch die verschiedenen Manifestationen des raschen Verfalls überrascht, die sich in ständiger Wandlung befanden, mit Ausnahme der Geschwindigkeit ihrer Wirkung und des Fehlens einer klaren Ursache. Ein Wellenzusammenbruch wie ihr Jamais-vu, eine Art Jamais-vivre. Die Theorien waren endlos und unbrauchbar. Es war ein vitales Anliegen für die Alten und auch für die Jüngeren, die damit rechneten, genauso alt zu werden, mit anderen Worten: für jeden. Und darum gab es intensive Studien. Aber bisher wusste noch niemand sicher, was den raschen Verfall bewirkte, und ob es sich überhaupt um eine einzige isolierbare Ursache handelte. Und die Sterbefälle nahmen kein Ende.

Für Yelis Totenfeier hatten sie einen Teil seiner Asche wieder in einen Ballon gefüllt und starteten ihn von dem gleichen Punkt des Wellenbrechers wie bei Spencer. Sie standen weit draußen, sodass sie zurückblicken und über ganz Odessa schauen konnten. Danach zogen sie sich in die Wohnung von Maya und Michel zurück. Praxis hielt sie jetzt zusammen. Sie sahen Michels Skizzenbücher an und sprachen über Olympus Mons und Underhill. Die Vergangenheit. Maya ignorierte all das und servierte ihnen Tee und Gebäck, bis nur noch Michel, Sax und Nadia in dem Apartment waren. Der Leichenschmaus war vorbei, sie konnte sich entspannen. Sie blieb am Küchentisch stehen, legte Michel eine Hand auf die Schulter und blickte darüber weg auf ein grobgekörntes Schwarzweißfoto, das Flecken hatte, die von Spaghettisoße und Kaffee herrühren mochten. Das verblasste Bild eines jungen Mannes, der mit einem zuversichtlichen wissenden Lächeln direkt in die Kamera grinste.

»Was für ein interessantes Gesicht!«, sagte sie.

Michel versteifte sich. Nadia machte ein betroffenes Gesicht. Maya merkte, dass sie etwas Falsches gesagt hatte. Selbst Sax sah etwas verlegen und fast bestürzt drein. Maya starrte unentwegt auf den jungen Mann auf dem Foto. Ihr fiel nichts dazu ein.

Sie verließ die Wohnung und ging die steilen Straßen von Odessa hoch, vorbei an den getünchten Häusern und den türkisfarbenen Jalousien und Fensterläden, den Katzen und den Terrakottablumenkästen, bis sie ganz oben angelangt war und viele Kilometer weit über die indigofarbene Fläche der Hellas-See blicken konnte. Beim Gehen weinte sie, ohne zu wissen weshalb. Eine seltsame Trostlosigkeit. Und dennoch war auch das schon einmal geschehen.

Etwas später befand sie sich im westlichen Teil der oberen Stadt. Dort war der Park, wo sie *The Blood Knot* aufgeführt hatten. Oder war es *Das Wintermärchen* gewesen? Ja, *Das Wintermärchen*. Aber dort würde es für sie keine Rückkehr ins Leben geben.

Na schön. Hier war sie nun. Sie ging langsam die langen Treppenalleen hinunter, immer weiter nach unten in Richtung ihres Hauses, und dachte über Bühnenstücke nach. Ihre Stimmung wurde im Hinuntergehen etwas leichter. Am Tor stand ein Ambulanzwagen. Sie fühlte sich kalt, als hätte man sie mit Eiswasser übergossen. Sie wandte sich ab und ging an dem Haus vorbei und weiter nach unten zur Corniche.

Sie ging in der Corniche auf und ab, bis sie zum Gehen zu müde war. Dann setzte sie sich auf eine Bank. Ihr gegenüber spielte in einem Straßencafé ein Mann sein wimmerndes Bandoneon, ein kahler Alter mit einem weißen Schnurrbart, Tränensäcken, runden Backen und roter Nase. Seine traurige Musik stand ihm ins Gesicht geschrieben. Die Sonne ging gerade unter, und die See war fast still. Die riesige Fläche schimmerte in jenem zähen glasigen Glanz, den flüssige Oberflächen manchmal entfalteten. Alles erschien so orange wie die über den Bergen im Westen verschwindende Sonne. Sie lehnte sich entspannt zurück und fühlte die Meeresbrise auf der Haut. Über ihr schwebten Möwen. Plötzlich erschien die Farbe des Meeres vertraut, und sie erinnerte sich, wie sie von der *Ares* auf den gefleckten orangefarbenen Ball hinuntergeschaut hatte, den Mars, der unberührte Planet. Der unter ihnen nach ihrer Ankunft im Orbit dahingerollt war als ein Symbol für die ewige Möglichkeit auf Glück. Sie war seither nie glücklicher gewesen als damals.

Und dann überkam sie wieder das Gefühl, die vorepileptische Aura des Presque-vu, die glitzernde See, eine weite Bedeutsamkeit, die alles übergoss, überall immanent war, sich aber knapp außerhalb der Reichweite des Bewusstseins hielt und auf den Dingen lastete … Mit einem leichten Ruck kam sie darauf. Dass der eigentliche Aspekt des Phänomens dieses selbst war, dass die Bedeutung von allem immer knapp außer Reichweite lag, in der Zukunft, und sie vorwärtszog. Dass man in besonderen Momenten diesen gezeitenartigen Zug des Werdens wie einen Eindruck scharfer glücklicher Vorwegnahme empfand, wie sie ihn gehabt hatte, als sie aus der *Ares* auf den Mars hinunterblickte, wobei ihr unbewusster Sinn nicht von dem Abfall einer toten Vergangenheit erfüllt war, sondern von den unvorhersehbaren Möglichkeiten der lebendigen Zukunft. Ja, alles konnte geschehen, einfach alles. Und als das Presque-vu langsam von ihr wich, ungesehen und dennoch diesmal verstanden, saß sie erfüllt und strahlend auf der Bank. Hier war sie schließlich und endlich, und das Potenzial zum Glück würde immer in ihr sein.

DREIZEHNTER TEIL

EXPERIMENTE

Nirgal kam gerade noch rechtzeitig nach Sheffield herauf. Er nahm vom Bahnhof aus die U-Bahn zur Steckdose, ohne etwas um sich herum wahrzunehmen. Durch die großen Hallen der Steckdose ging er zur Abfahrtlounge. Und da war sie.

Als sie ihn sah, freute sie sich, dass er gekommen war, war aber verärgert, weil er so spät kam. Es war fast Zeit zu gehen. Am Kabel hinauf, in ein Shuttle, hinaus zu einem der frisch ausgehöhlten Asteroiden. Dieser war besonders groß und luxuriös. Und dann weiter fort, weiter hinaus. Einige Monate lang Beschleunigung, bis er mit ein paar Prozent der Lichtgeschwindigkeit dahintreiben konnte. Denn dieser Asteroid war ein Sternenschiff, und sie waren unterwegs zu einem Stern bei Aldebaran, wo ein marsähnlicher Planet in einem erdähnlichen Orbit um eine solähnliche Sonne kreiste. Eine neue Welt, ein neues Leben. Und Jackie flog hin.

Nirgal konnte das immer noch nicht ganz glauben. Er hatte erst vor zwei Tagen ihre Mitteilung bekommen und seither nicht geschlafen, als er sich zu entscheiden versuchte, ob das eine Rolle spielte, ob es ein Teil seines Lebens war, ob er sie verabschieden sollte, ob er versuchen sollte, es ihr auszureden.

Als er sie jetzt sah, wusste er, dass er ihr es nicht würde ausreden können. Sie würde gehen. Ich will etwas Neues ausprobieren, hatte sie in ihrer Nachricht gesagt, einer Tonaufzeichnung ohne Bild. Ihre Stimme aus seinem Handgelenkscomputer: Hier gibt es für mich nichts mehr. Ich habe meinen Teil beigetragen. Ich will etwas Neues ausprobieren.

Die Gruppe im Sternenschiff war größtenteils aus Dorsa Brevia. Nirgal hatte Charlotte angerufen, um herauszubekommen, warum. Es ist kompliziert, hatte Charlotte geantwortet. Es gibt eine Menge Gründe. Dieser Planet, zu dem sie fliegen, ist verhältnismäßig nahe und fürs

Terraforming bestens geeignet. Die Menschheit tut hier einen großen Schritt. Den ersten Schritt zu den Sternen.

Ich weiß, hatte Nirgal gesagt. Es waren schon eine ganze Reihe Sternenschiffe zu anderen aussichtsreichen Planeten gestartet. Der Schritt war schon gemacht worden.

Aber dieser Planet ist bisher der vielversprechendste. Und in Dorsa Brevia fragen sich die Leute, ob wir nicht diesen Abstand von der Erde für einen neuen Anfang nutzen sollten. Der härteste Teil ist das Verlassen der Erde. Und jetzt sieht es wieder schlimm aus. Diese nicht genehmigten Einwanderungen könnten der Anfang einer Invasion sein. Und wenn man glaubt, der Mars sei die neue demokratische Gesellschaft und die Erde der alte Feudalismus, dann kann der Zustrom so gedeutet werden, als wollte das Alte das Neue erdrücken, ehe es zu groß wird. Sie sind uns im Verhältnis von zwanzig Milliarden zu zwei zahlenmäßig überlegen. Darum überlegen die Leute in Dorsa Brevia, ob sie etwas mehr Distanz gewinnen sollten. Zum Aldebaran sind es nur zwanzig Jahre, und sie werden lange leben. Darum fliegt eine Gruppe von ihnen hin. Familien, Familiengruppen, Paare ohne Kinder, kinderlose Singles. Es ist wie bei den Ersten Hundert, die zum Mars flogen, wie in den Tagen von Boone und Chalmers.

Und so saß Jackie nun auf dem Teppichboden der Abfluglounge, Nirgal stand neben ihr. Sie blickte nach unten. Sie glättete den Teppich mit der Hand und zeichnete Figuren in das Gewebe – Buchstaben. Sie schrieb: Nirgal.

Er setzte sich neben sie. Die Lounge war voll, aber es herrschte Ruhe. Die Menschen sahen ernst, blass, aufgeregt, nachdenklich oder fröhlich aus. Durch ein breites Fenster schauten sie in das Innere der Sockelmuffe, wo Aufzugskabinen an den Wänden lehnten und der Fuß des 37 000 Kilometer langen Kabels zehn Meter über dem Betonboden schwebte.

Also gehst du, sagte Nirgal.

Ja, sagte Jackie. Ich will einen Neubeginn versuchen.

Nirgal sagte nichts.

Es wird ein Abenteuer, sagte sie.

Bestimmt. Er wusste nicht, was er sonst sagen sollte.

In den Teppich schrieb sie: Jackie Boone went to the Moon.

Es ist eine erhabene Idee, wenn man darüber nachdenkt, sagte sie. Die Menschheit breitet sich in die Galaxis aus. Stern um Stern, immer weiter nach draußen. Das ist unsere Aufgabe. Ich habe Gerüchte gehört, Hiroko sei längst dort draußen. Sie und ihre Gruppe hätten eines der ersten Sternenschiffe bestiegen, die zu Barnards Stern unterwegs sind. Um eine neue Welt in Angriff zu nehmen. Viriditas *zu verbreiten.*

Das ist so wahrscheinlich wie jede andere Geschichte, erwiderte Nirgal. Und es stimmte. Er konnte sich vorstellen, dass Hiroko so etwas tat, wieder aufbrach, sich mit der neuen Diaspora, der neuen Menschheit zwischen den Sternen zusammentat. Erst Besiedlung der nahen Planeten und dann von dort aus weiter. Ein Schritt aus der Wiege. Das Ende der Vorgeschichte.

Er starrte ihr Profil an, während sie auf den Teppich schrieb. Das war der Moment, in dem er sie zum letzten Mal sehen würde. Für sie beide war es so, als stürbe der andere.

Das traf für viele Paare zu, die in diesem Raum schweigend beisammenhockten. Diese Leute mussten jeden verlassen, den sie kannten.

Wie bei den Ersten Hundert. Deswegen waren sie alle so seltsam. Sie waren gewillt, jeden Menschen zu verlassen, den sie kannten, um mit neunundneunzig Fremden fortzugehen. Einige von ihnen waren berühmte Wissenschaftler gewesen, und alle dürften Eltern gehabt haben. Aber keiner von ihnen hatte Kinder gehabt, keiner war verlobt gewesen, mit Ausnahme der drei Ehepaare, die zu den Ersten Hundert gehört hatten. Kinderlose Singles mittleren Alters, bereit für einen neuen Anfang. Das waren sie gewesen. Und jetzt war Jackie so: kinderlos, Single.

Nirgal wandte den Blick ab, schaute zurück. Da war sie, im hellen Licht. Ein feiner Glanz auf ihrem schwarzen Haar. Sie schaute zu ihm auf und dann wieder nach unten. Sie schrieb: Wo immer du auch hingehst, da bist du.

Sie blickte wieder zu ihm auf und fragte: Was meinst du, was mit uns passiert ist?

Ich weiß es nicht.

Sie saßen da und blickten beide auf den Teppich. Durch das Fenster war zu sehen, wie in der Kabelkammer eine Aufzugskabine über den Boden schwebte, in aufrechter Stellung, als bewegte sie sich über eine Schiene auf das Kabel zu. Sie koppelte an, und eine Gangway fuhr aus und umschloss eine Seite.

Geh nicht!, wollte er sagen. Geh nicht! Verlass diese Welt nicht für immer! Verlass mich nicht! Erinnerst du dich an die Zeit, als die Sufis uns getraut haben? Erinnerst du dich an die Zeit, als wir uns in der Wärme eines Vulkans geliebt haben? Erinnerst du dich an Zygote?

Er sagte nichts. Sie erinnerte sich.

Ich weiß es nicht.

Er langte hinunter und rieb über den Flor des Teppichs, sodass er die letzten beiden Worte auswischte. Mit dem Zeigefinger schrieb er: sind wir.

Sie lächelte wehmütig. Was waren Worte gegen all diese Jahre?

Die Lautsprecher verkündeten, dass der Aufzug zur Abfahrt bereit sei. Leute standen auf und redeten mit erregten Stimmen. Nirgal stand Jackie gegenüber. Sie schaute ihm in die Augen. Er drückte sie fest an sich. Das war ihr Körper in seinen Armen, so real wie Fels. Ihr Haar in seinen Nasenlöchern. Er holte Luft und hielt den Atem an. Ließ sie los. Sie ging ohne ein Wort. Am Eingang zur Gangway blickte sie noch einmal zurück. Ihr Gesicht. Und dann war sie fort.

Später erhielt er aus dem Weltraum eine Mitteilung: Wo immer du auch hingehst, da sind wir. *Das stimmte nicht. Aber er fühlte sich dadurch besser. Worte konnten so viel ausrichten. Na schön, sagte er sich, während er seine Tage mit Wanderungen auf dem Planeten verbrachte. Jetzt bin ich unterwegs zum Aldebaran.*

Die nördliche Polinsel hatte wahrscheinlich mehr Veränderung erfahren als jede andere Landschaft auf dem Mars. Das hatte Sax läuten gehört, und nun spazierte er auf einer Klippe am Rande des Chasma-Borealis-Flusses und sah sich an, was das bedeutete. Die Polkappe war etwa zur Hälfte geschmolzen, und die massiven Eiswände des Chasmas waren fast verschwunden, was ein Auftauen bewirkt hatte, das es auf dem Mars seit dem frühen Hesperian nicht mehr gegeben hatte. Und dieses ganze Wasser war in jedem Frühling und Sommer über die geschichteten Sand- und Lößgebiete gerauscht und hatte sie mit großer Gewalt durchschnitten. Die Senken im Gelände waren zu tiefen Canyons mit Sandwänden ausgewaschen worden, die sich flussabwärts in sehr instabilen Wasserläufen zum Nordmeer hinzogen, im Frühling Schmelzwasser kanalisierten und sich rasch verlagerten, wenn Abhänge und Erdrutsche kurzlebige Seen schufen, ehe die Hindernisse durchschnitten und ihrerseits weggeschwemmt wurden, wobei nur noch Strandterrassen und Durchbrüche übrig blieben.

Sax blieb stehen und schaute in einen diesen Durchbrüche hinunter. Er berechnete, wie viel Wasser sich in dem See angesammelt haben musste, ehe der Damm gebrochen war. Man durfte nicht zu nahe an der Kante stehen bleiben, weil die neuen Canyonränder keineswegs stabil waren. Es waren wenig Pflanzen zu sehen. Nur hie und da gab es einen Streifen blasser Flechtenfarbe, der etwas Abwechslung zu den mineralischen Tönen bot. Der River Borealis war ein breites Sumpfgebiet voller bewegter Gletschermilch mehr als zweihundert Meter unter ihm. Zuflüsse schnitten weniger tief in abschüssige Täler ein und entluden ihre Fracht in trüben Wasserfällen aus dünner Farbe.

Oberhalb der Canyons war nun, was einst der Boden von Chasma Borealis gewesen war: ein Plateau, von Nebenflüssen durchschnitten in einem Muster wie Adern in einem Blatt. Das war ursprünglich geschichtetes Terrain gewesen und sah jetzt aus, als wären künstlich Höhenlinien in die Landschaft ziseliert worden; und die Schnitte sahen aus, als wären die Kurvenlinien viele Meter tief eingeritzt worden, als hätte die Karte das Gelände bis in große Tiefe markiert.

Es war fast Mittsommer, und die Sonne zog nahezu Tag und Nacht über den Himmel. Wolken lösten sich im Norden vom Eis. Wenn die Sonne am tiefsten stand, entsprechend der Mitte das Nachmittags, trieben diese Wolken in dicken Nebeln südwärts zum Meer, die bronze-, purpur- oder fliederfarben oder in anderen wechselnden zarten Farbtönen schimmerten. Vereinzelte *Fellfield*-Blumen verzierten das geschichtete Plateau und erinnerten Sax an den Arena-Gletscher, jene Landschaft, die lange vor seinem Unfall seine Aufmerksamkeit erregt hatte. An diese Begegnung konnte Sax sich nur mit Mühe erinnern; sie hatte sich aber offenbar auf die Weise eingeprägt, in der Gänseküken die erste Kreatur, die sie sehen, als ihre Mutter betrachten. Es gab große Wälder in den gemäßigten Zonen, wo Bestände an Riesensequoien das Unterholz aus Kiefern beschatteten. Es gab eindrucksvolle Meeresklippen, in denen große Schwärme schreiender Vögel hausten. Es gab Terrarien von Kraterdschungeln aller Art, und in den Wintern die endlosen Flächen von Sastrugi-Schnee. Es gab Schluchten wie vertikale Welten, große Wüsten mit rotem, sich verlagerndem Sand, Vulkanhänge aus schwarzem Geröll. Es gab jede Art von Biom, egal wie groß und klein. Aber Sax war diese karge Biolandschaft am liebsten.

Er ging weiter über die Felsen. Sein kleiner Wagen folgte ihm, so gut er konnte, und überquerte die Zuflüsse des Borealis-Stroms weiter oben bei den ersten Furten. Das sommerliche Blühen, obwohl schwer zu erkennen, wenn man mehr als zehn Meter entfernt war, war dennoch intensiv farbig und auf seine Weise ebenso eindrucksvoll wie der Regenwald. Der von diesen Pflanzen erzeugte Boden war nur sehr dünn und würde sehr langsam dicker werden. Und es war schwierig, ihn zu vermehren, denn jeder in die Canyons fallende Boden wurde schließlich in das Nordmeer gespült. Auf dem geschichteten Terrain waren die Winter so streng, dass Boden wenig nutzte, da er ein Teil des Permafrostes wurde. Also ließ man die *Fellfields* in ihrem eigenen langsamen Tempo zu Tundren werden und sparte den Mutterboden für erfolgversprechendere Regionen im Süden auf. Sax fand das richtig. Es beließ jedem für viele kommende Jahrhunderte das Erlebnis des ersten Areobioms, in all seiner Kargheit und unirdischen Schönheit.

Sax stapfte über das Geröll und beachtete jedes pflanzliche Leben unter seinen Füßen. Dann ging er auf seinen Wagen zu, der inzwischen zu seiner Rechten außer Sicht geraten war. Die Sonne hatte ziemlich genau die gleiche Höhe, die sie den ganzen Tag gehabt hatte. Von der tiefen Senke, wo der neue schmale Fluss von Chasma Borealis dem Lauf des breiten alten folgte, entfernt, war es sehr schwer, die Orientierung zu behalten. Norden könnte überall im Bereich von 180 Grad liegen – im Grunde »hinter ihm«. Und es würde nicht helfen, aufs Geratewohl auf das Nordmeer zuzumarschieren, weil Polarbären an dieser Küste sehr gut gediehen und Seehunde und umherstreifende Krähen töteten.

Darum machte Sax einen Moment Pause und befragte die Karte auf seinem Handgelenkscomputer, um seinen genauen Standort zu bestimmen. Er hatte ein sehr gutes Kartenprogramm eingespeichert. Er stellte fest, dass er sich auf 31,63844° Länge und 84,89926° nördlicher Breite befand, plus oder minus ein paar Meter. Sein Wagen stand bei 31,64114° und 84,86857°. Wenn er wie auf einer ausgezeichneten natürlichen Treppe auf die Spitze dieses kleinen brotlaibförmigen Buckels im Westnordwesten kletterte, müsste er ihn sehen können. Jawohl, da rollte er in lässigem Marschtempo dahin. Und da, in den Ritzen dieses Brotlaibs (um diese anthropomorphe Analogie zu benutzen) wuchs etwas kleiner rötlicher Steinbrech, der hartnäckig im Schutze des geborstenen Steins hockte.

Etwas an diesem Bild war ungemein befriedigend: Das geschichtete Terrain, der Steinbrech im Licht, der kleine Wagen, der sich auf den einprogrammierten Treffpunkt mit ihm zubewegte, die angenehme Müdigkeit in seinen Füßen und dann noch etwas Undefinierbares, das er nicht benennen konnte. Es war nicht zu erklären, wieso die einzelnen Elemente des Erlebnisses nicht ausreichten, um das Vergnügen daran zu begründen. Eine Art Euphorie. Er nahm an, es war Liebe. Der Geist des Ortes, die Liebe zum Ort, die Areophanie – nicht nur, wie Hiroko sie beschrieben hatte, sondern vielleicht auch, wie sie sie erfahren hatte. Ah, Hiroko, konnte sie das hier wirklich die ganze Zeit als so schön empfunden haben? Eine gesegnete Kreatur. Kein Wunder, dass sie eine solche Aura ausgestrahlt, eine solche Gefolgschaft gefunden hatte. Schön, diesem Glück nahe zu sein, zu lernen, es selbst zu empfinden … Liebe zum Leben des Planeten. Sicher war die biologische Komponente der Landschaft ein entscheidender Bestandteil der Zuneigung. Selbst Ann hätte das, stünde sie jetzt neben ihm, sicher zugeben müssen. Eine interessante Hypothese, die man prüfen sollte. Ann, sieh dir diesen purpurnen Steinbrech an! Sieh, wie er irgendwie den Blick auf sich zieht! Das Interesse wird im Zentrum der krummlinigen Landschaft fixiert. Und so auch die spontan entstandene Liebe.

Dieses erhabene Land schien ihm eine Art Bild des Universums selbst zu sein, zumindest in seiner Beziehung von Leben zu Nichtleben. Sax war den biogenen Theorien von Gilles Deleuze gefolgt, einem Versuch, im kosmologischen Maßstab zu mathematisieren. Anders als Hirokos *viriditas*. Soweit Sax sehen konnte, behauptete Deleuze, dass *viriditas* beim Urknall eine fadenförmige Kraft gewesen wäre, ein komplexes Grenzphänomen zwischen Kräften und Partikeln, das vom Urknall als reine Möglichkeit auswärtsstrahlte, bis Planetensysteme der zweiten Generation die volle Palette schwerer Elemente angesammelt hatten. An dieser Stelle war Leben entsprungen, in »kleinen Urknallen«, hervorgebrochen am Ende jedes Fadens der *viriditas*. Es hatte nicht allzu viele Fäden gegeben, und sie waren gleichmäßig im Weltall verteilt gewesen. Der galaktischen Verklumpung folgend und sie zum Teil gestaltend. Dadurch war jeder Faden von den anderen so weit entfernt wie nur irgend möglich. So waren alle Inseln mit Leben in der Raumzeit weit voneinander getrennt. Das machte einen Kontakt zwischen zwei beliebigen Inseln sehr unwahrscheinlich, weil das alles späte Phänomene in großer Distanz vom Rest waren. Sie hatten keine Zeit für Kontakt gehabt. Diese Hypothese schien, wenn sie stimmte, Sax eine mehr als ausreichende Erklärung für SETIs Versagen zu sein. Jenes Schweigen der Sterne, das jetzt schon fast vierhundert Jahre andauerte. Ein Wimpernschlag im Vergleich mit der Milliarde Lichtjahre, durch die laut Deleuze alle Inseln des Lebens voneinander getrennt sein sollten.

Also existierte *viriditas* im Weltall wie dieser kleine Steinbrech auf den großen Sandkurven der Polarinsel: klein, isoliert, großartig. Sax sah vor sich ein gekrümmtes Universum, aber Deleuze behauptete, dass sie in einem flachen Universum lebten, auf dem Scheitelpunkt zwischen ständiger Expansion und dem Modell wechselnder Expansion und Kontraktion in delikatem Gleichgewicht. Und er behauptete auch, dass der Umkehrpunkt, wenn das Universum entweder anfinge zu schrumpfen oder aber sich so weit ausdehnen würde, dass es nicht mehr schrumpfen konnte, der Gegenwart sehr nahe zu sein schien! Das machte Sax misstrauisch, ebenso wie Deleuzes Implikation, dass man die Materie in der einen oder anderen Richtung beeinflussen könne. Wenn man auf den Boden stampfte, würde man das Weltall der Auflösung und dem Hitzetod näher bringen, oder man hielt den Atem an und würde alles nach innen ziehen zu dem unvorstellbaren Punkt des Eschaton. Nein! Das erste Gesetz der Thermodynamik machte dies neben vielen anderen Überlegungen zu einer kosmologischen Halluzination, dem Existenzialismus eines kleinen Gottes. Vielleicht ein psychologisches Resultat der jäh vergrößerten physischen Kräfte der Menschheit. Oder Deleuze tendierte selbst zum Größenwahn. Er dachte, er könnte alles erklären.

Tatsächlich war Sax misstrauisch gegenüber der ganzen derzeitigen Kosmologie, die die Menschheit immer wieder ins Zentrum der Dinge stellte. Es erweckte bei Sax den Eindruck, als wären all diese Formulierungen nur künstliche Gebilde der menschlichen Fantasie, als sickerte das starke anthropische Prinzip wie Farbe in alles ein, was sie sahen. Obwohl er einräumen musste, dass manche Beobachtungen einen sehr soliden Eindruck machten und nur schwer als ständiges Eindringen menschlicher Begriffe oder bloßer Zufall zu deuten waren. Natürlich war es schwer zu glauben, dass Sonne und Mond von der Erde aus genau gleich erscheinen sollten; aber es war so. Es gab Koinzidenzen. Aber die meisten dieser anthropozentrischen Merkmale schienen für Sax nur die Grenzen menschlichen Verstehens zu markieren. Es gab sehr wahrscheinlich Dinge, die größer waren als das Universum, und andere, die kleiner waren als Strings – manche noch größer als das Plenum, bestehend aus noch kleineren Bestandteilen. All das lag jenseits menschlicher Vorstellungskraft, sogar mathematisch gesehen. Wenn das wahr wäre, könnte es manche der Unstimmigkeiten in Baos Gleichungen erklären. Wenn man einräumte, dass die vier Makrodimensionen der Raumzeit in Beziehung zu einigen größeren Dimensionen stünden, so wie sich die sechs Mikrodimensionen zu den vier gewöhnlichen verhielten, dann könnten die Gleichungen ganz hervorragend funktionieren. Er hatte die Vision einer möglichen Formulierung, gerade hier.

Er stolperte und gewann das Gleichgewicht wieder. Wieder eine kleine Sandbank, vielleicht dreimal so groß wie eine normale. Okay – hinauf und zum Wagen! Worüber hatte er gerade nachgedacht?

Er konnte sich nicht entsinnen. Er hatte etwas Interessantes gedacht. Das wusste er. Er hatte sich etwas ausgedacht. Aber sosehr er sich bemühte, er konnte sich nicht erinnern, was es gewesen war. Es steckte im Hintergrund seines Geistes wie ein Stein im Schuh. Es lag ihm etwas auf der Zunge, das nicht durchkam. Höchst lästig, sogar zum Verrücktwerden. Das war ihm schon früher einmal passiert, wie ihm schien, und in letzter Zeit öfters. War das nicht so? Er war sich nicht sicher, hatte aber das sichere Gefühl, dass es so war. Er hatte seinen Gedankengang verloren und war dann nicht imstande gewesen, ihn wieder einzufangen, sosehr er es auch versuchte.

Er erreichte seinen Wagen, ohne sich erinnern zu können, wie er zu ihm gelangt war. Liebe zum Ort, ja; aber man musste sich doch an Dinge erinnern, um sie zu lieben! Man musste imstande sein, sich an die eigenen Gedanken zu erinnern! Verwirrt, gekränkt klapperte er in der Küche herum, um ein Essen zuzubereiten, und verzehrte es dann, ohne es wirklich zu bemerken.

Dieser Ärger mit dem Gedächtnis brachte nichts.

Tatsächlich war es ihm, als er jetzt darüber nachdachte, schon oft passiert, dass er den Gedankenfaden verloren hatte. Er glaubte zumindest sich zu erinnern. Das war allerdings ein merkwürdiges Problem. Aber sicher hatte er den Verlust von Gedankengängen bemerkt, die im Nachhinein gute Gedanken gewesen zu sein schienen. Er hatte sogar versucht, mit seiner KI zu sprechen und es sie aufzeichnen zu lassen, wenn so ein beschleunigter Gedankengang einsetzte und er fühlte, dass verschiedene Fäden sich verflochten, um etwas Neues hervorzubringen. Aber beim Akt des Sprechens brach die Geistestätigkeit ab. Er war anscheinend kein verbaler Denker, sondern es war eine Sache von Bildern, manchmal in den Sprachen der Mathematik und manchmal in einer Art unfertigem Strom, den er nicht näher charakterisieren konnte. Durch Sprechen wurde er aufgehalten. Oder aber die verlorenen Gedanken waren viel weniger eindrucksvoll, als sie ihm vorgekommen waren. Denn die Computeraufzeichnungen enthielten nur ein paar Sätze, zögernd und ohne Zusammenhang und meistens langsam. Sie enthielten nichts von dem, was er aufzunehmen gehofft hatte, was, besonders in diesem Zustand, genau das Gegenteil gewesen war – schnell, zusammenhängend, mühelos im freien Spiel des Geistes. Dieser Prozess konnte nicht eingefangen werden. Und Sax war stark davon betroffen, wie wenig von den Gedanken eines Menschen jemals aufgezeichnet oder im Gedächtnis behalten oder auf irgendeine andere Weise anderen übermittelt werden konnte. Der Bewusstseinsstrom ließ sich niemals mit anderen teilen, abgesehen von den tatsächlichen Fingerhutportionen, selbst vom fruchtbarsten Mathematiker oder sorgfältigsten Chronisten.

Nun wohl, dieser Umstand war nur eine der vielen Bedingungen, denen sie sich in ihrem unnatürlich verlängerten hohen Alter anpassen mussten. Das war sehr lästig und bisweilen sogar ärgerlich. Zweifellos musste das Thema untersucht werden, obwohl das Gedächtnis einen notorischen Morast für die neurologischen Wissenschaften darstellte. Es hatte gewisse Ähnlichkeit mit einem undichten Dach. Unmittelbar nach dem Verlust eines solchen Gedankenganges, wenn man sich seiner fehlenden Gestalt und der emotionalen Erregung noch bewusst war, trieb es ihn fast zum Wahnsinn. Wenn aber der Inhalt des Gedankens eine halbe Stunde später wirklich vergessen war, schien es nicht wichtiger zu sein als das Entschwinden von Träumen in den Minuten nach dem Erwachen. Er hatte andere Dinge, um die er sich kümmern musste.

Da wäre die Serie von Todesfällen unter seinen Freunden. Diesmal war es Yeli Zudov, ein Mitglied der Ersten Hundert, das er nie gut gekannt hatte. Dennoch fuhr auch er nach Odessa, und nach dem Gedenkgottesdienst, einer traurigen Angelegenheit, während der Sax oft durch Gedanken an Vlad, Spencer oder Phyllis und dann Ann abgelenkt wurde, kehrten sie zu dem Praxisgebäude zurück und saßen in Michels und Mayas Wohnung. Es war nicht dasselbe Apartment, in dem sie vor der Zweiten Revolution gelebt hatten; aber, soweit Sax sich erinnern konnte, hatte Michel sich Mühe gegeben, es genau so einzurichten, wie es damals ausgesehen hatte – wohl zur Therapie Mayas, die immer mehr mentale Schwierigkeiten hatte – Sax wusste nicht, welche es zuletzt gewesen waren. Er war nie imstande gewesen, sich um die melodramatischen Aspekte von Mayas Persönlichkeit zu kümmern, und hatte Michels Reden über sie keine besondere Aufmerksamkeit gewidmet, wenn sie beide in letzter Zeit zusammenkamen. Es war immer anders und doch immer dasselbe.

Aber jetzt nahm er eine Tasse Tee von Maya entgegen und sah ihr nach, als sie wieder in die Küche ging, vorbei an dem Tisch, wo Michels Notizbücher ausgebreitet waren. Obenauf lag ein Foto von Frank, das Maya vor langer Zeit hoch geschätzt hatte. Sie hatte es in dem Apartment im Küchenabteil beim Ausguss an der Wand befestigt. Daran erinnerte Sax sich sehr deutlich. Es war eine Art heraldischer Zug in jenen angespannten Jahren, als alle kämpften, während der junge Frank sie auslachte.

Maya blieb stehen und sah das Foto genau an. Ohne Zweifel erinnerte sie sich an ihre früheren Toten. Jene, die vor so langer Zeit dahingegangen waren.

Aber sie sagte: »Was für ein interessantes Gesicht!«

Sax empfand einen Kälteschauer in der Magengrube, so deutlich waren die physiologischen Anzeichen des Kummers. Der Verlust des Inhalts eines spekulativen Gedankengangs, ein metaphysisches Abenteuer – das war eine Sache. Aber das, ihre eigene Vergangenheit und die gemeinsame Vergangenheit, war unerträglich. Das würde er nicht aushalten.

Maya sah, dass die anderen schockiert waren, wusste aber nicht, warum. Nadia hatte Tränen in den Augen, ein ungewöhnlicher Anblick. Michel sah betroffen aus. Maya spürte, dass etwas wirklich nicht stimmte, und floh aus dem Apartment. Niemand hielt sie auf.

Die anderen griffen das Thema auf. Nadia ging zu Michel. Der brummte mit gequälter Miene: »Ja, so ist es nun mal, diese Vorfälle häufen sich. Ich fühle es selbst. Aber für Maya …« Er schüttelte den Kopf und sah höchst entmutigt aus. Selbst Michel konnte nichts Gutes darin sehen. Michel, der während all ihrer früheren Stimmungsumschwünge seine Alchemie des Optimismus entwickelt und zu einem Teil seiner großen Story gemacht hatte, dem Mythos vom Mars, den er irgendwie aus dem täglichen Morast herausgequetscht hatte. Aber das war der Tod der Geschichten. Zu schwer zum Mythologisieren. Nein – das Leben, nachdem das Gedächtnis gestorben war, war eine bloße Farce, schrecklich und ohne Sinn. Man musste unbedingt etwas unternehmen.

Sax dachte noch darüber nach. Er saß in einer Ecke, auf seinen Armbandcomputer konzentriert, und las eine Sammlung von Kurzfassungen neuerer experimenteller Arbeiten über das Gedächtnis, als er aus der Küche einen Fall und einen Schrei von Nadia hörte. Sax eilte hinaus und fand Nadia und Art über Michel gebeugt, der mit kreidebleichem Gesicht auf dem Fußboden lag. Sax rief den Pförtner; und schneller, als er es für möglich gehalten hätte, war ein Erste-Hilfe-Team mit seinen Geräten hereingestürmt und hatte Art beiseitegeschoben. Große junge Eingeborene, die Michel brüsk an ihr kompaktes Apparatenetz anschlossen, wobei die Alten lediglich Zuschauer beim Kampf ihres Freundes blieben.

Sax setzte sich zu den Ärzten und legte eine Hand auf Michels Hals und Schulter. Michels Atem hatte aufgehört, ebenso der Puls. Weißes Gesicht. Die Versuche zur Wiederbelebung waren krass. Elektroschocks in verschiedenen Stärken. Der anschließende Übergang zur Herz-Lungen-Massage wurde mit minimalem Umstand vollzogen. Die jungen Ärzte arbeiteten fast still, sprachen nur miteinander, wenn es unbedingt nötig war, und schienen die an der Wand sitzenden alten Leute nicht zu bemerken. Sie taten alles, was sie konnten, aber Michel blieb hartnäckig und mysteriöserweise tot.

Natürlich hatte er sich über Mayas Gedächtnisverlust aufgeregt. Aber das schien keine passende Erklärung zu sein. Er war sich Mayas Problem durchaus schon bewusst gewesen und hatte sich Sorgen gemacht. Darum sollte eine einzelne Bekundung ihres Problems keine Rolle gespielt haben. Ein Zufall. Ein schlimmer. Und natürlich kam ganz spät an diesem Abend, nachdem die Ärzte endgültig aufgegeben, Michel nach unten getragen hatten und jetzt ihr Gerät aufräumten, Maya zurück; und sie mussten ihr berichten, was geschehen war.

Sie war natürlich verstört. Ihr Schock und ihre Angst waren für einen der jungen Ärzte zu viel, der sie zu trösten versuchte (das wird dir nicht gelingen, wollte Sax sagen; ich habe es schon selbst probiert). Er fing sich prompt eine Ohrfeige für seine Bemühungen ein, was ihn wütend machte. Er ging hinaus in den Korridor und setzte sich verärgert hin.

Sax kam hinterher und setzte sich neben ihn. Der junge Mann weinte.

»Ich kann das nicht mehr weiter machen«, sagte er nach einer Weile. Er schüttelte den Kopf, wohl, um sich zu entschuldigen. »Es hat keinen Sinn. Wir kommen, tun alles, was wir können, aber ohne Erfolg. Nichts hält den raschen Verfall auf.«

»Worin besteht er denn?«, fragte Sax.

Der junge Mann hob seine kräftigen Schultern und schniefte: »Das ist das Problem. Niemand weiß es.«

»Es muss doch sicher Theorien geben? Autopsien?«

»Herzarrhythmien«, sagte einer der Ärzte knapp, der mit einem Gerät vorbeikam.

»Das ist das Symptom«, sagte der sitzende Mann und schniefte wieder. »Aber woher kommt die Arrhythmie? Und warum lässt sie sich durch Herz-Lungen-Massage nicht beheben?«

Niemand antwortete.

Noch ein Geheimnis, das gelöst werden musste. Sax sah durch die offene Tür, dass Maya auf der Couch saß und weinte. Nadia saß neben ihr wie eine Statue. Plötzlich wurde Sax klar, dass Michel, auch wenn er eine Erklärung fände, tot war und das nichts mehr ändern konnte.

Art traf Absprachen mit den Ärzten. Sax tippte auf seinem Computer herum und überflog eine Liste der Titel der Aufsätze über den raschen Verfall. Sie umfasste 8361 Titel. Es gab Literaturzusammenfassungen und von Computern zusammengetragene Tabellen, aber nichts, das nach einer definitiven paradigmatischen Feststellung aussah. Immer noch im Stadium der Beobachtung und Ausgangshypothesen herumtappend ... In vielerlei Hinsicht ähnelte es dem Buch über Gedächtnis, das Sax gelesen hatte. Tod und Verstand. Wie lange hatten sie diese Probleme studiert, wie lange hatten diese Probleme widerstanden! Michel selbst hatte sich dazu geäußert und auf eine tiefergehende Mitteilung verwiesen, die die unerklärlichen Elemente deuten sollte. Michel, der Sax von der Aphasie geheilt hatte, der ihn über Teile seines Ichs unterrichtet hatte, deren Existenz er nicht einmal erahnt hatte. Michel war fort. Er würde nicht zurückkehren. Sie hatten die letzte Version seines Körpers aus dem Apartment getragen. Er war ungefähr in Sax' Alter gewesen, etwa 220 Jahre alt. Das war ein stolzes Alter, selbst nach ihren Maßstäben. Warum also dieser Schmerz in Sax' Brust, dieser Schwall heißer Tränen? Das ergab keinen Sinn. Aber Michel hätte es verstanden. Besser das als der geistige Tod, würde er gesagt haben. Aber Sax war sich nicht so sicher. Seine Gedächtnisprobleme erschienen jetzt weniger wichtig, genau wie die von Maya. Sie erinnerte sich immerhin genug, um zu realisieren, dass sie Schaden genommen hatte. Er auch. Er erinnerte sich an das, was wichtig war.

Eigenartig, sich zu erinnern, dass er unmittelbar vor dem Tod aller drei ihrer Partner in ihrer Gesellschaft gewesen war. John, Frank und jetzt Michel. Jedes Mal ist es für sie schlimmer geworden. Und dasselbe galt für ihn.

Michels Asche wurde in einem Ballon über das Hellas-Meer getragen und verstreut. Eine kleine Prise hoben sie auf, um sie in die Provence zu bringen.

Die Literatur über Langlebigkeit und Greisentum war so umfangreich und spezialisiert, das es für Sax zunächst schwierig war, seinen gewohnten Zugriff auf das Material zu organisieren. Neuere Arbeiten über den raschen Verfall bildeten den naheliegenden Ausgangspunkt, aber um Aufsätze über das Thema zu verstehen, musste er auf frühere Forschungen zurückgreifen und zu einem tieferen Verständnis der Langlebigkeitsbehandlungen insgesamt gelangen. Das war ein Gebiet, das Sax nie mehr als oberflächlich verstanden hatte, da er wegen seiner unordentlichen, biologisch nicht erklärbaren, geradezu wundersamen Natur instinktiv davor zurückscheute. Wirklich ein Thema, das dem Herzen des großen Unerklärbaren sehr nahe war. Er hatte es fröhlich Hiroko und dem äußerst begabten Vladimir Taneev überlassen, der zusammen mit Ursula und Marina die ersten Behandlungen entworfen, deren Durchführung beaufsichtigt und seit damals viele bedeutende Veränderungen vorgenommen hatte.

Aber jetzt war Vlad tot. Und Sax war interessiert. Es war Zeit, in die *viriditas* einzutauchen, in den Bereich des Komplexen.

Hier war ordentliches Verhalten, dort war chaotisches Verhalten. Und an der Grenze, sozusagen in ihrer Wechselwirkung, lag eine sehr ausgedehnte und verknäulte Zone, der Bereich des Komplexen. Das war die Zone, wo die *viriditas* in Erscheinung trat, der Ort, wo Leben existieren konnte. Das Leben inmitten der Zone der Komplexität zu halten war im allgemeinsten philosophischen Sinne das, worum sich die Langlebigkeitsbehandlungen bemüht hatten. Zu verhindern, dass verschiedene Einbrüche des Chaos (wie Arrhythmie) oder der Ordnung (wie bösartiges Zellwachstum) den Organismus zerstörten.

Aber inzwischen war etwas aufgetreten, das das gerontologisch behandelte Individuum von vernachlässigbarer Vergreisung zu extrem schnellem Altern überführte oder, noch verwirrender, direkt von der Gesundheit zum Tod – ganz ohne Greisentum. Irgendein bisher nicht erkanntes Hereinbrechen von Chaos oder Ordnung in die Grenzzone des Komplexen. So erschien es ihm auf jeden Fall am Ende jeder langen Lektüresitzung der allgemeinsten Darstellungen des Phänomens, die er finden konnte. Und es schlug auch gewisse Forschungswege in der mathematischen Beschreibung der komplex-chaotischen Grenze vor, wie auch der Grenze zwischen Ordnung und Komplexität. Aber Sax verlor seine holistische Sicht des Problems in einem seiner Ausfälle, wobei der Gedankengang hinsichtlich der Substanz der Mathematik für immer verlorenging. Und wahrscheinlich (er versuchte, sich danach zu trösten) war es wohl eine allzu philosophische Sicht gewesen, um ihm irgendwie zu nützen. Die Erklärung schien schließlich doch nicht so auf der Hand zu liegen, sonst hätten die massiven konzertierten Bemühungen der medizinischen Wissenschaft sie inzwischen herausgebracht. Im Gegenteil – es musste etwas sehr Subtiles in der Biochemie des Gehirns stecken, einem Gebiet, das wie eine Hydra fünfhundert Jahren wissenschaftlicher Forschung widerstanden hatte, indem jede neue Entdeckung nur auf eine weitere Menge mysteriöser Köpfe hinwies …

Dennoch blieb er hartnäckig. Und nach einigen Wochen angespannter Lektüre verschaffte er sich eine bessere Orientierung auf dem Gebiet, als er je zuvor gehabt hatte. Früher hatte er den Eindruck gehabt, dass die Langlebigkeitsbehandlung auf einer recht einfachen Injektion der eigenen DNS beruhe, wobei die künstlich erzeugten Fasern die in den Zellen bereits vorhandenen verstärkten, sodass die sich im Laufe der Zeit einschleichenden Brüche und Fehler repariert und die Fasern allgemein gekräftigt wurden. So weit stimmte das ja auch; aber die Langlebigkeitsbehandlung war viel mehr, so wie das Altern mehr als nur ein Fehler in der Zellteilung war. Sie war, wie man sich hätte denken können, viel komplizierter als einfach das Zerreißen von Chromosomen. Sie war ein ganzer Komplex von Prozessen. Und während man manche davon gut verstand, galt das nicht automatisch für alle. Alterungsprozesse fanden auf jeder Ebene statt: Molekül, Zelle, Organ, Organismus. Manche Alterung beruhte auf hormonalen Effekten, die für den jungen Organismus in seiner reproduktiven Phase positiv sind, aber später negativ für das nicht mehr reproduktive Wesen, wenn es für die Evolution keine Rolle mehr spielte. Manche Zelllinien waren praktisch unsterblich. Zellen des Knochenmarks und der Schleim im Gedärm ersetzten sich, solange ihre Umgebung lebendig war, ohne jedes Anzeichen für altersbedingte Veränderungen. Andere Zellen, wie die nicht ersetzten Proteine in der Linse des Auges, unterlagen Veränderungen, die durch Wärme oder Licht hervorgerufen wurden, und zwar so regelmäßig, um als eine Art biologisches Chronometer dienen zu können. Jede Zellreihe alterte mit unterschiedlicher Geschwindigkeit oder überhaupt nicht. Das war nicht bloß »eine Sache der Zeit« im Sinne Newton'scher absoluter Zeit, die entropisch auf einen Organismus einwirkt. Eine solche Zeit gab es nicht. Vielmehr handelte es sich um sehr viele Folgen spezieller physikalischer und chemischer Ereignisse, die sich mit verschiedenen Geschwindigkeiten und sich verändernden Effekten bewegen. Es gab eine fantastisch hohe Zahl von Mechanismen der Zellreparatur, die in jedem großen Organismus stecken, und ein Immunsystem von großer und variabler Kraft. Die Langlebigkeitsbehandlungen ergänzten oft die Prozesse oder ersetzten sie. Zu der Behandlung gehörten jetzt auch Ergänzungen der enzymatischen Photolyase, die Behebung von DNS-Schäden und Zusätze zu dem epiphysären Hormon Melatonin sowie Dehydroepiandrosterone, ein Steroidhormon, das von den Nebennierendrüsen produziert wird … Es gab jetzt ungefähr zweihundert solcher Komponenten bei der Langlebigkeitsbehandlung.

So viel, so komplex! Manchmal beendete Sax seine Tageslektüre und ging zu Odessas Strand hinunter, um mit Maya auf der Corniche zu sitzen und einen Burrito zu essen, den er betrachtete und dabei über alles nachdachte, was in seine Verdauung einging, über alles, das sie am Leben erhielt. Er fühlte seinen Atem, den er vorher überhaupt nicht beachtet hatte. Plötzlich kam er sich atemlos vor, verlor den Appetit und verlor den Glauben, dass irgendein so komplexes System länger als einen Moment existieren könnte, ehe es in urtümliches Chaos und die Trivialitäten der Astrophysik zusammenbrach. Wie ein Kartenhaus von hundert Stockwerken bei Wind. Man brauchte es nur irgendwo anzustoßen, und … Es war günstig, dass Maya nicht viel aktive Gesellschaft brauchte, weil er oft viele Minuten lang sprachlos saß, hingerissen in der Betrachtung seiner offenbaren Unfähigkeit.

Aber er blieb hartnäckig. So verhielt sich ein Wissenschaftler eben, wenn er mit einem Rätsel konfrontiert war. Und es gab andere, die bei der Forschung halfen und ihm voraus an den Grenzen arbeiteten und neben ihm auf verwandten Gebieten, angefangen mit der Virologie des Kleinen, in der die Untersuchungen über winzige Formen wie Prionen und Viroide immer noch kleinere Formen ans Licht förderten, die fast zu untergeordnet waren, um Leben genannt werden zu können: *Viride, Viris, vis, vs* – die alle für das große Problem von Bedeutung sein könnten … Den ganzen Weg bis hinauf zu großen organismischen Abkömmlingen wie Rhythmen der Gehirnwellen und deren Beziehung zum Herz und anderen Organen; oder die ständig abnehmenden Melatoninsekrete der Zirbeldrüse, eines Hormons, das viele Aspekte des Alterns zu regeln schien. Sax verfolgte das alles im Bemühen, durch seine spätere und hoffentlich größere Perspektive einen neuen Überblick zu gewinnen. Er musste seiner Intuition hinsichtlich dessen, was wichtig erschien, folgen, und das studieren.

Natürlich half es nicht, dass ihm manche seiner besten Gedanken zu dem Thema im Moment ihres Abschlusses verloren gingen. Er musste imstande sein, diese flüchtigen Gedanken aufzuzeichnen, ehe sie verschwanden! Er fing an, laut Selbstgespräche zu führen, auch in der Öffentlichkeit, in der Hoffnung, das würde ihm helfen, die Ausfälle zu verhindern. Aber das klappte nicht. Es war einfach kein verbaler Prozess.

Bei all dieser Arbeit waren die Begegnungen mit Maya ein Vergnügen. Jeden Abend, wenn er merkte, dass es dunkel wurde, hörte er mit Lesen auf und ging die Stufentreppen der Stadt hinunter zur Corniche; und dort sah er auf einer von vier verschiedenen Bänken oft Maya, die dasaß und über den Hafen in die See schaute. Dann ging er zu einem der Lebensmittelstände hinten im Park, kaufte einen Burrito, Gyros oder Salat oder einen Corndog, kam herüber und setzte sich neben ihr hin. Sie nickte, und sie aßen dann, ohne viel zu sprechen. Danach betrachteten sie schweigend die See.

»Wie war dein Tag?« – »Okay, und deiner?« Er versuchte, nicht viel über seine Lektüre zu sprechen; und sie sagte nicht viel über ihre Hydrologie oder die Theaterproduktionen, zu denen sie ging, wenn die Dämmerung gekommen war. Sie hatten sich eigentlich nicht viel zu sagen. Aber sie leisteten einander Gesellschaft. Eines Abends flammte der Sonnenuntergang mit ungewöhnlichem Lavendelglanz, und Maya wunderte sich: »Ich möchte wissen, was für eine Farbe das ist.« Und Sax mutmaßte: »Lavendel?«

»Aber Lavendel ist doch eher pastellfarben, oder?« Sax rief eine große Farbpalette auf, die er vor längerer Zeit gespeichert hatte, um damit die Farben des Himmels bestimmen zu können. Maya lachte darüber, aber hielt sein Handgelenk dennoch hoch und verglich verschiedene Probequadrate mit dem Himmel. »Wir brauchen einen größeren Bildschirm.« Und dann fanden sie eine Farbe, die zu passen schien: Hellviolett. Oder irgendwo zwischen Hellviolett und Blassviolett.

Danach hatten sie ein kleines Hobby. Es war wirklich bemerkenswert, wie verschieden die Farben der Sonnenuntergänge in

Odessa waren und den Himmel, das Meer und die weißgetünchten Wände der Stadt beeinflussten. Eine endlose Variation. Viel mehr Variationen, als es Namen für sie gab. Die Armut der Sprache auf diesem Gebiet war für Sax eine ständige Überraschung. Sogar die Armut seiner Farbtafel. Das Auge konnte vielleicht zehn Millionen verschiedener Tönungen erkennen, las er nach. Das Handbuch, auf das er Bezug nahm, enthielt 1266 Beispiele. Und nur ein sehr kleiner Bruchteil davon hatte überhaupt einen Namen. Darum streckten sie an den meisten Abenden die Arme aus und hielten verschiedene Farben vor den Himmel. Wenn sie eine Farbschattierung fanden, die gut passte, aber keinen Namen hatte, erfanden sie einen: 11. des 2. Oktobers, Orange, Aphel Purpur, Limonenblatt, Fast Grün, Arkadys Bart. Maya konnte ewig so weitermachen. Sie war darin wirklich gut. Dann fanden sie manchmal eine Namensbezeichnung, die zum Himmel passte (wenigstens für einen Augenblick), und lernten die wahre Bedeutung eines neuen Wortes kennen, was Sax befriedigend fand. Aber in dem Bereich zwischen Rot und Blau hatte das Englische überraschend wenig zu bieten. Die Sprache war eben einfach nicht für den Mars ausgerüstet. Eines Abends gingen sie in der Dämmerung nach einem malvenfarbenen Sonnenuntergang die Farbtafel methodisch durch, nur um sie sich anzusehen: Purpur, Magenta, Lilagrau, Amaranth, Aubergine, Malve, Amethyst, Pflaume, Violett, Heliotrop, Clematis, Lavendel, Indigo, Hyazinth, Ultramarin, und dann kamen sie zu den Worten für Blautöne. Es gab sehr viele davon. Aber für die rotblaue Spanne waren es, mit Ausnahme der vielen Modulationen der Liste, Königsviolett, Lavendelgrau und so weiter.

Eines Abends war der Himmel klar; und nachdem die Sonne hinter den Hellespontus Montes untergegangen war, die Luft über der See aber noch erhellte, verwandelte sie sich in ein sehr vertrautes rostbraunes Orange. Maya packte Sax heftig am Arm: »Schau, das ist Mars-Orange, das ist die Farbe des Planeten aus dem Weltraum, wie wir sie aus der *Ares* gesehen haben! Schau! Schnell, welche Farbe ist das?«

Sie sahen die hochgehaltenen Tafeln durch. »Paprikarot.« – »Tomatenrot.« – »Oxidrot, das sollte richtig sein, denn Eisen bewirkt ja auch diese Farbe.«

»Aber es ist ein wenig zu dunkel. Sieh hin!«

»Stimmt.«

»Bräunlichrot.«

»Rötlichbraun.«

Zimt, Sienna, Persisch Orange, Sonnenbrand, Kamel, Rostbraun, Sahara, Chromorange … Sie lachten. Nichts war genau richtig. Maya entschied: »Wir nennen es Mars-Orange.«

»Okay! Aber schau, wie viel mehr Namen es für diese Farben gibt als für die Purpurtöne. Warum?«

Maya zuckte die Achseln. Sax las weiter im Begleitmaterial für die Tafel, um zu sehen, ob dort etwas darüber gesagt wurde. »Ah! Es scheint, dass die Stäbchen in der Netzhaut dazu tendierten, in den drei Grundfarben am besten zu sehen. Darum gibt es in der Nähe davon viele Unterscheidungen, während die dazwischen liegenden gemischt sind.« Dann fiel ihm in der sich purpurn färbenden Dämmerung ein Satz auf, der ihn so überraschte, dass er ihn laut vorlas: »Rot und Grün bilden ein weiteres Paar, das man nicht simultan als Komponenten der gleichen Farbe erkennen kann.«

»Das stimmt nicht«, sagte Maya sofort. »Das ist nur, weil sie einen Farbkreis benutzen und diese beiden auf entgegengesetzten Seiten liegen.«

»Was meinst du? Dass es mehr Farben gibt als diese?«

»Natürlich. Künstlerfarben, Theaterfarben. Wenn man jemanden mit einem grünen und einem roten Scheinwerfer anstrahlt, bekommt man eine Farbe, die weder rot noch grün ist.«

»Aber was ist sie dann? Hat sie einen Namen?«

»Ich weiß nicht. Schau auf der Farbpalette nach!«

Und das tat er, und sie auch. Sie fand es zuerst: »Hier. Gebrannte Umbra, Indischrot, Krapp-Alizarin … Das sind alles grünrote Mischungen.«

»Interessant! Rotgrüne Mischungen! Findest du das nicht auch suggestiv.«

Sie sah ihn an. »Wir sprechen hier über Farben, Sax, und nicht über Politik.«

»Ich weiß, ich weiß. Aber trotzdem!«

»Nein. Sei nicht albern!«

»Aber meinst du nicht, dass wir eine rotgrüne Mischung brauchen?«

»Politisch? Sax, es gibt schon eine rotgrüne Mischung. Das ist das Problem. Der Freie Mars hat die Roten an Bord geholt, um die Einwanderung zu stoppen, und darum sind sie so erfolgreich. Sie schließen sich zusammen und sperren den Mars für die Erde, und bald werden sie Krieg mit ihnen führen. Ich sage dir, das sehe ich kommen. Wir schlittern wie auf einer Spirale hinein.«

»Hmm«, machte Sax ernüchtert. Er kümmerte sich in diesen Tagen nicht um die Politik des Sonnensystems, wusste aber, dass Maya, die ein sehr scharfes Auge für diese Dinge hatte, sich immer mehr Sorgen darüber machte – mit dem bei ihr üblichen sarkastischen Spritzer von Genugtuung angesichts des Nahens der Krise. Darum war es vielleicht nicht ganz so schlimm, wie sie meinte. Wahrscheinlich würde er sich bald wieder darum kümmern müssen. Aber inzwischen …

»Schau, es ist Indigo geworden, da über den Bergen!« Das deutliche schwarze Sägezahnmuster unten, violettblau darüber …

»Das ist nicht Indigo, das ist Königsblau.«

»Aber sie sollten es nicht Blau nennen, wenn etwas Rot darin ist.«

»Sollten sie nicht. Schau, Marineblau, Preußischblau, Königsblau – da ist überall Rot drin.«

»Aber jene Farbe am Horizont ist keine davon.«

»Nein, du hast recht. Nicht klassifiziert.«

Sie vermerkten das auf ihren Karten. L_s = 24, M-Jahr 91, September 2206 – eine neue Farbe. Und so verging wieder ein Abend.

Dann saßen sie an einem Winterabend in der Stunde vor Sonnenuntergang auf der westlichsten Bank. Alles war still, das Hellas-Meer wie eine Glasscheibe, der Himmel wolkenlos, rein, sauber, klar; und als die Sonne sank, da verschob sich alles über das Spektrum ins Blaue, bis Maya von ihrem Nizza-Salat aufschaute und Sax am Arm packte. »O mein Gott, schau!« Sie schob ihren Papierteller beiseite, und beide standen sie instinktiv auf – wie Veteranen, wenn sie die Nationalhymne einer näher kommenden Parade hören. Sax verschlang seinen Hamburger mit einem Bissen, sagte: »Ah!«, und schaute. Alles war blau, himmelblau, blau wie der Himmel der Erde, und durchtränkte alles während des größten Teils einer Stunde, überflutete ihre Netzhäute und die Nervenbahnen in ihren Gehirnen, die sich ohne Zweifel lange nach dieser Farbe gesehnt hatten, nach der für immer verlassenen Heimat.

Das waren schöne Abende. Aber bei Tag wurden die Dinge immer komplizierter. Sax gab das Studium von Ganzkörperproblemen auf und widmete sich nur noch dem Gehirn. Das war, als wolle man die Unendlichkeit halbieren, aber es verminderte die Anzahl der Abhandlungen, die er lesen musste, und grundsätzlich schien es, als wäre das Gehirn sozusagen das Herz des Problems. Es gab Veränderungen in einem überalterten Gehirn, die sowohl bei der Autopsie zu erkennen waren wie bei den verschiedenen Kontrollen des Blutstroms, in der elektrischen Aktivität, im Proteinverbrauch, Zuckerverbrauch, der Wärme und allen übrigen indirekten Tests, die man im Laufe der Jahrhunderte beim Studium des lebenden Gehirns während mentaler Aktivität jeder Art ersonnen hatte. Zu den beobachteten Veränderungen im überalterten Gehirn zählte die

Verkalkung der Zirbeldrüse, durch die die Menge des von ihr produzierten Melatonins vermindert wurde. Zufuhr synthetischen Melatonins war Teil der Langlebigkeitsbehandlung. Aber natürlich wäre es besser, gleich zu Anfang die Verkalkung zu stoppen, weil sie wahrscheinlich noch andere Effekte hatte. Ferner gab es eine deutliche Zunahme von neurofibrillaren Verflechtungen, die Aggregate von Proteinfilamenten waren, die zwischen den Neuronen wuchsen und physischen Druck auf sie ausübten – vielleicht analog zu dem Druck, den Maya während ihrer Presque-vus meldete. Wer konnte das sagen? Dann wiederum sammelte sich Beta-Amyloid-Protein in den zerebralen Blutgefäßen und im interzellularen Raum um die Nerventerminals, wodurch abermals die Funktion behindert wurde. Und pyramidale Neuronen im frontalen Cortex und Hippocampus sammelten Calpain an, wodurch sie verwundbar gegenüber Kalziumzuflüssen wurden, die sie beschädigten. Und das waren Zellen, die sich nicht teilten, ebenso alt wie der Organismus selbst waren. Bei ihnen war ein Dauerschaden permanent, wie bei dem Schlag, den Sax erlitten hatte. Er hatte bei diesem Vorfall, an den er nicht gern zurückdachte, einen großen Teil seines Gehirns eingebüßt. Und auch die Fähigkeit der Moleküle, sich in diesen Zellen, die sich nicht teilen, zu ersetzen, könnte geschädigt werden – ein scheinbar kleiner, aber im Laufe der Zeit ebenso bedeutsamer Verlust. Autopsien von Menschen, die über zweihundert Jahre gelebt und an dem raschen Verfall gestorben waren, zeigten regelmäßig eine starke Verkalkung der Zirbeldrüse in Verbindung mit erhöhtem Calpainniveau im Hippocampus. Und Hippocampus wie Calpainspiegel spielten beide eine Rolle bei einigen führenden Modellen zur Gedächtnisfunktion. Das war ein interessanter Zusammenhang.

Aber das alles führte nicht weiter. Und niemand würde das Geheimnis allein durch das Literaturstudium lösen können. Aber die Experimente, die zur Aufklärung hätten beitragen können, waren wegen der Unzugänglichkeit des lebenden Gehirns nicht machbar. Man konnte Hühner, Mäuse, Ratten, Hunde, Schweine, Lemuren und Schimpansen töten; man konnte Individuen jeder Spezies der Schöpfung töten, auch die Gehirne ihrer Föten und Embryos sezieren, aber niemals das finden, wonach man suchte. Denn die Autopsie allein war für das Vorhaben unzureichend. Die verschiedenen Scans an lebenden Objekten waren genauso unvollkommen, da die in Betracht kommenden Prozesse entweder feinkörniger waren, als die Scans erkennen ließen, oder holistischer oder kombinatorischer oder wahrscheinlich alles zugleich.

Indessen waren einige Experimente und die daraus folgenden Modelle interessant. Der Aufbau von Calpain schien beispielsweise die Funktion der Gehirnwellen zu verändern. Das und andere Faktoren lieferten Sax Ideen für seine weitere Forschung. Er begann, intensiv die Literatur über die Effekte kalziumbindender Proteinspiegel zu lesen, über Corticosteroide, über die Kalziumströme in den hippocampischen pyramidalen Neuronen und über die Verkalkung der Zirbeldrüse. Es schien synergistische Effekte zu geben, die sowohl das Gedächtnis als auch die allgemeine Gehirnwellenfunktion beeinflussen könnten, überhaupt alle körperlichen Rhythmen einschließlich Herzrhythmen. Sax fragte Maya: »Hatte Michel irgendwelche Gedächtnisprobleme? Vielleicht fühlte er, dass er ganze Gedankenkomplexe verlor, selbst sehr wichtige Gedanken?«

Maya zuckte die Achseln. Michel war inzwischen schon fast ein Jahr tot.

»Ich kann mich nicht erinnern.«

Das machte Sax nervös. Maya schien sich zurückzuziehen. Ihr Gedächtnis wurde jeden Tag schlechter. Selbst Nadia konnte nichts für sie tun. Sax kam mit ihr immer häufiger an der Corniche zusammen. Das war eine Gewohnheit, die sie beide offenbar genossen. Obwohl sie nie darüber sprachen. Sie saßen einfach da, aßen eine Kleinigkeit vom Kiosk, beobachteten den

Sonnenuntergang und holten ihre Farbtafeln heraus, um zu sehen, ob sie eine neue Nuance erwischen konnten. Aber es kam ihnen nicht auf die Bemerkungen an, die sie auf den Tafeln eintrugen. Keiner von ihnen wäre sicher gewesen, ob die Farben, die sie sahen, wirklich neu waren oder nicht. Sax selbst hatte den Eindruck, dass er seine Ausfälle häufiger erlebte, vielleicht vier bis acht jeden Tag, obwohl er nicht sicher sein konnte. Er machte sich zur Gewohnheit, sein Armbandgerät alles aufzeichnen zu lassen, was er sagte, indem er die Stimmaktivierung des Rekorders eingeschaltet ließ; und anstatt zu versuchen, seinen vollen Gedankengang zu beschreiben, sprach er bloß ein paar Worte, von denen er hoffte, dass sie später eine bessere Erinnerung an das auslösen würden, was er gedacht hatte. Am Ende des Tages setzte er sich dann gespannt und hoffnungsvoll hin und hörte ab, was der Computer während des Tages eingefangen hatte. Meistens waren es Gedanken, an die er sich erinnerte. Aber gelegentlich hörte er sich sagen: »Synthetische Melatonine könnten ein besseres Antioxidans sein als natürliche, weil es dann nicht genug freie Radikale gibt«, oder: »*Viriditas* ist ein fundamentales Mysterium. Es wird nie eine große vereinheitlichte Theorie geben«, ohne dass er sich erinnerte, so etwas gesagt zu haben, und oft nicht einmal daran, was es bedeuten könnte. Aber immerhin waren die Äußerungen manchmal anregend und ihre Bedeutungen auswertbar.

Und so bemühte er sich weiter. Dabei sah er erneut, so frisch wie in seinen ersten Studienjahren, dass die Struktur der Wissenschaft schön war. Sie war sicherlich eine der größten Leistungen des menschlichen Geistes, eine Art von staunenswertem Parthenon des Geistes, ein Werk in ständigem Fortschritt wie ein symphonisches episches Gedicht aus Tausenden von Versen, das von ihnen allen gemeinsam in einer gigantischen fortdauernden Zusammenarbeit verfasst wurde. Die Sprache des Epos war Mathematik, weil diese die Sprache der Natur selbst zu sein schien. Es gab keinen anderen Weg; die aufregende Verbindung von Naturerscheinungen war nur mittels mathematischer Ausdrücke großer Komplexheit und Subtilität zu erklären. Und so erkundeten ihre Gesänge in dieser wunderbaren Familie von Sprachen die mannigfachen Manifestationen der Realität auf den verschiedenen Gebieten der Wissenschaft. Jede Disziplin erarbeitete sich ihr Standardmodell, um Dinge zu erklären, die sich alle in einiger Distanz um die Grundlagen der Partikelphysik gruppierten, je nachdem, welches Niveau oder welcher Maßstab untersucht wurde, sodass alle Standardmodelle sich hoffentlich einmal in einer kohärenten größeren Struktur zusammenschlossen. Diese Standardmodelle waren von der Art wie die Paradigmen von Thomas Kuhn, aber in Wirklichkeit (da Paradigmen ja aus einem Vorgang des Modellierens entstanden) elastischer und variabler, ein dialogischer Prozess, an dem Tausende von Geistern während der vergangenen Jahrhunderte gearbeitet hatten. Darum waren Gestalten wie Newton oder Einstein oder Vlad nicht die isolierten Riesen, als die sie der Öffentlichkeit erscheinen, sondern nur die höchsten Gipfel einer großen Gebirgskette, wie Newton selbst es klarzumachen versucht hatte mit seiner Bemerkung, dass er auf den Schultern von Riesen stünde. In Wahrheit war das Werk der Wissenschaft eine Gemeinschaftsarbeit, die noch vor die Geburt der modernen Wissenschaft zurückreichte, bis hin zur Vorgeschichte, wie Michel immer betont hatte. Ein ständiger Kampf um Erkenntnis. Jetzt war sie natürlich sehr strukturiert und gegliedert, um über die Fähigkeit jedes einzelnen Individuums hinaus alles zu erfassen. Aber das beruhte nur auf ihrer erdrückenden Quantität. Die eindrucksvolle Blüte der Struktur war durchaus nicht besonders unverständlich. Man konnte immer noch gewissermaßen irgendwo innerhalb dieses Parthenons spazieren gehen und damit wenigstens die Gestalt des Ganzen erfassen und sich aussuchen, wo man studieren und einen Beitrag leisten wollte. Man konnte zuerst den Dialekt der für die Untersuchung relevanten Sprache erlernen, was an sich schon ein gewaltiges Unterfangen war, etwa wie in der Theorie der Superstrings oder des kaskadierenden rekombinierenden Chaos. Danach konnte man die Sekundärliteratur durchsehen in der Hoffnung, das synkretistische Werk von jemandem zu finden, der lange an der vordersten Front gearbeitet hatte und imstande war, eine kohärente Darstellung für Außenstehende über den Stand des Feldes zu geben. Diese Arbeit, die als »graue Literatur« bezeichnet wurde und als ein Freizeitvergnügen oder als ein Zugeständnis des Verfassers bewertet wurde, war dennoch oft von großem Wert für jemanden, der von außen kam. Mit einer allgemeinen Übersicht (obwohl man sie sich besser als eine Untersicht vorstellte, da die aktuellen Arbeiter da oben in den undeutlichen Dachsparren und dem Gebälk des Baus tätig waren) konnte man sich dann zu den Zeitschriften hocharbeiten, zu der von Fachleuten überwachten »weißen Literatur«, wo die laufenden Arbeiten verzeichnet waren. Und man konnte die Zusammenfassungen lesen und ein Gefühl dafür bekommen, wer welchen Teil des Problems anging. Öffentlich und ausführlich. Und bei jedem vorliegenden wissenschaftlichen Problem bildeten diejenigen, die aktuell an der Grenze Fortschritte machten, eine besondere Gruppe von Synthetikern und Innovatoren, die in der ganzen Welt nicht mehr als ein Dutzend Leute zählte. Sie erfanden einen neuen Jargon ihres Dialekts, um ihre neuen Erkenntnisse mitzuteilen, diskutierten über Resultate, schlugen neue Wege der Untersuchung vor und gaben einander Jobs in Labors, trafen sich bei Konferenzen, die ausdrücklich dem Thema gewidmet waren, um miteinander zu diskutieren. Sie waren in allen Medien. Und dort ging in den Labors und den Konferenzbars die Arbeit als ein Dialog zwischen Leuten voran, die wussten, worauf es ankam, die die reine harte Arbeit der Experimente leisteten und über die Experimente nachdachten.

Und diese ganze weite Struktur einer Kultur stand im vollen Licht der Sonne da. Zugänglich für jeden, der sich beteiligen wollte, der willens und fähig war, die Arbeit zu leisten. Es gab keine Geheimnisse und keine verschlossenen Läden. Und wenn jedes Labor und jedes Spezialgebiet seine Politik hatte, so war das eben Politik. Und letztendlich konnte diese Politik die Struktur selbst nicht materiell in Mitleidenschaft ziehen, jenes mathematische Gebäude ihres Verständnisses der Welt der Phänomene. Das hatte Sax immer so verinnerlicht, und keine soziologische Analyse, nicht einmal die verwirrende Erfahrung des Terraformungsprozesses auf dem Mars, hatten ihn je in diesem Glauben wanken gemacht. Wissenschaft war ein soziales Konstrukt, aber sie bildete auch, und das war der wichtigste Punkt daran, ihren eigenen Raum, der nur mit der Realität konform ging. Das war ihre Schönheit. Wahrheit ist Schönheit, wie der Dichter gesagt hat, als er über die Wissenschaft sprach. Und so war es auch. Der Dichter hatte recht gehabt (was nicht immer zutraf).

Und so bewegte Sax sich weiter in der großen Struktur, behaglich, fähig und auf mehreren Ebenen zufrieden.

Aber er begann auch zu verstehen, dass, so schön und mächtig die Wissenschaft auch sein mochte, das Problem des biologischen Alterns vielleicht zu schwierig war. Nicht so kompliziert, dass es nie gelöst werden würde, aber einfach zu schwierig, als dass es zu seinen Lebzeiten gelöst werden würde. Es war tatsächlich noch eine offene Frage, wie groß das Problem tatsächlich war. Das Verständnis von Materie, Raum und Zeit war unvollkommen; und es war nie auszuschließen, dass es sich immer wieder in Metaphysik auflöste, wie die Spekulationen über den Kosmos vor dem Urknall oder über Dinge kleiner als Strings. Andererseits könnte die Welt fortschrittlicheren Erklärungen zugänglich sein, bis sie schließlich (vom String bis zum Kosmos) in den Bereich des großen Parthenons gerückt würde. Beide Resultate waren möglich, das Urteil war noch nicht gefallen. Die nächsten tausend Jahre könnten die Geschichte erzählen.

Die Ausfälle machten Sax zu schaffen. Und manchmal litt er an Atemnot. Bisweilen schien sein Herz zu heftig zu schlagen. Nachts schlief er selten. Und zu allem Überfluss war Michel tot, sodass Sax in seiner Meinung über den Sinn der Dinge unsicher wurde und er eigentlich eines Gefährten bedurfte, der ihn stabilisieren konnte. Wenn er es schaffte, überhaupt über alles auf der Ebene des Sinnes nachzudenken, stellte er fest, dass er sich in einem Rennen befand. Er und jeder andere, aber besonders die Spezialisten, die akut an diesem Problem arbeiteten. Um es zu lösen, mussten sie eine der größten unerklärlichen Fragen beantworten – und Zeit im Übermaß hatten sie nicht.

Und eines Tages, als er sich nach einem Tag vor seinem Bildschirm mit Maya auf eine Bank setzte und an die Unermesslichkeit dieses wachsenden Zweiges des Parthenons dachte, erkannte er, dass dies ein Rennen war, das er nicht gewinnen konnte. Vielleicht konnte es die menschliche Spezies eines Tages gewinnen; aber es schien noch ein langer Weg zu sein. Es war keine große Überraschung. Das wusste er. Er hatte es immer gewusst. Dass er die derzeit größte Manifestation des Problems benennen konnte, hatte ihm nicht seine Tiefe verschleiert. Der »schnelle Verfall« war bloß ein Name, ungenau, allzu einfach, tatsächlich kein wissenschaftlicher Terminus, sondern vielmehr ein Versuch (wie der »Urknall«), die Realität zu verkleinern und zu begrenzen als noch nicht verstanden. In diesem Fall war das Problem einfach der Tod. Tatsächlich ein rascher Verfall. Und angesichts der Natur von Leben und Zeit war das ein Problem, das kein lebender Organismus jemals wirklich lösen würde. Verschiebungen ja, Lösungen nein. »Die Realität selbst ist sterblich.«

»Natürlich«, sagte Maya, versunken in den Anblick des Sonnenuntergangs.

Er brauchte ein einfacheres Problem. Nicht ein Schritt in Richtung auf größere Probleme durfte es sein, sondern ein vorläufiger Schritt, auf etwas zu, das er lösen könnte. Gegen die Ausfälle ankämpfen. Das war sicher ein Problem, das, bereit untersucht zu werden, auf der Hand lag. Sein Gedächtnis brauchte Hilfe. Die Arbeit daran könnte sogar Licht auf den raschen Verfall werfen. Denn sterben würden alle. Aber sie könnten zumindest mit intakten Erinnerungen sterben.

Also lenkte er sein Hauptaugenmerk fortan auf das Gedächtnisproblem und gab den raschen Verfall und alle übrigen Themen des Alterns auf. Er war ja schließlich doch sterblich.

Die neueren Arbeiten über das Gedächtnis waren sehr anregend. Diese spezielle wissenschaftliche Front hatte gewisse Beziehungen zu der Arbeit über die Lerntechniken, die es Sax ermöglicht hatte, sich (teilweise) von seinem Schlag zu erholen. Das war nicht überraschend, da Gedächtnis das Behalten von Erlerntem war. Alle Wissenschaft vom Gehirn schien auf ihr Verständnis vom Bewusstsein zusammenzulaufen. Aber in dieser Folge blieben Behalten und Erinnern widerspenstige entscheidende Themen, die man immer noch nur mangelhaft verstand.

Aber es gab Hinweise, die sich ständig mehrten. Kliniken meldeten, dass viele der Alten Gedächtnisprobleme wechselnder Art hatten. Und hinter den Alten kam eine riesige Generation von *Nisei*, die die bei ihren Vorfahren auftretenden Probleme sahen und hofften, ihnen zu entgehen. Also war das Gedächtnis ein aktuelles Thema. Hunderte, sogar Tausende von Labors arbeiteten auf die eine oder andere Weise daran; und als Resultat wurden verschiedene Aspekte deutlich. Sax vertiefte sich in die Literatur in seiner gewöhnlichen Art. Er las einige Monate ohne Ende und glaubte danach sagen zu können, wie das Gedächtnis arbeitete. Aber wie alle an dem Problem arbeitenden Forscher stieß er auf die ungenügende Kenntnis der Grundlagen von Bewusstsein, Materie und Zeit. Und an dieser Stelle konnte Sax, so detailliert das Wissen auch war, nicht verstehen, wie man das Gedächtnis verbessern oder verstärken könnte. Dazu gehörte etwas mehr.

Die ursprüngliche Hebb-Hypothese, die Donald Hebb 1949 aufgestellt hatte, war immer noch gültig, einfach weil sie ein so allgemeines Prinzip verkündete. Danach veränderte das Lernen irgendeinen physischen Zug im Gehirn, und danach codierte der veränderte Zug das Gelernte. Zu Hebbs Zeiten verstand man das physische Merkmal (das Engramm) irgendwie als ein Ereignis auf synaptischer Stufe. Und da es für jedes der zehn Milliarden Neuronen im Gehirn Hunderttausende von Synapsen geben konnte, erhielten die Forscher den Eindruck, dass das Gehirn imstande sei, 10^{14} Bits an Daten zu erfassen. Das erschien damals mehr als angemessen, das menschliche Bewusstsein zu erklären. Und das lag für Computer auch im Bereich des Möglichen. Es führte zu einer kurzen Woge von Euphorie hinsichtlich der Vorstellung leistungsfähiger künstlicher Intelligenz. Ebenso gab es zu jener Zeit eine Version »maschineller Fehlerhaftigkeit« als Gegenstück zur pathologischen Fehlerhaftigkeit, bei der man dachte, dass das Gehirn so etwas wie die stärkste Maschine dieser Zeit sein könnte.

Aber die Arbeiten des einundzwanzigsten und zweiundzwanzigsten Jahrhunderts machten klar, dass es keine spezifischen Plätze für »Engramme« als solche gab. Jede Menge von Experimenten zur Lokalisierung dieser Stellen, einschließlich solcher, bei denen verschiedene Teile von Rattengehirnen entfernt worden waren, nachdem sie eine Aufgabe gelernt hatten, und sich kein Teil des Gehirns als der wesentliche erwiesen hatte, führten die enttäuschten Experimentatoren zu dem Schluss, dass das Gedächtnis sich »überall und nirgends« befand, entsprechend der Analogie mit einem Hologramm, noch verrückter als all die anderen Maschinenanalogien. Aber sie waren fassungslos und mühten sich weiter ab. Später klärten Experimente den Sachverhalt. Es wurde offenkundig, dass alle Aktivitäten des Bewusstseins sich auf einer viel kleineren Ebene abspielten als der neuronalen. Sax assoziierte das in Gedanken mit dem allgemeinen wissenschaftlichen Interesse an Miniaturisierung im Laufe des zweiundzwanzigsten Jahrhunderts.

Bei dieser subtileren Bewertung hatte man begonnen, die Cytoskelette von Nervenzellen zu erforschen, die aus internen Gruppierungen von Mikroröhrchen mit Proteinbrücken dazwischen bestanden. Die Struktur dieser Mikrogebilde setzte sich aus Röhren aus dreizehn Säulen von Tubulin-Dimeren, erdnussförmigen kugligen Proteinpaaren von je acht-mal-vier-mal-vier Nanometern, die es, abhängig von ihrer elektrischen Polarisierung, in zwei verschiedenen Konfigurationen gab. Damit stellten die Dimeren einen möglichen Ein-Aus-Kippschalter des vermuteten Engramms dar. Aber sie waren so klein, dass der elektrische Zustand jedes Dimers durch die ihn umgebenden Dimere von den zwischen ihnen wirksamen Van-der-Waals-Kräften beeinflusst wurde. Darum konnten Botschaften aller Art entlang jeder Mikroröhre und entlang der diese verbindenden Proteinbrücke verbreitet werden. Dazu war in jüngster Zeit noch ein weiterer Schritt in der Miniaturisierung gekommen. Jedes Dimer enthielt etwa 450 Aminosäuren, die durch Veränderung ihrer Sequenzen Information enthalten konnten. Und innerhalb der Dimersäulen gab es winzige Fäden aus Wasser in geordnetem Zustand, den man Vicinalwasser – also Nachbarwasser – nannte. Dieses war imstande, quantenkohärente Schwingungen längs des Röhrchens zu übertragen. Eine große Anzahl von Experimenten an lebenden Affengehirnen mit miniaturisiertem Gerät verschiedener Art hatte ergeben, dass sich bei denkendem Bewusstsein Sequenzen von Aminosäuren verlagerten. Die Röhrendimeren änderten an vielen verschiedenen Stellen im Gehirn ihre Konfiguration in gepulsten Phasen. Mikroröhrchen bewegten sich und wuchsen manchmal. Und in viel größerem Maßstab wuchsen dann dendritische Dornen, die neue Verbindungen schufen. Manchmal änderten sich die Synapsen auf Dauer, manchmal nicht.

Also besagte das beste derzeitige Modell, dass Erinnerungen als stehende Muster quantenkohärenter Oszillationen incodiert würden, hervorgerufen durch Veränderungen in den Mikroröhrchen und deren Bestandteilen, wobei alles nach Mustern innerhalb der Neuronen verlief. Obwohl es jetzt Forscher gab, die spekulierten, dass es signifikante Aktion sogar auf noch feineren ultramikroskopischen Ebenen geben könnte, die aber für immer jenseits ihrer Untersuchungsmöglichkeiten lägen (ein geläufiger Refrain), sahen manche Gelehrte Spuren von Anzeichen, dass die Schwingungen in der Art von Spin-Netz-Mustern strukturiert sein könnten, wie sie Baos Arbeit beschrieb – in verknüpften Knoten und Netzen, die Sax seltsam an den Plan des Gedächtnispalastes erinnerten – Räume und Korridore –, als ob die alten Griechen allein durch innere Schau die eigentliche Geometrie der Raumzeit erahnt hätten.

Auf jeden Fall war es sicher, dass diese ultramikroskopischen Aktivitäten durch die Plastizität des Gehirns nahegelegt wurden. Sie waren ein Teil davon, wie das Gehirn lernte und sich dann erinnerte. Also fand Erinnerung auf einer viel kleineren Ebene statt, als man sie sich früher vorgestellt hatte. Das Gehirn erhielt dadurch eine viel höhere Möglichkeit des Rechnens als zuvor: 10^{24} Operationen in der Sekunde, oder gar bei manchen Berechnungen 10^{43}. Das führte einen Forscher zu dem Schluss, dass jeder menschliche Verstand in gewissem Sinne komplizierter war als der ganze Rest des Universums (natürlich abzüglich seiner anderen Bewusstseine). Sax erinnerte das verdächtig an die starken anthropischen Phantome, die man allenthalben in der kosmologischen Theorie sah. Aber es war eine interessante Idee, und es lohnte sich, darüber nachzudenken.

Also ging nicht bloß mehr vor sich, sondern es geschah auch auf so feinen Ebenen, dass sicher Quanteneffekte im Spiel waren. Experimente hatten gezeigt, dass sich in jedem Gehirn kollektive Quantenphänomene in großem Maßstab abspielten. Es gab im Gehirn sowohl globale Quantenkohärenz als auch Quantenverbindung zwischen den verschiedenen elektrischen Zuständen der Mikroröhrchen. Und dies besagte, dass all die kontra-intuitiven Phänomene und das reine Paradoxon der Quantenrealität ein integrierender Bestandteil des Bewusstseins waren. Tatsächlich hatte es erst kürzlich eine Gruppe französischer Forscher geschafft, durch Berücksichtigung der Quanteneffekte in den Cytoskeletten eine plausible Theorie darüber vorzubringen, weshalb Anästhetika überhaupt wirken – nach all den Jahrhunderten, in denen man sie fröhlich angewendet hatte.

Also waren wir mit noch einer bizarren Quantenwelt konfrontiert, in der es Fernwirkung gab, in der Entscheidungen keinen Einfluss auf tatsächliche Ereignisse haben konnten und in der gewisse Ereignisse teleologisch ausgelöst zu werden schienen; was besagt, verursacht durch Ereignisse, die zeitlich erst nach ihnen auftreten … Sax war von dieser Entwicklung nicht sehr überrascht. Sie sprach für ein Gefühl, das er sein ganzes Leben lang gehabt hatte, wonach der menschliche Geist höchst geheimnisvoll war, eine Black Box, welche die Wissenschaft kaum erforschen würde können. Und jetzt, da die Wissenschaft sich damit beschäftigte, geriet sie hart an die großen Unerklärbarkeiten der Realität selbst.

Immerhin konnte man sich an das halten, was die Wissenschaft gelernt hatte, und zugeben, dass sich Realität auf Quantenebene auf eine Weise verhielt, die auf der Ebene der menschlichen Sinne und gewöhnlichen Erfahrungen einfach unerhört war. Man hatte dreihundert Jahre lang Zeit gehabt, sich daran zu gewöhnen und schließlich dieses Wissen in sein Weltbild einzubauen und weiterzumachen. Sax hätte wirklich gesagt, dass er sich mit den gewohnten Quantenparadoxa wohl fühlte. Dinge im Mikrobereich, die bizarr, aber erklärbar waren, quantifizierbar oder unter Benutzung komplexer Zahlen zumindest beschreibbar, mit Riemann'scher Geometrie und all dem übrigen Rüstzeug der passenden Zweige der Mathematik. Es hätte gar keine Überraschung sein sollen, wenn man solches Zeug im eigentlichen Arbeiten des Gehirns fand. Es war in der Tat, verglichen mit so etwas wie der menschlichen Geschichte, Psychologie oder Kultur, sogar etwas beruhigend. Schließlich war das alles doch nur Quantenmechanik. Etwas, das durch die Mathematik modelliert werden konnte. Und das wollte schon etwas heißen.

So war auf einer sehr feinen strukturellen Ebene im Gehirn vieles aus der Vergangenheit eines Menschen enthalten, aufgezeichnet in einem einzigartigen komplizierten Netzwerk von Synapsen, Mikroröhrchen, Dimeren, Vicinalwasser und Ketten aus Aminosäuren – alle klein genug und nahe genug beisammen, um gegenseitig Quanteneffekte zu erzielen. Muster von Quantenfluktuationen, die sich verstreuten und zusammenbrachen – das war Bewusstsein. Und diese Muster wurden offenbar in spezifischen Teilen des Gehirns gehalten oder erzeugt. Sie waren das Ergebnis einer auf vielen Ebenen zum Ausdruck kommenden physikalischen Struktur. Zum Beispiel war der Hippocampus von kritischer Bedeutung, besonders die gezahnte Gyrusregion und die durchstoßenden Wegenerven, die zu ihm führten. Und der Hippocampus war äußerst sensibel gegen Aktivitäten im limbischen System, das im Gehirn direkt unterhalb von ihm sitzt. Und das limbische System war in mannigfacher Weise der Sitz der Emotionen, was die Alten als Herz bezeichnet hätten. Also hatte die emotionale Belegung eines Ereignisses viel damit zu tun, wie nachhaltig es im Gedächtnis festgehalten wurde. Es ereigneten sich Vorfälle, und das Bewusstsein war deren Zeuge oder erfuhr von ihnen; und unvermeidlicherweise veränderte ein großer Teil dieser Erfahrung das Gehirn und wurde für immer ein Teil von ihm. Besonders die durch Emotion gesteigerten Ereignisse. Diese Darstellung fand Sax überzeugend: Es erinnerte sich am deutlichsten an jene Vorfälle, die mit starken Empfindungen verbunden gewesen waren, und vergaß die, wie gewisse Experimente nahelegten, besonders beharrlich, die von einem unbewussten Bemühen begleitet wurden, sich ihrer nicht entsinnen zu wollen, was also gar kein echtes Vergessen war, sondern Verdrängung.

Aber nach dieser anfänglichen Veränderung im Gehirn begann der langsame Prozess der Verschlechterung. Die Stärke der Erinnerung war bei verschiedenen Menschen grundsätzlich unterschiedlich, aber, wie es schien, verlor die Speicherung im Gedächtnis allgemein an Deutlichkeit und war schwer zu steuern. So vieles war dem Gehirn eingeprägt, wurde aber nie hervorgeholt. Und wenn man sich niemals an ein Muster erinnerte, es nie wieder hervorholte und probte, dann erfuhr es nie die Verstärkung eines neuerlichen Durchlaufs. Und nach ungefähr 150 Jahren der Speicherung verfiel das Muster, offenbar infolge der angehäuften Quanteneffekte freier Radikale, die sich zufallsweise im Gehirn zusammenfanden, immer schneller. Das war es anscheinend, was den Alten passierte. Ein Prozess des Zusammenbruchs, der unmittelbar nach einem Ereignis einsetzte, wurde dem Gehirn eingeprägt und erreichte schließlich ein Höchstmaß, wo die Effekte für die beteiligten Schwingungsmuster katastrophal wurden und damit auch für die Erinnerungen. Das war vermutlich ebenso zeitgebunden, dachte Sax beklommen, wie die thermodynamische Trübung der Augenlinse.

Wenn man allerdings all seine Erinnerungen Revue passieren lassen könnte, dann würde das die Muster wieder verstärken, sie auffrischen und die Uhr für den Verfall sozusagen wieder auf null stellen. Eine Art Langlebigkeitsbehandlung für Dimerenmuster, in der Literatur manchmal als Anamnesie oder Verlust des Vergessens bezeichnet. Nach einer solchen Behandlung würde es leichter sein, sich an ein bestimmtes Ereignis zu erinnern, oder mindestens ebenso leicht, wie es kurz nach dem Eintreten des Ereignisses gewesen war. Das war die allgemeine derzeitige Richtung der Arbeiten über die Verstärkung des Gedächtnisses. Manche bezeichneten die dabei benutzten Drogen und elektrischen Maßnahmen als Nootrope, ein Wort, das Sax als »auf den Verstand wirkend« deutete. Eine Menge Fachausdrücke wurden für den Prozess in der gängigen Literatur gehandelt. Die Leute durchwühlten ihre griechischen und lateinischen Lexika in der Hoffnung, einen Namen für das Phänomen zu finden. Sax hatte Ausdrücke gesehen wie Mnemonik, Mnemonistik und Mnemosynik nach der Göttin des Gedächtnisses; auch Mimneskesie von dem griechischen Wort für »sich erinnern«. Sax zog das Wort Erinnerungsverstärker vor, obwohl er auch Anamnesie mochte, welches ihm der genaueste Ausdruck für ihr Vorhaben zu sein schien. Sein Wunsch war die Herstellung eines Anamnestikums.

Aber die praktischen Schwierigkeiten der Ekphorisierung oder des Sich-Erinnerns an eine vollständige Vergangenheit waren groß. Es galt ja nicht bloß, ein Anamnestikums zu finden, sondern auch die Zeit, die es erfordern würde! Wenn man zwei Jahrhunderte gelebt hatte, erschien es möglich, dass es Jahre dauern könnte, um alle relevanten Ereignisse dieses langen Lebens wieder hervorzuholen.

Offenbar war ein rein chronologischer Durchlauf in mehrfacher Hinsicht nicht praktikabel. Vorzuziehen war eine Art von simultaner Erregung des Systems, die das ganze Netzwerk kräftigte ohne bewusste Erinnerung an jede seiner Komponenten. Ob eine solche Kräftigung elektromechanisch möglich war, wusste niemand. Aber wenn man den Durchgang zum Hippocampus elektrisch stimulieren und beispielsweise eine große Menge Adenosin-Triphosphat über die Blut-Hirn-Schranke transportieren könnte und damit die langfristige Voraussetzung schuf, die an erster Stelle das Lernen unterstützte; und dann ein Gehirnwellenmuster zur Anregung und Unterstützung der Quantenschwingungen der Mikroröhrchen dazu schaltete und danach das Bewusstsein auf die einem am wichtigsten scheinenden Erinnerungen richtete, während auch der Rest unbewusst verstärkt würde …

Sax machte sich noch weiter stürmische Gedanken in dieser Richtung, erlitt aber jäh Schiffbruch. Da saß er nun ergebnislos im Wohnzimmer seines Apartments und machte sich selbst Vorwürfe, dass er nicht wenigstens versuchte, seinem Computer etwas zu diktieren. Es schien, dass er auf dem Weg gewesen war zu etwas wie ATP, oder war es LTP? Na schön, das war ein echt nützlicher Gedanke, der wiederkommen würde. Daran musste er glauben. Es lag nahe.

Je mehr er über diese Dinge nachdachte, kam es ihm auch immer wahrscheinlicher vor, dass der Schock über Mayas momentane Amnesie Michel in den raschen Verfall getrieben hatte. Nicht dass eine solche Erklärung jemals bewiesen werden könnte oder auch wirklich eine Rolle spielte. Aber Michel hätte weder seine noch ihre Erinnerungen überleben wollen. Er hatte sie geliebt als das Projekt seines Lebens, die Definition seiner selbst. Der Schock, dass Maya bei etwas so Fundamentalem und so Wichtigem ausfiel (wie dem Schlüssel zur Wiederherstellung seines Gedächtnisses) ... Die Verbindung von Körper und Geist war so stark, dass wahrscheinlich die Unterscheidung an sich falsch war, ein Nachklang von cartesianischer Metaphysik oder früheren religiösen Ansichten über die Seele. Der Geist war das Leben eines Körpers. Erinnerung war Geist. Und so war nach einer einfachen transitiven Gleichung Erinnerung gleich Geist. Darum war mit verschwundener Erinnerung auch das Leben wertlos. So musste Michel in dieser letzten traumatischen halben Stunde gefühlt haben, als sein Ich unter der Sorge und dem Kummer über den geistigen Tod seiner Liebe in die verhängnisvolle Arrhythmie verfallen war.

Man musste sich daran erinnern, dass man am Leben war. Und darum musste die Ekphorisation, das Wiederhervorholen aller früheren Eindrücke, versucht werden. Falls er sich die entsprechende anamnestische Methodologie erdenken könnte.

Natürlich konnte das gefährlich sein. Falls es ihm gelänge, einen Gedächtnisverstärker zu schaffen, würde dieser vielleicht das ganze System auf einmal erfassen, und niemand könnte vorhersagen, was das subjektiv für ein Gefühl sein würde. Man müsste es einfach versuchen. Es wäre ein Experiment. Ein Selbstversuch. Nun, das wäre nicht das erste Mal. Vlad hatte sich selbst die erste gerontologische Behandlung erteilt, obwohl sie ihn hätte töten können. Jennings hatte sich mit lebendem Pockenserum geimpft. Arkadys Vorfahr Alexander Bogdanov hatte sein

Blut gegen das eines jungen Mannes ausgetauscht, der an Malaria und Tuberkulose litt, und war gestorben, während der junge Mann noch weitere dreißig Jahre gelebt hatte. Und da gab es natürlich die Geschichte von den jungen Physikern in Los Alamos, die die erste Kernexplosion ausgelöst hatten und sich gefragt hatten, ob dadurch nicht die ganze Erdatmosphäre verbrennen könnte. Zugegebenermaßen ein etwas beunruhigender Fall von Selbstversuch. Im Vergleich damit schien die Einnahme von ein paar Aminosäuren keine große Sache zu sein – was die Brisanz anbelangte, eher in der Tradition der Selbstversuche Dr. Hoffmanns mit LSD stehend. Vermutlich würde die Ekphorisation weniger desorientierend sein als ein LSD-Experiment. Das Bewusstsein würde sie bestimmt gar nicht bemerken. Der sogenannte Bewusstseinsstrom war recht unlinear, wie Sax nach eingehender Selbstbetrachtung glaubte sagen zu können. Daher könnte man höchstens einen raschen assoziativen Zug von Erinnerungen erleben oder ein wüstes Durcheinander – Sax' alltäglicher Stimmung nicht unähnlich, um ehrlich zu sein. Damit konnte er fertigwerden. Und er war auch bereit, etwas Traumatischeres zu wagen, falls das geschehen sollte.

Er flog nach Acheron.

In Acheron war eine neue Gruppe in den alten Labors zugange, die inzwischen stark erweitert worden waren, sodass die ganze hohe Felsrippe ausgehöhlt und bebaut war. Es war jetzt eine Stadt von über zweihunderttausend Einwohnern. Gleichzeitig war es natürlich immer noch ein ansehnlicher Felsensporn von etwa fünfzehn Kilometern Länge und sechshundert Metern Höhe, der an keiner Stelle mehr als ein Kilometer breit war. Und es war immer noch ein Labor oder Laborkomplex in einer Weise, wie es Echus Overlook schon lange nicht mehr war – mehr wie Da Vinci und mit einer ähnlichen Organisation. Nachdem Praxis die Infrastruktur erneuert hatte, war von Vlad, Ursula und Marina die Bildung einer neuen biologischen Forschungsstation unternommen worden. Vlad war tot, aber Acheron hatte ein eigenes Leben und schien ihn nicht zu vermissen. Ursula und Marina leiteten ihre eigenen kleinen Labors und lebten noch in der Wohnung, die sie mit Vlad geteilt hatten, direkt unter dem Kamm des Sporns in einer zum Teil ummauerten und mit Bäumen bewachsenen, sehr windigen Spalte. Sie führten ein Privatleben wie immer schon, nur noch stärker in ihre eigene Welt zurückgezogen, als es mit Vlad der Fall gewesen war. Man war in Acheron an sie gewöhnt; die jüngeren Wissenschaftler behandelten sie wie die wohlwollenden Großmütter der Station oder einfach als Kolleginnen in den Labors.

Aber Sax wurde von den jüngeren Forschern so verblüfft angestarrt, als würden sie Archimedes vorgestellt. Es war verwirrend, so behandelt zu werden, als begegnete man einem krassen Anachronismus; und Sax führte etliche höchst mühsame Gespräche in dem Bemühen, jeden zu überzeugen, dass er nicht den Stein der Weisen in der Hosentasche mit sich herumtrug und Wörter in dem gleichen Sinn benutzte wie sie, und dass sein Geist noch nicht völlig vom Alter zerrüttet war etc.

Aber die Entfremdung konnte auch ein Vorteil sein. Junge Wissenschaftler in der Gruppe neigten dazu, sich zu naiven Empirikern zu entwickeln, oder aber zu idealistischen energischen Enthusiasten. Darum war Sax, der – neu und alt zugleich – von außen kam, imstande, sie in den Seminaren zu beeindrucken, die Ursula einberief, um den laufenden Stand der Arbeiten über das Gedächtnis zu diskutieren. Sax legte seine Hypothesen über die Schaffung einer möglichen Anamnesie dar, mit Vorschlägen für verschiedene Richtungen experimenteller Arbeit zu diesen Möglichkeiten; und er stellte fest, dass seine Anregungen für die jungen Forscher eine Art prophetischer Kraft besaßen, selbst wenn (oder vielleicht gerade wenn) sie recht allgemeine Bemerkungen enthielten. Falls diese vagen Anregungen zufällig mit irgendeiner Richtung zusammenfielen, in der diese Leute gerade arbeiteten, konnte die Reaktion äußerst enthusiastisch sein. Es war tatsächlich so: je aphoristischer, desto besser. Nicht sehr wissenschaftlich; aber so war es eben.

Während Sax sie beobachtete, erkannte er zum ersten Mal, dass die wendige, schnell reagierende und stark fokussierte Art der Wissenschaft, an die er sich in Da Vinci gewöhnt hatte, nicht auf Da Vinci allein beschränkt war, sondern eine Eigenschaft aller Labors war, die als kooperative Unternehmen organisiert waren. Es war die Natur der Marswissenschaft, der allgemeine Stil. Wenn die Forscher die Kontrolle über ihre eigenen Arbeiten hatten, in einem Maße, wie er es in seiner Jugend auf der Erde nie gesehen hatte, gewann die Arbeit eine noch nie dagewesene Schnelligkeit und Kraft. Zu seiner Zeit hatten die für die Arbeit erforderlichen Ressourcen anderen Leuten gehört, Institutionen mit deren eigenen Interessen und Bürokratien, wodurch eine schwerfällige und oft unvernünftig unbeholfene Kräftezersplitterung entstand. Und selbst die kohärenten Bemühungen wurden oft trivialen Dingen gewidmet, sehr häufig den finanziellen Profiten der Institution, welche die Kontrolle über das Labor hatte.

Acheron dagegen war eine halbautonome eigenständige Gemeinschaft, die den Umweltgerichtshöfen und natürlich der Verfassung unterstand, aber sonst niemandem. Sie suchten sich selbst aus, an was sie arbeiten wollten. Und wenn sie um Hilfe gebeten wurden, konnten sie, falls sie interessiert waren, sofort reagieren.

Also würde er keineswegs die ganze Arbeit, einen Verstärker für das Gedächtnis selbst zu entwickeln, alleine machen müssen. Die Acheronlabors waren hochinteressiert. Marina war im städtischen Labor des Komplexes aktiv geblieben, und die Stadt hatte immer noch eine enge Beziehung zu Praxis mit all deren Hilfsmitteln. Und viele Labors betrieben bereits Gedächtnisforschung. Sie hatte sich aus naheliegenden Gründen zu einem großen Teil des Langlebigkeitsprojekts entwickelt. Und Langlebigkeit als solche war witzlos, wenn das Gedächtnis nicht so weit reichte wie das System. Daher war es sinnvoll, wenn sich ein Komplex wie Acheron darauf konzentrierte.

Bald nach seiner Ankunft traf Sax sich mit Marina und Ursula allein zum Frühstück im Speisebereich ihrer Wohnungen. Nur die drei, umgeben von tragbaren Wänden, die mit Batiken aus Dorsa Brevia bedeckt waren. Bäume in Töpfen standen in den Winkeln. Keine Erinnerung an Vlad. Sie erwähnten ihn auch nicht. Sax, der sich bewusst war, wie ungewöhnlich eine Einladung in ihr Heim war, hatte Mühe, sich auf die vorliegende Materie zu konzentrieren. Er kannte diese beiden Frauen von Anfang an und schätzte sie sehr, besonders Ursula wegen ihrer empathischen Qualitäten. Aber er hatte nicht den Eindruck, beide besonders gut zu kennen. So saß er nun da im Wind, aß und schaute sie an und auch hinaus durch die offenen Fensterwände. Dort gen Norden lag ein schmaler blauer Streifen, die Acheronbucht, ein tiefer Einschnitt in das Nordmeer. Im Süden erhob sich über dem nahen Horizont die enorme Masse von Olympus Mons. Dazwischen lag ein verteufelter Golfplatz, der mühsam aus alten Lavaströmen ausgearbeitet war, zerrissen und narbig auf der schwärzlichen Öde des Plateaus.

»Wir haben darüber nachgedacht, warum Experimentalpsychologen in jeder Generation ein paar isolierte Fälle von echt außergewöhnlichem Erinnerungsvermögen gemeldet haben«, sagte Marina, »es aber nie einen Versuch gegeben hat, diese durch die zeitgenössischen Gedächtnismodelle zu erklären.«

»Tatsächlich vergessen sie die, so schnell sie können«, warf Ursula ein.

»Ja. Und wenn dann die Berichte ausgegraben werden, hält niemand sie für völlig wahr. Es wird auf die Leichtgläubigkeit früherer Zeiten geschoben. Typischerweise kann man keinen Lebenden finden, der die beschriebenen Leistungen reproduzieren könnte. Darum besteht die Tendenz zu schließen, dass die früheren Forscher sich geirrt haben oder getäuscht worden sind. Aber eine Menge der Berichte war vorzüglich fundiert.«

»Zum Beispiel?«, fragte Sax. Es war ihm nicht eingefallen, sich nach funktionalen Berichten aus der realen Welt umzuschauen, da diese stets anekdotisch sein mussten. Aber anscheinend war es doch sinnvoll, das zu tun.

»Der Dirigent Toscanini zum Beispiel kannte jede Note jedes Instruments in ungefähr zweihundertfünfzig symphonischen Werken auswendig«, sagte Marina, »und Text und Musik von rund einhundert Opern, dazu einer Menge kürzerer Werke.«

»Hat man das getestet?«

»Sozusagen in Stichproben. Einem Fagottisten zerbrach eine Taste seines Fagotts, und er meldete das Toscanini. Der überlegte und sagte ihm, er möge sich keine Sorgen machen, da er an diesem Abend diese Note nicht zu spielen haben würde. Und er dirigierte ohne Noten und schrieb fehlende Teile für Spieler auf und so weiter.«

»Mhm.«

»Der Musikforscher Tovey hatte eine ähnliche Begabung«, fuhr Ursula fort. »Das ist bei Musikern nicht ungewöhnlich. Es ist so, als wäre die Musik eine Sprache, wo unglaubliche Leistungen manchmal möglich sind.«

»Hmm.«

»Ein Professor Athens an der Universität Cambridge im frühen einundzwanzigsten Jahrhundert hatte eine umfassende Kenntnis aller möglichen Gebiete – wiederum Musik, aber auch Lyrik, Philosophie, Mathematik und das Tagesgeschehen seiner eigenen Gegenwart und Vergangenheit. Tag für Tag. Es wird berichtet, er hätte oft gesagt: ›Interesse fokussiert die Aufmerksamkeit.‹«

»Stimmt«, sagte Sax.

»Er benutzte sein Gedächtnis meistens für das, was er interessant fand. Das nannte er ein Interesse an der Bedeutung. Aber im Jahre 2060 erinnerte er sich noch genau an eine Liste von dreiundzwanzig Wörtern, die er 2032 für einen einzigen Test gelernt hatte. Es gibt noch tausend andere Geschichten.«

»Ich möchte gern mehr über ihn hören.«

»Ja, er war perfekter als manch anderer«, sagte Ursula. »Die sogenannten ›Kalender-Rechner‹ oder Leute, die sich an Bilder, die man ihnen gezeigt hat, in allen Einzelheiten erinnern können, sind oft in anderen Bereichen ihres Lebens behindert.«

Marina nickte. »Wie der Lette Schereschewskij und der als V. P. bekannte Mann, die sich bei Tests und im Allgemeinen an wirklich enorme Mengen zufälliger Fakten erinnerten. Aber beide litten an Synästhesie.«

»Hmm. Vielleicht Überaktivität des Hippocampus.«

»Vielleicht.«

Sie erwähnten noch etliche Fälle mehr. Ein Mann namens Finkelstein, der die Wahlergebnisse der gesamten Vereinigten Staaten schneller ausrechnen konnte als alle Rechenmaschinen der 1930er Jahre. Talmudgelehrte, die nicht nur den Talmud auswendig kannten, sondern auch die Stellung jedes Wortes auf jeder Seite. Geschichtenerzähler, die sämtliche Verse Homers auswendig kannten. Sogar Menschen, von denen man sagte, sie hätten die Renaissancemethode des Gedächtnispalastes mit großem Erfolg benutzt. Sax hatte das nach seinem Schlaganfall selbst mit recht gutem Erfolg versucht. Es gab viele Erscheinungsformen.

»Diese außerordentlichen Fähigkeiten scheinen aber nicht dasselbe zu sein wie das gewöhnliche Gedächtnis«, bemerkte Sax.

»Eidetisches Gedächtnis«, sagte Marina, »gründet sich auf Bilder, die bis ins kleinste Detail wiederkehren. Man sagt, das sei die Weise, in der sich die meisten Kinder erinnern. In der Pubertät ändert sich für die meisten von uns die Art, wie wir uns an Veränderungen erinnern. Das ist so, als würden jene Personen nie die kindliche Art des Erinnerns verlieren.«

»Hmm«, machte Sax. »Ich frage mich aber immer noch, ob es sich dabei um die oberen Extremfälle kontinuierlicher Verteilung von Fähigkeiten handelt oder ob es Beispiele einer seltenen bimodalen Verteilung sind.«

Marina zuckte die Achseln. »Das wissen wir nicht. Aber wir haben ein Studienobjekt hier.«

»Tatsächlich?«

»Ja. Zeyk. Er und Nazik sind hierhergezogen, sodass wir ihn untersuchen können. Er ist immer sehr kooperativ, und sie redet ihm zu. Sie sagt, es könnte vielleicht etwas Gutes dabei herauskommen. Er selbst liebt seine Fähigkeit nicht, musst du wissen. Bei ihm hat es nicht viel mit Rechentricks zu tun, obwohl er darin besser ist als die meisten von uns. Aber er kann sich bis hin zu erstaunlichen Details an seine Vergangenheit erinnern.«

»Ich erinnere mich, davon gehört zu haben«, sagte er. Die beiden Frauen lachten, dann war es einen Moment still, er mit ihnen. »Ich möchte gern sehen, was ihr mit ihm anstellt.«

»Sicher. Er ist unten in Smadars Labor. Das ist interessant. Sie sehen sich Bilder von Ereignissen an und stellen ihm Fragen dazu. Dann redet er darüber, an was er sich erinnert, während sie zugleich sein Gehirn nach den allerletzten Methoden abtasten.«

»Klingt sehr interessant.«

Ursula führte ihn nach unten zu einem langen Labor mit gedämpfter Beleuchtung, in dem einige Betten mit Personen belegt waren, die der einen oder anderen Art von Scans unterzogen wurden. Bunte Bilder flimmerten auf Schirmen oder hingen holographisch in der Luft. Andere Betten waren leer und wirkten irgendwie bedrohlich.

Unter all den jungen Testpersonen sah Zeyk aus wie ein Exemplar von *Homo habilis* – aus der Vorgeschichte herbeizitiert, um auf seine geistigen Fähigkeiten hin getestet zu werden. Er trug einen Helm, der innen mit Kontaktpunkten bepflastert war. Sein weißer Bart war feucht, und die Augen lagen eingesunken und müde in seiner verwitterten dunklen Haut von der Farbe dunkler Hämatome. Nazik saß an der anderen Seite seines Bettes und hielt seine Hand in der ihren. In der Luft über einem Holographen nahe der Tür war ein detailliertes dreidimensionales transparentes Bild von Zeyks Gehirn zu sehen. Ständig zuckten farbige Lichtblitze hindurch und erzeugten grüne, rote, blaue und blassgoldene Muster.

Auf dem Bildschirm am Bett schwankten Bilder einer kleinen Zeltsiedlung nach Einbruch der Dunkelheit. Eine junge Frau, vermutlich die Wissenschaftlerin Smadar, stellte Fragen.

»Hat also Ahad die Fetah angegriffen?«

»Ja. Oder sie kämpften, und ich hatte den Eindruck, dass die Ahad damit angefangen hatten. Aber ich meine, dass jemand sie aufeinandergehetzt hat, indem er Parolen in die Fenster geritzt hat.«

»Hatte die Muslimbruderschaft oft so heftige interne Konflikte?«

»Damals schon. Aber warum ausgerechnet in jener Nacht, weiß ich nicht. Es hat sie jemand gegeneinander aufgehetzt. Es war, als wären plötzlich alle verrückt geworden.«

Sax fühlte, wie sich sein Magen verkrampfte. Dann empfand er einen Kälteschauer, als hätte die Ventilation etwas von dem kalten Morgen draußen hereingelassen. Die kleine Zeltstadt auf den Videos war Nicosia. Sie sprachen über die Nacht, in der John Boone getötet worden war. Smadar beobachtete die Videos und stellte Fragen. Zeyks Antworten wurden aufgezeichnet. Jetzt schaute er zu Sax hinüber und nickte zum Gruß. »Russell war auch dort.«

»Warst du?«, fragte Smadar und sah Sax nachdenklich an.

»Ja.«

An diese Ereignisse hatte Sax seit Jahren nicht mehr gedacht, seit Jahrzehnten. Vielleicht ein Jahrhundert. Er stellte fest, dass er nie wieder in Nicosia gewesen war, nicht seit jener Nacht. Als hätte er es gemieden. Bestimmt Verdrängung. Er hatte John, der vor der Ermordung mehrere Jahre für ihn gearbeitet hatte, sehr gern gehabt. Sie waren Freunde gewesen. »Ich habe gesehen, wie er angegriffen wurde«, sagte er zur allgemeinen Überraschung.

»Hast du?«, rief Smadar. Jetzt starrten ihn außer Zeyk auch Nazik, Ursula und Marina an.

»Was hast du gesehen?«, fragte ihn Smadar und schaute kurz auf Zeyks Gehirnscan, der in einem lautlosen Sturm flimmerte. So war die Vergangenheit – genau so ein stiller, flimmernder elektrischer Sturm. Das war die Arbeit, die getan werden musste.

»Es kam zu einem Handgemenge«, sagte Sax zögernd und unbehaglich und blickte auf das Hologramm wie in eine Kristallkugel. »Auf einer kleinen Plaza, wo eine Seitenstraße in den zentralen Boulevard mündete. Bei der Medina.«

»Waren es Araber?«, fragte die junge Frau.

»Vielleicht«, sagte Sax. Er schloss die Augen; und obwohl er es nicht sehen konnte, konnte er es sich irgendwie vorstellen, in einer Art Blindsicht. »Ja, das nehme ich an.«

Er öffnete die Augen und sah, dass Zeyk ihn anstarrte. »Hast du sie erkannt?«, krächzte Zeyk. »Kannst du mir sagen, wie sie ausgesehen haben?«

Sax schüttelte den Kopf. Aber das schien ein Bild loszuschütteln – dunkel und dennoch präsent. Das Video zeigte die dunklen Straßen von Nicosia, das Licht flackernd wie die Gedanken in Zeyks Gehirn. »Ein großer Mann mit schmalem Gesicht und schwarzem Schnurrbart. Sie hatten alle schwarze Bärte, aber dieser war länger, und er schrie die anderen Männer an, die Boone angriffen, aber nicht Boone selbst.«

Zeyk und Nazik schauten einander an. »Yussuf«, sagte Zeyk. »Yussuf und Nejm. Sie führten damals die Fetah an und waren wütender auf Boone als die von den Ahad. Und als Selim später in der Nacht sterbend bei uns aufgetaucht ist, sagte er: Boone hat mich getötet. Boone und Chalmers. Er sagte nicht: Ich habe Boone getötet, er sagte: Boone hat mich getötet.« Er sah wieder Sax an. »Was ist danach geschehen? Was hast du gemacht?«

Sax erschauerte. Das war es, warum er niemals nach Nicosia zurückgekehrt war und sich jeden Gedanken daran verboten hatte. In jener Nacht, in dem kritischen Moment, hatte er gezögert. Er hatte Angst gehabt. »Ich habe sie von der anderen Seite der Plaza aus gesehen. Ich war in einiger Entfernung und wusste nicht, was ich tun sollte. Sie haben John niedergeschlagen. Sie haben ihn fortgezerrt. Ich – habe zugesehen. Dann – war ich in einer Gruppe, die hinter ihnen herlief. Ich weiß nicht, wo der Rest war. Sie zogen mich mit. Aber die Angreifer schleppten ihn durch enge Nebenstraßen, und im Dunkeln … hat unsere Gruppe sie verloren.«

»In deiner Gruppe gab es wahrscheinlich Freunde der Angreifer«, sagte Zeyk. »Und zwar ganz gezielt, um euch bei der Verfolgung auf den falschen Weg zu führen.«

»Ah!«, machte Sax. Es hatte in der Gruppe Männer mit Schnurrbärten gegeben. »Möglich.«

Er fühlte sich schlecht. Er war erstarrt gewesen und hatte nichts getan. Die Bilder flimmerten. In der Dunkelheit blitzte es auf, und Zeyks Cortex wurde von mikroskopischen bunten Schlaglichtern erhellt.

»Also war es nicht Selim«, sagte Zeyk zu Nazik. »Und auch nicht Frank Chalmers.«

»Wir sollten es Maya sagen«, Nazik sprach nachdrücklich. »Sie muss es wissen.«

Zeyk zuckte die Achseln. »Das wird sie nicht kümmern. Wenn Frank Selim auf John angesetzt hat, aber ein anderer die Tat begangen hat, spielt das eine Rolle?«

»Aber du denkst, es war jemand anderes?«, hakte Smadar nach.

»Ja. Yusuf und Nejm. Die Fetah. Oder wer sonst die Leute gegeneinander aufgehetzt hat. Nejm, vielleicht ...«

»Der tot ist.«

»Wie Yusuf auch«, sagte Zeyk grimmig. »Und wer auch immer den Krawall in jener Nacht ausgelöst hat ...« Er schüttelte den Kopf, und das Bild über ihm zitterte leicht.

»Erzähl mir, was danach geschehen ist!«, sagte Smadar und blickte auf ihren Schirm.

»Unsi al-Khan kam in den Hajr gelaufen, um uns zu sagen, dass Boone angegriffen worden war. Unsi ... nun, jedenfalls ging ich mit einigen anderen zum Syrischen Tor, um zu sehen, ob es benutzt worden war. Die arabische Methode der Exekution war damals, dass man hinaus auf die Oberfläche geworfen wurde. Wir entdeckten, dass die Schleuse einmal benutzt, aber niemand durch sie zurückgekommen war.«

»Erinnerst du dich an den Schleusencode?«, fragte Smadar.

Zeyk runzelte die Stirn, seine Lippen bewegten sich, er kniff die Augen zusammen. »Es waren Teile der Fibonacci-Reihe. Ich entsinne mich, dass mir das damals aufgefallen ist: Fünf – acht – eins – drei – zwei – eins.«

Sax schnappte nach Luft. Smadar nickte: »Fahr fort!«

»Dann kam eine Frau, die ich nicht kannte, vorbeigelaufen und sagte, man hätte Boone in der Farm gefunden. Wir folgten ihr zur Klinik in der Medina. Die war neu, alles war blitzsauber, und an den Wänden hingen noch keine Bilder. Sax, du warst dort und der Rest der Ersten Hundert in der Stadt: Chalmers und Toitovna und Samantha Hoyle.«

Sax stellte fest, dass er sich überhaupt nicht an die Klinik erinnern konnte. Halt … ein Bild von Frank mit gerötetem Gesicht und Maya in einem weißen Domino, ihr Mund ein blutleerer Strich. Aber das war draußen gewesen auf dem mit Glassplittern übersäten Boulevard. Er hatte ihnen von dem Angriff auf Boone erzählt, und Maya hatte sofort geschrien: »Hast du sie aufgehalten?« Und er hatte in dem Moment erkannt, dass er versagt hatte, dass er sie nicht aufgehalten hatte, seinem Freund nicht geholfen hatte, dass er im Schock erstarrt dagestanden und zugesehen hatte, wie sein Freund angegriffen und weggezerrt wurde. Er hatte zu Maya gesagt: »Wir haben es versucht. Ich habe es versucht.« Obwohl das nicht stimmte.

Aber später in der Klinik? – Nichts. Ihm fiel wirklich nichts zum ganzen Rest jener Nacht ein. Er schloss wie Zeyk die Augen und presste die Lider zu, als könnte das ein anderes Bild herausquetschen. Aber nichts kam. Das Gedächtnis war so merkwürdig. Er erinnerte sich an kritische traumatische Momente, wenn diese Erkenntnisse sich ihm eingebrannt hatten. Alles andere war verschwunden. Sicher mussten das limbische System und die emotionale Belastung jedes Vorfalls entscheidend an der Befrachtung, Encodierung oder Einbettung einer Erinnerung beteiligt sein.

Aber da lag Zeyk, der langsam jede Person nannte, die er im Warteraum der Klinik gekannt hatte, obwohl dieser dicht gefüllt gewesen sein musste. Dann beschrieb er das Gesicht der Ärztin, die herausgekommen war, um ihnen Boones Tod zu melden. »Sie sagte: ›Er ist tot. Er war zu lange draußen.‹ Maya legte Frank eine Hand auf die Schulter, und er zuckte zusammen.«

Nazik flüsterte: »Wir müssen es Maya sagen.«

»Er sagte zu ihr: ›Es tut mir leid‹, was ich seltsam fand. Sie sagte daraufhin zu ihm, dass er ja John ohnehin nie gemocht hätte, was richtig war. Und Frank stimmte sogar zu, ging dann aber fort. Er sagte: ›Was weißt du schon, wen ich mag und wen nicht?‹ So bitter. Ihm gefiel diese Mutmaßung nicht, der Gedanke, dass sie ihn kannte.« Zeyk schüttelte den Kopf.

»War ich während dieser Zeit dort?«, fragte Sax.

»... Ja. Du hast auf der anderen Seite von Maya gesessen. Aber du warst abgelenkt. Du hast geweint.«

Sax fiel davon absolut nichts mehr ein. Plötzlich erinnerte er sich, dass ebenso, wie es viele Dinge gab, die er getan hatte und von denen niemals jemand etwas wissen würde, es auch Dinge gab, die er getan hatte und an die sich andere erinnerten, während er selbst sie vergessen hatte. Wie wenig sie wussten! So wenig!

Zeyk fuhr fort über den Rest jener Nacht und den nächsten Morgen zu berichten. Das Erscheinen von Selim und dessen Tod. Dann vom darauffolgenden Tag, als Zeyk und Nazik Nicosia verlassen hatten. Und auch noch vom Tag danach. Ursula sagte, dass er über jede Woche seines Lebens so detailreich berichten könnte.

Aber nun brach Nazik die Sitzung ab. Sie sagte zu Smadar: »Genug für heute. Lass uns morgen weitermachen!«

Smadar stimmte zu und tippte etwas auf der Konsole der Maschine neben sich. Zeyk starrte wie ein heimgesuchter Mann an die dunkle Zimmerdecke; und Sax sah, dass man zu den vielen Fehlfunktionen des Gedächtnisses auch solche Erinnerungen zählen musste, die zu gut liefen. Aber wie? Welcher Mechanismus bewirkte das? Da war das Bild von Zeyks Gehirn, das in einem anderen Medium die Muster von Quantenaktivität wiedergab wie Blitze, die in seinem Cortex umherflimmerten ... einem Gehirn, das die Vergangenheit viel besser festhielt als das der übrigen Alten und unzugänglich war gegen Erinnerungsverluste, die Sax für einen unausweichlichen zeitbedingten Zusammenbruch gehalten hatte ... Nun, sie unterzogen dieses Gehirn jedem erdenklichen Test. Aber es war durchaus möglich, dass das Geheimnis ungelöst blieb. Es passierte einfach zu viel, das ihnen völlig entging. Wie in jener Nacht in Nicosia.

Sax zog sich erschüttert einen warmen Pullover an und ging nach draußen. Das Land um Acheron hatte ihm willkommene Unterbrechungen seiner Laborzeit geliefert, und er freute sich jetzt sehr, es zu durchstreifen, einfach um wegzukommen.

Er wandte sich nach Norden auf die See zu. Einige der besten Gedanken über das Gedächtnis waren ihm gekommen, während er zu dieser Küste hinunterging, über so verschlungene Wege, dass er niemals denselben zweimal erwischte, teils weil das alte Lavaplateau durch Gräben und steile Böschungen so zerklüftet war, und teils weil er nie auf die größere Topographie achtete. Er war entweder in seinen Gedanken versunken oder von der Landschaft gefesselt und schaute sich nur ab und zu um, damit er wusste, wo er sich befand. Es war tatsächlich eine Region, in der man sich nicht verirren konnte. Man stieg auf eine kleine Anhöhe, und dort stand der Acheron-Sporn wie der Kamm eines ungeheuren Drachens. Und in der anderen Richtung, von umso mehr Stellen aus zu sehen, je näher man kam, lag die blaue Weite der Acheron-Bucht. Dazwischen gab es eine Million von Mikromilieus. Das steinige Plateau war gesprenkelt von versteckten Oasen, und jede Spalte war voller Pflanzen. Das war keineswegs der Schmelzlandschaft an der polaren Küste auf der anderen Seite des Meeres ähnlich. Dieses Steinplateau hier und seine kleinen verborgenen Habitate wirkten uralt, obwohl die Gartenarbeit sicher von den Ökopoieten Acherons geleistet worden war. Viele dieser Oasen waren Experimente, und Sax behandelte sie auch als solche. Er blieb außerhalb davon und blickte in eine Grube mit steilen Wänden nach der anderen und fragte sich, was der dafür verantwortliche Ökopoiet mit seiner oder ihrer Arbeit herausfinden wollte. Hier konnte man Humus ausstreuen, ohne zu befürchten, dass er ins Meer gespült würde, obwohl das aufregende Grün der sich bis in die Täler hinaufziehenden Flussmündungen zeigte, dass einiger fruchtbarer Boden seinen Weg stromabwärts nahm. Diese Mündungsmarschen würden sich mit erodierten Böden füllen, während sie gleichzeitig salziger werden würden wie das Nordmeer selbst …

Aber diesmal wurden seine Beobachtungen draußen immer wieder durch Gedanken an John unterbrochen. John Boone hatte in den letzten paar Jahren seines Lebens für ihn gearbeitet; und sie hatten viele Besprechungen, in denen sie die sich rasch entwickelnde Vegetation des Mars erörterten. Es waren vitale Jahre gewesen; und John war stets glücklich gewesen, fröhlich, zuversichtlich, ein verlässlicher loyaler Freund, höflich, folgsam, heiter, fürsorglich, mutig, strahlend und hingebungsvoll. Nein, nicht genau. Er war auch schroff, ungeduldig, arrogant, faul, schlampig, drogenabhängig und stolz gewesen. Aber Sax hatte sich mit der Zeit mehr und mehr auf ihn verlassen. Er hatte ihn geliebt wie einen großen Bruder, der ihn draußen in der weiten Welt beschützte. Und dann hatten sie ihn getötet. Das sind die Typen, hinter denen die Killer immer her sind. Sie konnten diesen Mut nicht ertragen. Und so hatten sie ihn ermordet; und Sax hatte dagestanden, zugesehen und nichts unternommen. Erstarrt in Schock und persönlicher Angst. Hast du sie nicht aufgehalten?, hatte Maya geschrien. Er erinnerte sich jetzt an ihre scharfe Stimme. Nein, ich hatte Angst. Nein, ich habe nichts unternommen. Natürlich war es unwahrscheinlich, dass er überhaupt etwas hätte tun können. Schon vorher, als die Attentate auf John einsetzten, hätte er ihn vielleicht zu einer anderen Tätigkeit überreden und einige Leibwächter zu seinem Schutz anheuern können, die ihm heimlich folgten und ihn beschützten, wenn seine Freunde als schockierte Augenzeugen erstarrten. Aber er hatte niemanden verpflichtet. Und so war sein Bruder umgebracht worden, sein Bruder, der ihn ausgelacht, aber auch ebenso geliebt hatte, noch bevor ein anderer überhaupt an ihn gedacht hatte.

Sax ging heftig erregt über die zerklüftete Ebene, aufgebracht über den Verlust eines Freundes vor 153 Jahren. Manchmal schien es, als gäbe es gar keine Zeit.

Dann blieb er plötzlich stehen, in die Gegenwart zurückgeholt durch den Anblick von Leben. Kleine weiße Nagetiere schnupperten auf dem Grün einer eingesunkenen Wiese herum. Es waren ohne Zweifel Schnee-Pfeifhasen oder so; aber in ihrer weißen Farbe sahen sie Laborratten so ähnlich, dass es Sax einen Ruck gab. Weiße Laborratten, ja, aber schwanzlos; mutierte Laborratten, ja, endlich befreit von ihren Käfigen und draußen in der Welt. Sie wanderten über das intensiv grüne Wiesengras wie surreale Objekte einer Halluzination, ganz munter und mit schnuppernden Barthaaren, während sie den Boden nach Leckerbissen absuchten. Sie mampften Samen, Nüsse und Blüten. John hatte sich über die Geschichte von Sax mit den hundert Laborratten sehr amüsiert. Sax' Gedanken, jetzt frei und zerstreut. Das ist unser Körper.

Sax hockte sich hin und beobachtete die kleinen Nager, bis ihm kalt wurde. Auf dieser Ebene gab es auch größere Tiere, und er blieb bei ihnen immer kurz stehen, um sie zu beobachten: Hirsche, Elche, Dickhornschafe, Rentiere, Karibus, Schwarzbären, Grizzlybären, sogar Rudel von Wölfen wie flinke graue Schatten. Sie alle erschienen Sax wie Bürger aus einem Traum. Darum war er jedes Mal, wenn er eine einzige Kreatur sichtete, erregt, überrascht und sogar erstaunt. Das schien ihm unmöglich. Es war sicher nicht natürlich. Aber es gab sie hier. Und jetzt diese kleinen Pfeifhasen, glücklich in ihrer Oase. Weder Natur noch Kultur – einfach Mars.

Er dachte an Ann. Er würde sie gerne sehen.

Er dachte in diesen Tagen oft an sie. So viele seiner Freunde waren jetzt tot, aber Ann lebte. Er konnte immer noch mit ihr sprechen, das war zumindest möglich. Er hatte sich erkundigt und festgestellt, dass sie jetzt in der Caldera von Olympus Mons lebte, als Mitglied einer kleinen Gemeinschaft roter Bergsteiger, die dort wohnten. Offenbar gab es in der Caldera Schichtwechsel, um die Bevölkerung klein zu halten trotz der steilen Wände des großen Lochs und der primitiven Bedingungen, die für sie so attraktiv waren. Aber Ann blieb, solange sie Lust hatte, wie Sax gehört hatte, und ging nur selten fort. Das hatte Peter ihm erzählt, obwohl der es auch nur aus zweiter Hand gehört hatte. Schade, dass die beiden sich entfremdet hatten, grundlos. Aber familiäre Entfremdungen schienen die unversöhnlichsten von allen zu sein.

Jedenfalls befand sie sich auf Olympus Mons. Der war fast in Sicht, gerade im Süden über dem Horizont. Und er wollte mit ihr sprechen. Er dachte, alle seine Überlegungen dazu, was auf dem Mars geschah, waren wie ein internes Gespräch mit Ann gestaltet. Nicht so sehr als Streitgespräch, so hoffte er, sondern als eine endlose Überredung. Wenn er durch die Realität des blauen Mars so verändert werden konnte, warum dann nicht auch Ann? War das nicht unvermeidlich und sogar notwendig? Hätte es vielleicht schon geschehen sein können? Sax fühlte, dass er im Laufe der Jahre das zu lieben gelernt hatte, was Ann am Mars gefiel. Und jetzt wollte er, dass sie, wenn möglich, es erwiderte. Sie war für ihn auf höchst unbequeme Weise sein Maß für den Wert dessen geworden, was sie geleistet hatten. Den Wert oder die Akzeptanz. Es war ein seltsames Gefühl, das sich in ihm gebildet hatte, aber es war da.

Noch ein unangenehmer Kloß in seinem Geist, wie die plötzlich wieder entdeckte Schuld an Johns Tod, die er versuchen wollte, wieder zu vergessen. Wenn er die interessanten Gedanken auslöschen konnte, sollte er auch imstande sein, die schrecklichen zu tilgen, nicht wahr? John war gestorben; und nichts, was in seiner Macht gestanden hatte, würde das verhindert haben. Sehr wahrscheinlich. Man konnte es nicht klären. Und man konnte auch nicht zurückgehen. John war getötet worden, und Sax hatte es versäumt, ihm zu helfen. Und Sax war am Leben, und John war tot. Nichts als ein starkes verknotetes Netzwerk in den Köpfen aller Leute, die ihn gekannt hatten. Und man konnte nichts machen.

Aber Ann lebte und kletterte da oben die Wände der Caldera von Olympus empor. Er konnte mit ihr reden, wenn er wollte. Obwohl sie nicht herauskommen würde. Er würde sie aufspüren müssen. Aber das konnte er machen. So war es. Der eigentliche Stachel von Johns Tod lag im Tod dieser Chance; er konnte nicht mehr mit ihm sprechen. Aber er konnte immer noch mit Ann sprechen. Diese Chance gab es.

Die Arbeiten an dem Anamnesie-Problem gingen weiter. Acheron war in dieser Hinsicht ein Vergnügen. Tagsüber in den Labors, Gespräche mit den Labordirektoren über ihre Experimente und sehen, ob er helfen konnte. Wöchentlich Seminare, wo man vor den Schirmen zusammenkam, die Resultate austauschte und sich über mögliche Auslegungen unterhielt, und was man als Nächstes versuchen sollte. Leute unterbrachen ihre Arbeit, um auf der Farm zu helfen, andere Angelegenheiten zu erledigen oder auf Reisen zu gehen. Aber es gab andere zur Vertretung; und wenn die Wissenschaftler zurückkehrten, hatten sie oft neue Ideen gehabt und waren immer frisch mit Energie geladen. Sax saß nach den wöchentlichen Zusammenkünften immer noch eine Weile in den Seminarräumen und betrachtete die Kaffeetassen, die braunen Kaffeeringe und schwarzen Kavaflecken auf den abgenutzten Tischplatten und die blanken Tafelbildschirme. Sie waren bedeckt von Schemata chemischer Diagramme und großen gebogenen Pfeilen, die auf Akronyme zeigten und alchemistische Symbole, wie sie Michel gefallen hätten. Und etwas in ihm erglühte, bis es schmerzte – irgendeine parasympathetische Reaktion, die aus seinem limbischen System ausströmte. Ja, bei Gott, das war jetzt Wissenschaft, in den Händen der Wissenschaftler selbst, die zusammen für ein kollektives Ziel arbeiteten, das sinnvoll war und dem Allgemeinwohl diente. Sie stießen bis an die Grenze ihres Wissens vor. Theorie und Experiment flogen hin und her wie Pingpongbälle. Woche um Woche fanden sie mehr und steckten sich neue Ziele. Sie dehnten den großen unsichtbaren Parthenon bis in das noch nicht kartierte Territorium des menschlichen Geistes aus, in das Leben selbst. Das machte ihn so glücklich, dass es ihn fast nicht kümmerte, wenn sie etwas herausfanden. Die Suche war alles.

Aber sein Kurzzeitgedächtnis war beschädigt. Er experimentierte jeden Tag mit den Ausfällen und Dingen, die ihm permanent auf der Zunge lagen. Manchmal musste er in den Seminaren mitten im Satz innehalten, sich setzen und den anderen mit der Bitte fortzufahren zuwinken. Sie nickten dann, und die Person an der Wandtafel machte weiter. Nein, er brauchte die Lösung für dieses drängende Problem. Es würde später andere Rätsel geben, denen man nachzugehen hatte, ganz bestimmt. Zum Beispiel der schnelle Verfall selbst oder sonst etwas aus dem Rest des Alterungsproblems. Nein, es mangelte nicht an Unerklärbarem zur Weiterarbeit, und das würde immer so sein. Inzwischen war das Problem der Anamnesie hart genug.

Immerhin wurden langsam die Umrisse einer Lösung deutlich. Ein Teil davon würde ein Drogencocktail sein, eine Mischung von Proteinsyntheseverstärkern einschließlich sogar Amphetaminen und chemischen Verwandten des Strychnins, außerdem Überträger wie Serotonin, Anreger von Glutamatrezeptoren, Cholinesterase, zyklische AMP und so weiter. Alles das würde es geben, um auf verschiedenen Wegen die Gedächtnisstrukturen zu verstärken, wenn man sie wieder ablaufen ließ. Andere Stoffe aus der allgemeinen Behandlung von Hirnplastizität, die Sax in der Zeit nach seinem Schlag erfahren hatte, würden hinzukommen. Sodann schien es nach den Experimenten mit elektrischer Stimulation, dass ein anregender Elektroschock und anschließend eine kontinuierliche Schwingung mit sehr raschen Frequenzen in Phase mit den natürlichen Gehirnwellen der Person dazu dienen könnten, die von dem Drogencocktail verstärkten neurochemikalischen Prozesse in Gang zu setzen. Danach würden die Personen die Arbeit des Gedächtnisses so gut steuern, wie sie konnten, vielleicht, indem sie sich von Knoten zu Knoten bewegten, falls das ginge, mit dem Gedanken, dass ein jeder Knoten wieder aufgerufen würde. Das den Knoten umschließende Netzwerk würde dann von den Oszillationen überflutet und entsprechend verstärkt werden. Im Grunde so, als ginge man im Theater des Gedächtnisses von Raum zu Raum. Die Experimente mit allen diesen vielfältigen Aspekten des Prozesses liefen mit Freiwilligen, oft den jungen eingeborenen Experimentatoren selbst. Sie erinnerten sich an sehr viele Dinge und sprachen mit einer Art erstaunter Scheu; und die allgemeinen Aussichten wurden immer besser. Woche um Woche feilten sie ihre Techniken aus und integrierten sie in einen Gesamtprozess.

Aus den Experimenten ergab sich, dass der Kontext eine wichtige Komponente für den bestmöglichen Erfolg der Erinnerung war. An Listen, die man unter Wasser in Taucheranzügen auswendig gelernt hatte, konnte man sich viel besser erinnern, wenn die Personen wieder auf den Meeresboden gingen, als wenn sie sich an Land daran zu erinnern versuchten. Personen, denen man hypnotisch Gefühle des Glücks oder Kummers eingeflößt hatte, während sie eine Liste lernten, erinnerten sich besser, wenn sie wieder im gleichen Sinne hypnotisiert wurden. Das waren natürlich alles sehr grobe Experimente; aber die Verbindung zwischen Kontext und Erinnerungskraft wurde durch sie stark genug demonstriert, dass Sax ernsthaft erwog, ob er sich nicht der Behandlung unterziehen sollte, wenn sie damit fertig wären. Und wo und mit wem.

Für die abschließende Arbeit an der Behandlung rief Sax Bao Tahashi an und bat sie, für einige Konsultationen zu ihnen nach Acheron zu kommen. Ihre Arbeit war wieder viel theoretischer und bedeutend feinkörniger; aber nach ihrer Arbeit mit der Fusionsgruppe in Da Vinci hatte er einen großen Respekt vor ihrer Fähigkeit, bei jedem Problem zu helfen, bei dem Quantengravitation und die Ultramikrostruktur der Materie beteiligt waren. Sie sollte bloß durchsehen, was sie in Acheron getan hatten. Er war sich ganz sicher, dass ihr Kommentar dazu wertvoll sein würde.

Leider hatte Bao in Da Vinci wichtige Verpflichtungen, wie schon die ganze Zeit seit ihrer groß ausposaunten Rückkehr von Dorsa Brevia. Sax war in der ungewöhnlichen Position, seinen Heimatlabors eine ihrer besten theoretischen Kräfte zu entziehen. Aber er tat das ohne Gewissensbisse und erhielt Belas Hilfe, um die derzeitige Administration unter Druck zu setzen. »Ka, Sax«, rief Bela bei einem Anruf aus. »Ich hätte nie geahnt, dass du dich als ein so wilder Kopfjäger erweisen würdest.«

Sax entgegnete: »Es ist ja auch mein eigener Kopf, nach dem ich auf der Jagd bin.«

Gewöhnlich war das Aufspüren einer Person so einfach wie ein Anruf. Man konnte anhand der Daten des Armbandgerätes nachschauen, wo sich die Person befand. Aber Anns Armbandcomputer war auf dem Rande der Caldera von Olympus Mons bei der Abstiegsstation nahe dem Festivalgelände bei Krater Zp zurückgeblieben. Das berührte Sax eigenartig, da sie seit dem Anfang in Underhill immer Armbandgeräte getragen hatten, Ann genauso wie jeder andere, erinnerte er sich. Oder doch nicht? Er rief Peter an und erkundigte sich. Aber Peter wusste natürlich nichts, da er lange nach den Jahren von Underhill geboren worden war. Auf jeden Fall war das Herumlaufen ohne Armbandgerät jetzt ein Verhalten, das von den neoprimitiven Nomaden entlehnt war, die durch die Canyonländer und die Küste des Nordmeeres zogen, was keine Lebensweise war, an der Ann, wie er sie kannte, irgendein Interesse haben könnte. Man konnte auf dem Olympus Mons nicht im paläolithischen Stil leben. Man brauchte dort oben noch jede Form von ständiger technischer Unterstützung, die in den meisten Gegenden des Mars nicht mehr notwendig war. Armbandcomputer waren jedenfalls ein unerlässlicher Bestandteil davon. Vielleicht wollte Ann bloß entkommen. Peter wusste es nicht.

Aber er wusste, wie man sie erreichen konnte. »Du musst hingehen und sie suchen.«

Über Sax' Miene musste er lachen. »So schlimm ist das nicht. In der Caldera sind nur ein paar Hundert Leute, und wenn die sich nicht in ihren Hütten aufhalten, befinden sie sich an den Wänden der Klippen.«

»Ist sie unter die Kletterer gegangen?«

»Ja.«

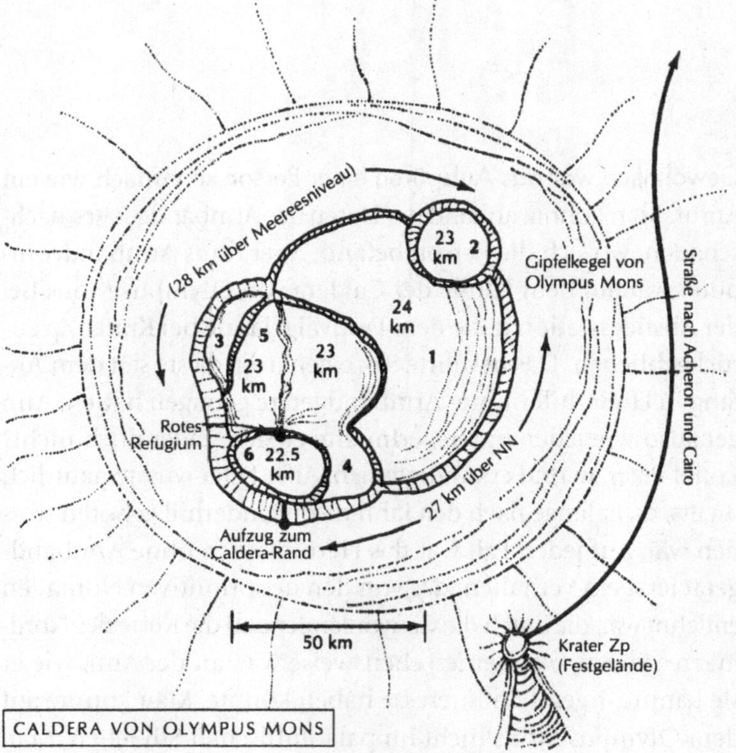

CALDERA VON OLYMPUS MONS

»Sie klettert zur – Erholung?«

»Sie klettert eben. Frag mich nicht, warum.«

»Also brauche ich bloß alle Klippen abzusuchen?«

»So hab ich sie gefunden, als Marian starb.«

Der Gipfel von Olympus Mons war größtenteils unverändert geblieben. Immerhin gab es ein paar niedrige Berghütten auf Rim Overlooks; und man hatte auf dem nordöstlichen Lavastrom, der den Böschungsring um den Vulkan durchbrach, eine Straße gebaut, um leichteren Zugang zum Festivalkomplex bei Krater Zp zu haben. Aber sonst gab es nichts, das darauf hinwies, was mit dem Rest des Mars passiert war, der vom Rande der Caldera aus überhaupt nicht zu sehen war, da er unter dem Horizont der herumlaufenden Böschung lag. Von seinem Rand aus schien Olympus Mons die ganze Welt auszumachen. Die lokalen Roten hatten sich dagegen entschieden, über der Caldera eine molekulare Schutzkuppel zu errichten, wie man es über Arsia Mons gemacht hatte. Darum gab es dort sicher Bakterien und vielleicht einige Flechten, die von Winden hergeblasen, in die Caldera gesunken waren und überlebt hatten. Aber bei einem Luftdruck, der nur wenig höher war als die ursprünglichen zehn Millibar, würden sie nicht gedeihen. Wahrscheinlich waren die Überlebenden zumeist Chasmoendolithen, sodass nichts von ihnen zu sehen war. Es war für das Projekt der Roten ein Glück, dass die enormen Höhenunterschiede auf dem Mars den Luftdruck auf den großen Vulkanen so niedrig hielten. Eine unentgeltliche und wirksame Sterilisationstechnik.

Sax nahm den Zug nach Zp hinauf und dann einen Wagen zum Rand – ein Kombitaxi, das von den Roten betrieben wurde, die den Zugang zur Caldera beherrschten. Der Wagen erreichte die Kante des Randes, und Sax schaute hinunter.

Die Caldera hatte viele Ringe und war groß. Neunzig mal sechzig Kilometer, ungefähr ebenso groß wie Luxemburg, wie Sax sich entsann gehört zu haben. Der zentrale Hauptkreis, bei Weitem der größte, war überlagert von kleineren Kreisen im Nordosten, im Zentrum und im Süden. Der südlichste Kreis halbierte einen etwas älteren und höheren Kreis im Südosten. Der Treffpunkt dieser drei gekrümmten Wälle galt, wie man Sax gesagt hatte, als eines der besten Klettergebiete auf dem Planeten mit der größten Höhe: einem Absturz von 26 Kilometern auf 22,5 Kilometer zum südlichsten Kraterboden. Eine Klippe von zehntausend Fuß, überlegte der Junge aus Colorado in Sax.

Der Boden der Hauptcaldera trug eine Menge gekrümmter Faltenmuster, die zu den Kraterwänden konzentrisch verliefen.

Es waren bogenförmige Grate und Canyons, die von einigen geraderen Böschungen gekreuzt wurden. Diese Eigenschaften ließen sich alle erklären. Nach dem Ablauf von Magma aus der Hauptkammer unter dem Vulkan hatte es wiederholte Zusammenbrüche der Caldera gegeben. Aber als Sax von seiner hohen Position auf dem Rand in die Tiefe blickte, hatte er den Eindruck eines geheimnisvollen Berges, einer Welt für sich, von der nichts zu sehen war als der weite geschwungene Rand und die fünftausend Quadratkilometer der Caldera. Ring um Ring hoher, gekrümmter Wände und flacher runder Böden unter einem schwarzen Sternenhimmel. Die Klippen rundum waren alle höher als tausend Meter. In der Regel waren sie nicht völlig vertikal. Ihr Neigungswinkel schien gerade etwas steiler als fünfundvierzig Grad zu sein. Aber es gab überall auch steilere Partien. Ohne Zweifel strömten die Kletterer zu den steilsten Stellen, wenn man ihr Interesse betrachtete. Es schien da draußen einige sehr vertikale Flächen zu geben, sogar einen oder zwei Überhänge, direkt unter ihnen, dort, wo die drei Wände zusammentrafen.

»Ich suche Ann Clayborne«, sagte Sax zu den Fahrern, die von der Aussicht begeistert waren. »Wisst ihr, wo ich sie finden könnte?«

»Weißt du nicht, wo sie ist?«, fragte eine der jungen Frauen.

»Ich habe gehört, dass sie in der Olympus-Caldera klettert.«

»Weiß sie, dass du sie suchst?«

»Nein. Sie antwortet nicht auf Anrufe.«

»Kennt sie dich?«

»O ja, wir sind alte Freunde.«

»Und wer bist du?«

»Sax Russell.«

Sie starrten ihn an. Eine sagte: »So so, alte *Freunde*, eh?«

Ihre Kameradin stieß sie mit dem Ellbogen an.

Die Stelle, an der sie sich befanden, trug den sehr passenden Namen Three Walls. Direkt unter ihrem Wagen auf einer kleinen Einsturzterrasse war eine Aufzugstation installiert. Sax sah sie sich mit dem Feldstecher an. Türen mit Außenschleusen, verstärktes Dach. Es hätte eine Konstruktion aus den frühen Jahren sein können. Der Aufzug bildete den einzigen Zugang für diesen Teil der Caldera, wenn man keine Zurückweisung riskieren wollte.

Zum Entsetzen ihrer Freundin sagte die Fahrerin: »Ann versorgt sich in der Marian-Station. Siehst du sie, dort? Der quadratische Punkt, wo die Lavakanäle von dem Hauptboden in den Südkreis einschneiden.«

Das war auf dem gegenüberliegenden Rand des südlichsten Kreises, der auf Sax' Karte mit 6 bezeichnet war. Sax hatte Mühe, irgendeinen quadratischen Punkt auszumachen, selbst mit der Vergrößerung des Feldstechers. Aber dann sah er ihn. Ein winziger Block, etwas zu regelmäßig, um natürlich zu sein, obwohl er mit dem rostigen Grau des lokalen Basalts angestrichen war. »Ich sehe ihn. Wie komme ich da hin?«

»Nimm den Aufzug nach unten, und geh einfach rüber!«

Also zeigte er dem Aufzugspersonal den Pass, den ihm die Fahrerin gegeben hatte, und machte die lange Fahrt mit dem Aufzug hinunter an der Wand des südlichen Kreises. Der Aufzug lief auf einer an der Wand der Klippe befestigten Schiene und hatte Fenster. Es war wie ein Abstieg im Helikopter oder während des letzten Stücks des Raumaufzugs über Sheffield. Bis er auf dem Calderaboden ankam, war es später Nachmittag. Er trug sich in der spartanischen Bleibe auf dem Boden ein und aß behaglich reichlich zu Abend. Von Zeit zu Zeit überlegte er, was er Ann sagen könnte. Langsam kam er darauf: Eine kohärente und anscheinend überzeugende Selbstdeutung oder Bekenntnis oder *cri de cœur*, Stück um Stück. Dann verschwand zu seinem großen Leidwesen das ganze Ding. Und da war er nun auf dem Boden einer vulkanischen Caldera. Über ihm blinzelte der Kreis des dunklen und gestirnten Himmels. Auf

Olympus. Er suchte Ann Clayborne, ohne zu wissen, was er ihr zu sagen hatte. Sehr traurig.

Am nächsten Morgen nach dem Frühstück legte er einen Schutzanzug an. Obwohl die Materialien verbessert worden waren, umklammerte der elastische Stoff die Gliedmaßen und den Rumpf genau so dicht wie die alten Anzüge. Seltsam, wie seine Kinetik Gedankenketten aufrief, Blitze der Erinnerung: das Aussehen von Underhill, als sie die quadratische Kuppel bauten. Sogar eine Art körperlicher Epiphanie, die eine Erinnerung seines allerersten Hinausgehens aus dem Landevehikel zu sein schien, mit der Überraschung naher Horizonte und der rötlichen Färbung des Himmels. Wiederum Kontext und Erinnerung.

Er ging quer über den Boden des Südkreises. An diesem Morgen war der Himmel ein dunkles Indigo, dunklem Marineblau sehr nahe, wie die Farbtafel sagte. Eine merkwürdige Namenswahl, wenn man bedachte, wie dunkel sie war. Viele Sterne waren zu sehen. Der Horizont war eine runde, nach allen Seiten aufsteigende Klippe. Der südliche Halbkreis drei Kilometer hoch, der nordöstliche Quadrant zwei Kilometer, der nordwestliche Quadrant drei Kilometer und zerklüftet. Wirklich ein erstaunlicher Anblick, diese Rundheit. Thermodynamik von abkühlendem Gestein in Magmakammern und Magmatrichtern. Draußen, inmitten der umgebenden Wände, bot sich ein atemberaubendes Bild. Die Wände sahen nach allen Richtungen gleich hoch aus, ein Schulbeispiel für die Fähigkeit der Verkürzung der Wahrnehmung vertikaler Distanzen.

Sax marschierte mit gleichmäßigen Schritten dahin. Der Calderaboden war ziemlich glatt, mit gelegentlichen Lavabomben- und Meteoritentreffern und flachen gebogenen Gräben. Einige von ihnen musste man umgehen – ein sehr passendes Wort, da es sich wirklich um Umgehungen handelte. Aber zum größten Teil konnte er direkt auf den gebrochenen Klippensturz im Nordwestquadrant der Caldera zugehen.

Es erforderte sechs Stunden ständigen Marschierens, den Boden des Südkreises zu durchqueren, der weniger als zehn Prozent des Gesamtareals der Caldera ausmachte, von dem der ganze Rest für ihn während des Marsches unsichtbar blieb. Kein Anzeichen von Leben, keinerlei Störung des Calderabodens oder der Wände. Die Atmosphäre war sichtlich dünn, alles gleich scharf für das Auge, etwa um die ursprünglichen zehn Millibar, schätzte er. Die unberührte Natur der Dinge machte ihn unsicher wegen der Abdrücke seiner Stiefel; und er versuchte, auf harten Fels zu treten und Staub zu vermeiden. Der Anblick der urtümlichen Landschaft war seltsam befriedigend: rötlich, obwohl die Farbe meist ein Überzug aus dunklem Basalt war. Seine Farbtafel war bei ungewöhnlichen Mischungen nicht so gut.

Sax war noch nie in eine der großen Calderas hinuntergestiegen. Und selbst wenn man viele Jahre in großen Impaktkratern verbracht hatte, so war man, wie er fand, nicht vorbereitet auf die Tiefe der Kammern, die Steilheit der Wände und die Ebenheit des Bodens. Die schiere Größe der Dinge.

Um die Mitte des Nachmittags näherte er sich dem Fuß des nordwestlichen Bogens. Das Zusammentreffen von Felswand und Boden tauchte über seinem Horizont auf, und zu Sax' Trost erschien die Blockhütte direkt vor ihm. Seine APS-Peilung war recht genau gewesen. Keine komplizierte navigatorische Leistung, aber an einer so exponierten Stelle war es erfreulich, wenn man richtig auf Kurs war. Seit seinem Erlebnis in dem Sturm vor langer Zeit war er etwas achtsamer geworden. Allerdings würde es hier oben auch keine Stürme geben.

Als er sich den Schleusentüren der Hütte näherte, erschien aus dem Grund einer ungeheuer steilen Rinne in der gebrochenen Fläche der Klippe, die ungefähr einen Kilometer westlich der Schutzhütte in den Kraterboden einmündete, eine Gruppe von Leuten. Es waren vier Gestalten mit großen Rucksäcken. Sax blieb stehen. In seinem Helm war der Atem laut zu vernehmen.

Er erkannte die letzte Person sofort. Ann kam herein, um sich wieder zu versorgen. Jetzt musste er sich etwas ausdenken, das er ihr sagen konnte. Und es dann auch nicht vergessen.

In der Hütte nahm Sax seinen Helm ab und fühlte dabei eine vertraute, aber höchst unwillkommene Spannung im Magen. Es ging bei jeder Begegnung mit Ann immer schlechter. Er drehte sich um und wartete. Endlich kam Ann herein, nahm den Helm ab und sah ihn. Sie stutzte, als sähe sie ein Gespenst und rief: »Sax?«

Er nickte. Er erinnerte sich an ihre letzte Zusammenkunft vor langer Zeit auf der Insel von Da Vinci. Das kam ihm vor wie ein früheres Leben. Er hatte seine Zunge verloren.

Ann schüttelte den Kopf und lachte vor sich hin. Sie durchquerte den Raum mit einer Miene, die er nicht deuten konnte, und erfasste mit beiden Händen seine Arme, beugte sich vor und küsste ihn sanft auf die Wange. Als sie sich zurückzog, hielt sie mit einer Hand weiter seinen linken Arm fest und ließ sie bis zum Handgelenk heruntergleiten. Sie sah ihn direkt an, und ihr Griff war wie Stahl. Sax war wieder sprachlos, obwohl er sehr zu sprechen wünschte. Aber es gab nichts zu sagen, oder zu viel. Er konnte nicht einmal sagen, welches von beiden. Seine Zunge war wie gelähmt. Diese Hand auf seinem Handgelenk. Das hinderte ihn mehr, als jeder scharfe Blick oder jede schneidende Bemerkung es je bewirkt hätten.

Eine Welle schien durch sie zu laufen, und sie wurde etwas mehr zu der Ann, die er kannte. Sie sah ihn bedenklich und dann alarmiert an. »Sind alle okay?«

»Ja, ja«, sagte Sax. »Ich meine, du hast von Michel gehört?«

»Ja.« Ihr Mund verengte sich. Für eine Sekunde wurde sie die schwarze Ann seiner Träume. Dann durchfuhr sie etwas anderes, und sie war diese neue Fremde, die immer noch sein Handgelenk umklammert hielt, als ob sie die Hand wegschleudern wollte. »Aber jetzt bist du einfach hier, um mich zu besuchen.«

»Ja. Ich wollte …« – er suchte krampfhaft nach einem Schluss dieses Satzes – »… reden! Ja, dir – einige Fragen stellen. Ich habe Schwierigkeiten mit meinem Gedächtnis. Ich fragte mich, ob wir hier miteinander sprechen könnten. Wandern oder …« – er schluckte – »oder klettern. Könntest du mir etwas von der Caldera zeigen?«

Sie lächelte. Wieder war es eine andere Ann. »Du kannst mit mir klettern, wenn du willst.«

»Ich bin kein Kletterer.«

»Wir werden auf einer leichten Route aufsteigen. Wangs Gully hinauf und über den großen Kreis zum Nordkreis. Ich wollte ohnehin dort hinauf, solange es noch Sommer ist.«

»Es ist jetzt $L_s = 200$. Aber ich finde, das klingt gut.« Sein Herz machte ungefähr 150 Schläge in der Minute.

Es stellte sich heraus, dass Ann alle benötigte Ausrüstung hatte. Als sie sich am nächsten Morgen anzogen, sagte sie zu ihm: »Hier, nimm das ab!« Sie zeigte auf sein Armbandgerät.

»Ich weiß nicht, ist das nicht ein Teil des Anzugsystems?« Das war es, und Sax war nicht begeistert; aber sie schüttelte den Kopf. »Der Anzug ist autonom.«

»Halbautonom, hoffe ich.«

Sie lächelte. »Ja. Aber es ist kein Armbandgerät nötig. Schau – dies Ding verbindet dich mit der ganzen Welt. Es ist deine Handfessel zur Raumzeit. Heute wollen wir bloß in Wangs Gully gehen. Das wird genügen.«

Es war genug. Wangs Gully war eine breite verwitterte Rinne, die durch steilere Klippen nach oben eingeschnitten war wie ein gigantischer defekter Abzugskanal. Den größten Teil des Tages folgte Sax Ann durch engere Rinnen innerhalb dieser großen. Er krabbelte hüfthohe Stufen hinauf und benutzte die meiste Zeit seine Hände, aber selten mit dem Gefühl, dass ihn ein Sturz töten würde oder mehr als einen verrenkten Knöchel einbringen könnte. »Das ist nicht so gefährlich, wie ich gedacht hatte«, sagte er. »Ist das die Art von Kletterei, die du auch sonst immer machst?«

»Das hier ist überhaupt kein Klettern.«

»Ah.«

Also stieg sie normalerweise steilere Hänge empor. Schon jetzt mit Sax ging sie Risiken ein, die eigentlich unverantwortlich waren.

Und in der Tat, am Nachmittag kamen sie zu einer kurzen Wand, die von horizontalen Rissen durchzogen war. Ann machte sich daran, sie ohne Seile oder Haken hochzuklettern. Sax folgte zähneknirschend. Nahe der höchsten Stelle eines für Geckos geeigneten Anstiegs, die Stiefelspitzen und Finger in Handschuhen in kleine Spalten gepresst, sah er hinunter auf Wangs Gully, der plötzlich im Ganzen viel steiler wirkte als in jedem Abschnitt davor. Alle seine Muskeln zitterten plötzlich vor Erschöpfung und Erregung. Es gab nichts anderes, als ganz hinaufzuklettern. Aber er musste immer wieder diese riskante Position einnehmen, während er sich beeilte, nach oben zu kommen. Die Griffe wurden gerade dann noch glatter, wenn er unbedingt schneller werden musste, um ihr auf den Fersen zu bleiben. Der Basalt war leicht genarbt. Sein dunkles Grau war in Rost und Siena getönt. Er sah gebannt auf eine Spalte mehr als einen Meter über seiner Augenhöhe. Er würde diese Spalte benutzen müssen. War sie tief genug, dass seine Finger überhaupt einen Angriffspunkt fanden? Er musste es riskieren. Sicher sein konnte er nicht. Also holte er tief Luft, langte hoch und probierte es. Und es zeigte sich, dass sie durchaus nicht tief genug war. Aber mit einem raschen Ruck, unfreiwillig bei der Anstrengung stöhnend, war er oben und daran vorbei. Er benutzte Griffe, die er bewusst nicht einmal sehen konnte. Und dann langte er schweratmend auf Händen und Knien dicht bei Ann an. Sie saß heiter auf einer schmalen Felsleiste.

»Versuche, deine Beine mehr zu benutzen!«, riet sie ihm.

»Aha.«

»Es hat deine Aufmerksamkeit beansprucht, nicht wahr?«

»Ja.«

»Keine Gedächtnisprobleme, hoffe ich?«

»Nein.«

»Das ist es, was mir am Klettern gefällt.«

Später an diesem Tag, als das Gully etwas hinter ihnen lag und sich öffnete, sagte Sax: »Du hast also auch Gedächtnisprobleme?«

Ann sagte: »Lass uns darüber später reden. Achte auf diese Spalte hier!«

»O ja.«

In dieser Nacht lagen sie in Schlafsäcken in einem Pilzzelt, das groß genug für sie beide war. Auf dieser Höhe mit ihrer superdünnen Atmosphäre war es eindrucksvoll, die Stärke des Zeltstoffs zu bedenken, der 450 Millibar Luft aushielt, ohne sich irgendwo nach außen zu wölben. Das klare Material war hübsch und straff, aber nicht hart wie Stein. Ohne Zweifel hielt es viele Bar weniger aus, als sein Fassungsvermögen zuließ. Aber als Sax an die vielen Klafter von Steinen und Sandsäcken dachte, die sie auf ihre frühesten Wohngelegenheiten packen mussten, damit sie nicht explodierten, kam er nicht umhin, durch die enormen Fortschritte in der Materialwissenschaft beeindruckt zu sein.

Ann nickte, als er davon sprach. »Wir haben unsere Fähigkeit überschritten, unsere Technik zu verstehen.«

»Nun, ich denke, es lässt sich verstehen. Es ist nur schwer zu glauben.«

»Ich nehme an, dass ich den Unterschied verstehe«, sagte sie gleichmütig.

Er fühlte sich wohler und kam wieder auf das Gedächtnis zu sprechen. »Ich hatte sogenannte Blackouts, bei denen ich mich nicht an meine Gedanken in den letzten Minuten erinnern kann, bis hin zu einer Stunde. Kurzzeitiges Versagen des Gedächtnisses, das anscheinend mit Fluktuationen der Gehirnwellen zu tun hat. Und ich fürchte, dass auch die ferne Vergangenheit sehr unsicher wird.«

Lange Zeit antwortete sie nicht, sondern grunzte nur zum Zeichen, dass sie gehört hatte. Dann:

»Ich habe mein ganzes Selbst vergessen. Ich denke, dass jetzt jemand anders in mir ist. Mit geteilten Rollen. Eine Art Gegnerin. Mein Schatten oder der Schatten meines Schattens. Eingepflanzt und in mir wachsend.«

»Was meinst du?«, fragte Sax, schnell begreifend.

»Eine Gegnerin. Sie denkt genau das, was ich nicht gedacht hätte.« Sie wandte wie scheu das Gesicht ab. »Ich nenne sie Gegen-Ann.«

»Und wie würdest du sie charakterisieren?«

»Sie ist … ich weiß nicht. Emotional. Sentimental. Stupide. Weint beim Anblick einer Blume. Fühlt, dass jeder sein Bestes tut. Derartiger Blödsinn.«

»Vorher warst du nicht so?«

»Nein, nein, nein. Das ist alles Mist. Aber ich empfinde es wie real. So … gibt es Ann und Gegen-Ann. Und … vielleicht eine Dritte.«

»Eine Dritte?«

»Das nehme ich an. Etwas, das keines der anderen beiden ist.«

»Und was tust du – ich meine, hast du für die einen Namen?«

»Nein. Sie hat keinen Namen. Sie ist schwer zu fassen. Jünger. Weniger Ideen über Dinge, und die Ideen, die sie hat, sind seltsam. Nicht-Ann oder Gegen-Ann. Jemand wie jene Zo. Hast du sie gekannt?«

»Ja«, sagte Sax überrascht. »Ich habe sie gemocht.«

»Wirklich? Ich fand sie schrecklich. Und dennoch … in mir steckt auch etwas, das ihr ähnelt. Drei Personen.«

»Das ist eine seltsame Art, sich das vorzustellen.«

Sie lachte. »Bist du es nicht, der ein mentales Labor hatte, das all deine Erinnerungen enthielt, nach Zimmer- und Schranknummer registriert oder so?«

»Das war ein sehr leistungsfähiges System.«

Sie lachte wieder, schärfer. Er musste grinsen, als er das hörte. Obwohl er auch Angst hatte. Drei Anns? Schon eine war mehr gewesen, als er verstehen konnte.

»Aber ich verliere einige dieser Labors«, sagte er. »Ganze Einheiten meiner Vergangenheit. Manche Leute stellen sich das Gedächtnis als ein System von Knoten und Netzen vor. So ist es möglich, dass das Modell des Erinnerungspalastes intuitiv das beteiligte physikalische System widerspiegelt. Aber wenn man irgendwie den Knoten verliert, verschwindet auch das ganze Netzwerk drum herum. Wenn ich also in der Literatur einen Hinweis auf etwas finde, das ich getan habe, und versuche, mich daran zu erinnern, welche methodologischen Probleme wir hatten oder was auch immer, so weigert sich die ganze Ära einfach, zu mir zu kommen. Als wäre es nie geschehen.«

»Ein Problem mit dem Palast.«

»Ja. Ich habe das nicht erwartet. Selbst nach meinem – Unfall – war ich sicher, dass mit meiner Fähigkeit zu – denken nichts passieren würde.«

»Du scheinst heute noch tadellos zu denken.«

Sax schüttelte den Kopf. Er erinnerte sich an die Ausfälle, die Gedächtnislücken, die Presque-vus, wie Michel sie genannt hatte, die Konfusionen. Denken war nicht bloß eine analytische oder kognitive Fähigkeit, sondern etwas Allgemeineres … Er versuchte zu beschreiben, was ihm kürzlich passiert war, und Ann schien aufmerksam zuzuhören. »Du siehst, ich habe die über das Gedächtnis erschienenen Arbeiten durchgesehen. Das ist wirklich interessant geworden, sogar dringend. Und Ursula und Marina und die Acheronlabors haben mir geholfen. Und ich denke, sie haben etwas ausgearbeitet, das uns helfen könnte.«

»Meinst du eine Gedächtnisdroge?«

»Ja.« Er erklärte die Wirkung des neuen anamnestischen Komplexes. »Also bin ich entschlossen, es auszuprobieren. Aber ich bin überzeugt, dass es am besten wirken wird, wenn sich ein paar der Ersten Hundert in Underhill zusammenfänden und es gemeinsam in Angriff nähme. Kontext ist sehr wichtig für Erinnerung, und der gegenseitige Anblick könnte helfen. Nicht jeder ist interessiert, aber eine überraschende Anzahl der von den Ersten Hundert noch Vorhandenen sind es wirklich.«

»Nicht so überraschend. – Wer?«

Er nannte alle, die er kontaktiert hatte. Es waren leider nur noch etwa ein Dutzend. »Und wir alle würden es begrüßen, wenn du auch da wärest. Ich weiß, dass ich mich mehr als über alles andere darüber freuen würde.«

»Interessant klingt das schon«, sagte Ann. »Aber erst müssen wir diese Caldera überqueren.«

Beim Gehen über den Fels war Sax aufs Neue erstaunt über die steinige Realität ihrer Welt. Die Fundamentalien: Stein, Sand, Staub, Grus. Dunkler schokoladenfarbener Himmel heute und keine Sterne. Die weiten Distanzen waren mangels einer daraus resultierenden Trübung nicht als solche zu erkennen. Die Spanne von zehn Minuten. Die Länge einer Stunde, wenn man bloß marschierte. Das Gefühl in den Beinen.

Und dann waren da rings um sie die Ringe der Calderas, die weit in den Himmel ragten. Auch wenn Sax und Ann im Zentrum des zentralen Kreises waren, wo die späteren, tieferen Calderas als große Einbuchtungen in der Rundung eines einzelnen Walls erschienen. Hier draußen hatte die starke Krümmung des Planeten keinen Einfluss auf die Perspektive, denn sie war nicht zu erkennen, und die Klippen waren selbst in dreißig Kilometern Entfernung frei und klar. Der Nettoeffekt war, wie es Sax schien, eine Art von Umzäunung.

Ein Park, ein Steingarten, ein durch eine Mauer von der anderen Welt abgetrenntes Labyrinth; die Welt, die, obwohl unsichtbar, hier alles bestimmte. Die Caldera war groß, aber nicht groß genug. Man konnte sich hier nicht verstecken. Die Welt strömte ein und überflutete das Gehirn ungeachtet seiner Kapazität von hundert Billionen Bits. Ohne Rücksicht auf die Größe der mentalen Einrichtung gab es immer noch einen einzelnen Faden reinen Bewusstseins, einen lebenden Draht des Denkens, der sagte: *Stein, Klippe, Himmel, Stern.*

Der Fels war durch Spalten stark zerrissen, von denen jede das Stück eines Kreisbogens bildete, dessen Zentrum in der Mitte des zentralen Kreises lag. Alte Spalten gegenüber den großen neuen Löchern der nördlichen und südlichen Kreise. Alte Spalten, gefüllt mit Geröll und Staub. Diese Felsspalten machten ihren Marsch jetzt zu einem Hin-und-her-Wechseln in einem echten Irrgarten mit Schluchten, die noch höher als Wände waren, zu einer Passage, die ebenso schwierig war, wie ein ummauertes Labyrinth zu überwinden.

Aber sie fädelten sich hindurch und erreichten schließlich den Rand des nördlichen Kreises, Nummer 2 auf Sax' Karte. Wenn man hinabblickte, ergab das eine neue Perspektive auf die eigentliche Gestalt der Caldera und ihrer runden Einbuchtungen: einen jähen Absturz auf einen bis dahin verborgenen Boden tausend Meter tiefer.

Anscheinend gab es einen Kletterpfad hinunter zum Boden des Nordkreises. Aber wie Ann sein Gesicht sah, als sie darauf hinwies, dass er nur durch Abseilen zu schaffen war, musste sie lachen. Sie sagte lässig, dass sie auch wieder herausklettern müssten; und die Calderawand sei schon hoch genug. Stattdessen könnten sie um den Nordkreis herum zu einer anderen Route gelangen.

Überrascht durch diese Anpassungsfähigkeit und dankbar dafür, folgte Sax ihr rund um den Nordkreis auf seiner westlichen Peripherie. Unter der großen Wand der Hauptcaldera machten sie für die Nacht halt, bliesen das Zelt auf und aßen schweigend.

Nach Sonnenuntergang schoss Phobos wie ein kleiner grauer Blitz über der Westwand der Caldera empor. Furcht und Schrecken – was für Namen!

Ann sagte von ihrem Schlafsack her: »Ich habe gehört, es war deine Idee, die Monde wieder in den Orbit zu bringen?«

»Ja, das ist richtig.«

»Nun, das nenne ich Wiederherstellung der Landschaft«, sagte sie, und es klang erfreut.

Sax fühlte, wie er rot wurde. »Ich wollte dir eine Freude machen.«

Nach einer Gesprächspause: »Ich sehe sie mir gern an.«

»Und wie hat dir Miranda gefallen?«

»Oh, es war sehr interessant.« Sie sprach über einige geologische Merkmale des merkwürdigen Mondes. Zwei Planetesimale, die unvollkommen miteinander verschmolzen waren …

»Es gibt eine Farbe zwischen Rot und Grün«, sagte Sax, als sie damit fertig war, Miranda zu beschreiben. »Eine Mischung von beidem. Manchmal nennt man es Krapp-Alizarin. Manchmal sieht man es bei Pflanzen.«

»Mh-hmmm.«

»Es erinnert mich an die politische Lage. Ob es nicht irgendeine Art von Rot-Grün-Synthese geben könnte.«

»Braun.«

»Ja. Oder Alizarin.«

»Ich denke, das ist es, was diese Koalition des Freien Mars war, Irishka und die Leute, die Jackie ausgebootet haben.«

»Eine Koalition gegen Immigration«, sagte Sax. »Die falsche Art einer Rot-Grün-Kombination. Damit verwickeln sie uns in einen Konflikt mit der Erde, der nicht nötig ist.«

»So?«

»Ja. Das Bevölkerungsproblem wird bald gemildert werden. Die *Issei*. Ich denke, wir stoßen an die Grenze. Und die *Nisei* liegen nicht weit zurück.«

»Schneller Verfall, denkst du.«

»Genau. Wenn er unsere Generation erfasst und dann die nächste, wird die menschliche Bevölkerung des Sonnensystems weniger als die Hälfte betragen.«

»Dann werden sie einen anderen Weg finden, sie wieder hochzuschrauben.«

»Bestimmt. Aber es wird nicht mehr das hypermalthusianische Zeitalter sein. Das wäre dann ihr Problem. Also ist es einfach nicht nötig, sich Sorgen wegen so viel Immigration bis hin zu einem interplanetaren Krieg zu machen. Das wäre kurzsichtig. Gäbe es auf dem Mars eine rote Bewegung, die das darlegt, die der Erde Hilfe anbietet während der letzten Jahre des Anstiegs, könnte sie die Menschen davor bewahren, einander sinnlos umzubringen. Das wäre ein neuer Weg des Denkens über den Mars.«

»Eine neue Areophanie.«

»Ja. So hat Maya es genannt.«

Sie lachte. »Maya ist doch verrückt.«

»O nein«, entgegnete Sax scharf. »Das ist sie bestimmt nicht.«

Ann sagte nichts mehr, und Sax drängte nicht weiter auf dieses Thema. Phobos bewegte sich mit merklicher Geschwindigkeit über den Himmel rückwärts im Tierkreis.

Sie schliefen gut. Am nächsten Tag unternahmen sie eine steile Klettertour durch eine Klamm in der Wand, die Ann und die anderen roten Kletterer anscheinend als den Weg hinaus ansahen. Sax hatte sich in seinem Leben noch nie so hart plagen müssen. Aber selbst so schafften sie den ganzen Ausstieg nicht, sondern mussten bei Sonnenuntergang eilig auf einer schmalen Leiste das Zelt aufbauen und waren erst am folgenden Tag gegen Mittag wieder im Freien.

Auf dem großen Rand von Olympus Mons war alles wie zuvor. Ein riesiger Kreis flachen Landes mit Kern, der violette Himmel in einem Band um den weit unten liegenden Horizont, ein schwarzer Zenit in der Höhe, kleine Einsiedeleien in ausgeworfenen Felsblöcken, die man ausgehöhlt hatte, verstreut. Eine abgesonderte Welt. Blauer Mars …

Die Hütte, bei der sie zuerst haltmachten, wurde von sehr alten roten Bettelmönchen bewohnt, die offenbar hier lebten, während sie darauf warteten, dass der rasche Verfall sie treffen würde. Danach würden ihre Körper verbrannt und die Asche in den dünnen Jetstream geworfen werden.

Das berührte Sax als übertrieben fatalistisch. Ann war gleichermaßen unbeeindruckt. »Also gut«, sagte sie, als sie sah, wie die ihr karges Mahl verzehrten. »Lass uns doch diese Gedächtnisbehandlung ausprobieren!«

Viele der Ersten Hundert sprachen sich für andere Orte als Underhill, das sie nicht einmal als Teil ihrer Gruppennatur anerkennen wollten, aus. Aber Sax war eisern und widersetzte sich allen Vorschlägen für Olympus Mons, den niedrigen Orbit, Pseudophobos, Sheffield, Odessa, Hell's Gate, Sabishii, Senzeni Na, Acheron, die Südpolkappe, Mangala und die hohe See. Er bestand darauf, dass der Schauplatz für eine solche Prozedur ein entscheidender Faktor sei, wie Experimente über den Kontext erwiesen hätten. Cojote plärrte höchst unpassend bei Sax' Schilderung eines Experiments, bei dem Studenten in Atemgeräten auf dem Grund des Nordmeeres Daten auswendig gelernt hatten, dazwischen, aber Daten waren nun mal Daten, und warum sollte man nicht angesichts dessen das Experiment dort ausführen, wo man die besten Ergebnisse erzielen konnte? Es ging um so viel, dass es gerechtfertigt war, alles zu tun, was man konnte, um es richtig zu machen. Sax wies darauf hin, dass, wenn sie ihre Erinnerungen intakt zurückbekämen, alles möglich sein könnte, wirklich alles – ein Sieg über den raschen Verfall, eine Gesundheit, die noch Jahrhunderte länger anhielt, eine sich stets ausdehnende Gemeinschaft von Gartenwelten – und von da aus vielleicht weiter aufwärts zu einem Phasenwechsel zu einer höheren Ebene des Fortschritts und einem Bereich des Wissens, den man sich derzeit nicht einmal vorstellen konnte. Sie befanden sich an der Schwelle dieses goldenen Zeitalters, erklärte Sax ihnen, aber ohne geistige Gesundheit würden sie es nicht mehr erleben. Darum beharrte er auf Underhill.

»Du bist dir zu sicher«, beklagte sich Marina. Sie hatte für Acheron plädiert. »Du musst auch anderen Möglichkeiten gegenüber offen sein.«

»Ja, ja.« Sich einen offenen Geist bewahren. Das fiel Sax leicht, denn sein Geist war ein Labor, das abgebrannt war. Jetzt stand er im Freien. Und niemand konnte widerlegen, dass Underhill die logische Wahl war, weder Marina noch die anderen. Diejenigen, die dagegen waren, hatten, dachte er, Angst vor der Macht der Vergangenheit. Sie wollten diese Macht über sich nicht anerkennen, sich ihr nicht völlig ausliefern. Aber gerade das war es, was sie tun mussten. Michel hätte Underhill bestimmt unterstützt, wenn er noch unter ihnen geweilt hätte. Der Ort war entscheidend wichtig, das hatten alle ihre Leben bewiesen. Und sogar die Zweifelnden, Skeptischen oder Ängstlichen unter ihnen – sie alle mussten zugeben, dass Underhill der richtige Ort in Anbetracht dessen, was sie versuchen wollten, war.

Also einigten sie sich am Ende, sich dort zu treffen.

Zu diesem Zeitpunkt war Underhill eine Art Museum, in dem Zustand erhalten, den es 2138 gehabt hatte, dem letzten Jahr, in dem es eine aktive Station gewesen war. Das bedeutete nicht, dass es genau so aussah wie in den Jahren, als es noch bewohnt gewesen war; aber die alten Fragmente waren immer noch da. Darum würden die Veränderungen seit damals ihr Projekt nicht wesentlich behindern, meinte Sax. Nachdem er zusammen mit einigen anderen eingetroffen war, unternahm er einen Rundgang, um sich umzuschauen. Und da waren sie, all die alten Gebäude: Die ursprünglichen vier Habitate, die aus dem Weltraum abgeworfen worden waren, ihre Müllhaufen, Nadias Tonnengewölbe-Quadrat mit seinem überkuppelten Zentrum, das Gerüst von Hirokos Gewächshaus, aber ohne die umhüllende Kuppel, Nadias Arkade im Nordwesten, Tschernobyl, die Salzpyramiden und schließlich das Alchimistenviertel, wo Sax seinen Rundgang beendete. Er wanderte in dem Gewirr von Gebäuden und Rohren herum und versuchte, sich auf das Erlebnis des nächsten Tages vorzubereiten. Bemühte sich um einen offenen Geist.

Sein Gedächtnis brodelte bereits, als wollte es zeigen, dass es keine Hilfe nötig hätte, um seine Arbeit zu tun. Hier zwischen diesen Gebäuden hatte Sax das erste Mal die transformative Macht der Technik über die pure Materialität der Natur erlebt. Sie hatten nur mit den bloßen Steinen und Gasen angefangen und von da aus extrahiert, gereinigt, transformiert, rekombiniert und gestaltet, auf so mannigfaltige Art, dass keine einzelne Person das alles verfolgen oder sich gar dessen Wirkung vorstellen konnte. So hatte er zwar gesehen, aber nicht verstanden. Sie hatten ständig in Unkenntnis ihrer wahren Kräfte und mit (vielleicht deshalb) sehr wenig Sinn für das, was sie vorhatten, gearbeitet. Aber hier im Alchimistenviertel war er nicht imstande gewesen, das zu erkennen. Er war sich so sicher gewesen, dass die Welt, wenn sie erst grün gemacht worden war, ein schöner Ort sein würde.

Jetzt stand er hier im Freien, mit bloßem Kopf unter einem blauen Himmel in der Hitze des zweiten Augusts, schaute sich um und versuchte sich zu erinnern. Es war schwer, das Gedächtnis zu steuern. Die Dinge fielen ihm einfach ein. Die Objekte in dem alten Teil der Stadt wirkten geradezu vertraut im wahrsten Sinne des Wortes. Sogar die einzelnen roten Steine und Felsblöcke um die Ansiedlung herum und alle Buckel und Senken, die zu sehen waren, schienen wohlbekannt und lagen alle noch am rechten Platz auf seiner geistigen Landkarte. Die Aussichten für das Experiment schienen Sax günstig zu sein. Kontext, Lage und Orientierung stimmten. Zu Hause.

Er kehrte zu den Tonnengewölben zurück, dorthin, wo sie wohnen würden. Während seines Spaziergangs waren einige Wagen eingetroffen, und ein paar kleine Ausflugszüge waren auf den Nebengleisen der Strecke geparkt. Immer mehr Leute kamen an. Da waren Maya und Nadia, die Tasha und Andrea umarmten, die gemeinsam angekommen waren. Ihre Stimmen klangen in der Luft wie eine russische Oper, wie Rezitative unmittelbar vor dem Übergang in Gesang. Von den Hundertundeinen, mit denen sie angefangen hatten, erschienen nur vierzehn: Sax, Ann, Maya, Nadia, Desmond, Ursula, Marina, Wasili, George, Edvard, Roger, Mary, Dmitri und Andrea. Nicht gerade viele; aber das waren alle von ihnen, die noch lebten und Kontakt mit der Welt hatten. Alle anderen waren tot oder verschwunden. Falls Hiroko und die anderen Sieben der Ersten Hundert, die mit ihr untergetaucht waren, noch am Leben waren, hatten sie nichts von sich hören lassen. Vielleicht würden sie unangemeldet auftauchen wie bei Johns erstem Festival auf Olympus. Vielleicht auch nicht.

Also waren sie vierzehn. Bei einer so kleinen Gruppe wirkte Underhill unterbelegt. Obwohl ihnen alles zur Verfügung stand, um sich auszubreiten, drängten sie sich im Südflügel der Tonnengewölbe zusammen. Dennoch war die Leere im Rest des Gebäudes spürbar. Es war, als wäre der Platz selbst ein Abbild ihrer versagenden Erinnerungen, verlorene Labors, verlorene Länder und verlorene Gefährten. Jeder Einzelne von ihnen litt an Erinnerungsverlusten und Störungen der einen oder anderen Art. Sie hatten hier fast alle Gedächtnisprobleme, die in der Literatur erwähnt waren, soweit Sax das überblicken konnte; und ein guter Teil ihrer Konversation handelte von vergleichender Symptomologie, im Wiedererzählen mannigfacher schrecklicher und/oder erhabener Erfahrungen, die sie in der letzten Dekade betroffen hatten. Sie wurden dadurch abwechselnd heiter und trübselig, als sie sich an diesem Abend in der kleinen Küche in der südwestlichen Ecke des Tonnengewölbes versammelten. Sie hatte ein hohes Fenster, das auf das zentrale Treibhaus hinausging, das noch unter seiner dicken Glaskuppel und dem dadurch veränderten Licht lag. Sie aßen ein Picknick-Dinner, das in Kühlbehältern mitgebracht worden war, unterhielten sich, langten zu und verteilten sich dann im Südflügel, um die Schlafräume im oberen Stockwerk für eine unbequeme Nacht herzurichten. Sie blieben in endlosen Gesprächen so lange auf, wie sie konnten. Aber irgendwann gaben sie auf, einzeln oder zu zweit, und versuchten zu schlafen. Mehrere Male in dieser Nacht erwachte Sax aus Träumen und hörte, wie Leute zu den Toiletten den Flur hinuntertappten, flüsternde Gespräche in der Küche oder Selbstgespräche im unruhigen Schlaf alter Leute führten. Er schaffte es jedes Mal, sich wieder umzudrehen und in einen leichten, von Träumen erfüllten Schlaf zu versinken.

Endlich kam der Morgen. Sie waren schon mit der Dämmerung auf. In dem horizontalen Licht nahmen sie ein rasches Frühstück ein: Obst, Croissants, Brot und Kaffee. Jeder Felsblock und Hügel warf lange Schatten nach Westen. So vertraut.

Dann waren sie bereit. Es gab nichts anderes mehr zu tun. Es gab einen kollektiven tiefen Atemzug, verlegenes Gelächter und die Unfähigkeit, dem anderen in die Augen zu schauen.

Maya weigerte sich noch immer, die Behandlung anzunehmen. Sie ließ sich durch kein Argument, das vorgebracht wurde, erschüttern. Sie hatte in der vorangegangenen Nacht immer wieder gesagt: »Ich will nicht! Ihr werdet auf jeden Fall einen Wärter brauchen, falls ihr verrückt werdet. Ich werde das übernehmen.«

Sax hatte gedacht, sie würde ihre Meinung ändern, und es wäre bloß Mayas typisch ablehnende Haltung gewesen. Jetzt trat er enttäuscht vor sie. »Ich dachte, du hättest die schlimmsten Gedächtnisschwierigkeiten von uns allen.«

»Vielleicht.«

»Dann wäre es doch sinnvoll, die Behandlung zu machen. Michel hat dir massenhaft verschiedene Medikamente für mentale Probleme gegeben.«

»Ich will sie nicht«, sagte sie und schaute ihm in die Augen.

Er seufzte. »Maya, ich verstehe dich nicht.«

»Ich weiß.«

Und sie ging in die alte Klinik an der Ecke und übernahm ihre Rolle als ihre Wärterin. Dort stand alles bereit, und sie rief sie einzeln auf, nahm kleine Ultraschallinjektoren und setzte sie ihnen an den Nacken. Mit einem leisen Knack- und Zischlaut injizierte sie einen Teil der Drogendosis und gab ihnen Pillen, die den Rest davon enthielten. Dann half sie ihnen, die Ohrstöpsel einzustecken, die für einen jeden eigens angefertigt worden waren, um die unhörbaren elektromagnetischen Wellen auszustrahlen. In der Küche wartete man in nervösem Schweigen, bis alle die Vorbereitungen beendet hatten. Als alle fertig waren, leitete Maya sie zur Tür und nach draußen. Und dann ging es los.

Sax sah und fühlte ein Bild. Helle Lichter und eine Empfindung, als ob sein Schädel zertrümmert würde. Er würgte, keuchte und spuckte. Kühle Luft und die Stimme seiner Mutter wie das Jaulen eines Tiers. »Oh? Oh? Oh! Oh!« Dann lag er feucht und kalt auf ihrer Brust.

»Oh, wow.«

Der Hippocampus war eine von etlichen Regionen des Gehirns, die durch die Behandlung sehr stark stimuliert wurden. Das bedeutete, dass sein limbisches System, das unter dem Hippocampus liegt wie ein Netz unter einer Walnuss, ebenso stimuliert wurde, als hüpfe die Nuss auf einem Trampolin aus Nerven auf und ab, sodass das Trampolin widerhallt oder sogar kreischt. So empfand Sax den Anfang von etwas, das ohne Zweifel eine Flut von Emotionen war – er registrierte keine einzelnen Gefühle, sondern viele auf einmal, alle in etwa mit derselben Intensität und frei von jeder Ursache – Freude, Kummer, Liebe, Hass, Heiterkeit, Melancholie, Hoffnung, Furcht, Edelmut, Eifersucht –, von denen viele natürlich nicht zu ihrem Gegenstück passten oder zu den meisten anderen, die gleichzeitig in ihm präsent waren. Das Resultat dieser überbordenden Mischung war, zumindest für Sax, der auf einer Bank außerhalb des Tonnengewölbes saß und schwer atmete, eine Art adrenalingespeiste atemberaubende Zunahme der Empfindung von

Bedeutung. Eine Überflutung von Bedeutung durch alles. Es war herzzerreißend oder herzerfüllend, als ob Wolkenozeane in seine Brust gestopft worden wären, sodass er kaum atmen konnte, eine Art Nostalgie in der n-ten Potenz, eine Fülle, sogar Wonne, reine Erhabenheit, bloß dazusitzen, bloß die Tatsache, dass sie alle am Leben waren! Aber all das mit einer Schärfe von Verlust, von Bedauern wegen der verlorenen Zeit, von Todesangst, von Furcht vor allem, von Trauer um Michel, um John, um sie alle. Das war dem gewöhnlichen ruhigen, beständigen, man könnte sogar sagen: phlegmatischen Zustand Sax' so unähnlich, dass er fast gelähmt war. Er konnte sich nicht richtig bewegen und bedauerte einige Minuten lang bitterlich, dieses Experiment je in Gang gesetzt zu haben. Das war sehr töricht und idiotisch tollkühn, dass ein jeder ihn ohne Zweifel für immer dafür hassen würde.

Benommen, fast überwältigt, beschloss er, einen Spaziergang zu wagen, um zu sehen, ob das seinen Kopf klären könnte. Er stellte fest, dass er gehen konnte. Er stieß sich von der Bank ab, stand auf, gewann das Gleichgewicht und ging los. Er vermied andere, die in ihren eigenen Welten wanderten und denen er so gleichgültig war wie sie ihm. Alle gingen aneinander vorbei wie an Objekten, denen man ausweichen musste. Und dann war er auf der freien Ebene um Underhill in der kühlen morgendlichen Brise und ging unter einem seltsam blauen Himmel auf die Salzpyramiden zu.

Er blieb stehen und schaute sich um, überlegte, grunzte überrascht und machte halt – konnte nicht mehr gehen. Ganz plötzlich konnte er sich an *alles erinnern*.

Natürlich nicht an alles und jedes. Er konnte sich beispielsweise nicht daran erinnern, was er am 13. Tag des zweiten Augusts 2029 zum Frühstück gegessen hatte. Das passte zu Experimenten, die nahelegten, dass alltägliche Aktivitäten nicht genügend differenziert wären, um individuelle Erinnerung zu bewirken.

Aber als Ganzes … In den späten 2020ern hatten seine Tage im Tonnengewölbe begonnen, wo er sich mit Hiroko, Evgenia, Rya und Iwao ein Schlafzimmer im oberen Stockwerk geteilt hatte. Experimente, Ereignisse, Gespräche flimmerten in seinem Kopf, als er diesen Schlafraum mit seinem geistigen Auge erblickte. Ein Knoten in der Raumzeit, der durch ein ganzes Netz von Tagen vibrierte. Ryas hübscher Rücken auf der anderen Seite des Zimmers, wenn sie sich unter den Armen wusch. Dinge, die Leute sagten und die in ihrer Rücksichtslosigkeit verletzten. Vlad, wenn er über Gen-Spaltung sprach. Er und Vlad hatten genau hier an dieser Stelle beieinandergestanden in ihrer allerersten Minute auf dem Mars und sich umgesehen, ohne ein Wort füreinander. Sie hatten einfach nur die Schwere und das Rosa des Himmels und den nahen Horizont, der genau so aussah wie jetzt nach so vielen Jahren, in sich aufgenommen. Areologische Zeit, so langsam und lang wie die große Systole des Kosmos. Man hatte sich in den Außenanzügen hohl gefühlt. Tschernobyl hatte mehr Beton erfordert, als in der dünnen, trockenen und kalten Luft hergestellt werden konnte. Nadia hatte das irgendwie gelöst, aber wie? Durch Erwärmung, genau. Nadia hatte in jenen Jahren eine Menge Dinge in Ordnung gebracht. Die Tonnengewölbe, die Manufakturen, die Arkade … Wer hätte gedacht, dass sich eine auf der *Ares* so stille Person als so kompetent und energisch erweisen würde? Er hatte sich an seinen Eindruck von ihr auf der *Ares* seit sehr langer Zeit nicht mehr erinnert. Sie war so erschüttert gewesen, als Tatiana Durova durch einen umstürzenden Kran getötet wurde. Das war für alle ein Schock gewesen – außer für Michel, der sich als erstaunlich distanziert von der Katastrophe erwiesen hatte, dem ersten Todesfall. Würde Nadia sich jetzt noch daran erinnern? Ja, das würde sie, wenn sie daran gedacht hätte. An Sax gab es nichts Einmaliges, was bedeutete: Wenn die Behandlung bei ihm anschlug, würde sie es auch bei ihnen allen tun. Da war Wasili, der in beiden Revolutionen für die UNOMA gekämpft hatte. Woran erinnerte er sich? Er sah betroffen aus; aber das könnte auch Begeisterung gewesen sein – alles oder nichts. Höchstwahrscheinlich war es die allgemeine Emotion, die Überfülle – offenbar einer der ersten Effekte der Behandlung. Vielleicht erinnerte er sich auch an Tatianas Tod. Einmal waren Sax und Tatiana damals zu einem Spaziergang in der Antarktis aufgebrochen, und Tatiana war auf einem lockeren Stein ausgerutscht und hatte sich einen Knöchel verrenkt, und sie hatten auf Nussbaum Riegel ausharren müssen, bis sie ein Helikopter von McMurdo ins Lager zurückbrachte. Er hatte das seit Jahren vergessen; und dann hatte Phyllis ihn daran erinnert, in der Nacht, in der sie ihn festgenommen hatte, und er hatte das prompt bis zu diesem Moment wieder vergessen. Zwei Wiederholungen in zweihundert Jahren. Aber jetzt war es wieder da: die niedrige Sonne, die Kälte, die Schönheit der Dry Valleys, Phyllis' Eifersucht auf die große dunkle Schönheit Tatianas. Dass diese Schönheit als Erste sterben sollte, war wie ein Signal, ein alter Fluch. Mars als Pluto, Planet von Furcht und Schrecken. Und jetzt jener Tag in der Antarktis, die zwei Frauen längst tot. Er war der einzige Überlieferer jenes Tages. Ohne ihn würde er ausgelöscht sein. O ja, woran man sich erinnern konnte, war genau der Teil der Vergangenheit, den man am stärksten empfunden hatte, die durch Emotionen über eine gewisse Schwelle gedrängten Ereignisse. Die großen Freuden, die großen Krisen, die großen Katastrophen. Aber auch die kleinen. Er war von dem Basketballteam der siebten Klasse ausgeschlossen worden, hatte allein geweint, als er die Liste las, an einem Trinkwasserspender am äußersten Ende der Schule, und hatte gedacht: Das wirst du nie vergessen. Und, bei Gott, er hatte es wirklich behalten. Große Schönheit. Das erste Mal, dass man etwas tat, hatte eine besondere Bedeutung. Die erste Liebe – wer war das eigentlich gewesen? Eine Decke, damals in Boulder, ein Gesicht, irgendeine Freundin eines Freundes. Aber das war keine Liebe gewesen, und er konnte sich nicht an ihren Namen erinnern. Nein – jetzt dachte er an Ann Clayborne, die vor ihm stand, ihn genau anschaute – irgendwann vor langer Zeit. Woran hatte er sich erinnern wollen? Der Sturm der Gedanken war so dicht und schnell, dass er sich an manches nicht würde erinnern können. Dessen war er sich recht sicher. Ein Paradoxon, aber nur eines von vielen, die der einzelne Faden des Bewusstseins in dem riesigen Feld des Geistes bewirkte. Eine Kraft von zehn hoch vierunddreißig, die Matrix, in der alle großen Vorkommnisse gediehen. Im Innern des Schädels war ein Universum – so ungeheuer groß wie das draußen. Ann – er hatte auch mit ihr einen Ausflug in der Antarktis gemacht. Sie war stark. Seltsamerweise hatte er sich während des Ausflugs über die Caldera von Olympus Mons niemals an diesen Spaziergang durch Wright Valley in der Antarktis erinnert, trotz der Ähnlichkeiten, einen Spaziergang, auf dem sie so ernst über das Schicksal des Mars diskutiert hatten und wo er sich so sehr gewünscht hatte, ihre Hand zu ergreifen oder dass sie die seine nehmen würde. Warum hatte er so für sie geschwärmt? Und er, der sich in seiner Laborrattenart nie zu solchen Gefühlen aufgeschwungen hatte, erstickte jetzt vor lauter Schüchternheit. Sie hatte ihn neugierig angeschaut, aber die Bedeutung der Situation nicht verstanden und sich nur gewundert, dass er so stotterte. Er hatte als Junge ein wenig gestottert. Das war ein biochemisches Problem, das anscheinend durch die Pubertät verschwunden war, aber gelegentlich wiedererschien, wenn er nervös war. Ann – Ann – er sah ihr Gesicht, wenn er mit ihr diskutierte, auf der *Ares*, in Underhill, in Dorsa Brevia, im Lagerhaus von Pavonis. Warum immer dieser Angriff auf eine Frau, die ihn so angezogen hatte? Warum? Sie war so stark. Und dennoch hatte er sie so deprimiert gesehen, als sie hilflos auf dem Boden lag in jenem Felsenrover, viele Tage lang, als ihr roter Mars starb. Einfach so dagelegen. Aber dann hatte sie sich aufgerappelt und weitergemacht. Sie hatte Maya davon abgehalten, ihn anzuschreien. Sie hatte geholfen, ihren Partner Simon zu begraben.

Sie hatte all das getan, und niemals war Sax für sie etwas anderes gewesen als eine Last. Ein Teil ihres Leides. Das war er für sie. In Zygote oder Gamete war er wütend auf sie gewesen – Gamete – tatsächlich in beiden – ihr Gesicht so verzerrt – und dann hatte er sie zwanzig Jahre lang nicht mehr gesehen. Und dann später, als er ihr die Langlebigkeitsbehandlung aufgezwungen hatte, hatte er sie dreißig Jahre lang nicht gesehen. All diese vergeudete Zeit! Selbst wenn sie tausend Jahre lang leben würden, wäre das nicht lange genug, um eine solche Vergeudung zu rechtfertigen.

Er ging im Alchimistenviertel umher. Er traf wieder auf Wasili, der mit tränenüberströmtem Gesicht im Staub hockte. Sie beide hatten das Experiment mit den Algen von Underhill verpfuscht, genau hier in ebendiesem Gebäude. Aber Sax bezweifelte sehr, dass Wasili deshalb weinte. Vielleicht wegen etwas aus den vielen Jahren, die er für UNOMA gearbeitet hatte, oder etwas anderes. Nun, er könnte ihn fragen. Aber in Underhill herumspazieren, Gesichter sehen, und sich dann jäh an alles erinnern, was man wusste, war keine Situation, in der man weitere Erkundigungen einholte. Nein – weitergehen, Wasili seiner Vergangenheit überlassen. Sax wollte nicht wissen, was Wasili bedauerte. Außerdem schritt auf halbem Wege zum Horizont im Norden eine einzelne Gestalt dahin – Ann. Eigenartig, sie ohne Helm im Freien zu sehen. Weißes Haar flatterte im Wind hinterher. Das genügte, um den Fluss der Erinnerungen anzuhalten. Aber er hatte sie zuvor schon einmal so gesehen, in Wright Valley. Ja, ihr Haar war damals auch hell gewesen. Aschblond nannte man das, nicht sehr elegant. Es war gefährlich, unter den wachsamen Augen der Psychologen eine Bindung einzugehen. Sie waren im Dienst und unter Druck. Es gab keinen Raum für persönliche Beziehungen, die wirklich gefährlich waren, wie Natasha und Sergei bewiesen hatten. Aber es geschah dennoch. Vlad und Ursula wurden ein solides, beständiges Paar, ebenso Hiroko und Iwao, Nadia und Arkady. Aber die Gefahr, das Risiko. Ann hatte ihn über den Labortisch beim Essen angeschaut; und in ihrem Blick war etwas, irgendein Interesse. Er wusste nicht, was. Er hatte keine Menschenkenntnis. Sie waren alle solche Mysterien. An dem Tag, als er die Nachricht von seiner Aufnahme unter die Ersten Hundert bekam, hatte er sich so bekümmert gefühlt. Wieso? Keine Ahnung mehr. Aber jetzt sah er das Fax, den Ahornbaum vor dem Fenster. Er hatte Ann angerufen, um zu erfahren, ob auch sie dabei wäre. Das war der Fall. Das kam überraschend für ihn, weil sie so zurückgezogen gewesen war. Aber er war ein bisschen glücklicher gewesen, wenn auch immer noch betrübt. Der Ahorn hatte rote Blätter gehabt. Herbst in Princeton, traditionell eine melancholische Zeit. Aber melancholisch war sie nicht gewesen. Einfach nur *traurig*. Als wäre Leistung nichts anderes als eine gewisse Anzahl der drei Milliarden Herzschläge des Körpers, die vergangen waren. Und jetzt waren es zehn Milliarden, und es ging noch weiter. Nein, es gab keine Erklärung. Die Menschen waren Geheimnisse. Als Ann ihn fragte: »Gehen wir zum Lookout Point?«, in jenes trockene Tal, hatte er sofort zugesagt, ohne zu stottern. Und ohne es ausdrücklich verabredet zu haben, waren sie getrennt losgezogen. Sie hatte das Camp verlassen und war zum Lookout Point marschiert; und er war ihr gefolgt. Und da draußen – o ja – beim Blick nach unten auf die Ansammlung von Hütten und die Treibhauskuppel im Trockental, eine Art Proto-Underhill, hatte er ihre behandschuhte Hand in die seine genommen, als sie Seite an Seite dasaßen und vollkommen freundschaftlich übers Terraforming diskutierten, ganz ohne Streit. Und sie hatte ihre Hand wie schockiert weggezogen und war erschauert (es war sehr kalt – jedenfalls für irdische Verhältnisse), und er hatte ebenso schlimm gestottert wie später nach seinem Schlaganfall. Eine limbische Hämorrhagie, die auf der Stelle bestimmte Elemente, Hoffnungen und Wünsche tötet. Liebe war tot. Und er hatte sie seither immer gequält. Nicht dass diese Ereignisse richtige kausale Erklärungen boten, ganz gleich, was Michel gesagt hätte! Aber die antarktische Kälte auf dem Weg zurück zur Basis … Selbst in der eidetischen Klarheit seiner jetzigen Erinnerungskraft konnte er nicht viel von diesem Marsch sehen. Zerstreut. Weshalb? Weshalb hatte sie ihn so weggestoßen? Kleiner Mann. Weißer Labormantel. Es gab keinen Grund. Aber es war geschehen. Und hatte für immer seine Spur hinterlassen. Und selbst Michel hatte nie davon erfahren.

Verdrängung. Der Gedanke an Michel ließ ihn an Maya denken. Ann war jetzt am Horizont, er würde sie nie einholen und war sich in diesem Moment auch nicht sicher, ob er das wollte, immer noch benommen durch diese so überraschende und schmerzhafte Erinnerung. Er hielt weiter in seinen Gedanken Ausschau nach Maya. Vorbei an der Stelle, an der Arkady über sie gelacht hatte, als er von Phobos herunterkam, vorbei an Hirokos Treibhaus, wo sie ihn mit ihrer unpersönlichen Freundlichkeit verführt hatte, wie es Primaten in der Savanne tun, wenn sich ein Alphaweibchen so nebenbei ein Männchen greift, ein Alpha oder Beta oder aus einer Klasse, die Alpha sein könnte, aber nicht interessiert war, was er für den einzigen anständigen Weg hielt, sich zu benehmen. Vorbei an dem Wohnwagenpark, in dem sie alle als eine Familie zusammen auf dem Boden geschlafen hatten. Dann mit Desmond irgendwo in einer Kammer. Desmond hatte versprochen, ihnen zu zeigen, wie er damals gelebt hatte, all seine Verstecke, die nur er kannte. Ein Durcheinander von Bildern Desmonds. Der Flug über den brennenden Kanal, dann der Flug über das brennende Kasei, die Angst, als die Sicherheitsleute ihn an ihren wahnsinnigen Apparat angeschlossen hatten. Das war das Ende von Saxifrage Russell gewesen. Jetzt war er etwas anderes, und Ann war Gegen-Ann und auch die dritte Frau, welche weder Ann noch Gegen-Ann war. Vielleicht konnte er auf dieser Basis mit ihr reden, als zwei Fremde, die sich begegneten. Eher wie die zwei, die sich in der Antarktis begegnet waren.

Maya saß in der Küche des Tonnengewölbes und wartete darauf, dass ein großer Wasserkessel kochte. Sie machte für alle Tee.

»Maya«, sagte Sax und fühlte die Worte in seinem Mund wie Kieselsteine. »Du solltest es versuchen. Es ist nicht so schlimm.«

Sie schüttelte den Kopf. »Ich erinnere mich an alles, was ich will. Sogar jetzt, ohne eure Drogen, sogar jetzt, wenn ich mich kaum an etwas erinnere. Ich erinnere mich noch an mehr, als du dich je erinnern wirst. Ich will gar nicht mehr als das.«

Es war möglich, dass winzige Mengen der Drogen in die Luft und so auf ihre Haut gelangt waren und ihr einen kleinen Bruchteil der hyperemotionalen Erfahrung gegeben hatten. Oder vielleicht war das einfach ihr gewöhnlicher Zustand.

»Warum sollte das nicht genug sein?«, fragte sie. »Ich will meine Vergangenheit nicht zurückhaben. Wirklich nicht. Ich kann sie nicht ertragen.«

»Vielleicht später«, sagte Sax.

Was sollte er ihr raten? Sie war schon in Underhill so gewesen, unberechenbar und launisch. Es war erstaunlich, was für Exzentriker für die Ersten Hundert ausgewählt worden waren. Aber welche Wahl hatte das Selektionskomitee auch gehabt? Die Leute waren alle so, wenn sie nicht blöd waren. Und sie hatten keine Idioten auf den Mars schicken wollen, wenigstens nicht zuerst oder nicht zu viele. Und selbst die beschränkten Geister hatten ihre Komplexe.

»Vielleicht«, sagte sie jetzt, tätschelte seinen Kopf und nahm den Teekessel vom Herd. »Vielleicht nicht. Ich erinnere mich so schon an zu vieles.«

»Frank?«, fragte Sax.

»Natürlich. Frank, John – die sind alle hier präsent.« Sie klopfte sich mit dem Daumen auf die Brust. »Das schmerzt genug. Mehr brauche ich nicht.«

»Ah!«

Er ging wieder zurück nach draußen. Er fühlte sich vollgestopft, völlig verunsichert und aus dem Gleichgewicht. Das limbische System vibrierte wild unter dem Ansturm seines ganzen Lebens und dem Ansturm von Maya – so schön und verdammt. Jetzt wünschte er, dass sie glücklich sein möge. Aber was konnte er tun? Maya lebte ihr Elend voll aus; man könnte sagen, dass es sie glücklich machte. Oder vervollständigte. Vielleicht litt sie die ganze Zeit an dieser akut unangenehmen emotionalen Überfüllung. Oha! Es war doch so viel leichter, phlegmatisch zu sein. Und dennoch war sie so lebendig. Die Art, wie sie sie aus dem Chaos herausgepeitscht hatte, nach Süden, in Zygotes Sicherheit … So eine Stärke. All diese starken Frauen, die sich der Schrecklichkeit des Lebens stellten und sie empfanden, ohne Verneinung und ohne Abwehr. Die sie einfach erkannten und weitermachten. John, Frank, Arkady, sogar Michel – sie alle hatten ihren großen Optimismus, Pessimismus, Idealismus, ihre Mythologien gehabt, um die Qual der Existenz zu kaschieren, alle ihre verschiedenen Wissenschaften. Und dennoch waren sie tot, auf die eine oder andere Weise ums Leben gekommen, und hatten Nadia, Maya und Ann zurückgelassen, die weitermachten. Ohne Zweifel konnte er sich glücklich schätzen, so robuste Schwestern zu haben. Selbst Phyllis hatte mit der Hartnäckigkeit der Dummen ihren Weg recht gut gemacht. Jedenfalls letztlich ganz ordentlich, indem sie einfach drangeblieben war. Nie aufgegeben hatte. Nie etwas zugegeben hatte. Sie hatte, wie Spencer ihm gesagt hatte, gegen diese Tortur protestiert. Spencer und all ihre gemeinsamen Stunden der Aerodynamik. Spencer hatte ihm erzählt, wie sie nach zu vielen Whiskeys zum Sicherheitschef in Kasei gegangen war und verlangt hatte, er solle seine sanfte Behandlung aufgeben. Selbst nachdem er sie fast mit Lachgas getötet und in ihrem eigenen Bett angelogen hatte. Sie schien ihm verziehen zu haben; und Spencer hatte Maya nie verziehen, obwohl er so tat, als wäre das der Fall. Sax hatte ihr verziehen, obwohl er jahrelang so getan hatte, als wäre es nicht der Fall, um eine gewisse Handhabe gegen sie zu behalten. Oh, was für einen Verhau hatten sie aus ihrem Leben gemacht! Alles infolge seiner übermäßigen Ausdehnung. Vielleicht war das immer in jedem Dorf so. Aber so viel Trübsinn und Verrat! Vielleicht wurde die Erinnerung durch das Gefühl von Verlust ausgelöst, jetzt, da alles unausweichlich verloren war. Aber was war mit der Freude? Er versuchte sich zu erinnern. Konnte man durch Emotion umkehren? Eine interessante Idee. War das möglich? Dass er zum Beispiel wieder durch die Hallen der Terraformingkonferenz ging und den Plakatanschlag sah, der den Wärmebeitrag des Russell-Cocktails auf 12 Kelvin schätzte. Dass er in Echus Overlook aufwachte und sah, dass der große Sturm vorbei war und der rosa Himmel vor Sonnenschein strahlte. Dass er die Gesichter im Zug sah, als sie aus dem Libya-Bahnhof fuhren. Dass er von Hiroko aufs Ohr geküsst wurde, an einem Wintertag in Zygote, als den ganzen Nachmittag über Abend war. Hiroko! Oh, oh! Er hatte sich in der Kälte zusammengekauert, ganz verstört von dem Gedanken, durch einen Sturm getötet zu werden, gerade als die Dinge anfingen interessant zu werden. Wie er versucht hatte, seinen Wagen zu finden, als es schien, dass er nicht zu ihm würde gelangen können. Und da war sie aus dem Schnee heraus erschienen, eine kleine Gestalt in einem rostroten Raumanzug, hell in dem weißen Sturm von Wind und horizontal fliegendem Schnee. Der Wind war so laut, das selbst das Interkom-Mikrofon in seinem Helm nicht mehr war als ein Flüstern. »Hiroko?«, rief er, als er ihr Gesicht durch die von Schneematsch verschmierte Visierscheibe erblickte. Und sie sagte: »Ja.« Und zog ihn am Handgelenk hoch. Die Hand auf seinem Handgelenk! Er *fühlte* sie. Und kam hoch wie die *viriditas* selbst. Die grüne Kraft durchströmte ihn, durch das weiße Rauschen, die weiße knisternde Statik. Ihr Griff war warm und fest, so voll wie ein Plenum. Ja. Hiroko war dort gewesen. Sie hatte ihn zum Wagen zurückgeführt, ihm das Leben gerettet und war dann wieder verschwunden. Und ganz gleich, wie sicher sich Desmond über ihren Tod in Sabishii war und wie überzeugend seine

Argumente waren, ganz gleich, wie oft Kletterer in Bedrängnis sekundenlang Halluzinationen von Kameraden gehabt hatten – Sax wusste es besser, wegen jener Hand auf seinem Handgelenk bei jenem Besuch im Schnee. Hiroko selbst in Fleisch und Blut, so real wie ein Felsen. Lebendig! Darum konnte er es sich leisten, in diesem Wissen zu rasten. Er konnte *etwas wissen* – bei dem unerklärlichen Einsickern des Unsagbaren in alles konnte er in dieser gesicherten Tatsache Ruhe finden. Hiroko lebte. Damit sollte er anfangen und darauf aufbauen als dem Axiom lebenslänglicher Freude. Vielleicht sogar Desmond davon überzeugen und ihm Frieden geben.

Er war wieder draußen und sah sich nach Cojote um. Immer ein schwieriges Unterfangen. Welche Erinnerungen hatte Desmond von Underhill – verstecken, flüstern, die verlorene Farmcrew, dann die verlorene Kolonie, sich mit ihnen fortschleichen, draußen auf dem Mars in getarnten Felswagen umherfahren, von Hiroko geliebt werden, in einem getarnten Flugzeug bei Nacht über die Oberfläche fliegen, die Demimonde bereisen, den Untergrund zusammenknüpfen. Sax konnte sich fast selbst daran erinnern, so lebhaft stand es ihm vor Augen. Telepathische Übertragung aller ihrer Storys an alle. Einhundert zum Quadrat, in den quadratischen Tonnengewölben. Nein. Das wäre zu viel. Schon die Vorstellung der Realität eines anderen war erstaunlich genug; war alles, was die Telepathie von einem verlangte oder vertragen konnte.

Aber wohin war Desmond gegangen? Hoffnungslos. Cojote konnte man nicht finden. Man wartete nur darauf, dass er einen finden würde. Er würde auftauchen, wann es ihm beliebte. Draußen, nordwestlich der Pyramiden und des Alchimistenviertels, lag das sehr alte Gerippe eines Landeschiffes, wahrscheinlich eins von denen, die vor ihrer Landung angekommen waren. Sein Metall war bunt gestreift und mit Salz verkrustet. Der Anfang ihrer Hoffnungen, jetzt ein Skelett aus altem Metall, eigentlich gar nichts. Hiroko hatte ihm geholfen, es zu entladen.

Wieder im Alchimistenviertel. Alle Maschinen in den alten Gebäuden waren abgeschaltet und hoffnungslos veraltet, sogar der sehr geschickte Sabatier-Reaktor. Er hatte sich gefreut, dieses Ding arbeiten zu sehen. Nadia hatte es eines Tages repariert, als alle anderen ratlos waren. Die kleine rundliche Frau summte in sich versunken eine Melodie vor sich hin und kommunizierte mit Maschinen zu Zeiten, da man sie noch verstehen konnte. Gott sei gedankt für Nadia, den Anker, der sie alle mit der Realität verband, und die Einzige, auf die alle sich verlassen konnten. Er wollte sie umarmen, diese vielgeliebte Schwester, die anscheinend drüben im Fahrzeugpark war und versuchte, ein Museumsstück von Bulldozer in Gang zu bringen.

Aber dort am Horizont war eine Gestalt, die über einen Buckel nach Westen ging: Ann. Hatte sie, immer nur gehend, den Horizont umkreist? Er lief auf sie zu und stolperte, wie er es in der ersten Woche getan hatte. Er holte sie ein, allmählich, keuchend.

»Ann? Ann?«

Sie wandte sich um, und er sah die instinktive Furcht auf ihrem Gesicht, wie bei einem gejagten Tier. Er war eine Kreatur, vor der man weglief. Das war er für sie gewesen. »Ich habe Fehler gemacht«, sagte er, als er vor ihr stehen blieb. Sie konnten in der freien Luft sprechen, in der Luft, die er gegen ihren Einwand hergestellt hatte. Obwohl sie immer noch so dünn war, dass man um sie ringen musste. »Ich habe die … die Schönheit nicht gesehen, bis es zu spät war. Es tut mir außerordentlich leid.« Oh, er hatte das schon früher zu sagen versucht, in Michels Wagen, als sich die Sintflut ergoss, in Zygote, in Tempe Terra. Es hatte nie geklappt. Ann und Mars, ganz ineinander verschlungen. Und dennoch hatte er sich beim Mars nicht entschuldigen müssen. Jeder Sonnenuntergang war schön; die Farbe des Himmels änderte sich jede Minute an jedem Tag als blaues Zeichen ihrer Macht und Verantwortlichkeit, ihres Platzes im Kosmos und ihrer Stärke darin, so klein und doch so bedeutend. Sie hatten Leben zum Mars gebracht, und das war gut. Dessen war er sich ganz sicher.

Aber bei Ann musste er sich entschuldigen. Für die Jahre missionarischen Eifers, für den Druck, um sie zu einer Zustimmung zu zwingen, für die Jagd nach der Bestie ihrer Zurückweisung, um sie zu töten. Es tat ihm deswegen leid, so sehr, dass ihm Tränen über das Gesicht liefen. Und sie starrte ihn so an – genau so wie auf jenem kalten Felsen in der Antarktis, der jetzt wiedergekommen war und in ihm ruhte. Seine Vergangenheit.

»Erinnerst du dich?«, fragte er sie neugierig, auf diesen neuen Gedankengang geschaltet. »Wir gingen zusammen zum Lookout Point hinaus – ich meine nacheinander –, um uns zu treffen und privat miteinander zu sprechen? Ich meine, wir gingen einzeln. Du weißt, wie es damals war. Dass russische Paare sich in die Haare geraten und heimgeschickt worden waren. Wir alle verbargen alles, was wir konnten, vor dem Auswahlkomitee!« Er lachte und verschluckte sich etwas bei der Erinnerung an ihre tief irrationalen Anfänge. So raffiniert! Und alles, was danach gespielt worden war, entsprach einem solchen Anfang. Sie waren zum Mars hinausgezogen und hatten alles genauso gespielt, wie sie es zuvor schon immer gespielt hatten. Es war nichts als eine Wiederholung der immer gleichen Schemata. »Wir haben dagesessen, und ich dachte, wir kämen voran, und ich habe deine Hand ergriffen. Aber du hast sie weggezogen. Du mochtest das nicht. Ich fühlte mich schlecht. Wir gingen getrennt zurück und sprachen nie wieder darüber, niemals. Und dann habe ich dich wohl durch all das gehetzt und dachte, es wäre wegen des … des …« Er zeigte auf den blauen Himmel.

»Ich erinnere mich«, sagte sie.

Sie sah ihn an, ohne ihn wirklich zu sehen. Er fühlte diesen Schock. So etwas tat man nicht. Man sagte nie seiner verlorenen Jugendliebe, dass man sich daran erinnert. So etwas tut weh. Und jetzt stand sie da und schaute ihn überrascht an.

»Ja. Aber das war es nicht, was geschah«, sagte sie. »Ich war es. Ich meine, ich habe dir meine Hand auf die Schulter gelegt, ich hatte dich gern, und mir schien, wir könnten … Aber plötzlich hast du einen Sprung gemacht, als hätte ich dich mit einem Elektroschocker berührt! Damals war die statische Elektrizität niedrig, aber dennoch …« Sie lachte scharf. »Nein. Du warst es. Du hast es nicht getan. Ich nahm an, es war nicht deine Art. Und es war eigentlich auch nicht die meine! Irgendwie hätte es klappen sollen, gerade deshalb. Aber es wurde nichts daraus. Und dann habe ich es vergessen.«

»Nein«, sagte Sax.

Er schüttelte den Kopf in einem primitiven Versuch, seine Gedanken neu zu sammeln und sich zu erinnern. Er konnte immer noch in diesem mentalen Theater am Lookout Point den Moment sehen, das ganze Gespräch fast wortwörtlich wiedergeben, Zug um Zug. Es ist ein reiner Gewinn an Ordnung, hatte er gesagt, um den Zweck der Wissenschaft zu erklären. Und sie hatte gesagt: Dafür wirst du das ganze Antlitz eines Planeten vernichten. Daran erinnerte er sich.

Aber da war dieser Zug in Anns Gesicht, als sie sich an den Vorfall erinnerte. Der Blick eines Menschen, der sich jedes Moments seiner Vergangenheit sicher war, lebendig in der Erinnerung. Sicher erinnerte sie sich auch daran. Aber sie erinnerte sich dennoch an etwas anderes als er. Einer von ihnen musste sich irren, nicht wahr?

»Könnten wir wirklich …«, sagte er und musste innehalten und noch einmal anfangen.

»Könnten wir wirklich so ungeschickt gewesen sein, beide loszugehen – in der Absicht – uns zu erklären …«

Ann lachte. »Und sind beide fortgegangen mit dem Gefühl, einander zurückgewiesen zu haben.« Sie lachte noch einmal. »Aber sicher.«

Auch er lachte. Sie wandten die Gesichter zum Himmel und lachten.

Aber dann schüttelte Sax den Kopf voll schmerzlicher Wehmut. Was auch immer geschehen war – na gut. Jetzt war es nicht mehr festzustellen. Selbst mit seinem Gedächtnis, das wie ein artesischer Brunnen hochquoll, sogar wie eine jener kataklysmischen Fluten, gab es keinen Weg mehr, sicher zu sein, was wirklich geschehen war.

Das ließ ihn jäh erschauern. Wenn er diesen aufquellenden Erinnerungen nicht trauen konnte, wenn eine so entscheidende wie diese jetzt in Zweifel gezogen war, was war dann mit den anderen: Was war mit Hiroko dort im Sturm, wo sie ihn zu seinem Wagen geführt hatte, die Hand auf seinem Handgelenk. Konnte das auch …? Nein! Aber Anns Hand hatte sich wirklich von ihm losgerissen, ein kinetisches Ereignis, an das sich sein Körper erinnerte, in seinen Zellen, solange er leben würde. Das eine musste wahr sein. Beides musste wahr sein.

Also?

Das also war die Vergangenheit. Da und nicht da. Sein ganzes Leben. Wenn nichts real war als dieser Moment, ein Planck'scher Augenblick nach dem anderen, eine unvorstellbar dünne Membran des Werdens zwischen Vergangenheit und Zukunft – sein Leben? Was war es dann, so dünn, so ohne jede greifbare Vergangenheit oder Zukunft? Ein Aufblitzen von Farbe. Die Realität so zart, kaum da. Gab es nichts, was sie tun konnten?

Er versuchte, etwas davon zu sagen, stammelte, versagte, gab es auf.

»Gut«, sagte Ann, die ihn offenbar verstand. »Zumindest erinnern wir uns an so viel. Ich meine, wir sind uns einig, dass wir dort hinausgegangen sind. Wir hatten Ideen, die nicht verwirklicht wurden. Es geschah etwas, das wir damals wahrscheinlich beide nicht verstanden haben. Darum ist es nicht überraschend, dass wir uns jetzt nicht richtig daran erinnern können oder dass unsere Erinnerungen nicht übereinstimmen. Wir müssen etwas begreifen, um uns daran zu erinnern.«

»Ist das so?«

»Ich denke, ja. Darum können sich Zweijährige nicht erinnern. Sie empfinden Dinge als verrückt, erinnern sich aber nicht daran, weil sie sie nicht wirklich verstehen.«

»Vielleicht.«

Er war sich nicht sicher, dass das Gedächtnis so arbeitete. Frühe Kindheitserinnerungen waren eidetische Bilder wie belichtete Fotoplatten. Aber wenn es stimmte, dann war vielleicht alles in Ordnung; denn er hatte Hirokos Erscheinung im Sturm ganz entschieden verstanden, ihre Hand auf seinem Handgelenk. Diese Dinge des Herzens, in der Heftigkeit des Sturms …

Ann trat vor und drückte ihn an sich. Er wandte das Gesicht zur Seite. Sein Ohr drückte gegen ihr Schlüsselbein. Sie war groß. Er fühlte ihren Körper gegen seinen gedrückt und presste sie seinerseits fest an sich. Daran wirst du dich immer erinnern, dachte er. Sie hielt ihn auf Armeslänge von sich weg. »Das ist die Vergangenheit. Ich denke, sie erklärt nicht, was zwischen uns auf dem Mars geschehen ist. Das ist eine andere Sache.«

»Vielleicht.«

»Wir haben uns nicht geeinigt, aber wir hatten die gleichen – Beziehungen. Die gleichen Dinge waren für uns wichtig. Ich entsinne mich, wie du in jenem Felsenrover in Marineris während des Flutausbruches versucht hast, mich aufzumuntern.«

»Und du mich. Als Maya mich nach Franks Tod anschrie.«

»Ja«, sagte er und dachte zurück. Eine solche Kraft der Erinnerung hatten sie in jenen aufregenden Stunden! Der Wagen war damals ein Schmelztiegel gewesen. Sie hatten sich alle in einer ureigenen individuellen Art darin verwandelt. »Ich denke, ja. Das war nicht fair. Du versuchtest, ihr zu helfen. Und der Ausdruck auf deinem Gesicht …«

Sie standen da und schauten zurück auf die verstreuten niedrigen Gebäude, aus denen Underhill bestand.

Schließlich sagte Sax: »Und hier sind wir nun.«

»Ja. Da sind wir.«

Ein peinlicher Augenblick. Noch ein peinlicher Augenblick. So war das Leben mit anderen. Ein peinlicher Moment nach dem anderen. Er hätte sich schon irgendwie daran gewöhnen müssen. Dann trat er zurück, langte hin, fasste ihre Hand und drückte sie kräftig. Dann ließ er sie los. Sie wollte, wie sie sagte, durch Nadias Arkade hinaus in die unberührte Wildnis westlich von Underhill gehen. Sie empfing einen Schwall von Erinnerungen, der zu stark war, um sich auf die Gegenwart zu konzentrieren. Sie musste gehen.

Er verstand. Sie ging winkend fort. Winkend! Und da war Cojote, drüben bei den Salzpyramiden, die im Licht des Nachmittags leuchteten. Sax empfand erstmals seit Dekaden die marsianische Schwerkraft, als er zu dem kleinen Mann hinüberhüpfte. Der einzige Mann unter den Ersten Hundert, der kleiner gewesen war als Sax. Sein Waffenbruder.

Während er durch sein Leben schweifte, Schritt für Schritt an einem anderen Ort, jeden Moment von Neuem schockiert, war es wirklich recht schwierig, sich auf Cojotes asymmetrisches Gesicht zu konzentrieren. Aber da war etwas, eine Vibration, die anscheinend auch in all seinen früheren Gestalten pulsiert hatte. Desmond war sich wenigstens immer selbst mehr oder weniger ähnlich gewesen. Gott wusste, wem Sax für die anderen ähnelte, oder was er sehen würde, wenn er jetzt in einen Spiegel schaute. Die Idee war verwirrend. Es könnte sogar ein interessantes Experiment sein, in einen Spiegel zu blicken, während man sich an etwas aus seiner Jugend erinnerte. Das Bild könnte sich verzerren. Desmond, ein Mann indischer Abstammung aus Trinidad, sagte jetzt etwas, das schwer zu verstehen war, etwas über die Verzückung in der Tiefe – unklar, ob er die Gedächtnisdroge meinte oder eine Tiefseerfahrung aus seiner Jugend. Sax hatte den dringenden Wunsch, ihm zu sagen, dass Hiroko lebte. Aber als ihm die Worte schon auf der Zunge lagen, hielt er inne. Desmond sah in diesem Moment so fröhlich aus, und er würde Sax nicht glauben: Also würde er ihn nur aufregen. Wissen durch Erfahrung ist nicht immer in diskursives Wissen übertragbar. Das war schade, aber nicht zu ändern. Desmond würde ihm nicht glauben, weil er jene Hand an seinem Handgelenk nicht gefühlt hatte. Und warum sollte er schließlich auch?

Sie gingen hinaus nach Tschernobyl und redeten über Arkady und Spencer. Sax sagte: »Wir werden alt.«

Desmond johlte. Er hatte immer noch höchst alarmierende Lachanfälle, die aber ansteckend waren, und Sax lachte auch. »Alt *werden*? Alt *werden*?«

Der Anblick ihres kleinen Rickover-Kernreaktors versetzte sie in Verzückung. Er war erbärmlich, tüchtig, stupide und geschickt. Sax stellte fest, dass ihre limbischen Systeme noch überladen waren und mit allen Emotionen zugleich spielten. Seine ganze Vergangenheit wurde immer klarer in einer Art von simultanen Überlagerungen von Sequenzen. Jedes Ereignis hatte seine eigene emotionale Ladung, die jetzt alle zugleich losgingen. So voll, so voll! Vielleicht voller als ... was? Der Geist? Die Seele? Voller, als es zu sein vermochte. *Überfließend*, so war das Gefühl. »Desmond, ich fließe über.«

Desmond lachte nur noch heftiger.

Sein Leben hatte das Stadium bereits überschritten, in dem es möglich gewesen wäre, alles zugleich zu empfinden. Was war das überhaupt, dieses Fühlen? Ein limbisches Summen, das Brausen des Windes in den Fichten hoch in den Bergen, wenn man nachts in einem Schlafsack im Felsengebirge liegt und der Wind durch die Nadeln der Fichten faucht ... Sehr interessant. Möglicherweise eine Wirkung der Droge, die vorbeigehen würde, obwohl er hoffte, dass es Effekte der Droge gab, die anhalten würden. Und wer konnte sagen, ob das nicht auch für diesen Aspekt als einen integralen Teil des Ganzen gelten konnte? Also: Wenn man sich an seine Vergangenheit erinnern kann und die sehr lang ist, dann fühlt man sich notwendigerweise sehr voll, voller Erfahrungen und Emotionen, bis zu dem Punkt, an dem es nicht leicht sein dürfte, noch viel mehr zu empfinden. War das nicht möglich? Oder vielleicht würde man alles intensiver fühlen, als es angemessen war. Vielleicht hatte er sie alle zu schrecklich sentimentalen Leuten gemacht, die von Kummer befallen wurden, wenn sie auf eine Ameise traten und beim Anblick eines Sonnenaufgangs vor Freude weinten. Das wäre ungünstig. Genug war genug – oder bereits zu viel? Genug war so gut wie ein Festmahl. Tatsächlich war Sax immer der Meinung gewesen, dass die Amplitude emotionaler Reaktion, die in den Leuten seiner Umgebung zum Ausdruck kam, ohne großen Verlust für die Menschheit ein gutes Stück heruntergeschraubt werden konnte. Natürlich würde es nicht gelingen, ganz gezielt jemandes Emotionen zu dämpfen. Das wäre Verdrängung und Sublimation mit dem daraus resultierenden Überdruck an anderer Stelle. Seltsam, wie nützlich das Freud'sche Modell von der Dampfmaschine blieb – Kompression, Entspannung, der ganze Apparat, als ob das Gehirn von James Watt konstruiert worden wäre. Aber reduktive Modelle waren nützlich, sie lagen am Herzen der Wissenschaft. Und er hatte es lange Zeit nötig gehabt, Dampf abzulassen.

So gingen er und Desmond durch Tschernobyl, warfen Steine nach dem Reaktor, lachten und schwatzten durcheinander, weniger in einer Konversation als in einer simultanen Sendung, als wären sie beide absorbiert von ihren eigenen Gedanken. So war das Gespräch sehr wirr, aber dennoch gesellig. Es war tröstend zu hören, wie jemand sich so konfus anhörte. Und zugleich eine große Freude, sich diesem Mann, der sich von ihm in so vieler Hinsicht unterschied, so nahe zu fühlen und mit ihm über die Schule, die Schneelandschaften der südlichen Polgegend und die Parks in der *Ares* zu schwatzen. Auf diese Weise wurden sie einander irgendwie ähnlich.

»Wir machen alle die gleichen Dinge durch.«

»Das ist wahr! Das ist wahr!«

Seltsam, dass dieser Umstand das Verhalten der Menschen nicht stärker beeinflusste.

Schließlich gingen sie zum Containerpark zurück. Als sie hindurchliefen, wurden sie langsamer, festgehalten durch die Spinnweben vergangener Erinnerungen. Es war kurz vor Sonnenuntergang. In den Tonnengewölben wanderten Leute herum, die auf das Abendessen warteten. Die meisten waren während des Tages zu abgelenkt gewesen, um zu essen, und die Droge schien ein milder Appetitzügler zu sein. Aber jetzt waren die Leute ausgehungert. Maya hatte einen großen Eintopf gekocht und Kartoffeln als Beilage geschält. Borschtsch? Bouillabaisse? Sie hatte auch daran gedacht, am Morgen einen Backofen in Gang zu setzen, und jetzt füllte der Geruch frischen Brotes die warme Luft der Tonnengewölbe.

Sie versammelten sich in dem großen Doppelgewölbe in der Südwestecke, dem Raum, in dem Sax und Ann zu Beginn des offiziellen Terraformens ihre berühmte Debatte geführt hatten. Hoffentlich würde die Ann nicht einfallen, wenn sie hereinkam. Dumm nur, dass auf einem kleinen Schirm in der Ecke ein Video der Debatte abgespielt wurde. Na schön. Sie würde wie immer kurz nach Einbruch der Dunkelheit kommen. Diese Beständigkeit machte allen Spaß. Dadurch war es irgendwie möglich zu sagen: Hier sind wir; die anderen sind heute Abend nicht da, sonst ist alles dasselbe. Eine gewöhnliche Nacht in Underhill. Man redete über Arbeit und verschiedene Orte. Es gab Essen, und es waren die alten vertrauten Gesichter. Als könnten Arkady oder John oder Tatiana jeden Moment hereinspazieren, wie Ann es jetzt tat, genau pünktlich, mit den Füßen stampfend, um sich aufzuwärmen und die anderen ignorierend, genau wie immer.

Aber sie kam und setzte sich neben ihn. Sie aß ihr Mahl (ein Stew auf provenzalische Art, wie Michel es zu kochen pflegte) an seiner Seite. Mit ihrem gewohnten Schweigen. Dennoch schauten Leute her. Nadia beobachtete sie mit Tränen in den Augen. Anhaltende Sentimentalität. Das könnte ein Problem werden.

Später, beim Klappern von Tellern und Stimmgeräuschen, wobei anscheinend alle zugleich sprachen und es manchmal sogar möglich schien, dass man etwas verstand bei dem Lärm, beugte Ann sich zu Sax herüber und sagte:

»Wohin gehst du nachher?«

»Nun«, sagte er, plötzlich wieder nervös, »einige von Da Vinci haben mich eingeladen zum ... zum *Segeln*. Um ein neues Boot auszuprobieren, das sie für meine ... meine Segeltouren konstruiert haben. Ein Segelboot. Auf dem Chryse-Golf.«

»Ah.«

Schreckliches Schweigen, trotz all des Lärms.

»Kann ich mitkommen?«

Eine brennende Empfindung in der Gesichtshaut. Sehr merkwürdige Verkrampfung der Blutgefäße. Aber er musste sich aufraffen zu sprechen. »Ja klar!«

Und dann saßen alle herum, dachten nach, plauderten, erinnerten sich und tranken Mayas Tee. Maya sah zufrieden aus und kümmerte sich um sie. Ziemlich spät in der Nacht, als fast alle noch in den Sesseln lagen oder über dem Heizgerät fläzten, beschloss Sax, zum Containerpark hinüberzugehen, wo sie ihre ersten paar Monate verbracht hatten.

Nadia war auch draußen. Sie lag auf einer Matratze. Sax zog eine andere von der Wand herunter. Ja, es war seine alte Matratze. Dann kamen Maya und alle Übrigen. Sie mussten dem ängstlichen Desmond zureden und ihn auf einer Matratze in der Mitte unterbringen. Sie sammelten sich um ihn, manche an ihren alten Plätzen. Andere schliefen in anderen Containern oder belegten die leeren Matratzen, die Leute benutzt hatten, die jetzt tot waren. Ein einziger Container nahm jetzt leicht alle auf. Und irgendwann tief in der Nacht lagen sie alle da und sanken langsam in unruhigen Schlummer. Auch das war eine liebe und warme Erinnerung, als alle im Raum in ihren Betten einschliefen. So hatte sich das immer angefühlt, in einem Bad mit Freunden dahinzutreiben, müde vom Tagewerk, der ach so interessanten Arbeit, eine Stadt und eine Welt zu erbauen. Schlaf, Erinnerung. Schlaf, Körper. Dankbar in dem Moment versinken und träumen.

Sie segelten an einem windigen wolkenlosen Tag aus der Florentine, Ann am Steuer und Sax hoch am steuerbordseitigen Bug des schlanken neuen Katamarans, um sich zu vergewissern, dass die Kette den Anker gesichert hatte, der nach anaerobem Bodenschlamm roch – so sehr, dass Sax abgelenkt wurde und einige Zeit damit verbrachte, über der Reling hängend Proben des Schlamms mit der Lupe seines Armbandgerätes zu betrachten: eine große Menge toter Algen und anderer Bodenorganismen. Eine interessante Frage, ob das für den Boden des Nordmeers typisch war oder nicht. Oder war das aus irgendeinem Grund auf die Umgebung der Chryse-Bucht beschränkt oder die Florentine oder allgemeiner auf Untiefen?

Ann rief: »Sax, komm wieder her! Du bist derjenige, der weiß, wie man segelt.«

»Ach ja.«

Obwohl der Schiffscomputer eigentlich alles auf einen sehr allgemeinen Befehl hin tun würde. Man konnte zum Beispiel sagen: »Kurs auf Rhodos!«, und für den Rest der Woche gäbe es nichts mehr zu tun. Aber Sax hatte Freude daran, eine Ruderpinne in der Hand zu haben. Darum gab er den Dreck am Anker einstweilen auf und begab sich zu dem breiten niedrigen Cockpit, das zwischen den zwei schmalen Rümpfen hing.

»Da Vinci verschwindet gleich unter dem Horizont. Sieh doch!«

»Ja, stimmt.«

Die äußeren Punkte des Kraterrandes waren die einzigen Teile der Da-Vinci-Insel, die noch über dem Wasser zu sehen waren, obwohl sie nicht mehr als zwanzig Kilometer entfernt waren. Der kleine Globus hatte etwas Intimes an sich. Und das Boot war sehr schnell. Es ging bei jedem Wind über 50 Stundenkilometer ins Hydroplaning über; und die Rümpfe hatten Outriggerkiele unter Wasser, die ausfuhren und sich in verschiedenen delfinartigen Konfigurationen einstellten, wodurch zusammen mit Gegengewichten in den Querstreben der zum Wind gerichtete Rumpf mit dem Wasser in Kontakt blieb, während der leeseitige nicht zu weit untertauchte. Darum schob sich selbst bei mäßigen Winden wie dem, der jetzt ihr entfaltetes Mastsegel wölbte, das Boot auf das Wasser, glitt darüber wie ein Eisboot über das Eis und bewegte sich nur ein paar Prozent langsamer als der Wind selbst. Beim Blick über das Heck konnte Sax erkennen, dass nur ein ganz kleiner Teil der Rümpfe wirklich Kontakt mit dem Wasser hatte. Es sah so aus, als wären das Ruder und die Kiele der Outrigger das Einzige, was sie am Fliegen hinderte. Er sah das letzte Ende der Insel Da Vinci unter einem hüpfenden und gezackten Horizont, der nicht mehr als vier Kilometer von ihnen entfernt war, verschwinden. Er schaute zu Ann hinüber. Sie klammerte sich an die Reling und schaute zurück auf die strahlend weißen Muster ihres Kielwassers. »Bist du schon einmal auf See gewesen?«, fragte Sax. »Also, völlig außer Sicht des Landes?«

»Nein.«

»Ah!«

Sie fuhren weiter nach Norden in die Chryse-Bucht hinaus. Die Insel Copernicus erschien über dem Wasser zu ihrer Rechten und danach dahinter die Insel Galileo. Dann glitten beide wieder unter dem blauen Horizont zurück. Die Dünung am Horizont war merklich, wodurch der Horizont keine gerade blaue Linie vor dem Himmel bildete, sondern vielmehr eine sich verlagernde Anordnung von Wellengipfeln, die rasch aufeinander folgten. Die Grundströmung kam von Norden, fast direkt von vorn, sodass die Linie des Horizonts beim Blick nach Backbord oder Steuerbord besonders gezackt war, eine wellige Linie blauen Wassers gegen den blauen Himmel, die in einem allzu kleinen Kreis das Schiff umrundete, als wäre die »richtige«

terranische Distanz zum Horizont in der Optik des Gehirns eingebettet. Darum schienen die Dinge, die man hier deutlich sehen konnte, immer auf einem Planeten zu sein, der zu klein für sie war. Anns Gesicht zeigte höchstes Missbehagen. Sie starrte auf die Wellen, die Woge um Woge den Bug und dann das Heck anhoben. Fast rechtwinklig zur Grunddünung gab es einen kurzen unregelmäßigen Wellenschlag, der vom Westwind angetrieben wurde und die größeren breiteren Wellen kräuselte. Physik wie in einem Wellentank. Man konnte alles dargeboten sehen. Es erinnerte Sax an den Physikunterricht im zweiten Stock des am äußersten nordöstlichen Rand des Campus gelegenen Gebäudes seiner Highschool, wo die Stunden vergangen waren wie Minuten und der flache Wellentank voller Wunder war. Hier war die Grunddünung, die in der ständig nach Osten um den Globus gerichteten Bewegung des Nordmeers entstand. Die Dünung war größer oder kleiner je nachdem, ob sie durch lokale Winde verstärkt oder behindert wurde. Die geringe Schwere bewirkte große breite Wellen, die von starken Winden rasch erzeugt wurden. Wenn zum Beispiel heute der Wind viel stärker würde, müsste der kurze Wellenschlag von Westen rasch größer werden als die Grunddünung von Norden und diese völlig überdecken. Die Wellen im Nordmeer waren bekannt für ihre Größe und Wechselhaftigkeit und die ständigen Überraschungen. Obwohl es auch stimmte, dass sie sich recht langsam durch das Wasser bewegten. Große langsame Berge wie die gewaltigen Dünen von Vastitas weit unter ihnen, die um den Planeten wanderten. Manchmal konnten sie wirklich sehr groß werden. Im Gefolge der Taifune, die über das Nordmeer bliesen, waren siebzig Meter hohe Wellen gemessen worden.

Die lebhafte Querdünung schien für Ann schlimm zu sein. Sie sah ziemlich gequält aus. Sax wusste nicht, wie er sie trösten sollte. Er bezweifelte, dass seine Gedanken zur Wellenmechanik hier am Platz waren, obwohl das natürlich für einen jeden, der sich für Physik begeisterte, sehr interessant war. Das galt auch für Ann. Aber vielleicht nicht jetzt. Jetzt sah es so aus, als wären die bloßen Sinneseindrücke von Wasser, Wind und Himmel für sie genug. Vielleicht war Schweigen angebracht.

Weiße Schaumkronen begannen über einige Querwellen zu rollen, und Sax schaltete sofort das Wettersystem des Schiffs ein, um nach der Windgeschwindigkeit zu schauen. Sie betrug 32 Kilometer pro Stunde. Das war ungefähr die Geschwindigkeit, bei der die Wellenköpfe zu Brechern wurden. Das war eine einfache, berechenbare Frage des Verhältnisses der Oberflächenspannung zur Windgeschwindigkeit … Ja, die entsprechende Gleichung der Flüssigkeitsdynamik besagte, dass die Wellen bei 35 Stundenkilometern umkippen würden. Und da waren sie: Schaumkronen, die sich grellweiß vom dunkelblauen Wasser abhoben. Sax dachte, es könnte Preußischblau sein. Der Himmel war an diesem Tag fast himmelblau. Im Zenit neigte er sich leicht ins Purpurne, und um die Sonne herum erschien er etwas weißlich. Zwischen der Sonne und dem darunter liegenden Horizont lag ein metallischer Schimmer.

»Was tust du?«, fragte Ann, sichtlich missmutig.

Sax erklärte es, und sie hörte ihm in eisigem Schweigen zu. Er wusste nicht, was sie dachte. Dass die Welt irgendwie erklärbar war, hatte er immer als tröstlich empfunden. Aber Ann … nun, vielleicht war sie einfach seekrank. Oder etwas aus ihrer Vergangenheit lenkte sie ab. Sax hatte in den Wochen seit dem Experiment in Underhill bemerkt, dass er oft durch ein früheres Ereignis abgelenkt wurde, das ungebeten aus einer Menge von Erinnerungen in seinem Geist aufstieg. Unfreiwilliges Gedächtnis. Und für Ann könnte das negative Vorfälle der einen oder anderen Art einschließen. Michel hatte gesagt, dass sie als Kind misshandelt worden war. Das fand Sax immer noch zu schockierend, um es glauben zu können. Auf der Erde hatten Männer Frauen missbraucht; auf dem Mars niemals. Was stimmte? Sax wusste es nicht sicher, fühlte aber, dass es wahr war. Das war es, was es bedeutete, in einer gerechten und rationalen Gesellschaft zu leben. Das war einer der Hauptgründe, weshalb das etwas Gutes war und einen Wert darstellte. Vielleicht wusste Ann mehr über die Realität der Lage in diesen Tagen. Aber er mochte sie nicht fragen. Es war deutlich, dass das nicht der Zeitpunkt dafür war.

»Du bist schrecklich still«, sagte sie.

»Ich genieße die Aussicht«, erwiderte er rasch. Vielleicht sollte er doch besser über Wellenmechanik reden. Er erklärte die Grunddünung, die Querstöße, die negativen und positiven Interferenzmuster, die sich ergeben konnten. Aber dann sagte er: »Hast du dich bei dem Experiment in Underhill viel an die Erde erinnert?«

»Nein.«

»Ah.«

Das war vermutlich eine Art von Verdrängung und genau das Gegenteil der psychotherapeutischen Methode, die Michel wahrscheinlich angewendet hätte. Aber sie waren keine Dampfmaschinen. Und manche Dinge blieben ohne Zweifel besser vergessen. Zum Beispiel würde er sich bemühen müssen, Johns Tod wieder zu vergessen, und sich besser an jene Teile seines Lebens zu erinnern, als er in der Lage gewesen war, sozial zu reagieren, wie etwa während der Jahre, in denen er in Burroughs als Biologe gearbeitet hatte. Also hatte er Gegen-Ann vor sich oder jene dritte Frau, die sie erwähnt hatte, während er – zumindest teilweise – Stephen Lindholm gewesen war. Fremde, trotz der aufregenden Begegnung in Underhill. Oder gerade deswegen. Hallo! Nett, dich kennenzulernen.

Später, als sie zwischen den Fjorden und Inseln im Rücken der Chryse-Bucht durchfuhren, drehte Sax die Ruderpinne, und das Boot schwenkte nach Nordosten gegen den Wind und die Schaumkronen. Dann war der Wind hinter ihnen, und das Mastsegel entfaltete sich in seine Version eines Spinnakers mit gespreizten Flügeln, und die Rümpfe ritten auf den weichen

Wellenkämmen, ehe sie ihre überlegene Geschwindigkeit verloren. Vor ihnen erschien die Ostküste der Chryse-Bucht. Sie war weniger eindrucksvoll als die westliche, aber in vieler Hinsicht schöner. Häuser, Türme, Brücken. Es war eine gut besiedelte Küste, wie die meisten in jenen Tagen. Wenn man von Olympus kam, mussten aber alle Städte ein wenig schockieren.

Nachdem sie dann die breite Mündung des Ares-Fjords passiert hatten, tauchte Soochow Point über dem Horizont auf und dahinter die Oxia-Inseln, eine nach der anderen. Ehe das Wasser gekommen war, waren sie das Oxia-Gebirge gewesen, eine Gruppe runder Hügel, die gerade die Höhe hatten, um später ein Archipel zu bilden. Sax segelte in die schmalen Wasserwege zwischen diesen Inseln, von denen jede ein niedriger runder brauner Buckel war, der vierzig oder fünfzig Meter über die See ragte. Bei Weitem der größte Teil war unbewohnt, außer vielleicht von Ziegen. Aber auf den größten, besonders den nierenförmigen, die Buchten bildeten, hatte man die die Hügel bedeckenden Steine zu Wällen aufgeschichtet, welche die Hänge in Felder und Weiden aufteilten. Diese Inseln waren bewässert und grün von mit Früchten überladenen Obstgärten oder Weiden, die von weißen Schafen oder Miniaturkühen gesprenkelt waren. Die Seekarte des Schiffs nannte die Namen dieser Inseln: Kipini, Wahoo, Wabash, Naukan, Libertad. Ann knurrte, als sie sie das las. »Das sind die Namen der Krater in der Mitte des Golfs. Die liegen unter Wasser.«

»Ah.«

Jedenfalls waren es hübsche Inseln. Die Fischerdörfer an den Buchten waren weiß getüncht, mit blauen Jalousien und Türen. Wieder das ägäische Vorbild. Auf einer hohen spitzen Klippe stand ein dorischer Tempel, quadratisch und stolz. Die Schiffe unten in den Buchten waren kleine Schaluppen oder einfach Ruderboote und Dories. Als sie vorbeisegelten, deutete Sax auf eine Windmühle hier und eine Lamaweide dort. »Das scheint ein hübsches Leben zu sein.«

Dann sprachen sie über die Eingeborenen, leicht und ohne heimliche Spannung. Über Zo. Über die »Wilden« und ihre seltsame Lebensweise als Jäger, Sammler und Städtebesucher; über die Ackernomaden, die von Feld zu Feld zogen wie die Wanderarbeiter, denen die Farmen gehörten; über die gegenseitige Befruchtung all dieser Stile; über die neuen terranischen Siedlungen, die in die Landschaft vordrängten; über die zunehmende Anzahl von Hafenstädten. Draußen, mitten in der Bucht, sichteten sie eines der neuen großen Stadtschiffe, eine schwimmende Schiffsinsel mit einer Bevölkerung, die in die Tausende geht. Sie war zu groß, um in den Oxia-Archipel einzulaufen und schien Kurs durch den Golf nach Nilokeras zu nehmen oder hinab in die südlichen Fjorde. Da das Land auf dem ganzen Mars immer dichter bewohnt war und die Möglichkeit seiner Besiedlung durch die Umweltgerichtshöfe immer stärker eingeschränkt wurde, zogen ständig mehr Leute auf das Nordmeer und machten Stadtschiffe wie dieses zu ihrem ständigen Wohnsitz.

»Lass uns hinfahren und es besuchen! Können wir?«, fragte Ann.

Sax, durch diese Frage überrascht, sagte: »Wir können es sicher einholen.«

Er wendete den Katamaran und fuhr nach Südwesten auf das Stadtschiff zu, wobei er sein Boot möglichst schnell laufen ließ, um die Seefahrer zu beeindrucken. In weniger als einer Stunde erreichten sie seine Breitseite, eine runde Steilböschung von ungefähr zwei Kilometern Länge und fünfzig Metern Höhe. Ein Dock knapp über der Wasserlinie hatte ein gegen die Stadt gerichtetes Teilstück, das als offener Aufzug angehoben werden konnte. Als sie vom Katamaran auf das Dock gesprungen waren und ihr Boot vertäut hatten, betraten sie es durch ein Geländer abgetrennte Sektion und wurden auf das Deck des Stadtschiffs gehoben.

Das Deck war fast ebenso breit wie lang. Sein Mittelstück war eine Farm mit vielen kleinen Bäumen darauf, sodass die andere

Seite schwer zu erkennen war. Aber nach dem, was sie sehen konnten, war klar, dass die Peripherie des Decks eine Art rechtwinkliger Straße oder Arkade war, zu beiden Seiten von Gebäuden gesäumt, die zwei bis vier Stockwerke hoch waren. Auf den äußeren Bauten standen Masten und Windmühlen; die inneren öffneten sich zu breiten Lücken, wo Parks und Plazas zu den Feldern und Hainen der Farm und zu einem großen Süßwasserteich führten. Eine schwimmende Stadt, die etwas an eine ummauerte Stadt der Renaissance in der Toscana erinnerte, nur dass alles außergewöhnlich sauber und ordentlich war. Klarschiff, könnte man sagen. Eine kleine Gruppe der Bürger der Stadt begrüßte sie auf der Plaza oberhalb des Docks. Und als sie merkten, dass ihre Besucher beeindruckt waren, bestanden sie darauf, dass die Reisenden zu einem Essen blieben, und einige von ihnen führten sie zu einem Spaziergang über einen Teil des Schiffs; »oder so weit, wie ihr wollt. Es ist ein gutes Stück zu gehen«.

Man sagte ihnen, das wäre eine kleine Schiffsstadt. Fünftausend Einwohner. Seit ihrem Stapellauf war sie fast ganz autark geblieben. »Wir ziehen fast all unsere Nahrung, und den Restbedarf fischen wir. Es gibt jetzt Streit mit anderen Stadtschiffen wegen des Überfischens bestimmter Arten. Wir pflegen ganzjährige Polykultur und züchten neue Sorten von Mais, Sonnenblumen, Sojabohnen, Sandpflaumen und so weiter, alles durcheinander und von Robotern geerntet, weil die Ernte so eine mühsame Arbeit ist. Wir haben endlich die Technik bekommen, um die Ernte von zu Hause aus zu erledigen. Darauf läuft es hinaus. An Bord gibt es viel Baumwollindustrie. Wir haben Winzereien – man sieht da draußen die Weingärten – und Branntweindestillationen. Das machen wir von Hand. Wir fertigen auch spezielle Halbleiter und haben einen berühmten Fahrradladen.«

»Die meiste Zeit fahren wir auf dem Nordmeer herum. Manchmal gibt es wirklich heftige Stürme, aber das Schiff ist so groß, dass wir sie leicht überstehen. Die meisten von uns leben hier schon die ganzen zehn Jahre, seit das Schiff existiert. Es ist ein großartiges Leben. Das Schiff bietet alles, was man braucht. Obwohl es viel Spaß macht, von Zeit zu Zeit an Land zu gehen. Wir kommen bei jedem $L_s = 0$ zum Frühlingsfest nach Nilokeras. Wir verkaufen, was wir hergestellt haben, und ergänzen unsere Vorräte und haben Partys die ganze Nacht. Dann wieder hinaus auf See.«

»Wir brauchen nichts als Wind und Sonnenschein und ein paar Fische. Die Umweltgerichtshöfe mögen uns und sind sich einig, dass wir eine minimale Belastung sind. Die Bevölkerung des Areals des Nordmeeres könnte jetzt sogar noch größer werden, als wenn sie nur Land geblieben wäre. Es gibt inzwischen Hunderte Stadtschiffe.«

»Tausende. Und die Hafenstädte mit den Werften und den Seehäfen, die wir besuchen, um Handel zu treiben, denen geht es jetzt wirklich sehr gut.«

»Und ihr denkt, dass dies ein Weg ist, etwas von dem Bevölkerungsüberschuss der Erde aufzunehmen?«, fragte Ann.

»Ja, allerdings. Einer der besten Wege. Es ist ein großer Ozean, er könnte viel mehr Schiffe aufnehmen als die wenigen, die bereits unterwegs sind.«

»Solange sie sich nicht zu sehr aufs Fischen verlegen.«

Während sie weitergingen, sagte Sax zu Ann: »Das ist ein weiterer Grund, der eine Krise wegen des Immigrationsthemas heraufbeschwören könnte.«

Ann antwortete nicht. Sie starrte in das in der Sonne glänzende Wasser und dann hinauf zu einem der paar Dutzend Masten, die jeder mit einem Schonersegel versehen waren. Die Stadt sah aus wie ein tafelförmiger Eisberg, dessen Oberfläche völlig von Erde in Beschlag genommen war. Eine schwimmende Insel.

»So viele verschiedene Arten von Nomaden«, bemerkte Sax. »Es scheint, dass nur sehr wenige Eingeborene geneigt sind, sich auf einem festen Platz niederzulassen.«

»Anders als wir.«

»Du hast es erfasst. Aber ich möchte wissen, ob diese Tendenz bedeutet, dass sie zu einer gewissen roten Haltung neigen. Verstehst du, was ich meine?«

»Nein.«

Sax versuchte es zu erklären: »Mir scheint, dass Nomaden im Allgemeinen dazu neigen, das Land zu nutzen, wie sie es vorfinden. Sie ziehen mit den Jahreszeiten und leben von dem, was sie zu der jeweiligen Zeit natürlich wachsend vorfinden. Und seefahrende Nomaden natürlich noch mehr, da die See den meisten menschlichen Versuchen gegenüber, sie zu verändern, so unzugänglich ist.«

»Bis auf die Leute, die versuchen, das Niveau des Meeresspiegels zu regulieren oder den Salzgehalt des Wassers. Hast du von denen gehört?«

»Ja. Aber sie werden damit nicht viel Glück haben, nehme ich an. Die Mechanik der Versalzung kennt man noch zu wenig.«

»Wenn sie Erfolg haben, werden viele Süßwasserspezies getötet.«

»Zugegeben. Aber die Salzwasserarten werden sich freuen.«

Sie gingen durch die Mitte des Stadtschiffs zur Plaza über dem Dock. Vorbei an langen Reihen von Reben, die zu brusthohen T-Formen beschnitten waren. Die horizontalen Reben dazwischen waren schwer von indigoblauen Traubenbüscheln. Hinter den Weingärten war der Boden wie eine Art Prärie mit einem wilden Gestrüpp bedeckt und von schmalen Fußwegen durchzogen.

In einem Restaurant vor der Plaza wurden sie mit einer Mahlzeit aus Pasta und Shrimps bewirtet. Die Konversation berührte viele Gebiete. Aber dann kam jemand aus der Küche gerannt und zeigte auf sein Armbandgerät. Es waren gerade Nachrichten über Schwierigkeiten am Raumaufzug gekommen. Die UN-Truppen, die den Zolldienst auf New Clarke versahen, hatten die Station übernommen, alle Marspolizisten mit dem Vorwurf der Korruption heruntergeschickt und erklärt, dass die UN von jetzt an den Dienst am oberen Ende des Aufzugs allein ausüben würden. Der Sicherheitsrat der UN sagte beschwichtigend, dass ihre lokalen Beamten ihre Kompetenzen überschritten hätten; aber dieser Rückzieher beinhaltete keine Aufforderung an die Marsianer, wieder auf dem Kabel hochzukommen. Darum machte es für Sax den Eindruck eines Verschleierungsversuchs. »Oje«, sagte er. »Ich fürchte, Maya wird sehr wütend sein.«

Ann rollte die Augen. »Das ist nicht die wichtigste Auswirkung, wenn du mich fragst.« Sie sah schockiert aus; und zum ersten Mal, seit Sax sie in der Caldera von Olympus gefunden hatte, war sie voll in der gegenwärtigen Situation engagiert. Aus ihrer Distanziertheit geholt. Es war wirklich recht alarmierend, wenn er jetzt darüber nachdachte. Sogar die Seefahrer waren sichtlich erschüttert, obwohl sie zuvor wie Ann von allem, was an Land geschah, distanziert erschienen waren. Sax sah, wie die Nachricht durch die Gespräche im Restaurant lief und alle denselben Schluss zogen: Umwälzung, Krise, Kriegsdrohung. Die Stimmen waren ungläubig und die Gesichter wütend.

Die Leute an ihrem Tisch sahen Sax und Ann an, gespannt auf ihre Reaktion. Einer ihrer Führer bemerkte: »Ihr werdet etwas dagegen tun müssen.«

»Warum wir?«, entgegnete Ann scharf. »Ihr müsst etwas dagegen tun, wenn ihr mich fragt. Ihr tragt jetzt die Verantwortung. Wir sind bloß ein paar alte *Issei*.«

Ihre Tischgenossen sahen überrascht aus und wussten nicht, wie sie das verstehen sollten. Der Gastgeber, der gesprochen hatte, schüttelte den Kopf. »Das stimmt nicht. Aber du hast recht, wir werden aufpassen und mit den anderen Stadtschiffen reden, wie zu reagieren ist. Wir werden unseren Teil leisten. Ich sagte bloß, dass die Leute auf euch schauen werden, um zu sehen, was ihr macht. Das gilt für uns nicht so sehr.«

Ann wurde dadurch zum Schweigen gebracht. Sax wandte sich wieder seinem Essen zu und dachte intensiv nach. Er stellte fest, dass er mit Maya reden musste.

Der Abend zog sich hin, die Sonne sank, das Dinner schleppte sich, während sie alle versuchten, zur Normalität zurückzufinden. Sax unterdrückte ein kleines Lächeln. Es konnte eine interplanetare Krise geben oder nicht, das Dinner musste jedenfalls inzwischen stilgerecht abgewickelt werden. Und diese Seefahrer waren nicht der Menschenschlag, der geneigt war, sich um das Sonnensystem Sorgen zu machen. So erholte sich die Stimmung wieder, und sie widmeten sich gesellig ihrem Dessert, immer noch sehr erfreut, dass Clayborne und Russell sie besuchten. Und dann empfahlen sich im letzten Tageslicht die beiden und wurden auf Meeresniveau und zu ihrem Boot geleitet. Die Wellen auf der Chryse-Bucht waren viel größer, als es von oben ausgesehen hatte.

Sax und Ann fuhren schweigend davon, jeder in seine eigenen Gedanken vertieft. Sax blickte auf das Stadtschiff zurück und dachte über das nach, was sie an diesem Tag gesehen hatten. Es schien ein gutes Leben zu sein. Aber etwas daran ... Er verscheuchte den Gedanken und fing ihn dann am Ende des raschen Hindernisrennens wieder ein und hielt ihn fest: In diesen Tagen hatte es keine Ausfälle gegeben. Das war eine große Befriedigung, obwohl dieser ganze Gedankengang rein melancholisch war. Sollte er ihn mit Ann teilen? War es möglich, so etwas zu sagen?

Dann sagte er: »Es scheint ironisch, aber manchmal bedauere ich, wenn ich diese Seefahrer und das Leben, das sie führen, so sehe, dass wir erst auf der Schwelle eines goldenen Zeitalters stehen ...« – so, nun hatte er es ausgesprochen und fühlte sich töricht – »... das erst kommen wird, wenn unsere Generation gestorben ist. Wir haben unser ganzes Leben dafür gearbeitet; und dann müssen wir gehen, ehe es so weit ist.«

»Wie Moses angesichts des verheißenen Landes.«

»Ja? Ist er nicht hineingekommen?« Sax schüttelte den Kopf. »Diese alten Geschichten ...« So ein Zusammentreffen. Wie die Wissenschaft in seinem Herzen, wie das Aufblitzen von Einsicht, wenn man an ein Experiment heranging und alles dabei geklärt war und man einiges verstand. »Nun, ich kann mir vorstellen, wie er sich gefühlt hat. Das ist – frustrierend. Ich würde lieber sehen, was danach geschieht. Manchmal werde ich so *neugierig*. Über die Geschichte werden wir nie etwas erfahren. Die Zukunft nach unserm Tod. Und alles Übrige. Weißt du, was ich meine?«

Ann sah ihn prüfend an. Schließlich sagte sie: »Alles stirbt eines Tages. Besser du denkst, dass du ein goldenes Zeitalter verfehlst, als zu denken, dass du die Chancen deiner Kinder mit dir genommen hast. Dass du deine Nachkommen mit giftigen langfristigen Schulden aller Art zurückgelassen hast. Das wäre doch wirklich deprimierend. So wie es ist, müssen wir uns nur für uns selbst schlecht fühlen.«

»Stimmt.«

Und das war Ann Clayborne, die da sprach. Sax fühlte, dass sein Gesicht glühte. Diese kapillare Aktivität konnte eine ganz angenehme Empfindung sein.

Sie kehrten zum Oxia-Archipel zurück, segelten zwischen den Inseln und redeten darüber. Es war möglich, sich zu unterhalten. Sie aßen im Cockpit und schliefen jeder in seiner Kabine in den Rümpfen im Back- und Steuerbord. An einem frischen Morgen, als der Wind kühl und aromatisch von der Küste her wehte, sagte Sax: »Ich frage mich immer noch, ob Braun eine Möglichkeit wäre.«

Ann sah ihn an. »Und wo ist das Rot darin?«

»Nun, in dem Wunsch, die Dinge zu bewahren, wie sie sind. Einen großen Teil des Landes unangetastet zu lassen. Die Areophanie.«

»Das ist immer Grün gewesen. Es klingt wie Grün mit nur einer kleinen Spur von Rot, wenn du mich fragst. Khaki.«

»Ja, das nehme ich an. Das wären Irishka und die Koalition des Freien Mars, nicht wahr? Aber auch gebrannte Umbras, Siennas, Alizarins und Indischrote.«

»Ich glaube nicht, dass es Indischrote gibt.« Und sie lachte dunkel.

Sie lachte wirklich häufig, obwohl der darin ausgedrückte Humor oft recht bissig war. Eines Abends war Sax in seiner Kabine und sie nahe dem Bug ihres Rumpfes (sie hatte das Backbord belegt, er das Steuerbord), und er hörte sie laut lachen, herauskommen und sich umschauen. Er dachte, es könnte durch den Anblick von Pseudophobos bewirkt worden sein (die meisten Leute nannten ihn einfach Phobos), der, auf seine alte Art, wieder schnell im Westen aufging. Die Monde des Mars segelten wieder durch die Nacht, wie kleine graue Kartoffeln, die sich kaum voneinander unterschieden. Aber es gab sie. Wie auch dieses dunkle Lachen bei ihrem Anblick.

Als sie sich eines Abends in ihre Rümpfe zurückzogen, frage Ann: »Hältst du diese Übernahme von Clarke für ernst?«

»Das ist schwer zu sagen. Manchmal denke ich, es könnte nur eine Drohgebärde sein, denn wenn es ernst wäre, wäre es ziemlich dumm. Sie müssen wissen, dass Clarke sehr verwundbar ist hinsichtlich – seiner Beseitigung.«

»Kasei und Dao fanden nicht, dass er leicht zu beseitigen war.«

»Nein, aber ...« Sax wollte nicht sagen, dass deren Versuch verpfuscht worden war, aber er befürchtete, dass sie aus seinem Schweigen diese Bemerkung herauslesen könnte. »Wir in Da Vinci haben in der Caldera von Arsia Mons einen Röntgenlaser installiert, der hinter einem Felsschirm in der Nordwand versteckt ist, und wenn wir ihn einschalten, wird das Kabel genau im areosynchronen Punkt schmelzen. Es gibt kein Verteidigungssystem, das das verhindern könnte.«

Ann starrte ihn an. Er zuckte die Achseln. Er war nicht persönlich für die Aktionen von Da Vinci verantwortlich, ganz gleich, was die Leute dachten.

»Aber der Fall des Kabels«, sagte sie und schüttelte den Kopf, »würde viele Menschen umbringen.«

Sax erinnerte sich, wie Peter den Sturz des ersten Kabels überlebt hatte, indem er in den Weltraum hinausgesprungen war. Durch Zufall gerettet. Vielleicht würde Ann weniger leicht die Leben abschreiben, die unvermeidlich verloren gehen würden. Er sagte: »Das ist wahr. Es ist keine gute Lösung. Aber es könnte so gemacht werden, und ich könnte mir vorstellen, dass die Terraner das wissen.«

»Also ist es vielleicht bloß eine Drohung.«

»Ja. Sofern sie nicht darauf vorbereitet sind, noch weiter zu gehen.«

Nördlich des Oxia-Archipels passierten sie die McLaughlin-Bucht, die Ostseite eines überschwemmten Kraters. Nördlich davon war Mawrth Point und dahinter der Eingang zum Mawrth-Fjord, einem der engsten und längsten Fjorde von allen. Man musste ständig lavieren, um hindurchzufahren, wobei man von tückischen Winden hin und her gedrückt und zwischen steilen gewundenen Wänden herumgewirbelt wurde. Aber Sax schaffte es irgendwie, denn es war ein hübscher Fjord, am Boden eines sehr tiefen und engen Ausbruchkanals, der sich erweiterte, sobald man weiter hineinfuhr. Und dahinter und über dem Ende des Wassers setzte sich der Canyon mit steinernem Boden weiter ins Landesinnere fort, so weit man sehen konnte und noch viele Kilometer darüber hinaus. Sax hoffte, Ann zeigen zu können, dass die Existenz der Fjorde nicht unbedingt das Überfluten aller Ausbruchkanäle bedeutete. Ares und Kasei hatten auch sehr lange Canyons über dem Meeresniveau behalten und ebenso Al-Kahira und Ma'adim. Aber er sagte nichts davon, und Ann machte keine Bemerkungen.

Nach den häufigen Kurswechseln in Mawrth fuhr er fast genau nach Westen. Um aus der Chryse-Bucht in die Acidalia-Region des Nordmeeres zu gelangen, musste man sich um ein langes Landstück herumarbeiten, das Sinai-Halbinsel hieß und vor der Westseite von Arabia Terra in den Ozean ragte. Die Meerenge, welche die Chryse-Bucht mit dem Nordmeer verband, war 500 Kilometer breit. Aber ohne die Sinai-Halbinsel wären es 1500 Kilometer gewesen.

Also segelten sie nach Westen in den Wind, Tag um Tag, redend oder still. Oft kamen sie darauf zurück, was es bedeuten könnte, braun zu sein. »Vielleicht sollte man diese Kombination Blau nennen«, sagte Ann eines Abends und blickte über die Seite auf das Wasser. »Braun ist nicht sehr attraktiv und riecht nach Kompromiss. Vielleicht sollten wir an etwas völlig Neues denken.«

»Vielleicht sollten wir das.«

Abends nach dem Essen, nachdem sie einige Zeit die über der spiegelnden Oberfläche der See schwimmenden Sterne angeschaut hatten und sich dann in ihre Rumpfkabinen zurückgezogen hatten, manövrierte der Computer sie langsam durch die Nacht und umging die gelegentlichen Eisberge, die in dieser Breite aufzutauchen begannen, und brachte sie aus der Bucht ins Nordmeer.

Es war recht angenehm.

Eines Morgens wachte Sax früh auf. Er war durch eine große Woge unter dem Rumpf, die sein schmales Bett auf und ab stieß, aufgescheucht worden. Sein träumender Geist hatte das als ein riesiges Pendel gedeutet, das sie in die eine und andere Richtung schwenkte. Er zog sich etwas mühsam an und ging an Deck. Und Ann, die an den Fallleinen stand, rief: »Es scheint, dass die Grunddünung und die Windstöße ein positives Interferenzmuster bilden.«

»Das tun sie!« Er versuchte, zu ihr zu kommen, und wurde durch ein plötzliches Heben des Bootes in einen Cockpitsitz geschleudert. »Ah!«

Sie lachte. Er packte die Reling des Cockpits und zog sich zu ihr hoch. Er sah sofort, was sie meinte. Der Wind war stark, vielleicht 65 Kilometer in der Stunde, und das Winseln in der minimalen Betakelung des Bootes war laut und anhaltend. Überall auf der blauen See waren Schaumkronen zu sehen, und der über all das zerwühlte Wasser brausende Wind klang ganz anders als an Land. Es gab hier unter den Milliarden platzender Blasen ein hohes, durchdringendes Kreischen und ein tiefes starkes Dröhnen. Jede Welle hatte weiße Kappen, und die großen Wogen der Grunddünung waren von Gischt bedeckt, die von den Kämmen herunterflog und in die Wellentäler rollte. Der Himmel war schmutzig grobe Umbra und sah sehr unheilvoll aus. Die Sonne lag verschattet wie eine matte alte Münze, obwohl es keine Wolken gab. Grus in der Luft. Ein Staubsturm. Und jetzt nahmen die Wellen an Kraft zu, sodass der Katamaran viele lange Sekunden eine Wellenseite hochschoss und dann fast ebenso lange in das Tal der nächsten hinuntersauste. Auf und ab in einem langen Rhythmus. Die positive Interferenz, von der Ann gesprochen hatte, ließ manche Wellen das Doppelte ihrer Größe gewinnen. Wo das Wasser nicht schäumte, nahm es die Farbe des Himmels an – bräunlich und trübe, dunkel, obwohl immer noch keine Wolke zu sehen war, nur diese verhängnisvolle Farbe des Himmels. Nicht das gewohnte Rosa, sondern eher wie die von Staub erstickte Luft des Großen Sturms. Die weißen Kappen ließen in diesem Gebiet nach, und der Klang von Wasser gegen das Schiff wurde lauter, ein matschiges Rumpeln. Das Meer war hier mit brüchigem Eis bedeckt oder den dickeren elastischen Schichten aus Eiskristallen, die Nilas hießen. Dann kamen die weißen Kämme wieder, doppelt so dick wie zuvor.

Sax kletterte ins Cockpit und sah sich den Wetterbericht auf dem Computer an. Ein katabatischer Wind kam von Kasei Vallis herunter zur Chryse-Bucht. Ein Howler, wie die Flieger von Kasei sagen würden. Aber wie viele katabatische Stürme war er in einer Stunde aufgekommen und war noch ein recht lokales Phänomen. Dafür aber sehr stark. Das Boot war wie auf einer Berg- und Talbahn und wackelte wie unter Hammerschlägen der Luft, wenn es auf der riesigen Grunddünung auf und ab schoss. An der Seite sahen die Wellen aus, als würden sie vom Wind umgestoßen, aber das Stampfen des Bootes zeigte, dass sie so stark wie immer der fliegenden Gischt unterlagen. Oben hatte sich das Mastsegel fast zu einer Stange in Form einer aerodynamischen Folie zusammengezogen.

Sax beugte sich vor, um den Computer näher zu betrachten. Der Laustärkeregler des Piepsers war ganz heruntergedreht. Vielleicht hatte er also doch versucht, sie zu warnen.

Heftige Windstöße kamen rasch über die See herangebraust. Die nur vier Kilometer entfernten Horizonte halfen nichts. Die Winde auf dem Mars waren in all den Jahren der Verdichtung der Atmosphäre nie viel langsamer geworden. Unter ihren Füßen erbebte das Schiff, als preschte es durch unsichtbare Eisschollen. Es schien jetzt halb loses Packeis zu sein oder das zerbrochene dünne Scheibeneis, das während der Nacht wieder leicht überfroren war. In all der fliegenden Gischt war das schwer zu erkennen. Gelegentlich fühlte Sax den Anprall eines größeren Eisbrockens. Sie waren wahrscheinlich mit einer Nordströmung durch die Chryse-Straße getrieben und wurden jetzt gegen die leeseitige Küste der südlichen Sinai-Halbinsel gedrückt.

Sie wurden gezwungen, das Cockpit mit einer transparenten Haube abzudecken. Unter ihrem wasserdichten Schutz wurde ihnen sofort angenehm wärmer. Es würde ein echter Howler werden. Kasei Vallis diente als Führung für einen extrem kräftigen Luftstrom. Der Computer verzeichnete bei Santorini Windgeschwindigkeiten, die zwischen 180 und 220 Kilometern in der Stunde schwankten und ihr Tempo kaum verminderten, wenn sie den Golf überquerten. Es war sicher immer noch ein sehr starker Wind, 160 Stundenkilometer maß er an der Mastspitze. Die Wasseroberfläche wurde jetzt bereits zerteilt. Abgerissene Schaumkronen schleuderten durch den Wind. Das Schiff schoss als Reaktion auf all dies nach unten, der Mast wurde eingezogen, das Cockpit bedeckt und die Luken verklemmt. Dann wurde der Seeanker, eine Art Windsack, ausgeworfen. Der zerrte unter Wasser zur Luvseite, verlangsamte ihre leeseitige Abdrift und milderte die knarrenden Stöße gegen kleine Eisberge, die häufiger wurden, als sie sich alle leeseitig zusammendrängten. Jetzt mit ausgefahrenem Seeanker waren es das Packeis und die kleinen Eisberge, die mit dem Wind schneller schwammen, gegen den zum Wind gerichteten Rumpf stießen, auch als der leeseitige Rumpf noch auf eine dicker werdende Eismasse traf. Beide Rümpfe waren größtenteils unter Wasser. Das Schiff wurde praktisch zu einer Art U-Boot, das an der Oberfläche und knapp darunter lag. Die Stärke des Materials konnte jeden Stoß aushalten, den selbst ein Howler und eine leeseitige Küste aus Eisbergen ausüben würden. Es konnte sogar Kräfte aushalten, die um einige Größenordnungen stärker waren. Aber die Schwachpunkte waren, wie Sax überlegte, als er hart gegen Sitz- und Schultergurt gestoßen wurde und sich grimmig an der Ruderpinne und der Rückenlehne festhielt, ihre Körper. Der Katamaran erhob sich auf einer Woge, sank mit einem Übelkeit verursachenden Ruck nach unten, stieß gegen einen großen Eisberg, sodass er stoppte und Sax so fest in die Halterungen geschleudert wurde, dass ihm die Luft wegblieb. Es sah so aus, als könnten sie totgeschüttelt werden – ein unangenehmer Abgang, wie er allmählich begriff. Innere Organe konnten durch die Sitzgurte beschädigt werden. Aber wenn sie sich losschnallten, würden sie im Cockpit umherfliegen, gegeneinander oder auf etwas Scharfes prallen, bis irgendetwas zerbrach. Nein. Das war keine erträgliche Situation. Vielleicht würden die Halterungen, die er an seinem Bettgestell gesehen hatte, sanfter sein; aber die negativen Beschleunigungen, wenn das Boot gegen die Eismassen stieß, waren so abrupt, dass er zweifelte, ob die horizontale Lage besondere Erleichterung bringen würde.

»Ich werde sehen, ob uns der Computer in die Arigato-Bucht bringen kann«, rief er Ann ins Ohr. Sie nickte zum Zeichen, dass sie verstanden hatte. Er brüllte die Anweisung direkt in die Mikrofone des Computers; und der hörte und begriff. Das war gut so; denn es wäre schwer gewesen, es einzugeben, während das Schiff rollte, stampfte und schlingerte, wenn es auf Eis stieß. Bei all diesem Krach war es nicht möglich, den Schiffsmotor zu beobachten, der die ganze Zeit lief. Aber ein kleiner Winkel gegen die Bodendünung überzeugte Sax, dass er nun stärker arbeitete, während der Computer ihn weiter nach Westen zu dirigierte.

Unten, auf der Südseite nahe der Spitze der Sinai-Halbinsel, bildete ein großer überschwemmter Krater namens Arigato eine runde Bucht. Die Einfahrt in diese Bucht lag ungefähr bei 60 Grad vom Kreis des Kraters in südwestlicher Richtung. Auch Wind und Wellen kamen aus Nordwest, also genau durch die Mündung der Bucht, die als ein niedriger Teil des alten Kraterrandes recht seicht war. Das bedeutete unruhiges Wasser und sicher eine schwierige Passage. Wenn man aber erst einmal in der Bucht war, würde die Grunddünung durch eben diesen Rand abgeschnitten sein und Wellen wie Wind stark geschwächt, besonders wenn man hinter das westliche Kap der Bucht gelangte. Dort könnten sie den Howler abwarten und danach weiterfahren. Theoretisch war das ein ausgezeichneter Plan, obwohl Sax Bedenken wegen der Bedingungen in der Mündung der Bucht hatte. Die Karte zeigte, dass sie nur zehn Meter tief war, wodurch die Grunddünung sicher gebrochen wurde. Andererseits könnte in einem Schiff, das zu einer Art U-Boot geworden war (und trotzdem weniger als zwei Meter Tiefgang hatte), das Zurechtkommen mit den Brandungswellen kein großes Problem sein. Man ging einfach mit ihr. Der Computer schien seine Anweisungen im Rahmen des Möglichen zu erfüllen, denn das Schiff hatte den Seeanker eingeholt und bahnte sich mit seinen starken kleinen Motoren seinen Weg gegen Wind und Wellen auf die Bucht hin, die nicht zu sehen war. In der schmutzigen Luft war nichts von der Leeküste erkennbar.

Sie hielten sich an der Cockpit-Reling fest und warteten schweigend die Strecke ab. Es war wenig zu sagen; und das dröhnende Gebrüll des Howlers machte die Verständigung schwierig. Sax wurden durch das Festhalten Hände und Arme sehr müde, aber man konnte nichts dagegen tun, außer das Cockpit aufgeben und sich in den Betten anschnallen. Das wollte er aber nicht. Trotz der Unbequemlichkeit und der quälenden Sorge wegen des Eintritts in die Bucht war es ein außergewöhnliches Erlebnis zu sehen, wie der Wind die Wasseroberfläche zerstäubte.

Eine kleine Weile später (obwohl der Computer angab, dass es 72 Minuten gewesen waren) bekam Sax Landsicht – ein dunkler Streifen über den Schaumkronen an der Leeseite. Dass man ihn sah, bedeutete, dass sie vielleicht zu nahe dran waren; aber voraus verschwand er und kam weiter westlich wieder zum Vorschein. Der Eingang der Arigato-Bucht. Die Ruderpinne bewegte sich gegen sein Knie, und er bemerkte eine Änderung im Kurs des Bootes. Zum ersten Mal konnte er das Summen der kleinen Motoren im Heck der beiden Rümpfe hören. Das Knarren gegen das Eis wurde lauter, und sie mussten sich gut festhalten. Jetzt wurden die Wellen der Grunddünung höher, die Schaumkronen abgerissen und weggeschleudert; aber der größte Teil jeder Woge blieb erhalten und stieg hoch, wenn er auf Grund traf. Und jetzt konnte er in der über das Wasser gleitenden Gischt Eisschollen erkennen und größere Brocken – klar, blau, jade, aquamarin, genarbt, roh, glasig. Es musste eine Menge Eis gegen die vor ihnen liegende Leeküste getrieben worden sein. Wenn die Mündung der Bucht mit Eis verstopft war und trotzdem Wellen über diese Schranke brachen, würde es wirklich eine üble Passage werden. Und danach sah es aus. Sax rief dem Computer ein paar Fragen zu, aber dessen Antworten waren unbefriedigend. Er schien zu sagen, dass das Schiff jeden Stoß vertragen würde, den die Situation mit sich bringen könnte, aber dass die Motoren es nicht durch Packeis zu fahren vermochten. Und tatsächlich wurde das Eis rasch dicker. Es schien, als wären sie von einer lockeren Masse großer Schollen umgeben, die über die ganze Bucht vom Wind an die Küste getrieben wurden. Deren Knirschen und Krachen war jetzt eine deutliche Komponente in dem überwältigenden Lärm des Sturms. Es sah tatsächlich so aus, als würde es jetzt schwierig werden, mit Motorkraft der Lage zu entkommen, direkt von der Küste weg in den Wind und die Wellen und hinaus auf See. Jetzt, da er wirklich hier hinauswollte und von Wellen auf und ab geschüttelt wurde, die immer größer und wilder wurden, war das Kentern eine ernste Gefahr. Aber wegen der unerwarteten Dicke des Eises war ihnen die Chance, sich von der Küste zu entfernen, wohl verschlossen. Sie hatten also einen harten Kampf vor sich.

Ann schien sich in ihren Gurten nicht wohl zu fühlen. Sie hielt sich mit Leibeskräften an der Reling fest, was Sax eine gewisse Beruhigung gab. Sie zeigte durchaus keine Neigung loszulassen. Er beugte sich hinüber, sodass er ihr ins Ohr brüllen konnte, und drehte sich dann so, dass er sie zu hören vermochte.

»Hier können wir nicht bleiben!«, rief sie. »Wenn wir schlappmachen, wird es uns wie die Puppen zerreißen!«

»Wir können uns in unseren Betten anschnallen«, schrie Sax zurück.

Sie machte mürrisch ein zweifelndes Gesicht. Und es stimmte, dass diese Lösung auch nicht besser sein würde. Er hatte das nie probiert; und man musste erst herausfinden, ob man auf diese Weise überhaupt sicherer wäre. Der Wind kreischte erstaunlich laut, das Wasser brauste, und das Eis donnerte. Die Wellen wurden immer noch größer. Wenn sich das Schiff hob, dauerte es zehn oder zwölf herzzerreißende Sekunden, bis es wieder in die Tiefe schoss. Und wenn sie wieder hochkamen, sahen sie

Eisschollen zwischen den Wogen, die mit der fliegenden Gischt auf ihre Kollegen runterkrachten und manchmal auch auf die Rümpfe und das Deck des Bootes und auf die transparente Cockpithülle und zwar mit einer Wucht, die sie mit dem ganzen Körper fühlen konnten.

Sax beugte sich hinüber, um Ann wieder etwas ins Ohr zu schreien: »Ich glaube, dies ist eine der Situationen, wo wir die Rettungsbootfunktion benutzen sollten.«

»... Rettungsboot?«, fragte Ann.

Sax nickte. Er rief: »Dieses Schiff ist sein eigenes Rettungsboot! Es kann fliegen!«

»Was meinst du?«

»Es fliegt!«

»Du machst Witze!«

»Nein! Ein Luftschiff!« Er beugte sich vor und hielt ihr den Mund direkt ans Ohr. »Die Rümpfe, Kiele und der Boden des Cockpits werfen ihren Ballast ab. Sie füllen sich aus den Heliumtanks im Bug. Und es entfalten sich Ballons. Man hat mir das in Da Vinci gesagt, aber ich habe es nie gesehen! Ich dachte nicht, dass wir es brauchen würden!« Das Schiff konnte aber auch zum U-Boot werden, hatten sie ihm in Da Vinci erklärt, stolz und höchst befriedigt über die Vielseitigkeit des neuen Vehikels. Aber das Packeis vor der Leeküste verwehrte ihnen diese Möglichkeit, was Sax nicht bedauerte. Aus keinem besonderen Grund erschien ihm die Idee, mit dem Boot nach unten zu gehen, nicht besonders verlockend.

Ann zog sich, über diese Mitteilung erstaunt, nach hinten. Sie rief: »Weißt du, wie man es fliegt?«

»Nein!«

Vermutlich würde sich der Computer darum kümmern. Falls sie in die Luft steigen könnten. Es kam nur darauf an, den Notschalter zu finden und die richtigen Knöpfe zu drücken. Sax deutete auf das Kontrollpanel, um seinen Gedanken auszudrücken. Dann beugte er sich vor, um ihr etwas ins Ohr zu schreien.

Ihr Kopf schwenkte herum und stieß ihn heftig auf Nase und Mund. Er blinzelte wegen des heftigen Schmerzes, und das Blut lief ihm aus der Nase wie Wasser aus einem Hahn. Ein Zusammenstoß, genau wie die zwei Planetesimale. Er grinste und öffnete die Lippen noch etwas weiter. Das war ein schmerzhafter Irrtum. Er leckte und leckte und schmeckte sein Blut. Er brüllte: »Ich liebe dich!« Sie hörte ihn nicht.

»Wie starten wir es?«, rief Ann.

Er deutete wieder auf das Kontrollpanel und dann den Computer daneben. Das Schaltbrett für den Notfall befand sich unter einer Schutzkappe.

Aber wenn sie sich entschlossen, durch die Luft zu fliehen, würde das einen gefährlichen Moment mit sich bringen. Wenn sie sich erst einmal mit der Geschwindigkeit des Windes bewegten, müsste man auf das Boot nur sehr wenig Kraft ausüben. Sie würden einfach dahinschweben. Aber in dem Moment des Abhebens, während sie noch fast stillstanden, würde der Howler scharf an ihnen zerren. Sie würden wahrscheinlich taumeln; und das könnte die Ballons behindern, sodass das Boot wieder in die von Eis erstickten Brecher zurück oder auf die Leeküste geworfen würde. Er sah, dass Ann die gleichen Gedanken erwog. Aber – was auch immer geschah, es dürfte den knochenbrechenden Stößen vorzuziehen sein, die sie ständig schüttelten. Es wäre nur vorübergehend – so oder so.

Ann sah ihn an, und bei seinem Anblick verfinsterte sich ihre Miene. Wahrscheinlich wegen seines vermanschten Gesichts. Sie rief: »Es ist einen Versuch wert!«

Also entfernte Sax die Schutzkappe von der Notkonsole und legte mit einem letzten Blick auf Ann, wobei sich ihre Augen begegneten mit einem Blick, den er nicht genau deuten konnte, der ihn aber erwärmte, die Finger auf die Schalter. Das Schiff fiel irgendwie ins Wellental, traf mit dem gewohnten Ruck auf die brüllenden Wogen, hüpfte dann direkt hoch und davon. Es stieg auf und kippte seitlich über den leeseitigen Rumpf, sodass sie in ihren Gurten hingen. Die Ballons hatten sich zweifellos verhakt, und die nächste Welle würde sie kentern lassen, und das wäre es dann gewesen. Aber dann zog sich das Boot über Eis, Wasser und Gischt davon, fast ohne Kontakt, und rollte sie Hals über Kopf in ihren Halterungen. Ein wildes Intervall des Taumelns, und dann richtete sich das Boot selbst auf und fing an, wie ein großes Pendel hin und her zu schwingen, von einer Seite zur anderen, von vorn nach hinten, und dann wieder kopfüber zurück. Dann richtete es sich wieder auf und fing wieder an zu schaukeln. Auf, auf, auf, hin und her geworfen. Festhalten! Sein Schultergurt löste sich, und seine Schulter stieß gegen Anns. Er wurde hart gegen sie gedrückt. Die Ruderpinne schlug gegen sein Knie. Er hielt sich daran fest. Noch ein Zusammenprall; und er hielt sich, in seinem Sitz verdreht, an Ann fest. Er packte sie, und danach waren sie wie siamesische Zwillinge, die Arme einander um die Schultern gelegt und in Gefahr, sich gegenseitig bei jedem Stoß die Knochen zu brechen. Sie schauten sich eine Sekunde lang an, die Gesichter nur um Zentimeter getrennt und Blut an beiden von dem einen oder anderen Schnitt. Wahrscheinlich war es nur von seiner Nase. Ann sah teilnahmslos aus. Sie schossen in den Himmel empor.

Sein Schlüsselbein schmerzte da, wo Anns Stirn oder Ellbogen es getroffen hatte. Aber sie flogen immer höher in ihrer unbequemen Umarmung. Und als das Schiff auf annähernd die Geschwindigkeit des Windes beschleunigt war, ließ die Turbulenz stark nach. Die Ballons schienen durch Gurte mit der Mastspitze verbunden zu sein. Gerade als Sax dann auf eine Art zeppelinartiger Stabilität zu hoffen begann, ja sie sogar erwartete, schoss das Schiff senkrecht hoch und fing wieder sein schreckliches Taumeln an. Ohne Zweifel ein Aufwind. Sie waren jetzt wahrscheinlich über Land; und es war recht gut möglich, dass sie wie ein Hagelkorn in einen Gewitterkopf hochgesogen wurden. Auf dem Mars gab es Gewitterköpfe von zehn Kilometern Höhe, die oft von weit entfernten Südhowlern ihre Kraft erhielten; und lange Zeit flogen Hagelkörner darin auf und ab. Manchmal erreichten Hagelkörner die Größe von Kanonenkugeln, bevor sie herunterkrachten. Sie zerstörten Getreidefelder und töteten sogar Menschen. Und wenn sie beide jetzt in zu große Höhe gerissen würden, konnten sie den Höhentod sterben wie jene frühen Ballonfahrer in Frankreich. Waren es die Montgolfiers selbst, denen das passiert war? Sax konnte sich nicht erinnern. Auf und auf durch Wind und roten Dunst brechend, keine Chance, sehr weit zu sehen.

BUMM! Sax wurde hochgerissen, stieß gegen seinen Sitzgurt und kam hart herunter. Donner dröhnte in einer Lautstärke um sie herum, die gut über 130 Dezibel sein musste. Ann schien dagegen taub zu sein. Er rückte nach der Seite und drehte ihr Ohr, um ihren Kopf so zu wenden, dass er ihr Gesicht sehen konnte. »Hey!«, schrie sie, obwohl es für ihn in dem Brausen des Windes nur wie ein Flüstern klang. »Es tut mir leid«, sagte er, obwohl er sicher war, dass sie ihn nicht hören würde. Es war zum Sprechen zu laut. Sie rotierten wieder, aber ohne starke Zentrifugalkraft. Das Boot kreischte, als der Wind es hochstieß. Dann tauchten sie hinab, und seine Trommelfelle schmerzten bis zum Platzen. Er wackelte mit seinen Kinnbacken nach hinten und vorn, nach hinten und vorn. Dann wurden sie wieder schmerzhaft in die Höhe gerissen. Er fragte sich, wie hoch sie kommen würden. Sehr wahrscheinlich würden sie an der dünnen Luft sterben. Obwohl die Techniker von Da Vinci vielleicht daran gedacht haben könnten, das Cockpit unter Druck zu setzen. Wer konnte das schon wissen? Es gefiel ihm, das Boot als ein Kleinluftschiff zu verstehen oder zumindest als ein System, das die Höhenanpassung beherrschte. Nicht dass man hier viel gegen solche Auf- und Abwinde tun konnte. Plötzlich prasselte Hagel gegen die Kappe des Cockpits. Auf dem Notpanel waren kleine Kippschalter angebracht. In einem Moment weniger heftiger Stöße gelang es ihm, sein Gesicht weit genug nach unten zu neigen, um das in dem Panel eingesetzte Terminal abzulesen. Höhe … nicht deutlich. Er versuchte zu berechnen, wie hoch das Boot steigen würde, ehe es durch sein Eigengewicht in die Horizontale gezwungen würde. Das war schwer, wenn er weder das aktuelle Gewicht des Schiffs kannte noch die Menge des freigesetzten Heliums.

Dann schüttelte sie irgendeine Turbulenz im Sturm wieder durch. Rauf, runter, rauf; dann wieder runter, immer viele Sekunden hintereinander. Sax saß der Magen im Hals. Die Nase lief oder blutete ständig. Dann wieder hoch. Auch nach Luft schnappen. Er fragte sich wieder, wie hoch sie wohl wären und ob sie immer noch aufstiegen. Aber draußen, außerhalb der Hülle des Cockpits, war nichts zu sehen. Nichts als Staub und Wolken. Er schien nicht Gefahr zu laufen, ohnmächtig zu werden. Ann hing reglos neben ihm, und er wollte sie wieder am Ohr zupfen, um zu sehen, ob sie bei Bewusstsein wäre. Aber er konnte seinen Arm nicht bewegen. Er stieß sie mit dem Ellbogen in die Seite. Sie stieß zurück. Wenn er sie zu stark gestoßen hatte, würde er daran denken, das nächste Mal sanfter vorzugehen. Er versuchte einen leichten Stoß mit dem Ellbogen und fühlte als Antwort einen weniger heftigen Stoß. Vielleicht konnten sie auf Morsecode übergehen. Er hatte ihn als Junge ohne jeden Grund gelernt und konnte ihn jetzt in seinem wiedergeborenen Gedächtnis genau hören – jeden Punkt und Strich. Aber vielleicht hatte Ann ihn nicht gelernt, und jetzt war keine Zeit für Unterricht.

Die heftige Fahrt ging so lange weiter, dass er es gar nicht abschätzen konnte. Eine Stunde? Der Lärm ließ immer wieder so weit nach, dass sie sich durch Zurufe verständigen konnten; und das taten sie, wenn es möglich war. Eigentlich gab es nicht viel zu sagen.

»Wir stecken in einem Gewitterkopf!«

»Ja!«

Dann zeigte sie mit einem Finger nach unten. Da waren rosa Kleckse. Und sie sanken rasch. Ihre Trommelfelle schmerzten wieder. Sie wurden wie Hagel von der Wolke ausgespien. Rosa. Braun. Staub. Amber. Umbra. Ach ja, die Oberfläche des Planeten. Sie sah aus der Luft nicht viel anders aus als von unten. Abstieg. Er erinnerte sich, dass er und Ann beim allerersten Mal im gleichen Landevehikel heruntergekommen waren.

Jetzt eilte das Schiff unterhalb der Wolkendecke in Hagel und Regen dahin. Aber das Helium konnte sie wieder nach oben in die Wolke hineinziehen. Sax drückte einen kleinen Schalter auf dem Panel, und das Schiff begann, sich zu senken. Ein paar kleiner Kippschalter. Deren Bedienung schien das Boot nach vorn zu kippen und anzuheben. Lagesteuerung. Er drückte sie sanft nach unten.

Sie schienen sich im Sinkflug zu befinden. Und nach einer Weile wurde es unten klarer. Sie konnten gezackte Bergketten und Mesas erkennen. Das müsste Cydonia Mesa auf dem Festland von Arabia Terra sein. Kein guter Platz zum Landen.

Aber der Sturm trug sie weiter, und bald waren sie über dem Osten von Cydonia jenseits der ebenen Flächen von Arabia. Sie mussten jetzt schnell tiefer gehen, ehe sie über das Nordmeer getrieben würden, das so wild und voller Eis sein könnte, wie Chryse es gewesen war. Unten lag ein Fleckenteppich von Feldern, Obstgärten, Bewässerungskanälen und sich windenden Flüssen, die von Bäumen gesäumt waren. Farmhäuser drängten sich in kleinen Dörfern zusammen. Auf den Feldern nur Nebengebäude, Scheunen und Geräteschuppen. Eine ganz flache, liebliche, ländliche Gegend. Überall Wasser. Diesmal kamen sie langsamer herunter. Anns Hände waren in dem trüben Nachmittagslicht bläulich weiß, seine ebenso.

Er fühlte sich sehr müde und riss sich zusammen. Die Landung war wichtig. Er drückte die Lagesteuerung nach vorne.

Sie sanken schneller, wurden über eine Baumreihe getrieben, dann hinab und rasch über ein breites Feld. Es stand am anderen Ende unter Wasser. Braunes Regenwasser füllte die Furchen. Dahinter war ein Obstgarten. Eine Wasserlandung wäre perfekt, aber sie bewegten sich zu schnell und waren immer noch vielleicht zehn oder fünfzehn Meter über dem Feld. Sax schob die Haltungskontrollen voll nach vorn und sah, wie die unteren Rümpfe sich wie tauchende Delfine nach unten wendeten, das Schiff kippte auch; und dann kam das Land direkt auf sie zu. Braunes Wasser, große Spritzer, weiße Wellen, die sich nach beiden Seiten entfernten; und sie wurden durch schlammiges Wasser gezerrt, bis das Boot direkt in eine Reihe junger Bäume rutschte und mit einem Ruck stehen blieb. Unten an der Baumreihe liefen eine Schar von Kindern und ein Mann auf sie zu. Ihre Münder bildeten alle ein perfektes O.

Sax und Ann rappelten sich in sitzende Haltung auf. Sax öffnete die Cockpitluke. Braunes Wasser strömte über das Schanzdeck. Ein windiger, dunstiger Tag im ländlichen Terra Arabia. Das eindringende Wasser fühlte sich ausgesprochen warm an. Anns Gesicht war nass, und ihr Haar stand in wilden Büscheln vom Kopf ab, als hätte sie auf dem elektrischen Stuhl gesessen. Sie lächelte etwas verkrampft und sagte: »Gut gemacht.«

VIERZEHNTER TEIL

PHOENIX LAKE

Ein Kanonenschuss, Glockengeläut, ein Chor sang den Kontrapunkt.

Die Dritte Mars-Revolution war so komplex und gewaltfrei, dass sie seinerzeit nur schwer überhaupt als Revolution zu erkennen gewesen war. Mehr wie eine Veränderung in einer anhaltenden Diskussion, ein Gezeitenwechsel, eine Veränderung des Gleichgewichts.

Die Übernahme des Aufzugs war die Saat der Krise, aber dann, als das terranische Militär ein paar Wochen später am Kabel herunterkam, flammte die Krise überall zugleich auf. An der Küste des Nordmeers auf einer kleinen Auszackung am Ufer von Tempe Terra fiel eine Schar von Landetruppen vom Himmel, unter Fallschirmen baumelnd oder auf fahlen Feuerwölkchen herunterblitzend. Eine ganze neue Kolonie, ein nicht autorisiertes Eindringen von Immigranten. Die Gruppe kam aus Kambodscha. An verschiedenen Plätzen auf dem Planeten kamen andere Siedler aus Ländern wie den Philippinen, Pakistan, Australien, Japan, Venezuela und New York herunter. Die Marsianer wussten nicht, wie sie reagieren sollten. Sie waren eine demilitarisierte Gesellschaft, die sich nicht einmal hatte vorstellen können, dass so etwas je passieren könnte, und keinen Weg wusste, um sich zu verteidigen. Das dachten sie jedenfalls.

Wieder einmal war es Maya, die sie zum Handeln trieb und ihren Armbandcomputer so instrumentalisierte, wie Frank es immer getan hatte. Sie rief jedermann in der offenen Marskoalition und viele andere außerhalb an, um die allgemeine Antwort aus dem Boden zu stampfen. Sie sagte zu Nadia: Komm schon! Einmal noch! Und so verbreitete sich die Kunde durch die Städte und Dörfer, und die Leute gingen auf die Straßen oder bestiegen Züge nach Mangala.

An der Küste von Tempe stiegen die kambodschanischen Siedler aus ihren Landern und gingen zu den kleinen Schutzräumen, die mit ihnen abgeworfen worden waren, genau wie es die Ersten Hundert vor zwei Jahrhunderten gemacht hatten. Und aus den Bergen kamen Leute in Pelzen und mit Pfeilen und Bogen. Sie hatten rote Eckzähne aus Stein, und ihr Haar war in Knoten auf dem Kopf verschlungen. Sie sagten zu den Siedlern, die sich vor einem ihrer Schutzräume versammelt hatten: Hier, lasst uns euch helfen. Legt eure Waffen nieder. Wir werden euch zeigen, wo ihr bleiben könnt. Ihr braucht diese Schutzräume nicht. Die sind veraltet. Dieser Hügel, den ihr da im Westen seht, ist der Krater Perepelkin. Auf seinem Ausläufer gibt es schon Apfel- und Kirschbaumhaine. Ihr könnt euch nehmen, was ihr braucht. Schaut, hier sind die Pläne für ein Scheibenhaus. Das ist die beste Konstruktion für diese Küste. Dann werdet ihr eine Marina brauchen und etliche Fischerboote. Wenn ihr uns euren Hafen benutzen lasst, werden wir euch zeigen, wo die Trüffel wachsen. Jawohl, ein Scheibenhaus nach Sattelmeier. Es ist angenehm, in der freien Luft zu leben. Ihr werdet sehen.

Alle Zweige der Marsregierung hatten sich in Mangala im Sitzungssaal getroffen, um der Krise zu begegnen. Die Mehrheit des Freien Mars im Senat, der Exekutivrat und der Globale Umweltgerichtshof – sie alle waren sich einig, dass das illegale Eindringen von Terranern als Akt der Aggression einer Kriegserklärung gleichkäme, der mit gleicher Münze zurückgezahlt werden müsse. Vom Parkett des Senats kamen Vorschläge, dass man Asteroiden als Waffen zur Erde schicken könnte, die nur abgelenkt werden würden, wenn die Immigranten heimkehrten und der Aufzug wieder einem System dualer Kontrolle unterstellt würde. Es würde nur eines Schlages bedürfen, und man hätte ein zweites Kreide-Tertiär-Ereignis, und so weiter. UN-Diplomaten argumentierten, dass das ein zweischneidiges Schwert war.

In diesen angespannten Tagen klopfte es an der Tür des Sitzungssaals in Mangala, und herein kam Maya Toitovna. Sie sagte: »Wir wollen etwas sagen.«

Dann winkte sie eine draußen wartende Menge herein und scheuchte sie auf ein Podium wie ein ungeduldiger Schäferhund: Zuerst Sax und Ann, die Seite an Seite gingen, dann Nadia und Art, Tariki und Nanao, Zeyk und Nazik, Mikhail, Wasili, Ursula und Marina und sogar

Cojote. Die alten Issei waren wiedergekommen, um sie im jetzigen Moment heimzusuchen, wieder auf die Bühne zu treten und zu sagen, was sie dachten. Maya wies auf die Bildschirme des Saals, die Bilder von der Außenseite des Gebäudes zeigten. Die Gruppe auf der Bühne zog sich jetzt in einer ununterbrochenen Reihe durch die Korridore des Gebäudes bis auf die große zentrale Plaza vor der See hin, wo eine halbe Million Menschen versammelt waren. Auch die Straßen der Stadt waren gedrängt voller Leute, die die Bildschirme betrachteten, um zu sehen, was im Sitzungssaal geschah. Und draußen in der Chalmers-Bucht sammelte sich eine Flotte von Stadtschiffen, als wollten sie ein neues Archipel bilden, mit Flaggen und Bannern an den Masten. Und in jeder Stadt auf dem Mars waren die Massen auf den Straßen, und die Bildschirme liefen. Jeder konnte jeden sehen.

Ann ging zum Podium und sagte ruhig, dass die Marsregierung in den letzten Jahren sowohl das Gesetz gebrochen wie auch den Geist des menschlichen Mitgefühls verletzt hätte, indem sie die Einwanderung verboten hatte. Die Leute auf dem Mars wollten das nicht. Sie brauchten eine neue Regierung. Das war ein Misstrauensvotum. Das neue Eindringen terranischer Siedler wäre auch illegal und inakzeptabel. Aber die Regierung des Mars hätte das Gesetz zuerst verletzt. Und die Anzahl der Siedler bei diesem Eindringen sei nicht größer als die Zahl legitimer Siedler, denen durch die jetzige Regierung das Kommen verwehrt worden war. Ann sagte, der Mars müsste für Einwanderung von der Erde, sofern es die physischen Einschränkungen hier zuließen, für die Dauer der Bevölkerungsschwemme so offen wie möglich stehen. Diese Jahre würden nicht mehr lange andauern. Ihre Pflicht gegenüber ihren Nachkommen sei es, die letzten dieser übervollen Jahre in Frieden durchzustehen. »Nichts, was jetzt auf dem Tisch ist, ist einen Krieg wert. Wir haben ihn erlebt, wir wissen das.«

Dann schaute Ann über die Schulter auf Sax, der als Nächster an die Mikrofone ging. Er sagte: »Der Mars muss geschützt werden.« Die Biosphäre war neu, ihre Kapazität begrenzt. Er besitzt nicht die physikalischen Ressourcen der Erde, und ein großer Teil seines freien Landes muss aus physischer Notwendigkeit leer bleiben. Das müssten die

Terraner begreifen, sie durften die lokalen Systeme nicht vergewaltigen. Wenn sie das täten, würde der Mars niemandem nützen. Sicher gebe es auf der Erde ein ernstes Bevölkerungsproblem, aber der Mars allein sei nicht die Lösung. »Über die Beziehung zwischen Erde und Mars muss neu verhandelt werden.«

Sie begannen mit diesen neuen Verhandlungen. Sie baten den UN-Vertreter heraufzukommen und das gewaltsame Eindringen zu erklären. Sie debattierten, stritten und protestierten und schrien einander ins Gesicht. Draußen im Hinterland traten Ortsansässige Siedlern entgegen, und auf beiden Seiten drohten manche von ihnen mit Gewaltanwendung. Andere traten hinzu und fingen an zu reden, zu beschwatzen, zu schimpfen, zu streiten und zu schachern. Und es gab Streit. An jeder Stelle des Prozesses und an tausend verschiedenen Orten konnte es zu Gewalttätigkeiten kommen. Viele Leute waren wütend, aber kühlere Köpfe überwogen. Es blieb meist bei Diskussionen. Viele fürchteten, das könnte nicht so weitergehen, und viele hielten es nicht für möglich. Aber es geschah, und die Leute auf der Straße sahen es und hielten die friedliche Lösung in Gang. Aber bei manchen Punkten musste die Veränderung der Werte ihren Ausdruck finden. Und warum nicht hier? Warum nicht jetzt? Auf dem Planeten gab es nur sehr wenige Waffen; und es war schwer, jemanden ins Gesicht zu schlagen oder eines mit der Mistgabel überzubraten, wenn dieser vor einem stand und argumentierte. Das war der Moment der Wandlung, Geschichte im Entstehen. Sie konnten das direkt vor sich sehen, in den Straßen, auf den bewohnten Hügeln und an den Bildschirmen. Eine labile Geschichte, die direkt in ihrer Hand lag. Und so ergriffen sie den Moment und gaben ihm eine neue Wendung. Sie überredeten sich selbst dazu. Ein neuer Vertrag mit der Erde. Ein vielköpfiger Friede. Die Verhandlungen würden Jahre dauern. Wie ein Chor im Kontrapunkt, der eine große Fuge singt.

Schließlich wird das Kabel wiederkommen und uns heimsuchen. Das habe ich schon die ganze Zeit gesagt. Du nicht, du hast das Kabel geliebt. Deine einzige Beschwerde war, dass es zu langsam sei. Du sagtest, man kann die Erde schneller erreichen als Clarke. Das stimmt, das kannst du, es ist lachhaft. Aber das ist nicht dasselbe wie zu sagen, dass das Kabel zurückkommen und uns heimsuchen wird, oder? Kellner, he, Kellner! Eine Runde weißen Tequila! Und Zitronenschnitze. Wir arbeiteten an der Steckdose, als sie herunterkamen. Die innere Kammer hatte keine Chance, aber die Sockelmuffe ist ein großes Gebäude. Ich weiß nicht, ob sie einen Plan hatten, der nicht funktionierte, oder ob sie schlicht keinen Plan hatten. Aber als dann die dritte Kabine ankam, wurde die Steckdose abgeriegelt, und sie waren die stolzen Herren von 37 000 Kilometern Sackgasse. Das war dumm. Es war ein Albtraum. Diese Füchse kamen herein, und zwar nur bei Nacht, sodass sie wie Wölfe aussahen, aber sie waren viel schneller. Und sie gingen direkt an die Kehle. Eine Plage tollwütiger Füchse. Mann, das war ein Albtraum. Ganz wie 2128. Ich weiß nicht, ob das wahr ist oder nicht, aber sie waren da, terranische Polizei in Sheffield! Und als die Leute das hörten, gingen sie alle auf die Straße. Die Straßen waren richtig voll. Ich bin nicht groß, und manchmal wurde mein Gesicht direkt zwischen Ärschen oder Brüsten gequetscht. Ich hörte es von einer Nachbarin im nächsten Apartment nur fünf Minuten, nachdem es geschehen war, und sie hatte es von einer Freundin erfahren, die draußen bei der Steckdose wohnt. Die Reaktion der Menschen auf die Übernahme der unteren Einrichtung des Kabels war rasch und stürmisch. Diese UN-Sturmtruppen wussten nicht, was sie mit uns machen sollten. Eine Abteilung versuchte, die Hartz Plaza zu erobern, und wir sind einfach um sie herum geströmt, haben uns von ihrer Front entfernt und sie zur Seite gedrängt, sodass es eine Art Vakuumeffekt gab. Der knurrende tollwütige Dämon mit Schaum vorm Maul an meiner Kehle war ein scheußlicher Albtraum. Wir haben sie direkt zum Randpark getrieben, und die verdammten Starship Troopers hätten sich dort keinen Zentimeter bewegen können, ohne Tausende von Menschen abzuschlachten. Menschen in den Straßen sind das Einzige, wovor Regierungen sich fürchten. Nun ja, oder Enden von Amtsperioden oder freie Wahlen! Oder Mord. Oder ausgelacht zu werden – ha ha ha! Und es gab Schaltungen zu allen anderen Städten und riesige Straßenpartys in allen. Wir waren in Lass-

witz, und jedermann ging zum Flusspark hinunter und stand mit Kerzen in der Hand da, sodass Kameras von Overlook herunter Aufnahmen machen und jeder dieses Meer von Kerzen sehen konnte. Es war grandios! Und Sax und Ann standen dort nebeneinander. Erstaunlich. Unglaublich! Sie haben die UN wahrscheinlich zu Tode geängstigt, als der eine die Rede des anderen gehalten hat. Die UN haben wohl gedacht, wir hätten Hirnwäsche-Geräte, mit denen wir sie zappen könnten. Was mir gefiel, war später, als Peter zu einer neuen Wahl für die Führung der roten Partei aufrief und Irishka aufforderte, sie sofort hier auf der Stelle per Computer abzuhalten. Solche Parteisachen sind eigentlich gewichtige Herausforderungen und müssen von Angesicht zu Angesicht erledigt werden. Falls Irishka sich geweigert hätte, eine Wahl abzuhalten, wäre sie ohnehin erledigt gewesen. Darum musste sie sie eben ausrufen. Ihr hättet ihr Gesicht sehen sollen! Wir waren in Sabishii, als wir den Aufruf für eine rote Wahl hörten, und als Peter gewann, drehten wir durch. Sabishii war sofort eine riesige Party. Und Senzeni Na. Und Nilokeras. Und Hell's Gate. Und Argyre Station. Ihr hättet das sehen sollen. Nun, es war ein Ergebnis von sechzig zu vierzig. In Argyre wurde es verrückt, weil so viele, die hinter Irishka standen, auf einen Kampf begierig waren. Irishka hat das Argyre-Becken gerettet und jeden trockenen Fleck auf diesem Planeten, wenn ihr mich fragt. Peter Clayborne ist bloß ein alter Nisei*, er hat nie etwas getan. Kellner, Kellner! Eine Runde Weißbier, bitte! Wir haben diesen kleinen Terranern Nahrung gebracht. Hatten keine Ahnung. Nirgal schüttelte jedem von ihnen die Hand. Der Doktor sagt, woher hast du den raschen Verfall bekommen? Das war ein abscheulicher Albtraum. Es war eine Überraschung, dass Ann mit Sax zusammenarbeitete. Das sah wie ein Theaterstück aus. Nicht wenn ihr aufgepasst habt. Sie sind zusammen gereist und alles. Habt ihr auf der Venus gelebt oder was? Die Braunen, die Blauen, vollkommen blöd. Wir hätten schon längst so etwas tun sollen. Nun, warum sich so viele Sorgen machen, sie sind schon so gut wie tot. In zehn Jahren wird nicht ein Einziger von ihnen mehr übrig sein. Seid euch dessen nicht zu sicher. Freut euch darüber nicht zu sehr. Du bist* *nur ein paar Jahre jünger, du Idiot. Oh, es war eine sehr interessante Woche. Wir haben in den Parks geschlafen, und alle waren sehr nett.* Wertewandel *nennen es die Deutschen. Die haben für alles ein gutes Wort, nicht wahr? Was geschehen muss, das ist Evolution. Wir sind alle Mutanten. Sprich für dich selbst, Mann. Sprich für den Kellner. Sechs Jahre! Das ist eine großartige Nachricht. Ich bin überrascht, dass ihr so nüchtern seid. Oh, ich nicht, ha ha ha! Kleine rote Leute reiten rote Ameisen und denken, dass sie uns helfen. Schwupp, direkt über die Kante des Randes, hoffentlich sind es fliegende Ameisen. Kein Wunder, dass ich so viele Ameisen habe. Also sagt der Mann: Nun, Doktor? Ja, und dann? Das ist der Witz. Er kann gerade noch sagen: Nun, Doktor – und dann stirbt er. Rascher Verfall, klar? Zum Teufel, sehr lustig. Da waren wir jedenfalls, als die Truppen uns irgendwie wissen ließen, sie wollten wieder zur Steckdose zurück. Sie gingen langsam und vorsichtig los, eine lange Reihe hinter einem kleinen Elektrowagen, den sie requiriert hatten, und jeder ging ein bisschen zur Seite und ließ sie durch. Die sahen nervös aus. Dann schüttelten ihnen die Leute an den Toren die Hand, lauter Nirgals, und bitten sie zu bleiben, als wollten sie sie nicht gehen sehen. Sie küssten sie auf die Wangen und legten ihnen Kränze um, bis sie nicht mehr darüber wegschauen können. Direkt zurück in die Sockelmuffe. Und warum auch nicht, sie haben ihren Punkt gemacht und uns für die verfluchte Verräterregierung genügend bedroht, um kampflos nachzugeben. Dieser Witzbold scheint die Grundregeln des Jiu-Jitsu nicht zu kennen. Von was? Ja, zum Teufel, wer bist du? Ich bin fremd in der Stadt. Entschuldigen Sie, Miss, könnten Sie uns noch eine Runde Kava bringen? Na gut, wir versuchen noch, es in den Bereich von eins zu einer Milliarde zu bringen, hatten aber noch kein Glück. Erzählt mir nichts von Fastnacht. Ich hasse das, es ist für mich der schlimmste Teil des Jahres. Sie haben Boone an Fastnacht getötet. Sie haben Dresden zu Fastnacht bombardiert. Kein Ende des Übels, das gesühnt werden muss. Sie segelten in Chryse, als ein Howler ihr Schiff packte und über die Cydonia-Berge schleuderte. Solche Erfahrungen bringen Menschen näher zusammen. Oh, bitte, wer ist dieser*

Bursche? Das ist keine große Sache. Jede Woche werden Luftschiffe etwas herumgeblasen. Wir wurden von demselben Howler erwischt, waren aber außerhalb von Santorini. Ich sage euch, die Wasseroberfläche war bis zu einer Tiefe von etwa zehn Metern in Fetzen gerissen. Kein Witz. Die Schiffs-KI bekam es mit der Angst und zog uns herunter, genau auf ein anderes Schiff, das schon dort war. Also krachten wir in dieses Boot, und es war wie der Weltuntergang. Alles finster, die KI verrückt. Todesangst, das schwöre ich. Ich habe mir das Schlüsselbein gebrochen. Das macht zehn Zechinen, bitte. Danke! Diese Howler sind gefährlich. Ich geriet in Echus in einen, und wir alle mussten uns echt den Hintern aufreißen und kamen trotzdem nur mühsam zurecht. Ich musste meine Brille festhalten, sonst wäre sie mir von den Ohren gerissen worden. Rover kippten um wie Spielzeug. Jedes Schiff auf der Marina verschwand. Es war, als nähme ein Kind seinen Spielzeughafen und schleuderte ihn durchs Zimmer. Auch ich habe diesen Sturm in seiner äußersten Wut erlebt. Ich besuchte gerade das Stadtschiff Ascension *im Nordmeer nahe der Korolyov-Insel. He, das ist dort, wo Will Fort immer surft! Meines Wissens gibt es dort die höchsten Wellen auf dem Mars, und in diesem Sturm erreichten sie hundert Meter vom Wellental bis zur Krone. Nein, kein Scherz. Wellen viel höher als die Seiten des Stadtschiffs, das uns zwischen diesen schrecklichen schwarzen Bergen nicht größer als ein Schlauchboot vorkam. Wir waren wie ein Korken. Den Tieren ging es schlecht. Und um unsere Schwierigkeiten noch zu steigern, wurden wir gegen die Südspitze von Korolyov geworfen. Die Wellen brachen vollständig über das Ende des Kaps in die See dahinter. Darum drehte der Pilot der* Ascension *das Stadtschiff, sobald wir auf der gigantischen Front jeder Welle hochstiegen, nach Süden, und es glitt quer über die Vorderseite der Welle, ehe es deren Kamm verlor und in das nächste Wellental hinunterfiel. Auf jeder Welle bewegten wir uns etwas schneller und weiter, denn als wir die östliche Spitze der Insel erreicht hatten, wurden die Wellen steiler und größer. Die Spitze der Inseln biegt nach Osten ab, sodass die Wellen von links nach rechts liefen, wenn wir nach vorn schauten. Sie krachten auf die Fel-*

sen und dann auf das Riff vor der Küste. Auf unserer letzten Welle wurde die Ascension *an ihrer steilen Front nach unten gedrückt. Am Boden der Front drehte der Pilot das Stadtschiff nach Steuerbord, und das große Floß trieb wieder hinauf und mit einer Geschwindigkeit, die wir nicht berechnen konnten, quer dazu. Es war wie Fliegen. Ja, wir surften an einer hundert Meter hohen Welle auf einem Floß so groß wie eine Stadt direkt über die Felsen des Riffs unter uns. Eine Sekunde lang schossen wir durch die Röhre der sich brechenden Welle. Dann waren wir draußen, auf der Schulter der Welle, die hinter uns in tiefem Wasser war, ohne zu brechen. So passierten wir die Insel. Wie sagt der Doktor doch gleich? So hübsch. Ja, es war ein denkwürdiger Moment. Ich werde mein Startkapital nehmen und mich zurückziehen. Es ist einfach nicht mehr so wie früher. Diese Leute sind Verbrecher. Ich habe gehört, sie ist auf einem dieser Sternenschiffe weggeflogen. Habt ihr sie wirklich gesehen? Du hast sie wirklich gesehen? Du musst dir einen besseren Übersetzer besorgen. Ich habe nicht gesagt, macht nichts, Doktor, ich fühle mich schon besser! Was für eine teuflische Maschine! Kellner! Dörfer wie diese sind wie die zu Hause, aber ohne Kaste. Wenn sie eine Kaste wollen, müssen sie die in ihren Köpfen tragen. Manche* Issei *versuchen es, aber die* Nisei *werden wild. Im Übrigen habe ich gehört, dass das kleine rote Volk jetzt den ganzen Mist satthat und dass es darauf brennt, etwas zu tun, nachdem es kürzlich die rote Ameise gezähmt hat. Und die vom kleinen Volk hätten diese ganze Kampagne gestartet, damit sie uns zu Hilfe kommen können, wenn die Terraner einfielen. Ihr werdet jetzt vielleicht sagen, dass sie zu vermessen sind; aber ihr müsst bedenken, dass die Biomasse an roten Ameisen auf diesem Planeten im Durchschnitt einen Meter dick wäre. So viel an verdammter Biomasse, dass sie uns aus dem Orbit werfen können. Sie sollten es mit Ameisen auf dem Merkur versuchen. Und jede Ameise hat einen ganzen Stamm des kleinen Volkes um sich, in Sattelstädten oder was auch immer. Und so waren sie gar nicht übertrieben zuversichtlich. Zahlenmäßig überlegen. Darum haben sie die Regierung absichtlich veranlasst, sich so dumm aufzuführen, um diesen Streit vom Zaun zu brechen. Ich habe mich schon gefragt, welche Entschuldigung diese Bastarde hatten. Warum jeder, der nach Mangala geht, sich augenblicklich in einen blöden korrupten Trottel verwandelt, ist mir schleierhaft. Und sich auf uns stürzen. Warum ist es immer das kleine rote Volk, was ist mit dem Großen Mann passiert? Ich hasse sie und ihre blöden kleinen Volksmärchen. Wenn man so dumm ist, überhaupt Volksmärchen zu erzählen, wo doch die Wahrheit viel interessanter ist, dann könnten es wenigstens verflucht große Geschichten sein, mit Titanen und Gorgonen, die mit Spiralgalaxien wie rasiermesserscharfen Bumerangs werfen – bäm, bäm, bäm! He, pass auf, Mann, mach langsam! Kellner, bring dieser Revolverschnauze etwas Kava, eh? Er muss locker werden. Beruhigen Sie sich, aufgeregter Herr. Nova-Bomben überall hinwerfen! Bum! Zack! KA BUM! He! He! Beruhige dich, du Wilder! Ich habe dieses kleine Volk satt. Nimm deine Hände von mir! Es ist sowieso nur eine traurige Entschuldigung für eine Regierung. Es kommt immer auf dieselbe verdammte Sache zurück. Machtvampire saugen Macht. Ich habe ihnen gesagt, sie sollten es bei Zelten belassen und keine globale Regierung einrichten. Dann gäbe es nicht so viel Macht zu lutschen. Aber haben sie auf mich gehört? Nein! Du hast es ihnen gesagt? Ja, ich war dort, Nirgal, klar. Nirgal und ich kennen uns schon lange. Was meinst du, verehrter Alter, bist du nicht der blinde Passagier? Ja klar, der bin ich. Also bist du Nirgals Vater. Dann hast du recht, ihr kennt euch schon lange. Na ja, in Zygote hat es nicht immer so geklappt. Ich sage dir, jenes Weib hat dir dein ganzes Leben lang das Fell über die Ohren gezogen, und du hast das zugelassen. Du hast endlose Jahre lang in einem Schrank gelebt. Ach, komm schon, du bist nicht Cojote. Nun, was soll ich sagen? Nicht viele Leute erkennen mich. Und warum sollten sie auch? Ich wette, dass er es ist. Wenn du Nirgals Vater bist, warum ist er so groß und du so klein? Warum lachst du? Ich bin nicht klein. Ich bin fünf Fuß und fünf Zoll groß. Fuß? Heiliger Ka, hier ist ein Mann, der seine Größe in Fuß misst! In Fuß! O mein Gott, das muss ein Witz sein. Fünf Fuß? He, du siehst aus, als könnten es noch mehr Fuß sein. Wie lang waren denn diese Füße? Wie wurden sie gemessen? Etwas weni-*

ger als ein drittel Meter. Kein Wunder, dass die Erde den Bach runtergeht. Wie kommst du auf den Gedanken, dass dein kostbares Meter so toll ist? Es ist nur irgendein Bruchteil der Distanz vom Nordpol der Erde zu ihrem Äquator. Napoleon hat diesen Bruchteil aus einer Laune heraus gewählt! Es ist ein Metallbarren im französischen Paris, und seine Länge wurde durch die Laune eines Verrückten bestimmt! Du bist also nicht vernünftiger als die Alten. Bitte, hör auf, ich sterbe vor Lachen. Ihr Leute habt überhaupt keinen Respekt vor euren Vorfahren. Das gefällt mir.

He, gib dem alten Cojote noch einen Drink! Was nimmst du? Tequila, danke. Und etwas Kava. Oh, oh! Dieser Bursche versteht zu leben. Das stimmt, ich weiß zu leben. Diese Wilden wissen es auch, man darf es nur nicht übertreiben. Sie kopieren mich, sind aber zu weit gegangen. Nicht gehen, sondern fahren. Nicht jagen, sondern kaufen. Jede Nacht auf einem Gelbett schlafen und versuchen, zwei nackte junge eingeborene Frauen zum Zudecken zu haben. Oh, oh, oh! Oha! Du alter Lustmolch! Oh, verehrter Herr. Unanständig. Nun, aber es klappt. Ich schlafe nicht so gut, bin aber zufrieden. Danke, lass dich nicht stören. Ich mag es. Prost! Auf den Mars!

Sie erwachte in einer Stille, die so durchdringend war, dass sie ihren Herzschlag hören konnte. Sie konnte sich nicht erinnern, wo sie war. Dann fiel es ihr wieder ein. Sie waren im Haus von Nadia und Art an der Küste der Hellas-See knapp westlich von Odessa. *Tap, tap, tap.* Dämmerung, der erste Schimmer des Tages. Nadia baute draußen etwas. Sie und Art wohnten am Ende ihres Stranddorfs in dem Komplex ihrer Koop aus verschachtelten Häusern, Pavillons, Gärten und Wegen. Eine Gemeinde von etwa hundert Personen, mit etwa hundert ähnlichen verbunden. Offenbar arbeitete Nadia immer an der Infrastruktur. *Tap, tap, tap!* Sie baute gerade eine Plattform, die einen Zygote-Bambusturm umlaufen sollte.

Im nächsten Zimmer atmete jemand. Zwischen den Räumen war eine offene Tür. Sie richtete sich auf. Vorhänge an der Wand. Sie zog sie einen Spalt auf. Frühdämmerung. Grau in Grau. Ein karges Zimmer. Sax lag im nächsten Zimmer auf einem großen Bett unter dicken Decken.

Ihr war kalt. Sie stand auf und tapste durch die Tür in sein Zimmer. Sein Gesicht auf dem breiten Kissen war schlaff. Ein alter Mann. Sie kroch zu ihm unter die Decken ins Bett. Er war warm. Er war kleiner als sie, klein und rund. Sie wusste das, sie kannte ihn von der Sauna und dem Schwimmbad in Underhill und den Bädern in Zygote. Ein anderer Teil ihres kommunalen Körpers. *Tap, tap, tap, tap.* Er rührte sich, und sie umschlang ihn. Er kuschelte sich an sie, immer noch in tiefem Schlaf.

Während des Gedächtnisexperiments hatte sie sich auf den Mars konzentriert. Michel hatte einmal gesagt: Deine Aufgabe ist es, den Mars zu finden, der alles überdauert. Und der Anblick der alten Hügel und Täler um Underhill hatte sie stark an die frühen Jahre erinnert, als hinter jedem Horizont etwas Neues lag. Das Land. In ihrem Geist dauerte es noch an. Terraner würden das nie verstehen. Die Leichtigkeit, der enge, heimelige Horizont, wo alles fast greifbar war, dann die plötzlichen immensen Perspektiven, wenn etwas von der Nachbarschaft des Großen Mannes in Sicht kam. Die weiten Klippen, die tiefen Canyons, die kontinentalen Vulkane und das wilde Chaos. Die gigantische Kalligraphie aus areologischer Vorzeit. Die die Welt einhüllenden Dünen. Sie würden es nie wissen. Es war unvorstellbar.

Aber sie hatte es kennengelernt. Und während des Gedächtnisexperiments hatte sie ihren Geist während eines ganzen Tages darauf konzentriert, der zehn Jahre zu dauern schien. Nicht einmal an die Erde gedacht. Das war ein Trick, eine enorme Anstrengung gewesen. Bloß nicht an das Wort *Elefant* denken! Aber das hatte sie auch nicht. Das war ein Trick, den sie zu beherrschen gelernt hatte, die einseitig gerichtete Achtsamkeit des großen Verweigerers, eine Art von Stärke. Vielleicht. Und dann kam Sax über den Horizont geflogen und rief: Denk an die Erde! Denk an die Erde? Es war fast komisch.

Aber das war die Antarktis gewesen. Ihr so trickreicher und konzentrierter Geist hatte gesagt: Das ist eben die Antarktis, ein Stück Mars auf der Erde, ein verlagerter Kontinent.

Das Jahr, das sie dort verbracht hatten, war ein Vorgriff auf die Zukunft gewesen. In den Dry Valleys waren sie auf dem Mars gewesen, ohne es zu wissen. Darum konnte sie sich daran erinnern, ohne wieder auf die Erde geführt zu werden. Es war nur ein Ur-Underhill gewesen, ein Underhill mit Eis, und ein anderes Camp, aber die gleichen Leute und die gleiche Situation. Und als sie daran dachte, war ihr tatsächlich alles wieder gegenwärtig geworden in der Magie einer anamnetischen Verzauberung. Jene Gespräche mit Sax; wie sehr sie ihn geliebt hatte, weil er in der Wissenschaft ebenso einsam war wie sie, wie sehr sie sich von ihm angezogen fühlte. Niemand hatte verstanden, wie weit man sich da hineinbegeben konnte. Und dort draußen in jener reinen Weite hatten sie diskutiert. Nacht für Nacht. Über den Mars. Technische Aspekte, philosophische Aspekte. Sie waren sich nicht einig gewesen. Aber sie waren zusammen da draußen gewesen.

Aber nicht völlig. Er war durch ihre Berührung schockiert gewesen. Armseliges Fleisch. So hatte er gedacht. Offenbar war sie im Unrecht gewesen. Das war sehr schade; denn wenn sie beide sich verstanden hätten, hätte sich vielleicht die ganze Geschichte geändert. Und hier waren sie nun.

Und bei dem Sturz in jene Vergangenheit hatte sie niemals an die weiter im Norden liegende Erde gedacht, an die frühere Erde. Sie war in der antarktischen Konvergenz geblieben. Tatsächlich hatte sie die meiste Zeit auf dem Mars verbracht, dem Mars ihres Geistes, dem Roten Mars. Die Theorie besagte, dass die anamnetische Behandlung das Gedächtnis stimulierte und das Bewusstsein veranlasste, die assoziativen Komplexe von Knoten und Netzwerk durch die ganzen Jahre noch einmal durchzugehen. Die Wiederholung kräftigte die Erinnerungen in ihrem physikalischen Geflecht, da es sich um ein verblassendes Feld von Mustern handelte, die durch Quantenschwingung gebildet wurden. Alles in der Erinnerung wurde wieder verstärkt; und das, woran man sich nicht erinnerte, wurde vielleicht nicht wieder verstärkt und konnte auf diese Weise Brüchen, Irrtümern, Quantenkollaps und Zerfall zum Opfer fallen. Und vergessen werden.

Also war sie jetzt eine neue Ann. Nicht die Gegen-Ann, nicht einmal jene im Schatten stehende dritte Person, die sie so lange gequält hatte. Eine neue Ann. Endlich eine voll und ganz marsianische Ann. Auf einem neuen braunen Mars, rot, grün, blau – alles durcheinandergewirbelt. Und falls es noch eine terranische Ann gab, die in einem verlorenen eigenen Quantenkabinett hockte, dann war das eben das Leben. Kein Schreckgespenst ging jemals verloren, erst im Tode oder der endgültigen Auflösung. Und so sollte es vielleicht auch sein. Man wollte nicht zu viel verlieren, oder es gäbe Schwierigkeiten anderer Art. Ein Gleichgewicht musste gewahrt werden. Und hier jetzt auf dem grünen Mars war sie die marsianische Ann, nicht mehr eine *Issei*, sondern eine ältliche neue Eingeborene, eine auf der Erde geborene *Yonsei*. Die marsianische Ann Clayborne, ganz im Moment, im einzigen Moment. Es war ein gutes Gefühl, hier zu liegen.

Sax rührte sich in ihren Armen. Sie schaute in sein Gesicht. Ein anderes Gesicht, aber immer noch Sax. Sie hatte einen Arm um ihn gelegt und fuhr mit einer kalten Hand über seine Brust. Er wachte auf, sah, wer es war, und lächelte leicht verschlafen. Er reckte sich, drehte sich um und drückte sein Gesicht an ihre Schulter. Er küsste ihren Hals, biss leicht zu. Sie hielten einander fest, wie sie es in dem fliegenden Boot während des Sturms getan hatten. Eine wilde Fahrt. Es würde Spaß machen, Sex in der Luft zu haben. Nicht praktisch bei einem solchen Wind. Ein andermal. Sie fragte sich, ob Matratzen genau so gemacht würden wie früher. Diese hier war hart. Sax war nicht so weich, wie er aussah. Sie umarmten sich innig. Geschlechtliche Vereinigung. Er war in ihr und bewegte sich. Sie packte ihn und drückte ihn sehr, sehr fest an sich.

Jetzt küsste er sie überall, knabberte an ihr, unter den Decken. Ein Tauchgang, wie ein U-Boot. Sie spürte ihn am ganzen Körper. Gelegentlich seine Zähne, aber meistens war es das Lecken seiner Zungenspitze über ihre Haut, wie eine Katze. Leck, leck, leck. Ein angenehmes Gefühl. Er summte oder brummte. Seine Brust vibrierte mit. Es war wie Schnurren: »Rrrr, rrr, rrrrrr.« Ein friedlicher schwelgerischer Ton. Es fühlte sich auch auf ihrer Haut gut an. Vibration, Katzenzunge, leichtes Lecken überall an ihr. Sie hob die Decke, damit sie auf ihn hinabblicken konnte.

Er flüsterte: »Nun, was fühlt sich besser an? A?« Er küsste sie. »Oder B?« Er küsste sie an einer anderen Stelle.

Sie musste lachen. »Sax, halt den Mund und tu's einfach!«

»Ah! Okay.«

Sie frühstückten mit Nadia und Art und den anwesenden Mitgliedern ihrer Familie. Ihre Tochter Nikki war mit ihrem Mann und drei anderen Paaren aus ihrer Koop fort zu einem Ausflug in die Wildnis des Hellespontus-Gebirges. Sie waren am vorangegangenen Abend mit einem Gepolter aufgeregter Erwartung aufgebrochen, selbst wie kleine Kinder, und hatten ihre Tochter Francesca und auch die Kinder der Freunde dagelassen: Nanao, Boone und Tati. Francesca und Boone waren beide fünf, Nanao drei und Tati zwei. Sie alle fanden es aufregend, zusammen und bei Francescas Großeltern zu sein. Heute wollten sie an den Strand gehen. Ein großes Abenteuer. Während des Frühstücks trafen sie logistische Entscheidungen. Sax würde mit Art zu Hause bleiben und ihm beim Pflanzen einiger neuer Bäume im Olivenhain helfen, den Art auf dem Hügel hinter dem Haus anlegte. Sax wollte auch auf zwei Besucher warten, die er eingeladen hatte: Nirgal und eine Mathematikerin aus Da Vinci namens Bao. Ann sah, dass er aufgeregt war, sie einander vorzustellen. Er vertraute ihr an: »Es ist ein Experiment.« Er war so aufgedreht wie die Kinder.

Nadia würde weiter an ihrer Plattform arbeiten. Sie und Art würden vielleicht später mit Sax und seinen Gästen zum Strand hinunterkommen. Bis dahin sollten die Kinder in der Obhut von Tante Maya bleiben. Sie waren über diese Aussicht so aufgeregt, dass sie nicht stillsitzen konnten. Sie schwärmten herum und tobten um den Tisch wie junge Hunde.

Also musste Ann wohl mit Maya und den Kindern zum Strand gehen. Maya konnte die Hilfe gebrauchen. Sie alle schauten Ann vorsichtig prüfend an. Bist du bereit, Tante Ann? Sie nickte. Sie würden die Straßenbahn nehmen.

So war sie nun mit Maya und den Kindern zum Strand unterwegs. Sie und Francesca und Nanao und Tati waren in der ersten Bank hinter dem Fahrer zusammengedrängt, Tati auf Anns Schoß. Boone und Maya saßen zusammen auf dem Rücksitz. Maya fuhr die Strecke jeden Tag. Sie wohnte auf der anderen Seite von Nadias und Arts Dorf in einer eigenen Hütte, die einsam auf Klippen über dem Strand lag. Sie ging an den meisten Tagen zur Arbeit in ihrer Koop und blieb an vielen Abenden dort, um mit ihrer Theatergruppe zu arbeiten. Sie war auch Stammgast in der Café-Szene und offenbar eine regelmäßige Babysitterin dieser Kinder.

Jetzt war sie in einen wilden Kitzelkampf mit Boone verwickelt. Die beiden packten einander fest an und kicherten laut. Das war noch eine Ergänzung zu dem Schatz an erotischer Erfahrung des Tages: Dass eine so gefühlsbetonte Begegnung zwischen einem fünfjährigen Jungen und einer Frau von zweihundertdreißig Jahren möglich war, das Spiel zweier Menschen, die in körperlichen Freuden so erfahren waren. Ann und die anderen Kinder verstummten, leicht verlegen, Zeugen einer solchen Szene zu sein.

»Was ist los?«, fragte Maya sie bei einer atemlosen Pause. »Hat die Katze eure Zunge erwischt?«

Nanao schaute verblüfft zu Ann auf: »Eine *Katze* hat deine *Zunge* erwischt?«

»Nein«, sagte Ann.

Maya und Boone quietschten vor Lachen. Die Leute in der Straßenbahn schauten zu ihnen hin, einige grinsend, andere finster. Francesca hatte Nadias gefleckte Augen, sah Ann. Das war alles, was an ihr von Nadia zu sehen war. Sonst sah sie mehr wie Art aus, weniger nach beiden. Eine Schönheit.

Sie kamen zur Haltestelle am Strand. Eine kleine Station, ein Regendach, ein Kiosk, ein Restaurant, ein Parkplatz für Fahrräder, einige ins Land führende Straßen und ein breiter Weg durch begrünte Dünen zum Strand hinunter. Sie stiegen aus, Maya und Ann beladen mit Taschen voller Handtücher und Spielsachen.

Es war ein bewölkter windiger Tag. Der Strand war fast menschenleer. Schnelle flache Wellen liefen schräg auf den Strand zu und brachen sich in den Untiefen kurz vor der Küste in abrupten weißen Linien. Die See war dunkel, die Wolken perlgrau in einem Fischgrätenmuster unter einem trüben Lavendelhimmel. Maya stellte ihre Taschen ab. Sie und Boone liefen zum Wasser. Im Osten erhob sich Odessa am Berghang unter einer Wolkenlücke, sodass all die kleinen weißen Mauern in der Sonne gelb aufleuchteten. Möwen kreisten auf Suche nach Futter mit gespreiztem Gefieder in dem zur Küste wehenden Wind. Ein Pelikan surfte über die Wellen, und über ihm flog ein Mann in einem großen Birdsuit. Der Anblick erinnerte Ann an Zo. Manche Leute waren so jung gestorben, in ihren Vierzigern, Dreißigern und Zwanzigern, als sie kaum ahnen konnten, was ihnen entgehen würde. Manche im Alter dieser kleinen Kinder. Jäh ausgelöscht wie Frösche bei Frost. Und das konnte immer noch passieren. In jedem Augenblick konnte die Luft einen emporreißen und töten. Obwohl das ein Unfall sein würde. Sie musste zugeben, dass die Dinge sich jetzt verändert hatten. Falls kein Unglück einträte, würden diese Kinder wahrscheinlich eine volle Lebensspanne genießen. Und das würde ein sehr langer Zeitraum sein. So viel konnte man, so wie die Dinge jetzt lagen, sicher sagen.

Nikkis Freunde hatten gesagt, es wäre am besten, ihre Tochter Tati vom Sand fernzuhalten, da sie dazu neigte, ihn zu essen. Also versuchte Ann, sie auf dem schmalen Rasen zwischen Dünen und Strand zurückzuhalten. Aber sie riss heulend aus, wälzte sich hinüber und plumpste mit zufriedenem Gesicht bei den anderen auf dem Sand auf ihre Windeln. »Okay«, sagte Ann, gab es auf und ging zu ihr. »Aber iss nichts davon!«

»Schaut!«, rief Francesca ihnen zu. »Ich laufe um euch in Kreisen.«

Boone blickte auf. »Nein«, sagte er. »Du läufst Ovale.«

Er ging zurück, um mit Maya über den Lebenszyklus der Sandkrabben zu diskutieren. Ann hatte ihn schon früher getroffen.

Vor einem Jahr hatte er noch kaum gesprochen. Nur einfache Phrasen wie Tati und Nanao, Fischi! Meine! Und jetzt war er ein Pedant. Die Art und Weise, wie die Sprache zu Kindern kam, war unglaublich. Sie waren in diesem Alter alle Genies. Erwachsene brauchten Jahre um Jahre, um sie zu den Bonsai-Kreaturen zusammenzustutzen, die sie schließlich wurden. Wer würde wagen, das zu tun? Wer würde dieses natürliche Kind verkrüppeln wollen? Niemand. Und dennoch wurde es gemacht. Niemand wollte es, aber alle taten es. Obwohl Nikki und ihre Freunde, die fröhlich für ihre Gebirgsreise packten, Ann immer noch wie Kinder vorgekommen waren. Und sie waren fast achtzig. Also geschah das jetzt nicht mehr so oft. Auch das konnte man zum heutigen Stand der Dinge sicher sagen.

Francesca hörte mit dem Laufen in Kreisen oder Ovalen auf und riss Nanao eine Plastikschaufel aus der Hand. Nanao weinte aus Protest. Francesca wandte sich ab und stellte sich auf die Zehenspitzen, wie um zu demonstrieren, wie unbeschwert ihr Gewissen war.

Sie sagte über die Schulter: »Das ist meine Schaufel.«

»Ist sie nicht!«

Maya blickte kaum hoch. »Gib sie zurück!«

Francesca hüpfte davon.

»Ignoriere sie!«, wies Maya Nanao an. Nanao jaulte noch wütender mit rotem Gesicht. Maya warf Francesca einen Blick zu. »Willst du ein Eis oder nicht?«

Francesca kam zurück und ließ die Schaufel Nanao auf den Kopf fallen. Boone und Maya, die schon wieder in ihre Graberei vertieft waren, achteten nicht darauf.

»Ann, könntest du etwas Eis vom Kiosk holen?«

»Sicher.«

»Nimm bitte Tati mit!«

»Nein!«, sagte Tati.

»Eis!«, sagte Maya. Tati dachte darüber nach und rappelte sich mühsam auf die Füße.

Sie und Ann gingen Hand in Hand zurück zum Kiosk an der Haltestelle. Sie kauften sechs Portionen Eis, von denen Ann fünf in einem Beutel trug. Tati bestand darauf, ihres im Gehen zu essen. Sie war noch nicht geübt darin, zwei solche Verrichtungen gleichzeitig zu bewältigen, und sie kamen nur langsam voran. Geschmolzenes Eis lief am Stiel herunter, und Tati lutschte gleichermaßen am Eis und an der Hand. Sie sagte: »Fein. Meckt fein.«

Eine Straßenbahn fuhr in die Station ein und dann weiter. Ein paar Minuten später kamen drei Personen auf Fahrrädern den Weg herunter. Sax, dahinter Nirgal und eine Eingeborene. Bao. Nirgal bremste sein Rad neben Ann ab und umarmte sie. Sie hatte ihn viele Jahre lang nicht gesehen. Er war alt. Sie drückte ihn fest an sich und lächelte Sax zu. Sie wollte auch ihn umarmen.

Sie gingen hinunter zu Maya und den Kindern. Maya stand auf, um Nirgal zu umarmen, und schüttelte dann Bao die Hand. Sax fuhr auf dem Rasen hinter dem Sand mit dem Rad hin und her, einmal sogar freihändig, und winkte der Gruppe zu. Boone, der an seinem Rad noch Stützräder hatte, sah ihn und rief verblüfft: »Wie *machst* du das?«

Sax ergriff wieder die Lenkstange, hielt an und sah Boone verwirrt an. Boone ging unbeholfen mit ausgebreiteten Armen zu ihm und stolperte direkt in sein Rad. Sax fragte: »Stimmt etwas nicht mit dir?«

»Ich versuche zu gehen, ohne mein Cerebellum zu benutzen.«

»Gute Idee«, sagte Sax.

»Ich werde mehr Eis holen«, erbot sich Ann. Sie ließ Tati diesmal zurück und trollte sich über den Sand zu dem Rasenweg. Es war ein gutes Gefühl, gegen den Wind zu gehen.

Als sie mit einer zweiten Schachtel voll Eistüten zurückkam, wurde die Luft plötzlich kalt. Dann fühlte sie ein Taumeln in ihrem Innern, einen Schwächeanfall. Das Meer bekam einen glitzernden Purpurschimmer über der Oberfläche. Und ihr war sehr kalt. Oh, verdammt, dachte sie. Jetzt kommt es. Rascher Verfall. Sie hatte von den verschiedenartigen Symptomen gelesen, von denen Leute berichteten, die irgendwie wiederbelebt worden waren. Ihr Herz klopfte laut in der Brust, wie ein Kind, das aus einem finsteren Schrank herauszukommen versucht. Der Körper substanzlos, als hätte etwas ihre Substanz ausgesogen und sie porös gemacht. Sie würde mit dem Stoß eines Fingers zu Staub zerfallen. *Tap!* Sie grunzte vor Überraschung, fühlte einen Stich in der Brust. Sie tat einen Schritt zur Seite zu einer Bank neben dem Weg, blieb dann stehen und krümmte sich unter einem neuerlichen Stich. *Tap, tap, tap!* Sie schrie »Nein!«, und packte den Beutel mit Eis fester. Das Herz schlug arrhythmisch, aber es schlug immerhin. *Bang, bang-bang, bang.* Nein, sagte sie, ohne es auszusprechen. Noch nicht. Zweifellos die neue Ann, aber dafür war keine Zeit. Ann selbst quietschte »Nein«, und war dann völlig gefangen in der Anstrengung, sich zusammenzuhalten. Herz, du musst schlagen! Sie klammerte sich so fest daran, dass sie stolperte. Nein! Noch nicht. Der Wind so kalt, unter null. Er blies durch sie hindurch, ihr Körper war ein Gespenst, das sie nur noch durch ihren Willen zusammenhielt. Die Sonne so hell, ihre scharfen Strahlen stießen direkt durch ihren Brustkorb, und der Wind pfiff direkt durch. Sie hielt sich mit jedem verkrampften Muskel beisammen. Die Zeit blieb stehen. Alles hielt inne.

Sie tat einen kurzen Atemzug. Der Anfall verging. Der Wind wurde langsam wieder wärmer. Die Aura der See verschwand und hinterließ glattes blaues Wasser. Ihr Herz klopfte in seinem gewohnten Takt, *bum-bum, bum-bum*. Die Substanz kehrte zurück, der Schmerz ließ nach. Die Luft war salzig und schwül und gar nicht kalt. Fast schon zu heiß.

Sie ging weiter. Wie gewaltsam der Körper einen an manches erinnerte. Aber sie hatte ausgehalten. Sie würde leben. Zumindest eine Weile noch. Wenn es nicht jetzt sein würde … nein, nicht jetzt. Sie war hier. Sie ging vorsichtig weiter, einen Schritt nach dem anderen. Alles schien zu funktionieren. Sie war davongekommen. Es hatte sie nur gestreift.

Von der Sandburg aus sah Tati Ann und trippelte, gierig nach dem Beutel mit Eis, auf sie zu. Aber sie ging zu schnell und fiel hin. Als sie sich aufrichtete, war ihr Gesicht mit Sand beschmiert, und Ann erwartete, dass sie heulen würde. Aber sie leckte sich genießerisch die Oberlippe.

Ann ging hin, um ihr zu helfen. Sie hob sie auf die Füße und versuchte, den Sand von ihrer Oberlippe zu wischen. Aber Tati wippte mit dem Kopf nach hinten und vorn, um sich der Hilfe zu entziehen. Na gut. Soll sie etwas Sand essen. Was sollte das schaden? »Da, nicht zu viel! Nein, die sind für Sax und Nirgal und Bao. Nein! He, schau auf die Möwen! Schau!«

Tati blickte hoch, sah über sich die Möwen, versuchte, ihnen mit dem Blick zu folgen, und fiel auf den Hintern. Sie sagte: »Ooh! Fein! Fein!«

Ann stellte sie wieder auf die Füße. Sie gingen Hand in Hand zu der Gruppe. Oben auf dem Sandhügel standen Sandburgen. Nirgal und Bao waren unten an der Wasserlinie ins Gespräch vertieft. Weiter weg am Strand fischte eine alte asiatische Frau in der Brandung. Das Meer war dunkelblau, der Himmel klarte blass malvenfarbig auf, und die restlichen Wolken zogen nach Osten davon. Die Luft strömte dahin. Einige Pelikane glitten in einer Reihe über eine aufsteigende Woge. Tati zerrte an Anns Hand, um sie anzuhalten, und zeigte auf sie. »Fein!«

Ann versuchte weiterzugehen, aber Tati wollte sich nicht rühren und zerrte hartnäckig an ihrer Hand. »Fein!«

»O ja. Fein.«

Zufriedengestellt ließ Tati sie los und trippelte über den Sand. Sie schaffte es gerade, auf den Füßen zu bleiben. Ihre Windel wackelte wie ein Entenpopo, und ihre babyspeck-besetzten Kniekehlen bildeten Grübchen.

Und es bewegt sich doch, dachte Ann. Sie folgte dem Kind und lächelte über ihren kleinen Scherz. Galilei hätte sich weigern können zu widerrufen und wäre um der Sache der Wahrheit willen auf dem Scheiterhaufen gestorben, aber das wäre töricht gewesen. Besser sagen, was man musste, und von da weitermachen. Ein Streifschuss erinnerte einen daran, was wichtig war. O ja, fein! Sie gab das zu und durfte leben. Herz, schlag weiter! Und warum auch nicht? Nirgends auf dieser Welt töteten Menschen einander, nirgends bettelten sie verzweifelt um Obdach und Nahrung, nirgendwo hatten sie Angst um ihre Kinder. So war es wirklich. Der Sand knirschte beim Gehen unter ihren Zehen. Sie schaute genauer hin. Dunkle Basaltkörner, vermischt mit winzigen Muschelstücken und vielfältigen bunten Kieseln, einige davon bestimmt zerbrochene Brekzien vom Hellas-Aufprall selbst. Sie hob den Blick zu den Bergen westlich der See, schwarz unter der Sonne. Die Gebeine der Dinge ragten überall heraus. Wellen brachen sich in schnellen Linien am Strand, und sie ging über den Sand zu ihren Freunden, im Wind, auf dem Mars, auf dem Mars, auf dem Mars.

ANHANG
TERRAFORMING MARS

Am Ende von Kim Stanley Robinsons preisgekrönter Mars-Trilogie ist aus dem roten ein blauer Planet geworden – mit Pflanzen, Tieren und menschlichen Siedlern auf der Oberfläche. Was wir tun müssten, um das Klima auf dem Mars wärmer zu machen und dem Planeten eine Atmosphäre zu geben, die für irdisches Leben verträglich ist, wissen wir, zumindest theoretisch: Wir kennen effektive Treibhausgase, die die Atmosphäre anheizen (bei Robinson »Russell-Cocktail« genannt). Auf einem wärmeren Mars mit einer dichteren Atmosphäre gäbe es flüssiges Wasser auf der Oberfläche – die Voraussetzung für Leben. Algen, Flechten und später Moose könnten bereits hundert Jahre nach Beginn des Terraformings Sauerstoff erzeugen und den Boden für größere Pflanzen aufbereiten.

Die Frage ist nur: Dürfen wir das überhaupt? Haben wir das Recht, einen fremden Planeten zu verändern? Oder haben wir nicht vielmehr die Pflicht, die Natur auf diesem Planeten zu schützen – selbst wenn es sich um eine kalte und offenbar tote Steinwüste handelt? Das ist eines der großen Themen, das sich durch Robinsons Trilogie zieht, angefangen mit der Russell-Clayborne-Debatte in *Roter Mars* bis hin zu den Umweltgerichtshöfen der freien Marsregierung in *Blauer Mars*. Und auch in der Realität streiten sich »Anthropozentristen«, die Befürworter eines Terraformings, mit »Ökozentristen«, den Terraforming-Gegnern. Jenseits der unterschiedlichen Meinungen und Positionen zu diesem Thema gibt es allerdings bisher keine konkreten, rechtlichen Regelungen; angesichts der Tatsache, dass bemannte Missionen zum Mars sehr teuer sind und es bisher auch noch an der nötigen Technik, insbesondere hinsichtlich Wasseraufbereitung und geschlossener Lebenserhaltungssysteme, mangelt, scheint es damit auch nicht eilig zu sein. Das Einzige, was man als eine Art rudimentäres Gesetz für den Weltraum bezeichnen kann, ist der Weltraumvertrag von 1967. Er hatte vor allem das Ziel, die Ausweitung des Kalten Kriegs ins All zu verhindern, indem er Militärbasen im Orbit oder auf anderen Himmelskörpern untersagt und festlegt, dass der Weltraum von allen Nationen gemeinsam friedlich erforscht werden soll. Ethische Fragen jedoch, etwa nach dem Umgang mit anderen Planeten, klammert der Vertrag aus.

Als Vorbild für einen möglichen Marsvertrag dient den Terraforming-Gegnern in Robinsons Romanen wie auch in der realen Welt folglich eine andere internationale Vereinbarung: der Antarktisvertrag, der 1961 in Kraft trat. Er besagt im Kern, dass die Antarktis von den Staaten der Erde nur gemeinsam, friedlich und zu wissenschaftlichen Zwecken genutzt werden darf. Kein Land darf dort Gebietsansprüche erheben, die antarktische Umwelt muss geschützt werden, und die Rohstoffe (vor allem Erdöl und Edelmetalle) dürfen nicht ausgebeutet werden. An diesem Vertrag orientiert sich der britische Jurist Laurence Lustgarten in seinem Nachwort zu dem Roman *Weißer Mars* von Brian W. Aldiss und Roger Penrose aus dem Jahr 1999, in dem er eine »Charta für die Besiedlung des Mars« postuliert. Auch in *Weißer Mars*, den die Autoren als Reaktion auf Robinsons Trilogie geschrieben haben, geht es um eine Marskolonie, die von einem großen Wirtschaftskonsortium auf der Erde finanziert und gefördert wird. Als dieses Konsortium zusammenbricht und die darauf folgende Wirtschaftskrise es unmöglich macht, die Kolonie weiter zu versorgen, beginnen die Siedler, eine eigene Gesellschaft aufzubauen und ihre Beziehung zum Mars völlig neu zu gestalten. Lustgartens Charta fasst das noch einmal zusammen, geprägt von der Angst, dass der Mars durch Terraforming zu einer »zweiten Erde« wird – und damit zu einer schlechten Kopie, wenn nicht gar einer zweiten Müllhalde. Jede Veränderung durch den Menschen sollte so gering wie möglich gehalten werden, und über jedes Projekt auf dem Mars sollten die Vereinten Nationen entscheiden, so Lustgartens Vorschlag. Er, Aldiss und Penrose formulieren damit eine ähnliche Position wie Ann Clayborne, allerdings lassen sie den Terraformern ein kleines Hintertürchen offen. In Artikel II der Charta heißt es: »Die Umwelt des Mars ist unantastbar. Alle Projekte, die eine Bedrohung seiner spezifischen Natur darstellen könnten … bleiben zumindest so lange untersagt, bis der ganze Planet wissenschaftlich untersucht und erforscht ist.« Aber wie lange dauert es, bis ein ganzer Planet wissenschaftlich erforscht ist? Wir leben schon ziemlich lange auf der Erde und studieren sie, können aber wohl kaum behaupten, sie wirklich komplett erforscht zu haben. Ann Clayborne könnte also auch nach Jahrhunderten noch argumentieren, dass die Erforschung des Mars nicht abgeschlossen sei.

Grundsätzlich allerdings ist dieser Ansatz durchaus sinnvoll: Wir sehen erst einmal nach, was auf dem Mars ist, bevor wir uns entschließen, ihn zu verändern. Der Erfolg möglicher Terraformingprojekte hängt ja nicht zuletzt auch davon ab, welche Mengen an bestimmten Chemikalien und anderen Rohstoffen tatsächlich auf dem Mars vorhanden sind. Wir können das anhand der von Orbitern, Landern und Rovern übermittelten Daten bisher lediglich abschätzen. Ob das Terraformen des Mars wirklich eine realistische Möglichkeit ist, wird sich erst zeigen, wenn wir genau wissen, was wir dort vorfinden.

Was aber, wenn unserem Heimatplaneten eines Tages die Zerstörung droht, sei es durch unser eigenes Verschulden, sei es durch einen Asteroideneinschlag wie dem Kreide-Tertiär-Ereignis, bei dem die Dinosaurier ausgelöscht wurden? Weil Leben nach allem, was wir wissen, äußerst selten und kostbar ist, müssen wir es schützen, indem wir unseren Planeten schützen – aber auch über ein mögliches »Ausweichquartier« nachdenken. Ein terrageformter Mars könnte sicherstellen, dass die Menschheit nicht gänzlich vernichtet wird, sondern selbst nach einer kosmischen Katastrophe fortbestehen kann. So argumentieren etwa Befürworter des Terraformings wie Carl Sagan, der Gründer der *Mars Society* Robert

Zubrin oder der britische Geologe Martyn J. Fogg. Ihnen zufolge sollten wir nicht nur alles tun, um kommenden Generationen eine stabile und vielfältige Umwelt auf der Erde zu hinterlassen, sondern haben auch die Pflicht, dem Leben zu helfen, sich auszubreiten. Und dabei denken die Anthropozentristen in erster Linie an den Mars – der derzeit augenscheinlich alles andere als ein vielfältiges Ökosystem ist, von dem unsere Nachfahren profitieren könnten, und den wir gerade deshalb zu einem solchen machen sollten.

Sollte es so weit kommen, könnte es sein, dass wir dem Mars durch unser Eingreifen etwas zurückgeben, das er vor Jahrmillionen verloren hat. Denn in der marsianischen Geologie finden sich etliche Hinweise darauf, dass der rote Planet nicht immer eine trockene, kalte Wüste war. Ausflusskanäle wie Ares Vallis und lange, gewundene Flussbetten wie Nanedi Vallis deuten darauf hin, dass über einen längeren Zeitraum hinweg Wasser über die Marsoberfläche geflossen ist. Aber was ist dran an der warmen, feuchten Vergangenheit des Mars? Seit den 1980er Jahren erforschen die Geologen Tim Parker und Stephen Clifford vom Jet Propulsion Laboratory der NASA die Vastitas Borealis, eine flache Ebene, die den marsianischen Nordpol wie ein Ring umschließt. Ihrer Meinung nach handelt es sich dabei um die Überreste eines gewaltigen Ozeans, der sich in der Noachischen Periode, also vor rund viertausend Millionen Jahren, sowohl aus unterirdischen Wasserreservoiren als auch aus einem System von Wasserscheiden, das von der Südpolkappe bis in die nördliche Tiefebene reichte, gespeist hat. Über Reservoire mit flüssigem Wasser unter dem Marsboden können wir bis heute nur spekulieren, das Vorhandensein von Wasserscheiden wird von Laser-Altimeter-Daten des *Mars Global Surveyor* offenbar bestätigt. Parker und Clifford vermuten, dass es sich beim »Oceanus Borealis« um ein Eismeer gehandelt hat, sodass der Ozean unter der Eisdecke vor der dünner werdenden Atmosphäre geschützt war und auch noch für eine Weile flüssig blieb, selbst als die Bedingungen eigentlich keinen Marsozean mehr zuließen. Spuren dieses Nordmeeres sind bis heute zu finden. So bildet sich bei einem über einen längeren Zeitraum hinweg konstanten Wasserstand eine Küstenlinie – ins Meer gespülte Sedimente, die alle in etwa auf derselben Höhe zu finden sind. *Mars Global Surveyor* entdeckte Überreste solcher Riffe auf einer Höhe von 3,7 Kilometern unter Mars-Normalnull und bestätigte augenscheinlich Parkers Theorie. In Cydonia etwa erkennt man auf den Satellitenbildern die für Küstenlinien typischen parallelen Linien. Bei einem solchen Wasserstand wäre das Nordmeer durchschnittlich 570 Meter tief gewesen, mit einer maximalen Tiefe von drei Kilometern in Utopia Planitia.

Wohin ist dieses Wasser verschwunden? Ein Teil davon ist vermutlich verdunstet und als Schnee auf die Polkappen gefallen. Ein anderer Teil findet sich als Permafrost im Boden der heutigen Vastitas Borealis. Ihre Oberfläche ist geologisch sehr viel jünger als das ehemalige Marsmeer und vor zweitausend bis dreitausend Millionen Jahren entstanden. Auf Satellitenbildern entdeckten Geologen runde Senken: Krater, die mit Sedimenten gefüllt sind. Ihr Vorhandensein weist darauf hin, dass der Marsozean nicht sehr lange Bestand hatte, sonst wären die Kraterränder gänzlich vom Wasser erodiert worden. Und doch hatten Mars und Erde in etwa zur selben Zeit flüssige Ozeane, und es ist nicht auszuschließen, dass sich auf dem Mars ebenfalls Leben entwickelt hat. Die ehemaligen Riffe entlang der Küstenlinie im Norden wären ein idealer Ausgangspunkt für die Suche nach Fossilien.

Doch was, wenn wir mehr finden als nur fossile Überreste? Wenn wir bei der Erforschung des roten Planeten – vielleicht in einer unterirdischen, mit flüssigem Wasser gefüllten Höhle – tatsächlich auf kleine grüne Mikroben stoßen? Wir wissen durch Messungen aus dem Orbit, dass es auf dem Mars unterirdische Eisvorkommen gibt; an Stellen, an denen der Mars geothermisch aktiv ist, könnte es also durchaus auch heute noch dauerhaft flüssiges Wasser geben. Mikroorganismen auf der Erde, sogenannte Extremophile, sind in der Lage, ohne Sauerstoff oder Sonnenlicht zu überleben, ja, einige von ihnen können sogar lebensfeindliche Bedingungen, wie sie etwa im Vakuum des Weltalls herrschen, überdauern, indem sie in eine Art Winterstarre verfallen und erst wieder erwachen, wenn die

Bedingungen günstiger sind. Das könnte auch die Überlebensstrategie der Marsmikroben sein. Was also, wenn wir damit beginnen, die Atmosphäre des Mars aufzuheizen, und plötzlich feststellen müssen, dass wir damit schlafende Mikroben geweckt haben, die jetzt an die Oberfläche zurückkehren? Sollten wir dann unsere Terraformingbemühungen einstellen, um das außerirdische Leben zu schützen? Oder sollten wir angesichts der Tatsache, dass es sich ja »nur« um Mikroben handelt, damit fortfahren, den Planeten zu verändern, auch wenn das bedeuten würde, dass wir die erste außerirdische Spezies, der wir begegnen, vernichten?

Der Planetologe Chris McKay schlägt für diesen Fall eine andere Variante des Terraformings vor, die sich nicht darauf konzentriert, den Mars für Menschen bewohnbar zu machen. Stattdessen hätten wir die Pflicht, der ersten Alien-Spezies, der wir begegnen, zu helfen und den Mars so zu verändern, dass sie sich dort besser entwickeln und irgendwann sogar eine planetenumspannende Biosphäre schaffen kann. Die Entdeckung einer außerirdischen Lebensform, die sich grundlegend von allem unterscheidet, was wir kennen, wäre die Sensation schlechthin; es wäre, so McKay, ein massiver Zugewinn für die Forschung und für die Menschheit insgesamt, die in den Genuss käme, in einem Sonnensystem zu leben, das von mehr als einer Sorte Lebewesen bewohnt wird. Natürlich, so McKays Gegner, wäre aber auch das eine Art Terraforming, das dem Leben auf dem Mars das Recht nähme, sich ungestört in seiner eigenen Geschwindigkeit zu entwickeln; eine bessere Alternative zur Ausrottung durch den Menschen ist sein Vorschlag jedoch allemal.

Ob er allerdings für den Fall, dass es tatsächlich Leben auf dem Mars gibt, zur Anwendung gebracht wird, ist fraglich. »Move over, microbe!«, brachte Terraforming-Befürworter Richard L. S. Taylor die Ansichten der Anthropozentristen einmal auf den Punkt. Womöglich würde uns das marsianische Leben also nur kurz innehalten lassen, bevor wir das Terraforming fröhlich fortsetzen. Denn es kann sein, dass wir den Mars aus sehr viel profaneren Gründen terraformen werden: Geld und Profit. Diese Gründe treiben nicht nur Firmen auf der Erde an, die an den Rohstoffen, die auf dem Mars vermutet werden, insbesondere Edelmetallen, interessiert sind, sondern auch die Raumfahrtagenturen. Marsmissionen sind, wie gesagt, teuer. Die NASA rechnete 2014 für ihren Missionsplan, der mehrere bemannte Flüge hintereinander über einen Zeitraum von mehr als einem Jahrzehnt vorsieht, mit Kosten zwischen 80 bis 100 Milliarden Dollar; Elon Musk, SpaceX-Gründer und Mars-Enthusiast, bezifferte dank der wiederverwendbaren Raketen, an denen das Unternehmen derzeit arbeitet, die Kosten für eine Marskolonie in Zusammenarbeit mit den Raumfahrtagenturen mit rund 36 Milliarden Dollar. Die aktuellen Missionsentwürfe der NASA, basierend auf der *Human Exploration of Mars Design Reference Architecture 5.0* von 2009, sehen folglich vor, dass von Anfang an Ressourcen vor Ort genutzt werden sollen, um die Kosten zu senken. Wenn die Astronauten in der Lage sind, aus marsianischen Rohstoffen Wasser, Sauerstoff und Treibstoff zu erzeugen, müssen diese nicht von der Erde importiert werden. Eine dauerhafte Forschungsstation oder gar eine Kolonie auf dem Mars sollte so autark wie möglich sein, damit sich der immense Aufwand wirklich lohnt.

Diese sogenannte *In-Situ Resource Utilisation* (ISRU) bedeutet bereits eine Ausbeutung der marsianischen Rohstoffe. Ohne ISRU sind längere Missionen zum Mars undenkbar, also wird es früher oder später in einem gewissen Umfang zu einer Veränderung des Mars kommen. Und irgendwann könnten Kolonisten und Bergbaufirmen ihr Interesse, den Planeten zu terraformen, zur Politik machen – die einen, weil sie nicht für immer in Kuppelstädten oder unter der Oberfläche leben wollen, die anderen, weil der Abbau von Rohstoffen in einer Umgebung, die weniger gefährlich für die Arbeitskräfte ist, wesentlich kostengünstiger wäre. Das »Unternehmen Mars« soll sich ja schließlich auch irgendwann rentieren.

Es scheint also nicht unwahrscheinlich, dass wir den Mars eines Tages terraformen werden. (Die Zeitschrift *National Geographic* hat sich übrigens einmal die Mühe gemacht und die etwaigen Kosten eines solchen Unternehmens geschätzt – demnach würden einbis zweihundert Jahre Terraforming etwa zwei bis drei Billionen Dollar verschlingen, in etwa dieselbe schwindelerregende Summe, die eine Studie des DIW Berlin von 2005 veranschlagt, um im Jahr 2100 die wirtschaftlichen Folgen der globalen Erwärmung auszugleichen.) Aber selbst wenn wir beschließen sollten, den roten Planeten im Großen und Ganzen so zu belassen, wie er jetzt ist, können wir unmöglich ausschließen, dass wir ihn nicht doch verändern. Allein unsere Anwesenheit wird den Mars zu einem anderen Planeten machen. Die ersten Forscher werden in Habitaten leben, sie werden für ihre Experimente Nahrung in Gewächshäusern anbauen, sie werden zu Forschungsexpeditionen über die Marsoberfläche aufbrechen. Und überall, wo sie hingehen, nehmen sie ihr ganz persönliches Bio-Gepäck mit: Mikroben. Wie die Bilder der mit Mondstaub bedeckten Apollo-Astronauten deutlich zeigen, sind Druckanzüge nie ganz dicht; an den Verschlüssen entweicht konstant Luft, die vom Sauerstofftank nachgepumpt werden muss. Obwohl diese »Lecks« mikroskopisch klein sind, reichen sie doch aus, um unsere Mikroben – jeder Mensch trägt durchschnittlich neun Billionen davon mit sich herum – nach außen dringen zu lassen. Auch unsere organischen Abfälle wie Haare und Fäkalien wimmeln nur so von Kleinstlebewesen. Durch das Wasser, mit dem die Astronauten ihre Marskartoffeln gießen, werden diese Mikroorganismen ausgespült und gelangen ins Marsgestein. Sollte es dort flüssiges Grundwasser geben, könnten die Organismen durchaus Bedingungen vorfinden, die es ihnen erlauben zu überleben. Unter günstigeren, etwa durch Terraforming initiierten Verhältnissen könnten sie sich nach und nach über den ganzen Planeten ausbreiten. Dieser Prozess würde Schätzungen zufolge nur etwa zwanzig bis dreißig Jahre dauern. Dabei wären die Mikroben zu einem gewissen Grad harter Strahlung ausgesetzt; sie könnten mutieren und damit zu jenen Marsmikroben werden, nach denen wir schon so lange suchen. Außerirdisches Leben – entstanden aus menschlichen Pathogenen und Symbionten.

Ein gewisses Maß an Terraforming wird auf dem Mars also eingeleitet werden, sobald der erste Mensch seinen Stiefelabdruck im roten Staub hinterlässt. Danach werden wir keine Kontrolle mehr darüber haben. Schließlich ist der Mars nicht die Erde, sondern ein fremder Planet, so ähnlich er unserer Heimatwelt auch sein mag. Das von der Erde importierte Leben wird sich an den Mars anpassen und irgendwann eine ganz eigene Lebensform hervorbringen, und Kim Stanley Robinsons Mars-Trilogie macht mehr als deutlich, dass das nicht nur für Mikroorganismen gilt, sondern auch für die Menschen selbst. Wir können diesen Vorgang nicht steuern – wir können ihn allenfalls anstoßen und dann beobachten, was sich daraus entwickelt.

Sollte uns diese Aussicht abschrecken oder gar aufhalten? Nein. Den Mars in eine bewohnbare Welt zu verwandeln wird immer wieder als die nächste große Aufgabe der Menschheit bezeichnet und mit dem Bau der Kathedralen im Mittelalter verglichen. Auch damals ließen sich die Menschen nicht davon abschrecken, dass es lange dauern und viel kosten würde. Wir werden den Mars eines Tages erreichen, und unsere Anwesenheit wird ihn verändern. Ob wir ihn zu einer zweiten Müllhalde machen, wie Brian W. Aldiss befürchtet, oder zu einem blauen Planeten, wie Kim Stanley Robinson hofft, liegt an uns.

Elisabeth Bösl